T0358819

EL EJÉRCITO DE DIOS

SEBASTIÁN ROA

EL EJÉRCITO DE DIOS

Editado por HarperCollins Ibérica, S. A.
Avenida de Burgos, 8B - Planta 18
28036 Madrid

Diseño de cubierta: CalderónSTUDIO®
Imagen de cubierta: Adaptación del cuadro Gaucher de Châtillon défend seul l'entrée d'une rue dans le faubourg de Minieh de Karl Girardet de 1844

I.S.B.N.: 978-84-18623-76-9
Depósito legal: M-24474-2022

Meditare, cogita quæ esse in eo cive ac viro debent, qui sit rempublicam afflictam et oppressam miseris temporibus ac perditis moribus in veterem dignitatem, ac libertatem vincaturus.

(Medita, piensa en todo aquello que ha de haber en un valeroso varón y ciudadano que ha de restituir en su antigua libertad y dignidad a la república, afligida y derribada por la miseria de los tiempos y por las costumbres viciosas de los hombres).

Cicerón
Epístolas familiares. II, V

Cicerón debió de revolverse en su tumba cuando vio en qué acababa su república romana. Y seguramente, a lo largo de los siglos, el viejo filósofo tuvo cientos de razones para arañar con sus descarnados dedos la tierra que lo cubría. Su alma, no me cabe duda, se agitaba de justa ira cada vez que una sociedad vendía su libertad y ensuciaba su dignidad. La verdad es que no lo hemos dejado descansar en paz. Una y otra vez, desde Roma a la actualidad y pasando por nuestra Edad Media, hemos importunado a Cicerón con una tormenta inacabable de miserias y vicios. Vaya por él esta novela. Porque somos lo que somos gracias a él y a otros que después vinieron. Gracias a los que cargaron hacia las filas enemigas a pesar de todas las flechas, las lanzas, los tambores y los alaridos. Gracias a quienes, a lo largo del tiempo, se mantuvieron fieles a su honestidad. Gracias a los que no ceden a la corrupción por muy mal modelo que tengan en quienes nos lideran. Gracias a los que aún creen en la ley y en la justicia, y llenan con su honradez lo que jamás podrán colmar todas las lamentaciones vacías, indignadas e hipócritas. Gracias a quienes se niegan a abandonar la nave cuando amenaza naufragio. Gracias, sobre todo, a las dos romanas habitantes de mi particular república digna y libre: Ana y Yaiza. Gracias a mis compañeros de inquietudes literarias y a todos los que, como ellos y junto a ellos, me apartan de la miseria de los tiempos. Una vez más gracias a los archivos y bibliotecas valencianos, con un especial recuerdo para la Biblioteca Pública de Moncada. Gracias a Ian Khachan por su tiempo, su trabajo y sus ideas. Gracias a Teo Palacios por su labor en la revisión y la adición de buenos detalles. Y gracias, por último, a Santiago Posteguillo, porque no es su obligación y aun así siempre está ahí.

ACLARACIÓN PREVIA SOBRE LAS EXPRESIONES Y CITAS

A lo largo de la escritura de esta novela me he topado con el problema de la transcripción arabista. Hay métodos académicos para solventarlo, pero están diseñados para especialistas o artículos científicos más que para autores y lectores de novela histórica. A este problema se une otro: el de los nombres propios árabes, con todos sus componentes, o el de los topónimos y sus gentilicios, a veces fácilmente reconocibles para el profano, a veces no tanto. He intentado hallar una solución que no rompa con la necesidad de una pronunciación al menos próxima a la real, pero que al mismo tiempo sea fácilmente digerible y contribuya a ambientar históricamente la novela. Así pues, transcribo para buscar el punto medio entre lo atractivo y lo comprensible, simplifico los nombres para no confundir al lector, traduzco cuando lo considero más práctico y me dejo llevar por el encanto árabe cuando este es irresistible. En todo caso me he dejado guiar por el instinto y por el sentido común, con el objetivo de que primen siempre la ambientación histórica y la agilidad narrativa. Espero que los académicos en cuyas manos caiga esta obra y se dignen leerla no sean severos con semejante licencia.

En cualquier caso, y tanto para aligerar este problema y el de otros términos poco usuales, se incluye un glosario al final. En él se recogen esas expresiones árabes libremente adaptadas, y también tecnicismos y expresiones medievales referentes a la guerra, la política, la toponimia, la sociedad…

Por otro lado, y aparte de los encabezamientos, he tomado prestadas diversas citas y les he dado vida dentro de la trama, en ocasiones sometiéndolas a ligerísimas modificaciones. Se trata de fragmentos de los libros sagrados, de poemas andalusíes, de trovas y de otras obras medievales. Tras el glosario se halla una lista con referencias a dichas citas, a sus autores o procedencias y a los capítulos de esta novela en los que están integradas.

PREFACIO
LA AMENAZA ALMOHADE

Disponte a desembarcar en el pasado. En un momento en el que la vida y la libertad se ganan o se pierden por fe y por lealtad. En el que cada hombre y mujer es consciente de su fragilidad y encomienda su destino, en este mundo o en el otro, a Dios.

Pero no es solo el temor de Dios lo que escribe las líneas de la historia. Los reyes y califas se acogen a la protección divina y se erigen en su brazo armado. Mandan a miles a la muerte, arrasan ciudades, devastan campos, conquistan, pactan, se traicionan y luchan por la lealtad de otros reyes, príncipes, condes, señores y caballeros.

El siglo XII se agota. Llegamos a su último cuarto y la península ibérica se sostiene en precario equilibrio. El Imperio almohade es una bestia gigante que domina el Magreb, el Sus e Ifriqiyya, y ahora, con la derrota del rey Lobo, se ha impuesto en la mitad musulmana que llaman al-Ándalus. Al norte, los reinos cristianos no han podido o no han querido evitar que los almohades se plantaran a sus puertas. Aparte de la enconada resistencia hasta la muerte del rey Lobo, solo Portugal se opuso tímidamente a las huestes africanas. Castilla las ignoró y se desangró en una larga guerra civil protagonizada por la rivalidad de las familias Lara y Castro, hasta que el joven rey, Alfonso, llegó a la mayoría de edad y puso orden en sus tierras. Otro Alfonso, el rey de Aragón y conde de Barcelona, se limitó a aguardar a que el rey Lobo agotara sus fuerzas para lanzarse como un carroñero sobre sus restos. Navarra, débil reino entre Castilla y Aragón, usó de pactos para sobrevivir, y su astuto rey, Sancho, se atrevió a invadir tierras castellanas aprovechando la guerra civil. Fernando de León llegó más lejos, pues incluso se alió con los almohades para perjudicar a Castilla y favorecer sus propios intereses.

Como ves, no es el mejor panorama para los cristianos, dignos antepasados de los españoles de todo tiempo: sus reyes están divididos, enfrentados. Empeñados en dar primacía a la rivalidad entre hermanos en lugar de formar frente común. Y así, emplean sus fuerzas en desafiarse por ganancias que suelen resultar efímeras.

Al sur, en al-Ándalus, la situación es muy diferente. Yusuf, el segundo califa almohade, dirige un imperio que supera en extensión a todos los reinos cristianos juntos y su poderío militar parece no tener fin. Solo su incapacidad como líder guerrero permite que Castilla, León, Portugal, Navarra y Aragón existan todavía, aunque ya ha conseguido sembrar el miedo en el corazón de los católicos. Yusuf basa su liderazgo en los fuertes lazos tribales que unen a sus súbditos y en la creencia ciega y sin límites en el Tawhid, la doctrina almohade que no admite fisuras y que exige la conversión o el exterminio de todos los infieles. Es un credo duro y eso motiva descontentos. Hay continuos conatos de rebelión entre las tribus sojuzgadas en las lejanas tierras africanas, y tampoco entre los andalusíes se acepta con alegría el Tawhid. Todavía perdura en sus paladares el sabor del vino, sus yemas retienen el tacto de la piel femenina, en los salones casi resuenan el punteo de las cítaras y el canto de las esclavas. Tal vez confían en que, como siempre ocurrió a todo invasor africano, los placeres de al-Ándalus acaben por ablandar los corazones de piedra de los almohades, cincelados en las montañas del Atlas y recubiertos de su costra supersticiosa.

O tal vez eso no ocurra nunca. Tal vez el califa almohade consiga abrevar sus caballos en la pila bautismal de la catedral de Santiago, o pueda arrasar hasta los cimientos Burgos, Oporto y Pamplona, y embarcarse desde Barcelona para lanzar a sus inacabables huestes hacia las mismas puertas de Roma. Pero, para lograrlo, Yusuf tendrá que forzar las fronteras del enemigo que *a priori* se presenta como más correoso: Castilla.

Dicen que antes de la división de los cristianos, en el año del Señor de 1157, el viejo emperador Alfonso miró a los ojos de la muerte en las sendas de La Fresneda e hizo un vaticinio. Afirmó que solo la unión llevaría al triunfo. Y, según quienes lo presenciaron, anunció que todo acabaría en aquel mismo lugar, en las faldas de Sierra Morena, tierra de frontera entre Cristo y Mahoma. Eso fue hace tiempo, cuando el rey Lobo protegía con su escudo los reinos cristianos y hería con su espada a los invasores almohades. Él mismo reclamó una y otra vez que esa unión se llevara a cabo, aunque jamás vio cumplido el augurio del viejo emperador.

¿Unión entre los cristianos para enfrentarse a los africanos? ¿De verdad alguien puede creer en que eso suceda? Ahora, realmente parece más fácil que el califa abreve a sus caballos en el templo del apóstol Santiago.

PRIMERA PARTE
(1174-1184)

Defuncto Lupo Rege, Imperatorem Africanorum Saracenorum venisse in Hispaniam cum valido exercitu, & occupatis Murciâ ac Valentiâ intrasse terram Alfonsi Castellae Regis, multisque urbibus captis Christianos omnes occidisse, praeter paucos, quios in perpetuam redegit seruitutem.

Una vez muerto el rey Lobo, el emperador de los sarracenos africanos pasó a Hispania con un fuerte ejército, y ocupó Murcia y Valencia, y entró en tierra del rey Alfonso de Castilla, y tomó muchas ciudades y mató a casi todos los cristianos, salvo unos pocos que se vieron reducidos a esclavitud perpetua. (trad. libre del autor).

Philippe Labbe
Chronologiae Historicae: pars secunda

في الله
وانا على ثقة

1
EL MENSAJERO DE DIOS

VERANO DE 1174. SEVILLA

El joven Yaqub levantó la piedra y la sopesó. Ni muy grande ni muy pequeña, tal como le había aconsejado su tío Abú Hafs. Debía caber bien entre los dedos y volar ligera. Tomó aire e intentó aplacar el temblor que dominaba su mano. No podía mostrar miedo, y mucho menos repugnancia. Se obligó a mirar a los condenados.

Allí estaban, de espaldas a la cerca de madera que habían levantado para la ocasión. Hombro con hombro, musitando en silencio sus últimas plegarias. Ambos lloraban. Yaqub se volvió a su derecha y vio el gesto firme de su tío, que ahora alzaba los brazos para acallar los insultos del gentío.

—¡Estos dos hombres han sido condenados, fieles sevillanos! ¡Ambos han sido hallados culpables del nefando vicio de la fornicación!

Una nueva oleada de gritos se levantó. Invertidos, los llamaban. Sodomitas. Yaqub observó a los reos. Parecían no oír nada que no fueran sus propias plegarias. Ni siquiera trataban de huir, aunque no estaban atados. Claro que tampoco habrían llegado muy lejos.

—¿Dónde está el príncipe de los creyentes?

La pregunta había surgido de la muchedumbre. Abú Hafs, visir omnipotente del Imperio almohade y hermano del califa, apretó los labios. Exigió silencio con un nuevo ademán.

—¡Nuestro señor no ha podido asistir, como es su obligación..., pues otros asuntos lo mantienen ocupado! ¡Pero heme aquí yo, su gran visir! Y sobre todo —señaló al joven Yaqub—, ¡he aquí su primogénito! ¡Y por encima del propio príncipe de los creyentes, he aquí la voluntad de Dios, el Único —el índice de Abú Hafs apuntó al cielo—, que nos ordena cortar de raíz el germen de la maldad! ¡Esos dos hombres fueron sorprendidos pecando contra natura, y los testigos son dignos de crédito! ¡Cumplamos ya la voluntad de quien ordena lo permitido y censura lo prohibido!

El visir omnipotente volvió la cabeza hacia su sobrino y asintió. Yaqub tragó saliva. Como representante del califa, a él le correspondía lanzar la primera piedra. Su tío le había aleccionado. Le había dicho que no podía vacilar. Que todos los ojos estarían puestos sobre él. Su brazo se estiró hacia atrás y el gentío aguantó la respiración. El nudo creció en la garganta de Yaqub. «Son pecadores —se dijo—. Sodomitas. Merecen morir».

No pudo evitarlo. Imaginó a los dos condenados juntos, a escondidas, antes de ser sorprendidos en pleno fornicio. Desnudos, apretados, sudorosos. Tal vez felices. Se suponía que eso debía repugnarle, pero no ocurría así. El sentimiento de confusión superó al de culpa.

—Hazlo ya —susurró el visir omnipotente.

Yaqub cerró los ojos y su brazo se agitó como un látigo. No quiso ver si acertaba. Le dio igual a pesar de todo. La piedra voló y chocó frente a él. Al momento, decenas de ropajes crujieron conforme sus dueños imitaban al primogénito del califa almohade. El gran cadí, los testigos del juicio, su tío Abú Hafs y un amplio conjunto de almohades y andalusíes que se habían ofrecido para participar en la ejecución. El aire se llenó de silbidos, de impactos, de gemidos sordos. El joven se atrevió a mirar.

Los reos se retorcían al recibir los impactos. Uno de ellos, incapaz de aguantar más, intentó correr. Demasiado tarde. Los tiradores lo escogieron como blanco y lo acribillaron. Un canto le hizo crujir la rodilla y otro le acertó en la sien. El desgraciado se vio lanzado contra la cerca. Rebotó y cayó al suelo, donde la lluvia mortal continuó inmisericorde. Se cubrió inútilmente con las manos, las piedras le aplastaron los dedos. Su jubón se enrojeció lentamente y dejó de sacudirse. La agonía terminó para él.

El otro condenado corrió peor suerte. Tras presenciar el tormento de su amado, entrelazó los dedos hacia la muchedumbre. Fue capaz de permanecer en pie mientras era lapidado. Recibió golpes en el pecho, en las piernas, en los brazos. Se dobló sobre sí mismo cuando sus costillas se hundieron, pero aún pudo enderezarse antes de que un certero impacto le reventara un globo ocular. Se venció de rodillas mientras boqueaba, impedido para respirar porque su esternón se había vencido contra las entrañas. Estiró la mano hacia su enamorado, con el que había llegado mucho más lejos de lo que jamás imaginara.

Yaqub había vuelto a cerrar los ojos. Quiso disimular la angustia, pero no podía. El martilleo de piedras se hundía en su cabeza. Croc-croc-croc… Apretó los párpados, como si así pudiera alejarse de aquel lugar. Pero la voz de su tío no le dejaba marchar.

—Es la voluntad de Dios. No muestres debilidad.

Obedeció. La tormenta asesina amainaba. Croc… Croc… Croc… Los dos reos yacían ensangrentados. Uno de ellos se convulsionó antes de expirar. El silencio se extendió sobre la explanada y el rumor del Guadalquivir volvió a llenar la tarde. El cielo enrojecía al otro lado del río, más allá de Triana. Y la tierra también se teñía de rojo. Ya estaba.

La chusma se disolvió mientras algunos esclavos del Majzén se disponían a retirar los cuerpos, desmontar el cercado de madera, limpiar la sangre y amontonar las piedras para usarlas en otra ocasión. Yaqub sintió la mano de su tío Abú Hafs en el hombro. Una garra de dedos nervudos que se cerraba y lo mantenía en aquel lugar de muerte, ante los ajusticiados.

—El fornicio es uno de los peores atentados a Dios, sobrino. Y la sodomía es aún peor. Va contra natura. Estos andalusíes son débiles, y por eso muchos de ellos son invertidos. Además de borrachos y cobardes, claro.

Yaqub asintió. Sabía que era cierto, y por eso le preocupaba que aquel nudo que le atenazaba la garganta fuera remordimiento. No cabía remordimiento cuando se actuaba conforme a la ley de Dios.

—Lo sé, tío Abú Hafs. Lo sé.

Pero no podía alejar aquel sonido siniestro de su cabeza. Croc. Croc. Croc. Esquirlas de hueso, salpicones de sangre, hilachos de piel.

—Te acostumbrarás, Yaqub. —El visir omnipotente aflojó la presión sobre su hombro—. Heredarás el imperio y, con él, la responsabilidad. El poder sobre la vida y la muerte que Dios concede a sus elegidos. Porque eres su elegido, no lo dudes.

«Pero ¿cómo no dudarlo?», se dijo Yaqub. El elegido para guiar los ejércitos de Dios no podía vacilar, como a él le ocurría ahora. Suspiró.

—Estoy cansado, tío Abú Hafs.

—Ya. Retírate entonces. Pero hazlo con la cabeza alta para que los andalusíes vean que tu voluntad es férrea. Un día habrás de imponerte sobre ellos, recuérdalo. Y no te acuestes sin rezar.

El joven amagó una sonrisa, dio media vuelta y se alejó hacia el complejo palatino de Sevilla. El primer muecín arrancó su canto desde un minarete cercano, pero Yaqub no lo escuchó. Un ritmo machacón le atormentaba en un rincón de su mente. Croc. Croc. Croc.

El temblor despertó al joven Yaqub.

No era muy fuerte al principio, pero crecía. Y junto con él llegaba el sonido regular. Opaco. Repetitivo.

«Otra vez las piedras no».

Le había costado dormirse. El eco de las pedradas se había instalado en su cabeza y no la abandonó hasta bien entrada la noche. Croc. Croc. Croc. Sodomía. Croc. Fornicio. Croc. Pecado. Croc. Pero…, un momento. No, eso no eran pedradas. Era otra cosa… ¿Un galope? Sí. Era un caballo; y se acercaba.

Yaqub se incorporó y, al abrir los ojos hacia el origen de la galopada, la intensidad de la luz le cegó. Ladeó la cabeza para huir de la herida luminosa. Restregó sus párpados con las palmas de las manos y, muy despacio, volvió a mirar, pero esta vez en otra dirección. Se encontraba en un páramo yermo, plano como la superficie del mar en un día de calma. Aquello no era Sevilla. No era nada que él conociera. La tierra parda y agrietada se extendía hasta perderse de vista en el horizonte. Sin árboles. Ni un solo arbusto, ni una mísera brizna de hierba, aunque fuera reseca. De repente, Yaqub cobró conciencia de la sed angustiosa que le consumía.

Dejó que sus ojos se acostumbraran a la luz y volvió la cabeza. A su diestra, los cascos del caballo seguían aproximándose, pero el sol brillaba desde allí y lo único que acertaba a adivinar era una figura, apenas una sombra, que parecía irreal. Se apoyó en el suelo y su piel le transmitió el calor. Tras alzarse intentó defenderse del sol con las manos, pero no fue capaz de enfocar su mirada en la figura que se acercaba. Al principio creyó que aquel caballo, simplemente, tenía el sol a su espalda. Pero no era así.

—No puede ser.

La luz cegadora no venía del sol: salía directa de aquella aparición. El galope disminuyó su ritmo hasta que el caballo quedó muy cerca. Lo suficiente para que Yaqub pudiera vislumbrar al jinete. Alargó la diestra al frente mientras se cubría la vista con la zurda.

—¿Quién eres? ¿Qué quieres?

—Soy Gabriel, y ahora puedes mirar.

Movió la mano con cuidado. Lentamente. Ante los ojos entornados de Yaqub se dibujó, esta vez con líneas nítidas, la figura de un caballo blanco. El más bello que jamás se hubiera visto. A pesar de que ni una pizca de viento recorría aquel paraje, las crines del animal se agitaban mientras sus pezuñas pateaban el suelo con elegancia. Su piel inmaculada no estaba ceñida por bridas ni había silla sobre su lomo. La mirada de Yaqub subió hacia el jinete, cuyas vestiduras eran también níveas. Se trataba de un ser de apostura inhumana. Sus cabellos eran blancos, al igual que su barba, aunque aquel extraño hombre de tez pálida no revelaba edad alguna. La melena se agitaba con el mismo viento inexistente que mecía las crines del caballo. Sonreía, y su diestra aferraba un astil del que pendía una enorme bandera verde. La tela no crujía al flamear y parecía que su tamaño aumentaba a cada golpe de brisa.

—Estoy soñando.

—Sí. —El jinete mantuvo su sonrisa—. Y se acerca el momento del despertar. Demasiado has dormido ya, Yaqub.

—¿Eres un ángel de Dios?

—Soy su mensajero. El portador de su palabra.

Yaqub se olvidó de la sed, la modorra acabó por desaparecer. Supo que el jinete blanco decía la verdad. Cayó de rodillas y pegó su frente al suelo.

—Soy el siervo de Dios. He sido débil, lo sé. Pero no pude evitarlo. ¿Me vas a castigar?

El caballo se adelantó un par de pasos. Sus cascos resonaron contra la tierra baldía de aquella interminable llanura. El animal acercó la cabeza a Yaqub, los belfos rozaron apenas su cabello.

—Tu tiempo se aproxima. Pero no para recibir castigo, sino para infligirlo. —Ahora que los ojos de Yaqub no estaban ahítos de belleza visible, sus oídos se extasiaron con la voz del ángel—. Dentro de muy poco, tu mano aferrará la espada de Dios.

—¿Yo? —Yaqub levantó la mirada. El verde de la bandera se alargaba tras el jinete blanco y parecía flotar sin fin hacia la distancia—. No soy digno. He dudado...

—Eres digno. Dios ha hecho su elección y no hay posibilidad de error. Tu actitud te respalda, joven paladín: aquí estás, confesando tus dudas; postrado ante un poder que te excede. No hay sombra de soberbia en ti a pesar de que un día dirigirás el ejército de Dios.

»Conoces tu deber. Tu misión en el mundo. La ley del Único ha de llegar a cada rincón. A tu disposición pone Dios sus escuadrones para que sean portadores de su palabra. Mantente limpio de intención y renueva tu fe cada día. Así no volverás a dudar. Adiestra tu carne y purifica tu alma en pos de la tarea que Dios te encomienda. No temas, pues yo, su mensajero, estaré siempre a tu lado.

—Pero... ¿cómo lo haré? ¿Cómo sabré...?

—Ve ahora, Yaqub. —El jinete blanco alargó el astil hacia el joven. La bandera verde, inmensa, cubría ya casi todo el cielo y alargaba su sombra sobre la tierra—. Hora es de que despiertes. Tu deber es la victoria. No te está permitido fallar.

La sensación era de beatitud. De máxima comunión con lo sagrado. Un aura de paz rodeaba a Yaqub cuando despertó, esta vez sí, a la realidad.

La luz que se filtraba por las celosías no era cegadora. Se trataba de la claridad del alba sevillana. Y la voz que ahora percibían sus oídos no procedía de un arcángel de Dios, sino del muecín que llamaba a la plegaria matutina. Yaqub se levantó y repitió los gestos, ya inconscientes, que le llevarían a postrarse sobre la almozala para orar. Y, sin embargo, su conexión con Dios había sido —todavía era— más intensa que la que pudiera proporcionar el rezo ritual.

El Único le había hablado. A través de su mensajero, sí. En su mente se reprodujeron, una por una, las palabras de Gabriel. El martillo de la lapidación se había esfumado, y el remordimiento también. El eco de la voz angelical aún rebotaba en su interior cuando terminó la plegaria, abandonó su aposento y recorrió los pasillos del enorme recinto palatino. Sus ojos, todavía extasiados con la hermosura del ángel de Dios, ignoraron a los funcionarios califales, a los obreros que trabajaban en los palacios y a los guardias negros con los que se cruzaba bajo las arquerías o en los corredores flanqueados por arriates.

El heredero del inmenso Imperio almohade acababa de cumplir catorce años, y su imagen se había proporcionado desde los años de estudio en Marrakech. Su cuerpo, antes ligeramente rechoncho, era ahora más esbelto, más digno. Más propio de alguien que un día comandaría las huestes de Dios. No era todavía un hombre, pero ya había dejado de ser un niño. Su cabello negro, frondoso y rizado, caía sobre la cara de tez muy morena sin cubrir la mirada decidida, y su nariz aquilina contribuía a dotarlo de un atractivo singular.

Yaqub entró en el alcázar meridional, el más lujoso de cuantos ocupaban el nuevo conjunto amurallado de palacios. Los guardias negros retiraron sus lanzas para flanquearle el paso y, tras cruzar la arcada norte, el joven salió al patio ajardinado, donde sabía que hallaría a su padre. El entusiasmo estaba a punto de desbordar a la placidez cándida. El corazón le impulsaba a contar al califa todo lo que había ocurrido, y los pasos de Yaqub se habían acelerado conforme recorría el laberinto de edificios. Pero ahora, a la vista ya del príncipe de los creyentes, el joven se detuvo.

Tres hombres sentados sobre almohadones compartían leche, higos y torta de cebada a los pies de las escaleras de acceso al patio de crucero. Reían con alborozo, y ninguno de ellos había reparado todavía en el joven heredero. Este retrocedió lentamente hasta quedar a la sombra de los arcos, muy cerca de los impasibles y enormes esclavos negros de la guardia califal. Yaqub torció la boca en un gesto de rabia. En su estallido de emoción había olvidado que su padre solía desayunar en compañía de aquellos dos andalusíes petulantes que se hacían llamar filósofos. Su influencia llegaba a tal punto que, por su culpa, el califa no había asistido a la lapidación del día anterior. Seguro que se había pasado la tarde allí, discutiendo con ellos sobre cualquier tontería sacada de uno de esos libros absurdos. Ah, qué distinto era su padre de Abú Hafs.

Su tío Abú Hafs, visir omnipotente. A él sí podía contarle el sueño.

Una nueva carrera espantó a las tórtolas que zureaban en los árboles, y otra vez Yaqub esquivó a escribanos, canteros, secretarios, tallistas y cadíes. Corrió sin importarle el calor ni las miradas de extrañeza de los funcionarios almohades, como solo un niño puede hacerlo cuando el entusiasmo le impele. Su tío Abú Hafs se había mandado construir un palacete fuera del complejo, no lejos de donde había tenido lugar la lapidación. En el lugar donde el Guadalquivir se unía con el arroyo Tagarete. Pero mientras las obras se llevaban a cabo, el visir omnipotente ocupaba una cámara en el Dar al-Imara, el antiguo palacio de gobierno almorávide.

En realidad, todo el complejo palatino y sus alrededores estaban en obras, ya que el califa Yusuf se había lanzado a una frenética actividad constructora en cuanto el Sharq al-Ándalus cayó en su poder. El enorme acueducto que ahora traía el agua desde Qalat Yábir ya estaba terminado, pero hacía dos años que se trabajaba en una nueva mezquita aljama, y se estaban edificando varios palacetes para dar cabida a la familia califal en la capital almohade de la península.

Yaqub encontró a su tío justo cuando este se disponía a despachar con sus agentes, los numerosos *talaba* que recorrían Sevilla en busca de infracciones a las buenas costumbres. A Abú Hafs le encantaba iniciar el día ordenando arrestos e investigaciones a los tibios, y el momento más feliz podía ser aquel en que uno de sus hombres le revelara que se había sorprendido a algún judío islamizado practicando en secreto sus ritos hebreos. O, ¿por qué no?, alguna otra pareja de andalusíes sodomitas.

—¡Tío Abú Hafs, necesito hablar contigo!

El visir omnipotente observó al muchacho con sus ojos febriles y dio un par de palmadas para despedir a los *talaba*. Los censores religiosos obedecieron de inmediato, pues de todos era sabido que Abú Hafs no gustaba de repetir sus órdenes. El medio hermano del califa invitó a su sobrino a tomar asiento sobre los cojines y él mismo se acomodó a su lado.

—Sigues preocupado, ¿eh, sobrino? —La sonrisa del visir omnipotente helaba la sangre. Casi tanto como su mirada tormentosa. A todos menos a Yaqub. Para Yaqub, su tío Abú Hafs representaba la piedad sin tacha. La virtud musulmana hecha carne—. No te preocupes si ayer vacilaste. No volverás a dudar, lo sé. ¿Qué es eso tan importante que tienes que decirme?

—¿No es cierto que el Profeta, la paz sea con él, soñó con el arcángel Gabriel?

—¿Qué pregunta es esa? Lo saben hasta los niños pequeños, Yaqub. Gabriel, el mensajero de Dios, reveló al Profeta su palabra.

—Y todos lo creemos. Nadie duda de ello.

—Y si alguien dudara —Abú Hafs elevó el índice de su diestra hacia el cielo, un gesto que repetía con frecuencia—, el castigo de Dios caería sobre él en este mundo, y también en el infierno.

—¿Y si alguien que no fuera el Profeta te dijera que el arcángel Gabriel se le ha aparecido en sueños?

El visir omnipotente entornó los párpados de forma que sus ojos rojizos quedaron reducidos a líneas brillantes.

—¿Me preguntas qué debes hacer con semejante mentiroso cuando seas califa y juzgues a tus súbditos?

Yaqub enarcó las cejas. La conversación se torcía.

—Pero... ¿y si no fuera un mentiroso? ¿Y si esa persona dijera la verdad?

—Cuidado, sobrino. Los sueños de ese tipo no corresponden a revelaciones de Dios, sino de su enemigo. Y no es buena señal que Iblís penetre en la mente del musulmán. Ni dormido ni despierto.

—Ah... —Yaqub torció la cabeza. No había contado con eso. ¿Y si era el diablo quien le había hablado en sueños? Abú Hafs comprendió, al ver la mueca de decepción de su sobrino, que la conversación no discurría por el cauce adecuado. Relajó su gesto y posó la mano sobre el hombro del muchacho. Aquel jovencito era el futuro califa, un detalle aún más importante que el lazo de parentesco que los unía.

—Sobrino, sobrino... Sabes que puedes contarme lo que quieras. Conmigo no necesitas andarte con rodeos ni dobleces. Soy yo, tu tío. Yo resolví las dudas de tu difunto abuelo Abd al-Mumín, y también las de tu padre. —Sus dientes amarillentos asomaron por un instante entre los labios—. Aunque ahora él parece hallar más útil la palabrería de esos... filósofos andalusíes. Dime, ¿qué es lo que te turba?

Yaqub suspiró y miró sobre el hombro de Abú Hafs al muro de sobrios motivos simétricos y multiplicados. Como si pudiera ver a través de ellos y llegar al patio de crucero en el que su padre, el califa Yusuf, departía animadamente sobre asuntos terrenales. Pero nada debía esperar de él. Si alguien podía ayudarle a desentrañar el secreto de su sueño, era su tío. Por eso empezó a hablar. Y los ojos siempre inquietos de Abú Hafs volvieron a entornarse mientras escuchaba contar sobre caballos blancos, mensajeros de belleza incomparable y banderas verdes que colmaban el firmamento. El rostro de Yaqub se iluminaba conforme relataba su visión y la sensación de bienaventuranza le inundaba de nuevo. Cuando el joven terminó de hablar, sus hombros se vencieron hacia delante y un suspiro llenó la sala del Dar al-Imara. Abú Hafs se frotó lentamente la barba negra y copiosa que colgaba sobre su pecho y que, junto con la ausencia de bigote, le daba aquel aspecto inquietante que acompañaba a su mirar agitado.

—Hmmm...

—¿Qué, tío Abú Hafs? ¿Crees que Iblís ha venido a tentarme en sueños?

—Hmmm...

El visir omnipotente ahogó la sonrisa. Por una historia como esa, cualquier otro habría tenido que rendir cuentas. Un piadoso musulmán no se planteaba si un mensaje angelical llegado en sueños venía de Dios o del diablo, porque solo el Profeta podía recibir el mensaje divino. Imaginar la otra posibilidad era faltar al Único y podía —debía— tildarse de herejía. El mismo Abú Hafs había mandado a la cruz a no pocos incautos por causas más triviales.

Pero esta vez el soñador no era un menguado cualquiera. Las dudas se le planteaban al futuro califa. A quien un día sería llamado príncipe de los creyentes y guiaría los ejércitos de Dios a la batalla. Y los almohades ya no se enfrentaban a falsos musulmanes o a reyezuelos rebeldes. El enemigo de ahora bordaba cruces en sus estandartes, y afirmaba que el Profeta era un endemoniado y el islam una secta pestífera. ¿Qué tipo de califa necesitaba el Imperio almohade? ¿Uno que aborreciera las armas y la guerra, como el actual? ¿U otro que se sintiera guiado por la palabra de Dios al combate?

—Tío Abú Hafs, dime ya si fue el diablo quien me habló.

—El diablo... ¿El diablo? —Abú Hafs soltó su barba enmarañada y volvió a posar la mano sobre el hombro de Yaqub—. Si el diablo te visitara en sueños, ¿te pediría que extendieras el islam por todo el orbe? ¿No es Iblís un embustero, y su deseo engañar a todos los buenos creyentes? Así pues, si ese caballero blanco te ordenó ser la espada de Dios..., ¿acaso no te mandaba que cumplieras lo que es deber de todo buen almohade? —Su índice apuntó otra vez al cielo—. «Haced la guerra a los que no creen en Dios ni en el día último, y a los que no consideran prohibido lo que Dios y su apóstol han prohibido». Eso le dijo Gabriel al Profeta. Solo Dios, y no Iblís, te mandaría llevar la guerra a los infieles.

La cara de Yaqub se iluminó. Se vio reflejado en los ojos inflamados del visir omnipotente que, en la sombra, dirigía el imperio más piadoso de la historia del islam.

—Entonces es verdad. —El futuro califa supo que las lágrimas de alegría se disponían a desbordar su mirada juvenil—. Yo... he sido elegido. Elegido por Dios.

الله فـي
ثقـة ى عل وأنـا

AL MISMO TIEMPO. CERCANÍAS DE NÁJERA, REINO DE CASTILLA

La abadía de Cañas también estaba en obras.

Apenas llevaba cinco años fundada, y no se había cesado en la ampliación de los muretes para cerrar el claustro y añadir celdas. La iglesia, también a medio construir, estaba rodeada por grandes hoyos abiertos en la tierra. De ellos se sacaban la arena y la piedra, pero también allí se amasaba el mortero y se almacenaba la sillería. Los campesinos sudorosos acarreaban los bloques y las vigas de madera a los gritos de tallistas y carpinteros, ajenos a la presencia de las monjas cistercienses. Aquella indiferencia, por cierto, era obligada. Para eso había un par hombres de armas que custodiaban el lugar y cuidaban de que los villanos no importunaran a las hermanas, todas ellas de noble condición. Toda protección era poca porque, además, la abadía se hallaba demasiado cerca del reino de Navarra como para empeñarse en vivir tranquilo. Castilla estaba a la gresca con los pamploneses desde hacía tiempo y no era raro sufrir las correrías de los hombres del rey Sancho, algunos de los cuales, con lo oscuro y con la sorpresa, no respetaban hábitos ni cruces.

Cañas, por añadidura, era monasterio exclusivamente femenino.

Aquello resultaba extraño, pues lo habitual era que los monjes fueran varones o que, como mucho, hombres y mujeres compartieran vocación en conventos dúplices. Solo algunos sirvientes y la guardia armada rompían la norma; aparte, claro, de los muchos obreros que llegaban con el alba para trabajar en las faenas de ampliación de la abadía.

Urraca López observaba ahora a uno de aquellos campesinos. La muchacha contaba catorce años, aunque su desarrollo precoz la hacía pasar por una doncella mayor. Sus formas de mujer parecían lanzarse al mundo en un estallido de alegría casi lujuriosa a pesar de la sordidez que la rodeaba, y nadie ni nada podían evitar que, allá por donde pasara, todas las miradas confluyeran en ella. Había nacido para ser objeto de admiración. De deseo y envidia. Para que todos cuantos la vieran se enamorasen y cayeran en la desesperación. Urraca era hija de los fundadores de la abadía, el difunto conde don Lope Díaz de Haro y su ahora viuda, la condesa Aldonza. Esta se había retirado al convento cuatro años atrás, cuando el conde tuvo a bien tomar el camino de toda carne, y junto a ella se había traído a la jovencísima Urraca. Así lo dictaba el decoro. Los monasterios femeninos estaban reservados a las damas de alta cuna, y no pocas doncellas habían sido educadas en la rigidez de la orden para aportar su bondad al mundo cuando abandonaran el enclaustramiento laico.

Sin embargo, Urraca de Haro sentía un fuego que la quemaba por dentro, y poco tenía que ver con la fe. El campesino que ahora arrastraba una pieza de madera de gran longitud era un muchacho algo mayor que ella. El calor opresivo de aquella mañana hacía sudar a los obreros, de modo que muchos trabajaban en calzones y sus torsos desnudos se tostaban al sol. Urraca también sentía húmedas las palmas de las manos, y por eso las restregaba constantemente contra la saya de lino verde. Aspiraba el aire caliente con avidez, quizá ansiosa por captar el sudor que caía a goterones desde los hombros del muchacho. Él se dio cuenta. Entornó los ojos, cayó en el inevitable lazo de Urraca y el descuido le hizo tropezar. El sonido de la madera al desplomarse llamó la atención de uno de los maestros carpinteros, que dedicó una sonora bronca al joven plebeyo. Este estuvo a punto de señalar a Urraca como culpable de su descuido, pero se dio cuenta de que no había excusa válida. Ella sonrió. Conocía el efecto que causaba en los hombres y le divertía ver cómo babeaban cuando, con falsa indolencia, se aplastaba las arrugas de la camisa y remarcaba su busto adolescente. Le gustaba hacer sufrir a aquellos campesinos, que sabían que jamás podrían acceder a una hembra de noble origen como ella. Y, sin embargo, qué pocas trabas pondría a ese joven villano si este le hubiera propuesto acompañarlo tras alguna de las cabañas de los sirvientes. Con qué agrado pondría en práctica lo que únicamente sabía por habladurías. Pues, aunque joven y criada entre rezos, Urraca no era la única doncella que vivía en la abadía, y las conversaciones en susurros durante los oficios no trataban siempre de castidad, decoro y abstinencia.

Las voces moderadas de su madre y de la abadesa Aderquina la sacaron de su lasciva abstracción. Se volvió a medias y las vio acercarse. La condesa Aldonza no había renunciado a su papel de magnate castellana, aunque las circunstancias le impedían contraer nuevo matrimonio, como habría podido hacer otra viuda de menor alcurnia. No quedaba más opción para reinas y condesas que ingresar en un convento a la muerte de sus esposos. Pero eso no era óbice para que siguiera vistiendo con ricas sedas forradas de marta cibelina, o que luciera gargantillas y anillos de oro, o que alardeara de las muchas donaciones que, en pro de la salvación eterna de la casa de Haro, hacía la viuda a la abadía y a otros monasterios cercanos.

La madre abadesa se despidió de doña Aldonza con una inclinación de cabeza y desvió sus pasos hacia las obras de la iglesia. La condesa se reunió con su hija en el lugar en el que iba a construirse el cuarto muro del claustro.

—Urraca, lo he visto.

La muchacha se llevó la mano a la boca y fingió sofoco.

—¿Me has visto mirarlo, madre?

—Ay, ay, ay, qué mala respuesta. Has de aprender a reaccionar, mi niña. Disimula. Oféndete. Niega. —La condesa recolocó un mechón de cabello negro que escapaba de la crespina de su hija—. Y no observes con ese descaro a los plebeyos, o las habladurías recorrerán los caminos y se quedarán a vivir a tu alrededor. Pocas cosas hay peores para la mujer que una honra en entredicho.

—Madre, es que a veces… —Urraca se puso una mano en el vientre— siento cosas. Las demás doncellas hablan. El otro día recibimos carta de Blanca Téllez, la que se fue hace dos meses para casarse. Contaba detalles de su noche de bodas… Y ella es más joven que yo, madre.

—No entres en esos juegos, Urraca. Perteneces a la casa de Haro. Tu nobleza supera a la de muchos reyes.

—Soy una mujer —se quejó la muchacha con un mohín cansino.

—Desde luego que lo eres. —La condesa Aldonza se hizo un paso atrás y recorrió con la vista la figura que la saya no podía velar—. Una mujer muy hermosa, hija mía. Has de volver locos a los hombres, y ellos se someterán a tu voluntad. Ya lo verás. Pero entiende que no debes meterte en la cama de cualquiera. De eso venía a hablarte. Nuestras gestiones han dado fruto y se acerca el momento de tu boda.

A Urraca se le iluminaron los ojos oscuros, grandes y almendrados.

—¿Con quién? ¿Con un caballero castellano? Me gustaría que fuera uno como el tío Álvar. Fuerte y grande. Y muy valiente.

La condesa perdió la mirada mientras volvía a colocar el mechón rebelde de su hija bajo la crespina suelta. Aldonza era hermana de Álvar

Rodríguez, conde de Sarria al que en vida habían llamado el Calvo. Su fama, ya imperecedera, había crecido con los cuentos de juglares y caminantes. Se decía de él que había matado a cientos de almohades en Granada, antes de caer abatido por una cincuentena de flechas. De eso hacía una década y jamás se había recuperado el cuerpo. Las malas lenguas decían que fue decapitado, y que su cabeza adornó las murallas de Córdoba hasta que los cuervos dieron cuenta de la última triza de carne putrefacta. El condado de Sarria estaba ahora en manos del primogénito del Calvo, Rodrigón Álvarez. De él se decía que había heredado las hechuras y el valor de su padre. Y de buena gana doña Aldonza habría enlazado a su sobrino con Urraca, pero aparte de los impedimentos por lazos de sangre, el conde Rodrigo estaba ya casado. Y además ahora le había dado por la religión, y buscaba con denuedo formar una nueva orden militar para combatir en Tierra Santa.

La condesa frunció los labios. Le gustaría poder anunciar a Urraca que se iba a desposar con un caballero hermoso, como los de los cantares, pero no iba a ser así.

—Tu futuro esposo es uno de los hombres más poderosos de León. De hecho, es amigo inseparable del rey Fernando.

—Espero que no sea uno de esos traidores de los Castro. —La joven ahogó una mueca de asco.

La condesa sonrió. Aunque leonesa por origen, su matrimonio con el conde Lope de Haro, señor de Vizcaya, había hecho de ella una convencida castellana. Y como todos los castellanos leales al rey Alfonso, doña Aldonza odiaba a la familia Castro. Por las ambiciones de estos y por la rivalidad con otra poderosa familia, los Lara, Castilla se había desangrado en una interminable guerra civil. Los Castro estaban exiliados en León, donde seguían sirviendo al rey Fernando, pero también se sabía que tenían tratos con los sarracenos. Nombrar a un Castro en Castilla era mentar al diablo.

Fernando de León también era rival de Castilla, eso lo sabía todo el mundo. Pero se trataba de un rey, y las malquerencias y resentimientos se dejan atrás más fácilmente si se puede cuadrar amistad con una testa coronada.

—Tu futuro marido no es un Castro. Pero si lo fuera, tendrías que hacer de tripas corazón. Nadie es más poderoso en León, después del propio rey Fernando, que los varones de la casa de Castro. Si se presentara la oportunidad de maridar un Castro, niña, da por sentado que casarías.

—Nunca —se rebeló Urraca—. Se dice de los Castro que son horribles. Sus caras están llenas de llagas supurantes y escupen al hablar. Su aliento hiede como el agua estancada…

—Y tienen cuernos y rabo, ya. Pero te he dicho que tu esposo no va a ser un Castro. Se trata de Nuño Meléndez, señor de Ceón y Riaño, tenente de Aguilar. De sangre gallega, como yo. Como tu tío Álvar, que Dios tenga en su gloria.

—Nuño Meléndez... —Urraca paladeó las palabras, como si así pudiera percibir el sabor del hombre—. No me suena. ¿Cuántos años tiene? ¿Veinte? ¿Treinta?

Doña Aldonza volvió a estrechar los labios y observó de reojo al campesino torpe, aquel al que su hija miraba con deseo contenido unos momentos antes. El chico había recogido la pieza caída y la transportaba de nuevo rumbo a las obras de ampliación de las celdas. La condesa sabía que no podía tenerse todo. Y sabía también qué clase de sueños podía protagonizar aquel plebeyo en la mente de su hija. Y el noble Nuño Meléndez no era precisamente un veinteañero de torso fibroso y piel morena. Sonrió forzadamente.

—Dentro de poco celebraremos esponsales y conocerás a tu futuro señor. Es un buen partido, Urraca. Tiene tierras en El Bierzo y en Astorga. Y si alguien quiere cruzar el Sil, el Esla, el Órbigo o el Porma, tiene que pedirle permiso. Vas a vivir en la corte de León. Y Nuño Meléndez ha combatido mucho. ¿Crees que se conquista la amistad de un rey de otra forma que por empuñar la espada en batalla?

Urraca resopló, y el mechón negro volvió a escapar de la crespina.

—¿Treinta y cinco? Oh, por san Felices... ¿Cuarenta años?

—Cuarenta y cuatro, Urraca. Año arriba, año abajo.

—¿Cuarenta y cuatro? Madre, eso es mucho. Pero si es la misma edad que tienes tú. Yo no...

—Basta de chiquilladas. No eres una cualquiera. Perteneces a la casa de Haro y has de casar con alguien de tu alcurnia. La edad es lo de menos. Podréis tener hijos, y te convertirás en una de las nobles más respetadas de León. Y ahora ve a dar gracias a Dios por la felicidad que te espera y reza para ser una esposa fiel. Anda.

Urraca apretó los dientes tras los labios gordezuelos y caminó hacia la iglesia en obras. Antes de desaparecer tras el murete del claustro a medio erigir, volvió la vista atrás, al joven campesino sudoroso. Sonrió con fiereza. Lo que las doncellas hablaban a media voz en los rincones de la abadía no trataba solo de esponsales, bodas y fidelidad conyugal. Una cosa era darle hijos al marido, y otra darle gusto al cuerpo. Tal vez Urraca tuviera que casarse con un hombre treinta años mayor que ella, pero la llama que la consumía por dentro la apagaría con quien le viniera en gana.

الله في
ثقة على وانا

Esa noche. Extremadura aragonesa

El rey de Aragón, Alfonso, se había dado mucha prisa. Por eso ahora, tan pocos años después de su ocupación, Teruel gozaba ya de perímetro amurallado donde antes se alzaba una mísera cerca de madera. Y las chozas pobres eran sustituidas poco a poco por edificios sólidos. Se hablaba de que el rey se disponía a otorgar a la villa prebendas de frontera, pero a la ciudad accedían ya, adelantándose a los privilegios forales, todos aquellos que no tuvieran nada que perder allí y sí en otros lugares.

Había dos extremos entre las gentes de Teruel. En uno estaban los fundadores. Eran los caballeros de fortuna que ayudaron al rey de Aragón a ocupar la villa, que se habían instalado con ventaja y ahora gastaban ínfulas de ricoshombres. Familias navarras al completo alardeaban de apellidos que no decían nada a nadie en sus tierras de origen. En el otro extremo, toda clase de advenedizos que venían atraídos por las innumerables obras: murallas, torres de defensa, iglesias, caminos y casas; taberneros, proxenetas y prostitutas también afluían hacia las cuatro puertas abiertas en cada punto cardinal. Toda la gentuza de los alrededores huía de sus cuentas pendientes y se refugiaba en Teruel, donde nadie hacía preguntas ni esperaba respuestas. La ciudad rebosaba de cantinas, y un mercado permanente ofrecía toda clase de géneros a pobladores que todavía tenían sus hogares a medio abastecer. Como cualquier villa de frontera, Teruel era lugar de oportunidades. Aunque la moneda tenía su otra cara. El concejo mantenía una guardia permanente que se empleaba a fondo. Cuchilladas de callejón, reyertas multitudinarias y robos nocturnos se sucedían con tanta rapidez que los vecinos ya se habían acostumbrado a ver los cadáveres de los ajusticiados en las sendas de Zaragoza y Valencia.

Aquella noche hacía calor, y las tabernas de la ciudad estaban tan repletas que los rufianes y borrachines preferían apurar sus cuencos de vino rancio en la calle. Los turolenses de recién estrenada alcurnia, ante esta perspectiva, optaban por encerrarse en sus casas y mantener a salvo a sus familias. Fuera habría pendencia, y más de un fanfarrón sacaría en calle cristiana las armas que no se atrevía a lucir en descampado sarraceno.

Pero no todos los caballeros de renombre se ocultaban. Junto a la plaza del mercado, la que ocupaba el centro de la villa a medio construir, abría sus puertas la cantina más frecuentada. A ella acababa de entrar Ordoño Garcés, de la ilustre familia castellana de Aza.

Ordoño era fuerte, de recios hombros y buena estatura, y su pelo rubio y muy corto destacaba contra la piel coloreada por el sol, prueba de que no era mucho el tiempo que el caballero pasaba bajo techado. Llevaba vividas veinticuatro primaveras, y sus rasgos eran tan angulosos que parecían cortados a filo de espada. Al penetrar en la taberna, sus ojos grises recorrieron el gentío con la ventaja de quien excede en altura la mayoría de las cabezas. Un par de bravucones, de los que juraban haber estado en las guerras de medio mundo, se volvieron a mirarlo y repararon en la calidad de su talabarte y en el brillo de la daga ceñida al cinto. Allí dentro no había espadas. Las espadas eran armas de ricos, de palabras grandilocuentes y de campos de batalla. No tenían nada de útil en las grescas de callejón, cuando tu enemigo está tan cerca que puedes oler su aliento a cebolla y a vino ajado.

Ordoño pidió a gritos una jarra que pagó al instante, sin dar tiempo a nadie para ver de dónde salía la moneda que puso en la palma del cantinero. Luego bebió como los paladines de Gedeón, sin apartar la vista de la chusma que lo rodeaba. Apuró media vasija y la dejó sobre una barrica, y en ese momento una sombra se movió rauda a su derecha. El castellano apretó la empuñadura de la daga, pero enseguida reconoció al hombre que se había puesto a su lado. Soltó el arma y acogió la mano que le tendía el recién llegado.

—Amigo mío…

—Ordoño de Aza, sigues frecuentando los peores antros de la cristiandad.

—Vengo al lugar donde me citaste, perro infiel.

El insulto no pareció ofender al hombre, que se resistía a romper el caluroso saludo. Hizo un gesto para apartarse del gentío y ambos salieron de la cantina, no sin antes recuperar Ordoño su jarra. En la calle, varios borrachos balbuceaban a la luz de un hachón prendido de un muro. El castellano ofreció el vino a su amigo, y este trasegó hasta vaciar el recipiente.

—Como ves, sigo siendo un pecador —dijo al tiempo que se restregaba los labios con el dorso de la mano—. Aunque creo que no hay mayor pecado que vender un vino tan malo, por el Profeta.

Ordoño se llevó el índice ante la boca para recomendar silencio a su amigo, y los dos se alejaron media docena de pasos más del grupo de ebrios parlanchines.

—Ibn Sanadid —el castellano habló en voz baja—, solo a un chiflado como tú se le ocurre venir a un lugar como este. Esta chusma de frontera odia a los infieles. Si supieran quién eres, te rebanarían el gollete.

El recién llegado sonrió. Ibn Sanadid pasaba por cristiano sin dificultad, como ocurría con la mayor parte de los andalusíes. Su gonela, que un día había sido blanca, estaba ceñida por un cinturón simple del que colgaba un cuchillo de mango de hueso y, sobre el pecho, para completar la ilusión, colgaba una pequeña cruz de madera renegrida. No parecía muy distinto de los matachines que se atiborraban de licor en la taberna. Ibn Sanadid, fibroso como un gato montés, igualaba en edad a Ordoño, aunque era más bajo que él y menos corpulento. El andalusí tenía el pelo ondulado y negro, casi tan corto como el del castellano, aunque en otro tiempo había estado adornado por una larga trenza que, a la moda que un día luciera su pueblo, dejaba caer sobre un hombro. No había trenza ahora. Nada de orgullo andalusí. Nada de libertad.

—Este lugar es tan bueno como cualquier otro —respondió Ibn Sanadid—. En realidad es mejor. Nadie se fijará aquí en nosotros, y eso es importante porque ninguno de los dos está donde y con quien debería estar. Y en caso de que llamemos la atención de alguien —el andalusí tocó la empuñadura de su cuchillo—, será un bellaco más degollado en las callejas de un villorrio de frontera.

Ordoño asintió y miró de arriba abajo a Ibn Sanadid.

—¿Qué ha sido de ti estos dos años?

—Oh, pues... Bueno, he ido de acá para allá. Acudiendo siempre donde había posibilidad de ganancia.

Un ruido sordo interrumpió la conversación. La puerta de la taberna se había abierto de golpe y uno de los clientes trastabillaba hacia la calle. Otro rufián salió tras él mientras le escupía una retahíla de insultos. Sangraba por la nariz y tenía los ojos llorosos. El revuelo se alzó alrededor de la pelea, como solía ocurrir en aquellos lugares. Ordoño e Ibn Sanadid, cautos, se dieron un par de pasos más de distancia, pero la pelea acabó de forma tajante. Una jarra de barro cocido voló desde no se sabía dónde e impactó en la cabeza del tipo que sangraba. Se derrumbó y un coro de risas acompañó al golpe que se dio contra la tierra reseca del suelo. El oponente, que no era quien lo había noqueado, gritó con voz pastosa:

—¡Hijo de una cerda musulmana! ¡Que duermas bien!

Ibn Sanadid torció la boca ante un insulto que no iba dirigido a él, aunque ofendía a todos sus hermanos de fe, entre otras cosas porque el borracho que acababa de quedar inconsciente era tan cristiano como san Pedro. No hacía tanto tiempo, aquella villa había sido musulmana, y en ella también habían vivido católicos, según contaban. Por aquel entonces no era sino una aldeúcha —más miserable incluso que ahora— a la que nadie prestaba atención. Y eso había sido tónica general en los pueblos de al-Ándalus libres de la dominación almohade. La propia ciudad de Ibn Sanadid, Jaén, llevaba apenas cinco años sin presencia cristiana. Él mismo se había criado así, entre gentes de otras religiones, hasta que llegó el momento en el que su señor, Hamusk, se sometió a los almohades. Todos los cristianos y los judíos de Jaén tuvieron que abandonar sus casas y viajar al norte, a Castilla. Solo unos pocos aceptaron la conversión forzosa al islam, aunque pasaron a ser vigilados con recelo por los implacables *talaba*, los garantes de las buenas costumbres y censores del gobierno almohade.

Los Banú Sanadid eran una de las familias más nobles de Jaén, y durante el gobierno de Hamusk se mantuvieron fieles a él. Se enfrentaron junto con Mardánish, el difunto rey Lobo, a los invasores almohades. Porque el señor de Jaén, Hamusk, era pariente y vasallo de Mardánish, y eso significaba que también gozaba de las simpatías castellanas. El propio padre de Ibn Sanadid había luchado en alianza con guerreros cristianos contra los africanos en Granada, y dos años más tarde peleó en la batalla de Fahs al-Yallab, junto a Murcia. Extraño episodio en el que todos los guerreros jienenses sobrevivieron mientras el resto del ejército del rey Lobo caía masacrado. Unos días después, un fanático partidario de los almohades degolló al padre de Ibn Sanadid en el zoco, junto a otros incautos que paseaban en busca de mercancía. Algo que se repetía a menudo, tanto que llegó a sembrar el terror entre la población andalusí de Jaén, y que solo acabó cuando Hamusk traicionó al rey Lobo y se declaró sumiso al poder africano.

De esa sumisión hacía ya un lustro. Justo el tiempo que Ibn Sanadid llevaba fuera de su casa, en la frontera. Viviendo a veces del bandidaje y asalto de las caravanas, y otras como explorador a sueldo de los militares almohades.

Pero antes incluso de eso, cuando las relaciones entre los andalusíes de Hamusk y los cristianos de Castilla eran afables, Ibn Sanadid había conocido a Ordoño Garcés de Aza. Fue en una visita que los freires calatravos hicieron a Jaén. Algo relacionado con el comercio de aceite. En ese tiempo Ordoño era pupilo del maestre calatravo y recibía sus enseñanzas en las artes de la guerra. Profesar como hombre de Dios era una posibilidad que se abría al joven cristiano, y aquello le hizo entrar en contacto con la frontera. Ibn Sanadid y Ordoño, muchachos de la misma edad y ambos amantes de la acción, no tardaron en entablar amistad. El andalusí cabalgaba hasta Calatrava, o bien el cristiano viajaba a Jaén. Compartieron banquetes, borracheras y más de una pelea de juventud; y también el amor de alguna que otra campesina de los pagos calatravos o de la ribera del alto Guadalquivir. Aquella vida dada al placer de la carne fue lo que alejó definitivamente a Ordoño de los hábitos de la orden religiosa.

Luego llegaron los malos tiempos. Hamusk traicionó al rey Lobo, se enemistó con los cristianos y rindió vasallaje al califa Yusuf. Y los que antes eran aliados se convirtieron en enemigos: se abrió la veda a uno y otro lado de la frontera.

Pero Ordoño e Ibn Sanadid se negaron a romper su amistad. Usaron las redes de correo alado entre Jaén y Toledo, y se mantuvieron en contacto. Se citaban cada poco en un lugar a este o al otro lado de Sierra Morena. Juntos cazaban y, entre disimulos, se embriagaban en alguna cantina o gastaban los dineros en un lupanar. La frontera era lugar de pocas leyes, y en ella siempre se podía encontrar lo que estaba negado en las austeras fortificaciones calatravas o las aldeas bajo yugo almohade. Entonces Ibn Sanadid empezó a trabajar para los africanos. Guiando expediciones, o llevando cabalgadas de diversión a pocas leguas de Toledo o Talavera. Y se vio obligado a luchar y a derramar sangre cristiana. A Ordoño le pasó otro tanto. Como miembro de casa noble, tuvo que acompañar a la corte del rey Alfonso de Castilla, pero también participó en algaras junto a sus queridos calatravos o a otros guerreros católicos. Una furtiva noche de otoño, junto a una hoguera en una senda de montaña cerca de Úbeda, los dos amigos, algo trastornados por el licor de dátiles que Ibn Sanadid había conseguido de contrabando, hicieron un juramento.

Jamás lucharían el uno contra el otro. Aunque se encontraran frente a frente en una cabalgada, o sus mayores o ellos mismos se midieran en el campo de batalla.

—Hace unos días estaba con el rey Alfonso en San Esteban de Gormaz. —Ordoño observaba cómo varios plebeyos arrastraban el cuerpo del borracho inconsciente para devolverlo a la taberna. Las risas y los insultos cesaban y todos regresaban a sus etílicos quehaceres—. Pero antes de salir de casa había recibido tu paloma mensajera. Cuando me dijiste que podíamos vernos en este nido de ratas, pensé que te habías vuelto loco. ¿Recibiste mi contestación o has venido a la buena de Dios?

—La recibí. Tu rey se mueve mucho, y sé que tú y tus hermanos siempre vais con él. Pero el califa Yusuf se ha acomodado. Hace cosa de un año guie a un montón de esos africanos para escoltar una caravana de suministro a Badajoz, y a la vuelta corrimos un par de algaras por tierras de Talavera. Desde entonces no me muevo si no es para gozar de alguna que otra puta en los lupanares de frontera. ¿Sabes que hay un montón de rufianes que llevan a sus zorras en carretas al norte de Sierra Morena? Son gentuza. Ribaldos y marmitones, desertores de uno y otro lado. Van de pueblo en pueblo y no hacen mal precio. Además, como me hago pasar por cristiano, me cobran menos.

Ordoño rio sin ganas.

—Es normal que te aburras. Vuestras dichosas cabalgadas y la guerra contra Navarra obligaron a mi rey a firmar treguas con tu califa. Por el momento podemos estar tranquilos en la frontera.

—Ya. Mi califa gusta mucho de las treguas, y se sabe que a sus jeques almohades no les agrada eso. No es que a mí me vuelva loco la guerra, pero es verdad que da más dinero que guiar caravanas de mercaderes por caminos de cabras. De todas formas pensé que no vendrías. Supuse que, con el buen tiempo, reanudaríais vuestra trifulca con los navarros.

—Y no vas desencaminado. Esta noche beberé contigo, y hasta buscaremos una mancebía decente que no se parezca a esos lupanares de carreta que se mueven por tierra de nadie. Pero mañana partiré de nuevo. Mi rey se dispone a atacar Navarra, ciertamente, y he de reunirme con él.

—Espero que pagues tú. —Ibn Sanadid mostró las palmas de las manos—. Yo ando muy corto de dineros, y los que tengo son esas feas monedas cuadradas de los almohades. No creo que gusten a las piadosas putas cristianas.

Esta vez la risa de Ordoño fue franca, pero se vio interrumpida por la presencia de dos sombras. Eran los matones que se habían fijado en el castellano dentro de la cantina. Venían despacio, y demasiado separados como para hacerlo con buenas intenciones.

—¿He oído algo de dineros? —le dijo un baladrón al otro con mucha sorna.

—Yo también lo he oído. Pero más curioso es lo que ha dicho ese. —Señaló con la daga desenfundada a Ibn Sanadid—. Para mí que es infiel.

Ordoño observó que la puerta de la taberna estaba vacía. Los dos fanfarrones habían escogido un buen momento, de seguro porque lo llevaban esperando hacía rato. Los rasgos del castellano se aguzaron bajo la penumbra. Como era de esperar, la guardia nocturna se había cuidado mucho de acercarse a la plaza del mercado, probablemente porque sus miembros eran tan matones como aquellos dos tipejos que ahora se venían sobre Ordoño e Ibn Sanadid.

—Digo yo que podemos hacer la vista gorda con el infiel —el matachín de la derecha se abrió hasta el centro de la calleja marcada por huellas de carruajes—, siempre que nos vayamos menos pobres de lo que venimos.

El castellano y el jienense cruzaron una mirada cómplice.

—Va a ser una noche redonda —dijo Ibn Sanadid antes de lanzarse a la pelea.

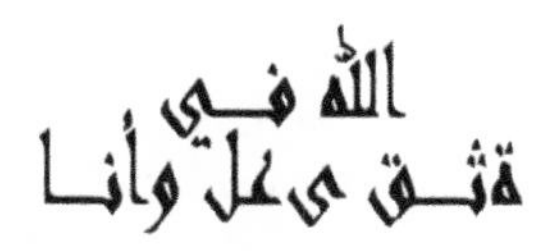

2
LOS APÁTRIDAS

Un mes después, verano de 1174

El patio ajardinado era un pequeño paraíso donde refugiarse del intenso calor sevillano.

Solo un califa como Yusuf podría haber olvidado las austeras formas almohades para diseñar aquella concesión al lujo y al derroche. Estaba construido en dos alturas: de la inferior arrancaban las columnas que sostenían el paseo en crucero del nivel superior. Y también abajo se enraizaban los árboles cuyas copas flanqueaban los corredores de arriba. Así, quien anduviera por el piso alto lo haría entre las hojas y gozaría del techo azul y límpido del cielo andalusí. Los que prefirieran el piso bajo, disfrutarían de la penumbra y contarían con un resguardo contra el insufrible estío de la capital almohade en la península.

Como cada mañana, Yusuf desayunaba en el paseo alto en compañía de sus dos amigos y consejeros andalusíes. Uno era Ibn Tufayl, viejo conocido de los almohades desde casi el principio de la invasión. Aquel anciano de sesenta y cuatro años había huido de Guadix más de dos décadas atrás, cuando la ciudad cayó en poder del rey Lobo. No quiso disfrutar de la vida de ensueño que, según decían, regalaba aquel monarca andalusí a todos sus súbditos. En su lugar prefirió trasladarse a Granada para ponerse al servicio de los *sayyides* almohades. En cuanto el califa Abd al-Mumín murió y Yusuf subió al trono, Ibn Tufayl pasó a su corte y se convirtió en consejero inseparable del príncipe de los creyentes. Fue el plato que equilibró la balanza. El carácter sanguinario y codicioso de Yusuf se atemperó, y el segundo califa almohade comenzó a entender el significado del sosiego y de la moderación. Sus órdenes, a menudo crueles, se tornaron reflexivas e incluso misericordiosas.

El otro andalusí que acompañaba ahora al príncipe de los creyentes era Ibn Rushd, un cadí cordobés de gran prestigio que no dejaba de estudiar y escribir sobre medicina y filosofía. Un hombre que se incorporó muerto de miedo a la corte de Yusuf y que había llegado a desplazar la influencia del poderoso Abú Hafs. Y ahora que Ibn Tufayl padecía las fatigas de la edad, Ibn Rushd, de cuarenta y ocho años, disfrutaba de auténtica amistad con el califa.

Los dos filósofos y Yusuf se sentaban en triángulo en la intersección de los dos paseos superiores, sobre almohadones bordados y alrededor de las bandejas con frutos secos y jarabe de granada. Ibn Rushd, en esta ocasión, ejercía de orador mientras Ibn Tufayl asentía repetidamente y el califa escuchaba con la cabeza ladeada, atrapado por el interés y gozoso por el debate matinal.

—Si el difunto Abd al-Mumín abandonara su sepulcro y viera en qué emplea su tiempo el califa de los almohades, qué poco tardarían los cráneos de esos dos andalusíes en adornar las murallas de Marrakech. —Las palabras sisearon en la boca de Abú Hafs.

Yaqub observó de reojo a su tío. Ambos aguardaban su turno bajo los arcos que rodeaban el patio de crucero, de plantón antes de ser recibidos por el califa.

—No está bien que un príncipe del islam tenga que esperar mientras dos inferiores gozan de la compañía del califa, ¿verdad, tío?

—Verdad, sobrino. —Abú Hafs pasó la mano por uno de los pilares que sostenían el pórtico y esbozó una mueca de asco—. Tú no debes cometer los mismos errores que tu padre, o te volverás blando. Inútil. No es lo que se espera de un califa almohade. Por eso has de regresar a nuestros orígenes, donde hallarás la renovación. No es bueno que te eduques aquí, entre la depravación que acompaña a los andalusíes. No nos aceptan de grado, ¿sabes? Nuestros *talaba* se afanan mucho en silenciar el odio que nos tienen y solo dicen a mi hermano lo que quiere oír. Pero siempre conspiran. Cuídate de ellos, Yaqub. Cuídate de esta raza maldita.

El heredero del imperio asintió en silencio. En el cruce de los dos paseos altos, entre las cuatro frondas que surgían del piso bajo, el filósofo Ibn Rushd terminó su disertación con los brazos abiertos. El califa e Ibn Tufayl aplaudieron al cordobés y empezó el turno del anciano de Guadix. Este hablaba con voz más sosegada y sin gesticular. Miraba directamente a los ojos de Yusuf y, cada dos o tres frases, pedía la aprobación silenciosa de Ibn Rushd. La conseguía siempre. El joven Yaqub volvió a hablar a su tío:

—Mi padre dice que así, en compañía de esos dos, consigue el amor de los andalusíes.

—Error. —La voz de Abú Hafs era el tajo de un hacha—. No es el amor de los andalusíes lo que precisamos. El único amor necesario es el de Dios, y ese lo disfrutamos por raza. Tu abuelo Abd al-Mumín lo sabía bien y por eso prefería que le temiesen, no que lo amasen. Levantó su imperio con espadas y lanzas, no con poemas y filosofía. Pero él era diferente. Un guerrero del Atlas, forjado en las guerras contra los almorávides y las tribus rebeldes. Tu padre, sin embargo, ha pasado demasiado tiempo en esta península de fornicadores y borrachos. Por eso debes volver a África.

Yaqub se convencía más a cada instante. A su edad, muchos de los chicos almohades ya habían entrado en batalla o cumplían servicio en las fortalezas del imperio. Mientras tanto, él se criaba en Sevilla, rodeado de palacetes, jardines y cantos de pájaros. La instrucción militar que recibía era, a su juicio, muy poca. Y las algaras y escaramuzas con los cristianos eran algo que sonaba lejano, como de cuento.

—Pero, tío, es aquí, en al-Ándalus, donde podré enfrentarme con los adoradores de la cruz. No en África.

—Llegará un día, Yaqub —Abú Hafs posó su mano sobre el hombro del muchacho y este notó la tensión de sus dedos, tan enfebrecidos como su mirada—, en el que te enfrentarás con la cruz y la humillarás. Pero este no es el único nido de infieles. Todos aquellos que reniegan del Tawhid lo son, aunque se digan musulmanes. Existe una maldición en al-Ándalus. Una que vuelve pusilánimes a los verdaderos creyentes, los hace caer en la molicie y la desidia. Dinastías antiguas se hundieron por ello, recuérdalo. Y recuerda también las enseñanzas de los *talaba.* Abd al-Mumín bajó de las montañas con apenas un puñado de fieles armados con cuchillos sin afilar, pero protegido con la fe del Único. Tu padre, aunque de recta intención, lleva demasiado tiempo en el llano y gusta mucho de esta tierra engañosa. Por eso se tambalea en el combate. Sí, Yaqub. Por eso fue un fracaso la expedición a Huete de hace dos años. ¿Sabes qué hacía él mientras nosotros nos batíamos contra los cristianos? Discutía en su tienda sobre teología con ese Ibn Rushd y otros charlatanes andalusíes como él. La primera campaña en la que un califa almohade tomaba el mando directo de sus tropas en al-Ándalus, naufragada por la inconstancia y la desidia. Es humillante que un ejército superior ceda ante los comedores de cerdo. Y ¿qué ha hecho desde ese desengaño? Firmar treguas con los infieles. Inadmisible.

—Entonces, cuando yo sea califa, ¿no deberé acordar treguas con ellos?

Abú Hafs fijó los ojos enrojecidos en su sobrino.

—«No os deis tregua en la persecución de vuestros enemigos», dice el Libro. No es del agrado de Dios, alabado sea, que el fiel se tome descanso en la guerra santa. Mucho menos si es para pasar el tiempo con discusiones vacías y banquetes al calor del sol. Pero, al igual que hacen los árabes del desierto, a veces es preferible una retirada para que el enemigo se confíe y, así, poder golpearle con más fuerza. Recuerda esto también.

En ese momento, el califa e Ibn Rushd aplaudieron el final del discurso del anciano Ibn Tufayl. Yusuf se palmeó la redondez de la barriga, sonrió con sus labios delgados y enmarcados por una barba rala. Miró hacia donde aguardaban su hermano y su hijo y los invitó a acercarse con un gesto alegre. Ambos bajaron los escalones desde el pórtico y anduvieron por el corredor elevado hacia el cruce. Los filósofos se pusieron en pie para saludar con una reverencia la llegada del sucesor del imperio.

—Espero que la charla haya sido de tu agrado, hermano. —Abú Hafs besó la mano de Yusuf—. Tus familiares de pura sangre almohade hemos esperado con paciencia a que estos andalusíes terminaran su turno. ¿Podemos gozar ya de tu compañía, oh, príncipe de los creyentes, o departirás ahora con los perros?

Yusuf jamás había podido soportar la mirada de su hermanastro. Nadie había capaz de hacerlo desde la muerte de Abd al-Mumín. Solo hurtándole la vista era posible escapar de su influjo fanático. El califa, pues, se dirigió a Ibn Rushd:

—Disculpad al *sayyid* Abú Hafs, amigos míos. Sabéis que es hombre recto y su intención no es ofender.

—Claro que no —contestó el cordobés. Era un hombre alto y delgado, con cabello prematuramente encanecido que escaseaba en la frente y peinaba hacia atrás. Su bigote, también blanco, adornaba una sempiterna sonrisa de dientes blancos y perfectos. Ibn Rushd era descendiente de cadíes que habían prestado servicio a reyes andalusíes y a emires almorávides. Su fama era grande, incluso en tierras cristianas, pero él tampoco se atrevía a sostener la mirada roja de Abú Hafs—. Nunca el agua, aunque venga de repente, ofende al hombre prevenido y prudente. Palabras del sabio Virgilio.

—¿Me comparas con agua, andalusí? —Abú Hafs se adelantó dos pasos y detuvo su rostro muy cerca del de Ibn Rushd.

—Sí por tu poder, oh, gran señor —respondió este sin borrar la sonrisa, aunque con la mirada baja—. Pues el hombre mísero nada puede hacer ante las grandes avenidas del río que, desbordado, derriba murallas y arrastra ciudades. Yo, que soy muy consciente de ese poder, no me sorprendo por ello, pues está en la naturaleza de un *sayyid* almohade el sobrepasar con mucho a la escoria de mi raza andalusí.

Abú Hafs resopló como un búfalo. Odiaba a aquel cordobés. Detestaba su forma de usar las palabras de modo tal que, aunque parecía humillarse, siempre quedaba un rescoldo de burla. Ah, si estuviera en sus manos...

—La próxima vez no me compares con agua. La sangre es imagen más adecuada. —Se volvió hacia el califa—. Vengo con tu hijo y heredero para pedirte permiso, príncipe de los creyentes.

—Oh, lo tienes. Ambos lo tenéis. —Yusuf habría dicho que sí a cualquier cosa con tal de librarse de su medio hermano. Solo después de ello reparó en que convendría saber qué se le había ocurrido a Abú Hafs—. ¿Qué pretendéis hacer?

—He pensado que Yaqub debe volver a África, a nuestras montañas, para buscar sus raíces. Que aprenda allí como aprendió el difunto Abd al-Mumín. Como aprendimos nosotros. ¿Recuerdas, hermano? Tú también estuviste allí.

Yusuf no pudo evitar el gesto de incredulidad.

—¿De verdad crees, Abú Hafs, que el futuro califa de los almohades se educará mejor entre cabras y asnos que aquí, en esta inmensa ciudad, o en Marrakech, rodeado de mezquitas y de hombres sabios?

—Tu hijo ya ha tenido bastante de eso. Pero lo cierto es que aún no ha empuñado armas contra los enemigos de Dios. Y como tú muy bien sabes, oh, príncipe de los creyentes, la guerra santa es la principal misión de un califa almohade. —Abú Hafs amagó una inclinación—. Tú eres nuestro ejemplo.

Yusuf se ruborizó de vergüenza. A sus flancos, los dos filósofos andalusíes guardaban silencio, temerosos de despertar la ira de Abú Hafs.

—Hay un tiempo para la guerra —dijo inseguro el califa—. Y otro para la paz. Ha sido bajo mi gobierno cuando al-Ándalus se ha unificado.

Abú Hafs sonrió con fiereza. Las campañas para vencer la resistencia andalusí habían sido comandadas por él mismo y por su otro hermano Utmán. Yusuf siempre quedaba a la retaguardia. Y de sus tiempos de *sayyid*, en vida de Abd al-Mumín, aún se recordaban vergonzosos episodios de huida en pleno combate y de derrota ante fuerzas inferiores.

—Rendir al rey Lobo y unificar al-Ándalus era un medio, mi señor y hermano. Un medio para conseguir un fin: la derrota de la cruz.

—Derrota que llegará. —Yusuf, incómodo, revolvió el pelo de su heredero.

Yaqub no se inmutó, pero Abú Hafs insistió:

—Y cuando estés al frente de los escuadrones de Dios, hermano mío, ¿cómo vencerás a los cristianos? ¿Recitarás las frases de ese tal Virginio?

—Virgilio —corrigió Ibn Rushd, aunque la mirada de Abú Hafs hizo que se arrepintiera de inmediato.

—No es malo adquirir conocimientos —se excusó Yusuf.

—El libro que escribió el Profeta contiene todos los conocimientos que un califa necesita. No nos hacen falta proverbios de infieles. —Abú Hafs clavó sus ojos fanáticos en Ibn Rushd—. ¿Podrías tú, andalusí, enseñar a nuestro joven Yaqub a liderar los ejércitos de Dios para aplastar a los cristianos? ¿Qué ejemplo ha de dar ese Virginio a un guerrero del islam?

—Los antiguos eran mejores que nosotros en el arte de la guerra. —El cordobés no pudo evitar la contestación, y se sintió obligado a explicarse—. Quiero decir... El mismo Virgilio era romano, y en su época se formó un imperio enorme que sojuzgó a tribus tan lejanas que ni siquiera podemos...

—Respóndeme a esto, andalusí —Abú Hafs volvió a aferrar con los garfios de sus dedos el hombro de Yaqub—, o mejor explícaselo a tu futuro califa: ¿dónde está ese imperio de los romanos? No lo veo por aquí. Desde el océano infinito hasta las fronteras de Egipto y desde las tierras de los negros a la Sierra Morena, son los fieles almohades quienes erigen su imperio. Y son versículos de Dios lo que se lee, y no proverbios de Virginio.

—Virgilio... —volvió a corregir el cordobés, y a continuación se mordió la lengua. El anciano Ibn Tufayl se vio en la necesidad de salir en ayuda de Ibn Rushd.

—Mi señor Abú Hafs, como siempre, tienes mucha razón. Ya nada queda de la gloria romana, pues está en la naturaleza de todo imperio crecer para luego caer.

Hasta Yusuf pudo darse cuenta de lo inconveniente de esa frase. Abú Hafs parecía arder de ira.

—¿Acaso supones, escoria andalusí, que el Imperio almohade ha de caer también?

—Basta —pidió el califa. Su vista estaba puesta en Yaqub. El joven heredero miraba a unos y a otros. Seguía la discusión en silencio, sonriendo con media boca ante cada sentencia amenazadora de Abú Hafs. Yusuf pensó que tal vez el muchacho admiraba demasiado a su tío. Pero no pudo evitar dar a este la razón. El califa odiaba la guerra. Jamás le habían gustado el ruido de las espadas ni los gritos del combate. Detestaba el olor acre del miedo antes de la batalla, y también odiaba el plañir de las viudas. Su experiencia como guerrero había sido muy pobre, y los éxitos militares de su reinado se debían a la habilidad de sus *sayyides*, como Utmán o como el mismo Abú Hafs. ¿Qué ejemplo era ese? Su padre, Abd al-Mumín... Ese sí había sido un guerrero incansable. Había matado con sus propias armas a cientos de enemigos. Mientras que él, Yusuf, ¿cómo pasaría a la historia? ¿En verdad era así como se construía un imperio? Suspiró. No le quedaba más remedio que dar la razón al visir omnipotente—. Tal vez estés en lo cierto, hermano mío.

—¡Bien! —El grito de triunfo de Abú Hafs hizo retroceder a los dos filósofos y sobresaltó al califa—. Entonces Yaqub cruzará el Estrecho enseguida. Lo mandaré con los hintatas. Con los guerreros más fieros del Atlas. Allí aprenderá su oficio.

Yusuf vio el brillo en los ojos de su hijo. Y en ellos adivinó el agradecimiento y la admiración hacia Abú Hafs. Supo que se había precipitado y que no era bueno otorgar ese triunfo a su medio hermano. No aún, al menos. Quizá todavía pudiera servir de ejemplo a su sucesor. Tuvo que armarse de valor para decir la última palabra en aquella discusión.

—Pero Yaqub no se irá todavía. Su primera lección de guerra y política la recibirá de su padre. Del príncipe de los creyentes. Cualquiera puede luchar, pero solo unos pocos elegidos pueden gobernar. Este año mi sucesor verá cómo se castiga a un enemigo, y cómo se refuerza una alianza y se gana el corazón de los súbditos.

»Ayer, un emisario me trajo la noticia de que Fernando Rodríguez de Castro ha pedido permiso para venir aquí. Ese hombre estuvo aliado con nosotros en el pasado y jamás rompió sus tratos. Es cristiano, pero también enemigo jurado del rey de Castilla, y a sus órdenes combate una hueste nada despreciable.

»Castro vive en León como vasallo del rey Fernando, y algo muy raro ha tenido que ocurrir para que lo abandone. Es cierto que estamos en tregua, pero no con León. Mi respuesta ha sido positiva. Nos visitará dentro de poco.

Abú Hafs entrecerró los ojos turbados.

—¿Vas a atacar a los cristianos?

—Es posible. La alianza de Castro nos fue ventajosa hace un tiempo y tal vez logremos alguna ganancia de nuevo.

—No me parece bien que te alíes con un cristiano, ni siquiera si es para atacar a otro; pero tú eres el califa, y no yo. —Abú Hafs aflojó la presión sobre el hombro de Yaqub—. Aunque has dicho que mostrarías a tu hijo cómo ganar el corazón de tus súbditos. ¿Lo harás ofreciendo amistad a ese Castro?

—No. —Yusuf parecía ganar confianza—. Lo haré desposando a Zayda, la hija del rey Lobo. Es una promesa que hicimos a los Banú Mardánish cuando se rindieron. Y la otra lobezna, Safiyya, se casará con Yaqub, como acordamos. En la memoria de estos andalusíes sigue habiendo un lugar para ese rebelde. Este matrimonio doble acabará con ese recuerdo.

—Cierto. —Sonó la voz de Ibn Tufayl por detrás del califa.

Abú Hafs se mordió el labio. Alargó una reverencia al príncipe de los creyentes y retrocedió sin dejar de mirar a los filósofos andalusíes. A medio corredor se dio la vuelta y se retiró sin decir una palabra más.

في الله
وأنا على ثقة

AL MISMO TIEMPO. LEÓN

Pedro Fernández de Castro se hallaba junto a una pilastra, y sus ojos verdes escudriñaban los tapices a lo largo del corredor. Allí se cantaban las glorias de los reyes de León. Los de Asturias antes de estos, y aun los antiguos monarcas godos en las urdimbres más descoloridas. Guerreros coronados, de nombre áspero y espada fácil. Hombres fieros en cuya vida jamás se había oído nombrar a Castilla.

Pedro tenía catorce años y era el primogénito de Fernando Rodríguez de Castro, llamado el Castellano en León; llamado el Renegado en Castilla. Maldito por el destino y considerado traidor en su patria, baldón que se transmitía de padres a hijos. El muchacho se acercó a uno de los tapices más cercanos; en él, el emperador Alfonso se alzaba majestuoso, con la espada en la mano y los demás reyes peninsulares postrados a sus pies. Pedro era nieto de ese hombre, muerto diecisiete años antes en los pasos de Sierra Morena. El que decidió dividir su imperio para mal de los cristianos. Pasó la mano lentamente sobre la superficie azul, púrpura y dorada, y creó ondulaciones que reflejaron las llamas de los hachones cercanos. Los ojos del muchacho también brillaron.

Se volvió al oír los pasos, y su pelo castaño y largo acompañó al movimiento de su cabeza. Dos adolescentes, doncellas de la corte, recorrían el pasillo mientras sujetaban los cordajes de sus mantos con una mano, moda traída a la corte leonesa y que habían adoptado casi todas las damas y mozas de alcurnia. Las dos muchachas pasaron ante la puerta del salón del trono, guardada por dos hombres armados, observaron a Pedro y se alejaron mientras intercambiaban risitas y murmullos. Pedro, apuesto y alto ya a pesar de su juventud, habría sonreído divertido en otra ocasión. Pero no ahora.

Ahora, a pocos pasos de allí, su padre se entrevistaba a cara de perro con su tocayo, el rey de León. Ambos se habían encerrado en el salón regio, y hasta los guardias ocupados de la seguridad del monarca esperaban fuera. Nadie había de tamaña importancia en el reino después del propio rey. Fernando Rodríguez de Castro era uno de los señores más poderosos de la península. Incluso desterrado de Castilla, como estaba tras la guerra civil contra los Lara. Los dos Fernandos discutían.

El de Castro se mostraba airado porque el rey de León pretendía pactar con el castellano y el encargado de las negociaciones era precisamente Nuño de Lara, el que había sido tutor del rey Alfonso y regente de Castilla. La sola presencia de uno de los magnates de aquella familia en la corte leonesa había soliviantado los ánimos de Fernando de Castro. Fernando de León, por su parte, temía a los almohades. Aunque había sido aliado suyo en el pasado, ahora los sarracenos se mantenían en paz con Portugal y Castilla. Eso le daba miedo, porque dejaba a León solo ante el enemigo infiel. Y el miedo le llevaba a desear la alianza con el incómodo vecino castellano.

Nuevos pasos llamaron la atención del joven Pedro. Esta vez era su madre la que se aproximaba por el corredor junto a una de sus doncellas de compañía. Los dos guardias armados inclinaron las cabezas en señal de saludo.

—¿Todavía regañan? —preguntó la dama antes de acercarse y besar a su hijo en la frente.

—Todavía. —El niño señaló a la recia puerta de madera claveteada—. Pero no he podido escuchar nada. El rey ha echado hasta a la guardia.

La mujer torció la boca. Ella, Estefanía, era hermana del rey. Hija bastarda del emperador Alfonso. Durante unos instantes movió los labios en silencio. Luchaba consigo misma, temerosa de inmiscuirse en una disputa entre los dos hombres más poderosos del reino de León. Sus dedos volteaban nerviosamente el pequeño relicario de plata que colgaba de su cuello, y que contenía una astillita de la Vera Cruz que había pasado por manos santas y nobles hasta llegar a su poder. Observó el gesto expectante de su hijo y luego miró a su doncella de compañía. Leyó en ambos rostros la preocupación, tanto por la ira regia como por la impulsividad del propio Castro. La familia no tenía adonde ir, y Estefanía sabía muy bien que su señor esposo era muy capaz de desnaturarse y exiliarse también de León. No podía consentirlo, así que inspiró con fuerza, soltó su relicario y se plantó ante la puerta. Uno de los guardias desvió la vista y el otro se encogió de hombros. No serían ellos quienes se opusieran a una hija del difunto emperador. Durante el breve momento en el que el gran batiente de madera cargado de hierro se abrió y se cerró, salieron al corredor palabras dichas en tono poco amistoso. Pedro reconoció la voz recia de su padre, y al propio rey que intentaba imponerse a gritos. El portazo resonó por los pasillos del palacio real de León y la quietud volvió a inundarlo todo.

Pedro contuvo la respiración. Esperaba que las puertas tachonadas de clavos negros volvieran a abrirse y su madre fuera expulsada del salón del trono. Pero no ocurrió. A su lado, la doncella de doña Estefanía suspiró. Era una joven leonesa de familia humilde llamada Gontroda, de diecisiete años recién cumplidos y querencia a mostrar sus encantos. Y en ese momento, al notar que uno de los guardias reales se inclinaba un tanto hacia el escote de su saya, la doncella se olvidó de su señora y se dedicó a lucirse a conciencia. Pedro también suspiró y su vista volvió al tapiz de su abuelo, el emperador Alfonso.

الله في
ثقة على وأنا

Estefanía caminó decidida y digna, directa hacia el trono montado sobre el estrado. Su hermano Fernando, rey de León, se hallaba sentado en el sitial, con un pie sobre la tarima alfombrada que le servía de escabel. Él la observó con la impaciencia a punto de estallar en sus ojos. Era una de esas pocas ocasiones, pensó la mujer, en las que el rostro de su hermano desdibujaba el gesto inexpresivo. Como siempre, el rey vestía lujosamente, con saya morada de jamete bordada en las mangas y capa roja con ribete de marta. Las manos aferradas a los pomos de los reposabrazos relucían con los muchos anillos. Ante él, ocupando el primero de los tres escalones que subían al tablado, estaba el señor de Castro. Los dos Fernandos acababan de acallar sus reproches y observaban a la recién llegada. Estefanía miró a uno y otro. La hija bastarda del emperador tenía treinta años, el cabello negro y rizado recogido en trenzas bajo la toca de seda blanca, y el rostro de una belleza serena y delicada. La saya encordada, blanca también, realzaba su donaire.

—Mujer, tratamos cosas de hombres —avisó entre dientes el noble castellano.

Fernando de Castro, aun a punto de cumplir la cincuentena —y ser con ello veinte años mayor que su esposa—, mantenía el porte enérgico y ágil. Solo el color gris de su barba y su melena, que crecían libres, y las muchas marcas de batalla que adornaban su rostro, delataba al guerrero veterano.

—Es lo que me inquieta —contestó ella, y cumplió con la reverencia de rigor ante el rey. Habló como solía, con gran solemnidad y voz moderada, buscando siempre la palabra exacta y no otra—. Como hombres, os dejaréis llevar por la furia y no por el seso. Gritabais cuando he entrado, y así no se llega a ningún sitio. Mi señor rey y hermano. Mi señor esposo. ¿Qué lazo hay entre ambos más fuerte que yo misma? Dejadme oír, pues, cuáles son los desvelos que os distancian.

Fernando de Castro resopló como un destrero en medio de la carga. Odiaba aquellos aires de su esposa, por muy hija del emperador que fuera. Volvió la cara a un lateral del salón del trono leonés. Fue el rey quien habló a su hermana.

—Nuño de Lara se presentará ante mí en breve. Tal vez en pocas semanas. —Relajó la presión de sus manos—. Vendrá para negociar un tratado de amistad. Yo no pedí que fuera él el embajador de Castilla, pero sí mandé correos a mi sobrino para empezar a entendernos.

—Y ese perro nos manda a un Lara. —La voz del de Castro sonó desabrida.

Estefanía apretó los dientes ante el insulto vertido al rey vecino.

—Alfonso de Castilla es mi sobrino. Muy bien veo que se avenga con mi hermano. Ambos son reyes cristianos y el enemigo es otro.

—Eres hija de tu padre —escupió Castro sin mirarla.

—Lo soy. Y el difunto emperador debe penar en los cielos al ver qué desunión reina entre los católicos.

—Está muerto. —Fernando de Castro se volvió. En su mirada refulgía la cólera que lo atormentaba desde su derrota en la guerra civil castellana—. El emperador murió, y lo hizo tras dejar su imperio dividido y en manos del azar. Como dividida quedó Castilla. ¿No es cómico? Pretendía gobernar un imperio y su herencia fue la anarquía. Aquella decisión es la causa de todo el mal que nos aqueja ahora.

—Mayor razón para volver a unirnos —repuso ella. El rey seguía la discusión en silencio.

—No seas necia, mujer. —El señor de Castro la observó con ojos furibundos—. El rey de Castilla es un jovenzuelo criado en la casa de los Lara. Y los Lara nos odian. Es por su culpa por lo que vivimos en el destierro. —Volvió la vista al rey—. Te lo vuelvo a advertir, mi señor: si pactas con Nuño de Lara, me marcharé de tu lado.

Fernando de León resopló. Solo el magnate de Castro se atrevía a hablarle así. Lo hacía por su carácter, agrio y obstinado, pero también porque a sus órdenes mantenía la hueste más poderosa de León. Y porque gobernaba en territorios tan extensos como comprometidos: lugares de frontera con el islam, como el señorío de Trujillo, o marcas de perpetua rivalidad con Castilla, como el Infantazgo. Y aunque había un límite para todo, el rey trató por última vez de que su tocayo y cuñado entrara en razón.

—Alfonso de Castilla me asegura que no pide nada a cambio de mi amistad. No te reclamará para pedirte cuentas ni exigirá condición alguna. Puedes seguir en León sin miedo…

—¡No! —El vozarrón del de Castro sobresaltó a su esposa—. ¡No compartiré la mesa con un Lara! ¡Antes marcharé a tierra de infieles!

El rey cerró los ojos y enroscó los dedos alrededor de la madera de su trono. Estefanía jugó su carta:

—Esposo mío, no esperes que te acompañe junto a los sarracenos. Más te digo: si entras de nuevo en pacto con ellos, jamás volveremos a dormir bajo el mismo techo.

—Eres mi mujer. Me debes…

—Soy hija de un emperador. Tú también me debes ciertas cosas.

Fernando de Castro rumió cuatro o cinco blasfemias. Bajó del escalón y dio dos pasos hacia la enorme puerta. Se volvió erguido, sin asomo de la reverencia debida ante el rey de León. Su mano izquierda se apoyaba en el pomo de la espada.

—Quiero una respuesta ya, mi señor. —Su mirada gélida estaba clavada en los ojos del monarca—. Los Lara y Castilla… o yo.

El rey Fernando se levantó del trono. Inspiró con lentitud antes de sentenciar:

—Te echaremos de menos.

El de Castro rugió mientras se volvía, y caminó a largas zancadas por el centro del salón. Estefanía corrió tras él, digna incluso con la saya agarrada con ambas manos. Detuvo el batiente que su esposo pretendía cerrar de un portazo, y el rey de León quedó solo, de pie junto a su trono.

الله في
ثقة على وانا

Los guardias se apartaron amedrentados y la doncella de Estefanía se subió una pulgada de escote a toda prisa. El señor de Castro abandonaba el salón del trono como un toro bravo, y su esposa lo perseguía con la tez pálida.

—Pedro, ven conmigo —ordenó el noble a su hijo. El muchacho obedeció de inmediato y los cuatro caminaron por los corredores del palacio. La doncella Gontroda echó una última mirada atrás para recibir las sonrisas pícaras de los guardias reales.

—Es un error —repetía Estefanía, jadeante por la marcha rápida que imponía su marido—. Es un error.

Fernando Rodríguez de Castro refrenó su avance y se encaró con Estefanía. La doncella se detuvo a tres o cuatro pasos, el joven Pedro observó con preocupación el semblante iracundo de su padre. Se hallaban en un recodo próximo a la salida del palacio.

—El error lo comete tu hermano. —El noble ya no gritaba. Hablaba en voz muy baja y, paradójicamente, era así como resultaba más amenazador—. Pero yo le enseñaré que no se puede confiar en Castilla. —Agarró a Estefanía por los hombros y lanzó una mirada intimidante a la doncella Gontroda. Esta se retiró dos pasos más, lo suficientemente lejos como para no oír con claridad las palabras del de Castro—. ¿Me has amenazado de corazón ahí dentro?

—Ya me conoces, marido. Soy tu esposa y la madre de tu hijo, así que debo lealtad a la casa de Castro. Pero también soy fiel cristiana. Si marchas a luchar bajo estandarte moro, no estás renunciando solo a la amistad del rey Fernando.

El Renegado rechinó los dientes. Soltó a su mujer.

—Sea. Quedarás aquí, junto a tu hermano. Y de hecho te asegurarás de que nos tenga siempre bien presentes. Así, será en mí en quien piense cuando sus vanas esperanzas ardan como zarzas en una hoguera.

»Yo sabía que el rey no daría su brazo a torcer, y por eso me he adelantado a todo esto. Hace semanas escribí al califa Yusuf y le pedí permiso para entrar en sus tierras junto a mi hueste y dirigirme a Sevilla. Ha accedido.

Estefanía apretó los labios. Sus dedos volvían a dar vueltas al relicario plateado con la astilla de la cruz de Cristo. El joven Pedro frunció el ceño.

—¿Qué haré yo, padre?

—Vendrás conmigo, por supuesto. Nada agradaría más al conde Nuño de Lara que toparse con el heredero de la casa de Castro. No le daré esa alegría.

—Pero, entonces —el muchacho señaló con la barbilla a su madre—, ¿ella no corre peligro?

—Es hija del emperador Alfonso. Hermana del rey de León y tía del rey de Castilla. Nadie se atreverá a tocarla, y menos si a partir de ahora se aloja aquí, en el palacio real. Pero tú no puedes quedarte. Podrían apresarte como rehén.

—El rey Fernando no lo permitiría —intervino Estefanía.

—El rey Fernando lo hará por sí mismo cuando vea lo que me propongo.

La mujer retrocedió un paso y se libró así del agarre de su esposo.

—No quiero saberlo.

—Ni yo te lo diré, mujer. Lo verás cuando ocurra. Y verás cómo Castilla y los Lara muestran su verdadero rostro. Cuando eso suceda, recuérdale a tu hermano y rey quién ha permanecido a su lado todos estos años. ¿Lo harás?

Estefanía miró a su hijo con los ojos húmedos. Acarició sus cabellos castaños y después asintió con lentitud.

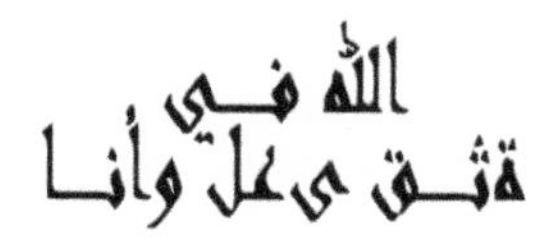

3
LOS ESPONSALES DE URRACA

UNOS DÍAS DESPUÉS, VERANO DE 1174. TIERRAS DE NAVARRA

Alfonso de Castilla, envuelto en cota de malla y con el escudo embrazado, recorría la línea de asedio.

El joven rey no era tan joven a pesar de sus diecinueve otoños. La guerra civil en Castilla y su orfandad le habían obligado a crecer deprisa, sin apenas tiempo para juegos ni sueños de niño. Tal vez por eso, la azarosa juventud le había dotado de virtudes innegables pero también huérfanas, como él. Sí: sus ojos marrones y vivos tenían un brillo de inteligencia única; la madurez vivía en aquella mirada. Se sabía llave del destino y, aun así, la voluntad de ganar gloria le embriagaba. Su pelo rubio, no muy claro, asomaba a mechones bajo el almófar mientras caminaba a pasos largos. El rey de Castilla no era alto pero tampoco bajo. Su cuerpo delgado y fibroso se veía ahora recrecido por las capas de hierro y tela acolchada que formaban su equipo de combate.

—¡Ajustad esos parapetos! —gritó a sus mesnaderos—. ¡Apretad bien a estos perros! ¡Que se sientan troyanos asediados por el mismísimo Aquiles!

Alfonso hablaba sin abandonar la sonrisa, y eso gustaba a sus vasallos. Era como si el rey bromeara con ellos incluso cuando les daba órdenes. A eso había llevado también la niñez malgastada en asedios y escaramuzas. Tras él, con esfuerzo para mantener su ritmo, andaba el conde Nuño. Llegada la mayoría de edad del rey, Nuño de Lara había perdido la condición de regente, pero su influencia no terminaba con ese detalle. Ahora, a su ancianidad, se había convertido en el principal consejero del rey, y eso era lo mismo que decir que todas las decisiones del joven monarca pasaban por su reparo o aprobación. Él era el freno de sus impulsos.

Alfonso de Castilla se detuvo junto a una de las tiendas que los soldados montaban a toda prisa. A diez varas, siempre atentos, los monteros de la guardia real vigilaban los pasos del monarca para acudir en su auxilio al menor atisbo de peligro. El rey contempló el castillo erguido en la cima. Leguín. A menos de cuatro leguas de Pamplona. En lo más alto, con un único camino zigzagueante que se empinaba hasta la puerta por aquel lado y tras dar mil revueltas entre los almendros, encinas y robles. Y dentro de la fortaleza, apretado como una liebre en plena cacería, nada menos que Sancho, rey de Navarra. El joven monarca castellano sonrió. Había perseguido a su tío político hasta que este, a espuela picada, se refugió en Leguín. Y ahora tenía que aprovechar la oportunidad. Si conseguía capturarlo, le obligaría a devolverle todas las plazas robadas durante su infancia.

—Costará un poco rodear todo el monte. —Don Nuño de Lara jadeaba por el esfuerzo de seguir el paso del rey—. Hay mucho bosque…

—¡Lo talaremos!

—Lo talaremos, mi señor. —El consejero real apoyó las manos en las rodillas. «No son edades ya para escaramuzas y batallas», pensó. Qué ganas tenía de partir para León, al viaje diplomático que debía conseguir una paz definitiva entre el rey de Castilla y el también tío de este, Fernando.

—No hemos de temer refuerzos navarros. —La voz de Alfonso sonó más reposada ahora. Como siempre, su ardor juvenil se veía atemperado por la presencia del conde Nuño—. Los aragoneses atacan en estos momentos por el este, así que en Pamplona estarán confusos. Y más con su rey aquí encerrado.

Nuño de Lara asintió mientras recobraba el resuello, y el rey lo dejó atrás para seguir supervisando personalmente los trabajos del sitio recién iniciado. Los hombres de las mesnadas y las milicias concejiles lo saludaban con tanta alegría como respeto. Todos admiraban a su rey, que salía con ellos en cabalgada y no temía enfrentarse al enemigo en campo abierto. En verdad era como uno de aquellos héroes de trova que tanto gustaban al joven monarca. Y más ahora, con su flamante esposa aguardándole en la corte. Ah, la reina. Leonor Plantagenet. Algo más joven que él, sí. Pero tan gentil, refinada y culta. Tan discreta... A Alfonso le habían enseñado que los reyes se casaban por la gloria del reino. Que el amor era lo de menos. Y sin embargo, él amaba a su reina. Amaba sus ojos de color indefinido, su piel suave, su porte digno. Y el ejército de pecas que campaban por su rostro claro.

—¡Mi rey! ¡Un jinete!

El aviso sacó de sus pensamientos a Alfonso de Castilla. Los monteros de su guardia real se dirigían ya a la senda de Lumbier, por donde se veía avanzar al galope a un solo hombre. El rey se cubrió del sol con una mano y distinguió el emblema de la casa de Aza en el escudo colgado del arzón: cruz color sangre sobre fondo dorado. Solo uno de los miembros de aquella fiel familia castellana podía venir desde tierras aragonesas.

—¡Es Ordoño!

Los monteros, que ya llevaban las lanzas prestas, se detuvieron. El jinete también frenó a su montura y descabalgó. Una nube de polvo se desprendió de sus ropas cuando dejó caer todo el peso en tierra, y aún humeaba al hincar la rodilla ante el rey.

—Mi señor, aquí estoy. Como prometí. Te hacía más a poniente, por cierto.

Alfonso de Castilla obligó a alzarse al guerrero castellano. Luego señaló al baluarte enriscado de Leguín.

—Más a poniente empezamos la trifulca, Ordoño. Pero el rey de Navarra se dio a la fuga y le hemos pisado los talones hasta aquí. El muy gallina se ha acogido al monte. ¿No es fantástico?

—No lo es tanto. —Los ojos expertos de Ordoño examinaban ya el risco. La fortaleza de la cima no era grande; ni falta que le hacía. Cualquier guarnición podría resistir bien allá arriba. Chascó la lengua y echó un vistazo al campamento castellano, aún a medio montar entre la espesura boscosa del lugar—. Mal sitio para un asedio.

—De eso se trata cuando construyes un castillo, ¿no? De escoger un sitio que estorbe a los que te asedien. No se lo podemos reprochar a mi tío Sancho.

Ordoño asintió a su rey. Venía cabalgando sin descanso desde la

Extremadura aragonesa para unirse al ejército real y, por lo visto, llegaba a tiempo. Atrás quedaban su amigo Ibn Sanadid, las trifulcas de taberna en la frontera y los días de paz. Ahora había trabajo que hacer. Alfonso de Castilla quería convencer a sus vecinos de que era mejor tenerlo como aliado que como enemigo. Para proteger su reino y para poder enfrentarse al peligro real: el que amenazaba a todos los cristianos, aunque algunos parecieran no darse cuenta.

—No va a dar tiempo de rodear todo el monte con la albarrada —advirtió el guerrero—. El rey Sancho podría escapar.

—Lo sé. Esta noche dormiremos poco. —El rey se dirigió al conde Nuño, que ya parecía recuperado del esfuerzo—. Mi señor de Lara, guardias bien nutridas. Mañana, con el día, ya habrá tiempo para descansar. A talar, don Nuño. Quiero que todo este bosque desaparezca.

الله في
ثقة على وانا

Lo largo del día aprovechó al ejército de Castilla, que se puso a la faena de limpiar de arbolado toda la contornada. Pero era mucho para podar; los soldados cargaban con el cansancio de la persecución previa y la noche se echó encima. El mayor temor de Alfonso de Castilla era que su tío, el rey navarro, se escabullera entre las sombras y huyera a la capital de su reino, Pamplona. Quería capturarlo. Obligarle a devolver todas las plazas ocupadas y hacerle jurar por Cristo y por su santa Madre que no volvería a levantar armas contra Castilla.

Tras la cena de campaña —frugal, porque el rey no degustaba manjares mientras sus hombres padecían rancho—, los grandes de Castilla se dieron a la reflexión. Además del monarca y su principal consejero, Nuño de Lara, se hallaban en el sitio el mayordomo real, el alférez de Castilla y algunos nobles de amplia carrera. Uno de ellos era el anciano Pedro de Arazuri, un navarro que se había desnaturado de su rey —y no era la primera vez— y que pasaba de uno a otro reino como pluma que agita el viento. Había servido ya a Alfonso de Aragón, a Sancho de Navarra y al rey de Castilla. Y hasta con el difunto rey Lobo se había comprometido en la década anterior. A Arazuri, bastante desdentado ya, se le veía incómodo. Todos los que compartían mesa con él sabían de sus cambios de fidelidad, y solo por lo noble de su sangre —y porque ostentaba la tenencia de Calahorra— no se le tachaba de traidor nato. Otro de los que destacaba en la reunión era el hermano mayor de Ordoño, Gome Garcés, señor de Aza por herencia, de Roa por matrimonio y de Ayllón por gracia real, y uno de los caballeros más queridos por Alfonso de Castilla. Tanto era así que todos lo hacían como futuro alférez, o quizá mayordomo.

—Ahora me las vas a pagar, tío —rezongaba el rey—. Me las pagarás todas juntas.

Los nobles castellanos asentían en silencio. Un paje llenó jarras de vino, y todos se relamieron por la calidad del caldo riojano.

—A estas alturas —habló don Nuño con la seguridad de sus años de privanza—, el de Aragón se estará batiendo bien por su lado. Con los daños del año pasado y los de este, Sancho de Navarra estará más que escarmentado.

—No me basta con eso —susurró el joven rey, que rechazaba con un gesto su porción de vino—. Lo quiero jurando. Que no le queden ganas de volver armas contra mí. Tienen que entenderlo, él y todos los demás. Tienen que entender que el enemigo es el sarraceno. Ah, cuánta razón tenía el rey Lope. —Así era como casi toda la cristiandad ibérica conocía al difunto rey Lobo—. Unidos. Hemos de estar unidos.

—El problema —intervino Gome Garcés— es que tal vez el rey de Aragón no lo vea así. El trato es dividirse lo ganado, así que él no esperará juramento alguno, sino retener las plazas que le conquiste a tu tío Sancho, mi señor.

El rey de Castilla palmeó la tabla que, montada sobre caballetes, hacía las veces de mesa de campaña.

—Cada cosa a su tiempo, mi fiel Gome. He de pacificar mis fronteras, y luego ya se verá. Ahora le toca a Navarra, y después, cuando mi tío Sancho jure, nos iremos a poniente, donde otros problemas me acucian.

—Fernando de León —adivinó Ordoño.

—Sí. Mi otro tío. Ya sabéis: estoy rodeado de tíos por todas partes. —Los nobles rieron. A principios de año, la tía de Alfonso de Castilla, Sancha, había maridado con el rey de Aragón. Así, el de Castilla era sobrino carnal del monarca leonés, y político del navarro y del aragonés. En la corte, algunos llamaban así al joven rey Alfonso: el sobrino de todos. Ahora, tras las risas, el monarca se levantó y descorrió la tela de entrada al pabellón. Allá arriba, sobre el cerro, las luces parpadeantes de las antorchas navarras marcaban las posiciones de los centinelas—. Hermosa familia la mía. Ah, qué gran error cometió el emperador al partir lo suyo entre sus hijos. Eso también lo decía el rey Lope, que en gloria esté.

Pedro de Arazuri se removió incómodo en su escabel. De entre todos los presentes, él era el único que había tomado parte contra el rey Lobo cuando, al servicio de Alfonso de Aragón, aprovechó la debilidad del Sharq al-Ándalus asediado por los almohades. Al mando de huestes navarras y aragonesas, Arazuri había devastado, algareado y conquistado. Y para hacerlo, traicionó la palabra dada al rey Lobo en su propia corte de Murcia. Ah, qué corte. Todavía recordaba el lujo de los palacios murcianos, la riqueza de la ciudad, la prosperidad de esos extraños musulmanes que eran a la vez aliados de los cristianos y enemigos de los almohades. Pero sobre todo recordaba a Zobeyda, la favorita del rey Lobo. Aquella mujer, de la que ya nadie sabía nada, era capaz de enamorar a cualquiera...

—Te veo muy pensativo, mi buen Pedro. —El rey de Castilla interrumpió las reflexiones del navarro desnaturado.

—El pasado, mi rey. A veces vuelve para pedir cuentas.

Una pequeña algarabía interrumpió la conversación de los magnates en la jaima real. El propio monarca, de pie bajo los toldos de la entrada, observó que se acercaban sus monteros. Escoltaban a un correo que se inclinó ante el rey. Este mismo sujetó las telas para que el heraldo pasara. Era un hombre joven y sus ropajes acumulaban polvo del camino. Los nobles castellanos se pusieron en pie para escuchar las noticias.

—Habla, mensajero —ordenó don Nuño de Lara.

—Mis señores, vengo desde Alfaro, donde el rey Alfonso de Aragón ha llegado con nutrida tropa. Ayer mismo rindió el castillo de Milagro y anunció que tomaría este camino para unirse a las huestes castellanas. —El correo hizo una pausa y aceptó un cuenco lleno, pero, antes de beber, terminó de recitar el mensaje—. Eso sí, no bien plantó su estandarte en Milagro, mandó a su gente demolerlo para que no cause más ruina a Castilla.

—Bonitas licencias se toma el aragonés —se quejó el alférez real, don Gonzalo de Marañón.

—De este modo —intervino Ordoño— también se evita que en el futuro se use para atacar Aragón.

El señor de Aza, Roa y Ayllón se dirigió a su hermano pequeño con aire sardónico.

—Calla, zagal. Que somos aliados de los aragoneses, no sus enemigos.

Alfonso de Castilla asentía a todo. Esta vez sí aceptó la copa de vino riojano y la alzó.

—Lo importante es que Navarra se ve cada día más arrinconada. Brindemos por nuestros amigos aragoneses.

Los magnates se sumaron al brindis y vaciaron sus raciones. El rey dejó la copa en manos de un sirviente y regresó a la entrada de la tienda, pero esta vez salió y se plantó con los brazos en jarras y la mirada fija en la fortaleza de Leguín. Los magnates fueron tras él expectantes.

—No podemos consentir que el rey de Aragón triunfe en una campaña que nos beneficia mientras nosotros, que tenemos cercado a mi tío Sancho, nos quedamos aquí, bebiendo vino y cortando leña.

Las palabras del monarca habían sonado con un cierto tono ronco. Era el que tomaba su voz cuando se dejaba llevar por la ensoñación. Don Nuño, que como regente conocía las debilidades del rey, se acercó a este y le habló quedamente.

—Cuidado, mi señor. Las prisas son malas consejeras.

Alfonso de Castilla negó con un gesto de desdén. Su vista seguía puesta en los puntos de luz de las almenas de arriba.

—Mañana, en cuanto esté desmochada la ladera, asaltaremos las murallas. No hemos de pasar vergüenza allí donde nuestros aliados se ufanan.

—Mi señor, es mejor esperar que el de Aragón se una a nosotros —siguió con sus consejos el de Lara.

—Cierto —se sumó el mayordomo real. Poco a poco, los demás nobles tomaron el mismo partido: era mejor aguardar con el rey de Navarra bien sujeto dentro del castillo. Pero Alfonso de Castilla, obstinado, negaba con la cabeza.

—Mira, mi señor —se oyó por fin la voz veterana de Pedro de Arazuri—, que no va a dar tiempo de talar todo este bosque. Como mucho, para mañana podrás contar con terreno despejado por una de las laderas, y eso si pones a toda la peonada a trabajar. Sancho de Navarra no se ha acogido a Leguín por nada. Esa fortaleza está muy bien puesta donde está. Deja que pasen los días y que tu tío desespere. Manda limpiar el terreno y erigir ingenios. Aprieta el cerco y espera al rey de Aragón. Asegura tu presa.

Alfonso de Castilla se volvió y consultó los rostros de sus nobles. El único que no asentía a los consejos de los más ancianos era Ordoño. Por eso el rey se dirigió a él.

—¿Qué cantares compondrían los bardos si los reyes cristianos se dedicaran a cortar leña en lugar de a combatir?

Hubo suspiros de abatimiento. Ordoño se mantuvo callado pues, aunque estaba dispuesto a seguir cualquier orden de su rey, sabía por experiencia fronteriza que la empresa de tomar Leguín no era cosa fácil.

—Sea —se avino por fin el conde Nuño—. Mañana se cumplirá tu mandato.

DÍA SIGUIENTE. SEVILLA

Fernando de Castro y su hijo subieron por la corta escalinata en silencio, admirados del lujo que los rodeaba. No era la primera vez que el padre estaba en aquella ciudad para tratar con los almohades, pero ahora, seis años después de su anterior visita, todo estaba cambiando. Perdía lobreguez y ganaba belleza. Atrás, fuera del amplio recinto de alcázares, habían quedado los jefes de las mesnadas cristianas bajo su mando. Y aún más allá, al otro lado de las murallas de Sevilla, acampaban entre la precaución y la incertidumbre las numerosas tropas del de Castro.

El joven Pedro recorría con la vista las columnatas, los arriates y los muros repletos de inscripciones. Pero lo que más llamaba su atención era la guardia negra del califa. Los Ábid al-Majzén. Había oído hablar de ellos, pero jamás antes los había visto. Ahora se daba cuenta de que todo lo que le habían contado se quedaba corto. Aquellos hombres de piel tan oscura como la brea eran enormes. Sus torsos desnudos, cruzados por correas de cuero y marcados de cicatrices, parecían cincelados en carbón. Sus miradas estaban fijas en la nada, y el contraste entre el blanco de los ojos y la negrura de la tez ponía los vellos de punta. Empuñaban lanzas de asta tan gruesas como perniles y llevaban espadas de un solo filo al cinto.

Los dos Castro iban rodeados de funcionarios almohades, y en lo alto de la escalinata aguardaba el visir omnipotente, Abú Hafs. Este no hizo gesto alguno de saludo, sino que mantuvo fija su vista enrojecida en la del caballero cristiano que llegaba desde León. Uno de los miembros de la comitiva, con piel más clara y gran mostacho en lugar de barba, se colocó entre los dos hombres, aunque ligeramente retrasado.

—Soy Ibn Rushd y actuaré como intérprete —dijo en un latín romanceado—. Tenéis ante vosotros a Abú Hafs ibn Abd al-Mumín, hermano del califa y su primer visir.

Fernando de Castro aguantó firme la mirada de aquel infiel, que helaba la sangre casi tanto como el tamaño descomunal de los Ábid al-Majzén. Él no era de achicarse, por mucho bereber con turbante que hubiera allí, en pleno corazón del poder almohade en la península. Ibn Rushd habló ahora en árabe, con voz temblorosa ahora, cabeza baja y sin mirar a los ojos de Abú Hafs:

—Ilustre visir omnipotente, aquel que sostiene la espada del mismísimo príncipe de los creyentes, luz del islam y defensor de la palabra escrita. Ante ti tienes al infiel Fernando de Castro, líder de poderosa hueste, que viene a postrarse ante el califa Yusuf.

Fernando de Castro no necesitó traducción. Detectó que todos allí temían a aquel tipo. El cristiano no había entendido la parla sarracena, pero sí que captó el nombre de su interlocutor. Así que ese era Abú Hafs, hermanastro del califa. El tipo que, según decían, gobernaba desde la sombra el imperio africano. El visir soltó una frase corta, Ibn Rushd la tradujo enseguida:

—El visir omnipotente te da la bienvenida a la capital de la península de al-Ándalus.

Abú Hafs dio la espalda a los dos cristianos y se introdujo en el edificio. Fernando de Castro y el joven Pedro, que habían sido oportunamente desarmados en el acceso al recinto palatino, caminaron tras él con paso firme y seguidos por el intérprete. Bajo los arcos, los adornos geométricos se repetían hasta la exasperación junto a los versículos sacros labrados en las paredes. El espacio entre cada par de pilares estaba ocupado por uno de aquellos titanes negros de la guardia califal. Pedro de Castro no pudo evitar la pregunta.

—¿Cuántos de estos hay? ¿No se acaban nunca?

Ibn Rushd miró al muchacho con gesto condescendiente.

—Son los Ábid al-Majzén, la guardia negra del príncipe de los creyentes. Se los escoge de entre los más fuertes cuando son niños y se los educa para morir por el califa. Son esclavos, pero comen las mejores viandas y holgan con las hembras más agraciadas. Están adiestrados en toda disciplina de combate, y son miles.

Pedro apretó los labios. Su padre le había advertido que no debía mostrarse apabullado, y él se había dejado llevar. Casi podía sentir la mirada de reproche del señor de Castro. De pronto la frescura del interior, iluminada por la luz de decenas de ventanales, cedió al calor húmedo de un patio paradisíaco. Ambos cristianos abrieron la boca, sorprendidos por el vergel aéreo que se extendía a sus pies. Realmente estaba todo cambiando. Copas de árboles que se alzaban al mismo nivel que paseos levantados sobre recias columnatas, y el sonido del agua que subía desde los surtidores y corría por los canalillos. Y se decía que aquellos africanos habían acabado con el lujo andalusí… ¿Cómo serían los palacios del rey Lobo antes de que el Imperio almohade plantara su zarpa sobre ellos? ¿Y las legendarias residencias del rey al-Mutamid, o la ciudad de Azahara de los califas cordobeses?

El visir omnipotente se hizo a un lado y extendió la mano hacia el lugar en el que los dos paseos elevados se cruzaban. Había allí otros cuatro guardias negros que, en lugar de lanzas, sostenían un palio. Bajo él, un hombre que superaba la treintena y lucía una barba escasa los aguardaba expectante. Y al lado de este había un muchacho de la edad de Fernando. Los ojos de este, sin embargo, no eran los de alguien que esperase a un visitante noble. Brillaban con algo parecido al desprecio. Fernando de Castro apoyó la mano en el hombro de su hijo y ambos avanzaron despacio. Tras ellos, Ibn Rushd habló en voz baja.

—Es el califa Yusuf, debéis mostrarle respeto. El chico es Yaqub, el heredero.

—Lo sé —gruñó el noble cristiano.

Los dos cristianos caminaron entre las copas de árboles que jamás habían visto ni olido, bajo el sol abrasador de Sevilla y ante las miradas atentas del alto funcionariado africano. No era algo habitual que un califa almohade recibiera a un noble cristiano sin que este estuviera cargado de cadenas, a punto de perder la cabeza bajo un hacha o de colgar en una cruz.

—Noble príncipe de los creyentes, que la paz sea contigo —recitó Fernando de Castro, e hizo una larga inclinación que Pedro imitó de inmediato.

—Hacía años que no sabía de ti. —Señaló al joven Pedro—. Así que este es tu vástago… ¿Ha heredado tu lealtad? Ya sabemos que en Castilla te llaman Renegado y en León te llaman Castellano. Lo que no sé es cómo te llamaremos aquí.

—Le llamaremos Maldito —opinó Yaqub. El califa aguantó la risa mientras Fernando de Castro aguardaba a que Ibn Rushd tradujera las palabras de los dos africanos.

—Te dan la bienvenida… —mintió, y carraspeó un poco. Fernando de Castro, que era muchas cosas, pero no tonto, se volvió hacia el traductor. Esta vez se fijó más en él. No era un africano, como casi todos allí. Este tenía la piel más clara. Sin turbante ni *burnús* listado. Podría haber pasado muy bien por cristiano. Aquel hombre era andalusí, concluyó.

—Venimos desde León —continuó el de Castro—, y nos acompaña la mejor hueste que señor cristiano alguno pueda tener a su mando. Caballería, ballesteros y peones de mesnada. Lo mejor al norte del Guadalquivir…, y seguramente también al sur. Todo esto pongo a tu servicio, oh, príncipe de los creyentes.

El traductor cumplió con su tarea y Yusuf asintió satisfecho, aunque frunció el entrecejo cuando oyó la bravata acerca de la calidad de los guerreros cristianos.

—Espero que esos hombres sean tan buenos como dices, porque entrarán los primeros en lid contra tus hermanos adoradores de la cruz. Tu fidelidad será puesta a prueba, Fernando de Castro. —Volvió a mirar a su hijo Yaqub de reojo, aunque esta vez con gesto divertido—. Fernando el Maldito.

في الله
وانا على ثقة

AL MISMO TIEMPO. TIERRAS DE NAVARRA

Los peones castellanos sudaban dentro de sus gambesones y sayas, pues su monarca les había ordenado trabajar equipados para el combate. Los navarros eran inferiores en número, pero no en valor, y bien podía darle al rey Sancho por hacer una arrancada contra los incautos que desmochaban la ladera. Ahora, a pleno sol de julio, medio cerro estaba ya talado y se abría un camino, empinado pero pasable, por el que podrían subir para tentar al asalto las murallas de Leguín. Más arriba, a tiro de las ballestas navarras, no había cuidado, pues era costumbre en toda fortaleza que los propios defensores limpiaran de arbustos y árboles lo más cercano a los lienzos y torres, así no podrían servir de parapeto a los asaltantes.

El rey de Castilla aguardaba sobre su caballo, el almófar calado y el yelmo rojo en la mano, mientras sus escuderos sostenían a ambos lados escudo y lanza. A su lado, el conde Nuño resoplaba igual que un buey. Lo mismo que el resto de los magnates y los caballeros que se aprestaban para iniciar la subida. Con algunos de los muchos troncos arrancados del monte se habían fabricado escalas, y ahora los peones las aferraban nerviosos. No era mucha la gente que acompañaba al rey de Navarra en la fortaleza, pero nunca era plato de gusto subir un cerro a la carrera, cargado de hierro y madera, expuesto a las flechas y las piedras de los defensores, y bajo la mirada atenta del monarca de Castilla y lo más granado de sus nobles.

Ordoño también montaba su destrero. Esperaba junto a su hermano mayor y con las huestes de sus tierras. Ambos observaban preocupados el panorama. Árboles y más árboles por doquier, y un solo y estrecho pasillo en el que los navarros podrían concentrar todo dardo que hubiera en el castillo de Leguín.

—Me da mala espina —dijo Gome Garcés.

—Y a mí. Y a todos. Pero el rey es testarudo. Supongo que tiene que cometer sus propios fallos.

El hermano mayor asintió.

—La parte mala es que caerán muchos. La buena: somos tantos que al final lo conseguiremos.

Ordoño no contestó. Ellos, los caballeros, poco podían hacer en un asalto a pecho descubierto, pues eran los infantes quienes debían llegar a los pies de la muralla, apoyar las escalas y trepar para tomar el adarve. Cuando el número fuera insuperable para los defensores navarros, los mismos infantes castellanos se colarían, abrirían la fortaleza desde dentro y entonces sí. Entonces entrarían ellos, los nobles, para dirigir el saqueo y apresar a Sancho de Navarra. Con cuidado de que ningún plebeyo le pusiera la mano encima, claro. Que una cosa era capturar a un rey, y otra muy distinta faltar al respeto debido a un ungido por la gracia de Dios que, además, era pariente del monarca castellano.

Los últimos peones que cargaban troncos sin desbrozar se retiraron de la cuesta. Los de las escalas respiraban el miedo de sus compañeros y miraban atrás, maldiciendo su suerte por haber nacido sin nobleza en la sangre o dineros en la bolsa. Alfonso de Castilla se adelantó a caballo unos pasos, todavía sin blandir armas y con el yelmo en la mano.

—¡Sed valientes, castellanos! ¡Si vencemos hoy, mucha sangre ahorraremos a nuestros hermanos e hijos! —Señaló al castillo que coronaba el cerro, y que ahora se antojaba lejanísimo a los que tenían que tomarlo a la carrera—. ¡Ahí dentro está el rey de Navarra, y si lo capturamos a él, todo habrá terminado! ¡Por Castilla!

—¡Por Castilla y por Alfonso! —gritaron los demás nobles y los caballeros. Entre los peones hubo menos entusiasmo, pero casi todos habían luchado ya en la guerra civil entre los Lara y los Castro, y por eso no se andaban con melindres. A voces de sus adalides empezaron el avance, al paso para no acabar fatigados a media subida. Arriba, los pocos navarros de la fortaleza aguardaban con las ballestas preparadas.

Ordoño se acomodó entre los arzones, se ajustó el yelmo de hierro batido y requirió el escudo. No creía que fuera a entrar en combate enseguida, pero lo menos que podía hacer por vergüenza ante sus propios peones era tenerse por precavido. Reparó en Pedro de Arazuri, que observaba el avance desde las últimas filas de la caballería como si aquello no fuera con él. Tiró de las riendas y culebreó con su destrero por entre las líneas de jinetes.

—Tú tienes edad y muchas cabalgadas, mi señor don Pedro —se dirigió al desnaturado en cuanto llegó a su lado—. ¿Cómo lo ves así, a la luz del día?

Arazuri negó despacio con la cabeza.

—Conozco al rey Sancho desde hace tiempo, y he luchado a su lado y contra él. Es verdad que eso me da ventaja. Te diré algo, castellano: jamás, en todas las ocasiones que lo vi metido en hierros, sufrió peligro alguno.

—Eso se acaba hoy —repuso Ordoño—. Muy de Dios ha de estar si no lo vemos cargado de cadenas. O peor: con un virote metido entre frente y cogote.

Ordoño lo miró muy fijo. Pedro de Arazuri se sonrió, con lo que dejó al descubierto la escasa y amarillenta dentadura. Pero sus ojos se entornaban como si en su mente se desatara una tormenta. ¿Qué cavilaba el viejo tornadizo?

—Por las pezuñas de Satanás —masculló entre encías—. A Sancho lo llaman el Sabio en Pamplona. Pero, aunque no tuviera muchas luces, te digo yo, castellano, que sabe más el necio en su casa que el cuerdo en la ajena.

Ordoño volvió a observar el castillo edificado en lo alto del cerro. Los peones llevaban ya medio camino hecho, y las ballestas asomaban por entre los merlones. En poco rato empezaría la escabechina.

—Tú eres navarro, Arazuri. ¿Qué ha de saber el necio rey Sancho? ¿Algo que ignore el cuerdo rey Alfonso?

El anciano dudó un instante.

Suspiró antes de hablar de mala gana.

—Acabo de recordar un detalle: el castillo de Leguín tiene una poterna en la parte de atrás, la que no vemos. Grande como para salir a caballo, pero pequeña para verla desde abajo. Lleva a un camino entre la fronda que se dirige al norte. Fácil ruta para acogerse a Pamplona antes de que caiga la noche.

Ordoño rezongó una maldición y espoleó a su caballo, con lo que se ganó la regañina de varios de los jinetes de alrededor, que vieron descompuestas sus filas. El castellano se movió hacia su hermano y pidió a gritos la lanza.

—¡El navarro huirá por el otro lado! —avisó—. ¡Me llevo a nuestra gente!

الله في
وأنا على ثقة

Ordoño sonreía con ferocidad. Cuánto debía de saber el viejo Arazuri. De acá para allá toda la vida, tornando lealtad como quien cambia de saya. Desde luego, no le extrañaba su ladina reserva. El anciano navarro había callado lo de la poterna porque en nada le beneficiaba que el rey Sancho cayera preso. Al contrario. Él, a su edad, cumplía con Alfonso de Castilla con acudir al fonsado y llevar a su hueste. Nadie le reprocharía no lanzarse a la carga ni exponerse a los flechazos enemigos. Y al mismo tiempo, jamás se sabía desde dónde soplaría el viento mañana. Y si ese mañana venía negro para Castilla, Arazuri siempre podría llegarse hasta Sancho de Navarra para recordarle que él, aun sabiendo lo de la poterna de Leguín, había callado el detalle. Solo terminó el viejo por derrotarse cuando Ordoño le había puesto en un compromiso, pues, ya descubierto, las consecuencias de la fuga podían ser malas para él. Clase magistral de política la que Pedro de Arazuri acababa de darle, por más que a Ordoño le repugnaran aquellas formas.

—Que no se acordaba, dice el muy perro —murmuraba tras la trama de anillas del ventalle mientras avanzaba al paso, con la cabeza gacha para esquivar el ramaje. Junto a él atravesaban el denso arbolado los jinetes del concejo de Roa, una veintena de hombres que se habían mantenido fieles a la casa de Lara durante la guerra civil y que ahora maldecían por lo difícil del trance. Más abajo, las guarniciones de la albarrada castellana guardaban a trechos parapetos improvisados. Apenas grupos escasos de hombres que se consideraban afortunados por no tener que tomar la muralla de Leguín al asalto. Y es que, desde el otro lado del monte, ahogados, llegaban los gritos de los infantes castellanos que trepaban monte arriba. Ordoño pensó que si había un momento bueno para huir de aquel cepo en el que se había convertido el castillo de Leguín, tenía que ser ahora.

Y el ruido en lo alto, hierbas aplastadas y órdenes quedas, le vinieron a dar la razón.

—Atentos ahí —uno de los de Roa avisó mientras señalaba a la breña con su lanza. Los más cercanos le miraron y repitieron la advertencia a los demás. Todos tiraron de las riendas a la izquierda mientras retiraban la fronda con los escudos, y entonces llegó el silbido, agudo y siniestro. Ziuuuuuuu… ¡Flac!

El que había avisado de los ruidos quedó helado, con la lanza señalando aún hacia el enemigo invisible. El virote de ballesta se le había clavado en el cuello, y ni la fronda ni el almófar le habían valido.

Cayó el jinete, muerto aun antes de llegar al suelo, y sus compañeros subieron los escudos. Ordoño apretó los dientes e hizo lo propio mientras, asomado apenas por el borde superior de su defensa, buscaba desesperado el origen de aquel dardo. Ziuuuuu... Ziuuuuuu... Ziuuuuuu...

Cuando un enemigo viene de frente, te mira a los ojos y levanta una ferruza, los hay que aguantan como jabatos y los hay que no. Depende también, claro, de cómo sean enemigo y ferruza. Pero si lo que te viene es un cuadrillo pequeño, puntiagudo y traicionero que se anuncia con un silbido, no queda otra que agazaparte tras lo que tengas más a mano y encomendarte hasta al diablo. Ordoño lo sabía, y sabía también que la ballesta, arma que inventó Satanás durante un dolor de muelas, dispara virotes que no respetan cuero, madera, hierro ni carne. A su paso se abren las lamas, saltan las anillas y se escapa la vida.

Gritos y relinchos. Un par de caballos cayeron, y con ellos sus jinetes. Un tercer villano de Roa se venció a un lado mientras el resto maldecía. Y seguían sin ver a los navarros.

—¡Desmontad! —mandó Ordoño. Era estúpido quedarse allí, en lo alto de las monturas. Los caballos no podían avanzar y los hombres solo podían oponer sus escudos a la lluvia de cuadrillos, que seguía y seguía. Ziuuuuu... Ziuuuuu... A veces, aquellos silbidos se salpicaban de roces leves cuando los virotes atravesaban a su paso las hojas, y luego venía el golpeteo sordo. Clap, clap, clap. Y otro sonido más líquido. Ziuuuuu... Ca-chac. Un grito y una baja más. Un relincho detrás. Pobres bestias, cosidas con aquellos alfileres sibilantes que volaban por entre la fronda.

—¡Tras los árboles! —apremió uno de los guerreros; y nada más decirlo, un proyectil le horadó la pierna derecha. El hombre cayó entre gritos de dolor y maldiciones.

Los castellanos se parapetaron en los troncos, gruesos y correosos, de los robles que plagaban la ladera. Ninguno se atrevía ahora a asomar la cabeza por miedo a que se la adornaran con un bonito dardo.

—Por Belcebú —renegó Ordoño. Echó un vistazo a su alrededor. Dos caballos se retorcían con virotes clavados, y uno de sus hombres se arrastraba hacia lo más espeso con el dardo alojado en la pierna. Otros cuatro yacían muertos. Y eso era solo lo que él veía. Sus monturas, espantadas por los relinchos de sufrimientos de las bestias heridas, se habían dado a la fuga. Abajo, donde la albarrada, se oían las alertas de los centinelas castellanos, y el mismo griterío sordo llegaba desde el lado opuesto de la montaña. Todo eso, pensó el castellano, mientras ellos todavía no habían visto ni a uno solo de aquellos diestros ballesteros navarros que un diablo se llevara. Ordoño de Aza tomó aire despacio, hinchó los pulmones y aguzó el oído. Nada de silbidos. Podía imaginar a los tiradores ocultos tras el matorral, con las ballestas listas y las llaves a la espera de que algún otro incauto fuera tan estúpido como para alejarse del abrigo de los árboles. Y ahora un nuevo sonido venía a sumarse a aquel escenario de tensa espera. Aplastando la alfombra de hierba. Tintinear de loriga, resoplidos de destrero. Jinetes. Sancho de Navarra, sin duda. Escoltado por su mesnada regia. Escapando de Leguín.

Ordoño apretó la lanza en su mano. No habían causado ni una sola baja al enemigo, y el rey pamplonés se disponía a escapar en sus mismas narices. ¿Cómo iba a explicar eso a Alfonso de Castilla?

—Piensa. Piensa —se ordenó en voz baja.

Ballesteros. Villanos del demonio, capaces contra toda ley de desmontar a un caballero desde lejos. La evidencia de que la ballesta era un invento de Satanás la había dado el santo padre Inocencio treinta y tantos años atrás, en un canon conciliar, al prohibir el uso de semejante arma contra cristianos. Pero ¿hacían caso de las amenazas de excomunión los reyes católicos? Sancho de Navarra no, desde luego.

Ordoño ladeó la cabeza. Los sonidos de la mesnada regia a la fuga se aproximaban. Tenía que actuar ya. Cerró los ojos e imaginó a los tiradores enemigos, tan nerviosos como él. La ballesta era un arma eficaz, sí. Pero tenía sus defectos.

—A mi voz —habló a los flancos, y sus hombres agazapados escucharon sus palabras— daremos la cara. Un instante nada más, y luego a cubierto otra vez.

No se tomaron la orden con alegría. Aquello era apostar la piel a ganancia nula. Pero Ordoño no les dio tiempo a pensárselo más. A un solo grito, él fue el primero en abandonar el parapeto del roble. Los de Roa le imitaron, y al momento se oyó otra vez el maldito zureo de los virotes navarros. Ziuuuuuu... Ziuuuuuu... Ziuuuuuu... Clap, clap, ca-chac. Más gritos. Insultos... Y los silbidos callaron.

—¡Ahora! ¡A ellos, tras de mí!

Ni siquiera se volvió para ver cuántos le obedecían. Cargó a la carrera, con la lanza apuntada contra la espesura. Las ramas bajas rebotaban contra su yelmo y sus brazos enlorigados, y raspaban la superficie de cuero del escudo. Vio al primero de los enemigos, apurado en recargar su arma. Aquel era el terrible defecto de la ballesta. El tirador la tenía apoyada contra el suelo, con los dos pies pisando el arco, y tiraba de la cuerda hacia arriba para trabarla. Una operación larga y difícil, angustiosa si la muerte te embiste en forma de guerrero furibundo. El hombre vio venir al castellano y, con un esfuerzo final, encajó la cuerda en la uña. Se llevó la mano a la aljaba, agarró un cuadrillo y lo colocó en el canal de la cureña. Aún tuvo tiempo para mirar al castellano a los ojos, fulgurantes de rabia y tan cercanos que pudo ver su color gris. Ordoño atravesó al ballestero con tal ímpetu que perdió la lanza. A los lados, los demás castellanos segaban las vidas de los otros tiradores. Relucieron las espadas y siguió la escabechina. Venganza por los compañeros caídos.

El rey Sancho apareció como un leviatán vomitado por el mar tempestuoso. Su destrero saltó por encima de un matorral y se llevó por delante a un ballestero propio y al castellano que lo perseguía. Tras él y a los lados bajaba la escolta. Más caballos cargados de hierro y gualdrapas. La mesnada regia navarra no reparaba en otra cosa que huir, y por eso Ordoño solo pudo verla pasar. Su mirada furibunda se cruzó un instante con la del rey pamplonés, pero luego tuvo que arrojarse a tierra cuan largo era. Más caballeros bajaban a toda espuela por la ladera, ahora con griterío. Sin pararse a alancear, por fortuna. Se les adivinaba el ansia en salir de aquella trampa de espesura, enramada y hueste castellana. La oleada descendió hasta perderse de vista, y enseguida se oyó más griterío abajo. La albarrada. Un par de relinchos y algunos quejidos, y la ladera quedó en silencio durante unos momentos.

Ordoño se levantó despacio y miró a su alrededor. Apenas le quedaban una decena de hombres, que ahora salían de sus improvisados parapetos. Algunos, incluso heridos, se pusieron a buscar a los ballesteros navarros para rematarlos con saña. Era lo único que podían hacer ya. El guerrero enfundó la espada y dio unos pasos cuesta abajo. Se desenlazó el barboquejo y se quitó el casco. A sus pies, uno de los tiradores enemigos yacía inmóvil, con una mueca de terror congelada en los ojos. Ordoño dio una patada a la ballesta tirada a su lado. Se volvió hacia su hueste.

—Buscad los caballos y ayudad a los nuestros. Regresamos.

Uno de los hombres se le acercó. La sangre chorreaba por el rebaje de su espada y goteaba sobre los arbustos pisoteados. Señaló con su arma empapada ladera abajo.

—¿Y el rey de Navarra?

—Ha huido. Ya no se puede hacer nada.

Unos días después. Cercanías de Nájera, reino de Castilla

La Virgen María, tallada en madera y sentada en su trono, observaba con gesto risueño el cónclave mientras sostenía a su vástago sobre el regazo.

A la condesa viuda le habría gustado que el acto tuviera lugar en la lujosa sala capitular diseñada para engrandecer la iglesia, pero las obras iban con retraso. Por eso se hallaban en la única nave del templo, iluminados por los rayos oblicuos que el sol deslizaba a través de las escasas ventanas. La joven Urraca, tan bella como nerviosa, aguardaba en pie, inmóvil, casi tan esculpida en piedra como la estatua de la madre de Dios. Llevaba la melena ceñida con una guirnalda de florecillas, como símbolo de su castidad, y vestía saya larguísima de manga abierta y color blanco. Sobre ella, una capa negra con cordaje de hilos de oro. A su alrededor, además de la condesa Aldonza, estaban la abadesa doña Aderquina y las más principales de las hermanas, tanto laicas como monjas, el obispo de Calahorra y varios de sus sufragáneos riojanos. Tanta y tan santa concurrencia no fue obstáculo para que la viuda doña Aldonza, como viera muy recatada a la niña, se llegara hasta ella y retocara su guirnalda.

—Muéstrate contenta, Urraca —le susurró desde muy cerca—. Recuerda todo lo que te he dicho.

La muchacha asintió con un movimiento de cabeza casi imperceptible. La condesa se hizo un paso atrás, revisó la estampa de su hija, se acercó de nuevo y tironeó de la saya para remeterla más en el cinturón lleno de brocados. Cuando vio que el busto se remarcaba bravucón, apartó los bordes de la capa y abrió el escote *amigaut*, a propósito cortado un cuarto de vara más de lo que Decencia permitía. No era de buen cristiano vestir la saya sin camisa debajo, pero doña Aldonza había considerado que las costumbres, por muy pías, debían ceder ante el interés. Y era mucho el interés que la condesa tenía en que los encantos de la niña quedaran bien notorios. El obispo, don Rodrigo de Cascante, censuró a la viuda doña Aldonza con un carraspeo, pero no se atrevió a decir nada.

Mientras la condesa volvía a su lugar, la chusma villana elevó un griterío fuera de la iglesia. Por primera vez se inmutó Urraca para mirar hacia el portal que unía el claustro a medio terminar con la nave de la iglesia. Aquella algarabía solo podía significar una cosa: el novio llegaba por fin. Semejante solaz villano se debía a que el gallego venía con ganas de demostrar su largueza, por lo que había montado a sus expensas un gran banquete con carne de vaca y cerdo, pan de trigo y vino en abundancia. Aquello placía a la condesa, por supuesto. No tanto a Urraca, que pensaba que todo maravedí malgastado en viandas para la morralla estaría mejor empleado en joyas para la novia.

La luz de los velones osciló y los pasos resonaron en la nave. Las primeras en entrar fueron las hermanas del novio, doña Mayor y doña Elvira. Llegaban vestidas de oscuro, sobrias y recatadas, bien al gusto leonés, aunque recogían sus capas con las diestras según la última moda. Urraca torció el gesto. Sus futuras cuñadas eran mayores y bastante poco agraciadas. Ambas, que caminaban en paralelo, se detuvieron un instante antes de hacer una leve reverencia y tomar puesto en la nave, justo enfrente de la novia. A continuación pasó un hombre, también de larga edad, que desafiaba al calor de la estación con una capa forrada de piel parda. Este debía de ser conocido de la condesa, porque sonrió al localizarla y se inclinó con mucha gentileza. Nada más alzarse, se aclaró la voz y anunció:

—Dad la bienvenida a don Nuño Meléndez, señor de Ceón y de Riaño, tenente de Aguilar. Privado del rey Fernando de León, a quien Dios salve.

El hombre se hizo a un lado y el corazón se retuvo en el pecho de Urraca. Ahora, en el silencio lúgubre de la iglesia, los pasos del novio sonaron nítidos y lentos. Al asomar, su rostro erguido se dirigió de inmediato a la muchacha que ocupaba el lugar de honor, rodeada su figura en blanco y negro por la crema de la nobleza y la clerecía del lugar. Los ojos oscuros y grandes de Urraca se encontraron por fin con los pequeños y claros de Nuño Meléndez. El noble gallego era alto y seco; el pelo escaseaba en su cabeza, aunque era muy abundante en las cejas y en la barba, ambas tan pelirrojas como su poco cabello. Traía los hombros vencidos por el peso del pellizón forrado de armiño, con mangas anchas y mucho más lujoso él solo que todas las prendas que vestían las hermanas Meléndez. Se acercó despacio, y por el camino dejó de admirar los ojos rasgados de Urraca. Su mirada bajó a los labios carnosos y se recreó en el ligero temblor que adivinó en ellos, algo que atribuyó al nerviosismo de la novia. No pudo evitar el hormigueo de la complacencia. Aquella era la muchacha más hermosa que había visto jamás. Recorrió el cuello desnudo y el escote insolente, y su vista quedó atrapada allí. Hasta tres veces tuvo que carraspear el obispo de Calahorra para que Nuño Meléndez regresara al mundo.

Urraca temblaba, sí. Pero no de nerviosismo. En aquel momento odiaba a su madre. Odiaba al mundo entero, que disponía de su futuro y la ataba al hombre que ahora tenía ante sí. Lo veía mover los labios, pero no oía sus palabras. Le zumbaban los oídos. Quería escapar. Correr y buscar al joven villano que acarreaba vigas de madera y amasaba el mortero. Entregarse a él y olvidar su noble cuna, los planes de su madre y el apellido de su padre. Apenas entrevió que el acompañante del novio leía ante todos los testigos la carta de dote, y no pudo apreciar el creciente júbilo de su madre, la viuda doña Aldonza, al escuchar todos los dones que el novio entregaba a la novia. Terminada la enumeración de villas y tierras que pasaban de unas manos a otras, don Nuño Meléndez levantó un vistoso anillo dorado que el obispo de Calahorra se apresuró a bendecir. Urraca, que quería volar tan alto como los vencejos en los atardeceres de julio, levantó la mano izquierda cuando su novio acercó la sortija y la colocó con decisión en el anular. Se sentía entre nubes mientras su madre, con la tez enrojecida de vergüenza, se vino hasta ella y guio su mano para corresponder a Nuño Meléndez en la dación de su propio anillo. «El hombre ha sido creado a imagen de Dios —oyó la voz lejana del obispo—, y la mujer para la gloria del hombre».

Todo se nubló cuando sintió las manos huesudas del noble en sus hombros y vio aproximarse su cara cruzada de surcos. Ni siquiera fue consciente de la vaharada caliente y rancia que expelió la boca de don Nuño antes de besarla para sellar los esponsales. El mundo desapareció, y la prometida cayó desmayada al suelo de la iglesia.

الله في
ثقة على وانا

4
EL GUERRERO IMPERFECTO

SEMANAS DESPUÉS, FINALES DEL VERANO DE 1174. TOLEDO

Alfonso de Castilla arrojó los guantes sobre la mesa llena de documentos y aceptó la copa de agua fresca que le ofrecía un sirviente. Bebió con avidez mientras paseaba hacia un rincón, ignoró a sus secretarios y se dejó caer sobre un escabel.

No había querido entrar en la ciudad. Por eso mandó llamar a sus escribientes a la vieja *munya* de los reyes sarracenos de Toledo, en la ribera del Tajo. También ordenó que se avisara a la reina, que residía en el alcázar; pero que se hiciera con discreción. No tenía el cuerpo para fiestas, ni ganas de cruzarse con los toledanos tras lo que él consideraba un fracaso.

—Más agua.

Los sirvientes, avisados con poco tiempo, se desvivían para acondicionar la *munya*. Y los secretarios rivalizaban por llamar la atención del recién llegado monarca.

—Los del convento de La Vid reclaman los privilegios que prometiste, mi señor don Alfonso…

—En Uclés te solicitan los de Santiago que retires los diezmos a Calatrava, mi rey.

—La judería, mi señor. Ha habido trastornos por la muerte de un hebreo…

—Hay cartas de Aragón, mi rey. Tu tía Sancha ha dado a luz un varón.

Alfonso levantó una mano y los secretarios callaron. Apuntó con el índice al último que había hablado.

—¿Dices que mi tía Sancha ya ha parido?

—Así es. Un varón al que han llamado Pedro, mi rey. Nació sietemesino, pero grande y sano por lo que se dice.

El joven monarca sonrió con un punto de envidia: el rey de Aragón ya tenía heredero. Eso le llevó a pensar en Leonor, su esposa. Ellos todavía no gozaban de descendencia, algo que los magnates del reino reprochaban a sus espaldas, según sabía. Pasada la mala experiencia de su infancia, cuando por ser niño tuvo que padecer la inestabilidad y la guerra civil, compartía con su pueblo el temor a no afianzar la sucesión. Pues nunca podía saberse cuándo se iba a abandonar el valle de lágrimas, cabalgadas y guerra que es la vida. Pero no les quedaba más remedio que esperar. Leonor era joven. Todavía no había cumplido quince años y, aunque ya era digna como una emperatriz, el rey quería aguardar a que la fragilidad de la adolescencia quedara atrás antes de concebir en ella al heredero de Castilla. Por eso, a pesar de tratarla con la gentileza de un amante, todavía esperaba el momento de yacer con Leonor por primera vez.

La entrada de Nuño de Lara en la sala sacó al rey de sus pensamientos. El conde, fatigado por el esfuerzo del viaje desde Navarra —pasando por Belorado y Burgos—, se ahorró hasta la licencia del rey para sentarse a la mesa de caballetes. Apartó con el brazo la pila de documentos y pidió bebida con voz áspera. El rey quiso evitarle la pesadez de las reclamaciones de corte, así que despidió a sus funcionarios con varias palmadas. Esperó a quedarse a solas con su primer consejero.

—Deberías tomarte unos días de descanso, mi fiel don Nuño. —El rey lo miraba con ternura desde el rincón. No en vano, y aparte políticas de estado, aquel hombre había sido lo más parecido a un padre para él.

—Solo necesito unos momentos. Beber algo, y comer también. Tal vez un sueño rápido... Pero saldré para León de inmediato.

El rey asintió pensativo. Los criados sirvieron agua y vino al conde, y este bebió de ambos. Fuera se oían los ruidos de los pajes y escuderos que recibían a los guardias. Y a los carros vacíos de provisiones, los destreros y palafrenes, las armas reales, los cofres con la copiosa documentación que expedía la cancillería itinerante...

—Qué gran oportunidad hemos perdido —se lamentó el rey. Don Nuño, apagada ya su sed y a la espera de viandas para reponer fuerzas, se volvió a medias.

—No lo veas así, mi rey. La campaña ha sido buena. Hemos arrasado las tierras del navarro y todos han visto que la alianza entre Castilla y Aragón es fuerte. El propio Sancho se ha tenido que dar a la fuga como una mujerzuela asustada. Y has recuperado mucho de lo que ese felón te quitó.

—Si lo hubiéramos capturado... —La mano de Alfonso se cerró en el aire—. Por mi fe que ya no harían falta más entradas en Navarra.

—Es difícil, mi señor, apresar a un rey. Y tampoco tiene por qué ser ese el mejor camino para la paz. ¿O acaso quieres que la navarrería toda te odie?

Alfonso de Castilla arqueó las cejas.

—No, desde luego. Al contrario. Ya sabes lo que dijo mi abuelo en La Fresneda: solo unidos venceremos. Es loable luchar por la fama, la gloria y las causas justas, pero, mejor que eso, yo quiero a los navarros y a su rey a mi lado. Ese es nuestro objetivo.

Don Nuño de Lara asintió con un gesto de satisfacción.

—No pierdas jamás ese punto de vista. Lo que ha hecho Alfonso de Aragón al demoler Milagro no le granjeará la simpatía navarra. Por el contrario, tú has acosado a tu tío Sancho, le has puesto en fuga y ni siquiera has perseverado en conquistar Leguín. Eso es morder, pero sin matar. Bien. Bien. El verano que viene volveremos a entrar en Navarra y Sancho se verá de nuevo acosado. ¿Que no mordemos lo suficiente? Pues apretaremos nuestras mandíbulas un poco más. ¿Que en esta ocasión hemos perdonado Leguín? Pues después lo rendiremos. Paso a paso. Y un día, por fin, el rey de Navarra dará su brazo a torcer y reconocerá que nuestro destino es uno.

Los criados entraron con un mantel blanco, bandejas, jarras y cubertería, e improvisaron el banquete de bienvenida para el rey y su principal consejero. Alfonso de Castilla acercó el escabel a la mesa, despejó otra porción de pergaminos y papeles y se acomodó frente al conde.

—Más difícil puede ser lo de León —apuntó mientras le ponían delante los capones asados y las hogazas de pan. Ambos nobles se lanzaron a comer sin protocolo alguno, como cualesquiera otros guerreros recién llegados de la batalla.

—El maldito Infantazgo. —El conde Nuño escupió algunas migas al hablar con la boca llena y mojó más pan en la salsa rojiza y pringosa. El rey asintió, ambos masticaron en silencio. El Infantazgo.

El Infantazgo, en Tierra de Campos, era lugar de gran riqueza entre ambos reinos. Bajo posesión de la tía abuela del rey de Castilla, el Infantazgo había quedado vacante al morir aquella en el año del Señor de 1159. Aquello fue el origen de un gran conflicto, pues el difunto emperador nada había dispuesto sobre a quién correspondía su administración. Así, Fernando de León se lanzó a reclamarlo y se enfrentó en dos ocasiones a los Lara. En ambas venció, y desde entonces los leoneses se consideraban dueños del Infantazgo. Durante su minoría de edad, nada podía hacer Alfonso de Castilla; pero ahora la cosa cambiaba. Se negaba a renunciar a las villas y caudales que por justo reparto debían corresponder a su reino, y que su tío Fernando había usurpado contra décadas y décadas de tradición.

Pero el joven rey castellano no quería ni podía hacer frente ahora a una guerra con León. Por eso enviaba allí a su mejor diplomático, Nuño de Lara. Para entenderse con su tío carnal, el rey Fernando, y lograr un acuerdo que satisficiera a ambas partes. En un alarde de generosidad, Alfonso se había comprometido incluso a perdonar la traición de la familia Castro. Todo fuera por emprender un nuevo camino en común. Con Aragón de su lado y Navarra a punto de ceder, la adición de los leoneses sumaría un nuevo aliado. Ya solo faltaba Portugal, y entonces…

—Entonces podremos enfrentarnos al peligro real.

Nuño de Lara dejó de comer al oír, puestos en palabras, los últimos pensamientos de su rey. Adivinó qué vericuetos recorría su mente. En ese momento la vista perdida del monarca regresó a la realidad. Se levantó y una sonrisa le iluminó el rostro. El conde Nuño volvió la cabeza. Allí estaba ella, en la puerta de la sala. Con sus doncellas de compañía detrás, inclinadas en señal de saludo ante el rey de Castilla.

—Mi reina. —El primer consejero se levantó e hizo una reverencia tan larga como le permitieron sus castigados huesos.

—Leonor. —El rey anduvo hacia ella sin dejar de sonreír. Ella también lo hacía. Con la cabeza ligeramente ladeada, lo que le otorgaba un punto de candidez. Leonor Plantagenet, normanda por nacimiento, princesa de Inglaterra por sangre. Había aportado la Gascuña como dote y había adornado la corte castellana con la dignidad de su persona. La reina era, según decían, la viva imagen de su madre, Leonor de Aquitania. Casi tan alta como Alfonso a pesar de su edad; de cuerpo esbelto, piel clara, cabellos rubios y cara limpia y risueña, recorrida de pecas que le daban un aire travieso y que encandilaban al rey Alfonso. Pero el encanto que vencía a Castilla estaba en sus ojos, cuyo color nadie era capaz de afirmar. Tan pronto se presentaban verdes como marrones. A la luz de los hachones parecían de miel, y bajo el sol de Castilla eran dorados.

—Alfonso. —La voz de la reina era suave, y en ella el romance castellano se deslizaba con un ligero acento normando.

Los esposos se cogieron de las manos y se miraron el uno al otro, sonrientes y callados. En la puerta, las doncellas de Leonor suspiraron, arrebatadas por el momento y por el aire de cortesía. Allí todo eran trovas, historias de amor, damas rescatadas por caballeros de lorigas relucientes, poemas y requiebros.

—Mi muy querida señora. Mi solaz, mi bien. Cómo te he añorado, mi reina.

—No más que yo a ti, mi rey.

Nuevos suspiros de las muchachas y un carraspeó grave del conde Nuño. El noble, curtido en las batallas de campo y corte durante toda su vida, se sentía incómodo ante aquellos arranques de refinamiento cortés.

—Marcho, mis reyes. Un buen sueño es lo que necesito antes de partir a León. —Se acercó a Leonor, tomó su mano de dedos largos y delicados, la besó y luego se volvió hacia Alfonso—. Te tendré al corriente de cada paso. De cada gesto de tu tío Fernando.

El rey de Castilla no permitió que su primer consejero pusiera la rodilla en tierra ante él, como ya pretendía. Lo aferró por los hombros con el cariño de un hijo.

—Ten cuidado allí, mi fiel don Nuño. Y vuelve dejando un aliado.

وأنا على ثقة في الله

Unos días después. Extremadura leonesa

Yaqub conducía su caballo al paso, rodeado de un buen número de jinetes masmudas. Le dolía la espalda. Le había dolido desde el segundo día de viaje. Era por culpa de las anillas de su cota, a las que no estaba acostumbrado. Eso y el continuo traqueteo de la montura. Salir en campaña, aun sin luchar, era mucho más incómodo de lo que pensaba.

Apoyó una mano en el arzón y miró atrás. La columna se extendía por la dehesa salpicada de encinas y alcornoques. La parte almohade del contingente no era muy larga: apenas los hombres necesarios para prestar escolta al heredero del imperio. Caballería masmuda, algunos arqueros y un tren de vituallas. Una segunda columna seguía a la primera. Esta con estandartes cristianos. En cabeza, pendones y escudos con redondeles azules sobre fondo blanco. Los colores de la casa de Castro, exhibidos por el jefe de la casa, Fernando, y su hijo Pedro.

Las voces en jerga bereber alertaron a Yaqub. Alguien señalaba al norte, a las suaves ondulaciones verdosas solo rotas por la línea de la antigua calzada. Una columna de humo negro se elevaba recta contra el cielo claro. Enseguida apareció desde allí la pequeña fuerza de exploración que siempre precedía a toda expedición almohade. En lugar de presentar novedades a su jeque, como era natural, cabalgaron hasta media columna y uno de los jinetes se dirigió a Yaqub en tono respetuoso.

—Mi señor, Cáceres acaba de caer. Tu tío Abú Hafs ha reducido a los últimos defensores.

Yaqub asintió satisfecho y dio orden de apresurar la marcha. El paso se volvió trote y el peso de la loriga torturó el cuerpo aún demasiado débil del sucesor del imperio africano, pero eso ahora no le importaba. Tenía ganas de llegar y ver cómo se hacía eso. Cómo se tomaba posesión de una plaza cristiana. Algo que él mismo quería repetir muchas, muchas veces a lo largo de su vida.

Tras coronar la última loma, el origen del humo se hizo evidente. Era una de las torres de la parte norte de la ciudad la que ardía. A Yaqub le extrañó que solo en aquel lugar hubiera fuego, y aún más cuando comprobó que las banderas almohades pendían, inmóviles por la inexistente brisa, tanto dentro como fuera de Cáceres. Sin quererlo, apretó la marcha de su caballo, y con él la de toda la columna. Lo recibieron los vítores de guerreros que no parecían formar parte de un asedio, sino de un campamento extramuros. Incapaz de retenerse, el joven espoleó su montura para rodear la muralla por poniente. Más y más africanos se dirigían al lugar a pie. Muchos de ellos iban armados y saludaban a los jinetes al galope. Otros caminaban por lo alto de la muralla.

Yaqub localizó por fin a su tío. Abú Hafs, inconfundible por su larga barba negra y la carencia de bigote, observaba en pie y con los brazos en jarras a un nutrido grupo de cristianos arrodillados ante él. Todos iban maniatados y tenían la cabeza gacha; algunos vestían lorigas manchadas de hollín y sangre, y otros se cubrían con simples camisas desgarradas y ennegrecidas. El joven descabalgó y corrió hacia su pariente, que sonrió al verlo llegar.

—Ah, Yaqub. —Alargó una mano hacia él y con la otra señaló a los cautivos—. Qué a tiempo llegas. ¿No viene el Maldito contigo?

El muchacho señaló hacia atrás por encima del hombro.

—Los infieles cabalgan a retaguardia, sin mezclarse con nosotros.

Abú Hafs asintió complacido.

—Mira, sobrino. Observa a estos valientes. Los últimos defensores de Cáceres. Cuando todos se habían rendido ya, ellos se encerraron en esa torre.

Yaqub contempló la mole de piedra, adelantada a la muralla y unida a esta por un arco. El humo negro y denso aún salía con fuerza por cada ventanuco y desde los restos ya casi carbonizados al pie de la construcción. Era evidente que solo habían podido rendir a los defensores con fuego. El joven llevó su vista a los cristianos. Todavía tosían, con las caras congestionadas y manchadas de negro. A un lado del grupo de prisioneros se amontonaban sus armas, que eran sorprendentemente escasas, y también sus estandartes, cruces rojas sobre telas blancas. Yaqub se acercó al más próximo de los cristianos y se acuclilló. Este elevó un poco los ojos llorosos. Su piel estaba cruzada de arrugas, pues se trataba de un hombre de edad, y los chorretones se marcaban a su través, arrastrando la suciedad y el hollín hasta la barba canosa y las anillas de hierro de su almófar. El guerrero tenía el pelo muy corto, una tonsura despejaba su coronilla. El muchacho se incorporó y volvió a dirigirse a su tío.

—Están famélicos. Y son viejos.

Abú Hafs sonrió. Se acercó a su sobrino y a aquel guerrero preso.

—Han pasado días ahí —señaló a la torre albarrana—, rodeados desde fuera y desde dentro de la ciudad. No sé si tendrían comida y agua, porque todo se ha quemado, pero estoy seguro de que no han disfrutado de mucha comodidad. Y mientras, los demás villanos se rindieron nada más ver nuestras banderas. —Sus ojos febriles se posaron en el cautivo—. Tal vez esta pueda ser tu primera lección como guerrero, sobrino mío. No subestimes jamás a estos soldados de la cruz. Fíjate en eso. —Tocó con un dedo la tonsura, sobre la que crecía un débil y ralo pelaje blanquecino—. Este es un freire. Algo parecido a nuestros *ghuzat*, pero mucho mejor adiestrados.

Yaqub miró al prisionero con otros ojos. Así que ese era uno de aquellos monjes guerreros de los cristianos.

—¿Por eso resisten hasta el final?

—Por eso, sobrino. Es difícil capturarlos con vida. —Abú Hafs rio quedamente, apoyó un pie en el pecho del cristiano y empujó. No tuvo que esforzarse mucho para hacerle caer de espaldas—. De todas formas, no les queda mucho para morir.

La columna de Castro apareció en ese momento. Sus hombres tenían orden de mantenerse de continuo separados de los almohades para evitar trifulcas, pero Fernando el Maldito y su hijo ignoraban aquella precaución. Ambos se acercaron en sus respectivos caballos, y Yaqub advirtió con cierta envidia que Pedro, a pesar de tener su misma edad, se manejaba con bastante más soltura como jinete. A él no parecían incomodarle el peso de la cota de malla ni los días de viaje sobre los hombros. Tras los Castro, sobre una mula a la que azotaba con una vara, llegó el intérprete, un andalusí de Badajoz.

—Cáceres es almohade, cristiano —anunció Abú Hafs.

Fernando Rodríguez de Castro asintió con lentitud. Varios de los cautivos tenían la vista fija en él. No le extrañó que sus miradas no denotaran resentimiento, sino un cansancio y una resignación infinitas.

—Freires de Cáceres —dijo—. O de Santiago, como los llaman últimamente.

El traductor hablaba a toda prisa, tornando las palabras romances de uno a la lengua bereber del otro y viceversa.

—Santiago, ¿eh? —Abú Hafs escupió sobre el freire caído, que no se había molestado en incorporarse siquiera—. Son tantos vuestros falsos dioses que lo mismo da uno que otro.

El joven Pedro de Castro habló con timidez:

—¿Y el resto de la gente? ¿Solo había estos en la ciudad?

—La ciudad se rindió hace días, pequeño infiel —contestó Abú Hafs—. Muchos villanos huyeron, y los que quedaban se entregaron con todo lo suyo. Como no presentaron mucha resistencia, la misericordia del califa los alcanzará y serán llevados a Marrakech. De allí viajarán a Agmat, donde su venta como esclavos reportará beneficio al Majzén. No es de mi gusto, te lo aseguro: si por mí fuera, todo cristiano sería ejecutado. Hay que dar ejemplo.

El muchacho cruzó una rápida mirada con Yaqub. Parecía que el heredero del califa estaba de acuerdo con lo que decía su tío.

—¿Y estos? —intervino Fernando de Castro—. ¿Qué será de ellos?

Abú Hafs, sin abandonar su sonrisa, empujó con suavidad a Yaqub para apartarlo de los cautivos. Luego gritó un par de órdenes rápidas y tajantes, y varios masmudas se acercaron. Conforme lo hacían, desenfundaban de sus cintos los cuchillos grandes, curvados y de un solo filo que llamaban *gazzula*. Sin más trámite, como matarifes entre los corderos destinados al sacrificio, comenzaron su ritual: elegían una presa, tomaban su barbilla desde atrás y tiraban de ella hacia arriba. A continuación, la hoja del cuchillo se posaba en la garganta y se deslizaba lenta de dentro afuera. En ocasiones, el filo se trababa y había que removerlo. Los chillidos eran cortos y pronto eran sustituidos por gorgoteos. En lugar de quejarse o implorar piedad, los freires de Santiago entonaron una queda letanía que solo interrumpían cuando la hoja de hierro desgarraba sus gargantas. Yaqub observó con detenimiento el aplicado trabajo de los masmudas. Y sus ojos se sorprendieron al comprobar cuánta sangre manaba de cada tajo, y cómo los degollados caían exánimes y temblaban unos instantes antes de que la vida huyera de ellos.

Pedro Fernández de Castro dio la vuelta a su caballo y se alejó. A su padre no le pareció bien la actitud del hijo. Él habría preferido que se quedara allí, presenciando la ejecución de los más de cuarenta cautivos cuyo número descendía ahora a toda velocidad. Abú Hafs, tal vez irritado por las oraciones de los condenados, dio un grito más y los masmudas dejaron de recrearse en cada degüello. Mataron al resto con rapidez, y pronto no quedó de ellos más que cadáveres tirados sobre charcos de sangre a los pies de la torre humeante.

—Soy consciente de que no debo cuestionar tus métodos, ilustre visir omnipotente. —Fernando de Castro, frío como una noche del invierno leonés, permanecía impertérrito sobre su caballo—. Pero has de saber que, por lo común, los freires de Santiago son de noble cuna. Tal vez podrías haber negociado rescate.

Tras oír la traducción de aquellas palabras, Abú Hafs se acercó a la montura del cristiano. Había recibido instrucciones del califa, y estas eran, aparte de respetar la vida de quienes se rindieran en aquella campaña, no humillar en demasía a sus aliados cristianos. El visir omnipotente se las veía y deseaba para obedecer esta última orden. Con gusto habría ordenado a sus masmudas que desmontaran a aquel infiel con ínfulas para poder clavarle su propia espada hasta la empuñadura.

—Tienes razón, cristiano. En que no debes cuestionar mis métodos, digo. El dinero que vosotros, comedores de cerdo, podáis gastar en las vidas de vuestros nobles, vale menos que un excremento de camello. Porque está escrito —subió el índice derecho—, que «Dios pagará a todos el precio de sus obras». —Y apuntó a Fernando de Castro—. Así Dios os da a vosotros el salario de vuestros pecados: la muerte y el tormento eterno.

El cristiano asintió despacio, sin mostrar un ápice de turbación.

—Sea, visir omnipotente. Como has dicho, no debo cuestionarte. Así pues, no te diré que con mi presencia podrías haber rendido Cáceres mucho antes. En tu sabiduría estuvo adelantarte para salir de Sevilla antes que tu sobrino y que mi hueste. Bien. —Señaló a la ciudad con la barbilla—. Has ganado tu primera plaza al rey de León. ¿Qué hacemos ahora?

El intérprete se apartó instintivamente del caballo del de Castro mientras traducía al romance. Abú Hafs no dejó de sonreír, pero apretó tanto los dientes que rechinaron como los pescuezos de los freires al ser segados por los cuchillos *gazzula*.

—Yo he cumplido mi parte, *Maldito*. —Enfatizó el tono de aquel apodo con el que todos los almohades conocían ya al señor de Castro—. Ahora tú has de demostrar que en verdad eres fiel al califa. Te dirigirás a Alcántara, sobre el río Tajo. Irás allí con mi sobrino Yaqub.

El hijo del califa frunció el ceño.

—¿Tú no vienes, tío?

—No, sobrino. Yo regresaré a Sevilla con la cuerda de esclavos y el botín de Cáceres. Pero es el momento de tantear tu temple. Sin él, no podrás cumplir la misión que Dios, alabado sea, te ha encomendado.

—¿Debo entonces, tío, luchar al lado de este cristiano?

Abú Hafs saboreó el tono de repugnancia en la pregunta de Yaqub.

—No te pediría tal cosa, sobrino. Tú, con la caballería masmuda y los *rumat*, lo acompañarás a él y a sus mesnadas hasta Alcántara. Pero lo dejarás allí, cruzarás el ancho río y marcharás más allá, al lugar al que llaman Ciudad Rodrigo. No estarás solo, pues he citado en ese lugar a las fuerzas de uno de nuestros servidores, Ibn Sanadid. Así tendrás oportunidad de ver cómo lucha la chusma andalusí, más acostumbrada a los comedores de cerdo que nosotros. Sea esta tu primera lección, sobrino. Aprovéchala. Vas al norte, hacia el corazón del rey leonés. Y serás puesto a prueba.

وأنا على ثقة في الله

UNOS DÍAS DESPUÉS. ZAMORA, REINO DE LEÓN

—Tienes que verla, mi señor. Sé que no me crees, pero me creerás cuando la veas.

Fernando de León fingía interés hacia lo que le contaba su amigo Nuño Meléndez, pero sabía de la tendencia a exagerar de aquel noble gallego.

—Te creo, buen Nuño. Te creo.

El rey estaba sentado en un trono de madera oscura. Su capa colgaba del respaldo labrado con la figura de un león. A su lado, sobre un escabel bajo, permanecía su hermanastra Estefanía, a la que llevaba con él a todo lugar desde que quedara sola por la marcha del marido. La esposa del renegado Castro escuchaba la cháchara de Nuño Meléndez sin demostrar emoción alguna, pero con la mano apretada en torno a su relicario de la Vera Cruz. El gallego continuó:

—Contaré los días, mi rey, te lo aseguro. Estoy deseando que Urraca salga de ese convento. Cuando la veas, me creerás.

El rey resopló. Desde su regreso de tierras de Nájera, donde se había comprometido en esponsales, Nuño Meléndez estaba insoportable.

No hacía más que hablar de su prometida. De lo bella y deseable que era, de lo dulces que eran sus labios, de lo principal de su familia. A Fernando de León le hastiaba aquello. Hacía dos años que se había visto obligado a repudiar a su esposa, Urraca de Portugal, por ser ambos primos segundos. Pero antes de que el santo padre le obligara a hacer tal cosa, de la unión había nacido Alfonso, su primogénito y heredero. La princesa portuguesa era muy buena moza y, aunque el matrimonio era un arreglo entre cortes, Fernando había gozado de su esposa con gran gusto... hasta la separación forzada. Tanto se entristeció por la orden papal que desde entonces no había catado hembra. Y ahora, encima, le venía el noble Meléndez a contar que él sí tenía preparado el lecho para recibir mujer. Y además con ese mismo nombre: Urraca. ¿Y a él qué le importaba? Aunque, bien mirado, no estaba mal que sus magnates emparentaran con nobles damas castellanas. La prometida del cargante gallego, por cierto, pertenecía a la casa de Haro, una de las más importantes del reino vecino.

—¡Mi señor, el conde Nuño, de la casa de Lara, pide ser recibido!

Hablando de Castilla. El rey Fernando hizo un gesto indolente al doméstico que acababa de anunciar a Nuño de Lara, y el otro Nuño, el gallego, acalló su charla. El conde castellano entró despacio, sin ocultar el cansancio por el viaje. Fernando permaneció en su trono y, durante un corto momento, observó de reojo la reacción de su hermana. Ella seguía impasible. Digna y solemne ante la llegada del peor enemigo de su esposo. De pie, Nuño Meléndez hizo una ligera inclinación. El rey sonrió con la mirada fija en Nuño de Lara. Su cuñado y él mismo se habían enfrentado con fiereza a ese tipo durante la guerra civil de Castilla. En cierta ocasión, incluso llegó a capturarlo. Y en otra, Fernando de Castro había matado al hermano del conde Nuño, Manrique. Demasiadas cuentas pendientes.

Nuño de Lara anduvo despacio y paró a cuatro varas del trono. Se inclinó largamente ante el rey de León.

—Mi señor Fernando, vengo como embajador de Castilla... y como amigo.

El monarca se levantó por fin y se esforzó por disimular la barriga, conseguida en sus treinta y siete años de copiosos banquetes y vida cortesana. Intentaba comprender qué tormenta podía estar librándose en la mente del noble castellano que ahora tenía ante sí. Casi todas las cicatrices que adornaban la piel del Lara —y no eran pocas las que podían verse a pesar de ir bien vestido— tenían como origen las guerras que el mismo rey de León había provocado o, cuando menos, apoyado.

—Como amigo te recibo, conde Nuño.

El castellano miró por primera vez a Estefanía de forma directa. Hacía muchos años que no la veía, pero los rasgos del emperador Alfonso eran inconfundibles en aquella cara.

—Mi señora.

La esposa de Fernando de Castro entornó ligeramente los ojos y sus dedos dejaron de voltear el relicario.

—Mi señor.

El silencio más frío siguió a aquel saludo desprovisto de cordialidad. Los ojos del conde Nuño se apartaron de Estefanía y recorrieron el salón zamorano como si buscaran algo. Ni siquiera parecía reparar en la presencia del noble Meléndez, que ahora era una estatua clavada junto al trono leonés.

—¿Buscas al señor de Castro, conde Nuño? —preguntó el rey.

—Así es, mi señor. Lo suponía en tu compaña. —Apuntó con la barbilla hacia Estefanía—. Y con su esposa. Pero no temas. He dado palabra a mi rey y ahora te la doy a ti. Las diferencias que pueda tener con Fernando de Castro son cosa del pasado. Razones de peso nos obligan a ambos a entendernos. —Volvió a mirar a la única mujer de la reunión—. Es lo más cabal. ¿No te parece, mi señora?

—Es lo más cabal.

—Sin embargo, noble don Nuño —el rey volvió a dejarse caer en el trono—, Fernando de Castro no está ya conmigo. Su talante no se parece al tuyo. Tal vez así sea mejor, porque nos hemos ahorrado una curiosa escena. —Y él también se volvió hacia Estefanía—. ¿No es así, hermana? ¿No es todo esto muy extraño? Tu esposo, mi fiel Castro, junto a los sarracenos. Y un Lara aquí, junto a nosotros.

Estefanía calló esta vez, y el noble gallego soltó una risa por lo bajo. El doméstico que había anunciado la llegada de Nuño de Lara se presentó de nuevo en la puerta del salón.

—Mi rey… —Su voz sonó inquieta—. Han llegado correos de la Extremadura.

—¿De la frontera? —Fernando de León intercambió sendas miradas con su hermana Estefanía y con el gallego Nuño Meléndez. Se dirigió a este último—. Ve, mi fiel amigo, y entérate de qué ocurre. Yo debo agasajar al embajador de Castilla.

El privado asintió. Sus pasos resonaron por el salón y, en unión de los del sirviente, se perdieron por los corredores del palacio.

—¿Dices, mi señor —el viejo conde de Lara arrugó el entrecejo—, que don Fernando de Castro está con los infieles?

El rey curvó los labios en una sonrisa fría. Él, que había llegado a tratar con los almohades en el pasado para perjudicar a Castilla, no veía raro que se estableciera una alianza con enemigos naturales si era para hostigar entre ambos a un tercer enemigo común. Y seguro que aquel punto de vista era compartido por su sobrino, el rey de Castilla. Y por aquel conde hipócrita y rancio que ahora tenía ante sí y que fingía extrañarse por la conducta de Fernando de Castro. Pero no era ese el tema que el Lara había ido a tratar.

—El Infantazgo —susurró el monarca sin apartar la vista del embajador y principal consejero real castellano.

Estefanía aguantó la respiración, algo que los dos hombres ignoraron. El Infantazgo era uno de los extensos territorios que, ahora en manos de León, gobernaban su esposo y ella misma. Todos sabían que los Lara pretendían la tenencia del lugar para Castilla, y precisamente allí se habían producido algunos de los más crueles choques entre las dos familias. Nuño de Lara agradeció ahora que Fernando de Castro no se hallara presente, y por eso habló con alivio:

—Tu sobrino, Alfonso de Castilla, desea negociar contigo su reparto, mi señor.

El rey seguía con la vista clavada en los ojos cansados del conde Nuño. Y su mente no dejaba de trabajar. Odiaba negociar con su sobrino. En primer lugar porque consideraba que él, Fernando de León, era el verdadero y único heredero del imperio desaparecido. Y su sobrino, por el contrario, no era más que un niñato favorecido por la fortuna. Y en segundo lugar, despreciaba la negociación porque sabía que tras toda la cortesía hipócrita de Nuño de Lara se escondía el poder de las armas castellanas. Un ejército mucho mayor que el leonés y que un día, a no mucho tardar, se vería libre de sus pleitos con Navarra.

—Negociar —repitió, y observó de reojo a su hermanastra—. Sí. Negociaremos. Pero antes debes descansar, conde Nuño. Te veo fatigado. Te alojarás en este mismo palacio, si no tienes inconveniente.

El embajador castellano repitió su inclinación, esta vez como agradecimiento por el detalle. En la mirada del rey había visto que los acuerdos solo llegarían tras arduas luchas sobre las mesas de la corte leonesa. Y que sería muy difícil alcanzar un reparto del Infantazgo que dejara satisfechas a ambas partes. Juramentos enardecidos resonaron a su espalda, y el conde se volvió. Nuño Meléndez regresaba, y mientras lo hacía daba órdenes a los sirvientes del palacio. El castellano oyó repetir palabras cuyos ecos rebotaron por la piedra antigua y se clavaron como amenazas en el trono de madera tallada en forma de león. Guerra, traición, muerte. El rey se levantó, y hasta Estefanía se estremeció sobre su pequeño escabel. El noble gallego apareció en la puerta, tan pálido como podía estar alguien con la piel color de nieve.

—¡Cáceres, mi rey! ¡Los almohades han tomado Cáceres! ¡Fernando de Castro ha ido contra Alcántara y los sarracenos avanzan contra Ciudad Rodrigo! ¡Nos invaden, mi señor! ¡Nos invaden!

UNOS DÍAS DESPUÉS

Ciudad Rodrigo era ciudad jovencísima. Poco más de una década atrás, el rey Fernando de León había ordenado refundarla para adelantar su frontera contra Portugal y dominar la ruta hacia el Tajo. Así, envió a aquel páramo a gentes de todo su reino, y aún se añadieron segovianos y abulenses que pretendían aprovechar los privilegios y las franquezas, como en toda villa de frontera acogida a fuero.

Pero la posesión de otras plazas más avanzadas, como Alcántara y Cáceres —así como los tratos oscuros que el rey de León mantenía con los almohades—, se había revelado fatal para la confianza del rey Fernando. Convencido de que su frontera con los sarracenos estaba más al sur, en la línea del río, y en la certeza de que no corría peligro alguno de ataque musulmán, descuidó la edificación de defensas: Ciudad Rodrigo era una villa sin muralla.

Ahora Cáceres había sido tomada por el visir omnipotente Abú Hafs, y Alcántara había caído ante el avance de Fernando Rodríguez de Castro y sus huestes cristianas. La frontera estaba rota. La Extremadura leonesa se desangraba, y por las heridas se filtraba inmisericorde el ejército infiel. Ese era el pago almohade por la complicidad leonesa de los años anteriores: por buen trabajo, mal galardón. Las noticias llegaron tardías y casi al mismo tiempo que las hordas de refugiados que huían del avance africano. Y apenas unos pasos por detrás, las mesnadas africanas hicieron acto de presencia. Venían por la orilla norte del río, justo antes de que el sol se escondiera más allá de Portugal. Caballería y arqueros. Se plantaron a poco trecho de la villa y montaron su campamento. Y a continuación rezaron, como solían. Arrodillados sobre sus almozalas y con los ojos mirando a levante. Los de Ciudad Rodrigo, aterrorizados, se sacudieron el polvo de la seguridad y acumularon sus enseres en las afueras de la villa. Rescataron de sus baúles las ballestas, cuchillos y lanzas, cavaron zanjas, amontonaron carros, tinajas, arcas, camastros y toda clase de leños. Toda aquella noche trabajaron acuciados por el miedo. Montaron una empalizada de desechos ante la que, a poco del amanecer, formó impecable la caballería almohade. Y entonces, desde occidente, llegaron los andalusíes.

Ibn Sanadid se adelantó a su gente para presentar respetos al líder de la hueste africana. Mientras conducía en solitario su caballo, observó que la única infantería de los almohades estaba compuesta por *rumat*, arqueros de rostro cubierto y ropajes oscuros. Antiguos almorávides y sus hijos, de los que se servían como exploradores de a pie y a los que mandaban a la muerte con ligereza, pues no en vano pertenecían, como los propios andalusíes, a una raza inferior de creyentes. A punto ya de llegar adonde sus amos africanos formaban en líneas, Ibn Sanadid volvió la vista a la barricada que los cristianos de Ciudad Rodrigo oponían al avance musulmán. Sonrió con media boca. Aquello iba a ser una masacre.

Varios jinetes masmudas se separaron del grueso de la hueste y cabalgaron hacia el andalusí. Este refrenó a su animal. Para su sorpresa, los almohades escoltaban a un niño de buen porte aunque de indiscutible bisoñez. De ojos penetrantes pero labios temblorosos, casi grotesco, hundido como iba en su loriga, con el yelmo rodeado por un turbante blanco y calado hasta las cejas. Ibn Sanadid adivinó de inmediato que aquella era la primera acción de guerra del muchacho.

—Andalusí —escupió su desprecio uno de los masmudas en su desafinada jerga bereber—: estás ante el noble Yaqub, hijo del califa Yusuf, nieto de Abd al-Mumín. Heredero del imperio. Tu futuro califa.

Ibn Sanadid inclinó la cabeza como muestra de sumisión. El chico se adelantó al almohade que lo había presentado y miró al andalusí de arriba abajo. Luego se fijó en la mesnada de algareadores que este había traído desde la frontera con Castilla.

—¿Qué gente es esa? —La voz pretendía ser firme, pero no engañaba a Ibn Sanadid—. ¿Son mendigos? ¿No traes armas para valer a tu señor?

El andalusí apoyó ambas manos en los arzones y giró medio cuerpo para observar también a su tropa. No eran muchos, ciertamente. Antiguos soldados del rey Lobo y de su traidor suegro, Hamusk. Valencianos, murcianos y jienenses, los más. Armados muy a la ligera, con azconas y espadas cortas. Rodelas de pequeño tamaño adornadas con cintas, algunas ballestas. Varios montaban sobre caballos de corta alzada y el resto iban a pie. El tipo de chusma que malvivía en frontera, atacando caravanas e infiltrándose en las tierras cristianas para algarear, tomar botín y cautivos y regresar con rapidez a convertir su rapiña en dineros.

—No los subestimes, mi señor. —Ibn Sanadid se vio ridículo al hablar así a un niño, pero vivían tiempos difíciles—. Mis hombres son hábiles y conocen a los cristianos.

Yaqub enarcó las cejas. Cambió algunas palabras en voz baja con los masmudas de su escolta, y uno de ellos salió al galope hacia sus líneas. Más allá, los villanos de Ciudad Rodrigo se aprestaban a defender su parapeto, última y vana esperanza antes de que los invasores llegaran hasta sus mujeres e hijos.

—Bien. —Yaqub miró nerviosamente a su alrededor—. Tenía pensado que encabezarais el asalto a la barricada de los infieles, pero no creo que durarais mucho. Combatiréis a mi lado. Además, no me fío de vosotros. Sois capaces de cambiar de bando, como otras veces habéis hecho.

Ibn Sanadid encajó el insulto con una nueva inclinación de cabeza. En ese momento, el eco de un retemblor sacudió la tierra. El hijo del califa y el andalusí volvieron a la par sus cabezas, y juntos descubrieron la nube de polvo que surgía al norte. Al punto llegó el griterío alegre desde la estacada de Ciudad Rodrigo, y también se dio la alarma desde las filas almohades. Tras Ibn Sanadid, los experimentados algareadores se ajustaron los correajes y embrazaron las rodelas, aprestaron las ballestas y aguardaron las órdenes de su adalid.

—Caballería cristiana —aseguró el jienense. Yaqub lo miró con los ojos muy abiertos.

—¿Qué?

Ibn Sanadid adornó con un punto fiero su sonrisa.

—Es como una ola de hierro, mi señor Yaqub. Lo barre y lo destroza todo.

El hijo del califa tragó saliva con dificultad y giró la cabeza de nuevo hacia el norte. Ahora aparecían los primeros estandartes en la distancia. Algunos de ellos llevaban aquellas cruces rojas que ya viera en los paños de los freires de Cáceres. No dijo nada. Se limitó a observar la masa reluciente que se materializaba poco a poco. No fue capaz de recordar su sueño de Sevilla ni las palabras de su tío Abú Hafs. Ni las historias sobre los heroicos triunfos de su padre y de su abuelo, ni las hazañas de los demás paladines almohades. Su estómago entró en un vórtice de temblores, su boca se secó como si de repente se hallara en medio del desierto africano.

الله في
ثقة على وأنا

Fernando de León tiró del freno de su destrero y los gritos a sus flancos se extendieron por toda la línea. Tocó los correajes del barboquejo con gesto inseguro y miró a su izquierda. Se encontró con el gesto divertido de un hombre de casi cincuenta años que conocía desde la infancia: Armengol de Urgel.

El conde, de forma instintiva, se pasó los dedos por el reborde inferior del yelmo. De no haberlo llevado, el gesto le habría servido para recolocarse el flequillo negro.

—Verdaderamente, mi rey, ha sido una suerte que estuviéramos en Salamanca con el príncipe.

Fernando de León asintió con nerviosismo. Desde que llegara a Zamora la noticia de la invasión almohade, había despachado correos a los lugares más cercanos, y entre las huestes reclutadas allí y las que había podido replegar por camino del sur, contaba ahora con un buen número de caballeros con los que hacer frente a los africanos. Junto al conde de Urgel estaba su inseparable y circunspecto hermano, Galcerán de Sales, y gran parte de su veterana mesnada. También contaba con caballeros de Zamora y Salamanca, así como con huestes de los freires de Santiago, con el enamorado Nuño Meléndez y con el conde Rodrigo de Sarria, hijo de Álvar el Calvo. El rey señaló a Ciudad Rodrigo y a la línea difusa que se adivinaba más allá, hacia el sur.

—¿Qué te parece, Armengol? ¿Hay esperanza?

El conde de Urgel entrecerró los ojos y se humedeció los labios con lentitud. Hacía tiempo que no se enfrentaba a un ejército almohade, justo desde que abandonó la compañía del rey Lobo. Sonrió mientras examinaba con ojo certero lo que podía ser el inminente campo de batalla. Ah, el rey Lobo. Y sobre todo su reina, la favorita... Qué lejos quedaba ahora aquello.

—No son muchos, mi rey. Veo que los de Ciudad Rodrigo han levantado un resguardo para frenar a los sarracenos. Eso está bien. —Armengol bajó su lanza y señaló a un punto delante del ejército cristiano, a la izquierda de la villa—. Debemos avanzar por ese lado. Girar allí, y cargar de modo que la ciudad quede a la espalda de esos africanos del demonio.

Fernando de León asentía a las palabras del conde de Urgel. Confiaba casi ciegamente en él. Sabía que, en cuanto a genio militar, aquel hombre de maneras refinadas y flequillo impoluto era incluso superior a Fernando de Castro. Su experiencia era innegable: había luchado para el viejo emperador Alfonso, en los ejércitos aragoneses y junto al rey Lobo. Pero lo que más confianza daba a Fernando de León era que Armengol de Urgel siempre escogía el bando ganador. Jamás, en toda su vida, había permanecido más de lo necesario junto a quien nada tuviera que darle. Y ahora seguía allí, a su lado. ¿No era acaso la mejor señal?

Y a pesar de todo, Fernando de León tenía miedo. Pero no de los almohades precisamente. Por eso volvió a preguntar a Armengol de Urgel:

—¿Ves a Fernando de Castro con ellos?

El conde no dejaba de sonreír. Por un lado, pensó, qué oportuno sería que sí estuviera. Y que pudieran matarle allí, en plena rebeldía. Qué fácil sería entonces reclamar para él sus muchos honores. Por otro lado, comprendía que los almohades no lo hubieran puesto en el trance de enfrentarse a sus hermanos de fe. Demasiada tentación. Demasiado riesgo.

—No veo sus estandartes, mi rey. Solo hay sarracenos ahí delante.

Ante ellos, el contingente almohade se movió. De entre las filas de caballería brotaron pequeñas figuras negruzcas. A la izquierda de estas, fuerzas de infantería se movían a buen ritmo para unirse al grueso de la hueste africana.

—Dime, mi rey —Armengol de Urgel hablaba sin dejar de observar las evoluciones de los sarracenos—, ¿es hombre sagaz el obispo de Ciudad Rodrigo? ¿Cuenta con gente de armas?

—Está recién nombrado... Pero sí, cuenta con gente de armas. La del anterior obispo, que se las tuvo que ver con su colega, el metropolitano de Salamanca.

El conde de Urgel rio socarrón. Obispos contra obispos. Hermanos contra hermanos. ¿Cómo no iba a medrar él así?

—No se hable más, mi señor. —Armengol dejó resbalar su escudo desde la espalda hasta que el tiracol alcanzó su tope. Deslizó la zurda por la embrazadura con seguridad y elevó la lanza. Sus hombres, disciplinados y curtidos, imitaron sus movimientos. Y tras ellos, el resto de la hueste leonesa.

فـي الله
ثقـة على وانا

Ibn Sanadid, a caballo, gritó a sus hombres para que se dispusieran en dos filas por delante del heredero Yaqub. Los andalusíes de a pie obedecieron mientras tomaban sus azagayas: una con la diestra, dispuesta al lanzamiento, y otra en la izquierda, a punto para sustituir a la primera. Las rodelas colgadas de la espalda les cubrirían cuando, agotada la munición, retrocedieran tras la segunda línea, en la que se hallaban los ballesteros. Los demás hombres de Ibn Sanadid, los de a caballo, ocuparon los flancos; y el propio Yaqub quedó detrás, junto a media docena de jinetes masmudas que empuñaban lanzas. El resto de la hueste almohade ya formaba para enfrentarse a los cristianos. Arqueros *rumat* delante de los andalusíes y caballería en vanguardia. A su izquierda, Ciudad Rodrigo pasaba a un segundo plano. Ya habría tiempo después para aplastar a sus defensores y, según la doctrina de Abú Hafs, pasar a cuchillo a quien resistiera y vender como esclavos a los que se rindieran.

—¿Qué te parece, andalusí? —La voz de Yaqub sonó presuntuosa mientras los caballos piafaban de excitación.

Ibn Sanadid no podía calcular bien el número de enemigos. La propia caballería almohade los tapaba ahora. Pero bien sabía del inmenso poder de las cargas cristianas, y aquel muchacho que dirigía a la hueste se le antojaba demasiado inexperto e insolente para prever los riesgos. Volvió la cabeza y entrecerró los ojos bajo su yelmo normando, con la cortinilla de malla colgando a los lados de su tez morena.

—No sé, mi señor. Soy de una raza inferior a la tuya y la ignorancia me ciega.

Yaqub sonrió antes de desenvainar la espada de hoja brillante y recta. La elevó sin poder refrenar el temblor de su mano y gritó con una voz que se quebró a media orden.

—¡Atacad, por Dios! ¡Atacad, por el califa!

La caballería almohade se lanzó al galope, levantando una cortina de humo y provocando una lluvia de guijarros y polvo sobre sus propios arqueros.

فـي الله
ثقـة على وانا

Las lanzas bajaron hasta quedar horizontales, los jinetes de Urgel clavaron las espuelas en los ijares de sus caballos. Avanzaban parejos, sin que un hombre se adelantara a otro siquiera media vara. El conde Armengol sonreía mientras se lanzaba a la carga. Contra él venían hombres de piel oscura y fe ciega en su dios. Los conocía de viejo. De sus aventuras con el emperador y de su tiempo con el rey Lobo. Jamás, que se supiera, habían vencido los almohades a los cristianos en un choque a caballo en campo abierto. Si los africanos se habían impuesto alguna vez, fue fiados en sus fortificaciones, como en Almería, o por un ataque nocturno por sorpresa, como en Granada. Y tan solo por la fuerza de su infantería habían vencido junto a Murcia, en la batalla que significó el inicio de la caída del rey Lobo.

Miró atrás de reojo, por encima de su hombro derecho. Tras la línea de la caballería de Urgel venían los freires de Santiago, y a estos los seguían los magnates leoneses con su rey incluido. Tres oleadas de hierro que los africanos no podrían encajar. Volvió la cara al frente y pudo ver ya el blanco de los ojos enemigos. A la diestra, Ciudad Rodrigo se deslizaba como una sombra sin contornos, con el griterío de los villanos animando a la hueste que venía en su rescate. El conde apretó los talones y los muslos, se encogió tras el escudo y apoyó la lanza en el arzón delantero.

El encuentro se produjo a medio camino de ambas cargas y con el acostumbrado resonar de hierro. Algunos almohades, hechos todavía al combate africano, soltaron sus jabalinas antes de llegar al encuentro, y los demás aguantaron con valor. Pero la ventaja era cristiana. Sus destreros, más pesados, barrieron a los caballos de menor tamaño de los almohades, y las lorigas y escudos de lágrima absorbieron el choque. Decenas de pechos musulmanes fueron hendidos por las puntas de las lanzas, y otros quedaron aplastados al caer de sus sillas y ser atropellados. Detenidos los animales y enzarzados los hombres en los combates a corta distancia, los freires de Santiago se unieron a la lucha. Ahora los almohades resultaban ensartados por espadas y quebrados por mazas. La fiereza de los religiosos, que ya intuían lo que habría ocurrido con sus hermanos de orden en Cáceres, los llevó a emplearse a fondo, y pronto quedó la lid envuelta en la niebla seca y caliente de la guerra. El rey dio el alto a su haz mientras el choque de hierros y los gritos de agonía llenaban la campiña. Fernando jadeaba tras las anillas de su ventalle, impaciente por saber cómo se desarrollaba la batalla. Miró a su izquierda, donde el veterano Nuño Meléndez se quejaba a gritos desaforados.

—¿Por qué no los rodeamos? ¡Vayamos a por los demás infieles! ¡Luchemos!

Fernando de León negó con la cabeza. No sabía cuántos almohades los aguardaban más allá, y él confiaba en el juicio de Armengol de Urgel por encima del suyo propio o el de cualquier otro. Por un instante se preguntó qué le ocurría al gallego Meléndez, que por lo común era paciente y cauto. Enseguida cayó en la cuenta: la tal Urraca de Haro. Aquella muchachita castellana le tenía sorbido el seso. Y como suele ocurrir a los hombres entrados en edad si ven la oportunidad de yacer con hembra joven, la sangre de Meléndez se rebelaba. Le obligaba a regresar a años mozos, cuando sus brazos eran ágiles. Cuando ese líquido vinoso que ahora lo mantenía vivo no se movía perezoso por sus venas. El rey Fernando llegó a sonreír a pesar de lo comprometido del momento. Gato cebado, gato fogoso. ¿No decía eso la chusma? Pues a él no le ocurriría jamás tal cosa. Y por otro lado, reconoció, casi tenía ganas ya de conocer a la muchacha prometida. A esa Urraca. ¿De verdad sería tan hermosa como alardeaba Nuño Meléndez?

Los ruidos metálicos bajaron su intensidad, pero los gritos arreciaron. El polvo se aposentaba, ya se adivinaban los estandartes a través de la nube cenicienta. Fernando de León se alegró ahora más abiertamente: Armengol de Urgel y los freires habían masacrado a la caballería almohade.

وأنا على ثقة في الله

Yaqub tragó saliva con dificultad.

El horizonte era una nube gris que ahora se abría a jirones para mostrar los cuerpos de caballos y hombres caídos, pisoteados con furia y clavados a tierra por los cristianos. A su izquierda, los asquerosos villanos de Ciudad Rodrigo se deshacían en vítores.

El hijo del califa observó lo que quedaba de su hueste aparte de la media docena de jinetes masmudas que lo escoltaban como guardia personal. Los *rumat*, rodilla en tierra, preparaban sus arcos, y tras ellos aguantaban impertérritos los guerreros de frontera de Ibn Sanadid. En eso era en lo que se había convertido su hueste: chusma almorávide y andalusí.

—Estamos perdidos.

¿Qué había hecho mal? ¿Cómo era posible que, estando destinado a llevar la victoria del islam por el orbe, perdiera ese encuentro? ¿Dónde quedaba ahora su sueño angelical y profético? Aquello le dio rabia. De pronto odiaba a su tío Abú Hafs. Si en lugar de mandarlo a lo más profundo de las tierras leonesas se hubieran quedado en la línea del Tajo... Si estuvieran con él los hombres del Maldito Castro... ¿En qué más le había engañado el visir omnipotente? ¿De verdad el mensaje del sueño venía de un ángel de Dios? ¿No sería que estaba allí por voluntad de Satanás?

El suelo volvía a temblar. La caballería cristiana, rehechas sus filas, se lanzaba de nuevo a la carga. Todo se movía a su alrededor. Las piedras saltaban sobre la tierra, y los pisotones de los enormes caballos leoneses subían y le conmovían el cráneo. Era como si Dios mismo sacudiera a martillazos el campo de batalla. Sintió que se le humedecían los muslos, su caballo resopló con inquietud. Tenía ganas de llorar. De hallarse de nuevo en Sevilla, entre versículos grabados en las paredes. O a la sombra de los olivos.

Entonces pasó algo extraño.

Los caballeros cristianos no venían de frente. En lugar de eso, torcían hacia levante y cabalgaban fuera del alcance musulmán, en paralelo a los supervivientes del ejército almohade. Yaqub, con el líquido tibio resbalando por sus piernas, entornó los ojos llorosos y siguió la evolución de sus enemigos. Los *rumat*, con las flechas caladas en los arcos, giraban lentamente, sin dejar de apuntar a sus enemigos. Ibn Sanadid gritaba a sus andalusíes y les ordenaba corregir la formación. Los de Ciudad Rodrigo callaron sus ovaciones. ¿A qué venía aquello?

El silencio se apoderó de los musulmanes. Se limitaban a mirar. Sin hablar entre ellos. Sin dar lugar a la esperanza. Pendientes de lo que tramaban sus enemigos. Cuando el amplio rodeo había llevado a los cristianos hasta casi la retaguardia, se detuvieron.

Los arqueros corrieron para volver a ocupar la ahora nueva vanguardia. No por amor o lealtad al hijo del califa, sino por miedo al tormento y a la muerte si abandonaban la lucha. Y porque sabían que, de caer en manos de los cristianos, su suerte sería aún mucho peor. Los andalusíes de Ibn Sanadid, que se habían movido con disciplina, quedaron en línea por delante de Yaqub. Protegiendo su vida, tal como se les había ordenado. Por un momento, sin caballos al galope, sin órdenes en el aire y sin vítores en la cercana ciudad, todo quedó en silencio. Un silencio tenso, solo roto por débiles y lejanos gemidos procedentes de la escabechina reciente, donde la caballería almohade había dejado de existir.

—¡Por León! ¡Por Fernando!

Los cristianos volvieron a arrancar. Y los guijarros votaron de nuevo. Y el miedo flotó otra vez. Y las lágrimas escaparon de los ojos de Yaqub.

Los *rumat* soltaron la primera andanada. Esperanza vana que se alejaba hacia los jinetes cristianos para herir a algunos caballos y clavarse en los escudos adornados con cruces. Las lanzas bajaron, y con ellas los pendones. El hierro relució al sol antes de arrollar a los arqueros almorávides. Los *rumat* se disponían a lanzar su tercera descarga cuando se vieron barridos. Saltaron como peleles o desaparecieron bajo los cascos herrados. Una segunda masacre que, aun con todo, sirvió para detener la carga cristiana.

Ibn Sanadid dio una orden seca y las azconas salieron disparadas. No buscaban los pechos enlorigados de los hombres, sino los cuerpos descubiertos de los caballos. Las pobres bestias relincharon y varias se derrumbaron, arrastrando con ellas a sus jinetes. Los hombres de Urgel, no por valientes menos cautos, retuvieron a sus monturas. Pero los freires del apóstol, furiosos y borrachos de sangre, insistieron en el avance. El segundo lanzamiento de azconas los alcanzó desde muy cerca y el amasijo de carne se hizo denso, los quejidos de angustia más intensos. Yaqub apretó los dientes mientras mezclaba la admiración con el terror. Su corazón le impulsaba a dar media vuelta y huir, pero él era el hijo del califa. El heredero del Imperio almohade. Los andalusíes se movían. La primera fila retrocedía entre los hombres de la segunda, armados con ballestas. Armas que los almohades despreciaban, que consideraban cosa de cristianos. Los virotes salieron disparados a pocas varas, y Yaqub pudo ver cómo las anillas de hierro saltaban y los enemigos caían. Una sola descarga, nada más. Luego relucieron las espadas cortas. La lucha se estabilizaba. Tal vez solo fuera una ilusión, pero ahora también morían cristianos.

—¡Mi señor, debemos huir!

Era un masmuda a caballo quien hablaba al heredero del imperio. Yaqub se volvió hacia él. En su cara cubierta de polvo gris se habían marcado los chorretones de las lágrimas.

—¿Huir?

El almohade señaló tras de sí, y lo que vio Yaqub terminó de descorazonarle: desde Ciudad Rodrigo venían a la carrera los villanos. Cientos. Hombres, mujeres, ancianos y hasta niños. Armados con hoces, horcas, dagas y piedras. Gritaban como poseídos por una legión de *yunnún*.

El muchacho regresó su atención al combate. Los andalusíes cedían terreno ahora. Algunos de ellos vieron lo que se les echaba encima desde la retaguardia y, temerosos de quedar atrapados, arrojaron las armas y se dieron a la fuga. De nada servían las órdenes de Ibn Sanadid, que ahora se batía como un lobo, defendido por una rodela y empleándose a fondo con la espada. Era el único andalusí que quedaba a caballo y se revolvía a golpes de rodilla para moverse entre la marea leonesa, alternando los golpes rápidos con los quiebros. Más ligero que los cristianos, menos impedido por su peso, esquivaba las acometidas o las detenía con su rodela, y respondía con tajos cortos y mortíferos. Pero un solo hombre no podía quebrar el avance decidido de los cristianos.

—¡Por León! ¡Por León!

Yaqub miró al guerrero que gritaba. Llegaba desde las líneas posteriores, cubierto por una loriga tan reluciente como el amanecer, con un estandarte blanco y púrpura en la lanza. Lo rodeaban los guerreros mejor armados, y se abrían paso a espadazos y embestidas de destrero. Ibn Sanadid, por fin, se dio cuenta de que era inútil seguir. Su caballo, obediente, reculó mientras él se protegía de los férreos lanzazos de la mesnada regia leonesa. Pisó a sus propios caídos y se acercó a Yaqub. Los escoltas masmudas de este se miraron un instante, se dieron valor a fuerza de gritos y se lanzaron contra los cristianos. El hijo del califa no era capaz de moverse, y ni siquiera sintió que el andalusí le arrancaba las riendas de sus manos y le obligaba a seguirlo. Cuando salió de su estupor, una sola mirada desesperada de Ibn Sanadid sirvió para que Yaqub comprendiera.

—¡Vergüenza! —gimió—. ¡Vergüenza!

El andalusí devolvió las riendas al príncipe almohade y volaron sobre la tierra reseca, alejándose de los restos de la lucha para vadear el río y huir hacia el sur. Los villanos de Ciudad Rodrigo llegaban ya para linchar a los musulmanes heridos y derrengados por la lucha desigual, y solo unos pocos caballeros cristianos iniciaron una tímida persecución que acabó al instante, pues sus destreros, pesados y fatigados por el combate, no podían sostener el ritmo de Yaqub y sus hombres. Ibn Sanadid cabalgaba junto al muchacho, pesaroso por la pérdida de sus hombres. Un vistazo atrás le sirvió para saber que él era el único andalusí superviviente.

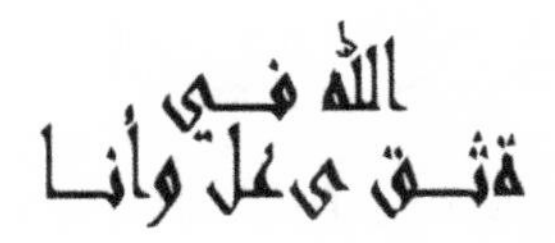

5
LAS PRINCESAS DE AL-ÁNDALUS

UNOS DÍAS DESPUÉS, OTOÑO DE 1174. SEVILLA

Yaqub logró llegar a Alcántara en compañía de Ibn Sanadid. Allí lo recibieron Fernando de Castro, el Maldito, y su hijo Pedro. Se enviaron palomas mensajeras hacia el sur con las nuevas de la campaña, y todos juntos marcharon de vuelta a Sevilla para rendir cuentas al califa Yusuf.

Durante todo el viaje de regreso, el joven Yaqub se mantuvo taciturno. Reflexionaba sobre lo ocurrido, y no lograba encontrar la razón por la que su tío Abú Hafs lo había enviado a aquella encerrona cristiana. En realidad, la campaña había sido un éxito, pues ahora Cáceres y Alcántara quedaban en manos almohades y la frontera con los leoneses avanzaba hasta el río Tajo. Pero aquello eran meros detalles para Yaqub. Tanto había dolido al heredero del imperio su derrota particular que, nada más poner los pies en la capital almohade de al-Ándalus, antes incluso de ir a saludar a su padre, se dirigió al palacio que ocupaba el visir omnipotente. Lo halló sentado sobre un cojín, mientras recitaba en voz baja suras del libro sagrado. Al verlo entrar, todavía cubierto por el polvo del camino, Abú Hafs sonrió con la boca de dientes amarillos y los ojos inflamados.

—He aquí el guerrero imperfecto.

Yaqub, furibundo, arrojó ante su tío la espada que no había podido manchar de sangre cristiana.

—¡Me enviaste a la muerte! ¡Tú, que confiabas en mí! ¡Que me dijiste que era Dios quien me había mandado a su mensajero! —El joven parecía haber crecido no solo en furia, sino también en atrevimiento. Se adelantó unos pasos, y Abú Hafs creyó que su sobrino le iba a golpear allí mismo—. ¿Por qué me engañaste? ¿Pretendías que cayera?

El visir omnipotente, sorprendido por la entrada del joven, cerró el libro y lo dejó a un lado con sumo cuidado.

—Lo que pretendía era enseñarte. Y lo que has visto es lo que te espera. Miedo, sangre y muerte. —Se levantó despacio y remetió las manos en las mangas anchas de su *burnús*—. No se conquista el mundo para Dios sin padecer sufrimiento. Eso debías aprender. No es lícito enviar a tus escuadrones al martirio sin que tú mismo lo padezcas en tu carne. —Calló unos instantes para que su sobrino digiriera el mensaje; desnudó las manos y las apoyó en los hombros de Yaqub—. Podrías haber muerto, sí. Haberte inmolado por Dios. Aunque ambos sabíamos que no ocurriría, porque el Único tiene sus planes para ti y los muertos no extienden el islam sobre los vivos. No. Has sobrevivido. Y eres más sabio. Sobre todo, sobrino mío, porque ahora conoces tus carencias. Tus imperfecciones. Es lo que intenté decir a tu padre, y no me escuchó. No quiso comprender porque él mismo, y que Dios me perdone, es imperfecto. Jamás fue capaz de enmendar sus faltas.

Alargó el brazo hacia atrás para invitar a Yaqub a tomar asiento y este, con gesto pensativo, aceptó. Abú Hafs volvió a su cojín y tomó el libro, que posó en su regazo con veneración.

—Pero entonces..., el sueño... —El muchacho se restregó los párpados tiznados de polvo—. El ángel me advirtió que no me estaba permitido fallar...

—Has estado a punto de fallar. Pero no por sufrir la derrota en combate, sino por tomar el camino equivocado. El de la soberbia, al saberte merecedor de un gran honor que te pondrá por encima de los demás mortales. El de la molicie y la desidia. El que tomó tu padre, el califa, a quien todo le fue dado. Ah, sí, Yaqub. Nuestro príncipe de los creyentes no ha sido jamás un guerrero de Dios, como lo fue Abd al-Mumín. A Yusuf se le allanó el camino y otros vencieron sus batallas. Él jamás fue capaz de otra cosa que de huir como un infame ante el enemigo. Y ¿acaso se esforzó en enderezar su senda? No; jamás hizo nada por enmendar sus faltas. Por vencer su debilidad. Al contrario. Se ha entregado a las charlas vacías con esos filósofos andalusíes, y al goce de sus esposas y concubinas. Ha descuidado el auténtico deber de un califa. Pero tú, Yaqub —apretó el libro entre sus dedos ganchudos—, tú no fallarás. Tú arrojas la primera piedra para lapidar a los sodomitas.

Tú entras en combate con la espada en la mano. Tú corregirás tu imperfección. Y así te convertirás en el guerrero santo al que Dios escogió.

»¿Sabías que el gran Abd al-Mumín también sufrió la derrota al principio de su gran misión? Sí. Dios lo sometió a ese duro examen. —Levantó el libro y lo puso ante el rostro de Yaqub—. Pues aquí se dice: "Os pondremos a prueba por el terror y por el hambre, por las pérdidas en vuestros bienes y en vuestros hombres, en vuestras cosechas".

»Y Abd al-Mumín no se rindió ni buscó a otro que luchara sus batallas. Descendió de las montañas y sometió a las tribus de tibia fe. Y los almohades se extendieron como el viento para recorrer las tierras que un día serán tuyas. Jamás se permitió vacilar. Ni ante los almorávides, ni ante las tribus díscolas, ni ante los andalusíes, ni ante los politeístas adoradores del Mesías. Y ya nunca más fue derrotado.

»Mira a tu alrededor. Hay cristianos que esta noche dormirán entre estos muros y compartirán nuestros alimentos. Tu padre, el gran califa de los verdaderos creyentes, ha firmado la paz... ¡La paz!, con los enemigos del islam. Treguas. Si un día llegas en verdad a ser príncipe de los creyentes, Yaqub, y te ves obligado a sellar tregua con un cristiano, que sea solo para poder alzar tu espada con más ímpetu antes de decapitarlo.

»Acuérdate siempre de lo que te ha ocurrido al norte, sobrino. Recuerda a esos comedores de cerdo, arrogantes e infieles. Los has visto masacrar a tus hombres y escupir sobre la auténtica fe. Examina tu interior y prepárate para el destino que te aguarda. Enfrentarte al reyezuelo leonés y ser vencido por él no será un alto precio si al fin hallas la gran verdad que esconden mis palabras. Porque en el futuro no será con ese Fernando de León con quien tendrás que medirte. Ya conoces tu debilidad, y por eso te harás invulnerable. A partir de ahora vencerás siempre, Yaqub. Siempre. Incluso cuando la voluntad de Dios te conduzca al campo de batalla definitivo y te veas, cara a cara, con el verdadero enemigo.

Yaqub se levantó y retrocedió dos pasos. En la mirada de su tío, la locura anidaba ahora más que nunca. ¿O no era así? Tal vez, realmente, Abú Hafs sabía que el trago al que había sometido a su sobrino era justamente eso: una prueba de Dios.

—¿Qué... debo hacer?

El visir omnipotente volvió a posar el libro con celo sobre un almohadón. Se levantó y recorrió la sala hasta un ventanal. A su través se veía un arriate decorado con inscripciones sagradas.

—Tu padre ha dispuesto su boda con la hija del rey Lobo, Zayda. Es una promesa que en su día hizo a los Banú Mardánish y que ha de lograr la total sumisión andalusí. —Se volvió y miró a su sobrino con gesto burlón—. Aunque, en realidad, el califa está más que seducido por esa perra de cabello dorado. Sé que se someterá a todos sus deseos, que se arrastrará como un gusano y manchará el nombre de nuestra venerable dinastía. Tú también has de casarte, como sabes, con la otra hija rubia del lobo, Safiyya. Por desgracia, poco es lo que podemos hacer por el califa. Siempre ha tenido debilidad por las mujeres de pelo amarillo, y me temo que la maldita Zayda vaya a causarnos no pocos trastornos. Sobre todo si en algo se parece a su madre, la loba lujuriosa llamada Zobeyda. Zobeyda convirtió en su pelele al rey Lobo, y Zayda hará lo mismo con tu padre. Lo tuyo es diferente.

»No nos queda más remedio que aceptar la voluntad del califa, así que Safiyya bint Mardánish será tu esposa. Tu primera mujer. Pero ella no debe distraerte de tu deber sagrado, Yaqub. Mantenla alejada de ti y, hazme caso, también de su siniestra madre y de su hermana. No bien consumes esa unión vergonzosa, partirás hacia el sur y cruzarás el Estrecho. Allí te convertirás en el hombre que un día guiará las banderas del islam hasta el triunfo definitivo.

الله في
ثقة على وانا

VIERNES SIGUIENTE

Abú Hafs no andaba desencaminado con la adoración que el califa Yusuf sentía por su nueva esposa, Zayda.

El príncipe de los creyentes tenía otras muchas esposas, desde luego. Y también innumerables concubinas; entre ellas, sin ir más lejos, a la madre de Yaqub, una esclava del Garb que, por cierto, también era rubia, aunque a esas alturas carecía ya de la belleza que lució al ser entregada a Yusuf. De todas formas, a ninguna de sus mujeres, rubias o no, había dotado con tanta largueza como a Zayda bint Mardánish.

Para empezar, en lugar de entregarle los acostumbrados cincuenta dinares, el califa le otorgó ante toda la corte almohade una dote de mil. Y en vez de seguir las tradiciones nupciales de los primeros masmudas, como se esperaba del segundo califa de los almohades, se dejó convencer para que Sevilla fuera testigo de una boda andalusí. Hubo regalos para toda la servidumbre de las Banú Mardánish, y se contrató un enorme convite que por momentos recordaba al esplendor de los siglos perdidos de al-Ándalus, con una legión de invitados entre los que se hallaban los cristianos Fernando y Pedro de Castro. La misma novia apareció decorada con henna y envuelta en una nube de perfume; cubierta de joyas, aderezada por peinadoras y doncellas. Tan solo la oposición férrea de Abú Hafs pudo impedir que la música acompañara la celebración. Era ya lo único que faltaba: permitir el regreso de flautistas, danzarinas y poetas a la corte amada por Dios.

Aquella noche, junto a la nueva y resplandeciente esposa del califa se encontraba su hermana, la también recién casada Safiyya. Ambas, rubias y altivas, se cubrían los rostros con velos mientras a su alrededor se comía y bebía. Las dos mujeres estaban acompañadas por su madre, también velada. Era para muchos la primera vez que podía verse a la legendaria loba Zobeyda fuera de su confinamiento en los aposentos palaciegos sevillanos, pero tampoco era fácil acercarse para atisbar si, tal como se decía, aquella mujer era dueña de una belleza diabólica. Tanto como para obnubilar la mente del difunto rey Lobo y enamorar a monarcas y nobles cristianos. Zobeyda y sus dos rubias hijas, así como las asistentas de las tres, se encontraban rodeadas de un nutrido y bien armado círculo de Ábid al-Majzén, sentadas sobre lujosos almohadones y alejadas del gentío. Los comensales, asumida ya la imposibilidad de acercarse a las princesas de al-Ándalus y a su madre, se conformaban con ingerir el jarabe de limón y engullir el cordero dorado con azafrán y los huevos de paloma que los criados repartían en bandejas de plata. Solo dos personas podían romper aquel anillo de la guardia negra para acercarse a las mujeres de la familia Mardánish: el califa y su hijo.

—Ven ahora, Yaqub. —El príncipe de los creyentes estiró la mano hacia su heredero, que sostenía un dátil con tres dedos de la diestra—. Durante todo este tiempo no has podido ver a tu esposa, porque es lo decretado que permaneciera aislada junto a su madre y su hermana. Pero ahora comprobarás que lo que se dice es falso: las mujeres de esa familia no son perras en celo.

El muchacho se dejó llevar por su padre y miró atrás. Su tío Abú Hafs lo observó con gesto preocupado. Parecía advertirle del peligro que corría. Los altos funcionarios, *talaba*, familiares del califa, nobles andalusíes y los dos cristianos invitados se alzaron de sus cojines como muestra de respeto y siguieron con sus miradas el camino que tomaban el príncipe de los creyentes y su vástago. Dos de los Ábid al-Majzén apartaron sus enormes y fibrosos cuerpos para dejarlos pasar, y las tres mujeres inclinaron las cabezas veladas. Yusuf se acomodó junto a la joven sentada más a la derecha y cogió su mano, que apenas asomaba de las mangas largas y holgadas de un *yilbab* gris.

—Mi querida esposa Zayda, no sabes cuán dichoso soy. —El califa entonaba la voz de forma melodiosa—. Dos mundos se unen hoy. ¿Te das cuenta de la importancia de este día?

Yaqub observó cómo la rubia princesa andalusí asentía. A su lado, la madre sufrió un corto escalofrío que la hizo suspirar.

—No podría ser más feliz, príncipe de los creyentes —respondió Zayda.

Yaqub no había escuchado música en muchas ocasiones, puesto que semejante lujo se tenía por obsceno. Pero se dijo que aquel pecado tan denostado por los guardianes de la fe debía de sonar de forma parecida a la voz de la andalusí Zayda. Y sus ojos, al mirar al califa, habían brillado como un almud de oro fundido.

De inmediato quiso comprobar si su mujer, Safiyya, gozaba de los mismos dones.

—¿Y tú, esposa mía? ¿Disfrutas?

La menor de las hermanas clavó sus ojos, también claros y luminosos, en los negros de Yaqub. Bajo la tela que rodeaba su cabeza, un mechón rebelde, ondulado y rubio escapaba para caer con descuido sobre el párpado izquierdo. La mujer se limitó a asentir, y solo con eso notó el heredero del imperio que sus entrañas se estremecían. Se sintió incómodo y retrocedió hasta chocar con la espalda pétrea de un guardia negro, que ni siquiera se inmutó. El califa soltó una carcajada breve.

—Eres muy joven, hijo mío, y te falta mucho por aprender. Pero no temas: quien ya ha blandido espada también es capaz de yacer con hembra. Esta noche, ambos consumaremos nuestros matrimonios, y así quedará sellado el pacto entre ambos lados del Estrecho.

Las tres mujeres, madre e hijas, se miraron por un momento. Fue solo un instante de inteligencia muda y compartida que pasó inadvertido para el califa, pero no para Yaqub. Yaqub vio el hilo que se extendía entre ellas, y entonces recordó todos los consejos de Abú Hafs. No debía ponerse en manos de aquella tentación de pelo rubio y ojos azules. No podía colocarse al alcance de la astucia diabólica de las Banú Mardánish. Las mujeres andalusíes habían llevado a la perdición a dinastías enteras. Eso solía decirle su tío. Hombres santos se hundían en las fauces del infierno por culpa de aquellas fornicadoras impenitentes.

—Tengo una petición, poderoso señor —dijo Zayda, que volvía a atrapar con la red de su mirada al califa.

—Pide, mi amada. O más bien ordena, pues soy tu servidor.

Yaqub aguantó la punzada de asco. El modo de someterse de su padre era tal como le había descrito Abú Hafs.

—Pido a mi amo y señor que esta noche me otorgue sus dones hasta el amanecer —sonrió con los ojos, ya que el velo ocultaba sus labios—, y también pido que se libre a mi madre y a mi hermana del oprobio a que se nos sometió.

El califa respingó con un asomo de enojo.

—¿Oprobio? ¿Quién te ha ofendido, Zayda? ¿O ha sido a tu madre? Dímelo, y yo haré pagar a quien sea con la cruz.

La mano de Zayda resbaló por la muñeca de Yusuf y acarició su brazo. Yaqub no daba crédito a que el califa consintiera aquellas libertades en presencia de toda la corte almohade.

—¿Harías eso, mi noble amo? ¿Crucificarías a quien me ofendiera?

—A quien fuera, por mi vida. Aunque tuviera mi misma sangre.

La náusea asomó al gaznate de Yaqub cuando acusó la mirada de reojo que le lanzó Safiyya.

—Entonces, oh, defensor del islam —siguió Zayda con aquel embeleso intrigante—, no subas a nadie a la cruz. Tan solo pon a nuestro alcance lo que nos pertenecía y que con todo derecho tomaste de la corte de mi padre, el rey Lobo. Pues allí había bienes muy amados para mi madre y para mi pobre hermana.

—¿Bienes? —repitió el califa.

—Algunas joyitas. Nada de mucho valor. Ah, y tapices. Alfombras, cofrecillos. Hay unas copas de plata en las que mi padre bebía... Y mi madre recuerda con cariño un arcón de marfil...

—No sigas, mi amada. No es necesario. Todo os será devuelto. El oro y la plata también. —Ahora se dirigió a Zobeyda, que asistía en silencio a la conversación—. Recuerdo las muchas riquezas que Hilal ibn Mardánish me entregó tras la muerte del rey Lobo.

—Padre —se atrevió por fin a intervenir Yaqub—, yo también recuerdo todos esos bienes. Cantidades ingentes de oro y plata, como tú dices; y piedras preciosas, cofres de marfil, capas de seda, tapices, alfombras... Todo fue entregado al almojarife de Sevilla, y creo que algo usó para las obras del acueducto y la mezquita aljama, y la reforma de los palacios que...

—Espero que eso no sea cierto —le cortó el califa con los ojos encendidos. Su hijo se arrepintió de haber hablado. Con cada palabra de su padre, la fe en su tío Abú Hafs crecía.

—Perdóname, príncipe de los creyentes. Si el almojarife ha enajenado alguna riqueza de los Banú Mardánish, deberá ser castigado.

—Lo será, te lo aseguro.

Yaqub carraspeó incómodo. Las miradas del califa y de las tres mujeres andalusíes se clavaban en él. Y supo que debía irse, tal como le había dicho Abú Hafs. Separarse del nudo de tentaciones e insidias que adivinaba crecer con aquel doble enlace.

—Padre, hay algo que debo decirte. Algo relacionado con lo ocurrido en Ciudad Rodrigo. A solas, por favor.

Yusuf resopló. Balbuceó una excusa vacía a Zayda y se separó de ella a regañadientes. Casi babeaba al imaginar la noche que le esperaba junto a la beldad rubia. Padre e hijo salieron del círculo de Ábid al-Majzén y buscaron la reserva de un rincón entre columnas. A su alrededor, los aduladores que aguardaban para lisonjear al califa advirtieron el gesto hosco del joven Yaqub y se apartaron.

—¿Y bien?

Yaqub estuvo a punto de repetir a su padre las advertencias de Abú Hafs. Casi le dijo que cometía un error. Que ponerse en manos de una andalusí era condenar al imperio a la decadencia. Pero recordó la mirada furibunda del califa cuando, apenas unos instantes atrás, se había insinuado una contrariedad para su recién casada Zayda.

—Padre, la campaña en el norte me ha demostrado que no estoy preparado todavía. No soy digno de ser tu hijo y quiero enmendarme.

—Ah. —Yusuf estiró los labios en una sonrisa forzada. Por su mente pasaban ahora los episodios de su propia juventud. Episodios vergonzosos, de derrota, fuga y terror ante el enemigo—. La indulgencia es una virtud, Yaqub. Eres poco más que un niño y no se te podía pedir que derrotaras a los cristianos tan lejos de nuestras bases. Nadie te culpará de eso. Para todos fueron tu tío y esos cristianos aliados nuestros quienes sufrieron la derrota. Esa es la versión oficial; la que constará en nuestros documentos. En realidad, quien debería enmendarse es Abú Hafs... —Interrumpió sus palabras y miró hacia donde se encontraba el visir omnipotente. Con todo su poder, ni él sería capaz de castigar al almohade más fanático que había conocido la corta historia del imperio.

—No, padre... Mi tío Abú Hafs tenía razón, ¿recuerdas? Te lo dijo en el patio del crucero, mientras estabas con esos filósofos. Quiero viajar a nuestras montañas, padre. Quiero ir a África y vivir como nuestros antepasados hasta que esté preparado. Aprender para ser mejor y parecerme a... —Iba a nombrar a su abuelo, el primer califa Abd al-Mumín, pero cambió el final de la frase—. Parecerme a ti, príncipe de los creyentes.

Yusuf suspiró.

—Está bien, hijo. Sea. Pero no creo que a tu nueva esposa le guste mucho el frío del Yábal Darán. Ella está acostumbrada a...

—No quiero que venga conmigo.

El califa se mordió el labio. ¿En qué estaba pensando aquel muchacho? Cualquiera daría un brazo y una pierna por yacer una sola noche con una de las hijas del Lobo.

—¿Por qué?

—Padre, tengo catorce años. Y Safiyya es una mujer de veinte.

—¿Tienes miedo de la muchacha?

—Tengo miedo de mí mismo —mintió Yaqub—. Miedo de no querer salir del lecho de mi esposa. De acomodarme. Antes necesito hacerme hombre, padre. He de ser como tú. Ya tendré tiempo después para gozar de las mujeres de esta tierra. Prefiero que Safiyya se quede aquí, en al-Ándalus. Cuando esté listo regresaré, la desvirgaré y la colmaré de hijos, como es deber de buen musulmán.

Nuevo suspiro de Yusuf. Definitivamente no comprendía a su hijo. Sin duda había pasado demasiado tiempo con Abú Hafs. Se culpó por ello. Si en lugar de dedicar días y noches a la filosofía, hubiera prestado más atención a Yaqub...

—Está bien, hijo. Está bien. Mañana mismo prepararemos tu marcha.

الله في
ثقة على وأنا

6
SUEÑOS DE GRANDEZA

SEIS MESES DESPUÉS, PRIMAVERA DE 1175

El camino hasta Tinmal ponía a prueba a las legiones de peregrinos que se aventuraban en las alturas del Yábal Darán, la impresionante cadena montañosa llamada Atlas por los antiguos en honor a uno de sus falsos dioses, un gigante que sostenía sobre los hombros la cúpula celeste. Y realmente parecía que el cielo se mantuviera allí gracias a las columnas rocosas que rodeaban el camino. Nubes de panza gris resbalaban por las laderas pedregosas y flotaban sobre desfiladeros de fondo oscuro mientras cuadrillas de fieles cargaban con alforjas por una senda estrecha, retorcida y traicionera.

El viaje hasta Marrakech había sido cómodo, por supuesto. Escolta de un nutrido destacamento masmuda, tren de suministros y bagaje, correos para anunciar el paso del hijo del califa por cada aldea, los correspondientes recibimientos por parte de los funcionarios del gobierno... Todo lo habitual. Pero a partir de allí, Yaqub se había empeñado en reducir su séquito y prescindir de la abundante guardia armada. Aquella era una ruta de peregrinaje, cierto, y no resultaba raro que algún bandido asaltara a un fiel si lo consideraba presa fácil. Por eso precisamente, el hijo del califa llevaba al cinto la espada que no pudo usar en Ciudad Rodrigo. Y por eso también lo acompañaban tan solo cuatro guerreros hargas escogidos, más un par de asnos bien cargados y media docena de sirvientes. Ahora, la comitiva avanzaba sin miramientos y apartaba del camino a los demás creyentes, que se preguntaban quién era aquel muchacho desvergonzado.

Enseguida comenzó el ascenso. Y pasaron por el paraje en el que el abuelo de Yaqub, Abd al-Mumín, había caído a las heladas aguas del río Nafis en su afán por rendir homenaje al Mahdi en su sepulcro. Aún se podían ver los túmulos de piedra bajo los que descansaban los cadáveres de medio cuerpo médico del primer califa almohade. Y otro más que, según decían los pastores de cabras, encerraba a una esclava negra sacrificada allí en honor a Abd al-Mumín. Habladurías sin fundamento para Yaqub.

Cruzaron el Nafis, como hizo su abuelo. Y comprobaron lo cortante de sus aguas cuando había que vadearlo. Porque la senda atravesaba el río una y otra vez. En ocasiones el agua fría discurría por el fondo de escarpas cortadas a cuchillo, y entonces caminaban sobre puentes de tablas que crujían y se balanceaban. Había peregrinos que solo podían superarlos con los ojos vendados y la tez blanca de espanto. Y era peor cuanto más ascendían porque en primavera, con el deshielo, el fondo del valle se volvía intransitable. Así recorrían la pared casi recta de una ladera por un camino de pesadilla, quebrado a trechos por los desprendimientos o cortado por arroyuelos traicioneros que lo agrietaban rumbo al fondo del desfiladero. En algunos recodos, allá abajo, los jirones de niebla se abrían de vez en cuando y mostraban los huesos mondos de viajeros que resbalaron con alguna piedra, o enfermaron y fueron abandonados, o se perdieron en la bruma. Y allí habían quedado, atascados con algún pino solitario o encajados entre las rocas. Nadie los rescataba. No valía la pena arriesgar la vida en los abismos que ni siquiera las cabras se dignaban visitar.

Al final, el pasadizo angosto y retorcido se empinó lo imposible. Ya no servían de nada los caballos, a los que debían arrear a golpe de fusta para vencer el pánico al desplome. Solo las mulas y los hombres, arañando la tierra endurecida por el frío y clavando las uñas en la roca, podían encaramarse para llegar al último repecho. Y ahí estaba. Rodeado por crestas oscuras que subían en vertical como lanzas y por las nieves perpetuas de los picos más altos. En el fondo de un valle cerrado a norte y sur por sendas murallas y vigilado por un sinfín de torres cuadradas en cuyas almenas ondeaban las banderas blancas del califa Yusuf. Los árabes tenían La Meca, y los almohades aquella ciudad de águilas: Tinmal. La cuna del credo. El propio Mahdi Ibn Tumart había tomado allí, hacía ya más de medio siglo, la decisión de abandonar las montañas y bajar al llano con su sagrado libro en una mano y la espada en la otra. Desde Tinmal se había ganado la adhesión de las tribus masmudas y había desafiado al poder almorávide, corrupto por aquel mal del demonio que se contagiaba en al-Ándalus. Tinmal, inexpugnable. Un lugar al que la caballería de los hombres velados no podía llegar. Donde grupos de apenas media docena de fieles podían defender cada paso y recodo pedregoso.

Caminaron hacia la ciudad, abigarrada entre los muros creados por Dios y los añadidos por el hombre. Soldados masmudas registraban a cada peregrino y lo abofeteaban cuando tardaba en contestar a sus requerimientos. Más arriba y al sur, sobre una cumbre, destacaba un enorme torreón fortificado que vigilaba el corazón sagrado del Imperio almohade. Por encima de las casas arracimadas sobresalían las cúpulas de la mezquita construida por el abuelo de Yaqub, una fortaleza dentro de la ciudad. Al llegar ante la puerta norte, la comitiva rebasó a los fatigados viajeros, que no se atrevieron a protestar ante el fasto y las armas. Los centinelas suspendieron sus sobornos a los peregrinos para prestar atención a la gente principal que se dirigía hacia ellos. Uno de los hargas lo anunció con autoridad:

—Inclinaos ante Yaqub ibn Yusuf ibn Abd al-Mumín, perros. El hijo del príncipe de los creyentes ha llegado a Tinmal.

Los guardias obedecieron, y el único de ellos que vestía cota de malla se adelantó. Sus labios estaban cuarteados por el intenso frío del lugar.

—Te esperábamos, mi señor. Permite que te guíe hasta el sepulcro del Mahdi. Allí reposa también tu ilustre abuelo. Que Dios tenga a ambos a su diestra.

Yaqub negó con la cabeza. No quería perder tiempo ahora, después de aquel viaje largo y torturador. Tiempo habría de visitar la tumba de Ibn Tumart. Sobre todo en el futuro, cuando fuera califa. Peregrinar a aquel lugar era tradición obligada impuesta en tiempos de Abd al-Mumín, y solo pensar en hacer ese viaje anualmente le traía fiebre y retortijones.

—Pueden esperar, soldado. A quien quiero ver es al hijo del gran jeque.

El jefe de la guardia repartió las órdenes oportunas y varios de sus hombres, junto con la comitiva de Yaqub, se internaron por las callejuelas estrechas y atestadas de gente. Los almohades se abrían paso a patadas y bofetones, y los peregrinos y pobladores, resignados, se apretaban contra las paredes mientras humillaban la mirada. Recorrieron el laberinto serpenteante que se apretaba contra las laderas entre viviendas y posadas, aljibes rebosantes, talleres para forjar los cuadrados dírhames de plata, el edificio de la madrasa y la cárcel de Tinmal. Ya muy cerca de la puerta sur, los centinelas señalaron una casucha. Un chamizo de adobe, cal y paja en el que muy mal podría vivir un pastor. Castigaron con recios golpes la madera medio podrida y, tras un corto lapso de espera, abrió un hombre de poco más de treinta años. Observó la comparsa con ojos entornados. Era alto, nervudo, con la cara áspera y llena de pequeñas cicatrices. Su piel, del color casi negro de los hintatas, semejaba un curtido envoltorio en el que se leía cada amanecer de escarcha, cada noche de nieve y toda una vida en el helor de aquellas montañas. Era Abú Yahyá. El más señalado hijo del gran jeque Umar Intí y, por lo tanto, una de las personas más importantes del Imperio almohade. El guardián del sur, que mantenía en calma y alejadas las tribus del mar de arena. Yaqub lo miró fijamente, sabedor del altísimo concepto de sí mismos que tenían todos los miembros de la cabila hintata.

—Soy Yaqub —lo dijo con la máxima humildad que fue capaz de reunir. Abú Yahyá estiró los labios finos en lo que, según los cánones montañeses, podía considerarse una sonrisa.

—Te aguardaba. Pasa. —Se hizo a un lado mientras Yaqub entraba, pero interpuso la mano ante los hargas de escolta—. Solo él.

Cerró la puerta, que chirrió como si fuera a desvencijarse allí mismo. La luz neblinosa se colaba por un ventanuco alto tras rebotar en la arcilla de las demás chabolas. No había otros enseres allí. Solo esteras destejidas, alcándaras en las paredes agrietadas y algunas tinajas. Una alhanía en el fondo de la pieza y un acceso bajo y sin batiente a un lado. No parecía el lugar donde alguien viviera de continuo. Abú Yahyá adivinó aquella impresión en su visitante.

—No, no vamos a quedarnos aquí. —Señaló el ventanuco—. Aún tenemos luz. Saldremos de inmediato.

Se agachó para pasar bajo el dintel sin puerta y desapareció en la oscuridad.

—¿Saldremos? —Yaqub oía los murmullos de su escolta y de los centinelas de Tinmal allá fuera—. ¿Adónde?

—Hacia el sur. —Abú Yahyá removía algo dentro. Sonaron ruidos metálicos y otros más apagados—. Deja aquí esa espada que llevas. No la necesitas. Escoge una de tus túnicas. De lana, a ser posible. Y un manto. —El hijo de Umar Intí volvió a la pieza principal con un hato de puntas anudadas y un cuchillo enfundado en vaina de piel oscura. Yaqub observó que el mismo Abú Yahyá llevaba uno igual remetido en el cinto.

—¿Tengo que dejar mi espada y me das eso?

El heredero del imperio había usado un tono burlón.

—Tu primera lección, niñato. —Yaqub arrugó el ceño y fue a protestar, pero Abú Yahyá fue más rápido con sus manos que él con sus palabras. En un momento, el hato estaba en el suelo, el príncipe almohade arrinconado contra la pared y la hoja del cuchillo, desenfundada, descansaba sobre la piel suave de su garganta—. ¿De qué te sirve la espada? Vamos. Defiéndete con ella.

—¿Qué? —balbuceó Yaqub con voz ronca—. ¿Qué haces? Soy... Soy...

—Ya sé quién eres. Y sé qué quieres ser. Tu tío Abú Hafs me lo explicó en su carta. Por eso estás aquí, ¿no? —Abú Yahyá apretó el hierro un poco más contra el gaznate del muchacho, que empezó a temblar—. Pero te he dicho que esta sería tu primera lección. Observa. —Retiró la hoja, curva y ancha, y la puso ante los ojos de Yaqub—. Un cuchillo *gazzula*. Seguro que has visto más de uno, aunque hasta ahora te habrá parecido un arma inmunda. Muchos de los nuestros lo llevan. Muy útil para usar ahí fuera, entre las peñas. Con él despellejarás la caza, la trincharás y la comerás. Con él matarás a nuestros enemigos. Con él vivirás.

Se retiró por fin, y el muchacho soltó un suspiro largo de alivio. Tomó el cuchillo y la funda que le alargaba Abú Yahyá. Todavía no se explicaba lo ocurrido. Más que la letal velocidad de aquel hombre o del frío contacto del hierro afilado contra la garganta, a Yaqub le asombraba el atrevimiento del hintata.

—No puedo ir por ahí con este…, con este…

—Sí que puedes. Lo verás. Yo te enseñaré cómo hacerlo. Y tú me obedecerás. Sí, no me mires así, niñato. Allí, entre las peñas y la nieve, yo seré lo único que te mantenga con vida. Al menos hasta que aprendas a usar eso. —Señaló al cuchillo *gazzula* y recogió el hato—. Ahora haz lo que te he dicho. Una túnica y un manto. Fuera las demás armas. Fuera asnos. Fuera tu gente. Salimos tras la próxima oración.

وأنا على ثقة في الله

Al mismo tiempo. León

Urraca era por fin una mujer casada. En la iglesia del santo Isidoro, ante la nobleza toda del reino, se acababa de cerrar el círculo abierto con los esponsales en el monasterio de Cañas.

La muchacha, ahora con quince años, clavaba sus ojos negros y grandes en los relieves del portón principal. Era una escena bíblica lo que llamaba su atención: el patriarca Abraham se disponía a hundir su cuchillo en el cuello de Isaac para cumplir la orden de Dios. Qué curiosa coincidencia, pues así su madre, la viuda condesa Aldonza, había dispuesto el sacrificio de Urraca en aquel matrimonio que ella detestaba. Parpadeó un momento. A la izquierda del pobre y pétreo Isaac, que ya se daba por muerto, aparecía una mano enorme que llamaba la atención del inmisericorde padre: «No extiendas tu mano sobre el muchacho ni le hagas nada», parecía decir con voz portentosa el relieve, «ahora he conocido que temes a Dios, y no has perdonado a tu hijo unigénito por amor a mí».

Ahora ella era el cordero del sacrificio. Y no había mano ciclópea ni voz milagrosa que hubieran descendido para interrumpir la ceremonia. El holocausto estaba cumplido y su señora madre podía respirar tranquila. Solo que el Dios al que doña Aldonza había sacrificado a su hija se llamaba ambición. Y el cuchillo afilado era don Nuño Meléndez.

Urraca se volvió hacia el gentío que la guardia real leonesa retenía a golpe de contera. El faldón de la saya verde y el vuelo de la capa se elevaron del suelo durante un instante, como si aún fuera una niña jugando con las otras niñas, volteando y volteando hasta caer mareada y desarmarse a carcajadas. Pero no había niña alguna allí. Urraca ya no lucía guirnalda en la cabeza. Ahora, como dama casada, cubría la negrura de su pelo salvaje con una toca blanca ribeteada de verde y plata. Su esposo la miraba con impaciencia. ¿Sería capaz aquel tipo de retener las babas dentro de la boca durante el banquete, el paseo a caballo por las calles de León y el tablado? ¿O la arrastraría al lecho sin tener siquiera la decencia de emborracharse y acortarle el trámite nupcial?

—Te voy a hacer muy feliz, amada mía.

Urraca apretó los labios para no reírse de Nuño Meléndez y para no gimotear por ella misma. El noble gallego parecía sextuplicar la edad de la recién casada en lugar de simplemente triplicarla. Se debía de haber gastado las rentas anuales de todos sus señoríos en el fabuloso pellizón forrado de armiño que le hacía sudar como un percherón en trance de reventar. Pero en lugar de burlarse, de llorar o de contestar a su noble marido, Urraca lo ignoró y caminó a lo largo de la portada de la iglesia. De forma casi inconsciente buscaba la compañía de su hermano mayor, Diego, que la había escoltado hasta León para entregarla en el ara del sacrificio de Abraham. Él la vio venir y extendió su mano mientras sonreía.

—Ah, mi dulce Urraca. Qué hermosa estás.

Ella dibujó un mohín de hermana pequeña sin abandonar el vértigo de aquel momento que no quería vivir. Se dejó abrazar por Diego López de Haro pero, dada su nueva situación, no alargó demasiado el gesto de cariño. Así, de nuevo desamparada, miró a su alrededor Urraca. Y vio gentes que reían, y que vestían lujosos mantos y briales de todo color. Paños de seda desplegados desde las ventanas, colgaduras de colores de uno al otro lado de cada calle. Lanzas largas y de punta reluciente, y plebeyos que se aupaban más allá y extendían las manos hacia ella. Y entonces su vista se cruzó con la de un hombre que, a pesar de su madurez, brillaba con el auténtico esplendor de la nobleza lánguida que acompañaba a todas aquellas piedras, abadías y palacios leoneses. Porque parecía triste. Como si la vida le hubiera puesto casi al alcance la gloria total y se empeñara en no dársela. Pero aquella tristeza, aquella desesperanza, lo hacían hermoso. Como hermosos eran el oro y las gemas que relucían en la gran cruz colgada sobre su pecho; y el pomo de su espada, y el hilo plateado de sus vestiduras, y los anillos de aquella mano que ahora tomaba la suya y la atraía para saborearla con un beso fugaz.

—Mi señora doña Urraca, tu marido no exageraba un ápice.

Ella parpadeó de nuevo, y ahora fue capaz de olvidar no solo al esposo, que a ella se le antojaba vulgar y decrépito y hacia el que solo podía sentir repugnancia. Dejó de ver incluso a su hermano Diego, y a los nobles de la corte con sus rutilantes y orgullosas mujeres. A los muchos servidores que repartían las primeras copas de vino a la puerta de San Isidoro. Las lanzas de los guardias, y sus escudos, y los estandartes con leones púrpura. No era justo. ¿Por qué su señora madre, ya que se metía a hacer de Dios, no la había casado con aquel hombre digno y encantador? ¿Por qué, en lugar de aquel galán, la habían maridado con Nuño Meléndez?

—Urraca, por san Felices —la reprendió su hermano con cariño—, muestra respeto. Estás ante el rey Fernando.

La sonrisa de la muchacha se ensanchó mientras inclinaba sutilmente la cabeza.

—El rey Fernando...

—Tienes que disculparla, mi señor. —Con mucha discreción, Diego López de Haro posó la mano sobre el brazo de Urraca, que el rey aún retenía desde su saludo, para romper el contacto entre ambos—. Es la primera vez que mi hermana ve a un rey. Aunque nuestro linaje ha sido desde siempre muy afecto a la realeza.

—Ah, no es para tanto. —Fernando de León seguía extasiado con Urraca, incapaz de escapar del hechizo negro de su mirada y del brillo fresco de sus labios—. ¿Qué es un rey, salvo un hombre más?

—No —habló ella por fin—. No un hombre más. El primero entre todos. Y la esposa de ese rey, la primera mujer. La más dichosa.

La más dichosa de las mujeres sería Urraca si fuera la esposa del rey, decían sus ojos. Y él lo leía en ellos. Y leía mucho más. Sueños desbocados. Un ardor que no podía contenerse allí dentro. El monarca también percibió de reojo que Nuño Meléndez se acercaba, pero al noble gallego le costaba esquivar a los muchos magnates que le felicitaban por el enlace, le encomiaban la hermosura de la novia o le deseaban parabienes y docenas de hijos sanos.

—Precisamente —siguió el monarca— discutía sobre eso con tu hermano, mi señora. Pues su rey, que ya no es el tuyo, se sabe el primero de los hombres. Incluso de los que ciñen corona.

Diego López de Haro soltó una risita nerviosa.

—No decía tal cosa, mi señor. Solo te contaba que Alfonso de Castilla se ha vuelto imparable desde que alcanzó la mayoría de edad. Que se ha tomado su oficio real muy a pecho, pues que está haciendo pagar con interés de usura los agravios que padeció cuando niño. Y que es deber del superior disciplinar al inferior. ¿Qué mundo sería este, si no?

—Vaya. No quisiera estar en la piel de quien le agravió.

Urraca entornó lentamente sus párpados rematados por las pestañas más largas que diosa alguna pudiera lucir en el Olimpo. Observó que tanto el rey como su hermano, casi sin darse cuenta, se habían llevado las zurdas a los puños de sus espadas.

—Yo tampoco quisiera estar en esa piel —decía Diego de Haro con mucha sorna—. Mira por ejemplo a Sancho de Navarra, veloz en la fuga como una liebre acosada por el zorro. Yo me hallaba a lo mío en Haro, pero con gusto habría dado esas tierras solo por ver cómo el pamplonés huía con el rabo entre las piernas. Desamparó Leguín con tal prisa que dejó atrás a su mesnada antes de acercarse a una legua de la corte.

El castellano soltó una carcajada feroz. Y otro que no fuera rey e hijo de emperador se habría espantado, pues no en vano era Diego sobrino del mítico y difunto conde de Sarria, Álvar el Calvo. El señor de Haro, con veintitrés años de edad y cinco a la cabeza de su casa, sobrepasaba en casi media vara a los más altos de aquella reunión, y sus rasgos, aun guardando cierto parecido con los de Urraca, se volvían en él duros. Compartía con la hermana color de pelo y de ojos, curva de nariz y hasta forma de ladear la cabeza al hablar, pero lo que a ella la hacía hermosa, a él lo convertía en un lobo a punto de desbocarse a dentelladas. Un lobo grande como el que figuraba en el blasón de su casa. Como había sido su padre y como era él mismo, de pecho amplio y brazos como columnas que, según decían, despedazaba jinetes con sus caballos a golpe de espada, igual que si cortara manteca.

—Y dime, buen Diego: ¿crees que tu rey Alfonso se conformará con cobrar sus faltas a Sancho de Navarra, o acaso le restan más deudores?

El de Haro carraspeó, consciente de que contestar a esa pregunta sin ofender al rey o sin mentirle era imposible. Una cosa era dejar alto el estandarte de la casa, y otra muy distinta ganarse una ira regia. Decidió torcer por un desvío:

—Y hablando de deudores que algún día pagarán..., ¿es cierto lo que he oído? ¿Es verdad que los Castro comparten mesa con sarracenos y que se han convertido en enemigos de León?

—Ah, los Castro. ¿Qué puedo decir de ellos? Al fin y al cabo, son castellanos.

El joven señor de Haro cerró los ojos y asintió.

—Bien dicho, mi señor.

—¿Qué es esto? ¿Haciendo mi trabajo, don Diego?

Los dos hombres y la mujer llevaron la vista al recién llegado, que acababa de emerger de entre la muchedumbre de convidados a la ceremonia. Se trataba de Nuño de Lara, también invitado a la ceremonia. El rey Fernando alzó las manos en gesto socarronamente defensivo.

—Por san Froilán, si estoy rodeado de castellanos. A mí la guardia.

Todos rieron, aunque Diego de Haro no separaba la mano del pomo de su acero. Ni siquiera cuando se excusó con el embajador del rey Alfonso:

—Solo bromeábamos, don Nuño.

—Así es, así es. —El rey palmeó el fibroso hombro del de Haro, y nadie en el mundo podría decir que a este le agradara la confianza—. Fíjate, mi señor conde de Lara, que hasta se ha dicho que el rey superior debe disciplinar al inferior. Aquí —y abarcó con un gesto los viejos muros de San Isidoro—, ante las piedras del más viejo reino cristiano que vio esta tierra desde que los infieles la hollaron con sus sucias pezuñas.

Nuño de Lara, que sabía de su oficio como el que más, no dejó de sonreír cuando se le ensombreció el gesto.

—Bien, mis señores. Noble discusión. Pero veo que mi tocayo, el afortunado esposo de esta dulce niña, la requiere para cumplir con el paseo a caballo. ¿Por qué no dejamos que se vayan? Y tú, mi buen Diego,

¿acaso no me dijiste que debías partir de vuelta a Castilla nada más acabar la ceremonia? Pues no poco trabajo se avecina en la frontera con Navarra. Un año más.

—Un año más. —Diego López de Haro se inclinó en una larga reverencia ante el rey de León, besó la mano de su hermana, esquivó a su nuevo cuñado y se perdió entre la multitud engalanada sin, eso sí, apartar el puño izquierdo de su espada. En cuanto a Urraca, se alejó para recibir con una mueca de disgusto a su esposo. Mientras se disponía a iniciar el rito del paseo nupcial a lomos de una bonita yegua, no dejaba de mirar atrás, al rey de León. Y este también la observaba fijamente.

—Muy bella —reconoció Nuño de Lara sin perder detalle.

—La más hermosa que he visto. Tal vez demasiado joven, ¿no, conde?

—Y demasiado casada, mi señor.

El rey de León rio sin abrir la boca, y aquello sonó tan hueco como las inútiles conversaciones que los dos hombres mantenían casi a diario sobre el conflicto del Infantazgo.

Mientras tanto, Urraca se dejaba ayudar para encaramarse a la silla de amazona cubierta de jamete blanco, con su plancheta alargada en el borde izquierdo. La chusma, que no dejaba de vociferar, arreció ahora su griterío con galanterías de arrabal para la esposa y alguna que otra observación obscena hacia el esposo. La guardia de honor ya abría pasillo para iniciar el paseo, y los escoltas, que no eran otros que los más apreciados amigos de Nuño Meléndez, ajustaban las monturas antes de acompañar a los recién casados. El gallego puso su caballo a la altura de la yegua que iba a conducir Urraca. En la diestra empuñaba una vara larga y delgada. La apoyó con suavidad en el hombro de su esposa.

—Estoy seguro de que viajarás cómoda, amada mía. ¿Montabas allá en Castilla?

La muchacha contestó sin dejar de asaetear con su mirada oscura a Fernando de León, que aguantaba a los aduladores más allá, solemne, distinguido, inalcanzable.

—Claro que montaba. Soy de la casa de Haro.

—Bien, por el santo apóstol Jacobo. —Nuño Meléndez se inclinó sobre el arzón para acercar el rostro. Urraca percibió enseguida aquel hálito rancio y húmedo, como de cobertizo cerrado—. Ahora cambiarán algunas cosas. Como tu casa, que ya no es la de Haro, sino la mía. Ah, y, aparte de montar, serás montada.

Rio la gracia con un gesto cómplice, como si esperara compartirla con ella, y por fin Urraca apartó la mirada del rey para clavarla como una daga envenenada en la de su esposo. Pero Nuño Meléndez ya se adelantaba, fustigando con la vara a los pecheros que remoloneaban en lugar de abrir camino. Ella inspiró despacio, y fantaseó con que no acababa de casarse con ese hombre, sino con el rey Fernando. Se dejó llevar y levantó la mano para saludar a la plebe. En su fantasía, la plebe le respondió con finuras bien entonadas. Ya no había campesinos sucios y pobres, ni matronas desdentadas, sino doncellas muy aparejadas e hidalgos gentiles. Y esa noche no subiría al tálamo de Nuño Meléndez y no sería cabalgada como una mula, sino que se acostaría con un rey que la mimaría, y por fin sabría si todo aquello que oía en las celdas de Cañas a medianoche era verdad o imaginación de chiquillas alocadas.

وأنا على ثقة في الله

Unos días después

Yaqub llegó a añorar la subida norte del Yábal Darán. Cara al sur, aquellas montañas se convertían en el infierno.

Habían caminado durante días, hasta que los sabañones y el dolor en las piernas dejaron de importarle. Abú Yahyá, silencioso y malcarado, se limitaba a abrir camino por sendas estrechas que se apartaban de los caminos habituales. A veces la ruta desaparecía bajo los desprendimientos de roca o, cerca de las cumbres, era sepultada por la nieve. Pero el hintata seguía adelante. Siempre sabía dónde poner los pies, cuándo había que detenerse para encender fuego, en qué lugar se hallaba cada cueva. Ajustaba las etapas y cazaba. Suministraba a Yaqub comida a medio asar en las fogatas miserables que encendía en apenas un instante, con su pedernal y un pedazo de hierro. Poca era la pitanza. A todas luces insuficiente, según el muchacho. Pero la devoraba con ayuda de su cuchillo *gazzula*.

Yaqub preguntaba a veces, pero lo único que conseguía era respuestas cortas y secas que nada tenían que ver con sus dudas. Y además, Abú Yahyá lo trataba como si fuera imbécil. «Niñato», le decía. «Ve por leña, niñato. Apaga el fuego, niñato. A favor del viento, niñato». Muy raramente le permitía usar la yesca, que guardaba como un tesoro en una bolsa de cuero junto a los lazos, el cebo para cazar, varias hojas en las que envolvía ungüentos y algunas hierbas balsámicas que no podrían encontrar en las alturas.

En cualquier otro lugar del imperio, o incluso fuera de él, aquel trato le habría costado la vida a Abú Yahyá. El mismo Yaqub le habría ensartado su cuchillo hasta la empuñadura de no ser porque, según lo visto en Tinmal, aquel hintata no era presa fácil. Por las noches, arrebujado en su manto dentro de alguna caverna entre riscos, el príncipe almohade se preguntaba por qué se sometía a aquello.

Una mañana, Abú Yahyá permitió que Yaqub observara sus celadas para atrapar animalillos. Anudó los lazos y los colocó con cuidado entre los árboles, le dirigió una mirada neutra y se fue. Más tarde, el hintata remató ante él a los dos conejos que habían caído en las trampas y le dio uno de ellos.

—Desuéllalo, niñato.

Yaqub destrozó al animal y echó a perder la piel, por lo que Abú Yahyá se rio de él. Pero la vez siguiente tuvo más cuidado.

Dos semanas más tarde, cuando el sol asomó tras las montañas del este y ambos terminaron la oración, el hintata se volvió a echar bajo las rocas que les habían servido de refugio. Yaqub aguardó sin decir nada, y cuando temió que su compañero de viaje hubiera enfermado, se atrevió a dirigirse a él.

—Tengo hambre.

—Pues caza. Niñato.

A mediodía, Yaqub regresó con un zorro famélico y las manos laceradas a bocados. Abú Yahyá, que comía un muslo grasiento con olor a hierbas, se atragantó al reírse. El príncipe almohade, rabioso, le lanzó el cadáver del zorro, aunque no le acertó.

—¡Estoy harto! ¿De qué me sirve esto? ¡Quiero volver!

—Volveremos cuando yo lo diga, niñato.

Yaqub se dispuso a arremeter, pero la mirada extrañamente reposada de Abú Yahyá lo detuvo. Aun así, el joven jadeaba como un toro a punto de la embestida y, sin apenas notarlo, había esgrimido su cuchillo y lo mantenía bajo, ligeramente retrasado.

—No vuelvas a llamarme niñato.

El hintata regresó a su muslo humeante y, con la boca llena de carne, le contestó:

—Cuando me demuestres que eres un hombre, dejaré de hacerlo.

La mañana siguiente, Yaqub se dispuso a abandonar el refugio de rocas y ramas antes del alba. Se enlazó el manto, reforzado por pellejos de zorro y conejo del Atlas, aseguró el cuchillo *gazzula* en el ceñidor, tomó una bolsita de piel con lazos y cebo y marchó ladera abajo. Mientras se alejaba, escuchaba los ronquidos de Abú Yahyá.

No sabía dónde estaban. Habían caminado hacia el sur, pero el laberinto de picos los obligaba a cambiar de rumbo a menudo. Además, no todas las veredas estaban practicables, por lo que debían dar larguísimos rodeos en busca de valles paralelos u otros pasos cubiertos de nieve. Aun con todo, Yaqub se vio seguro de poder regresar a la cueva cuando se metió en la espesura y, con la claridad anunciándose desde oriente, empezó a husmear la tierra húmeda en busca de trochas. Por fin, con la angustia de haberse saltado la oración del amanecer, localizó el lugar adecuado. Sacó su cuchillo, cortó una rama y la clavó en el suelo entre los arbustos. Practicó una pequeña incisión en el extremo superior de la madera y metió uno de los lazos, cuidando que el nudo quedara bloqueado por el corte. Aseguró el otro cabo, comprobó lo ancho del lazo y lo acomodó entre los hierbajos. Después dejó caer algunas hojas tiernas, tal como había visto hacer a Abú Yahyá, y se retiró ladera abajo para engañar a la brisa que descendía desde los picos más altos.

Pasó el tiempo, los primeros rayos del sol hirieron las cumbres. Era el momento, según sabía, en el que los animales dejarían sus refugios para buscar las pocas y mezquinas corrientes que discurrían desde la sierra. Algunas aves abandonaron la copa de un cedro cercano. Yaqub inspiró el aire frío del amanecer. Tenía hambre, estaba cansado y, sobre todo, quería regresar. No volvería a seguir los consejos de su tío Abú Hafs. ¿De qué le habían servido hasta ese momento? A pesar de todas sus explicaciones y de su pasión febril al hablar, casi lo había lanzado a la muerte en Ciudad Rodrigo. Y ahora lo sometía a ese tormento en las montañas, junto a un hintata despiadado y loco. No. Ese no era el camino. No veía cómo iba a cumplirse la voluntad de Dios con aquellas estupideces. Cazar conejos con lazo, encender fogatas en medio de la nieve y acomodar refugios de montaña… ¿Para qué?

El crujido de madera lo sacó de sus cavilaciones. Oyó crepitar de arbustos y, al momento siguiente, el cuchillo *gazzula* estaba en su mano. Le sorprendió verlo entre sus dedos, con la hoja reluciente a los primeros rayos de luz. Bueno, de algo le había servido aquello.

Se levantó y caminó despacio para que la presa se fatigara en sus desesperados intentos por escapar. No quería dejarse la piel de nuevo entre las fauces de algún zorro. De pronto, algo raspó la tierra y la fronda se conmovió como si un caballo la hubiera atravesado.

—Eso no es un conejo —susurró Yaqub.

Adelantó un pie, y no movió el otro hasta tener el primero firmemente asentado. Se apoyó con la zurda en un tronco grueso y retorcido, asomó con el arma a punto. La espesura seguía palpitando más allá, justo donde había colocado el lazo, y hasta algunas hojas volaban por encima. Agradeció a Dios que Abú Yahyá no estuviera allí. Sus carcajadas podrían escucharse en Marrakech si viera sus precauciones para acercarse a un indefenso animalillo. Y el ruido cesó.

La enramada trepidó un momento más y todo volvió al silencio y a la quietud. Solo la brisa acariciaba las hojas más altas y les arrancaba un suave siseo. La mano de Yaqub apretó el cuchillo *gazzula*. ¿Y si era uno de aquellos bandidos de montaña? Había oído hablar de ellos en la corte. Chusma poco temerosa de Dios que acechaba a las caravanas, asaltaba a los pastores y se colaba furtivamente en las aldeas de montaña. Tal vez estuvieran cerca de una de ellas. O en las proximidades de algún camino de mulas. Maldijo a Abú Yahyá y a su manía de no hablar con él, y algo se movió delante. Algo pardo y negro, entre las ramas, que no hacía ruido alguno. Retuvo la respiración, las aletas de la nariz palpitaron y su boca se secó.

Aquello abandonó la fronda y lo miró con sus ojos amarillos. Su boca chorreaba sangre, porque acababa de desayunar la presa cazada con el lazo de Yaqub. Su melena se mecía dócil con la brisa, tornaba del rojo al negro. Adelantó una pata enorme, luego otra. Yaqub no podía apartar la vista. Ni moverse. Durante un corto momento albergó la absurda esperanza de que el enorme león no le hubiera visto, pero era evidente que sí. El príncipe almohade dio un paso atrás, y las fauces manchadas de rojo se abrieron para lanzar un rugido que hizo temblar las hojas.

Abú Yahyá apareció como vomitado por el bosque. Saltó entre las rocas, tomó un impulso final, voló hacia el león. Este revolvió la cabeza y lanzó un zarpazo que atrapó el aire. La garganta de Yaqub se cerró. No podía respirar. Allí estaba aquel chiflado hintata, agarrado a la melena frondosa y negruzca de la bestia. Subiendo y bajando la diestra, en la que vio relucir la hoja *gazzula* antes de que quedara impregnada de sangre. El animal saltó y rodó por el suelo hasta que, a los ojos aterrados de Yaqub, hombre y león se confundieron en uno. Aplastaron ramaje, rebotaron contra un tronco y la bestia quedó encima. El cuchillo penetraba entre la melena y salía. Volvía a entrar. Otra vez. Entonces, cuando Abú Yahyá soltó su arma, Yaqub reaccionó. Pudo ver, en el trance borroso de un latido de corazón, que el hintata mantenía abiertas las fauces del león con sus propias manos ensangrentadas. El príncipe almohade saltó, tal como había hecho su compañero de viaje. Y la hoja de hierro subió y bajó. Cerró los ojos y atrapó el pelo enmarañado de aquel monstruo de melena oscura. Y apuñaló y apuñaló, y sintió la sangre correr tibia entre sus dedos, y por sus manos, y empapar sus ropas.

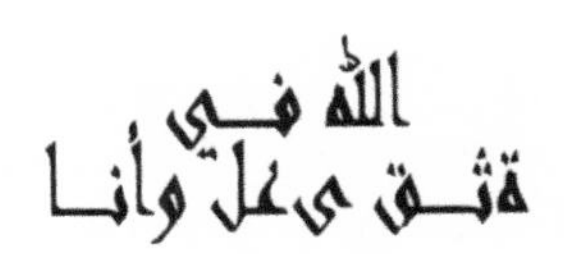

7
DE VUELTA AL HOGAR

NUEVE MESES DESPUÉS, INVIERNO DE 1176. SEVILLA

Ibn Sanadid, vestido a la manera almohade, desembocó en el refinado patio del Crucero, donde el califa Yusuf le había citado a primera hora de la mañana. Los negros de la guardia del Majzén, impasibles, ni siquiera le prestaron atención al pasar entre ellos. O eso parecía. El andalusí sabía que, ante cualquier indicio de riesgo para el príncipe de los creyentes, aquellos guerreros esclavos se emplearían hasta la muerte. Esa era su razón de vivir.

No era habitual que un musulmán no bereber caminara con tanta libertad por el recinto palatino de Sevilla, pero el suceso de Ciudad Rodrigo de dos años atrás, la decidida actuación de Ibn Sanadid al sacar de la refriega a Yaqub, había obrado el prodigio: la consideración e incluso cierto agradecimiento por parte del califa y de todo su cuadro de funcionarios. De todos menos uno, claro.

Abú Hafs estaba al fondo del patio, alejado del centro como una sombra vigilante. En el lugar donde se cruzaban los dos paseos, como cada mañana, el príncipe de los creyentes filosofaba con sus dos inseparables consejeros, Ibn Rushd e Ibn Tufayl. Aquel era un día para los andalusíes, por lo visto.

—Amigos, he aquí a Ibn Sanadid, que viene solícito a la llamada de su señor. —El califa atrajo al andalusí con un gesto y le indicó que tomara asiento en uno de los cojines. Luego señaló la bandeja central, repleta de higos, pasas y pastelillos. Antes de tomar uno de los frutos, Ibn Sanadid observó de reojo a Abú Hafs. Suficientemente lejos como para no escuchar la conversación, pero nunca tanto como para no notar sus ojos sanguinolentos clavados en él.

—Es un gran honor, príncipe de los creyentes, que me permitas compartir tu comida. Manda, que obedeceré.

—Muy bien. —Yusuf sonrió alternativamente a Ibn Rushd e Ibn Tufayl—. Ante todo, déjame agradecerte de nuevo tus servicios. De no ser por ti, tal vez mi hijo estuviera ahora muerto, o cautivo y humillado en alguna mazmorra infiel. Supongo que eres consciente del gran servicio que prestaste al imperio en Ciudad Rodrigo.

—Era mi deber, luz del islam. Volvería a hacerlo mil veces.

—Lo sé. Por eso estás aquí. Pero come, come. Disfruta de la agradable mañana junto a estos nobles andalusíes. Paisanos tuyos y muy caros para mí. Tanto, que me acompañan de regreso a Marrakech.

Ibn Sanadid, que mordisqueaba un higo, enarcó las cejas.

—¿Te marchas, mi señor?

—Sí. Llevo cinco años en al-Ándalus y, aunque he aprendido a disfrutar de esta tierra, tengo obligaciones. Es todo un imperio el que me rinde obediencia, debo tratar a todos mis súbditos por igual.

»Lo que vine a hacer aquí está cumplido. El reino de Mardánish se sometió al fin y ahora su familia es la mía. Los cristianos han sido advertidos, y a la tregua que firmamos con Portugal se acaba de unir León. Sí, sus embajadores llegaron hace poco y solicitaron un pacto de amistad, como el que ya disfrutamos en el pasado. No hemos aceptado, claro, pero sí nos hemos comprometido por ambas partes a detener la lucha. Con nuestros peores enemigos paralizados de miedo, al-Ándalus está en paz. Además, las obras para la gran mezquita de Sevilla han acabado. He licenciado a los obreros y he quedado satisfecho. Un gran año, este.

—Cuánto me alegro por todo, mi señor. —Ibn Sanadid tomó una pasa de la bandeja.

—Ah, no debes pensar que esto acaba aquí, por supuesto. Volveré. Al-Ándalus será recuperada para Dios desde Compostela a Barcelona, tal como quería mi padre. Y si yo no lo consigo, ahí está mi hijo Yaqub, que gracias a ti podrá continuar mi tarea. Por de pronto, fieles súbditos como tú quedarán aquí para mantener lo que hemos ganado en estos años.

—¿Me ordenas quizá dirigir alguna guarnición de frontera, mi señor?

—No. Pero deberás guardar algo mucho más preciado que un castillo, Ibn Sanadid.

»Como te he dicho, junto a mí viajarán a África mis fieles amigos Ibn Rushd e Ibn Tufayl. También me llevo a las nobles familias andalusíes que han abrazado el Tawhid, pues se me haría doloroso tenerlos alejados del corazón. Los Banú Mardánish y los Banú Hamusk me acompañarán. Y a algún que otro advenedizo, como el almojarife de esta ciudad. Sus malversaciones con los bienes de la familia Mardánish lo hacen merecedor de castigo, pero no quiero que mi última decisión antes de dejar al-Ándalus sea una ejecución.

—Muy sabio por tu parte, mi señor —intervino Ibn Tufayl.

—En fin, son muchos los andalusíes que me llevo —siguió el califa—. Pero dejo aquí a una especial: la esposa de mi hijo Yaqub, Safiyya.

»Yaqub está ahora en las montañas del sur del imperio, curtiendo alma y cuerpo para la sagrada misión que Dios le ha reservado. Fue su deseo expreso, antes de marchar, que la hermosa Safiyya bint Mardánish permaneciera aquí, en al-Ándalus. No comparto sus motivos, pero puedo entenderlos: la belleza de esa mujer lo mantendría alejado del deber que tan a pecho se ha tomado.

»Lo he comentado con mi nueva esposa, Zayda. Aunque es una débil mujer, su agudeza está casi a la altura de la de un hombre, un mal que también padece su madre y del que yo, en mi inteligencia, he sabido sacar provecho. Zayda, más que nadie, conoce a su hermana y sabe que el lugar más querido para ella es Valencia. Allí pasaron ambas mucho tiempo antes de que la fe verdadera se impusiera a la tibieza del Sharq al-Ándalus, y Safiyya guarda buenos recuerdos que harán que la ausencia de mi hijo resulte más dulce. Tu deber, Ibn Sanadid, será escoltar a mi nuera y cuñada hasta su nuevo hogar, en el palacio de extramuros de Valencia que llaman Zaydía en honor de mi esposa.

El andalusí dejó de mordisquear el fruto que sostenía con tres dedos.

—¿Escoltarla?

—Sí. Ya te lo he dicho: es un preciado bien el que debes guardar. Te confío a ti esta delicada tarea porque has demostrado lealtad sobrada a mi casa y a mi familia. Y también porque, como andalusí, eres conocedor de las tierras que atravesarás para cumplir este mandato. Tú sabrás cómo hacerlo de la mejor forma. Escoge itinerario y escolta. Dispón de mis fuerzas destacadas o elige a andalusíes. Lo único que te exijo es que aguardes a la llegada del buen tiempo, pues la dulce Safiyya no está acostumbrada a los rigores y no quiero que un viaje incómodo afecte a su salud o a su hermosura. Piensa que se trata de una joya no solo por su perfección, sino por lo que representa. Es el eslabón que une África con al-Ándalus, y de su vientre nacerá el fruto de esa unión. ¿Entiendes la importancia de tu tarea, Ibn Sanadid?

El andalusí terminó de masticar su último fruto y asintió despacio. Comprendió que la conversación había terminado, así que se levantó e hizo una inclinación larga. Al alzarse, vio el gesto furioso y alejado de Abú Hafs al fondo. Un escalofrío recorrió su espalda al darse cuenta de que la presencia del visir omnipotente tenía un significado. El de todas las palabras que el califa no había pronunciado, y que se convertirían en gritos, tormento y muerte si fracasaba en su misión.

Un mes después

Pedro de Castro caminaba por el campamento cristiano a las afueras de Sevilla. Allí, lejos del desprecio de los almohades, llevaban casi dos años viviendo. Verdad que él y su padre, como magnates, habían disfrutado de cierto beneplácito a la hora de visitar la ciudad, pero siempre con la condición de que, a la caída del sol, ningún adorador de la cruz manchara la capital almohade de al-Ándalus con su presencia. Pedro se había hartado de aquello hacía ya muchos meses. Deseaba regresar a León y disfrutar de un hogar de piedra; que aunque no añoraba el frío del norte, sí echaba de menos las comidas al calor de un buen fuego, atendido por sus criados y confortado por la presencia de su madre. Ah, su madre. Jamás, en el tiempo que disfrutó de su presencia, pensó que llegaría a añorarla tanto. Qué ganas tenía de volver a verla, de abrazarla y de sentir su mano revolviéndole el pelo. Le contaría que ya era un hombre. Que se había medido con valor en las escaramuzas previas a la toma de Alcántara… O no. Tal vez a ella no le gustara eso. Al fin y al cabo, tanto él como su padre habían luchado bajo banderas sarracenas. Y contra fuerzas leonesas, nada menos. El escozor de la angustia se le atravesó en la garganta. ¿Y si ya no podían volver? En Castilla eran considerados traidores, y por eso tenían vetada su presencia allí.

Llegó al pabellón de su padre. El mayor, con los roeles azules sobre fondo albo de su estandarte en lo alto de un astil alargado. Pasó entre los dos peones de guardia antes de retirar la tela de la entrada. Fernando de Castro tenía una carta en la mano y un velón en la otra.

—Pasa.
—Buen día, padre. ¿Qué es eso?
—Correo de León. Es la tercera vez que lo leo.
—¿Es de mi madre?
—Del rey.
Pedro de Castro se acercó al cabeza de la casa. A su alrededor, las paredes de paño del pabellón estaban engalanadas con un estilo que aunaba la sobriedad leonesa con la almohade. Una curiosa mezcla de tapices con figuras, caracteres cursivos, cruces, estrellas, ajedrezados y motivos geométricos.
—¿Está muy enojado el rey con nosotros?
Fernando Rodríguez de Castro entregó la misiva a su hijo, pero no le acercó la luz de la llama. Tomó asiento sobre un arcón cerrado, apoyó el codo derecho sobre la rodilla y enredó los dedos en su barba gris.
—No. No está enojado. En realidad me ha escrito para *pedirme* —se regodeó al pronunciar, despacio y en voz más alta, aquel verbo— que regrese a su lado.
Pedro sonrió entusiasmado y se acercó a la entrada para que la luz de fuera le permitiera leer.
—Estupendo, padre. Estupendo. —De pronto oscureció el gesto—. Nos podemos fiar del rey Fernando, ¿no? Quiero decir: esto no será una encerrona…
—Sí, creo que puedo fiarme. El rey expone sus razones ahí y me parecen muy cabales. Acaba de firmar un acuerdo de paz con el califa Yusuf, así que no tiene mucho sentido que yo siga aquí, a las órdenes de ese maldito infiel. Y menos aún después de que se haya marchado a África. En su ausencia, cualquiera de esos *talaba* podría empezar a pensar por su cuenta. Hasta ahora he evitado los roces con los perros sarracenos, pero estoy tentando a la suerte.
»El asqueroso de Nuño de Lara se va. Regresa a Castilla. Y Fernando de León me suplica que olvide nuestra discusión. Es más, me ofrece la tenencia de las torres de León y me asegura que el Infantazgo sigue como estaba, así que no he perdido nada en mi ausencia. Eso también significa que no se ha firmado ningún pacto auténtico con los castellanos. Perfecto. Una cosa es despedirse con buenos deseos, y otra entrar en negocios con indeseables.
»Pero lo más importante es que el rey Fernando es hombre de gran picardía. Bien sabe la vulpeja con quién trebeja. No se fía de nadie, y teme que la partida de Nuño sea mala señal después de todo. Que Castilla doblegue por fin a Navarra y quede libre para dirigir sus armas contra León. De momento, el rey Fernando ya se ha precavido: acaba de ofrecerle la mayordomía real al conde Armengol de Urgel, y así se asegura su mesnada. Si lo piensas bien, las mientes del rey funcionan. El puerco del Lara ha visto que yo no estoy con León. Ha comprobado

lo fácil que es entrar en guerra y ganarle plazas, como hicimos nosotros con Alcántara o estos agarenos con Cáceres. ¿Acaso no irá corriendo el conde Nuño bajo las sayas de Alfonso de Castilla para contarle todo esto? Sin duda le animará a resolver lo de Navarra para imponerse a su tío Fernando. Guerra contra Castilla, Pedro. Guerra contra Castilla.

El joven Castro, asombrado de que su padre hubiera aprendido hasta el mínimo detalle de aquella carta, buscaba entre las líneas.

—¿Y mi madre? ¿No nos dice el rey si goza de salud?

—¿Tu madre? —Fernando se encogió de hombros—. Déjate de madres. Mira: hay un detalle ahí, al final de la carta. Dice el rey que ha poco que casaron a su amigo, Nuño Meléndez, con una muchacha castellana de la casa de Haro. Una tal Urraca. Muy bella, por lo que parece. Al casamiento la escoltó su hermano, que anda algareando contra los navarros, y no anduvo corto de bravatas. Algo le insinuó al rey de que, una vez ajustadas cuentas con Pamplona, le tocaba turno a León.

—¿Así pues, padre?

Fernando de Castro se levantó del arcón.

—Volvemos a casa.

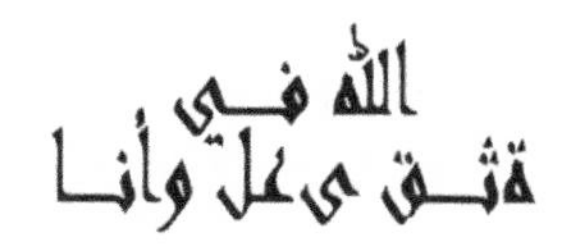

8
LOS MUROS DEL IMPERIO

MES SIGUIENTE, PRIMAVERA DE 1176. MARRAKECH

Mediado el Ramadán, el califa y su séquito llegaron a Marrakech. Se arrojó al almojarife de Sevilla a una mazmorra y se repartió a los invitados andalusíes en los palacios que se consideró oportuno. Solo uno de ellos, el viejo Hamusk, fue enviado a la ciudad de Mequínez. Hacia allí partió desengañado, pues era mucho el empeño que había puesto en sus maniobras, tanto de corte como de batalla, para gozar de prebendas y honores, y ahora se veía aislado y despreciado. Por toda la parte africana del imperio corrieron las nuevas de que el príncipe de los creyentes estaba de nuevo en el hogar. Se le recibió como a un paladín del islam y se le sometieron los pleitos de grado suscitados en su ausencia.

Antes de que hubieran pasado dos meses, el hijo pequeño de un criado del Majzén cayó enfermo y, apenas unos días después, murió entre convulsiones y hemorragias de sangre negra. Durante el entierro del muchacho se comentó que había más creyentes aquejados de aquel mal, y esa misma noche murieron otras tres personas. En una semana eran veintiocho los fallecidos, y más de ciento cincuenta cayeron en los siete días siguientes. Llegaron noticias de Azammur, Rabat y Tánger, donde también se había desatado la epidemia. No hizo falta mucho discurrir para ver que aquellas ciudades eran, a la inversa, las que el califa había recorrido en su regreso de al-Ándalus. El propio Yusuf cayó enfermo enseguida, y lo mismo ocurrió con Abú Hafs y un buen número de *talaba* y funcionarios del Majzén. Curiosamente, solo los guardias negros parecían inmunes a aquel mal.

Se trataba de la peste. Y pronto corrieron rumores de callejón: era el príncipe de los creyentes quien había traído aquel mal. Y no resultaba extraño. Se había ido de África asistido por diligentes almohades y, a su regreso, prefería la amistad de tibios andalusíes.

Y como las sospechas susurradas no eran admisibles, se procedió con el trámite obligado: las patrullas de soldados recorrían las ciudades y registraban los hogares para asegurarse de que no se escondiera a ningún enfermo. Si se hallaba a uno, se obligaba a toda la familia a unirse a otros afectados —o sospechosos de haber estado en contacto con ellos— y a salir al otro lado de la muralla, donde se los alojaba en campamentos convenientemente cercados a la espera de su cura o su muerte. Se suspendió el comercio, el ejército cortó caminos y carreteras. Se cerraron puertas y se bloquearon puertos, y a la peste se unieron los primeros síntomas del hambre y la carencia de bienes necesarios. Ningún pozo estaba libre de sospecha, y los animales destinados al sacrificio se examinaban con reparo, de modo que fueron muchos los que renegaron de la carne. Pronto, la aljama de Marrakech se quedó pequeña para alojar a tanto fiel que corría a orar por los suyos, y se hubo de habilitar el resto de las mezquitas para dar consuelo a los desesperados. Cada día se elevaba el humo oscuro de las hogueras en las que ardían sin distinción los restos de la epidemia.

Aunque Ibn Rushd era el médico oficial del califa y su familia, no dudaba en recorrer las calles para observar la evolución de la epidemia, y así, un día de aquella primavera nefasta, se desplazó con su amigo Ibn Tufayl hasta las inmediaciones de la Puerta de Curtidores. Aquel lugar, según sabía, se daba por desahuciado. Los soldados habían atrancado los batientes y erigido barricadas para separarlo del resto de la ciudad, y rechazaban a aguijonazos a todo el que pretendiera salir. Imposibilitados para escapar de la barriada, los que aún quedaban sanos recurrieron a las piras en plena calle. Allí ardían muebles, ropas y hasta cadáveres. Columnas de humo ennegrecían de día y de noche las paredes encaladas, y a veces, cuando el viento se calmaba, caía una lluvia silenciosa de cenizas que tiznaba poco a poco las caras y las vestiduras por todo Marrakech.

—Dejadnos pasar. Soy médico.

El lancero observó durante un instante a Ibn Rushd, dispuesto a soltarle una ruda negativa, pero entonces se fijó en él y en su acompañante. Reconoció a los dos filósofos andalusíes que ejercían de consejeros califales. Estuvo a punto de advertirles por su bien, pero, al fin y al cabo, aquellos tipos de piel clara y acento afectado eran andalusíes. Y se rumoreaba que podían ser el origen de la peste. Allá ellos si querían hundirse en el mar de miasmas.

—Procurad estar de vuelta antes de nuestro relevo u os quedaréis ahí dentro.

Gritó un par de órdenes y los soldados retiraron un carruaje cargado de fardos, apenas lo suficiente para que los dos filósofos penetraran en el barrio apestado.

En aquellas primeras calles había mucha gente. Hombres y mujeres sentados en el suelo, con las espaldas recostadas en las paredes o las cabezas hundidas entre las rodillas. Muchachas tumbadas, con los ojos abiertos o cerrados. Niños acurrucados contra sus madres. En silencio. No parecían enfermos. Ibn Tufayl comprendió enseguida.

—Esperan a que se retire la barrera. No han intentado colarse cuando hemos entrado, ¿te has dado cuenta? Deben de estar hartos de suplicar. Los hemos abandonado a su suerte.

Ibn Rushd asintió. Con el ceño fruncido, observaba a los villanos. Sucios, enflaquecidos, con miradas vacías y gestos inexpresivos. Avanzaron, y el hedor arreció. Vieron el primer cadáver. Estaba entre unas tinajas, con la cara cubierta por un paño negruzco, sentado sobre una mancha de líquido seco que despedía un olor fuerte y dulzón. Los ojos experimentados del médico diagnosticaron que el tipo llevaba muy poco tiempo muerto. Quizá nadie se había dado cuenta, y por eso no ardía aún. O puede que ya nada importara allí. Ibn Rushd suspiró. En el Majzén, a pesar de la presencia de la peste, se conservaba la rigurosa disciplina de la higiene y las demás medidas impuestas por él, pero en aquel barrio no había la más mínima oportunidad. Suciedad, desnutrición, carencia de cocimientos e incluso de médicos... Muy pronto, los mismos vecinos se abandonarían y dejarían de quemar a los muertos.

—Qué desastre.

—Cierto. —Ibn Tufayl le retuvo por el brazo—. Creo que deberíamos regresar. Aquí corremos peligro.

El cordobés se desembarazó con suavidad de su amigo, y al viejo filósofo de Guadix no le quedó más remedio que seguirle. La fetidez se apoderó del aire, por si fuera poca la carga de calor y cenizas en suspensión. Se hundieron más en la maraña de calles y encontraron a otras personas. Muchos vagaban sin rumbo, se detenían en los cruces y aguardaban allí. Otros llamaban a las puertas sin recibir respuesta. Casi todos lloraban.

—¿No me has oído, Ibn Rushd? Tenemos que volver. Recuerda lo que ha dicho ese soldado. Además, aquí nos jugamos la vida.

—No lo creo. Llevo desde el principio tratando a los enfermos y estoy bien. Descuida, Ibn Tufayl: si no hemos enfermado en estas semanas, no es probable que suceda ya. Fíjate. Mira esos niños. Cómo se marcan sus huesos bajo la piel. Así es imposible que curen, y si no están enfermos, no podrán evitar el contagio.

—Y sin embargo —objetó el de Guadix—, diríase que algunos están muy sanos.

—Así es. He observado que existe cierta... —Ibn Rushd se mordió el labio antes de seguir— predisposición. Pero es muy difícil de detectar. Ayer murió uno de los escribas del Majzén, un tipo rollizo que no ha durado ni una semana desde que observé su contagio. Pero otros siguen sanos, como nosotros. Y aquí, en este lugar de podredumbre, también veo muchachos de débil aspecto que no parecen afectados. Sí. Realmente es complicado...

—Vale, pues una vez lo has visto, terminó nuestra labor aquí —insistió Ibn Tufayl. El cordobés fingió no escucharle.

—... y en realidad podría ser fácil. Al menos no es difícil intentar prevenirlo. Solo habría que cuidar la alimentación, combinarla con algún baño y masajes... Las purgas con los bebedizos que practican los médicos de la medina están bien, pero les he dicho que no deben sangrar a los pacientes antes de purgarlos. No me escuchan. Alguno ha llegado a decirme que yo soy causa, y no remedio.

—Ignorantes.

—Sí. Creen que dando a oler esos orines de macho cabrío acabarán con la epidemia. No me atrevo a contradecirles. Tengo miedo de que Yusuf empeore y muera. —Se volvió hacia su amigo—. En ese caso, nuestra vida no valdría un dírham.

Una mujer de mediana edad que acababa de rebasarlos se dobló sobre sí misma y el velo se le escurrió. Estornudó violentamente y se llevó la mano a la boca. Cuando la retiró, su palma estaba manchada de sangre oscura. Los ojos inflamados se le abrieron sin medida y, renqueando, se alejó hasta perderse por la primera revuelta.

—¿Has visto? ¿Has visto lo que decían sus ojos? —Ibn Rushd se detuvo y entrelazó los dedos por delante de la boca—. Seguramente tendrá hijos. Ha escapado a toda prisa, quizá para volver a su casa. Sin duda su familia ya está contagiada, o tal vez ella les pase la plaga ahora. ¿Qué le queda? Morirá en unos días, y eso si tiene suerte. Si no la tiene, verá cómo sus hijos enferman, y tendrá que soportar cómo sus caras se llenan de pústulas y su sangre pútrida escapa del cuerpo. Rezará para dejar de vivir antes que su familia.

—Bueno. —Ibn Tufayl volvió a retener a Ibn Rushd. Frente a ellos, un viejo que sudaba a ríos se despojaba de la ropa hasta quedar en zaragüelles. Algunas de las bubas que atestaban su piel arrugada parecían a punto de reventar—. Al menos pueden consolarse con eso: la oración.

—La oración. —El cordobés también se detuvo. Hasta él sentía la horrible aprensión a ser salpicado por el líquido negruzco que rezumaban los tumores de la peste—. Por las noches no puedo dormir, ¿sabes? Al principio era porque temía caer enfermo, pero ahora es por pena hacia toda esta gente. Los niños mueren por decenas a diario, y lo mismo estará ocurriendo en el resto del imperio. Tal vez incluso en al-Ándalus. —Se aferró con una mano a las vestiduras anchas y blancas de Ibn Tufayl—. ¿Puede haber algo peor que ver cómo los padres queman los cadáveres de los hijos?

—Es terrible, lo sé. Pero Dios...

—Dios, Dios, Dios. —Ibn Rushd se volvió un momento. Luchó por no seguir hablando, pero allí, en el corazón de la desgracia, no conseguía retener la lengua—. Paso las noches escribiendo, amigo mío. Para apartarme de toda esta calamidad. Ya acabé mi obra sobre retórica, así que he vuelto con Aristóteles. No sé, eso me calma. Trabajo en un libro de ética. Y es curioso, porque anoche mismo estuve meditando sobre la felicidad.

»¿No es atroz que yo me devane los sesos buscando el origen de la felicidad mientras fuera, en la calle, aquí mismo, las madres escupen sangre y oyen los gritos de terror de sus pequeños?

—Esto no es culpa tuya, Ibn Rushd.

—No. No lo es. Es loable buscar el medio de ser feliz. Si pudiera, haría que toda esta gente lo fuera. Feliz. Pero no puedo. ¿Sabes qué decía ese griego pagano? Decía que la felicidad solo puede llegar desde fuera o desde dentro de uno mismo. Si viene desde fuera, Ibn Tufayl, es que nos la da Dios. ¿O acaso no es todo lo que ocurre voluntad de Dios?

El de Guadix miró a ambos lados, temeroso de que alguien los sorprendiera metidos en conversación inconveniente. Pero allí no había *talaba*, ni ulemas, ni soldados. Solo condenados.

—Por supuesto, Ibn Rushd —dijo en susurros—. Todo es voluntad de Dios.

—¿Esto también? —Movió el brazo en parábola hasta dar media vuelta—. Y no solo esto. Todas las pestes. Todas las guerras. Todos los muertos. ¿Esto quiere Dios?

—Baja la voz, por favor.

—Si Dios no nos hace felices, no hay más remedio que buscar dentro de nosotros, Ibn Tufayl. Buscar nuestra virtud. Eso aconseja el griego. —Mostró las palmas de las manos abiertas—. Mi virtud está aquí —y se señaló la sien con el índice— y aquí. Yo sería feliz si mi virtud me permitiera curar a toda esta gente. Detener la peste y evitar los contagios. Pero no puedo. No me dejan. Dios no me deja. ¿Te das cuenta, amigo mío? Dios es un obstáculo contra el que lucho día a día.

Ibn Tufayl apuntó con su dedo, sarmentoso ya, al cordobés.

—Eso es apostasía, amigo mío. Me pones en un compromiso y te arriesgas a morir. Ya he conocido antes a gente que se rebeló, y te digo que es inútil. Sobre todo para ti, que vives en el centro del poder. Reserva tus pensamientos pecaminosos o no durarás mucho.

Ibn Rushd dejó caer los hombros. Movió la cabeza a los lados mientras pequeñas volutas negras flotaban a su alrededor. Volvía a llover ceniza.

—Lo sé, lo sé. Por eso disimulo mis escritos. —Levantó la vista y recobró el brillo de esperanza—. Pero no puedo limitarme a mirar. Tenemos una responsabilidad, amigo. Precisamente porque estamos junto al califa.

—Demasiado hacemos, Ibn Rushd, y no lo hacemos mal. Tú no conociste a Yusuf cuando era más joven. No había nadie más cruel y mezquino. Y su hermanastro Abú Hafs lo dominaba. Ahora es otro hombre, y Dios sabe que es en gran parte por nuestra causa. Yo soy viejo y tal vez no vea la ascensión de un nuevo califa. Tú sí.

El cordobés asintió. Ambos pensaban en Yaqub, el primogénito del príncipe de los creyentes. Algún día sucedería a su padre, y tal vez ese día recordarían la peste como una anécdota sin importancia.

Al mismo tiempo. León

Pedro se separó de su padre en los corredores del palacio real. El hosco señor de la casa de Castro, acompañado por el conde de Urgel, se dirigía ahora a entrevistarse con Fernando de León. A arrodillarse ante él y besar su mano para rendirle homenaje y mostrar su obediencia. A decirle que podía contar con él y con sus tropas.

Al joven Pedro no le interesaba eso ahora. Durante todo el viaje de vuelta había soñado con aquel momento y no pensaba demorarse más. Estaba alegre de rozar con los dedos la piedra del viejo palacio y sus tapices de reyes antiguos con nombres rebuscados. Le confortaba el frescor de los pasillos en penumbra y el olor a resina de los hachones encendidos. Los guardias reales que prestaban servicio lanza en mano, y las parejas de domésticos que transitaban cuchicheando los pasajes palatinos. De fondo, apagado, se oía el eco melodioso que brotaba de la cercana abadía de San Isidoro. Vio una sombra que se deslizaba ligera tras una columnata, cargando con varios briales doblados, y reconoció de inmediato a la doncella de su madre.

—¡Gontroda!

Cómo resonaba su voz entre las paredes del palacio leonés. Pedro sonrió, la joven dio dos pasos atrás para observarlo con detenimiento.

—¿Don Pedro?

El muchacho sonrió, y no se lanzó en brazos de la doncella porque le frenó el decoro. No es que estuviera unido por el cariño a aquella mujer, pero en verdad se le anegaba el corazón de contento al volver a su mundo.

—Gontroda, ¿y mi madre?

La chica, tan exuberante y provocativa como siempre, miró de arriba abajo al joven vástago de la casa de Castro. Con la campaña de la Extremadura y el tiempo de campamento, Pedro había adquirido un porte macizo. Si Gontroda imaginaba de alguna forma a los caballeros de las baladas, era así.

—Don Pedro... Estás... cambiado.

El muchacho no prestó atención al rubor que acudía a las mejillas de la doncella, pero por primera vez en sus dieciséis años de vida, su vista se deslizó por el *amigaut* forzadamente abierto de su saya y se perdió en el apretado surco que dividía el busto.

—Sí. Eh... Gontroda, mi madre.

—Claro. Allí, al final del corredor. —La doncella levantó una mano y señaló a la derecha. Al hacerlo, como por torpeza, dejó caer los briales. Con fingida timidez se agachó a recogerlos. Pedro de Castro se vio de nuevo atrapado por el pecho generoso que ahora, desde arriba, se mostraba aún más tentador. Las voces monódicas de San Isidoro se escurrieron entre los capiteles. Señor, ten piedad.

Pedro de Castro recuperó la marcha hacia el lugar que Gontroda le acababa de indicar. Al fondo del pasillo, una puerta abierta mostraba parcialmente la cámara destinada a la infanta Estefanía, hija del emperador y hermana del rey de León. Así que esa era ahora su residencia...

El joven se detuvo junto al dintel. La estancia era de las más lujosas y bajo dosel guardaba una cama con colcha de jamete. Al lado, bañadas por la luz que se colaba entre los vitrales de colores, había dos mujeres. Una era Estefanía, sentada en una cátedra y con la vista perdida fuera, a través del ventanal abierto. Pedro permaneció en el lugar y observó a su madre, que aún no había advertido la presencia del joven. Hasta allí llegaba con mayor claridad el canto sacro de san Isidoro, pero al coro se imponía una voz preciosa: la de la otra mujer, que de espaldas a la puerta ocupaba un escabel más bajo. Sobre las rodillas sostenía un libro y lo leía en alto para doña Estefanía.

—«Cercanos al linaje de Caín, el primer traidor, hay tantos aquí que ninguno rinde honor a Dios. Veremos quién le es ahora fiel».

Gontroda llegó tras Pedro y rozó su espalda con los briales plegados.

—¿No entras, mi señor?

Estefanía oyó a su doncella y miró hacia la puerta. El joven Castro, descubierta ya su presencia, corrió hasta su madre y la abrazó cuando ella bajaba de la cátedra. Ahora, al notar su calor, sabía que por fin había regresado al hogar y que en realidad no importaba dónde estuviera este: en Castilla, en León, en Sevilla o en el fondo del abismo.

—Por fin has vuelto, hijo. —Dio un paso atrás y sonrió con orgullo—. Has crecido.

—Yo también me he dado cuenta —confirmó Gontroda mientras atravesaba la cámara para guardar los briales en un cofre.

Pedro de Castro, ahora tan ufano como gozoso, miró de reojo a la doncella y a su *amigaut* demasiado franco, y luego volvió la cabeza a la derecha sin mucha curiosidad; solo para no desairar a la joven que un momento antes leía la trova. La vidriera, ahora tras la muchacha, tamizaba la luz y la volvía rojiza. Un aura parecía así rodear su cabeza. Ella también lo observaba con aire de fascinación.

—Hijo, esta es Urraca López de Haro, la esposa de don Nuño Meléndez.

Pedro asintió despacio, incapaz de retirar la vista de la chica. De pronto, Gontroda y su abundancia se volvían vulgares, los cantos de la abadía enmudecían, hasta el calor de la madre se enfriaba. Solo existía ella. Urraca, la nueva mujer del gallego Meléndez. Recordó que el rey Fernando la nombraba en su carta. Decía que era muy bella. Lo era, por la sangre de Cristo. Tanto que la luz palidecía a su alrededor.

—Mucho —dijo sin querer el muchacho—. Muy bella. La más bella que vi jamás.

Gontroda ahogó una risita al fondo del aposento, Urraca bajó la mirada con afectación.

—Pedro, hijo mío. Te he dicho que es dama casada. —Se dirigió a la joven—. Discúlpalo, amiga mía. Ha estado demasiado tiempo lejos y entre gentes bárbaras.

Ella levantó de nuevo la vista. Sin reparo alguno a pesar de todo. Y la infanta Estefanía se dio cuenta.

—Urraca —repitió él.

—Sí, hijo mío, se llama Urraca. Y ahora ha de marchar, ¿verdad?

La encantadora señora de Nuño Meléndez negó despacio y Pedro ensanchó la sonrisa. Estefanía, al ver el descaro de la muchacha, se permitió dedicarle una mirada de reprobación que Urraca acusó con un nuevo gesto de timidez.

—Ah. Perdona, mi señora. Perdóname tú también, Pedro. —Dio media vuelta y se apresuró a salir del aposento. El joven aspiró el suave aroma que flotó tras ella, y doña Estefanía disimuló el pesar antes de dirigirse a su doncella, que seguía al fondo, fingiendo ordenar los briales recién secos en el fondo del arca.

—Gontroda, déjanos.

—Sí, mi señora.

Se detuvo junto a Estefanía al pasar y se inclinó en una corta reverencia que, por forzado azar, llevó su copioso pecho a rozar el brazo de Pedro de Castro. Pero él no prestó atención a aquello. Ya no podía, pues estaba cautivado. Y de nuevo el ojo experto de la infanta percibió el hechizo en el que acababa de caer su hijo. Cuando la doncella Gontroda salió de la cámara y el eco de sus pasos se perdió, la madre tomó la barbilla de Pedro con la mano. Le obligó a mirarla.

—Lo comprendo. Es natural. Pero no debes, ¿entiendes?

—¿Qué hace ella aquí, madre?

—Mi real hermano insistió en convertirla en mi dama de compañía. Dice que así ella aprenderá los modos de la corte leonesa, aunque yo tengo mis sospechas... En fin. Es la esposa de un noble muy principal, hijo mío.

En cuanto Estefanía dejó libre el mentón del muchacho, este lo volvió hacia la puerta, como si esperara que Urraca apareciera de nuevo en cualquier momento.

—¿No es Nuño Meléndez un hombre entrado en edad?

—Eso no es asunto tuyo, Pedro. Deja de pensar en ella. Hazlo, o me veré obligada a pedirle al rey Fernando que la aleje de la corte.

El muchacho se volvió con un ribete de ira en la mirada, pero en cuanto encontró el gesto siempre sereno de su madre, la alegría de un momento antes regresó de su letargo. La abrazó por segunda vez, y sintió contra el pecho el contacto del relicario con la astilla de la cruz verdadera. Cerró los ojos, y al hacerlo la vio de nuevo, cercada por un halo de luz escarlata. Urraca.

—No será necesario que se vaya, madre. Ya ni siquiera me acuerdo de su rostro.

الله في
ثقة ي عل وأنا

Al mismo tiempo. Valle del Sus

Desde que aquel león murió a puñaladas en las laderas del Atlas, Abú Yahyá no había vuelto a llamar niñato a Yaqub.

Tras eso, el hintata empezó a tratar con respeto al heredero del imperio, aunque no significó el final de la aventura. Repartieron los pocos emplastos y bálsamos que Abú Yahyá llevaba en su bolsa de cuero, y los cuchillos *gazzula* demostraron ser útiles para algo más que cortar carne y despellejar liebres. Su contacto al rojo vivo con la piel de ambos les dejó marcas que se unieron a las cicatrices de los zarpazos. Después se sobrepusieron a la fiebre y al dolor. Yaqub, que terminó el combate con la fiera en mucho mejor estado que el hijo de Umar Intí, se ocupó de la caza, del fuego y de la comida. Se acortaron las marchas y se alargaron los descansos, y Abú Yahyá se volvió más hablador.

—Nuestros antepasados vivían así —le contaba a Yaqub—. Aislados en estas montañas hasta que se levantaron contra los almorávides.

Yaqub escupió a un lado.

—Me cuesta creer que esos hombres velados nos sojuzgaran en el pasado.

—Pues lo hicieron. Hasta que el Mahdi Ibn Tumart encendió los corazones con el mensaje del Tawhid. Entonces, tu abuelo y sus compañeros decidieron bajar al llano para someter por la espada a los almorávides. Pero esos perros se sirvieron de mercenarios cristianos, así que los nuestros tuvieron que refugiarse en Tinmal. Eso puso a prueba la unión entre las cabilas masmudas, pero también sirvió para que los más fuertes destacaran. Los almohades endurecieron su ánimo y su cuerpo.

—Por eso mi tío Abú Hafs recomienda siempre austeridad. ¿Por eso la practicas tú, Abú Yahyá?

—Todos debemos hacerlo. Eso fue lo que llevó a Dios a escoger a los nuestros. A decidir que nuestra raza es la que ha de enarbolar la bandera de la verdadera fe para imponerla a los infieles. Aquí lo tienes, Yaqub: los almohades sobrevivieron al frío y a la carestía del Yábal Darán, se mantuvieron unidos por los lazos de sangre de las cabilas y por una fe única e indestructible. Has de notar eso en tu corazón. Has de reconocerte en esos hombres que nos precedieron.

El joven sonreía encandilado.

Asintió con entusiasmo.

—Lo noto. Y me reconozco. Por eso sobrevivimos en las montañas. Por eso matamos al león.

—Así lo quiso Dios, desde luego. Igual que cuando las hordas ingentes de los hombres velados se decidieron a subir aquí para combatir a nuestros antepasados. De nada sirvió que fueran más numerosos, o que estuvieran mejor armados y alimentados. Los hombres del Mahdi los rechazaron, e incluso se atrevieron a empujarlos de vuelta a la llanura. Con decisión, Yaqub. Sin vacilar en ningún momento. Aunque fue necesario purgar a los creyentes para separar la virtud de la falsedad. Solo los elegidos, los obedientes, los verdaderos creyentes, tenían derecho a continuar vivos.

—Solo los elegidos —repitió el muchacho.

—Cada tribu sometida fue puesta a prueba y se limpió de los elementos más tibios. Una sana costumbre que no viene mal repetir de vez en cuando. Eso ayudó a que, al final, solo los mejores recibieran la bendición de Dios, alabado sea. Esos hombres austeros y puros consiguieron aplastar por fin a los almorávides y crear un imperio. Nuestro deber es recordarlos e imitarlos. Ser como los mejores, Yaqub. Como tu abuelo Abd al-Mumín o mi padre, Umar Intí.

—Los mejores, Abú Yahyá. Como tú y yo.

Oír esa historia allí, en el mismo lugar en el que los primeros almohades habían luchado contra la exterminación, renovó la decisión del joven heredero del imperio. Y de la mano de su ahora mentor, Abú Yahyá, se afirmó en el empeño de completar su instrucción para convertirse en califa. En uno mucho mejor que su padre.

Pasó el estío y el otoño cayó sobre la cordillera. Antes de que las grandes nevadas cerraran los pasos, dejaron atrás las cumbres más altas y llegaron al Sus.

El Sus, el río que se dirige hacia el Atlántico y crea un valle entre los picos. Un triángulo de reposo que separa el Yábal Darán del Yábal

Khal. En el Sus invernaron, entre las tribus del llano y sin revelar su condición. Vivieron de una caza más fácil y del saqueo nocturno de las aldeas de pastores, pues Abú Yahyá insistía en que nada malo era tomar por la mano lo que les correspondía por linaje. En aquellos meses no se enfrentaron a hombre alguno, ya fuera almohade, ya de alguna de las tribus sometidas, pero Yaqub aprendió otro tipo de supervivencia. Lo que ahora se exigía no era colocar bien un lazo o saber encontrar una gruta para pernoctar, sino aproximarse en silencio a una granja, rapiñar el alimento y alejarse sin ser visto. O engañar el olfato de los perros para apartar a una res del rebaño. Aquella faena predatoria habría sido más sencilla y agradecida al norte de las montañas, en las orillas del Tansift o en el camino de Rabat. Pero el Sus era un lugar mísero y mal poblado, y eso afinaba el olfato de los dos furtivos.

Cuando la estación fría pasó, Abú Yahyá decidió que debían pasar a una nueva fase en el adiestramiento de Yaqub. Se presentaron en Taroudant, una de las principales ciudades del Sus, y el hijo de Umar Intí se dirigió al gobernador. Este los reconoció y los alojó en los aposentos principales a costa de la propia comodidad de los funcionarios, y se les suministraron nuevas ropas, así como dineros con cargo al erario. Durante los pocos días que Abú Yahyá y Yaqub disfrutaron de estas comodidades, se enteraron de que una epidemia de peste asolaba el imperio al norte. Y supieron que una pequeña banda de ladrones de la tribu haskura estaba hostigando las caravanas que venían del sur, y que muchas de ellas, las peor protegidas, eran asaltadas antes de llegar al Yábal Khal. No lo pensaron dos veces. Contrataron a tres mercenarios saktanas, chusma acostumbrada a trabajar para el imperio en la represión de las rebeliones montañesas. Se usaba a aquellos miserables por su bajo precio y poca estima para los cuadros almohades, lo que terminaba convirtiéndolos en veteranos. Eso si no se trataba de sucios desertores de las guarniciones al sur de las montañas, donde bandoleros y tribus díscolas podían exterminar a un destacamento entero y dejar que sus huesos se mondaran entre las arenas del gran desierto.

A lomos de caballos atravesaron el territorio de los hargas, cuna del Mahdi Ibn Tumart, y culminaron el Yábal Khal. Las Montañas Negras. Desde aquellas cumbres se vislumbraba el valle del escurridizo río Draa y su inmenso palmeral, que precedía a un océano de arena capaz de tragar ejércitos. El antiguo territorio de los hombres velados, sometido por los almohades a costa de dominar parasangas y parasangas de llanura inhabitable y dunas traicioneras, cuyo único valor residía en las rutas caravaneras que traían el oro, el marfil, el ébano y los esclavos desde las riquísimas tierras de los negros.

Los dos almohades y los tres saktanas descendieron y, una vez vadeado el Draa, sus monturas patearon el suelo reseco y pedregoso, llano como una alberca en día de calma. Allí Abú Yahyá invitó a Yaqub a volver la vista atrás. El hijo del califa, con una mano a modo de parasol, abrió la boca en gesto de sorpresa. Más allá de la línea verde de los palmerales, el Yábal Khal era una mole fosca que subía en vertical. Parecía que la noche brotara del suelo y quisiera alzarse hacia el sol para ocultarlo. Y la nieve perpetua de los picos más altos conseguía, por contraste, que la cordillera pareciera tan oscura como el aceite de argán que comían las tribus pobres del Sus.

—Por eso las llaman Montañas Negras —explicó el hintata—. Observa eso y tenlo presente en el futuro, cuando gobiernes sobre el mundo. Son los muros del imperio. Evitan que la arena y la barbarie inunden nuestras tierras. Aquí, al sur de esos muros, se hallan la muerte y el olvido. Semanas y semanas de ruta sin una sola fuente. Sin aldeas. Sin pozos. Solo los más avezados, los que conocen las rutas y el lugar exacto en el que están los oasis, pueden internarse en el desierto; y el error más pequeño los condenará a la horrible muerte por sed.

Yaqub observó ahora la inmensidad arenosa que se extendía hacia el mediodía. Los tres matones saktanas habían detenido sus caballos más adelante, a la espera de que aquellos almohades presuntuosos acabaran su conversación.

—Pero entonces, ¿por qué avanzamos?

—Porque los salteadores de caravanas saben que el desierto nos aterroriza. Y por eso se esconden en él. ¿Tienes miedo, Yaqub?

El joven se tensó sobre la montura.

—Sabes que no.

—Sí, lo sé. —El hintata se permitió una sonrisa—. Llevamos agua en las *qerbas* para aguantar varios días entre las dunas. Esta es la ruta que viene de la tierra de los negros, por aquí pasan los mercaderes. Tarde o temprano nos cruzaremos con esos bandidos haskuras y recibirás tu última lección.

الله في
ثقة على وأنا

Cuatro días después hallaron el rastro de los bandoleros.

Se trataba de una pequeña caravana. Camellos que cargaban con ámbar gris y ébano del lejano reino de Ghana. Dos animales y cuatro hombres. Uno de ellos, mercader de Agmat a cuyo cargo estaba el grupo, les explicó que tres salteadores los habían interceptado cerca de allí. La caravana disponía de dos guardias armados con lanzas para protegerlos durante el viaje, pero ambos habían sido abatidos desde distancia segura con algún método del demonio. Tal vez flechas disparadas por un tirador experto. O quizá uno de aquellos arcos de pie que los infieles llamaban ballestas. Los comerciantes no se habían quedado a comprobarlo porque, tras el ataque a distancia, los asaltantes se habían lanzado sobre ellos a lomos de sus caballos. Se trataba de tres haskuras, sí. Hombres velados. Como los antiguos almorávides que jamás quisieron someterse al nuevo orden. Los mercaderes, aterrorizados, habían tomado dos decisiones. Una, azuzar a los camellos para poner arena de por medio; otra, deshacerse de lo conseguido en Audaghost tras el viaje de ida. Las ganancias por un cargamento de coral y túnicas de lana habían quedado esparcidas tras de la caravana en fuga. Y, ciertamente, los ladrones se habían detenido a recoger la ganancia.

A Abú Yahyá no le hizo falta saber más. Arrearon a sus caballos y dejaron ir a la caravana, que aún debía cruzar el Yábal Khal para llegar a su destino en Taroudant. El hintata hizo un gesto silencioso a Yaqub mientras cabalgaban, y ambos dejaron que los tres saktanas se adelantaran en el avance. Pequeños túmulos de piedras marcaban la ruta, un camino traicionero que la arena ocultaba con su imparable movimiento; y las monturas dejaban atrás una nube parda que el viento arrastraba hacia el este. Los matones del Sus aprestaron sus armas. Uno de ellos, arquero, destapó la aljaba que llevaba colgada de la silla, y los otros dos desenfundaron las espadas cortas y de un solo filo.

—¡Allá, a la izquierda! —gritó Yaqub.

Abú Yahyá corrigió el rumbo y dedicó un gesto de aceptación hacia su pupilo. Este había visto primero a los ladrones. Incluso antes que él, con toda su veteranía y su instinto hintata. Casi estaba preparado, reconoció. Y ahora se vería si el futuro califa era merecedor de su respeto hasta las últimas consecuencias.

Los saktanas, que habían oído el aviso de Yaqub, se abrieron en la cabalgada aunque siguieron avanzando en paralelo. Más allá, lo que al principio eran meras manchas negras se desdibujaban ahora por las olas de vapor que subían desde la tierra recalentada. Parecían espectros, y ni siquiera podía saberse si permanecían quietos, si se alejaban o si accedían a combatir.

Hicieron esto último. Tal vez confiados en la habilidad adquirida en su faena cotidiana. Y aquello no gustó a Abú Yahyá. Si tres hombres aceptaban enfrentarse a cinco, había que tener mucho cuidado con esos tres.

—¡Yaqub!

El príncipe del imperio se volvió a medias sobre la montura y observó el gesto de su maestro, que con la mano abierta le incitaba a refrenar la marcha. Tiró de las riendas y dejó que los saktanas se alejaran. El arquero ya calaba una flecha y se separaba de los otros dos, seguramente para buscar un ángulo propicio antes de detenerse y disparar.

—¿Por qué paramos? —se quejó Yaqub—. Hemos de aprovechar nuestro número. Esos matones pensarán que somos unos cobardes.

Abú Yahyá, con su caballo al paso, se acercó un poco más. Observaba con atención la cabalgada de los saktanas.

—Puede que hoy sea un día mejor de lo que esperaba. Tal vez aprendas algo. Vas a ser la espada del islam y tu vida es un don muy preciado. No puedes malgastarla en una trifulca propia de bravucones o de *ghuzat*. Deja que tus súbditos se adelanten y prueben la valía del enemigo. Esos perros no huyen. Al contrario: quieren combatir a pesar de su número. ¿No te dice nada eso? Cuidado, Yaqub. Los haskuras no son como sus amigos almorávides, cobardes prestos a la huida. Por sus venas corre sangre masmuda, aunque no fueron lo suficiente juiciosos como para seguir al Mahdi en su día. Examina el modo en que los haskuras pueden derrotarte, y así los vencerás mejor. Recuerda, Yaqub. Piensa rápido, afila tu ingenio y, cuando debamos actuar, no vacilemos.

El hintata desenfundó la espada provista por el gobernador almohade de Taroudant y se lanzó adelante. Yaqub lo siguió de inmediato. Mientras espoleaba a su caballo, repetía en su mente los consejos de Abú Yahyá. De reojo, al tiempo que acortaba distancia con sus hombres, vio que el saktana arquero se había desviado muy a la izquierda y ahora detenía la montura de lado. Se aupó sobre los estribos, tensó el arco, su mano derecha rozó el pómulo... y cayó como un fardo. Su cabeza chocó contra el suelo y quedó inerte, con el arco aún empuñado.

—¡Eh!

Abú Yahyá, que también lo había visto, respondió al grito de Yaqub con una mirada apremiante. Delante, los otros dos saktanas cargaban con las espadas en alto y, más allá, uno de los haskuras aguardaba pie a tierra. Un tipo grande como un buey, de hombros muy anchos y ropaje azulado. De su mano diestra colgaba un artilugio que en la distancia se antojó extraño al príncipe almohade. ¿Una correa? Con la izquierda rebuscaba algo a un lado de la cadera. Lo encontró y, sin apresurarse, lo colocó en el extremo de la cinta. Luego inició un movimiento de vaivén que se transformó en un molinete continuo. El maldito haskura volteaba la correa por encima de la cabeza.

—¡Una honda! —advirtió Abú Yahyá.

El gigante siguió girando la cinta mientras se colocaba de perfil, y por fin sacudió los hombros con un latigazo impropio de un hombre de su tamaño. Yaqub apretó los dientes, y otro saktana se estremeció sobre su silla. Por un instante, el príncipe almohade pudo ver la sangre que salpicaba desde la cabeza del desgraciado, pero este se deslizó enseguida hasta el suelo, chocó, rebotó y giró hasta quedar inmóvil sobre la arena.

—Maldito sea —rezongó Yaqub.

Ya estaba cerca. Incluso podía ver que el hondero haskura cubría con un velo su boca y su nariz, muy al estilo almorávide que usaban los *rumat* sometidos a los almohades. Más lejos, los otros dos ladrones aprestaban sus armas. Debía pensar deprisa, había dicho Abú Yahyá. Servirse de lo que acababa de ver y descubrir cómo podía derrotarlos ese titán. A distancia, con aquella puntería de Iblís, se había cobrado dos víctimas. La superioridad numérica estaba perdida. Más aún: las tornas iban a invertirse enseguida. El haskura preparaba de nuevo su honda y ya colocaba con frialdad el proyectil. Enseguida empezaría a girar la tira de piel para ganar velocidad. Era un proceso lento, y ellos estaban casi encima. Y aun así, aquel diablo velado lo iba a conseguir. En el último momento vio que el saktana superviviente dudaba. Su alocada carga ya no era tal, y Yaqub estaba a punto de rebasarlo. Pensar rápido. Afilar el ingenio. Él, el futuro califa, no era prescindible. El matón saktana sí.

Su caballo protestó con un relincho y se encabritó cuando tiró de las riendas. A su izquierda, Abú Yahyá también se quedaba atrás. Y el haskura disparó su tercera piedra. Un silbido siniestro atravesó el aire caliente y un crujido seco anunció que el último saktana había sido alcanzado. Este gritó. Maldijo su suerte, y al volver el rostro lo hizo con un ojo reventado y la ceja desgarrada hasta el cuero cabelludo.

—¡¡Ahora!! —gritó Yaqub. Con el pensamiento rápido y el ingenio afilado, ya solo restaba no vacilar. Clavó los talones en las ijadas de su caballo y cargó. Tan deprisa como jamás lo había hecho. El gigante haskura lo observó un instante mientras rebuscaba en la bolsa de su cadera, y la mano le tembló cuando intentaba colocar el proyectil en la parte ancha de la correa. Yaqub alzó la espada y dejó caer el cuerpo a la derecha. Solo un poco, porque su adversario era muy alto. Este lo volvió a mirar. El miedo. La diestra le tembló un poco más antes de imprimir un vaivén nervioso. Nueva mirada. La certeza de la derrota. El haskura subió violentamente la honda para empezar a girar, y la hoja de la espada cayó sobre su clavícula, entre el cuello y el hombro. Entró un palmo antes de salir.

El haskura baló como una oveja en el sacrificio. La piedra, ya inofensiva, voló hacia arriba. La honda cayó y el tipo se puso de rodillas. La sangre manaba de la herida y manchaba su ropa azul. Y Yaqub y Abú Yahyá cabalgaban ya hacia los dos ladrones supervivientes, que observaron horrorizados cómo aquellos almohades se les echaban encima para masacrarlos.

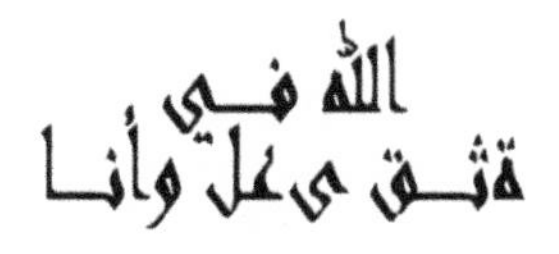

9
CRISTO CONTRA CRISTO

UN MES DESPUÉS, PRIMAVERA DE 1176

Ibn Sanadid cumplió con pulcritud las órdenes del califa Yusuf y esperó a la llegada del buen tiempo. En cuanto las jornadas fueron suficientemente largas y la temperatura se volvió agradable, solicitó a Safiyya bint Mardánish permiso para hacer el viaje a Valencia. Lo recibió de inmediato.

Las primeras etapas las hicieron con escolta almohade. Era una princesa de gran importancia la que había que guardar, pues por sus venas corría la sangre del último rey libre de al-Ándalus y su esposo era nada menos que el futuro príncipe de los creyentes. Ahora, con Zayda en África, Safiyya se había convertido en la mujer más valiosa del imperio. Ibn Sanadid lo sabía, pero no confiaba en nadie. Si algún espía del norte se enteraba, tal vez alguien pudiera alimentar la ambición de hacerse con aquella princesa. Por eso no tuvo inconveniente en que un abultado destacamento de caballería masmuda acompañara a la comitiva. Safiyya, convenientemente velada, viajaba en un carruaje cubierto para que nadie pudiera ver su rostro. Como asistenta personal llevaba a una antigua esclava de su madre, ahora liberta. Una persa de unos cuarenta y cinco años llamada Marjanna que jamás se separaba de ella.

Recorrieron el curso del Guadalquivir, mandando siempre por delante a varios jinetes masmudas para explorar el terreno y preparar el alojamiento en cada ciudad. Todo cambió cuando salieron de Jaén. Ibn Sanadid era andalusí y estaba dispuesto a soportar la presencia de los almohades hasta cierto punto. Por eso, como líder indiscutible de aquella misión —algo que no agradaba en absoluto a los africanos—, ordenó a la mayoría de ellos regresar a Sevilla. En Jaén se hizo con los servicios de algunos amigos de la familia y aseguró a los masmudas que no había problema. Aquel era su territorio, y no quería que los cristianos detectaran un contingente demasiado grande, que sintieran curiosidad y organizaran una cabalgada para interceptarlos. Los africanos se dejaron convencer enseguida: no les gustaba estar a las órdenes de un andalusí; y en cuanto a la mujer, por muy noble que fuera, por muy casada que estuviera con Yaqub, no era más que otra de aquellas furcias de tez clara y pelo rubio.

Ibn Sanadid no se extralimitó más por el momento. Todavía conservaba unos pocos masmudas junto a sus jienenses, y por eso continuó la marcha de la comitiva. Pero al llegar a Murcia, dio una nueva orden y despidió al resto de los almohades. Sabía que la guarnición de aquella ciudad, desde su rendición cuatro años atrás, estaba compuesta por gente de las tribus sanhayas. Antiguos almorávides sometidos al Tawhid por la fuerza, a los que traían sin cuidado las decisiones de Ibn Sanadid e incluso la extraña y misteriosa viajera que custodiaba.

Safiyya lloró al llegar a Murcia. Todos la oyeron gemir de pena tras los cortinajes del carro. Y también las palabras de consuelo que le dirigía la liberta persa. Ibn Sanadid comprendió. Aquel había sido su hogar desde niña. Allí había nacido, y bajo los cuidados de otros andalusíes había crecido. Decidió que se alojarían en el antiguo alcázar de los Banú Mardánish, junto a la puerta del puente tendido sobre el río Segura. Pensó que la princesa se sentiría a gusto allí. Y a él le apetecía conocer la que había sido capital del Sharq al-Ándalus, y el palacio donde, según se decía, el rey Lobo firmaba pactos con el diablo y agasajaba a sus mercenarios cristianos con orgías sin fin.

Pero se llevó un gran desengaño al entrar en el alcázar. Las plantas trepadoras y las malas hierbas lo habían invadido todo, puesto que el gobernador almohade no se alojaba allí. Las paredes estaba rascadas para borrar los frescos paganos, y los relieves habían sido arrancados o destruidos a mazazos. El gran *maylís* del palacio era como una fiera muerta y desollada. Nada de tapices de Chinchilla, ni alfombras de Tabriz o Samarcanda. De los azulejos solo quedaban huellas en las paredes, los ventanales estaban rotos, y las estrellas de ocho puntas mancilladas. El polvo y las telarañas lo cubrían todo y le daban el aspecto de lo que era: un sueño perdido. El cadáver de un antiguo reino que jamás resurgiría. La decepción de Ibn Sanadid y las lágrimas de la princesa arreciaron. Ahora Safiyya se lamentaba de no haber apurado hasta el último trago el cáliz de la felicidad pasada. De no haber seguido las enseñanzas del viejo poeta:

Aprovecha la ocasión.
Ten claro que la oportunidad es como el brillo de un relámpago, así se esfuma.
¡Cuántos asuntos dejé pasar cuando eran posibles!
Y ahora que ya no lo son, me atragantan los remordimientos.
¡Salta sobre el tesoro que has encontrado y agarra a tu presa como el halcón cernido!

Aun así, toda la comitiva se alojó allí. Safiyya se juró que no dejaría escapar jamás las ocasiones que la vida le brindara. Que saborearía cada instante. Tal vez por eso pidió que la condujeran al viejo harén, junto al patio ajardinado que ahora era una fronda de plantas sin recortar y árboles marchitos. Los restos de una fuente yacían destrozados en el suelo, y los canalillos retenían ahora agua estancada sobre la que flotaba la inmundicia.

Aquella noche, Ibn Sanadid tomó asiento en el banco corrido del viejo salón de banquetes. Con la luz de una solitaria antorcha para iluminarlo, el lugar adquiría un tinte irreal. Como si fuera el escenario de alguna historia pagana, de reyes antiguos que hablaban con dioses y diablos y se enfrentaban a monstruos de cuento. Cerró los ojos e inspiró el aire cargado. No podía evitar la nostalgia. Allí había muerto al-Ándalus, y ahora su tierra y su gente no eran más que el hogar de una raza invasora a la que debían sumisión. Oyó los pasos apagados en el pórtico vacío. Sus hombres recorrían el palacio en busca de algún objeto olvidado. No por su valor, sino por la curiosidad. Algo que enseñar a sus mujeres e hijos al regreso. Al abrir los ojos vio que no eran sus guerreros quienes se movían allí. Ante sí tenía a dos mujeres. Una era la liberta persa. La había visto durante el viaje, con su pelo rizado y negro, tan abundante y largo que escapaba de la *miqná*. Sostenía un hachón, y a su lado estaba ella, la princesa Safiyya. Llevaba el obligatorio *yilbab* de las mujeres almohades. Blanco, ancho y largo. Con un enorme velo que cubría su cabello y rodeaba el cuello para esconder boca y nariz. Aun así, era la primera vez que miraba de frente a la esposa de Yaqub. Ibn Sanadid se levantó para inclinarse.

—Mi señora.

—Quiero darte las gracias, soldado. —Su voz era frágil. Casi un susurro. El sonido de una copa de cristal en medio de un banquete. O tal vez el agua de una fuente al caer desde el surtidor.

—¿Las gracias? Me temo que te haya traído aquí para que duermas entre despojos. Lo siento. No esperaba esto.

—Yo sí. Mi madre me contó que el alcázar estaba arruinado incluso antes de que llegaran los almohades. Por eso voy a Valencia. Allí no lo destrozaron todo. Pero no importa. Sé que has querido regalarme esta noche aquí, en el lugar en el que fui feliz. Podré visitar la tumba de mi padre, aunque el oratorio estará también a medio caer, supongo.

Ibn Sanadid asintió. Ella seguía hablando con voz susurrante. ¿Cómo sería tras aquella maraña de paño que la cubría por entero? Se decía que su madre gozaba de una hermosura diabólica. ¿La habrían heredado sus hijas?

—Me pregunto...

—¿Sí, soldado?

—Me pregunto por qué el hijo del califa no te llevó con él. Por qué deja que te instales tan lejos de Sevilla.

Safiyya movió la cabeza. Dijo algo entre murmullos a la liberta y esta dudó. Examinó al andalusí durante un momento y se fue con la antorcha. Ibn Sanadid, confuso, frunció el entrecejo, pero Safiyya avanzó y tomó asiento en el banco corrido, con cuidado de no cortarse con los azulejos rotos. El andalusí vio con sorpresa que la mujer tomaba el velo y lo separaba con cuidado de su cuello.

—Mi señora, por el Profeta. Ten cuidado. No debes...

—Estamos en casa, soldado. He visto cómo te has desembarazado de esos africanos. También quería darte las gracias por eso. No los soporto. Los odio a muerte. Ya sabes lo que se dice: cuando Dios hizo su reparto al principio de los tiempos, dio a los bereberes la turbulencia, la ofuscación, el amor por el caos y la brutalidad.

Ibn Sanadid carraspeó y, por instinto, miró al dintel de batientes desmembrados. Las sombras bailaban a la luz del único hachón y cualquiera podría ocultarse entre las ruinas. Pero ella tenía razón: nadie allí iba a importunarlos. Se sentó a distancia de respeto y la observó. Safiyya dejó libre por fin el rostro, y luego tiró del velo para descubrir el pelo. El andalusí contempló los rasgos de Safiyya, que tantas habladurías levantaban, para descubrir que era una mujer normal. De rostro más gracioso que bello en el que destacaban sus ojos azules. Cabello muy rubio y ondulado, amarrado en una sola trenza que antes permanecía escondida y ahora caía sobre el hombro. Frente alta y despejada, tez clara, nariz aguileña. Se rio de sí mismo en silencio. Durante aquella corta espera hasta que ella desnudó su cara, había creído que verla sería como si las flores del jardín acabaran de abrirse y sus pétalos se sacudieran del rocío de la madrugada. Nada de eso. Y sin embargo, Safiyya tenía algo. Una especie de aura que la rodeaba y la volvía singular. Ibn Sanadid bajó la vista. Incluso allí, ocultos de las necias y rigurosas leyes almohades, mirar a aquella princesa de poco más de veinte años era pecado. Pero él era andalusí, no almohade. Volvió a contemplarla y cumplió con su deber de caballero musulmán:

—Tu hermosura es incomparable, mi señora.

Tal vez se ruborizó. En la penumbra no podía saberse.

—Gentil mentira, soldado, te la agradezco. —Miró a su alrededor—. Esto sí que era hermoso. Pero ellos llegaron y nos lo robaron. Ellos...

—Los almohades —completó él.

—Sí. ¿Ya te he dicho que los odio? Mi padre los odiaba. Mi madre los sigue odiando. Aunque ella también odia ahora a los cristianos.

Ibn Sanadid seguía el movimiento de sus labios y se dejaba acunar por la voz suave de la princesa. Aquel dejaba por momentos de ser un lugar incómodo y marchito.

—¿A los cristianos? Ellos nos ayudaron.

—¿Eso crees, soldado? No nos ayudaron. —Recostó la espalda en la pared desgastada por las mazas y los picos almohades—. Bebieron nuestro vino y comieron nuestra carne. Llenaron sus arcas con el oro de mi padre. Y cuando nos hicieron falta de verdad, miraron a otro sitio. Dios quiera que ellos y los africanos se exterminen entre sí. Que no quede ninguno.

Ibn Sanadid pensó en su amigo Ordoño. No le parecía que pudiera traicionarle o que fuera a olvidarse de él cuando lo necesitara de verdad. Simplemente habían nacido en lugares diferentes. Bueno, estaba también la fe, claro. Tal vez Ordoño y él vivían separados por algo más que montañas y ríos. Pero incluso así, Ordoño se le parecía más que cualquier almohade. Ambos amaban aquella tierra. Gustaban del mismo licor, de la misma música. Gozaban con la misma danza e incluso con las mismas muchachas.

—¿Por eso te alejas de tu esposo, mi señora? ¿Porque lo odias?

—Mi esposo... —Llevó la vista arriba. A través de los huecos de la bóveda palpitaban las estrellas—. Mi esposo ni siquiera ha visto mi cara desnuda. Leí en sus ojos el desprecio cuando me casaron con él. Considera, soldado, cuánto me aprecia, que al día siguiente de nuestra boda preparó su marcha a África y pidió al califa que yo no lo acompañara.

—Inconcebible. Yo jamás… —Ibn Sanadid calló. Había estado a punto de decir una inconveniencia; y debía recordar quién era ella.

—Tú eres andalusí, soldado. Mi esposo no. Él es como los demás almohades. Nos desprecian igual que desprecian nuestra tierra. Por eso llevan siempre encima un puñado de arena africana, por si mueren y los entierran aquí, para no descansar sobre otro lecho que el que los vio nacer. Yo me alegro de que Yaqub sienta asco por mí, la verdad. Antes quisiera permanecer virgen toda mi vida que… Antes prefiero, te lo juro, que me posea un cristiano.

Ibn Sanadid asintió, pero se removió sobre el banco agrietado. Se notaba incómodo por aquella conversación. Tal vez las hijas de la Loba no hubieran heredado su belleza, pero sí su influjo. Era su voz. ¿O era la mirada tímida de esos ojos azules? Cien tentaciones le asaltaban ahora que ella estaba tan cerca. Pero él era hombre práctico y sabía que había lugares prohibidos. Personas prohibidas.

—Entonces vas a Valencia para alejarte de él.

—Sí. Marcharía más lejos, pero no puedo. En Valencia también tengo recuerdos. Era el lugar favorito para mi madre… De todas formas, el califa Yusuf no me negaría nada. Ni a mí ni a mi hermana. Otra cosa será cuando mi áspero esposo ascienda al trono. Lo más seguro es que me recluya en alguna habitación oscura de Marrakech. Pero no hago más que hablar de mí, soldado. Y ni siquiera sé tu nombre.

Decirle su nombre. Ibn Sanadid pensó que era dar un paso demasiado arriesgado. Más incluso que ver el rostro descubierto de Safiyya.

—Soy el soldado que debe guardarte hasta que lleguemos a Valencia, mi señora. Tengo orden de llevarte al palacio que tu padre construyó extramuros. Allí estarás segura. Y a gusto. Es la única gran ciudad de al-Ándalus donde han permitido que gobierne un andalusí.

—Mi tío Abú-l-Hachach —dijo ella con desprecio—. Rindió Valencia en cuanto las banderas almohades aparecieron en el horizonte. Yo estuve allí. Pero eso ya pasó y hemos de vivir el hoy. Bien, soldado. —Safiyya se levantó. Ibn Sanadid temió que ella se hubiera enojado, pero su sonrisa lo desmentía—. Entiendo que no quieras decirme tu nombre. No temas. No te lo volveré a preguntar. Supongo que te irás de Valencia en cuando me dejes a buen recaudo.

Ibn Sanadid también se levantó y tomó el hachón para acompañar a la princesa.

—Así es. Quiero marchar a tierra de frontera. He pensado en viajar a Cuenca. Necesito gente acostumbrada a las algaras, porque perdí toda mi tropa en Ciudad Rodrigo, cuando salvé la vida de tu amado esposo Yaqub.

Ella rio de forma cantarina. Ibn Sanadid estaba deseando separarse de Safiyya para no verse obligado a luchar contra la tentación.

—Perdona, soldado. Perdona. Tus hombres murieron y yo me río. Pero no puedo evitarlo. Salvaste la vida de mi esposo... Así que tengo algo de qué culparte.

—Eh... Sí, mi señora. Lo siento. De haberlo sabido, me habría dejado matar para que él no regresara jamás a Sevilla.

Safiyya volvió a reír.

—Esto me lo debes, soldado. Por tu culpa disfruto del esposo que tengo. Habrás de compensarme. ¿Entendido?

Aquello era ya demasiado. Ibn Sanadid dio un paso atrás y señaló a la princesa la puerta desencajada.

—Creo que debemos separarnos ya, mi señora.

—Ah, pobre soldado sin nombre. —Safiyya no rio ahora. Acercó la mano al rostro de Ibn Sanadid, pero no llegó a tocarlo—. Te pongo en aprietos. Pero no es mi intención. Solo quería hablar con alguien sin oír mi voz ahogada por ese maldito velo, sin vergüenza de mostrar mi rostro. Sin sentirme un pecado viviente. Debes volver a perdonarme, soldado. Y aun así tienes una deuda. Una deuda de amigo, sin más. Mándame algo desde Cuenca. Un regalo que me siga uniendo a la tierra que un día fue nuestra. ¿Lo harás?

—Una deuda de amigo... Sí, mi señora. Buscaré algo que haga más agradable tu vida. Te compensaré.

Dos meses después, verano de 1176. Leguín, reino de Navarra

Casi una semana llevaba lloviendo sobre el castillo asediado. Pero también llovía sobre las tropas castellanas

Y el rey Alfonso, impaciente, desesperaba. Las laderas se habían convertido en barrizales por donde los hombres no podían subir. Se quedaban trabados. Sus pies se hundían en el lodo o tropezaban con los cantos que arrastraban las torrenteras. Y era peor allí donde, dos años antes, habían talado el bosque para intentar la captura del rey Sancho.

El campamento castellano era un mar de lodo. Los hombres, sofocados por la humedad y el calor, empezaban a caer enfermos. Esa tarde, en la puerta de su pabellón y ante el chaparrón que descargaba entre truenos, el joven rey observaba la fortaleza. Allá arriba, desdibujada por la cortina de agua. De fondo, el cielo cerrado se iluminaba cada poco con una centella y pintaba un cuadro irreal. Su único consuelo era que los defensores de Leguín debían de estar pasándolo tan mal como ellos.

Bufó con desgana y soltó la colgadura para que se cerrara el pabellón. La cota de malla le asfixiaba, pero no podía prescindir de ella. No ante sus hombres. Él era el rey.

—No nos iremos sin tomar Leguín.

Los magnates asintieron por rutina. Incluso Nuño de Lara. Porque era cierto: la guarnición del castillo, menuda esta vez, debía de hallarse a punto de claudicar. Por hambre más que nada. Pero también porque, a pesar de hallarse muy cerca de Pamplona, ningún socorro llegaba desde allí. Y no sería porque el rey de Castilla no se hubiera empeñado en ello: desde el primer día de asedio, había librado correos hacia la corte de su tío Sancho para avisarle de que pretendía tomar Leguín, y le retaba a impedirlo. Si se atrevía, claro. Alfonso esperó a que su tío respondiera, o que acudiera con sus huestes a plantar batalla. No era lógico dejar Leguín en manos del enemigo, porque era plaza demasiado cercana a la capital. Una base estupenda para fustigar el corazón de Navarra con algaras.

Sin embargo, el rey Sancho no venía. Y tampoco marchaba hacia poniente, donde Diego López de Haro y sus vizcaínos forzaban la frontera. ¿En qué pensaba el rey de Navarra?

Se oyeron voces apagadas por la lluvia. Chapoteo de pisadas y relinchos de caballos hartos de aguacero. El bastidor de tela se abrió y Ordoño Garcés de Aza atisbó dentro del pabellón. Gesto tenso y yelmo calado sobre el almófar.

—Mi rey, los navarros vienen.

Los nobles castellanos se levantaron. El más presuroso fue el hermano mayor de Ordoño, Gome Garcés de Aza. El más lento, el viejo tenente de Calahorra, Pedro de Arazuri.

—Por fin —gruñó Alfonso de Castilla—. ¿Cuántos? ¿Dónde están?

Ordoño se metió en el pabellón. Chorreaba desde el casco hasta las calzas, tenía los pies manchados de barro y salpicaduras por la loriga. El escudo le colgaba a la espalda por el tiracol y llevaba la fatiga pintada en la cara.

—Cincuenta jinetes y no más de doscientos peones. Llegan desde Pamplona y no quedan lejos de Urroz. Pero... —Ordoño arrugó la nariz.

—¿Sí?

—Los manda el obispo don Pedro. Enarbola un gran crucifijo y, aunque viene vestido para la batalla, trae la mitra puesta.

Pedro de Arazuri soltó una carcajada que se trocó en tos seca.

—El obispo de Pamplona. —El rey sonrió y miró atrás, a sus nobles—. Mi tío no ha venido. Manda a un clérigo en su lugar.

—¿Has hablado con él, hermano? —preguntó Gome.

—Sí. Ha sido absurdo. Los caballeros navarros se han quedado atrás y el obispo ha avanzado con la cruz en lo alto. Como si fuera una maza y nos quisiera aplastar con ella. Mis hombres han caído de rodillas como buenos cristianos, y ese hombre nos ha amenazado con el infierno si no levantamos el sitio y volvemos a Castilla.

—Y aparte de semejante sandez—el conde Nuño de Lara, sin aguardar ayuda de sirvientes, estaba ya colocándose el almófar sobre la cofia forrada de lienzo—, ¿qué intención ves a ese cura?

Ordoño se acercó a la tabla montada sobre armazones en medio del pabellón. Dejó tras de sí un rastro de agua sucia y pisadas de barro, y las anillas tintinearon a su paso. Se colocó ante el mapa trazado sobre la madera. Un tosco dibujo con la situación del castillo, los caminos, los bosques y las llanadas circundantes, así como las posiciones castellanas ordenadas por mesnadas y milicias concejiles. Golpeó con el índice en varias partes de la tabla.

—La tropa viene separada de los jinetes. Avanzan como rodeando el castillo. Por aquí. El obispo se ha quedado al norte, más o menos encarado al sitio por donde huyó el rey Sancho hace dos años.

Alfonso de Castilla se rascó la barbilla.

—¿Ha separado a la infantería de la caballería?—intervino Arazuri. Ordoño asintió.

—Valiente maniobra. Por lo absurda, vamos —dijo Nuño de Lara.

—Y tanto. No tenemos más que cargar contra los de a pie —razonó el navarro desnaturado—. Y es lo que debemos hacer enseguida, mi rey. Cuando acabemos con ellos, ya nos encargaremos del obispo.

Alfonso de Castilla se mostró de acuerdo y llamó a gritos a los sirvientes mientras los magnates abandonaban la tienda. Ordoño fijó su atención en Pedro de Arazuri, que se demoraba a la hora de marchar. No podía quitarse de la cabeza su torticera actuación en el asedio anterior, cuando el rey de Navarra consiguió escapar. El anciano se sintió observado y devolvió la mirada al castellano. Una mirada incómoda, como la de aquella ocasión. Salió al chaparrón y alcanzó a su hermano.

—Gome, esto no me gusta.

—¿No te gusta?—El señor de Aza, Roa y Ayllón caminaba a pasos largos y trabajosos, luchando contra el lodo que se pegaba a sus pies. El hermano menor avanzó junto a él—. En cinco años no hemos podido combatir a esos navarros en campo abierto. Y ahora, cuando se deciden a plantar cara, ¿no te gusta?

—No me gusta lo que ha dicho Arazuri. Ese viejo ya calló más de lo que debía hace dos años, cuando Sancho de Navarra huyó. Él sabía que había una poterna en la parte de atrás.

—Bueno... Pero ahora no ha dicho ninguna tontería. Lo lógico es aprovechar el error de ese obispo. ¿Separar a la infantería de los caballeros? Una majadería. A ver. Como que la guerra no es negocio de prestes.

Ordoño se detuvo. Un relámpago iluminó el telón oscuro de las nubes.

—El obispo no es tan tonto como crees.

Gome se detuvo y volvió la mirada. Las voces de zafarrancho ya inundaban el campamento de asedio, y los hombres corrían de acá para allá con armas, cotas, escudos y sillas de montar.

—Tonto hay que ser. Ahora aplastaremos a esos desgraciados antes de que sus jinetes puedan ayudarlos, y luego iremos a por el obispillo. Raro será que no veas ese crucifijo adornando la catedral de Toledo antes de acabar el verano. —Y siguió su camino. Los ruidos de los mesnaderos arreciaban bajo la lluvia, y Ordoño tuvo que gritar para hacerse oír por su hermano:

—¡Pedro de Arazuri es de estas tierras, y como tal conoce a ese obispo, Pedro de Artajona! ¡Más guerrero, dicen, que su propio rey! ¿Tú crees que Sancho de Navarra arriesgaría Leguín dejándolo en manos de un mentecato? ¡Ese cura es un zorro! ¡Y Arazuri más aún!

Gome volvió a detenerse. Sin importarle lo empapado que estaba ya. Miró a su hermano pequeño y, despacio, desanduvo lo andado.

—¿Qué crees entonces? Habla.

—Es un cebo. —Ordoño se restregó la cara en un inútil intento por secarla—. El obispo manda a los peones hacia aquí como un cebo; sabe que picaremos. Y mientras estemos entretenidos con la masacre de la infantería, él forzará la entrada a Leguín. No lo tendrá muy difícil y, con que llegue la mitad de su hueste, habrá reforzado la plaza lo suficiente como para resistir hasta el final del estío. Otro año malgastado.

Gome, con los ojos entornados, asentía.

—No se pierde nada —murmuró—. Sea. Toma a nuestra milicia villana de a caballo y aguarda al obispo en el camino de Urroz. Mientras, los demás acabaremos con esos infantes navarros. Si tienes razón y el obispo intenta forzar la línea de sitio, hazle frente hasta que lleguemos.

—¿No pides confirmación al rey?

—El rey confía en mí. —Gome se dio la vuelta para seguir camino hacia el sector de su mesnada—. ¡Y yo confío en ti!

في الله
وأنا على ثقة

La caballería villana de Ayllón, Roa y Aza aguardaba entre los árboles. Sobre ellos, las hojas se doblaban y vertían a chorros el agua acumulada. Los cascos y escudos sonaban con un repiqueteo constante que crispaba los nervios, y los regueros corrían bajo las lorigas y camisas, empapaban los gambesones y añadían peso a cada guerrero. Frente a ellos, el bosque desaparecía para convertirse en pradería ondulada, y a su izquierda serpenteaba la estrecha senda que llevaba a la aldea de Urroz.

Ordoño observaba los setos del otro lado de la llanura. Aquel, pensó una vez más, era el mejor lugar para recibir al obispo. Si es que sus sospechas eran ciertas. Casi podía sentir las miradas de desconfianza a su alrededor. Las huestes ciudadanas de su hermano aguardaban, tal vez temiendo que Ordoño fuera demasiado joven para dirigirlas. Sin duda ellos habrían preferido estar con el resto del ejército, en la fácil empresa de cargar contra la desprotegida fuerza de infantería navarra. Con aquella lluvia, la ballestería se volvía imposible y los peones no podrían avanzar. Pronto serían aniquilados, y luego los castellanos participantes recibirían la correspondiente compensación. Y mientras tanto ellos, los de Ayllón, Roa y Aza, estaban allí, fiados en un simple recelo. Ordoño miró atrás, a la espesura. Le pareció oír un eco. Griterío que el viento arrastraba y que se confundía con el goteo exasperante. La batalla estaba al otro lado de la montaña.

—¿Qué es eso?

El joven se volvió. Uno de sus jinetes señalaba con la lanza hacia el prado. Al otro lado, tras la línea oscura de la fronda, una cruz se movía de izquierda a derecha. Como si flotara sobre la vegetación. El gris del cielo se quebró con la línea sinuosa de un relámpago, y enseguida tembló la tierra con la sacudida del trueno. Varios castellanos cambiaron el asta de mano para santiguarse.

—Atentos —susurró Ordoño—. Son ellos. Pasad la voz. Cuando yo cargue, todos tras de mí. Por Alfonso y por Castilla.

Hubo tintineos y patear de caballos, y el murmullo se transmitió desde el centro de la línea oculta bajo la arboleda. Delante, la gran cruz flotante salió de la espesura. La esgrimía un jinete que, en lugar de yelmo, cubría su cabeza con una mitra. Tras él brotaron los demás caballeros navarros. Avanzaban despacio, con cautela. Miraban a ambos lados y, en su reciente avance a través del follaje, desembocaban al prado sin formar. Mezclados caóticamente. Ordoño pensó que era el mejor momento para atacar, y por eso clavó las espuelas en los costados de su destrero.

La linde del bosque vomitó a los castellanos. Sus lanzas, engalanadas con los pendones de cada concejo, bajaron enseguida; y cabalgaron sobre el barro mientras arrancaban pegotes de lodo y salpicaban a su alrededor. Un nuevo rayo iluminó el prado y el obispo de Pamplona se desgañitó a berridos. Los navarros intentaron recuperar la formación junto al clérigo, pero cuando lo consiguieron, los jinetes de Ordoño ya llevaban media llanura recorrida. Estos azuzaban a sus destreros, se encogían tras los escudos y afirmaban los astiles de fresno sobre los arzones. Cada uno gritaba por su villa, y algunos brindaban la carga a Alfonso de Castilla, a Dios, a Cristo y a su santa Madre.

Pedro de Artajona, obispo de Pamplona, decidió que no había nada que hacer. La misión encomendada por el rey Sancho no podría cumplirse. Arrojó el enorme crucifijo, tiró de las riendas a su diestra y la mitra resbaló desde las anillas del almófar. Los demás navarros, al ver que el líder de su hueste huía, tomaron decisiones diversas. Los hubo que, decorosos, se negaron a ceder el campo y cargaron a su vez contra los castellanos. Otros, sin embargo, se dieron a la fuga rumbo a lo boscoso.

Ordoño encaró a uno de los valientes. Apretó el astil bajo la axila; con las riendas bien sujetas con la izquierda, subió el escudo y, para evitar su rebote, lo pegó al cuerpo. Tensó los músculos, aguardó el impacto. En el último momento, antes de cerrar los ojos y encoger la cabeza entre los hombros, un relámpago volvió a cruzar el cielo. Su brillo se reflejó en la punta de la lanza enemiga y el trueno coincidió con el choque.

Todos sus huesos temblaron. El destrero se quejó con un amargo relincho y la lanza se perdió. Al abrir los ojos, vio al navarro con el escudo roto y el cuerpo doblado. No se preocupó más de él. Desenfundó la espada y la volteó por encima mientras el caballo, aterrado, se desviaba a un lado. Oyó más impactos, gritos y maldiciones. Hierro contra madera. Crujidos y alboroto de caballerías. Corrigió la senda del destrero y cabalgó hacia el navarro más cercano, un jinete que se arrepentía de huir y regresaba a la contienda. Nada mejor para aderezar una cobardía precoz que el valor tardío. El primer lanzazo lo paró Ordoño con el escudo alto y apretó las rodillas para guiar a la montura. Dejó que el enemigo arrojara la lanza, inútil para aquel tipo de pelea; el navarro sacó la ferruza y atacó una segunda vez, y una tercera. Ordoño notó su brazo izquierdo dormido, a buen seguro por el choque con el primer enemigo. A su alrededor caía la gente, pero casi todos se levantaban. Clavaban los pies en el barro y se defendían. Otro tajo del navarro, y Ordoño casi pudo oír gritar a su hombro. Barrió con la espada en horizontal, sin florituras. Nada más para frenar el ímpetu del adversario. No era momento para garbo ni arte. Pero el navarro no cejó: siguió golpeando con la furia afrentada por su anterior conato de abandono. Aquel hombre estaba en el límite del arrebato. En esa frontera tras la cual el guerrero supera la prudencia y su valor se torna suicida. Embistió sin cubrirse, y Ordoño lo dejó pasar.

—¡Tente! ¡Habéis perdido!

El navarro no lo escuchó. Al fondo, donde la fronda, el obispo de Pamplona desaparecía destocado y sin cruz. Y con él, muchos de los suyos. Los castellanos dominaban la campiña y varios enemigos se daban por vencidos. Arrojaban sus armas y escudos y se acogían a la piedad cristiana. Pero el enemigo de Ordoño no. De todos los valientes estúpidos, pensó, le había tocado a él el más testarudo.

—¡Para, Juan! —gritó uno de los navarros rendidos.

—¡No seas loco, hombre! —aconsejó otro.

Ordoño separó el escudo para atajar un revés largo y apretó los talones. El destrero se le fue adelante, chocó con el del tal Juan y lo desequilibró. El caballero abrió los brazos para no caer. El castellano lo vio claro: solo tenía que segar y dejaría listo al enemigo para el éxodo a las tinieblas. En lugar de ello, volvió a mover su escudo. El borde impactó contra el yelmo del adversario y este se derrumbó con estrépito de anillas de hierro y un sordo chapoteo. El alivio recorrió la campiña en forma de suspiro.

Ordoño habría sacado la lengua si las anillas del ventalle se lo hubieran permitido. A pesar del diluvio, se le había secado la garganta. Miró a su alrededor y vio a sus hombres, que tomaban las armas navarras y guiaban a punta de lanza a los cautivos. Uno de Ayllón se paseó con la mitra del obispo calada en el astil. Ordoño sonrió. Algunos vencidos ayudaban a los suyos. Había muchos heridos pero pocos muertos, como solía ocurrir en aquel tipo de escaramuzas. Escudos quebrados, cascos abollados, costillas hundidas, brazos y piernas rotas. Magulladuras y tatuaje de anillas en la piel. Otra cosa distinta estaría ocurriendo al otro lado de la montaña, donde los peones navarros caerían atravesados por las lanzas castellanas, machacados por sus mazas y descuartizados por sus hachas.

«Sucio negocio es la guerra», pensó Ordoño. Pero se sintió orgulloso. Porque había acertado con sus sospechas y, sobre todo, porque había mantenido la sangre fría durante la lid. Al fin y al cabo, como decía el rey, los navarros no eran los enemigos a batir, sino amigos que no sabían que lo eran. El enemigo era otro. Y no estaba allí. Se limpió el agua que le chorreaba a mares por la cara y, sin saber por qué, se acordó de Ibn Sanadid.

وأنا على ثقة في الله

MES SIGUIENTE. CERCANÍAS DE LOGROÑO

El castillo de Leguín cayó. El obispo de Pamplona volvió a su sede sin cruz ni mitra, e informó a su rey de que los castellanos habían derrotado a su hueste de auxilio. Mientras, al otro lado de la frontera navarra, los vizcaínos y alaveses de Diego López de Haro recuperaban plazas y hacían retroceder las lindes del rey Sancho. Navarra era asfixiada poco a poco. A Pamplona empezaron a llegar los infantes supervivientes de la masacre sufrida por la infantería en Leguín; y al poco se presentó un heraldo que conminaba al rey Sancho a acudir al campamento castellano, ahora trasladado a poca distancia de Logroño, para declarar mutua tregua, redimir a los caballeros navarros cautivos a cambio de rescate y entrevistarse con su sobrino, Alfonso.

Logroño era una de las muchas plazas castellanas que Sancho de Navarra había ocupado durante la niñez de Alfonso, por lo que la elección del lugar no era casualidad. Aquello representaba un doble mensaje para el pamplonés: había llegado el momento de que restituyera lo ganado con malas artes, y debía prepararse, en caso de negativa, a ver cada ciudad y fortaleza recuperada a sangre y muerte según el ejemplo de Leguín.

El rey Sancho acudió a la reunión bajo bandera de parlamento. Lo más granado de la nobleza navarra acompañó a su monarca y, junto con los magnates castellanos, rodeó el pabellón del joven Alfonso. Tío y sobrino eludieron el saludo y se sentaron frente a frente. Un rey de cuarenta y tres años, Sancho, y otro de veintiuno, Alfonso. A ambos lados de la mesa de campaña y sobre simples escabeles. Con una jarra de vino de la tierra y sendas vasijas de barro. Sin lujos. Sin concesiones. Debía quedar claro que aquello era un paréntesis en la guerra, no una fiesta. Tras Alfonso de Castilla, en pie, se mantenía en silencio con gran dignidad su esposa Leonor, llegada a propósito desde Burgos. Además de los dos reyes y de la reina castellana, asistían a la reunión los respectivos mayordomos y alféreces. Por parte de Alfonso también se encontraba Gome Garcés de Aza. El rey recompensaba así su iniciativa al haber ordenado a su hermano Ordoño que se apostara al norte de Leguín. Aquella maniobra había frenado la estratagema del obispo de Pamplona y era la causa principal de la caída del castillo. Sancho de Navarra, por otra parte, se había mostrado disconforme con la presencia de Nuño de Lara, que no ostentaba mayordomía ni alferecía. Demasiado bien sabía el rey de Navarra de la astucia del conde y quiso aprovechar la circunstancia.

—Tío Sancho, no me andaré con disimulos. —Alfonso de Castilla, aunque respetuoso, se dirigió al rey navarro con firmeza, sin hurtarle la mirada y con la barbilla erguida—. Llevo cinco años acosándote y seguiré otros cinco más. Diez, si es preciso. Veinte, si te empecinas. Toda mi vida si hace falta. Pero recuperaré lo que me quitaste.

La mano suave de Leonor Plantagenet se posó en el hombro de su esposo. El rey de Castilla apenas si miró de reojo. «Calma —le decía aquel tacto cariñoso—. Calma».

—No me gusta que me amenacen, sobrino. Yo no te he quitado nunca nada. Solo recuperé lo que por derecho me pertenece.

—¿Te pertenece? ¿A ti? —La presión de los dedos de Leonor creció un ápice y Alfonso de Castilla cerró los ojos. Sus manos, crispadas, estaban apoyadas sobre la tabla, a ambos lados del cuenco de vino—. Lo que invadiste cuando yo era niño formaba parte de mi herencia. La herencia de mi padre. Él la había recibido de mi abuelo, al que rendiste homenaje.

—Tu abuelo tenía un ejército mucho más poderoso que el mío. Esa fue la razón por la que le rendí homenaje. Bien lo sabe Dios. Y esa es también la fuerza que te respalda a ti, sobrino. La recta razón, la verdadera, me ampara a mí en cambio. Algo más sagrado que tus jinetes y tu chusma armada.

—Recta razón —repitió Alfonso. Inspiró largamente, concentrado en el tacto de su esposa a través de la saya, y luego expulsó el aire—. Bien, veamos qué razón es esa.

—Mi razón es mi sangre. —Sancho de Navarra, mucho más sereno que su antagonista, hizo un corto silencio antes de seguir—. Mi bisabuelo García heredó estas tierras, y el derecho pasa de padres a hijos.

—¿Y ya está? ¿De padres a hijos? Bien. —Alfonso sonrió triunfalmente—. Porque también mi derecho llega por sangre desde mi tatarabuelo. Y a él se le concedieron estas tierras de forma justa por los propios navarros. ¿Lo niegas?

—El rey de Pamplona había muerto. No fue tan justo.

—Ah. —El gesto victorioso de Alfonso se endureció—. Porque tampoco fue justo entonces que el hijo de ese rey no heredara el trono. Lo hizo tu abuelo: un bastardo.

Sancho de Navarra golpeó la mesa con el puño. Diminutas gotas de vino saltaron de ambos cuencos. De forma mecánica, alféreces y mayordomos de los dos reinos se llevaron las manos a los puños de sus espadas. Leonor se deslizó por un lado de la mesa y se colocó entre ambos reyes.

—Querido tío Sancho. Esposo mío. Escuchadme. —Dejó que la miraran, y sus rasgos angelicales sirvieron para diluir el efluvio de violencia que se había tejido sobre la mesa manchada de vino. La reina de Castilla continuó con su dulce acento extranjero—. Solo tengo dieciséis años y no sé de política. Pero veo que ambos esgrimís razones que a los dos os parecen justas. Y a estas sin duda habría que añadir otras, pues no pocos tratados, homenajes y guerras han enfrentado a vuestros antepasados, así como a vosotros mismos. Si no yerro, uno invoca razones de cien años, y el otro de ciento cuarenta. Es decir, que cada uno pugna por regresar al tiempo que mejor le conviene. Para mí, que vengo de un lejano país, resulta extraño ver cómo reyes que comparten tanta parentela se enfrentan así, y que prefieren varios pasados distintos a un presente único. Y mientras, al sur, un enemigo terrible, ajeno a herencias, derechos y bastardías, aguarda para devorar vuestros reinos.

Sancho miró hacia otro lado con cierto desdén, lo que molestó a Alfonso.

—Yo no me siento amenazado —masculló el rey de Navarra—. Ese no es mi problema.

Leonor, obstinada, se dirigió a su esposo.

—¿Te sientes capaz, Alfonso, de recuperar lo que consideras tuyo?

—Por supuesto. Tengo más tropas. Más paladines. Más dinero.

Sancho rezongó algo por lo bajo, pero siguió con la vista en el vacío.

—¿Y tú, querido tío? ¿Sentiste lo mismo cuando mi esposo era un niño y tomaste por fuerza las plazas que creías tuyas?

El rey de Navarra examinó el rostro claro y pecoso de Leonor. Volvió a sonreír, aunque sus ojos no abandonaron el brillo de enojo.

—Creo que es evidente.

—Entonces —la reina se inclinó para apoyar las manos en la mesa, una cerca de su tío y la otra cerca de su marido—, está claro que no os pondréis de acuerdo. Necesitáis a alguien que medie entre ambos. Alguien que no tenga nada que ganar ni perder con este conflicto. Alguien que no tenga aspiraciones. Que no pueda tenerlas.

Los dos reyes miraron con curiosidad a la joven Leonor.

—¿Quién? —preguntaron al unísono.

—Mi padre. Enrique, rey de Inglaterra. Sometedle el pleito. Pedid su arbitraje. No se negará si yo le pido que decida en justicia. Si os comprometéis a aceptar su sentencia, podemos zanjar esta guerra. Y tú, esposo, tendrás ocasión de volver armas contra el verdadero enemigo y derrotarle. Eso, o resígnate a malgastar tu vida y tu reino. Cuando Toledo y Burgos ardan, vacías sus arcas y sus casas, y el califa almohade ciña tu corona, invadirá Navarra, igual de pobre y vacía por sus propias herencias de siglo y medio de antigüedad. Sé que eso no importa a nuestro amado tío, pero a mí sí. No soporto ver cómo los cristianos de aquí derraman la sangre de los cristianos de allí mientras Satán espera y se relame. Cristo contra Cristo. Clavándose a sí mismo en la cruz. Una aberración.

Alfonso de Castilla posó los ojos en su cuenco de vino sin catar. Lo que proponía la reina significaba el cese de la guerra contra Navarra. Eso le permitiría trasladar sus esfuerzos a otro lugar. Y, a pesar de todos los deseos cristianos y la retórica trovadoresca de Leonor, Alfonso no podía evitar pensarlo: ese otro lugar era León. Podría volverse contra la frontera, allí en el Infantazgo, donde también añoraba plazas y señoríos usurpados que debía recuperar.

—Espero, esposo mío, que no estés pensando en malgastar lo que ganes aquí hoy. Solo si prometes volver tus armas contra los sarracenos hablaré a mi padre. Si no es así, puedes olvidar lo que he dicho.

Los nobles navarros y castellanos repitieron el mismo gesto de asombro. En aquella reunión de varones, era una mujer quien imponía no solo la cordura, sino también la voluntad. A Sancho de Navarra se le escapó una carcajada.

—Industriosa reina la tuya, sobrino. Me encanta.

Alfonso de Castilla resopló. No esperaba eso de su mujer. Al fin y al cabo, se dijo, no hacía más que adelantar un deseo que era suyo desde niño: saberse en paz con los demás cristianos, unido a ellos en la guerra contra el verdadero enemigo. León tendría que esperar.

—Sea. Lo prometo.

—¿Y tú, querido tío? ¿Qué dices?

Sancho de Navarra observaba ahora con admiración a aquella adolescente de ojos cambiantes. ¿Por qué no?, pensó. Al fin y al cabo, la alternativa era seguir en guerra con Castilla. Una guerra que no podía ganar. Tomó su cuenco y bebió lo que quedaba de un solo trago.

—De acuerdo.

وأنا على ثقة في الله

Se firmó la tregua entre Castilla y Navarra en aquel pabellón levantado en tierras riojanas. Nobles de ambos bandos confirmaron el acuerdo y se pusieron prendas: castillos que, en manos de magnates del otro lado, serían devueltos al terminar el proceso de arbitraje o se perderían en caso de felonía. También se encomendó al prior de la Orden de San Juan, freire y neutral, que se encargara de llevar al rey de Inglaterra el ruego de su hija acerca del pleito entre navarros y castellanos, que expusiera las razones de ambas partes y que suplicara por su mediación.

En cuanto Sancho de Navarra y sus nobles abandonaron el campamento cristiano, el rey Alfonso y su esposa se encerraron en la tienda. Nadie, ni siquiera el conde Nuño, supo de qué se hablaba dentro, pues hasta los sirvientes fueron obligados a salir. Tal vez el monarca reprochó a Leonor su comportamiento en las conversaciones de paz. O quizá lo agradeció. O a lo mejor, simplemente, los dos esposos trazaban nuevos planes. El caso es que, pasado un rato, Alfonso de Castilla asomó la cabeza fuera del pabellón.

—Don Gome, acércate presto.

El señor de la casa de Aza obedeció.

—Manda, mi rey.

—Ve a buscar a tu hermano Ordoño en buena hora. Tengo un mandato para él.

El castellano corrió hacia la parte del campamento ocupada por las huestes de Aza, Roa y Ayllón, que con tanta pericia se habían enfrentado a las fuerzas del obispo de Pamplona. Regresó enseguida acompañado por su hermano menor. Ordoño, que no había tenido tiempo para aderezarse convenientemente, pidió disculpas a la pareja real por su aspecto.

—Pasa, mi fiel amigo, y olvida esas pequeñeces. Toma asiento.

El castellano obedeció tras besar ceremoniosamente las manos de rey y reina, y observó con sorpresa cómo el propio monarca le servía vino. Pero más se sorprendió aún cuando la reina se sentó a la reunión aunque, eso sí, sin participar de la bebida.

—¿En qué podré valerte, mi rey?

—Ordoño, mi amada esposa tiene más seso que yo. Mientras me mancho con barro y me estrello contra murallas lejanas, ella estudia en Toledo los mapas de mis bibliotecas. Tanto es así que se puede decir que conoce el reino mejor que el rey. Bien. Lo primero que has de saber es que hemos logrado firmar treguas con Navarra. Y muy pronto será la paz duradera lo que tendremos con el rey Sancho. Las plazas que me pertenecen las reclamaré por escrito ante árbitro imparcial, sin derramar más sangre. Dios quiera que todo llegue a buen fin.

—Dios lo quiera, sí. —Ordoño bebió un trago corto de vino.

—En todo esto has trabajado tú con tesón. Demostraste lealtad y coraje.

—Me haces gran honor, mi rey.

—También demostraste buen juicio. Tu hermano Gome me contó que fue idea tuya guardar Leguín por el norte: iniciativa y astucia. Es lo que necesito ahora. Veamos si la reina y tú coincidís: en paz con Navarra y comprometido a posponer mis querellas con León, me propongo tomar al infiel alguna plaza con la que engrandecer Castilla y la cristiandad toda. Dime, fiel Ordoño: ¿qué villa caería con menos esfuerzo y podría mantener con más garantías?

Ordoño asentía lentamente. Para vencer la emoción de haberse ganado de tal forma la confianza del rey, terminó el contenido de su vasija. Luego miró a la reina, encantadora e inocente en cada gesto. No borraba de sus labios la sonrisa, aguardaba la respuesta del guerrero. La plaza más fácil de ganar. La más difícil de perder.

—Ha de ser una que los almohades no puedan socorrer con rapidez —murmuró—. Y a la que nosotros seamos capaces de auxiliar después, cuando esté en nuestras manos. Veamos… Valencia está lejos de Sevilla. El auxilio sarraceno tardaría meses en llegar. Sobre todo sabiendo lo lentos que son en movilizar sus tropas…

—Valencia es para Aragón, Ordoño —le interrumpió la reina—. Por pacto.

—Claro. Cierto, mi señora. Y por otra parte, queda demasiado apartada de la frontera. Una vez nuestra, tendríamos que cruzar territorio enemigo para llegar a ella. Y podrían cortar nuestras vías desde…

La reina levantó las cejas. El rey aguardaba con los codos apoyados en la mesa y las manos cruzadas.

—¿Desde dónde, Ordoño?

—Cuenca. Cuenca es la ciudad almohade más aislada. Y está casi en nuestras tierras. Retenerla sería muy fácil.

—Cuenca —repitió Alfonso de Castilla, y cambió una mirada cómplice con Leonor—. Yo tenía razón: los dos habéis llegado a la misma conclusión.

—Aunque —Ordoño tamborileó con los dedos sobre la madera— Cuenca es casi inexpugnable. Tomarla costaría tiempo, porque habría que rendirla por hambre. Necesitaríamos una hueste nada despreciable y dispuesta a mantener un asedio de al menos cuatro o cinco meses.

—Muy cierto. Además, ignoramos qué guarnición posee. Y si está bien abastecida. Incluso si alberga muchos pobladores o pocos. Cuántos aljibes y graneros. Tropa almohade o andalusí. Qué torre guarda mejor la muralla. Qué puerta se defiende peor. No sabemos nada, Ordoño. Nada.

—Para arreglar eso —continuó ahora la reina, siempre risueña— necesitaríamos a alguien ducho en moverse al otro lado de la frontera. Alguien capaz de entrar en una ciudad infiel, de hablar su lengua y pasar desapercibido. Que sepa ver si Cuenca es en verdad una pieza demasiado cara o si está a nuestro alcance.

—Entiendo. —Ordoño devolvió la sonrisa a Leonor.

—Tú te criaste con calatravos, mi fiel amigo —intervino de nuevo el rey—. A dos pasos del otro lado. Y sé de tus andanzas en tierra de nadie. Tú posees viveza y un corazón lleno de valor. ¿Te adentrarías solo en medio de los infieles? ¿Te ves capaz de cumplir esta misión?

Ordoño se mordió el labio. Ya había cometido antes locuras similares. Por razones menos trascendentes, de hecho. Sin otro objetivo que visitar a su amigo Ibn Sanadid. Tan solo para beber algo de vino a escondidas o para buscar a alguna ramera de calidad. Jamás con un mandato tan serio y un compromiso tan abrumador. Aquello era peligroso, claro. El tipo de tarea que reportaba la muerte. Y la gloria.

—De acuerdo. Lo haré.

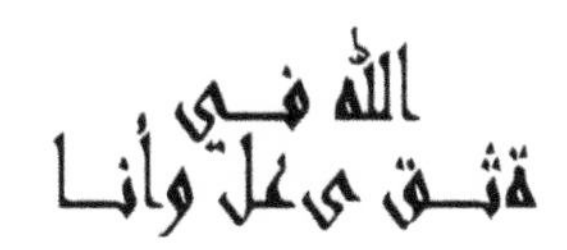

10
AMIGOS Y ENEMIGOS

SEMANAS DESPUÉS, PRINCIPIOS DEL VERANO DE 1176. CUENCA

Ibn Sanadid recorría el zoco despacio, cautivo de los olores de la carne y las especias, del colorido de las túnicas de lana y de las discusiones de comerciantes y clientes. Se detuvo en el puesto de un armero. El vendedor, viejo y barbudo, cantaba las excelencias de una daga mientras un muchacho enjuto, de no más de veinte años, frotaba la hoja de una espada con su paño.

—Chico, ¿qué es eso que limpias?

El hijo del mercader miró de reojo a Ibn Sanadid. Luego extendió la espada hacia este. El jienense, de ojo rápido, pudo leer la inscripción latina cercana al arriaz. *Didacus me fecit.*

—La ferruza de un infiel.

El mercader dejó de alabar a gritos la calidad del género y lanzó una mirada de censura al hijo. Luego sonrió a Ibn Sanadid.

—Se trata de una espada de muy buena factura, noble señor. Forjada más de veinte veces y bien probada. Es tuya por cinco dinares y te regalo un talabarte.

—La espada no vale ni medio dinar. Pero lo que me interesa es su procedencia. —Se volvió al hijo—. Por lo mellada y por esa inscripción, me da en la nariz que su dueño no te contó cuántas veces la habían forjado. No busco armas. Busco a quien sepa manejarlas.

El joven le devolvió la sonrisa cómplice.

—Mi hijo es mercader, señor —intervino el viejo—, no soldado.

—No quiero soldados. Quiero gente de frontera. Que conozca los caminos y los bosques. Que me acompañe al otro lado para volver con espadas como esa. Tú, anciano, te ocuparás de venderlas después.

El muchacho asintió a pesar de las protestas del padre y muy poco después habían cerrado el trato. Ibn Sanadid continuó su paseo satisfecho. Desde su llegada a Cuenca hacía dos días, ya se había ganado la confianza de media docena de jóvenes de la villa. En pocas semanas mandaría llamar a su gente, que aún reposaba en Valencia tras llevar hasta allí a la princesa Safiyya. Y a poco de comenzar el verano cruzarían la frontera. No tenía pensado hacia dónde. Castilla era la tierra inmediata, pero también podían algarear al norte, en el señorío de Albarracín. O más allá, en la Extremadura aragonesa. Cuenca era una base ideal. Cercana a dominios cristianos, escarpada, irreductible. Un sitio especialmente bueno para acogerse tras cada incursión. El último enclave musulmán antes de llegar a los dominios de la cruz.

La medina era estrecha y alargada, y discurría encaramada sobre la loma sinuosa de la montaña. A ambos lados de esta corrían dos ríos: el Shuqr y el Shaqr. Los dos llegaban desde el norte y encajados en desfiladeros. El Shaqr, más pequeño, rodeaba la medina por el sur y desembocaba en el Shuqr. Por ese extremo, donde el acceso era más sencillo y la pendiente menos pronunciada, los conquenses habían cerrado el paso del afluente con un azud. Así se creaba una laguna artificial que, además de bloquear el paso meridional, servía como reserva de agua.

Solo había una forma, pues, de entrar en Cuenca: por el notable puente que salvaba el desfiladero del Shuqr. Pero este estaba protegido por dos torres, y aún quedaba acercarse a la muralla cimentada en la roca. Y con todo, si el enemigo conseguía llegar hasta la medina y superar el alcázar, situado al sur de aquella, los conquenses podrían plantear una última defensa en el castillo del extremo norte. Erigido en lo más alto y separado de la ciudad por un foso, lo dominaba una gigantesca torre tan antigua que se había perdido la memoria de sus constructores.

Ibn Sanadid paseaba ahora entre los puestos de los orfebres, ya cercano a la mezquita. Observó la presencia de joyas prohibidas, como cruces y medallitas de los santos infieles. Allí, tan lejos del centro del poder almohade, las normas se volvían flexibles e incluso a veces desaparecían. Había un único africano en Cuenca. Llevaba allí cuatro años, y lo había enviado el califa Yusuf tras su paso desde el fracasado asedio de Huete. Nadie recordaba ya su nombre, pues todos lo llamaban *el hafiz*. Y eso era, según decían. Un estudiante del Tawhid. Uno que tal vez no cumplió con la severidad esperada. No había otra razón lógica para enviarlo tan lejos de las grandes ciudades almohades, como Sevilla, Córdoba o Granada. Ni siquiera Murcia o Valencia eran buenos destinos para el hafiz. Por eso languidecía allí, sin poner coto a los desmanes. Vivía en el alcázar, solo, y casi no lo abandonaba. Todos pensaban que se había vuelto loco, y por eso la guarnición, compuesta por los propios conquenses, tomaba sus decisiones sin consultarle.

Un hombre cruzó la calle ancha que recorría la medina de sur a norte, atravesaba el zoco y pasaba junto a la mezquita. Ibn Sanadid lo observó por entre las cabezas de clientes y curiosos. Espalda ancha, buena estatura... Un nuevo fichaje para su compañía de algareadores. Anduvo tras él. El extraño llevaba un turbante pequeño, al estilo almohade, pero el pelo rubio que asomaba en la nuca demostraba su origen peninsular. Había algo familiar. En su modo de andar a lo largo de la calle, esquivando a vendedores ambulantes de salchichas de cordero. Ibn Sanadid, más bajo que su perseguido, lo perdió de vista un instante. Se hizo a un lado para evitar la riada de gente que, desde las granjas, venían el día de mercado a Cuenca. Las casas se apretaban hacia las murallas y creaban revueltas y callejones, muchos de ellos sin salida. No había arrabales en Cuenca porque el terreno se aprovechaba al máximo y no quedaba mucho donde construir, y por eso todos vivían dentro. Pero aquello volvía incómodo el transitar por las calles. Entonces volvió a verlo, justo un momento antes de doblar una esquina. Ibn Sanadid corrió y llegó hasta donde se hallaban los vendedores de fruta, los más escandalosos del zoco. Allí, muy cerca ya del extremo norte de la medina, Cuenca se estrechaba y la calle ancha se volvía única. El andalusí rubio caminaba deprisa y, al llegar a la esquina de un angostillo sin salida, miró atrás con disimulo.

—No puedo creerlo. Qué casualidad —se dijo Ibn Sanadid, y a continuación se puso ambas manos a los lados de la boca—. ¡Ordoño! ¡Ordoño!

Los gritos de los mercaderes que ofrecían fruta impidieron que el cristiano oyera la llamada. Ibn Sanadid se apresuró para alejarse del gentío. Conforme lo hacía, conjeturó con lo que hacía allí su amigo. Era toda una coincidencia, desde luego. Porque él tenía sus razones en la necesidad de algarear en tierra fronteriza, pero Ordoño...

«Espera. —Ibn Sanadid dejó de caminar en pos de su amigo y se pegó a la pared. Ordoño continuaba calle arriba—. Tal vez no sea tan casual».

Decidió seguirlo a distancia. Vio que llegaba hasta el límite de la medina. La puerta norte, abierta de par en par, estaba vigilada por un solo centinela; y este, indolente, había dejado su lanza apoyada contra el quicio y charlaba con una mujer a medio velar. Aquella actitud les habría costado un buen castigo en el sur, pero allí reinaba el descuido. Ordoño se detuvo, ignoró al guardián y observó la muralla. Al otro lado se elevaba imponente el castillo, y sobre el torreón colgaba, apenas agitada por el viento, la bandera blanca del príncipe de los creyentes. Ordoño salió y se perdió a la izquierda.

«¿Adónde va?».

Al acercarse a la puerta, Ibn Sanadid escuchó trazos de conversación entre el centinela y la mujer. Flirteaban, y apenas le dedicaron una mirada indiferente cuando paso cerca. El andalusí se asomó fuera. Justo enfrente, la maciza muralla del castillo se alzaba alentadora y protegida por torres altas. Su portón, también reforzado por planchas, permanecía cerrado. Y ante él, excavado en la roca, se abría un foso. Ibn Sanadid miró a ambos lados y no vio a Ordoño. Cada vez tenía más claro para qué había ido su amigo a Cuenca. El andalusí se acercó al foso. Había una escala para bajar, y luego se descendía por la ladera rocosa gracias a escaleras talladas a cincel. El cristiano solo podía haberse ido por allí. Miró arriba, a las almenas del castillo. No había nadie. Ni un solo centinela en servicio de adarve. Volvió sobre sus pasos y entró en la medina. Abordó sin más al guardián negligente.

—Soldado, dime: ¿adónde llevan las escaleras del foso?

El muchacho, un joven conquense obligado al servicio de armas por la periférica situación de la ciudad en el imperio, torció el gesto al ver interrumpido su cortejo con la chica.

—Al río... —miró de arriba abajo a Ibn Sanadid—, extranjero. Llevan a los molinos, y hay gente que las usa para recoger agua. Abajo hay una puerta, pero está abierta, así que si quieres salir...

—¿La puerta está abierta? ¿Cualquiera puede subir desde el río?

—Claro. No querrás que los labriegos se queden fuera cuando caiga la noche. Yo tengo la llave y cerraré cuando baje el sol. ¿Por qué haces esas preguntas?

—¿No has visto al hombre que acaba de pasar? Uno rubio y con turbante.

El centinela se encogió de hombros, negó con la cabeza y decidió seguir con su flirteo. La muchacha, con el *litam* descolgado sobre el pecho y el flequillo descubierto, se entregó al parloteo despreocupado. Ibn Sanadid suspiró y golpeó con los dedos el hombro del muchacho. Ahora este se volvió con claro enojo.

—Pero ¿qué quieres? ¿Y quién eres?

Ignoró aquellas preguntas.

—¿Cómo es que no hay vigilancia en el castillo?

—El castillo está vacío, extranjero. ¿Quién quieres que haya? Solo entramos para tener servidos los establos. —Hinchó el pecho—. Y también yo tengo la llave. Déjame en paz, por favor. ¿No ves que estoy ocupado?

Ibn Sanadid resopló, tentado de abofetear a aquel muchacho ingenuo que, además de descuidar su deber, orientaba a cualquiera sobre los pormenores de la defensa de Cuenca. Oyó pasos fuera. ¿Regresaba Ordoño de su insólito paseo? Se retiró a uno de los callejones ante la mirada de disgusto del centinela y su novia, y se apretó contra un portal. El cristiano entró en la medina y, ahora sí, el guardián se fijó en él. Pareció que iba a decirle algo, pero debió de pensárselo mejor. La chica le susurró algo y reanudaron la conversación.

Ordoño caminó calle abajo. Ibn Sanadid, con media cara asomada fuera del portal, lo observó con una extraña desazón. Salió de la calleja y espió desde la esquina. Ahora el cristiano estaba inmóvil en una intersección y examinaba a ambos lados con ojos entornados.

«Está comprobando las murallas».

Ya no había duda. Ibn Sanadid aguardó. No quería que su amigo supiera que lo acechaba. Mientras Ordoño se perdía por la tortuosa arteria de Cuenca rumbo al ajetreo del zoco, el andalusí se mordió el labio. Aquello no le gustaba. No le gustaba nada. Volvió la cabeza hacia la puerta norte. El centinela y la chica se besaban a la sombra de la muralla. Hermoso, pensó Ibn Sanadid. El último rescoldo de un mundo perdido se consumía allí, lejos de la censura de costumbres, de los *talaba* y de las crucifixiones. Hermoso, sí. Pero también peligroso. ¿Qué debía hacer? ¿Acaso no valía la pena conservar Cuenca para aquel sueño que fue al-Ándalus?

وأنا على ثقة في الله

Ordoño mordisqueaba un pastelillo de queso mientras, apoyado en una cerca, observaba el fondo del desfiladero. Allá abajo, encajonado entre terrazas y paredes de piedra que caían a pico, corría el río que los musulmanes llamaban Shuqr.

Había llegado la tarde anterior a Cuenca y estaba alojado en una posada junto al alcázar. Sin llamar la atención de nadie, porque allí, tan cerca de la frontera, andalusíes y cristianos se confundían con facilidad, y porque era normal que la gente afluyera a la única ciudad de la contornada en vísperas de mercado. Por eso había podido recorrer con calma la medina y comprobar su sistema defensivo. No eran buenas las noticias que iba a llevarle al rey Alfonso: Cuenca era poco menos que inexpugnable. Quien la había construido hizo un buen trabajo. Sin embargo, había esperanza en cuanto a la parte humana del asunto, pues las medidas de vigilancia eran casi inexistentes. Un buen golpe de mano podría colocar a una avanzadilla cristiana en la medina y dominar el alcázar, y ya solo habría que tomar el castillo del extremo norte, en el que no había guarnición. Eso requeriría un buen plan. Acercarse cuando menos se esperara. Tal vez en pleno invierno, con la tierra adormilada por la nieve y el frío. No veía otra posibilidad, porque la ciudad estaba rodeada por esos barrancos desde los que era imposible asaltar la muralla sin quedar al alcance de las flechas o, en el peor de los casos, tropezar y morir despeñado. Había otra opción: al sur, entre la medina y la laguna artificial que llamaban *buhayra*, había una albacara. Un espacio grande que los conquenses dedicaban a guardar el ganado y a sembrar algunos cereales, viñas y nogales. Era el lugar más accesible para un asalto a cara descubierta... si no fuera por el maldito estanque y porque, de entrar por allí, aún habría que recorrer la alargada y tortuosa medina hasta el norte, luchando casa por casa. Además, las torres de vigilancia del puente controlaban también ese acceso.

—Difícil —se lamentó tras dar el último bocado al pastelillo.

La voz tras él le sobresaltó y estuvo a punto de atragantarse.

—¿Qué es difícil?

Ordoño se volvió. Su primer impulso al reconocer a Ibn Sanadid fue abrazarlo con fuerza. Aunque se dio cuenta de que su amigo no tenía por qué estar allí. Ni él tampoco. No pudo evitar que le subieran los colores; pero, por fortuna, el andalusí parecía menos sorprendido o más ingenuo, porque estrechó su mano con efusión.

—Este es el último sitio en el que esperaba verte, cristiano. ¿Qué haces aquí?

No debía vacilar y no le valían las excusas dadas en la taberna. Para su amigo, él no podía pasar por un andalusí que visitaba Cuenca en día de mercado.

—Voy de nuevo a Teruel. Tengo un encargo de Alfonso de Castilla para el rey de Aragón. He de explicarle el trato al que hemos llegado con los navarros. ¿Te has enterado? Hemos firmado la paz. El caso es que vengo de Toledo y no me apetecía rodear territorio musulmán. En fin, pensé que no estaría mal visitar Cuenca. Además, mira: es día de mercado.

Demasiadas explicaciones para una inocente misión diplomática. Decidió cambiar de tema. Iba a preguntar a Ibn Sanadid qué razones tenía él para hallarse allí, pero el andalusí, que demostraba una vez más ser bastante inocente, le ayudó a salir del atolladero.

—¡Qué casualidad! Yo también cumplí hace poco un encargo del califa Yusuf. —Golpeó con confianza el hombro del cristiano—. Nos convertimos en gente principal, ¿eh?

—¿Ah, sí? Curioso... —Ordoño sonrió forzadamente. Empezaba a sudar, y no era por calor—. ¿Y qué encargo es ese? Si puedes contármelo, claro.

—Pues sí que puedo. En verdad, me encantará hacerlo. He escoltado a la nuera del califa a Valencia.

—¿La nuera del califa?

—La esposa de su heredero, Yaqub. Un imbécil rematado que, en lugar de acostarse con esa mujer día y noche, se marcha a África y la deja aquí, en al-Ándalus. No solo eso: permite que se aleje. Que se marche al lugar más remoto posible. A Valencia, nada menos. Ah... Deberías verla, Ordoño. —Ibn Sanadid posó las manos sobre el cercado y su vista se paseó por la orilla del río, plagada de molinos y huertos—. Safiyya se llama. Es la hija pequeña del rey Lobo.

—La hija del rey Lobo. —El cristiano se dejó llevar por la conversación. Le traía recuerdos de su infancia—. Una hija del rey Lobo vino a visitarnos siendo yo niño. Fue en Aza, cuando el rey Alfonso era un mocoso y estaba al cuidado de mi padre. No sé si sería esa Safiyya, pero me acuerdo un poco de ella. Era rubia y muy bonita.

—Puede que fuera ella. —Ibn Sanadid sonrió. Le gustaba por dónde derivaba la charla. Podía aprovecharla para confirmar sus temores con la misma táctica que usaba en sus algaras: la sorpresa—. Las hijas del rey Lobo son rubias, y algunos de sus hijos también. Una de ellas, Zayda, está casada con el califa. Dicen que Yusuf hace todo lo que ella quiere. Bueno, ya conoces a las andalusíes.

—Sí... Así que esa Safiyya es también muy hermosa, ¿no?

—No está mal. En fin, puede que las haya más bellas, pero esta tiene algo. No sé cómo explicarlo. Tal vez sea por lo que contaban de su padre y su madre. Lo que ocurría en el palacio del rey Lobo. No sé, supongo que hay muchas habladurías y eso la vuelve misteriosa... Su pelo brilla como el oro. Y tiene carácter, te lo aseguro. Hablamos un poco durante el viaje, allá en Murcia. Lástima que la pobre no esté muy inclinada al amor, porque haría feliz al hombre que la poseyera.

—¿Por qué dices eso? —Ordoño cruzó los brazos.

«Bien —pensó Ibn Sanadid—. Baja la guardia. Un poco más».

—Lo digo porque Safiyya odia a los almohades; es decir, a su esposo. Eso debería convertirla en una mujer deseosa de engañarle, pero ningún andalusí en su sano juicio se acercaría a ella. También aborrece a los cristianos. Créeme: si todo su odio pudiera convertirse en pasión, no se habría conocido hembra más fogosa y presta al adulterio. Ah, no imagino el paraíso de otra forma que con alguien así... Pero es imposible que me entiendas. Deberías verla para comprenderme. Ahora creo lo que decían sobre las lobeznas del Sharq al-Ándalus: enamoran a todo mortal. Nadie es capaz de resistirse.

—Nadie es capaz de resistirse...

—Y en realidad —forzó su fervor el andalusí—, no es difícil llegar hasta ella. No vive dentro de Valencia, protegida por sus murallas y su guarnición africana. Se ha quedado en un palacio extramuros al otro lado del río. Una *munya* que llaman la Zaydía. Con una guardia más bien discreta, por cierto. Una imprudencia, te lo advierto. Poner a semejante belleza al alcance de cualquiera... Si no fuera porque es quien es, te retaría. Una apuesta, ¿eh? Como en los viejos tiempos. ¿Cuánto nos jugaríamos a que no eres capaz de llevártela a la cama?

—Hmmm. Tentador.

La imaginación de Ordoño se desbocaba. Ibn Sanadid lo veía en su forma de mirar al horizonte. Era el momento de dar un brusco giro a la charla:

—Me voy a quedar a vivir aquí. Me gusta Cuenca.

Ordoño se vio arrancado de la ensoñación.

—Ah... No, no lo hagas... Quiero decir: ¿por qué? ¿Aquí?

Ibn Sanadid se mordió el labio inferior para no sonreír. Sus dudas se confirmaban.

—Es un sitio tan bueno como Jaén. Cerca de la frontera. Desde aquí puedo buscarme la vida, ya sabes. Además, el rigor de esos africanos casi ni se nota. Creo que en Cuenca podría ser feliz, al menos por un tiempo. Dos años. Quizá tres.

Ordoño había vuelto a sonrojarse. Luchó contra la trabazón de su garganta. Si su amigo se quedaba en Cuenca, en muy poco tiempo volverían a encontrarse, pero en otras circunstancias. Y sin embargo, no podía decirle nada. Tenía que callar. Se debía a su rey y a su misión. Tragó saliva. ¿Cómo hacerlo? ¿Cómo conseguir que Ibn Sanadid abandonase Cuenca sin sospechar? ¿O ya sospechaba? ¿Había sido demasiado torpe? ¿No se vendría todo abajo por su culpa?

—Escucha, amigo mío. —Ordoño simuló aclararse la garganta—. Me ha llamado la atención eso que me cuentas. Lo de la hija del rey Lobo. ¿Qué me dices de esa apuesta?

—¡Ja! Estás loco, cristiano.

—Desde luego. Ambos lo estamos. Escucha, te digo... He de seguir mi viaje a Aragón y no sé cuánto tiempo estaré ocupado, pero después me gustaría ir a Valencia. ¿Por qué no nos reunimos allí? Vamos. Como otras veces. Será divertido. Podrías guiarme a esa *munya* fuera de las murallas. Tiene que haber una forma de llegar hasta la chica.

—Ahora ya no hay duda: estás loco.

—¿Cómo? ¿Eres Ibn Sanadid o ya no te conozco? —Lo cogió por los hombros—. Pon tú la cantidad. Te apuesto lo que quieras a que me meto en la cama de esa lobezna. Y la haré aullar para que tú la oigas desde la puerta de esa *munya*. Luego, con lo que te gane, tú y yo nos emborracharemos a placer. Seguro que conoces algún sitio en Valencia donde aún se atrevan a servir ese moscatel dorado, ¿eh?

El andalusí entornó los ojos. Así que su amigo quería alejarlo de Cuenca. Y la razón estaba clara. Pues bien, jugaría a ese juego.

—Ah. Por el Profeta. Está bien. Veinte dinares si haces tuya a la lobezna.

—¿Veinte dinares? Mi familia tiene viñedos en Roa que cuestan menos.

—No dirás eso cuando la hayas visto; sobre todo cuando hables con ella. Incluso te parecerá poco. Además, el moscatel clandestino es muy caro.

Ordoño rio por lo bajo. Ibn Sanadid, con su afán por pincharle, iba a lograr justo lo que él pretendía.

—Sea. Veinte dinares por la honra de esa muchacha. Ibn Sanadid, haces malos negocios. Voy a burlar a tu califa y a menguar tu bolsa.

—Ya veremos, cristiano. ¿Cuándo nos vemos en Valencia?

Ordoño aparentó satisfacción. Movió la cabeza mientras simulaba calcular el tiempo que le llevaría la falsa misión diplomática en Aragón. Su vista se desvió a las murallas de Cuenca. Recordó sus reflexiones: la única opción de conquista pasaba por presentarse allí cuando menos se los esperara. Y su amigo no debía estar en la ciudad bajo ningún concepto.

—En invierno. Acabada la natividad de nuestro señor Jesucristo.

Ibn Sanadid asintió despacio, sin retirar la vista de su amigo cristiano.

—Sea. Después de celebrar el nacimiento del Mesías, nos veremos en Valencia. Lleva esos veinte dinares y despídete de ellos, porque perderás la apuesta. Acude a la posada del Charrán. Me alojaré allí. Lo vamos a pasar bien, amigo mío. Muy muy bien.

Ibn Sanadid aguardaba en una pequeña antesala del alcázar. Estaba nervioso. Impaciente. Sabía que el hafiz almohade al mando de Cuenca no tenía grandes ocupaciones, así que aquella espera era absurda.

El andalusí ensayó mentalmente su presentación y sus palabras. Tenía que convencer a ese hafiz sin nombre. Y hacerlo sin revelar datos que le comprometieran en cuanto a su amistad con un cristiano. Aquella misma mañana, Ibn Sanadid se había despedido de Ordoño. Lo abrazó, le deseó parabienes y le recordó su cita en Valencia, y luego observó cómo se alejaba de Cuenca, montado en su caballo y con ligero equipaje, rumbo a la Extremadura aragonesa. El cristiano se volvió un par de veces sobre la silla para agitar la mano a modo de despedida, y el andalusí siguió su camino desde las murallas hasta el otro lado del río. Cuando Ordoño y su montura se perdieron en la distancia, Ibn Sanadid corrió a la alcazaba. Suponía que en esos momentos, ya alejado de la ciudad, Ordoño estaría iniciando un rodeo para volver a Castilla.

Y a pesar del engaño, sabía que su amigo no le había mentido en lo de la cita de Valencia. Ambos deseaban que el otro no se hallara allí cuando empezara la matanza. No solo lo había visto en sus ojos. En aquel juego de mentiras había cosas que debían quedar por encima de todo.

Un sirviente anciano y desdentado apareció en la antesala.

—El hafiz te recibirá ahora. ¿Llevas armas?

Ibn Sanadid chascó la lengua, sacó su cuchillo de mango de hueso para entregárselo al criado. Este señaló una puerta y el andalusí anduvo con decisión. El alcázar de Cuenca no era gran cosa. Casi todas las estancias estaban vacías y cerradas, y se respiraban la humedad y el olor rancio. El hafiz casi no disfrutaba de servidumbre, ni se le conocían esposas o concubinas. Un tipo extraño, se dijo Ibn Sanadid. Al fondo del corredor se abría otra sala, no mucho más grande que la anterior. Había cojines esparcidos por el suelo y tapices con versículos sagrados, pero el hafiz prefería la esquina más alejada. Allí, iluminada por un rayo de sol solitario, alguien había puesto una mesa pequeña con útiles de escritura. Un hombre vestido de *burnús* raído y con turbante trazaba algo sobre un pergamino. El hafiz levantó la vista cansada y observó a Ibn Sanadid.

—¿Sí?

—Ilustre gobernador, traigo noticias importantes.

—¿Quién eres?

Ibn Sanadid sacó un rollo de papel del ceñidor. Estaba arrugado y hasta manchado con restos de comida, pero el andalusí lo extendió como si mostrara una misiva del mismísimo Profeta.

—Me llamo Ibn Sanadid y soy persona de confianza del califa Yusuf. Para demostrártelo, he aquí el salvoconducto que firmó de su puño y letra no hace mucho. Sirvió para que escoltara a su nuera de Sevilla a Valencia, poco antes de que él se marchara de vuelta a Marrakech. Observa su sello, hafiz.

El gobernador, un hombre que sobrepasaba la madurez, pero con más años en su mirada y en su ánimo que en su cuerpo, entornó los ojos para leer. Torció la boca y levantó las cejas.

—Vaya. ¿Y qué ha llevado al príncipe de los creyentes a confiar así en un andalusí?

—Le presté buenos servicios contra los leoneses. Luché junto a su hijo Yaqub y le salvé la vida.

—Qué bien. Así que eres un héroe. ¿Y qué deseas, Ibn Sanadid?

El andalusí dejó el salvoconducto sobre la mesa. Hinchó los pulmones despacio. No iba a ser fácil vencer la desidia de aquel hombre arrojado al último rincón del imperio.

—Estoy seguro de que el rey de Castilla planea la conquista de Cuenca.

—Ajá. —El hafiz no se había despojado de su gesto de indiferencia.

—No es ninguna tontería, ilustre gobernador. Tengo razones para pensar que, después de celebrar el nacimiento del Mesías, los cristianos intentarán tomar la ciudad.

El hafiz se levantó con un crujido de vértebras, apoyó ambas manos en los riñones y se dio la vuelta. Se acercó al ventanuco que iluminaba el rincón para mirar hacia fuera, a los montes que rodeaban Cuenca.

—El salvoconducto parece auténtico —habló dando la espalda al andalusí—. Me alegro por ti. Supongo que el califa te considera persona de valía, sí. Pero estamos muy lejos del califa y yo no te conozco. Ni sé de dónde sacas tus temores.

—Te comprendo, ilustre hafiz. Pero sin duda podrás mandar un correo a Sevilla o a Marrakech para comprobar lo que te digo. Envía con él este salvoconducto para asegurarte y adviérteles del peligro. Pero hazlo pronto. Nos queda solo medio año.

El gobernador se volvió. Aún se apretaba la cintura, como si la tuviera entumecida por la edad y el olvido.

—A veces escribo a Sevilla, sí, pero no suelo recibir contestación. Nadie se acuerda ya de mí, así que ¿por qué iba a ser diferente esta vez?

Ibn Sanadid empezaba a desesperarse. De todos los rígidos funcionarios almohades, le tenía que tocar a él el único indolente y desconfiado. Pensó que aquel hombre debía de tener su propia historia. Un africano que se había educado en la estricta educación del Tawhid. Un hafiz, miembro de la casta de adeptos creada por Abd al-Mumín. Los estudiantes moldeados en la fe del Único, adiestrados para el nuevo orden... Y lo habían enviado al rincón más remoto de todo al-Ándalus. Aquel hombre vivía resentido. Tal vez ese destino era un castigo por alguna falta. O simplemente era que nadie en Marrakech ni en Sevilla se acordaba de él. No podía esperar que se implicara con ardor, pero quizá fuera capaz de jugar con su propia apatía.

—Supongo, ilustre hafiz, que tú diriges la guarnición de Cuenca.

—Por supuesto.

—¿Y eres consciente de que la ciudad caería enseguida en caso de ataque?

El gobernador afiló una mueca de enojo.

—Oye, andalusí: hace mucho que no imparto justicia. La gente de Cuenca y yo nos llevamos razonablemente bien porque no me meto en sus asuntos y ellos tampoco en los míos. Son puntuales con los tributos y yo los envío a Valencia sin quedarme ni un dírham de más. No me alegro de vivir aquí, pudriéndome en un pozo mientras mis antiguos compañeros medran en la corte del califa, pero tampoco quiero complicaciones. Ni necesito sabihondos que vengan a turbar mi tranquilidad. Que es lo único que me queda, por cierto.

—Ya veo, ilustre hafiz. Aunque no me negarás que tengo razón. El castillo en la parte alta está vacío. Un solo centinela protege la entrada en la medina por allí, y él tiene las llaves del foso que baja al río. Hay poca guardia en las torres y en las murallas, y el puente sobre el Shuqr está descuidado. Hasta un grupo de niños podría tomar Cuenca al asalto. Y si alguien consiguiera encerrarse en el castillo, no resistiría mucho. Todas las provisiones se cultivan y se almacenan aquí, en la parte baja. En caso de que un enemigo la conquistara, el castillo quedaría incomunicado y sin suministro. La ciudad caería. Y si eso ocurriera, ¿qué pensaría de ti el califa?

El hafiz sonrió con desgana. El andalusí no había soltado aquello como una amenaza, sino como si realmente estuviera preocupado por el futuro del gobernador. Volvió a observar el paisaje serrano por el ventanuco. Perder una ciudad almohade por derrota militar suponía el cautiverio o la muerte para su gobernador, circunstancias ambas que le preocupaban mucho más que el concepto que a partir de ese momento tuviera de él el califa. Pero el hafiz no era tonto. Sumaban tres los años que llevaba allí y, salvo los primeros meses de inútil esperanza, no se había preocupado por las defensas de la plaza. Ni siquiera mantenía guardia personal en el alcázar.

—Bien. Admitamos que estás en lo cierto, andalusí. ¿Qué propones?

—Nada que te suponga un trastorno, ilustre hafiz. Nómbrame arráez de la guarnición de Cuenca y deja que tome las medidas que considere oportunas. Las murallas están en buen estado, así que solo habrá que cambiar algunos hábitos y reforzar la disciplina. Yo mismo costearé parte de la milicia y traeré a más guerreros. No te molestaré. No haré nada que implique un gasto para la ciudad sin consultarte. Lo único que te pido es que escribas al califa y le digas que estoy aquí. Adviértele del peligro y pide refuerzos. Si al final no hay ataque, yo seré responsable de todo. Si lo hay, habrás hecho lo correcto.

El hafiz sin nombre reflexionó unos instantes. Aquello no le disgustaba. Al fin y al cabo, él no tendría nada que perder.

—Está bien, andalusí. Escribiré esa carta.

وأنا على ثقة في الله

AL MISMO TIEMPO. MONASTERIO DE CAÑAS, REINO DE CASTILLA

Diego López de Haro desmontó y una amplia sonrisa iluminó su rostro. Corrió entre los arbustos para acercarse a la figura sentada junto a la ribera.

—¡Madre!

La condesa Aldonza también sonrió, aunque mantuvo la compostura. Posó sobre la hierba el mortero y el hatillo de ramitas, se levantó y se dejó besar por su hijo.

—El joven señor de Haro viene por fin a visitar a la vieja condesa.

—No estás vieja, madre. Estás hermosa como una adolescente. Esos ropajes negros no pueden contigo. Si hasta te ves más… Vaya. Es cierto. Pareces más alegre. Más viva.

La condesa viuda volvió a sentarse y palmeó el suelo a su lado. Cuando Diego la acompañó, ella tomó el mortero y se dio al paciente trabajo de machacar pétalos rosáceos.

—Tu señor padre, que Dios guarde a su diestra, no me dio muchas alegrías. Yo tenía los dieciséis recién cumplidos cuando nos casamos, treinta y cuatro al enviudar. ¿Qué quieres? Estos cinco años de convento han sido como volver a la niñez. Aquí me tienes, empleada en tonterías.

—No lo negaré. Tarea de sirvientes esa de picar hierbajos.

—Flores de marisilva. Con agua hirviente y miel, atajan el catarro. Le hago tragar el mejunje a la abadesa Aderquina para que no me importune con su interminable tos.

—Interesante, madre. Pero supongo que no me has hecho llamar por eso. Ya me resultaba aburrido ocuparme de los muchos trabajos que da el señorío de Haro, y ahora, con el de Vizcaya, apenas duermo. Bendigo a Dios por iluminar al rey Alfonso al concedérmelo, pero a veces desearía que no hubiera ocurrido.

—No seas necio, Diego. Nunca está de más un señorío. Y tampoco otorgues a Dios más premios de los que merece, que por majestad son muchos. Eres señor de Vizcaya gracias a mí.

Diego de Haro no se sorprendió en demasía. Conocía bien a su madre.

—Se lo pediste al rey.

—Se lo exigí. Tus servicios a la corona merecían Vizcaya. He de decir, no obstante, que el joven Alfonso accedió a la primera misiva. Y eso me hace pensar que ganarías mucho más a su lado que alejado de la corte. Delega, hijo. Deja en Haro y en Vizcaya a alguien de confianza y pégate a Alfonso de Castilla. Eso es lo que tenía que decirte.

Diego se levantó y dio dos pasos junto a la orilla. La condesa machacaba pétalos en el mortero con el dedo pulgar, como si fuera una campesina de nacimiento.

—¿Y Sancho de Navarra? Si me alejo de mis señoríos, ese truhan podría verse tentado.

—A Sancho de Navarra se le acabó su tiempo cuando nuestro rey alcanzó la mayoría de edad. Eso se sabe incluso en este lugar apartado del mundo. La guerra se trasladará ahora lejos, hijo mío, y con la guerra irá la corte. Envié a tu hermana Urraca junto al rey de León, y a ti te envío junto al de Castilla.

Diego de Haro asintió. Recordó la conversación taimada con Fernando de León.

—¿Te das cuenta de que Castilla y León podrían entrar en guerra?

—Y si eso ocurre, tardará mucho más en arreglarse que este pleito con Navarra. De toda turbación, de todo desconcierto, has de sacar utilidad. Por lucir las armas junto a su señor ganó tu padre el condado y recibió Nájera. Y por su arrojo mereció la alferecía con el difunto emperador. Tú estás llamado a seguir su camino.

—¿Y si es la paz lo que conviene?

La condesa dejó de machacar marisilva. Miró fijamente a su hijo.

—Tanto a ti como a Urraca os sobra picardía. Bien podéis hacer que se os necesite en la guerra o que se os deba la paz. —Volvió a levantarse y se sacudió las briznas del faldón. Señaló el anillo que su hijo lucía en el índice, con un lobo negro sobre el sello plateado—. Nuestra casa ha de encabezar la nobleza castellana, y el blasón de tu padre ondeará junto al del rey. Ve con él, Diego. Obedécele y sé leal. Pero que sepa que trata con un Haro, y que la fidelidad de los Haro no es gratuita.

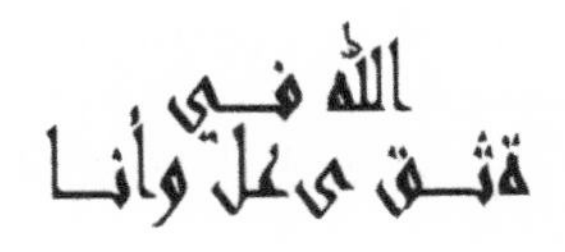

11
ASEDIO A CUENCA

Medio año después, principios de 1177

Pedro Ruiz de Azagra andaba camino de los sesenta y su pelo claro se había llenado de canas. Aun así, su mirada gris y su hechura eran aún las de un cazador que no se conforma con permanecer bajo techado cuando fuera, a la intemperie, campan sueltas las bestias.

Se aproximaba a Cuenca en la madrugada, a través de los campos y montes cubiertos de nieve. Avanzaba cubierto por su manto forrado de piel y seguido por su poderosa mesnada. Él no era de los que rehuía la lucha. Jamás lo había sido. Por eso ahora era un señor que hablaba de tú a tú a los reyes de Aragón o Castilla, y estos tan pronto lo miraban con recelo como lo premiaban con tierras y honores.

Hacía casi ocho años que era el dueño de Albarracín. Y en cumplimiento de lo jurado al rey Lobo, que le cedió el señorío, se negaba a reconocer a monarca alguno, ni a ninguna otra autoridad por encima de él salvo a la santísima Virgen María.

Pedro de Azagra levantó una mano para detener la columna. Tras ella, una línea de claridad sobre las montañas anunciaba el próximo amanecer, y al frente un hombre se acercaba a pie, envuelto en una capa clara que lo mimetizaba casi a la perfección.

El manto de nieve crujió bajo sus pies cuando corrió al encuentro del señor de Albarracín.

—Estamos de suerte. El estanque y los ríos se han congelado. Hemos probado la consistencia del hielo, y creo que aguantará el paso de la gente si vamos a pie y sin mucho peso.

Pedro de Azagra asintió. Según los informes castellanos, la guarnición de Cuenca se limitaba a unos cuantos muchachos descuidados que, en aquel momento de la noche y teniendo en cuenta el frío y la nieve, estarían adormilados o roncando como osos en su letargo. Sus hombres, sigilosos y rápidos, podrían tomar la muralla sur de la ciudad y avanzar a toda prisa. Nadie les haría frente. Y si alguien se interponía, sería pasado a cuchillo. En muy poco tiempo habrían ganado el extremo norte de la medina, capturarían al centinela y le obligarían a entregarles la llave del castillo. Todo habría acabado antes de que el sol asomase del todo tras la sierra de levante. Cuenca estaría ganada, y él, Pedro de Azagra, se la entregaría al rey de Castilla como muestra de amistad entre iguales.

Llamó a sus adalides y les explicó el plan. La infantería de Albarracín, más ágil y menos pesada, caminaría sobre el agua helada con las escalas. Mientras tanto ellos, cargados con sus lorigas y encaramados a sus poderosos destreros, aguardarían a que los suyos abriesen las puertas desde dentro. Entrarían triunfantes por el oeste, a caballo, cruzando el puente sobre el río que los sarracenos llamaban Shuqr y que él conocía como Júcar.

—¿Y si algo sale mal, mi señor?

—Santa María no lo permita. —Pedro de Azagra se persignó—. La presa está atrapada en su cepo, solo tenemos que acercarnos y rematarla. Pero si hubiera algún problema, recordad: hemos de establecer el cerco y cerrar los caminos. Luego esperaremos a que llegue el ejército de Castilla. Adelante.

Las órdenes se repitieron en la quietud helada de la madrugada. Un leve viento arrastraba la nieve como si fuera polvo, se pegaba a las pieles y atería a los caballos cristianos. El explorador mordisqueó un pedazo de queso y bebió vino para entonar cuerpo y alma. Lo mismo hicieron los demás peones de Albarracín mientras daban el rodeo para aproximarse desde el sur a Cuenca. Pedro de Azagra miró delante. El contorno impreciso de las murallas y torres, los tejados y el minarete, se confundían con los riscos que los rodeaban. No había antorchas encendidas, pero la nieve reflejaba la poca luz que la luna conseguía filtrar a través de las nubes bajas y espesas.

Los pasos sonaron extraños cuando los pies de los infantes se hundieron en la nieve. Avanzaban en columna para no caer en los ventisqueros. Se defenderían con escudos pequeños y redondos, y acabarían con la oposición infiel a golpe de espada. Algunos, a pares, transportaban las escalas. Y el último infante blandía una lanza larga a cuya punta había atado un paño con la cruz escarlata de los Azagra. El señor de Albarracín vio alejarse a sus hombres, y pronto estos se hundieron en aquella oscuridad de cristal. Se arropó en el manto mientras lanzaba bocanadas de vaho. Aquella ciudad, como Albarracín, había sido de su gran amigo Mardánish, pero ahora pertenecía a los almohades. Y muy pronto sería castellana. Aunque antes, por el breve tiempo que faltaba hasta que el rey Alfonso viniera con su ejército, la bandera blanca del califa africano sería sustituida en el torreón del castillo por los colores de los Azagra.

Ibn Sanadid se incorporó sobresaltado. Uno de sus hombres, un algareador contratado en tierras de Jaén, lo zarandeaba en el catre.

—Ya vienen.

El arráez andalusí se restregó los ojos. Su soldado no llevaba hachón, pero la cámara estaba iluminada por una vela a punto de consumirse.

—¿Por dónde? —preguntó mientras rebuscaba entre las ropas.

—Por el sur. Se acercan a pie. He ordenado que les dejen traspasar la albacara y que los detengan en la muralla.

Ibn Sanadid se vestía a toda prisa. Intentaba sacudirse la modorra y pensar con claridad. Apenas sentía el frío intenso que mordía la piel. Sonrió con ferocidad. Buen Ordoño. Muy a pesar suyo, su amigo no había podido engañarle. Más bien al contrario. Los cristianos llegaban justo cuando él había adivinado. En el momento en el que el de Aza debía hallarse lejos de Cuenca. En Valencia. Deseó con todas sus fuerzas que Ordoño estuviera realmente allí, junto al mar. No en aquellas montañas nevadas donde pronto se iba a derramar sangre.

Salió mientras metía la cabeza por el almófar, seguido por el hombre que le había avisado, y que le llevaba la adarga de cuero prensado y la espada. El nuevo arráez de Cuenca se alojaba en los barracones de la guarnición, dentro del alcázar, y ahora a su alrededor corrían los demás soldados, también súbitamente arrancados del sueño. Se movían en tenso silencio, a medio armar y con las caras contraídas por la mezcla de miedo y sopor. Salieron a la medina y subieron al adarve. A la izquierda se adivinaba una leve claridad, pero la noche estaba cubierta. Solo en ocasiones las nubes se desgarraban, y entre sus jirones asomaba una luna perezosa y rodeada de un anillo de luz imprecisa. Se apostaron tras los merlones e Ibn Sanadid forzó la mirada. Delante de él se extendía la albacara: una amplia franja de terreno casi llano y en pendiente hacia la *buhayra*. Allí, salpicando el manto casi inmaculado de nieve, crecían los nogales, avellanos y olivos. Y la tierra guardaba en su seno las semillas que germinarían cuando el frío las liberase. Más allá, la *buhayra* reflejaba las panzas nubosas y las montañas. Estaba helada, como en los días precedentes. Ibn Sanadid sonrió. Ya llegaban. Separados, sin guardar formación alguna. Avanzaban con cautela. Encogidos y con hierros que relucían en la noche.

—Se han atrevido a cruzar a pie.

Su asistente le entregó la adarga y le ayudó a embrazarla. Ibn Sanadid ya llevaba calado el yelmo y puestas las manoplas herradas. A lo largo del adarve sur le observaba toda una guarnición que él mismo había reforzado y revestido con una coraza de disciplina. Muchos aguardaban con flechas caladas en los arcos, otros empuñaban azagayas. No decían nada. Solo esperaban, agazapados en ese instante previo a la incertidumbre de la batalla. El arráez de Cuenca echó un último vistazo a la albacara. Se oyeron algunos balidos apagados en dirección a los establos, donde dormían las reses que por el día escarbaban en la nieve para masticar el pasto congelado. Los animales estaban inquietos. Los cristianos también se dieron cuenta y apretaron la marcha. Ibn Sanadid levantó la espada y reflejó un rayo de luna. La guarnición de Cuenca aguantó la respiración.

—¡¡Ahora!! —gritó el andalusí.

Las flechas silbaron entre los merlones y cruzaron el aire helado en tiro tenso. Los de Albarracín, sorprendidos, no podían ver qué ocurría ante sus narices. Pronto se oyeron los primeros chasquidos y alguien lanzó un grito de dolor. Un segundo quejido, y un tercero. Una maldición. Más balidos de ovejas.

—¡Nos disparan! —acertó a avisar un peón, pero cayó al instante con la garganta perforada.

La confusión estaba servida. Algunos hombres se acuclillaron para presentar un blanco menor, pero los andalusíes los distinguían perfectamente por el contraste de sus ropas contra el manto blanco de la albacara. Otros avanzaron hacia la muralla mientras aprestaban las escalas, y unos pocos volvieron la espada y corrieron hacia la congelada *buhayra.*

Los hombres de Cuenca recargaron los arcos y dispararon una segunda andanada. Ibn Sanadid se sintió satisfecho. Había hecho un buen trabajo con aquellos muchachos que apenas medio año antes eran un grupo de cándidos ciudadanos, más parecidos a corderos para el sacrificio que a verdaderos soldados. Se dirigió a sus hombres de algara, los que había contratado en su viaje desde Sevilla a Valencia y, más tarde, en los alrededores de la propia Cuenca. Incursores curtidos en la emboscada. Esgrimían hachas, espadas cortas y jabalinas.

—Preparaos para salir. Los perseguiremos hasta el hielo.

Una escala llegó a apoyarse en la muralla, pero los arqueros de la ciudad soltaron sus flechas en vertical y acribillaron a los imprudentes peones cristianos. Ahora la desbandada era casi general, así que Ibn Sanadid dio la orden de abrir la puerta sur.

La persecución en la albacara fue angustiosa. Los cristianos corrían hacia la superficie cristalina del estanque, y tras ellos oían el crujido de la nieve al hundirse. Respiraciones jadeantes y tintineo de hierro. En el extremo, junto a la cerca, los animales encerrados se inquietaban cada vez más, mugían y balaban con desesperación. Alguien gritó una amenaza en árabe andalusí. Un cristiano miró atrás, tropezó y quedó a merced de los cazadores. Lo atravesaron dos espadas y murió sin emitir un quejido. Otros fueron alcanzados antes de llegar a la superficie sólida del agua. Recibieron las heridas por la espalda, infames marcas de huida. Unos pocos se volvieron para plantar cara, pero los perseguidores eran superiores en número. Algunos resbalaron en el hielo y se arrastraron, gatearon y clavaron las uñas para llegar al otro lado.

En la muralla de Cuenca se levantó un griterío de triunfo, y al norte, sobre el torreón del castillo, siguió ondeando la bandera blanca del califa almohade.

وأنا على ثقة في الله

DOS MESES Y MEDIO MÁS TARDE, PRINCIPIOS DE PRIMAVERA DE 1177

La posada del Charrán empezaba a llenarse de clientes. Hasta ese momento, con el frío húmedo del otoño valenciano, las habitaciones habían permanecido casi todas vacías, pero ahora se acercaba el buen tiempo. Los mercaderes llegaban a Valencia, y pronto se abriría la temporada de navegación en los puertos del sur. En otra época, los andalusíes se habrían lanzado a celebrarlo con fiestas, música y danzas. Ahora no. Ahora los *talaba* recorrían las calles atentos a que se rezara cada oración, a que las mujeres no salieran demasiado de sus casas o a que, de hacerlo, mantuvieran sus pecaminosos rostros cubiertos. Atendían a las conversaciones en corros y vigilaban que no se sirviera vino o *nabid* de dátiles en las tabernas.

A Ordoño se le acababa el dinero y no quería tocar los veinte dinares que reservaba para la apuesta con Ibn Sanadid. De haberlo sabido, su bolsa habría llegado a Valencia más surtida, o quizá habría llevado alguna joya para cambiarla en caso de necesidad. Él era un vástago de los Aza, una de las mejores y más ricas familias de Castilla, pero ahora se veía obligado a recortar sus gastos. Y poco podía allí, en tierra de infieles, recurrir a su prestigio. Se hacía pasar por un andalusí más de los muchos que llegaban a Valencia y, como otras veces, disimulaba su lengua y origen verdaderos. Se acercó al anciano que regentaba el local, y que ahora servía carne hervida con habas a unos soldados africanos recién salidos de su servicio de armas.

—Posadero, ten. —Dejó un par de monedas sobre el mostrador de madera lleno de picaduras y escorzos—. Escucha. Me gustaría quedarme algunos días más, pero temo que se me acaben los dineros. En atención al tiempo que llevo aquí, ¿no podríamos ajustar el precio?

El hombre apenas lo miró. En el Charrán no se hacían preguntas si las cuentas cuadraban, y por eso Ordoño no tenía miedo de que en la posada sospecharan de su acento. Además, al-Ándalus era grande y no se hablaba igual en el Garb que en el Sharq, ni en Sevilla como en Jaén, ni en Valencia del mismo modo que en Badajoz. Y la mayor parte de la gente jamás había viajado más lejos de unas leguas. Tampoco le preocupaban los soldados africanos que desayunaban cerca. Ellos se entendían en su jerga bereber y, con toda seguridad, no hablaban el árabe andalusí de aquellas tierras.

—Tengo mucha clientela esperando. —El posadero tomó las monedas y las guardó al otro lado del mostrador—. Me faltan aposentos. Pagarás lo acordado o buscarás otro lugar.

Ordoño torció la boca.

—Vamos, deja al muchacho.

Había sido una voz femenina, y brotaba del almacén de la posada, a espaldas del posadero. Una cabeza cubierta, de ojos que aún conservaban la belleza andalusí de su dueña, asomó por la puerta y escupió una mirada de desprecio al viejo que regentaba el local. Ordoño se fijó en ella. Había oído hablar en susurros de Kawhala, la antigua mesonera. Una danzarina de Úbeda que en los buenos tiempos fue la dueña del Charrán. Se decía que bailaba como las huríes del paraíso. Ahora su arte languidecía oculto, prohibido y denigrado.

—Ah, está bien, mujer. —El posadero se volvió hacia el cristiano—. Puedes quedarte una semana más y me doy por pagado. Después te irás.

Ordoño sonrió a Kawhala para agradecer su ayuda, y ella le devolvió el gesto. El castellano pasó cerca de los soldados antes de salir a la calle. El día era luminoso y fresco, y las calles de Valencia empezaban a llenarse de caminantes. Anduvo hacia el alcázar y la mezquita aljama, como todos los días. En la plaza, a lo largo de la mañana, se reunían los chismosos para comentar las noticias que llegaban desde los rincones del imperio. En los últimos meses se solía hablar de la peste que asolaba el norte de África y que había alcanzado al mismísimo califa. Se decía que eran muchos los muertos, que la plaga no distinguía entre hombres santos y pecadores, ricos y pobres, jóvenes y viejos. Pero aquel día, un corro distinto se había formado en un margen de la plaza. En él había soldados fuera de servicio a los que Ordoño distinguía por su porte recio y vanidoso. Se acercó despacio, pasando de largo de las conversaciones sobre el precio del almud de trigo o las ordenanzas del gobernador Abú-l-Hachach.

—Como lo oís —aseguraba un tipo con pinta de mercader—. Los infieles asedian Cuenca desde hace dos meses.

—No puede ser —dijo un hombre de piel casi negra y fuerte acento norteafricano—. Nos habríamos enterado antes. Es mentira.

—No es mentira. Los cristianos se han preocupado mucho de que la noticia no se supiera. Seguramente tienen miedo de que acuda un ejército a liberar Cuenca.

—Te digo que es mentira, lenguaraz. Una simple paloma mensajera habría bastado. El gobernador de Cuenca está obligado a tener informado al nuestro. ¿No lo sabías?

Callaron ante la aseveración del africano. Ordoño se retiró discretamente. Cuenca asediada. Pues claro que era verdad. Tenía que serlo. Él tampoco se explicaba lo de las palomas mensajeras, pero alguna razón habría. Y su amigo Ibn Sanadid no había llegado. Después de dos meses de espera, los temores de Ordoño se hacían realidad.

Caminó hacia el norte por las calles estrechas que se arracimaban en torno al alcázar. Aquel retraso en las noticias era bueno para Castilla, desde luego. El socorro lógico para Cuenca debía salir de Valencia, que era la ciudad más cercana y con guarnición nutrida. Pero ¿qué pasaba con Ibn Sanadid? ¿Realmente había quedado atrapado por el asedio?

Sus pies lo llevaron, casi sin darse cuenta, a dejar atrás las murallas. Algunos pescadores retornaban de sus labores matutinas, y la gente de los arrabales entraba en la ciudad para hacer compras, visitar a parientes o vender género. Cruzó el río, que ya bajaba alegre por el deshielo desde su curso en tierras de Albarracín y la Extremadura aragonesa, y llegó al lugar que, en realidad, le había llevado hasta Valencia.

La Zaydía.

El palacete se llenaba poco a poco de vegetación, tanto por fuera como en las copas de los árboles que asomaban tras sus muros, y los cantos de infinidad de aves dulcificaban aquel pedazo de tierra cruzado por acequias en el que crecía un nuevo arrabal. Se acercó como si fuera un paseante más. En la puerta de la *munya*, dos soldados andalusíes montaban guardia con la mirada fija al frente y las lanzas en vertical. Ordoño caminó alrededor de la alta cerca de piedra y percibió el sonido del agua que corría al otro lado. Quizá un estanque o una fuente. Alguna voz de mujer. Incluso risas. Aquella isla misteriosa en medio de la rigidez africana le resultaba cada vez más tentadora. Pero todos los días repetía el mismo paseo, se detenía ante aquella cerca y regresaba a Valencia, al Charrán. La costumbre empezaba a parecerle ridícula. Ibn Sanadid, que era quien le había convencido para estar allí, no llegaría jamás...

Se detuvo al lado del camino para dejar paso a un hombre con jubón de borra y sombrero de paja de ala ancha. Un andalusí que tiraba de un carro pequeño con alfalfa. Recordaba ahora la conversación con su amigo en Cuenca. Y ataba cabos.

—Pero ¿seré estúpido?

Lo había dicho en romance. El campesino del carro le dedicó una mirada de extrañeza, se encogió de hombros y continuó camino hacia Valencia.

Una trampa. Ordoño había caído en una trampa. Ahora reparaba en su ingenuidad. Ibn Sanadid había conseguido que, sin saberlo, le dijera cuándo iba a empezar el cerco militar a Cuenca. Y al mismo tiempo lo mandó lejos, a un lugar donde no tuvieran que enfrentarse. Y había usado los dos cebos que sabía que el cristiano no podría rechazar: una mujer y una apuesta. ¿Cómo no se había dado cuenta?

Era hora de marcharse. Tenía que ir a Cuenca y colaborar en el cerco. Miró la tapia de la Zaydía por última vez. Seguramente allí no vivía ninguna princesa sarracena de cabello rubio. Todo era una farsa. Un cuento para noches de lluvia. Y, sin embargo, ¿qué custodiaban aquellos soldados? ¿Qué voces femeninas eran esas que a veces saltaban la cerca?

Divisó a una mujer envuelta en uno de aquellos holgados *yilbabs*. Se cubría el rostro con un *niqab*, de forma que ni siquiera se veían sus ojos. Apoyado en la cadera transportaba un cántaro. Ordoño vio que se dirigía a la parte trasera de la *munya* y la siguió durante un trecho. Allí había otra puerta, tan custodiada como la frontal. La mujer se detuvo ante los guardias, cambió algunas palabras con ellos y la dejaron entrar. El cristiano se pellizcó la barbilla. Miró a su alrededor. El arrabal, separado de la *munya* por los caminos y acequias, comprendía varias casas y algunas granjas. Había terreno sembrado, árboles frutales y flores de temporada. Ordoño sonrió y rebuscó entre las pocas monedas que aún conservaba. Todo se compra y se vende. Todo.

Los soldados de guardia empezaban a sudar. El sol subía y la humedad del río se arrastraba por la tierra, se colaba bajo sus cotas y empapaba las camisas y los zaragüelles. Por fortuna faltaba poco para el cambio de turno.

—Fíjate en esa. —Uno de ellos señaló con la barbilla al camino. El otro miró y lanzó un silbido de admiración.

—Qué mujer tan alta. Qué carnes tan magras.

—Debe de ser por trabajar la tierra. Menuda fiera tiene que ser en el lecho. Tú no te le escaparías.

Los centinelas rieron un instante, y luego uno de ellos se adelantó para interceptar a la mujerona. Era realmente grande. Más alta que ambos. El *yilbab* le quedaba corto y dejaba al descubierto unos pies enormes y cubiertos por calzas de estameña. Los soldados miraron hacia arriba, al *niqab* que ocultaba totalmente su rostro y que solo permitía ver a través de la urdimbre de hilo. Luego examinaron la cesta que apoyaba en su cadera.

—¿Qué es eso, mujer?

—Campanillas —respondió. Su voz, muy aguda, resultó graciosa a los dos guardianes. Uno de ellos levantó el paño que cubría la cesta y dejó al descubierto los pétalos azulados. La mujerona dio un brusco paso atrás.

—Cuidado, soldado. Estas flores son las que más agradan a la princesa.

—Anda, pasa.

Mientras los centinelas terminaban de reír y cuchichear y recobraban la pose vigilante, la campesina entró en la *munya*. Recorrió el camino de tierra entre los setos y cipreses con seguridad, torció a la derecha y bordeó el edificio encalado y repleto de columnas que dominaba el recinto. Pasó bajo un paraguas de ramas combadas y se metió en el arbolado. Allí estaba la acequia, que discurría bajo un pequeño puente.

Un par de criados cuidaban de las flores y regaban los andenes ajardinados. La mujerona dejó atrás arriates y mosaicos de colores, y localizó a un sirviente que acababa de aparecer por la puerta principal de la *munya*. Era un hombre muy grueso y con el rostro brillante como agua limpia.

—Un eunuco —se dijo la campesina con una voz mucho más ronca y menos absurda que la que había usado antes.

Siguió al tipo y no tuvo problema alguno en entrar al edificio. Bajo sus capiteles, el frescor alivió el calor que causaba el *yilbab*. Una prenda horrible e incómoda de vestir, que ahogaba la mirada y la piel. El eunuco recorrió los pasillos, ajeno a la mujerona. Llegó ante una puerta, dio dos golpes de nudillo y abrió.

—Mi señora, hay noticias. Todo el mundo en Valencia habla de ello: los infieles han puesto sitio a Cuenca.

La campesina se detuvo tras una columna y aguardó. Una voz suave sonó dentro del aposento, pero no se pudo oír qué decía.

—Castellanos, según creo —volvió a hablar el eunuco. Luego hizo una larga inclinación que arrugó su barriga bajo la camisa. Cerró la puerta y desapareció por donde había llegado.

La mujerona dejó la cesta con las campánulas en el suelo y tiró del *yilbab* hacia arriba. Lo hizo con torpeza, arrastrando el *niqab* y atascándose en la cabeza. Cuando se despojó de la prenda, Ordoño respiró aliviado.

—¿Cómo pueden llevar esto? —Volvió a agacharse, removió las flores y sacó los zapatos picudos. Mientras se calzaba, miró a su alrededor. Luego arrugó el *yilbab* y lo dejó tras la columna, junto a la cesta y oculto a las miradas de criados, eunucos y guardianes.

الله في
وانا على ثقة

Safiyya, recostada de lado sobre el lecho, leía poesía en un viejo volumen prohibido. Uno de aquellos libros inmorales que solo podían encontrarse en Valencia, lejos del corazón del poder almohade. Se recreaba en cada verso y le parecía escuchar la voz bien modulada del viejo maestro de su madre, Abú Amir:

> *Bebe; goza de la vida en un jardín: diviértete, pues tus días huyen.*

Todo parecía arrastrarla a aquel sueño muerto del placer por el placer. Como el que se había vivido entre aquellas paredes, o en el alcázar de Murcia, bajo el reinado de su padre. Entonces ella, demasiado niña, no había sabido valorarlo ni disfrutar de él. Gozar del amor en jardines y pasear su belleza. Deleitarse en las carreras y los alardes. Bailar al son de las cítaras.

Suspiró y pasó otra página del libro. A su derecha la estancia se comunicaba con el *hammam* de la Zaydía a través de un corredor, y a la izquierda, un arco velado por cortinajes llevaba a los aposentos de su servidumbre personal.

Un ruido la sacó de la ensoñación. La puerta acababa de abrirse e, inmediatamente, se volvió a cerrar. Safiyya no se movió. Allí había un hombre; y no era el eunuco a su servicio, único varón que, según las normas, podía ver su cara descubierta. Se trataba de un extraño armado con una daga. Un desconocido que la observaba ensimismado, con gesto de sorpresa no exenta de admiración. Contemplaba su cabello, larguísimo, suelto y dorado, que caía con descuido sobre el cobertor; y la *gilala* blanca que se abría y amenazaba con descubrir el seno derecho; el *mizar* largo y también claro que apenas envolvía sus piernas, y los pies descalzos que colgaban sobre el borde de la cama. Él vestía al modo andalusí, con jubón sobre la túnica larga, pero no era uno de los suyos. La princesa lo supo por su modo de empuñar la daga. Para confirmarlo, el extraño habló en el romance de los castellanos:

—Vaya. Así que era cierto.

Safiyya no sintió miedo. A pesar del arma que esgrimía el tipo, de pelo claro y corto. Tal vez por lo que vio en sus ojos. La princesa tampoco se molestó en cubrirse.

—¿Qué haces aquí?

A Ordoño no se le ocurrió ninguna mentira apropiada, así que optó por la verdad.

—He venido a conocerte.

Ella arqueó las cejas. Los dos permanecieron quietos, estudiándose.

—Has venido a conocerme. Bien. ¿Y quién eres?

—Soy Ordoño Garcés de Aza, caballero de Castilla. A tu servicio, mi señora.

Safiyya se movió por fin, pero sin incorporarse. Apartó la mano del libro y señaló a la daga.

—Nadie lo diría.

Él sonrió.

—Una pequeña precaución que supongo comprenderás.

—Bueno. —La andalusí devolvió la mano, tersa y de piel blanca, al volumen de poesía prohibida—. Pues ya me has conocido. Ahora me gustaría seguir leyendo.

La sonrisa del castellano creció. Una mujer con carácter, eso había dicho su amigo.

—Ibn Sanadid me lo advirtió. Veo que no se equivocó tampoco en eso.

—¿Ibn Sanadid? ¿Quién es?

—Vaya, él me dijo que te conocía. Que te había escoltado hasta aquí.

—Ah. Ibn Sanadid —Safiyya lo repitió despacio—. Así que ese es el nombre del soldado prudente, ¿eh? ¿Y qué parte tiene él en este negocio?

—Mucha, mi señora. Se puede decir que él me ha enviado.

La princesa asintió con lentitud.

—Así que este es su regalo. Su compensación por haber salvado la vida de…

—¿Regalo, dices? —la interrumpió Ordoño.

—Una tontería. Pero Ibn Sanadid me dijo que marchaba a Cuenca.

—Y desde allí me envía.

Safiyya cerró el libro despacio y se levantó. No se molestó en aderezar la vestidura. Simplemente se puso en pie y avanzó hacia Ordoño, que seguía apuntándola con la daga.

—No comprendo por qué sigues aquí ahora que ya me conoces. ¿Has venido a matarme, cristiano?

—No.

—No querrás llevarme contigo. No saldrías vivo de aquí.

—Eso me gustaría más. Pero tampoco lo haré.

Llegó hasta él y la *gilala* rozó la punta de la daga. Él la retiró una pulgada. Ahora sus rostros estaban cercanos, los ojos azules de ella lo observaban altivos.

—Solo tengo que gritar, cristiano. ¿Sabes quién soy? Te espera el tormento por haberte atrevido a mirarme a la cara.

—De eso estoy seguro, mi señora. Un tormento que durará mucho, mucho tiempo. Pero dudo que grites si todavía no lo has hecho.

—Vaya. Eres osado, lo reconozco. ¿Cómo has conseguido entrar? ¿Y qué es ese olor? ¿Campanillas?

Ordoño carraspeó. Reparó en que había retrocedido y su espalda pegaba ahora contra la puerta.

Ella había avanzado y, para su sorpresa, lo tenía arrinconado. Separó la mano armada a un lado.

—No te desvelaré cómo he entrado, mi señora. Me guardo el truco para el futuro.

—El futuro... Muy bien, cristiano. Mandaré que se doble la guardia y pondré un centinela en mi puerta.

—Y aun así volveré.

—Lo dices como si esperaras salir con vida hoy.

—Debo hacerlo. Mi rey me espera en Cuenca.

—Claro, Cuenca. Tu rey la asedia desde hace meses. Y tú me asedias a mí, ¿no?

—Por mi fe que ahora mismo parece lo contrario, mi señora.

Safiyya movió despacio el brazo izquierdo y aferró la muñeca diestra de Ordoño con suavidad. Atrajo la mano armada y la daga volvió a rozar la *gilala* a la altura del vientre.

—Ahora voy a llamar a la guardia, cristiano. Tendrás que matarme si no quieres morir.

—Mi señora... ¿No hay otra forma de evitar que grites?

—Tal vez. Regresa a Cuenca y levanta el cerco. Volved tú y tu rey a Castilla y dejadnos vivir en paz.

—No puedo hacer eso.

Safiyya frunció el ceño.

—Qué cristiano tan extraño eres. ¿Por qué no juras que me complacerás? Luego puedes engañarme, como hacéis siempre los de tu credo.

—Yo no miento. Pero no temas. Ahora que ya sabéis que Cuenca está bajo asedio, podréis mandar a vuestros ejércitos para liberarla.

Safiyya bajó la mirada. Ordoño creyó ver un relámpago de vergüenza en los ojos antes retadores.

—Sabemos lo del asedio desde el principio, cristiano. Desde que llegó la primera paloma con la petición de ayuda.

Ahora fue Ordoño quien mostró su pasmo.

—Y aun así no enviáis a nadie. Y lo ocultáis a la gente. ¿Por qué?

—Mi tío Abú-l-Hachach no es un guerrero. Jamás dirigirá un ejército contra vosotros. Si mi padre estuviera vivo...

Ordoño recordó. Safiyya no era solo la esposa del heredero almohade. Era también hija del rey Lobo.

—Tu padre, mi señora, jamás habría alzado armas contra nosotros. Siempre fue fiel amigo de mi rey y de Castilla.

—Y mira cómo se lo pagasteis, cristiano. —Los ojos de Safiyya volvían a clavarse ahora en los de Ordoño, pero la ferocidad sustituía al desafío—. Con el abandono y la traición. ¿Cómo no me ibas a traicionar tú también?

Fue el castellano quien se avergonzó ahora. Buscó una excusa o una explicación, pero no las halló.

—Es lógico que nos odies. Me odias. Soy tu enemigo, mi señora.

—Desde luego.

—Pero los almohades también fueron vuestros enemigos. Tu esposo lo fue.

—Lo sigue siendo, como tú. —Safiyya dibujó una sonrisa de desprecio—. No hay gran diferencia entre vosotros.

—Hay mucha diferencia, mi señora.

—¿Sí? Yo no la veo. Los africanos vinieron a mi hogar con sus armas y me lo arrebataron todo. Y vosotros hacéis lo mismo. Tú haces lo mismo con tu daga. —Tiró de la mano del castellano hasta que la punta aguzada presionó sobre la *gilala* y se posó en la piel de la andalusí—. ¿Qué has venido a llevarte tú, cristiano?

Ordoño percibió el temblor de Safiyya y el dolor que encerraban sus palabras. Traicionados, sometidos por todos. Abandonados a la rapacería de unos y otros. Y ella, último rescoldo orgulloso de una raza que desaparecía, había sido humillada. Obligada a desposarse con uno de aquellos africanos fanáticos, y luego rechazada; enclaustrada en una prisión en forma de palacio rodeado de jardines. Y ahora él se presentaba allí con su daga y su soberbia de guerrero cristiano. Ella aún esperaba respuesta a su pregunta: ¿qué había venido a llevarse Ordoño? ¿Qué le podía decir? ¿Que estaba allí por veinte dinares? Se maldijo por haber aceptado la apuesta. Aquella mujer no lo merecía. Y tenía razón: él no era muy diferente de quienes se lo habían arrebatado todo.

¿O sí que lo era?

Tal vez no fue dueño de lo que hacía. Fue el rencor de Safiyya. O la mirada azul de desprecio y desesperación. O el temblor que sacudía su piel bajo la túnica blanca que la daga podía atravesar en cualquier momento. O la fatua e inútil belleza que los rodeaba en la Zaydía. Ordoño se inclinó y besó los labios de la princesa. Un instante nada más. El tiempo que tarda el corazón en latir una sola vez cuando lo inunda una enemistad de siglos. Ella no lo evitó. Y durante ese latido efímero dejó de despreciar al cristiano, y no tembló. Ni se sintió sola y abandonada en su jaula. Cuando él separó los labios de los suyos, Safiyya dio un paso atrás. Todavía retenía la mano de Ordoño, con la daga empuñada. Miró la punta afilada del arma.

—Esta es la diferencia —dijo él. Ella vaciló un momento.

—Eso no ha sido nada, cristiano. —Su voz sonó insegura esta vez—. Nada.

—Al contrario. Es mucho. Ahora sé que ha valido la pena venir y jugarme la vida para verte. Ahora da igual si gritas. Ahora no me importa morir.

Ella se dio la vuelta. No podía sostener la mirada del castellano.

Vio el libro cerrado sobre el lecho. Los sueños perdidos de sus antepasados. «Aprovecha el momento», le decían todos los antiguos poetas andalusíes. «Goza. Vive la vida en un jardín».

—No, cristiano. Morirás por nada. Ha sido un beso falso.

—Pensaré en eso mientras los tuyos me torturan. —Ordoño guardó la daga en el ceñidor de la túnica y, sin volverse, tanteó tras él para abrir la puerta—. Ahora me voy, mi señora.

—Voy a gritar.

Safiyya todavía le daba la espalda. Había cogido su libro y lo apretaba contra el pecho, como si fuera su única posesión.

—Volveré —dijo él antes de salir. La princesa miró por fin y aún lo vio, con la cabeza vuelta hacia ella bajo el dintel. Los versos andalusíes eran los que gritaban ahora desde las hojas del libro. «Tus días huyen».

—¿Lo juras, cristiano? ¿Juras que volverás?

—Lo juro, Safiyya.

La puerta se cerró, y el silencio se extendió por la alcoba. La princesa retrocedió para sentarse en el lecho. Todavía no se explicaba lo que acababa de ocurrir. Giró la cabeza hacia el arco encortinado.

—¿Estás ahí, Marjanna?

La tela se movió con suavidad y la persa apareció tras ella.

—Desde que ese hombre ha entrado, mi señora.

—Claro. —Safiyya entrelazó los dedos para ocultar su temblor—. Ordoño... ¿Te suena su nombre?

—No. Pero sí he oído hablar de su casa. Los Aza fueron guardianes del rey de Castilla cuando niño. Tu hermana Zayda los conoció.

—Ya. En esa época eras esclava y servías a mi madre. Ahora eres libre y te tengo por amiga. ¿Me servirás también?

—Siempre lo hago, mi señora.

—Pues ve, Marjanna. Sigue a ese Ordoño. Entérate de dónde se aloja. Si está solo. Si en verdad va a partir para Cuenca. No dejes que se esfume de mi vida, amiga mía. Ayúdale a cumplir su juramento.

Mes y medio después. Damnat

En enero, Ibn Rushd había dado por erradicada la peste en Marrakech. Y por el mismo tiempo, el resto de ciudades dejó de padecer la epidemia.

La mortandad había sido terrible. Los restos calcinados de cadáveres y enseres permanecieron durante mucho tiempo en las afueras de las murallas, marcando el lugar donde Dios había tomado venganza de alguna vergonzosa falta almohade. Yusuf y Abú Hafs, tratados especialmente por Ibn Rushd, se recuperaron de la enfermedad, pero otros miembros de la familia califal no tuvieron tanta suerte. Utmán, el bravo guerrero que se enfrentara en el pasado al rebelde rey Lobo, fue uno de los que murió por la plaga. Y más familiares del califa perecieron por todo el imperio. El gran jeque Umar Intí, decano del nuevo orden, padre de Abú Yahyá y único superviviente de los tiempos del Mahdi, también pereció cuando viajaba hacia Marrakech. Y otro que murió, aunque no quedó claro si por la peste o por otra causa, fue Hamusk. El padre de la loba Zobeyda, que tanto dolor de cabeza diera a los almohades junto a su yerno, el rey Lobo. Se dijo que un extraño ataque se lo llevó cuando tomaba un baño en Mequínez, ciudad de su exilio. Pero nunca se supo qué había de cierto, como siempre que el Tawhid ajustaba cuentas con sus deudores.

Aprovechando la débil situación en la que había quedado el imperio, los siempre díscolos sanhayas se rebelaron en el valle del Draa. Solo tomaron algunas aldeas y masacraron a unos pocos soldados de guarnición, pero el problema estribaba en que pasaron a dominar el cruce de rutas desde Siyilmasa al Sus y a Marrakech, y se instalaron en el fértil oasis de Fint. Yusuf dejó a Abú Hafs como sustituto suyo en la capital y, acompañado de Ibn Rushd, se dirigió al sur con un pequeño ejército. Mandó correos a las ciudades más importantes de la cordillera para reclamar a Yaqub, y lo citó en Damnat, en la falda norte del Atlas.

El heredero del imperio se presentó en la fortaleza con rapidez inusitada. Con él venía Abú Yahyá, y ambos se dirigieron a la tienda roja que el califa había erigido en el centro de su campamento. El príncipe de los creyentes, enflaquecido por la enfermedad, recibió a su hijo en pie, escoltado por algunos jeques masmudas y junto a Ibn Rushd. Yusuf se mostró sorprendido por el cambio operado en el heredero.

—Yaqub, ya eres un hombre. Bien se ve la razón que tenía Abú Hafs para enviarte a las montañas.

El muchacho, con la piel curtida por el sol del desierto y por las nieves del Yábal Khal, asintió por todo agradecimiento. Junto a él, Abú Yahyá permanecía inmóvil. A pesar de que Yaqub contaba solo diecisiete años y su mentor lo doblaba en edad, ambos se parecían ahora. Tal vez fuera la forma de mirar. O sus gestos. O quizá era que Dios había unido en un mismo destino a dos almas gemelas.

—Oímos hablar de la peste. —La voz de Yaqub también era ahora más grave y firme—. Aquí, en el sur, no la hemos padecido. Dios se apiadó de nosotros.

Eso recordó algo a Yusuf. Caminó hasta Abú Yahyá y posó las manos sobre sus hombros.

—Supongo que estás enterado de lo de tu padre.

—Nos informaron en Taroudant, príncipe de los creyentes. Dios, alabado sea, lo ha reclamado a su lado. Lo mismo nos ocurrirá a todos algún día.

Yusuf encajó la respuesta con un gesto de admiración. Volvió atrás, al pedestal que lo elevaba por encima de los demás, y se aclaró la voz.

—Bien, estamos aquí porque los rebeldes sanhayas han escupido sobre Dios. Han derramado sangre almohade y controlan el oasis de Fint y algunos pueblos en el valle del Draa. Esos perros de cara velada piensan que la peste nos ha debilitado, y nosotros les demostraremos lo contrario. Yaqub —miró a su hijo con severidad—, este es un trabajo para ti. Desgraciadamente, malas noticias me obligan a regresar a Marrakech, así que no podré liderar las huestes de Dios, como habría sido mi deseo. Cruza las montañas y baja al valle. Derrota a nuestros enemigos, déjales bien claro qué sucede a quienes desafían a Dios.

Yaqub apenas aguantó la sonrisa sardónica. Se inclinó al mismo tiempo que Abú Yahyá y ambos abandonaron la tienda roja para dirigirse a la alcazaba de Damnat, donde diseñarían la campaña. Ibn Rushd los alcanzó jadeante. Detrás de él, a distancia de respeto, venían los demás jeques, líderes de las cabilas masmudas que librarían aquella campaña.

—Noble Yaqub —dijo el cordobés—, he pedido permiso a tu padre para acompañarte al Draa. Espero que no te moleste.

El muchacho cambió una mirada incómoda con Abú Yahyá.

—¿Un andalusí al sur del Atlas? Es un sitio peligroso, filósofo.

—Lo sé, lo sé. Pero tengo curiosidad. Además, me han dicho que en el valle viven unas serpientes únicas, y me gustaría experimentar con su veneno.

Los dos almohades se detuvieron y clavaron sus ojos en el andalusí.

—¿A quién quiere envenenar el médico personal del califa? —preguntó Yaqub.

—Oh. —Ibn Rushd rio con nerviosismo—. A nadie, noble príncipe. Con el veneno puedo elaborar medicinas. ¿No lo sabías?

Yaqub miró a Abú Yahyá, este se encogió de hombros y continuaron su camino. Alrededor de la fortaleza de Damnat crecía poco a poco una aldea. La mayor parte de sus nuevos pobladores eran judíos islamizados a los que el Majzén exiliaba a aquel lugar en los confines del imperio. Allí, aparte de resultar menos molestos, contribuían a la colonización de las montañas. Todo antes que dejar que las sediciosas tribus del sur se instalaran en las rutas caravaneras. Al llegar a las espesas murallas de adobe, Yaqub se volvió hacia los jeques.

—Volved y preparad a vuestros hombres. Mañana, de amanecida, partimos hacia el valle. —Luego se dirigió a Ibn Rushd en voz baja—. Tú acompáñanos.

Los jeques, sorprendidos, se miraron entre sí. No era habitual que despreciaran sus consejos en la planificación de una campaña, y menos si quien lo hacía era un muchacho sin experiencia al que apenas conocían. Murmuraron alguna protesta que nadie se atrevió a decir en alto y volvieron sobre sus pasos. Yaqub, Abú Yahyá e Ibn Rushd entraron en la fortaleza y subieron a la torre que hacía las veces de residencia del gobernador. Allí, frente a una mesa con higos y cerezas, el heredero despidió a los sirvientes, casi todos ellos judíos convertidos por la fuerza a la fe del Mahdi. Una vez solos, interrogó a Ibn Rushd.

—Andalusí, tú eres confidente de mi padre, así que sabrás qué noticias son esas tan importantes que le obligan a dejar la expedición para volver a casa.

—Ah. —El cordobés miró a los dos almohades con el miedo asomando a los ojos—. Pues resulta que los cristianos asedian una ciudad del norte llamada Cuenca. Está en los confines del imperio.

—Tal vez el califa quiere viajar allí con un ejército para enfrentarse a los cristianos —apuntó Abú Yahyá. Ibn Rushd carraspeó y pellizcó las puntas de su mostacho canoso.

—Bueno, en realidad no creo que eso ocurra. El imperio ha quedado muy débil después de la epidemia y ya ha sido muy difícil reclutar este ejército para reprimir la revuelta sanhaya.

—Seamos claros, andalusí. —Yaqub palmeó la mesa, lo que causó un sobresalto a Ibn Rushd—. Mi padre prefiere que otros se ocupen de derramar sangre. ¿No es así? Siempre lo ha hecho. No es lo mismo dictar la sentencia que lanzar la primera piedra. Hace falta… cierto valor.

El cordobés apretó los labios. Junto al heredero, Abú Yahyá se alzaba amenazador, con los brazos cruzados y la mirada fiera.

—Yo jamás me atrevería a llamar cobarde al califa —repuso Ibn Rushd.

—No he dicho que lo sea… —Yaqub estiró la última sílaba— todavía. Pero lo cierto es que mi padre no ha tenido mucha fortuna como guerrero, ¿verdad? ¿Tú sabes de algún triunfo suyo en el campo de batalla, filósofo?

El andalusí ya se arrepentía de haberse quedado. ¿Qué pretendía aquel mozo arrogante? Tal vez que hablara mal del califa, y así tener una causa legal para castigarle…

—¿No hay diferencia entre el pastor que dirige el rebaño y el perro que ladra a las reses? Tu padre es un gran líder que sabe regir el imperio. No olvides que fue él quien pacificó al-Ándalus. Cobró ciudades y territorios tan grandes que es muy difícil que sus sucesores lo superen.

Aquello no gustó a Yaqub. Él era el sucesor allí.

—¿Llamas perros a los *sayyides* que vencieron al enemigo en combate? Mi tío Abú Hafs, o mi tío Utmán, a quien Dios ha llamado junto a él. El difunto almirante supremo Sulaymán. O el mismísimo Umar Intí, padre de mi amigo Abú Yahyá, aquí presente… ¿Esos son los perros que ladran a las reses?

—Lo que quería decir…

—Lo que no quieres decir, andalusí, es que hasta un maloliente cristiano como ese Castro, el muy maldito, es capaz de ganar batallas para la fe del Único. Pero mi padre huye cuando hay que luchar. —Yaqub desenfundó su cuchillo *gazzula* y el andalusí palideció—. Ahora dime, filósofo: ¿qué patraña es esa de Cuenca?

—Cuenca está asediada, noble Yaqub —se apresuró a contestar Ibn Rushd—. Eso es cierto. Desde el invierno.

—¿Desde el invierno? —La hoja se acercaba lentamente al cuello del andalusí—. ¿Y ahora llegan las noticias?

Ibn Rushd pensó con rapidez. Quien le amenazaba era el heredero del califa. No podía enemistarse con él. No lo creía capaz de matarle, pues todos sabían de la predilección del califa por el andalusí, pero en algún momento ese muchacho se sentaría en el trono del imperio. No era vil actuar según aquella gran verdad, y hasta al mismo Aristóteles se lo había leído, pues «hay cosas que han de temerse y es noble temerlas». Y si en su día había sabido ganarse la confianza de Yusuf. ¿No debería hacer lo mismo con Yaqub?

—Hace meses, a finales del verano pasado, tu padre recibió una carta del gobernador de Cuenca. En ella avisaba de que los cristianos se disponían a sitiar la ciudad, y pedía refuerzos. Pero entonces estábamos en lo más crudo de la peste. Morían cientos de fieles cada día, había que cerrar los caminos y las puertas, proteger los palacios y quemar los cadáveres. El califa tomó una decisión: Cuenca tendría que valerse por sí misma.

Yaqub alejó el cuchillo y sonrió hacia Abú Yahyá.

—Lo que pensaba. Cuenca es solo una excusa. Mi padre no se atreve a viajar al sur y me encarga a mí que lo haga. Mi tío Abú Hafs siempre tiene razón. El califa es un cobarde.

Ibn Rushd suspiró. Observó cómo aquel joven de aspecto fiero envainaba el arma. Recordó lo que Ibn Tufayl le había contado de Yusuf. Cómo, antes de conocerlo el cordobés, el califa era una persona mezquina y cruel que ordenaba crucifixiones con el mismo cuajo con el que exigía el desayuno. Y había cambiado. El Yusuf de ahora era un hombre culto, preocupado por la filosofía, la astronomía, la medicina, la botánica… Un líder mucho más beneficioso para al-Ándalus. Pero Yaqub… ¿Sería Ibn Rushd capaz de inducir el mismo cambio en Yaqub? Se fijó en el guerrero que el sucesor había adoptado como nuevo amigo. Abú Yahyá. «Un perro que ladra al ganado», se dijo el cordobés. No sería una influencia tan difícil de contrarrestar. El problema era Abú Hafs. El fanático e irritable Abú Hafs. Ese sí era un pastor. Uno capaz de convertir las ovejas en chacales y lanzarlas a desgarrar los cuellos de los andalusíes. Abú Hafs. Si el visir omnipotente desapareciera, él tendría el camino más fácil con Yaqub. Realmente quedaba un arduo trabajo por delante.

12
EL FOSO

UNOS DÍAS DESPUÉS, PRIMAVERA DE 1177. CERCANÍAS DE LEÓN

La bruma se mecía sobre la ribera del río Bernesga y se escurría por entre los álamos como un manto de seda que se destejiera poco a poco. Las formas se adivinaban difusas, irreales, y mezclaban sus colores a través de los jirones mientras el agua ronroneaba a lo lejos, en algún lugar perdido en la niebla. El tiempo demoraba su paso tras el amanecer, León se sumía en su antigüedad de siglos. Pedro de Castro mantenía al paso su caballo. Aspiraba lento el aire frío y húmedo y avanzaba solo por el centro de la Rúa Nueva, sabedor de que todos se apartarían cuando lo vieran surgir del velo blanquecino. Un campesino tiró de sus bueyes para lanzar la carreta al herbazal y saludó al joven con una profunda y torpe reverencia; luego, mientras aquel noble engreído se alejaba, el plebeyo renegó y juró por san Froilán, y arreó con una fusta a los animales para destrabar del fango las ruedas guarnecidas con clavos.

Pedro ni se daba cuenta. Su atención estaba puesta más allá del manto nebuloso que ahora, por fin, desnudaba la campiña leonesa. Ya casi se veía el puente allí, al frente; y el convento de Santa María Magdalena, y el hospital de San Marcos, lugar de acogimiento para los peregrinos del santo apóstol Jacobo. El joven Castro desmontó y, como venía sin servidumbre, ató el animal a una argolla del cobertizo comunal. Allí, a pocas varas, pudo ver las andas de su madre, con el toldo de tela blanca, y también un par de mulas que reconoció como propias. Enseguida se acercaron a asistirle dos criados del palacio real, pero el joven los rechazó. El sol rompió por fin el hábito vaporoso y Pedro notó la calidez de sus rayos en la espalda. Anduvo despacio. Algunos peregrinos abandonaban ya el hospital para seguir viaje hacia Compostela. Se incorporaban al camino mientras los restos de la niebla, perezosos, se demoraban al prenderse en el brezo y descubrían las figuras de dos freires de San Marcos, monjes juramentados que montaban guardia sobre el puente del Bernesga.

Urraca López de Haro, señora de don Nuño Meléndez, se hallaba junto a la puerta del convento de la Magdalena, sentada sobre un tronco tachonado de musgo. Apoyaba las manos en la madera y vencía el cuerpo hacia atrás, las piernas ligeramente separadas, los ojos cerrados y el rostro alto, recibiendo el sol de la mañana. Ni siquiera oyó acercarse al joven Pedro de Castro, y así pudo el muchacho admirarla a placer. La castellana vestía brial carmesí ajustado al talle, con los lazos sueltos al costado, y había dejado el manto de jamete blanco tendido sobre la hierba. Descarada. Incitante. Los peregrinos, al verla, olvidaban su santo propósito y se volvían a mirarla; recorrían su contorno con ojos lascivos y cuchicheaban antes de cruzar el puente y tomar camino hacia Trobajo. Ya habría tiempo después para la confesión y, tal vez, para el arrepentimiento.

Urraca acudía allí, a la iglesia del convento de la Magdalena, todos los miércoles de buena mañana. Madrugaba a regañadientes y, mientras la noche se demoraba sobre León, acompañaba a la piadosa Estefanía para rezar laudes junto a los freires. Aunque Urraca jamás entraba. Había aborrecido los conventos desde su época en Cañas, y por eso aguardaba fuera, recreándose en el recio frío del camino que la hacía tiritar hasta que recibía el sol de frente, como a un amante ansioso.

—Mi señora doña Urraca.

La joven abrió los ojos y vio ante sí al joven Castro. No se molestó en juntar las piernas ni bajó la cabeza. Se mantuvo allí, altiva y tentadora, consciente de que el frío había endurecido unos pezones que ahora despuntaban bajo el brial como el relieve de las piedras en el convento de la Magdalena.

—¿Vienes a rezar, joven Castro?

El muchacho detestaba que lo llamara así. Urraca tenía su misma edad, pero insistía en comportarse con Pedro como si ella fuera una mujer madura y él un crío bobalicón. Le sonreía con displicencia, o a veces simplemente lo ignoraba. O lo llamaba joven Castro, como ahora.

—No soy tan devoto como mi madre.

—Mal hecho, por tu alma. Entonces ¿qué haces aquí de amanecida?

Pedro calló. Había ido a verla, naturalmente. Era el único instante de la semana en el que podía estar a solas con la dama de compañía de su madre. Luego, al correr el día, ella escoltaría a la fervorosa Estefanía en su tejer, o mientras leía su libro de horas, o a pasear por el mercado o a visitar hospicios y leproserías. Y más tarde acudiría a los aposentos que compartía con su odioso marido, Nuño Meléndez. A Pedro de Castro le subía la bilis al gaznate solo de pensar en él. Y no podía evitar la imagen que se formaba en la mente cuando su imaginación volaba hasta el lecho conyugal: el noble gallego poseía a Urraca entre babeos y estertores de fatiga. En aquellas pesadillas conscientes, ella siempre miraba a un lado inexpresiva, como si no estuviera allí. No era capaz de soportar esa visión. Y como tampoco podía sustituir al gallego, siquiera en sueños, se consolaba espiando a Urraca.

Se lo dijo.
—He venido a verte, Urraca.
Ella sonrió y por fin bajó la cabeza para mirarlo de frente. Por un momento no fingió la pose de adulta, aunque siguió humillándolo de palabra.
—Me ves todos los días, joven Castro.
—Pero siempre en compañía. De mi madre, de Gontroda, de los criados...
—Soy mujer casada. No debo quedar a solas con varón alguno a no ser mi señor marido. Ni aunque sea alguien de tu edad, joven Castro.
—Ya. Pues por eso he venido. Porque sabía que mi madre y su doncella estarían en la iglesia.
Urraca atrajo por fin sus piernas y las abrazó con ambas manos sobre el brial. Ahora parecía realmente interesada. Junto a las caballerizas del hospital, los criados seguían con su charla, ajenos a cuanto no fueran cuitas de plebeyo.
—Esto no está bien, joven Castro.
—No me gusta que me llames así. Mi nombre es Pedro.
Urraca enarcó las cejas. Su encanto trepaba hasta el noveno círculo del cielo cuando hacía ese gesto.
—Está bien..., Pedro. Pero esto sigue sin estar bien. No es decoroso. Alguien podría vernos. Los criados están ahí.
—No dirán nada. Y si alguno lo hace, lo cortaré en pedacitos.
—Oh. —Urraca fingió impresionarse—. Muy caballeroso por tu parte. Pero para entonces mi señor esposo ya sabría de mi falta. De poco me sirven los pecheros cuarteados si la deshonra cae sobre mí.
—Pues cuartearé también a tu esposo.
Urraca volvió a hacer lo de las cejas. Sabía que volvía loco a Pedro.
—Eres muy valeroso, joven Cast... Pedro. Me dijeron que luchaste junto a los infieles. Que tu padre y tú conquistasteis Alcántara para el califa sarraceno. Qué gran hazaña.
Pedro de Castro no se enorgullecía de ello. Y no quería que sirviera como excusa de escarnio; mucho menos si quien se burlaba era Urraca.
—Alcántara se entregó sin resistencia. Hubo alguna escaramuza cuando nos acercábamos, pero al comprobar quiénes éramos, abrieron las puertas y nos agasajaron. Pensaban que veníamos de parte del rey Fernando.
—Hermosa traición —dijo ella mientras acariciaba el musgo a lo largo del tronco. Había algo perverso en aquello. Su mano recorría despacio la superficie rugosa mientras clavaba su mirada en la de Pedro—. ¿Sabes lo que se dice de los Castro en Castilla?
Claro que lo sabía. Y no quería volver a oírlo.
—No hay traición alguna. El rey Fernando despreció a un Castro y escogió a un Lara, y mi padre le avisó. ¿Quién traicionó a quién?

Urraca dejó de acariciar el leño. Observó al muchacho durante largo rato. Fijamente y sin decir palabra. Tal vez reflexionaba, quiso creer él. Quizá se planteaba la falsedad de todos los rumores que atravesaban Castilla y León acerca de la casa de Castro. ¿Acaso no era natural dudar, siendo ella como era dama de compañía de la infanta Estefanía?

—Te atreverías a despedazar a mi esposo —murmuró al fin—. Y tacharías de traidor al rey. ¿De qué más eres capaz?

Pedro juraría que lo que ardía en la mirada de Urraca era la admiración. Descendió despacio hasta posar una rodilla en tierra y extendió el brazo. También con lentitud, para que a ella le diera tiempo a rechazarlo. No lo hizo, y el índice diestro del muchacho se paseó por la muñeca de Urraca. Y llegó hasta el dorso de la mano, y cayó hasta que entrelazó sus dedos con los de ella.

—Sería capaz de cualquier cosa.

La muchacha volvió a enarcar las cejas. Pero no movió un ápice ninguna otra parte de su cuerpo. Los dedos de Urraca, fríos e inmóviles, dejaron que la mano de Pedro los apresara sin devolver la caricia.

—¿Qué es cualquier cosa?

—Cualquier cosa que tú desearas, Urraca. Lo que quisieras, fuera bueno o malo. Mucho más de lo que haría ese Nuño tuyo que podría ser tu abuelo.

—No es mi abuelo. Es mi esposo.

—No debería. —Pedro aferró la mano de Urraca con firmeza. Sus dedos se deslizaron hasta el anillo nupcial y tiraron de él; en su mente, el viejo Nuño Meléndez se tumbaba sobre Urraca y empujaba como una bestia jadeante entre sus piernas—. Yo tendría que ser tu marido.

La sortija se deslizaba por el delgado anular de Urraca. Un poco más y saldría. Un poco más y ese noble asqueroso dejaría de poseerla. Ella seguía inmóvil.

—Tú serías mi esposo… todas las noches.

—Todas las noches. Nadie, ni privado ni rey, se interpondría entre nosotros.

Se oyeron voces detrás, y ambos jóvenes se pusieron en pie como resortes. Varios freires de San Marcos acompañaban a doña Estefanía a la salida de misa. La mujer les agradeció su escolta y sus desvelos. Tras ellos apareció Gontroda, que, impúdica, dedicó una mirada liviana al freire más joven. Este, mal resignado a la castidad, se dejó prender por el encanto insolente y tosco de la doncella, y uno de los mayores lo reprendió con un murmullo al oído. La oración y la penitencia esperaban al joven religioso de San Marcos.

—Hijo mío. —Estefanía sonrió al ver a Pedro, pero su gesto de alegría sincera se trocó pronto por el de preocupación—. ¿Qué haces aquí? —Miró a Urraca y recordó el día de su presentación en palacio—. ¿Qué hacéis juntos… y solos?

—Nada, madre. —El joven Castro, indeciso, gesticuló hacia el cobertizo—. Voy a cabalgar un rato. He visto a doña Urraca aquí y he decidido acompañarla hasta que salieras. Nunca se sabe qué maleantes recorren el camino del santo con intenciones perversas.

Estefanía no lo creyó, por supuesto. Señaló al hospital, repleto de hombres que alternaban la cruz con la espada.

—¿Y piensas que aquí, en la puerta de un templo de la milicia de Dios, corre peligro doña Urraca?

—No. Bueno… No sé. En fin, me voy.

Pedro se alejó hacia su caballo. Andaba mientras, vuelto hacia atrás, agitaba la mano para despedirse de su madre. Pero él miraba a Urraca. Y Urraca lo miraba a él. La muchacha sonrió, y su mano izquierda se deslizó lenta a un lado, hasta unirse con la derecha. Cogió con dos dedos la sortija nupcial y terminó de quitársela. Estefanía no pudo verlo. Ni Gontroda, ni los criados. Pero el joven Castro sí.

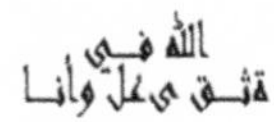

Unos días después. Valle del Draa

Los cánticos surgían desde el fondo del cañón. Los sanhayas entonaban su dialecto del sur salido de las arenas del desierto.

Yaqub observaba desde lo alto de la loma. Allá arriba solo se le veía a él, flanqueado por Abú Yahyá y por Ibn Rushd. A pie, casi confundidos con los ocres y negros de las laderas meridionales que bajaban hacia aquel valle en el camino al oasis de Fint. Junto a ellos, clavados en los lomos alargados de aquellas últimas colinas, varios astiles rematados por las banderas blancas del califa.

—Son más que nosotros —apuntó el heredero del imperio.

—Y nos esperan —completó el andalusí—. Cierran el paso al oasis. Allí estarán seguramente sus familias, a la espera de lo que ocurra aquí.

Los dos almohades lo miraron con reprobación. Ibn Rushd había insistido en acompañarlos al puesto de observación, y Yaqub había accedido. Le hacía gracia aquel filósofo, tan empeñado en verlo todo por sí mismo. Tenía una inacabable sed de conocimientos, y se pasaba el día observando las plantas miserables que se agarraban a las peñas del Atlas, o los lagartos y serpientes que dormitaban a la sombra en las grietas. Ya había conseguido un par de frascos de veneno de ofidio para sus experimentos medicinales, y ahora, tal vez aburrido, se ponía latoso con temas militares. A Abú Yahyá no le gustaba el andalusí. No lo respetaba porque ni siquiera era un guerrero; así que se limitaba a escucharle, pero raramente le contestaba.

Habían llegado al cañón en muy poco tiempo, tras una marcha sin dilaciones desde Damnat. Detrás, entre los riscos, el ejército expedicionario almohade forrajeaba antes de entrar en combate contra los rebeldes sanhayas.

—No tienen caballería —advirtió Abú Yahyá.

Era cierto. Los hombres velados formaban en cuadro según su tradición almorávide, con los lanceros en primera línea y el resto de la infantería detrás. Arqueros, más lanceros, hombres armados con jabalinas y toda una chusma canturreante que blandía palos, hachas y espadas cortas. Campesinos reclutados entre las aldeas pobres y aisladas del cercano y fértil valle del Draa. Esperaban, con aquella absurda rebelión, sacudirse el yugo débil de un califa convaleciente y poco dado a desenfundar su acero. Tal vez, con un poco de suerte, pudieran esos sanhayas hacerse con la ruta caravanera que llegaba del desierto, como antaño.

—Ibn Rushd tiene razón —dijo Yaqub—. Nos esperaban. Seguramente el rumor ha viajado más rápido que nosotros por estas montañas, y esos perros saben que somos menos.

—Sin embargo —intervino el andalusí—, el ilustre Abú Yahyá también está en lo cierto. Esos sanhayas no disponen de caballería, y nosotros sí.

Los dos africanos volvieron a mirar al andalusí, y Yaqub señaló al cañón.

—Mira ahí abajo, filósofo. Delante de ellos. ¿Qué ves?

Ibn Rushd forzó la vista, maltratada por años de estudio de viejos manuscritos griegos y latinos a la luz de las velas, por el examen minucioso de plantas y organismos de animales. Vio una línea oscura y quebrada que recorría el valle árido a lo largo y lo dividía en dos. Los sanhayas se habían colocado al otro lado, en la mitad sur, con sus lanceros a tan solo unos pasos del foso natural.

El andalusí siguió la grieta, que parecía no acabar ni hacia levante ni hacia poniente.

—Un barranco dentro del barranco —concluyó—. El lecho seco de un río, supongo.

—Esta ladera suave que baja hasta el llano nos vendría muy bien para cargar a caballo —Yaqub buscó la aprobación de Abú Yahyá, y este se la dio con un movimiento de cabeza—, pero esos perros se han protegido tras la grieta. Los animales no podrán saltarla, y nosotros tendremos que desmontar para pasar al otro lado. Nuestro ataque de caballería se convertiría en una agonía de infantería. Nos atraen a su terreno.

Ibn Rushd asintió en silencio.

—Saben que nuestra caballería masmuda es imparable. —Abú Yahyá arrastró las palabras—. Y tú también lo sabes, Yaqub. No entres en su juego. Debes aplastarlos bajo los cascos de nuestros caballos. Solo así superarás su número.

El andalusí fue a decir algo, pero prefirió callar. El hintata no era tan indulgente con él como el hijo del califa. Fue este el que dudó mientras se cubría del sol intenso con una mano.

—Pero es que no puede ser. No tenemos suficientes arqueros para desalojarlos de esa posición. Seguramente ellos tendrán más, así que no ganaríamos nada. Y si intentamos dar un rodeo para atacar desde el otro lado, se enterarán. Perderíamos días en movernos por estos malditos cerros plagados de ojos rebeldes, mientras que esos perros no tienen más que cruzar la grieta y formar de nuevo. Y si los ignoramos y seguimos camino hacia el oasis de Fint y el río Draa, los tendremos a nuestra espalda. Podrían encerrarnos.

—Negocia, ilustre Yaqub —recomendó Ibn Rushd.

—No escuches al andalusí —atajó Abú Yahyá—. Negociaremos con esto. —Desenfundó su cuchillo *gazzula*. El cordobés palideció, pero insistió en su consejo.

—No pierdes nada por escucharme, ilustre Yaqub. —Ibn Rushd señaló a la formación rebelde—. Esos hombres se han alzado en armas por algo. Es más, las tribus sanhayas son numerosas y, cada poco tiempo, alguna se levanta, ¿no es cierto?

—Es la verdad.

—Y ocurre porque se saben sometidos. —Ibn Rushd se humedeció los labios. Hacía un calor espantoso en aquel lugar—. Y sus rebeliones se aplastan siempre con violencia. Con gran derramamiento de sangre, tanto para los hombres del califa como para ellos. Prueba a llegar a un acuerdo. Aprende de tu padre, que ha convertido a los ulemas y alfaquíes de al-Ándalus en sus intermediarios. Así, los andalusíes se conforman porque se sienten integrados en el imperio. Siempre he creído que la guerra saca a la luz a los valientes, pero tiene un poder muy pobre para cambiar las creencias de la gente. Acepta que se incluya a algunos de los líderes sanhayas en los consejos de las aldeas que habitan. Otórgales unos pocos puestos de responsabilidad en la ruta de las caravanas. Así les sería más fácil aceptar el orden almohade. Habría menos rebeliones, y el califa dispondría de sus ejércitos allá donde hacen más falta. Ahora mismo podríamos estar en al-Ándalus, liberando Cuenca del asedio cristiano. Pero estamos aquí, enzarzados en una revuelta que se ha repetido y se repetirá a lo largo de las fronteras del imperio.

—Palabras necias, Yaqub —volvió a intervenir Abú Yahyá—. El andalusí es un ser inferior y por eso habla así. No hay gran diferencia entre él y esos perros sanhayas de ahí abajo. Es designio de Dios, alabado sea, que el superior sojuzgue al inferior. El almohade debe someter al sanhaya y al andalusí, al árabe y al cristiano, del mismo modo que el hombre debe someter a la mujer. ¿Acaso negociamos con aquel león del Yábal Darán, Yaqub?

El hijo del califa negó con gesto entusiasta. Cuando preguntó a Abú Yahyá, sus ojos estaban encendidos por la emoción.

—Dime, amigo mío, ¿cómo someteremos a esos perros?

—Tú serás califa un día, Yaqub. El genio de Abd al-Mumín vive dentro de ti. Obsérvalos. —Apuntó con su cuchillo a la turba sanhaya del valle, que seguía cantando antes de entregarse a la matanza—. La jornada te promete, ante todo, una nueva lección. Los sanhayas, en su estupidez, ofrecen a tu vista su orden de batalla. Y mientras tanto tú, de inteligencia concedida por el Único, ocultas a nuestros escuadrones tras las montañas. Estudia a los rebeldes; fíjate en su fortaleza y verás también su debilidad.

Yaqub estudió. Contempló esa fortaleza de los hombres velados mientras el sol recorría su senda en el cielo. Vio la larga grieta que se perdía en la lejanía, y la muralla de lanzas que solo podía ser quebrada con el valor de la caballería masmuda. Los sanhayas, impíos, olvidaron cada una de las oraciones obligatorias. Mantuvieron su formación frente a la fisura que hendía la tierra, a la espera del ataque almohade. Pero arriba, en la montaña, los verdaderos creyentes extendieron sus almozalas una y otra vez para buscar la comprensión y el perdón de Dios. Y cuando terminaron con el último rezo, con las tinieblas sobre el valle del Draa, se pusieron en movimiento.

الله في
ثقة على وأنا

MAÑANA SIGUIENTE

Los sanhayas, obstinados en su rebeldía y en su falta de piedad, también ignoraron la oración del amanecer.

Y cuando el sol iluminó las crestas, vieron en lo alto las banderas almohades. Igual que en el día anterior. Y se regocijaron, porque pensaban que los engreídos masmudas no sabían cómo acometer su férrea formación, protegida de la caballería por el cauce seco y profundo de aquel antiguo arroyo que se había hundido en tierra hasta cercenar la llanura. Empezaron a cantar de nuevo. Y se dieron ánimos unos a otros, convencidos de que el ejército del califa terminaría por aceptar que no podía derrotarlos, y que regresaría a Marrakech. Así, los sanhayas podrían vivir en sus tierras y no se verían obligados a luchar en el otro extremo del mundo por una causa que despreciaban. Ni tendrían que renunciar más al oro, a la caoba y al marfil que venía del país de los negros. Podrían expulsar de sus pueblos a los gobernadores almohades llegados de las montañas, y arrebatarles los puestos de distinción en la *jutbá* de cada viernes. Exultantes, retiraron de sus rostros los velos que siempre los cubrían, y desayunaron leche de cabra y tortas de cebada.

Los timbales del califa sonaron allá arriba, y su eco viajó por el cañón hasta perderse en el laberinto de montañas. La infantería almohade asomó junto a sus banderas y empezó a descender la ladera. Los sanhayas se mantuvieron en un tenso silencio, suspendido el desayuno. Desde su posición, la vista era perfecta. Casi podían contar a los masmudas que caminaban monte abajo, levantando una nube de polvo y resbalando entre las piedrecitas que rodaban. Los almohades eran menos que ellos. Los rebeldes prorrumpieron en cánticos, gritos de alegría y carcajadas. Cubrieron sus caras con los velos oscuros, apretaron sus líneas y afianzaron los escudos hasta formar una muralla erizada con lanzas. Si aquellos peones almohades conseguían rebasar el foso natural, solo podrían perecer ante los sanhayas.

Y llegó el temblor.

Los insurrectos se miraron unos a otros. Los guijarros saltaban a su alrededor, y las paredes que rodeaban el valle devolvían el eco de aquel redoble, distinto del de los timbales, que no tenía fin y que crecía y crecía. Los cánticos y las chanzas cesaron. Alguien gritó. Hacia el sol, dijo. Y todos llevaron la vista al amanecer.

Venían desde allí. Ocupaban medio valle. Justo del mismo lado de la grieta en el que se hallaba el cuadro almorávide. A galope tendido, con sus ropajes volando tras ellos y las banderas blancas en cabeza de su carga. Algunos sanhayas, decididos a morir antes que regresar a la sumisión, corrieron para cambiar la orientación de sus líneas. Otros se dijeron que ya no había nada que hacer y, simplemente, escaparon. Se ocultaron en la gran grieta que recorría el valle, o la salvaron, porque preferían enfrentarse a los infantes que ya corrían desde el norte. O se dejaron llevar por el pánico y se dieron a la fuga hacia el oeste, donde serían rápidamente alcanzados por los caballos de los masmudas.

Nadie les explicó lo ocurrido. Nadie les dijo que aquella noche, tras la última oración, Dios había recompensado la piedad de Yaqub y le había infundido el juicio necesario. Y mientras los insurrectos dormían al raso allí mismo, junto a la grieta, los jinetes almohades se habían movido hacia el este en la oscuridad. En silencio. Dejaron allá arriba a la infantería, y también sus banderas clavadas en lo alto, tan solo para crear en los rebeldes la ilusión de que nadie se había movido. Que todos pernoctaban en lo alto de los cerros, impotentes para someter a los hombres velados.

Pero no era así. La caballería había avanzado en paralelo al valle y, cuando estuvo lo suficiente alejada, había girado a la derecha para descender lentamente. Sin tambores ni gritos de guerra. Los jinetes, guiados por Yaqub y Abú Yahyá, tiraron de sus caballos por la brida. Y llegaron al llano, más a levante. Grieta arriba. Y la cruzaron con la misma precaución, sin prisas y a salvo de la amenaza de las lanzas sanhaya. Después, junto a sus fieles monturas, descansaron el resto de la noche.

Ahora los almohades cargaban. Con Yaqub en vanguardia, junto al impetuoso Abú Yahyá. Y arriba, desde la montaña, Ibn Rushd vio cómo la infantería del califa se disponía a rebasar la grieta para atacar a los rebeldes por el flanco. El andalusí observó el doble ataque convergente, admirado de la astucia de Abú Yahyá. Y se dijo que, de seguir así, ciertamente Yaqub sería un califa victorioso. ¿Quién sabía? Tal vez incluso pudiera derrotar a los cristianos. Se encogió de hombros y caminó ladera abajo, tras las huellas de la infantería. Quería estar allí, junto a la grieta, cuando todo terminara.

Mientras, en el fondo del valle, Yaqub rugió como aquel león del Atlas y empaló al primer sanhaya. Abú Yahyá mató casi a la vez, y el resto de la primera línea masmuda se tragó a los desgraciados rebeldes que se atrevieron a aguantar la acometida. Se atravesaron escudos y se aplastaron cabezas. Los hombres caían como monigotes bajo los cascos de los caballos, y se atropellaban unos a otros en la fuga. Se apiñaron y, mientras unos gritaban de terror, otros morían de puro miedo o caían bajo las lanzas y las azagayas almohades.

Antes de que las sombras de las montañas liberaran al cañón de la penumbra, los sanhayas se habían rendido. La infantería almohade, a pesar de lanzarse a la carrera en el último momento, no pudo unirse a la carnicería. Debió limitarse a sacar del lecho del río seco a los pobres desgraciados que habían tenido la absurda ocurrencia de esconderse allí.

Yaqub no consultó con Abú Yahyá la siguiente decisión. Ordenó que los rebeldes supervivientes fueran atados unos a otros, y alineados en el borde de aquella grieta que habían considerado su salvación. De nada sirvieron los ruegos de Ibn Rushd, que pidió clemencia al menos para los campesinos peor armados. No. Eso era inadmisible. El momento de la piedad vendría después, cuando llegaran al oasis de Fint y perdonaran la vida a las mujeres e hijos de los rebeldes. A esos se conformarían con esclavizarlos por falsos musulmanes para enviarlos de vuelta a sus tierras de labor, o a apacentar cabras, o a picar piedra en las minas de Zuyundar. Yaqub, con una mirada que recordaba por momentos a la de Abú Hafs, se puso al extremo de la línea de cautivos y, con el índice diestro apuntando hacia arriba, recitó en voz alta el libro sagrado:

—«¡Perezcan, malditos sean, los dueños del foso!».

Algunos masmudas rieron el símil. Lo encontraron muy oportuno, y repitieron el versículo sagrado antes de desnudar sus cuchillos y dar comienzo a la degollina.

Ibn Rushd cerró los ojos y se dio la vuelta. No quiso ver cómo se ejecutaba a miles de rebeldes derrotados, pero pudo oír sus gritos y el ruido de sus cuerpos cuando golpeaban el fondo de la grieta antes de desangrarse.

الله في
ثقة على وانا

13
JAQUE AL REY

Tres meses más tarde, verano de 1177. Cuenca

Ibn Sanadid apoyaba los codos sobre una almena de la torre y observaba con desgana el movimiento en el campamento cristiano.

Oteaba hacia el lugar más escarpado, y por ello el mejor protegido para el enemigo. Al otro lado del Shuqr, a poniente. Allí, en un pabellón que sobresalía por su lujo y tamaño, ondeaba un estandarte más alto y con un torreón bordado sobre el paño escarlata. Era la tienda del rey Alfonso de Castilla.

El andalusí resopló y miró a un lado. Un soldado en turno de servicio también observaba fijamente el sector castellano del asedio. Y otros dos centinelas de retén, jóvenes conquenses decididos a resistir antes de entregar su ciudad, habían dejado las lanzas apoyadas contra la piedra del adarve y, tras dibujar en el suelo un tablero, jugaban al ajedrez, protegidos del sol mañanero por la sombra de los merlones. No les importaba que Ibn Sanadid estuviera presente porque, aunque el ajedrez era juego prohibido por los almohades, su arráez también era andalusí. Y además, de alguna forma tenían que matar el tiempo. Llevaban casi ocho meses así, encerrados en la medina y rodeados por todas partes de cristianos. Un inmenso campamento circular en cuyas tiendas se alternaban las cruces de las órdenes militares con las de las huestes episcopales, los blasones de los nobles con los de las ciudades castellanas. Había aragoneses también. Incluso algunos voluntarios leoneses. Y la gente de Albarracín, claro.

Ocho meses. De nada había servido la carta del hafiz al califa. Yusuf no se había dignado contestar siquiera. Y en cuanto a las palomas mensajeras que volaron con súplicas de auxilio hacia Valencia, a saber qué había sido de ellas. Cuenca estaba sola. Condenada.

Los cristianos no habían intentado más asaltos como el de principios de año. Los hombres de Pedro de Azagra salieron de aquella aventura escarmentados, y la campaña se limitaba a establecer un cerco insuperable. Desde el principio se racionó la comida en la villa, y todo parecía que iba a ir bien. Los conquenses disponían de reses en la albacara y de grano almacenado en la ciudad. Y siempre se podía acudir a los pequeños huertos al pie de las murallas, demasiado altos para que los cristianos los estorbaran. De hecho, los hombres del rey Alfonso no habían intentado siquiera batir los muros con sus almajaneques. Pero el invierno había sido duro y se consumió mucha leña. Demasiada comida. Durante esos primeros meses todos esperaban a los refuerzos del califa o el auxilio de Valencia, así que no había por qué preocuparse. Luego, el tiempo pasó y la pitanza empezó a escasear. Los aljibes también se secaron, pero todos los días se bajaba por el foso de piedra que había entre la puerta norte y el castillo.

Sin embargo, no se podía vivir de agua.

Ibn Sanadid pensó en su amigo Ordoño y sonrió. No se arrepentía de haberlo engañado, pero esperaba que todo le hubiera ido bien por Valencia. Lo conocía, y sabía que sería muy capaz de rondar el palacio de la Zaydía día y noche, llevado por la curiosidad que él se había encargado de espolear. Ojalá su temeridad no hubiera superado a su templanza.

—Estás perdido —dijo uno de los centinelas. Ibn Sanadid observó a los muchachos. Estaban flacos, como él mismo. Llevados al límite no solo por el hambre, sino por el temor a lo que se arracimaba al otro lado de las murallas. El que había hablado sonreía triunfalmente. Sobre el tablero, solo unas pocas de sus piezas habían sobrevivido a la batalla, mientras que su oponente conservaba todavía la mayor parte del ejército de pequeños trebejos de madera. Y aun así daba jaque al rey adversario. Ibn Sanadid, tan cansado o más que ellos, apenas prestó atención al entretenimiento. Él no solía jugar al ajedrez. Ni siquiera lo había hecho en los buenos tiempos, cuando no había tantas prohibiciones y se podía observar un rostro femenino en plena calle, o beber un vaso de licor fresco a la sombra de un toldo…

—No lo entiendo. Si te estaba ganando —se quejó el centinela acosado.

—Error. Te has entretenido en acabar con todas mis piezas aquí y allá. —El inminente ganador señalaba a sus soldaditos caídos en combate, alineados a un lado del tablero esbozado con aljezón—. Pero yo he ido directo a por tu rey.

Aquello llevó a Ibn Sanadid a observar de nuevo el pabellón real al otro lado del barranco. Desde buena mañana había movimiento allí. No es que pudiera verse bien qué sucedía, pero era indudable que aquel no era un día como los demás. Habían llegado otros nobles, precedidos por escuderos con pendones, y ahora alcanzaba a verse un nutrido gentío en torno al pabellón. El andalusí paseó su mirada por las demás tiendas, más pequeñas y humildes, que rodeaban la del rey de Castilla. Sí, estaba claro. El movimiento convergía en el pabellón del monarca.

—Jaque mate. He ganado.

Ibn Sanadid vio de reojo cómo el vencedor estiraba los puños hacia arriba en gesto triunfal. Después, como buenos contrincantes, ambos centinelas se estrecharon la mano y decidieron bajar a cubierto hasta su entrada en turno de guardia. Empezaba a calentar el sol. El arráez de Cuenca se apartó del merlón, dispuesto a imitarlos. Al pasar junto a las líneas trazadas en piedra, observó la pequeña pieza que representaba al rey derrotado. Tumbado. Muerto. De nada le había servido su numeroso ejército. Ibn Sanadid se detuvo. Miró otra vez hacia el pabellón de Alfonso de Castilla. Y al juego de ajedrez.

وأنا على ثقة في الله

—Unos pocos hombres escogidos. Yo iría con ellos, por supuesto. Esta noche hay casi luna llena. No da tanta luz como para que nos vean, pero sí nos servirá para no rompernos la crisma contra el fondo del barranco.

El hafiz almohade bostezó con desgana. Había escuchado el plan de Ibn Sanadid porque no tenía nada mejor que hacer, pero no albergaba confianza en que diera resultado.

—Entonces —el africano se removió la barba larga y poco poblada—, la otra salida sería en realidad una diversión. Una distracción inútil. ¿Te das cuenta de lo que arriesgas?

—Arriesgo mi propia vida para empezar —se quejó el andalusí—. Y de todas formas no podremos resistir mucho más aquí. Míralo de esta forma, hafiz: los que van a caer esta noche son los dueños de bocas que no tendrás que alimentar mañana.

El almohade asintió.

—A ver si lo he entendido. La mayor parte de la guarnición hará una salida a través de la albacara, por el mismo sitio por el que nos atacaron en invierno, ¿correcto?

—Correcto, hafiz. No es necesario que lleguen muy lejos. Hasta la *buhayra* como mucho. Solo necesito que atraigan a los soldados enemigos.

—Y mientras, tú y unos pocos hombres habréis bajado hasta el río y trepado por el barranco más empinado, el que está bajo el pabellón de ese infiel de Alfonso de Castilla.

—Los cristianos estarán entretenidos con nuestra salida. —Ibn Sanadid explicaba por tercera o cuarta vez su plan al almohade. Aunque se trataba de una simple cortesía, porque estaba decidido a llevarlo a cabo con su autorización o sin ella. Al fin y al cabo, poco podía temer lo que ocurriera después—. El pabellón real estará poco vigilado y nos será fácil acercarnos. Si logramos entrar y dar muerte a Alfonso, todo habrá acabado. Jaque mate.

El africano puso cara de no entender. Nada sabía él del juego del ajedrez.

—Nadie garantiza que, en caso de tener éxito, el asedio se levante.

—Nadie salvo que Dios lo desee, en efecto. —Ibn Sanadid sonrió con suficiencia—. Pero Alfonso de Castilla es un rey joven. Sin herederos. Y con demasiados enemigos entre sus vecinos cristianos. Si muere, los adoradores de la cruz se lanzarán a destrozarse entre ellos, y nosotros seremos libres de nuevo.

El hafiz meditó aquellas palabras mientras seguía enredándose la barba en los dedos. Observó al arráez andalusí y su orgullo de joven desvergonzado. Se dirigía al suicidio, sin duda. Pero tenía razón. Si el plan fracasaba, solo habría que adelantar unas cuantas muertes a la cuenta final. Siempre podía rendirse bajo condición de que su vida fuera respetada. Si Ibn Sanadid conseguía matar al rey Alfonso, de seguro moriría junto a él. O si lo capturaban con vida, no quería ni pensar lo que le harían los cristianos. Y después, con Castilla hundida en el caos de nuevo, él se alzaría como el hafiz que resistió hasta el final. El gobernador de la ciudad contra cuyos muros se estrelló la soberbia de los comedores de cerdo. Una sonrisa de hiena cruzó su cara de tez oscura.

—Hazlo, andalusí.

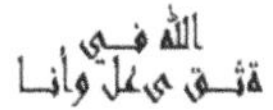

Esa noche. Orilla derecha del río Júcar

Ibn Sanadid salió chorreando del agua. Se agarró a las rocas húmedas y, con cuidado para no resbalar, se apartó de la orilla. Caminó descalzo y desnudo entre los sauces mientras desataba el cabo de su muñeca derecha. La cuerda pendía ahora de su mano y flotaba sobre la corriente del río hasta perderse en la oscuridad. Una ligera brisa azotó su cuerpo mojado y le hizo tiritar, aunque no le importó. Anudó el cabo al tronco de un álamo y dio tres fuertes tirones. Al momento, la cuerda se tensó y el tronco tembló un instante. Las hojas altas se zarandearon, pero nada podía oírse allí, junto al chapoteo perenne del *wadi* Shuqr.

Habían bajado por el foso tallado en la piedra, tal como planearon. A oscuras, habían hecho el mismo camino que los aguadores que se acercaban al río para aplacar la sed de Cuenca. Tras salir por la puerta chapada, habían pasado junto a las huertas y molinos y, en silencio, se habían desnudado. Aquel era el mejor lugar. Invisible desde lo alto, y enfrente de un terraplén empinado pero accesible.

El segundo algareador llegó enseguida. No cruzaba el río a nado, como había hecho Ibn Sanadid, sino agarrado a la cuerda. Venía tirando de un hato cuyo nudo resbalaba sobre la superficie de esparto. Una operación fatigosa, y más de noche, con meses de hambre a las espaldas y a través de una corriente fría. Pero era una ocasión especial. De esas que pueden cambiar la historia. Ibn Sanadid ayudó al andalusí a salir del agua, y juntos desataron el hato. Un tercer hombre se acercaba ya poco a poco, remolcando un nuevo fardo y jadeante por el esfuerzo. Nadie hablaba. Se vistieron en silencio y en cierto modo aliviados, porque el temblor por el frío húmedo ocultaba otro más embarazoso: el del miedo.

Cuando Ibn Sanadid terminó de ponerse su ropaje negro, el último algareador, que hacía el séptimo del grupo, salía del río. Ya estaban todos en la otra orilla y ahora sabían que no había vuelta atrás. Todavía tiritaban. Tenían al miedo por un compañero más aquella noche. Llevaban cabezas y rostros envueltos en paños oscuros y solamente la mirada, temerosa pero decidida, se asomaba libre del embozo. Daga al cinto y espada corta sujeta a la espalda para no estorbar. Sin escudos ni lorigas. Sin esperanza de regresar.

El arráez de Cuenca observó la luna, un círculo casi perfecto que saltaba de nube en nube. Su brillo se reflejaba en las hojas de los sauces y en la faja movediza del río. Dio el primer paso para encaramarse a una roca e inició el ascenso. Sus hombres le siguieron. Treparon despacio, parándose a respirar y afianzando manos y pies. Sombras negras que se escurrían barranco arriba, desde el curso del Shuqr. Ibn Sanadid tomó aire unos instantes y miró atrás, a las murallas de la medina. Altas. Infranqueables. Una ciudad imbatible. Sonrió. De las tres antorchas que ardían allá arriba, una acababa de apagarse. Había calculado el tiempo y los centinelas tenían sus instrucciones; esperaba no equivocarse. Solo dos llamas iluminaban ahora las almenas. Continuó subiendo.

Se oyó una maldición apagada abajo, todos se paralizaron. Varios impactos secos, y siete respiraciones que se detuvieron en la noche. Uno de los algareadores había pisado en falso y algunas piedrecillas rebotaban entre rocas y raíces hasta la orilla del río. El culpable no se excusó. No había tiempo para eso. Ibn Sanadid miró arriba, sobre él. Nada. Solo la luna, descarada, espectadora muda de su misión suicida. En la muralla, la segunda antorcha se apagó.

Siguieron con la escalada. Los dedos dolían, la espada empezaba a pesar demasiado. La piel, apenas seca tras cruzar el río, se pegaba ahora a las ropas. La tierra se metía bajo las uñas, y cada respiración sabía a metal. Faltaba poco. Arriba se oyó una carcajada. Mucho más cercana de lo que Ibn Sanadid había previsto. Ruidos de cristal. Más risas. ¿Música? El andalusí sonrió. No se había equivocado en sus conjeturas. En lo alto, los cristianos celebraban una fiesta. Tal vez el cumpleaños de un rey, o de su esposa. O el nacimiento de un hijo. Frunció el ceño mientras se agarraba a una raíz que brotaba del despeñadero. Esperaba que no fuera eso. Un vástago real podía mantener unidos a los nobles castellanos. Decidió concentrarse en lo suyo y entonces, cuando el borde estaba ya a dos cuerpos de distancia, se apagó la tercera antorcha.

Al sur, la puerta que daba a la albacara se abrió. Los sonidos llegaron apagados hasta Ibn Sanadid, que a esas alturas tenía los oídos taponados y el corazón golpeaba su pecho desde dentro como un tambor de diez codos. Con el penúltimo impulso llegó al filo de la sima. Miró al frente y a ambos lados. Vio figuras sombrías que se recortaban contra la luz tenue y algo alejada de un hachón. Se arrastró con un esfuerzo final y se quedó allí, tirado e inmóvil, recuperando el aliento mientras el segundo andalusí alcanzaba la cima. Las voces volaron sobre la ciudad y la corriente del río. Se oyeron preguntas cercanas. Más gritos. Confusos todavía, pero alarmantes. El tercer algareador se encaramó a la cornisa y se tragó la tos. Alarma. Avisos de alarma.

—¡Alarma! ¡Alarma!

—¡Es una salida!

—¡¡Arrancada de los infieles!!

Ya estaba. Ibn Sanadid dejó caer la cabeza a un lado y vio a las figuras alejarse con rapidez. Dejó de oír ruidos de cristal o risas de alegría. Llenó los pulmones de aire y cerró los ojos un instante.

وأنا على ثقة في الله

El rey Alfonso sostenía la copa en alto. Era bella y grande, rebosante de vino. Dorada, con incrustaciones de piedras que brillaban al fuego de los hachones.

Frente a él, los principales magnates de su ejército secundaron su brindis. El conde Nuño de Lara, su sobrino y también conde, Pedro Manrique… Además estaba el señor de Vizcaya, Diego de Haro. Y Pedro de Azagra, con su suegro, el viejo Arazuri, el alférez Gonzalo de Marañón… Ordoño se unió a la celebración. Había motivos más que suficientes.

Alfonso de Castilla acababa de regresar de Tarazona. Allí se había reunido con los reyes de Aragón y León. Una asamblea a tres que le había satisfecho sobremanera. Tanto, que durante todo el día había recibido a sus nobles, procedentes de cada sector del asedio. Y al maestre de Calatrava, y a Pedro de Azagra, a santiaguistas, templarios, montegaudios… Una fiesta aderezada con juglares, capones asados y vino de buenas cepas, para comunicarles que su tío Fernando de León se prestaba por fin a colaborar, que había prometido algarear desde su Extremadura a los almohades. Y lo mismo haría su tío político, Alfonso de Aragón. Lo más parecido a una unión entre cristianos desde la muerte de su abuelo, el emperador. ¿No era maravilloso? Estaba deseando contárselo a Leonor. Ella se pondría eufórica al saberlo. Y si todo iba bien y su suegro inglés mediaba con tino, la paz con Navarra también sería irreversible.

—¡Estamos cerca, amigos míos! —Alfonso de Castilla se alzó sobre las puntas de los pies para que su copa subiera aún más alto—. ¡Estamos muy cerca!

Ordoño bebió, como todos los demás. Pero su mente no estaba allí.

El castellano había regresado a Cuenca antes de acabarse la primavera. Y durante todo el viaje no dejó de pensar en ella. Ni ahora, a lo largo del aburridísimo asedio. Safiyya. Siempre allí, en sus sueños. Y de día en la imaginación, mientras inspeccionaba las filas de sus mesnadas. Incluso cuando departía con sus apreciados calatravos o conversaba con otros caballeros. Safiyya. Quería volver a verla. Lo necesitaba. Solo un pensamiento conseguía distraerle de aquella mujer: su amigo andalusí estaba en Cuenca. ¿Qué pasaría al final? Si la ciudad finalmente claudicaba —y parecía irremediable—, Ibn Sanadid saldría para entregar las armas. Y aquello estaba ya demasiado enredado como para andar liándolo más. Por culpa de su amistad —y de la ingenuidad de Ordoño—, Cuenca se había preparado para el ataque sorpresa de Pedro de Azagra. Una operación rápida y limpia se había convertido, así, en un cerco largo y muy costoso para las arcas castellanas. Y era culpa suya. Eso pensaba Ordoño. Para colmo se había presentado tarde al servicio real. Todos los nobles llevaban allí meses cuando él se incorporó. Cierto que nadie le preguntó, y mucho menos el rey, a quien había servido cabalmente como espía en su descripción de las defensas y guarnición de la ciudad. Alfonso de Castilla no le había reprochado el fracaso del primer asalto. No tenía razones, ¿no?

Un grito sacó a Ordoño de sus reflexiones. Acababa de sonar fuera, aunque no lo había oído bien. El pabellón real vibraba ahora con las risas, punteos de cítara y tintineos entre copas. Los magnates castellanos felicitaban al rey y todos se veían ya marchando hacia el sur, a la batalla definitiva contra los almohades.

Otro grito, ahora más claro. El juglar dejó de tocar y Pedro de Azagra, que estaba cerca de Ordoño, se volvió con los ojos acerados y su oído de cazador a punto.

—¿Han dado la voz de alarma?

El cortinaje que cerraba el pabellón se abrió. Un montero de la guardia real, en cota de malla, asomó con el escudo embrazado.

—¡Es una salida! ¡Los sarracenos quieren romper el cerco en la laguna!

Las copas acabaron en el suelo. Diego de Haro se disparó como un cuadrillo de ballesta seguido por el alférez real, y algunos nobles más cruzaron la gran tienda del rey mientras otros, menos impulsivos, requerían información más concreta al guerrero que acababa de avisar. ¿Cuánta gente salía de Cuenca? ¿A caballo o a pie? ¿No era ahí donde estaban los templarios y los montegaudios?

No había temor, al menos entre los más veteranos. Se sabía que Cuenca no guardaba un ejército, sino apenas varios soldados medio muertos de hambre. Y los freires del sector atacado eran bravos como dragones. Nada que temer. Para cuando los demás hombres acudieran a reforzar a templarios y montegaudios, estos ya habrían rechazado la salida. Pero en aquel cerco había un gran ejército aburrido. Hastiado de tostarse al sol, de forrajear y cenar al raso. Y casi todo el mundo corría ya hacia el sur, incluidos varios monteros reales. Con suerte, los freires tardarían un poco en acabar con los sarracenos y tal vez hubiera algo de diversión esa noche. Las inmediaciones del pabellón real de Castilla se quedaban vacías. Ordoño cambió una mirada dubitativa con el conde Nuño de Lara. Ambos habían ido sin armar aparte de sus espadas. En saya y camisa y dispuestos a disfrutar de la cena. Pedro de Azagra se asomaba, impelido por la bravura de su sangre mientras la veteranía le refrenaba el ímpetu. Miró a un lado y entornó los ojos.

—¿Qué pasa, don Pedro? —preguntó Ordoño. Tras él, Alfonso de Castilla pedía a gritos la loriga. Varios sirvientes se movían entre los arcones.

Entraron como jauría lanzada al encarne. El señor de Albarracín, con la espada a medio desenfundar, se vio embestido. Y aunque siempre había sido recio y animado por buena sangre navarra, la edad y los muchos trabajos le habían debilitado los huesos. Así que se vio arrojado a un lado y rodó por tierra.

—¿Qué es esto? —Ordoño, sorprendido, sintió el impulso de ir a valer al Azagra antes de nada. Allí solo había sombras que se movían de un lado a otro. Tardó un par de latidos de corazón en ver que lo imposible ocurría. Los hierros fulguraron a la luz de los hachones, y el castellano tiró de ferruza.

—¡A mí! ¡Monteros del rey! —gritó Alfonso de Castilla.

Pero los intrusos ya se desparramaban por el pabellón. Por un instante pareció que no sabían qué hacer. Se quedaron quietos, examinando a los nobles y a los sirvientes. Uno se le vino encima a Ordoño y este desvió la estocada a un lado. Iba a responder con un puñetazo zurdo, pero enseguida se vio enzarzado con la siguiente sombra. El enorme pabellón del rey se quedó pequeño. Los intrusos tropezaban con escabeles y los cristianos derribaban las mesas. Uno de los mástiles se quebró al trastabillar un sirviente y desplomarse encima. Pedro de Azagra se revolvió con un quejido. El rey, desarmado, retrocedió en busca de algo que empuñar.

—¡Ahí! ¡A ese!

La voz andalusí salía de una boca cubierta. Todos aquellos demonios lo iban. Tapados como espectros. Solo los ojos asomaban entre el ropaje negro. Un filo silbó junto a la cabeza de Ordoño, y este se revolvió de revés mientras dibujaba una curva con su espada. En el exiguo espacio de aquel duelo desigual y confuso, su filo se incrustó en el costado de uno de los sarracenos. Casi al mismo tiempo, un sirviente se dobló con un estertor largo y burbujeante cuando fue atravesado por la espalda. Pero la estocada no iba para él, sino para el rey.

Ahora le acosaban. Alfonso de Castilla, aterrado, miraba en todas direcciones.

—¡Una espada, por Cristo!

El conde Nuño de Lara hacía honor a su casa y a su prestigio. Se batía con dos hombres a la vez y los mantenía a raya. Ordoño saltaba entre la vajilla y el vino derramado. Alejaba a un enemigo de un golpe y corría a por otro. Blandía su hierro como un loco, y a cada revuelta temía que alguien le atacara a traición. De pronto, uno de aquellos extraños de negro se plantó ante él y se quedó trabado. El tipo terciaba la espada corta con la diestra y se guardaba el flanco con una daga. Ordoño apuntó el arma hacia su cuello.

—¿Qué pasa, infiel? ¿Tienes miedo?

No esperó contestación. Antes de acabar la pregunta ya estaba vuelto a un lado, parando en alto un tajo vertical que le largó otro espectro. Esta vez se echó encima de su enemigo y le aferró del cuello con todo el brazo izquierdo. Luego tiró de él y consiguió derribarlo. En menos de lo que se dice amén, lo había ensartado contra el suelo.

—¡Una espada, por Cristo vivo! —rogó de nuevo Alfonso de Castilla.

Dos monteros entraron en el pabellón, confusos y sin terminar de creer lo que sucedía. Pedro de Azagra se incorporaba desde el suelo mientras se aproximaba más gente: varios de los nobles que acababan de marchar. Entre ellos, el señor de Vizcaya. Los sarracenos debieron verlos, porque se metieron prisa y acuchillaron a un par de sirvientes.

—¡Ha de ser ya!

Ordoño esquivó un revés bajo y pateó al infiel en la entrepierna. El tipo se derrumbó, y el juglar se arrojó sobre él y empezó a aporrearle el cráneo con la cítara. El señor de Albarracín ensartó a otro de los intrusos mientras rugía como un oso. Un montero real remató al enemigo por la espalda.

—¡¡A mí!! ¡¡Ayuda!!

Ordoño se volvió y vio al viejo Nuño de Lara. El conde acababa de acertar con su espada en el vientre de uno de sus enemigos, pero no pudo desclavar el arma. El otro largó un corte horizontal que alcanzó al consejero en la garganta y le hizo caer. Don Nuño abrió la boca para gritar, pero no pudo emitir sonido alguno.

Quedaban tres diablos oscuros. Uno de ellos, el que había titubeado ante Ordoño, despachó a un montero con una estocada baja y se enfrentó al señor de Albarracín. Al cuadrar su guardia, Azagra obstaculizó la entrada y los nobles que venían en auxilio tuvieron que detenerse. Algunos se hicieron a un lado para rajar la tela y entrar de todos modos. Pedro de Azagra y el intruso cruzaron aceros en el sitio, sin retroceder ni uno ni otro. Ordoño no podía ir a ayudar al viejo navarro. El negocio estaba tras él. Se volvió y vio que los dos sarracenos supervivientes eliminaban al otro montero y se acercaban al rey. Ahora Alfonso reculaba despacio, con los ojos desencajados y las manos abiertas, en un último ruego por alcanzar un arma.

—¡Por Dios, por Cristo y por su santa Madre! ¡¡Una espada!!

Una sombra se movía tras el rey. Era Pedro de Arazuri, que hasta el momento se había salvado del ataque. Ni siquiera intentaba desenfundar. Se deslizó a un lado y los infieles lo ignoraron.

—¡Aquí! ¡A mí! —gritó Ordoño.

Los dos sarracenos se volvieron a la par. A su izquierda, alguien desgarraba el lienzo grueso del pabellón. Una hoja asomaba por la pared de tela y bajaba. Ordoño sonrió con fiereza, dispuesto a mantener ocupados a aquellos dos tipos. El más recio se fue hacia la gente que pretendía entrar a tajos. El otro se tiró contra el castellano. Fintó arriba y golpeó abajo. Ordoño detuvo y se hizo atrás. No lo necesitaba, pero eso alejaba al enemigo del rey. El espectro negro mordió el anzuelo.

De repente el pabellón terminó de rasgarse. La tela cedió, sorprendiendo a quienes cortaban desde fuera. Dos monteros cayeron a plomo dentro y, antes de recuperarse, el sarraceno recio ya había despachado a uno de ellos. Al otro le pisó el cuello contra el suelo y se dispuso a hacer lo mismo, pero entonces el rey, que seguía a manos limpias, se le echó encima como un león.

Ordoño, demasiado ocupado con su contrincante, no se dio cuenta. Pero con el rabillo del ojo pudo ver que Alfonso de Castilla no estaba donde lo había dejado, y eso le exasperó. Pensó que el rey había muerto. Apretó los dientes y se la jugó: aguardó la estocada larga de su adversario y ladeó apenas la cintura para dejarla pasar. Luego, a dos palmos del enemigo, le estrelló la cruz del arma contra la cara. Uno de los extremos del arriaz le perforó el ojo y el desgraciado gritó como un puerco en matanza. El chorro de sangre salpicó al cristiano y le obligó a restregarse los párpados, así que por fin pudo verlo.

Había tres hombres junto al desgarrón de la jaima: el primero encima del segundo, y este aplastando al tercero. El rey, montado a horcajadas sobre la espalda del infiel más fuerte, le apretaba el cuello con ambas manos. Y el sarraceno, que había perdido la espada, apuñalaba con su daga, una y otra vez y a velocidad endiablada, al montero que había rajado la tela. El pobre debía de estar ya muerto, pero el intruso, en su desesperación, aseguraba su misión antes de expirar.

A la derecha, el último demonio de negro se volvió. Había rechazado a Pedro de Azagra, pero Diego de Haro acababa de desarmarle la mano de la daga y una turba de castellanos se disponía a entrar en el pabellón. El infiel se olvidó de ellos. Se dirigió hacia el rey sin que este reparara en el nuevo peligro. Ordoño empezó a correr al mismo tiempo y vio cómo el sarraceno elevaba su espada. «Ya está —se dijo—. Va a matar al rey». Casi podía verlo, en aquel fugaz instante que precedía al tajo mortal. Todo acabaría enseguida y Alfonso de Castilla dejaría la vida allí. El caos se extendería de nuevo por la cristiandad. En nada quedarían los pactos, los recelos atragantados darían paso a la discordia abierta. El infiel adelantó el pie izquierdo y el rey levantó la cabeza. Matador y víctima se miraron, y ambos comprendieron cuál era el destino que se escribiría en el trazo siguiente de aquella crónica. En ese momento Ordoño se interpuso entre ambos. No podía detener ya el sablazo, pero sí recibirlo por su rey. Ni siquiera se planteó las consecuencias. Solo había que evitar que Alfonso muriera. Y eso hizo.

Cayó sobre el rey de Castilla y lo derribó. Cerró los ojos, dispuesto a encajar el hierro en su carne. Casi podía sentir ya cómo la piel se abría y el frío mordía su alma.

Pero no ocurrió nada. De pronto, Alfonso pugnaba por quitarse de encima a Ordoño. Y este rodó para quedar sentado ante la tela desgarrada. A ambos lados yacían tres muertos: los dos monteros y el infiel estrangulado por el rey. Pedro de Azagra y los demás nobles corrían para ayudar al joven monarca. Pero ¿dónde estaba el último hombre de negro?

—¡Aquí, por caridad! ¡Socorred a don Nuño! —pidió Diego de Haro.

Las voces se mezclaron. Ordoño, mareado, creyó reconocer la de Pedro de Arazuri entre ellas.

—¡Este aún está vivo!

—¡Atentos! ¡Puede haber más infieles!

—¡Proteged al rey!

Pero el rey estaba fuera de sí. Seguía pidiendo una espada a toda costa.

—¡¡Por Cristo y todos los santos!! ¡¡Por la soga de Judas!! ¡¡Una espada, por compasión!!

Ordoño se repuso y miró a su alrededor. Ahora comprendía lo ocurrido. Salió al exterior por la rasgadura del pabellón y miró a ambos lados. Desde el sur seguían afluyendo cristianos, alertados por las voces y las súplicas del rey. Por el otro, hacia el norte, el campamento estaba vacío. Ordoño corrió hacia allí.

Saltó sobre los vientos de las jaimas y esquivó las fogatas a medio apagar. Un par de sirvientes lo miraron extrañados, pero otro, al verlo pasar corriendo, señaló con un dedo.

—¡Para allá, mi señor! —le dijo—. ¡Va para allá!

Ordoño apretó la marcha. Llevaba el arma en la diestra y la notaba chorreante y resbaladiza. Frente a él, las tiendas del ejército se alternaban con los arbustos. El aviso de arrancada conquense había sido todo un acierto, reconoció. Los cristianos, demasiado debilitada su disciplina por los muchos meses de asedio, habían olvidado las precauciones más elementales. Por un momento, Ordoño pensó que tal vez el infiel superviviente se hubiera metido en una de las tiendas vacías. Eso le dio miedo. Aquel hombre tenía que estar desesperado y seguro que ya había aceptado la muerte. Quizá volviera. Tal vez intentara de nuevo matar al rey…

Pero no. Eso no podía ocurrir ya. Ahora mismo, Alfonso de Castilla debía de ser el hombre mejor protegido del mundo. Ordoño aflojó la marcha. Empezaba a acusar la fatiga del intenso combate. Siguió corriendo; con más tiento ahora. Evitando los troncos gruesos o las sombras sospechosas. No fuera a ser que aquel demonio se hubiera agazapado tras un árbol para recibirle con una buena brecha. A su diestra el matorral se interrumpía abruptamente para dar paso al desfiladero. El Júcar corría allá abajo. Al frente, el campamento cristiano continuaba. Aquel sector daba paso al que ocupaban los hombres aportados por Aragón.

A la izquierda.

Torció la carrera, y nada más hacerlo lo vio. Fue un momento, gracias a esa luna por poco llena que iluminaba la contornada. El tipo huía despacio. Derrengado casi. No le costó mucho alcanzarlo cuando las tiendas ya quedaban muy atrás.

—¡Tente, infiel! ¡No vale la pena que sigas!

El hombre de negro se detuvo. Sus hombros subían y bajaban tan deprisa que parecía a punto de desfallecer. Su respiración silbaba, y la punta de la espada manchada de sangre tocaba tierra. Se volvió poco a poco. Ordoño se aproximó sin bajar la guardia. Ahora estaban los dos solos. El castellano pensó en acabar rápido. Luego se dijo que tal vez sería mejor capturarlo. Entonces, con el pico de su arma a cuatro dedos del pecho enemigo, recordó lo que acababa de ocurrir en el pabellón del rey de Castilla. O mejor dicho, lo que no había ocurrido.

—¿Por qué lo has hecho?

El infiel exhausto apoyó la mano izquierda en la rodilla. Se encogió de hombros.

—Era mi deber. Nuestra única opción.

Ordoño entrecerró los ojos. Aquella voz…

—No. Te pregunto por qué no me has matado ahí dentro.

El infiel, muy lentamente, clavó su espada en tierra y la usó como apoyo. Estaba a punto de derrumbarse. Levantó la vista y la claridad lunar blanqueó su rostro. Tiró del paño que le ocultaba la boca hasta descubrirse. Ordoño dio un paso atrás.

—Tú…

—Yo. Sí. —Quiso reír, pero lo único que consiguió fue provocarse un ataque de tos. Soltó la espada corta y se dejó caer a tierra. Quedó sentado—. Era cuestión de tiempo, ¿eh, amigo mío?

Ordoño también bajó su arma. Miró atrás. Nadie venía hacia ellos.

—Me engañaste, Ibn Sanadid.

Otro intento fallido de reír. Otro ataque de tos.

—Y tú a mí, cristiano. Una misión diplomática a Aragón, ¿no?

Ordoño maldijo en romance. Por su mente pasó una retahíla de imágenes tejidas en un tapiz largo y colorido. En el último tramo, todo estaba teñido de sangre.

—Huye, Ibn Sanadid. Huye o no podré evitar que te maten.

El andalusí asintió. Ahora volvía a tener frío. La humedad del *wadi* Shuqr, el sudor de la escalada, la sangre ajena…

—He fracasado. Han muerto por nada.

—No por nada —objetó el cristiano—. Era vuestro deber y casi lo conseguís. Casi os libráis de nosotros.

Ahora Ibn Sanadid pudo reír sin toser.

—Casi… Era la última baza. Ahora Cuenca caerá. Mis felicitaciones, cristiano.

Aquello sonaba agrio. Ordoño temió que esa noche hubiera roto lo que ambos se empeñaban en mantener ileso a pesar de todo.

—Vete, amigo. Así un día podrás resarcirte.

Ibn Sanadid asintió. Recogió la espada y, usándola como cayado, se incorporó. Miró un momento al cristiano.

—Sé que volveremos a vernos. Y tal vez yo no pueda devolverte el favor.

—Yo también lo sé. —Ordoño pensó en su último encuentro, y aquello le llevó a Valencia—. No me debes nada. Ya has hecho bastante por mí.

El andalusí enfundó su arma. Sonrió por última vez antes de dar la vuelta y perderse en la oscuridad.

وانا على ثقة في الله

UN MES DESPUÉS, PRINCIPIOS DE OTOÑO DE 1177

El conde Nuño no duró más que unos días tras el ataque furtivo de los conquenses. Moría así uno de los hombres más poderosos de Castilla, el que había sido tutor del rey, regente del reino y líder de la facción de los Lara durante la guerra civil. De su aprobación dependieron no pocas decisiones durante la minoría del rey, y aun después, todo asunto importante era sometido a su siempre hábil juicio.

Para Alfonso de Castilla, la muerte del conde Nuño fue como la pérdida del padre que no había llegado a conocer. El rey se sumió en la melancolía, y solo la presencia de los demás nobles evitó que levantara el asedio para regresar a la corte. Escribió a la reina Leonor y le pidió que se apresurase a consolar a la viuda, Teresa de Traba. Y que se dijeran misas por el conde en toda iglesia castellana.

Aparte de Nuño de Lara, algunos otros caballeros y monteros reales dejaron la vida. Aunque peor fue el resultado de aquella aventura para la ciudad sitiada. Entre los caídos en el pabellón del rey y los que dejaron la vida en la maniobra de distracción, Cuenca quedaba casi vacía de guerreros. Pedro de Azagra propuso que, para mostrar buena voluntad y ver si podía acortarse el asedio, se devolviese a los sitiados los cadáveres de los hombres de negro y los demás muertos en la arrancada. Mientras aquella entrega se hacía a algunos emisarios andalusíes, el rey tuvo buen cuidado de dejarse ver para demostrar que la maniobra nocturna había acabado en fracaso.

Mientras tanto, un par de tímidas expediciones almohades salieron desde Sevilla y Córdoba para hostigar las tierras de Toledo y Talavera. Pero a ello siguieron sendas algaras leonesa y de Aragón en cumplimiento de lo acordado en Tarazona. Escaramuzas sin mayor importancia, aunque demostraban que el destino de Cuenca estaba sellado.

Por eso, el día de San Mateo, un embajador andalusí con bandera de parlamento salió de Cuenca y llegó hasta el real castellano. Un hombre humilde que dijo ser pastor y que venía con encargo del gobernador almohade de la ciudad.

Cuenca, por fin, se sometía.

Alfonso de Castilla puso cuidado en que nadie violentara a los rendidos, y la toma del botín se efectuó con pulcras anotaciones y sin humillaciones innecesarias. Los de Cuenca recibieron a los conquistadores con todas las puertas, incluidas las del alcázar y el castillo, abiertas. Al entrar, los cristianos descubrieron a una población más extenuada que temerosa, con las marcas del hambre y el cansancio en los rostros. Algunos conquenses demostraron su alegría luciendo trapos amarillos. Eran los judíos, falsamente convertidos a la fe almohade por obligación, que ahora esperaban poder regresar a la práctica pacífica de la religión de Israel. El rey castellano prometió a todos, judíos y musulmanes, que les permitiría mantenerse en sus respectivos credos a cambio del tributo habitual. Pronto se diseñarían espacios aparte para ellos en la ciudad, y se procuraría no disminuirlos en demasía cuando sus bienes, como era natural, fueran puestos a disposición de los conquistadores. No se puso impedimento a los que quisieron tomar el camino de Moya o Alarcón para seguir viviendo en tierra musulmana. En cuanto al hafiz almohade, demostró no importarle su destino. Dobló la rodilla ante Alfonso de Castilla y se declaró sometido a él. Solo la muerte le esperaba si regresaba con los suyos, y tampoco quería quedarse en Cuenca. El rey le invitó a viajar a Toledo e instalarse con los musulmanes de allá. Sus conocimientos serían de valor en el futuro, dijo, pues quedaba mucho y muy crudo que tratar con los africanos.

Unos días después, mientras los magnates castellanos confirmaban documentos y negociaban para repartirse el favor real en la concesión de honores, casas y tierras en Cuenca, llegó misiva urgente de la reina Leonor. El rey Alfonso la leyó en su cámara, provisionalmente habilitada en el castillo alto de la ciudad recién conquistada. Sus labios se apretaban conforme leía y, al terminar, dejó colgar la diestra con la carta a un lado de su sitial. El señor de Vizcaya, Diego López de Haro, fue el primero que rompió el momento de abstracción del monarca.

—¿Qué ocurre, mi señor?

—El arbitraje de mi suegro, el rey de Inglaterra... Manda que todo vuelva al momento en el que murió mi padre. Hay que devolver lo que tomamos al navarro, y él hará lo mismo. Además, tengo que pagar a mi tío Sancho diez mil maravedíes anuales. Durante una década.

Diego López de Haro se pensó la siguiente pregunta. A riesgo de pecar de egoísta, la hizo:

—¿Qué pasa con mis señoríos? ¿Hay algo de Vizcaya y Álava?

Alfonso de Castilla agitó la carta.

—No se dice nada. El navarro no las reclamó siquiera, y el inglés las considera nuestras por justicia. Pero no importa. Ni eso ni nada de lo demás. Mi tío Sancho no está contento con el fallo.

Ordoño se adelantó un paso.

—Ambos jurasteis someteros a lo que decidiera el rey de Inglaterra. Ante testigos.

—Lo sé. Mi esposa está decepcionada. Ella pensaba que por fin acabarían las rivalidades entre cristianos... En fin. Si Sancho de Navarra sigue empecinado, volveré a reunirme con el rey de Aragón. Lo haré enseguida y procuraré que mi tío se entere. Y si esta vez no se doblega, ya puede despedirse de su reino. —Alfonso presionó el brazo de su sitial—. Estaremos unidos, señores. De grado o por la fuerza.

Diego de Haro sonrió. Le gustaba aquel panorama, porque crecer a costa de Navarra significaba que serían sus señoríos los que aumentarían.

Otro de los nobles presentes, el poderoso señor de Molina, pidió la palabra con un gesto. Era Pedro Manrique, sobrino del difunto conde Nuño y ahora principal representante de la casa de Lara.

—Mi rey, sé que encomendaste a nuestra reina que cuidara de doña Teresa, mi tía. ¿Cómo está? ¿Lo dice ahí doña Leonor?

Aquello pareció apaciguar a Alfonso de Castilla.

—Ah, sí. Ciertamente, lo dice. Está bien, por lo que parece. A todos nos ha dolido la caída del buen Nuño, pero también sabemos que no hay destino más glorioso para un guerrero que alcanzar la muerte en batalla. Así se nos fue el conde. Y todos lo admiraremos siempre, ¿no es cierto?

—Sin duda, mi señor.

—Bien... —El monarca tragó saliva. En aquel momento parecía otra vez el adolescente huérfano atrapado en una guerra entre clanes. Pero se recompuso con rapidez. Era el rey de Castilla, y había asuntos que tratar. La unión entre los cristianos. Eso era—. La reina Leonor me dice en la carta que doña Teresa, como buena hija del linaje de Traba, quiere regresar a su Galicia natal. Ahora que es viuda, debería según costumbre ingresar en un convento. Viajará al reino de León en breve.

—Es lo que dicta la tradición —apuntó Diego de Haro, cuya madre, también condesa y viuda, vivía su retiro en el monasterio de Cañas.

—Sin embargo —el rey volvió a balancear la misiva de Leonor—, las mientes de mi reina no se detienen ni un instante. ¿Sabéis qué ha tramado vuestra soberana?

Los nobles se arremolinaron en torno a Alfonso de Castilla. Especialmente el señor de Molina, a cuya familia tocaba más de cerca lo que se fuera a decir ahora.

—No nos tengas en ascuas, mi rey —pidió.

—Pues bien, propone que la viuda del conde Nuño tome nuevo esposo.

—Eso es muy irregular —se quejó el señor de Vizcaya.

—Cierto. —El joven Alfonso sonrió a medias—. Pero tampoco es frecuente desposar a un rey. Mi mujer tiene buen ejemplo en su madre, que casó con Enrique de Inglaterra tras separarse de Luis de Francia.

Todos callaron, sorprendidos. Menos Ordoño, que ya sabía de la audacia de la reina y de sus propuestas peregrinas.

—¿Estás diciendo, mi señor —preguntó despacio el castellano—, que la viuda del conde de Lara se va a casar con el rey de León?

Alfonso se levantó y enrolló la carta. Luego hizo ademán de abandonar el aposento. Cuando los nobles se retiraban para abrirle paso, el rey se detuvo entre ellos, en el centro de un círculo de magnates.

—Cuenca es nuestra. Es la primera vez que un ejército de la cruz conquista una ciudad almohade desde tiempos del emperador. Y ha sido posible solo porque durante estos meses no hemos reñido entre nosotros. Haré lo que sea. Lo que sea, para que Navarra y León dejen de rivalizar con Castilla. Negociaré con todos. Con los portugueses, con los aragoneses. Con el señor de Albarracín. Hasta con el mismísimo diablo, si fuera necesario. Por pacto. Por matrimonio. Por amistad o por las armas. La unión entre los cristianos. Eso es lo importante, amigos. La unión entre los cristianos.

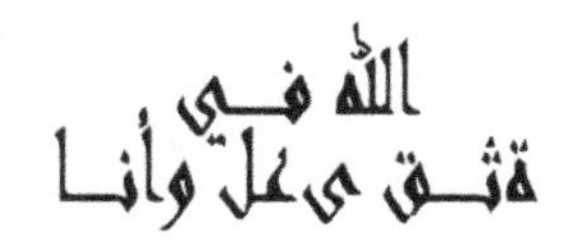

14
JUSTICIA EN MARRAKECH

Ocho meses después, primavera de 1178. León

Fernando de Castro pisaba fuerte. El eco de sus pasos rebotaba en las viejas piedras y se deslizaba sobre los tapices de reyes godos, asturianos y leoneses. Los músculos de la mandíbula, tensos por el enojo, se marcaban bajo la piel y la barba, y su melena abundante y gris volaba tras él. Los secretarios y cortesanos se alejaban cuando lo veían aparecer. Simulaban recordar algo repentinamente y torcían el paso, o desaparecían tras columnas. Al llegar a la puerta del salón del trono, los dos guardias leoneses tragaron saliva y se miraron entre sí. El señor de Castro sonrió con fiereza. Sabía que no le impedirían el paso, así que avanzó derecho al batiente de madera tachonado de clavos, cuando este se abrió de repente.

Era Urraca López de Haro quien salía. Se detuvo un momento. Eran pocas las ocasiones en las que la castellana se cruzaba tan de cerca con el hombre que estaba considerado en su tierra como el mayor traidor de la historia. La muchacha quiso ocultar el desprecio y el miedo, pero no lo consiguió. Eso hizo gracia a Fernando de Castro.

—¿Qué hace aquí la dama de compañía de mi esposa? Sé que se encuentra en sus aposentos. ¿Cómo no estás con ella? ¿O cómo no estás con tu señor marido?

Urraca esquivó la lluvia de preguntas con un gesto de desdén y, sin contestar, se deslizó a un lado. Qué gran diferencia entre padre e hijo, pensó. Y qué alejados caracteres el del Renegado y el de su mujer, Estefanía. Se alejó pegada a la pared, contoneando las caderas, y el señor de la casa de Castro la observó unos instantes. Había visto el modo en que su hijo Pedro miraba a aquella castellana engreída y descarada. No le sorprendía. Ambos tenían dieciocho años y mucho fervor por gastar. Pero ella era dama casada, por Luzbel. Negó en silencio. Qué extraño que aquella muchacha de atractivo tan fascinante no hubiera quedado todavía preñada del gallego Meléndez.

Pasó al salón y vio que el rey de León estaba solo, ajustándose la capa a un lado de la mesa de consejos. Castro volvió a detenerse y su mirada regresó atrás, a la puerta que ahora cerraban los guardias. La sonrisa fiera se acentuó.

—¡Mi señor, solicito audiencia!

Fernando de León levantó la vista, que tenía perdida entre los papeles de la mesa. Solo el bravío señor de Castro pedía así recepción. Solo él se atrevía a colarse en el salón del trono sin anunciarse.

—¿Qué desea el señor de Trujillo?

—¡Señor de Trujillo! —repitió el Castro mientras caminaba hacia el rey, y añadió el resto de sus títulos—, ¡y de Montánchez, Santa Cruz y Monfragüe! ¡Tenente de las torres de León! ¡Dominador del Infantazgo!

Al monarca no le gustó aquella retahíla. Le sonó más a reproche que a jactancia. Subió al pedestal y se dejó caer sobre el trono.

—Supongo que no te andarás con rodeos.

—No, mi rey. Ni seré tan dulce como tu anterior visitante, me temo.

Fernando de León lanzó una mirada airada a su noble más díscolo y poderoso.

—No busques lo que no hay, Castro.

—No lo hago, mi rey. Poco me importa quién caliente tu lecho. Y también se me da un clavo lo que piense don Nuño Meléndez, por cierto. Que quien es cornudo y lo consiente, sea cornudo para siempre. Ahora, no quiero ni pensar qué haría yo con tu hermana, mi rey, si barruntara que me adorna la testa. No le iba a valer la sangre imperial más que para baldear el suelo —lo dijo sin mirar al monarca, con la vista puesta en los documentos extendidos sobre la mesa de consejos. Donaciones a monasterios e iglesias. Lo típico cuando no se tiene la conciencia tranquila—. Aunque... Espera, mi rey. En realidad sí que me importa tu maridaje. Y a cuenta de eso, dime si te place: ¿qué tal tu nueva esposa? ¿Complaciente?

Fernando de León resopló.

—Está bien. Supongo que esa es la razón: mi nueva esposa. Teresa Fernández de Traba.

—Sí, mi rey. La viuda del conde Nuño. Un asqueroso Lara que, para alegría de todos, yace muerto por fin.

—La boda no fue idea mía, lo reconozco. Cosa de esa cría que en Castilla tienen por reina. Leonor Plantagenet. Los muchos trovadores que campan por los feudos de su padre han ablandado el seso de esa gente descolorida. Tanto es así que piensan que de este modo, con casamientos, acabarán con los problemas del mundo. —El rey perdió la vista en el vacío durante un instante y, de forma inconsciente, estiró una sonrisa socarrona—. En descargo de la inglesa diré que Teresa de Traba es de linaje gallego, esa es una de las razones por las que he aceptado. Y aunque viuda del conde Nuño, es ahora reina de León. No ha hecho otra cosa que volver a casa.

—Y traerse a su prole de cachorros Lara.

Fernando de León miró al señor de Castro sin abandonar el gesto burlón.

—Y eso te ofende, claro. Te resulta inaguantable. Pero déjame decirte una cosa, mi fiel amigo. Los hijos del difundo conde Nuño no son más que críos. Y muerto el primer consejero de Castilla, el único Lara con ínfulas que queda es el señor de Molina. Demasiado ocupado a oriente de Castilla como para venir por aquí a causar disgusto. Despéjate del rencor que te consume, Castro, y afina la vista: los Lara han dejado de ser un problema.

El guerrero de la melena gris cambió el peso a la pierna diestra y entornó los párpados.

—¿Qué quieres decir, mi rey?

—Que ahora soy el padrastro de esos Lara a los que llamas cachorros. El otro motivo que me convenció para tomar a Teresa por mujer. En caso de pugna con Castilla, ¿crees que me harán el desaire de no luchar por mí?

—Pugna con Castilla… ¿No andabas ahora avenido con tu sobrino?

—Me avengo con quien convenga, Castro. Como tú. ¿Sabes que Sancho de Navarra no ha aceptado el arbitraje de ese rey inglés? ¿Sabes que vuelve a estar a la greña con Castilla? ¿Y sabes lo mal que habrá sentado al califa Yusuf el asuntillo de Cuenca? Todo eso ahora, con el conde Nuño de Lara convertido en fecunda gusanera.

Fernando de Castro rio por lo bajo.

—Vuelves a ser el que conocía. Antes buen rey que mejor ley.

—Y cual es el rey, tal es la grey. ¿Dispuesto a servirme una vez más, Castro?

—Manda, mi señor.

—Viajarás a Sevilla con discreción. Sé que el califa no está allí, pero le enviarán recado. Dirás que nuestra algara del año pasado fue cosa de compromisos. Nada personal. Que el enemigo de su fe y el de nuestro interés sigue siendo Castilla sobre todo. Pide treguas para que, cada uno por nuestra parte, podamos agrupar fuerzas en la frontera. Ruégales que ataquen las tierras de Toledo o las de Talavera. Cuando mi sobrino se vea más apretado, le reclamaré los dominios que me retiene en el Infantazgo. No cederá, porque es obstinado, pero llevaré mi ejército a las puertas de Castilla. Entonces, con las huestes divididas y sin Laras en sus filas, tendrá que tomar una decisión.

—Me agrada lo que dispones, mi señor. Pero, dime, ¿qué razones daré a los almohades para que cumplan lo que ruegas?

—Quien mucho duerme, no solo pierde lo suyo, sino también lo ajeno. ¿Acaso los moros no saben por qué mi sobrino quiere gozar de avenencia con sus vecinos? Yo te aseguro que sí, Castro. Lo saben. En un año de paz entre cristianos, los sarracenos pierden una ciudad. Recuérdaselo, mi fiel amigo. A los almohades, más que a nadie, interesa el mal de Castilla.

Al mismo tiempo. Marrakech

El invierno anterior, el califa Yusuf había mandado correos a al-Ándalus. Ordenaba que los gobernadores y altos funcionarios de las ciudades, Sevilla y Córdoba sobre todo, acudieran a Marrakech para celebrar la siguiente ruptura del ayuno.

Y ahora, el día señalado, el príncipe de los creyentes había ordenado montar un gran estrado de madera en la llanura a la que daba la Puerta de Dukkala. Un sitio señalado, pues era donde, unos treinta años antes, Abd al-Mumín logró la derrota final sobre los almorávides. A esa victoria, como era natural, había seguido una decapitación masiva de cautivos. Y el recuerdo de esas ejecuciones sobrevolaba ahora el lugar plagado de gente.

El califa ocupaba el lugar de honor sobre el estrado, naturalmente. La construcción de madera lucía varios astiles largos y coronados por banderas blancas, y a los lados del califa se hallaban los más allegados. A su alrededor, los titánicos Ábid al-Majzén formaban impávidos, con las lanzas empuñadas y los torsos brillantes al sol del mediodía. Más allá, la élite del funcionariado almohade en la península de al-Ándalus aguardaba en tenso silencio. No hacía mucho que la llamada del muecín se había perdido entre las callejas de Marrakech, y ahora, con la oración recién acabada, todos sentían sus almas lo suficientemente puras para afrontar lo que Dios quisiera enviarles. Abú Hafs, repuesto ya de sus padecimientos durante la peste, fue el primero en dirigirse al público.

—¡Creyentes! ¡Nuestro amado califa, al que Dios alargue la vida, os ha convocado con gran amor por vosotros y no menos preocupación por vuestras almas!

Yaqub, recién llegado desde el sur tras purgar definitivamente a los rebeldes sanhayas, permanecía a un lado. Poco se parecía al muchacho inexperto que había abandonado Marrakech tres años antes. Ahora se ufanaba de su porte enérgico, de sus hombros anchos y de su mirada vigorosa. La barba, negra y rizada, cubría su cara, aunque había conservado el hábito de recortarla, como hacían los montañeses. Allí, en la corte, no había zarzas en las que pudiera enredarse, pero para él todo el imperio era ahora una extensión del Atlas. Un lugar donde se cazaba para sobrevivir. A su lado, Abú Yahyá se mostraba incómodo, paseando la mirada por la chusma y torciendo el gesto. Ese no era su lugar, desde luego.

—A esos de ahí los conozco —dijo en voz baja Ibn Rushd, colocado tras los prebostes almohades en su condición de subalterno andalusí. A pesar de todo lo molesto que había resultado en el valle del Draa, Yaqub había decidido que lo acompañara en el acto junto al propio Abú Yahyá. Encontraba cierta diversión en la forma en que el cordobés le daba consejos que jamás seguía.

—Calla, Ibn Rushd —susurró Yaqub—. Ya sé que los conoces. Son andalusíes, como tú. Todos vais a recibir una lección.

Abú Hafs continuó con su discurso de bienvenida:

—¡Vuestro califa, como bien sabéis, ha estado muy ocupado con los serios problemas que nos azotaron en los últimos meses! ¡Dios, en su sabiduría, diezmó a los pecadores con su justa plaga, y los traidores, tibios y rebeldes creyeron llegado el momento de medrar a nuestra costa! ¡Hasta los infieles se han atrevido a hollar con sus inmundos pies una ciudad musulmana al norte, en vuestra península sucia, cuna de serpientes y cuervos! ¡Y aquí, en África, hemos tenido que aplastar las rebeliones en las fronteras del imperio! —Se volvió a medias y sonrió a Yaqub.

La peste había dejado en su mirada rojiza una huella de fatiga que ahora la convertía en más enfermiza todavía—. ¡Por culpa de estos asuntos hemos aplazado otros deberes! ¡Y hoy, con la sagrada ruptura del ayuno, regresamos a la rutina! ¡Sí, sé cómo celebrabais esta fiesta en vuestros tiempos de impureza, andalusíes! ¡Ahora veréis cómo lo hacen los verdaderos creyentes!

Un rumor se extendió desde la Bab Dukkala. Varios masmudas salían de la medina en columna de a dos, con los escudos y lanzas prestos. Tras el destacamento de vanguardia, un hombre en camisa y con las piernas desnudas caminaba a trompicones. Sus extremidades eran mero hueso y tendón, y la cabeza le pesaba demasiado. No llevaba turbante, sino el cabello ralo, como arrancado a mechones, y la claridad de su piel indicaba dos cosas: que era andalusí y que había pasado mucho tiempo sin recibir la luz del sol. Tras él avanzaba otro destacamento de guerreros, y todos juntos desfilaron hasta llegar frente al estrado. Los funcionarios de primera fila, sorprendidos, se hicieron atrás cuando los guardias negros los amedrentaron con mirada rapaz.

—¿Quién es ese? —susurró Ibn Rushd.

—Ah, ¿a él no lo reconoces? —se burló Yaqub—. Espera. Seguro que mi tío te refresca la memoria.

Los guerreros masmudas sacaron al cautivo de la formación a empujones y lo dejaron solo, a la vista de todos y con las manos atadas al frente. El hombre, cegado por la claridad, torció la cabeza. Abú Hafs vio que algunos funcionarios andalusíes cuchicheaban entre sí. Sabían quién era el prisionero.

—¡Aquí tenéis al que fue almojarife de Sevilla, al-Maalim! —confirmó el visir omnipotente, y apuntó al cielo con el índice—. ¡Dios, en su inabarcable sapiencia, ha preservado su vida mientras se llevaba las de otros! ¡Para algo le ha permitido vivir! ¡Este hombre fue encarcelado hace dos años por sus corruptelas al frente del tesoro! ¡Malversó el oro que nosotros, los almohades, confiamos a su custodia y administración!

El cautivo no se atrevió a protestar. Las marcas en su cara y por el resto de la piel indicaron el porqué. Muchos allí, sin embargo, sabían que al-Maalim no había malversado. Su labor como almojarife había permitido, al contrario, afrontar los altísimos gastos de las construcciones ordenadas por el califa y sus familiares en Sevilla. Desde el complejo palatino hasta la gran mezquita, pasando por el acueducto, el puente o los refuerzos de las murallas. Había quien decía que aquel hombre estaba allí por haber empleado en las obras los bienes de los Banú Mardánish. Al parecer, la esposa favorita del califa, Zayda, le había solicitado su devolución, y como ya nada quedaba de ellos, Yusuf tuvo que inventar una excusa. Una excusa que ahora, cuando se necesitaba recuperar la confianza, venía muy bien al visir omnipotente.

—¡Como sabéis, creyentes, la justicia almohade es la justicia de Dios! —Abú Hafs retrocedió lentamente. Pero no hacia el califa, a cuyo lado debía estar cuando dictara sentencia en su nombre, sino hacia Yaqub—. ¡Y por eso hemos llevado a cabo un proceso justo! ¡Ese hombre ha sido escuchado y ha presentado sus pruebas! —Al-Maalim perfiló una burla agónica en forma de sonrisa—. ¡Y ha sido hallado culpable!

Ibn Rushd, que era jurista además de médico y filósofo, inclinó la cabeza para hablar al oído de Yaqub.

—No tiene trazas de haber podido presentar muchas pruebas. Sobre todo aquí, tan lejos de su puesto de trab...

—Calla, andalusí —le cortó el heredero del imperio—. Te lo digo por última vez.

—¡Todos sabéis cuál es la pena, creyentes! —Abú Hafs llegó junto a los dignatarios que ocupaban el estrado tras el mismo califa—. ¡Normalmente, ese hombre sería castigado junto a los demás condenados, en las mazmorras del Majzén! ¡Pero ya os he dicho que hoy es un día especial! ¡Además de ser testigos de la justicia divina, hoy conoceréis a quien, en el futuro, también os juzgará a todos! —Y señaló a los funcionarios de la explanada mientras movía el brazo en abanico—. ¡¡A todos!!

Se volvió y sacó de las mangas anchas de su *burnús* un cuchillo *gazzula*. Lo extendió hacia Yaqub, y este lo tomó.

—¿Yo, tío?

—Tú, sobrino. Lo del cuchillo es un detalle. —Miró de reojo hacia Abú Yahyá, y este sonrió. Abú Hafs bajó la voz—. Es como aquella tarde en Sevilla, ¿recuerdas? Con aquellos sodomitas a los que lapidamos. Tu padre no fue capaz de asistir. Se quedó charlando de estupideces con sus amigos andalusíes, así que fuiste tú quien lanzó la primera piedra. Muéstrales a esos perros lo que los espera si te fallan. Muéstraselo ahora, para que vean que tú no serás tan blando como tu padre. «Dios ha pronunciado su sentencia. Es el poderoso, el prudente. Pon tu confianza en Él».

Ibn Rushd, que lo había oído todo, se mordió la lengua. El califa, a unos codos de distancia, permanecía ajeno a aquellas palabras, con el gesto hierático que imponía su cargo.

Yaqub anduvo despacio sobre la tarima de madera. Bajó los escalones y pasó entre dos esclavos negros. El almojarife de Sevilla se tambaleaba allí, ante las miradas acongojadas de sus compañeros andalusíes. El filo del cuchillo africano relució mientras giraba en la mano de Yaqub. Había participado en una lapidación, sí. Y había ordenado ejecuciones en el sur. Por mandato suyo, cientos de rebeldes sanhayas habían muerto tras la batalla en el valle. Y después, en la purga aldea por aldea, y en el oasis de Fint. Pero en ningún caso había llevado a cabo personalmente los degüellos a prisioneros. También había matado en combate, sí. Pero siempre cara a cara, y a enemigos que podían defenderse.

Ahora era distinto. Lo supo incluso antes de acercar el cuchillo *gazzula* al cuello del almojarife. El hombre, que tal vez llevaba meses deseando que llegara aquel momento, lo miraba a los ojos. Y no era la misma expresión del adversario armado. La náusea subió a la garganta de Yaqub. Desvió la vista a un lado, sobre la tarima. Abú Hafs, sonriente, asintió. Y a su lado, Ibn Rushd bajó la cabeza.

El corte fue rápido y la sangre no salpicó sus ropas. Se derramó sin fuerza, desde el tajo en el cuello y por el pecho del cautivo. Cayó de rodillas antes de derrumbarse, y un quejido mudo voló de boca en boca entre los funcionarios citados en la llanura. Yaqub los miró. Reteniendo el vómito y simulando entereza. Les mostró el cuchillo ensangrentado, y uno de ellos, en primera fila, aplaudió. A ese le siguieron otros, y en seguida los vítores llenaron la explanada.

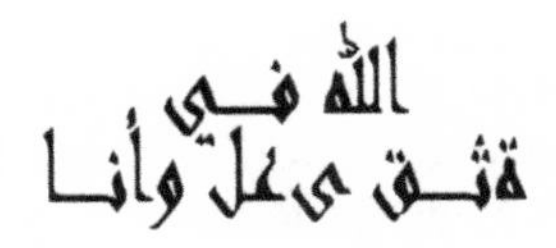

15
DISCORDIA EN EL INFANTAZGO

CINCO MESES MÁS TARDE, OTOÑO DE 1178. SALAMANCA

No todo salió como el rey Fernando de León había planeado.

Ciertamente, el señor de Castro logró hacerse oír por los almohades de Sevilla. Les pidió ayuda discreta para presionar a Castilla, y ellos, sin comprometerse a nada, le hicieron saber que sería del agrado del califa una incursión leonesa de castigo contra el desvergonzado Alfonso, que un año antes les había arrebatado Cuenca. Con esta información en León, el rey Fernando convocó a las huestes de sus nobles y obispos y a las milicias de sus ciudades, y les ordenó acudir a Salamanca al final del verano.

Pero cuando la reina Teresa comunicó a sus hijos lo que pretendía su real padrastro, se negaron a valerle. Y la viuda del Lara, aunque gallega, no se lo objetó. Así, los huérfanos del difunto conde Nuño, muy airados por lo que se había pretendido de ellos, hicieron saber a Fernando de León que, por muy hijastros suyos que fueran ahora, permanecían leales a quien siempre fue y sería su rey: Alfonso de Castilla. Y partieron hacia la frontera. Nada pudo hacer el monarca leonés, y así sus vecinos tuvieron pronto conocimiento de lo que se pretendía.

Pero eso no arredró a Fernando. Descubierto el plan, consideró que lo mejor sería llevarlo adelante de todas formas, pues los demás problemas de su sobrino persistían y daban ventaja a León. No obstante, para asegurarse el refuerzo de su hueste, rogó a Armengol de Urgel que le ayudara con sus mesnadas. Al principio se resistió el conde, pues no quería ni oír hablar de guerrear contra Castilla. Pero Fernando, que sabía cuál era el punto débil del de Urgel, logró convencerlo a cambio de la mayordomía real para los años siguientes.

Aunque entonces algo más se torció. En verano, el príncipe Sancho de Portugal, que no sabía nada de castellanos, leoneses, infantazgos y tratos secretos, se adelantó al final de las treguas con los almohades y dirigió una cabalgada larguísima que llevó hasta las mismas puertas de Sevilla. El muchacho, de apenas veinticuatro años, se atrevió a quemar algunos de los barcos que los sarracenos tenían fondeados en el Guadalquivir y, en el camino de vuelta, arrasó aldeas enteras a los almohades. Cuando estos lograron reunir una fuerza para perseguirlo, el príncipe portugués se dio la vuelta en Alcácer do Sal, les hizo frente y los derrotó escandalosamente. Los prisioneros fueron exhibidos en Coimbra cargados de cadenas, y el jefe de la expedición de castigo musulmana murió tras tormento en su mazmorra. Cuando Fernando de León se enteró, de su boca escapó una legión de demontres, sapos y culebras.

Pero ni aun así se vino atrás. Aunque en sus planes iniciales no entraba pedir la ayuda de Fernando de Castro para no atraer a los Lara de la Castilla oriental, se decidió a hacerlo. Y su cuñado acudió, por supuesto. Ansioso por medir fuerzas con sus paisanos, que eran al mismo tiempo sus más odiados enemigos.

Con el otoño ya aposentado sobre Salamanca, el rey Fernando celebró consejo en el monasterio de Santa María de la Vega, donde se alojaba. Alrededor del cenobio de extramuros se alzaban los pabellones del ejército leonés, y los magnates oían y aconsejaban al monarca en una tarde plomiza. El arzobispo de Compostela, los obispos de León, Zamora, Lugo, Astorga y demás diócesis, el conde de Urgel, el señor de Castro, Nuño Meléndez... Lo más granado de Galicia, León, Asturias y la Extremadura se disponía a hacerse valer ante su monarca. Incluso el príncipe Alfonso, a sus siete años, acudía aquella tarde al consejo. El heredero del reino era el vivo retrato de su padre, y aprendía desde bien pequeño que Castilla era el enemigo a batir.

Fuera, entre los chopos de ramas peladas, las damas de la nobleza paseaban mientras sus padres y esposos debatían. Lo hacían en grupos de tres o cuatro, junto a la orilla del Tormes. Arrastraban las hojas ocres con los faldones de los briales y los mantos forrados de piel.

Pedro de Castro, dado que no era el señor de su linaje, también vagaba entre los huertos. Había dejado atrás el viejo puente sobre el Tormes, junto al que se levantaban las casas del portazgo y el arrabal harinero. Enfrente, al otro lado del río, la iglesia de San Esteban se recortaba contra el gris del cielo. El camino que tomaba no lo había elegido al azar. Recorría la ribera en pos de su madre, a quien viera marchar hacía un rato. Junto a ella había salido, remilgada para no manchar las vestiduras, Urraca López de Haro. En cuanto a la doncella Gontroda, había partido después de las dos damas, aunque se demoraba mientras un hombre de armas le lanzaba requiebros.

Pedro, que había perdido de vista a las tres hacía rato, llegó a unas ruinas cercanas a la corriente. Los huertos comían terreno a un par de casuchas que alguna avenida del Tormes se había llevado en los años previos. Una de las chabolas estaba derruida, con vigas podridas que se apoyaban sobre los muros a medio caer y sostenían cañas arrastradas por el agua. Pero la otra, aunque con las tapias roídas, se mantenía en un estado aceptable, tal vez aderezada para dar servicio a los hortelanos o guardar alguna res. Pedro oteó la chopera una vez más en busca de su madre y de Urraca. Seguro que podía fingir un encuentro casual para pasar unos momentos con la joven, aunque fuera en presencia de doña Estefanía. Oyó algo extraño y se detuvo junto al chamizo desolado. Parecía que alguien se quejaba muy cerca, y como sabía que con los ejércitos viaja siempre mucha morralla, supuso que tal vez algún rufián había aprovechado para hacer una maldad. Echó mano al puño de la espada y se acercó despacio, cuidando de no levantar crujidos de hoja seca. Le asaltó la idea de que el ladrón hubiera podido atacar a su madre y a Urraca, y eso le hizo enfurecer. Desenfundó un palmo de hierro.

Rodeó la casucha más entera y vio que la puerta estaba abierta. Ahora los quejidos sonaban ahogados, como si alguien tapara la boca de la víctima. Pedro sacaba ya media ferruza de la vaina. Se acercó a la entrada. La puerta era un conjunto de planchas unidas sin gran industria, por lo que miró entre las rendijas para localizar al bellaco y poder caerle con ventaja.

Se trataba de un hombre de armas, sí. Uno de esos pardos, sin colores que lucir en el pendón. Tal vez el miembro de alguna milicia ciudadana enriquecido con el comercio en Ciudad Rodrigo, Coria o la misma Salamanca. No llegaba mucha luz al interior, pero al fin Pedro pudo reconocerlo: era el tipo que había visto rondando a la doncella Gontroda un poco antes. Afiló la vista y cambió posición. Las grietas entre tablas no le daban buena perspectiva, así que, con cautela, asomó la cabeza tras el batiente.

Allí estaba el origen de los quejidos, que por lo visto no eran tales. El chamizo estaba a medias lleno con balas de paja y cestones. Había también un camastro, pero parecía tan sucio y cubierto de heno que a Pedro no le extrañó que estuviera vacío. Aun con todo lo que caía allí dentro. Gontroda estaba de pie, pero se doblaba hacia delante hasta apoyar el rostro contra una bala enorme y medio deshecha. Incluso se le hundía la cara entre la paja, y por eso sus suspiros brotaban apagados. La capa de lana le colgaba a un lado, tenía las sayas recogidas en la cintura y las calzas por los tobillos.

El hombre de armas, tras la doncella, embestía como res brava. Y ella se estremecía a cada acometida; las briznas volaban mientras los gemidos crecían. Pedro se apartó de la puerta, azorado. Pero en ese instante gritó Gontroda, y el muchacho no pudo evitarlo: volvió a aplicar la vista a una rendija. El soldado había agarrado el pelo suelto de la doncella y ella se arqueaba como una gata en celo. Aquello estaba mal, se dijo Pedro de Castro. Pero no por la muy buscona, que de lejos se la veía bien dispuesta; sino por él mismo, que espiaba como zascandil. De repente imaginó que el guerrero del pajar era él y, en lugar de Gontroda, la muchacha era Urraca. Ya no le pareció tan sucio aquello, y volvió a asomar la cabeza. Justo entonces, la doncella lo vio.

Pedro no había soltado el puño de la espada, y ahí le pareció que igual tendría que usarlo. Pero Gontroda, impertinente hasta en lo discreto, se limitó a sonreírle. Así, con el pelo prendido y la honra traspasada. El chillido y la mirada que ella lanzó se los dedicó a él, estaba claro. Y en el colmo de la impudicia, Gontroda estiró las manos hacia atrás y aprisionó las caderas del jamelgo para que aún arreciara sus embates.

Pedro se retiró, ahora definitivamente. Rodeó el chamizo arruinado para no pasar ante la puerta, pues ya que el rufián no se había percatado de nada, mejor dejarlo todo como estaba. Dentro, a modo de burla o tal vez de desafío, los chillidos de Gontroda arreciaron. Y Pedro echó a correr, sin importarle ya quebrar las hojas de los chopos. El calor le había subido al rostro, las sensaciones se le mezclaban en el estómago. Gontroda le daba asco por un lado, pero por otro, para su pesar, había conseguido que reaccionara. Y la consecuencia apretaba ahora bajo el cinturón mientras recorría la orilla del Tormes.

—¿Adónde vas, Pedro?

Se detuvo en seco. Era la voz de su madre. Caminaba de vuelta a Salamanca por una senda entre las huertas, algo más alejado de la ribera que él. Junto a Estefanía, circunspecta, le observaba Urraca.

—Eh... Madre... Venía a buscarte. A buscaros a ambas. Os vi alejaros antes y, como tardabais... —Anduvo hacia ellas. Por sus caras era evidente que no le creían—. Más os valdría a las dos tener cuidado. Con la gente de armas hay harta chusma y no es cabal alejarse tanto de la ciudad. Además, ya pronto anochecerá.

—Bien está. —Doña Estefanía miró de reojo a Urraca, luego señaló con la barbilla el camino río arriba—. Escóltanos pues, si tanto te preocupa.

Al principio, Pedro caminó a la par. Conforme se acercaban a los chamizos junto a la corriente, vislumbró una sombra parda que se escurría tras los juncos. Esperó que su madre no descubriera a Gontroda, pero aún deseó más que la doncella no se uniera a ellos. Aunque, para su desgracia, la muchacha salía ahora de entre el carrizo y los hierbajos. Estefanía la divisó a lo lejos y torció el gesto.

—¿Esa no es Gontroda? —preguntó Urraca.

—Sí. —La hermana del rey observó que su doncella se recolocaba el ropaje—. Y por san Froilán, diría que lo que hay enredado en su pelo no son flores.

La doncella, con falso sonrojo, se sacudió las briznas de paja y ajustó la capa al cuello. Venía con la tez encendida, y lo primero que hizo fue lanzar una mirada insolente a Pedro. Este también se arreboló, y toda la maniobra fue observada por doña Estefanía.

—Ya veo. Hijo, camina detrás. Y tú, Gontroda, conmigo. Te he de azotar hasta que rabies.

La joven señora de Meléndez observó de reojo a Pedro y este se encogió de hombros. Estefanía aferró el brazo de su doncella antes de adelantarse para reprenderla en voz baja. Él comprendió lo que su madre sospechaba, y le dio miedo que Urraca pensara lo mismo.

—No, no —se excusó entre susurros—. Mi madre se equivoca. Yo no tengo nada que ver... Gontroda estaba con un bellaco del ejército allí. —Señaló a las barracas.

—¿Y a mí qué me importa con quién huelgues, joven Castro?

Él detuvo la marcha, pero como ella seguía adelante, con el faldón del brial verde bien agarrado para no rozar la tierra, Pedro se apresuró a alcanzarla. Delante y a unas varas, doña Estefanía continuaba con la bronca a Gontroda. El muchacho insistió:

—Urraca, que no es eso. Y además, aunque lo fuera, tú no puedes reprocharme nada.

—Te repito que no me importa.

—Pero, Urraca... ¿Y lo que hablamos en la Magdalena?

Ella bajó un poco la mirada. En verdad parecía abatida.

—Bien parece que lo has olvidado. Allí dijiste que harías cualquier cosa por mí. Que nadie se interpondría entre nosotros.

—¡Y lo sigo diciendo! —Un gesto reprobador de Urraca hizo que Pedro se moderara. Él vio que su madre insistía en la regañina a Grontroda, ajena a su conversación, así que porfió—. Solo tienes que mandarme, que yo obedeceré.

—Bien, joven Castro. Pues no te acerques más a esa ramera miserable.

Pedro sintió alivio a pesar de todo. Aquellas palabras solo podían nacer de los celos. Y si Urraca celaba por él, es que le quería.

—No tienes de qué preocuparte, lo juro. Que me consuma el fuego infernal, que arda yo en las llamas eternas si miento. Cuánto me gustaría que tú pudieras jurar también.

Ella avivó la mirada.

—¿Jurar yo? ¿Qué?

—Jurar que no te acercarás a otro hombre más que a mí.

—Sabes que eso no puede ser, joven Castro.

—No me llames así, Urraca. Por Dios y por todos los santos.

—Pues demuestra que eres un hombre y no un crío dispuesto a amontonarse con esa calientacamas. Que muy altos vuelos prometes pero luego cabalgas a potra compartida. Está en boca de toda la corte que no repite con el mismo salvo que haya bolsa por medio, ¿sabes? Pues aparte de pendón reconocido, Gontroda es locuaz como chicharra. A ver cuánto tardo en saber si eres cumplidor o la dejaste con las ganas.

—Basta, por favor, Urraca. Te he dado palabra. Yo jamás te atormentaría así. Lo que tú me digas es palabra divina. Y aunque no lo digas. Mira: yo no creo habladurías ni doy sustento a las patrañas. Es más, al que me vuelva a hablar mal de ti...

La muchacha dejó caer el brial, los faldones se extendieron sobre el lecho de hojas muertas.

—¿Qué estás diciendo, Pedro? ¿Qué habladurías? ¿Quién habla mal de mí?

El de Castro rozó el pomo de la espada.

—Nadie, porque pienso espetar como un lechón al que se atreva.

—Pedro —Urraca dio medio paso para acercase a él—, si de verdad me amas, cuéntame qué se va diciendo por ahí.

—Pues —miró de reojo para comprobar que Estefanía no reparaba en ellos—, la gente se burla, pero más de tu esposo. Dicen que don Nuño está ya muy mayor para..., para...

—¿Y qué más?

—Pues eso, que como no le das hijos, que es porque... En fin, y que se te ve mucho y muy cerca del rey Fernando. Son unos necios. No debes hacer caso de esas tonterías, Urraca.

—Es normal que se nos vea cerca —se defendió ella—. Soy la dama de compañía de tu madre y ella es la hermana del rey. Y mi marido y él son amigos desde hace años. Me avergüenza, Pedro, que hayas pensado...

—No, Urraca. Yo no. Sé que eres pura. Y que aunque no ames a Nuño Meléndez, le serás fiel. Y por eso esperarás, ¿verdad? —Acercó la mano y rozó la sortija nupcial, como aquella mañana en León—. Y yo te esperaré también. Algún día estaremos juntos. Estaremos juntos, Urraca. No habrá nadie más, ¿verdad? ¿Verdad?

La muchacha sonreía ahora, aunque débilmente. Se aseguró de que Estefanía no miraba, y entrelazó los dedos con los de Pedro. Acercó su cara un poco y empezó a ladearla despacio. Él sintió que el corazón le tañía en el pecho como las campanas de San Isidoro. Los labios de ella casi rozaban los suyos.

—¡Pedro! ¡Urraca! ¡Ligeros, que cae la noche!

Se separaron sin haberse besado. Estefanía ni siquiera los había visto, y si lo hizo no se notó. Urraca levantó unas pulgadas los faldones del brial y caminó hacia Salamanca. Él tembló un momento más antes de tragar su frustración.

وأنا على ثقة في الله

Un mes después. Simancas

Alfonso de Castilla había reunido un ejército que nada tenía que envidiar al que tomó Cuenca. Bien cierto es que las órdenes militares no podían comparecer, ni por un lado ni por el otro, porque lo impedía el juramento de luchar solo contra los infieles. Nada tenían ellos que hacer en un choque entre cristianos.

Sin embargo, el rey castellano no quería dejar detalles al azar. Sus agentes le informaban de que Fernando de León no se mantenía ocioso, y que había logrado concitar las fuerzas de todos sus nobles. De estos, los más temibles sin duda eran Armengol de Urgel y Fernando de Castro. Del último, además, esperaba que se empleara de forma especialmente encarnizada. Por eso había respirado con alivio cuando los hijos del difunto conde Nuño se presentaron al combate de parte de Castilla. El rey Alfonso había llegado a pensar que ahora, por culpa de su nuevo parentesco con Fernando de León, se excusarían para no presentarse. Pero allí estaban, junto al resto de las casas castellanas. Según las estimaciones que regularmente le hacían llegar los ojeadores, su ejército era superior en número al leonés. Aunque eso no terminaba de consolarlo, y ahora el rey de Castilla, equipado para el combate, observaba los campos que se extendían al oeste. Más allá, al otro lado de las lomas, se hallaba su tío Fernando. Por fin dispuesto a presentar batalla campal. Sin subterfugios ni partidos de interés en conflictos ajenos. León contra Castilla.

—¿Todo va bien, mi rey?

Alfonso se volvió. Era su alférez, el curtido conde Gonzalo de Marañón. Un hombre que ya había llevado el estandarte de su abuelo, el emperador. Y que lo había acompañado cuando, más de veinte años antes, murió en el lugar que llamaban La Fresneda. Aquel sitio y aquel momento volvían siempre al rey de Castilla aunque jamás hubiera estado allí.

—Dímelo, viejo amigo. Repite las últimas palabras de mi abuelo.

El conde sonrió sin ocultar la fatiga. Eran ya muchos años de batallas. Primero contra los infieles y luego en la guerra civil. Y después contra Navarra. Ahora contra León.

—«Solo unidos». Eso dijo, mi rey. Tu padre estaba delante —señaló hacia los montes de poniente—, y tu tío no andaba muy lejos tampoco, por cierto. «Solo unidos».

—Solo unidos, sí.

—El emperador estaba a punto de tomar el camino de toda carne, mi rey. Dicen que en esos momentos puedes recibir... una revelación. Aunque no hay forma de saberlo con certeza. Tu abuelo creyó que aquel sitio era especial. «Todo nos lleva a este lugar», dijo. Pero la Sierra Morena está ahora demasiado lejos de aquí.

—¿Qué hago mal, don Gonzalo? —El rey se mordió el labio mientras observaba a su alférez—. ¿Por qué no consigo que dejemos de luchar entre nosotros?

—No es culpa tuya, mi rey. Créeme. Soy mucho más veterano que tú, y por eso debes escucharme. Cuando tu abuelo murió, llevaba años como dueño y señor de su imperio. Sin rivales. Todos le rendían vasallaje. Entonces vivimos tiempos ciertamente felices, pero fuimos unos ignorantes. Pensamos que aquellos infieles de rostro velado habían desaparecido para siempre, y no hicimos caso a los signos que nos anunciaban nuevos tiempos. Tu abuelo tampoco supo verlo y por eso dividió el imperio. Ahora toca pagar las consecuencias. Aun hoy, tus tíos coronados están ciegos. Piensan solamente en engrandecer sus dominios o en recobrar lo que creen injustamente arrebatado. Eso cambiará, pero no depende de nosotros.

—¿De quién pues, don Gonzalo?

—De los almohades, mi rey. Sé que tu esposa y tú estáis convencidos de que la unión debe preceder a la lucha contra el infiel. Y puede que sea todo lo contrario. Tal vez fue eso lo que quiso decir el emperador antes de morir. No es aquí, en el Infantazgo, donde se decidirá el destino.

—Pero es aquí donde mi tío quiere enfrentarse a mí.

—Mi rey, dejar miles de muertos en el campo de batalla no nos acerca a la solución. Y me da igual que esos muertos sean castellanos o leoneses.

—Yo tampoco deseo el derramamiento de sangre. Y menos entre hermanos, que es al cabo lo que somos, pues un mismo padre celestial nos une. Pero no puedo retirarme.

—No debes. Tu tío Fernando no se detendría hasta llegar a Burgos. Pero hemos de limitar este desastre. El enemigo de hoy puede ser el amigo de mañana.

—Tú eres mi alférez, don Gonzalo. Y tienes razón: tu veteranía me obliga a odebecerte. ¿Qué me aconsejas?

—Pon bajo mi mando a la casa de Lara. Y dame como refuerzo a mis cuñados, Gome de Aza y su hermano Ordoño. Son huestes curtidas en los últimos años. Cuando Fernando de Castro vea ante sí el pabellón de los Lara, no podrá resistirse. Atacará. Lo alejaremos del resto del ejército, y tu tío no se atreverá a actuar sin ese Renegado.

—Pero todavía estará Armengol de Urgel.

—Conozco a Armengol de Urgel. Jamás pelea si no hay certeza de victoria. Seguía esa ley cuando luchaba para tu abuelo, y también durante el tiempo que pasó junto al rey Lobo.

Alfonso de Castilla inspiró fuerte el aire frío.

—Sea, mi alférez. Partimos al combate.

الله في
ثقة على وأنا

Al mismo tiempo. Torrelobatón

La jaima de Fernando de León relucía con todos los enseres que guardaba. Oro, plata, piedras preciosas, mantos de piel, tapices de fina hechura, alfombras de allende el mar...

La nueva reina, Teresa de Traba, se había quedado atrás. Aguardaba el regreso del ejército en Salamanca, junto al pequeño heredero. Habían trabado amistad, aunque más que una madrastra, la viuda del conde Nuño parecía la abuela del crío.

Fernando ribeteó la boca con un gesto de amargura. La intención de la joven reina de los castellanos al tramar su casamiento era que la amistad entre los dos reinos se afianzara, y ahora allí estaban, a punto de guerrear. Y por el camino él, el rey de León, tenía que convivir con una esposa que no le atraía en absoluto. Cierto que era buena mujer, desde luego. Y aún no había agotado su vientre. Tal vez hasta le diera un nuevo hijo, lo que no vendría mal. Su único vástago era el jovencísimo Alfonso, y no era cuestión de andarse sin miramientos. Un mal paso, un enfriamiento o unas fiebres, y todo podía ponerse bastante complicado. Sí, haría un hijo a Teresa de Traba. Aunque, por san Froilán, qué gran sacrificio sería. En fin, todo fuera por León.

—Mi señor, don Nuño Meléndez y su esposa ya están aquí.

El rey hizo un ademán al sirviente que, asomado a la entrada, acababa de anunciar a la pareja, y otro para despedir al resto de criados, al repostero y al halconero, que permanecían dentro del pabellón, impertérritos y pendientes del mínimo capricho del monarca.

El noble gallego, que ahora cojeaba ligeramente por algún padecimiento, hizo su entrada y se inclinó en larga reverencia. Del brazo llevaba cogida a la bellísima Urraca. Fernando de León ni siquiera se fijó en su viejo amigo. La muchacha, cubierta con pellizón de bocamanga amplia, se despojó del manto gris forrado de marta cibelina. El velo transparente que cubría su cabello estaba ceñido por una cinta. Nuño Meléndez se enderezó.

—Mi rey, aquí estamos, como ordenaste. ¿Qué requieres de tu servidor?

Fernando de León se acercó a uno de los arcones abiertos.

—Se acerca la lucha, Nuño. —Y, a pesar de dirigirse al gallego, el rey no apartaba la vista de Urraca—. Es momento en el que cada vasallo ha de probar la entrega hacia su señor. Aunque tu fidelidad está fuera de duda. Me lo has demostrado todos estos años.

—Qué gran honor me haces, mi rey.

—De entre mis leales, Nuño, he querido premiarte a ti con preferencia. Más tarde, cuando esto haya terminado y nuestras enseñas campen triunfales por todo el Infantazgo, recompensaré a los señores del ejército. Cada cual según su merecimiento. Hago esto porque, a diferencia del resto y como muestra de confianza, eres el único que se ha traído a su esposa hasta este peligroso lugar, mientras que todos los demás hemos dejado a nuestras mujeres en Salamanca. —Amagó una sonrisa rápida—. Sin duda es porque estás enamoradísimo de esta casta criatura.

—La verdad, mi rey —intervino Urraca— es que fui yo quien pidió venir.

—Ah. Qué bonito es ver a un hombre y a una mujer tan prendados el uno de la otra. Con más razón, repito, merecéis mi agradecimiento. —Se dobló un poco para rebuscar en el cofre, entre sonidos metálicos y brillos que iluminaban la tapa abierta. A Urraca también se le iluminaron los ojos—. Esta arqueta de marfil está labrada de oro. Y mirad. —Levantó el objeto, lo sometió a las miradas codiciosas de los esposos—. Me la legó el emperador, mi padre. Él la había ganado del saco de Almería, antes de mediar el siglo. Dentro van encajadas tres arquitas más. Un fino trabajo, por mi fe. La iba a donar a San Isidoro, pero ¿quién más que tú merece esta joya, amigo Nuño? Pues ahora serás capaz de dejar atrás a esta bella dama para arriesgar tu vida por mí. Ten, es tuya.

El noble gallego se adelantó para tomarla, pero en ese instante se asomó al pabellón un sirviente.

—¡Mi rey, han llegado los ojeadores! ¡Dicen que han detectado caballería castellana moviéndose hacia Wamba!

Fernando de León retuvo el arca, Nuño Meléndez quedó con las manos esperando la nada.

—Hacia Wamba, ¿eh? Hmmm.

—Qué oportunos —se quejó el gallego—. ¿Nos aprestamos a la lid, mi rey?

—Sí, claro... Ve, mi querido amigo Nuño. Lleva mi voz contigo. Ordena que las tropas se preparen y que formen según acordamos en Salamanca. No te demores. No temas por esta joya: voy a prepararla para que tu dulce esposa se la lleve a vuestro pabellón.

La respuesta satisfizo al gallego, que abandonó la jaima real a toda prisa. Fernando de León lo siguió hasta la puerta y tocó el hombro de uno de los guardias que vigilaban el acceso.

—Manda, mi rey.

—Que no entre nadie, ¿oyes? Nadie. Aunque el mismísimo Alfonso de Castilla cargue contra nosotros.

El guardia asintió. Nuño Meléndez se alejaba torpemente, agitando los brazos y dando voces a todos. El rey ajustó la tela del cortinaje y se dio la vuelta. Urraca lo observaba risueña.

—¿Lo habías planeado así?

—No, mi señora. —Fernando avanzó. Todavía llevaba bajo el brazo la arqueta de marfil—. Ha sido el azar, que por una vez me sonríe. Debe ser cierto que los castellanos avanzan. A muy poco tardar, nos enfrentaremos a ellos. ¿No tienes miedo?

Urraca fingió un mohín de disgusto.

—Pues claro, mi rey. ¿Y si mi esposo sufriera algún daño?

El rey dejó el arcón sobre una mesa cubierta con tapete de brocado. Se acercó a la mujer y rodeó la cintura con ambos brazos. La atrajo para disfrutar de la presión firme de sus pechos.

—¿Y tu rey, Urraca? ¿No temes que lo hieran?

La mujer no contestó. Besó a Fernando con ímpetu. Del modo en el que ella sabía que le gustaba. Mordisqueó sus labios, clavó los dedos en su espalda. Él la levantó a pulso y giró sobre sí mismo para posarla en la mesa, junto a la arqueta de marfil.

—La gente habla, mi señor —susurró ella entre lametones.

—Lo sé.

—Ahora eres un hombre casado. No deberías consentirlo. Por tu esposa, digo.

Fernando resbaló su lengua hasta el cuello de Urraca y aprisionó los senos con ambas manos.

—No creo que a mi esposa le importen mucho los rumores.

—¿Y qué hay de mí, mi rey? ¿Y si me tachan de puta?

Fernando le subió las sayas y metió las manos por debajo. Apartó las ropas de Urraca hasta que se topó con la piel libre, palpitante y tibia.

—Los reyes no tenemos putas ni concubinas. ¿Conoces a alguna dama que no quisiera ser tomada por un rey?

Ella también manipulaba el cinturón de Fernando. Apartaba la saya de seda y la camisa, forzaba la correa interior y el calzón para desnudar su virilidad. Abrió las piernas y se movió sobre el paño de brocado. Cuando sintió que el rey la penetraba, la figura de Pedro de Castro se materializó en su mente. Mordió la piel de Fernando de León mientras tiraba de él para que la colmara, y el monarca respondió con energía, resarciéndose en la joven Urraca de los ratos de cópula obligada con Teresa de Traba. Fuera, las voces de los mesnaderos y nobles llenaban el campamento, y los relinchos de los caballos se confundían con los tintineos de las lorigas. Urraca gimió. Dijo algo, aunque sus dientes seguían clavados en el cuello del rey.

—¿Qué...? —Fernando de León arreció su movimiento, y la arqueta de marfil tembló sobre la mesa—. ¿Qué dices?

Ella no contestó. Cerró los ojos para ver de nuevo a su amante secreto. El que todavía no la había hecho suya. Ese era el nombre que, entre jadeos, había susurrado.

Pedro de Castro.

الله في
ثقة على وأنا

Pedro de Castro se ajustaba el barboquejo mientras caminaba junto a su padre. Los hombres de sus mesnadas llevaban por la brida a los caballos, y otros venían o se iban para recibir las órdenes del señor de la casa, Fernando.

—¡Os quiero a todos armados y a punto ya! ¡Nos ha correspondido la costanera derecha! ¡¡Vamos!!

Pedro pidió a gritos su destrero, que un sirviente arrastraba a pocas varas. Otro más corría con su lanza, adornada por el pendón blanco con roeles azules de los Castro, y con el escudo que lucía los mismos colores. Pasaron cerca del pabellón real. A su alrededor, varios magnates aguardaban nerviosos mientras sus escuderos comprobaban los correajes. Dos centinelas permanecían enhiestos ante el cortinaje de entrada, las lanzas cruzadas para impedir el paso. Los sirvientes del joven Pedro pusieron el caballo a su alcance y una mano le sujetó el estribo. El muchacho subió para acomodarse entre los arzones. Movió la cabeza a los lados y, cuando estuvo seguro de la sujeción del yelmo, se apretó las manoplas de piel de ciervo. Requirió el escudo, pasó la cabeza y el brazo izquierdo por el tiracol. Tragó saliva. A su alrededor, los hombres de su padre se preparaban igual que él, y todos cambiaban miradas ominosas. Era seguro que algunos no volverían vivos al campamento, aunque imposible saber a quién señalaba el hado para aquella jornada.

—La lanza.

La empuñó antes de apoyar el regatón en el estribo derecho, y luego la agitó para que el pendón se desenrollara del astil. Ojalá Urraca pudiera verle ahora, pensó.

Miró a su izquierda, de nuevo al pabellón real. Los guardias acababan de abrir paso y el cortinaje se descorría. Fernando de León apareció sin armar, con los colores subidos y el cabello revuelto. Llamó a gritos a su alférez y repartió órdenes entre los nobles que aguardaban.

—¡Pedro, nos vamos! —mandó su padre a la derecha. Los caballeros de la casa de Castro espolearon a sus animales, y los infantes de mesnada formaron columna para dirigirse al lugar que les había tocado en formación. Justo cuando el muchacho volvía la cabeza, le pareció ver de reojo una sombra que se deslizaba junto al rey, saliendo del pabellón. Se ayudó del escudo para empujar el borde del yelmo hacia arriba. Necesitaba ver con más claridad. No. No podía creerlo. No quería.

Era ella. Urraca. Tirando de la saya hacia abajo para ajustarla, y con un bulto que parecía pesado bajo el brazo, cubierto por el manto forrado de piel. La toca mal puesta sobre el cabello despeinado, con la guirnalda torcida. Caminaba deprisa, con pasos cortos y agachándose bajo los vientos que sostenían el pabellón real. Pedro sintió que su estómago subía hasta la garganta, que un zumbido agudo y persistente azotaba sus oídos, que cada anilla de la cota pesaba una arroba. Volvió la vista al rey Fernando, que seguía con sus órdenes. Era verdad, pensó. Todo lo que se decía. Y ella se había ofendido, la muy... Se había atrevido a burlarse de él. De su amor sincero. Sintió deseos de arrancar hacia el pabellón, bajar la lanza y atravesar a aquel perro coronado como si fuera un jabalí en plena montería. Apretó los dientes, sus nudillos palidecieron alrededor del astil.

—¡Pedro, he dicho que nos vamos!

Oyó el segundo aviso de su padre, pero el zumbido era más fuerte. Deseaba matar al rey. Y a ella también. Degollarla lentamente. Y aun así el sufrimiento de ambos sería una pequeña parte del dolor que ahora sentía él. Una lágrima se perdió bajo su almófar. Bajó la cabeza. No debían verlo llorar ahora. No en puertas de una batalla. Clavó las espuelas en los ijares de su destrero con saña, como si el hierro perforara en realidad la piel de Urraca. Quería derramar sangre. Y cortar carne. Se acercó a uno de los mesnaderos.

—Toma esto y dame tu hacha —exigió.

El hombre lo miró extrañado. Se encogió de hombros, aceptó la lanza y alargó su arma. Pedro se la arrebató de la mano de malos modos. No era un arma para jinetes. Demasiado grande y pesada, con el asta larga y la cabeza ancha. Pero aun así, el joven Castro la colgó del arzón por la correa de piel que la remataba.

وأنا على ثقة في الله

El arroyo llamado Hontanija recorría la campiña por el fondo de una pequeña depresión, y regaba las aldeas ahora evacuadas de Villanubla, Wamba, Castrodeza y Torrelobatón. Junto a esta última, según sabía Alfonso de Castilla, estaba el campamento leonés, y por eso había cruzado los montes Torozos hacia allí, dispuesto de una vez por todas a dar la batalla a su tío. El lugar no daba para mucho dispendio estratégico. Lo único que podía hacerse era buscar la vaguada para descenderla a la carga. Pero lo propio harían los leoneses por su parte.

El conde Gonzalo de Marañón llegó al galope y frenó su montura junto al rey. En cumplimiento de su plan, el alférez y las huestes de los Lara y los Aza se habían adelantado a fin de ocupar el lugar más conveniente.

—Mi rey, el señor de Castro forma en la costanera diestra del enemigo.

—¿Se ha traído a mucha gente ese perro?

—Si me dejas conservar a Gome y a su hermano, nuestras mesnadas los superan.

El rey asintió y se humedeció los labios. Tenía la boca inusualmente seca. Mucho más que en cualquiera de las campañas de años anteriores contra los navarros. Por un momento temió que la experiencia de Cuenca, donde había estado a punto de morir sin salir de su pabellón, le hubiera grabado el miedo en el alma. Pero desechó la idea como si espantara a un insecto molesto. No: sus recelos no eran por debilidad de ánimo, sino por lógica precaución. Aquello era una batalla en campo abierto. Algo que todo rey cabal debía evitar siempre que fuera posible. Demasiado azaroso todo. Demasiado sujeto a las leyes de la fortuna.

—Bien, don Gonzalo. Haz como dijiste. Yo no cargaré si no me veo atacado.

El alférez se llevó la mano al corazón e inclinó la cabeza una pulgada. Tiró de las riendas y cabalgó de vuelta a la vanguardia castellana. Pasó junto a Gome Garcés, señor de Aza, Roa y Ayllón, y sin detenerse le gritó:

—¡Tal como habíamos acordado!

El mayor de los Aza movió la cabeza afirmativamente y se enlazó el ventalle. Volvió la cara hacia su hermano Ordoño, que aguardaba a su lado, ya listo para la riña.

—Hemos de dejar a los Lara por delante, pero luego cerraremos todos juntos. Son los Castro los que nos tocan en suerte.

—Los Castro —repitió Ordoño. Pocas huestes cristianas había que despertaran tanto temor. Aparte de los propios Lara y de los hombres de Armengol de Urgel, solo la mesnada regia aragonesa tenía una fama tan teñida de sangre.

Pero no hay hazaña más gloriosa que la que se consigue contra el enemigo bravo. Gome y Ordoño ordenaron sus mesnadas, y avanzaron hasta tomar la espalda del alférez, que estaba casado con una de las hermanas Aza, doña Mayor. Las fuerzas de los Lara formaban ya ante la vaguada casi a la altura de Castrodeza, otra pequeña aldea que bebía del Hontanija. Por la derecha, hacia Wamba y Villanubla, las demás huestes castellanas se abrían en una larga línea.

Los colores de los Castro, azul sobre blanco, aparecieron al otro lado del Hontanija. Los jinetes de la casa del Renegado se aproximaban al borde de la vaguada. En cabeza, un hombre de buena estatura hacía avanzar su destrero, grande y negro. El caballero llevaba el ventalle abierto, y sobre el pecho le colgaba la barba gris y poblada. Los animales intuyeron la tensión de los hombres y empezaron a piafar. De sus belfos escapaba el vapor, y las anillas de hierro tintineaban sobre los jinetes. Los infantes del flanco castellano, colocados tras la caballería, iniciaron su clásico golpeteo al chocar sus hachas, mazas y espadas contra los escudos. Acompasaron el ritmo y llegaron los insultos. Era el falso valor de las bravatas. El vino amargo que embriaga al hombre para huir de su terror a la muerte. Al otro lado de la vaguada, los hombres de la casa de Castro los imitaron en su particular versión, coreando un himno plagado de lindezas: «morirás, te mataré, a tu viuda atenderé y a tus hijos no verás».

El hombre de la barba gris levantó su lanza y acalló los cánticos taberneros. Su arenga, corta y precisa, no se oyó desde el borde castellano de la vaguada. Ordoño miró a su derecha y al otro lado de la cañada. Los estandartes del ejército leonés empezaban a verse a lo lejos. Más retrasados que los Castro.

—¡Nuestro cuñado estaba en lo cierto! —indicó Ordoño a su hermano, Gome. Este asintió mientras controlaba el nerviosismo de su animal a golpes de rodilla.

—¡Nada mejor que un Lara para enardecer a un Castro!

Ordoño rio. No porque el comentario tuviera gracia, sino por los nervios del momento. Al otro lado, el hombre de la barba gris terminaba su discurso y sus mesnaderos subían las armas a lo alto. Aquel tenía que ser Fernando Rodríguez de Castro. El traidor. El Renegado. Capaz de luchar bajo el mando del califa sarraceno con tal de ganar su partida. Un hombre que no se detenía ante nada, fuera noble o innoble.

O eso se decía.

El señor de Castro picó espuelas y su enorme destrero se encabritó. En cuanto posó cascos en tierra, se lanzó a una carrera frenética cuesta abajo. Tras él cargaron los suyos de a caballo, directos al arroyo.

—¡Por Castilla! —gritó Gonzalo de Marañón—. ¡Por Alfonso!

Los Lara, encabezados por los tres hijos del difunto conde Nuño, se lanzaron escarpe abajo. Superaron las calvas de vegetación y el matorral, y se toparon con los Castro justo en el arroyo. Ordoño avanzó hasta el borde de la vaguada, y junto a él lo hicieron los hombres de Aza, Roa y Ayllón. Gome extendió la lanza en horizontal para indicar que debían esperar. El choque había unido a ambas huestes en el fondo, y los hombres alcanzados caían al agua entre los cascos. Al otro lado, los infantes de mesnada se acercaban a su borde para unirse a los caballeros. Ordoño volvió a mirar a su derecha. El resto de la contienda, simplemente, no existía aún. Las tropas de Castro se habían adelantado, y el ejército leonés ni siquiera había llegado a formar línea. Casi podía adivinarse cómo todos, unos y otros, observaban el choque primero que tenía lugar sobre Castrodeza.

—¡Aaatentos! —Gome desplazó la lanza en abanico y la apuntó a la masacre. A su alrededor, los guerreros movieron los labios y elevaron la vista al cielo—. ¡¡Ahora!!

Ordoño golpeó con los talones, su caballo se lanzó pendiente abajo. Mientras recorría las escasas varas que lo llevaban al caos, pensó en aquella última encomienda de los hombres que se disponían a morir. Él no imploraba. En su mente no cabían oraciones ni promesas al Altísimo, porque solo había sitio para ella: Safiyya. De pronto, en el trance de apuntar su lanza a un enemigo que brotaba de la aglomeración con la espada en alto, supo que quizá no saldría vivo de aquel arroyo del Infantazgo. Y temió no volver a verla más.

Se contaba que los infieles, en el momento de la lucha, disponían de un truco para ocultar el miedo. Pensaban que, de morir en combate, su dicha estaba asegurada. Al guerrero de Dios le espera un paraíso de jardines frescos y lechos blandos, y la compañía de decenas de vírgenes complacientes para toda la eternidad. Ordoño sabía de aquello, pues bien que conocía a los andalusíes. Y más de una vez pensó que no era mal asunto ese, y que era buena ventaja con respecto a la cándida gloria católica. Y sin embargo ahora, a punto de matar y de ser muerto, él cambiaría todos los olimpos de todas las religiones por un momento junto a Safiyya. Por eso, la única plegaria que se le ocurrió, mientras clavaba la moharra en el pecho del adversario, fue un canto furtivo que había oído alguna tarde allende la frontera, y se imaginó en brazos de la andalusí, acariciando su melena dorada en lugar de un escudo y una lanza:

Dicen que existe un cielo lleno de huríes,
con vino limpio, miel y azúcar.
Llena la copa y ponla en mi mano,
un placer a tu lado vale más que mil en las nubes.

Ordoño recupera la lanza, ensangrentada hasta el fuste. El impulso le lleva a penetrar en lo más denso de la batalla, y los cascos de su destrero se hunden en el arroyo. Agua que ya no es agua, sino sangre. Que salpica los vientres abiertos de los animales y de la que brotan brazos extendidos. Sobre ella flotan cuerpos desgarrados, a sus orillas se arrastran los heridos. El castellano se ve envuelto por una nube de hombres que se desesperan por matarse unos a otros, y comprueba con terror que no es capaz de diferenciar a propios de extraños. Los nasales de los yelmos y los ventalles ocultan las caras, las transforman en máscaras inhumanas de las que solo brotan gritos de guerra.

Echa el codo atrás y pica de nuevo. La punta resbala en el borde de un escudo, el pendón se engancha en una malla. Se rasga antes de volver a punzar, esta vez sí, en carne. Saltan las anillas arrancadas, los yelmos se hunden bajo el peso de las mazas. El caballo de Ordoño resopla, y de su belfo escapa la vida. Alguien lo ha acuchillado desde abajo. Cae el animal, y casi atrapa al jinete. Ahora el castellano pisa el fondo lodoso, que atrapa sus pies y lo mantiene pegado al río. El agua está muy fría. Alguien agarra su lanza. No ve quién, pues todos están muy juntos. Tiran, y pierde el arma. No puede desenfundar, no hay sitio. «¿Voy a morir aquí?», piensa de nuevo. El recuerdo de Safiyya pugna por abrirse paso de nuevo en su imaginación, justo ahora que su vida está a punto de escapar.

Ve un hueco. Medio cuerpo apenas, el que acaba de dejar un hombre de los Castro al caer abatido de un mazazo. Al otro lado está el verde de la orilla, y hacia allí se lanza. Quiere salir de la trampa. Huir del cepo de hierro que hunde a los guerreros, uno tras otro, en la vorágine de agua y sangre. Resbala con el limo antes de alcanzar la ribera, y por fin desenfunda la espada. Se revuelve temeroso, pero nadie va a por él. Los hombres parecen enloquecidos. Obstinados en seguir en el infierno, con el agua por las rodillas. Matándose por guardar sus dos palmos de corriente. Mira arriba, por donde llegan más infantes de Castro. Y al otro lado —al suyo, en realidad—. Desde allí también acuden los peones de Lara, y los de Aza, Roa y Ayllón.

Corre a lo largo de la orilla, empeñado en algo que vio antes de cargar. Con el rabillo del ojo vigila lo alto de la vaguada y el lecho del río. Blanco y azul de los Castro, Rojo y dorado de su casa, las calderas negras de los Lara por todo el cauce hasta las piedras de Castrodeza. Lo ve por fin. Un caballero que aún aguanta sobre su silla, repartiendo hachazos desde arriba. Bien enlorigado y con escudo muy cumplido a la espalda. Destrero de valor, pero más que oscuro, tordo. ¿Tordo? Ese no es Fernando de Castro. Pero se bate como si fuera el mismo Lucifer. Descarga el filo de su arma desde arriba, y con cada golpe viste de luto una familia.

—¡¡Castro!! —llama Ordoño.

El jinete se vuelve. No luce barba gris, observa el castellano. Su cara no parece la del señor del linaje Renegado. Más bien es un mozo, aunque diríase por su gesto que lleva vividas las amarguras de todo el siglo.

El joven con los colores de la casa de Castro está atrapado. Su caballo permanece en el sitio, hundidas sus patas en el barro y rodeado de cadáveres. Pero Ordoño ha llamado su atención, así que el caballero pasa la pierna izquierda sobre el arzón para dejarse caer por la derecha. Voltea el hacha y quiebra la cara de un hombre que, a saber, puede ser suyo o de los otros. Se abre camino hacia Ordoño.

Los infantes enemigos han visto el desafío y acuden a ayudar al muchacho. El castellano se revuelve, alza el escudo y detiene el tajo corto que le manda un peón. Y conforme gira para apartar el arma del adversario, le entrega palmo y medio de hierro bajo el borde del cinturón. El hombre berrea como una docena y se agarra la hombría, pero Ordoño se ve atacado por un segundo rival, un tipo que se lanza como poseso, precedido por su maza. El castellano se hace a un lado y, al tiempo que el adversario carga desbocado, le ayuda con un revés para airearle el espinazo. Ya no vienen más, parece. Ordoño asoma la vista por encima del escudo mientras mantiene la ferruza atrás, dispuesta la estocada. De entre todo el griterío, sobresale uno más recio a su diestra. Se vuelve, y ve que el joven enemigo del hacha sigue desbaratando las filas. Se ha ensanchado un círculo en torno a él, mueve su arma por encima del yelmo. Cada dos giros se vence a un lado y hiende un escudo o revienta una cabeza. No hay duda: el diablo se ha hecho hombre.

Ordoño vuelve a abrirse camino. Para un espadazo bajo a un lado y embiste contra el autor, al que derriba. No se entretiene en rematarlo, porque desplomarse en semejante caos es tener la tumba asegurada. Sigue avanzando, con la mirada fija en el loco del hacha. Este también le ve y suelta un alarido desgarrador. El castellano se detiene. Hay rabia en ese grito. Casi infinita. Pero también hay otra cosa. El enemigo levanta su arma, Ordoño afirma los pies. Ya están muy cerca uno del otro. Ya se van a matar. «Safiyya. Espérame, Safiyya». Eso piensa Ordoño. Y que se pudran las mil huríes del paraíso.

Suenan órdenes de repliegue. El arroyo, la vaguada, las nubes grises que cruzan el cielo..., el Infantazgo todo se mueve como una ola. Los hombres se desplazan, y estorban a Ordoño a su paso. De pronto ha dejado de ver al demonio del hacha. Se cubre con el escudo, ya rajado y abollado, de lo que haya de venir. Pero nadie le ataca. Los mesnaderos pasan junto a él sin dañarle, y los pocos caballeros que siguen sobre sus sillas tiran de las riendas para desatascar las pezuñas del barro; ni siquiera se detienen a ayudar a los heridos o a recuperar a sus muertos. Huyen.

—¡Tras ellos!

Es la voz de su hermano Gome. En pie, en medio del arroyo. Lo ve chapotear, con un hilo de sangre resbalando desde la cara. Su escudo está partido por la mitad y solo las correas lo mantienen embrazado. Blande la espada rota; nada más dispone de medio filo, pingajos sanguinolentos cuelgan de ella hasta el arriaz. Señala a los enemigos que se retiran y repite a gritos la orden. Ordoño no puede cumplirla. Le falta el aire, y quiere encontrar al joven matador. Se desespera, corre por el lecho del río. Sube a la orilla oeste, mira atrás. No lo ve. No lo ve.

Clava la espada en el légamo y se afloja el barboquejo. Deja caer el yelmo, tira del ventalle y se saca el almófar. Aire, por fin. «Piedad», pide alguien a sus pies. Otro maldice más allá. Mira cauce arriba, hacia Wamba. Las líneas castellanas siguen allí, tal como estaban antes. Del ejército leonés no queda nadie: se ha retirado sin lucha tras la matanza de la costanera. El rey Alfonso es el dueño del campo: Castilla ha vencido.

Ordoño deja caer el escudo y apoya las manos en las rodillas. Jadea un instante, y ve un caballero de espaldas, con medio cuerpo sumergido. El dolor le muerde en ese instante. Dolor por la hermana que ahora se sabrá viuda. Se acerca al cadáver y le da la vuelta. Es él, sí: el conde Gonzalo de Marañón, alférez de Castilla. Su pecho está abierto de par en par, la loriga desmallada. Como si el mismísimo Satán le hubiera arrebatado la vida de un hachazo.

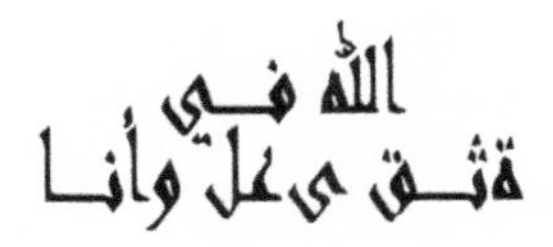

16
TORBELLINO DE MAREAS

OCHO MESES MÁS TARDE, VERANO DE 1179. CAÑETE, REINO DE CASTILLA

Ordoño se preguntaba qué habría sido de Ibn Sanadid.

El castellano se hallaba ahora cerca de donde lo había visto por última vez, hacía casi dos años de eso. Ahora toda aquella tierra cercana a Cuenca pertenecía a Castilla y no había lugar para que su amigo andalusí se escondiera. Sin embargo, lo conocía, y sabía que no se hallaría lejos de donde pudiera ganarse el sustento con el filo de la espada.

Dejó dos monedas sobre la mesa de la taberna y entregó un buen puñado más de dinero a sus dos sirvientes, que se disponían a volver atrás. Lo habían escoltado desde sus tierras hasta la frontera, y allí, en aquella impresionante villa amurallada, se despedían. Ordoño no quería compañía en tierra de infieles. Prefería viajar solo, porque era más rápido y discreto.

Había tomado la decisión tras la lid de Castrodeza. Aquella mañana, casi un año antes, rodeado de cadáveres destripados y de gritos de dolor, se había sorprendido temblando como un crío. No podía soportar la idea de morir. No por el dolor, o por lo que fuera que Dios le reservara después, cuando su alma pecadora abandonara el cuerpo. Fue por ella. Por Safiyya. Tenía miedo de caer sin volver a verla. Así que decidió regresar a Valencia por muy arriesgado que fuera.

Los negocios del rey Alfonso lo retuvieron por un tiempo en Castilla. Lo primero que ocurrió tras Castrodeza fue que su hermano, Gome Garcés de Aza, fue nombrado alférez en sustitución de su cuñado, Gonzalo de Marañón. Ordoño se dedicó esos días a consolar a su hermana viuda, Mayor, y además Gome le pidió que se encargara de administrar sus villas; especialmente Roa, la más poblada y la que más mesnaderos aportaba. Dado el ascenso de la familia Aza, el rey Alfonso animó a Ordoño a que abandonase la soltería. Y sugirió que entre la nobleza castellana había muy buenos partidos para acrecer su casa y asegurar el linaje.

Ordoño no acogió la invitación de grado. Por supuesto, no dijo al rey que su corazón pertenecía a una infiel, pero se vio incapaz de escoger entre las muchas solteras de buena estirpe que poblaban Castilla. Así, el rey le comunicó que elegiría por él, aunque delegó la cuestión en la reina Leonor. Esta, a su vez, pensó que no había nada mejor como seguir emparentando a familias leonesas y castellanas, y que en cuanto terminara la guerra con el rey Fernando —que sus esperanzas tenía—, buscaría una doncella del reino vecino para maridar a Ordoño. Así, con los esponsales diferidos para su alivio, el castellano pidió permiso a su rey para retirarse durante unos meses. Naturalmente, Alfonso de Castilla se lo concedió. Qué menos, después de todo lo que había hecho. Además, aparte de las escaramuzas en el Infantazgo, que ahora eran cosa de cortas cabalgadas para mantener la rabia, los negocios del rey parecían avanzar.

Y es que Alfonso se había reunido con su tocayo aragonés cerca de Ariza y había conseguido afianzar su alianza con un tratado. En él se volvían a dividir los territorios de conquista a los sarracenos, y además acordaban repartir entre ambos el reino de Navarra. Cuando la noticia llegó hasta el rey Sancho, sus juramentos pudieron oírse a varias leguas de Pamplona. Pero el truco surtió efecto a Alfonso de Castilla. Su tío, intimidado por aquel nuevo pacto de sus poderosos enemigos, mandó correos para proponer otro acuerdo, esta vez entre Navarra y Castilla. Así, lo que no había logrado el arbitraje inglés lo consiguió una vez más la presión de las armas. Todos aquellos arreglos que iban y venían disgustaban mucho a la reina Leonor, que pensaba —y no sin razón— que se redactaban con multitud de promesas y prendas, y se firmaban con muchas confirmaciones y signos, pero que eran a la postre papel mojado. Cada rey juraba por el Creador y su santa Madre que respetaría lo acordado mientras pergeñaba la forma de incumplirlo. Pero, al fin, Sancho y Alfonso se entendieron. Unos y otros se devolvieron castillos y fijaron fiadores, aunque el rey de Navarra exigió que las plazas que soltaba quedaran en manos de vasallos navarros de Alfonso de Castilla. Preferentemente de Pedro de Azagra, que por lo menos se abstenía de enfrentarse a su antiguo rey. El señor de Albarracín, que cada vez ostentaba más señoríos en uno y otro reino y además era tentado con frecuencia por Alfonso de Aragón, aceptó.

Hubo alguien a quien no satisfizo aquello. Diego López de Haro se sintió perjudicado. Perdía una buena parte de su señorío de Álava y el Duranguesado, y además no se le tenía en cuenta el gran esfuerzo en la guerra contra Navarra. Como compensación, el rey le dio la tenencia de La Bureba, pero eso no colmó las ansias del riojano. ¿Acaso no podía ser para él también la tenencia de Logroño, en lugar de para Pedro de Azagra? El de Haro había combatido durante años, pero el señor de Albarracín era quien obtenía el premio. Injusto. Planteó su reclamación a Alfonso de Castilla, pero este no pudo hacer nada: necesitaba la paz con Navarra para poder atender a la guerra con León. Y hablando de eso, repuso el señor de Vizcaya, a él no se le premiaba con ningún honor por su fidelidad y, sin embargo, un miembro de la casa de Aza era nombrado alférez real. El puesto más codiciado, con el que Diego de Haro llevaba años soñando. ¿Por qué? ¿Sería acaso por esos rumores que corrían entre los reinos? Unos que decían que su hermana, Urraca, calentaba ahora la cama del rey de León. Alfonso de Castilla pidió al señor de Vizcaya que no dijera tonterías y le prometió futuros cargos para compensarle por su esfuerzo. Pero Diego de Haro, que de orgulloso tenía mucho y de ambicioso más, contestó a su rey que se iba. Que luchara él solo contra León, si quería. Que él se marchaba a sus señoríos. Y mucho se pensaría si no se pasaba a Navarra.

Ahora todo eso quedaba atrás para Ordoño. No volvió la vista cuando salía de Cañete y tomaba el camino de Valencia, montado en un caballo y con otro más como refresco para el viaje, un sombrero de paja bien calado y la cebadera a rebosar tras el arzón. Su mente la ocupaba ahora otro problema: cómo volver a ver a su princesa andalusí. ¿Sería verdad que había doblado la guardia, como amenazó? ¿Estarían advertidos los almohades contra la presencia de Ordoño? ¿O realmente era cierto lo que había leído en los ojos azules de Safiyya cuando se despidieron en la Zaydía?

Al mismo tiempo. Cerca del monasterio de Cañas, reino de Castilla

Hacía cuatro años que Urraca había escapado de las alas protectoras de su madre. La niña era ahora esposa de un noble leonés y nada menos que dama de compañía de la casta infanta Estefanía. Por el frecuente correo que intercambiaba con su hija, la condesa Aldonza sabía que todo iba mejor que bien: Urraca medraba en la corte leonesa, e incluso se había ganado la amistad del rey Fernando. Ah, qué orgullosa estaba de ella, pero cuánto la echaba de menos.

Aquella tarde, como tantas otras, la condesa viuda había salido a pasear por la orilla del río. Un par de novicias la acompañaban de cerca y media docena de hombres armados la seguían a distancia. Doña Aldonza, cuarenta y cuatro años de madura dignidad, arrastraba el faldón de su brial negro mientras revisaba con descuido la ribera en busca de flores y hierbas. Llevaba al cuello un firmal de plata engastado en rubíes, y el ceñidor rojo remarcaba sus caderas aún sinuosas.

Apenas extinto el repique de vísperas, un sonido llegó mezclado con el fluir del agua. Grave y monótono, pero agradable. Las novicias se acercaron a la condesa y hablaron una detrás de otra.

—Música, mi señora.

—¿Nos acercamos más? Viene de esa fronda.

Doña Aldonza alzó una mano.

—Esperad. Oíd.

Era una voz masculina. Bien templada.

Porque sé que ninguna joya preciosa
de cuantas anhelo y deseo
me parecería buena si mi dama
me otorgara don de amor.
Porque tiene el cuerpo lleno, esbelto y gentil,
y sin nada que desmerezca,
su afecto es dulce, de buen sabor.

—¡Un juglar! —se entusiasmó una de las novicias.

La condesa la reconvino con la mirada.

—Shhh. Volved atrás las dos y decid a los hombres que aguarden.

—Mi señora, puede ser peligroso.

Doña Aldonza ya avanzaba hacia la melodía.

—Estuve casada con el conde de Haro y sobreviví. No me voy a arredrar por un bardo.

Las novicias de Cañas despotricaron en voz baja, pues muy pocas diversiones llegaban hasta aquel rincón del reino. La condesa viuda apartó un arbusto y se asomó. El juglar estaba reclinado contra un chopo, con una viola apoyada sobre el muslo izquierdo. Con la diestra hacía rozar el arco sobre las cuerdas. Era un joven muy hermoso, de rostro casi femenino. Melena castaña y lacia, cara suave como la seda, largas pestañas, labios gordezuelos. Junto a él reposaba un hato con las puntas atadas, un queso a medio comer y un odre destapado.

Este amor me trae cuitado cuando velo,
y sueño con él cuando duermo.

—¿Quién es tu amada, juglar?

El sobresalto hizo que el arco cayera de las manos del bardo. La música cesó, y el tipo miró fijamente a doña Aldonza. Una sonrisa ladina asomó a su rostro al verla allí, entre la floresta, con la plata brillante sobre el cerrado escote. Se puso en pie y dobló su cuerpo, largo y delgado, en una exagerada reverencia.

—Bien podrías ser tú, mi señora. ¿Eres un ánima del bosque?

Doña Aldonza sonrió.

—Soy la condesa de Haro, bardo. ¿Y tú? ¿Quién eres?

—Dios y los santos sean loados. Estás, mi gentil condesa, ante Fortún el juglar. Vizcaíno para más señas. Por mal nombre llamado Carabella.

—¿Carabella? No me parece tan mal nombre.

—Créeme que lo es, mi dulce doña Aldonza. —Se llevó la mano a la mejilla lampiña y la acarició con el dorso de los dedos—. Este rostro es una maldición. Las doncellas rivalizan por abrirme sus puertas, pero sus padres lo hacen por abrirme la cabeza.

La condesa rebasó el arbusto. Miró de arriba abajo al juglar.

—¿Vas de paso, Carabella?

—Así es, mi noble señora. Tuve que salir de Belorado con cierta prisa. En cumplimiento de esta maldición que arrastro, una dama un tanto golfa me desnudó su corazón… y también su higo. A su señor marido no le pareció gracioso, así que vino en pos de mí con enorme bastón y ayuda de sus hermanos. Los perdí en Santo Domingo, a cuyo hospital me acogí como peregrino.

—Valiente y grosero peregrino. Los cofrades no sabían de tus andanzas ni de tu mal hablar, supongo.

—No antes de darme hospitalidad, mi señora. Sí después, cuando se enteraron de que había jodido muy ricamente con una camarera del abad.

—Cuida tus palabras, bardo. Estás delante de la condesa de Haro.

Nueva y afectada inclinación de Carabella.

—Has de dispensarme, mi señora. Si este juglar no trova, de su boca escapan sapos y culebras. Pídeme que te cante y, a cambio de una moneda, dejarás de oír insolencias. O exige cualquier otra merced, que por no mucho mayor precio te la otorgaré gustoso.

Doña Aldonza no podía dejar de sonreír. En realidad, las palabras fuera de tono de Fortún Carabella no le molestaban. Todo lo contrario. Observó al joven, insolente y aún inclinado en fingida ceremonia. Lo doblaba en edad, pero eran ya muchos los veranos que había consumido en el retiro del monasterio, ajena al mundo. Apartada de la carne. ¿A quién le amargaba un dulce?

—¿Cuántos años tienes, Carabella?

—Veintitrés tal vez. Veinticinco a lo sumo. He perdido la cuenta, mi gentil condesa. Ha sido mucho el tiempo que he gastado corriendo los caminos y desflorando doncellas. Vizcaya, Álava, Navarra, Tolosa, la Provenza, Aragón… Un juglar ha de enriquecer su arte. Y su bolsa, claro. Pero dime si te place, mi señora: ¿qué hace mujer tan hermosa y tan sola por esta fronda?

—No estoy sola, bardo. Traigo escolta armada. Y ando en busca de hierbas para pasar el rato. Necesito lecheriega para hervirla y domar mis dolores de mujer. Y flores de marisilva, que cuando se acerque el otoño llegarán también las toses.

—Rara afición para una condesa, a fe mía. No muy lejos de aquí he visto hierba loca. Una moza de Pamplona me enseñó que no hay mejor medio para agitar el higo de hembra. ¿Quieres que busquemos un poco, mi señora? Te prometo que yo mismo te aliviaré después.

—Eres un poco indecente, bardo. Así que tienes flojo el calzón, ¿eh?

—Por fuerza, mi señora. —Se enderezó y, sin empacho alguno, se agarró la entrepierna—. Guardo aquí una estaca que no conoce límites. ¿Te gustaría verla?

—Una estaca —repitió la condesa, y fingió una pizca de aprensión.

—Así es. A las damas afligidas, mi estaca las deja bien servidas.

La condesa se tapó la boca para que no se le escapara la carcajada. Fortún Carabella se le acercó despacio, pero ella lo detuvo con un gesto.

—Dejemos que tu… estaca descanse en el calzón, bardo. Y tú ven. Acompáñame a Cañas. Podrás quedarte en el chamizo de algún obrero y tal vez te pida que me recites alguna trova. O que me busques un poco de esa hierba loca.

وأنا على ثقة في الله

Dos semanas después. Valencia

Dos días llevaba Ordoño en la posada del Charrán. Al tercero entraría de nuevo en la Zaydía.

Había tomado la decisión tras comprobar que nadie reparaba en él. Sus vestiduras andalusíes y el turbante probereber lo enmascaraban con éxito, como siempre, y hasta había recorrido la ciudad y caminado por los arrabales para ver si le seguían. Todo había ido bien. Todo menos aquella maldita inquietud que se apoderaba de él cuando se acercaba a la Zaydía. Tenía que contenerse para no tomar la puerta al asalto y precipitarse dentro, o para no preguntar por la princesa a los villanos del arrabal. Observaba a los guardianes del portillo trasero. ¿Resultaría tan sencillo colarse como la vez anterior? Desde luego, no parecía que hubiera precauciones distintas. Pensaba en ello mientras contemplaba el techo de su cámara. Tendido en la cama, con el cuchillo a su alcance y los ecos del muecín como fondo. Era viernes a mediodía. El día de la *jutbá*. En esos momentos, la mayor parte de los valencianos oraba en las mezquitas, y Ordoño había preferido encerrarse en el aposento. Una cosa era conducirse como musulmán para ganancia propia o ajena, y otra traicionar su fe y a su dios.

Tres toques seguidos y suaves lo sobresaltaron. Aferró el cuchillo con rapidez y, de puntillas, se apretó contra la pared, a un lado de la puerta.

—No es necesario que disimules, cristiano. Sabemos que estás ahí.

Era la voz de Kawhala, la antigua posadera. Era lógico que no hubiera podido engañarla. Aunque por Cristo que no había visto que la mujer vigilara sus entradas y salidas. De cualquier modo, no tenía sentido seguir con artimañas.

—¿Has dicho que *sabéis*, Kawhala? ¿Quién hay contigo?

—Otra mujer —contestó ella desde fuera. Debía de tener la boca pegada a la madera, porque casi susurraba—. Vamos, cristiano, no seas necio. Si quisiera causarte daño, me habría presentado con los *talaba* y un montón de soldados africanos. La puerta estaría derribada y tú ya serías preso.

Ordoño tuvo que reconocer lo ajustado de aquellas palabras. No obstante, mantuvo su cuchillo a la vista cuando abrió la puerta. Allí estaba ella, la que un día fuera danzarina y dueña del Charrán, y ahora debía limitarse a cocinar salchichas de cordero y empanadillas de carne para alimentar a los conquistadores almohades. A su lado había una mujer de buena altura y formas rotundas, con un mechón negro y rizado que escapaba de su velo. El castellano las observó un instante bajo el dintel. Ambas se aproximaban a la cincuentena, pero en sus rostros tapados y en las figuras disimuladas por los *yilbabs* persistía el rescoldo andalusí. Por un instante fugaz las imaginó descubiertas, danzando al son de cítaras y crótalos.

—¿Quién es? —Señaló a la desconocida con la punta del cuchillo.

—Te lo diré si nos dejas entrar, cristiano —dijo Kawhala—. Sé discreto, por el Profeta.

Ordoño se hizo a un lado y las dos mujeres pasaron. La posadera miró a ambos lados del corredor antes de cerrar y bajó el velo para descubrir su rostro. La mujer alta hizo lo propio. El castellano comprobó que no había errado al adivinar su belleza.

—Por mi fe que me tenéis en vilo, mujeres.

—Esta —Kawhala señaló a su acompañante— es Marjanna, sirviente de la princesa Safiyya bint Mardánish.

Ordoño no pudo ocultar su alegría. Arrojó el cuchillo de vuelta al lecho y, en un impulso, tomó la mano de la mujer para besarla. Ella no lo impidió, aunque respondió con una mirada divertida.

—Entonces... —la voz ahora trémula del castellano consiguió que Kawhala también sonriera—, ¿Safiyya sabe que he venido? ¿Cómo?

Marjanna, que ya había recuperado su mano, examinaba al hombre con los ojos entornados. Habló en voz muy baja, consciente de que las consecuencias serían fatales si los tres eran sorprendidos allí por los *talaba*.

—Te seguí hasta aquí, cristiano. Hace dos años. No te sorprendas: no eres el único capaz de moverte furtivamente. Además —Marjanna cambió una mirada cómplice con Kawhala—, yo fui doncella de la reina Zobeyda. Te sorprendería saber lo que he llegado a hacer... Pero eso no importa ahora. Nuestra fiel amiga —apuntó la barbilla hacia la posadera— tenía instrucciones de informarnos si regresabas, tal como juraste a Safiyya.

—¿Cómo sabes tú...?

—Ah, calla y escucha, cristiano. Mi señora ya sabe que estás aquí y desea volver a verte.

Ahora Ordoño tomó las dos manos de la sirvienta.

—¿Qué? ¿Quiere que nos veamos? ¿Tú me ayudarás a entrar en la Zaydía?

—Como la primera vez, ¿eh? —Marjanna hizo un gesto negativo—. No, cristiano. Eso es demasiado peligroso. Además, vi que te disfrazaste de mujer. —Kawhala abrió la boca, sorprendida—. Fuiste muy osado, desde luego. Pero los guardias que te dejaron entrar eran unos mentecatos y eso salvó tu vida. ¿Sabes qué ocurriría si los *talaba* te prendieran haciéndote pasar por hembra? ¿Tienes idea de cómo se castiga eso?

—Sin duda tienes razón, mujer. Pero dime entonces cómo veré a la princesa.

—Acude mañana, antes del atardecer, al cementerio de Bab al-Hanash. Pregunta por la tumba de Abú Amir at-Turtusí.

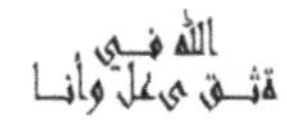

Día siguiente

El cementerio no estaba lejos de la Puerta de al-Hanash, y a aquella hora, cuando el sol rozaba las montañas de poniente, era cuando acudían más visitantes.

Ordoño aguardaba frente a la tumba indicada. Debía de ser la de un personaje muy conocido, porque el primer valenciano al que preguntó le indicó con exactitud su ubicación. Se trataba de un rectángulo de pequeños azulejos sobre el que se había levantado una loseta de mármol. El castellano sabía hablar la lengua de los infieles pero era incapaz de descifrar su escritura, así que no pudo leer la inscripción. En lugar de ello se dedicó a observar el asombroso tráfico de gente. Los hombres se detenían junto a mujeres solitarias y no solo les dirigían la palabra, sino que incluso entablaban conversaciones. Ordoño había oído que los cementerios eran el lugar habitual que los andalusíes usaban para reunirse de esa forma, algo que resultaba imposible en las calles de la ciudad o en las casas. La llegada de los almohades, con su censura de costumbres, no había erradicado aquel comportamiento, pues no podía reprocharse a mujer alguna, casada o doncella, que acudiera a visitar a sus difuntos. Lo que sí habían hecho los *talaba* de Valencia era arrebatar al almotacén la inspección de los cementerios. En lugar de eso, dos de aquellos censores se paseaban por entre las tumbas con su séquito de soldados, vigilantes para que las parejas no se ocultaran tras la vegetación. En ocasiones, ante algún roce descuidado de manos o un contacto accidental entre hombros, uno de los *talaba* acudía presuroso y azotaba a los pecadores con una vara larga y curvada. Y si se descubría que uno de los licenciosos estaba casado y su cónyuge no era el acompañante, aquello podía convertirse en un embarazoso problema. Ordoño los vio. Eran dos hombres de piel muy oscura, vestidos ambos con *burnús* listado. Uno de ellos se golpeaba suavemente la rodilla con una rama mientras caminaba, atento a las conversaciones ajenas. El otro, más distraído, miraba al cielo, pensativo. Iban escoltados por cuatro guardias armados con espadas, y todos los visitantes inclinaban la cabeza a su paso.

—Has vuelto.

Ordoño giró la cabeza, ansioso por disfrutar de nuevo del azul oscuro de unos ojos que ansiaba ver desde hacía dos años. Su decepción fue inmensa al descubrir que Safiyya llevaba el rostro cubierto por un *niqab*. Nada podía verse a través del tejido de hilo cruzado en pequeños cuadrados. Ni una sola pulgada de piel ni una brizna de cabello dorado escapaban del ropaje ancho y pardo de la princesa.

—Lo juré, y yo cumplo.

—Espera.

Los *talaba* se acercaban a pasos lentos. El de la rama observó a la pareja, pero le agradó ver la cara totalmente cubierta de la mujer y el codo largo que la separaba del hombre. Su expresión cambió al descubrir qué tumba visitaban. Incluso se detuvo un instante. Lanzó una mirada de desprecio a Safiyya y Ordoño y continuó con su ronda.

—Pensaba que vuestra ley os permitía desvelar el rostro en los cementerios —susurró el castellano—, pero hasta eso os prohíben los almohades. He aguardado mucho y ahora ni siquiera puedo verte.

—Vaya. Estoy aquí, cristiano. Si esto no recompensa tu espera, será mejor que nos despidamos.

—No. —Ordoño posó la mano sobre el brazo de Safiyya, pero ella se retiró de inmediato.

—Cuidado. No vuelvas a hacerlo o esos puercos nos azotarán. Y si descubren quiénes somos…

—Esto no es justo, Safiyya. Quiero verte. Y tocarte.

—Basta. Será así o no será.

Él cerró los puños y se aseguró de que los *talaba* se hubieran alejado lo suficiente. En la otra dirección, a dos docenas de tumbas y entre la media luz del atardecer, una pareja aprovechaba para deslizarse a hurtadillas tras una fila de cipreses.

—¿Por qué me torturas, Safiyya?

—Debo estar segura, cristiano. Tengo que saber que no eres como los demás. Mi madre me advirtió contra vosotros. Ah, si ella supiera lo que estoy haciendo, sin duda se afligiría.

—Pero ¿crees que no me arriesgo lo suficiente? ¿Qué otra prueba necesitas?

—La pregunta no es esa. Lo que interesa es saber por qué insistes en verme. Por qué has cumplido tu juramento. ¿Qué persigues con esto? Soy dama casada, y no con cualquiera.

Ordoño se acercó medio codo pero evitó el contacto. Ella no se volvió a retirar.

—No tengo respuesta. Y no quiero pensar en el futuro. La verdad es que jamás me había preocupado el porvenir hasta hace unos meses.

—¿Unos meses?

—Sí... Luché en una batalla lejos de aquí. Hubo un momento en el que temí morir. Y era por ti, Safiyya. No sé si puedes creerlo, pero es cierto. Jamás antes me había ocurrido. Lo único que deseaba era salir vivo de aquella locura para estar aquí ahora.

Ella lo observaba a través de la trama de hilo. Safiyya se dio cuenta de que creía en él. De un modo que no se explicaba, sabía que lo que Ordoño decía era cierto. Y aun así, temía que fuera verdad, y que aquello contra lo que la había prevenido su madre se cumpliera. Porque a pesar de lo cerca que ahora estaba Ordoño de ella, un mundo entero se interponía entre ambos. Y si continuaban con esa aventura loca y peligrosa, lo lamentarían. Estaba segura. Lo decía su libro prohibido, en una estrofa que se había repetido a sí misma por el camino desde la Zaydía hasta el cementerio, oculta a las miradas y las sospechas de los demás:

Ya sé cómo el amor empieza,
con un acariciar del ojo por entre las flores de las mejillas.
Un instante estás alegre, sin ataduras,
y al siguiente te ves cargado de argollas y cadenas.
Como quien, confiado de un agua poco profunda,
resbala y se hunde en un torbellino de mareas.

—No quiero hundirme, cristiano.

—¿Qué?

Safiyya hurtó la mirada de Ordoño, como si en realidad pudieran verse a través de la barrera que la religión imponía entre ellos. La vista de la princesa estaba ahora sobre el túmulo de Abú Amir, el maestro de su madre y consejero de su padre. Alguien que siempre se dejó llevar. Que se hundió a sabiendas en el torbellino de mareas. ¿Quería ella acabar así?

—Pero tampoco quiero evitarlo.

—No te entiendo, mi señora.

—Tal vez, algún día, tú morirás en una de esas batallas lejanas. —Safiyya acortó todavía más el medio codo que los separaba—. O quizá mi esposo me reclame por fin a su lado. Si eso ocurre, la brecha se abrirá del todo y jamás volveremos a vernos. ¿Qué pasará entonces?

—No tiene por qué ser de ese modo... ¿Y si escapamos?

—Escapar... ¿adónde? En cualquier sitio al que fuéramos seguiríamos siendo enemigos. ¿Me ves viviendo en tierra de cristianos? ¿A mí, que aquí soy princesa? ¿Irías tú a un lugar donde tuvieras que ocultarte por siempre?

—Estaríamos juntos, mi señora. Eso es lo que importa.

Ella vigiló el movimiento de los *talaba*, que ahora caminaban por el lado de la muralla. El de la vara los miraba cada pocos pasos. Safiyya se arrepintió de haber establecido la cita junto a aquella tumba. Demasiado bien sabían los almohades quién era el muerto que la ocupaba.

—Es mucho lo que pides, cristiano. Y apenas te conozco. Quiero creerte, como mi padre y mi madre creyeron. Y ellos fueron traicionados. Si tú me traicionaras también, no lo soportaría.

—¿No puedes dejar de pensar en el pasado, mi señora? Ahora somos tú y yo. Y lo que haya de venir nos pertenece.

Una risa amarga brotó entre la urdimbre de tela del *niqab*.

—¿Que si no puedo dejar de pensar en el pasado, dices? Observa. —El brazo de Safiyya se estiró hacia los *talaba* y sus soldados—. Cuando yo era niña, esos no estaban aquí. No puedes imaginar la felicidad que se respiraba tras los muros de la Zaydía y fuera de ellos. En Valencia, o por todo el Sharq. A nosotros también nos pertenecía el futuro… hasta que despertamos. A la traición y al fanatismo.

Ordoño resopló. En ese momento el almohade de la vara gritó con voz ronca. La pareja de los cipreses asomó más allá, y hombre y mujer, ambos cabizbajos y atemorizados, se separaron sin decir palabra. Él caminó hacia los *talaba* y el de la vara la alzó a modo de amenaza, aunque no la descargó sobre el pecador. Finalmente, la patrulla de censura continuó su marcha entre risas sardónicas. Los dos enamorados no volvieron la cabeza. El hombre se alejó hacia el arrabal cercano y la mujer anduvo rumbo a la Puerta de al-Hanash. ¿Ese mismo era el destino que los acechaba a ellos? Un solo beso robado los había unido y ahora tendrían que distanciarse para no volver a verse jamás. Porque, después de todo, ella tenía razón: la muerte que acechaba tras cada escaramuza, los caprichos del esposo africano destinado a reinar…, incluso el pronto matrimonio de Ordoño con una noble desconocida. Mil razones aconsejaban romper ahora aquella aventura. Para evitar que ocurriera lo que ella temía y al mismo tiempo deseaba: hundirse.

—¿Es eso lo que quieres, mi señora? ¿Que no volvamos a vernos?

—No… y sí. Ahora lo sabes, cristiano. Ahora sabes que es imposible. Has cruzado de tu mundo al mío para nada. Ni siquiera puedes mirarme a los ojos. ¿Soñabas con otro beso? ¿Algo más, quizá? Te irás de vacío, como yo. Ahora hemos de regresar. Se hace de noche, todo se vuelve oscuro, y los *talaba* nos echarán a verdugazos o algo peor. —Safiyya dio media vuelta, aunque no se movió del sitio.

—Pero, mi señora… ¿Por qué me has hecho venir aquí? ¿Por qué no me has ignorado simplemente? ¿Por qué me obligaste a jurar que volvería?

—Porque sabía lo que querías ganar, pero no cuánto estabas dispuesto a perder.

Ordoño se desesperó. Dejó de prestar atención a los *talaba* y rodeó a Safiyya para hablarle de frente.

—Por Jesús crucificado que no te entiendo. O tal vez sí. —Los párpados del cristiano se entornaron, como si pudiera verla a través de la red hilada—. Quieres venganza y yo soy tu víctima. ¿Es eso? ¿Me has dado esperanza para verme sufrir ahora?

—Y si así fuera, ¿dejarías de amarme?

Él se mordió el labio inferior. Las voces de los *talaba* ordenando desalojar el cementerio se filtraban entre los cipreses y los olivos.

—No podría. Te amaría pese a todo.

—Esa sí sería una auténtica prueba, cristiano. El amor verdadero no es hijo de un instante en mi alcoba. Ni de un beso robado. Ni de este encuentro furtivo.

—No, mi señora. El amor verdadero debe traer la felicidad.

Ahora fue Safiyya quien se atrevió a agarrar la mano de Ordoño. Y su rostro se acercó tanto que él sintió el roce del *niqab*.

—En tu mundo tal vez, cristiano. En el mío, el amor es pura humillación y desdicha cierta; porque doblega al guerrero, envilece al noble, vuelve loco al cuerdo y rebaja la dignidad del ilustre.

La princesa soltó a Ordoño y se alejó hacia la oscuridad. Antes de salir del cementerio, una sombra que hasta ese momento permanecía oculta tras la arboleda se hizo ver y caminó junto a ella. El cristiano reconoció a la sirvienta Marjanna. La bronca de los *talaba* arreciaba, e incluso se oyeron algunos varazos a los rezagados. El cristiano intentó tragar el nudo de dolor que se había atravesado en su garganta. Dos años de añoranza por un momento de intimidad. Y este había sido el premio. El precio, pues, había sido fijado: humillación, desdicha, locura. Para que la ganancia fuera, a buen seguro, la soledad y el olvido. Se preguntó si sería capaz de pagarlo.

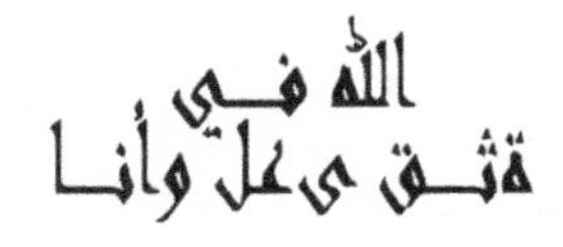

17
EL CALIFA TEMEROSO

Un mes después, verano de 1179. León

Las mejores comadronas de la capital entraban y salían de la alcoba con gesto adusto y muchas prisas. Fuera, matando el tiempo con paseos entre las columnas del palacio, el único físico al que habían podido llamar aguardaba, atento a las posibles complicaciones, pero sin inmiscuirse en aquel suceso que nada tenía que ver con su oficio. Junto a la puerta también esperaba Nuño Meléndez, que se roía las uñas como si llevara una semana sin probar bocado.

El batiente se abrió y asomó doña Estefanía, que tenía la frente perlada de gotitas y el color subido a las mejillas. Se dirigió al noble gallego con afabilidad.

—Tu esposa lo hace muy bien, Nuño. Ya falta poco.

El magnate sonrió con nerviosismo, se santiguó y continuó con su festín de uñas. Un gritito dentro de la estancia le sobresaltó, con lo que una de sus yemas empezó a sangrar.

Se oyeron pasos y rumores por el corredor. El galeno se inclinó en profunda reverencia y el rey de León arribó al lugar con el ceño fruncido.

—Acaban de avisarme, Nuño. —El monarca posó la diestra sobre el hombro del gallego—. ¿Va todo bien?

—Sí, mi señor. Eso dice tu hermana. Es tan hacendosa... No ha querido dejar sola a Urraca. Incluso ha insistido en que diera a luz aquí, en sus propias habitaciones.

—Mi hermana es así de magnánima. ¿Se sabe ya si es niño o niña?

—¿Niño o niña? —Nuño Meléndez ni siquiera había detectado el balbuceo en las palabras del rey—. No, no se sabe. Creo que aún es pronto... Eh... ¿Cómo va todo en el Infantazgo?

—No hay novedades. —El rey pegó el oído a la puerta, pero enseguida le pareció un gesto inconveniente, así que se apartó y sonrió al noble—. Siguen las escaramuzas con los castellanos. Pero ahora la que importa es Urraca.

—Y mi hijo.

—¡Claro, Nuño! ¡Y tu hijo! —La carcajada de Fernando de León encubrió su falsedad.

De pronto se oyó un nuevo gritó al otro lado de la puerta, y una comadrona salió de estampida con algunos paños manchados. Ni siquiera se detuvo para saludar al rey. Solo dijo de pasada:

—Ya viene. Ya está aquí.

Nuño intentó asomarse por la rendija de la puerta entreabierta, pero alguien la terminó de cerrar desde dentro.

—Que sea un varón, Dios mío. Que sea un varón.

Fernando estiró los labios en un gesto forzado. Suspiró mientras los gritos del interior aumentaban y Nuño Meléndez se desgarraba otra yema. Al fondo de la columnata le pareció ver la figura recia del joven Pedro de Castro. No le pareció extraño, puesto que allí estaba el aposento de su madre. Un último quejido anunció que Urraca cedía al desmayo. El físico se irguió, atento a la posible llamada de auxilio de alguna de las comadronas. Tras un momento de silencio tenso, estalló un llanto infantil y un pequeño jolgorio de comadres. Estefanía volvió a asomar. A diferencia de lo habitual en la infanta, no llevaba toca, y su pelo negro estaba revuelto y húmedo. Sonrió a pesar del gesto de fatiga.

—Enhorabuena, Nuño. Urraca se ha portado muy bien y ahora descansa. Todo ha salido a la perfección.

—¿Niño o niña? ¿Es un niño? Dime que es un niño, mi señora.

Estefanía apoyó ambas manos en las caderas antes de contestar.

—Ha sido niña.

El gallego no disimuló el resoplido de decepción. Alzó una ceja y miró un instante a la infanta, como si pudiera convencerla para cambiar el signo de sus palabras.

—Estupendo, Nuño. —El rey Fernando entrelazó los dedos en gesto de triunfo—. Tu nueva hija. ¿No estás feliz?

—Por supuesto, mi señor. —El noble se rascó tras la oreja, pero se hizo daño en la uña desgarrada y agitó la mano—. Muy feliz. Bien... Supongo que Urraca debe descansar, ¿no?

Estefanía frunció los labios.

—Así es, Nuño. Vete si quieres, que aquí estará bien atendida.

El magnate asintió y se despidió del rey con una reverencia. Este respondió con una sonrisa que ahora no tenía nada de falsa. Nuño Meléndez se alejó por el corredor sin saludar al físico, que todavía aguardaba novedades. Estefanía, sin entrar a su alcoba, se inclinó para asomarse y comprobar que todo iba bien. Cerró la puerta despacio. Miró con severidad a su hermano y le invitó a seguirla con un gesto. Ambos caminaron en silencio por la columnata plagada de tapices, hachones y viejas armas ganadas en las guerras de conquista. Una vez alejados de todo oído, la infanta se encaró con el rey.

—He visto nacer a muchas criaturas, aunque Dios nuestro señor sabe que bien puedo equivocarme. Le doy gracias por esa niña que acaba de regalar a Nuño y Urraca, y espero que se convierta en una buena católica cuando crezca.

—Estefanía, siempre has sido piadosa mujer. Yo también lo espero.

—Lo que no esperaba, mi real hermano, era que la pequeña fuera clavada a su padre.

Fernando de León carraspeó y miró a ambos lados. Le pareció ver de nuevo que su sobrino Pedro de Castro caminaba por entre las columnas cercanas.

—¿Es pelirroja, como Nuño? ¿Tiene sus ojos claros?

—No. Me refiero a su verdadero padre. —Le clavó el dedo acusador en el pecho—. La niña es morena y sus ojos son oscuros.

Fernando de León dio medio paso atrás para apartarse de ese índice despiadado.

—Tente, hermana. Urraca también luce pelo y ojos negros.

—Y espero que eso sirva para que don Nuño Meléndez viva ignorante del engaño. Pero a mí no se me puede burlar a estas alturas, mi rey.

Esa cría es hija tuya. No habré de recordarte que yo misma quedé en Salamanca hace nueve meses, cuando marchaste contra nuestro sobrino. Y Urraca fue la única dama que acompañó a su esposo y al ejército a Torrelobatón. También, a la vuelta, le vi el arcón de Almería. Viejo botín ese, que nuestro padre guardaba porque bien valía una ciudad. Y un rato de holganza, por lo que parece. Que Dios padre me perdone si espero que semejante pago te propiciara fornicio memorable.

—No te conozco, Estefanía.

—Yo a ti sí, hermano. Y te ruego por el bien del reino que me escuches. No sufriré por tu nueva esposa porque, aunque supiera lo ocurrido, tiene vida a su espalda y no habría de penarle mucho que la hayas afrentado. También sé, y como bastarda te lo digo, que no has sido el primero ni serás el último que, ciñendo corona, busca acomodo a una vida que ha de entregar a su glorioso deber. Ni siquiera te reprocharé que adornes la testuz de uno de tus más fieles vasallos que, además, tienes en público por tu amigo. Allá tú si te ganas la ira de Dios y la condenación eterna con todo eso.

»Pero déjame advertirte, pues para algo ha de servir que yo también sea hija del emperador: el pequeño príncipe Alfonso es nacido de un maridaje anulado por el santo padre. Eso significa que sus derechos podrían verse afectados si te naciera otro varón, sea con quien sea. Y a la vista de las circunstancias, podría ocurrir en cualquier momento. Hoy la fortuna te sonríe, pues Urraca ha parido hembra. De no haber sido así…

—Basta, Estefanía. —El rey examinó una vez más la galería para comprobar que cerca no hubiera oídos indiscretos—. Mi heredero es Alfonso. Él será rey de León cuando yo falte. Es mi voluntad.

—Sí, hermano. Voluntad de rey. También era voluntad de nuestro padre que no reinara la discordia entre sus herederos, y así puedes ver cómo Castilla y León se despedazan a dentelladas por un pedazo de tierra. Cuando tú hayas muerto, para el pequeño Alfonso quedarán los pleitos. —La infanta movió la cabeza negativamente e hizo ademán de volver hacia su estancia, de la que ya salían las comadronas con los aparejos del parto en los regazos—. Cuidado, hermano. Cuidado.

وانا على ثقة في الله

Un mes más tarde. Marrakech

Yaqub y Abú Yahyá corrían hacia el aposento de Abú Hafs. A su paso, los funcionarios almohades se inclinaban y murmuraban entre sí. La noticia se repetía por todo el Dar al-Majzén y se extendía como un río desbordado por toda la ciudad. Y en pocos días llegaría a los confines del imperio: Abú Hafs, visir omnipotente y principal ejecutor de la política almohade desde la muerte de Abd al-Mumín, había caído gravemente enfermo.

Yaqub no lo había creído al escucharlo. El día anterior habían estado juntos, en cena familiar presidida por el propio califa, para tratar el asunto de los ataques portugueses a Sevilla. Y Abú Hafs se encontraba bien. Tan entusiasta y enfervorecido como siempre. A juzgar por su comportamiento, Dios pretendía alargar la vida de aquel hombre medio siglo más.

Tras doblar el último recodo se hizo visible la puerta del visir omnipotente, protegida por dos enormes guardias negros. Procedentes del ala opuesta del edificio llegaban también el propio califa y su consejero inseparable, Ibn Rushd. Hacía ya semanas que el otro andalusí, Ibn Tufayl, se limitaba a estudiar sus viejos libros en privado, pues la vejez había hecho presa en él y casi no podía moverse.

—¿Es verdad lo que dicen? —preguntó Yaqub, pero nadie contestó. La puerta se abría y los más altos dignatarios del poder africano entraban en la estancia. Ibn Qasim, el médico oficial del palacio, se encontraba inclinado sobre el enfermo, del que se retiró a la llegada del califa. Abú Hafs yacía sobre el lecho, con las manos aferrándose el vientre por encima de la sábana. Se convulsionó un instante y asomó la cabeza por un lado de la cama para vomitar un hililo amarillento. Ibn Rushd se acercó y ayudó al visir omnipotente a postrarse de nuevo pero el enfermo abrió los ojos.

—¡Nooo! —Su voz sonó débil y ronca—. ¡Llevaos al andalusí! ¡Que no me toque!

El califa se acercó al lecho.

—Hermano... ¿Estás bien?

Abú Hafs forzó la vista, como si no reconociera a Yusuf. El habitual enrojecimiento de los ojos había remitido y las pupilas eran puntos diminutos. Señaló al cordobés con un índice tembloroso.

—Él... Ha sido él. Estoy seguro...

Yaqub también se aproximó al enfermo. Vio que respirar le costaba un esfuerzo heroico.

—Pero ¿qué ha sucedido? —la pregunta iba dirigida a Ibn Qasim.

El médico africano contestó desde el extremo de la estancia.

—Esta mañana se encontraba mal, aunque no tanto. Yo creía que se trataba de una mala digestión, pero luego ha empeorado. Tal vez le ha vuelto la peste. O el tabardillo. —Miró a Ibn Rushd con gesto inquisitivo—. Quizá tú puedas diagnosticar...

—¡Nooo! —repitió entre convulsiones el enfermo—. ¡El andalusí nooo!

El cordobés hizo ademán de acercarse.

—No es peste, de eso estoy seguro. Tal vez con pulpa de tuera podamos purgar los humores. Si me dejara examinarlo...

—¡He dicho que nooo!

Yaqub puso el brazo ante el médico andalusí.

—Déjalo.

El califa se mantuvo en silencio mientras Abú Hafs se agitaba bajo la sábana. Sufrió un nuevo espasmo y vomitó sobre el lecho, sin tiempo a que nadie pudiera evitarlo. El médico Ibn Qasim se llevó las manos a la cabeza.

—Creo que se muere —afirmó Ibn Rushd.

Abú Hafs gruñó algo.

—¿Qué dice?

—Yaqub… —volvió a mascullar.

El príncipe almohade acercó la cara a la de su tío. Ignoró el hedor que asomaba bajo la sábana.

—Soy yo. Dime.

—Que se… vayan. Quédate tú…

Yaqub miró al califa.

—Quiere hablar conmigo. En privado.

Yusuf se encogió de hombros y dio orden a todos de abandonar el aposento. Abú Yahyá se acercó a Yaqub y, mientras los demás salían, le murmuró al oído.

—He visto esto antes. En los valles sanhayas. Es como si le hubiera picado una serpiente.

El príncipe frunció el entrecejo.

—¿Tú también crees que lo han envenenado?

—Tal vez esté en lo cierto tu tío. Ibn Rushd se mostró muy interesado en recolectar veneno de serpiente en el Draa. ¿No lo recuerdas?

Yaqub apenas asintió. Abú Yahyá lanzó una última mirada al visir omnipotente y dejó la cámara; cerró la puerta tras de sí.

—Estamos solos, tío.

—El andalusí… Ha sido él. Es un demonio, como todos los… de su raza maldita.

—¿Veneno?

—Claro que sí.

Yaqub volvió a asentir. Aunque ¿para qué quedarse solos? Esa misma acusación ya la había hecho Abú Hafs apenas un momento antes y en presencia de los demás.

—¿Qué más quieres decirme, tío?

Abú Hafs dejó de hundirse los dedos en el vientre convulso y aferró el *burnús* de Yaqub por el pecho.

—Me muero… Lo sé. Ahora estarás solo. Cuídate de tu padre.

—No, tío. Te curarás.

—Calla ahora… ¡Escúchame! —Apretó los dientes en un acceso de dolor que le hizo agarrotarse como un palo—. Tu padre… es débil. Esos perros andalusíes lo dominan. Se han llevado el poco valor que una vez tuvo... Debes seguir adelante, ¿comprendes, Yaqub? Tu sueño. Has de hacer que se cumpla... Es la voluntad de Dios. —Instintivamente fue a apuntar con el índice hacia arriba, pero un nuevo estremecimiento le obligó a clavar las uñas en el lecho—. Pasa por encima de tu padre si es preciso, muchacho... Pasa por encima de todos...

—No te esfuerces, tío. —Los ojos de Yaqub se desbordaban de lágrimas—. Descansa.

—¡Nooo! Tu sueño... Tu sueño... Debes cumplirlo.

—Lo cumpliré, tío. Lo juro.

—No cedas jamás. Cuídate de esos perros... Cuídate de los andalusíes.

Yaqub se restregó la cara. No quería que su tío le viera llorar. Un temblor repentino sacudió a Abú Hafs y la bilis asomó otra vez desde la comisura del labio. Después soltó el aire despacio y sus dedos se relajaron. El príncipe observó el gesto de su tío, al que de nuevo había regresado la firmeza.

No podía creerlo, pero ya estaba. Así de fácil era pasar de este al otro lado, y no era lo mismo que cuando los que caían eran extraños.

«No hay más verdad que Dios —se obligó a pensar—, y esto es obra suya». Su tío ya se hallaba en su presencia. Eso le causó un vértigo inesperado. Un temor súbito se apoderaba de su corazón. El miedo al vacío. A que después no hubiera nada. Dudas con las que su tío no habría transigido. Tomó aire y lo soltó despacio. No. Aferrarse a la vida no era el camino. La vida no era nada. Nada.

Caminó despacio hacia la puerta y la abrió.

—El noble Abú Hafs ha muerto —anunció con lágrimas en lo ojos.

El califa fue el primero en entrar. Ocupó la derecha del lecho y asintió despacio.

—Dios le dará un lugar preferente en el paraíso. Una legión de vírgenes clama ahora por su suerte y se dispone a servirle para toda la eternidad.

Abú Yahyá se colocó junto a Yaqub, y los dos médicos, el bereber y el andalusí, permanecieron junto a la puerta, sin atreverse a confirmar la muerte del visir omnipotente.

—Padre. —Yaqub sorbió los mocos—. Mi tío estaba seguro. —Señaló a Ibn Rushd—. Lo ha envenenado.

Ibn Qasim dio dos pasos laterales para apartarse del médico andalusí.

—¿Yo? No, mis señores. Estáis equivocados. Yo jamás...

—Basta. —El califa alzó la mano abierta—. Abú Hafs odiaba a mi consejero. Odiaba a todos los andalusíes. Esa acusación es absurda.

—Mi señor —intervino Abú Yahyá—, ese hombre, Ibn Rushd, se interesó por el veneno de serpiente en nuestra expedición para reprimir la revuelta sanhaya, y se trajo de vuelta una buena cantidad. He visto a otros hombres morir por la picadura de esas bestias, yo también creo al difunto visir omnipotente. Lo han envenenado.

El andalusí palidecía por momentos. Tuvo que buscar apoyo en el dintel de la puerta. Tras él, los dos guardias negros, atentos a la conversación, se volvieron con la mirada adusta y aguardaron órdenes.

—He dicho que la acusación es absurda —repitió el califa—. Ibn Rushd es inocente.

Yaqub se llevó la mano a la espalda y la asomó con su cuchillo *gazzula* empuñado.

—No quieres ver la verdad, padre. —Dio un paso hacia el andalusí—. Ibn Qasim, tú también eres médico y no hay sospecha alguna sobre ti. Eres bereber, como nosotros. No como ese perro. ¿Acaso no confirmas nuestras palabras?

—¡He dicho que basta! —El grito del califa Yusuf sorprendió a Yaqub. Abú Yahyá agarró al príncipe por el hombro y le obligó a retroceder—. Yo doy fe de que Ibn Rushd es inocente.

—No puedes, padre.

Yusuf apretó los puños y cerró los ojos con fuerza. Tras él, el cordobés miraba alternativamente a Yaqub y al califa, consciente de que los Ábid al-Majzén esperaban una orden para prenderlo de inmediato. Si eso ocurría, sabía que el tormento tardaría semanas en llevarle hasta la muerte en la cruz.

—Ibn Rushd es inocente —repitió Yusuf. Le temblaba la voz, como cuando tenía que enfrentarse al ahora difunto visir omnipotente, el hombre que desde la sombra había conducido sus designios. Intentó hacerse valer ante su hijo. Fingió que dominaba aquella situación. Pero no pudo. Jamás había podido, desde que siendo apenas un crío recibió la enorme responsabilidad de ser el heredero del imperio escogido por Dios. Por eso no fue capaz de mirar a los ojos de Yaqub cuando le confesó la verdad—. Lo sé porque… he sido yo quien ha envenado a Abú Hafs.

الله في
ثقة على وأنا

Una semana después

Desde los inicios del Tawhid y la conquista del imperio, las purgas habían sido una herramienta útil a la que nadie renunció jamás. Solo así se conseguía depurar el pueblo de Dios. Solo así podía el príncipe de los creyentes sentirse seguro. No importaba si el subvertido era amigo, hermano, padre o hijo. La justicia del Único no admitía vacilación. A este principio apeló Yusuf para justificar la muerte de su hermanastro y visir omnipotente.

Desde luego, Ni Yaqub ni Abú Yahyá hicieron movimiento alguno para oponerse a esta actuación. Por mucho que lo desearan, la muerte de Abú Hafs era un hecho, y ahora el califa ostentaba el liderazgo total no solo de la guardia negra, sino de todos los ejércitos almohades. Tampoco se le ocurrió a Yaqub inquirir acerca de la razón del califa para cometer ese horrible acto. No era necesario, pues el propio difunto se la había hecho saber con claridad en su lecho de muerte: la debilidad. Eso había llevado al príncipe de los creyentes a convertirse en un califa blando, más amigo de la filosofía y las ciencias que de la guerra santa y la oración. Yaqub sabía, por las conversaciones con su tío Abú Hafs, que Yusuf jamás había sido un gran guerrero ni un gobernante eficaz. Pero su contacto con los andalusíes había terminado de corromperlo. Sus dos consejeros, Ibn Tufayl e Ibn Rushd, mantenían su mente ocupada de día. Y su favorita, Zayda bint Mardánish, lo subyugaba de noche. Cuán acertadas las últimas palabras de Abú Hafs. Cuán oportuna su advertencia a Yaqub. «Cuídate de los andalusíes».

Yusuf no se quedó tranquilo, aunque supo que su hijo no se le opondría abiertamente ni haría público el homicidio de Abú Hafs. Por eso envió a Ibn Rushd de vuelta a la península, a ejercer el cadiazgo en Sevilla, temeroso de que algún día, en un rincón oscuro de Marrakech, la cólera póstuma de Abú Hafs lo alcanzara. Pero eso no pudo evitar que el cambio de Yaqub se hiciera evidente: no respetaba a su padre, le hablaba con desprecio y se oponía a cualquiera de sus decisiones. Y lo malo era que el califa se había quedado solo. Sin Abú Hafs ni Ibn Rushd, con Ibn Tufayl demasiado débil para seguir a su lado en la corte, incluso con sus hermanos más belicosos muertos por la horrible peste de dos años atrás, y con Yaqub en franca animadversión... Ahora todas las decisiones eran suyas para bien o para mal. Por fin.

Y pronto iba a ser puesto a prueba.

La noticia llegó cuando las exequias fúnebres por Abú Hafs no diluían todavía sus ecos: en la frontera este del imperio, en Gafsa, un rebelde llamado at-Tawil había alzado a las tribus y se declaraba insumiso al califa.

Gafsa era una de las ciudades más importantes de Ifriqiyya, foco de riqueza gracias a la sal del Yarid y punto de paso de las caravanas rumbo a oriente. Una de las zonas vitales para la economía del imperio, pero demasiado alejada de su corazón. Además, las tribus árabes nómadas de aquella región, que tradicionalmente despreciaban a los beréberes, tenían gran facilidad para dejarse convencer. Una rebelión así no era, pues, como la de los clanes sanhayas en los oasis del Draa o la de los gumaras en las montañas de Ceuta.

Yaqub se dirigió al califa en cuanto tuvo conocimiento de la insurrección oriental. Con la rabia enquistada, pidió audiencia a su padre, que ahora permanecía enclaustrado en sus aposentos del Dar al-Majzén. Llegó acompañado de su ahora inseparable Abú Yahyá, y Yusuf lo recibió en un salón amplio para que hubiera generosa profusión de guardias negros. Los dos guerreros caminaron hasta la frontera de almohadones bajo la atenta y vigilante mirada de los titánicos protectores del califa.

—Príncipe de los creyentes: Dios, alabado sea, te guarde del mal y de la traición. Vengo a ti para solicitar permiso.

El saludo supo amargo al califa, tanto por su contenido como por el tono ligeramente burlón.

—¿Permiso? Eres libre de moverte por el imperio a tu antojo, Yaqub. ¿Deseas completar tu adiestramiento en las montañas? Adelante, ve. O tal vez sea tu propósito viajar a al-Ándalus, donde te aguarda una esposa de noble linaje. No te lo reprocharía. ¿Qué es, en fin, lo que quieres?

—Quiero acompañarte al este, padre mío. Unirme a las tropas que aplastarán la rebelión de at-Tawil.

Yusuf se acomodó sobre los cojines. Abú Yahyá y Yaqub se miraron de reojo, y luego se fijaron en los libros con los que entretenía su ocio el califa, ahora amontonados a un lado. En lugar de atender a los males que aquejaban a los almohades, el príncipe de los creyentes leía los cometarios de Ibn Rushd sobre la ética de aquel pagano antiguo, Aristóteles, o consultaba los tratados del cordobés sobre retórica o metafísica. Sin duda, pensó Yaqub, así era como el califa había llegado a dominar la ciencia para fabricar el veneno que mató a Abú Hafs. Arma de cobardes.

—Mi señor —habló Abú Yahyá—, yo también quisiera ir. Es una oportunidad estupenda para continuar el adiestramiento militar de tu hijo.

Yusuf se tomó su tiempo. Sabía que no iba a contentar a ninguno de los dos.

—Ya me he ocupado del incómodo asunto de Gafsa. —Su voz, que no llegaba a alcanzar la serenidad pretendida, resonó en el techo alto y en las paredes grabadas con versículos coránicos—. He escrito a at-Tawil para hacerle ver su error y le he ofrecido el amán. Si se somete voluntariamente, no será necesario organizar expedición alguna ni derramar la sangre de los fieles. También he mandado agentes para que me informen de quiénes son los líderes de las tribus árabes. Me dirigiré a ellos y les ofreceré un nuevo asentamiento a cambio de alguna suma que les satisfaga. Prefiero tener a esa gente díscola cerca, y no en la lejana Ifriqiyya.

Abú Yahyá ahogó la risa y apretó los labios. Yaqub, por su parte, hinchó el pecho antes de suspirar largamente.

—Ofreces la paz a quien se rebela… y dinero a los árabes —repitió.

Yusuf arrugó la nariz. Él tampoco tenía fe en esas medidas, pero no deseaba ir a la guerra. Nunca le había gustado. No era bueno como soldado, lo sabía; y su experiencia lo demostraba. Pero, sobre todo, se sabía el último de su tiempo. Ya no quedaban campeones de la fe. Ni su padre, el gran conquistador Abd al-Mumín. Ni los eficaces líderes que habían dirigido los ejércitos almohades, como Umar Intí o el almirante Sulaymán. Ni sus hermanos Abú Hafs y Utmán, que rindieron ciudades enteras en al-Ándalus para unificar el islam bajo sumisión del Único. Hasta los viejos enemigos, como Hamusk o el rey Lobo, habían desaparecido. A pesar de no haber cumplido los cuarenta, Yusuf se sentía viejo. El tizón de una hoguera casi extinguida, con toda la leña quemada y a punto de apagarse, barrida por el viento de la historia. Si acudía a Ifriqiyya, tal vez moriría. Y no quería morir. Quería vivir. Seguir aprendiendo. Y gozar de su rubia esposa andalusí.

Yaqub pareció adivinar esos pensamientos.

—Si tú no deseas marchar hacia el este, dame a mí el mando del ejército. Yo aplastaré a ese rebelde y someteré a los árabes. Ejecutaré a sus jeques y traeré al resto aquí, si lo deseas. Pero no les ofrezcas la paz, padre. No lo hagas, o en un mes las tribus rebeldes se habrán doblado. Y en invierno serán diez veces más. No es así como mi abuelo creó el imperio.

Yusuf calculó un instante lo que proponía su hijo. Estuvo a punto de inclinarse a ello. De darle permiso para comandar a las tropas y luchar en Ifriqiyya. Pero se contuvo, porque aquello no era abatir a un grupo de campesinos en un oasis del Draa, ni cazar a pastores de cabras en la sierra. Los árabes eran jinetes excelentes, y Gafsa una ciudad rica y bien poblada, apoyada por multitud de aldeas y de otras grandes medinas que podían unirse a la sublevación. Eso significaba que había que organizar una campaña de verdad, como la que llevó al aplastamiento del rey Lobo. Y nadie salvo el califa podía dirigir al ejército en tales ocasiones.

—Eres valiente, hijo mío. Pero no eres el príncipe de los creyentes. Yo lo soy, y mi juicio no está jamás viciado por el error. He tomado una decisión, todos la respetarán.

—¡Todos no, padre! —Los ojos de decenas de Ábid al-Majzén viraron hacia Yaqub, sorprendidos por aquella protesta ante el mismísimo señor del imperio—. ¿Por qué no me escuchas? Habrías escuchado a mi tío, y él sería de mi opinión. At-Tawil se ríe de ti en Gafsa. Y cuando reciba esa carta, sus carcajadas se escucharán aquí. Volarán sobre las montañas y alcanzarán a las tribus sometidas. En medio año tendrás de nuevo a los sanhayas en pie de guerra, y los ladrones de caravanas escupirán en la tumba del Mahdi. Hasta los andalusíes volverán a rebelarse al ver que no existe una espada que los someta. ¡El año que viene, nuestra mezquita aljama será derruida por los cristianos para construir una iglesia!

Yusuf enrojeció. Nadie pudo saber si por vergüenza o por ira.

—Daré una oportunidad a ese hombre —repitió.

—¡Sea, padre! ¡Hágase como quieres! —Incluso Abú Yahyá consideró excesivo el tono de Yaqub, aunque se mantuvo inmóvil, aguantando las miradas de los guardias negros como flechazos en la batalla—. Pero si el rebelde desprecia tu paz, me permitirás marchar contra él. ¡Di que lo harás!

Yusuf se puso en pie, un temblor se extendió por la sala cuando los Ábid al-Majzén aseguraron el agarre de sus lanzas. Una sola orden y los dos guerreros almohades serían acribillados. Aunque uno de ellos fuese el heredero del imperio. Pero la orden no llegó. El califa no se atrevió a darla, como habría hecho su padre sin dudarlo. Porque, en verdad, si at-Tawil rechazaba la paz, ¿qué otra opción había?

—¡Lo haré, Yaqub! ¡Si es necesario, marcharemos contra Gafsa! ¡Y ahora vete! ¡Y que no vuelva a verte, o no respondo de tu vida!

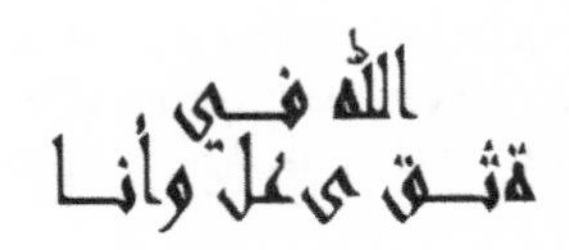

18
DE OBSESIONES Y MUJERES

Cinco meses más tarde, invierno de 1180. León

La segunda esposa del rey Fernando, Teresa de Traba, dio a luz a un nuevo infante leonés en lo más cerrado del invierno. Ni madre ni hijo sobrevivieron al trance.

Los funerales se celebraron en San Isidoro, donde a partir de ese día reposarían los cadáveres. Hubo vasto rezo y mucha lamentación de la nobleza leonesa, salmodia de chiquillería a sueldo, cirios de día y de noche y tañidos de campana. Los hijos de la difunta pertenecientes a la casa de Lara, implicados en la guerra de frontera, no pudieron ir a despedirse de su madre. Tampoco Urraca López de Haro asistió al sepelio, pues andaba con su esposo en tierras del Bierzo, aunque hizo pública su suculenta donación al abad de San Isidoro para que se cantaran responsos cada viernes por el alma de la difunta. Después del acto, mientras los clérigos seguían con sus salmos, cada cual retornó a su morada. El frío y la nieve atenazaban la piel y helaban hasta el aire, y a nadie apetecía velar a la reina al raso o entre las frías piedras del panteón. Solo un hombre rechazó el calor del hogar y, como en los meses precedentes, corrió a ahogar su frustración en las tabernas de la villa: Pedro de Castro. En las cantinas compadreó con gorrones de lo más bajo y brindó a la salud del diablo. Las blasfemias que escupía su boca aderezaban el relato del funeral, que los borrachos escuchaban entre burlas. ¿Habrían cabido los cuernos de la reina en su sarcófago? ¿Usaría el rey viudo la mortaja de doña Teresa como sábana para gozar de sus concubinas?

De madrugada, Pedro volvía casa. Al hogar hosco y triste que compartía con su padre y una legión de criados, fuera de las murallas y junto a Santa María de los Francos. Su madre persistía en vivir separada del señor de Castro, así que aún residía en palacio, según su privilegio. Esa noche el muchacho se tambaleaba entre las calles vacías, hundiendo los pies en la pasta mugrienta de nieve y barro. Se detuvo en una esquina antes de vomitar medio azumbre de vino y dejó que las rachas de viento helado le despabilaran. Apoyó la espalda sobre las piedras de un murete de San Salvador, resbaló hasta sentarse sobre el manto sucio, frío y húmedo. Hundió la cabeza entre las rodillas para llorar. ¿Por qué no podía quitarse a Urraca de la cabeza? ¿Por qué, cuando pensaba a propósito en ella, solo conseguía verla en el lecho del rey Fernando? Cada palabra susurrada, cada débil y furtiva caricia eran solo burlas en su recuerdo. Odiaba a Urraca. Deseaba que el agua bendita y las ascuas con incienso sustituyeran sobre su piel a los afeites y el perfume. Que su tálamo fuera un sarcófago como el de la difunta reina Teresa, y no la cama del gallego Nuño o del mezquino rey de León. No eran briales de seda ni mantos de piel lo que merecía aquella ramera de Haro, sino mortajas. Polvo pútrido, pavesas, huesos descarnados, gusanos, fetidez de muerte…

Muerte era lo que deseaba a Urraca. Muerte quería para el rey. Él mismo buscaba la muerte cuando, sin permiso del padre, abandonaba León para cabalgar hacia tierras del Infantazgo. Allí se unía a alguna partida de jinetes de fortuna y algareaba al otro lado de la frontera. Y si había suerte y topaban con castellanos, la masacre estaba servida. Pedro de Castro no se separaba de aquella hacha enorme que le sirvió en Castrodeza. Ni siquiera la limpiaba, y los despojos humanos se pudrían en su filo hasta heder. No se molestaba en desvalijar a los cadáveres ni en quedarse con su parte del botín; comía y dormía aparte, sin hablar con nadie; con la mirada perdida siempre en la nada, a la espera de la ocasión para blandir su hacha. Los demás guerreros decían que estaba loco. Y seguramente lo estuviera. Mataba con la esperanza de que cada tajo le librara de una pulgada de odio. Ah, si fuera la cabeza del rey la que pudiera cercenar. O la de ella.

Se levantó con torpeza y vagó calle adelante, resbalando sobre los surcos de nieve apisonada por los carromatos. Oyó un par de ladridos lejanos, y varios más respondieron fuera de la muralla. A estos siguieron los aullidos de los lobos que se acercaban a León con lo oscuro, descarados a fuerza de frío y hambre. Entonces sonó el eco de una risa. Salía de un callejón a la derecha, no lejos de los muros del palacio.

Pedro apoyó la mano en la pared y entornó los ojos, turbios por la embriaguez. Sobre el reflejo fantasmal de la nieve destacaban las dos siluetas, enlazadas entre los muros de la calleja y envueltas en mantos. Una nueva carcajada. Era una mujer, y estaba con un hombre. Él la hizo callar con un beso anhelante, ella se escurrió bajo los brazos masculinos para huir entre risas. Pedro retrocedió hasta confundirse con la misma oscuridad que servía de refugio a los dos enamorados. Los envidió. También les deseaba a ellos la muerte.

—Basta. He de marchar.

Reconoció la voz enseguida. Gontroda. Pedro se hundió en el dintel de un portal ancho y la vio salir del callejón. La doncella se dio la vuelta para lanzar un beso al aire antes de correr hacia el palacio. Aquello era habitual. Gontroda padecía una obsesiva tendencia a escapar de los aposentos de doña Estefanía, siempre para reunirse con alguno de sus amantes. Pero ahora Pedro de Castro descubría algo nuevo. La doncella vestía las inconfundibles ropas de la infanta. En concreto llevaba un manto azul forrado de piel de nutria, con una enorme y tupida capucha que colgaba a la espalda. Pedro había visto a su madre cubierta con él muchas veces. ¿Acaso doña Estefanía prestaba a Gontroda esas prendas?

El joven y embriagado Castro se asomó al callejón y vio que el oscuro acompañante de la doncella había desaparecido. Se apresuró tras la estela de Gontroda, valiéndose de los muretes para mantener el equilibrio entre los vapores de la borrachera. Ahora la joven, a punto de llegar al palacio, se detenía a cubierto de una esquina y se subía la capucha. Él cruzó la calle para observar desde otro ángulo. Gontroda se aplicó hasta que la prenda cubrió por entero su cabello y casi todo el rostro. Luego, con paso digno y rápido, salió al descubierto y se encaminó al enorme portón de entrada. Pedro se tambaleó hasta la esquina que acababa de abandonar la doncella y asomó la cabeza. Los dos guardias de servicio, tan arrebujados en sus mantos como la muchacha, desprendían vaharadas de vapor. Uno de ellos giró para empujar el enorme batiente mientras el otro erguía la cara en un esfuerzo por disimular la modorra.

—A vuestro servicio, doña Estefanía.

Gontroda respondió con un gesto rápido de la mano y no perdió ni un instante en atravesar la entrada. Pedro sonrió tras su escondrijo.

—Puta miserable. Eso es lo que sois todas. Unas putas.

¿Todas?

«Espera… No todas —se reprendió en silencio Pedro de Castro—. Tú no, madre».

Ella, siempre bondadosa, no podía evitar que la doncella a su servicio se sirviera de añagazas para escapar del palacio y dejarse montar por cualquiera. El ejemplo casto de doña Estefanía no impresionaba a Gontroda, y tampoco conseguía desnudar a Urraca, su dama de compañía, de la costra de lujuria que la volvía perversa y repulsiva. La infanta Estefanía era toda resignación. Fiel esposa de un noble consumido por el rencor; hermana sumisa de un monarca acomplejado. Y ahora, también, madre de un beodo desalmado que maldecía a todo ser viviente. Ah, su madre. A buen seguro la única persona noble de la creación. Pedro lloraba de nuevo, apaleada su mente por el vino, el desengaño y el frío.

الله في
ثقة على وانا

—Madre. Despierta, madre.

Estefanía se sacudió en el lecho. Ocupaba la mitad derecha, la izquierda estaba vacía. Aunque las puertas del palacio real estaban siempre abiertas para la casa de Castro, el Renegado aceptaba el castigo de su esposa por haberse vendido a los almohades. Gracias a esa carencia de intimidad conyugal, Estefanía conseguía dormir. Ella jamás había soportado los sueños de su esposo, en los que hablaba en voz alta para revivir una y otra vez los desaires del rey de Castilla y de la casa de Lara. En aquellas pesadillas, las batallas de la guerra civil se volvían a cobrar miles de muertos, y Fernando de Castro maldecía al emperador por su herencia, a los reyes por su ceguera y al mismísimo Dios por la suerte que le había deparado.

—¿Pedro? ¿Eres tú, Pedro?

—Sí, madre. Soy yo.

—Pedro... —Estefanía se incorporó con los ojos entrecerrados para defenderse de la luz que brotaba del candil. Arrugó la nariz—. Pedro, hijo mío. Has vuelto a beber.

—Sí. —El muchacho bajó la mirada—. Perdóname.

La infanta se sentó en el lecho. Pedro había acercado un escabel y desde él alumbraba a su madre. A saber cuánto tiempo llevaba allí, mirándola mientras dormía. Estefanía era la imagen de la inocencia, con su camisa larga y blanca, de lino bordado en seda, y el cabello libre de la toca, negro y revuelto.

—Pedro, Pedro, Pedro... Yo sé qué mal te aqueja, hijo. Y también sé cómo se cura. Cuentas veinte años ya y todavía no has tomado esposa. ¿A qué esperas?

—¿Esposa? —repitió con voz densa—. No quiero esposa. No quiero a ninguna mujer cerca de mí.

—Eso va contra natura, hijo. Como contra natura es que sigas rendido de Urraca o que ahogues en vino tus frustraciones. No debes seguir así, Pedro. No me gusta que frecuentes a gentuza, ni que te cueles en palacio de madrugada y ebrio como una barrica. Y aún me gustan menos esas cabalgadas a alma abierta por la frontera. ¿Crees que no te he visto regresar con tu hacha ensangrentada? No es propio de caballeros, Pedro. Una buena esposa es lo que necesitas.

—No quiero esposa —insistió el joven, y retiró la mirada.

—A veces escribo a la reina de Castilla. ¿Lo sabías?

—Hm.

—Ella también me escribe. No se lo digas a tu padre. Tiene que ser una buena mujer, por fuerza. Siempre está pensando en lo mismo: en que Castilla y León dejen de guerrear. Ya sabes que a mí también me gustaría.

—No será por mí. —La llamita del candil tembló cuando la rabia del corazón de Pedro se transmitió a su mano diestra. Estefanía fingió no haberlo escuchado.

—La reina Leonor cree que una buena forma de buscar la paz es casando a castellanos con leonesas. Y a leoneses con castellanas.

—No me casaré con una castellana, madre. Olvídalo.

La infanta tomó la mano izquierda de Pedro entre las suyas. Se sobresaltó al notarla fría como un témpano.

—Pero si estás echando a perder tu vida por una castellana, hijo. Que Dios me perdone, pero maldigo el día en que esa mujer llegó a nosotros.

El joven escurrió la mano para liberarla y enarcó las cejas. Sus ojos, enrojecidos por la borrachera, reflejaban la llamita palpitante.

—Yo la maldigo igualmente. A ella y a toda Castilla.

—Tú también eres castellano aunque no quieras. Llevas la sangre de tu padre. Pero no discutiré eso contigo. Sé leonés si lo deseas. La reina Leonor te considera tal, y por eso te ha buscado enlace castellano.

—He dicho que no...

—Se llama Jimena. Es la hija del conde Gome González, un hombre que siempre ha mirado por la paz entre los dos reinos. —Estefanía recuperó la mano huidiza de Pedro y él no se atrevió a escapar por segunda vez—. Jimena tiene tu edad, hijo mío. Juntos fundaréis una familia y tú podrás olvidar a Urraca. Me da igual si te sientes leonés o si ese matrimonio lleva a la paz. Lo único que quiero es que dejes atrás todo este dolor. Harás eso, Pedro. Lo harás por mí. No quiero ver cómo tu alma se consume poco a poco en el odio que te arde dentro. Es lo que siempre le ha ocurrido a tu padre. Si no me escuchas, en unos años serás como él.

Pedro se levantó, pero no pudo alejarse porque su mano seguía retenida.

—A ese conde que me han buscado para suegro no le gustará saber que descuartizo a sus paisanos a hachazos.

—La guerra es la guerra, todos conocemos sus leyes. —Estefanía liberó a su hijo—. Además, el conde está al tanto y se ha mostrado partidario de ese matrimonio.

—No puedo creerlo, madre. —El joven quiso dar una pincelada jocosa a su voz, pero la borrachera empastaba demasiado las palabras—. Ya lo tenéis todo dispuesto, y yo sin enterarme. ¿Acaso me tomas por un niño?

—¿Quién ha venido en medio de la noche a despertar a su madre? Has sido tú, Pedro. Como cuando eras crío y te asaltaban las pesadillas, ¿recuerdas? Te agazapabas en mi regazo y nos quedábamos dormidos los dos. —Estefanía apagó de su rostro el gesto afable, la sombra del temor se unió a la oscuridad del aposento—. Eres lo único que tengo, hijo mío.

Pedro de Castro sintió que las lágrimas pugnaban de nuevo por aparecer. Pero no lloraría ante su madre. No por orgullo, algo que en su confusión apenas podía distinguir, sino por el afán de no añadir más sufrimiento a la infanta Estefanía. Tragó saliva con dificultad y su sabor le asqueó. Caminó para abandonar la estancia, la neblina del vino se abrió por un momento.

—Tu corazón es demasiado grande, madre. En tu bondad aceptas como dama de compañía a una perra en celo, persistes en tu matrimonio con un demonio rencoroso y miras por el futuro de tu hijo pródigo. Cuídate al menos de tu doncella Gontroda, que a hurtadillas viste tus ropas y confunde a la guardia. La he visto escurrirse con tu manto azul, el de la capucha grande, para abrirse de piernas ante un villano.

—Hace tiempo que sé que lo hace, Pedro. Pero ¿sabes tú otra cosa? Seguramente es la persona más feliz de este palacio.

الله فــي
ثقــة على وانا

UN MES DESPUÉS. MARRAKECH

Una vez concluida la primera oración del día, Yusuf se puso en pie y tomó la jarra de agua fresca. Bebió despacio, se aclaró la voz. Luego miró atrás, a su lecho, y sonrió. Qué lejos quedaban ahora sus recelos, cuánto había domado al-Ándalus el temperamento del califa. Qué fácil le resultaba ahora comprender a los tibios poetas andalusíes cuando dejaban de lado a Dios y a los hombres.

No hay en mí más voluntad que amarte,
ni tengo en nada más razón de hablarte.
Si lo consigo, será la tierra toda y los humanos
polvo, y quienes pueblan los países, moscas.

Zayda bint Mardánish estaba despierta, con los ojos azules clavados en él. La favorita del califa no rezaba ni la primera ni las demás oraciones del día. En otro tiempo, cuando Yusuf era joven y liberaba su crueldad, no lo habría consentido. Pero ahora no le molestaba la conducta pecaminosa de su favorita. En realidad, nada de lo que ella hiciera podía importunarle, porque para él era perfecta. Un tarro precioso que contenía lo mejor de cada mujer con la que se había acostado. Sobre todo adoraba su cabello dorado, y también los ojos de clara frialdad marina. Poco le importaba eso que se murmuraba a escondidas de que Zayda no se acercaba ni de cerca en belleza a su legendaria madre, Zobeyda. Por lo demás, de tal loba, tal lobezna.

—Sigues preocupado, mi señor. Has de poner fin a este conflicto.

El califa dejó de sonreír y dio otro trago a la jarra. El conflicto.

—Cada vez me quedan menos opciones, mi amada Zayda. El rebelde de Gafsa se niega a someterse, y mi hijo Yaqub insiste día tras día. Hasta ahora he podido mantenerlo todo en suspenso, pero ayer llegaron varios correos.

La favorita se sentó en la cama. Sus pechos, antes arropados por las sábanas, quedaron al descubierto para manchar en el califa la pureza conseguida antes del *adhán*. Aquella piel blanca y suave volvía loco a Yusuf. Tanto, que a veces se sorprendía deseando vivir para siempre, porque no esperaba que las huríes del paraíso pudieran satisfacerle como le satisfacía Zayda. ¿O era simplemente que temía morir?

—¿Correos de Gafsa, mi señor?

—Sí. At-Tawil no acepta mi ofrecimiento de paz y se atreve a desafiarme. Dice que vaya a por él si me atrevo. Mis agentes informan de que las tribus de esos nómadas árabes harapientos siguen uniéndose a su causa. Controla las caravanas y se incauta de los tributos que deberían enviarse aquí. Pero es un viaje tan largo... Pasaría meses en marcha, y tú tendrías que quedarte aquí, Zayda. No soportaría que te ocurriera una desgracia o que tu piel se quemara con el sol. Has de mantenerte bella y perfecta, amada mía.

—Eres el califa, mi señor. Tu palabra es ley. Si es voluntad del príncipe de los creyentes, el ejército almohade no tiene por qué marchar al este ni presentar batalla. Allí se atragante at-Tawil con su ambición.

Yusuf rio mientras vestía el *burnús* listado en blanco y azul.

—Pero reconoce, Zayda, que mi hijo tiene razón: si obro así con cada rebelde, pronto no quedará imperio que someter.

—Tu hijo. —El mohín de disgusto llegaba aderezado por la dosis justa de recelo—. Yaqub pasa demasiado tiempo con ese Abú Yahyá. Solo piensa en luchar, en luchar, en luchar... Una mujer es lo que necesita, y no tanta lucha. Jamás he entendido por qué dejó a mi hermana Safiyya en al-Ándalus. No logro comprender cómo se lo permitiste, mi señor. Con ella en el lecho, las ansias de combate de Yaqub se calmarían y tú podrías respirar tranquilo.

Yusuf arrugó el ceño.

—Una mujer... Sí, puede que tengas razón, Zayda.

الله في
ةثق ىعل وانا

Una semana más tarde

Uno de los *talaba* que atendían aquel día al califa asomó la cabeza con timidez. Yusuf le echó una mirada curiosa e indicó con un gesto a sus interlocutores que callaran. Eran dos hombres de aspecto rechoncho y tez clara, y atraían las miradas de los Ábid al-Majzén como si fueran carnaza para mastines.

—Príncipe de los creyentes, tu hijo Yaqub viene acompañado por Abú Yahyá.

Yusuf asintió.

—Lo has hecho bien, fiel súbdito. Ahora regresa a tus ocupaciones. —Se volvió hacia los dos tipos de cintura ancha—. El trato queda cerrado. Quiero a esa esclava, y la quiero impoluta. Respondéis con vuestra vida de su virginidad. Ni un solo arañazo. Alimentadla y cuidad de su piel. Ah, y de su cabello. Vais a recibir un alto precio por esa mujer, pero alto es también el riesgo que corréis. ¿He hablado claro?

Los hombres se miraron con nerviosismo.

—Sí, mi señor —contestó uno de ellos—. Verás como quedas satisfecho. En verdad se trata de una esclava hermosísima.

—Hermosísima —repitió el otro.

—Y será tratada con máxima atención. Puedes estar tranquilo, mi señor.

—Bien. —El califa dio por terminada la entrevista—. Ahora podéis marchar. Seguro que tenéis negocios a los que atender.

Los mercaderes se inclinaron todo lo que les permitió la redondez de sus vientres y caminaron hacia atrás hasta casi tropezar con Yaqub y Abú Yahyá, que entraban en aquel momento. El califa tomó asiento en su mar de cojines y, con una mirada de reojo, previno a los guardias negros para que se mantuvieran alerta. Siempre lo hacía cuando se las veía con su primogénito desde el feo asunto de Abú Hafs. Aparte de Zayda, no confiaba en nadie. Ni siquiera en su hijo.

—Mi señor —Yaqub no se acercó a besar la mano de su padre. En lugar de ello se quedó a distancia y fingió media pulgada de reverencia mientras que Abú Yahyá, algo más atrasado, doblaba el espinazo según costumbre—, vengo a ti para rogarte una vez más. Ya ha llegado a mis oídos la respuesta del rebelde at-Tawil, y también he escuchado los rumores de que las fuerzas sublevadas crecen día a día. Hace meses te comprometiste y el momento ha llegado. Bien, at-Tawil no cede: tenemos que marchar al este.

—Es cierto, Yaqub. At-Tawil no cede —reconoció el califa. El heredero volvió la cabeza y dirigió su sonrisa de triunfo a Abú Yahyá—.

Y, tal como prometí, nuestros ejércitos han de reunirse para llevar la autoridad de Dios a los rebeldes. Pero...

A Yaqub se le congeló el gesto; observó de lado a su padre.

—¿Pero? —silbó entre dientes.

—Pero mis fieles *sayyides* y gobernadores de al-Ándalus también han llegado con nuevas. Los portugueses llevan tiempo acosándolos y han osado incluso plantarse a las puertas de Sevilla. La valentía de nuestros guerreros los ha mantenido a raya por tierra y por mar, pero todo hace pensar que habrá más acoso. Los adoradores de la cruz hostigan a mis leales al otro lado del Estrecho.

Yaqub apretó los labios mientras paladeaba las palabras del califa. Lo miró a los ojos con tanta intensidad que Yusuf acabó hurtando la vista.

—Dios, alabado sea, sabe que nadie más que yo desea viajar a al-Ándalus para exterminar a los cristianos. Pero no podemos encargarnos de esos comedores de cerdo sin arreglar antes los asuntos de Ifriqiyya. Padre, marchemos ahora al este. Cuanto más nos retrasemos, más se agravarán ambos problemas: el de Gafsa y el de al-Ándalus.

Abú Yahyá se adelantó un paso y, envalentonado por el descaro de Yaqub, se dirigió al califa.

—Salvo que hayas pensado, mi señor, en atacar antes a los cristianos. Si es así, supongo que debemos convocar a las cabilas inmediatamente.

—Ah, vamos, padre. —El heredero tenía los puños cerrados y la misma mirada que el día que murió Abú Hafs—. Basta de remolonear. Eres el califa, por Dios. El príncipe de los creyentes. La espada del islam. ¡La gente sabe lo que ocurre! ¡Hablan por las calles! ¡No quisiera tener que degollar a nadie por llamarte cobarde, mi señor!

Uno de los guardias negros se llevó la mano al puño del sable de acero indio. Como resortes, los demás Ábid al-Majzén lo imitaron.

—Todo está bien, mis fieles. —Yusuf pidió calma con un gesto—. Mi hijo se deja llevar por su sangre, nada más.

Los esclavos dejaron reposar sus armas. El califa dejó caer los hombros y resopló como si acabara de cruzar a pie toda la cordillera del Atlas. Era demasiado. ¿Cómo lo había hecho antes su padre? Ah, a veces se arrepentía de haber acabado con Abú Hafs. Y si al menos pudiera contar con el consejo de Ibn Rushd... Se levantó con las manos apoyadas en los riñones. Se sentía cansado. El poder absoluto pesaba, y sus casi cuarenta años también. ¿Por qué tenía que ser todo tan difícil? Si él solo quería hojear con tranquilidad algún buen tratado de astronomía. Y luego regresar al lecho con su favorita y dejarse llevar. Zayda y su cabello, largo y rubio... Eso le recordó el negocio que acababa de cerrar con los dos comerciantes de esclavos. Su última oportunidad para recuperar el dominio de Yaqub llegaría de la mano de una mujer.

—Está bien. —Reunió toda su voluntad para lanzar una mirada de reprobación al heredero del imperio—. Hazlo, Yaqub. Convoca a las cabilas. Reúne al ejército y recluta voluntarios. En cuanto estés preparado, marcha a la cabeza de nuestras tropas y dirígete a Ifriqiyya, pues hemos de curar sus males y enderezar sus desarreglos. Yo permaneceré aquí, atento a la salud de nuestros dominios andalusíes.

—¡Sí! —Ahora los puños del heredero se elevaron a lo alto—. ¡Vamos al este! ¡Lideraré las tropas del islam, padre! ¡Y aplastaremos a esos rebeldes!

A Yusuf le habría encantado aceptarlo y correr al lecho para dejarse caer entre las piernas de Zayda. Pero, a pesar de todo su miedo y su fatiga, era el califa.

—No. No aplastarás a nadie aún. Cuando at-Tawil se entere de que vas hacia él, su ánimo se vendrá abajo, estoy seguro. Volveré a escribirle y le daré una última oportunidad. Y le ordenaré que me envíe a esos árabes para instalarlos aquí, a nuestro alcance.

—¡No, padre!

—¡Se hará como digo, Yaqub! —Yusuf quería terminar. Necesitaba dejar de mirar a su hijo a los ojos. Por eso se obligó a mantenerse firme, aunque fuera por una última vez—. Te detendrás en Tremecén y aguardarás órdenes. Si finalmente es necesario atacar, yo me reuniré contigo. Di que lo has entendido, hijo. ¡Dilo!

Yaqub parecía a punto de estallar. Ni cuando acribilló a cuchilladas a aquel león del Atlas se sintió tan deseoso de derramar sangre y causar la muerte. Miró a su alrededor y se encontró con el fervor homicida de los Ábid al-Majzén. Llenó el pecho de aire. Un día, esos guardias negros serían suyos. Y todas las decisiones también. Debía esperar.

—Se hará tal como ordenas, padre.

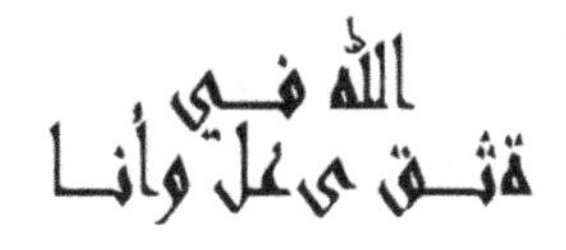

19
LA DESDICHADA ESTEFANÍA

CUATRO MESES MÁS TARDE, VERANO DE 1180. LEÓN

Fernando de Castro recorría el barrio de San Martín en medio de la noche. La luna en cuarto creciente raseaba las almenas y extendía las sombras cuando asomaba entre las nubes. El señor de Castro no llevaba capa ni espada, pero su cuchillo bailaba del lado diestro del cinturón mientras la melena gris volaba tras él. A su paso no había nadie que no se apartara con un saludo respetuoso. «El Castellano», decían en susurros, irritados porque aquel renegado de su tierra fuera el mayor paladín del reino.

El señor de Castro se introdujo como vendaval en un callejón del que escapaban risotadas y blasfemias. El lugar era como una letrina en medio del arrabal, con el pavimento húmedo y maloliente. Dos borrachos dormitaban junto a una puerta entreabierta por la que salía la tímida luz de varias antorchas. Fernando terminó de abrir, las carcajadas se acallaron. Recorrió la taberna con la vista y vio a Pedro en un extremo del tugurio, con un codo apoyado sobre un barril y la mirada perdida. Cuando el señor de Castro se encaminó hacia su hijo, los clientes tropezaron y se empujaron para abrir camino.

—Pedro. —La voz del noble se afiló al agarrar a su vástago por la pechera. El joven dejó caer una sonrisa bobalicona.

—Padre... Tú aquí... Deja que te invite a una...

La bofetada resonó fuerte, varios borrachines aprovecharon para abandonar el local. Nunca se sabía cómo iba a desahogar su ira un noble de fama tan guerrera como Fernando de Castro. Quizá le diera por descalabrar villanos. Un segundo tortazo con el revés de la mano sirvió para despabilar a Pedro.

—¡Estoy harto! —rugió el señor de la casa de Castro—. ¿Acaso no sabes quién eres? ¿Qué haces aquí, mezclado con toda esta chusma? ¡Por tus venas corre sangre real!

Pedro retrocedió cuando su padre le soltó la pechera. Estuvo a punto de caer, pero se agarró torpemente al barril que le servía de mesa. Su copa, mediada de vino, cayó y derramó el contenido.

—Déjame en paz. Ya no soy un niño.

—¡Pero yo soy tu padre! ¡Y tú, niño u hombre, me debes obediencia! —Se volvió y señaló a los clientes—. ¡Todos vosotros! ¡Fuera de aquí!

Nadie se negó a escapar. Hasta el posadero se abrió paso a codazos para abandonar la taberna. En el lugar solo quedó, medio sentado en un rincón, un anciano que dormía la curda mientras un hilillo de baba resbalaba desde sus labios.

—¿Y adónde quieres que vaya, padre? ¿Contigo, a lamentarme porque otros alcanzaron en Castilla los honores que no pudiste alcanzar tú?

Fernando de Castro levantó la mano, grande y callosa, hecha a esgrimir la espada y la lanza durante la mayor parte de sus cincuenta y cinco años. Pero no fue capaz de descargar la tercera bofetada sobre el rostro de su hijo. Pedro, repentinamente lúcido, le clavaba la mirada desafiante.

—Soy tu padre, te digo. Me debes lo que eres. —El señor de Castro no gritaba ahora, aunque mantenía la mano en alto—. Y las afrentas que me hicieron a mí también las sufres tú.

—No, padre. Yo no soy tú y no tengo por qué masticar tu rencor. Pero en algo tienes razón: te debo lo que soy. ¿Y qué soy? Un renegado en Castilla. Un bufón en León. ¿Y tú odias al rey Alfonso? Bien, aunque ¿qué diferencia hay entre él y mi tío Fernando? Dos coronas, distintos pecados, misma mezquindad. Ninguno de ellos merece nada nuestro, pero tú te sometes a ese adúltero que nos mantiene cerca de él porque teme que estemos lejos, donde no sepa lo que hacemos. —Pedro escupió a un lado—. El rey de León… Un traidor que engaña a sus amigos y los vende como un mercader. ¿Cuánta sangre no se habrá derramado por sus caprichos? ¿A cuántos hombres no habré matado yo mismo por la gloria de Fernando? Mi madre tiene razón. ¡Mi madre, y no tú! ¿La recuerdas? Es esa mujer que languidece en su aposento mientras tú y tu rey Fernando os indignáis y pregonáis a los cuatro vientos cuán injusto es el destino. Ah, si debiera a ella lo que soy en lugar de debértelo a ti… ¿Acaso no sería yo mucho mejor?

—¡Basta! —Fernando de Castro dio un paso, con la mano aún dispuesta para el bofetón.

—¡No! ¡Pégame si lo deseas! ¡Así es como lo has afrontado siempre todo, y de nada te sirve! ¡Pégame, pero no conseguirás otra cosa que más odio! ¡Pégame, y perderás a tu hijo, como perdiste tu patria y como perderás a tu esposa! ¡Vamos, pega a tu hijo! ¡Pega a tu hijo, Renegado!

El rostro cruzado por mil marcas de tiempo y de guerra enrojeció de furia. Durante un corto instante, Fernando Rodríguez de Castro consideró apalear a Pedro con toda su fuerza, una y otra vez, hasta acabar con su desvergüenza y someter su voluntad. Pero no golpeó. Se volvió mientras lanzaba un alarido. Empujó taburetes y barricas, derribo cántaros y escudillas a manotazos, pateó al viejo borracho que dormitaba en el rincón y desencajó de sus goznes la puerta de la taberna. Se alejó por el callejón pestilente mientras lanzaba maldiciones e insultos al Altísimo.

El señor de Castro se clavaba las uñas en las palmas de las manos, sus dientes rechinaban como las cadenas de un rastrillo. Tropezó con un leonés que regresaba al hogar y, cuando este no lo reconoció y fue a reprocharle su poco tacto, Fernando lo despachó de un puñetazo repentino que lo dejó tendido en tierra. Aquello no sirvió para aliviar su cólera. Al contrario: tuvo que retenerse para no patear al bellaco inconsciente hasta hacerle escupir las entrañas.

Siguió su camino con las mientes nubladas. Maldecía a Dios cada dos pasos y le culpaba de lo que la vida le deparaba. A él, que era de noble cuna y estaba destinado a regir las vidas de cientos. De miles de hombres. A él, cuyas huestes decidían guerras y movían fronteras. Injusto ese dios que en su gracia había decidido separar Castilla y León, y no contento con eso había aguzado la discordia entre las más nobles familias. Dios, que se negaba a poner a su alcance el reconocimiento que le era debido. Dios, que ahora se servía de su esposa Estefanía para ganarse el odio de su hijo y sucesor.

Estefanía.

La vio salir de la sombra, cruzar la calle y perderse tras una esquina. Tiraba de la mano de un hombre, y ambos reían. La tez de Fernando de Castro, roja de ira hacía un momento, palideció hasta cobrar el color de la nieve. No podía ser. Estefanía no. Su mujer, siempre caritativa. La piadosa hija del emperador, que no se saltaba una misa ni reparaba en limosnas.

Fernando de Castro se apresuró para alcanzar la esquina mientras la luna se ocultaba tras una nube. La pareja corría aún. Se alejaba hacia el palacio real por la calleja estrecha. Entonces el hombre se detuvo a la altura de un ventanuco del que escapaba una luz vaporosa; atrajo hacia sí a la mujer y la abrazó para besarla. Ella se dejó caer contra la tapia y se restregó con impudicia.

—Estefanía...

No cabía duda, era ella. Llevaba su manto azul con forro de nutria y aquella enorme capucha calada. Y eso en pleno estío. Para esconder su rostro, sin duda, y así disimular la grandísima infamia. Fernando de Castro temblaba de rabia. En medio de la calleja, iluminados hombre y mujer por el tenue halo del ventanuco, seguían besándose. Vio que el extraño apretujaba los pechos de su esposa, y esta bajó la mano hasta la entrepierna de él. El noble aferró el puño de su cuchillo mientras todo se tornaba rojo a su alrededor. Las calles y las casas, rojas. La roja silueta de las murallas y la luna roja, que volvía a asomar en creciente tras las rojas nubes del verano leonés. La pareja dejó de besarse y siguió corriendo. Roja ella y rojo él. Fernando observó su cuchillo, que había aparecido en su mano sin darse cuenta. Rojo también.

—¡Estefanía!

La mujer se volvió cuando estaba a punto de girar a la derecha; miró atrás. El hombre también se detuvo. Todo rojo sangre. Un haz rasante llegó desde la luna y se reflejó en el filo del puñal.

Ella soltó la mano de su amante y desapareció. Él permaneció indeciso, alternando su vista entre la enamorada a la fuga y el hombre que ahora se adentraba en el callejón con el peligroso brillo acerado en la diestra. Huyó también, aunque giró en dirección contraria. Fernando de Castro jadeaba como podenco en pos del jabalí. Al llegar a la esquina, miró a ambos lados. Vio en rojo el reflejo azulado del manto de su esposa, que se perdía camino al cercano palacio. La sonrisa fiera se abrió como un surco en la pared del infierno: aquella era presa segura, así que era mejor apresurarse a por el otro. Corrió en persecución del hombre, que ahora se volvía cada poco con gesto aterrado. Atravesó regueros de agua sucia, callejeó por angostillos de apenas dos varas de ancho. Cruzó medio León sin perder la vista de la víctima, mientras la luna jugaba al escondite tras las nubes y matizaba el color que lo inundaba todo. Rojo perdición, rojo fuego, rojo infierno, rojo sangre. Rojo testigo de la traición y de la venganza. El hombre se detuvo en la puerta de Santa María de Regla. Se volvió con las manos en alto, desesperada petición de misericordia. Retrocedió hasta el pórtico cerrado, tal vez confiado en acogerse a la paz de la iglesia. Habló, pero Fernando de Castro no oía nada salvo el crepitar de las llamas rojas que ardían en su averno particular. Aquel villano simplemente movía los labios y gesticulaba. Verlo de cerca lo enfureció más. Se trataba de un tipo de barba rala y ojos pequeños, apenas rendijas negras en la cara tostada. Con vestiduras ajadas y zurcidas, cabello grasiento salpicado de briznas de paja. Del lugar donde sin duda había yacido con la adúltera. No intentaba defenderse. Solo rogaba. ¿Con aquel cobarde le había engañado su mujer? Fernando de Castro lo imaginó tumbado sobre Estefanía, empujando mientras ella se agarraba a su espalda como una vulgar furcia. La diestra del noble se movió rápida y fría mientras aferraba con la izquierda el cuello del infame. Acuchilló diez, veinte, treinta veces antes de que el desgraciado se derrumbara, y se arrodilló junto a él y siguió apuñalando. Arriba y abajo. A veces las cuchilladas eran tan impetuosas que la punta del arma chocaba contra el suelo tras atravesar la carne. Solo cuando aquella masa picada dejó de convulsionarse, se levantó Fernando de Castro, ajeno a la sangre que manchaba sus ropas, que corría desde la hoja y la cruz del cuchillo por su mano, y por el brazo hasta gotear desde el codo. Miró la fachada de Santa María de Regla, tan roja como el resto de la calle, el resto de León y el resto del mundo.

—Aquí tienes —escupió—. Te devuelvo lo que me das.

Dejó el cadáver flotando sobre su lecho de sangre y, con el cuchillo empuñado y chorreante, tomó el camino del palacio.

وانا على ثقة في الله

Pedro de Castro seguía solo en la taberna del barrio de San Martín. El viejo apaleado había salido también a trompicones, y ninguno de los parroquianos habituales se atrevía a regresar.

Al joven Castro no le importaba. Como su cuenco estaba volcado y todo el local desbarajustado por el paso de su padre, se dirigió a la única jarra intacta que vio y bebió con avidez. El líquido, agrio y caliente, resbaló por su barba descuidada y manchó las ropas. Dejó caer el recipiente vacío, que se hizo añicos contra el suelo encharcado de rojo vino. Bien parecía que se hubiera desatado una masacre en la taberna y que aquello fuera en realidad sangre. Sangre. La sangre parecía unida al destino de su casa. Pedro de Castro sonrió con amargura. Todavía temblaba por el desafío que había dirigido al señor de su linaje. Su temido padre, azote de Castilla. El tabernero se asomó, pero, al verlo allí, solo y rodeado de caos, se echó las manos a la cabeza y continuó fuera, maldiciendo a la nobleza y sus caprichos. Se oyeron gritos femeninos y varios hombres contestaron. Las voces se mezclaban y se volvían incoherentes en la cabeza de Pedro. Maldito vino. Miró al suelo de nuevo. Maldita sangre.

Gontroda entró y estuvo a punto de caer al resbalar sobre la ciénaga de alcohol. A la luz de las antorchas, su cara se confundía en sombras que volvían más pálidas las partes iluminadas. Llevaba el manto azul de Estefanía, el de forro de piel de nutria. La capucha colgaba a su espalda, grande y peluda, hasta la cintura.

—¡Qué poca vergüenza tienes, mujer! —balbució Pedro de Castro—. ¿Ahora frecuentas las tabernas de arrabal? ¿Tan necesitada estás? ¿Qué será lo próximo? ¿Las caballerizas?

El muchacho rio su propia grosería y el sabor del vino picado le subió hasta el paladar.

—¡Mi señor! ¡Protégeme, por santa María!

—¡No jures por ella, Gontroda, ni por ninguna otra Virgen! ¡No te cuadra! —Y volvió a reír.

La doncella se acercó a Pedro sin cuidar de que el manto y las sayas se empaparan. Incluso en medio de los vapores etílicos, el joven pudo ver que Gontroda estaba aterrorizada, y su cara cubierta de sudor.

—Mi señor, por favor. Por mi vida. Tu padre quiere matarme.

—Pero… ¿qué dices, muchacha?

—Tu padre. —Señaló a un punto indefinido de la taberna. Su mano temblaba tanto como sus labios—. Nos ha visto en… Tiene un cuchillo… Lo he despistado, creo, aunque… Pero me ha visto, mi señor.

Pedro de Castro aferró a la doncella por los hombros y la sacudió hasta que detuvo su charla desordenada.

—Gontroda, respira. No sé de qué hablas. ¿Por qué iba mi padre a querer matarte?

Ella rompió a llorar por fin. El manto azul de Estefanía se estremeció sobre sus hombros. Reanudó la charla a gimoteos.

—Yo volvía ya a palacio, pero tu padre nos vio, mi señor. Nos vio besarnos en un callejón. Vio nuestras caricias. Nos vio.

—Gontroda, mereces tantos azotes que no tienes piel para recibirlos todos. Pero debes estar en un error. Mi padre jamás te mataría por tus escapadas nocturnas. A lo más te reprendería, y ni tan siquiera eso. Lo dejaría para mi madre. Dios, con lo borracho que estoy, y parece que seas tú quien se ha bebido toda la cantina…

—Te juro por san Froilán que tu padre tenía un cuchillo en la mano. Mi amigo ha tenido que correr, y he visto que el señor iba tras de él. Por eso me he desviado, porque sabía que luego vendría a por mí al palacio. Doy gracias a Dios, mi señor, porque si hubiera decidido perseguirme a mí, me habría alcanzado enseguida. Este manto es tan pesado…

Pedro se tomó su tiempo para digerir lo que le contaba la doncella. No le veía sentido. Ni siquiera aunque su padre hubiera abandonado la posada ahíto de furia. No le sorprendería que hubiera golpeado a alguien más, igual que había hecho con el viejo borracho del rincón, pero de ahí a perseguir puñal en mano a un par de simples villanos...

—Claro que... —Gontroda pareció relajarse. Sorbió los mocos y se restregó la frente goteante de sudor—, ahora que lo pienso, puede que tu padre no me haya reconocido.

—Ah, chiquilla. —Pedro rebuscó con la mirada para ver si hallaba otra jarra que llevarse al coleto—. No dices sino simplezas. ¿En qué quedamos?

—Por supuesto... —La muchacha agarró los bordes del manto y asintió pensativa—. Me ha confundido con la señora. Con tu madre digo, mi señor. Por el manto. Me ha llamado Estefanía. —Una sonrisa sustituyó al gesto aterrorizado—. Claro. No ha visto que era yo. Uf, qué alivio.

Pedro escuchaba con los párpados a medio cerrar. Pero los abrió de repente. Con desmesura. Ahora fue él quien atrapó entre sus puños el manto azul forrado de nutria. Gontroda se sobresaltó.

—¿Dices que te llamó Estefanía?

—S... Sí, mi señor.

—Gontroda, por mi fe y por mi vida, no se te ocurra mentirme. ¿Es cierto que el señor llevaba el cuchillo en la mano? ¿Acaso no llegó a ver que tú no eras mi madre?

La doncella, confusa, volvió a llorar. Pedro de Castro la zarandeó sin contemplaciones, pero ella se dejó caer. El manto se impregnó enseguida de aquel vino espeso y oscuro que parecía sangre, y Pedro se tambaleó hasta la salida.

الله في
وانا على ثقة

Las gotas negruzcas, gruesas y regulares, formaban una línea recta que el cuarto creciente hacía relucir ante la puerta del palacio. Pedro de Castro interrogó a los guardias sin miramientos.

—Sí, mi señor... Tu padre acaba de entrar... Iba... Iba...

Fue el otro soldado el que terminó la frase:

—Iba manchado de sangre. Y llevaba un cuchillo en la mano, mi señor.

Pedro corrió, luchando contra sus propios miedos y contra la bruma del vino que atoraba sus sentidos. Las gotas marcaban el camino de Fernando Rodríguez de Castro como una broma del destino. El rastro de su padre, pensó Pedro, era siempre el mismo: sangre.

Los reyes godos se rieron de él desde los tapices mientras atravesaba el corredor. Los monarcas astures querían incluso escapar de sus encierros de hilo para escarnecerle, y hasta el emperador Alfonso, en un último esfuerzo, quiso volver a la vida para abofetear a Pedro por su torpeza. Las huellas sanguinolentas de su padre trazaban un camino inconfundible.

Topó contra una columna y tal vez se hizo daño. Aunque no lo notó. Nada le dolía ahora, salvo su madre. El rastro llevaba a la entrada abierta, marcada con un goterón en pleno suelo. Allí mismo, donde no tanto tiempo atrás había nacido a la vida la hija de Urraca. También entre sangre y engaño. Siempre lo mismo, desde la cuna hasta la tumba. Se apoyó en la puerta y luchó contra la borrachera. Sus ojos se enfocaron despacio sobre el lecho de Estefanía, apenas iluminado por el rayo lunar que se colaba desde la vidriera.

Desde niño recordaba el blanco como el color de su madre. Un blanco puro y casto, de alma limpia que, una vez fuera de la pila bautismal, jamás abandonó la inocencia. Ni su condición de bastarda, ni el marido que la vida le dio en suerte, ni el hijo al que el destino llevó al abismo… Nada conseguía ensuciar el blanco inmaculado de Estefanía.

Ahora Estefanía era roja. Lo era su cabello suelto sobre la almohada. Y su rostro, aún sereno y compasivo. Lo eran las sábanas y la larga camisa de dormir, y el brazo que colgaba inerte desde el lecho. Incluso los ojos abiertos que interrogaban al vacío en busca de una respuesta. La noche se cernió sobre aquel cúmulo rojo hasta que nada más existió. Solo un angustioso embudo negro en cuyo centro reposaba Estefanía, atravesada por decenas de puñaladas. Pedro de Castro no recordaría después cómo entró en la cámara y se dejó caer sobre el cadáver de su madre para limpiar la sangre con sus lágrimas. La abrazó y sintió la calidez que ya huía de su cuerpo. Ahora ella se reuniría con su padre, el emperador, y con todos los demás reyes que se reían del destino desde los tapices del corredor.

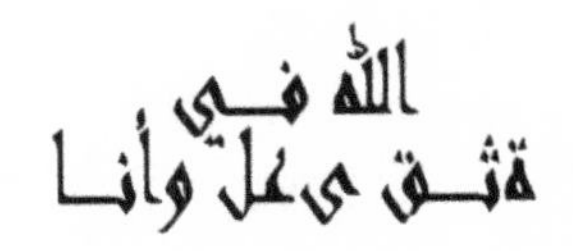

20
LA ESCLAVA ZAHR

Una semana después, verano de 1180. Tremecén

Dos razones había para que Yusuf considerara Tremecén como el lugar ideal para su último intento de mantener bajo control a Yaqub. El primero era que aquella ciudad había visto crecer a su padre, el primer califa almohade Abd al-Mumín. Yusuf esperaba que algo de su espíritu indómito contribuyera a afianzarle en su empresa. La segunda razón era que, de todo el Magreb, Tremecén era posiblemente la más parecida a las ciudades andalusíes: el lugar ideal para suavizar el ánimo radicalmente bereber de Yaqub.

Tremecén estaba, por otra parte, en plena ruta hacia Ifriqiyya. Lo suficientemente lejos de Marrakech como para que nadie pudiera dudar de la intención guerrera de Yusuf. Pero también lo suficientemente lejos de Gafsa como para temer hostilidades inmediatas. A buen seguro, la noticia de la marcha del ejército almohade había llegado a oídos del rebelde at-Tawil, y a esas alturas debía de estar calculando si podía o no hacer frente al poder imparable del imperio.

El campamento militar se había instalado en las afueras de la ciudad, con un enorme hueco vacío en el centro para cuando llegara el califa con su pabellón rojo, las tiendas de su harén, las de los funcionarios del Majzén y el gran tambor almohade. La muralla de lonas para separar la parte noble estaba tendida y, de dentro afuera, en círculos concéntricos, ocupaban sus lugares los demás niveles del ejército, desde las cabilas de pura raza y fidelidad probada hasta los sumisos arqueros *rumat*, de origen sanhaya, y las demás tribus africanas consideradas poco menos que chusma sacrificable.

Yaqub había sido muy diligente y, con la ayuda de Abú Yahyá, se había apresurado a reunir a un gran ejército que trasladó a Tremecén y mantuvo dispuesto para continuar la marcha hacia el este. Cada día, el heredero del califa mandaba exploradores a retaguardia para ver si su padre llegaba para unirse a la expedición. Pero no era así, y Yaqub se desesperaba. Por fin, cuatro meses después de aceptar que la campaña era inevitable, el gran tambor propagaba su eco y el califa se presentaba en Tremecén. Y aún no habían recorrido ni la mitad del camino hacia Gafsa.

Una vez montado el pabellón rojo de Yusuf en el centro del campamento, los Ábid al-Majzén se hicieron con la seguridad del perímetro y Yaqub se dispuso a dar la bienvenida solemne a su padre. Surgió un contratiempo cuando los guardias negros negaron el paso a Abú Yahyá y, tras una discusión llena de amenazas hacia los impertérritos guardaespaldas del califa, el heredero se resignó a rendir pleitesía a Yusuf en solitario. La tienda roja, coronada por un alargado astil en cuyo tercio superior ondeaba la bandera blanca del Tawhid, estaba llena de más Ábid al-Majzén, secretarios, visires y varios de los jeques más ancianos del ejército. Yusuf ocupaba el lugar de honor, sentado sobre una montaña de cojines. Yaqub se inclinó con ceremonia, lo que causó no poco regocijo al califa. En Marrakech, el heredero no solía observar las formas prescritas.

—Príncipe de los creyentes, es un placer verte aquí. Espero que el viaje no haya sido fatigoso.

—Ahórrate la ironía, hijo. Tuve que detenerme a celebrar la fiesta de los sacrificios, y además no me quedó más remedio que conceder audiencias sin fin. Hacía mucho que no salía de Marrakech. En fin, son los deberes del cargo. Tú los conocerás algún día, espero que dentro de mucho tiempo.

—Yo también lo espero, padre y señor. —Yaqub, que iba vestido para la guerra a pesar de que el frente quedaba muy lejos, dio un vistazo rápido a su alrededor, a la pesada máquina burocrática que era el estado mayor almohade en plena marcha. Todo un ejército califal, que requería el control de cantidades ingentes de suministros para hombres y bestias, recambios de armas y carruajes, caballerías, establecimientos de puestos avanzados y equipos de forrajeadores, planificación de jornadas, cálculo de fuentes disponibles, montañas de trigo y cebada para vender en el zoco ambulante...—. Supongo que nos pondremos en marcha enseguida. ¿Conoces las novedades?

—Así es, hijo mío. Estoy informado. Sé que Ibn al-Mustansir, pariente del rebelde at-Tawil, apoya su rebelión en Bugía. Eso está a medio camino, así que no nos quedará más remedio que reprimir ese segundo foco antes de dirigirnos a Gafsa.

—Abú Yahyá y yo lo hemos estado pensando, padre. No es probable que Ibn al-Mustansir disponga de muchas tropas, así que sería mejor que nosotros, con la caballería masmuda, nos adelantáramos al grueso del ejército. Llegaríamos antes y podríamos forzar la entrega de Bugía. Si estás de acuerdo, daré las órdenes oportunas enseguida.

Yusuf sonrió con afabilidad. Así que su hijo ya había dispuesto un plan de marcha. ¿A qué venía ese afán por adelantarse, si no era para acaparar la gloria reservada al califa? Bien. Pues él, Yusuf, tenía ahora el remedio para tanta ambición.

—Hijo mío, antes de aprobar ese plan hay algo que quiero mostrarte. Un regalo que mandé traer desde al-Ándalus para congraciarme contigo.

—¿Eh? —Yaqub, confuso, arqueó una ceja—. Eres el príncipe de los creyentes, padre. No necesitas congraciarte con nadie. Te agradezco...

Yusuf dio tres palmadas para interrumpir a su hijo, y dos Ábid al-Majzén salieron del pabellón. Yaqub, escamado, los siguió con la mirada y después abrió las manos en signo de extrañeza.

—Verás, hijo mío: como sabes, y a pesar de que todos aceptan que tú heredarás el imperio, todavía no se te ha jurado obediencia por los jeques.

Yaqub ladeó la cabeza. ¿Qué se proponía su padre? La fama del heredero crecía día a día. No solo era el hombre que había aplastado la rebelión sanhaya. Era también un héroe que, lejos de arrellanarse en la corte, había pasado años enteros en las montañas y desiertos del imperio. Hasta había quien conocía el episodio de la lucha contra el león del Atlas. ¿Acaso Yusuf pensaba en nombrar heredero a algún otro de sus hijos repartidos como *sayyides* en las ciudades de al-Ándalus?

—Padre, confieso que no sé a qué viene eso ahora. Soy tu primogénito.

Yusuf levantó una mano, a medias conciliador, a medias enigmático.

—Pero sin duda conoces, hijo mío, que yo no fui el primogénito de Abd al-Mumín. Debes tranquilizarte, no obstante. Dios, el Único, tiene puestas sus esperanzas en ti. Lo sé. Y aun así no puedes cometer el error de pensar que tu camino está hecho. Para asegurar la fortaleza de nuestra dinastía, has de contribuir a ella. Tú serás un día califa y, sin embargo, aún no tienes un sucesor.

—Ah. Pero hay tiempo, padre.

—Tal vez sí, hijo. Tal vez no. Es encomiable que dediques todos tus esfuerzos a la guerra, pero pones en riesgo la línea sucesoria. La esposa que tomaste hace seis años sigue en al-Ándalus. A pesar de su prestancia y su noble linaje. Ni siquiera consumaste el matrimonio. Ah, Yaqub, Yaqub. Los creyentes hablan de ti. De tu valor en la batalla, de tu decisión ante el peligro. —El califa hizo una pausa mientras se acariciaba la barbilla—. ¿Sabes por qué he dado orden de que Abú Yahyá no pasara a mi presencia?

—Pues no, padre.

—No le he permitido entrar porque la gente también habla de... vosotros.

Un par de escribanos detuvieron sus cálamos ante el gesto del califa. Lo que se estaba diciendo no podía constar en los diarios de marcha. Yaqub abrió los ojos mientras fruncía los labios.

—¿Qué insinúas, padre?

—Ah, yo no los creo, por supuesto. Menuda infamia. ¿Y qué si pasasteis meses enteros a solas en las montañas? ¿Y qué si habéis compartido peligros y noches al raso? ¿Y qué si os habéis hecho inseparables? A todo eso yo contestaría: ¿acaso no veis que a mi hijo Yaqub le gustan las mujeres tanto como a su padre? ¿Tanto como a su abuelo?

La mano de Yaqub se cerró en torno al pomo de la espada. A su mente acudió una escena de años atrás. De dos hombres lapidados por sodomitas. De una lluvia de piedras.

—Dime nombres, padre. Dime quién ha esparcido ese rumor infame para que pueda atravesarle y colgar su cabeza de las murallas de Marrakech.

—Eso no será necesario. Haremos algo mejor, Yaqub.

Y dio otras tres palmadas. Todas las cabezas se volvieron hacia la entrada del pabellón, por donde aparecían los dos guardias negros que antes se habían retirado a la orden del califa. Escoltaban a una mujer cubierta con *yilbab* largo hasta el suelo, la cabeza escondida por un *niqab* del que únicamente asomaban los ojos azules, tan claros que parecían blancos. Caminaba con gracia, como si se deslizara sin tocar el suelo cubierto de alfombras. Decenas de ojos la siguieron hasta donde los Ábid al-Majzén la dejaron, justo entre el califa y su hijo. Solo entonces reparó Yaqub en que justo allí, en el lugar que ahora ocupaba la mujer, destacaba una pequeña colina de cojines de terciopelo azul guarnecidos por piedrecitas blancas. Ella apartó con los pies un par de almohadones para hacerse sitio y a continuación, ante el asombro de Yaqub, tiró del cuello del *yilbab* para aflojar los cordones que lo mantenían cerrado. Dejó caer los brazos y la prenda se deslizó desde los hombros. Una expresión de unánime admiración escapó de las bocas de los secretarios, jeques y guardias. La mujer, desnuda toda su piel, echó la cabeza hacia delante y, con habilidad, se despojó del *niqab*.

Ni una sola prenda la cubría ahora. Solo las guedejas de su rubia melena caían en trenzas sobre los hombros y resbalaban hasta los pechos, redondos y espléndidos, mientras dos mechones rizados y más cortos flanqueaban el rostro, los aladares descritos por los poetas malditos de al-Ándalus. Su piel igualaba al mármol, sus piernas eran largas y firmes como columnas para sostener las caderas, anchas y seductoras. Pero sin duda eran sus ojos lo que atraía más la atención de los presentes. Relumbraban como centellas a través de la tormenta, y su extraño color impedía que se los pudiera mirar fijamente durante mucho tiempo.

—Hijo mío, esta es Zahr. Apresada a los infieles de Portugal en una algara de nuestros fieles sevillanos. No será necesario que te describa la montaña de oro que ha costado. Solo te diré que quienes la capturaron se han enriquecido como reyes.

Yaqub no podía apartar la vista de la mujer. Sabía que aquella exhibición era impropia y pecaminosa, pero en verdad se trataba de una hembra sin igual. Yusuf sonrió, satisfecho por la reacción que había logrado arrancar a su hijo y a los demás presentes. Pues ciertamente había gastado una enorme suma en la esclava, que llevaba cautiva varios meses a la espera de un comprador que pudiera pagar su altísimo precio. La mujer, sin duda de noble cuna, había aceptado su destino dispuesta a usar los dones con los que Dios, muy generosamente, la había dotado. Para rematar la maniobra, Yusuf había encargado a su favorita Zayda que dispusiera a Zahr para su nuevo cometido: el concubinato del heredero. Y ahora la portuguesa destellaba con el brillo de la carvia y la leche, y embriagaba con el aroma del hibisco; y salvo las cejas y el cabello, su piel lucía libre de vello por la cal y el bórax. Y en breve, cuando ocupara el lecho de Yaqub, lo sometería con lo aprendido de la princesa andalusí. Los secretos que la Loba había pasado a la lobezna para hacer del amor un hechizo sin fin, y para que los placeres de intensidad inigualable retuvieran a Yaqub junto a ella y le hicieran olvidar la guerra.

—Zahr —repitió el heredero, hipnotizado por los reflejos de luz sobre la piel irreal de la concubina.

—Llévatela ahora, hijo mío. Engendra en ella a tu sucesor. Acalla los rumores y afirma tu papel en la historia.

Yaqub obedeció. Alargó la mano hacia la esclava, y esta se cubrió con rapidez el cuerpo desnudo. Salieron cogidos, entre las risitas y murmullos de los jeques y escribas. Yusuf, brazos en jarras y barbilla alta, se jactó en silencio de lo acertado del plan. Ah, la astuta Zayda... ¿Quién, sino una mujer, podía transformar el corazón de un hombre?

—Mi señor, ¿seguimos con el inventario?

El califa se volvió hacia el burócrata que, junto a uno de los notarios, recibía datos del precio del almud de cebada y de las puntas de flecha necesarias para abastecer a los *rumat*.

—No. Vamos a escribir cartas. La primera para ese sujeto de Bugía, Ibn al-Mustansir.

—¿El que se ha unido a la rebelión, mi señor?

—Ese. —Yusuf se pellizcó la barbilla—. Decidme de cuánto dinero podemos disponer ya, para enviarlo a Bugía y repartirlo entre Ibn al-Mustansir y los jeques de las tribus árabes insurrectas.

Los funcionarios almohades se miraron entre sí. ¿Enviar dinero al enemigo? ¿Después del tremendo gasto de convocar al ejército califal y con el tesoro aún convaleciente tras la peste de tres años antes? Uno de los secretarios, preocupado, se acercó al mar de cojines desde el que hablaba el príncipe de los creyentes.

—Mi señor... ¿Vamos a pagar a nuestros enemigos?

—No, no, no. Vamos a recompensar a nuestros amigos por abandonar al rebelde de Gafsa.

Cuatro meses más tarde, otoño de 1180. León

Pedro de Castro hojeaba la Biblia iluminada de su madre mientras el sol mortecino rozaba con desgana las vidrieras. Acariciaba despacio el pan de oro contorneado en negro que otorgaba relieve a la figura del rey Salomón, sentado en su trono mientras el pueblo de Israel se postraba ante él. Leyó el texto, hábilmente trazado bajo la imagen en la primera de cuatro columnas:

> *Por mí reinan los reyes y los legisladores señalan lo justo.*
> *Por mí los príncipes mandan, y los poderosos decretan la justicia.*

De no ser porque el dolor todavía le fustigaba, habría reído. Reyes justos. ¿Cabía mayor cinismo que pensar que Fernando de León era, tal como certificaba su sello, rey por la gracia de Dios? Bien cumplía pues con la justicia divina.

Pedro recordó una vez más el momento, cuatro meses atrás, en el que había corrido al aposento del rey Fernando para reclamar esa justicia regia inspirada por el Creador. Los guardias lo retuvieron al ver que sus ropas goteaban sangre y su aliento apestaba a vino picado. Era casi al amanecer, y alguien se había ocupado de despertar antes al monarca.

Ese alguien había sido su padre. Lo vio salir de la cámara real casi desnudo, pesaroso, con media soga anudada por él mismo a su cuello. Una burda farsa. Intentó abalanzarse sobre él, y a buen seguro habría acabado con su vida si se lo hubieran permitido. Del mismo modo en que el señor de Castro había matado a su esposa mientras dormía, ajena en su lecho a la terrible fatalidad dictada por Dios. Ese Dios justo por el que reinaban los reyes y decretaban los legisladores.

Pedro cerró la Biblia de golpe y la dejó sobre la cátedra de su madre. Volvió la cabeza hacia la cama. Habían limpiado la alcoba al día siguiente del suceso, y de las sábanas y la camisa de la infanta no quedaban más que cenizas alejadas por el viento. Aquella madrugada había entrado a ver al rey Fernando en cuanto su padre se marchó contrito. Lloró sin lágrimas, porque ya no le quedaba ninguna, y pidió justicia. Contó al monarca cómo había sucedido todo. Cómo su padre, consumido por ese odio que lo había convertido en una cáscara vacía, se lanzó ciego contra la mujer más bondadosa e inocente de la cristiandad. Ni siquiera le había dado la oportunidad de explicarse. De argüir una excusa. Acabó con ella mientras dormía. Pedro quería creer que su madre no sufrió. Que pasó del sueño al paraíso sin presenciar cómo su esposo cruzaba el último límite de la cordura.

Después llegó el desengaño. Fernando de Castro, ahíto ya de sangre, descubrió que había sido Gontroda quien vestía el manto azul de Estefanía. Que era a ella a quien había visto en aquel callejón, entregada a la lujuria. La pobre doncella se temió lo peor, pero el señor de Castro había agotado su medida de homicidios aquella noche. La maldijo a gritos mientras la guardia recorría los pasillos del palacio, y ordenó a la muchacha que se fuera. Que regresara a su hogar en alguna oscura aldea de la montaña. Luego se despojó de la ropa y se amarró la soga al cuello. El rey Fernando contó a Pedro que el señor de Castro se había presentado de rodillas, pidiéndole justicia inflexible por la muerte de Estefanía, ofreciendo el extremo de la soga para que la ira regia acabara con su vida. Acababa de matar a la mismísima hermana del monarca. A la hija del emperador Alfonso. La había acuchillado una y otra vez, hasta que tuvo que detenerse de puro cansancio. Y todo sin razón alguna.

Fernando de León, al saberlo, no fue capaz de abandonar el lecho. Ni siquiera quiso ver el lugar del crimen y despedirse del cadáver destrozado de su hermana. Y debía dictar sentencia contra el señor de Castro. Tendría que condenarlo, sin duda. Acabar con él. Eso habría hecho con cualquier otro.

Pero no pudo. No quiso prescindir de la espada más poderosa de su reino. Del baluarte más firme ante el enemigo castellano. El rey Fernando, simplemente, lo perdonó.

Pedro de Castro, al enterarse, imploró. Se arrojó a los pies del monarca, aferró sus piernas y rogó por Dios y por Satanás que ajusticiaran a su padre. ¿Dónde quedaba el deber del rey? Después quiso marcharse. Perseguir al homicida para darle muerte con sus propias manos; pero Fernando de León lo impidió. Obligó a los guardias a retener al joven Pedro hasta que le vencieron el desánimo y el sueño.

Luego llegaron las escaramuzas veraniegas. Castellanos y leoneses volvían a enfrentarse en pequeños grupos que algareaban entre Sahagún y el Duero. El rey mandó acrecer las guarniciones de frontera y ordenó patrullas bien nutridas por el Infantazgo. Fernando de Castro, libre su cuello de ahorcamientos figurados, acudió con su hueste; pero Pedro no lo acompañó. Había jurado no volver a hablar a su padre, y su desprecio hacia el rey rebosaba como un azumbre de vino derramado sobre una cáscara de nuez. Así, el hacha de combate del joven Castro descansó, guardada mientras los jirones de sangre castellana envejecían en su filo. Día tras día visitaba la cámara de su madre, vacía aún en símbolo de respeto por la fallecida. Pasaba allí tardes enteras, hojeando los libros de poemas y de rezos de Estefanía. O veía la lluvia caer desde el ventanal. O se tumbaba en el lecho para perder la mirada en el vacío, como había hecho ella aquella noche.

Pedro de Castro ya no se emborrachaba en las tabernas, pero su corazón seguía ardiendo. Consumiéndose en el odio contra el que su madre le había advertido.

Y aquel día, con el sol lánguido a punto de desaparecer tras las murallas de León, llegó Urraca de Haro.

Lo sorprendió sentado frente a la cátedra, recordando el fatídico momento mientras apoyaba la mano en la Biblia iluminada que mentía sobre reyes justos. El cuerpo de Urraca se había aposentado tras el parto de su hija María, y hasta la hermosura salvaje de antaño parecía ahora más madura. Había entrado sin llamar ni hacer ruido, y esperó en silencio hasta que Pedro notó su presencia. Ella llevaba puesto el mismo manto que aquel día de Castrodeza, cuando la vio salir del pabellón real. Una prenda pesada y gris, forrada de cibelina. Cubría la profusa cabellera negra con un velo transparente, y los ojos, relucientes como azabaches, apagaban la tez morena y suave. Él se juró que jamás la había visto tan hermosa.

—Me enteré en Riaño. Pedí permiso a Nuño para venir, pero no me lo concedió.

Pedro de Castro entornó los ojos. Descubrió que la aversión hacia ella no retornaba. ¿Acaso la había consumido toda odiando a su padre?

—Tu esposo no te permitió venir... Claro. Supongo que hasta él han llegado también las habladurías.

Urraca bajó la cabeza, pero a Pedro no le pareció que fuera por vergüenza.

—Es cierto. —Accedió a la cámara y se despojó del manto. Lo dejó sobre la Biblia, y la piel de marta brilló al pender de la cátedra de doña Estefanía. Tal vez como muestra de luto, el brial era casi tan negro como su pelo y sus ojos—. Mi marido sospecha. Y también es cierto que no me permitió venir a León por eso.

—Así que no te importa reconocerlo.

—Vamos, Pedro. ¿Crees que no sé por qué me evitas desde Castrodeza? Yo también he oído hablar de tus borracheras. Y de tus algaras suicidas por el Infantazgo. Hasta en Riaño saben de ese loco que mutila a los castellanos con su hacha de gigante.

—No puedo creer que no te avergüences, Urraca. Por Dios, eres mujer casada.

—No seas cínico, Pedro. —Ella siguió con su paseo. Se detuvo ante el lecho durante un instante. Tal vez intentaba imaginar a Estefanía postrada mientras la sangre se encharcaba a su alrededor. Volvió la cabeza hacia él—. Si hubieras tenido ocasión de yacer conmigo, ¿te habría importado mi matrimonio?

Pedro gruñó algo por lo bajo. Ella tenía razón.

—Pero era distinto, Urraca. Yo pensaba que me amabas.

—¿Yo? —Anduvo de nuevo hacia él. El brial de seda, ceñido, marcaba su cintura y la curva embaucadora de sus caderas—. ¿Cuándo dije yo tal?

Pedro de Castro volvió a gruñir.

—¿Y lo del anillo en la Magdalena? ¿Y lo que casi pasó en Salamanca? ¿Jugabas conmigo, mi señora?

Ella había llegado hasta la puerta abierta y le daba la espalda. La seda estaba compinchada con su piel, no cabía duda. Remontaba y hendía cada pulgada con impudicia.

Pedro se obligó a apartar la vista, pero volvió a mirar cuando oyó el crujido del batiente al cerrarse.

—No sabes lo difícil que es, joven Castro. —Urraca se volvió. Ahora la luz delineaba el contorno de los senos ceñidos por la seda. Subían y bajaban al ritmo de su respiración lenta, y entre ambos se hundía una cruz de madera clara que colgaba del cuello—. Por linaje me impusieron un enlace que no quería. Y después fue un rey quien me pretendió. Soy débil. ¿Cómo podía negarme?

Pedro de Castro soltó el aire entre dientes. Aquella sensación era la misma que en ocasiones anteriores. Nadar hacia una orilla que se aleja más y más. Y aun así, la voz de Urraca sonaba tan sincera...

—¿Sabe tu esposo que María es hija del rey?

La comisura izquierda de sus labios tembló un momento. Quizá su respiración aumentara el ritmo, y la cruz desapareciera algo más rápido en la línea de sombra entre los pechos.

—Tal vez lo sospecha. ¿Importa? Después de meses alejados de aquí, lo primero que ha hecho Nuño es correr a postrarse ante el rey. A ofrecer la vida de sus hombres en las luchas de frontera. No me ha reprochado nada en todo este tiempo a pesar de tener derecho a ello. Pero tú... Tú me insultas con la mirada, Pedro.

«Puede que sí —se dijo él—. Puede que algo haya cambiado».

Porque las otras veces, Urraca no dejaba de comportarse como niña malcriada. Alguien consciente de su poder que jugaba con los corazones ajenos. Pero ahora...

—Mi madre —sin quererlo, Pedro señaló al lecho vacío— me había buscado enlace, ¿sabes? Insistía en que debo tomar esposa. Jimena, la hija del conde Gome. ¿La conoces?

—No. Pero me han hablado de la familia. Buen partido.

—Sin duda. Mi madre siempre se esforzaba por todos. Incluso por mi padre.

Pedro se levantó y caminó hasta el borde de la cama. Aún la veía allí, roja, igual que el vino de la posada. El pelo desparramado, como su vida. Se tapó los ojos con las manos.

—En esa cama di a luz a María. —Urraca también se acercó hasta situarse detrás de él. No quiso importunarle presenciando sus lágrimas—. Hubo un momento en el que las matronas dudaron. Decían que la niña no quería venir al mundo. Temieron por mi vida.

—No lo sabía. —La voz de Pedro sonó débil y apagada. Fuera, las murallas ocultaban por fin el sol.

—Entonces tu madre se desenlazó el relicario que siempre llevaba. Uno de plata con una astilla de la Vera Cruz. Recuerdo bien ese momento, aunque sentía como si un cuchillo me desgarrara por dentro. Póntelo, me dijo. Llévalo contigo para que te proteja quien otorga y quita todos los bienes.

Urraca se abrió el cuello del brial y metió la mano para sacar el relicario. Deslizó el cordel con delicadeza alrededor del cabello y el velo, y se aupó para ponérselo a Pedro. Él apartó las manos y recogió el pequeño cilindro plateado. Se volvió despacio, sin dejar de mirar el recipiente sagrado con ojos llorosos. Sin importarle lo más mínimo que ella lo viera.

—No, Urraca. Es tuyo. Mi madre te lo regaló.

—Yo no tengo derecho a llevarlo, Pedro. Tú sí.

—No creerás que ella murió porque este pedazo de madera ya no la protegía.

Urraca se encogió de hombros.

—Yo no sé nada de eso. A lo mejor alguien escribe nuestras vidas y decide lo que ha de pasar con o sin relicarios. Un día, ese alguien decidió que Estefanía muriera. Y que yo fuera mujer casada. Y que tú vayas a tomar por esposa a esa Jimena.

—Ojalá nada fuera así.

—Ojalá.

Apenas se filtraba la claridad por la vidriera, pero la seda del brial aún era capaz de recoger el brillo para tallar la honda vertiente de los senos y la redondez de las caderas. Las sombras llamaban a Pedro. Le pedían que se hundiera en ellas porque allí nadie tenía derecho a escribir las vidas ajenas. El relicario de plata se enredó con la cruz de madera cuando él derramó las lágrimas sobre el cuello suave de Urraca, y cuando apartó la toca del pelo que caía sobre los hombros. Bebió de su boca despacio, embriagándose después de tanto tiempo. Aunque no era vino de taberna lo que ahora saboreaba, sino el más dulce licor de las viñas de Haro. Apenas se sintió culpable cuando se dejó caer sobre el lecho de muerte de Estefanía, y tampoco recordó el odio ni la burla al acariciar los pechos de Urraca. Pechos de seda negra que ella le ofrecía anhelante. Miró a los ojos oscuros que refulgían en la oscuridad. Quiso ver que ella lo amaba en verdad, y que aquello no era un sueño más que se desvanecería en cualquier momento. Por eso la agarró con fuerza, y sostuvo sus caderas mientras ella desataba lazos, liberaba piel y subía el faldón de su brial. Ambos jadearon a un tiempo, y cuando la carne tibia y húmeda de Urraca resbaló alrededor de Pedro, se abrazaron.

—Ojalá fuera siempre así —suspiró ella.

—Ojalá.

Rodó con suavidad e hizo que Pedro la cubriera. Los pechos de seda negra temblaron, la cruz de madera se deslizó a un lado y el relicario se posó sobre los labios que rogaban para que jamás terminara ese momento. Ambos se obligaron a callar, temerosos de hacer ruido y despertar del sueño. Pedro aferró las sábanas y trepó por ellas, ansioso por llenarla, y Urraca mordió el cilindro plateado. Todo se volvió más jugoso. Más rápido. Los dedos de ella se aferraban a la espalda del muchacho hasta que las uñas abrieron pequeños surcos. Los quejidos de dolor vinieron a sumarse a los jadeos, él se defendió con embestidas más fuertes. Se sintieron arder antes de que Pedro se hundiera por última vez para derramarse desesperado. Sus brazos lo sostuvieron un momento en alto, con la espalda arqueada mientras fluía dentro de Urraca. Y después, poco a poco, se venció sobre la mujer casada con otro. El relicario y la cruz chocaron con un ruidito metálico. Regresaron el frío y la tristeza.

21
LOS DESVELOS DE LA REINA LEONOR

Dos semanas más tarde, otoño de 1180. Cuéllar, reino de Castilla

El olor de la brea mareaba al rey Alfonso, pero no por ello dejaba de atender a los volatineros con palmas y gestos sonrientes. Fuera, una llovizna suave que amenazaba con convertirse en nieve flotaba en torno a la iglesia de San Antolín.

Pedro de Azagra conversaba con su suegro en un extremo de la mesa, y el alférez real, Gome de Aza, hacía lo propio con su hermano Ordoño, junto a muchos otros nobles y prelados de Castilla. La reina Leonor era sin duda la que más disfrutaba de la actuación, porque se había puesto en pie y seguía el ritmo de las acrobacias con palmas y taconeos. La mesa del banquete había sido dispuesta a lo largo del enorme torreón que presidía la fortaleza, punto de descanso en el viaje de Palencia a Toledo. Sobre las escudillas, los restos del ciervo y la grasa picante se confundían con los cuchillos pringosos de aceite y las hogazas de pan desmigajadas. Alfonso observó a su reina, alegre, como siempre que asistía a fiestas, radiante con su vestido ribeteado de armiño y las trenzas recogidas bajo la toca. Leonor se había quedado embarazada a poco de salir del parto de su primera hija, Berenguela, a la que se había jurado heredera de Castilla desde el primer momento. Ahora la reina lucía su vientre abombado, y todos deseaban que en su interior creciera un varón para sustituir a su hermana mayor en la sucesión. El rey suspiró. Desde los sucesos de su infancia, cuando el rey Sancho murió prematuramente y dio paso a la guerra civil, todos temían que ahora ocurriera lo mismo con él. Alfonso tenía ya veinticinco años, uno más de los que había durado su padre.

Sonrió ante uno de los trucos de los saltimbanquis, aunque ni siquiera les prestaba atención. Su mente viajaba una y otra vez al cercano Infantazgo, donde la llegada del mal tiempo había hecho disminuir las escaramuzas con los leoneses. Ahora pasaría el invierno y, con la primavera, empezaría todo de nuevo. ¿Hasta cuándo? Aquello era absurdo. Una lucha larga sin avances pero con pérdidas. Bajas que disminuían los ejércitos de tío y sobrino. Guerreros que, muertos en una contienda entre hermanos en Cristo, no se podrían oponer al avance almohade. Y algún día llegaría ese avance. Alfonso estaba seguro.

—¿Qué te preocupa, mi rey?

Era Leonor. Los volatineros habían terminado su número y Alfonso no se había percatado. Ahora se retiraban entre los aplausos de unos y la indiferencia de otros, caminando de espaldas, alternando largas reverencias con besos al aire. La reina había regresado a su sitial y descansaba la diestra sobre la redondez de su vientre.

—¿Lo que me preocupa, mi señora? Pues mi tío Fernando, como siempre.

Leonor apoyó la izquierda en el hombro del rey.

—Aunque tu tía Estefanía murió, las gestiones que hicimos deben seguir adelante. Eso allanará el camino.

—Sí, claro. —El rey asintió sin convicción. ¿De qué servían unos pocos matrimonios? Como mucho, limarían asperezas entre algunas familias de cada lado de la frontera. Pero nunca lo suficiente como para influir en las obstinadas posiciones de los dos reyes—. ¿Qué pasa con Jimena Gómez? ¿Ha viajado ya a León?

—Su padre está muy enfermo. Moribundo, de hecho. Jimena es su hija pequeña y se quedará junto a él hasta el fin. Después viajará para desposarse con el joven Castro. Me preocupa un poco esa muchacha. Después de lo que ocurrió con Estefanía, temo por ella.

Alfonso de Castilla hizo un gesto de pesar. Cuando le dieron la noticia del homicidio de su tía a manos de Fernando de Castro, no se sorprendió. ¿Qué podía esperarse de alguien consumido por el resentimiento? En esos días llegaban también los rumores acerca del hijo del señor de Castro, Pedro. Decían que se había convertido en un demonio matador, que su sola presencia ponía en fuga a los castellanos en el frente del Infantazgo. Tal vez Leonor tuviera razón al preocuparse. Ahora la pobre Jimena iría a parar al hogar de ese loco, del que se contaba que manejaba un hacha tan grande como él mismo y partía por la mitad a los caballeros y a sus monturas de un solo tajo.

—A veces la presencia de una mujer hace maravillas, mi reina. Yo tuve mucha fortuna con eso.

Leonor apretó sobre el hombro del rey y también sobre su vientre. Deseaba tanto que fuera un niño. Un heredero. Un futuro rey de Castilla, que tal vez pudiera vivir sin la amenaza de esos africanos exaltados y sin rencillas entre cristianos. Se anunció a un juglar y la reina sonrió con excitación. Adoraba las trovas. Le hacían añorar su tierra, y por eso se empeñaba continuamente en contratar a los más afamados cantores para que vinieran a Castilla. Y como sabía que a Alfonso también le agradaban, el momento de los trovadores se convertía siempre en el cénit de la fiesta. Tiempo habría después para penar por rivalidades y nubes negras. El bardo entró con curioso andar, apoyando primero las puntas de los pies; rasgueó el laúd, se presentó y empezó a encajar las palabras entre las notas musicales. El rey recordó algo.

—Por cierto, mi reina, ¿no le habías buscado enlace a Ordoño?

Leonor contestó sin borrar la sonrisa ni apartar la vista del músico:

—Sí, mi señor. Pero, un momento… ¿Qué ha dicho el juglar? Por Dios —dejó caer su risa vivaz—, se está burlando del rey de León.

El músico no cantaba. Hablaba mientras pulsaba las cuerdas con lentitud. Había aprendido bien el método para conseguir la atención de los castellanos. La atención y, quizá, un buen puñado de monedas.

—He pasado por León días atrás, mis señores —entonó. Se oyó un abucheo general—. Ah, pero hui presto de aquel lar enfermo. Mal sitio para tiernos trovadores. A poco que me cantee o me tire en el camastro, ¿no vendrá el ruin de Castro a matarme mientras duermo?

La carcajada atronó el torreón. Solo Alfonso arrugó la nariz.

—Un poco duro —opinó el rey. Su esposa asintió sin escucharle. Seguía encantada con el número.

—En los días que sufrí allí —el juglar se inclinaba hacia uno de los comendadores de Santiago invitados al banquete—, oí trovar en su lengua extraña. ¡Ah, qué dolor para mi entraña! Si cualquiera compone un verso, ¿de qué me sirve andar cantando? ¿Con qué mujeres holgaremos, si a todas preña el rey Fernando?

Nueva risotada. Los rumores de la paternidad de María, la hija de Urraca, también habían llegado hasta allí. Alfonso se mordió el labio ante la ofensiva comicidad del juglar, que abandonó al freire para tocar ante Azagra y su suegro.

—Rodeado me hallé por mastuerzos, allá en el reino leonés; mermados de virtud cortés, huidizos de los esfuerzos.

—¿Acaso el rey Fernando se acostó también contigo, cómico?

La pregunta del viejo Arazuri fue recibida con aplausos y risotadas, y el juglar miró al techo como si solo él supiera lo que había sufrido.

—Todo lo padecería, nobles señores. Todo. Acuchillado por Castro o empalado por el rey, ¿qué más da?

Esta vez la mirada reprobatoria de Alfonso de Castilla llegó hasta el músico. Y como ya suponía ganado un buen sueldo por su sátira, se dio por aludido:

—Y puesto que no me vale criticar, no sea que acabe peor de lo que empecé, solo os diré que no regresaré con ese rey, pues me gusta tan poco su compañía como la de sus gallegos. ¡Que Dios los maldiga!

Los comensales se pusieron en pie para aplaudir. El rey Alfonso también se levantó, pero fue para dar la vuelta a la mesa alargada. Las risas y vítores cesaron cuando el monarca, contra toda costumbre, anduvo hacia el juglar y se detuvo junto a él. Contempló a los invitados sin ocultar su enfado.

—¿Alguien le explicará a este hombre que mi abuelo, el emperador, era gallego?

El músico enrojeció, temeroso de ver perdido lo ganado. Gome de Aza fue el único que lo defendió. Habló desde el extremo de la mesa.

—No lo tomes a mal, mi señor. Solo es una chanza sin malicia. Seguro que las trovas en León maldicen a los de Toledo o a los de La Bureba.

Alfonso de Castilla observó al juglar con gesto airado. Este se retiró sin levantar la mirada del suelo.

—No necesitamos más burlas a mi tío, ni a sus gallegos ni a sus asturianos. A quien Dios debe maldecir es a los almohades. ¡Y nuestros músicos también!

Los convidados se sentaron de nuevo y el silencio invadió el salón de piedra hasta que los cuchillos rozaron contra los platos. El rey regresó furibundo a su sitio, sin cruzar palabra con nadie. Leonor observaba a su esposo y lanzaba miradas avergonzadas a los nobles de Castilla.

—Es un juego inocente, mi rey.

—Lo sé... Lo siento. Es que no tengo el ánimo para esto. Estoy harto de tanta discordia y daría lo que fuera porque terminara. A veces incluso me tienta ceder ante mi tío.

La reina devolvió la mano al hombro del monarca. El gesto, visto por todos los convidados, sirvió para que regresaran poco a poco a la charla.

—Eso es lo que él pretende, sin duda. Exasperarte y conseguir que estalles. Fernando de León es un hombre curtido que gobierna por sí desde la muerte de tu abuelo. No ha tenido que padecer regencias ni guerras civiles. Por eso has de ser constante, mi rey. Tu tío no durará para siempre. Un día faltará, y a ti todavía te quedará mucho tiempo por delante.

—Mi tío tiene un heredero al que seguramente inculca el odio a Castilla.

—Nosotros también tenemos una hija. Y otros que llegarán. —La reina se acarició el vientre abultado—. Castilla y León son hijas de un mismo padre y han de volver a entenderse. ¿No verías natural que la pequeña Berenguela, dentro de unos años, fuera reina de León?

Alfonso miró a Leonor. Unirse otra vez. Aquello iba contra la voluntad del viejo emperador; pero algún día deberían aceptar el destino, que se empeñaba en hacerles caminar por la misma senda. Sin embargo, la pequeña Berenguela era todavía un bebé recién nacido. ¿Cuánto había que esperar para vivir en paz con León?

—Lo que ha dicho ese juglar —el rey jugueteó distraídamente con un pedazo de pan—, lo de que mi tío Fernando preña a las mujeres de su reino... Eso es por la hija que parió Urraca de Haro, ¿verdad?

—Es un secreto a voces, mi rey, que la niña fue concebida por Fernando. Desde que esa muchacha entró en la corte de tu tío, no ha tenido ojos más que para ella. Incluso mientras estuvo casado con la difunta Teresa.

—La casa de Haro siempre ha sido fiel a Castilla. —Alfonso aplastó el cacho de pan contra la escudilla—. Aunque a veces tengamos nuestras diferencias. Y esa chica, Urraca... Parece que tiene subyugado a mi tío. Si no, no se explicaría tanto descuido. Y ahora mi tío está viudo...

Mientras el rey divagaba, Ordoño se levantó, se disculpó ante los comensales próximos y caminó hacia el centro de la mesa.

—Alfonso —Leonor vio venir al noble y aceleró su confidencia—, Urraca sigue casada con el gallego Nuño Meléndez. En esa situación, y aunque el esposo cierre los ojos ante el engaño, no es gran cosa lo que ella puede hacer.

—Nuño Meléndez... —El rey se levantó para recibir en pie a Ordoño, a quien todavía agradecía su gesto en el sitio de Cuenca. Se inclinó hacia la reina para hablarle en voz baja—. Nuño Meléndez es también un hombre de edad, como mi tío. Si el rey de León muere antes que él, estamos hablando en vano. Pero si Urraca queda viuda, como viudo es ahora mi tío...

—Mi rey, quiero pedirte perdón. —Ordoño interrumpió la conversación queda entre Alfonso y Leonor—. Yo también me he reído con las estupideces de ese juglar. Pero sabes que mi padre siempre fue fiel servidor del emperador Alfonso. Nada tenemos los Aza contra los gallegos ni contra los demás leoneses. Luchamos, sí, pero a fin de alcanzar la paz.

—Olvida eso, Ordoño. A veces me puede el desánimo. Pero no habrás venido solo para disculparte, ¿eh? El hombre que me salvó la vida en Cuenca no desmerece por una risa inocente.

—No, mi señor. En realidad... —Ordoño titubeó mientras miraba a ambos lados—. En realidad quería pedirte licencia para apartarme de la corte durante un tiempo. Tengo asuntos pendientes en... En fin, siento no poder estar contigo. Mis huestes, naturalmente, quedan a tu servicio, mi rey.

—Nada de eso, Ordoño —intervino Leonor risueña—. Precisamente hablábamos el rey y yo de bodas. Y ya va siendo hora de que recibas a tu nueva esposa. Da la impresión de que me esquivas, buen amigo. —La reina quitó importancia a sus propias palabras con un gesto de desdén cariñoso—. Pero lo cierto es que hace más de un año que retrasamos el asunto, y aunque quedamos en que había que esperar a la paz con León...

—... esa paz no llega, fiel Ordoño —continuó el rey—. Y nos vemos necesitados de lazos que estrechen a los dos reinos. El matrimonio de Teresa de Traba con mi tío no dio el resultado que esperábamos. Pero Pedro de Castro casará dentro de poco con una de mis súbditas, Jimena Gómez. Y la reina ha buscado partido también para ti.

Ordoño estiró los labios en lo que pretendía ser una sonrisa, y que no engañó ni a Alfonso ni a Leonor.

—Vamos, vamos. —La reina hizo un esfuerzo y, con ayuda de su esposo, se puso en pie—. Ordoño, tú eres joven y muy apuesto. Uno de los galanes favoritos de mis doncellas. Estoy segura de que esas ausencias tuyas tienen que ver con alguna muchacha afortunada, ¿me equivoco?

—Mi reina, yo…

—Pero vivimos tiempos difíciles, Ordoño —siguió ella sin abandonar el gesto sonriente—. Hora es ya de que abandones los flirteos. La leonesa que te he buscado es María, hija del señor de Villalobos, Bembibre y otros muchos honores. No la conozco en persona, pero me cuentan que es hacendosa y amable.

Ordoño asintió.

—Soy tu servidor, mi reina.

—Bien, Ordoño, ¡bien! Y ahora hazme la merced de ir a por ese juglar. Dile que regrese aquí y que toque algo bonito. Algo para bailar, como una carola. Sin chanzas ni ofensas esta vez.

El castellano se inclinó ante Leonor y cruzó el salón mientras los comensales volvían a su jolgorio. Pero su mente estaba ocupada ahora por el nuevo obstáculo: una esposa. Una mujer que lo retendría en el hogar, al menos hasta darle un hijo, o quién sabía si más. Tal vez Safiyya tuviera razón entonces, cuando expuso sus temores en el cementerio de Bab al-Hanash. «Si tú me traicionaras también, no lo soportaría». Por eso la princesa andalusí se había negado a darle esperanzas. Y le había dejado bien claro que vivían en mundos distintos. En el de más allá, Safiyya pertenecía en realidad al heredero del Imperio almohade. Y en este, Ordoño se disponía a entregarse igualmente.

«No, yo no me entregaré a nadie que no sea ella».

Eso pensó mientras descendía por las estrechas escaleras del torreón de Cuéllar. Por mucha mujer leonesa que tomara y por grande que fuera su obligación para con el reino. Safiyya había fijado su precio un año antes: humillación, desdicha y locura. Y ahora Ordoño tenía que empezar a pagar.

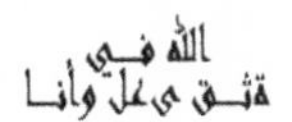

Un mes más tarde. Gafsa

Safiyya.

Aquel nombre apenas significaba nada para Yaqub. Ni siquiera había podido ver su rostro cuando la desposó seis años atrás. Si acaso vislumbró sus ojos azules, pero muy distintos de los de Zahr. El azul de Safiyya era oscuro, de atardecer a la orilla del mar. El de Zahr, por el contrario, era el del hielo en las montañas. Casi transparente. Duro como la roca.

Yaqub no lo habría creído tan solo medio año antes, cuando aguardaba ansioso la llegada de su padre para continuar la expedición militar a Ifriqiyya. Ni siquiera cuando el califa le presentó a la esclava portuguesa desnuda, ante toda la corte almohade, había pensado el heredero que aquello fuera a cambiar las cosas.

Pero las había cambiado, y mucho.

Zahr no era un ser de este mundo. Aquella misma noche, en Tremecén, le descubrió algo que no estaba al alcance de la piedad masmuda. Todo lo que no podía aprender en el Yábal Darán o en el Yábal Khal, ni entre las dunas traicioneras del océano de arena más allá del Sus. Ni en los valles pedregosos del Draa o del Ziz. La mirada gélida de Zahr le hacía olvidar todo. Nada existía antes de sus trenzas rubias e interminables, ni del tono imposible de su piel. Zahr era fría como el Nafis un instante, y al siguiente ardía como la tierra resquebrajada del desierto. Y si en un momento sus muslos eran del mármol más firme, al siguiente sus pechos se mecían como olas en el Bahr az-Zaqqaq. La esclava no hablaba jamás, salvo cuando Yaqub la poseía. Entonces la esclava susurraba palabras ininteligibles para él en la lengua romance de los portugueses. Sonidos dulces que aún excitaban más al heredero del califato.

Al principio, Abú Yahyá no fue informado de la nueva adquisición de Yaqub. Pero pronto se dio cuenta de que este descuidaba su piedad y su ansia guerrera, y tuvo que recordarle para qué viajaban. Yaqub se excusó, cosa extraña en él, diciendo que ahora era el califa quien dirigía la marcha. Pero Abú Yahyá no era tonto: su antiguo pupilo mantenía en su jaima a una concubina que ocultaba a las miradas ajenas durante el viaje, pero a la que hacía gritar en una lengua extraña durante las noches de campamento. Las risas cómplices de los Ábid al-Majzén decidieron al hintata a preguntar, y Yaqub acabó confesándole la verdad. Abú Yahyá recordó que el linaje de Abd al-Mumín sentía especial debilidad por las esclavas de cabello dorado. La costumbre del primer califa de llevar a varias de esas concubinas en sus marchas era de todos sabida. Así como que la favorita de Yusuf era la rubia Zayda, y que de joven gastaba tesoros enteros en mujeres de pelo claro en el zoco de Agmat. Ahora era el turno de Yaqub. El heredero había descubierto el veneno rubio de al-Ándalus, capaz de malograr la fe más rigurosa.

Y mientras la expedición almohade al este se demoraba en etapas cortas y larguísimas pausas en Orán, Tenes o Argel, los correos del califa Yusuf viajaban con las alforjas llenas de dinares. A poco de empezar el otoño, las avanzadas masmudas llegaban a Bugía e Ibn al-Mustansir las recibía de rodillas, dispuesto a acatar las órdenes del príncipe de los creyentes. Les abrió las puertas de la ciudad, imploró perdón y puso a sus órdenes a las tropas disponibles. A los pocos días, los jeques de las tribus árabes rebeldes venían también a postrarse ante el Tawhid. Yusuf, satisfecho, repartió dones entre sus súbditos pródigos y ahora vueltos a la sumisión. Yaqub propuso dar un escarmiento a Ibn al-Mustansir: pidió que se le decapitara allí mismo para llevar la cabeza, convenientemente conservada, a Marrakech. Pero Yusuf se negó. Y esta vez no fue mucho lo que insistió su hijo. La lengua larga, húmeda y silenciosa de Zahr le esperaba en su pabellón. A eso apeló el califa. Y se salió con la suya.

Hubo otra contingencia que el príncipe de los creyentes intentó mantener oculta a Yaqub: Gánim ibn Mardánish, hijo del rey Lobo y almirante de la escuadra de Ceuta, se enfrentó a las naves portuguesas que intentaban raziar la costa almohade. Gánim fue derrotado y cayó en cautividad. Cuando los cristianos supieron de quién se trataba, mandaron emisarios para exigir un alto rescate. Yusuf sabía que no podía negarse. Su favorita, Zayda, era hermana del almirante prisionero. Por ello envió a otro de los hermanos Mardánish, Hilal, a satisfacer el chantaje portugués. En aquel momento las arcas almohades se ahogaban: no había más remedio que recuperar Gafsa y las rutas de las caravanas en Ifriqiyya.

Por otro lado, y como era de esperar, Zahr quedó preñada. Durante las primeras semanas, para Yaqub supuso un simple cambio en la anatomía de la concubina. Algo que incluso podía aprovecharse para explorar el nuevo mundo de placer que la portuguesa le abría. A finales de año, sin embargo, el vientre de la esclava se había hinchado, y sus pechos también crecían demasiado para el gusto bereber. De nuevo la guerra sustituyó a la lujuria en el ánimo del heredero. Y mientras disminuía la cópula, aumentaban las conversaciones con Abú Yahyá. Aquello era algo que Yusuf no había previsto, así que se sorprendió cuando al final de la expedición, a la vista ya de las murallas de Gafsa, Yaqub se presentó ante él.

—Padre, ¿me concedes audiencia?

El califa observaba desde su silla de montar las defensas de la ciudad rebelde. Gafsa era una ciudad de arcilla en medio de un páramo desértico, flanqueada por un enorme oasis al oeste y por el Sidi Aysh, un lecho de arena por cuyo fondo corría una pobre corriente, al este. Alrededor de su muralla, lo blando del suelo había permitido excavar un profundo foso. Al sur de Gafsa, fuera de su vista, se extendía el gran lago salado del Yarid, padre de otros menores. Un lugar infernal donde, en los días de calor, el aire se llenaba de ilusiones que confundían al viajero. Sobre la tierra aparecían montañas que no existían, ciudades del otro confín del mundo y ejércitos de espectros flotantes. Un lugar difícil. Yusuf calculó que tardarían al menos medio año en rendir aquel nido de rebeldes. En fin... Volvió la cabeza hacia su hijo.

—Audiencia concedida.

Yaqub se acercó al caballo del califa ante la mirada atenta de los Ábid al-Majzén

—Abú Yahyá me ha contado algo extraño, padre. Reconozco que

últimamente no he estado atento a mis obligaciones, y por eso me ha pasado inadvertido.

—No he visto nada raro en tu comportamiento, Yaqub. No hacer uso de tu rubio presente habría sido una grave ofensa hacia mí.

—Ya. —Yaqub bajó un momento la cabeza, pero siguió hablando mientras su tono se endurecía—. La cuestión es que, según se dice, el rebelde de Bugía y las tribus árabes no regresaron a tu sumisión por nada.

Yusuf observó de reojo a su hijo.

—¿Qué insinúas?

—Dicen que el Majzén pagó a Ibn al-Mustansir y a los jeques árabes. Dicen igualmente que la escuadra de Ceuta fue derrotada por los portugueses y que uno de los hijos del rey Lobo fue capturado. Dicen, padre, que también hemos pagado rescate por él.

—Hijo mío, deberías estar contento. Te regalé a esa concubina excepcional para que concibieras en ella a tu sucesor y acallaras los rumores viperinos, y me dicen que has cumplido según tu deber. Para colmo, nuestros enemigos de Bugía y esos díscolos árabes se rinden nada más vernos aparecer, lo que supone un ventajoso ahorro en vidas que necesitarás un día. No te preocupes por más.

—¿Que no me preocupe, padre? Si eso que se comenta fuera verdad, nuestro tesoro habría gastado miles de dinares para comprar la fidelidad de Ibn al-Mustansir y los jeques árabes, y para recuperar la vida de un andalusí derrotado. Asuntos que los almohades solemos resolver con los filos de nuestras espadas. ¿Qué ocurrirá si se corre la voz? Todas las fronteras del imperio venderán su lealtad, los rebeldes se multiplicarán: pronto no habrá dinero para sostenernos.

Yusuf resopló y apoyó las manos en el arzón de su silla. Junto al pabellón rojo del califa, en las jaimas del Majzén, aguardaba otra gran suma para ser ofrecida a at-Tawil a cambio de la entrega de Gafsa. Pero estaba visto que nada escapaba a los ojos y oídos de Yaqub. El príncipe de los creyentes pensó que Abú Yahyá tenía seguramente mucho que ver con ese control. El respeto de todos los hintatas hacia el hijo de Umar Intí se convertía casi en adoración sectaria. Allá donde hubiera un guerrero de su cabila, allá alcanzaba el poder de Abú Yahyá. Bien, habían llegado hasta Gafsa sin perder a un solo guerrero, sin gastar una sola flecha y sin arriesgarse a una sola derrota, así que tal vez pudieran permitirse un poco de acción. Y ahorrar el dinero reservado al último rebelde supondría un respiro para la hacienda almohade. No debía de ser tan difícil rendir a at-Tawil con el método tradicional.

—Hijo mío, haremos algo para apaciguar tu alma y borrar tus sospechas. Te permito que dirijas el asedio de Gafsa. Diseña la línea de sitio y coloca las máquinas de guerra. Dispón el campamento según tu juicio, administra los bienes del ejército. Aguardaré en mi tienda tus noticias.

Solo te impongo una condición: la suerte de at-Tawil la decidiré yo. Nadie más que yo. ¿Entendido?

Los guardias negros del califa, sus visires y hasta sus secretarios se hallaban presentes, y asintieron con rotundidad ante la propuesta. Todos estaban convencidos de que Gafsa no tenía oportunidad alguna ahora que las tribus árabes se habían retirado de la alianza rebelde. A Yaqub no le agradó aquel gesto de triunfo colectivo. Lo interpretó como una derrota en su particular pulso con el califa. Apretó los puños y se dirigió de nuevo a él.

—Entendido, padre. Yo dirigiré el asedio de esta ciudad abandonada que no tiene oportunidad alguna. Pero ruego al príncipe de los creyentes que me conceda un honor si consigo rendir Gafsa antes de la primavera.

Yusuf levantó ambas cejas.

—¿Antes de la primavera? —Yusuf calculó con rapidez—. Faltan menos de cuatro meses para que llegue la primavera. Si at-Tawil no se entrega, Gafsa no caerá en tan poco tiempo.

Los dientes de Yaqub rechinaron.

—Te regalo los días que me sobran, padre. Tres meses. Tardaré tres meses en traerte a at-Tawil cubierto de cadenas.

El califa sonrió. ¿Qué podía perder?

—Si at-Tawil se postra a mis pies antes de que se cumplan tres meses desde el día de hoy, obtendrás lo que desees. Pide, hijo mío.

—Padre —el heredero alzó la voz para que todos fueran testigos—, esto es lo que me concederás si cumplo: tanto si lo que va a nacer del vientre de Zahr es varón como si es mujer, convocarás a tus notables en Marrakech, y allí me nombrarás públicamente tu heredero y sucesor en el califato, y también tu primer visir y jefe de los ejércitos almohades.

El califa estuvo a punto de maldecir. No había previsto tal impertinencia. ¿Yaqub, un mozo recién desvirgado y de veintiún años, primer visir del imperio? ¿Ocupando el puesto que hasta hacía poco ostentaba el temible Abú Hafs? Yusuf miró a su alrededor. La plana mayor del Majzén aguardaba una respuesta que ya tenía comprometida. Dar el poder supremo a su hijo. Prácticamente era poner la vida en sus manos. Siempre que, claro estaba, rindiera Gafsa en tres meses. Algo imposible.

—Sea, Yaqub. Te nombraré visir omnipotente.

Al mismo tiempo. Monasterio de Cañas, reino de Castilla

Los obreros habían hecho un alto para comer. Reunidos en torno a fogatas, mientras el guiso humeaba y les hacía la boca agua, compartían cuscurros de pan y pedazos de queso. Los que se hallaban en cuclillas o sentados se pusieron en pie cuando vieron que la condesa Aldonza, benefactora del monasterio y pagadora de los salarios de tallistas, albañiles y carpinteros, se dirigía con paso firme al grupo de chamizos en los que estos se alojaban. Se inclinaron a su paso y dejaron de masticar.

—Mi señora condesa.

—Dios te guarde muchos años, mi señora.

—A tus pies, mi señora.

Doña Aldonza ni siquiera se dignaba mirarlos. Mucho menos contestar. Los dejó atrás y anduvo hacia la tonada que salía de entre dos chabolas.

No siento envidia del rey ni de ningún conde, ni mucho ni poco.
Pues bastante mejor satisfago mis deseos
cuando la tengo desnuda bajo cortina bordada.

Las risitas femeninas rubricaron la estrofa. La condesa se detuvo antes de doblar la esquina y dedicó unos instantes a pensar por última vez lo que se disponía a hacer. Fortún Carabella había demostrado cierta lealtad. Interesada, sin duda, pero firme. La prueba era que, desde que lo conociera un año atrás, el juglar no se había movido de Cañas. Hasta ese momento la condesa se conformaba con llamarlo de vez en cuando. Se deleitaba con sus versos, reía con sus comentarios groseros y, cuando la situación lo permitía, le invitaba a compartir el lecho. Pero lo que ahora iba a pedirle iba más allá. Tomó aire despacio y pensó en su hija Urraca. En la última carta que le había escrito. Según ella, el matrimonio con Nuño Meléndez había servido para situar a la casa de Haro en uno de los escalones más altos del reino de León, pero ahora ese mismo matrimonio se convertía en un obstáculo. Urraca aspiraba a más. ¿Planes fundados o simples deseos fútiles?

«Lo sabremos pronto», se dijo la condesa. Dio un paso y vio a Fortún Carabella, sentado junto a un fuego y con tres doncellas frente a él. La mayor tendría quince años, y las sayas de todas no valían juntas ni el arco con el que el juglar frotaba sus cuerdas. Hijas de los obreros.

—Fuera.

Las muchachas se volvieron a la orden de doña Aldonza. Se levantaron atropelladamente y corrieron por el suelo embarrado. El bardo dejó de tocar, miró de medio lado a la condesa.

—¿Celos, mi señora?

—Déjate de idioteces. Tengo trabajo para ti.

—¿Ahora? Aún no he comido. Ya sabes, mi gentil condesa, lo que siempre dice Carabella: no verás mejor juglar si me sacias con manjar.

Aunque no menos cierto es que cuanto más pesa mi saca, mejor clavo la estaca.

—Shhh. Baja la voz. Luego comerás y ya veremos si después hay algo más, tanto para tu saca como para tu estaca. Por de pronto, escucha:

»Llevas más de un año viviendo de mí. No es un reproche, es solo para refrescarte la memoria. Tanto me da si… metes tu estaca en los higos de esas zorritas o de cualquier otra plebeya. Hasta ahora no te he pedido gran cosa…

—Bueno, mi señora, no diría tal. Cuando abres para mí tus gentiles piernas, es como si pidieras…

—Calla, puerco, y déjame seguir. Por mi edad, te aseguro que puedo pasar muy bien sin bardos groseros y sin estacas vizcaínas. Está por ver si tú quieres continuar con la buena vida de que disfrutas aquí. ¿Es así?

—Por san Blas que sí. Aquí tengo donde dormir y comer, refugio para el invierno, el higo experto de una condesa y ciento de estas muchachas. No te hablaré del virgo de más de una hermana del monasterio porque me tengo por caballero. Hasta ahora, solo la madre Aderquina se me resiste. Pero no por mucho tiempo, a mi viola pongo por testigo.

—Bien está. Cuidado ahora, Carabella, porque la que te voy a nombrar no es un higo más para tu estaca, y está por encima de campesinas, novicias, monjas y abadesas. ¿Has oído hablar de mi hija Urraca?

—Urraca de Haro… Pues claro que sí, mi dulce condesa. Se dice que no hay dama más bella en la cristiandad. ¿Soy lo suficientemente cortés?

—Me vale, sí. Mi hija Urraca está casada con el gallego don Nuño Meléndez. Un hombre de buena salud.

—Me alegro por ambas cosas, mi señora. Por el casamiento y por la salud.

—Pues atento, Carabella, porque ninguna de las dos me place ya.

—Fuerte confidencia, a fe mía. Menos mal que soy discreto.

—Y más que lo has de ser. —La condesa descolgó de su ceñidor una bolsita de cuero. El inconfundible sonido metálico dilató las pupilas del juglar—. Aquí tienes para que te esparzas, Carabella. Llevas mucho tiempo aquí y tu arte se resiente. Viaja, muchacho. Aprende nuevas trovas, prueba nuevos higos, burla a nuevos esposos.

Fortún recogió la bolsita y la sopesó. La sonrisa se alargó en su cara lampiña.

—No merezco tantos mimos, lo sé. Por Dios que te amo, mi señora. ¿Me crees?

—Sé que dices la verdad. En que no mereces tanto, digo. Pero lo merecerás, Carabella.

»Con ese dinero tendrás más que suficiente para viajar al este. Partes mañana de amanecida. No muy lejos por ahora. Se acerca el frío, y me han dicho que cerca de Arnedillo hay unas pozas de agua caliente. ¿Has oído hablar de ellas?

—No.

—Entonces tampoco sabrás a qué va la gente allí. Dicen que las aguas que brotan del corazón de la tierra curan los malos humores. Castellanos y navarros sin distinción acuden a los manantiales para aplacar sus dolores. Y unos pocos van en busca de otro negocio. A poco que muestres tu arte, pronto darás allí con algún higo necesitado que te proporcione la información. Oropimente y rejalgar.

—Oropimente… y rejalgar. —Fortún Carabella hizo un mohín amanerado—. Eso me suena a veneno.

—Nuño Meléndez es hombre de buena salud, ya te lo he dicho. Las hojas de achitabla y las setas de burro pueden valer para ancianos y mujeres, pero para ese gallego necesitaré algo más.

El juglar palideció.

—Quieres envenenar a tu yerno.

—Baja la voz, rufián. En verdad que tu lengua es más larga que tu estaca. Vuelve a sopesar esa bolsa y dime si te cuadra el trato.

Fortún no se lo pensó mucho.

—Continúa, mi señora.

—Una vez te hagas con el oropimente, has de cruzar Castilla de lado a lado y tan rápido como puedas. Tienes ahí de sobra para alojarte en las mejores posadas. Te presentarás en León como correo de mi parte, y entregarás una carta y el oropimente a mi hija Urraca. No temas, que ahí acabará tu misión. Después regresarás. O irás adonde te plazca. Gasta lo que te quede en carne, de cabrito o de meretriz. Vuelve cuando esa bolsa esté vacía, que aquí te esperaré.

Fortún Carabella asintió con lentitud. Reflexionó un momento, aunque sin soltar la bolsa con el dinero.

—¿Por qué me cuentas los detalles, mi señora? ¿Por qué no podía ignorar el destino del oropimente? Bien habría cumplido tus órdenes sin tener ese conocimiento.

—Ah. No hay cómplice más fiel que el que tiene mucho que perder. Ya sabes que te va la vida y algo más si fallas o si tu lengua se desata.

El juglar volvió a asentir. Aunque luego negó con la cabeza.

—Pues ya que sé de más, o lo justo según tú, podrías satisfacer el resto de mi curiosidad. ¿Por qué quieres que muera tu yerno?

La condesa entornó los ojos.

—Claro… ¿Por qué no? Pues sabe que el invierno pasado murió la esposa del rey Fernando, doña Teresa de Traba. Él es viudo ahora. Y si tú haces bien tu trabajo, mi hija Urraca lo será también antes de la próxima primavera. ¿Necesitas saber más?

El juglar se colgó la bolsa de su ceñidor. Soltó una carcajada corta y se frotó las manos.

—Bien, mi señora, pues lo único que me falta es esa carta que he de entregar a la sin par doña Urraca de Haro.

—Yo misma iré a verte esta tarde a tu chamizo y te la llevaré. Procura estar solo, que te regalaré también mis buenos deseos para tu viaje.

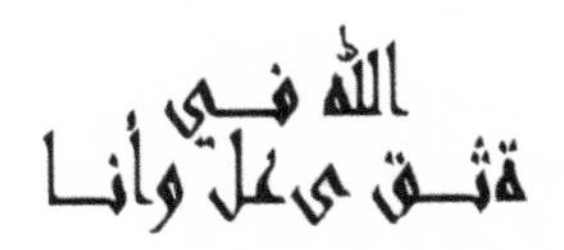

22
LA VIUDA ALEGRE

Dos meses más tarde, principios de 1181. León

Poco después de la Epifanía, Fernando de León recibió noticias de que su sobrino Alfonso, rey de Castilla, había hecho un llamamiento general a sus nobles y ciudades, y avanzaba hacia León desde Toledo. Se decía que el joven monarca castellano, cansado de la rivalidad por el Infantazgo, se había decidido a presentar batalla total. Nada de tentativas como la de Castrodeza. Esta vez, uno de los dos reyes regresaría a su corte sin ejército que comandar.

Fernando de León, atemorizado por el poco margen que le dejaba su sobrino, libró correos a sus magnates y los citó en Mansilla, lugar obligado de paso para el rey castellano si pretendía marchar sobre León. Allí, casi en las mismas puertas de su capital, se alzaba el único puente por el que su sobrino podía atravesar el río Esla. En ese lugar le aguardaría, dispuesto a defender el cruce hasta que todas sus huestes se reunieran.

El señor de la casa de Castro, por supuesto, acudió con su mesnada. Aparte del odio irrenunciable a los castellanos, le movían el ánimo de venganza por lo ocurrido en Castrodeza y el afán de hacerse valer ante el rey de León, que le había perdonado la vida a pesar de ser el homicida de su real hermana. Y dado que Fernando de Castro acudía a Mansilla, su hijo Pedro se negó a comparecer. Nadie se lo reprochó. Ni siquiera las mujeres leonesas, únicas habitantes de la ciudad junto a los niños, los ancianos y los clérigos, pues los hombres se hallaban junto al Esla, dispuestos para la batalla definitiva.

Y ocurrió algo que en otra ocasión hubiera causado gran desconcierto, pero que en ese tiempo, con el desastre a las puertas del reino, pasó casi desapercibido: Nuño Meléndez, gran amigo del rey de León, murió.

No hubo sepelio notorio ni plañideras que recorrieran la ciudad tras una comitiva fúnebre encabezada por el rey. No hubo misas por toda la ciudad ni en el resto del reino. El cadáver fue enviado a León desde el campamento de Mansilla, vestido con loriga y almófar y con su espada dentro del ataúd. El funeral se celebró en San Isidoro, con la única presencia seglar masculina de Pedro de Castro. Y cuando terminaron las salmodias y se apagaron los cirios, las leonesas se limitaron a abrazar con desconsuelo a la viuda para luego regresar a sus hogares o buscar otras iglesias, pues tocaba rezar por el futuro del reino y la vida de sus propios maridos. Urraca se despidió de la última plañidera en el portal donde, el día de sus bodas, había contemplado inquieta la escena del sacrificio de Isaac.

Curiosamente, el luto de Urraca López de Haro se lo daba su brial de seda negra, el que llevara puesto cuando enjugó con su piel las lágrimas de Pedro. El muchacho, que se había demorado en el panteón, salio de San Isidoro y se acercó a la viuda. La observó a través del velo para comprobar que sus ojos radiaban como siempre y que ni una lágrima había brotado de ellos. Tras Urraca, a unas varas, una nodriza sostenía la mano de la pequeña María, que a sus dos años mostraba ya inconfundibles los rasgos del rey Fernando.

—¿Cómo murió? —Pedro lo preguntó en voz baja, aunque la niña parecía ajena a lo que se había celebrado aquella tarde en San Isidoro.

—No lo sé. Yo no estaba presente. —Sonó a excusa. Sonó a indiferencia. Desde luego, no sonó a pena—. Ocurrió en Mansilla. Acabábamos de llegar de Aguilar con huestes de allá. Mi esposo me dejó aquí y partió para reunirse con el ejército. Los que trajeron el cadáver me dijeron que Nuño empezó a temblar, que de repente no sabía dónde estaba. Su cuerpo se vació delante del rey. Qué desagradable…

—Tal vez algo le sentó mal.

—Seguro. —El suspiro de Urraca revelaba aburrimiento—. En fin, ya está.

—Sabes que estoy a tu servicio, mi señora.

Ella lo miró con cariño.

—Lo sé, Pedro. Y aunque la muerte de mi esposo no me deja desamparada, una dama siempre agradece que alguien la proteja.

—Urraca, yo… Yo sé que acabas de enviudar. Respetaremos el luto, por supuesto, y… —Pedro de Castro miró en derredor, inseguro y balbuceante—. No soportaría que ahora ingresaras en un monasterio. Perdóname, no es el mejor momento. Uf. No sé cómo decirte…

La mano de Urraca asomó bajo el manto de luto y, furtiva, agarró la de Pedro.

—Nuño era uno de los más altos nobles del reino. Como mi padre cuando murió. Y mi madre ingresó en Cañas.

—No… Eso no, Urraca.

—Pedro —ella sonreía comprensiva. Hasta vestida con el color de la muerte era tan bella...—, no hay nada que podamos hacer. Dios dispone, y ahora ha dispuesto que yo enviude. Me debo a mi linaje y al de mi difunto esposo. Sería una vergüenza...

—¡No! —El joven Castro apretó los dientes y hasta sus ojos se humedecieron—. Escucha: he deseado... He soñado con este momento. Con el momento en el que quedaras libre, Urraca. No sé si son mis oraciones lo que Dios o el diablo han escuchado para que ahora podamos estar juntos. No me importa. No te retirarás a la religión. No puedes hacerme eso.

Urraca miró de reojo atrás. María tiraba de la mano de su aya para acercarse a un perro vagabundo que lamía un charco al otro lado de la calle.

—Por Cristo, Pedro. ¿Y qué quieres que hagamos? Ahora soy la señora de Riaño, Ceón y Aguilar, no una campesina que puede desaparecer de su aldea para amancebarse con cualquiera.

Él soltó su mano y se alejó varios pasos que luego desanduvo nervioso.

—A veces, Urraca... —buscó las palabras mientras abría los brazos a los lados—, hay que echarle valor. Si algo he aprendido del homicida de mi padre, es eso. Mi padre, Dios lo maldiga, no es quien es por atenerse a su fama. Es alguien capaz de renegar de su tierra y de aliarse con el peor enemigo de la fe cristiana. Y por eso se le teme y se le respeta. Porque no frena ante nada ni nadie.

—Ay, Pedro, qué fácil es para ti decir eso. —Se volvió a acercar a él y a prenderle de la mano. Sus ojos se clavaron en los de Pedro a través de la urdimbre transparente del velo—. ¿Crees que no iría contigo hasta el confín del mundo? Pero no todos somos Fernando de Castro. Mírate, Pedro. ¿Qué haces aquí, en León, cuando los demás hombres aguardan el combate en Mansilla? Eso es lo que se consigue cuando uno no se detiene ante nada.

—¿Lo has dicho de verdad, Urraca? Lo del confín del mundo. ¿Vendrías conmigo a donde fuera?

Uno de los oficiantes salió en ese momento de San Isidoro. Los dos jóvenes, sorprendidos, retrocedieron para separarse y dejar paso al clérigo, y este los miró con el ceño fruncido. Se alejó a saltitos para no pisar los charcos. Urraca y Pedro observaron su marcha mientras, bastante alejada, la nodriza pugnaba con María para que no persiguiera al perro callejero. La presencia de la niña aportó una nueva razón a la viuda.

—Además, tengo a mi hija. Que también es hija de su padre, por cierto. ¿Crees, Pedro, que él la dejaría marchar?

—Iremos adonde él no tenga poder alguno.

Urraca jugueteó con la cruz de madera clara que colgaba de su cuello.

—Sueñas, Pedro. —Su voz sonaba desconsolada ahora—. Ese lugar no existe. No existe un sitio al que no nos persiga nuestro linaje.

—Claro que existe. —Le cogió ambas manos en esta ocasión—. Vayámonos a Castilla. Haré lo mismo que hizo mi padre, pero al revés: ofreceré mis servicios al rey Alfonso, y sé que buena parte de la hueste me seguirá. Son muchos los que lucharon junto a mí en Castrodeza o los que han algareado conmigo en el Infantazgo. ¿Crees que los castellanos no se alegrarán de tenerme en su bando en lugar de despedazarlos a hachazos?

—¿A Castilla?

—A Castilla, Urraca. Porque ambos, en realidad, somos castellanos. ¿Qué hemos ganado aquí, más que la tiranía insoportable del rey Fernando y la muerte de mi madre? ¿Acaso has sido feliz con Nuño? En Castilla está tu familia. Allí empezaremos una nueva vida.

—A Castilla —repitió mientras perdía la mirada ensoñadora.

—O a Aragón, o a Portugal... Vayamos a Gascuña; o a Francia, si quieres. O a Tierra Santa. Elige dónde deseas pasar el resto de tu vida. Empezaremos de nuevo, Urraca. Tú y yo.

Los ojos de la viuda brillaban tras la gasa fúnebre. Se sintió como antaño, cuando era una adolescente en el monasterio de Cañas. Recordó aquel fuego que la quemaba y que no era capaz de apagar. Y los murmullos con las otras muchachas en las celdas, las miradas a escondidas con los obreros de la iglesia... Un andar lento y pesado alertó a los dos jóvenes, que se separaron otra vez. El obispo Juan salía del templo. Un hombre anciano y encorvado con cientos de pequeñas arrugas que se cruzaban en el rostro. Como estaba casi ciego, apenas prestó atención a la pareja. Paró entre ambos y extendió la mano con la palma hacia arriba para comprobar si volvía a llover. Pedro miró a Urraca por encima de la mitra, y ella habló sin sonidos. Sus labios se movieron un instante, en silencio, tras el velo.

«¿Tú y yo?».

«Tú y yo», repitió sin palabras el joven Castro. El obispo tosió y se llevó la mano a la boca.

—¡Mi señora!

La nodriza llamaba con tono desesperado. La obstinada María había conseguido soltarse y acariciaba al perro flaco y sarnoso entre las huellas embarradas de los carruajes. Urraca dedicó una última mirada a Pedro antes de alejarse hacia su hija.

Tres semanas después

Abú Yahyá observaba el polvo rojizo que se elevaba desde las murallas. Los almajaneques crujían con cada esfuerzo, y las vigas de madera chirriaban como si estuvieran a punto de partirse. Muy cerca de él, una de las enormes máquinas fue disparada. La bolsa se balanceó y soltó un bolaño que giró contra el cielo gris. Trazó una parábola que se alejó de la línea de sitio y descendió con un silbido. El sonido del impacto tardó un latido de corazón en llegar hasta el hintata y, cuando la nube de polvo arcilloso se desvaneció, una nueva grieta había aparecido en la muralla de Gafsa.

Pero era inútil. Tras cada amanecer, marcado por el toque del enorme tambor almohade, decenas de almajaneques atacaban el muro hasta la caída del sol. Un martilleo constante desde diversos puntos, alrededor de toda la ciudad. La mayor parte de los proyectiles fallaba, bien porque se quedaban cortos o bien porque pasaban por encima de las almenas. Los pocos que conseguían acertar causaban daños, pero por la noche, al amparo de la oscuridad, los rebeldes los reparaban. Abú Yahyá llevaba semanas impaciente porque Yaqub no reaccionaba. Cierto que el joven se había librado del hechizo venenoso de la concubina Zahr por su preñez, pero ahora se dedicaba a dormir. Sobre todo dormir. Y Abú Yahyá no lo entendía, porque estaba al corriente del pacto que había hecho con el califa e iba a resultar imposible cumplirlo. Una semana faltaba para rematar los tres meses desde la machada de Yaqub. Y si en ese tiempo no habían conseguido más que arañar las murallas de Gafsa...

Sin embargo, esa tarde, Yaqub llegó hasta la albarrada con una sonrisa de triunfo en los labios. Las legañas y el pelo revuelto atestiguaban que acababa de despertar.

—¡Ya! ¡Ya me ha hablado!

Abú Yahyá había empezado a perder el respeto que su antiguo pupilo se ganara en las montañas y en los valles desérticos del oeste. Arrugó el entrecejo.

—¿Quién te ha hablado?

—¡Él! —Señaló al cielo—. ¡Como aquella vez en Sevilla!

Y pasó de largo. Corrió hasta casi adentrarse en la tierra de nadie, entre la línea de asedio y las murallas rebeldes, y se volvió. Su mirada enfervorecida, que recordaba un poco a la del difunto Abú Hafs, recorrió las máquinas cercanas. A su lado, el joven parecía una hormiga amenazada por gigantescas arañas de madera. En ese momento un almajaneque soltaba su carga a la izquierda. Yaqub siguió con la vista el bolaño hasta que impactó en el suelo, delante del foso. Rebotó contra la muralla sin apenas causar daño y rodó para desaparecer en la escarpa.

—¿Y qué te ha dicho, quienquiera que sea?

Yaqub volvió eufórico hacia Abú Yahyá, señaló a la retaguardia, al lejano banderón blanco que marcaba la situación de la jaima califal. Yusuf ni siquiera se dignaba a acercarse para comprobar las operaciones de asedio, tal como había prometido. Se limitaba a leer sus libros andalusíes y a observar los pocos matojos que crecían en aquel suelo terroso.

—Mi padre prometió con ligereza. Antes de cumplir el plazo, Gafsa caerá. Y dentro de muy poco, el poder será mío.

—Estupendo —escupió el hintata—. ¿Me vas a decir quién te ha hablado?

—Un viejo amigo —contestó Yaqub mientras sacaba su cuchillo *gazzula*. Se acuclilló y trazó líneas en la arena. Un círculo flanqueado por una brecha larga y casi tangente—. Un mensajero. Ese es el que me ha hablado.

—Muy bien… —Estuvo a punto de llamarle niñato, como cuando le enseñó a sobrevivir a fuerza de humillación en las montañas—. ¿Y qué mensaje te ha traído?

Yaqub miró a los ojos a Abú Yahyá.

—Me ha recordado lo que decían los idólatras para burlarse del Profeta. Ellos le provocaban. Se reían de él, como esos rebeldes se ríen de nosotros y reparan de noche lo que destruimos de día.

—Los idólatras… Ya. —El hintata siguió las evoluciones del cuchillo en la tierra. Interpretó los trazos. Yaqub estaba dibujando un plano de Gafsa y de las posiciones de asedio.

—Los idólatras blasfemaban, Abú Yahyá. Llamaban a Dios y le decían: «Si el Corán es realmente la verdad, haz llover del cielo piedras sobre nuestras cabezas».

—Ah. Claro. Pero observa, Yaqub. —Abú Yahyá movió el brazo para abarcar las baterías de máquinas que disparaban sin descanso—. Es lo que hacemos. Nuestras piedras llueven sobre los rebeldes.

—No. Gabriel me lo ha explicado…

—¿Gabriel?

—Escucha, Abú Yahyá. Nosotros somos las piedras. Los almohades. Somos la mano armada de Dios y caemos sobre las cabezas de los idólatras. ¿Recuerdas nuestras montañas? Mi abuelo y tu padre jamás las habrían abandonado para conquistar ciudades y reinos enteros si no hubieran conseguido unir a las cabilas bajo un mismo credo. No solo Dios es Único. Su poder también lo es.

A esas alturas, el hintata estaba convencido de que las noches de desenfreno entre Yaqub y aquella perra rubia habían terminado por desquiciarle.

—¿Y Gafsa caerá antes de una semana porque estamos unidos?

—Mira, Abú Yahyá. —Yaqub marcó varias pequeñas aspas alrededor de su dibujo de la ciudad—. Nuestras máquinas están aquí, y aquí… Y aquí, aquí, aquí… Por todas partes. Incluso al otro lado del cauce y entre las palmeras del oasis. Están separadas y pierden su fuerza.

El hintata negó con la cabeza. Se acuclilló junto a Yaqub y le habló como a un alumno poco aplicado.

—Se hace así para tantear las murallas. Siempre hay algún punto débil y, si acertamos, un lienzo podría venirse abajo. Además, nuestras piedras martillean el ánimo del enemigo…

—¡No! ¡No es la debilidad del enemigo ni su apocamiento lo que nos hace fuertes! ¡Es nuestra unión bajo la autoridad de Dios! —Borró con la mano las aspas que simbolizaban los almajaneques repartidos por el perímetro de asedio y dibujó otras nuevas en un solo punto, todas muy juntas. Lo hizo deprisa, poseído por una euforia frenética—. Manda colocar aquí todas las máquinas, Abú Yahyá. Que empiecen a moverlas ya.

—Llevará tiempo, y…

—Llevará menos de una semana, que es lo que nos queda. Que todo el mundo, desde las cabilas hasta los *rumat*, se pongan a las órdenes de los ingenieros. En cuanto los almajaneques estén listos, escoge un blanco ahí delante y que empiecen a disparar sobre él. Dejo a tu elección el tramo de muro que quieres derribar. No tenemos tiempo que perder.

Yaqub se quedó mirando el plano abocetado sobre la arena mientras el hintata se erguía. Este lo observó desde arriba. Mensajeros que hablaban en sueños… O bien Yaqub se había vuelto loco, o bien se iba a convertir en alguien muy especial.

—Se hará como mandas.

—Bien. —Yaqub también se alzó y pisoteó el mapa de arena hasta que no quedó rastro—. Otra cosa. Cuando comience la lluvia de piedras, avísame y da orden de que nuestros hombres se preparen para el asalto.

SEIS DÍAS MÁS TARDE

Costó algo más de lo esperado. Hubo que desmontar casi todos los almajaneques, y los más alejados tuvieron que dar un amplio rodeo para evitar a los arqueros rebeldes de Gafsa. Lo peor fue atravesar el inmenso palmeral del oeste. Después, los carpinteros se emplearon a fondo para fijar las estructuras y elevar las vigas de madera. Todas las máquinas en un mismo lugar, costado contra costado, formando una leve curva para apuntar al lugar escogido por Abú Yahyá: el lienzo norte.

Mientras los bolaños se amontonaban tras la batería de catapultas, los voluntarios de la fe ocuparon sus puestos en filas irregulares, justo detrás de los proyectiles. Abú Yahyá se paseó ante los *ghuzat* con la cabeza alta, sabedor de que su fama como hijo de Umar Intí causaba una honda impresión. A continuación de aquellos fanáticos mal armados y dispuestos a entregar la vida por el Tawhid, formó la infantería masmuda, con sus grandes escudos y lanzas largas. Los jinetes también se colocaron junto a ellos tras dejar los caballos en el campamento, y hasta los *rumat* fueron obligados a prepararse para el asalto, aunque no habría mucha opción a usar sus arcos. En la retaguardia de la formación, atraído por el zafarrancho, se situó el califa con su nutrida guardia de Ábid al-Majzén y el gran tambor almohade. Yusuf no pensaba participar en el ataque, pero sentía curiosidad, sobre todo por aquella curiosa disposición de las máquinas de guerra. Y había transigido en permitir que el tambor, de uso exclusivo del príncipe de los creyentes, resonara durante el estrambótico plan de su hijo.

Yaqub llegó con sonido de hierro, embrazando la adarga de piel de antílope y con la espada empuñada. El cuchillo *gazzula* colgaba en su funda a la derecha. Caminó por entre los *rumat* y recibió las inclinaciones respetuosas de jinetes a pie y de infantes. Allí estaba lo mejor del ejército regular almohade y las cabilas de la raza superior: hargas, hintatas, tinmallalíes, yadmiwas y yanfisas. La élite masmuda en armas. Los voluntarios *ghuzat* prorrumpieron en vítores al verlo, y alzaron hacia el cielo sus espadas melladas, cuchillos, lanzas cortas y garrotes. Justo en ese instante, Abú Yahyá daba la orden de disparar con un grito seco.

Se hizo el silencio mientras los artilleros cargaban los bolaños sobre las bolsas ya trabadas. Se apartaron con precaución y sus compañeros comprobaron la tensión de las cuerdas. Cuando estuvieron listos, uno de los armeros del primer almajaneque por la derecha golpeó con un mazo la leva de disparo. El contrapeso cedió y la viga basculó de forma engañosamente lenta, chirrió al arrastrar la bolsa cargada y la madera crujió. Al tiempo que el proyectil abandonaba su recipiente, la segunda máquina fue accionada. Y tras repetirse el mismo mecanismo, se disparó la tercera. Los artilleros cumplieron de forma coordinada mientras los bolaños cruzaban la tierra de nadie. El primero impactó en el muro y reventó en una nube cenicienta. Aunque aquello era lo mismo que los soldados llevaban meses presenciando, les causó gran alegría ver que se hacía blanco y empezaron a gritar. El segundo peñasco arrancó un merlón y siguió su vuelo dentro de Gafsa, mientras que el tercero se desviaba a la derecha y caía entre el foso y la raíz del muro. Pero el cuarto estalló a medio codo de donde todavía flotaba la nube del primero. Los artilleros de las máquinas disparadas tiraban de las cuerdas para recargar a toda prisa, y aún seguían saliendo rocas desde la batería. Los impactos se repitieron, Yaqub sonrió a Abú Yahyá. Este se aseguró el barboquejo y tocó con nerviosismo el puño de la espada, volvió el cuerpo a medias y examinó a los guerreros almohades, atentos a la incansable lluvia de piedras. Los armeros sudaban y se lanzaban órdenes e imprecaciones, ansiosos por hacer bien su trabajo ahora que se sabían puestos a prueba. Uno de los estallidos vino seguido del derrumbe de dos merlones y una grieta vertical se abrió en el muro. Sobre aquel sector de Gafsa empezaba a formarse una humareda rojiza, y los fragmentos de roca y tierra caían sobre la escarpa y se amontonaban al pie del muro. Yaqub miró de nuevo al hintata y señaló al cielo. A Dios. Abú Yahyá torció una mueca y giró para ponerse frente a los soldados. Tras él, el crepitar de las máquinas de guerra y los zambombazos sobre el tapial se repetían con regularidad exasperante.

—*Ghuzat!* ¡Aprestaos a sufrir el martirio que anheláis! —El hintata desenfundó su espada y elevó la hoja—. ¡Hoy es vuestro día!

Un griterío monótono, mitad himno y mitad plegaria, recorrió las filas de los voluntarios. Los primeros se adelantaron y empezaron a pasar por entre los almajaneques, escurriéndose bajo los fustes apalancados en tierra. Avanzaron despacio mientras los bolaños los sobrevolaban y se desintegraban frente a ellos. Al mismo tiempo, Abú Yahyá hizo una señal a los sirvientes del tambor. El grandioso cilindro de madera dorada, de más de quince codos de circunferencia, retumbó como si la tierra se abriera bajo Gafsa. Bum. Aquel toque, audible a media jornada de distancia y famoso entre los enemigos del Tawhid, tenía la virtud de aterrar y de advertir al mismo tiempo: su sonido indicaba que se desataba el infierno. El portador del mazo aguardó unos instantes y volvió a tocar. Bum. Acompasó el ritmo al cadencioso disparo de la batería de catapultas. Los guijarros botaban sobre el suelo, los caballos de la guardia califal piafaban y el cielo nublado se estremecía. Bum. Bum. Bum.

Un nuevo derrumbe en la muralla desató los vítores almohades. En el tercio superior del tapial se abría un hueco desde el que subía la polvareda roja, y una grieta vertical unía el agujero con el cimiento. Abú Yahyá anduvo hacia Yaqub sin apartar la vista de Gafsa.

—Tu mensajero misterioso te aconsejó bien.

—No hay posibilidad de error. —El hijo del califa observaba también los daños. Un bolaño acertó a colarse justo por el destrozo. Los artilleros, sudorosos, hacían muy bien su trabajo.

—Bien, Yaqub. En muy poco tiempo, los *ghuzat* podrán asaltar Gafsa. No creo que la guarnición aguante mucho, así que, antes de que caiga el sol, dominarás la ciudad. Pero at-Tawil podría encerrarse en el alcázar. Una última resistencia desesperada. Inútil para él, pero impediría que pudieras cumplir el plazo que te dio el príncipe de los creyentes.

Yaqub entornó los ojos.

—No había pensado en eso.

—Yo sí. —Abú Yahyá se puso frente a él para que dejara de observar el martilleo de los almajaneques sobre la maltrecha muralla—. Cumpliste mis mandatos en las montañas cuando no eras más que un niñato. Y te convertiste en un hombre al que ya no se podía ordenar, sino solo aconsejar. Y seguiste mis consejos en el desierto, al sur del Yábal Khal. Y en el valle del Draa. ¿Seguirás escuchándome ahora, o no hay en tu cabeza sitio más que para esa concubina tuya?

—Habla, Abú Yahyá.

—Bien. Hace cuatro años, en el Draa, el andalusí Ibn Rushd te aconsejó transigir con los rebeldes. Ablandar tu trato y ganarte su confianza para que aceptaran de buen grado nuestro dominio. Yo no lo permití entonces porque jamás debe el cordero regir el comportamiento del león. Y sin embargo, tú y yo sabemos que ese filósofo no es ningún mermado. Su inteligencia fue capaz de subyugar al califa; tanto es así que, de no tratarse de un andalusí, Ibn Rushd sería bien digno de figurar entre nosotros.

»El rebelde at-Tawil es el último de los Banú-l-Rand, la familia de nobles depuesta por tu abuelo cuando conquistó Ifriqiyya. No es un gobernador extranjero ni un déspota entronizado por la fuerza de las armas. Es uno de ellos. Por eso la población de Gafsa le sigue y ampara.

—¿Estas sugiriendo que negociemos con los rebeldes? ¿Ahora que estamos a punto de vencer?

—La lección de hoy, Yaqub, es que debes conocer a tu enemigo. Saber quién fue su padre y si tiene hijos. Si le gusta el vino o es fiel cumplidor del Libro. Si es valiente y arrojado o cobarde y huidizo. Hay hombres capaces de sacrificar a su pueblo por alcanzar una meta, y hombres capaces de sacrificarse para que su pueblo alcance una meta. Distingue a unos de otros, y media victoria será tuya. —Abú Yahyá señaló al ejército dispuesto al asalto, casi veinte mil hombres en perfecta formación, con las lanzas apuntando al cielo y la mirada fija en su objetivo—. Tienes bajo tu mando una fuerza imparable. Una baza que los rebeldes no ignorarán; sobre todo ahora, que están a punto de perder sus vidas y las de sus familias. Sugiero que ganemos el tiempo que necesitas para vencer en tu apuesta. Lo que necesitas es presentar a at-Tawil rendido ante tu padre, ¿no es eso?

—Debe postrarse a sus pies antes de que caiga el sol —confirmó Yaqub.

—Pues observa.

Un tremendo impacto acertó en el pie de la muralla, justo bajo el hueco abierto por el constante castigo almohade. El bolaño no se pulverizó, sino que se clavó como una piedra en la nieve recién caída; se mantuvo allí, quieto y a la vista de todos, durante un instante. Y luego se desprendió para rodar suavemente y desaparecer en el foso, casi colmado de escombro y pedazos de roca. Fue como si la muralla estuviera construida de pergamino. Se dobló desde arriba y la grieta se convirtió en brecha. Los merlones se vinieron abajo, todo el tramo desintegró entre un caos de polvo. Los *ghuzat*, que ya se encontraban a menos de un tiro de flecha del foso, lanzaron sus invocaciones a Dios y arrancaron. Corrieron en su habitual turba, adelantándose unos a otros, abriéndose camino a golpes, afanosos por ser los primeros en dar la vida por la verdadera fe. El alud de polvo se los tragó mientras todavía caían fragmentos de tapial. Abú Yahyá, indiferente al asalto de los voluntarios, se dirigió al ejército regular y repartió órdenes entre sus almocadenes. Los masmudas empezaron a moverse, rebasaron los almajaneques que por fin detenían su funcionamiento, y se abrieron en filas ante el agujero abierto en las defensas de Gafsa. Yaqub observó la maniobra sin perder de vista a Abú Yahyá. Se sintió mal. Durante varios meses de vergonzoso desenfreno, se había olvidado de él. De todo lo que le había enseñado en el Atlas y en el Sus. ¿Acaso sería él el hombre que era si no hubiera contado con Abú Yahyá? Miró atrás, por encima de los yelmos y los turbantes de los guerreros. Allí estaba el califa, erguido con forzada dignidad sobre su caballo, junto al tambor almohade que no dejaba de retumbar y rodeado de sus titanes negros. ¿Qué le había dado aquel hombre? Su ejemplo era el de la desidia. El de la adoración por las mujeres y otros seres imperfectos, como los filósofos andalusíes. El príncipe de los creyentes era alguien que odiaba la guerra y descuidaba sus deberes. Que prefería aguardar en la retaguardia mientras otros tocaban la gloria con sus dedos. Pero, sobre todo, su padre era el hombre que había envenenado a Abú Hafs. Aquello tenía que acabar. Y el camino pasaba por que ese día, antes del anochecer, Yaqub hubiera ganado su apuesta.

Los gritos de dolor llegaron desde la brecha en la muralla. Todos los *ghuzat* se hallaban ya entre la polvareda, y apenas se distinguían brillos de acero y sombras que se recortaban contra la luz tamizada por las nubes y el humo rojo. Otro fragmento de tapial del tamaño de un caballo se desprendió y aplastó a los guerreros que se batían junto al foso. Una nueva polvareda ocultó la matanza. Abú Yahyá se aseguró de que el ejército se colocaba perfectamente, cabila junto a cabila. Asintió, satisfecho de la estampa, y se dio la vuelta. Avanzó tranquilamente y enfundó la espada. En el muro, los chillidos y el choque de metales decrecían. Algunos heridos escapaban a rastras de la cortina de polvo o intentaban salir del foso a medio rellenar. Y el tambor sonaba con golpes espaciados. Bum. Bum. Bum.

El caos cesó. Las últimas briznas del torbellino rojo se deshacían y abrían el escenario de la muerte. La brecha era tan ancha como cualquiera de las puertas de Gafsa, y estaba sembrada de fragmentos de tapial y cadáveres. Cientos de cuerpos, algunos de los cuales se movían débilmente. Había brazos que se estiraban bajo *ghuzat* muertos, y defensores de la ciudad abrazados a sus enemigos, con las armas de cada uno enterradas en la carne del otro. La montaña de muertos se escurría hacia dentro, allá donde los *ghuzat* más osados habían conseguido penetrar para caer abatidos por los rebeldes. Y otros cadáveres resbalaban hacia el foso, que ahora era la tumba común donde se hacinaban soldados de uno y otro bando. Varios gritaban, pedían auxilio y tosían mientras se asfixiaban por el peso de quienes habían caído sobre ellos. Solo unos pocos rebeldes quedaban en pie, exangües. Con los hombros vencidos y las ropas teñidas de sangre y polvo. La mayor parte de ellos, heridos, se apoyaban en los endebles lienzos a medio caer, expuestos a un nuevo derrumbe. Abú Yahyá avanzó hasta llegar muy cerca, con el foso de muerte entre él y los rebeldes supervivientes. Levantó la adarga hacia atrás.

—¡Guerreros de Gafsa, veinte mil hombres aguardan mi orden para exterminaros!

Siguieron el gesto del almohade y el ánimo los abandonó. Uno de ellos cayó de rodillas mientras sollozaba, y otro se derrumbó a su lado. Pero los demás sostuvieron con fuerza sus armas y se apretujaron en el hueco de la muralla. El tambor almohade resonaba, conmoviendo la alfombra de residuos polvorientos y despojos humanos. Bum, bum, bum.

—¡Guerreros de Gafsa! —repitió Abú Yahyá—. ¡Os habéis batido bien! ¡Habéis demostrado vuestro valor! ¡Pero esto es inútil! ¡Sabéis que vuestra muerte se acerca! ¡Y no tiene por qué ser así! ¡El príncipe de los creyentes os observa! —Otro gesto hacia la retaguardia, aunque era imposible vislumbrar al califa en la lejanía, tras la impecable formación—. ¡Y él valora el coraje! ¡Yo os digo que el derramamiento de sangre debe terminar aquí! ¡Que vuestro líder at-Tawil se presente ante mí, y yo os prometo que nadie sufrirá daño en Gafsa ni se os arrebatarán vuestras posesiones! —Su dedo señaló al cielo—. ¡Dios y miles de sus fieles son testigos de mi compromiso!

Los rebeldes se miraron entre sí. Hablaron durante un rato, acompañados por la letanía del tambor y a la vista de miles de lanzas dispuestas a atravesar su carne. Dos de ellos desaparecieron dentro de la medina mientras varias mujeres se presentaban en el lugar y empezaban a gritar y a arañarse el rostro. Caminaron entre los cadáveres y los fragmentos de muralla. Volteaban a los muertos en busca de esposos, hermanos e hijos, y ayudaban a sus heridos a abandonar el río de despojos y sangre. Los últimos defensores permanecían impasibles, fijas sus miradas en el también impávido Abú Yahyá. Nadie atendía a los *ghuzat* moribundos. Su deber era expirar allí y reunirse en el paraíso, no sobrevivir.

Tras un rato, los dos rebeldes regresaron con un tercer hombre. Era un tipo muy alto. Más que ninguno de los supervivientes. Llegaba cubierto con loriga de buena factura, pero sin yelmo ni armas. Y caminaba libre. Se detuvo entre la matanza y observó el caos de miembros mutilados y cuerpos temblorosos que se movían bajo su cubierta de carne muerta, hachas, garrotes, jirones de ropa y pedazos de muralla. Atravesó el foso pisando cadáveres y se dirigió en solitario a Abú Yahyá. Su rostro era delgado, con los huesos marcados contra la piel, y los ojos se hundían bajo el ceño prominente. Llegó a dos codos del hintata y lo miró desde arriba.

—Soy Alí ibn al-Rand. Me llaman at-Tawil. ¿Eres tú quien ha jurado respetar la vida y las posesiones de los pobladores de Gafsa si me entrego?

—Yo soy. Estás ante Abú Yahyá ibn Umar Intí. Un nombre que debe bastarte para creer en mi palabra.

At-Tawil retrocedió un paso. Se hallaba frente al hijo del gran jeque Umar Intí, el líder que había conquistado el imperio del primer califa. Toda una leyenda entre los dominios de los almohades. Miró por encima de la cabeza del hintata, a los miles de guerreros impolutos, en formación, armados de pies a cabeza. Y a los enormes almajaneques en reposo tras el frenético apedreamiento. Desde su gran altura, at-Tawil incluso podía ver a los guardias negros que rodeaban, mucho más atrás, a un único hombre a caballo. Y el brillo dorado del gran tambor que taladraba sus oídos. Bum, bum, bum. Arriba, tras las nubes grises y los jirones de polvo rojizo que flotaban cercanos, el sol se disponía a caer para dar fin a la jornada. Bajó la cabeza, pasó junto a Abú Yahyá y caminó hacia las filas almohades, dispuesto a aceptar su destino.

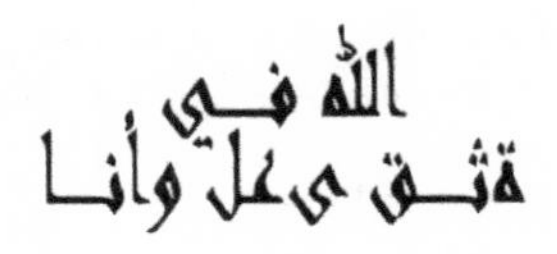

23
EL CAMINO DE LA PAZ

Diez días más tarde, finales de invierno de 1181. León

De Leonor, hija de Enrique de Inglaterra y reina de Castilla, a Urraca.

En el nombre de Dios padre, y de su hijo y del Espíritu Santo, que son tres personas y un dios, y a honra y servicio de santa María su madre. Saludes muchas como a súbdita que amo de corazón. Noble Urraca, te hago saber lo que me aconteció no ha ni una semana en tierras de Castilla. Como seguro tendrás conocimiento, se cumplen andados siete meses desde que el rey Alfonso me hizo merced de esposo, y muy indispuesta me hallo y presta para dar a luz a heredero, por gracia de la bienaventurada Virgen gloriosa santa María, que tengo por señora y abogada en todos mis hechos.

Aunque muy embarazada, acompaño a mi esposo, el rey, en la marcha con el ejército de Castilla por causa de la guerra que separa al reino de Alfonso del de Fernando, su tío carnal. Y andados veinte y siete días de febrero, acampamos a la vista del castillo de Castronuño. De cierto sabes, noble Urraca, que esta es fortaleza encomendada a la muy cristiana Orden de San Juan del Hospital, y que como todas otras órdenes de servicio a Nuestro Señor —tales son el Temple, Santiago, Calatrava y otras muchas—, tienen prohibido por regla, por ley y por compostura, alojar a fuerzas cristianas que vayan a guerrear contra hermanos de fe. Y siendo esta guerra entre católicos ajena y contraria a la voluntad de Dios, y por mí sabido de corazón, me negué igualmente a pernoctar en el sobredicho castillo hospitalario, y permanecí en el real de mi esposo Alfonso en el páramo que, a fuer de las fechas que corremos, estaba helado por el recio frío y con muchos y muy insanos vientos que nos azotaban en todo momento. Castigo de Dios tengo por recibido por las muchas faltas que cometí y las del ejército todo, pues que a causa de esa noche ando muy enferma, con fiebres altas que los físicos del rey no pueden aligerar, y temo por el fruto de mi vientre.

Convencidísima me hallo de que Dios desaprueba esta contienda entre tío y sobrino, y le repugna la batalla que se barrunta en tierras del Infantazgo. Y si no, considera, Urraca, si habrá de ser a gusto del Creador que mujer preñada —pues tal soy como cualquier villana y en esto no hay diferencias entre reinas y esclavas— vaya a sufrir la pérdida de un hijo por culpa de las guerras entre hermanos de religión. Esto es cosa que no se puede tolerar y que pongo en tu conocimiento para que uses de tu industria toda, que sé que es mucha, a fin de que leal y señaladamente reciba yo de ti un servicio como obligación que tienes por linaje y por nacimiento. En otras ocasiones me valí para estos menesteres de mi muy noble y castísima amiga Estefanía, tía de mi esposo y mujer plena de dones e inteligencia. Pero ahora yace la casta dama en su sepultura y disfruta su alma de la paz eterna del Creador

Sabido es de toda Castilla que la muerte de doña Estefanía llegó por filo de hierro del noble señor don Fernando de Castro, que Dios perdone. Otra cosa que sabemos por aquí es el ascendiente que tú tienes, fiel Urraca, sobre el rey de León, y la mucha confianza que os dispensáis, más todavía ahora que ambos acabáis de quedar viudos. Dígote esto para que consideres cuán parecida es nuestra situación: tú, amiga del rey de León; yo, amiga de mi esposo, el rey de Castilla. Que no hay secretos entre nosotras por muy mal avenidos que anden ahora nuestros reyes, y en nada me atrevería yo a reprocharte la devoción por el rey Fernando, sino que, antes bien, puedes contar conmigo como confidente y discreta amiga, y gozas de mi comprensión de reina. Más te diré, noble Urraca: como bien sabes, es deber de toda dama principal el entrar en religión si quedare viuda. Tal hizo tu madre al faltarnos tu padre, que santa María guarde. Pocas excepciones se dan a esta regla, y una fue el matrimonio de Teresa de Traba con el rey de León. Si doña Teresa volvió a casarse tan pronto tras enviudar del conde Nuño de Lara, fue precisamente por idea mía de acercar los dos reinos, cosa que lamentablemente no se consiguió. Otra excepción podrías ser tú, y la razón, la misma. Como tu reina, te dispenso de vestir hábito y de retirarte en monasterio, que para ti ha dispuesto Nuestro Señor otro destino.

Conociendo, pues, que me valdrás bien, me atrevo a pedirte que te sirvas de tu viudez y de la del rey Fernando, y de esa amistad, devoción y entendimiento con él, y de la mucha belleza que se dice que posees, para que medies por la paz. Mira, Urraca, que muchos ricoshombres e infanzones, y caballeros y buena gente de las villas de Castilla y de los otros nuestros señoríos están prestos a dejar la vida en el campo de batalla. Y otros tantos quedarán por la parte de León, con lo que serán incontables las viudas, los huérfanos, la miseria y los lamentos que cruzarán desde Compostela hasta Cuenca y desde Oviedo a Toledo. En tus manos, en tu primor y en tu juicio está el convencer al rey Fernando para que acepte los pactos de paz que le ofrecerá mi esposo. Será este un servicio que por Castilla y por León se deberá a tu persona y a la casa de Haro, y que recompensará Cristo Nuestro Señor en los cielos, y antes que él, los soberanos en la tierra. No te separes del rey Fernando. Busca la forma de acabar con esta guerra. Has de ser la bisagra sobre la que giren ambos reinos, y una de las damas más notables de la historia. Que es vergonzoso, Urraca, que por culpa de estas guerras de hombres, las reinas preñadas tengan que pasar noches de invierno al raso.

Dos ruegos últimos te hago, noble Urraca: uno es que destruyas esta misiva una vez comprendas su contenido, que no es cosa de apetecer que los hombres descubran que somos nosotras, las mujeres, las que decidimos cuándo acabar una guerra y disfrutar de la paz; el otro ruego es que reces por el fruto de mi vientre, para que llegue a término dichoso mi embarazo y no pague el retoño por las culpas de su padre.

De esto te mando entregar mi carta lacrada con mi sello de plomo, hecha en Tordesillas, a cinco días de marzo de mil y ciento y ochenta y un años de la encarnación de Nuestro Señor Jesucristo.

Urraca de Haro levantó la cara al tiempo que arrugaba la carta. *La bisagra sobre la que giren ambos reinos*, decía la reina Leonor. *Una de las damas más notables de la historia.* Se mordió el labio para no gritar de dicha. Su primer impulso fue mandar aquella misiva a su madre en el monasterio de Cañas, pero desechó la idea enseguida. La reina Leonor tenía razón: no debían correr riesgos. Mejor quemar el mensaje y borrar las huellas de su conspiración femenina. Además, no iba a ser necesario buscar excusa alguna, porque estaba muy segura de poder llevar a cabo la misión que le encomendaba Leonor. Al fin y al cabo, era algo que ya tenía pensado hacer. Solo que, ahora, sus ambiciones recibirían el reconocimiento de Castilla.

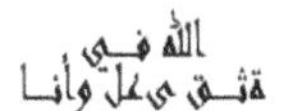

Tres días después. Benavente, reino de León

Las lluvias habían llegado el día anterior, y el campamento leonés era un enorme lodazal sobre el que se levantaban las innumerables tiendas del ejército. Las estacadas y guardias más nutridas encaraban al sudeste, al camino que llevaba a Valladolid y a las cercanas huestes del rey de Castilla. Al noroeste, desvaída por la cortina de agua, la maciza mole del castillo se alzaba sobre los chopos junto al Esla y el Órbigo. Los guerreros de León se arrastraban entre los pabellones. Hartos de tanto tiempo de espera, de sutiles marchas de apenas unas leguas para acercarse al enemigo. Un duelo de gatos en un callejón oscuro, lleno de miradas amenazantes y pellejos erizados. Nada de acción.

Urraca se presentó por la tarde, poco antes de caer un sol que nadie veía. Llegó sin escolta, con la única compañía de un par de sirvientas, los caballos de refresco y su propio ejército de nubes grises que descargaban el diluvio. Se dirigió de inmediato al pabellón real, y una sola mirada bastó para que los guardias apartaran la vista y el cortinaje de entrada. Una vez bajo el palio protector de la tela, se liberó del manto gris que también cubría su cabeza. La obligación de Urraca era vestir el luto pero, en lugar de ello, llevaba puesto un brial rojo con encordado a la cintura, y el cabello negro trenzado y desnudo.

Fernando de León se sorprendió al verla. El rey estaba en pie delante de una mesa de campaña, observando un mapa del Infantazgo junto a su mayordomo, el conde Armengol de Urgel, y a Fernando de Castro. Los tres hombres se miraron entre sí.

—Urraca. —El monarca sonrió con los ojos—. Mis señores, me

disculparéis ahora. La viuda de don Nuño Meléndez querrá hablar conmigo.

—Es lo menos que podemos hacer, mi rey. —El señor de Castro recogió su daga, que mantenía desplegado el mapa. Urraca no pudo evitar el pensamiento fugaz de que tal vez aquella había sido el arma asesina de doña Estefanía.

Armengol de Urgel y Fernando de Castro pasaron a ambos lados de la mujer sin recibir de esta ni una mirada. Fuera, bajo el chaparrón, la voz del mayordomo real llegó apagada mientras ordenaba a los guardias que nadie molestara a la pareja. El rey habló.

—¿Qué haces aquí, Urraca?

Ella sonrió, y con eso era capaz de convertir la conciencia más casta en un pozo de lujuria reprimida. A sus pies se formaba un charco que señaló con ambas manos.

—Qué extraño es tu recibimiento, mi señor. Siempre has sido cortés conmigo, y ahora dejas que me enfríe dentro de estos trapos empapados.

Fernando de León asintió despacio. Le encantaban aquellas sorpresas de Urraca. La forma de presentarse de improviso y de ignorar las miradas y los rumores de los cortesanos. Y ella lo sabía. Sabía cuánto le gustaba al rey ese juego. Como en Torrelobatón, cuando el ejército se aprestaba a derramar su sangre por León y el monarca, mientras tanto, gozaba del pecado andante que era Urraca de Haro.

La arrojó en el catre de campaña con poco miramiento, y ella lo arañó mientras el brial rojo perdía sus lazos. A ninguno de los dos le importó el agua que chorreaban las prendas de la viuda ni el aguacero que arreciaba fuera. La lluvia repiqueteaba inmisericorde sobre el entoldado del pabellón, las voces de los hombres se oían sofocadas. Mientras el rey la embestía desde atrás, uniendo un jadeo a cada esfuerzo, Urraca mordió las sábanas. Cerró los ojos y una punzada, muy pequeña y fugaz, traspasó la oscuridad. Era Pedro. Había pensado en él. Maldijo entre siseos mientras Fernando de León se vaciaba con un último y alargado estertor. Luego se derrumbó sobre ella y le clavó la hebilla del cinturón y los correajes del talabarte. Al rey le placía hacerlo así, sin quitarse la ropa. Los dientes de Urraca liberaron las sábanas, su trenza negra colgó a un lado del catre. El rey se levantó con suspiros de fatiga y se arregló las vestiduras bajo la túnica de seda. Anduvo hacia un extremo del pabellón antes de servirse una generosa dosis de vino de Valdeorras en su copa de plata. Bebió con avidez la mitad del contenido y se acercó al catre para ofrecer el resto a Urraca. Ella lo desdeñó con un gesto perezoso. Seguía tumbada boca abajo, desnuda. Con los codos apoyados en las sábanas arrugadas y la barbilla descansando sobre ambos puños, las mordeduras de Fernando marcadas en la espalda. El rey sonrió, ufano de la imponente mujer que atravesaba el reino entre tormentas para yacer junto a él. Se sentó, apuró el resto del Valdeorras y dejó la copa en el suelo. Se dedicó a recorrer con un dedo la curva sinuosa que llevaba de la cintura a las corvas de Urraca.

—Bien, mi señora. Ya he sido cortés y te he librado de esos ropajes calados. ¿Me dirás ahora por qué estás aquí?

Ella se retorció como una gata para girar sobre el lecho. Quedó de lado, y los dedos del rey abandonaron las nalgas de Urraca para deslizarse por el vientre y subir hasta los pechos. Se entretuvieron con la cruz de madera clara, que hizo rozar bruscamente contra uno de los pezones oscuros y erizados. Ella apretó los dientes y emitió un pequeño gritito que mezclaba dolor y placer.

—He venido a verte, mi rey. ¿Es necesaria otra razón?

—No. Y por cierto que aún no he tenido ocasión de trasladarte mis condolencias. Ahora eres viuda, Urraca.

—Como tú, mi rey.

Fernando soltó una risita corta y dejó que la cruz pendiera sobre el seno derecho. Se levantó y recogió la copa del suelo para posarla sobre la esquina desnuda del mapa, en el lugar que había ocupado la daga del señor de Castro. Alisó el papel crujiente con la palma de la mano.

—Me place mucho que te presentes aquí, en medio de mi campamento, y te dejes ver por todo el ejército. Pero imagino las habladurías que ahora mismo corren de boca en boca entre mis hombres. Eso me place menos. ¿No te importa que te critiquen? Primero fue lo de tu hija, y ahora vienes a mí sin luto y sin recato.

—Tanto me da lo que se hable, mi rey. Y estoy orgullosa de que mi María sea hija tuya. Que lo sepan. Y que me envidien. No soy tu esposa, pero sí tu mujer. No soy la reina, pero reino en tu corazón. ¿Digo verdad?

Fernando de León la observó, a medias oculta entre las sombras creadas por las velas. Tras ella, colgada del borde de un arcón abierto, sobresalía la loriga del rey. Las anillas enmarcaban a Urraca en una vorágine de brillos metálicos.

—Dices verdad. Te amo, Urraca. Te amo desde aquel día en San Isidoro, cuando Nuño te tomó por esposa.

—Es lo que quería oír. Ahora sí tomaré vino.

Sus pies resbalaron sobre las sábanas y se apoyaron en el suelo. Anduvo descalza, sin más cobertor que la cruz que bailaba entre sus pechos y la trenza negra y medio deshecha que acariciaba su espalda. Se sirvió sin mirar al rey, pero consciente de que cada movimiento suyo era un ingrediente más para el ensalmo. Fernando de León se sorprendió al notar una nueva erección bajo la túnica. Movió la cabeza a los lados, incrédulo. «Tengo cuarenta y cuatro años y me siento como un muchacho». Apartó la vista del cuerpo desnudo y tentador de Urraca y la fijó en el mapa. Ella lo notó. Se acercó con la copa mediada de Valdeorras y sus senos rozaron con estudiado descuido el brazo del rey.

—¿Qué hay de Castilla?

Fernando de León enarcó las cejas al tiempo que ella bebía. Le embriagaba su aroma de hembra recién tomada. El miembro le reprendió con un dulce picor.

—Castilla ha llegado dispuesta a dejarse la piel en un encuentro definitivo. Pero, aun mostrándome su poder, mi sobrino no se resiste a tentarme con la paz. —El rey apoyó el índice sobre el mapa, en un punto marcado con el dibujo de varias casitas junto a un río—. Me escribió hace unos días y me citó aquí, en Medina de Rioseco. A medio camino entre sus tropas y las mías. Me da una última oportunidad y se la da a sí mismo también. Piensa que podemos llegar a un acuerdo. La alternativa es la batalla total. El juicio de Dios.

—¿Y qué piensas tú, mi rey?

—¿Yo? —El dedo se retiró del dibujo en el mapa y se cerró en un puño que cayó sobre otra marca, la que correspondía a la ciudad de Tordesillas—. Yo quisiera aplastar a mi sobrino. No negaré que estoy cansado. Cansado de reclamar lo que en justicia me pertenece. —Levantó la vista y la llevó a los ojos de Urraca, oscuros y grandes—. Toda la vida luchando. Luchando contra mi hermano, luchando contra los Lara, luchando contra mi sobrino... Sí, estoy cansado.

Urraca se rozó con Fernando de León. Hizo que su cuerpo resbalara entre la mesa y el rey, y lo abrazó. El sofoco de la lujuria cedía y el vino de Valdeorras se unía a la humedad reinante para enfriar a la castellana. Pero aguantó desnuda, refugiada solamente entre los brazos del monarca.

—Puedes descansar, mi rey. Y debes hacerlo. Yo te daré ese reposo en León, entre las sábanas. Y junto a ti, en tu mesa, y a tu lado, en el trono. Olvida la guerra. Olvida los viejos desafueros. Reúnete con Alfonso de Castilla y firma la paz.

—Paz... —Acarició la espalda de Urraca—. ¿Y qué pensarán mis súbditos? Tal vez crean que cedo ante mi sobrino.

—Tus súbditos quieren descansar tanto o más que tú, mi rey. El único que podría ponerte trabas es el señor de Castro, pero las cosas han cambiado mucho desde que mató a tu hermana y recibió tu perdón. Tal vez en el pasado fuera capaz de castigar tu entendimiento con Castilla, incluso marchando junto a los almohades y atacando tus ciudades del sur. Ahora no lo hará. Te debe demasiado.

Fernando de León entornó los ojos. Era cierto: por primera vez desde su tormentosa amistad con el señor de Castro, el rey sabía que nada de lo que hiciera lo apartaría de su lado. Entonces ¿era cierto? Apretó a la viuda con fuerza y se sintió a gusto. Abrigado y complacido a pesar del temporal que sacudía las lonas del pabellón.

—Tal vez sí, Urraca. Tal vez tengas razón y haya llegado el momento de la paz.

الله في
ثقة على وأنا

CUATRO DÍAS MÁS TARDE. MEDINA DE RIOSECO, REINO DE CASTILLA

Los almendros habían florecido casi al mismo tiempo que las lluvias cesaron. Ahora, el río Sequillo conducía su parco caudal a través de los campos verdeantes y las lomas onduladas.

En el pequeño castillo de Medina de Rioseco, la reina Leonor convalecía. Su salud había menguado con los chaparrones de final de invierno, y los físicos temían por la vida del pequeño que todavía llevaba en el vientre. Fuera, dos destacamentos de caballería se habían detenido a la vista el uno del otro. Hueste leonesa al noroeste de la fortaleza, hueste castellana al suroeste. Los villanos de Medina de Rioseco, espantados, se hacinaban en torno al cerro del castillo, y en la iglesia del pueblo se rezaban jaculatorias para evitar la ruina de una batalla entre sus sembrados.

Al frente de la fuerza castellana, Ordoño se impacientaba. Montado en su destrero, tenía el escudo trabado a la espalda y la lanza empuñada. A sus órdenes contaba con caballeros y hombres de armas de su confianza, prestos para actuar si algo salía mal. El rey Alfonso llevaba un buen rato en el castillo, acompañado por su alférez y su mayordomo, y reunido con su tío, el rey de León. Junto a este había entrado en Medina de Rioseco el señor de Castro, lo que todos consideraron mala señal. El Renegado jamás había accedido antes a firmar acuerdos con Castilla. ¿Qué bien podía salir de aquello?

Cuando Fernando de León abandonó el castillo con su escolta y se dirigió al galope hacia sus fuerzas, Ordoño aguantó el aire. Tras él, los castellanos se miraban en silencio. Aguardaron así hasta que vieron a su rey salir de Medina de Rioseco. Alfonso cabalgó flanqueado por Gome de Aza y, cuando se acercaba, todos pudieron apreciar la tensión en su rostro. Tiró de las riendas para detenerse junto a Ordoño.

—¿Guerra o paz, mi rey?

—Paz, amigo mío. Paz. Te encomiendo que regreses a Tordesillas y lo anuncies a nuestro ejército. Pueden volver a sus hogares.

El suspiro de alivio de los caballeros agradó al monarca, que sonrió forzado.

—Entonces, mi señor, ¿qué te incomoda?

El rey miró atrás, al castillo alzado sobre un cerro junto a la aldea.

—Mi esposa. Su obstinación al quedarse en el campamento estos días ha sido fatal. Tengo miedo del parto, Ordoño.

Dicho esto, hizo girar a su caballo y regresó por donde había venido. El alférez Gome de Aza permaneció junto a los hombres, observando el galope rápido del rey.

—Si la reina muere, ese hombre se vendrá abajo.

—La reina es fuerte —respondió Ordoño—. Pero tienes razón, hermano. Si ella muere, el rey se irá detrás. Lo malo es que no tienen un heredero varón. Y Fernando de León va de vuelta a su corte, sano como nunca.

Gome miró a la lejanía norteña. La hueste que había acompañado al rey Fernando se alejaba de regreso a Benavente.

—Incluso aunque el rey sobreviviera a la reina, volveríamos a tener problemas con los leoneses. Esta paz es débil, Ordoño. Muy débil. Ahora hay que reforzar las treguas con un tratado en regla y con alguna que otra boda. Ahí entras tú, hermanito.

Ordoño se removió incómodo en la silla de montar. Desenlazó el barboquejo, que le apretaba la barbilla, colgó el yelmo del arzón forrado de fieltro y se echó atrás el almófar. Bodas indeseadas... Mejor cambiar de tema.

—Cuando he visto que el señor de Castro entraba en las negociaciones, he supuesto que acabarían mal. ¿Qué ha pasado ahí dentro?

—Yo he pensado lo mismo que tú, Ordoño. Pero deberías haber visto a Fernando de Castro, manso como un cordero y feliz de las treguas. ¿Y ese es el tipo que se enemistó con el rey Fernando y llegó a aliarse con los sarracenos? ¿Y solo porque el difunto conde Nuño se presentó en la corte de León? Hoy no parecía tan fiero, desde luego. No ha chistado cuando los dos reyes han aceptado el río Cea como frontera. Eso es volver a lo que quería el emperador. Lo que en su día no admitió Fernando de León. Dios lo entenderá, hermanito, porque yo no. Han puesto fortalezas en prenda por las dos partes, y el maestre de Santiago y el prior del Hospital actuarán como árbitros si hay desencuentro. Ya te digo: una paz débil que podría romperse con un soplo de viento.

—Bien. —Ordoño se desperezó sin soltar la lanza—. He de cumplir las órdenes del rey. La gente estará contenta de poder regresar a casa, y más ahora, con la cosecha tan cercana.

—Cierto. —El alférez Gome hizo caracolear al caballo, dispuesto para volver a Medina de Rioseco, donde debía acompañar al rey junto a la enferma Leonor—. Pero que no cunda la euforia, Ordoño. Ahora que estamos libres de guerra con Navarra y con León, el rey querrá emprender la ofensiva contra los sarracenos. Es lo primero que ha dicho cuando su tío y el señor de Castro han salido: hay que algarear a los infieles, como hacen los portugueses. Puede que este verano descansemos, pero el año que viene viajaremos al sur, hermanito. Te lo aseguro. Queda con Dios.

El caballo arrancó al galope y se alejó hacia el castillo. Ordoño ordenó a varios jinetes que salieran en pos de su hermano para actuar como guardia del monarca, y emprendió el viaje sin más dilación hacia

Tordesillas. La columna se alargó por la senda, todavía embarrada. La capa blanquecina que adornaba los almendros le recordó la túnica de Safiyya aquel día, tanto tiempo atrás, en la Zaydía.

Safiyya.

Si Castilla emprendía algaras al sur, los almohades no tardarían en responder. Las escaramuzas se sucederían, cada vez mayores, y tal vez pronto, el propio califa africano cruzaría el Estrecho para traer su formidable ejército a la península. Ya no quedaría otro remedio a los católicos que unirse para batir al enemigo. Ese era el objetivo del rey Alfonso. Todo el mundo conocía el empeño que, desde pequeño, residía en su voluntad: cumplir el sueño de su abuelo, el emperador. Aliarse con los demás reyes cristianos para derrotar al califa almohade. Pero antes incluso de que los reyes se unieran y se diera la gran batalla con la que soñó el emperador, el mundo ardería. La muerte y la miseria atravesarían las fronteras, y los caminos y ciudades se teñirían de sangre. Tal vez incluso el mismo Yaqub, heredero del califa, se presentara junto a las monstruosas huestes africanas. ¿Y si reclamaba a Safiyya a su lado? Ordoño sacudió la cabeza mientras un sentimiento de congoja añadía peso a su loriga. Lo decidió incluso antes de que el castillo de Medina de Rioseco se perdiera bajo el horizonte a su espalda. Debía volver a verla.

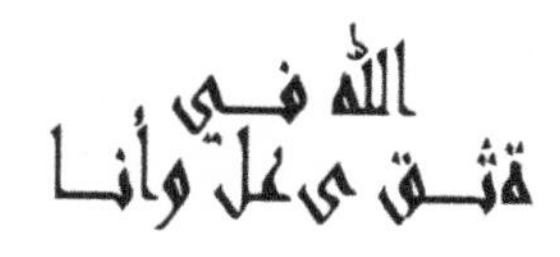

24
LA SENDA DE LA VICTORIA

Tres meses después, verano de 1181. Marrakech

Un mes antes de la llegada del verano, la concubina Zahr dio a luz un varón. Parió entre alaridos en el campamento militar, durante la marcha de regreso a Marrakech, y el bebé saludó al mundo con un llanto débil antes de agarrarse con desgana a las tetas de su nodriza. El pelo del niño era castaño, tenía los rasgos dulces, la piel clara y los ojos azules de su madre. A Yaqub le pareció frágil y demasiado pequeño, pero era su primogénito. El hijo que el califa exigía para confirmar el destino de Yaqub y perpetuar la dinastía.

Yaqub lo presentó a su padre, a los visires y a los jeques del ejército. La fe dictaba a todo fiel la obligación de llamar a uno de sus hijos como el Profeta, y Yaqub cumplió a la primera. Así que gritó su nombre y su genealogía junto al pabellón rojo del califa, bien alto para que lo oyeran los más principales del gobierno almohade: Muhammad ibn Yaqub ibn Yusuf ibn Abd al-Mumín.

La esclava Zahr permaneció bajo cuidado de los médicos, arruinada su espléndida figura por el embarazo de campaña y por un alumbramiento largo y angustioso. Yaqub no la visitó tras el parto. De hecho, llevaba meses sin verla. No lo haría nunca más, y la concubina quedaría relegada a un puesto apartado del harén. *Umm walad*, puesto que ahora era la madre de un príncipe almohade, pero olvidada al fin y al cabo. Abú Yahyá disfrutaba con ello. Con la portuguesa alejada de Yaqub, este había recuperado su ardor religioso y guerrero. De nuevo, el hintata y el heredero del imperio se convertían en compañeros inseparables.

El ejército llegó a Marrakech acompañado por los Banú Riyah, los rebeldes árabes de Ifriqiyya que habían apoyado la revuelta y ahora, merced a los dispendios, promesas y perdones de Yusuf, habían regresado a la sumisión. Por orden del califa, se instalarían cerca de la capital con sus familias y quedarían de inmediato integrados en la gran máquina militar del imperio, junto a otras tropas también árabes que Abd al-Mumín sometiera años atrás.

Otro que llegó a Marrakech, aunque en condiciones bien distintas, fue at-Tawil. El rebelde derrotado arrastró sus cadenas durante el camino de vuelta. Pero lo hizo en silencio, sabedor de que sus días estaban contados. Atrás quedaban Gafsa, de nuevo sometida, las rutas caravaneras abiertas y las salinas en plena explotación. Yaqub entró en Marrakech en cabeza de la columna, tras el sagrado Corán transportado por la camella blanca. Al arzón de su caballo de batalla llevaba sujetas las cadenas de at-Tawil. El pueblo vitoreó al heredero como si se tratara del mismísimo príncipe de los creyentes. Su padre aceptó resignado la escena. Incluso contento, pues por fin podría regresar a sus estudios y al lecho de Zayda bint Mardánish.

Pero quedaba un compromiso por cumplir. Yaqub había conseguido que at-Tawil se postrara en el plazo acordado, así que el califa debía hacer honor a su promesa y llevar a cabo el nombramiento público de su primogénito como el hombre más poderoso del imperio a excepción de él mismo.

La ceremonia se preparó en el mismo lugar donde, tres años antes, había tenido lugar la ejecución del almojarife de Sevilla. El estrado de madera fue alzado de nuevo cerca de la Bab Dukkala y decorado con las banderas almohades. Los esclavos de la guardia negra formaron alrededor de la construcción, los pobladores de la capital abarrotaron el llano para asistir al espectáculo. El califa, como siempre, ocupaba su sitio preeminente en un trono que lo elevaba sobre el resto de dignatarios. A su diestra, Yaqub vestía un sencillo *burnús* listado en gris y blanco, lo mismo que Abú Yahyá, situado junto a él.

Primero desfilaron los árabes sometidos. Lo hicieron a caballo, en una desordenada columna de a dos y bajo las miradas serenas de los Ábid al-Majzén. Después llegaron los armeros del ejército, a quienes se había recompensado por orden de Yaqub merced a su trabajo con los almajaneques ante Gafsa. Tras los encargados de las máquinas de guerra, varios jeques masmudas trajeron los estandartes conquistados en la ciudad rebelde y los arrojaron a los pies del estrado. El cielo se llenó de abucheos e insultos, pero se hizo el silencio cuando apareció el insurrecto rendido.

At-Tawil, orgulloso en su desgracia, caminaba entre media docena de guerreros hargas. Llevaba las manos atadas a la espalda y el cuello ceñido por un dogal de hierro. La gente de Marrakech lo observó con curiosidad, admirada de su altura y de su porte digno. Muchos esperaban la llegada de un desarrapado cabizbajo. Alguien parecido a los asaltantes de caravanas del desierto o a los pastores insurrectos de los valles sanhayas. Pero at-Tawil, de noble cuna, no se sentía un ladrón ni un sedicioso. Le obligaron a detenerse ante la plataforma y golpearon sus corvas para conseguir que se arrodillara. En aquel momento, Yusuf echó de menos a su hermanastro Abú Hafs. Nadie como él para la propaganda, para sacar partido a las exhibiciones de prisioneros y para contentar y atemorizar a un tiempo al pueblo. Pero Abú Hafs no estaba, así que el califa se levantó, anduvo hasta el borde del estrado y alzó las manos con las palmas hacia arriba.

—¡Dicen las palabras sagradas: «Señor, el poder está en tus manos; tú lo das a quien quieres y se lo quitas a quien te place; tú elevas a quien deseas y humillas a quien se te antoja!». ¡Pueblo mío, he aquí el perturbado que se atrevió a rebelarse contra Dios!

Ahora sí hubo abucheos, mofas y amenazas. At-Tawil, todavía arrodillado, no se inmutó. Su vista estaba fija en algún lugar perdido del suelo. Yaqub dio un pequeño golpe con el codo a Abú Yahyá.

—La voz de mi padre tiembla, ¿te has fijado?

El hintata asintió mientras sonreía.

—¡Pueblo mío! —El califa señaló a los estandartes de Gafsa—. ¡He aquí también las banderas de los rebeldes! —Se volvió lentamente para observar a su hijo. Suspiró y sus hombros cayeron unas pulgadas—. ¡Y ahí tenéis a quien os ha traído la victoria! ¡¡Yaqub!!

El grito enfervorecido brotó de millares de gargantas. Las noticias de lo ocurrido durante la campaña habían llegado a Marrakech mucho antes que el ejército, y el triunfo de Yaqub crecía cada vez que salía de una boca y alcanzaba un oído. El primogénito del califa se había convertido en un héroe del imperio. Alguien que casi alcanzaba en santidad y valor al mismísimo Abd al-Mumín o al fundador del credo, el Mahdi Ibn Tumart. Algunos fieles empezaron a corear su nombre, y la ola recorrió la masa y contagió a los funcionarios almohades que ocupaban la plataforma de honor.

—¡¡Yaqub!! ¡¡Yaqub!!

Yusuf sintió miedo. El vello se erizó bajo su ropa y deseó acabar cuanto antes. Hizo un gesto tímido hacia su hijo, y este se acercó ufano, parsimonioso. Degustaba el momento con un placer mayor del que había sentido al yacer con la olvidada Zahr. El califa acalló los cánticos con un movimiento de su brazo izquierdo. Se aclaró la garganta.

—¡Yaqub acaba de dar un nuevo príncipe a la dinastía y ha llegado el momento de recompensar su entrega! ¡Pueblo mío! —volvió medio cuerpo para contemplar a la plana mayor de su gobierno, alineada en la plataforma—, ¡fieles súbditos!, ¡sois testigos de mi compromiso! —Apoyó la diestra sobre el hombro de su hijo—. ¡Aquí tenéis a mi primogénito y heredero, vuestro nuevo visir omnipotente! ¡Jefe supremo de mis ejércitos! ¡Espada del islam! ¡Aquel que un día será llamado príncipe de los creyentes!

Yaqub cerró los ojos para bañarse en el clamor del pueblo. Los aplausos y las loas a Dios lo acunaron en su momento de gloria. Contra la oscuridad de sus párpados, un brillo blanquecino crecía, seguido de una estela verde. Sonrió. Su sueño estaba cada vez más cerca.

Abrió los ojos y vio que at-Tawil fijaba la vista en él.

—Padre.

Yusuf, que había retrocedido discretamente mientras la multitud encumbraba a Yaqub, se volvió a acercar a su primogénito.

—Tienes lo que querías, hijo mío. Esto es lo que te prometí, ¿no? ¿O todavía pretendes más?

El príncipe lo miró con gesto beatífico. Apuntó con el dedo hacia arriba, en un gesto que al califa le recordó a su hermanastro muerto, Abú Hafs.

—Esto no es más que la voluntad de Dios, padre —y lo señaló a él—, y la tuya, naturalmente. Todavía eres el príncipe de los creyentes. Tu pueblo no debe pensar que existe sombra capaz de ocultar al califa.

—No sé qué quieres decir.

Yaqub miró al populacho como una alimaña miraría a su camada de cachorros. Extendió los brazos para acallar su griterío.

—¡¡Pueblo de Dios, vuestro amo y señor, el príncipe de los creyentes, es aún el ejecutor supremo de la voluntad divina!! ¡¡Él os escucha!! —Dedo índice de nuevo hacia arriba—. ¡¡Dios, alabado sea, os escucha!!

La chusma respondió con una nueva ovación granada de adulaciones e histerismo, que Yaqub tuvo que calmar con otro gesto paternal.

—¿Qué pretendes, hijo mío? —susurró el califa. Pero Yaqub lo ignoró.

—¡El príncipe de los creyentes ha traído ante vosotros a ese perro, at-Tawil! —El aludido seguía observando fijamente a Yaqub. Al oír su nombre, apretó los dientes—. ¡Decid, pueblo de Dios! ¿Qué destino preferís para este traidor?

La marea humana se convulsionó y los Ábid al-Majzén terciaron las lanzas. Los congregados en el llano escupían espuma al exigir los más horribles tormentos para el rebelde derrotado. Este empezó a temblar, sabedor de que cualquier fallo entre la guardia negra llevaría a su linchamiento.

—Te estás propasando, Yaqub —volvió a musitar el califa—. Nuestro acuerdo fue que yo decidiría el destino de at-Tawil. ¿A qué viene esto?

Ante la mirada estupefacta de Yusuf, su hijo puso una rodilla en tierra e inclinó la cabeza. Aquella muestra de humildad consiguió amainar el torrente de gritos amenazantes del populacho. El califa entornó los ojos. Su hijo ya contaba con la admiración incondicional del pueblo, y ahora les mostraba que, además de un héroe con poder casi absoluto, era un fiel servidor del califa. Lo único que faltaba era que Yaqub satisficiera la sed de sangre del pueblo.

Y entonces el príncipe metió la diestra entre sus ropas listadas y la sacó armada con su cuchillo *gazzula*. Le dio la vuelta con delicadeza para ofrecérselo al califa por el mango. Sonrió como un buen hijo.

—Tuyo es el poder, padre. Tuya la justicia. Tuya la venganza.

Yusuf dio un paso atrás, horrorizado. El brillo de la hoja lo cegó y se cubrió los ojos con una mano. La chusma, al borde del paroxismo, recibió el gesto de Yaqub con delirio. Esta vez los Ábid al-Majzén tuvieron que emplearse a fondo para retener a la plebe vociferante, que quería abalanzarse hacia el estrado para besar los pies del nuevo visir omnipotente. Cuando Yusuf apartó la mano, el arma seguía allí. Miró al populacho y casi pudo ver sus ojos enrojecidos, como los del difunto Abú Hafs. Yaqub leyó su pensamiento.

—Esto, padre —decía muy despacio, y nadie salvo el califa podía oírle entre las voces exaltadas del populacho—, no es verter veneno en la copa de tu hermano. Esto no es dar la orden de crucificar a un cautivo, ni decidir delante del mapa que se arrase una ciudad. —Alargó un par de pulgadas el brazo para aproximar el cuchillo a Yusuf—. Esto es diferente. Es mirar a los ojos de un hombre antes de quitarle la vida con tus propias manos. ¿Serás capaz de hacerlo, padre?

Los hargas que custodiaban a at-Tawil apretaron su círculo de seguridad, pues la plebe empujaba a los guardias negros y les hacían retroceder. Yusuf, angustiado, miró con gesto de súplica a su hijo.

—¿Por qué?

—Por mí, padre. Para que no pierda el mísero ápice de respeto que todavía siento por ti. Para que durante los años que te quedan al frente del imperio, no tengas que hacer que un catador pruebe tu copa cada vez que tengas sed.

Yusuf tragó saliva. Vio en los ojos de su hijo que aquellas palabras no eran amenaza, sino la constatación de una necesidad. Se supo infinitamente solo y cobró conciencia de que, a lo largo de su vida, siempre hubo alguien para evitar que él se manchara las manos. Alguien que le aconsejaba qué hacer o que tomaba las decisiones por él. Recordó su primera misión de guerra, cuando no era más que un crío y ordenó degollar a toda la población de la rebelde Tavira. Él no cortó ni una pulgada de piel enemiga. Recordó su escaramuza contra los abulenses muy poco después, en Zagbula, y cómo huyó a uña de caballo y abandonó a sus guerreros sin siquiera medirse con un adversario. Recordó su tiempo como *sayyid* de Sevilla, y los muchos que fueron crucificados a orden suya. Recordó el terror que le causaba el rey Lobo, y cómo no era capaz de empuñar las armas contra él. Recordó las purgas en Granada, tras la insurrección. Y las sentencias firmadas contra los cristianos capturados en algara. Recordó que había abofeteado a mujeres y humillado a ancianos. Eso fue mucho tiempo atrás. Antes de sentarse en el trono del califato y conocer la ciencia, la filosofía, a sus amigos andalusíes y a su favorita Zayda. Ahora, mucho más que en su juventud, la sangre le espantaba. Y por muchas muertes y mucho dolor que hubiera deseado y ordenado en el pasado, jamás había mirado a los ojos de un hombre antes de quitarle la vida con sus propias manos. Y eso le exigía ahora su hijo. Un hijo al que él mismo había llevado hasta aquel estrado para encaramarlo a lo más alto del imperio. Miró a su alrededor, como si esperase encontrar a su padre, el califa Abd al-Mumín, o al orondo almirante Sulaymán. Al gran jeque Umar Intí, o a su hermanastro Abú Hafs. Nadie. Todos estaban muertos.

—Estoy solo.

—¿Solo, padre? —Yaqub agitó el cuchillo *gazzula* y sonrió como una hiena—. No. Estás conmigo. Y con toda esta gente que moriría por mí.

Yusuf tomó el arma. Al hacerlo, su mano tembló como hoja de abedul en otoño. Se encontró con la mirada despavorida de at-Tawil y bajó los escalones hacia él.

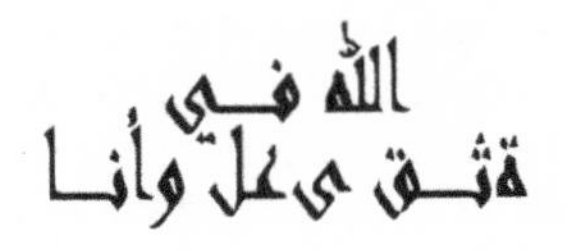

25
LAS ÁGUILAS NO CAZAN MOSCAS

Al mismo tiempo, verano de 1181. León

El príncipe Alfonso de León era el vivo retrato de su padre, el rey Fernando.

El muchacho estaba a punto de cumplir los diez años. Se adiestraba con una espada de madera junto a la iglesia de San Marcelo, bajo la mirada de un par de guardias aburridos. En aquel momento, el príncipe se batía con fiereza contra su maestro de armas, que detenía las estocadas y alternaba los contraataques lentos para forzar al muchacho a no descuidar la defensa. Pedro de Castro, apoyado contra el murete de la iglesia, llevaba un rato observando las evoluciones de Alfonso. Se había detenido en el lugar, de paso hacia la Puerta de Cores, al ver que el pequeño Alfonso se ejercitaba con la espada.

Pedro compadeció al príncipe. Hijo de una infanta portuguesa, su condición de heredero del reino había quedado en una curiosa situación a poco de nacer, al anularse el matrimonio entre sus padres por parentesco. Pese a todo, el joven Alfonso no tenía más hermanos y, por eso, nadie dudaba de que sería el próximo rey de León.

¿Nadie?

Pedro de Castro había empezado a dudarlo. Ahora, cuando se hallaba resentido y solo, alejado de todos, lo veía con mayor claridad. Para empezar, el amancebamiento del rey Fernando con Urraca se había convertido en cuestión pública y notoria. El monarca se dejaba ver con la joven como si se tratara de su esposa y hacía que lo acompañara en sus viajes por tierras bajo su cetro. En esos momentos, ambos viudos se encontraban en Zamora, otorgando donaciones y eximiendo de tributos el uno junto al otro. Pedro apretó los puños hasta que las uñas se clavaron en sus palmas. Aquel mismo año, justo tras la muerte del infeliz Nuño Meléndez, Urraca se lo había musitado muy cerca, a las puertas de San Isidoro. «Tú y yo», dijo. «Tú y yo».

Pedro de Castro sonrió con amargura. ¿Cómo había podido volver a engañarlo? ¿Cómo, si no era la primera vez? Escupió a un lado mientras el príncipe avanzaba contra su fingido adversario encadenando tajos. Urraca de Haro. Ladina, ambiciosa, zorra despiadada. Mil insultos más cruzaban la mente de Pedro. Y pese a todos ellos, con gusto la volvería a estrechar entre sus brazos y a acariciar su busto de terciopelo negro. Pero las águilas no cazan moscas, o eso diría su señor padre. ¿Iba a conformarse Urraca con él, pudiendo acceder a un rey?

Y si él era una simple mosca a la que jurar amor en la puerta del templo y olvidar en el lecho del monarca, ¿qué era aquel príncipe niño que jugaba a la guerra delante de él? ¿Qué pasaría cuando Urraca pariera a un hijo varón de Fernando de León? Sintió un lazo de simpatía con el muchachito y se adelantó. Los guardias, que habían advertido de sobra su presencia, dieron un paso atrás. Todo el mundo temía al joven Castro, porque sabían que la furia de su padre corría por sus venas y que le había invadido una amargura malsana tras la alevosa muerte de su madre. Pedro se dirigió al maestro de armas y alargó una mano.

—Dame esa espada. ¿Estás enseñándole a luchar o jugando con él?

El hombre dudó justo durante el intervalo en que un relámpago de arrogancia cruzaba su mirada, pero también conocía a Pedro. Hizo saltar el arma de madera en su mano, se la entregó por la empuñadura y se retiró hacia los guardias. El joven Castro ocupó su lugar frente al príncipe y afirmó los pies. El niño, ajeno a intrigas y a famas oscuras, subió la guardia. Se dispuso a atacar. Lo hizo de frente, sin cuidado y lanzando el cuerpo tras la espada. Pedro desvió la estocada a un lado y puso su mano izquierda en la frente del muchacho para frenarlo.

—¡Eh! —se quejó Alfonso.

—¿Eh? —Pedro le empujó—. ¿Eso dirás a un enemigo de verdad cuando falles tu ataque?

El príncipe Alfonso hizo un mohín y repitió el golpe negligente. Esta vez, Pedro apartó el embate hacia el otro lado y golpeó las nalgas del niño.

—¡Eeeh! —Nuevo quejido infantil.

—¿Qué pasa?

—Debes hacerlo más despacio, mi señor —advirtió el maestro de armas—. Es solo un niño.

Pedro se volvió con lentitud y miró al hombre a los ojos. Allí estaba de nuevo la arrogancia.

—¿Solo un niño? —«Las águilas no cazan moscas, ni los enemigos de este muchacho le atacarán con espadas de madera». A fin de cuentas, el príncipe de León y Pedro de Castro eran más parecidos de lo que este pensaba—. Entonces yo tenía razón: le estás enseñando a jugar.

—A su tiempo aprenderá a pelear, mi señor. Cuando crezca.

El joven Castro arrebató la espada de madera de la mano del príncipe y se la arrojó al maestro. Este la tomó con habilidad.

—Tal vez cuando crezca sea demasiado tarde, patán. Pero tú no eres un niño. ¿O sí? ¿Te atreves a jugar conmigo?

La duda asaltó de nuevo al maestro de armas. Los guardias de palacio lo animaron con gestos, deseosos de que alguien diera una lección al vástago del Renegado. El arrogante profesor de esgrima blandió el arma y la hizo girar, dibujando molinetes a ambos lados del cuerpo. Adelantó la pierna derecha y puso el cuerpo de lado.

—Enseña al castellano a tener la boca cerrada —susurró uno de los soldados.

Encadenó varios golpes seguidos, muy rápidos y amplios. El príncipe Alfonso se retiró para no ser atropellado por el joven Castro, que retrocedía sin detener los tajos del maestro. «Las espadas de madera pesan poco —pensó el Renegado—, y no hacen daño suficiente».

Se detuvo y, en lugar de defenderse con el arma simulada, se lanzó con un pie por delante. La planta impactó en el pecho del maestro y le cortó la respiración, lo hizo trastabillar hasta que cayó junto a los guardias, levantando una nube de polvo. La espada de madera voló hasta muy cerca del príncipe Alfonso.

—Recógela, anda —dijo Pedro de Castro al niño. Este observó al maestro, que se retorcía entre toses. Los dos soldados también lo contemplaban estupefactos. El joven Alfonso se agachó y tomó el arma.

—¿Vas a hacerme daño a mí también?

—Tal vez. Un poco de daño ahora evitará que te hieran en el futuro. Si no lo hacemos así —Pedro apuntó hacia el preceptor de esgrima—, podrías convertirte en él. Ven conmigo.

El príncipe se dispuso a acompañar al joven Castro, que hacía ademán de alejarse de los guardias y de la muralla de León. Los soldados no intentaron detenerlos.

—¿Adónde vamos? —preguntó el niño. Bordeaban el murete de San Marcelo.

—A por espadas de verdad. Por ahora sin filo, pero que sean de hierro. No estos estúpidos juguetes. Hay una forja cerca de San Claudio y conozco al herrero.

—Eres Pedro de Castro, ¿verdad?

—Sí. Somos primos.

—Lo sé. —El príncipe se colocó el flequillo sobre los ojos, un gesto aprendido de uno de sus ayos, Armengol de Urgel—. Cuentan cosas de ti. ¿También me enseñarás a combatir con tu hacha?

—Si quieres… ¿Y qué es eso que cuentan de mí?

El príncipe Alfonso miró un momento atrás. Los guardias lo seguían a distancia prudente. Más allá, el maestro de armas empezaba a incorporarse.

—Dicen que te volviste loco cuando mataron a mi tía Estefanía. Dicen que quieres acabar tú solo con todos los castellanos.

—¿Y te parece mal? No lo de la locura, sino lo de matar a los castellanos.

El niño se encogió de hombros.

—Doña Teresa, mi madrastra, me decía que los castellanos no son tan malos como asegura mi padre.

—Ya. Tu madrastra fue esposa de uno y madre de varios de ellos, así que es normal. ¿Y tu madrastra de ahora, Urraca? ¿Qué dice ella?

—Nada. Ella no habla conmigo. —Un par de olleros que cargaban con su mercancía se cruzaron con ellos e inclinaron las cabezas en señal de respeto. Cuando se alejaron, el pequeño remachó con voz apagada—. Además, no es mi madrastra. Y no me gusta cómo me mira.

«Claro que no, príncipe».

—Lo que dicen es cierto, Alfonso: estoy loco y me gustaría acabar con todos los castellanos. Pero ya me pasaba antes de la muerte de mi madre.

—Ahora también tienes madrastra —apuntó con inocencia el niño—. Como yo. ¿A que sí?

Así era desde hacía pocas semanas. El señor de Castro no había tenido reparo alguno en volver a casarse apenas un año después de la trágica muerte de doña Estefanía. Su nueva esposa era una muchacha llamada María, cuarenta años más joven que don Fernando y con un busto más que generoso. Pedro había sentido vergüenza al principio. Y no porque un caballero que se acercaba a los sesenta se ayuntara con una mujer de la misma edad que su hijo, sino porque su padre no tuviera la decencia de vestir hábitos o al menos aparentar arrepentimiento por su crimen. A la vergüenza, sin embargo, la sustituyó un renovado resentimiento. Su bondadosa madre se pudría en la tumba mientras su belicoso y homicida padre se solazaba con una jovencita de pechos enormes.

—Sí, tengo madrastra. Y tampoco me gusta.

Para colmo, la nueva mujer del señor de Castro se llevaba de maravilla con Urraca de Haro. Era lógico. Toda la corte adulaba ahora a la viuda de Nuño Meléndez aunque no hubiera celebrado matrimonio con el rey. Parecía que a los leoneses les satisfacía que su monarca alardeara de barragana. Por eso nadie decía en voz alta lo que muchos sospechaban: que la muerte del noble gallego había sido muy extraña. Deslumbrado por el brillo de Urraca, Pedro no había querido verlo en su día, pero los síntomas de la muerte de Nuño Meléndez eran los que se decía que causaba el arsénico. Sacudió la cabeza. La reina Teresa de Traba y Nuño Meléndez habían caído con muy poco tiempo de diferencia, y sus respectivos cónyuges habían accedido así a una viudez que estos habían consolado con el contubernio público. Ah, Fernando y Urraca. Urraca y Fernando. Y él, Pedro de Castro, simple mosca ignorada por el águila.

Volvió a observar al príncipe Alfonso, que caminaba junto a él con su espada de madera en la mano. Pobre muchacho, destinado a tan alta misión y rodeado de todos aquellos cuervos. Una presa mucho más apetitosa para un águila que una mosca.

الله في
ثقة على وانا

Un mes después. Atienza, reino de Castilla

El rey Alfonso observaba el horizonte, dividido en rojo y azul por las tierras de Atienza y el cielo limpio de nubes. Desde el torreón macizo del castillo, en lo alto de un cerro que dominaba la ciudad, se atisbaba el camino que llegaba desde el noroeste. Desde Las Huelgas.

El rey se enjugó una lágrima e inspiró con fuerza. En el monasterio de Las Huelgas, muy cerca de Burgos, lugar de santidad fundado por su esposa Leonor apenas unos meses antes, acababa de enterrar a su hijo Sancho. El príncipe de tres meses que debía ser su heredero. El niño había nacido débil y Alfonso de Castilla se sentía culpable por ello. Él había insistido en mantener aquella absurda campaña militar contra León que al final quedó en nada. Él había sido quien, en armas contra otro rey cristiano, aguantó en su campamento bajo el inclemente invierno castellano. Y todo mientras Leonor, preñada, se mantenía a su lado, chapoteando en el barro y durmiendo bajo las heladas. Ya había sido todo un milagro que el bebé y la madre salieran vivos del parto. El rey no quería ni imaginar qué habría ocurrido si Leonor hubiera muerto en el trance.

Ella estaba viva, pero su heredero no. Los físicos se lo advirtieron nada más traerlo al mundo, aunque él confió en Dios y en su buena estrella. Nada podía ir mal. No después de llegar a la tregua con León y verse libre para luchar contra los sarracenos. Por eso entregó a su hijo recién nacido a Diego López de Haro, para que fuera su ayo y lo criara en el amor a las armas. Tres meses había vivido el príncipe, y ahora Castilla se hallaba de nuevo sin heredero.

Se restregó la cara para limpiarse otra lágrima. El funeral en Las Huelgas había sido desgarrador. La reina Leonor no podía dejar de llorar y se apretaba el vientre. El lugar donde había llevado a su hijo durante algo menos de nueve meses. Pero no echó la culpa al rey. Ella jamás lo haría, aunque lo pensara. Y, de todos modos, Alfonso de Castilla no pudo quedarse allí, en Burgos, junto a su esposa. En lugar de consolarla, había huido a Atienza. A refugiarse en su deber de rey.

Se volvió al oír los pasos en lo alto de la torre. Diego de Haro, señor de Vizcaya, acababa de subir y clavaba una rodilla en el suelo de piedra.

—Aquí estoy, mi rey. Tal como ordenaste.

Alfonso de Castilla volvió a inspirar y se acercó a su súbdito. Lo tomó por los hombros para que se levantara. El de Haro sobrepasaba al monarca casi un palmo.

—Diego, necesito de tus servicios.

—Puedes contar conmigo para lo que gustes, mi señor.

El rey asintió mientras observaba al señor de Vizcaya. Se decía que aquellos rasgos eran los mismos que tenía su hermana Urraca, pero lo que a ella la volvía hermosa, hacía del señor de Haro un hombre de gesto duro e impenetrable. Un noble de primera línea que, a sus casi treinta años, permanecía soltero. Algo solo visto en alguien que se entregaba a Dios, como un freire, o en quien invertía todo su esfuerzo en alguna otra empresa de calado.

—¿Qué te parece lo de tu hermana Urraca?

—Lo de mi hermana… —Diego arrugó el ceño—. Bueno, no me extraña. Ella siempre ha sido… muy ambiciosa. Se parece mucho a mi madre.

—No te pido que la juzgues, amigo mío. —El rey sonrió, aunque aquello no hizo que la tristeza desapareciera de su semblante—. Sino que me digas qué ventajas puede tener para nosotros su relación con mi tío Fernando.

Diego de Haro caminó por lo alto de la torre y fijó su vista en los campos que se ondulaban rumbo a Sigüenza. Su respuesta no estaba exenta de un tono irritado.

—Sé que pasas por un momento difícil, mi rey. Pero para esos consejos que me pides cuentas con la inteligencia de tus privados. Tu mayordomo y tu alférez, por ejemplo. ¿Qué sé yo de tejemanejes políticos? A mí dame una espada y una fortaleza que conquistar.

Alfonso suspiró. Sabía que Diego de Haro ambicionaba el honor de alférez. Después de todo, también el señor de Vizcaya se parecía mucho a su madre.

—Amigo mío, un rey ha de tomar decisiones que no siempre satisfacen a todos sus súbditos. Mereces formar parte de la corte como el que más y confío en ti para cualquier trabajo de guerra, pero ahora es otra misión la que preciso que desempeñes. No puedo enviar a nadie más. Cumple, y yo te garantizo que a no mucho tardar te daré esa alferecía.

Diego de Haro se volvió con el rostro iluminado, aunque tuvo la decencia de disimular enseguida.

—Entonces, mi rey, te diré que mi señora hermana no se detendrá hasta ser reina de León.

—Bien. Es lo que esperaba oír. Y también es lo que espera Leonor. Pero mi tío no es un hombre fácil, te lo digo por experiencia. La viuda de Nuño de Lara fue también reina de León, y no nos sirvió de gran ventaja. No podemos permitirnos eso otra vez. Mucho menos ahora, que hemos conseguido una tregua.

Diego de Haro asentía.

—¿Y qué puedo hacer yo, mi rey?

—Viajarás a León y te pondrás al servicio de mi tío.

El señor de Vizcaya arrugó el entrecejo.

—¿Yo? ¿Al servicio del rey de León?

—Tu fidelidad es y será para conmigo, por supuesto. Pero ahora estamos en paz con León y no hay nada indigno en que defiendas a otro rey cristiano. Mi tío tiene el ánimo reblandecido, a buen seguro por la influencia de tu hermana Urraca. Ha aceptado que un Lara se haga cargo del obispado de León, ahora que el anterior obispo se retira. ¡Y Fernando de Castro no se ha quejado! No es de extrañar, desde luego. Desde que mató a mi tía Estefanía, ese Renegado se ha convertido en un alma cándida. Es un momento único, debemos aprovecharlo. Por eso irás allí y defenderás los intereses de Castilla.

El señor de Haro reflexionó un momento ante la mirada expectante del rey.

—Alférez de Castilla —murmuró.

—Ese puesto será tuyo si me sirves bien, amigo Diego. Solo has de esperar hasta que firmemos un tratado en condiciones, y hasta que yo vea que puedo marchar contra los infieles sin temer nada de mi tío.

—Sea pues —admitió el de Haro—. Me voy a León.

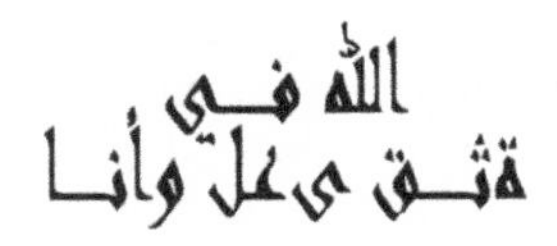

26
LA POSADA VALENCIANA

QUINCE DÍAS MÁS TARDE, VERANO DE 1181. VALENCIA

Ordoño se casó por fin con su novia leonesa, María de Villamayor. María resultó ser una agraciada muchacha después de todo. De cabellos color miel, frente blanca y cejas finas sobre los ojos marrones y melancólicos. Tal vez algo delgada para su gusto, aunque de seno firme. La leonesa llegó al humilde torreón de Roa para aportar al matrimonio sus ricos señoríos y padecer las ausencias de su esforzado y bélico esposo. María no ocultó la alegría al conocer a Ordoño y se apresuró a consumar su unión con gran entrega. Él cumplió con la misión encomendada por su rey y, sobre todo, por su reina. Y tras cumplir, se despidió de su recién estrenada esposa con un beso en la frente y tomó el camino del sur con la excusa de preparar las algaras del año siguiente. En cuanto sobrepasó las montañas y llegó a Madrid, envió a su escolta rumbo a las aldeas de la Trasierra para que llevara las órdenes del rey Alfonso, y él giró hacia el este, por la senda que llevaba a Cuenca y a Valencia.

Durante el viaje, las palabras dichas por Safiyya dos años atrás le martillearon la memoria. Seguramente ella tenía razón: aquel amor imposible estaba destinado a la humillación y a la desdicha, y lo único que conseguía era enloquecerlo, rebajarlo y envilecerlo. Y aun así no lo podía evitar. Con cada jornada se sabía más cerca de Valencia y su deseo crecía al mismo ritmo que su desesperanza. ¿Qué ocurriría si ella se negaba a verlo? O peor aún, ¿y si Safiyya había sido reclamada por su esposo y no se encontraba ya en al-Ándalus?

La soledad y el olvido, pensó. Esas serían las consecuencias.

En Cañete, al afrontar la última etapa en territorio cristiano, cambió sus ropajes y su moneda. Trocó los caballos por borricos, se colgó un zurrón con queso, pan y nueces, y una bota llena de vino aguado. Hasta allí llegaban en primer lugar las noticias del otro lado de la frontera, y estas decían que los almohades seguían ocupados con frecuentes rebeliones en África. Los relatos eran confusos. Se hablaba de movimientos de enormes ejércitos califales hacia el este, en marchas tan largas que, de haber tenido lugar en la península, los almohades habrían llegado hasta el otro lado de los Pirineos. A Ordoño le mareaba pensar en ello. ¿Tan grande era el imperio sarraceno? De ser cierto, el rey Alfonso y su esposa tenían sobradas razones para desear la paz entre los cristianos, para buscar su unión y hacer frente común ante el enemigo. Lo contrario los llevaría al exterminio. Eso mismo le había reprochado Safiyya en su encuentro anterior: el abandono al que se sometió al reino de su padre llevó a su capitulación ante los almohades. Esa era la moneda con la que los cristianos habían pagado los nobles esfuerzos del rey Lobo. Pues bien, Ordoño no abandonaría a la lobezna.

Se movió en etapas cortas para no fatigar a sus monturas. En las postas y aldeas del camino, los andalusíes vivían con una mezcla de temor e indiferencia. Temor por los avances cristianos de los años anteriores, e indiferencia hacia la administración valenciana de Abú-l-Hachach ibn Mardánish, el hermano del difunto rey Lobo y único gobernador andalusí al frente de una gran ciudad almohade. Cuando llegó a Valencia, vestido con *zihara* de tela blanca y un gorrete de fieltro, acudió a la posada del Charrán. Mientras negociaba el pago adelantado de una semana de alojamiento y comida, se supo observado desde los cortinajes de la cámara contigua. Ordoño sonreía a la vez que dejaba caer las monedas cuadradas sobre la mano del tabernero. Allí estaba Kawhala, la danzarina de mejores tiempos. Aquella misma tarde, sin duda, sabrían en la Zaydía que el castellano Ordoño había regresado.

Pero el tiempo pasó sin noticias. Durante los primeros días, el cristiano permaneció a la espera en su aposento, aunque la impaciencia y el aburrimiento lo llevaron a frecuentar el zoco, los baños públicos y las plazas cercanas a las mezquitas. Juzgaba con prudencia las noticias y habladurías que llegaban del sur. Había valencianos que hablaban de grandes cambios en el gobierno almohade. Que el heredero del imperio, Yaqub, alcanzaba cada día cotas mayores de poder y que se había convertido en primer visir. También se decía que el gigantesco ejército califal había logrado una sonada victoria en una ciudad lejana, perdida en medio de un mar de sal. Ordoño oyó el nombre del lugar, Gafsa, de boca de un peregrino que acababa de regresar de un viaje al Oriente, pero no prestó mayor atención. Todo aquello seguía resultando demasiado remoto para un castellano. También había quien contaba historias sobre cruentas batallas entre las fuerzas almohades de Sevilla y los portugueses. Se hablaba de ciudades y castillos expugnados, de batallas navales en el Estrecho y de larguísimas cuerdas de cautivos cristianos conducidos al degüello o a la esclavitud. En medio de aquellos rumores, sonó un nombre que llamó la atención del cristiano. Fue un comerciante de aceite el que lo dijo frente a la aljama, a la salida de la oración del viernes.

—Cuatrocientas mujeres y más de cien hombres prisioneros desfilando por Sevilla. Todo por obra de un andalusí, amigos míos. Ibn Sanadid se llama.

Ordoño se adelantó y agarró el hombro del mercader.

—¿Ibn Sanadid? ¿Está vivo?

—Muy vivo, te lo aseguro. —Rio el aceitero—. Y muy rico. Un jeque almohade le encargó la toma de un castillo portugués. Corache o Coruche, o algo así… Los andalusíes de Ibn Sanadid treparon por las murallas de noche y al amanecer la plaza ya era musulmana. Dicen que el botín es inmenso.

Ordoño asintió. Se hizo atrás para no llamar demasiado la atención.

«Así que sigues vivo».

Y en muy buena situación, por lo visto. Aquella tarde regresó al Charrán con el recuerdo de la última vez que había visto a Ibn Sanadid. Una noche aciaga en la que había muerto el conde Nuño de Lara y había peligrado la vida del propio rey. Ordoño, normalmente, se obligaba a no pensar en ello, pero lo cierto era que su amigo andalusí habría matado a Alfonso de Castilla. Y seguramente lo volvería a intentar, de tener ocasión. Una ocasión como la que iba a presentarse pronto, puesto que el año siguiente comenzarían las algaras de calado contra los almohades. Y con ellos, en Sevilla y destacado por su coraje, estaba Ibn Sanadid. Ahora lo sabía. ¿Sería posible que el destino volviera a enfrentarlos? ¿Debía Ordoño, en ese caso, seguir respetando el juramento que se hicieron tantos años atrás?

Más tarde, aquel mismo día, Ordoño observaba el atardecer a través de la celosía de su cámara. Fuera, el calor húmedo daba paso a los aromas de las velas y de la carne cocinada en los puestos de la calle. Retrocedió sin dejar de pensar en la posibilidad de enfrentarse con Ibn Sanadid y se dejó caer en el lecho. ¿Cuánto llevaba en el Charrán? ¿Dos semanas? ¿Tres? La tarde anterior había acudido al cementerio de Bab al-Hanash para dejarse ver. Y cada dos o tres mañanas, paseaba por las inmediaciones de la Zaydía asegurándose de ser visto por las sirvientas veladas que entraban y salían de la *munya*. Si Safiyya seguía allí, ya debía de saber que Ordoño estaba en Valencia. Le asaltó la tentación de preguntar por Kawhala, pero desechó la idea: habría llamado la atención de forma innecesaria, y aquello era peligroso no solo para él.

Entonces, mientras el sol se ocultaba tras la lejanía azulada del oeste, se oyeron dos toques en la puerta. Ordoño se cubrió el cuerpo casi desnudo con la *zihara* blanca y pegó la oreja a la madera.

—¿Quién es?

La voz de fuera sonó apagada:

—Un alma que te adorará incluso si la torturas, y que la alegría ha levantado para venir a tu encuentro.

Ordoño cerró los ojos. Por fin estaba allí. Abrió la puerta con mano temblorosa y el agua de rosas se abrió paso para perfumar el aposento. Respirarlo fue como respirar el paraíso. Cuando el cristiano volvió a mirar, no recordaba que la penumbra hubiera avanzado tanto. O tal vez, simplemente, el mundo había palidecido en presencia de Safiyya. Se estremeció ante la mirada azul. Tras ella, el corredor estrecho y plagado de puertas permanecía vacío y en silencio. Vestía *yilbab* blanco, como en las dos ocasiones anteriores, y se cubría la cabeza con una *miqná* del mismo color cuyos extremos envolvían el rostro y solo dejaban al descubierto los ojos.

—Mi señora. —Ordoño, incapaz de sustraerse a la mirada de la princesa, se hizo a un lado. Ella entró con paso cimbreante y cerró la puerta. Fuera, el muecín llamó a la oración del atardecer.

—Sé que me arrepentiré de esto.

Se desenlazó la *miqná*, de cuyos flecos colgaban pequeñas anillas plateadas que entrechocaron y reflejaron débiles destellos de luz vespertina. Aparecieron sus labios, purpúreos por el tinte del nogal, y la tez clarísima que desafiaba a la penumbra. Cuatro trenzas, enramadas con hilo de seda y rematadas en nuevas anillas argentinas, cayeron libres y tintineantes hasta la cintura. Ordoño se mordió el labio inferior.

—Estoy soñando. Y tú estás más bella que nunca.

—Estás despierto. —Sonrió, y bajó la cabeza con recato—. Y es esta tierra la que nos hace bellas a todas. En ella está la hermosura, aunque los malditos almohades la oculten con su velo. —Al levantar la mirada ya no sonreía, sino que se mostraba airada—. Aunque sí, cristiano: es posible que sueñes. Porque al-Ándalus ya no existe. Y no puede verse ni tocarse lo que no está, sino en sueños.

Esta vez no, pensó él. Esta vez no la vería perderse entre las tapias de un cementerio, ni renunciaría a ella para huir del peligro. Se aproximó y acarició su rostro con el dorso de los dedos. De cerca, el azul de los ojos se volvía aún más profundo, como el mar que la separaba de su dueño africano.

—Te estoy tocando, mi señora. Estoy tocando al-Ándalus.

Inclinó la cabeza y besó su frente. Aspiró el perfume de las trenzas, le pareció que la voz del muecín amainaba para dar paso al rasgueo del laúd y al latido profundo de los crótalos. Casi pudo ver un jardín inundado de colores que embriagaba con su olor, y degustar el *nabid* fresco a la sombra de una parra. Acarició las pestañas de Safiyya con sus labios y los hizo resbalar por un pómulo hasta la mejilla y la boca purpúrea. No fue un beso rápido y robado, como el de cuatro años antes. Ahora se deleitó en beber al-Ándalus puro en la saliva de la princesa. La degustó como el fruto que le aguardaba solo a él, y el muecín calló por fin, ahogado su canto por risas imaginarias, nacidas de los rescoldos humeantes de lo que fue Valencia. Arrebatos de luz y enormes hogueras llenaban la ciudad, y al otro lado de las celosías se alternaban los cantos y los suspiros. Fuera, por la ribera del Turia, volvían a pasear las doncellas engalanadas con diademas de gladiolos. Mientras Ordoño se emborrachaba de Safiyya, Valencia se libraba de la mano invasora que imponía mantos oscuros y nublaba la felicidad. Cuando sus labios se separaron, ninguno de los dos pudo decir cuánto tiempo había pasado. Caía la noche por fin, y no había risas, ni luces, ni fuego, ni cantos, ni música. Solo ellos, atrapados entre dos mundos y dos épocas.

Safiyya se limpió una lágrima solitaria con el pulgar, y luego subió la *zihara* de Ordoño para descubrir su pecho, ancho y marcado con las huellas del combate. Lo besó despacio mientras clavaba las uñas en los hombros recios. Él se tensó. Al-Ándalus seguía llamándolo, conquistaba al cristiano y le exigía que lo conquistase a la vez mientras humedecía cada pulgada de su piel. Sintió que no podía contenerse, que necesitaba fundirse con el viejo reino del Lobo. Quiso ser lluvia para regar el campo que ahora se le ofrecía dispuesto para la siembra, y tiró del *yilbab*, tejido con la luz de los días soleados. Debajo descubrió la *gilala*, blanca y tan ligera que parecía cristal. Safiyya no desvió la mirada mientras Ordoño le desenlazaba la prenda y esta resbalaba hasta caer. La princesa era tan esbelta como él había soñado durante años. De su cuello pendía un collar, y de este una piedra añeja que se balanceó un momento, huidiza, entre los pechos firmes y redondos. Las manos de Ordoño se deslizaron hasta ellos y supo que recorría las cumbres de al-Ándalus, y descendía por sus laderas y cruzaba sus valles fértiles. Sintió que el reino de ensueño que ahora era Safiyya se estremecía bajo sus caricias y exploró la llanura ondulada de su vientre, adornada por un fino cinto de hilos de plata. La princesa volvió a besarlo justo cuando él llegaba al pubis de mármol, liso y depilado, y se adentraba en el huerto feraz que proporcionaba la fruta más jugosa, más tibia y más dulce. Cuando cayeron sobre el lecho, a su alrededor se cerraba la noche. Pero ellos se amaron de día, iluminados por el sol andalusí que no quería ponerse nunca. Ordoño habría querido mandar a su hueste para liberar aquel reino celestial. Solo pudo conquistar con sus dientes el cuello de Safiyya, y asediar con los labios la tersura andalusí de su rostro, los estandartes enhiestos de su pecho y los flancos de su cintura. Atacar con su lengua la boca que conocía los antiguos versos, y hundirse entre las piernas que habían recorrido sierras coronadas de nieve y playas sembradas de conchas. Un dolor intenso y vibrante recorrió las quebradas y los montes cuando el cristiano traspasó las defensas de la musulmana. Safiyya gimió mientras el dolor se convertía de nuevo en placer y un fino hilo de sangre resbalaba para manchar los muslos de ambos. Y como ninguno de los contendientes se declaró vencedor, regresaron a la lid una y otra vez. Y aquella noche, mientras la guerra era real y cruel en el resto del universo, en la posada valenciana volvió a vivir al-Ándalus.

في الله
ثقة على وأنا

27
TODOS SON INFIELES

DIEZ MESES DESPUÉS. PRIMER DÍA DEL VERANO DE 1182. ENTRE SEVILLA Y CÓRDOBA

Ibn Sanadid, apretado contra el tronco de un quejigo y oculto por la maraña de encinas, moreras y viñas, observaba el trasiego de gente a cien codos de distancia.

El terreno descendía entre pequeñas quebradas y monte bajo, y luego subía de repente en un cerro coronado por la fortaleza. Sobre la torre más alta, los cristianos habían plantado el estandarte de Alfonso de Castilla. Los guerreros de las órdenes militares y las milicias recorrían ya los adarves para examinar las defensas mientras otros, abajo, atendían a los heridos en el asalto y desvalijaban a los musulmanes muertos.

La conquista había tenido lugar de buena mañana, casi durante el amanecer. Ibn Sanadid, temeroso de las estratagemas cristianas, había salido la tarde anterior desde Carmona al mando de un destacamento de exploradores andalusíes. Tras hacer noche al abrigo de los alcornoques, el guerrero había despertado inquieto, mientras las estrellas todavía titilaban y la claridad no se atrevía a asomar desde oriente. Cabalgó entre las sombras y llegó justo a tiempo para ver el último envite cristiano a la fortaleza de Setefilla. Miles de peones con escalas se habían abalanzado contra las murallas mientras los virotes de ballesta barrían las almenas. Antes de que el sol dejara de rozar el horizonte, los sitiados se rindieron.

Ibn Sanadid lanzó un escupitajo entre los dientes. Desde la primavera, el rey de Castilla había recorrido los territorios almohades, moviéndose al frente de una hueste ávida de botín en la que se mezclaban freires calatravos, caballeros, milicianos de ciudad y soldados de fortuna. Las algaras, rápidas e intensas, devastaron los campos de Córdoba, Écija, Carmona, Ronda, Granada, e incluso Málaga y Algeciras. El rey de Castilla se trasladaba impunemente de uno a otro lugar, y dejaba a su paso incendios que arruinaban las cosechas y teñían el cielo andalusí de negro. Cientos de cautivos y miles de reses enriquecían ahora a los algareadores y a la corona, y a ellos se unía el botín de Setefilla: más de quinientos prisioneros cuyos rescates engordarían las arcas castellanas o que pasarían a servir a los cristianos como esclavos en el norte.

A la vista de esta desfachatez, el hintata Ibn Wanudin, al mando de las fuerzas de Sevilla, no se había atrevido a actuar. En lugar de eso reclamó a todos los guerreros disponibles y se encerró en la capital almohade de al-Ándalus, temeroso de que el rey de Castilla se atreviera a asediarla. Por fin, tras la infinidad de ruegos de Ibn Sanadid, había permitido que este saliera a espiar los movimientos enemigos con docena y media de jinetes andalusíes. El jienense se despidió de la esposa sevillana que había tomado tras su huida de Cuenca, Rayhana, y de la hija de ambos, Ramla. La pequeña, de tres años, lloró mientras su padre se alejaba forrado de hierro. Ibn Sanadid había esperado encontrarse con un campamento militar y cientos de carros llenos de botín, pero ahora veía que no se trataba de una simple algara. Alfonso de Castilla había llegado en busca de algo más y lo acababa de encontrar. Lo demostraban los estandartes reales que ondeaban en las torres, mezclados con los de las casas nobles del reino, y la milicia que se aposentaba en los adarves. Ibn Sanadid lo tuvo claro cuando vio que los cristianos se afanaban en reparar los daños causados durante el asalto.

Se apartó del quejigo y corrió, agazapado, entre la línea rota de viñas. Desató las riendas de su caballo de las ramas de un olivo y saltó a su lomo. Lo hizo avanzar entre las rocas, cuidando de no levantar polvo, y se alejó hacia su campamento de trasnochada. En sus pupilas mantenía la imagen de uno de los estandartes cristianos que recorrían las murallas de Setefilla, dorado con una cruz escarlata. El de la casa de Aza.

Cuando llegó a la ribera sur del Guadalquivir, sus hombres le estaban esperando. Tenían los caballos prestos, habían apagado el fuego del desayuno y se entretenían afilando sus armas. Montaron al verlo llegar, pero él les hizo un gesto negativo. Viajaron el resto del día entre campos devastados por la algara cristiana, pasaron junto a alquerías a medio arruinar, arboledas desmochadas y restos humeantes de aldeas desiertas. Se apresuraron hacia Carmona sin siquiera detenerse a tomar resuello. Cuando llegaron, Ibn Sanadid envió emisarios urgentes a Sevilla para informar al africano Ibn Wanudin. Después, tras asearse y tomar la cena, se decidió a ejecutar el plan rumiado durante el viaje desde Setefilla. Se había debatido entre sus emociones y hasta había pedido perdón a sus antepasados. Había reflexionado sobre las últimas noticias y sabía, al igual que todo andalusí, que el verdadero poder almohade ya no residía en la voluntad del califa Yusuf, sino en su hijo Yaqub. Yaqub, a quien había salvado la vida frente al ejército leonés. Se sentó a una mesa y, entre el humo perezoso de un pebetero lleno de ámbar, escribió.

En nombre de Dios, el clemente, el misericordioso

Al ilustre sayyid *Yaqub ibn Yusuf ibn Abd al-Mumín, visir omnipotente y jefe de los ejércitos del islam.*

Dios te proteja, Yaqub. A Él ruego para que perdones mi atrevimiento al escribirte. Soy Ibn Sanadid, de Jaén. Nos conocimos hace ocho años en Ciudad Rodrigo, cuando juntos huimos de la derrota. Más tarde me correspondió el honor de escoltar a tu esposa Safiyya bint Mardánish desde Sevilla hasta Valencia. Espero que recuerdes a este humilde vasallo tuyo que ahora tiene malas noticias que darte.

Sirvo a las órdenes del noble Ibn Wanudin, en Sevilla, después de haberme batido por el islam en la defensa de Cuenca y en las guerras contra los portugueses. En estos momentos me hallo en Carmona, no lejos de un castillo llamado Setefilla. En ese lugar, el perro Alfonso de Castilla ha establecido una base desde donde pienso que causará muchos males a los musulmanes. Estoy seguro de que serás informado de las algaras que desde hace meses aterran a los creyentes de uno a otro extremo de al-Ándalus. Los cristianos nos avasallan, matan a nuestros amigos y devastan nuestros campos. Son miles los prisioneros e innumerable el oro que nos han rapiñado. Ya no se trata solo de los insolentes portugueses: ahora, las inacabables fuerzas del rey de Castilla han apaciguado sus rencillas con otros infieles y han llegado a las puertas de Sevilla. Parecen decididos a quedarse. En unos días, tal vez Carmona sufra sus ataques. O Córdoba. Quizá la misma capital caiga bajo su deplorable cruz. Allí viven mi mujer y mi hija, y nada desgarraría más mi corazón que verlas esclavizadas por nuestros enemigos.

Tu noble súbdito Ibn Wanudin, en su afán por agradar al califa según merece, insiste en afrontar este peligro a solas y a la defensiva. Pero una vez más me atrevo a hacerte ver que yo, como andalusí, conozco de sobra a los comedores de cerdo que nos acosan, y sé que no cejarán hasta ver sus odiosas cruces clavadas en las cúpulas de nuestras mezquitas. Es urgente, ilustre sayyid, *que acudas a proteger a quienes ponen sus vidas en tus manos. Tu fama de guerrero salva mares y recorre la tierra. Todos aquí conocemos tus hazañas en los rincones del imperio, por eso sabemos que no nos desampararás en esta hora aciaga. Ven, Yaqub. Acude en nuestra ayuda.*

Mientras maduras tu decisión, oh, ilustre sayyid, *sabe que me opondré con todas mis fuerzas al castellano Alfonso, y que voy a escribir a otros valerosos andalusíes para que me presten su ayuda y así poder expulsar del corazón de nuestra tierra a los perros infieles. Que tu juicio para conmigo no sea severo y que Dios, alabado sea, me muestre el camino.*

وأنا على ثقة في الله

Día siguiente. Cordillera del Atlas

El califa Yusuf cayó enfermo tras la exhibición de su hijo y la ejecución pública del rebelde at-Tawil. Aquel era el primer hombre que mataba mientras afrontaba su mirada, repleta de una mezcla de terror y odio. El cautivo no llegó a suplicar, por fortuna. De haber sido así, Yusuf no habría sido capaz de degollarlo.

Al encumbramiento de Yaqub siguieron días extraños. Yusuf pasaba la mayor parte del día en cama. Sufría de ahogos y, en ocasiones, despertaba en mitad de la noche con la garganta cerrada y chorreando sudor. Se negó a comer y a abandonar el Dar al-Majzén. A pasear por los jardines, a salir para repartir limosnas o a rezar en la aljama de Marrakech. Solo se supo seguro en los cálidos brazos de su favorita Zayda. Pronto, los secretarios de su hijo empezaron a acosarle con peticiones. Nombramientos de jefes en el ejército regular, regalos para los jeques fieles y para los guerreros que habían demostrado su adhesión. Tras un par de meses de indecisión, Yusuf escribió a al-Ándalus, a su amigo Ibn Rushd, y le rogó que acudiera a su lado. Necesitaba a alguien en quien confiar fuera del lecho. Alguien que pudiera iluminar su camino en el Majzén, que ahora se había convertido en el feudo de su ambicioso y brutal heredero. El cordobés acudió a la llamada del califa y se instaló de nuevo en Marrakech.

Mientras tanto, Yaqub cambió algunas disposiciones relativas al ejército. En su afán por devolverle el poder de los tiempos de Abd al-Mumín, se sirvió de su cargo de visir omnipotente y mudó el destino de algunas partidas. Parte del dinero que todavía servía para solventar las consecuencias de la peste fue desviada a los cuarteles y *ribats*. Aumentó el ritmo de compra de jóvenes esclavos negros para nutrir la guardia personal del califa, se adquirieron monturas y se ampliaron las caballerizas de las ciudades. Se multiplicó la producción de lorigas, escudos y cotas de escamas, tanto de cuero como metálicas, y se impulsó el trabajo en los astilleros para reforzar la flota. La euforia inicial tras la recuperación de Gafsa continuó en Marrakech y en las demás grandes ciudades del imperio. Pero en sus límites, en las aldeas de montaña y en los bordes del desierto, creció la pobreza y, con ella, el descontento.

Así, en un pequeño villorrio del Atlas, los mineros que arrancaban la plata de las profundidades de la tierra mostraron su enojo. Sabían que su mineral era necesario para los gastos del imperio, y supusieron que nadie en la capital se negaría a escuchar sus súplicas. Solo pedían algo de ayuda para sus familias, ya que vivían en una tierra estéril y alejada de los mercados y las rutas. Los mineros se dirigieron al castillo que protegía la explotación, el Hisn Zuyundar, y convencieron al gobernador almohade con sus demandas, hasta entonces bien atendidas por el califa. Las reivindicaciones salieron del Hisn Zuyundar y llegaron hasta Yusuf.

Pero antes pasaron por las manos de su visir omnipotente.

Yaqub ordenó la movilización de una pequeña fuerza expedicionaria, reunió a los jeques en los aposentos de su padre y pidió a este públicamente que dirigiera la marcha de castigo. Yusuf no pudo negarse.

El segundo día del verano, las huestes masmudas formaban al este de la montaña sobre la que se alzaba el Hisn Zuyundar. Fuerzas de la cabila harga, las más reputadas como escaladoras. Al oeste se hallaba el otro acceso al castillo y a las minas. Allí había enviado Yaqub a los haskuras. Los haskuras, aunque de origen masmuda, aún eran considerados como poco fiables y por eso formaban parte de la escoria de la sociedad, junto a los sanhayas y otras cabilas innobles. Pero esta vez iban a tener la posibilidad de enfrentarse a auténticos almohades rebeldes, e iban a contar con el apoyo del mismísimo Yaqub. Una situación extraña que tal vez no volviera a darse jamás.

El visir omnipotente se equipó con una de las nuevas cotas de escamas metálicas, mucho más ligeras que las lorigas de anillas. Observaba la acusada pendiente de la montaña, plagada de rocas que sobresalían entre quebradas y paredes casi verticales. Iba a ser difícil escalar y llegarían arriba derrengados. Contempló a Abú Yahyá, situado a su derecha, y sonrió. Tras ellos, doscientos guerreros hargas aseguraban los correajes y vaciaban sus *qerbas* de agua. Yaqub, con la adarga de antílope asegurada a la espalda, miró atrás. El califa, tan pálido que no parecía africano, asistía a los preparativos del ataque con los labios fruncidos y grandes bolsas amoratadas bajo los ojos. A pesar de que la fuerza expedicionaria era reducida, Yusuf había viajado con el gran tambor almohade, símbolo de su poder. Ahora, a la señal de su hijo y primer visir, alzó la mano para dar la señal. El golpe retumbó bajo los pies de los soldados y trepó por el risco. Viajó por los valles angostos y pétreos y su eco voló por el Atlas hasta el nacimiento del río Sus.

الله في
ثقة على وأنا

Yaqub sonríe con fiereza mientras asciende por la cuesta pedregosa. Sus pies resbalan una y otra vez, los guijarros ruedan, rebotan entre las rocas y contra los guerreros que le siguen. Los hargas, tras él, jadean y se agarran a raíces leñosas que se abren camino entre las piedras.

En la mente, Yaqub retiene la imagen que lo ha visitado durante la noche. En un nuevo sueño, Gabriel se le ha acercado mientras portaba su inmensa bandera verde. «Estás en el camino, Yaqub —le ha dicho, resplandeciente sobre su caballo blanco—. Dios te ve y se regocija. Le place tu piedad. Le places tú».

Debe de ser cierto. Lo certifica lo ocurrido hasta ahora. Y como la fe ha de ser total y ciega, Yaqub ha preguntado a su visitante en sueños. «¿Qué debo hacer?».

«La voluntad de Dios, por supuesto. ¿No ves que todo lo que hay en los cielos y en la tierra adora a Dios? El sol, la luna, las estrellas, las montañas, los árboles… y una gran parte de los hombres».

Una gran parte de los hombres. «¿Y qué ocurre con los demás? ¿Qué pasa con los hombres que no adoran a Dios?».

«El suplicio está ya resuelto para ellos. Así como ellos desprecian a Dios, Dios los desprecia a ellos. Y a aquel a quien Dios desprecie, ¿quién le honrará? Dios hace lo que le place».

Yaqub ha comprendido. Dios hace lo que le place. Y a Dios le place Yaqub. No importa si los mineros de Zuyundar y sus valedores son creyentes, e incluso almohades. Tanto daría si fueran miembros de su propia familia. Su misión es clara. «Acabaré con ellos —le dice en sueños a Gabriel—. Eso haré».

«Y harás bien. —La voz del ángel es como viento resbalando sobre el cristal—. Hay gran diferencia entre nosotros, los fieles, y ellos. Las vestiduras de los infieles serán arrasadas por el fuego y se derramará agua hirviendo sobre sus cabezas. Sus entrañas y su piel serán consumidas. Los golpearemos con tizones de hierro. Y cuando pretendan huir, les haremos permanecer y les gritaremos: ¡sufrid el suplicio del fuego!».

Eso fue lo último que Gabriel dijo antes de que Yaqub despertara. Y ahora, mientras trepa rumbo al Hisn Zuyundar, sabe que Dios está mirando. Y le place lo que ve. Eso da nuevas fuerzas al nuevo visir omnipotente del Imperio almohade. A su lado, siempre fiel, se esfuerza en seguirle Abú Yahyá. Incluso el bravo hintata se ve con dificultades para mantener el ritmo de Yaqub. Tras ellos resoplan los guerreros hargas, deseosos de alcanzar la cumbre.

—A Dios le place.

Abú Yahyá no puede creer que Yaqub tenga fuerzas para hablar. Lo mira y ve la determinación en sus ojos. Es como si hubiera algo ante él. Algo invisible para los demás. Tal vez ese ángel que lo visita en sueños. Descubre que no solo lo admira. Lo que siente por él es devoción. Ah, el fulgor violento que despiden sus ojos, el latido de esa vena en el cuello… Sus miradas se cruzan y ambos las sostienen durante un largo momento, pero hay que seguir avanzando. Se desprenden nuevas piedrecitas que ruedan montaña abajo. La subida por el otro lado es más fácil, así que los haskuras ya deben de estar arriba, enzarzados con los mineros y los almohades rebeldes. El sol se eleva tras ellos. Calienta sus yelmos y las escamas de metal. No es nada, se dice Yaqub. Nada comparado con el fuego del infierno, el que espera a los infieles de arriba.

—Todos son infieles.

Abú Yahyá vuelve a mirarlo. Está acostumbrado a que Yaqub murmure, pero a veces le preocupa. Infieles, dice. ¿Los de arriba? Abú Yahyá se detiene un instante para cobrar aire. Se vuelve y ve que los hargas se despellejan los dedos para no desamparar a su líder. Pero Yaqub los aventaja en mucho. Es como si ese ángel extraño de sus sueños le hubiera insuflado un poder desconocido. Infieles, dice. Eso preocupa a Abú Yahyá. Los de arriba han llevado a cabo un pequeño motín, pero el caíd del Hisn Zuyundar es tan almohade como él. Y los demás son mineros. Obreros necesarios para el funcionamiento del imperio. Escupe un salivazo con sabor metálico y se lanza montaña arriba de nuevo.

Conforme se acercan al borde, empiezan a oír los gritos y los choques metálicos. Eso da alas a Yaqub, que redobla su marcha. El sudor apelmaza su cabello abundante bajo el casco, chorrea por su frente y se cuela bajo sus ropas. El sol está alto, el aire vibra por el vapor que se desprende de las rocas. El visir alcanza la cima, y ahí están.

Llamar castillo al Hisn Zuyundar es poco menos que una broma. Se trata de una torre baja y rechoncha, poco más que piedras amontonadas entre argamasa. A su alrededor se ha erigido una empalizada de madera que protege un par de barracones, una herrería y un pequeño establo para las mulas. No hay caballos ahí arriba. Ahora, la empalizada arde en varios puntos y el humo forma remolinos a ras de suelo. Los mineros amotinados han abandonado sus defensas y, armados con lanzas, mazos y estacas, se enfrentan a los haskuras. Yaqub toma el aire a bocanadas desde el borde del cerro.

—Son valientes —dice con voz ronca—. Pero también son infieles.

Los haskuras, mejor armados, los hacen retroceder. Llevan escudos de mimbre y lanzas, y forman filas apretadas. Frente a ellos, varios guerreros mejor equipados recorren las líneas de los mineros y asestan algún que otro golpe a los haskuras con sus espadas. Son los almohades que debían mantener a los trabajadores en la fidelidad del imperio. Ellos también son valientes. Pero igualmente infieles para Yaqub.

A la derecha del castillo de madera están los chamizos de los mineros. De un par de ellos se elevan también las llamas, y varias mujeres —las esposas e hijas de los trabajadores sin duda— intentan apagarlas con cubos de cuero llenos de agua parda. Un poco más allá, la tierra cambia de color y se hunde en las entrañas del cerro. La mina de plata.

Abú Yahyá alcanza la cima. Le duele respirar, pero se las arregla para embrazar su escudo. Señala a los incendios.

—Yaqub… —Casi no tiene voz—. Hay que apagar eso… Las minas tienen que seguir… funcionando.

—Son infieles. Arderán. —El visir omnipotente deja que su adarga siga a la espalda. En lugar de desenfundar su espada, saca a la luz su cuchillo *gazzula*—. A Dios le place.

Los hargas más capaces llegan al borde del barranco. Delante, los haskuras consiguen romper la precaria línea de los mineros y los ponen en fuga. De nada sirven las órdenes a gritos de los almohades amotinados. Se produce una desbandada, y ahora los obreros corren hacia Yaqub y sus hombres.

—¡A ellos!

El visir da ejemplo y, tras el grito, arranca a correr cuchillo en mano. Los mineros acaban de darse cuenta de que están rodeados y se detienen. Algunos arrojan a tierra sus tristes armas, caen de rodillas y alzan las manos. Otros, recelosos, se resisten a deshacerse de sus estacas y mazas. Los guerreros almohades que se dejaron convencer gritan desesperados.

—¡Somos fieles! ¡Somos fieles! ¡Ayudadnos!

Señalan al otro lado, a los haskuras que los han puesto en fuga. No pueden creer que sus propios hermanos de fe vayan a causarles daño. Y entonces Yaqub, adelantado a su tropa, llega hasta los mineros. El hierro de su cuchillo *gazzula* es un relámpago azul que se desliza de un cuello a otro. Los salpicones de sangre vuelan tras él. Abú Yahyá, obligado por su fidelidad y excitado por el empuje de Yaqub, también carga y derriba a un par de obreros con el escudo, pero no se atreve a rematarlos. También llegan los hargas, confusos. Pronto, los dos grupos expedicionarios atrapan a los amotinados en medio. Algunos intentan por fin defenderse, pero es inútil. Los cuellos se abren y chorrea la sangre, el viento se levanta con más fuerza y trae hasta la masacre el humo negro y las cenizas de los incendios. Algunos haskuras se desvían hacia los barracones para caer sobre las mujeres, y Yaqub mueve su mano como si un ángel exterminador la guiara. Degüella a unos y a otros, incluso a los que tratan de oponer sus estacas. Un pico de obra pasa rozándole el yelmo, y el que lo blande cae atravesado por la espada de Abú Yahyá. El hintata sigue a quien fuera su pupilo, atento a su espalda y a sus flancos. Yaqub parece poseído, descuida toda defensa y repite su cantinela.

—¡Todos son infieles! ¡Todos son infieles!

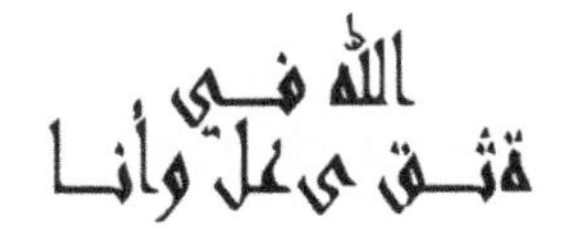

28
FRACASO EN SETEFILLA

MES Y MEDIO MÁS TARDE, VERANO DE 1182. CERCANÍAS DE SEVILLA

El aire ardía incluso sobre el Guadalquivir. De frente, la ciudad oscilaba como un espejismo, de modo que las torres, las murallas y los minaretes parecían volutas de humo. La columna de cautivos cristianos desfilaba en fila de a uno, atadas las manos al frente y los pies unidos por cuerdas cortas que los obligaban a andar a pasitos. El polvo que arrastraban formaba nubes que se colaban en las gargantas secas y convertían la sed en tortura. Cada prisionero llevaba una argolla al cuello, y de esta pendía una cadena que lo unía con el siguiente cautivo. El hierro se calentaba antes que el aire y dejaba marcas cárdenas en la piel. Cuando uno de los presos caía, sus compañeros le ayudaban a seguir. Sabían que no habría ración de agua si se detenían, y eso los mataría. Pese a las privaciones de las semanas anteriores y el tormento de la caminata bajo el sol, todavía no había muerto ninguno.

Ibn Sanadid, a caballo y con la cabeza envuelta en un paño, avanzaba junto a la cuerda de presos. Llevaba mes y medio lanzando ataques contra Setefilla. Pero no de frente, sino como a él le gustaba. Sorprendiendo a los forrajeadores y a los centinelas adelantados. Interceptando las algaras que salían del castillo para robar ganado y tomar prisioneros en tierras de Córdoba, Sevilla, Carmona o Écija. Los ocupantes castellanos, que al principio se sintieron como conquistadores, se habían convertido pronto en ratas asustadas que casi no se atrevían a abandonar Setefilla.

Lo primero que había hecho Ibn Sanadid fue averiguar la ruta de posibles suministros desde Castilla. Con dos emboscadas fue suficiente para cortar toda comunicación. Después se dedicó a apostar a hombres de su confianza cerca de Setefilla. Cuando los cristianos salían en cabalgada, el aviso volaba de puesto en puesto y pronto se formaba un destacamento para ir a la caza. Así disminuía poco a poco la guarnición que Alfonso de Castilla había dejado tras su marcha.

Ibn Sanadid no había pasado por Sevilla en todo aquel tiempo. Ardía en deseos de visitar a su esposa Rayhana y de alzar en brazos a su pequeña, pero temía que su superior, el hintata Ibn Wanudin, no viera con buenos ojos la iniciativa bélica del andalusí. Y es que el día anterior había perseguido a un grupo de ciento veinte jinetes cristianos en una algara río abajo. Ibn Sanadid, que ahora contaba con ayuda llegada de otras ciudades, dirigió a sus paisanos contra los cristianos, que a la sazón andaban muy tocados por el hambre y la baja moral. Cuando habían matado a la mitad de la hueste castellana, los demás rindieron las armas. Los andalusíes no podían permitirse cargas inútiles, así que remataron a los heridos. Ahora los supervivientes caminaban encadenados hacia Sevilla. Ibn Sanadid había decidido por fin presentarse ante Ibn Wanudin. Pero antes de llegar, el andalusí pretendía asegurarse su futuro, por eso llevaba un rato observando a uno de los cautivos cristianos. El tipo arrastraba los pies en el centro de la columna y estaba tan delgado que los pómulos amenazaban con escapar de su cara. La barba le cubría las mejillas, se condensaba en el cuello mientras hilos de sudor tiznaban su piel con el polvo del camino. La mirada extraviada y media docena de caídas lo delataban como el más débil.

—¡Traedme a ese!

Un par de andalusíes desmontaron y se acercaron al prisionero. Golpearon el tornillo que unía su argolla con la de sus compañeros y lo separaron de la fila. El hombre miró a su alrededor con los ojos muy abiertos. Vestía una camisa que hacía mucho tiempo fue blanca, pero ahora no era más que jirones negruzcos que envolvían la piel llena de ronchas y quemaduras solares. Lo llevaron en volandas hasta Ibn Sanadid mientras este saltaba de su caballo y entregaba las riendas a uno de sus hombres.

—Piedad. —El castellano cayó de rodillas ante él y su voz salió ronca cuando consiguió despegar la lengua del paladar. En las comisuras de sus labios se acumulaba un fluido blancuzco que escupió al suplicar.

Ibn Sanadid tomó aire. Y volvió a tomar aire una vez más. La piel del prisionero se descolgaba a tiras transparentes desde su frente, y tenía quemaduras supurantes en las orejas y en la nariz. Descubrió que no era lo mismo enfrentarse a un enemigo armado que hacerlo a un cautivo aterrorizado. Se obligó a no pensar en que aquel hombre era hijo o hermano de alguien, y que seguramente una esposa y varios críos le aguardaban al otro lado de las montañas.

—¿Tienes sed, cristiano?

El romance del andalusí no sonó intimidante, pero el castellano estaba demasiado consumido para notarlo.

—Sí, mi señor. Mucha. —No se atrevía a mirarlo a los ojos.

—Aquí hay agua para ti. Ración extra, porque veo que sin ella no terminarás vivo este día.

—Gracias, mi señor. —Siguió sin levantar la vista, y no hizo ademán de tomar el odre que Ibn Sanadid sostenía entre las manos.

—Pero antes tienes que contarme algo, cristiano.

—Claro, mi señor.

—¿Cuántos de los tuyos quedan en Setefilla? ¿Cuántos jinetes? ¿Cuántos peones?

El castellano alzó por fin los ojos repletos de legañas.

—Veinte mil peones, mi señor. Y otros tantos caballeros.

Ibn Sanadid sonrió. Se había equivocado con aquel cautivo, por muy agonizante y vencido que pareciera. Abrió el odre y bebió despacio, dejando fluir el hilo de agua desde arriba y mojándose la barba. Un par de gotas se escurrieron hasta caer sobre la camisa deshilachada del prisionero, pero este no se inmutó.

—Escucha, cristiano. Si me dices la verdad, no solo te daré agua. Además intercederé por ti ante mis superiores en Sevilla. Intercederé por todos vosotros.

—No lo dudo, mi señor. —Carraspeó para aclararse la voz, aunque no lo consiguió—. Ahora que lo pienso, creo que me he quedado corto. Son cuarenta mil peones y treinta mil caballeros los que quedan en Setefilla.

El andalusí no había dejado de sonreír. Sintió deseos de desenvainar la espada y cortar las cuerdas que ataban los tobillos del castellano. De darle la libertad y felicitarle por su cuajo. Él, que era guerrero de frontera, admiraba el valor del enemigo tanto como el propio. Pero no podía hacerlo.

—¡Traedme al que caminaba tras él!

Los hombres de Ibn Sanadid obedecieron. Esta vez se trataba de un hombre tan desarrapado como el anterior, pero con una llamativa tonsura en la coronilla. Aunque le había crecido pelo, la piel de la cabeza estaba roja como la sangre. El adalid andalusí lo observó. Llevaba días estudiándolo, como al primero. Este de ahora era un freire, obligado por religión a batirse hasta la muerte. El único de sus hermanos que se había rendido. Los andalusíes le hicieron arrodillarse ante Ibn Sanadid.

—Eres calatravo, ¿verdad?

—Sí.

—Lo suponía. ¿No sientes vergüenza por seguir vivo mientras varios de tus hermanos han muerto sin soltar las armas?

—Sí.

Ibn Sanadid tapó el odre y se lo dio a uno de sus hombres. El primer cautivo seguía el nuevo diálogo con los párpados entrecerrados mientras se vencía a un lado. Lo sujetó con una mano para evitar que cayera. Estaba claro que aquel desgraciado no iba a sobrevivir mucho más. Se volvió hacia el calatravo.

—Veo que eres hombre de pocas palabras. Pero también veo que eres sincero. Al contrario que este otro, que habla mucho pero dice mentiras. —Ibn Sanadid se llevó la mano al puño de la espada y desenfundó despacio. El freire observó sus movimientos sin mostrar temor, tal vez deseoso de que una ejecución rápida acabara con el deshonor de haberse rendido ante los cadáveres de sus compañeros de orden. Pero el andalusí no le hizo daño alguno. En lugar de eso, levantó el arma y asestó un tajo vertical y seco sobre el primer cautivo. La hoja se hundió en la carne como en manteca, justo entre la oreja y el hombro, partió huesos y penetró casi un palmo. El hombre se derrumbó sin emitir un solo gemido. El calatravo cerró fuerte los ojos y empezó a rezar con murmullos atropellados.

—Bien. —Ibn Sanadid escondió el acero ensangrentado a la espalda para ocultar también el temblor de sus manos—. Ya has visto que no bromeo. Necesito saber cuánta gente ha quedado en Setefilla. Y te doy mi palabra de que, si no me mientes, haré que se respete tu vida y la de todos esos cuando entremos en Sevilla. Abre los ojos y mira. —Señaló a las cercanas murallas de la ciudad—. Allí no encontrarás andalusíes como yo, sino africanos. Esos no te meterán en una mazmorra ni pedirán rescate por ti. Antes de que vuelva a salir el sol, vuestras cabezas adornarán las almenas.

—Eh… Yo…

—¡Tráeme a otro! —gritó el andalusí, y fijó la vista fiera en el freire de Calatrava—. Ahora te mataré a ti e interrogaré al siguiente. Y luego a otro. Y seguiré así hasta que no quede nadie. En tus manos está evitarlo, cristiano. Ya que deshonraste a tu orden, puedes salvar a estos desgraciados. Vamos, por favor. Te juro que no quiero veros morir en Sevilla.

El calatravo supo que Ibn Sanadid no mentía. En nada. Se inclinó hasta que la frente tocó el suelo y se agarró a los pies del andalusí. La tonsura encostrada parecía el pellejo de un puerco a medio asar.

—Está bien, infiel. Pero no me mates, por piedad. En Setefilla hay medio centenar de caballeros. El rey Alfonso dejó quinientos, pero casi todos han caído.

—Peones. ¿Cuántos?

—No más de seiscientos son los que quedan. Aunque muchos están enfermos o se mueren de hambre. Ten piedad, infiel.

Ibn Sanadid se sacudió al cautivo y retrocedió dos pasos. Observó la hoja de su espada, manchada con la sangre del primer desgraciado. Sintió una punzada de culpa. Lo había matado como a un perro a pesar de mantener el valor y, sin embargo, ahora debía respetar la vida del calatravo. En fin, había dado su palabra. Recordó algo.

—Dime una cosa más, cristiano. Entre esos caballeros que quedan en Setefilla, ¿hay alguno de la casa de Aza?

El cautivo despegó la cara del suelo. Estaba sollozando, y el polvo blanco se le pegaba a la mezcla de lágrimas y sudor.

—Ah… Pues sí. Don Ordoño, el hermano del alférez real. Es quien dirige el castillo.

وأنا على ثقة في الله

Esa tarde

Ibn Wanudin contemplaba a los cautivos arrodillados en una línea irregular.

Estaban cerca del cementerio, ante la Bab Maqarana. Los centinelas, los funcionarios almohades y algunos sevillanos observaban la escena desde las almenas, cubriéndose del sol brutal con sus turbantes. Ibn Wanudin, a caballo, paseaba entre los cristianos humillados. Apenas sesenta despojos extenuados por la caminata y por la insolación. Varios rezaban en voz baja y uno de ellos, en el extremo más cercano al Guadalquivir, hablaba con alguien que solo existía en su mente. Le decía que se había dejado el techo sin arreglar y que su esposa le iba a matar. Ibn Wanudin, un hombre de miembros desmesuradamente largos, se detuvo ante Ibn Sanadid y su destacamento de jinetes andalusíes. Apenas varió la mirada de desprecio con la que había contemplado a los prisioneros cristianos.

—Nadie te dio permiso para luchar.

Ibn Sanadid se adelantó un paso e inclinó la cabeza.

—Has de perdonarme, ilustre Ibn Wanudin. Consideré mi deber enfrentarme a estos perros. Me tomé la pérdida de Setefilla como algo personal, no me atreví a entrar en Sevilla sin haber recuperado el castillo.

—Hm. —Aunque elevado sobre el caballo y la silla de montar, Ibn Wanudin alzaba la barbilla y se obligaba a mirar al andalusí desde muy arriba—. Si estás aquí, supongo que Setefilla ha caído de nuevo en nuestras manos.

—No, mi señor. Pero he conseguido la información necesaria para que así sea. Uno de los prisioneros me ha dicho que apenas queda guarnición dentro, y que les azotan la enfermedad y el hambre, sin duda por voluntad de Dios, adorado sea por siempre.

—Ah. O sea, que decides por ti mismo iniciar una campaña contra el enemigo, y ahora te presentas ante mí sin haber cumplido la misión que tú mismo te encomendaste…

Uno de los hombres de Ibn Sanadid interrumpió al almohade.

—Mi señor, había seiscientos caballeros infieles en Setefilla hace menos de dos meses. Ahora queda la décima parte. Y ha sido gracias a nosotros y a…

—¡Silencio, andalusí! ¿Cómo te atreves a hablar sin mi permiso? ¡¡De rodillas!!

El hombre enrojeció de vergüenza y obedeció a Ibn Wanudin, pero Ibn Sanadid se adelantó al castigo que seguramente rondaba ya por la mente del hintata.

—Yo soy el culpable de todo, mi señor. Pero aún puedo enmendar mis faltas. Pon tus huestes bajo mi mando y asediaré Setefilla. Te prometo que el castillo será nuestro otra vez antes de que acabe el verano.

Los músculos de la quijada se remarcaban bajo la barba de Ibn Wanudin. Fulminaba con la mirada al líder andalusí. Se adivinaba la inquina, y que de buena gana lo habría ejecutado allí mismo, a él antes que a nadie, como ejemplo para los demás tibios habitantes de aquella península maldita. Pero no podía hacer nada contra Ibn Sanadid.

—Escribiste al hijo del califa, ¿eh, andalusí? Escribiste a Yaqub.

—Lo hice, mi señor.

—Sin consultármelo. Debería castigarte.

«Si pudieras, ya lo habrías hecho —pensó Ibn Sanadid—, así que hay algo que te lo impide, africano».

Los hombres del andalusí tragaban saliva mientras los cristianos, aturdidos por la fatiga y el sol, se limitaban a sobrevivir a duras penas. Ibn Sanadid, envalentonado por la vacilación del almohade, se humedeció los resecos labios con la lengua.

—¿Y bien, mi señor?

Ibn Wanudin gruñó. Pensaba con toda la rapidez que le permitía aquel calor del infierno que calentaba la mollera y adormilaba el juicio.

—Tu carta, andalusí, llegó hasta Yaqub. Y me mandó un correo de vuelta como respuesta. A mí, no a ti. Es natural, puesto que no sabía dónde hallarte. Bien consciente eras de tu falta, de tu insubordinación. Por eso no te dejaste ver, ¿eh, andalusí?

—¿Y qué contestó el visir omnipotente, mi señor? —preguntó Ibn Sanadid con un finísimo deje de sorna que el almohade no supo detectar.

—Yaqub dio órdenes de mandarte los apoyos necesarios. Te recuerda de algún episodio de juventud que compartisteis y que yo ignoro. Se ve que te tiene en buena estima, sin duda engañado por tus oscuras y malas artes de andalusí. En cualquier caso, yo habría obedecido esas instrucciones del visir omnipotente si hubiera podido —se encogió de hombros con una sonrisa de burla—, pero no pude. Tengo mis propios problemas aquí. Los malditos portugueses algarean a placer. Se han crecido y son capaces de plantarse en las puertas de la misma Sevilla. Solo cuando el verano toque a su fin, esos perros volverán a su reino y dejaremos de verlos hasta el año que viene. Yo mando en las tropas de Sevilla. Yo dirijo los planes de batalla, y no tú, andalusí. Debo obedecer a Yaqub, sí, pero decidiré cuándo hacerlo, y no será hasta que termine el verano.

Los dientes de Ibn Sanadid rechinaron.

—En tu inteligencia está la solución, mi señor.

«En tu envidia —añadió para sí— reside tu ceguera».

—No tientes a tu suerte, andalusí. —La ceguera del almohade no era tan grande como para no percibir por fin el sarcasmo creciente de Ibn Sanadid—. Por de pronto quedas aquí, en Sevilla. A mis órdenes. Y esta vez no desobedecerás. Ni el propio califa te salvará si no cumples este mandato directo. Tú y tus hombres estáis, a partir de ahora, destinados a proteger la muralla occidental.

—Tú mandas, mi señor, y yo obedezco. —El jienense atravesó con la mirada al almohade—. ¿Y qué hacemos con los castellanos de Setefilla? ¿Dejamos que les lleguen refuerzos? ¿Permitimos que mantengan esa base en medio de nuestros territorios?

—¿*Nuestros*, andalusí? Esos territorios son del califa Yusuf. Esos territorios son almohades. Son del Tawhid. Tú también perteneces al califa. Y tus hombres, y tus cautivos. Ya te lo he dicho y lo repito por última vez: cuando acabe el verano y perdamos de vista a los portugueses, reuniré mis fuerzas y asediaremos Setefilla. No quedará ni un castellano con vida. —Señaló a los cautivos arrodillados—. Y vamos a empezar por estos. Andalusí, manda a tus hombres que los decapiten.

Los cristianos que entendieron el árabe áspero del almohade cerraron los ojos e, incapaces de hacer otra cosa, empezaron a rezar. Ninguno pudo siquiera llorar, secos como estaban todos por dentro. Ibn Sanadid apretó los puños.

—Mi señor, aguarda. La información que te di es valiosa, has de reconocerlo, y empeñé mi palabra para conseguirla. Prometí a estos cristianos que sus vidas serían respetadas. Concédeme únicamente este ruego. Te aseguro que negociaré su venta o conseguiré buenos rescates por ellos. Conozco las fronteras, mi señor. Llevo toda mi vida haciendo esto. Sé tratar con los mercaderes…

—Basta, andalusí. —Ibn Wanudin gozaba al fin. Aquel descarado de Ibn Sanadid rogaba… Bien—. Tu desvergüenza me irrita. Primero te atreves a tomar decisiones que no te competen y ahora me desobedeces. Somos fieles guerreros del islam, no comerciantes de esclavos. Mata a esos cristianos ahora, delante de mí. Sus cabezas adornarán las murallas. ¡Obedece!

Ibn Sanadid negó con la cabeza antes de hacerlo con un grito desafiante.

—¡No! ¡Les di mi palabra! ¡Mi señor, te lo suplico! ¡Recuerda las órdenes de Yaqub! ¡Te mandó apoyarme!

Ibn Wanudin giró la cabeza hacia las almenas de Sevilla y dio una recia orden en su oscura jerga bereber. Después volvió a dirigirse al líder andalusí.

—Mis guerreros vienen hacia aquí. Si queda algún cristiano vivo cuando lleguen, todos tus hombres serán ejecutados. Mañana, los cuervos de Sevilla se alimentarán de sus ojos. Yaqub no vería bien que yo te matara, pero nada dijo de los andalusíes a tus órdenes.

Ibn Sanadid rugió y su mano se apretó en torno al puño de la espada. Por un instante, el almohade pensó que iba a atacarle a él, e incluso tiró de las riendas para que su caballo retrocediera. Pero el jienense arrancó a pasos largos, cruzó ante las caras demudadas de sus hombres y se acercó a uno de los cautivos, el calatravo que había dado la información sobre Setefilla. Cuando la espada de Ibn Sanadid abandonó su funda, las lágrimas también abandonaban sus ojos. Terminó con el freire deprisa, sin darle tiempo a arrepentirse de sus pecados.

—¡Matadlos! —bramó a sus hombres—. ¡Matadlos a todos!

Los gritos de los cristianos brotaron débiles de sus gargantas resecas. No así la sangre, que pronto regó la campiña sevillana. Los andalusíes, temerosos por sus vidas, trataron de ahorrar sufrimientos a los presos. Ibn Wanudin sonreía, satisfecho de haber doblegado a aquel vanidoso jienense. Ibn Sanadid lloraba. Cada espadazo lo alejaba de su ya débil compromiso con la causa almohade, pero lo afirmaba también con su necesidad de sobrevivir. Cuando la masacre terminó, pidió a sus hombres que se aseguraran de rematar a los heridos. Observó la risita sardónica del almohade mientras la punta de su espada chorreaba sangre. Ahora tendría que entrar en Sevilla y seguir allí el resto del estío. Podría ver de nuevo a su familia, sí, pero encaramado a una muralla, alejado del verdadero problema. Setefilla. Se pasó la mano temblorosa por la frente para secar el sudor que goteaba a mares. En Setefilla estaba su amigo Ordoño. Allí permanecería, firme, hasta el final del verano. Ordoño, que había perdonado su vida en Cuenca pese a todo. A Ordoño le aguardaba el mismo fin que acababan de dar a los cristianos cautivos, ¿no?

«No —pensó, sin dejar de clavar su vista enrabietada y llorosa en Ibn Wanudin—. Ordoño es mejor que tú, africano. A él no lo tocarás».

الله فـي
ثقـة ى عل وانا

UN MES DESPUÉS. LEÓN

Diego López de Haro observó el bulto envuelto en paños. Las matronas, todo rostros compungidos, lo cargaban con veneración mientras atravesaban los pasillos en penumbras, bajo las miradas congeladas de los antiguos reyes godos, asturianos y leoneses.

«Y ahí va el cadáver de una esperanza», pensó el señor de Vizcaya. El hijo recién nacido de su hermana Urraca. Una más de las piezas que habría servido para afianzar la concordia entre Castilla y León. Suspiró mientras las mujeres se alejaban, seguidas de cerca por un par de clérigos que murmuraban preces. Se alisó la saya de cendal y anduvo despacio, preparando las palabras de consuelo para su hermana. Pero ¿cómo consolar a la madre que acaba de perder al hijo?

Dejó que las últimas sirvientas salieran en compañía del galeno personal de Fernando de León. El rey lo había mandado desde Salamanca, donde se hallaba en plena campaña de donaciones a las órdenes militares para reforzar la frontera sur. El mismo monarca pensaba acudir a la capital en unos días para celebrar el nacimiento de su nuevo hijo. Ahora tendría que limitarse a presenciar un funeral. El señor de Vizcaya tragó saliva antes de cruzar la puerta.

Urraca apoyaba su cabeza sobre varias almohadas y su vista se perdía en el techo. Diego de Haro avanzó despacio. Allí dentro todavía olía a sudor, a sangre y a pena. Bolsas oscuras colgaban bajo los ojos de Urraca, el cabello negro se pegaba a su frente. Estiró los labios agrietados en una forzada y agria sonrisa.

—Hermano...

Diego de Haro tomó la mano temblorosa que Urraca le extendía. Su piel estaba fría.

—No sabes cuánto lo siento, hermana. Ha sido un golpe muy duro.

—Muy duro... —repitió ella, y dejó caer los párpados unos instantes—. Tal vez si hubiera tenido el relicario de doña Estefanía...

—¿Qué?

—Nada, nada. —Volvió a amagar otra sonrisa triste y rasgada—. No esperaba esto, la verdad. García iba a ser mi primer hijo varón. El futuro rey de León.

«Rey de León». Y lo había dicho con verdadera tristeza. Diego de Haro se estremeció. ¿Qué era lo que dolía realmente a su hermana? ¿La pérdida de un hijo o la pérdida de un rey? Deliraba, pensó. Era comprensible.

—Así que se iba a llamar García. ¿Y si hubiera sido niña?

—No preparé ningún nombre de niña. —Urraca se mordió los labios resecos mientras un ramalazo de dolor dibujaba una mueca en su rostro—. No necesito más hijas. Un varón. Debo parir un varón. Que sobreviva, claro.

—Claro. En fin... Deberías mandar aviso a tu... —No terminó la frase.

—A mi esposo, dilo. No estamos casados, pero somos esposos. —La mano fría de Urraca entraba en calor poco a poco—. Mandaré aviso al rey. Le diré que su reina ha perdido al heredero. No sufrirá mucho. Todavía cuenta con su otro hijo, Alfonso.

—Sé fuerte, hermana. —Diego estaba confuso. Urraca hablaba como si un tratado hubiera salido mal o se hubiese anulado una boda de estado—. Enseguida quedarás preñada de nuevo. Eres joven y fuerte.

—Lo soy. Y tengo una misión.

Diego López de Haro soltó la mano de su hermana.

—¿Una misión?

Urraca se impulsó con gran esfuerzo para retreparse sobre los almohadones. Apretó los dientes, empeñada en soportar el dolor.

—La misión... que me encomendó la reina Leonor. Soy la bisagra entre los reinos.

Diego entornó los párpados y se tocó los labios con el puño cerrado. La bisagra entre los reinos. Una misión de la reina Leonor. Y él allí, al servicio de Fernando de León, por orden del rey Alfonso. Verdaderamente, su hermana estaba resultando mucho más diligente, mucho más fría que él. Retrocedió unos pasos, no tan seguro ya de que el delirio de Urraca fuera tal.

—Hermana, me figuro en qué consiste esa misión que te encomendó la reina Leonor, pero no entiendo tu fijación. Aunque comprendo tus esperanzas y las comparto. Pero el pequeño Alfonso, tu hijastro, es el primogénito de tu... esposo. Todos esperan que sea él quien un día herede la corona. García solo habría sido la segunda opción. Cualquier varón parido por ti será siempre una segunda opción.

—¿Siempre? Bueno, deja eso de mi cuenta.

Diego asentía en silencio. El rey de Castilla le había preguntado un día hasta dónde iba a llegar Urraca, y él había contestado que no se detendría hasta ser reina de León. Ahora veía que se había quedado corto.

—Realmente pretendes dar a luz a un rey.

Ella consiguió al fin incorporarse lo suficiente. Ahogó un gemido por la molestia en el bajo vientre, pero dirigió una mirada severa a su hermano.

—¿Por qué no? El pequeño Alfonso es el primogénito, sí, pero el matrimonio entre sus padres fue anulado. Él no tiene derecho legítimo a heredar la corona. Es un bastardo.

—Nació dentro del matrimonio —repuso Diego—. No es un bastardo. Perdóname, hermana. Sabes que te quiero y deseo que tus aspiraciones se cumplan. Pero el bastardo habría sido García, que Dios acoja en su gloria.

—Dios no lo acogerá, puesto que no ha recibido el bautismo. Pero nada podemos hacer por García. Tienes razón, hermano: soy joven y fuerte, pariré otro varón. Y no será un bastardo. Será un hijo legítimo del rey. Tanto o más que ese Alfonso.

Diego de Haro sintió un escalofrío. Se había convencido ya de que Urraca no deliraba, pero deseaba estar equivocado.

—No hables así, hermana. Ahora necesitas descansar y recuperarte. Si quieres, yo daré aviso al rey Fernando y...

—Sí, hermano. Ocúpate tú de eso. Pero no mandes correos. Ve personalmente y reúnete con él. La muerte de García ha sido una desgracia, aunque también se puede sacar partido de ella. —Hizo un gesto de desdén ante la sorpresa del señor de Vizcaya—. Ah, vamos, no me mires así y presta atención. Eres el tío del difunto hijo de Fernando de León. Eres el hermano de su amante esposa. Ofrece al rey tu consuelo, hazle saber que compartes su dolor. Y el mío, claro. La muerte de García retrasará nuestros planes, nada más. Ya me ocuparé yo de remover los obstáculos que me quedan. Escribiré a nuestra madre. Le pediré ayuda.

—¿A nuestra madre? ¿En qué puede ayudarte ella?

«En mucho más que tú, mentecato».

—Quiero decir que escribiré a nuestra madre para contarle esta desgracia. Pero tú no te separes del rey, hermano. Procura que me tenga presente en todo momento. Por de pronto necesitamos que la paz con Castilla se consolide. ¿Podrás hacer eso mientras yo me recupero aquí?

Diego de Haro observó fascinado a su hermana. En verdad parecía recobrar su fortaleza por momentos. Casi no podía creer que, esa misma mañana, aquella mujer hubiera dado a luz y visto morir a su propio hijo. Un ramalazo de algo que se parecía mucho al temor recorrió su espina dorsal.

—Sí, claro —balbuceó—. Partiré para Salamanca enseguida. Hoy mismo...

Se interrumpió cuando una de las matronas volvió con una jofaina humeante. La mujer ni siquiera se disculpó. Dejó el recipiente junto al lecho y mojó un trapo para limpiar el sudor de Urraca. Ella lanzó una mirada llena de intenciones a su hermano, y este se despidió en silencio antes de abandonar el aposento.

Mientras caminaba por los corredores del palacio real de León, analizó una por una las palabras de Urraca. La había compadecido, pero ahora la envidiaba. Envidiaba su sentido político. Su afán por recuperarse cuando su cuerpo todavía seguía abierto, vacío de una vida que apenas había durado un padrenuestro. Iría a Salamanca, sí. Y seguiría los consejos de su hermana. Debía firmarse una paz duradera. Una paz que le diera tiempo a ella a parir un nuevo varón. Después de lo que acababa de ver, todo era posible. Tal vez el futuro rey de León llevara, ciertamente, la sangre de la casa de Haro. Y si eso no se cumplía, tampoco era tan grave. Al fin y al cabo, la paz entre los dos reinos le proporcionaría a él algo que anhelaba desde años atrás. El puesto de alférez real de Castilla.

—Alférez. Alférez real de Castilla.

Sonrió antes de salir del corredor mal iluminado. Lo primero que haría, tras consolar a Fernando de León por la pérdida de su hijo García, sería proponerle una reunión con Alfonso de Castilla. Una definitiva para tratar un pacto en condiciones.

Una semana más tarde. Entre Sevilla y Córdoba

Alfonso de Castilla saltó del caballo, dejó atrás a su escolta y anduvo con un nudo en la garganta. Frente a él, la fortaleza de Setefilla no parecía la misma que había dejado bien guarnecida dos meses atrás. Algo había sospechado cuando se interrumpieron las comunicaciones, pero jamás habría dicho que su base avanzada en el corazón de al-Ándalus hubiera podido adquirir aquel aspecto desolado en tan poco tiempo.

Por la puerta recién abierta apareció el comandante de la guarnición castellana. Ordoño de Aza había perdido mucho peso, la barba rubia se le rizaba bajo el mentón y tenía la piel quemada por el sol. El rey no dejó que doblara la rodilla para rendirle la debida pleitesía.

—Pero ¿qué ha ocurrido aquí, por san Millán?

—Resistimos en nuestros puestos, mi rey. La fortaleza es de Castilla todavía.

—Ya veo. —Alfonso caminó junto a Ordoño y juntos entraron en Setefilla. Desde los adarves, los soldados observaron a su rey. Sin vítores, al contrario de como lo habían despedido. En las caras de todos ellos se leían el hambre, la sed y la desesperación—. ¿Qué es esto? ¿Dónde está la inmensa hueste que dejé aquí en julio?

Ordoño movió el brazo en abanico.

—Solo nosotros quedamos. Envié cabalgadas en todas direcciones, como ordenaste. Mandé que se devastaran las tierras de los infieles. Que no se les diera cuartel. Y al principio resultó, pero luego llegaron los problemas.

El rey asintió despacio. Apenas había caballos en los establos y el aljibe de la fortaleza estaba casi vacío.

—Habéis padecido asedio —adivinó Alfonso de Castilla.

—Hasta hace cuatro días. Primero nos diezmaron con emboscadas, así que di orden de detener las algaras. Luego vivimos una época de calma aparente, y gracias a eso no tuvimos que matar a los caballos para alimentarnos e incluso pude planear el racionamiento. Pero en cuanto el tiempo empezó a refrescar, los sarracenos cerraron un cerco débil. Fue cuando te mandé mi último mensaje, porque ya no nos quedaban palomas. Los sitiadores eran pocos aunque, para nuestra sorpresa, construyeron albarrada y prepararon campamento como para diez veces más. Como si fueran una avanzadilla destinada a allanar el camino de algo mayor. Mucho mayor. No me atreví a forzar el asedio. Desconfiaba. Los hombres están exhaustos, mi rey. Han visto salir a demasiados compañeros por esa puerta. Compañeros que jamás regresaron. Supuse que mis correos te pondrían sobre aviso, aunque no te esperaba hasta dentro de un tiempo. Como te decía en el último mensaje, todavía habríamos podido resistir hasta fin de año. El resto te lo puedes imaginar: esa fuerza que nos asediaba se enteró de que venías, mi rey, y levantaron el sitio. Se alejaron hacia Sevilla.

—Bien, amigo mío. Y dices que habrías resistido aquí hasta fin de año. Imposible.

Ordoño observó extrañado a su rey.

—Mi señor, somos más de seiscientos. Muchos de los hombres han caído enfermos, pero no es tan fácil forzar el asalto. Además, mi racionamiento está pensado para…

Alfonso de Castilla estiró el brazo y abrió la mano.

Ordoño detuvo sus palabras al ver el pequeño billete arrugado sobre la palma del rey.

—No es uno de tus mensajes, Ordoño. Este llegó a Toledo con una paloma que soltaron en Calatrava. Lee.

El castellano tomó el papel y tiró de sus extremos para alisarlo. Las letras, diminutas y arremolinadas, formaban palabras que mezclaban el romance de frontera con el árabe andalusí.

Para Alfonso, rey de Castilla.

En Setefilla, tus leales viven sus últimos días. Con el otoño llegarán los almohades y la muerte. Salva a tu gente, infiel, y di a tu súbdito Ordoño que con esto quedamos en paz por lo de Cuenca.

—¿Y dices que llegó desde Calatrava? —preguntó Ordoño.

—Con otro mensaje de los freires. El aviso salió de Sevilla y ha pasado de mano en mano. Buhoneros, rufianes y mercaderes de frontera. De los que son mahometanos allá y cristianos aquí. La clase de chusma con la que se relacionan los algareros. En fin. Afortunadamente, yo me hallaba en Toledo y pudimos organizar una expedición a tiempo. —El rey señaló el anónimo billete arrugado—. ¿Tienes idea de quién pudo escribirlo?

El castellano se rascó la barba polvorienta. Ahora lo veía claro. Comprendía cómo los sarracenos habían sido capaces de cortar sus vías de suministro, de emboscarlos a placer y ponerlos en jaque. Ibn Sanadid.

—No sé —mintió, y se miró las puntas de los pies mientras ideaba algo para apaciguar la curiosidad del rey Alfonso—. Tal vez algún infiel de Cuenca que agradece tu compasión, mi señor.

—Lee otra vez, Ordoño. Es tu compasión lo que se agradece en todo caso. No la mía.

El guerrero fingió obedecer a su monarca, pero se encogió de hombros.

—Sea como fuere, quien escribió esto es sincero. Cuadra con los preparativos del asedio que tu llegada interrumpió, mi rey.

—Cuadra, cierto. También cuadra con otras noticias que he recibido durante estos meses y que los calatravos me confirman. Todas las fuerzas de al-Ándalus se han acantonado en Sevilla para defenderse de los portugueses. Pero los portugueses han dado por finalizadas sus algaras para estar de regreso antes de que empiece el otoño, como siempre. Ahora mismo, una gran columna sarracena se prepara para marchar hacia aquí y asaltar Setefilla. A eso se debían los preparativos de la avanzadilla que inició el asedio. No habríais resistido, Ordoño. —El rey se frotó las sienes con el pulgar y el índice derechos—. Cometí un grave error. Jamás debí dejaros aquí. Todos esos hombres muertos... No podía consentir que acabaran contigo, Ordoño. Y mucho menos que te capturaran.

El castellano devolvió el billete arrugado a Alfonso de Castilla.

—Entonces, como dice este mensaje, estamos en paz por lo de Cuenca, mi rey. Yo te salvé allí y tú acabas de salvarme aquí.

—No lo había visto así. Pero da igual ya. Yo me he adelantado a tu hermano Gome, que viene tras de mí con más fuerzas dispuestas a actuar si tenemos algún problema. Hay que apresurarse, Ordoño. Da orden a los hombres para partir. Regresamos a Castilla.

El monarca se dirigió a su escolta, una pequeña hueste de caballería que le había acompañado en su misión de rescate. El rey se había tomado muchas molestias para salvar a su vasallo Ordoño. Y ahora Alfonso caminaba deprisa, sin ocultar la urgencia. Como si los almohades estuvieran realmente a punto de plantarse allí. Todo había resultado un gran fracaso, una pérdida inútil de caballeros, peones y tiempo. Y un golpe terrible para la moral castellana. Ordoño se volvió y oteó las almenas de Setefilla, desde donde sus hombres aguardaban fatigados, con los hombros caídos y las miradas vacías. Por fin podrían regresar a casa. Él también volvería. Entraría en su hogar, en Roa, y disfrutaría de la tranquilidad y de la buena comida por un tiempo. Y allí sería recibido por su esposa. Pero no hallaría a la mujer que deseaba ver. La piel que ansiaba tocar de nuevo. Los labios que necesitaba besar.

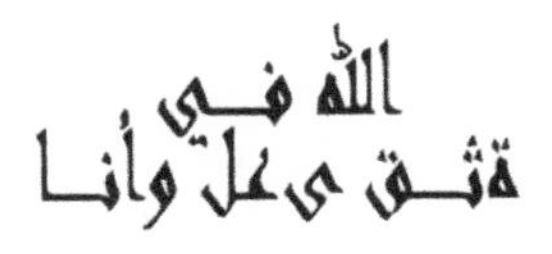

29
JUICIO DE DIOS

Dos meses y medio más tarde, otoño de 1182. Roa, reino de Castilla

El hogar de Ordoño era una torre de tres plantas que algún día, Dios mediante, se convertiría en algo mucho mayor. Se hallaba en lo alto de una colina, rodeada del resto de la villa y junto a la ancha corriente del Duero.

La humedad del río traspasaba las piedras y se encaramaba a la piel, pero la mucha carne asada y el no menos escaso vino de la tierra habían logrado que Ordoño se recuperara de su debilidad.

Al volver de Setefilla, el castellano se había encontrado con una marcada novedad en el vientre de su esposa, María de Villamayor. La leonesa llevaba avanzada una preñez que prometía desenlazar en la siguiente primavera. Ordoño disimuló bien. Se alegró por su mujer y consideró que los planes de la reina Leonor se rubricaban. Pero, aunque se esforzó en conducirse con la cortesía esperada, no pudo evitar la añoranza. Atardecer tras atardecer, subía a lo alto del torreón y su vista vagaba hacia el este. María, desde abajo, sabía que había algo allí. Un misterio oriental que su esposo no pensaba desvelar y que lo mantenía alejado de ella.

Hasta que un día, a principios de diciembre, una mujer se presentó en Roa. Venía con escolta de dos hombres de frontera que tan bien podían ser fieles como infieles. Los sirvientes del torreón salieron a avisar a Ordoño, le dieron alcance cuando este se hallaba de caza al otro lado del río y le dijeron que doña María había cobijado a la recién llegada. Añadían que se trataba de una matrona alta y de piel morena, una mora de paz con un importante mensaje que solo podía confiar al señor de la villa. Ordoño, sus batidores y los sirvientes regresaron al torreón.

Había llovido por la mañana, así que Ordoño manchó de barro la estancia en la que aguardaban las dos mujeres. Se miraban en silencio, sentada la dueña de la casa, de pie la visitante. El castellano liberó la fíbula de la capa aguadera y la colgó de una alcándara. La recién llegada se volvió para observar a Ordoño con ojos tan oscuros como expertos. La señora de la casa se acarició el vientre abultado antes de preguntar.

—Esposo mío, ¿quién es esta mujer?

—Se llama Marjanna.

—No habla mucho esta Marjanna. —No había irritación en la voz de la leonesa, pero sí un fuerte deje de tristeza—. Y tú tampoco hablas mucho, Ordoño. ¿Qué hace ella aquí? ¿Por qué, cuando una mora te requiere, abandonas la caza y corres como adolescente?

Él carraspeó. Marjanna lo observaba sin abrir la boca, envuelta en su saya amplia y discreta.

—Es mora de paz, mujer. Sabes que muchas veces cruzo la frontera y viajo a tierra de infieles. Ya lo hacía antes de que tú vinieras.

María asintió en silencio. A su lado, sobre una pequeña tabla fijada sobre caballetes, había una hogaza de pan mediada y un cuenco de caldo que había dejado de humear. Ordoño adivinó que Marjanna no había sido invitada a compartir el condumio.

—Sé que el rey Alfonso pone su confianza en ti, esposo. —María hizo un rápido esfuerzo para evitar que Ordoño la ayudara a levantarse. Ya en pie, echó una última mirada de soslayo a Marjanna—. Una confianza que ha estado a punto de costarte la vida. El pelo de esta mora es tan negro como las alas de una corneja. Espero que no traiga un agüero igual de negro.

Salió del aposento con las manos apoyadas en la espalda y requirió la ayuda de la servidumbre para bajar a la planta inferior, donde ardía el fuego y se cocinaba el sustento. Cuando quedaron solos, Ordoño se cuidó de que la visitante notara su tono de reproche.

—Me van a pedir muchas explicaciones por esto, Marjanna. Y no sé qué les voy a decir.

—No habría venido de no ser necesario, cristiano. —Marjanna se asomó a la puerta para comprobar que realmente estaban a salvo de oídos indiscretos—. Y no estoy aquí por propia voluntad. Mi señora tuvo que rogar hasta que me convenció. Pero sigo pensando que es un error. Todo es un error.

—Habla ya, por Dios.

Marjanna resopló y movió la cabeza a los lados.

—Esa chiquilla es igual de imprudente que su madre. —Metió la mano entre sus ropas y rebuscó. Sacó un pañito que desenvolvió con cuidado—. Pero lo lleva en la sangre. Toma.

Ordoño cogió el objeto. Era un cordel de piel oscura del que colgaba una pequeña joya. Una estrella plateada de ocho puntas.

—¿Qué es esto?

—El blasón de los Banú Mardánish. Un símbolo de algo que ya no existe, cristiano. Mi señora Safiyya dijo que tú entenderías. Que el Sharq al-Ándalus resucita en vosotros. No quiere explicarme qué significa eso. Ni a mí, que fui fiel confidente de su madre, la sin par Zobeyda. Bah. Chiquilladas.

Ordoño sonrió con media boca. La luz de los hachones despertaba reflejos blanquecinos en la estrella. Una prenda de amor. Se pasó el cordel por la cabeza y ocultó la joya bajo la saya.

—¿Solo has venido para darme este regalo?

—Claro que no, cristiano. No tengo edad para cruzar montañas, ríos y fronteras. Esa estrella te la podía haber traído cualquiera. No. Vengo a darte un mensaje urgente. Comprenderás que nada podía decir ante tu esposa, que ni siquiera se ha dignado cumplir con las leyes de la hospitalidad.

—Un mensaje... —Aquello agradó a Ordoño. Llevaba un año cumplido sin noticias de Safiyya. Temeroso, como siempre, de perder su pista. De no volver a saber más de ella.

—No te alegrarás tanto cuando lo escuches, cristiano —avisó Marjanna con voz cortante—. Lo habéis conseguido. Tú y tu rey. Habéis despertado algo que debía seguir dormido para bien de todos.

»Yaqub quiere cruzar a la península. Sus secretarios escriben cartas que reparten por todo al-Ándalus. Ordenan levas y preparativos para juntar un ejército y responder a vuestros ataques. A Yaqub solo le queda convencer a su padre, el califa, para venir y ponerse al mando de ese ejército. Eso lo cambiará todo, cristiano. ¿Eres consciente?

Ordoño se mordió el labio.

—Lo sabía.

—Pues poco hiciste para evitarlo. —Marjanna se acercó y bajó la voz—. Mi señora te ruega que vayas a verla, lo cual me avergüenza. Teme que el hijo del califa la reclame a su lado y le exija cumplir sus deberes de esposa. Que la obligue a abandonar Valencia. Pero lo que más miedo le da, maldita sea nuestra vida, es no verte una última vez.

Ordoño notó el nudo que crecía en su garganta. De su mente se habían borrado la estampa de su esposa preñada y sus deberes como magnate de Castilla. Se dijo que acompañaría a Marjanna de vuelta. Que no esperaría ni un solo día. Agarró la estrella de los Banú Mardánish a través de la ropa. Volvería a resucitar al-Ándalus junto a su amada Safiyya. Lo haría muy pronto. Pesase a quien pesase…

—¡Mi señor!

El grito interrumpió sus ensoñaciones. Había sonado abajo. Era la voz de uno de sus jóvenes escuderos, hijos de los caballeros villanos de Roa que pugnaban por estrechar lazos con la nobleza castellana. Ordoño miró un instante a Marjanna antes de asomar por la puerta, a la estrecha escalera que se curvaba sobre sí misma.

—¿Qué ocurre?

—¡Mi señor! ¡Un heraldo del rey Alfonso!

La voz se oía cada vez más fuerte. Los pasos resonaban en los escalones. El muchacho apareció con la respiración entrecortada. Todavía llevaba puestos los ropajes húmedos con los que había acompañado a su señor esa mañana, en su salida de caza.

—¿Dónde está ese heraldo?

—Abajo, mi señor —contestó el zagal, y lanzó una mirada curiosa a Marjanna antes de continuar—. Doña María ha ordenado que le den de comer y de beber. Como corresponde a un buen cristiano, dice.

La persa rio en voz baja a la espalda de Ordoño. Este torció el gesto.

—¿Comer y beber antes de cumplir su cometido? ¿Antes de entregarme su mensaje?

El zagal sonreía. Al hacerlo dejaba al descubierto un diente roto.

—No es ningún secreto, mi señor. Ya lo sabe media villa. El rey Alfonso te manda llamar. Te ordena que te presentes ante él para acompañarlo a Medina de Rioseco.

Ordoño se volvió y fijó la vista en Marjanna. Ella seguía con su gesto burlón, aunque no había alegría en sus ojos. Lo que había era expectación. Ahora el castellano debería escoger entre su rey y su amante. Él volvió a preguntar a su escudero sin dejar de mirar a la persa.

—¿Para qué he de ir a Medina de Rioseco?

—Para los pactos con León, mi señor. —El zagal continuaba con su sonrisa y su examen descarado a Marjanna—. El rey Alfonso quiere que estés presente cuando se firme la paz definitiva. No puedes faltar.

Se hizo el silencio. Fuera, la lluvia regresaba. Sus gotas se estrellaban contra la piedra del torreón y repiqueteaban más allá, sobre la superficie del Duero. Marjanna imitó la voz del escudero.

—No puedes faltar.

الله في
ثقة على وأنا

Tres semanas después, Navidad de 1182. Medina de Rioseco

En toda la contornada, el páramo lucía plateado bajo el cielo de nubes bajas. Los juncos parecían varas de cristal a orillas del río Sequillo, el agua se retenía hasta casi congelarse y los copos, blancos y diminutos, flotaban en el aire, subían y bajaban entre remolinos antes de decidirse a caer sobre el campamento leonés.

Esta vez no se trataba de un desafío entre ejércitos, así que ambos reyes habían ordenado plantar sus respectivas albergadas muy próximas la una a la otra. Tanto, que castellanos y leoneses se miraban desde cerca y coincidían cuando bajaban a la corriente para tomar algo de agua helada en sus odres. La Navidad es época de concordia, decían los clérigos. Nada como aquellos días para que los enemigos olvidaran sus rencillas y aprendieran a convivir según mandato del Creador.

El pabellón de la casa de Castro estaba separado del resto de tiendas leonesas y, de hecho, era el más cercano al campamento castellano. El noble don Fernando no comparecía a las negociaciones porque el rey de León no lo consideraba apropiado. Había demasiado que echar en cara. Muchas deudas sin cobrar. Por eso se había quedado atrás, en la capital. Y como gesto previo, para allanar las diferencias y demostrar a Castilla que lo de la paz iba en serio, el rey Fernando había arrebatado al señor de la casa de Castro la alcaldía de las torres de León. Un gesto notorio que el Renegado, por supuesto, no se atrevió a protestar. Ya no protestaba a nada. Ni siquiera parecía enojarse. Desde la muerte de Estefanía, el noble señor de Castro fluía cual corriente de agua fresca en la floresta, y no como antaño, al modo de las cataratas en la fragosidad de las montañas.

Su hijo Pedro, por el contrario, era mar enfurecido que se desbarata contra las rocas del acantilado.

Él no quería ir. Se había negado. Había dicho que prefería quedarse en León con su primo y ahora inseparable amigo, el jovencísimo príncipe Alfonso. Pero el rey insistió: al igual que era un gesto el hecho de que el señor de la casa de Castro no asistiera, lo era también que su heredero mostrara mejor disposición. Finalmente, Pedro accedió. Eso sí, se llevó su hacha.

La tenía expuesta en la puerta del pabellón con el estandarte de los Castro. Bien a la vista. Todos sabían que aquella arma había acabado con las vidas de más castellanos de los que se podían enumerar.

Otros que venían con Fernando de León eran sus nobles de más alto rango, incluido Armengol de Urgel. Y también Diego López de Haro, señor de Vizcaya. Él había sido uno de los principales impulsores de aquellas negociaciones. En cuanto a la barragana del rey, Urraca, todavía se hallaba convaleciente después del malogrado parto en la capital. Fue lo único que alivió al joven Pedro de Castro.

Pero nada podía borrar la amargura que anidaba en su corazón. Ni siquiera aquel frío intenso y blanquecino apagaba las llamas de su particular infierno. «No quiero ver que tu alma se consume poco a poco en el odio que te arde dentro». Eso le había dicho su madre, porque temía que se convirtiera en su padre. Ahora, mientras Pedro afilaba su hacha en la orilla del río, veía cuán en lo cierto había estado la desdichada Estefanía. Pasaba la piedra despacio por el hierro, a lo largo del filo, y eliminaba restos antiguos. Mellas de otros aceros, pellejos y jirones de carne podrida. El agua, lenta y transparente, se llevaba corriente abajo los restos de sus crímenes. Pero él no alcanzaba la paz. Deseaba derramar más sangre. Anhelaba que el odio siguiera ardiendo en su interior.

وأنا على ثقة في الله

Ordoño rebasó el borde de la suave hondonada y bajó a pasos largos hasta la orilla del río Sequillo. Se acuclilló en la margen antes de sumergir las manos. El frío casi le corta la respiración. Salpicó la cara con el agua helada, notó cómo se escurría por el cuello y se deslizaba bajo la camisa. Mojó el cordel de cuero y la estrella de ocho puntas.

—Maldita sea mi fortuna.

Ahora él debería hallarse muy lejos de allí. En Valencia, tras acudir al ruego de su amada Safiyya. Pero no había podido cumplirlo. Marjanna se marchó de Roa sin él y sin la estrellita de plata. Cuando llegara al palacio de la Zaydía, la persa diría a su señora que el enamorado Ordoño se negó a correr a su lado. Que prefirió ir a valer a su rey.

Se volvió con la cara y el cuello húmedos, el frío y la desazón agarrados a la piel. Observó la silueta oscura de la villa contra la claridad gris del cielo castellano. Medina de Rioseco. Al contrario que Valencia, aquel era un un lugar de hielo. Un sitio en el que los reyes de León y Castilla decidían la paz para tal vez, dentro de muy poco tiempo, unir fuerzas contra el islam. Y entonces la guerra desataría toda su fuerza y consumiría vidas por miles. Sacudió las manos y diminutas gotas penetraron la fina capa de nieve en la vaguada. Su hermano Gome descendió abrigado por un manto con forro de piel.

—Hoy se zanjará —dijo a modo de buenos días. Ordoño asintió sin apartar la vista de la cercana villa.

—Eso espero. Y que esto acabe y podamos regresar a casa.

El alférez real de Castilla rio mientras se mojaba la cara.

—Por el virgo de Nuestra Señora, Ordoño, buenas son las ganas que tienes de volver al lecho de María. Déjala descansar, hombre, hasta que dé a luz a tu hijo.

Ordoño no escuchaba a su hermano Gome, pero sí le extrañó que su risa se cortara de golpe. Volvió la cabeza y lo vio ensimismado. Contemplaba el cercano campamento leonés. Concretamente, la tienda más próxima, situada a algo más de cincuenta varas. Siguió la mirada de Gome y vio hacia quién llevaba. Un hombre joven, de cabello largo y enmarañado. Gesto agrio y una enorme hacha que afilaba con veneración, sentado sobre una piedra a la orilla del río.

—¿Quién es?

Cuando contestó, el tono sarcástico del alférez real se había helado, como los cañizos de la ribera.

—Fíjate en el estandarte de ese pabellón.

Ordoño obedeció. El blasón plateado estaba sembrado de roeles negros.

—Castro —siseó.

—El Renegado —completó Gome—. Pero no el señor de la casa, Fernando. Ese de ahí es su hijo Pedro.

Ordoño de Aza avanzó hasta llegar a la altura de su hermano.

—El hacha.

Lo habían dicho a la vez. Ambos comprendían al unísono. Aquel era el tipo que había desmembrado a docenas de castellanos en las escaramuzas del Infantazgo. La bestia sin alma que se había lanzado en lo más denso de sus filas en Castrodeza. Allí había muerto su cuñado, el anterior alférez de Castilla. El conde Gonzalo de Marañón. Su pecho se abrió como pan en el horno. Solo un guerrero formidable con un arma como aquella era capaz de semejante hazaña. Gome aferró la camisa de su hermano.

—Estamos aquí en son de paz, ¿no era eso?

Ordoño observó de reojo al alférez.

—No es necesario que me lo recuerdes. No pienso hacer nada.

—Yo sí. —Ahora el gesto de Gome era de fiera burla—. Ese de ahí no es leonés. Es castellano, como nosotros.

—¿Qué estáis mirando?

Lo había dicho él. Pedro Fernández de Castro. El hijo del Renegado. Seguía sentado, con una mano en el mango del hacha y la otra sosteniendo la piedra de afilar. Subió la voz al repetir la pregunta.

—¡¡Digo que qué miráis!!

Gome dio un paso adelante, pero esta vez fue Ordoño quien lo retuvo a la fuerza.

—Tente, hermano.

—¡Te miramos a ti, Renegado! ¿Algún problema?

Varias cabezas asomaron a la blancura del páramo desde los pabellones militares. Algunos hombres se acercaron a la vaguada y observaron, curiosos, para ver de dónde provenían los gritos. Pedro de Castro se alzó con lentitud. Dejó caer la piedra de afilar entre los juncos.

El sobrino, más joven y mucho más ligero, había adelantado al tío, pero ambos reyes corrían hacia el cauce. A su alrededor se apresuraban los mayordomos reales y otros nobles castellanos y leoneses. Acudían tras ser avisados en el castillo de Medina de Rioseco, donde juntos desayunaban pan bañado en leche caliente, miel y manteca. Alguien advertía de que varios guerreros se lanzaban desafíos entre los campamentos.

—Un grave error —decía a trompicones Armengol de Urgel, al que también los años le entorpecían la agilidad—. No debimos acampar a las huestes tan juntas.

—Tonterías —respondió Diego de Haro, de quien había sido la idea—. Se arreglará con un castigo ejemplar y listo. Aún nos ha de venir bien.

El rey Alfonso de Castilla fue de los primeros en alcanzar el lugar. En lo alto de la vaguada, los guerreros de los dos ejércitos asistían como espectadores. Los monarcas y sus nobles se abrieron paso entre juramentos y amenazas. Junto a la corriente, varios vasallos de la casa de Castro retenían al joven Pedro. Le habían arrebatado el hacha, y a duras penas podían impedir que se lanzara hacia los dos hermanos Aza, Gome y Ordoño. Estos también eran trabados por sus guerreros, de modo que la lid era un cruce de bravatas e insultos entre el alférez de Castilla y el heredero de la casa de Castro.

—¡Hijo de puta! ¡En buena hora la llevó a la tumba el puerco de tu padre! ¿Pero estás seguro de que eres hijo del Renegado? ¡Mira que la tal Estefanía era mujer de esquina!

—¡Cobarde valor el tuyo, muerto de hambre! —respondió Pedro—. ¡Miéntame a la madre espada en mano, no refugiado en tus perros!

Los dos reyes resbalaron hasta la ribera. El de León vuelto hacia el Castro, el de Castilla hacia los Aza. Tras ellos, confusos, los guardias de ambos se mezclaron con las lanzas empuñadas.

—¿Qué significa esto? —bramó Fernando de León.

Pedro de Castro masticaba la rabia. Alargaba la diestra en busca de su hacha, pero sus hombres lo tenían bien amarrado.

—¡Por Dios y por su hijo crucificado! —gritó Alfonso de Castilla—. ¡Mi propio alférez metido en pendencia como un rufián!

—¡El Renegado es el rufián, mi rey! ¡Aquel fue quien mató a tu anterior alférez! ¡Al esposo de mi hermana! ¡Ella viste luto por su culpa! ¡Reclamo venganza!

—¡No hay venganza! —estalló desde lo alto de la vaguada Diego de Haro—. ¿Estáis todos locos? ¡Hemos venido a por la paz y vosotros os empeñáis en mataros!

Gome, rojo tanto de ira como de vergüenza, dejó de prestar atención a Pedro de Castro y se dirigió al señor de Vizcaya.

—¿Cómo te atreves? ¡Soy el alférez de Castilla!

Los gritos disminuyeron. Diego de Haro no se atrevió a contestar esta vez a Gome y todas las miradas confluyeron en los dos reyes, árbitros improvisados de aquella riña al borde del río a medio helar. Tío y sobrino intercambiaron una mirada preocupada.

—No aceptarán separarse —pronosticó Fernando de León—. No por parte del joven Castro. Y doy gracias al Altísimo porque su padre no se halla aquí, o me encontraría con un grave problema.

—Yo también doy gracias. Pero no debemos aceptar que luchen. Si lo hacen, el resto tomará partido. Lo sabes, tío.

El aliento de los reyes se condensaba entre los finos copos de nieve. Observaron los rostros curiosos de castellanos y leoneses. Fuera por el frío del páramo, fuera por el hartazgo de la guerra, nadie parecía tentado de unirse a la refriega.

—¡Reclamo venganza! —insistió el alférez de Castilla—. ¡Sangre por sangre!

Alfonso lo miró furibundo, aunque el joven Renegado se le adelantó al responder.

—¿Sangre? —Pedro de Castro irradiaba cólera por los ojos—. ¡Vas a tenerla! ¡Los dos la tendréis!

—¡Juicio de Dios! —gritó alguien, no se supo si desde la albergada leonesa o la castellana.

—¡¡Juicio de Dios!! —corearon más voces desde ambos lados—. ¡¡Juicio de Dios!!

Fernando de León bajó la mirada al manto inmaculado de la ribera nevada. En poco tiempo se teñiría de otro color.

—Sea —murmuró. Solo lo oyó su sobrino. Alfonso de Castilla señaló a su alférez.

—Formas parte de mi curia. Estás aquí para estampar firmas de paz, no para manchar tu espada de sangre. Y la madre del Renegado, esa a la que has llamado puta, era mi tía, por si no lo recuerdas. No te batirás.

—¡Es mi derecho, mi rey! ¡Flaco favor haces a mi honor! ¡Perdona mis palabras hacia la noble Estefanía, pero no dejes que me humillen así! ¡Soy tu alférez!

El monarca avanzó despacio, destellando de ira. Acercó su rostro al de Gome y el vapor de sus respiraciones se mezcló.

—Eres el alférez de Castilla, sí. Y yo soy tu rey. No arriesgaré las vidas de miles y el sueño de mi abuelo. No por una absurda ordalía.

—Libérame, mi rey —rogó Gome con los ojos brillantes—. Libérame de mi cargo. Déjame defender mi honor. Te lo suplico. ¡Libérame!

—¡Silencio! —tronó el monarca—. Ya lo creo que te liberaré. Sin duda. Pero no ahora. Hoy me obedecerás, Gome. Salva tu honor de otra forma. Busca a un campeón que lidie por ti. Eso, o pide disculpas al joven Castro.

—¡Jamás!

Ordoño se adelantó dos pasos. Sus ojos claros, mucho más serenos que los de su hermano mayor, se posaron en los del rey con serenidad.

—Es a mí a quien buscas, mi señor.

وأنا على ثقة في الله

Juraron sobre los evangelios, cada uno por su lado. Ni siquiera conocían la fórmula exacta. Hacía decenios que nadie se batía en duelo judicial. Los juicios de Dios eran farsas, porque Dios no solía presentarse para dictar sentencia. Pero la de Aza y la de Castro eran casas nobles, y no podía negarse a sus miembros el último recurso para limpiar su honor.

Se santiguaron con la rodilla clavada en la nieve, en el mismo lugar donde se habían escupido las injurias. Junto a la corriente de hielo, una superficie que parecía detenida bajo la débil nevada. Los anillos de las lorigas tintinearon cuando se pusieron en pie. Los sirvientes los ayudaron a embrazar los escudos y les tendieron las espadas, únicas armas que los reyes consintieron para el duelo. Tras Ordoño, los hombres de Aza formaban una muralla humana que impediría a los contendientes huir corriente arriba. Tras Pedro, los guerreros vasallos de Castro hacían lo propio cauce abajo.

—Combatiréis hasta que se derrame la primera sangre —asentó Fernando de León, en pie entre los dos contendientes y envuelto en un manto orillado de armiño—. Ambos aceptáis el juicio de Dios, que todo lo puede y todo lo sabe, y que nos mostrará la verdad y la justicia. Por eso os digo que el derrotado se humillará ante el vencedor y le pedirá perdón.

—Y el que gane está obligado a perdonar —remachó Alfonso de Castilla—. Eso, o seremos nosotros —señaló a su tío y, a continuación, puso la mano sobre su propio pecho— quienes no perdonen.

Los monarcas treparon a lo alto de la vaguada ayudados por sus respectivos mayordomos. Arriba, el alférez de Castilla fruncía los labios y entornaba los párpados.

Ordoño cerró los ojos un instante. Mientras su boca había jurado por la palabra de Dios, su mente caía en los besos que quizá jamás recibiera ya de labios de Safiyya. Tenía tanto que perder si caía… Se encomendó a la prenda de amor andalusí que colgaba bajo su ropaje y se metió en la corriente. Anduvo varios pasos, hasta que el agua fría le llegó por la pantorrilla. Presentó el escudo al frente y aferró la espada a media altura, oculta al adversario.

Pedro de Castro también cerraba los ojos. Y, como Ordoño, tampoco había jurado de corazón por el Evangelio. Muy a su pesar, otra era la divinidad que tenía derecho de vida y muerte sobre él. Una de pelo negro como ala de urraca. Esa había decidido por él hacía tiempo, y su sentencia lo alejaba de la vida. Por eso no tenía ya nada que perder. Pensó durante un corto momento en el relicario de la Vera Cruz que protegía su pecho bajo las anillas de la cota. El único recuerdo de su santa madre. Salpicó a su alrededor al introducirse en el río y acortó su distancia con el enemigo. Levantó la espada muy alta, como si el desafiado fuera el propio Cristo. Qué paradoja, pensó. El madero en el que Cristo murió, tan cerca de su corazón, donde el infierno ardía de odio hacia todos. También hacia el Creador. ¿Juicio de Dios? Miró un momento arriba y, rabioso, recordó la sagrada advertencia:

Al soberbio le sigue la humillación.
Y la gloria la recibirá el humilde de espíritu.

—¡A mí no puedes humillarme más! —grita el Renegado al juez eterno, y arremete contra Ordoño.

Este da medio paso atrás para ajustar tirada. Las gotas frías saltan, rompen la superficie cristalina. Ordoño no desvía el cuerpo ante el ataque, sino que lo recibe con el escudo. El hierro resuena contra la madera forrada de piel.

—¡Mátalo! —anima alguien desde las filas de la casa de Castro. Eso desata el bullicio. Los reyes de Castilla y León se miran, incómodos. Lo último que quieren es que el duelo en el río se extienda a los campamentos.

Pedro acomete de nuevo. Desde fuera de alcance, lanza un tajo muy abierto. La espada traza una parábola y Ordoño la detiene también. Esta vez contraataca con una estocada corta al vientre. Pedro la desvía sin dificultad, apenas balanceando el escudo. Ambos se miran, rojos los rostros por el frío. El de Castro sonríe bajo el ventalle. Repite el mismo ataque, y también Ordoño lo ataja con la misma defensa. Pero ahora Pedro encadena con su escudo. Lanza todo su peso hacia delante y sorprende al adversario con la guardia abierta. La cosa no pasa de ahí.

—¡Lucha limpio, Renegado! —exige alguien entre los Aza.

—¡Que se limpie tu madre, castellano! —responde otro. Lo ha dicho un leonés, claro. El rey Fernando se aupa sobre las puntas de los pies y mira a su alrededor con gesto fiero. Consigue que los insultos bajen de tono.

En el río, Ordoño ha roto la línea. Se mueve de lado, agazapado tras su escudo. Pedro de Castro gira con lentitud sobre su pie adelantado, sin perder la cara del enemigo. Entonces, sorpresivamente, finta. Amaga un tajo vertical, pero se queda a mitad. Ordoño eleva el escudo mientras flexiona las rodillas. Ha sido un momento antes de que ambos vuelvan a sus guardias, pero el de Castro ha podido ver que su adversario lo pierde de vista cuando se cubre arriba.

No desaprovecha el detalle. El siguiente envite finge también venir desde arriba, pero quiebra el tajo, dibuja un círculo sobre su cabeza y ataca de revés. Ordoño no tiene tiempo de oponer su escudo porque el filo le viene por la derecha, así que alza su espada. El impacto resuena metálico, seco.

—¡Vas a morir, Aza!

Esta vez ha sido el propio Castro el fanfarrón. Su amenaza tiene la virtud de acallar los demás gritos.

Ordoño estira el brazo izquierdo como si quisiera golpear el pecho de su oponente con el canto del escudo. Pedro, instintivamente, gira el cuerpo para detener el ataque con su propia defensa, y advierte su error casi demasiado tarde. La espada del de Aza ya vuela oblicua hacia su cabeza. Apenas tiene tiempo de encogerse, el filo rebota sobre el yelmo. Ahora el silencio es definitivo.

El de Castro gruñe, pero no de dolor. Es de furia contra sí mismo. Ha sido un incauto. O su enemigo demasiado listo. Ambos toman distancia. Cada uno sabe que el otro lucha con la mente, no con el corazón. Como se debe.

Pedro retrocede. Despacio. Primero mueve media vara el pie izquierdo, luego el derecho. Ordoño, fuera de alcance, lo sigue. El nivel del agua desciende en torno a las pantorrillas del de Castro mientras que casi cubre las rodillas del de Aza.

—¡Cuidado, Ordoño! —advierte alguien desde lo alto de la vaguada—. ¡Te deja dentro!

Castro no vacila. Antes de que su contrario comprenda la fullería, salta. Ahora, desembarazado de la corriente, se siente más ágil. Su brazo gira raudo mientras vuela hacia Ordoño. El tajo es terrible. Hiende el borde del escudo castellano y lo raja media cuarta. El de Aza trastabilla entre chapoteos y pierde pie. Su rodilla derecha se posa en el lecho del río.

—¡Ahora!

—¡Remátalo!

El de Castro no precisaba el consejo. Ha desclavado su arma y grita mientras golpea. Un tajo desde fuera, el siguiente de través y Ordoño se vence un poco más. Nuevo espadazo en vertical. Pedro parece un herrero que batiera el martillo contra el yunque. El escudo de Ordoño, elevado, tiembla con cada acometida. Y baja un poco más. Pedro de Castro descarga todo el peso de su cuerpo con cada golpe. El de Aza no aguantará mucho. Ahora su mano diestra, con arma incluida, se apoya en el limo del fondo para encajar el castigo.

De pronto, Dios juzga. Eso dirán todos después, cuando recuerden cómo, al enésimo tajo despiadado, Ordoño se inclina a la derecha y ladea su escudo. La espada de Pedro de Castro impacta en oblicuo y, al no hallar oposición, resbala sobre el cuero mojado y sigue su tajo hasta la superficie. Levanta un surtidor de agua y la punta golpea el fondo. La hoja se quiebra por la mitad.

—¡Sííí! —vocifera el alférez de Castilla.

El Renegado retrocede. Sujeta el arma rota ante su cara, la mira con gesto de incredulidad. Sus dientes chirrían y arroja la espada inservible. Frente a él, Ordoño se pone en pie. Sus hombros suben y bajan al ritmo de los jadeos. La loriga le chorrea agua helada, su mano derecha tiembla de frío y de temor.

Se arroja con el escudo por delante. Pedro opone el suyo y las dos planchas chocan de plano. Pero ahora es Ordoño quien manda. Sin detenerse, da un golpe seco con el pomo de la espada sobre su escudo, junto al canto superior. El latigazo se transmite, madera contra madera, y la de Pedro sacude su propio rostro. Un impacto seco en el ventalle, justo bajo la nariz. Cae de espaldas en la orilla, sobre los juncos congelados. Los quiebra con su peso y queda sentado. Con un movimiento rápido, se desenlaza el ventalle. La sangre se le escurre de la boca y chorrea barbilla abajo. Se oyen carcajadas en el lado de los Aza.

—¡Mi señor! ¡Toma!

El hacha de Pedro, desmembradora de castellanos, vuela desde el gentío y aterriza a dos varas de él. El rey de León protesta. Resbala hasta media pendiente mientras hace aspavientos. Que no es honor, dice. Que se pare la lid.

Pero Castro rueda sobre la ribera helada y aferra el mango del hacha. Con un movimiento brusco, su escudo queda desembrazado. Una segunda sacudida y el tiracol vuela sobre la cabeza de Pedro.

Varios castellanos se adelantan. Dos pasos o tres. Como respuesta, algunos vasallos de los Castro y media docena de leoneses hacen lo propio. Alfonso de Castilla se alarma. De seguir así, en un avemaría habrá una batalla en el río y Castrodeza se repetirá.

Ordoño no se ha movido. Es como si no pudiera aceptar el gesto de su adversario. Enfrente, Pedro de Castro está en pie, el hacha sujeta con ambas manos, terciada delante del pecho. De su boca sigue manando sangre que discurre sobre la barbilla y desaparece entre las anillas del almófar. Sus ojos lagrimean.

—¡Basta! —El rey de Castilla se mete en el agua. Chapotea hasta interponerse. Los dos guerreros lo ignoran, al menos con la mirada. Ambos siguen fijos, sin perderse vista. Alfonso levanta ambas manos y gira. Todo el mundo se congela.

—¡El duelo no ha acabado! —se queja alguien.

Fernando de León ha visto de dónde ha salido la voz. Sube la vaguada con pasos largos, aparta sin miramientos a uno de sus hombres y agarra por la pechera a otro. Lo abofetea de revés y, antes de que el estampido se apague, recorre las filas con una mirada de reproche.

—¡El duelo ha acabado! —remata.

Alfonso de Castilla, con el agua por las rodillas, señala a Pedro de Castro.

—¡Primera sangre!

Un murmullo unánime recorre las filas de unos y otros. Es un simple rasguño, dice una voz tímida. Nadie llamaría a eso primera sangre, confirman otras voces furtivas. Armengol de Urgel sale de la multitud. Se recoloca el flequillo sobre las cejas antes de hablar.

—Sea. Primera sangre. Pero el juicio es de Dios y Él no ha dictado sentencia. ¿Quién es el vencedor?

Nadie se atreve a responder. La sangre es de Castro, pero todos han visto que el mayor castigo lo ha padecido el Aza. De un lado dan ganador a Pedro. De otro, a Ordoño. Los reyes lo saben.

—Ambos vencen —dice Alfonso de Castilla—. Ambos pierden.

Fernando de León interviene.

—Perdonen ambos, pues. Y que ambos lo acepten. Dios quedará satisfecho.

El momento se alarga, y con él la tensión. Ninguno de los duelistas abre la boca. Pedro todavía agarra su hacha con rabia en la orilla, Ordoño sigue en guardia metido en la corriente. Gome, el alférez, es quien se adelanta ahora.

—Fui yo quien insultó al Castro. Yo le pido perdón. —Se dirige a él con ojos centelleantes—. Tu madre fue casta y pura como el agua de este río, Renegado. Perdóneme el rey de Castilla por injuriar a su tía. Perdóneme el rey de León por injuriar a su hermana. Dios sea testigo de que me arrepiento.

Pedro no se inmuta. Los reyes lo miran, casi suplicantes. Con su suspiro, el de Castro escupe pequeñas gotitas rojas que se mezclan con los copos de nieve. Relaja los brazos, suelta la mano derecha. El filo del hacha se apoya entre el cañizo. Suelta la izquierda y el arma cae con un golpe apagado. Da media vuelta, sube la vaguada y, mientras sus hombres le abren pasillo, se aleja hacia su pabellón.

—¡Está bien! —Alfonso de Castilla se acerca a Ordoño y, con suavidad, le arrebata la espada—. ¡Esto se ha terminado!

El rey de León refrenda a su sobrino.

—¿No habéis oído? ¡No quiero ver a nadie fuera de su tienda! ¡¡Largo!!

Los dos monarcas se aproximan. En los rostros de uno y otro se lee el alivio, pero también el miedo.

—Esto es muy peligroso, tío.

—Lo sé. No conviene que sigamos.

Arriba, en el borde de la hondonada, Diego de Haro resopla. Pero luego ve la mirada reprobatoria que Alfonso de Castilla dirige a su alférez Gome.

Esa noche. Monasterio de Cañas

El obispo de Calahorra había oficiado la misa de Navidad como favor especial a la condesa Aldonza. Esta lo agradeció con un generoso dispendio en presencia de todos cuantos cupieron en la inacabada iglesia del monasterio. Hubo mucha y descarada participación en los autos dentro del templo, y después, como la nieve no había llegado a tierras de Nájera, el populacho se dio a sus festejos paganos en el exterior. Se trasegó en demasía, hubo chanza hasta el desenfreno y, oculto ya el sol, se danzó alrededor de las hogueras. Más de una novicia llegó a unirse al desmán, hasta que la madre Aderquina puso orden con ayuda de las monjas más ancianas.

El pequeño chamizo de Fortún Carabella no precisaba mucha lumbre para calentarse. Por ese y por otros motivos, los dos cuerpos desnudos sudaban bajo el manto de piel de doña Aldonza.

—Por mi vida que te mantienes bien fogosa, mi dulce señora.

De una alcándara colgaba la saya de cendal, y sobre un mísero arcón descansaba el resto de la ropa. Solo las joyas, abundantes y esplendorosas, vestían la piel madura de doña Aldonza. Esta señaló a la viola de Carabella, apoyada junto a los ropajes lujosos.

—Has pasado mucho tiempo fuera y vienes con instrumento nuevo...

—No, mi dulce dueña. Es la estaca de siempre.

La condesa sintió la mezcla de irritación y regocijo habitual en presencia del bardo. Su mano serpenteó bajo el manto y se cerró en torno al miembro aún erecto.

—Seguro que durante este tiempo habrás recogido un buen cestón de higos, ¿eh?

—Bueeeno. No ha estado mal. Quien ha tenido por escuela el gozo, clava su estaca hasta en el fondo de un pozo. Cuando terminé mi cometido en León, recorrí la ruta de los peregrinos. Aunque la hice al revés. Jornada tras jornada me alejaba más de Compostela y, en lugar de encomendar mi alma al Altísimo en cada parada, desfloré a unas cuantas hijas de Dios. Luego estuve en la Gascuña. Allí pasé unos meses con un par de hermanas que...

—No habías decidido si volverías. Confiésalo.

La condesa cerraba el puño con fuerza mientras esperaba la respuesta. Carabella se permitió sonreír.

—Mi gentil señora, no querrás tronchar la fuente de todo deleite, ¿eh? Ah. Eeeh... Está bien, sí. Me mantuve a la espera. Cuando vi que todos daban por natural la muerte de Nuño Meléndez y me aseguré de que nadie en León había reparado en mí, decidí que era seguro regresar.

Doña Aldonza aflojó la presión.

—Astuto por tu parte, Carabella. Y un detalle presentarte justo la víspera de Navidad. Oportuno para ambos, en realidad.

—Sin duda lo es para mí. Di buen uso a la bolsa que me diste, y aún pude sacarme yo unos cuartos a toque de viola y golpe de estaca. Pero echaba de menos tu compañía, mi dulce bien. Y sabía que tus brazos estarían abiertos para mí a mi regreso. Lo mismo que tus piernas.

—Ya. Suerte tienes de que vuelva a necesitar tus servicios, Carabella. —La condesa acarició el miembro bajo el manto—. Por el dinero no sufras, que serás bien surtido. Para meterte entre las piernas de cualquier incauta tampoco has de tener problema. Otra cosa es mi compañía. Disfruta cuanto puedas esta noche, pues de nuevo toca viaje invernal.

—Oh, no. No, no, no, mi señora. Déjame descansar unos meses. Unas semanas. ¿Unos días?

—Mañana te quiero en camino. Esta vez no será necesario que vayas a Arnedillo. Mi hija conserva parte del oropimente que le llevaste hace dos años.

El juglar, dispuesto, se escurrió sobre el cuerpo de doña Aldonza.

—Ah, entonces es que voy de nuevo a León. Con doña Urraca.

—Esta vez te quedarás allí... —Aldonza se cimbreó al sentir el rejonazo del bardo—. Yo ya no tengo tiempo para estos... Ah... juegos. Además, Urraca me va a enviar a mi nieta María para que la eduque y la convierta en... Ah... una mujer tan industriosa como ella. Ahora seré una abuela... Oh... ocupada. Y mi hija necesita a alguien de confianza... Ah. Alguien discreto, que pueda quedarse con ella y... cumplir sus mandados... ¡Oh!... Y hacer de correo entre nosotras... —Se agarró a los hombros delgados—. Te llevarás algunas... cosillas que he recolectado este tiempo. Raíz picada de mandrágora..., belladona... ¡Oooh!

—No sufras, mi gentil dueña, que todo eso le llevaré. Y me quedaré con ella muy a gusto.

Ella detuvo su agitado vaivén, con el que acompañaba las embestidas del juglar. Fortún sintió que su miembro empequeñecía ante la mirada iracunda de la condesa viuda. De un manotazo, el manto de piel voló y los dejó a los dos desnudos.

—No la tocarás, Carabella. —Doña Aldonza se levantó—. Ni se te ocurra. Mal te veo si me desobedeces.

El bardo volvió a taparse. Observó cómo su benefactora empezaba a vestirse con gestos rápidos y airados. La belleza huía de aquel cuerpo con velocidad creciente. Tanto que, de repente, su nueva misión dejaba de ser algo engorroso. La condesa había sido una apetitosa hembra en su madurez, eso no podía dudarse. Y no le faltaba juego en el lecho.

Pero ahora encajaba más en la celda del monasterio o en el refectorio. Orando a Cristo o paseando con la abadesa de Cañas. Los labios de Fortún, bajo el borde del manto, se curvaron en una sonrisa clandestina. Urraca López de Haro. La había visto en su primer viaje, distante y altiva. Una gran señora de la corte leonesa. Pero resultaba imposible disimular las nalgas prietas, el talle estrecho, el busto rebosante. Los planes de madre e hija conducían a que esta adornara su preciosa cabeza con una corona real.

«Bien —pensó el juglar mientras doña Aldonza se ajustaba la saya—. He metido mi estaca en higos jóvenes y viejos, divinos y mundanos, nobles y villanos, laicos y monacales, abaciales, señoriales y condales. Solo me falta probar un higo de reina».

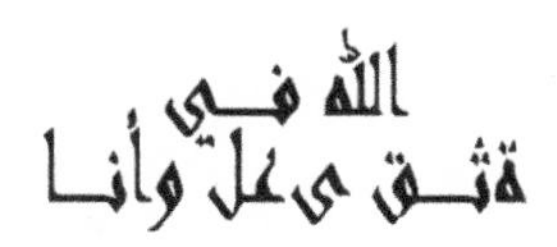

30
LA LLAMADA DE AL-ÁNDALUS

UN MES MÁS TARDE, INVIERNO DE 1183. VALENCIA

Los jirones de humo se elevaban perezosos desde el pebetero, se deslizaban por los cortinajes y quedaban prendidos en las varas del dosel. El olor del brezo y de los almendros recién florecidos intentaba colarse en el aposento, pero el ámbar y el almizcle reinaban tras la celosía, ceñían el aire y acariciaban la piel de Safiyya.

Se hallaban en el aposento del Charrán y el fuego del hogar, en la planta baja, contribuía a caldear el ambiente. Pero el sonrojo en las mejillas de Safiyya no se debía a ese calor, sino a otro que ahora remitía. La princesa todavía estaba desnuda sobre el lecho y observaba a Ordoño. La luz rojiza del atardecer recortaba su silueta contra las cien figuras estrelladas de la celosía.

—¿Has hecho el camino en medio del invierno solo para penar?

Él no se volvió. No quería que ella lo viera llorar. Bajó la cabeza mientras el ajetreo y las voces disminuían fuera. Cuánto le habría gustado conocer la Valencia alegre. La del rey Lobo.

—No puedo evitarlo. ¿Cómo voy a estar feliz?

Un golpe de brisa consiguió penetrar a través de la rejilla y la niebla del ámbar. Safiyya sufrió un escalofrío y se incorporó para cubrirse con la sábana.

Ordoño había llegado la tarde anterior, tras un viaje fatigoso a través de páramos helados, montañas nevadas y vientos de mal agüero. Salió de Medina de Rioseco en cuanto los reyes decidieron separar a sus fuerzas, temerosos de que el enfrentamiento entre Pedro de Castro y los Aza se contagiara al resto de soldados, caballeros y magnates. La paz corría peligro de nuevo. Pero eso no había causado mucho desasosiego en Ordoño. En cuanto se vio libre, cabalgó con desesperación a través de Castilla, cruzó la frontera y llegó a Valencia.

—Ven. Te enfriarás.

Ordoño obedeció. Se escurrió bajo la sábana que ella levantaba y se acurrucó contra el cuerpo caliente. Ella apoyó la cabeza sobre su hombro.

—Tal vez tu suegro no venga después de todo —aventuró Ordoño sin convicción—. Llevo años oyéndolo: el califa volverá, el califa volverá... Y no sucede.

—Esta vez sí. Mi hermana no se equivoca. Otras veces, en sus cartas, leía que Yusuf no sentía deseo alguno de comenzar una nueva campaña. Es más: las que hubo en África fueron casi todas obra de mi esposo. Pero esta vez hay demasiada presión. Me preocupa mucho lo que escribe Zayda. Es como si Yaqub se hubiera convertido en el auténtico caudillo de los almohades. Por encima incluso de su padre.

—¿Tu hermana Zayda se parece a ti?

Safiyya levantó la cabeza unas pulgadas y observó desde muy cerca a Ordoño. Las trenzas rubias se desparramaban sobre el pecho del castellano.

—Sí. Nos parecemos mucho. ¿A qué viene eso?

—Si os parecéis tanto, no es de extrañar que el califa Yusuf se niegue a dejar a tu hermana atrás. Para ir a la guerra o para ir adonde sea. Me cuesta creer que esté diciendo esto, pero comprendo a ese hombre.

Safiyya volvió a reposar la cara sobre la piel del cristiano.

—Hay algo que Marjanna no te contó, Ordoño.

Sonó como tañido de campana en funeral. Los ojos del castellano, fijos en el techo del aposento, se cerraron con fuerza. Como si así pudiera ignorar también la realidad, y no solo los jirones de ámbar que caracoleaban sobre la pareja.

—Te vas, ¿verdad?

El silencio de Safiyya fue peor que una afirmación. Mientras el muecín llamaba al rezo, Ordoño apretó fuerte los brazos en torno a su amante. Notaba la humedad de las lágrimas que caían sobre el pecho desnudo. Cuando abrió los ojos, la oración del crepúsculo había terminado y la oscuridad casi lo dominaba todo. El viento había arreciado fuera y conseguía violar la celosía. Las cortinas del dosel se agitaron, el humo del pebetero se arrastró hacia la pared.

—Mi esposo no me ha mandado llamar todavía, pero mi hermana está segura de que lo hará. Yaqub ama la guerra. Se cree el elegido de Dios. Aunque no es un estúpido, ni le ciega la fe tanto como para no ver lo que más le conviene. Hay rumores en el palacio del califa en Marrakech. Los visires están ya casi todos al servicio de mi esposo, no de mi suegro. Muchos le aconsejan que me exhiba a su lado, que haga notoria su relación conmigo para ganarse a los andalusíes. Saben que mi padre fue el último rey libre de al-Ándalus, y que mi hermana y yo somos los únicos símbolos vivos de lo que ya no existe. Por eso el califa desposó a Zayda, y por eso a mí me casaron con Yaqub.

En la penumbra, las brasas del pebetero despedían un fulgor rojizo que escapaba a través de las rejillas de bronce. Con cada golpe de viento frío, las volutas de humo desaparecían, pero se avivaba la llama dormida.

—Una vez, hace cuatro años, me dijiste que este día llegaría. —La voz de Ordoño sonaba ronca—. Que la brecha entre nosotros se abriría del todo.

—Que jamás volveríamos a vernos —remató ella. Y a Ordoño le dolió mucho más que el tajo de una espada, porque no había escudo capaz de detenerlo.

—Te lo propuse entonces y lo hago ahora otra vez: escapemos.

Ella gimió.

—No lo hagas más difícil, cristiano. Somos enemigos que comparten el lecho. Lo seremos siempre. También te dije eso: sabías lo que pretendías, pero no lo que podías perder. Ahora lo sabes.

Ordoño apartó la cabeza de Safiyya con suavidad y abandonó el lecho. Anduvo inquieto hasta la celosía, sin importarle el frío creciente que, en forma de ráfagas sibilantes, se adueñaba de la cámara.

—Soy Ordoño Garcés de Aza. Pertenezco a una de las casas más nobles de Castilla. Lo que te propongo significaría la destrucción de mi honor. Dejaría atrás mi futuro en la corte, la confianza de mi rey, a mi esposa cristiana, los señoríos de mi familia... Lo haría por ti.

—No solo eso. Perderías también tu oportunidad de defender tu casa y a tus amigos. A tus hermanos de fe. Lo que viene desde el sur no es una algara de bandoleros. Es el mayor ejército que jamás han visto tus antepasados. Es un poder que os arrastrará, os hundirá y borrará de vosotros incluso el recuerdo. Si escapamos juntos, ¿cómo ibas a luchar contra mi esposo?

Ordoño introdujo los dedos por entre el enrejado de madera y apretó hasta hacerlo crujir.

—¿Cuántas veces tendré que decírtelo? Renunciaría a todo por ti.

—Eso le aseguré a Marjanna cuando la mandé a tu casa, en Castilla. «Ve, amiga mía», le dije. «Dile que acuda a mi lado sin tardar. Nada le detendrá. Ordoño atenderá a mi llamada». Y Marjanna se rio. Me contestó que te llevaría mi mensaje. Lo hizo y volvió de tierra de cristianos. Sin ti.

—Mi rey me reclamó...

—¿Ese rey al que ibas a dejar atrás por mí hace un momento?

—Así que es eso.

Ahora fue Safiyya la que abandonó el lecho, aunque se cubrió con la sábana. Se deslizó hasta la celosía y se pegó contra la espalda del cristiano.

—No te lo reprocho. Simplemente es así. Nada se puede hacer contra el destino cuando llega su tiempo. Todo tiene plazo y lugar de muerte señalado. Y el plazo de al-Ándalus terminó hace años. —Lo abrazó hasta unir sus manos por delante—. Esto no existe, Ordoño. Solo lo vemos tú y yo. Es un espejismo que brilla durante un parpadeo, apenas un momento antes de que se vuelva a desvanecer en la realidad. Márchate solo. Vuelve con los tuyos, con tu esposa cristiana y con tu rey. Tal vez, en el futuro, podamos otra vez soñar juntos.

Al mismo tiempo. Marrakech

La esfera rojiza rozaba las cúpulas y los minaretes. Abajo y más allá de los muros, los obreros se disponían a abandonar sus faenas y a postrarse sobre sus almozalas cuando el muecín llamara al rezo del atardecer.

Yusuf inspiró con fuerza antes de hablar.

—Hoy Yaqub ha vuelto a insistir. Cada vez gana más adeptos y todos los que me rodean le dan la razón. Él único que sigue a mi lado es mi fiel Ibn Rushd, y ni él creo que resista mucho la presión.

Se volvió, con lo que la luz mortecina del sol quedó a su espalda. Fijó la mirada en su favorita, Zayda bint Mardánish.

—¿Mi señor quiere saber lo que pienso yo?

—Para eso te he hecho llamar.

Se hallaban en uno de los aposentos privados del califa en el Dar al-Majzén. Yusuf había despedido a sus escribas y funcionarios, y todos sospecharon que el príncipe de los creyentes, simplemente, pretendía gozar de una de sus esposas antes de que cayera el sol. Ahora Zayda, cubierta con un largo *yilbab* verde, aguardaba sentada en un escabel, junto a una mesa baja repleta de vasos vacíos. Jarabes medicinales recetados por Ibn Rushd que, por fin, conseguían devolver su salud al califa.

—Me honras, esposo mío. Solo tú, piadoso y misericorde, podrías tener en estima la opinión de una mujer.

—No cualquier mujer. —Yusuf sonrió y anduvo con tranquilidad sobre las alfombras de piel—. La hija del rey Lobo. Tú conoces a los andalusíes. Son tu pueblo.

Zayda asintió. Su madre se lo contaba a menudo entre las paredes que separaban el harén del resto del palacio: Mardánish le había pedido consejo casi siempre. Por recomendación suya, el rey Lobo había acudido a batallar a parasangas de distancia, había apretado lazos con reyes norteños, había organizado fiestas para agasajar a los notables del reino. Zobeyda era quien conocía a los andalusíes, y también a los cristianos. Ella fue en gran parte responsable de que las huestes del rey Lobo contaran con miles de mercenarios del norte que durante años se opusieron a los almohades. Hasta que todo se torció, y entonces Zobeyda mudó su pensamiento. Un pensamiento ahora dominado por el resentimiento hacia los cristianos. Hacia quienes lo prometieron todo y no cumplieron nada. Hacia quienes los abandonaron.

—Los andalusíes vivieron errados por mucho tiempo, mi señor. Creyeron que los cristianos los protegerían sin saber que eran ellos quienes más daño podían hacerles. La verdadera protección llegó de ti, oh, príncipe de los creyentes. Debes vengar la traición que sufrieron a manos de los adoradores de la cruz.

—Ya. —El califa también recordaba. Recordaba que su voluntad no siempre había estado sometida al dictado de la razón. Antes de aplacar su ira con la filosofía y las ciencias, de gozar de la compañía de ilustres amigos como Ibn Tufayl e Ibn Rushd, él también había vivido errado. Y se había ganado el odio de no pocos andalusíes—. Pero temo que el ansia de venganza de tu pueblo sea mayor que el amor que siente por mí. Soy un bereber, esposa. Un extranjero para ellos.

»Observo lo que ocurre al este, en Ifriqiyya. Veo que la chispa de la rebelión sigue viva allí, a la espera de encontrar maleza con la que alimentarse. La última campaña sirvió para aplastar a algunos insurrectos, pero otros los seguirán. Por suerte, ningún poder rival aspira a poseer esas tierras, así que el único incordio consiste en acudir cuando se alza alguien como at-Tawil y reducirlo a la sumisión. Al sur ocurre otro tanto. De vez en cuando tendré que mandar a mi ejército para sofocar una revuelta, sí. Pero no son más que tribus aisladas, asaltantes de caravanas o aldeas descontentas.

»Sin embargo al-Ándalus es tierra fronteriza. Al otro lado, los reinos cristianos empujan ávidos por ganar terreno para su detestable credo. Necesito que los andalusíes se batan por mí. Preciso no solo su fidelidad, sino su entrega total. ¿Cómo lograrla?

—Ellos saben que yo, la hija del Lobo, soy tu favorita. Eso les agrada, lo sé. Además, tal era tu intención al desposarme, ¿no?

—De eso quería hablarte también. Cuando nos casamos, la adhesión de los andalusíes se reforzó, pero sé que a muchos no les sentó bien que mi hijo dejara atrás a tu hermana pequeña. Ella también es una princesa de al-Ándalus. Una hija del rey Lobo. Desgraciadamente, la memoria del hombre es quebradiza, y nadie parece acordarse de mi gesto para contigo ni del desprecio de mi hijo para con tu hermana. Ahora Yaqub lo ha pensado mejor y ha hecho pública su intención de reunirse con Safiyya.

—Lo sé.

—Mi hijo también sabe que así se congraciará con los andalusíes. El tiempo ha jugado en su favor. Ni en eso puedo competir con él. Así pues, mi favorita, espero de ti alguna idea. En la península de al-Ándalus no solo compito contra los cristianos sino, además, contra mi hijo. ¿Cómo ganar para mí un puesto irreemplazable en el corazón de los andalusíes?

Zayda asintió. Los párpados se entornaron pensativos sobre sus ojos azules. ¿Qué diría su madre? ¿Qué le habría aconsejado a su padre? Sonrió.

—En cierta ocasión, esposo mío, el rey Lobo tuvo que hacer frente a la desilusión de su pueblo. —Yusuf enarcó las cejas y buscó acomodo sobre un lecho de almohadones—. Tu difunto hermano Utmán acababa de ganar Almería, el viejo emperador cristiano había muerto y un ambiente de derrota reinaba entre los andalusíes.

—Por supuesto, lo recuerdo. Yo era el *sayyid* de Sevilla en ese tiempo.

—Mi madre me contó que el rey Lobo acudió a su aposento para pedir consejo, y ella le recomendó...

Yusuf ladeó la cabeza ante la vacilación de su favorita.

—¿Qué le recomendó?

—Atacarte, mi dulce esposo. Dirigir sus tropas contra Sevilla. Y, para disgusto de Dios, el rey Lobo te derrotó ante las murallas.

El califa bajó la mirada. Aquella había sido una de las mayores humillaciones de su carrera militar antes de acceder al trono almohade. En aquel tiempo, un comentario similar habría despertado su cólera. Ahora se limitó a encogerse de hombros.

—Es cierto. Mardánish me venció allí. Pero fue lo único que consiguió. No supuso una gran pérdida, ni tomó la ciudad...

—A partir de aquel día, las expediciones de mi padre se contaron por triunfos. Hasta que años después, con la ayuda de Dios, pudiste poner freno a sus ambiciones en Granada. Debes saber, mi señor, que los andalusíes tenían fe ciega en el rey Lobo porque siempre lo veían en cabeza de sus tropas, cabalgando el primero. Era raro que, al regreso de cada campaña, no viniera con alguna nueva herida.

Yusuf suspiró.

—Tampoco puedo competir en eso con Yaqub. Ha sabido ganarse a mis guerreros. Primero fue la expedición contra los sanhayas, luego la campaña de Gafsa y, hace poco, lo de las minas de Zuyundar. Es él quien dirige las cargas y derrama la primera sangre. De nada me serviría vestir la cota de malla y luchar en vanguardia.

Zayda detectó el miedo que latía en aquellas palabras.

—Eres el príncipe de los creyentes, mi señor. Me has pedido parecer y yo te lo he dado. Tú mismo lo has dicho: la memoria del hombre es quebradiza. Si ahora te pones frente a tus huestes y acudes a al-Ándalus, las hazañas de tu hijo se desvanecerán. Pero tuya es la inteligencia. Tuyo el favor de Dios. Tuya la decisión.

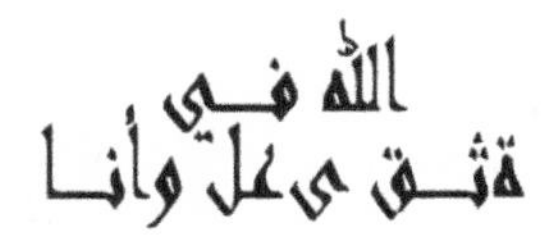

31
SANGRE GODA

Tres meses después, primavera de 1183. León

Pedro de Castro sostenía el escudo a media altura y la espada asomaba a un lado, en postura poco ortodoxa. Frente a él, el joven príncipe de León apretaba los dientes. También embrazaba escudo y blandía espada.

El de Castro dio un pisotón en tierra que hizo respingar a Alfonso. Después, la sonrisa rapaz asomó a su cara.

—¡Vamos!

El príncipe levantó su arma para tomar impulso. Al hacerlo, su cuerpo giró a la derecha, con lo que el flanco izquierdo quedó desguarnecido durante un suspiro. Pedro lo aprovechó y alargó un tajo suave por aquel lado. Las anillas tintinearon y el príncipe saltó un instante demasiado tarde. Gruñó una protesta por lo bajo.

—¡Mal! —amonestó el de Castro—. Primero atacas cuando yo te lo digo. Luego me muestras sin lugar a dudas cómo vas a hacerlo y por último descubres tu costado. ¿Por qué no te arrojas sobre tu propia espada en lugar de hacer que tu enemigo pierda el tiempo?

Alfonso, príncipe de León, sudaba. La loriga estaba hecha a medida, pero le pesaba tanto que apenas podía moverse. El brazo izquierdo se le dormía y no era capaz de sostener el escudo más alto que su barbilla. En cuanto a la espada, el último conato de ataque había acabado con la fuerza de su hombro derecho. Aquello no se parecía nada a jugar con armas de madera.

—Nunca aprenderé.

—Claro que sí. Aún no tienes ni doce años, te queda mucho tiempo. Aprenderás. Y para eso es necesario que cometas todos estos errores. Descansemos.

Un sirviente se acercó con agua y escudillas. El príncipe bebió con avidez, derramando el líquido por la barbilla y las anillas de la cota. Las espadas sin filo, armas negras para adiestramiento, descansaban ahora a un lado, contra el murete de San Marcelo.

—¿Qué error cometiste tú en Medina de Rioseco? ¿Por qué no venciste al Aza?

Pedro de Castro se restregó la boca con el dorso del guante. La sonrisa de halcón no había desaparecido de su rostro.

—No me dejaron vencerle. No interesaba que matara a ese tipo. Pero aun así debo reconocer mi error: me cebé, al igual que haces tú. Me dejé llevar por la rabia y, cuando lo tenía a mi merced, empecé a descargar tajos sin sentido. Aprende de mis errores, príncipe, además de aprender de los tuyos.

El joven Alfonso se sentó en el suelo y apoyó la espalda en el muro.

—Pero dicen que era un duelo a primera sangre y que fuiste tú quien sangró.

—Bah. Un rasguño. Un golpe más inocente que el que yo te acabo de dar. Un momento más y habría cortado a ese Aza por la mitad. Debería haberlo hecho, pese a tu padre y a tu primo. Pese a todos. Malditos castellanos…

—Tú también eres castellano.

—¿Yo? —Pedro levantó la cabeza un instante y recorrió con la mirada las murallas de la vieja ciudad de León. A pocas varas, como siempre, los guardias reales prestaban seguridad al heredero. Pero, por orden del de Castro, se mantenían aparte, ajenos a sus conversaciones—. Yo ya no soy castellano. Los odio demasiado. ¿Conoces a algún castellano bueno?

—No conozco a muchos castellanos.

—Ya. Conoces a los hermanos Haro. Fíjate en ese Diego, el señor de Vizcaya.

El joven príncipe se encogió de hombros.

—Ha sido muy cortés con todos. También conmigo.

—Porque buscaba algo. Su rey lo envió aquí para influir en el ánimo de tu padre y eso no se consigue con malas caras. Dentro de poco, Castilla y León firmarán un tratado firme de paz y, con él, tu padre cederá la parte del Infantazgo que ganó hace años. Bien vale eso un poco de falsa cortesía y muchas sonrisas de lobo. Pero no acaban ahí las intenciones de los castellanos.

»Harás bien en cuidarte de la hermana de Diego de Haro. Tu madrastra es artera, príncipe. Jamás confíes en ella. No le vuelvas la espalda. Ella es otra pieza de Castilla y servirá para traer más desgracia a León.

—Urraca no me gusta, ya te lo dije. —El niño volvió a coger la espada sin filo—. Pero no le tengo miedo. ¿Qué puede hacerme? Es una mujer.

«Y esa es su mejor arma —pensó Pedro—. Un arma capaz de matar en vida. Tal vez de acabar con reinos enteros».

—Urraca domina a tu padre, príncipe. Y eso va contra natura, como contra natura es que Castilla humille a León. Que jamás te ocurra a ti. ¿Has visto los tapices del palacio?

El joven Alfonso frunció el ceño.

—¿Los de los reyes antiguos?

—Esos. Castilla no era siquiera un condado miserable y tus antepasados ya reinaban. —Dio un suave toque con el índice en la frente del príncipe—. Métete eso en la cabeza, primo. Eres su heredero. La corona que ceñirás un día no brilla por su oro, sino por los siglos de gloria. No lo olvides. Por tus venas corre la sangre de los viejos reyes de Asturias y la de los antiguos godos.

—Pero nuestro otro primo, el rey de Castilla, lleva también esa sangre. Él es nieto del emperador Alfonso, como tú y como yo.

—Ya. A veces, el destino juega con los hombres y decide que el débil nazca antes que el fuerte. Tus antepasados godos lo sabían, príncipe, y por eso elegían como rey al mejor, no al mayor. Te lo he dicho: tú llevas esa sangre fuerte. La sangre goda. Y tu padre. Él, que fue el hermano menor, pero también el hermano más fuerte. Él sabe que tiene derecho sobre todos los demás reyes, pero ese conocimiento se debilita. No basta con firmar sus documentos como *regis hispanorum*. Debería comportarse como tal. —Hizo un gesto de desdén—. Pero ha olvidado quién es.

—Mi ayo, el conde Armengol, decía que los godos eran unos salvajes que se arrancaban los ojos unos a otros para disputarse el trono.

—Armengol de Urgel... ¿Y qué sabe ese? —Tomó la espada negra de manos del niño—. Esto es lo que hace reyes. No los tratados de paz y los pactos matrimoniales. Arreglos inventados por los débiles que solo sirven para arrebatar el justo triunfo a quien lo merece, como lo que ocurrió en Medina de Rioseco. Tu padre también se ha vuelto débil, Alfonso. Hace unos años me habría animado a partir por la mitad a ese castellano de Aza, pero ahora imita a su sobrino y babea por la paz. Error tras error. Tu abuelo, el emperador, cometió el primero al dividir sus reinos, pero Dios puso las cosas en su sitio y se llevó al débil rey de Castilla al año de ser coronado. Ahora tu padre mete a una castellana en su cama y se vuelve blando. Nuevo error que costará caro al reino. No es así como León recuperará la gloria que le pertenece. —Levantó la espada sin filo e interpuso la hoja entre él y el joven príncipe—. Esto, primo. Esto distingue a un verdadero rey de un rey débil. —Al ver la mirada seria del niño, Pedro sonrió y le devolvió el arma—. Esto y tener los ojos en su sitio, claro. Así que vigila a Urraca. Ella sí sería capaz de dejarte ciego para hundir el reino.

Le palmeó la espalda y ambos se alejaron. El sirviente recogió las armas, se desperezó con un gran bostezo y caminó desganado tras ellos. Una sombra se separó de la esquina más cercana. Un rostro lampiño, hermoso y mujeril, aunque su dueño era un hombre de probada virilidad. Fortún Carabella.

Al mismo tiempo. Marrakech

La mesa estaba llena de volúmenes, algunos de ellos abiertos. El califa Yusuf y su médico, Ibn Rushd, rebuscaban con avidez en sendos libros, pasando las páginas con premura. El cordobés se detuvo y entornó los párpados cuando localizó el párrafo que buscaba.

—Aquí está. El pagano Platón lo deja bien claro. Dice que un buen gobernante no ha de dejarse coaccionar. Que no ha de doblegarse ante el miedo ni el dolor, ni por engaño o falsedad. —Sonrió—. Quiero completar un comentario de *La República*, y junto a los libros políticos de Aristóteles…

Se interrumpió. Uno de los chambelanes del Dar al-Majzén acababa de aparecer en el hueco de la puerta. El califa y el filósofo observaron al doméstico con curiosidad.

—Te ruego perdón, oh, príncipe de los creyentes. Tu ilustre hijo, el visir omnipotente, solicita ser recibido.

Yusuf miró de reojo a Ibn Rushd antes de contestar.

—Por supuesto. Que pase.

El sirviente se retiró y, al momento, la figura recia de Yaqub atravesó la entrada. Tras él llegó Abú Yahyá, que se deslizó a un lado y cruzó los brazos. El califa pensó en amonestar al hintata por no haber pedido permiso para entrar, pero el gesto fiero de su hijo lo disuadió.

—Padre mío, acabo de enterarme.

Yusuf enarcó las cejas.

—Acabas de enterarte. ¿De qué?

Yaqub se cogió las manos tras el *burnús* de listas azules y blancas. Su pie derecho pateó repetidamente el suelo de la estancia.

—Los Banú Sulaym, otra de esas tribus árabes de Ifriqiyya. Así que se rebelaron hace unos meses y apresaron a tu hermano Abú-l-Hassán. ¿Pensabas que no me lo harían saber?

El califa palideció. Ibn Rushd, en cambio, sintió que el calor afluía a su rostro. Instintivamente dejó el libro de Platón sobre la mesa y dio un paso atrás.

—Ese asunto ya está arreglado —repuso Yusuf con voz débil.

—Sí, también me he enterado de eso. Mandaste dinero a los rebeldes para liberar a tu hermano.

—En lugar de acudir allí y aplastarlos como moscas —remachó Abú Yahyá.

Yusuf tosió un par de veces antes de responder.

—La expedición habría costado una fortuna. Los Banú Sulaym se conformaron con mucho menos que eso. Ya te lo he dicho, hijo: el asunto se arregló y el *sayyid* Abú-l-Hassán se encuentra en perfecto estado.

—Soy tu mano derecha, padre. —Yaqub seguía repiqueteando con el pie—. El visir omnipotente del imperio. Esas cosas debo saberlas. ¿Por qué no fui informado?

Yusuf hizo acopio de valor.

—Sigo siendo el califa. Yo decido qué debes saber y qué debes ignorar.

—Ah. —El redoble en el suelo cesó—. Pero, padre, no es la primera vez que ocurre esto, y en otras ocasiones supuso una merma para tu reputación. No podemos consentirlo. No sé cómo habrá ocurrido, pero en estos momentos el rumor corre por toda la ciudad. Se dice que el califa prefiere de nuevo pactar con los rebeldes. —Yaqub negó despacio con la cabeza—. Mala cosa. Ya sabes lo que pasa con estas difamaciones. De hecho, acabo de ver un ejemplo. Esta mañana, cuando me he dirigido a las obras de ampliación de la villa, lo he visto escrito en un muro. *¿Pagaremos también a los cristianos?* Eso ponía. Lo he mandado borrar, por supuesto. —Avanzó despacio hasta la mesa repleta de libros. Tomó el que Ibn Rushd había dejado y lo hojeó con descuido—. Pero me lo pregunto yo también. —Levantó la vista hacia su padre—. Dime, príncipe de los creyentes: ¿vamos a pagar a los cristianos para que nos dejen en paz?

Yusuf volvió la cabeza e interrogó con la mirada a Ibn Rushd. Este apretaba los labios, temeroso de inmiscuirse en la conversación. Fue Abú Yahyá quien intervino de nuevo.

—Esos rumores se acallarían de una vez si cruzáramos el Estrecho.

—Así es. —Yaqub seguía con la vista fija en el califa y el libro abierto en las manos—. Hay que ir a al-Ándalus ya. Sin tardanza. ¿Te he contado lo de Setefilla, padre?

—Varias veces.

—Tal vez necesites oírlo una más. —Cerró el libro de golpe, lo que sobresaltó tanto a Yusuf como a Ibn Rushd—. El perro Alfonso clavó su bandera en medio de tus tierras, padre. Muy cerca de tu capital en al-Ándalus. Fue un andalusí quien tuvo que poner remedio a eso. Ibn Sanadid, ¿lo recuerdas?

—Pues claro.

—¿Y no te da vergüenza, padre, que un andalusí luche por nosotros al norte y el dinero lo haga al este?

—No me hables así. Soy el…

—¡Eres el califa! —El grito de Yaqub hizo que su padre echara atrás la cabeza—. ¡Lo sé! ¡Lo sabemos todos! ¿Qué tal si empiezas a actuar como tal? Porque hay algo más que sabe todo el mundo: que el príncipe de los creyentes vacila mes tras mes. Que se oculta aquí, en su palacio, entre libros paganos. —Arrojó el volumen sobre la mesa, pero resbaló sobre los otros tratados y cayó al suelo, a los pies del califa—. ¿Cuánto más debemos esperar, padre? ¿Cuánto?

Yaqub giró de golpe, el *burnús* voló a su alrededor. Abú Yahyá aguardó a que pasara y lo siguió para salir de la estancia. Fuera, la sombra de dos guardias negros se adivinaba imperturbable. Yusuf se estremeció. Sus Ábid al-Majzén no habían hecho ademán de entrar ante los gritos de su hijo. ¿Es que también le eran más fieles a él? ¿Los propios miembros de su guardia personal, juramentados para dar la vida por el califa? Se agachó, recogió el libro y pasó la mano sobre su tapa con delicadeza. Volvió la cabeza hacia Ibn Rushd.

—¿Qué debo hacer?

El cordobés inspiró profundamente antes de responder.

—Sabes que no me gusta la guerra, mi señor. Sabes que no hay nada que odie más, sobre todo si la sangre ha de teñir mi amada tierra de al-Ándalus. Pero si no vas tú, lo hará él. —Señaló hacia la puerta—. Cuenta con el favor del pueblo y del ejército. Los visires y los alfaquíes le adoran y, a la mención de su nombre, tiemblan hasta los más rebeldes. Además, incluso el viejo pagano lo decía. —Señaló el volumen maltratado—. Un buen gobernante no ha de doblegarse.

Yusuf asintió despacio. ¿No había de doblegarse? Pero si no se doblegaba ante los enemigos era porque se doblegaba ante su hijo. Recordó las palabras de su favorita Zayda. Ella también le aconsejaba marchar a al-Ándalus y liderar sus tropas contra la cruz. Era lo que había tratado de evitar durante años. El temblor le sacudió las entrañas al imaginarse de vuelta allí, enfrentado a los jinetes forrados de hierro y a sus ballesteros del demonio. Observó los volúmenes desparramados sobre la mesa. Demasiado tiempo dedicado a su lectura, al conocimiento y a disfrutar de la hermosura del palacio. Privilegios de la paz. Cuando levantó la vista de nuevo hacia Ibn Rushd, estaba afilada por el miedo.

—Ha llegado el momento de la guerra.

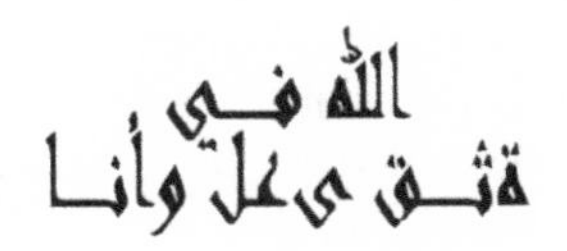

32
EL PODER DE URRACA

TRES SEMANAS DESPUÉS, PRIMAVERA DE 1183. FRESNO VIEJO, REINO DE LEÓN

El campamento se extendía por la llanura entre los dos ríos, junto a las casas arracimadas en torno a la iglesia de San Juan Bautista. La hueste leonesa había dispuesto hileras perfectamente ordenadas de pabellones. Sobre cada uno de ellos ondeaba el estandarte de una casa noble. El rey Fernando había mandado que las caballerizas de campaña se instalaran al otro lado de la villa para librarse del olor del estiércol. Le repugnaba que se mezclara con el de los guisos de la soldadesca y el cabrito asado de los magnates leoneses.

La tienda real se alzaba aparte, junto a la confluencia de ambos ríos y protegida por las líneas de chopos. La guardia del rey tenía órdenes de que nadie lo molestara aquella tarde. Sobre todo ese bardo que tanto agradaba a doña Urraca, Fortún Carabella. Fernando de León estaba harto de sus trovas y, sobre todo, le disgustaba ese hablar insolente que tanto divertía a los demás.

El sol del Infantazgo había calentado durante todo el día y la humedad del lugar se extendía desde las corrientes. Las avefrías y los ánades sobrevolaban el campamento hacia el norte para trasnochar en la laguna cercana. Junto a ella, casi a la vista del campamento leonés, Alfonso de Castilla había asentado su real. Fresno Viejo, entre los ríos, y Lavandera, la pequeña aldea a riberas de la laguna, eran respectivamente las últimas villas de ambos reinos, León y Castilla, en la frontera del Infantazgo.

Las negociaciones habían seguido un buen camino desde las reuniones del invierno en Paradinas. Los arzobispos de Compostela y Toledo, asistidos por el prior de San Juan y por prelados y nobles de ambos reinos, habían discutido y alcanzado acuerdos acerca de la nueva frontera que dividiría pacíficamente el Infantazgo y que traería la paz definitiva. En larga retahíla, los nombres de villas y lugares se sucedían en el documento preparado para que los dos reyes firmaran en presencia de sus principales nobles. Y todo tendría lugar al día siguiente, justo en el sitio que desde ahora separaría y también uniría a Castilla con León.

Pero al rey Fernando le habían surgido dudas de último momento. En su pabellón, de pie ante el plano desplegado sobre la mesa de campaña, se debatía entre la fatiga y la obstinación. Observaba la fina línea trazada en negro sobre el mapa del Infantazgo, y sus ojos se demoraban en las villas que había ganado por la espada tras la muerte de su hermano Sancho, veinticinco años antes. El rey Fernando contaba ya cuarenta y seis y sabía que su vida de guerrero no se extendería mucho más. Suspiró. La frontera volvía así a los designios de su difunto padre, el emperador. ¿De qué habían servido, pues, las luchas?

—¿Qué ocurre, mi rey?

Urraca acababa de despertar. Había echado una cabezada tras la comida y ahora se incorporaba en el catre de campaña del rey. Fernando la observó. Hacerlo le calmaba, y en ese instante lo necesitaba más que nunca. Ella se desperezó y, con indolencia, se removió la melena negra y enmarañada. Veintitrés años de belleza lujuriosa para el solo disfrute del monarca.

—Ocurre que esto no me convence —respondió por fin el rey de León—. Ha sido mucho tiempo de cabalgadas. Muchos muertos en el camino y mucho dinero gastado. Para nada.

Urraca se levantó y se sirvió vino de una jarra mediada que había junto al camastro. Bebió despacio antes de acercarse a la mesa de campaña.

—¿Deseas que haga llamar a tus consejeros, mi rey? Volverán a decirte que este tratado es lo mejor para León.

—No. No llames a nadie. —Fernando acarició con el dorso de los dedos el rostro de aquella muchacha a la que doblaba en edad—. Ya los he escuchado suficiente, y hasta el señor de Castro se aviene a la paz con Castilla. Él, el Renegado. Quién lo hubiera dicho.

—Al final la lógica se impone, mi rey. —Urraca dejó la copa en la mesa y caminó hacia la entrada del pabellón, abierto para que la luz vespertina los iluminara. La camisa blanca de la barragana se agitó con la brisa primaveral y se apretó contra sus curvas—. No queda nadie dispuesto a hacer la guerra contra Castilla.

—Eso no es correcto. Queda el hijo del señor de Castro, Pedro.

Urraca no se volvió, pero el rey percibió el leve estremecimiento que la obligó a cerrar los cortinajes de entrada. La penumbra los envolvió, aunque los golpes de viento hacían oscilar la tela y dejaban pasar oleadas de luz.

—Pedro de Castro está loco. —La voz de ella se había vuelto sibilante—. ¿Le harás caso a él? ¿Por encima de tus amigos y privados? ¿Por encima de mi hermano Diego, que tan bien te sirvió?

—Tu hermano me sirvió bien… ¿Lo hizo? —La duda provocó que Urraca se volviera—. Tu hermano es quien más interesado se mostró en este tratado. Y justo cuando yo accedí, él decidió volver a Castilla. ¿No te parece raro? A mí me lo pareció. Al menos hasta que me enteré de que mi sobrino lo había nombrado alférez real nada más regresar. Dime, amada mía, ¿fue eso un premio?

Urraca caminó despacio. El blanco de su camisa destacaba en la oscuridad, y cuando la tela oscilaba y la tienda se iluminaba, el pelo negro surgía de la sombra. Se colocó frente al rey, al otro lado de la mesa de campaña.

—Mi hermano es fiel servidor de la justicia, mi señor. Te ha servido a ti y ha servido a Alfonso de Castilla. Sirve a Dios y sirve a su linaje. Por las venas de los Haro corre sangre de reyes. ¿Por qué no iba Diego a ser nombrado alférez? Pero, aunque todo hubiera sido una maniobra castellana, dime, mi señor, ¿acaso no es bueno que el resultado de esto sea la paz?

Fernando de León resopló. Su índice se posó en el mapa del Infantazgo y, entre ráfagas de luz, recorrió la línea de la nueva frontera. Allí acababa la expansión de su reino hacia el este. El sueño de recuperar para León lo que un día le perteneciera por derecho. Aquello era reconocer abiertamente la superioridad castellana. Y tenía que tocarle a él, de entre todos los monarcas que le habían precedido en el trono leonés.

—La paz. ¿Realmente es eso lo que ganamos, mientras es tanto lo que perdemos? Si hubieras estado en Medina de Rioseco habrías visto lo débil que será esta paz. Lo que pasó entre Pedro de Castro y los Aza no fue una simple reyerta por honor. Es la enemistad que esta paz ocultará, aunque no conseguirá acabar con ella.

Urraca rodeó la mesa y tomó las manos de Fernando de León. Un golpe de viento descubrió sus ojos negros muy cerca de los del rey. Cuando la oscuridad volvió, ella lo guio en busca de sus pechos, duros y redondos. El monarca apretó débilmente. Nada que ver con las cópulas desenfrenadas de antaño. Ella le habló al oído.

—Los Aza, como los Lara, son inestables. Hacen peligrar la paz. Por eso el rey de Castilla se ha librado de su anterior alférez, Gome, y ha nombrado a mi hermano en su lugar. No es solo un castigo para el Aza por lo del duelo, ni el premio a mi hermano por sus servicios. Es la seguridad de que así, con mi familia en la cumbre del reino, la concordia entre tu sobrino y tú continuará por muchos años. Piénsalo bien, mi señor. Un Haro al mando del ejército castellano y una Haro como fiel esclava de tu corazón. ¿Soñabas con paz más duradera? ¿Soñabas con algo tan dulce como esto?

Urraca ya movía sus dedos bajo la saya y la camisa del rey, tiraba de los lazos que ajustaban la correa del calzón. Ni siquiera se molestó en despojarle de su cinturón y del talabarte del que pendía la espada. Fernando de León notó el empuje de su miembro cuando ella lo liberó. Las dudas se disipaban conforme la brisa agitaba el cortinaje del pabellón, y terminaron de disolverse cuando Urraca se arrodilló y metió la cabeza bajo los faldones de jamete. Fuera, el viento arreció y sacudió las ramas de los chopos. Sus hojas sisearon, los cortinajes que cerraban el pabellón ondearon. Al mirar abajo, Fernando la vio a sus pies. La melena negra también se mecía conforme movía la cabeza. La luz del atardecer arrancaba relumbrones al pelo de Urraca cuando este aparecía bajo la saya. El rey sintió que su sangre se aceleraba, que el aroma del vino subía y se mezclaba con el olor de ella. Aferró su cabeza con ambas manos y la obligó a moverse más deprisa. Y más adentro. La vaina de la espada se zarandeó y la contera chocó contra las patas de la mesa de campaña. Fernando de León se mordió el labio. Más deprisa. Más adentro. De pronto, Urraca se detuvo. Las telas del pabellón restallaban con cada golpe de brisa, y el rey pudo ver cómo ella asomaba bajo los faldones y clavaba en él sus ojos oscuros y entrecerrados.

—¿No es mejor así, mi rey? ¿No es más dulce la paz?

La mano de la barragana se movía lentamente bajo la saya mientras esperaba la respuesta de Fernando de León. Él asintió entre sacudidas. Por supuesto que era dulce. Era lo más dulce que podía gustarse. Acarició su pelo mientras sonreía.

—Es... lo mejor.

Ella soltó el miembro del rey y empezó a desenlazar el talabarte. El gemido de Fernando mezcló la impaciencia con el placer.

—Pues dime que firmarás ese tratado, amor mío. Dime que no te echarás atrás.

La espada, dentro de la vaina, cayó a la tierra alfombrada de piel. El cinturón lo siguió, y el rey se despojó con presteza de la saya y la camisa. Urraca, aún de rodillas, alargó la mano y tomó la copa. Bebió su contenido despacio.

—Sí, mi señora. —Le arrebató la copa y la arrojó al otro lado del pabellón—. Te juro que firmaré ese tratado. Viviremos en paz desde ahora.

Y aferró su cabeza de nuevo para atraerla. Cuando notó los labios tersos a su alrededor, echó atrás la cabeza y se concentró en aquel roce tibio y resbaladizo. Sintió cada pulgada de lengua y cada pequeño mordisco. Se juró a sí mismo que firmaría setenta paces con setenta reinos distintos si ella se lo pedía, y hundió los dedos entre los mechones negros de Urraca. Tiró de su nuca y empujó, acompasó los envites de sus caderas hasta alcanzar el ritmo antes interrumpido. Adelante y atrás. Cada vez más deprisa, mientras crecía la humedad y se aceleraba la respiración del rey. Un fuerte golpe de viento azotó los cortinajes y la vio allí, rendida a sus pies mientras era él quien en verdad se rendía. Claro que firmaría. Y acompañaría a su sobrino al sur, contra los sarracenos. Por encima de los Castro, si era necesario. Todo por tenerla a ella, y sus dientes, y sus labios, y su lengua, y su saliva.

—Lo juro —balbuceó mientras tiraba del cabello y se hundía en su boca, cerca ya del éxtasis—. Lo juraré todo... Todo lo que desees, mi señora... Pero no te detengas...

Otro envite del viento, crujir de tela y borbotones de luz. Sus miradas se cruzaron justo cuando Fernando estallaba. Lanzó el rugido que se esperaba de un monarca con su blasón, pero Urraca continuó, más y más adentro, sin detenerse, tal como su señor le había ordenado. Hasta que el rey, vacío y extasiado, soltó el cabello de su barragana y tuvo que buscar apoyo en la mesa porque las rodillas cedían y su voluntad languidecía. Solo entonces, cuando sintió que el furor del león se apagaba entre sus labios, Urraca se separó.

—Lo has jurado, mi rey.

Le dedicó otra mirada de dulzura antes de limpiarse la boca con el dorso de la mano y alejarse. Salió del pabellón, rumbo a la corriente del río Trabancos, y Fernando quedó solo en la penumbra, con sus jadeos entrecortados y la sensación de haber salido de un sueño. Miró al mapa sobre la mesa y descubrió que nada le importaba ya aquella línea en el Infantazgo.

الله في
ثقة على وانا

33
LA PARTIDA

MEDIO AÑO MÁS TARDE, FINALES DE 1183. MARRAKECH

Los esclavos se detuvieron y, a una voz, dejaron el palanquín en el suelo. Tras ellos, varios porteadores más hicieron lo propio con una docena de literas entoldadas. El califa anduvo hacia la primera, la mayor y más lujosa. Pasó junto a ella y se dirigió, una por una, a las demás. Descorrió los cortinajes y habló durante cortos instantes con cada esposa y cada *umm walad*. Les dedicó palabras dulces y besó sus frentes. Después regresó junto a la litera de cabeza, la de su favorita.

Se hallaban intramuros, junto a la Bab Dukkala. Rodeados por medio centenar de Ábid al-Majzén y aislados del tumulto de fuera. El día había amanecido soleado, aunque un viento frío soplaba desde el Atlas. Yusuf separó las telas de seda que colgaban del dosel y la vio dentro, recostada sobre una nube de cojines. Vestida de blanco, con la *miqná* descuidadamente envuelta, de modo que mostraba su cabello rubio, el rubor de sus mejillas y el fuego de sus labios.

—Mi favorita, Zayda bint Mardánish.

Ella sonrió a pesar de que sus ojos reflejaban la pena de la despedida.

—Mi señor, príncipe de los creyentes, rayo del islam. Es tu deber marchar contra los adoradores de la cruz.

Yusuf asintió con desgana. Su hijo y heredero, toda la cúpula almohade, su principal consejero y, ahora también, su favorita. Todos veían la necesidad de la guerra. El califa aferró su capa y se la apretó en torno al pecho. Tenía más frío del normal, o tal vez era que un único y largo escalofrío se había aposentado en su ánimo.

—Quiero que sepas, Zayda, que eres mi más amada esposa…

—Lo sé, mi señor.

—… y que junto a ti he sido más feliz que con ninguna otra.

Ella bajó la cabeza con timidez.

—Yo también, príncipe de los creyentes. Quisiera que me perdonaras por no haberte dado ningún hijo.

Yusuf miró a un lado con gesto de desdén.

—Hijos me sobran, y de ellos no he recibido muchas alegrías. Si ahora me veo obligado a partir, es por culpa de uno de ellos. —Volvió a posar la vista sobre Zayda y recobró el tono dulce—. Antes de marchar quiero pedirte disculpas por tus desvelos. Sé que no fue fácil separarte de tu gente andalusí y de tu tierra. Perdóname por haber luchado contra tu padre. Perdóname por todo.

Zayda alargó la mano y tomó la del califa.

—Eres bueno, mi señor. Has hecho la voluntad de Dios, alabado sea. También antes de conocerme. Aquí he sido siempre respetada y he contado con la compañía de mi madre. Si a alguien he echado de menos, ha sido a mi hermana Safiyya. Pero no es culpa tuya que siga en al-Ándalus.

—Safiyya... —El califa pasó el dorso de los dedos por un pómulo de la favorita—. Mi hijo ha mandado llamarla a su lado. Se reunirán en cuanto estemos al otro lado del Estrecho.

—Lo sé, mi señor. Mi hermana me escribe con regularidad y en su última carta me lo dijo. Tu hijo la ha citado en Málaga.

—En Málaga, ¿eh? Eso lo ignoraba. Málaga no está en nuestro trayecto. —Una sonrisa amarga asomó al rostro de Yusuf—. Claro, pretende reunirse con ella lejos de mí y del ejército. En un lugar en el que nadie le haga sombra. Sé lo que Yaqub busca, Zayda. Es un gesto para tu gente. Una forma de decirles que los quiere a su lado sin fisuras. Tu hermana le dará un hijo medio bereber y medio andalusí, de pura sangre real para unos y otros. Con el linaje del califa y del rey Lobo. Esta será la definitiva unión entre ambos lados.

Aquellas palabras recordaron algo a Zayda. Algo que su madre le había contado.

—Cuando mi madre era joven, una agorera le dijo que su sangre uniría los dos lados. Ya que yo no he podido darte ese hijo, tal vez mi hermana se lo dé a Yaqub. Aunque él ya tiene su propio heredero, el crío de esa esclava portuguesa. Ah, es todo tan incierto...

El califa asintió. De pronto se notaba viejo y cansado. Todo lo contrario que su sucesor, un héroe para los almohades. Un paladín de veintitrés años que era muy capaz de engendrar en la princesa andalusí a ese hijo que uniera las dos orillas. Algo que él, pese a todo, jamás había podido conseguir.

—Tal vez sea lo mejor —susurró—. Si la lealtad de al-Ándalus es total, podremos por fin derrotar a los cristianos. Yo no he sabido hacerlo. Yaqub sabrá.

—No me gusta cómo hablas, mi señor. Tú eres el califa y diriges esta expedición. Tuya será la gloria de la victoria.

—No, Zayda. —Volvió a acariciar la piel blanca de su rostro—. Algo me dice que esta vez será distinta. Por eso os he hecho llamar a todas y he permitido que abandonarais el palacio. Mi tiempo, si existió, ha pasado. Ahora es el tiempo de Yaqub.

Se inclinó entre los cortinajes y dio un corto y cálido beso en los labios de Zayda. Con su última mirada retuvo los rasgos de la princesa, sus ojos azules y los mechones rubios que caían sobre la frente a medio cubrir. Dio un paso atrás y gritó una orden. La mayor parte de los Ábid al-Majzén formaron en dos columnas mientras los porteadores elevaban los palanquines y daban media vuelta. El harén andante desfiló hacia el sur por las calles de un Marrakech casi vacío. El califa suspiró antes de volverse. Los habitantes de la villa atronaban el llano fuera. Aclamaban a Yaqub y gritaban, una y otra vez, que Dios era grande.

Anduvo con majestad forzada, escoltado por una decena de guardias negros, y atravesó la Bab Dukkala.

Los alardes y concentraciones militares se hacían normalmente al sur de la ciudad, junto a la Bab as-Sharía. Pero esta vez Yaqub había insistido en prepararla al norte. En el mismo lugar donde fuera nombrado visir omnipotente, heredero indiscutible del imperio y jefe del ejército almohade. Además, era al norte hacia donde partían. No a sofocar rebeliones de campesinos o mineros sanhayas. Ahora iban a derribar cruces y a exterminar a los comedores de cerdo.

El estrado de madera, elevado sobre la multitud, estaba allí de nuevo. Yaqub, en pie, extendía las manos a ambos lados para que los gritos se acallaran. Vestía como guerrero, con espada y cuchillo *gazzula* al cinto, y con una de aquellas cotas de cuero recubierto de escamas metálicas. Tras él, Abú Yahyá le sujetaba el yelmo, una nueva adquisición con antifaz de hierro soldado al borde, del que colgaba una cortina de anillas para cubrir todo el contorno de la cabeza y proteger el cuello. El hintata también iba equipado con atuendo militar. Tras ambos, los notables del imperio aguardaban en pie, en filas perfectas y ordenadas por rango y por tribu. Cuando Yaqub vio que su padre se acercaba desde la Bab Dukkala. Enfatizó su petición de silencio y su voz potente atravesó el aire.

—«¡Señor, no dejes en la Tierra a ningún vivo entre los infieles!».

El murmullo de la chusma se acalló al escuchar el fragmento del texto sagrado. Yaqub extendió la mano hacia su padre igual que haría todo buen y amoroso hijo. El califa trepó por las escaleras de madera como si estuviera subiendo a la cima del Yábal Toubqal. Se aferró a su hijo y se colocó a su lado. A diferencia de este, Yusuf vestía con *burnús* y capa negra. Miró atrás un momento y localizó a Ibn Rushd entre los notables. Le extrañó verlo en primera fila, como si se tratara de uno de los más principales dirigentes almohades.

—¡Pueblo mío —gritó sin convicción—, observa a los escuadrones de Dios!

El tablado estaba erigido a la izquierda del camino, de modo que los miles de fieles, puestos enfrente, no podían ver que el ejército se ocultaba a las miradas más allá del recodo de la muralla. Un efecto más, buscado y encontrado por Yaqub, para apabullar a un pueblo ya entregado. El toque del gran tambor almohade atronó el cielo, rebotó contra los lienzos de piedra, arcilla roja y cal, y terminó por retumbar en cada corazón. Sonó una segunda vez, y cuando lo hizo la tercera, la camella blanca asomó a la vista, guiada por un sirviente a pie. Los labios de los magrebíes se movieron sin emitir sonido alguno, alabando de nuevo la grandeza de Dios. El animal, de pelaje brillante y limpio, desfiló entre el estrado y la plebe, con la pequeña litera en lo alto de su joroba y una caja forrada de oro, rubíes, perlas y esmeraldas en el lugar de honor. En su interior reposaba el libro del Único. Yusuf resopló por octava o novena vez desde que había abandonado la protección de las murallas. Observó de reojo la mirada encendida de su heredero, fija en la camella blanca y en su sagrado bagaje. ¿Cuánto había de fanático en su hijo y cuánto de frío estratega?

Tras la camella llegaron los cien atabaleros montados en sus asnos. Los tambores de batalla reposaban a ambos lados de las sillas, de modo que los muchachos, todos de no más de quince años, pudieran redoblar desde lo alto y avanzar al ritmo de los guerreros si era preciso. Un murmullo general se extendió por el llano cuando desfilaron los abanderados. Caminaban en línea, las telas recogidas y atadas a las astas con los colores rojos, verdes, blancos y negros bien altos. Los blasones de las cabilas almohades y las tribus sometidas, que solo serían desplegados el día de su bendición, antes de entrar en combate contra el infiel. Yusuf apreció un brillo fugaz a su lado y bajó la vista. Su hijo llevaba una enorme sortija en el anular derecho. El califa la señaló.

—Un anillo califal. Solo mi padre y yo hemos tenido uno como ese. —Extendió la diestra para mostrar el suyo. Yaqub no se inmutó.

—He hecho grabar un lema —su voz sonaba ronca, lejana aun en la corta distancia—: *En Dios confío.* —Clavó la vista en su padre—. Solo en él.

Yusuf no contestó. No preguntó cómo se atrevía el heredero a lucir un anillo al que solo tendría derecho cuando recibiera el imperio. Abú Yahyá se adelantó un paso y alargó el yelmo nuevo a Yaqub.

—Llegan los combatientes, mi señor.

El visir omnipotente asintió y se caló despacio el casco. Las anillas tintinearon contra las placas metálicas de la cota, el rostro entero quedó oculto. En los orificios destinados a los ojos, una sombra parecía fluir como las olas en la marea alta. El interminable escalofrío de Yusuf le erizó el vello bajo el *burnús*.

Era verdad: los guerreros desfilaban ante la plebe y los notables. Primero pasaron los árabes sometidos, con sus hermosos corceles enjaezados y sus filas mal ordenadas. Los jeques de cada tribu precedían a los Banú Gadí, Banú Riyah y Banú Sulaym, armados con sus pequeños escudos circulares, sus mazas estilizadas y sus jabalinas.

—¿Te molesta lo del anillo, padre?

Yusuf no se volvió. Negó con la cabeza y señaló al frente.

—Nosotros deberíamos haber precedido a los árabes. Este no es el orden tradicional.

—Las cosas cambian, padre. —La voz de Yaqub sonaba metálica tras el yelmo. Con cada movimiento, la cortina de anillas tintineaba contra las plaquitas metálicas. Yusuf descubrió que no quería mirar a los pozos negros que eran ahora los ojos de su hijo—. Y son muchas más las cosas que van a cambiar a partir de ahora. Esto que ves es solo una muestra.

Tras los jinetes árabes llegaron los caballeros masmudas. La élite del ejército almohade, con los hijos de los principales jeques, de sus alfaquíes e imanes, de los visires del imperio, de los más famosos santones y de los altos funcionarios del Dar al-Majzén. Estos avanzaban en líneas y columnas perfectas, con las adargas a media altura y las azagayas apuntando al cielo. Después desfiló la infantería. Primero las cabilas masmudas, las razas superiores del imperio: harga, hintata, tinmallal, yanfisa y yadmiwa, con sus enormes escudos de piel de antílope, sus lanzas y sus propios estandartes. Tras ellos, las tribus bereberes sometidas.

El califa aguantaba cabila tras cabila. Miríada tras miríada de hombres. Reunió valor para hablar al ser oscuro en que se había convertido su hijo.

—Me he enterado de que te separarás del ejército cuando crucemos el Estrecho. De que irás a Málaga.

—Así será. Veo que sigues teniendo fieles en el palacio. —La risa corta sonó cavernosa tras la máscara metálica—. Voy a reunirme con mi esposa andalusí, la princesa loba. Derramaré en ella mi semilla para que su vientre me proporcione otro hijo. Nunca se sabe cuál será la voluntad de Dios, y el pequeño Muhammad es débil de cuerpo.

—Ah. Así que es por eso. Te aseguras un heredero para el caso de que tu primer hijo…

—Muera, sí. No temas decirlo, padre. Pero mi verdadera intención es colocar en un lugar privilegiado a mis… —su carraspeó parecía ocultar una risita metálica—, a tus súbditos andalusíes. Los necesitaremos para combatir a los cristianos. Conocen su forma de luchar. Incluso los conocen a ellos mismos por sus nombres y sus casas.

—Extraño afecto el que ahora sientes por los andalusíes. —Yusuf hablaba sin mirar a su heredero. Fingía observar el paso del millar de voluntarios *ghuzat* que ahora desfilaba frente al estrado—. Hace poco los despreciabas como a ratas.

—Hasta las ratas cumplen su función, padre. Como los cuervos o los gusanos. Yo los he visto limpiar el campo de batalla cuando dejamos los cadáveres de nuestros enemigos al sol, ¿sabes? Pregúntale a tu amigo Ibn Rushd, que él sabe mucho de esas cosas. Por cierto, he decidido otorgarle una oportunidad. A él, a mi princesa andalusí, a ese guerrero, Ibn Sanadid... En las montañas, cuando era un crío, aprendí a valerme de todo recurso a mi alcance. A fijarme en mis enemigos y aprender sus puntos débiles.

—¿Otorgarás una oportunidad a Ibn Rushd? —La pregunta de Yusuf destilaba temor. No por la suerte de su amigo cordobés, sino por la posibilidad de que su hijo le arrebatara también su confianza. Después de todo, el mismo Ibn Rushd le había animado a escuchar los consejos de Yaqub.

—Como visir omnipotente que soy, he firmado el nombramiento de Ibn Rushd para el cargo de gran cadí de Córdoba, su ciudad. Y pienso honrar a otros andalusíes con más puestos de honor. Ya te he dicho, padre, que las cosas iban a cambiar. Supongo que estás de acuerdo con mi decisión.

—Por supuesto.

Tras los fanáticos *ghuzat*, armados con cuchillos mellados, hachas de leñador y aperos de labranza, desfilaron los *rumat*, arqueros de origen sanhaya y herederos del antiguo poder almorávide. Los únicos a quienes se permitía aún velarse el rostro. No menos de veinte mil guerreros habían pasado entre el estrado y la chusma. Todo un ejército califal. Y todavía faltaban los contingentes que se iban a unir a ellos en Rabat: más tribus árabes de las recientemente sometidas y, sobre todo, cientos y cientos de voluntarios de la fe, más *ghuzat* dispuestos al martirio en vanguardia. Después el ejército pasaría por Mequínez, Fez y Ceuta, agostando las provisiones y secando aljibes. Y una vez cruzaran el Estrecho, las fuerzas andalusíes se sumarían al monstruoso ejército de Yusuf. El gran tambor almohade, afianzado sobre un carruaje y escoltado por jinetes masmudas, avanzaba ya lentamente para cerrar el alarde. Tras él se acercaban mil Ábid al-Majzén destinados a guardar la persona del califa hasta la muerte. Los jeques, alfaquíes y santones salieron de entre las filas de notables y empezaron a descender con intención de unirse a la retaguardia, que ya se alejaba hacia el norte. Solo Ibn Rushd se demoró para acercarse con timidez al califa. Pero Yaqub llamó al cordobés y, con un ademán de su mano anillada, le invitó a caminar junto a él. Luego, en lugar de ceder el paso a su padre, hizo un gesto a Abú Yahyá para que ambos lo dejaran atrás. Se volvió cuando sus pies se disponían a abandonar el último escalón de madera. Miró al califa desde la negrura del antifaz metálico.

—Nos vamos a al-Ándalus, padre. Por fin. Y cuando regreses, ya nada será igual.

الله فـي
ثقـة ى عمل وانا

34
LA MARCA DE LA CASTIDAD

CUATRO MESES MÁS TARDE, PRIMAVERA DE 1184

Málaga se apretaba entre el río, la costa y el macizo rocoso coronado por el castillo. Sus arrabales quedaban fuera de la protección de la muralla, pero hacía muchos años que los malagueños no sufrían amenazas externas. La medina gozaba de prosperidad, sobre todo gracias a las mercancías que llegaban y salían de su puerto. Casi se había recuperado de la huida de pobladores en tiempos de la invasión almohade, y de las matanzas de judíos decretadas por el difunto *sayyid* Utmán. Aquel viernes, el viento del noroeste traía el olor de la retama recién florecida y hacía que los estandartes flamearan en las almenas, orgullosos de recibir al paladín del islam, visir omnipotente y héroe de las campañas africanas.

Yaqub, con su acostumbrado aspecto guerrero pero sin casco, avanzó a caballo por la calle principal de la medina, que llevaba desde la Bab al-Wadi hasta la mezquita aljama. Guiaba su montura al paso, seguido por Abú Yahyá y varios jinetes masmudas. La gente lo aclamaba, arrojaba pétalos jóvenes a su paso y cantaba la grandeza del Único. El heredero del imperio, metido en su papel, sonreía a diestra y siniestra, alargaba la mano para tocar las cabezas de los niños montados sobre los hombros de sus padres, saludaba a las sombras que se deslizaban tras las celosías. Nadie en Málaga habría dicho que aquel mismo hombre fue quien ordenó la muerte de miles en sus expediciones de castigo en África. Descabalgó casi en la puerta de la aljama y se prodigó con las limosnas, ante las miradas de aprobación de ulemas y almocríes; asistió a la *jutbá* como un creyente más, mezclado con los malagueños sorprendidos de rezar junto a todo un futuro califa almohade.

Cuando la oración terminó, Yaqub volvió a montar y, seguido por las aclamaciones de la muchedumbre, se dirigió a la alcazaba. En la puerta lo recibió su primo, el gobernador de la ciudad. Abd Allah, que ese era su nombre, se inclinó como lo hubiera hecho ante el mismo príncipe de los creyentes, y con sus propias manos tendió una alfombra a los pies del caballo. Ordenó que cerraran las puertas del recinto fortificado en cuanto el último miembro de la escolta hubo traspasado el dintel, y los vítores del gentío quedaron atrás, apagados por la barrera de piedra y madera. Solo entonces, la sonrisa de Yaqub se apagó. Ignoró la alfombra y saltó sobre el suelo. Se sacudió las manos con aprensión, como si el contacto de todos aquellos malagueños vociferantes hubiera ensuciado su piel.

—Primo Abd Allah, mis parabienes.

—Sé bienvenido, ilustre visir omnipotente, espada del islam, paladín del Único, luz de…

—¿Ha llegado mi esposa? —lo interrumpió. El gobernador se enderezó de su alargado saludo y señaló a la mole de piedra que se alzaba tras él.

—Te he preparado mis propios aposentos, primo Yaqub. La princesa Safiyya aguarda allí.

Yaqub asintió satisfecho. Dio un par de palmadas y sus asistentes le ayudaron a despojarse del tahalí con la espada y de la cota de placas, pero mantuvo al cinto su cuchillo *gazzula.*

—Ha sido un viaje largo y no puedo demorarme mucho. Ordena que las tropas malagueñas estén prestas para partir a mis órdenes. Ahora quiero que convoques a los notables de la ciudad. Tanto andalusíes como almohades. Quiero a los más piadosos ulemas, a los imanes y alfaquíes. Emplaza a los altos funcionarios y, sobre todo, a los jeques de las tropas que se alojen aquí. Que vengan y aguarden cerca de tus aposentos para que sean testigos de cómo se unen los dos lados del Estrecho.

—Se hará como mandas, primo Yaqub.

Mientras las órdenes volaban por la alcazaba, Abú Yahyá soltó un gruñido y acompañó al heredero del imperio por el patio. Llevaban a las espaldas una fatigosa colección de jornadas marchando desde Marrakech hasta Ceuta, y, tras la formidable empresa de cruzar a más de veinte mil hombres de una orilla a otra del Estrecho, habían seguido ruta a pie desde Algeciras. El grueso había ido con Yusuf, rumbo a Jerez y Sevilla. Yaqub, con su pequeña escolta de fieles escogidos, viajó por la costa hasta Málaga. El visir omnipotente sabía que su padre no se movería contra los cristianos hasta que él regresara a su lado, y por eso pensaba que Yusuf se entretendría con su pasatiempo favorito: construir. Había planeado erigir un minarete para la aljama sevillana y unas atarazanas junto al Guadalquivir, y seguramente encontraría otras cien excusas para retrasar la marcha militar. Pero Yaqub no pensaba entretenerse mucho. Solo lo justo para llevar a cabo su plan y terminar la farsa.

La escolta quedó atrás, en un extremo de la antesala que precedía al aposento del gobernador. Solo Abú Yahyá se permitió acompañar a Yaqub hasta la misma puerta, junto a la que aguardaba una mujer de buena altura y formas redondas, cubierta por entero a excepción de los ojos, negros y grandes. Ninguno de los dos hombres le prestó atención.

—No tardaré mucho —aseguró el visir omnipotente.

—Tardarás cuanto sea preciso —contestó el hintata—. Dicen que se parece a su madre, la Loba. Y a su hermana, la favorita de tu padre. Pero sé que has aprendido a valorar a las mujeres sin caer en sus trampas.

—No se repetirá lo de Zahr. No volveré a enredarme en la red de una de estas perras.

—Bien. —Abú Yahyá señaló con la barbilla a la entrada de la antesala—. Los principales de Málaga empiezan a llegar. Adelante.

Intercambiaron una mirada fugaz que mezclaba la vergüenza con algo más. Yaqub se aferró al mango de su cuchillo africano y empujó la puerta del aposento.

وأنا على ثقة في الله

Safiyya se inclinó cuando lo vio entrar.

—Doy gracias a Dios, alabado sea, por haberte traído a mi lado, visir omnipotente. Ante ti se humilla esta sierva.

Yaqub la miró, pero no había gran cosa que ver. La princesa andalusí vestía tal y como se había presentado el día de su casamiento, y en las pocas ocasiones anteriores, cuando coincidieron en Sevilla. *Yilbab* blanco y holgado, rostro escondido desde el arranque de la nariz y cabello oculto hasta las cejas.

Solo los ojos, de un azul oscuro y brillante, asomaban a la censura impuesta por la fe almohade.

—No eres mi sierva. O no en el sentido en que tú lo dices. Eres una princesa de al-Ándalus y como a tal me dirijo. Hemos de consumar el matrimonio que decidieron nuestros mayores, y también es preciso que des un hijo a esa unión.

Safiyya seguía inclinada, aunque los ojos miraban directamente a los de Yaqub. Tras ella, las cortinas ocultaban el lecho bajo dosel. Él observó el pebetero apagado y la ausencia de aromas. ¿Acaso la andalusí se plegaba a la parquedad de costumbres almohade, o pretendía apagar el deseo en su señor?

—Oigo voces fuera, espada del islam —dijo Safiyya con mucha suavidad—. Esperaba que vinieras tú solo.

—Necesito testigos. —Atravesó la sala, pasó junto a Safiyya y retiró los cortinajes del dosel.

—¿El visir omnipotente me tomará ahora?

Lo cierto era que Yaqub no se sentía dispuesto. Miró atrás, a los ropajes blancos y austeros de la andalusí, y pensó que nada tenían que ver con la desnudez sempiterna de su concubina portuguesa, Zahr, durante la campaña de Gafsa. Ella sí le había excitado, se dijo. Pero había sido antes de parir a Muhammad y arruinar su hermosa figura. Antes de darse cuenta de que la belleza femenina era una concha vacía. Pero

¿cómo sería Safiyya bajo aquel *yilbab* y sin la cobertura de su velo? ¿Y si Yaqub volvía a caer en el hechizo andalusí?

—Debo hacerlo ahora, sí.

La lobezna suspiró. Sus pasos cortos y silenciosos la llevaron hasta la cama, donde se sentó a la espera de que su esposo tomara la iniciativa. Eso le había aconsejado Marjanna: que se dejara hacer. Casi sin pensarlo, empezó a desvelarse el rostro.

—Aguarda —balbuceó Yaqub. Cerró los ojos, y Safiyya se preguntó qué pasaría por su mente. Deseó que el almohade se arrepintiera. Que la dejara volver a Valencia sin consumar el matrimonio. Pero todas sus esperanzas se desvanecieron cuando vio que se despojaba del cinto con el cuchillo, tiraba de su túnica y manipulaba bajo los zaragüelles.

—Date la vuelta —ordenó Yaqub—. De espaldas.

Safiyya obedeció. Se puso en pie y giró para encarar el dosel. Oyó el roce del ropaje tras ella, y unas manos firmes se posaron en sus hombros y la empujaron para subir al lecho. La obligó a inclinarse hasta que tuvo que apoyar los codos en las sábanas, y sintió que le alzaban el *yilbab* y la *gilala*. En ese instante su esposo descubría que nada más envolvía la piel de la princesa. Safiyya notó los dedos en las caderas y cerró los ojos.

Yaqub tardó en conseguirlo. Y cuando lo hizo, se movió muy rápido, una y otra vez, mientras se aferraba a la cintura de Safiyya. Los resoplidos del heredero del imperio sonaban forzados, y también sus gemidos poco después. La andalusí estuvo segura de que fingía cuando rugió a su espalda, aunque el calor se vertió en su interior. Casi no le había dado tiempo a sufrir, se dijo. Ella, que esperaba que la cópula con su legítimo marido fuera todo un suplicio, acababa de descubrir que se trataba de un simple trámite. Esperó, quieta y en silencio, con las rodillas y las manos sobre la sábana y medio cuerpo al aire.

—Pero… ¿qué es esto?

—¿Mi señor?

—No has sangrado. —Había más sorpresa que furia en la afirmación de Yaqub. Ahora sí se movió Safiyya. No pudo evitarlo, porque desconocía a su esposo y temía su reacción al descubrir que no era virgen.

—Ah… —Se esforzó en parecer sincera—. No me lo explico, mi señor. A veces pasa. Se lo oído decir a las matronas. Pero yo jamás…

—Calla, mujer. —Se separó del lecho. Ya se había recompuesto el ropaje, y se acariciaba la barba con ademán reflexivo. Anduvo de un lado a otro mientras fuera arreciaban las voces y alguna que otra risita, sin duda por los recientes rugidos de falso placer de Yaqub.

—¡Mi señor! —alguien llamó desde la antesala—. ¿Todo está bien?

Yaqub se detuvo junto a la puerta. Safiyya habría jurado que su esposo deseaba volver junto a aquella voz que lo reclamaba. Como si la cópula hubiera sido mera angustia también para él.

—¡Todo está bien, mi fiel Abú Yahyá! —Se volvió y observó a la princesa, sentada sobre el lecho. Un lecho que ahora debería estar manchado de rojo. Recogió su cinturón y desenvainó el cuchillo de hoja curva y gruesa. Safiyya se sobresaltó. Tendió las manos al frente.

—¡No, mi señor! ¡Te juro que no...!

—Calla. —Anduvo con decisión y posó la hoja en el cuello a través de la *miqná* blanca. Ella echó la cabeza hacia atrás, pero Yaqub la retuvo con la mano libre. El velo cedió y dejó libre el cabello dorado, recogido en dos trenzas que cayeron hasta la cintura y se desparramaron como serpientes en la cama—. Me lo advirtieron. Que todas sois unas zorras. Me di cuenta en África, con aquella otra puta rubia. Estuvo a punto de que olvidara mi sagrada misión, ¿sabes? Al menos me dio un hijo. Espero que tú también hayas quedado preñada. No quisiera verme obligado a hacerlo otra vez. —Separó el cuchillo de su cuello y soltó su cabeza. Se dio un tajo corto y rápido en la palma. Apretó el puño—. La sábana. ¡Rápido!

Safiyya se apresuró a cumplir la orden. Confusa, deshizo la cama y se apartó mientras Yaqub dejaba que su propia sangre goteara sobre el blanco inmaculado. Arrastró la mano por la sábana, la arrugó y limpió en ella su cuchillo antes de devolverlo a la vaina.

—Debería cortarte el cuello, perra. O dejar que te apedrearan por adúltera en el arrabal, donde se dice que mi tío Utmán crucificaba a los judíos. Pero tú también tienes un papel que cumplir, mi princesa. —Escupió su indiferencia al decirlo, aunque Safiyya no detectó odio real en sus palabras—. No era mentira: espero que esto haya servido para preñarte. Me das asco y desearía no verte más. Pero te lo advierto: desobedéceme y volveré. Y no será mi sangre la que manche tus sábanas. Ahora púdrete aquí.

Esa fue la despedida. Abrió la puerta y mostró la sábana impregnada de sangre. La agarraba con la mano herida, de forma que no podía verse que el tajo del que manaba el rojo líquido era suyo. Los funcionarios, alfaquíes y ulemas prorrumpieron en felicitaciones y hubo alguno que llegó a aplaudir. Solo uno se mantuvo inmóvil, casi apesadumbrado, con los párpados caídos y los puños cerrados. Yaqub lo llamó por su nombre y Safiyya lo oyó: Abú Yahyá. Este llevó su vista al interior de la alcoba, que permanecía abierta. Una mirada fija y sostenida que se clavó en los ojos de Safiyya y que le detuvo la sangre en las venas. La princesa se levantó y corrió hacia la puerta con los pies descalzos. La cerró con fuerza mientras fuera sonaban los parabienes. «Bien hecho, mi señor», le decían. «No todos los días se desvirga a una princesa». Las alabanzas resonaban y le deseaban prontas consecuencias al acto.

—Darás un *sayyid* al imperio. Uno por cuyas venas correrá la sangre de los califas africanos y los reyes de al-Ándalus.

Por algún motivo que no se supo explicar, Safiyya sabía que esa última voz era la del tal Abú Yahyá.

Tan heladora como su mirada. Un escalofrío de pánico le recorrió la espina dorsal.

—Preparad todo para marchar. —Ahora reconoció el tono firme de Yaqub—. Llevaos esto y mostradlo por la medina. Decid que es la marca de la castidad de mi esposa, que la unión se ha confirmado. Trazadme una ruta. Quiero detenerme en cada aldea de aquí a Sevilla, aunque haya de apartarme del camino. Deseo que me vean, y rezar con los andalusíes y repartir limosna entre los menesterosos. Tú, ¿eres su esclava?

Safiyya adivinó desde dentro hacia quién iba dirigida la pregunta. La voz de Marjanna no tardó en contestar.

—Sirvo a la princesa, sí.

—Bien. Cuida de ella para que me dé un hijo sano. A partir de ahora residís aquí, en Málaga. Vuestra anterior vida queda atrás. ¿Has entendido?

—He entendido.

Las demás voces se fueron apagando junto a los pasos. Pronto dejó de oírse nada que no fuera el trinar de pinzones y mirlos en los jardines de la alcazaba. Marjanna abrió la puerta.

—Ha descubierto que no era virgen —anunció la princesa.

—¿Qué? —La persa se despojó del velo para mostrar su asombro—. Pero entonces, esa sangre…

Safiyya se lo explicó mientras se masajeaba el vientre. Marjanna la observó preocupada.

—Querrás lavarte, supongo.

—No hay agua suficiente para limpiar esto. Desearía beber, amiga mía. Ah, si tuviéramos vino…

—Seguro que podré encontrar algo. O no conozco a los malagueños, o muchos hacen caso omiso de las prohibiciones. Siempre se ha disimulado haciendo pasar por arrope lo que en realidad era buen vino.

—Consígueme todo el que puedas, Marjanna. Quiero embriagarme hasta caer rendida. Olvidar lo que ha ocurrido.

La persa tomó las manos de la princesa con dulzura. El azul oscuro temblaba como el mar a punto de sufrir la tempestad.

—Niña, ¿has oído la última orden de ese africano?

—Sí. Me quedaré en Málaga. Encerrada aquí, lejos de… —Miró abajo, a lo que ahora ocultaba su *yilbab* blanco. El lugar que ella habría querido reservar para otro hombre y que había sido usurpado por Yaqub—. Me quedo, sí. Y rezaré día tras día por no concebir en mi vientre a un hijo de Yaqub. Pero tú viajarás, Marjanna. Dirás que vuelves a

Valencia para traer nuestras pertenencias, ya que hemos de vivir aquí a partir de ahora. En realidad buscarás a Ordoño.

—¿Otra vez? Me niego.

Safiyya rompió a llorar, aunque no se permitió un solo gimoteo.

—No puedes negarte. Tú no. Ve y búscalo. Encuéntralo, esté donde esté, y cuéntale cuál es ahora mi destino. Dile que se lo advertí. Que ambos lo sabíamos después de todo. Dile que me arrepiento de no haberle hecho caso. Que fui una obstinada. Que debí huir con él. Dile que iré adonde sea. Adonde él quiera. Díselo.

Marjanna quiso negarse una vez más, pero no pudo. La abrazó y dejó que las lágrimas mojaran sus ropas y sus rizos negros.

الله في
وأنا على ثقة

Un mes después. León

El pacto firmado entre los reyes de León y Castilla, el uno desde Fresno, el otro desde Lavandera, había dado campo a ambos monarcas para olvidarse de las rencillas y dirigir sus armas contra el islam. Alfonso de Castilla encaminó sus tropas a la fortaleza de Alarcón, a la que puso sitio para empujar su frontera hacia levante. Fernando de León, por su parte, marchó contra Cáceres y la sometió a asedio. El señor de la casa de Castro, Fernando, lo acompañó, pero no así su hijo Pedro, que todavía se negaba a valer a su rey. Como muestra de la concordia que ahora unía a los reinos hermanos, el mismísimo mayordomo real de León, el conde Armengol de Urgel, tomó a su hermano Galcerán de Sales como compañero y ambos viajaron a Castilla con su poderosa hueste. Allí se pusieron a las órdenes de Alfonso para colaborar en la toma de Alarcón. Al mismo tiempo, desde el sur y atadas a las patas de las palomas, llegaban noticias confusas e inquietantes. Mensajes procedentes de Calatrava decían que el califa había cruzado el Estrecho y se encontraba en Sevilla con un gran ejército, pero que se dedicaba a construir edificios y a reparar las murallas de la capital de los almohades en al-Ándalus. De momento, nada se avisaba sobre que Yusuf fuera a socorrer Alarcón o Cáceres.

Y mientras la llama de la guerra volvía a enfrentar a cristianos con musulmanes, la reina barragana de León, Urraca, dio a luz a su tercer hijo, un varón sano que sobrevivió y fue bautizado como Sancho.

El rey de León no pudo participar de la alegría del nacimiento, pero la reina Urraca se ocupó de que corrieran el vino y las risas. Invitó a la corte a las esposas de los nobles y presentó al recién nacido envuelto en seda y oro. Después llamó a su presencia al príncipe Alfonso de León, que acudió acompañado de su ahora maestro de armas, Pedro Fernández de Castro.

Aguardaban en los corredores del palacio, a la espera de recibir la anuencia de la reina. Observaban los tapices que contaban la historia del reino desde sus orígenes montañeses, y Pedro se detenía ante cada uno para explicar qué traiciones había sufrido este o aquel rey. Cómo los partidarios de uno habían conspirado para matar al otro, o cómo los ajustes de cuentas o eliminación de rivales tenían lugar dentro de la propia familia. Y de entre todas las felonías ocurridas a lo largo de los siglos, la que se repetía una y otra vez para negar a un príncipe la posibilidad de acceder al trono:

—Mira este, que tenía tu mismo nombre. Alfonso, al que llamaban Magno. A él también lo traicionaron sus propios hermanos, pero fue listo y salió con vida. Sacó los ojos a los culpables para que no volvieran a las andadas.

—Les sacó los ojos...

El chico se llevó las manos a los párpados cerrados. Trató de imaginar la sensación de perder la vista, pero Pedro de Castro caminó otro trecho con rapidez.

—Sí, ya hablamos de eso. Este es Ramiro. No tenía derecho al trono, pero su hermano Alfonso abdicó en él y lo convirtió en rey de León. Cuando Alfonso se arrepintió, buscó ayuda en sus hermanos y se enfrentó al nuevo rey, pero no les fue nada bien. Ramiro les sacó a todos los ojos y los encerró en un monasterio. Traición, mi príncipe. Traición. Y allí —señaló al tapiz colgado frente a la puerta del salón real, de colores más lúcidos y bordes enteros—, el viejo Sancho de León, envenenado. Y más allá, el abuelo de tu abuelo. Dicen que mandó matar a su hermano, que también era rey. Ten cuidado. Sobre todo, ten cuidado con ella.

Dijo lo último apuntando con el índice a los portones de madera oscura orlados de clavos. Los dos guardias que prestaban servicio de armas hacían caso omiso a las palabras del joven Renegado, o eso parecía por su gesto distraído. El príncipe Alfonso se plantó allí, ante la entrada. Al otro lado se hallaba Urraca, la reina. La barragana. La madrastra. Una melodía llegó desde el salón real, apagada por algunas risas aisladas.

—¿Por qué me habrá hecho llamar? —preguntó el niño.

Pedro de Castro apoyó una mano sobre el hombro del príncipe.

—Nadie sabe lo que pasa por la cabeza de esa mujer, te lo aseguro. Pero no temas. No te dejaré solo. No mientras tu padre está lejos.

Uno de los portones se abrió pesadamente, la música cobró volumen y un chambelán asomó la cabeza. Al ver al príncipe sonrió, pero el gesto se agrió cuando reparó en su acompañante. Se hizo a un lado y extendió la mano hacia dentro.

—Adelante, mi príncipe. La reina te recibirá ahora.

El niño tragó saliva y avanzó con la barbilla alta. Pedro de Castro lo siguió a dos pasos de distancia, con el puño izquierdo cerrado en torno a la empuñadura de su espada. Se había sacado el relicario de la Vera Cruz para que colgara sobre el jubón. Quería que ella lo viera. Observar su reacción.

Caminaron por el pasillo humano, entre escribanos, doncellas de corte y domésticos de palacio. Tras los cortesanos, el bardo favorito de Urraca sacaba una melodía triste de su viola de arco. Acompañó la música con su voz aguda.

Ya que tu honor es tan grande, señora,
y en ti se reúnen todas las virtudes,
¿por qué no añades un poco de piedad?
¿Así das socorro a mi sufrimiento?
Porque igual que aquel a quien el fuego infernal quema,
y muere de sed sin gozo ni claridad,
así muero y temo que tengas tú la culpa,
pues nadie me defiende de ti.

Entre el gentío cortesano, Pedro reconoció a la joven esposa de su padre, María. Su madrastra lo observaba con gesto de desprecio. Una mirada parecida a las de otros muchos domésticos, como pudo advertir. Arrugó la nariz. Olía a brea, a vino y a sudor, pero conforme se acercaban al solio real, un aroma suave y dulzón se imponía. Al fondo, sobre el estrado de tres escalones, el trono de León estaba ocupado por una mujer. Junto a ella, de pie y flanqueada por dos guardias armados, una nodriza sostenía en brazos al nuevo hijo de Fernando y Urraca. Esta dio un par de palmadas y el juglar calló su trova.

—Mi querido príncipe Alfonso, el más cortés, noble y hermoso que salió del linaje del emperador. —La reina apoyó las manos en los reposabrazos del trono, pero no hizo esfuerzo alguno. Su brial de seda roja apretaba los pechos hasta hacerlos rebosar, y una diadema de plata engarzada de rubíes ceñía el cabello recogido en una trenza abundante y larga—. Perdona si no me levanto para besarte porque aún convalezco del parto. Pero ven, mi niño. Ven aquí.

El príncipe puso el pie derecho en el primer escalón, el izquierdo en el segundo y acercó su rostro al de Urraca. Ella le besó con dulzura en la mejilla y dedicó una mirada fugaz a Pedro de Castro. Los ojos negros y rasgados resbalaron enseguida hasta el relicario plateado.

—¿Cómo está el bebé? —preguntó el joven Alfonso con la cortesía inculcada por sus ayos.

—Bien. Muy bien. —Urraca alargó la mano y acarició el aire en dirección a su recién nacido hijo—. Pero no lo llames bebé. Llámalo Sancho. Príncipe Sancho. Es hijo del rey, como tú.

—Aquí solo hay un príncipe —intervino Pedro desde atrás. Su voz acalló los murmullos de los cortesanos. Urraca fingió no haberlo oído y se dirigió a Alfonso de nuevo.

—Acaba de llegar carta del rey. Sigue asediando Cáceres, pero dice que la ciudad se defiende bien. Me pedía que te diera un beso de su parte y ya te lo he dado. —Dibujó una sonrisa que habría podido rendir, una tras otra, Cáceres, Sevilla y la propia Marrakech—. Aunque mis labios siempre estarán prestos a besarte, mi niño.

El joven Alfonso no pudo evitar que sus mejillas se sonrojaran. Desde tan cerca, la belleza de Urraca le hacía olvidar todo lo que Pedro de Castro decía de ella. El joven Renegado se dio cuenta enseguida de que la barragana tendía sus redes en torno al príncipe. De pronto el salón del trono era una telaraña; los cortesanos, moscas muertas y envueltas en un tejido blanco y viscoso. Vio a Alfonso como a una víctima más, a punto de ser mordida por la araña.

—¿Qué pretendes, Urraca?

Ella hizo un mohín de disgusto. Cada gesto la volvía más hermosa a ojos del príncipe.

—No pretendo nada, joven Castro. Solo quería besar a Alfonso. —Miró directamente al príncipe y ladeó la cabeza—. No me tendrás miedo, ¿verdad, mi niño? Yo jamás te haría daño. Soy la reina. Soy... como tu madre.

—Por Dios —Pedro de Castro volvió la cabeza, aunque procuró que sus palabras se oyeran desde todos los rincones del salón—, que alguien me traiga una bacinilla para vomitar o dejaré el suelo como un lodazal.

—Ahora que tienes un hermano varón, Alfonso —Urraca seguía ignorando al Renegado—, debes visitarme más a menudo. Visítanos a ambos. Quiero que Sancho crezca a tu lado y que le enseñes lo que sabes. Me han dicho que eres muy hábil con la espada, ¿es verdad?

—Sí.

—Eso me place. Mis doncellas también dicen que eres muy cortés. ¿Has oído a nuestro juglar? —Urraca señaló a su derecha, y varios cortesanos se apartaron para dejar a la vista al bardo, de cuerpo delgado como el arco de su viola y rostro tan fino como el de una doncella, adornado por una sonrisa cínica—. Se llama Fortún, aunque todos lo conocen como Carabella. Seguro que lo habrás visto por aquí. Es de Vizcaya y sabe muchas canciones, mi príncipe. ¿Sabes tú alguna canción?

—Sé un montón.

—Yo también, mi niño. Me gustaría cantártelas algún día, y también que tú cantes las que conoces. Lo pasaremos muy bien juntos.

Se inclinaba hacia delante, había extendido la mano y acariciaba la del príncipe. Este no podía apartar la mirada salvo para dejarla caer en el escote de la reina, todavía más generoso ahora por el reciente parto. Urraca pareció recordar algo y se recostó en el trono.

—Pero qué tonta soy. ¡Chambelán, el regalo para el príncipe Alfonso!

El doméstico apareció por la izquierda con un bulto alargado y envuelto en tela.

El joven heredero del trono leonés frunció el ceño mientras la barragana desplegaba una nueva sonrisa cargada de seducción.

—¿Un regalo? —La voz del príncipe sonó como la del niño que había bajo sus modales corteses.

Urraca tomó el bulto y lo desenvolvió con delicadeza. Se trataba de una espada, recién fraguada a juzgar por su brillo y lo perfecto de su filo. Las llamas de los hachones se reflejaron en su superficie cuando la reina la hizo girar despacio. La cogió por la hoja y la extendió hacia el príncipe. El arriaz estaba grabado con pequeñas inscripciones latinas, y en su centro lucía la figura de un león rugiente. El hilo de plata que envolvía el pomo se posó en la palma de Alfonso. La empuñó despacio y entornó los ojos.

—Es preciosa.

—Lo era cuando la forjaron la primera vez —la voz de Urraca lo envolvió como el halo de luz que reflejaba la hoja acanalada—, aunque mandé que la volvieran a forjar y que templaran su hoja en las aguas del Bernesga. Y ordené que lo hicieran otra vez, y otra, y otra. Nada es suficiente para ti, mi bello príncipe. Con esa espada serás armado caballero, ¿me concederás ese honor? Y un día, tal vez tú armes caballero a tu hermanito Sancho. ¿Lo harás?

Alfonso de León asintió, tan embelesado por el arma como por la reina. El carraspeo de Pedro de Castro lo sacó de su ensoñación.

—Necesito ya esa bacinilla o pondré perdido el suelo.

—Ah, joven Castro. —La sonrisa de Urraca no se borró al mirarlo con fijeza. Ni Pedro pudo evitar el escalofrío que causaba el caer en sus ojos negros. Durante un instante sintió deseos de abalanzarse sobre ella para besarla, pero al suspiro siguiente anhelaba apretar su cuello hasta rompérselo—. Lamento que no te encuentres bien. Pero no seas cruel con tu reina. Sabía que no dejarías solo a nuestro apuesto príncipe, así que también tengo un regalo para ti.

Pedro de Castro no pudo evitar el paso con el que retrocedió.

—¿Un regalo? —Las mismas palabras y el mismo tono inocente del príncipe unos momentos antes. Urraca acentuó la sonrisa.

—Es una pena. Tan joven, tan guapo… Uno de los señores más poderosos de la península, y nadie con quien compartir tu dicha. Eso se acabó. —Hizo un ademán breve con la barbilla hacia la izquierda, y la chusma cortesana se abrió para dejar paso a una figura menuda. La chica, de algo más de veinte años, avanzó con pasos cortos y tímidos. Su mirada despierta se levantó para dirigirse a la de Pedro de Castro. Sus ojos eran verdes, y la expresión alegre. El cabello castaño y algo desordenado caía libre a los lados de la cara. Estaba delgada bajo su brial verde, y una enorme cruz de madera colgaba entre sus pechos pequeños y redondos. Pedro reconoció enseguida la talla. Era la misma cruz que Urraca llevaba colgada aquel día, cuatro años atrás, cuando la reina todavía no lo era y ambos se consolaron en el aposento de la desdichada Estefanía—. Te presento a Jimena, la hija pequeña del conde Gome. Castellana, como nosotros. —Entornó los ojos al decirlo. Alargó la mano y recibió la de la joven—. Hace cuatro años que esta joven espera para venir a conocerte. No te quejarás, joven Castro. Tu reina te ha buscado a una de las más hermosas muchachas de Castilla, y hasta tu difunta madre, que Dios guarde en su gloria, aprobaba este matrimonio. Ahora que la paz une nuestros reinos, es hora de fortalecerla. Te casarás con ella.

Pedro quiso decir que no. Gritarlo. Pero no fue capaz. No se permitió desairar a la joven Jimena ante toda la corte leonesa. Urraca aguardaba la respuesta y parecía gozar con ello. El de Castro se dio cuenta cuando la reina enarcó las cejas. Cuánto la odiaba. Cuánto la amaba. ¿En verdad ella deseaba verlo casado con otra? ¿O acaso esperaba su negativa?

—Jimena. —Se inclinó brevemente—. En verdad eres hermosa. Y valiente, si aceptas maridar con el perjuro más odiado por los castellanos. ¿Qué dicen tus padres de eso?

La muchacha tenía la mirada tan limpia como un amanecer de verano sobre los trigales del Infantazgo.

—Mi señor, mi padre murió ha poco. Esa es la razón por la que no he venido antes a entregarme a ti. También soy huérfana de madre. La reina de Castilla pone mi dote y ha dado su bendición a este casamiento, y yo soy fiel vasalla de mi señora doña Leonor —se volvió hacia Urraca—, y tuya también, por supuesto.

La barragana soltó la mano de Jimena y dio una palmada.

—No se hable más, os casaréis enseguida. Y ahora fuera esas caras largas, quiero que...

—Aguarda, mi reina —le cortó Pedro de Castro—. Hoy has sido pródiga con tus regalos y no sería justo que te quedaras sin recibir el tuyo. —Cogió el cordón del relicario y se lo sacó por la cabeza. El cilindro plateado refulgió un instante antes de viajar desde el cuello de él a la mano de Urraca—. No es gran cosa. Una vieja astilla de madera palestina, al fin y al cabo. Pero lo recibí de una mujer a la que amé por encima de todo. —Intentó que sus ojos reflejaran el odio que quería sentir—. Esa mujer está muerta. Muerta, muerta, muerta.

A Urraca se le congeló la sonrisa. Oyó los murmullos de los cortesanos, que reconocían el relicario de la difunta Estefanía. Pero solo la reina sabía que la mujer muerta de la que hablaba Pedro no era su desdichada madre.

الله في
ثقة على وانا

35
UN ALMINAR PARA SEVILLA

Diez días más tarde, primavera de 1184. Sevilla

El califa Yusuf casi había conseguido olvidar el auténtico propósito de su venida a la península. O tal vez, en su afán por lograrlo, se entregaba en cuerpo y alma a la inspección de las obras de su nuevo minarete. Lo quería enorme, bello y duradero. Y también quería que la mezquita aljama de Sevilla formara parte de su legado. Todas las mañanas se reunía con los jefes de los canteros y carpinteros, y junto a ellos seleccionaba las piezas desmanteladas en otras casas y palacios de Sevilla y hasta de Córdoba. Antes de la oración del mediodía, el príncipe de los creyentes se trasladaba al mejor taller de la ciudad, dedicado ahora en exclusiva a fabricar sus capiteles, e incluso comía mientras observaba a los alarifes, que trabajaban sin descanso sobre el mihrab de la mezquita, en la construcción de una cúpula que ya se adivinaba bella. Ante el califa se tallaba el yeso con austeros triángulos para simbolizar la pureza de costumbres almohade, pero la pasión andalusí se había apoderado de él, y por eso permitía que se añadieran color y forma a su obra. Ahora, los arcos se cruzaban entre sí hasta el infinito, y los motivos vegetales lucían rojos, verdes, negros y azules. Quería que el minarete de Sevilla fuera insuperable. Mejor incluso que el de la mezquita Kutubiyya de Marrakech. Hasta había planeado coronarlo con un *yamur* metálico de cuatro esferas que brillarían al sol sevillano y podrían verse desde parasangas de distancia.

Aquella tarde, Yusuf acababa de regresar de las obras y se encontraba en su lugar preferido, el crucero del patio palatino. Ibn Rushd, su amigo, médico y consejero, también había acudido. Por eso el califa explotó de entusiasmo ante él. Le estaba contando que el nuevo minarete, como el de la Kutubiyya, contaría con rampas para llegar hasta la cúspide, cuando un guardia negro anunció la llegada de Yaqub.

La alegría del califa se disipó en el aire como el humo de un pebetero. Tras las palabras del esclavo, el visir omnipotente había aparecido bajo los arcos que rodeaban el patio de crucero. Llegaba con *burnús* y turbante pardos, seguido de cerca por Abú Yahyá y varios jeques masmudas. Avanzó entre las copas de los árboles que nacían un nivel más abajo, con una sonrisa que remarcaba el blanco de los dientes sobre su tez morena y hacía juego con el brillo del anillo califal que no tenía derecho a llevar. Se dirigió a Ibn Rushd sin hacer la preceptiva inclinación ceremonial ante su padre.

—¿Qué hace aquí el gran cadí de Córdoba? Pronto descuidas tus obligaciones.

Ibn Rushd recibió la acusación con una sonrisa y una leve reverencia.

—El califa me mandó acudir a su lado, y yo soy su servidor.

—Por supuesto. Y espero que en el futuro también me sirvas a mí. —Miró a su padre—. Príncipe de los creyentes, he vuelto.

—Eso veo, hijo mío. Has tardado mucho, por cierto. Tanto, que hasta aquí llegó hace días la noticia de que por fin te habías encamado con tu esposa Safiyya. Te felicito.

—La sangre virginal de esa andalusí mancha por fin sus sábanas. —Se interrumpió un momento y fijó la vista en un corte casi cicatrizado que cruzaba la palma de su mano izquierda—. He tardado tanto porque mis…, tus súbditos me suplicaban que permaneciera con ellos a cada etapa. Desde Granada, Jaén, Écija, Ronda y Córdoba llegaban fieles que querían prestarme obediencia. Compréndelo, padre. He tenido que compartir oración con ellos en cada aldea, me hacían peticiones, me traían regalos… Ah, con qué facilidad se humillan estos andalusíes. Pero dejemos eso. Ahora debemos hablar de lo que realmente importa.

—Vaya. —El califa arqueó las cejas—. Pensé que ya estaba hablado.

—Todo no.

Yaqub se hizo a un lado y Abú Yahyá lo imitó. Tras los jeques masmudas se dejó ver Ibn Sanadid. Era el único en el patio que no vestía *burnús* y turbante. Llevaba una túnica blanca y se cubría la cabeza con bonete. Avanzó despacio y saludó al califa con una reverencia que este respondió con una sonrisa.

—Bienvenido, muchacho. Cuánto tiempo. Aún no había tenido ocasión de agradecerte que cumplieras tan bien mis órdenes y escoltaras a la princesa Safiyya a Valencia.

—Nada que agradecer, mi señor. Era mi obligación.

Yaqub se situó junto al guerrero andalusí.

—Recuerda que hizo más, padre. Ibn Sanadid fue quien me sacó de la masacre de Ciudad Rodrigo cuando yo era apenas un niño. De no ser por él, ahora tendrías un hijo menos.

El califa no quiso pensar en lo conveniente de que tal cosa hubiera ocurrido. Se limitó a mantener la sonrisa hacia Ibn Sanadid.

—¿Y bien? ¿Qué precisamos ahora de este fiel súbdito?

—Ibn Sanadid siempre ha estado por aquí, padre. —Yaqub acomodó las manos en las mangas del *burnús*—. Él se ocupó de la defensa de Cuenca mientras nuestro hafiz bereber se desentendía de su juramento. Se enfrentó a los portugueses y ganó la fama que nuestros parientes no supieron conquistar. Y cuando el perro Alfonso de Castilla se atrevió a acercarse a Sevilla, fue Ibn Sanadid quien le plantó cara y quien acosó a los cristianos encastillados en Setefilla. Este hombre me escribió para pedir ayuda, padre. Y yo mandé otra carta a Ibn Wanudin, un auténtico almohade, para que le ayudara. En lugar de eso, Ibn Wanudin quiso atribuirse el mérito del triunfo.

—Son muchas las virtudes de Ibn Sanadid, lo reconozco. —La sonrisa del califa era ya forzada.

—Muchas, cierto —continuó Yaqub—, por eso he ordenado destituir a Ibn Wanudin. Era labor tuya, padre, pero entiendo que los ladrillos y las yeserías ocupan toda tu atención. Hace unos años me habría parecido imposible: apartar a un almohade para premiar a un andalusí. Hace unos años, sí. Pero ahora no. Ahora los califas juegan a ser alarifes y dejan que sus visires hagan la guerra.

Yusuf apretó los labios.

—Di ya qué propones, hijo mío.

—Propongo que Ibn Sanadid nos aconseje. Él conoce a los adoradores de la cruz, sabe cómo luchan y cómo piensan. Y propongo que actuemos ya. Castilla asedia una de nuestras plazas fronterizas y Fernando de León se ha atrevido a atacar Cáceres. ¿Qué hacemos aquí, erigiendo minaretes y pintando muros?

Ibn Sanadid levantó la barbilla, decidido a hablar sin permiso para acabar con el tenso duelo verbal entre padre e hijo.

—Alarcón está demasiado lejos para acudir en su ayuda, nobles señores. Si hubiéramos salido hace uno o dos meses sería distinto, pero ahora…

—Bien. —El califa cruzó los brazos, aliviado por la interrupción del andalusí—. Entonces iremos a levantar el cerco de Cáceres.

—Creo que hay opción aún mejor, príncipe de los creyentes. —Yaqub miró atrás, a Abú Yahyá, para recibir su gesto de aprobación—. El rey de León no aguantará la presión de saber que un ejército califal se le acerca. Es como cuando un lobo ataca a la cabra más débil del rebaño: las demás cabras, aunque sean fuertes, huyen igualmente. Mi propuesta es que nos dirijamos contra Portugal. Es el reino más frágil de los que nos amenazan, y aun así el que más bravamente nos ha combatido. Pero en camino hacia los portugueses, no sería descabellado pasar cerca de Cáceres. Incluso podemos simular que nuestro objetivo real es levantar su asedio. En cuanto Fernando de León sepa que nos aproximamos, abandonará el cerco, se alejará de Cáceres y se encerrará en su capital. Después, nuestro poder aplastará a los portugueses. Y solo quedará Castilla en armas.

—Déjame advertirte, ilustre visir omnipotente —intervino de nuevo Ibn Sanadid—. Hace poco, los castellanos y los leoneses firmaron un acuerdo para alcanzar la paz y unir sus fuerzas contra el islam. No des por sentado que los leoneses se retiren esta vez.

—Este hombre tiene razón —le apoyó Ibn Rushd—. No subestimes a tus enemigos, visir omnipotente.

En otro tiempo, Yaqub habría respondido al atrevimiento de un andalusí de forma airada, y con violencia si hubieran sido dos los andalusíes desvergonzados. Pero no ahora, cuando pretendía ganarse a los musulmanes de al-Ándalus para el presente y para el futuro.

—Tu advertencia será considerada, Ibn Rushd. Pero no necesito filosofía en este momento. Ibn Sanadid, dinos: ¿dónde podemos pinchar el corazón portugués?

El andalusí no tuvo que reflexionar mucho.

—Santarem, de donde parten todas sus algaras. Pero será peligroso. Los portugueses se vuelven fieros cuando tienen la amenaza en casa.

—Santarem. —Yaqub volvió a dirigirse a Abú Yahyá—. Prepara mapas. Quiero conocer qué defensas tiene esa ciudad y cómo es el terreno que la rodea. Y piensa en una ruta que nos permita engañar a Fernando de León.

El hintata se retiró sin pedir licencia ni despedirse del califa.

—También he de preveniros, nobles señores —siguió Ibn Sanadid—. Los ballesteros portugueses son temibles. No los hay mejores en este lado de la península. Y debéis cuidaros de los frailes guerreros. Se juramentan para morir como mártires, pero no tienen nada que ver con nuestros *ghuzat*. Los freires cristianos están bien armados y adiestrados.

—Infieles —escupió Yaqub—. Todos son infieles. Como en las minas de Zuyundar. Las ballestas son armas de Iblís. Gabriel se lo dijo al primer hombre —señaló al cielo con el índice—: «El arco es el poder de Dios, su fuerza es su majestad, y sus flechas son su ira y el castigo que derrama sobre sus enemigos». Ni el Profeta, ni sus antepasados ni sus compañeros conocían la ballesta. Dame un arco y una flecha, y te diré dónde reside la fe. Y en cuanto a los monjes del infierno, lanzaremos contra ellos las hordas ingentes de nuestros voluntarios de la fe. El dios verdadero y el falso se opondrán, y todos sabemos cuál será el vencedor.

Ibn Sanadid fue a añadir algo, pero prefirió callar. No había nada mejor que enfrentarse a una formación templaria para saber de qué eran capaces los frailes guerreros. Y en cuanto a las ballestas, él mismo las prefería a los arcos, como la mayoría de los andalusíes. Pero aquella era una lección que todos los bereberes habían aprendido pagando su precio en sangre africana, y no parecía que las tarifas fueran a cambiar de momento.

—Está decidido —dijo el califa con un deje de fatalidad—. Marchamos hacia Portugal.

Una semana después. Asedio de Alarcón

El castillo se alzaba en lo alto de un cerro. El Júcar lo rodeaba en un acusado meandro que solo permitía la subida por una estrecha franja al este.

Durante los meses anteriores, la bandera blanca del califa almohade había ondeado sobre las almenas. La guarnición, exigua pero valerosa, se había negado a rendirse y había amenazado con convertir cada asalto en una masacre. Los sarracenos resistieron, racionaron las provisiones y administraron el aljibe. Aquello prometía convertirse en una segunda Cuenca.

El rey Alfonso llegó al cerco cuando llevaba un tiempo establecido. Plantó su real bien aparte de la albarrada, rodeado de una empalizada de madera y con doble guardia de monteros, todo para evitar el riesgo de una incursión nocturna como la de Cuenca. Una mañana, desde levante, los cristianos pudieron ver una paloma solitaria que cruzaba el campamento y se posaba en la torre más alta de Alarcón. Tal vez llegaba desde Requena o desde la propia Valencia. Luego sabrían que traía un mensaje atado: que el castillo asediado no debía esperar salvación, porque el califa Yusuf había partido hacia poniente con su ejército.

Aquella misma tarde, Alarcón se rindió.

Las condiciones fueron las mismas que para los conquenses. La evacuación y la entrada de los ocupantes se preparaban con intención de que, al comenzar el verano, la mezquita estuviera purificada y lista para convertirse en iglesia cristiana. El rey Alfonso se disponía a partir, pero antes había reunido a su consejo en el pabellón real. Ordenó a su alférez, Diego López de Haro, que se ocupara de organizar las algaras contra el territorio de Valencia a partir de ese momento. El conde Armengol de Urgel, mayordomo real de León, había prestado su hueste durante el asedio; se mostró muy interesado en quedarse junto al señor de Vizcaya y dijo conocer bien el terreno desde que, muchos años atrás, sirviera al rey Lobo en aquella parte de la península. Alfonso de Castilla sabía que el conde de Urgel buscaba riquezas y señoríos, como durante toda su vida, pero no puso reparos en aceptar a su poderosa mesnada en la frontera con los infieles.

El rey repartió prebendas y honores, agradeció a todos su esfuerzo y su lealtad, y se dispuso a regresar a Burgos, donde le esperaba la reina de Castilla. No quería demorarse. Leonor había caído en la languidez tras la muerte de su tercera hija, Sancha, cuatro meses antes. La infanta no había durado ni dos años y, como su hermano, había recibido sepultura en Las Huelgas. De tres hijos que habían tenido los reyes de Castilla, dos yacían enterrados. Y la superviviente, Berenguela, no era garantía suficiente para asegurar la dinastía. Leonor se hallaba a punto de hundirse en la desesperación y Alfonso maldecía cada instante que se demoraba en reunirse con su real esposa. Justamente se estaba preparando la marcha del rey cuando Ordoño, que había quedado a cargo de su comitiva, fue reclamado por uno de sus sirvientes, pues tenía visita. Al castellano le asaltó una sensación que identificó enseguida con la de dos años antes en su torreón de Roa. Caminó hacia el borde exterior del campamento cristiano, donde un par de soldados observaban con curiosidad a una infiel alta cuya melena, rizada y abundante, escapaba de su *miqná*. Tras ella, apartados del camino y cerca del río, dos hombres de vestiduras humildes aguardaban mientras dejaban pastar a media docena de mulas. Junto a ambos discurría la caravana de musulmanes que voluntariamente habían decidido dejar Alarcón para refugiarse en tierras del islam. Carromatos llenos de fardos, asnos flacos y familias no mucho más alimentadas caminaban con desgana, volviendo la cabeza cada poco para echar una última mirada al que había sido su hogar durante generaciones. Otros musulmanes habían decidido quedarse, sometidos a las habituales limitaciones y, tal vez, confiados en que el Imperio almohade recobrase un día la plaza. Pero los exiliados habían perdido esa esperanza y ahora el camino los llevaría a Requena, que se convertía en la base principal de defensa sarracena frente al avance castellano y a la nueva frontera marcada por el Júcar. Ordoño se detuvo y palpó su estrella de ocho puntas por encima del jubón. Aquella pequeña joya había sido el símbolo de su amargura durante todo un año.

—Marjanna. Tú otra vez.

Los peones se inclinaron en presencia del castellano y se retiraron con discreción.

—No es por mi gusto, cristiano. —Tiró del extremo del velo para descubrir su rostro—. Yo pensaba que Safiyya había entrado en razón por fin, pero me equivocaba. No hay razón posible cuando llega la enfermedad del amor.

—Acompáñame. Te daré de beber y comer. A tu escolta también.

—No será necesario. Esta misma mañana estábamos en tierras del islam, guardados por fieles soldados andalusíes. Hemos comido y bebido a conciencia. Y tengo intención de partir de vuelta antes del anochecer, en compañía de estas pobres gentes a las que habéis arrebatado su ciudad. No quiero pasar más tiempo del necesario en presencia de vuestras cruces.

Ordoño asintió. El mismo desprecio de siempre. Estuvo tentado de preguntar a aquella mujer por qué odiaba tanto a los cristianos, pero sabía cuál era la respuesta. El abandono.

—Bien. Tu señora está enferma de amor, dices. Pero no por mí. A mí me mandó alejarme de ella. Dejó bien claro que lo nuestro no era posible.

—No lo es, cristiano. Pero, por lo visto, ambos os empeñáis en cerrar los ojos a la realidad.

Ordoño volvió a palpar la estrellita de los Banú Mardánish que colgaba bajo sus ropas. ¿Renacería la esperanza? ¿O sería un episodio más de un libro escrito con lágrimas y que amenazaba con no llegar nunca a su fin?

—Quiero volver a verla, Marjanna. Me da igual si acepta venir conmigo o si solo podemos amarnos en esa vieja posada de Valencia. Dile que acudiré a su lado enseguida. Dile que…

—No acudirás a lugar alguno, cristiano. —La persa se mordió el labio durante un momento en el que a Ordoño le pareció vislumbrar la pena. Incluso en aquella mujer que aconsejaba a Safiyya en su contra. La desesperanza volvió a volar en círculos sobre él, como un buitre que aguardara a la muerte para picotear la carroña—. Antes de que todo cambiara, mi señora me ordenó traerte un mensaje: que fueras a su lado. Que viajaras a Málaga, donde ahora está recluida, y que la llevaras contigo. —Cuando el rostro de Ordoño se iluminó, Marjanna se apresuró a aguar su entusiasmo. Su mano llegó a parecer compasiva cuando se posó en el pecho del castellano—. Pero eso no ocurrirá jamás. Pierde la esperanza. Debes saber que, hace menos de dos meses, el hijo del califa se reunió por fin con Safiyya.

Ordoño apretó los dientes. Luchó por no imaginar el encuentro.

—Ese africano no tardará en volver a su desierto pedregoso. La dejará sola de nuevo.

—Es muy posible, cristiano. Safiyya también lo sabe, y por eso me envió a buscarte. Llevo semanas de marcha a través de al-Ándalus. Desde Málaga fui a Granada, a Guadix, a Lorca, a Murcia… En todo lugar intenté saber dónde podía hallar a la vanguardia de los ejércitos castellanos. Por fin llegué a Valencia, y allí procuré enterarme de tu paradero. Mandé palomas a Málaga para informar a Safiyya. Reconozco que mi intención era apagar su esperanza. La prefiero resignada a ser la esposa de un príncipe ausente que verla penar por no convertirse en la concubina de un cristiano. Por eso le dije la verdad: que no sabía de ti. Que resultaba imposible hallarte. Y aun así, cuando por fin me enteré de que los estandartes de Aza se encontraban entre los sitiadores de Alarcón, me dispuse a partir hacia aquí. Pero entonces llegó una paloma mensajera desde el sur. La contestación a mis correos, pero también la primera de muchas aves que en unos días repartirán la nueva por todos los territorios almohades de la península. El mensaje traía una noticia que servirá para fortalecer la sumisión andalusí al poder africano.

—El mensaje. ¿Qué decía ese mensaje que trajo la paloma?

—Safiyya está embarazada. Lleva en su vientre a un hijo del futuro califa almohade. Las sangres se han unido, cristiano.

الله في
وانا على ثقة

El hijo de Yaqub y Safiyya nacería en invierno. Las lunas sin sangre no mentían, dijo Marjanna. Un descendiente de los califas bereberes y de los reyes de al-Ándalus.

Había que decírselo a Alfonso de Castilla. Debía saber que, desde ahora, los ejércitos almohades contarían con la entrega incondicional de los que hasta ese momento no eran sino tibios musulmanes de piel clara, sometidos a regañadientes y más prestos a la deserción que al martirio por su falso profeta.

Ordoño anduvo por entre los pabellones a medio desmontar. Los sirvientes y escuderos recogían las lanzas coronadas por pendones, cargaban sus fardos en mulas y brindaban por última vez antes de la partida. Solo los hombres del señor de Haro, los del conde de Urgel y los freires de Santiago permanecerían en Alarcón para comenzar de inmediato el acoso fronterizo. El castellano ignoraba los saludos de los nobles y las inclinaciones de los peones. El corazón le machacaba las sienes con tañidos de campana. La furia le subía desde el gaznate cuando pensaba en el retoño que crecía en el vientre de su amada. Marjanna caminaba tras él a regañadientes, flanqueada por los dos soldados que la habían recibido. Miraba a uno y otro lado sin ocultar su odio. Los monteros se apartaron a su paso, y Ordoño y su infiel acompañante llegaron al centro del campamento cristiano, donde los mástiles del pabellón real reposaban junto a las telas dobladas y manchadas de barro. El rey de Castilla, listo para abandonar el lugar, repartía las últimas órdenes entre los miembros de su curia. En ella ya no se encontraban los Aza, apartados tras la destitución de Gome como alférez. Ordoño se detuvo frente al rey Alfonso.

—Mi señor, tengo nuevas que has de conocer.

Los altercados de Medina de Rioseco, aunque con drásticas consecuencias políticas, no habían mermado el aprecio que Alfonso de Castilla sentía hacia Ordoño. Él era quien le había salvado su real vida en Cuenca, y aquello no lo olvidaría jamás. Se acercó y miró con curiosidad a Marjanna.

—Dime, amigo mío.

—Esta mora de paz se va a Requena, mi señor, pero tiene algo importante que decirnos.

Los dos cristianos aguardaron. La persa enrojeció de ira y pensó que podría negarse. No temía que la encerrasen, y mucho menos que la obligasen a hablar. Ordoño podía ser un adorador de la cruz, pero jamás le haría daño. O eso quería creer. Su gesto de furia se trocó por una sonrisa de suficiencia. ¿Y qué importaba si les contaba la verdad? Eso no iba a librarlos de ser exterminados como la plaga de cucarachas que eran.

—El ejército que el califa Yusuf ha traído de África es inmenso. —Se enfrentó directamente a los ojos del rey Alfonso, sin asomo de timidez y ni una pizca de sumisión—. Pero aún ha sido recrecido por las fuerzas andalusíes. Desde todas las ciudades musulmanas de la península, los guerreros corren a ponerse a las órdenes del príncipe de los creyentes. A partir de ahora no os enfrentáis a un pueblo obligado a luchar.

Alfonso de Castilla frunció el ceño mientras Ordoño traducía las palabras árabes al romance castellano.

—¿Por qué dice eso esta mujer?

—Por lo que ha pasado con la hija pequeña del rey Lobo, mi señor —aclaró el de Aza—. La esposa de uno de los hijos del califa, de su heredero. Está preñada.

—Ah. —El monarca se encogió de hombros—. ¿Y qué?

—Es la única de los Banú Mardánish que queda en la península. Bueno, también está su tío, el hermano del rey Lobo. Pero es un tipo gris que jamás hizo otra cosa que medrar a costa de otros. No despierta simpatías. Sin embargo, esa mujer, Safiyya —sintió una pizca de remordimiento al nombrarla como alguien lejano y desconocido—, es un símbolo. El último rescoldo de algo que los andalusíes añoran. Con ese hijo creciendo en el vientre de la princesa Safiyya, se cierra la unión entre los infieles de más allá del Estrecho y los de este lado.

El rey se tomó un tiempo en digerir las palabras de su vasallo.

—¿Tan grave es?

Ordoño también dudó, pero le vino a la mente el andalusí que mejor conocía. Ibn Sanadid. Un hombre que había sido su amigo. ¿Aún lo sería? No podía imaginarlo compartiendo la mesa con los almohades. Ibn Sanadid siempre le hablaba de ellos como de unos fanáticos salidos de las montañas africanas, obsesionados con su credo y con su adoración a un chiflado que se creía una especie de mesías musulmán. Unos tipos que condenaban el vino y la danza, que obligaban a las mujeres a ocultar su rostro y daban muerte a todo aquel que no aceptara convertirse a su fe. Pero eso había sido antes. Antes de que los cristianos se lanzaran contra los despojos de al-Ándalus. El propio Ibn Sanadid había intentado matar al rey de Castilla. Y luego había ganado fama en el sur, luchando contra los portugueses. Más tarde, incluso los propios castellanos habían padecido su letal eficacia en Setefilla. Ordoño lo sabía muy bien. Vaya si lo sabía. Y si todo aquello había sucedido mientras los andalusíes no eran más que un pueblo sometido…

—Es muy grave, mi rey. Muy grave.

Alfonso de Castilla observó el gesto ensimismado de Ordoño. Después dedicó una mirada de agradecimiento a Marjanna.

—Dios te dé hospedaje y buen descanso, mujer. Ahora hay razón de sobra para que regresemos. Debemos rezar. Todos nosotros. Y más que nunca, trabajar para que los hermanos en Cristo lo seamos también de armas. Si los infieles son capaces de unirse por el hijo de esa Safiyya, ¿no podremos hacerlo también nosotros, que nos guía el hijo de la santísima Virgen María?

El rey asintió para convencerse a sí mismo y dio media vuelta. Mientras se alejaba hacia su escolta, que le aguardaba para iniciar el viaje al norte, Ordoño habló a Marjanna.

—Yo también he de partir con el rey. Vuelve junto a Safiyya. Dile que iré a su lado. Dile que lo he jurado por esta estrella de ocho puntas que conservo junto a mi corazón, y que para mí es más estimada que la fe en Cristo.

La persa lo miró con cara de incredulidad. Tampoco Ordoño creía que pudiera salvar esta vez la brecha que lo separaba de Safiyya. En ese instante, un noble de unos sesenta años se despedía del rey de Castilla a poca distancia. Marjanna entornó los ojos.

—Ese de ahí... ¿No es Armengol de Urgel?

Ordoño siguió el índice de la mujer.

—El mismo. ¿Lo conoces?

—Claro que lo conozco. —El gesto de sorpresa tornó a la furia contenida—. Otro adorador de la cruz que juró defendernos. Disfrutó de la prosperidad de al-Ándalus y de otras cosas que es mejor que ignores. Y nos abandonó, por supuesto. Como tú deberías abandonar tus burdas esperanzas.

»Tu amante, cristiano, no es ya una muchacha alejada del centro del imperio. Ahora vive recluida entre murallas y protegida por las lanzas masmudas. Dentro de poco dejará de ser un simple sueño andalusí y se convertirá en la madre de un príncipe almohade. Olvídala. La empresa que pretendes es demasiado difícil, lo será más aún cuando Yaqub suba al trono y se volverá imposible cuando los ejércitos del califa os barran de nuestras tierras. —Señaló a la torre más alta de Alarcón, sobre el cerro. En el astil, la bandera blanca almohade había sido sustituida y ahora se mecía el estandarte de Castilla, una torre dorada sobre tela carmesí que crujía al viento—. Disfrutad de vuestro triunfo mientras podáis, porque pronto os convertiréis en lo que merecéis ser. Nada.

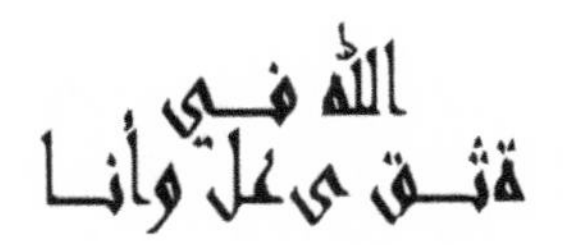

36
LAS BALLESTAS DE SANTAREM

DOS SEMANAS MÁS TARDE, PRINCIPIOS DE VERANO DE 1184.
ASEDIO DE SANTAREM

En aquel lugar, el Tajo corría de norte a sur para atravesar las tierras fronterizas del reino de Portugal.

Santarem se levantaba orgullosa sobre un cerro, en la orilla derecha del río. Solo por poniente se podía subir hasta su castillo sin riesgo de morir estrellado contra las rocas, pues por norte, este y sur, los barrancos rodeaban sus murallas.

En el camino hasta allí, todas las previsiones de Yaqub se habían cumplido sin excepción. El ejército califal había partido de Sevilla y una semana después, tras la marcha acostumbrada al son del gran tambor almohade, había llegado a Alange, cerca de Mérida. Los exploradores árabes, más rápidos que los masmudas, se adelantaron hacia el norte y comprobaron que, efectivamente, Fernando de León levantaba el asedio de Cáceres al conocer la aproximación del califa. El rey cristiano corrió a refugiarse en Ciudad Rodrigo. Los exploradores regresaron entre risas, y entre risas recibió Yaqub la noticia. Con risas, el ejército almohade avanzó hasta Badajoz, se dirigió al río Tajo y lo cruzó.

El rey de Portugal, cojo desde que los almohades y los leoneses lo habían derrotado muchos años atrás, se dio cuenta de cuál era el objetivo del califa, y junto con sus más esforzados caballeros se encastilló en Santarem. Mandó construir barricadas al pie del collado, en el arrabal que crecía junto al río, abasteció la fortaleza y aguardó. Cuando Yusuf llegó, la alegría que acompañaba al ejército africano sufrió un bajón. El castillo parecía inexpugnable, agarrado a las rocas y erizado de estandartes portugueses. El único lugar accesible, al oeste, estaba protegido por murallas, torres y antemural, y bajo los barrancos se extendían impracticables huertos plagados de frutales.

Aun así, Yaqub se adelantó a su padre y ordenó establecer el asedio. Las cabilas, las fuerzas bereberes sometidas, los árabes y los andalusíes se repartieron el círculo que encerró Santarem. El río no podía cruzarse a pesar de los muchos bancos de arena, pero incluso en la otra orilla se levantaron tiendas y se apostaron centinelas. Yaqub aconsejó a su padre que instalara su inmensa tienda roja en un lugar visible para el rey portugués, enfrente de la subida al castillo. Para proteger adecuadamente al califa, dos mil Ábid al-Majzén tomaron posiciones entre él y sus enemigos, relevándose para formar impertérritos, armados y amenazadores desde el alba hasta el crepúsculo.

Yaqub situó a los *ghuzat* al sur y no tuvo que darles orden alguna. En cuanto los voluntarios vieron que el arrabal junto al río quedaba a su alcance, se lanzaron al asalto entre gritos y loas a Dios. Casi la mitad murió antes de que los demás rebasaran la barricada portuguesa. Quemaron todas las casas y degollaron a los hombres. A las mujeres y niños que cautivaron les dieron orden de cruzar el Tajo a pie, entre los arenales. O a nado si podían. Nadie llegó a la otra orilla, aunque los bancos limosos río abajo se poblaron en poco tiempo de cadáveres varados. Después, los *ghuzat* más fervorosos intentaron escalar las pendientes abruptas y llegar hasta las murallas, pero los pocos afortunados que lo lograban eran acribillados por los temibles ballesteros portugueses.

Tras cuatro días de calor agobiante, adobados por la humedad que flotaba desde el Tajo, una patrulla de exploradores árabes llegó a la orilla derecha a galope tendido. Los jinetes desmontaron, abordaron una de las barcas fondeadas entre los carrizos y cruzaron hasta la playa cercana al arrabal devastado. Atravesaron los mermados escuadrones de *ghuzat*, pasaron junto a las cabilas formadas en la línea de asedio y rebasaron la formación impertérrita de Ábid al-Majzén. Cuando llegaron a la tienda roja, Yaqub, Abú Yahyá e Ibn Sanadid los aguardaban. El jefe de los exploradores, un árabe enjuto con la cara teñida de polvo, posó una rodilla en tierra.

—Un ejército cristiano se aproxima desde levante. A una jornada. Caballería a marchas forzadas. Por detrás, según creo por las columnas de humo, vienen más hombres. Infantería y suministros, supongo.

Yaqub arrugó el entrecejo. El sudor le resbalaba desde el turbante y empapaba su barba.

—¿Habéis visto estandartes? —preguntó Ibn Sanadid.

—Sí. Leones, mi señor.

Hubo un instante de silencio mientras el califa, acompañado de Ibn Rushd y escoltado por cuatro guardias negros, salía de su pabellón. La loriga le quedaba ancha a Yusuf, y su espalda encorvada indicaba que las anillas de hierro pesaban demasiado.

—¿Alguna novedad?

—El rey de León se acerca desde el este —respondió su hijo sin volverse, por eso no pudo ver que el color del califa perdía oscuridad y su cara se desencajaba.

—¿Qué? No puede ser.

El árabe, que había humillado la cabeza en presencia del califa, levantó la vista un instante.

—Te lo aseguro, mi señor. Los cristianos vienen. El hierro que los recubre brilla tanto que ciega desde parasangas de distancia.

Yaqub y Abú Yahyá intercambiaron una mirada indecisa.

—Fernando de León. —El visir omnipotente hizo un gesto al explorador para que se retirara. Sus compañeros, que esperaban apartados, se fueron con él de vuelta hacia el río.

—No es posible —insistía Yusuf—. Esto no es asunto suyo. ¿A qué podría venir aquí?

—Cuídate de él, mi señor —le advirtió Ibn Rushd—. Cuídate de la unión de tus enemigos. Puede que Fernando sea más hiena que león, pero hasta un león huye cuando las hienas se multiplican.

Ibn Sanadid asintió. Se rascó la barbilla y miró arriba, a las murallas de Santarem.

—Portugal y León se han apedreado entre sí durante años por sus fronteras. Una cosa es que el rey Fernando acuda a liberar una de sus plazas, como pasó con Ciudad Rodrigo hace diez años. Pero es muy diferente que venga a ayudar al mismo hombre que cojea por su culpa.

El califa Yusuf quiso ver una esperanza en ello.

—Fernando de León me sirvió en el pasado, es cierto. Tal vez viene a unirse a nosotros para aplastar al rey de Portugal y tomar parte de sus tierras...

—Perdóname, mi señor —se atrevió a interrumpirle Ibn Sanadid—. También debes saber que el rey de León no se comporta ahora como lo hacía cuando era más joven. No desde que arregló sus diferencias con Alfonso de Castilla.

Yaqub gruñó algo por lo bajo y se separó del resto. Anduvo en solitario cuesta arriba, hasta casi llegar a la formación de guardias negros. Las cruces azules de Portugal ondeaban en sus estandartes blancos, obstinados en resistir sobre las murallas de Santarem. Miró arriba, al cielo limpio de nubes. «Dame una señal, Gabriel —pidió—. Extiende tu bandera verde y cubre esas malditas cruces».

Pero nada ocurrió. Oyó pasos tras él y se volvió. Abú Yahyá apretaba los labios hasta convertirlos en una línea. Habló en voz baja, al oído de Yaqub.

—No es posible que el ejército leonés sea tan grande como para hacernos frente. Estos andalusíes son unos cobardes, y por eso hablan tanto de hienas y de enemigos que se unen. ¿De qué tenemos miedo?

Yaqub volvió a gruñir. De pronto se daba cuenta de que, en todas las peleas de su vida, él había comandado fuerzas superiores a las de sus enemigos.

—No tengo miedo, Abú Yahyá. Pero si corremos a enfrentarnos al baboso Fernando de León, tendremos que dejar atrás el asedio, y esos comedores de cerdo de ahí arriba estarán salvados. No se gana una batalla sin pérdidas.

—Tampoco podemos esperar aquí y luchar contra León mientras los portugueses quedan a nuestra espalda.

Yaqub pateó el suelo con furia. Una nueva mirada al cielo, pero ningún mensaje angelical.

—No he de dividir mi ejército, Abú Yahyá. Yo he visto la carga de los jinetes cristianos, ¿sabes? No me enfrentaré a eso si no cuento con miles de espadas a mis órdenes.

—Claro que no. Pero si te llevas al grueso de las tropas, los que permanezcan aquí quedarán desamparados.

Yaqub entornó los ojos. Desamparados. Observó el paño rojo del inmenso pabellón califal, coronado por la bandera blanca del príncipe de los creyentes. Yusuf seguía allí, temblando de miedo bajo su cota de malla, junto a los andalusíes Ibn Sanadid e Ibn Rushd. Parecía un perrillo abandonado, indefenso.

El visir omnipotente sonrió y apoyó una mano en el hombro de Abú Yahyá.

—Has hablado como un ángel, amigo mío.

وأنا على ثقة في الله

Día siguiente. Frente a las puertas de Santarem

Yusuf retiró las telas rojas de la entrada y volvió a mirar afuera. Lo había hecho más de cien veces desde que amaneció ese día. Muchas más.

Vio lo mismo que llevaba viendo toda la jornada. Las espaldas de quinientos Ábid al-Majzén, negras y cruzadas por correas de cuero. Sus lanzas largas y gruesas, con las puntas señalando al azul puro del cielo portugués. Y más allá, la subida hasta el antemural de piedra, las murallas, las almenas, los estandartes. Los yelmos, que se veían pequeños entre los merlones y relucían al reflejar la luz del atardecer. Los goterones de sudor apelmazaban el pelo del califa bajo el turbante y el almófar, los mosquitos revoloteaban a su alrededor, la humedad se extendía y empapaba su ropa, sus hombros se vencían por el peso de la loriga. Tenía calor. Mucho. Pero su estómago temblaba como si estuviera en medio del Atlas en pleno invierno. Volvió dentro y se acercó a la mesa, sobre la que reposaban una copa y una jarra de arrope. El pabellón estaba lleno de sirvientes y esclavos, pero no permitió que ninguno se acercara. Vertió el líquido con mano tan insegura que se derramó y manchó la madera noble. Bebió deprisa, notó el ligero sabor del vino camuflado entre el jugo de fruta. Pero su boca siguió reseca. Ibn Rushd lo observaba. El gran cadí cordobés sostenía un libro abierto en las manos, pero no leía. Miraba sobre las hojas a su califa. Yusuf caminó hacia un lado, apartando a gestos hoscos a los criados. Allí estaban sus armas, dispuestas contra un bastidor de madera. El escudo con la alabanza al Dios Único. Las jabalinas, con sus cintas verdes y blancas atadas en el asta. Agarró el puño de la espada solo para sentir cómo llenaba su mano, pero ni siquiera lo liberó de la vaina que colgaba del armero. Él no era un guerrero. No lo había sido nunca, y las pocas veces que intentó ignorar esa gran realidad, fracasó vergonzosamente. Ah, si su hermano Utmán siguiera vivo. Ah, si no hubiera acabado con Abú Hafs…

Soltó la espada. «Es el castigo por ese horrible pecado. Lo sé. Lo sé». Empujó a un esclavo antes de comprobar que la jarra estaba vacía.

—¡Más arrope! ¡Quiero beber!

Entrelazó los dedos para que sus criados no notaran el temblor, pero ¿a quién quería engañar? Llevaba años muerto de miedo. Volvió sobre sus pasos, apartó el cortinaje de la entrada y miró de nuevo.

—Mi señor, el príncipe Yaqub aplastará a los infieles y regresará enseguida. Ten fe, príncipe de los…

Al girar, Yusuf derribó la jarra que le ofrecía el criado y, a la vez, cortó sus palabras de consuelo. El líquido se vertió sobre una alfombra y el hombre retrocedió asustado.

—El príncipe Yaqub —repitió—. El príncipe Yaqub...

El príncipe Yaqub había salido de amanecida al frente del grueso de su ejército. Ese mismo había sido el eufemismo usado por su hijo el día anterior, cuando le informó de su plan: *el grueso de su ejército.*

«Saldré con el grueso de tu ejército para encontrarme con Fernando de León —le había dicho—. Me llevo a las cabilas, a los *rumat*, a los árabes, a los andalusíes, a los voluntarios... No temas, padre. Se quedan contigo medio millar de tus Ábid al-Majzén, y dejaré guarnición en la albarrada. No hará falta mucho, los suficientes como para que esos perros de Santarem no se atrevan a intentar nada. Si Fernando el leonés viene a ayudarnos, lo recibiré con agasajos. Si lo que quiere es auxiliar al rey de Portugal, la sangre cristiana enrojecerá esta comarca para gloria del Único. Después volveré y, juntos, expugnaremos esta fortaleza que Iblís construyó en la cima de la roca».

El califa le había pedido que dejara a Ibn Rushd a su lado. Fue su único ruego, y Yaqub lo complació.

Se asomó fuera una vez más. La oscuridad crecía a levante y las piedras de Santarem se teñían de un color anaranjado. Pronto se haría de noche. Uno de los Ábid al-Majzén se apartó de las filas, flexionó las piernas para desentumecerse y orinó al borde de la cuesta. Yusuf regresó al interior de su tienda. Todos los criados estaban pendientes de sus órdenes. Tras ellos, Ibn Rushd cerró su libro y lo posó a un lado.

—Llevad agua a mi guardia negra —ordenó el califa—. Preguntadles si tienen hambre y cumplid sus peticiones. Y que alguien inspeccione la línea de asedio. Que diga a mis guerreros que se mantengan alerta. Los quiero a todos a punto. Incluso a los servidores del gran tambor y al resto de atabaleros. Que se repartan armas entre los sirvientes. Pero sobre todo cuidad a mi guardia negra. Que no les falte nada. Id todos. Quiero quedarme con mi amigo Ibn Rushd.

Cuando los sirvientes hubieron abandonado el pabellón, Yusuf se dirigió al andalusí.

—No quiero que mi guardia desfallezca. Es todo lo que me queda. Necesito a mis Ábid al-Majzén ahí, en pie. Con sus lanzas amarradas y listos para empalar a quien se atreva a acercarse. Pero dime algo, Ibn Rushd. Tú siempre has sido más sabio que yo. ¿Crees que Yaqub tardará mucho aún? ¿Habrá llegado ya a encontrarse con el rey de León?

El filósofo se levantó de su estera. Se planteó mentir al califa. Contarle que, seguramente, Yaqub ya habría derrotado a los leoneses. Que en esos momentos debía de estar ya cerca y que pronto expugnarían Santarem. Que regresarían a Sevilla y podrían terminar su hermoso minarete. Y después, en Marrakech, el califa gozaría de nuevo de su favorita Zayda.

Pero no habló. Vio que Yusuf se desesperaba al no recibir consuelo alguno. Bajó la mirada y salió del pabellón rojo.

الله في
ثقة على وانا

AL MISMO TIEMPO. PARASANGA Y MEDIA AL ESTE DE SANTAREM

Yaqub sonrió bajo el antifaz de hierro, vuelto hacia atrás sobre la silla de montar. El disco rojo se ocultaba en el horizonte y el frescor inundaba la campiña. Miraba por encima de miles de cabezas. Hombres formados en líneas, blandiendo espadas, lanzas, jabalinas, hondas, arcos, mazas. Su ejército era tan grande que, desplegado, se ondulaba hasta perderse tras las colinas de su derecha. Había colocado a la caballería árabe en ese flanco, y a los andalusíes a la izquierda. Él se había reservado el centro con las cabilas africanas. Y al frente, una formación de Ábid al-Majzén y arqueros *rumat* dibujaba una muralla humana.

Los jinetes leoneses también formaban una línea. Mucho más pequeña, aunque impresionante ahora que la luz rosada rebotaba sobre sus yelmos, sus escudos, sus lorigas. Tras ellos, los peones y ballesteros tomaban posiciones. Los habían esperado en una elevación, y se resguardaban entre cúmulos rocosos y líneas de arbustos. No había comparación entre ambos ejércitos, pero las cosas podían ponerse difíciles para los almohades, sobre todo ahora que las fuerzas de Portugal quedaban a su espalda. Aunque no estaban solas, claro. Yaqub seguía sonriendo.

Un jinete se adelantó desde las filas cristianas. Avanzó despacio, con el escudo atado a la espalda y los brazos extendidos.

—Envían un heraldo a parlamentar —avisó Ibn Sanadid, a quien Yaqub había preferido mantener a su lado.

—No quieren pelear —adivinó Abú Yahyá con una sonrisa fiera—. Aceptarán cualquier condición, volverán a su reino y nosotros podremos seguir con el asedio.

—Tal vez el asedio no fuera más que una excusa —siseó Yaqub sin dejar de observar al jinete solitario que se acercaba poco a poco—. Una excusa de Dios. El profeta nos lo advirtió: «Si no marcháis al combate, Dios os castigará con una pena dolorosa, os reemplazará por otro pueblo». —Observó los rostros del hintata y el andalusí—. ¿Acaso no somos nosotros mejores que los adoradores de la cruz? ¿No somos mejores que los judíos o que los almorávides? No necesitamos a un líder que rehúye la lucha. Ibn Sanadid, ven conmigo.

Yaqub se descubrió. Entregó el casco y el escudo a Abú Yahyá y espoleó a su caballo. El andalusí iba armado al modo cristiano, con escudo de lágrima y lanza. Pero se deshizo de uno y otra y los pasó al hintata antes de seguir al visir omnipotente. Ambos se acercaron al cristiano, que se acababa de detener en un punto equidistante de ambos ejércitos. Ibn Sanadid vio que se trataba de un hombre de edad. No menos de sesenta años, aunque los hombros anchos soportaban el peso de la loriga con una dignidad que para sí hubiera querido el califa. El ventalle desenlazado mostraba la barba gris.

—No sé quién es. No reconozco sus colores.

Yaqub sonrió.

—Yo sí. Es el Maldito. Los cristianos lo llaman Renegado. Fernando de Castro. Jamás ha levantado su espada contra el islam. Traduce sus palabras.

Se detuvieron frente al cristiano, con las cabezas de los caballos rozándose.

—Que la paz de Dios sea contigo —dijo el señor de la casa de Castro. Ibn Sanadid pasó a lengua árabe el saludo.

—Espero que también contigo —respondió Yaqub—. ¿Qué busca aquí el rey de León?

Fernando de Castro enarcó las cejas bajo el borde del almófar.

—Viene en ayuda del rey de Portugal. Ni yo mismo me lo explico.

—¿Y tú te avienes a luchar contra nosotros, Renegado? ¿Tú, que un día te alzaste en armas contra tu rey? ¿Tú, que le despojaste de Alcántara para entregarla a mi padre?

—Las cosas han cambiado. —El señor de Castro se encogió de hombros—. Yo no soy quien era. El rey de León tampoco lo es.

Yaqub esperó a la traducción de Ibn Sanadid y sopesó sus palabras.

—Entonces no tengo más que dar la orden de ataque y os exterminaré.

—Puede. —Fernando de Castro hizo un gesto de aprobación—. Cuentas con un gran ejército. Pero acabas de dejar a tu espalda al rey de Portugal, y es posible que el rey de Castilla ya se dirija hacia aquí.

Yaqub se inclinó hacia Ibn Sanadid. Habló en voz baja.

—¿Es posible eso que dice el Maldito?

—Todo es posible en los últimos tiempos. —El andalusí observaba fijamente al cristiano y trataba de penetrar la barrera de hierro de sus ojos—. Pero Alfonso de Castilla tendría que venir desde Alarcón, al otro extremo de sus fronteras. Tardaría demasiado para poder ayudar a Fernando de León.

Yaqub sonrió.

—Quieren engañarnos. Los cristianos jamás serán capaces de actuar unidos. En verdad nos consideran unos necios. Pero, por esta vez, dejaremos que lo sigan pensando. Pregúntale qué pide su rey.

Ibn Sanadid obedeció.

—Simplemente que os retiréis —contestó Fernando de Castro—. Regresad a Sevilla en buena hora. Nosotros daremos media vuelta y también volveremos a León. El rey Fernando se compromete a no insistir con el asedio de Cáceres.

Yaqub fingió que reflexionaba sobre la propuesta del cristiano.

—Se hace de noche. Voy a dar orden a mis hombres de que acampen aquí. Mañana, tras la oración del amanecer, levantaremos el campamento. Si decido atacaros, ni el rey de Portugal ni el de Castilla os salvarán de la muerte. Si decido retirarme, nos veréis partir hacia el sur, a las ruinas de Coruche. Regresaremos a Sevilla.

Fernando de Castro asintió, tiró de las riendas e hizo galopar a su destrero de vuelta a las líneas leonesas. Ibn Sanadid esperó a que se alejara lo suficiente.

—Ilustre visir omnipotente, ¿te das cuenta de que el rey Fernando puede decidir que no vale la pena esperar?

—Me doy cuenta, andalusí. Sabes cómo piensan esos infieles, así que ponte en su lugar: ¿qué harías de ser tú Fernando de León?

Ibn Sanadid recorrió con la vista el paisaje circundante, que se tornaba gris y azul con la cercanía del anochecer. Una gran llanura salpicada de tenues ondulaciones se extendía al norte y al sur hasta la corriente del Tajo, ahora a sus espaldas. Parasangas de campiña, sembrados, olivos y viñedos.

—Nada le impediría rodear nuestro campamento durante la noche y dirigirse a Santarem, mi señor. Allí podría unirse al rey de Portugal y encastillarse con él. Eso es lo que yo haría si fuera el rey de León.

—Vaya. No somos tan distintos después de todo. Yo haría lo mismo.

—Mi señor. —Ibn Sanadid se humedeció los labios antes de seguir—. Si los leoneses van a Santarem, tendrán que pasar por encima de tu padre. Y el califa no cuenta con fuerzas suficientes para resistir.

Fernando de Castro llegaba ya a las líneas cristianas. Yaqub dejó de prestarle atención y observó el gesto expectante del andalusí. Sonrió.

—Me sirves bien, Ibn Sanadid. Sigue así. Vuelve junto a Abú Yahyá y dile que dé la orden: acampamos aquí para pasar la noche.

ESA NOCHE. FRENTE A LAS PUERTAS DE SANTAREM

Yusuf se despertó sobresaltado.

No sabía cuánto tiempo llevaba dormido. Alzó la cabeza y vio que no había resplandor alguno al otro lado del bastidor de tela. Palpó con la diestra hasta que encontró la jarra y bebió directamente, con lo que el arrope manchado de vino se derramó sobre su barba y mojó las sábanas. Gruñó antes de levantarse. La modorra le invadía aún. Como no podía conciliar el sueño, había pedido a su fiel Ibn Rushd un bálsamo para dormir, y el andalusí se lo había proporcionado. Pero aquello fue peor: las pesadillas le habían visitado. Soñó con su hermanastro muerto, Abú Hafs. Lo veía allí, en medio de un enorme charco de veneno, con los ojos febriles clavados en él y su índice señalando al cielo. Le decía que, tal como le había advertido, Dios emitía su sentencia. Luego, el dedo de Abú Hafs le apuntaba a él. La condena era la muerte, añadía. Yusuf se restregó el sudor frío que le picaba en la frente. Había dado orden de dejar un candil encendido, pero la oscuridad reinaba en su aposento de tela.

—¡Luz! —exigió.

Oyó roces apagados al otro lado de las paredes rojas del pabellón. Una tenue claridad se filtró cuando un sirviente asomó al otro lado.

—Mi señor, hemos apagado todas las luces. Lo ha mandado el gran cadí Ibn Rushd.

—¿Por qué?

—Para podernos mover sin que nos vieran. Es por las antorchas, príncipe de los creyentes. —La voz del criado temblaba, y hablaba tan bajo que apenas se le escuchaba—. Ahora te traigo luz.

—¡Espera! ¿Qué antorchas? ¿Por qué no deben vernos? ¿Dónde está Ibn Rushd?

La respuesta del sirviente no llegó. Yusuf se irritaba. Tenía tantas ganas de seguir en penumbras como de asomarse fuera del pabellón, pero no le quedó más remedio que alejarse del lecho, cruzar las estancias de tela que dividían su alojamiento y dirigirse a la entrada. Conforme lo hacía, la claridad mortecina le mostraba los perfiles difusos de las mesas bajas, los cojines, los arcones, el bastidor de sus armas, los bultos de los esclavos…

Cuando retiró los cortinajes, vio las antorchas.

Se movían en lo alto de las murallas de Santarem. Se agitaban a los lados entre los merlones y recorrían los adarves. Iluminaban las piedras y los estandartes con la cruz azul de los infieles. No había luna esa noche, pero el cielo empezaba a clarear por detrás del castillo. A la derecha, de reojo, percibía el tono plateado del Tajo que discurría hacia el sur.

—¿Amanece? Ibn Rushd, ¿dónde estás?

Yaqub no le había dejado ni un muecín de campaña. Se había llevado con él a todos los santones. A los alfaquíes, a los jeques, a los *ghuzat*. Solo le había dejado criados, esclavos y a su amigo andalusí. De pronto se dio cuenta de que frente al pabellón, en la subida a Santarem, había muy pocos de sus guardias negros. Salió a la noche y se frotó los brazos, ateridos de frío —¿o era de terror?— bajo la camisa.

—¿Dónde están? —La angustia afinaba su voz—. ¿Dónde están mis Ábid al-Majzén?

El roce del cuero y el metal le dio una pista. Rodeó la tienda roja hacia la izquierda y vio a más de sus guardias allí. Formaban hombro con hombro mientras comprobaban sus correajes y se aseguraban de que los sables indios resbalaban sin dificultad al salir de las vainas. Yusuf siguió andando alrededor del pabellón. La silueta del gran tambor almohade reposaba sobre su carruaje a cincuenta pasos de distancia. La veía a través de las líneas de Ábid al-Majzén. Los guardias rodeaban el pabellón por todas partes. Su piel negra relucía en la oscuridad. Pero había algo más que brillaba allí.

Más antorchas. Cientos. Tal vez miles de ellas. Flotaban lejanas en la negrura, como si la propia noche las hubiera escupido. Titilaban al norte, en su mismo lado del río. Yusuf forzó la mirada. Se movían. Pequeños puntos de luz en la distancia que oscilaban, igual que las de Santarem.

—¿Qué son esas luces?

Nadie le respondió. Vio sombras que corrían de un lado a otro. Algunas llevaban objetos brillantes en las manos. Espadas. El califa retrocedió hasta chocar con las paredes de tela de su gran pabellón. Se oyeron órdenes entrecortadas en un idioma áspero que Yusuf no entendía, pero que reconoció enseguida. Era la lengua de sus esclavos, salidos de lo más profundo de las selvas, al otro lado del mar de arena. Ya los veía mejor, conforme la luz crecía a levante. Habían formado una muralla humana. Sus guardias negros protegían la tienda del califa por todas partes. Y las sombras que se movían, en realidad se estaban alejando. Huían. Creyó oír un relincho lejano. El corazón le batió en las sienes. Se acercó a uno de los Ábid al-Majzén. Tocó su hombro y descubrió que sudaba a pesar del frescor del amanecer. El esclavo se volvió, ojos blanquísimos sobre su piel negra. El terror también brillaba en sus pupilas.

—¿Qué… Qué ocurre?

El guardia negro no contestó. Su deber no era ese, sino morir por el príncipe de los creyentes. Por eso dejó de prestarle atención y agarró con firmeza su lanza hacia las antorchas lejanas. Una sombra blanquecina se acercó y llamó la atención de Yusuf. El califa suspiró de alivio al reconocer la figura enjuta y espigada de Ibn Rushd.

—Han debido de cruzar al norte, mi señor. No sé cómo, pero se acercan. Vuelve a tu tienda y no enciendas ningún candil. La oscuridad es nuestra única aliada ahora. Nosotros te protegeremos.

Yusuf observó el sable indio que Ibn Rushd sostenía con torpeza. Un arma prestada por alguno de los Ábid al-Majzén, seguramente. De no ser por el espanto, el califa habría podido sonreír. El filósofo no había luchado jamás, no era hombre de guerra. Su vocación no era arrancar la vida, sino estudiarla y hurtarla a la muerte. Yusuf volvió atrás, dispuesto a obedecer a Ibn Rushd. Tropezó con uno de los vientos, las cuerdas que amarraban el pabellón y lo fijaban a los clavos del suelo. Cayó. Se raspó las palmas de las manos y sintió un dolor sordo en las rodillas, pero se levantó. Caminó deprisa. Oyó otro relincho y algo parecido a risas. Venían de las murallas de Santarem. Quiso tragar saliva, pero no podía. Al frente, la cinta del Tajo relumbraba al reflejar el cielo. Yaqub. ¿Dónde estaba Yaqub?

—Es él —se dijo mientras entraba de nuevo en su tienda—. Tiene que ser Yaqub, que regresa.

Pero sabía que no podía ser. Su hijo habría cruzado el río en las barcazas, junto a los bancos de arena que se extendían al sur de Santarem. Un criado sobrecogido derribó un pebetero al salir tras una montaña de almohadones. Yusuf adivinó el gesto de miedo en su cara. El hombre se precipitó fuera entre jadeos y sus pasos se perdieron.

El califa se acercó al bastidor y empuñó la espada. El cuero traqueteó contra la madera, pero consiguió desenfundar al tercer intento. ¿Por qué pesaba tanto el arma? Cerró los ojos y se esforzó en detener el temblor. Pero no podía. ¿Era el suelo el que se sacudía? Cada estremecimiento subía por sus piernas y se transmitía hasta sus manos. Fuera, las palabras de los esclavos negros crecieron en intensidad. El hierro del filo azuleaba frente a él. Se movía vacilante a causa del miedo. Pero aquel no era el temblor que agitaba todo su cuerpo. Entonces supo que sí. Que era el suelo el que se sacudía.

El estruendo llegó poco a poco. Un golpeteo constante e irregular que crecía y crecía. Yusuf retrocedió sin quitar la vista de la entrada. Ya casi se veía el rojo de su tela, y un asomo de luz dibujaba las rendijas entre sus cortinajes. Creyó reconocer los gritos que sonaban más allá. Juramentos romances. Por Cristo, decían. Un nuevo paso atrás. El golpeteo era casi una tormenta. El arrope mezclado con vino le subió a la garganta al tiempo que el recuerdo. Cuando apenas era un muchacho engreído y se enfrentó a los caballeros abulenses, y a los mercenarios cristianos del rey Lobo, allá en Sevilla. Eso era aquel ruido que machacaba sus sienes. Una carga de caballería.

Los chillidos llegaban desde todas direcciones. Se mezclaban con el ruido de los cascos y los relinchos de los caballos. Choques metálicos y órdenes en varias lenguas. Otro paso atrás. Un aullido de dolor retumbó en los oídos del califa. Y a ese le siguió un segundo. Reconoció el sonido de la carne rasgada y el rumor sordo de los cuerpos que caían. Un tercer chillido. Se dio cuenta de que estaba solo en su tienda. Todos los sirvientes habían huido.

—¡Yaqub! ¡¡Yaqub!!

¿Dónde estaba su hijo? ¿Dónde estaba su ejército? Con el último paso atrás, su espalda chocó contra las paredes de tela roja. Siluetas oscuras se recortaban fuera, muy cerca de la tienda. Sombras sin forma que se movían de un lado a otro. Alguien pidió clemencia en árabe, pero su ruego se convirtió en un gorgoteo sanguinolento. Oyó un crujido a la derecha y una línea de luz se dibujó en el lienzo. Más sombras negras, y el mundo estalló tras él. Casi al mismo tiempo, el temblor cesó, pero crecieron los gritos. Y los ruidos. Metal contra metal. Crujidos y desgarros. El cortinaje se abrió y un guardia negro entró trastabillando. Le faltaba el brazo derecho, un río de sangre manaba del muñón abierto. Dio cuatro pasos y se derrumbó como un buey. Yusuf chilló.

—¡Sacadme de aquí! ¡Sacadme de aquí, por Dios!

Parte del pabellón se derrumbó a la derecha. Las sombras chocaban ahora contra las paredes rojas y las rendijas de luz débil se multiplicaban. Un guerrero cubierto de hierro irrumpió ante él, pero se detuvo. Yusuf comprobó con horror que era un cristiano. Llevaba un escudo roto en la mano izquierda y un hacha ensangrentada en la derecha. Miraba a todos lados con desesperación, luchando por acostumbrar sus ojos a la inesperada oscuridad de dentro. Antes de lograrlo, un Ábid al-Majzén entró tras él y lo atravesó con la lanza. El cuerpo del cristiano se elevó medio codo antes de caer a los pies del califa. Otra porción de tienda se vino abajo en la parte de atrás, y arrastró tapices y trípodes metálicos. De pronto, un súbito resplandor atravesó el aire y Yusuf pudo ver claramente los cortes en la lona, la sangre en el suelo, el horror en la última mueca de los muertos. Fuego. La tienda del califa ardía. Entonces llegaron los silbidos seguidos de impactos secos. Fue como si llovieran puntas de metal. Algunas traspasaron las lonas, y Yusuf las oyó rasgar el aire a su alrededor. Fiuuuuuu-clap. Fiuuuuuu-clap. De pronto, el esclavo que le había salvado la vida yacía en tierra, con dos virotes sobresaliendo de su espalda. El califa tomó aire. Apretó los dedos en torno de la empuñadura. Fiuuuuu-clap. El resplandor rojizo crecía a su espalda, y una lengua de humo blanco se arrastraba por encima de las alfombras. Fiuuuuuu-clap. Apretó los dientes y avanzó. El cristiano muerto se convulsionó mientras se agarraba al asta gruesa que lo atravesaba de parte a parte. Yusuf pasó por encima y apuntó el arma a la puerta. Fiuuuu-clap. Rodeó el cuerpo de los dos esclavos caídos. Chapoteó en su sangre y retiró el cortinaje de entrada. Fiuuuuu-clap.

El golpe lo dejó sin aliento. Al principio no sintió dolor, sino sorpresa. Miró abajo y vio la varilla rematada con plumas azules y blancas. Salía de su vientre por el mismo lugar que ahora se teñía de negro. De frente, el cielo estaba gris al otro lado de Santarem. Y más cerca, los esclavos negros caían uno tras otro, ensartados en un enjambre de hierro y madera. La espada resbaló de la mano del califa. Soltó los faldones de la entrada y anduvo hacia atrás, pero tropezó con el guardia negro mutilado y cayó. Al hacerlo, fue consciente de que el cuadrillo de ballesta le había atravesado y su punta sobresalía por la espalda. Lo invadió el dolor. Encima de él, el techo rojo de su gran pabellón se arrugaba por el peso de la lona vencida, y el humo blanco se arremolinaba en los huecos. Los sonidos se apagaban, una sensación tibia crecía bajo la garra que le laceraba las entrañas. Una sombra se atravesó ante sus ojos. La cara amable de un anciano que le hablaba. Se acercaba a él con lágrimas en los ojos. Ibn Rushd.

وأنا على ثقة في الله

Dos días más tarde. Seis parasangas al suroeste de Santarem

—Mi señor, los hemos encontrado.

Yaqub enarcó las cejas y miró a Abú Yahyá. Este se encogió de hombros antes de dirigirse al explorador andalusí, que aguardaba rodilla en tierra.

—¿A quiénes?

—A los que huyeron de Santarem, mi señor. Una docena. La mitad están heridos, y llevan unas parihuelas... Es lejos. En fin, mi señor, creo que debes venir.

Yaqub resopló.

—Abú Yahyá, escoge a algunos de tus hintatas y acompáñame.

Mientras se organizaba la patrulla, la columna almohade continuó su marcha lenta rumbo a Évora. Acababan de dejar atrás las ruinas de Coruche, y los exploradores que ahora traían noticias eran los que cubrían el flanco derecho. Yaqub no quiso preguntar más. Junto con su fiel Abú Yahyá, una docena de jinetes hintatas y uno de los exploradores andalusíes, se desvió de la ruta para cabalgar a toda velocidad hacia el oeste. El explorador los guio hasta su hallazgo, a media parasanga a levante del Tajo. Allí estaban.

Se habían detenido, y las ramas de las parihuelas servían ahora como armazón para una pequeña e improvisada tienda. Poco más que una manta tendida sobre los palos. Un hombre reposaba a su sombra, inmóvil. Otro se sentaba a su lado. Los demás habían buscado acomodo bajo las ramas de un olivo. Yaqub los observó con atención. Aparte del hombre tendido y su acompañante, había diez personas. Dos eran arqueros *rumat*, y uno de ellos llevaba el brazo vendado. El resto eran sirvientes o esclavos, y algunos también mostraban heridas a medio curar. El más grave parecía un muchacho de no más de catorce años. Debía de ser un atabalero, y yacía recostado contra el tronco del olivo, con la cara llena de sangre seca y el pelo apelmazado sobre una fea herida.

Yaqub desmontó y avanzó, seguido de sus hombres. El grupo de desarrapados le dedicó una mirada vacía. Reconoció al hombre sentado junto al parapeto.

—Ibn Rushd.

El andalusí se levantó con gran esfuerzo. Sus sesenta años parecían haberse doblado. Sus ropas, blancas unos días antes, eran ahora grises salvo por las mangas manchadas de sangre, y el polvo humeaba desde su pelo blanco cuando hizo una reverencia hacia el visir omnipotente.

—Mi señor. —Alzó la cara y apretó los labios. Yaqub creyó ver una fugaz mueca rabiosa antes de que el filósofo dulcificara el gesto—. Pensábamos que Fernando de León te había derrotado.

—No fue así. Estuvimos a punto de luchar, pero su ejército desapareció en la noche. Al amanecer vimos el fuego al otro lado del río. Mandé patrullas, y al volver me dijeron que los cristianos eran dueños de la orilla oeste. Nosotros también os dábamos por muertos. —Yaqub aguardó un instante antes de seguir—. Espero que mi padre no sufriera.

Los dos hombres se miraron. Uno, consciente de su mentira, sabía que el otro no replicaría.

—No sufre. —Ibn Rushd señaló el cuerpo bajo el armazón de palos.

Yaqub ahogó una exclamación. Se acuclilló y metió la cabeza bajo la manta. Allí estaba. El príncipe de los creyentes. Observó el vendaje que rodeaba su abdomen. Las tiras de sábana estaban sucias tras ser usadas una y otra vez. Yusuf respiraba muy despacio, su piel casi negra había palidecido. Los ojos parecían hundidos y la nariz se había afilado como el sable de un guardia negro. Eso recordó algo a Yaqub.

—¿Y los Ábid al-Majzén?

—Muertos hasta el último, mi señor. —Ibn Rushd se dejó caer hasta quedar de nuevo sentado. Al hacerlo, crujieron todos sus huesos y dejó escapar un suspiro de fatiga—. Cumplieron con su deber. Gracias a ellos pude entrar en la tienda del califa y sacarlo de la refriega antes de que las llamas lo devoraran todo. Todavía no sé cómo lo conseguí... Aproveché la confusión para arrastrarlo mientras los últimos guardias negros entregaban su vida. Pero tu padre ya estaba herido. Un virote de ballesta en el vientre. Como ves, ese joven Ibn Sanadid tenía razón.

«Claro que tenía razón —pensó Yaqub—. Y lo creí desde el principio».

—¿Y estos otros? —El visir omnipotente señaló a los demás supervivientes.

—Los encontré ayer al sur, en un monte cercano en el que me refugié con tu padre. Tal vez otros consiguieran huir, pero no puedo saberlo. Lo que sí sé es que los cristianos masacraron a las pocas tropas que dejaste. Creo que algunos huyeron por el río, o al menos lo intentaron. Una de las barcas apareció corriente abajo, varada en un banco de arena. La recuperamos y navegamos un trecho. Anoche desembarcamos en este lado del Tajo y pasamos la noche. Tres de los heridos no despertaron, pero los demás continuamos camino. Por suerte, nos habéis encontrado. Avanzamos muy despacio. El joven atabalero no durará mucho más, y a uno de los *rumat* deberían de amputarle el brazo o morirá. Creo que los demás sobrevivirán. Hemos perdido nuestra caravana de suministros y el gran tambor. Al menos, el pabellón del califa se convirtió en cenizas...

Yaqub soportó la cháchara de Ibn Rushd aunque no le importara lo más mínimo cómo habían logrado salvarse de la tenaza cristiana. Apuntó con la barbilla a su padre e hizo la pregunta que había contenido para fingir respeto.

—¿Vivirá?

Ibn Rushd no pudo responder. El califa se removió bajo la manta y murmuró algo. Yaqub y el andalusí se inclinaron hacia él. Yusuf había abierto los ojos, aunque miraba al vacío.

—Mi señor —murmuró el cordobés—, tu hijo está aquí.

Yusuf volvió a agitarse débilmente. Levantó la mano y Yaqub la tomó. Vio que había costras de sangre bajo las uñas. Abú Yahyá se acercó.

—Alabado sea Dios. Es el califa.

—Hijo mío... —La voz de Yusuf sonaba tan débil como el vuelo de un insecto.

Yaqub pidió silencio y aproximó su cara a la de su padre. Apenas entraba aire en sus pulmones, y lo hacía con gran esfuerzo.

—Manda, príncipe de los creyentes.

—¿Por qué...? —Giró la cabeza despacio, aunque la mirada seguía ida—. ¿Por qué no volviste? ¿Por qué me... dejaste solo?

Yaqub volvió los ojos hacia Ibn Rushd. Este comprendió y obligó a su maltrecho cuerpo a levantarse de nuevo para alejarse. Abú Yahyá, sin embargo, permaneció allí, atento a la conversación queda bajo la manta.

—No fui yo, padre. Fue Dios. Y su mensajero. Fue su voluntad. Tú y yo somos sus instrumentos. Cumplimos su misión.

—¿Su... misión?

—Shhh. Ahora debes descansar, padre. Tú ya has cumplido tu parte y ahora me toca a mí. No lo alargues más. Queda trabajo por hacer.

—Aaah. Utmán... ¿Dónde estás? ¿Y tú, Abú Hafs? Aaah. Me abandonaron... Todos me abandonaron. Hasta mis enemigos. Y ahora tú... Pero no. Zayda. Ella todavía me es fiel. Debes llevarme a su lado, Yaqub. —Por un momento, el califa enfocó su mirada. El blanco de los ojos no era tal, pero el juicio de Yusuf seguía en su lugar—. Llévame junto a Zayda. Por favor, Yaqub.

—Shhh. Silencio, padre. Silencio. —El visir omnipotente separó su mano de la del califa y la posó sobre sus labios. Lo hizo con suavidad, como si lo acariciara. Los ojos del padre se abrieron más y la mano del hijo se mantuvo—. Shhh. Te llevaré junto a tu esposa andalusí, padre. Y luego descansarás en el mismo lugar que mi abuelo. Al lado del Mahdi. Los fieles rezarán ante tu sepulcro. Dirán que fuiste justo y sabio. —Las manos de Yusuf agarraron la muñeca de su hijo, pero apenas quedaba fuerza en el califa. Yaqub recordó la muerte de su tío Abú Hafs, y eso lo motivó para aumentar la presión. Las palabras del más ferviente almohade resonaron en su cabeza. Él se lo había rogado antes de expirar. Con sus últimas palabras le había dicho que debía hacerse la voluntad de

Dios. «Pasa por encima de tu padre si es preciso». Y eso hacía ahora Yaqub. «Pasa por encima de todos». Miró los ojos desencajados del califa—. Los escribas recitarán tus hazañas, padre. Dirán que fuiste un buen musulmán. —Bajó la voz hasta convertirla en un susurro—. No escribirán nada sobre las batallas que perdiste. No dirán nada de la peste que Dios te mandó como castigo por tu cobardía. No dirán que tu alma se pudrirá en el infierno por ser un tibio creyente. No dirán que tus manos están manchadas con la sangre de mi tío Abú Hafs. Shhh, padre. Descansa ahora.

Las sacudidas del califa se hicieron más débiles. Yaqub volvió la cabeza y encontró la mirada de Abú Yahyá. El hintata no decía nada. Se limitaba a observar. Tras él, Ibn Rushd examinaba la herida en la cabeza del joven atabalero. Y los demás supervivientes hablaban con la patrulla a caballo. Bajo la mano de Yaqub, el califa se rindió. El aire dejó de entrar en su garganta y los temblores cesaron. Aún permaneció el visir omnipotente allí por un rato, hasta que percibió que la vida de su padre se había apagado por fin. Liberó su muñeca de los dedos agarrotados del califa y le colocó los brazos a los lados. Le acarició el rostro macilento, carraspeó y se puso en pie. Se recolocó la cota de placas, aseguró el tahalí. Abú Yahyá se volvió y habló con voz potente.

—¡El califa Yusuf ibn Abd al-Mumín ha muerto! ¡Dios lo acoja a su lado!

Todos los sanos se pusieron en pie, y hasta los heridos intentaron imitarlos. Incluso el arquero que iba a perder un brazo se enderezó como pudo. Solo el atabalero permaneció sentado. Ibn Rushd se adelantó. Caminó a pasos lentos, posó una rodilla frente a Yaqub. Tomó su mano y la besó justo por encima del anillo califal que hasta ese momento había lucido sin derecho. Desde abajo, miró a los ojos del nuevo amo del Imperio almohade.

—Que Dios te conceda la victoria, Yaqub ibn Yusuf. Príncipe de los creyentes.

SEGUNDA PARTE
(1184-1195)

Toma por árbitro a la espada,
no temas por las consecuencias
y abre con ella un camino que durará siglos.
Pues no se consigue sino con la espada una posición,
y no se rechazan los pechos de los caballos con escritos.

Abd al-Mumín ibn Alí (primer califa almohade)
Anotación al dorso del poemario militar al-Hamasa

الله في
ثقة على وانا

37
MIRAMAMOLÍN

TRES MESES MÁS TARDE, OTOÑO DE 1184. COYANZA, REINO DE LEÓN

La alcoba principal del torreón de Coyanza era un lugar austero, frío y oscuro durante todo el año, y lo normal era que contra sus paredes resonaran palabras duras, planes de algara y de defensa. Entre sus muros se acogía a soldados y, en ocasiones, a cautivos castellanos.

Pero no ahora. Ahora, León y Castilla no guerreaban. La casa de Haro se movía por la corte leonesa como si estuviera en Rioja o en Vizcaya, la propia reina era castellana y la paz regía desde los acuerdos de Fresno y Lavandera. Por eso la alcoba parecía otra. Las telas recamadas de oro encubrían los tabiques negros, las pieles se extendían sobre el suelo, los cofres herrados llenos de vestidos y joyas sustituían a los bastidores para las armas.

Al rey Fernando le gustaba la caza, y Coyanza era un lugar ideal para ello. Por eso había acudido con una corte reducida y se disponía a partir en su compañía para abatir a algún jabalí.

—Mi padre opinaba que hay que madrugar para cobrar buenas piezas —solía decir el rey—, pero no hay mérito en eso. ¿Qué tiene de especial sorprender al animal cuando ha venido a beber al río?

Por eso, a pesar de que el sol lucía alto, la partida de caza no había salido aún. El príncipe Alfonso sí estaba listo, aunque aguardaba las instrucciones de su padre mientras este y su montero mayor planeaban cruzar el Esla y buscar rastros cerca de los huertos. Los perros ladraban fuera, al pie del torreón, y los batidores tomaban un refrigerio antes de la batida. El rey no tenía prisa. Treinta años atrás, nada le habría retenido en la alcoba. Pero ahora, cerca ya de la cincuentena, Fernando de León remoloneaba antes de dejar allí a su reina.

Urraca yacía reclinada sobre los cojines y las pieles, junto a un tarro con moras de zarza. Llevaba un brial azul y el cabello le colgaba suelto y negro hasta el suelo. Tenía los dedos y los labios teñidos de grana, y observaba con aburrimiento a su esposo cada vez que tomaba una mora, se la llevaba despacio a la boca y la reventaba entre los dientes. En el rincón, sentado sobre un escabel, el bardo Carabella tocaba una melodía con su viola de arco. Cuando la ruta quedó decidida, el montero mayor salió por la escalera abierta en el muro y el rey se demoró un momento. Sonrió a la barragana mientras se ajustaba los guantes.

—Estaremos de vuelta antes del anochecer.

—¿Entonces te llevas a Alfonso? —ronroneó Urraca.

—Claro que voy —contestó el propio príncipe—. Yo también quiero cazar.

La reina arrugó la nariz en un mohín de disgusto.

—Me aburro y nadie se apiada de mí. No debí dejar que el pequeño Sancho se quedara en León con su nodriza. Ahora vosotros os vais de caza y yo tengo que permanecer aquí, oyendo las melodías de Carabella. Ya me las sé todas.

El rey apoyó una mano sobre el hombro de su heredero.

—Alfonso, quédate un rato más si quieres. Ahora daremos órdenes a los batidores para que salgan y nosotros todavía tardaremos un rato en seguirlos a caballo. Te mandaré llamar.

Los labios teñidos de zarzamora se estiraron en una sonrisa. Urraca extendió la mano hacia el príncipe.

—Sí, mi querido Alfonso. Ven a mi lado y come un poco antes de irte.

El rey desapareció por el hueco y sus pasos se perdieron escalones abajo. En la alcoba quedaron solamente el príncipe, la reina y el juglar. Alfonso se sentó sobre una piel de oso y tomó la mora que le ofrecía Urraca.

—Gracias, mi señora.

—Escogeré las mejores para ti, mi bello príncipe. —La reina fingió rebuscar entre los pequeños frutos oscuros, pero pareció recordar algo—. Espero que no estés muy triste por lo del conde de Urgel. Fue tu ayo durante un tiempo, ¿no?

Alfonso asintió. Armengol de Urgel y su hermano se habían quedado en Alarcón tras su conquista por el rey de Castilla. Y en una de las cabalgadas por tierras de Requena, un destacamento andalusí les había tendido una emboscada. La noticia había llegado a la corte leonesa a principios de otoño: tanto el conde de Urgel como Galcerán de Sales, su hermano, habían muerto en combate.

—Armengol de Urgel no era muy simpático —el príncipe bajó la voz para que no lo oyera el bardo—, aunque nunca fue malo conmigo. Y ya estaba anciano.

—Tu padre siempre ha dicho que era un buen aliado. —Urraca eligió una mora grande y casi negra que tendió al joven—. Su mesnada solo era comparable a la de la casa de Castro. Pero seguro que tú ya lo sabías, mi príncipe.

—Por supuesto que lo sabía —contestó sin ocultar su orgullo juvenil.

—Claro que ahora, en paz con Castilla y con los sarracenos en retirada, no necesitamos grandes mesnadas. ¿No estás de acuerdo?

El príncipe Alfonso reflexionó mientras masticaba la mora y la música de la viola se extendía por la alcoba.

—Mi padre dice que hemos tenido suerte. La muerte del califa ha sido un regalo de Dios. Pero él vio el ejército que trajo de África, y era inmenso. Mucho mayor que el que puede reunir cualquier rey cristiano. Ni siquiera mi primo cuenta con tantos soldados.

—Por supuesto que no —intervino el juglar tras detener su melodía—. Los moros son miles de miles. Son tantos que no hay números para contarlos. Tal vez componga una trova sobre ellos. Miles y miles de moros malos miran —pasó el arco sobre la cuerda y le arrancó una nota larga—, miran al moro malo miramamolín.

—Qué canción tan horrible —se quejó Urraca—. Toca otra cosa. Algo de amores imposibles.

Alfonso había fruncido el ceño.

—¿Qué es eso del mirama... miramín...?

—El miramamolín —le corrigió Fortún Carabella—. Es como los infieles llaman a su califa. Significa que es el caudillo de su fe. Príncipe de los creyentes, le dicen. En la lengua mora suena así. Miramamolín.

—¿Y tú cómo lo sabes?

—Ah, mi príncipe —Carabella se levantó del escabel e hizo una inclinación exagerada—, Fortún Carabella ha viajado por todo el mundo en busca de canciones. He conocido a reyes, príncipes y emperadores. Y a muchos infieles también. He estado en palacios de mármol y he cruzado los mares en barcos —volvió a tocar una nota larga—, y te puedo jurar dos cosas: no hay mujer más hermosa que la reina Urraca, ni ejército tan grande como el del miramamolín.

La reina aplastó otra mora entre los dientes y el jugo morado le corrió por los labios.

—No tengo nada que oponer a lo de mi belleza, pero no creo que hayas visto jamás el ejército de ese miramamolín.

—Mi padre sí —dijo Alfonso—. Este verano, cerca de Santarem. Y dice que jamás había visto tantos hombres. También dice que, si quisiera, el miram... el miramón...

—El miramamolín —apuntó Fortún Carabella antes de volver a sentarse.

—... el miramamolín podría aplastar a cualquier ejército cristiano. Podría aplastarnos a nosotros... —Sus ojos se perdieron en el zumo oscuro que manchaba los labios de su madrastra.

—Eso no ocurrirá, mi príncipe.

—¿Cómo lo sabes, mi señora? El conde de Urgel ha muerto y su mesnada se ha marchado muy lejos, a sus tierras. Y los hombres de la casa de Castro tampoco están.

El príncipe estaba en lo cierto: el heredero del conde de Urgel jamás había salido de su feudo natural, al otro lado de la península. Y no parecía tener las apetencias de su padre en tierras de León. Lo más probable era que jamás pudieran volver a contar con su famosa hueste. Y en cuanto a los Castro, el cabeza de la casa, Fernando, había enfermado al regresar de Santarem. Llevaba semanas postrado en Trujillo, la capital de sus dominios. El mismo Pedro de Castro había tenido que viajar hasta allí y asumir el gobierno del inmenso señorío familiar. La reina se pasó la lengua por los labios para limpiarlos de jugo de mora.

—Por eso hemos de ser amigos de Castilla. Así nos ayudaremos entre nosotros. No necesitamos aquí a los Castro. Pedro me odia. —Miró fijamente al príncipe—. Tú lo sabes bien. Me odia, ¿verdad?

—Pues…

—Claro que me odia. Pero no comprendo la razón. ¿Y tú?

Alfonso negó con la cabeza. En el rincón, Fortún Carabella empezó a cantar.

—*Ay, siento tanta envidia de aquel que disfruta de la alegría del amor...*

—Eso me gusta más, bardo. Canciones de amor imposible. —Urraca se lamió los dedos teñidos de morado y se volvió a dirigir a Alfonso—. Creo que por eso me odia Pedro de Castro. Porque me ama, y sabe que no puede tenerme. ¿No es triste?

El príncipe quiso hurtar la mirada, pero nadie podía resistirse a los ojos de la reina.

—Sí. O sea…, es triste.

—Siempre es triste. —Urraca apartó el cuenco de moras y acarició con descuido la piel de oso que les servía de alfombra—. Nunca tenemos lo que en verdad deseamos. A Pedro de Castro le habría gustado tenerme, y no era posible. ¿A ti no te ha pasado nunca, mi príncipe?

Alfonso se encogió de hombros. El juglar Carabella siguió con la tonada.

—*¡Ay de mí! Creía saber mucho de amor, y sé tan poco... Pues no puedo dejar de amar a aquella de quien nada alcanzaré.*

—A veces, cuando no conseguimos lo que anhelamos, la rabia nos invade. —Los dedos de Urraca se acercaron a la mano de Alfonso y se pasearon lentamente por su dorso—. Y somos capaces incluso de odiar a quien antes amábamos. Cuando yo tenía tu edad, me prometieron a un hombre viejo. No era lo que yo quería.

—Mi padre también es mayor que tú, mi señora. ¿Tampoco lo querías?

Urraca sonrió, sus labios seguían del color de las moras.

—No es eso, mi bello príncipe. —Su mano se quedó sobre la de él—. En fin: tú y yo no nos parecemos a Pedro de Castro. Yo soy reina, tú serás rey algún día. Dios nos ha cargado con un deber que hemos de cumplir.

—Pero Pedro de Castro no es malo. Es mi amigo. Me ha enseñado a luchar y me ha contado muchas cosas sobre mi linaje. Dice que debo desconfiar. ¿Sabes lo que hacían mis antepasados cuando se disputaban el trono, mi señora? Se sacaban los ojos. Todos se sacaban los ojos. Entre parientes. Entre hermanos.

—Y tal vez crees que yo quiero sacarte los ojos.

—No...

Pero ya era tarde. Urraca apartó la mano y miró a otro lado. Su gesto se entristeció, los labios teñidos de lila se apretaron. Alfonso se acercó e inclinó el rostro. Descubrió que los ojos de la reina estaban húmedos.

—No deseo hacerte daño ni quiero que tengas miedo —murmuró ella—. Antes se juntarán las orillas del Duero. Pero te comprendo. No es necesario que sigas aquí, mi príncipe.

—Pero... yo sí quiero seguir aquí.

Urraca se volvió, se obligó a sonreír y enjugo las lágrimas con el canto de la mano.

—Entonces no crees a Pedro de Castro, ¿verdad? —Se incorporó para que los dos rostros quedaran a la misma altura—. Sabes que es su rabia la que habla por él.

—No creo que quieras hacerme daño, mi señora.

Ella lo miró durante mucho rato y muy de cerca. Fortún Carabella cantaba de nuevo:

—Me ha robado el corazón, de todo me ha despojado, de ella misma y del mundo entero.

Pero la reina y el príncipe eran ajenos a la canción. Urraca susurró como las hojas de los álamos al caer sobre la ribera.

—Yo no odio a Pedro de Castro. —Su aliento conservaba el aroma de las moras—. No puedo, porque él no tiene la culpa de amarme. Yo también sé lo que es eso: amar a alguien a quien no debes amar. ¿Por qué crees que me gustan esas trovas tan tristes?

El príncipe Alfonso bajó la cabeza, pero se encontró con los pechos abultados bajo el brial azul. Volvió a mirar a los ojos negros de su madrastra, a sus labios tintados de jugo de fruta, a las ondas oscuras que enmarcaban su cara. De pronto se dio cuenta de que ella le había cogido ambas manos.

—Así que, mi reina..., ¿tú también tienes un amor imposible?

La voz del rey tronó abajo, al pie del torreón. Llamaba a Alfonso. A sus gritos, los perros volvieron a ladrar.

—Tengo veinticuatro años, mi príncipe. Soy tan joven... Y aún me gustaría serlo más. Como tú. Me gustaría volver a los catorce. —Entornó los párpados—. ¿No sería hermoso? Imagina que ambos tuviéramos la misma edad. ¿Serías mi amigo?

—Sí, mi señora…

—¿Serías mi príncipe? ¿Sería yo tu princesa?

El rey volvió a vociferar abajo, los perros redoblaron sus ladridos.

—Debo irme.

—*Y cuando se fue* —Fortún Carabella elevó la voz hasta sobrepasar el escándalo de la jauría—, *nada me dejó más que un corazón anhelante.*

—Te vas, mi príncipe, como en la canción —la mano de Urraca guio la diestra de Alfonso y la posó sobre su torso, justo bajo el pecho izquierdo—, y dejas mi corazón anhelante.

El muchacho se sonrojó. Bajo la palma notaba la tela suave del brial azul, y entre el pulgar y el índice, la redondez tibia de su madrastra. Pero en ese momento no era su madrastra. Era su princesa.

—*Ay* —Carabella de nuevo—, *siento tanta envidia de aquel que disfruta de la alegría del amor…*

—Mi princesa…

—Mi príncipe… —Ella presionó su mano hasta que Alfonso percibió los latidos. El pecho izquierdo de Urraca subió media pulgada. Por tercera vez, el rey de León llamó a su hijo.

—Me voy. —Alfonso se levantó con torpeza, anduvo hacia la puerta, se volvió a medio camino y miró a la reina. Se mordió el labio, bajó la vista, se fue. Sus pasos se detuvieron un par de veces en las escaleras antes de perderse. El juglar separó el arco de las cuerdas y descargó su hombro del peso de la viola.

—Mi señora, eres cruel.

Urraca se levantó, alisó el brial con ambas manos y anduvo hasta el ventanuco horadado en la pared de piedra. Abajo, los ladridos se mezclaron con los arreos de los hombres y los relinchos de las caballerías. Fortún Carabella se acercó al cuenco de moras y tomó un puñado. Allí, entre los tapices y el halo de hermosura de Urraca, el apodo del bardo parecía mejor ganado que nunca. Su rostro lampiño parecía tan suave como el cendal de seda, y la melena de color miel rivalizaba con la de las doncellas reales. Sus pestañas largas y curvadas aleteaban como los estandartes que coronaban las almenas. Sin embargo, también allí destacaba más ese punto repugnante en su belleza. Algo que tenía que ver con su forma de moverse, rápida y silenciosa. Con el modo de fijar los ojos claros o, más bien, con su hablar soez cuando dejaba de lado las canciones de amor. Elevó la mano y dejó caer las moras, una a una, en su boca entreabierta.

—Ya se van —anunció Urraca desde el ventanuco—. El príncipe confía en mí. Creo que lo he conseguido.

—¿Que confía en ti, dices? —Los labios delgados de Carabella ya estaban teñidos de grana—. Está rendido. Si hasta a mí se me ha puesto dura. El pobre muchacho no habrá catado hembra en su vida, y vas tú, mi señora, y le pones la teta en la mano.

—Muérdete la lengua, bardo.

—Yo sé qué lengua mordería, mi reina. Pero no temas. Lo que he visto aquí, aquí se queda.

Urraca se acercó al juglar. Lo miró de arriba abajo mientras él se servía una nueva ración de moras.

—¿De verdad crees que está de mi parte?

—¿El zagal? Por supuesto. Comería de tu mano. Y también comería de tu…

—Ya —le cortó la reina—. Ya sé de dónde más comería.

Fortún Carabella rio y se metió el puñado de frutos en la boca. Se sacudió las manos mientras masticaba. Las yemas de sus dedos habían quedado tiznadas de escarlata.

—Bueno, mi reina, tetas aparte. Tu madre me paga bien por servirte, pero todavía no sé qué hago aquí. No es que desprecie tu compañía, desde luego, pero no me hace gracia ver cómo un crío te soba mientras yo no toco más que la viola.

—Los bardos estáis mal acostumbrados. —Urraca se dejó caer de nuevo sobre los cojines, Carabella se hizo un paso atrás para mejorar la perspectiva—. Pensáis que el respeto por vuestras tonadas se extiende al resto de las sandeces, y no es así. Pero tienes razón: pedí a mi madre que enviara a alguien de confianza y te envió a ti. El criterio de la condesa siempre ha sido bueno, luego debo suponer que, a pesar de tus impertinencias, eres leal.

El juglar exageró una reverencia.

—Ah, mi reina, ¿cómo no ser leal a tu señora madre? Es un alma pía. Desde que hui de mis muchos pleitos y me acogí al convento de Cañas, la condesa de Haro no dejó de mitigar mi pobreza ni un solo día. Y ni una sola noche dejó descansar mi estaca.

Urraca frunció el ceño, pero no dio muestras de haberse escandalizado.

—¿La señora condesa de Haro… con un vulgar bardo? Insolente.

—Insolente es el tamaño de esta estaca. —Fortún Carabella señaló a su entrepierna y se acuclilló frente a la reina—. Pero no soy vulgar. La condesa bien lo supo ver. He viajado mucho. He recorrido la Gascuña, Tolosa y la Provenza. He visto cosas que te trastornarían, y también las he hecho. Tu señora madre sabe de mis habilidades, y ahora no hablo de las trovas. —Estiró la mano y la metió bajo el borde del brial, pero ella le soltó un manotazo en la muñeca—. Aaaah. Eso duele.

—Y más te dolerá si vuelves a intentarlo. Tal vez tu cara de niñata sirva con las viudas de edad confinadas en conventos, pero yo soy la reina de León, bardo. Necesitas algo más para usar conmigo tu enorme…, ¿cómo la has llamado? Ah, sí. Estaca.

Fortún sonrió. Había apartado la mano, pero seguía muy cerca.

—Necesito algo más, dices. Bien, mi reina. ¿Qué más necesito?

Urraca, sin dejar de observar el gesto burlón de Carabella, rebuscó bajo un almohadón. Sacó un pliego atado por cinta roja y sellado con el león real.

—Esta carta debe llegar al monasterio de Cañas. Se la entregarás a mi señora madre. A nadie más. Esperarás instrucciones y volverás con la respuesta. Y por si alguien se interesa más de la cuenta, tu excusa para viajar son unos vestidos que quiero mandarle a mi hija.

—Creía que ya tenías todo lo que precisabas, mi señora. Te traje oropimente, y después mandrágora…

—Cierra ese pozo que tienes por boca, bardo. Ni una cosa ni otra sirven a mis fines. En la carta está lo que ahora necesito, y mi madre te lo proporcionará. Como siempre. Ten.

El juglar recogió el pliego y lo miró con indiferencia. Lo metió entre la saya y el cinto, a su espalda.

—¿Y he de cruzar toda Castilla por una promesa? Mi estaca se impacientaría.

—No te he prometido nada, bardo. Y en cuanto a tu estaca, puedes afilarla tú mismo.

Fortún Carabella volvió a acercar la mano a la pierna de Urraca. Esta vez no hubo aspaviento, así que agarró el borde del faldón y lo subió despacio.

—Tu señora madre, la condesa de Haro, me trata mucho mejor. Pero de ti no recibo pago ni promesa. ¿Por qué habría de volver?

Urraca aferró la muñeca del juglar. Este se sobresaltó, pero la reina no le apartó la mano. Por el contrario, esta vez la subió hasta su entrepierna, oculta por los pliegues del brial.

—¿Volverías por esto, bardo? —La reina sonreía. Carabella deslizó por los labios una lengua tiznada de morado. Fue consciente de que si alguien los sorprendía en ese instante, su vida no valdría más que el puñado de frutos que se acababa de comer. Y eso lo hacía todo más excitante.

—Un higo de reina por el viaje de ida. ¿Qué me espera a la vuelta?

Urraca apretó la mano de Carabella hasta que sintió los dedos abriéndose camino. Entornó los ojos.

—A la vuelta hablaremos de tu… oh… gran estaca… Siempre que me seas tan leal como lo eres a la condesa de Haro… —Se estremeció—. Pero no bastará con… Mmm… No bastará con venir de regreso, bardo… Ah… Te pediré más…

—¿Más? ¿Más de esto?

Urraca se retorció sobre los almohadones y separó las piernas bajo la tela azul. Fortún Carabella sonrió. Como les ocurría a todas antes o después, Urraca no había podido resistirse. El juglar se concentró en aplicar lo aprendido en docenas de lupanares desde Bayona hasta Lyon. Pellizcó con suavidad la carne tibia y mojada de Urraca, hizo que sus yemas resbalaran, que salieran despacio y se sumergieran de repente. Supo que ya era suya. Lo notó en la forma en que ella asomaba la punta de la lengua. Y en la humedad que se extendía por sus dedos y le lavaba el jugo de mora. Al tiempo que agitaba sus dedos, disfrutó de su momento de vanidad. Iba a holgar con la mismísima Urraca López de Haro, reina de León. La mujer más bella de la cristiandad, según muchos afirmaban. Fortún se relamió mientras notaba que su miembro se endurecía. Ella seguía arqueándose, se retorcía como una víbora y acompañaba al bardo con el movimiento de sus caderas. Y ahora se arremangaba el brial con la izquierda mientras su diestra obligaba al bardo a entrar más profundo, a sumergirse en su carne hasta los nudillos. Los ojos negros de Urraca también lo invitaban a seguir. A ir más allá. Fortún Carabella gimió, anticipándose a su mayor logro de cama desde que abandonara su aldea vizcaína. Él, que había desflorado a doncellas de noble cuna, que había gozado de novicias y hasta de abadesas, que había burlado a señoras y a alguna que otra condesa. Ahora tendría a una reina. Imprimió a su mano más ritmo, deslizó los dedos y se empapó de ella. Su cara lampiña se sonrojó, comenzó a desenlazarse los nudos de las calzas con la zurda. De repente, Urraca se liberó de los dedos serpentinos del bardo y se levantó.

—Basta. —La dignidad real sonó en su voz como si jamás se hubiera marchado. Se recolocó el faldón del brial e hizo un gesto de desdén. Ni siquiera jadeaba—. Obedece ahora. Lleva esa carta y tendrás el resto a tu vuelta.

—¿Eh? —La voz de Carabella salió aflautada. Había caído de rodillas, sorprendido por la reacción de Urraca. Se miró con incredulidad los dedos empapados, teñidos de mora y temblorosos, despidiendo el aroma dulzón de la reina. La tela de su camisa asomaba, oprimida por el miembro a punto de estallar, entre los faldones de la saya. Se sintió ridículo.

—Te lo he dicho antes, bardo. —Urraca señaló al bulto bajo el cinturón de Fortún Carabella—. Necesitarás algo más para meter tu estaca en el higo de esta reina. No soy una de esas putas fáciles. Ni siquiera soy la condesa de Haro. Fuera.

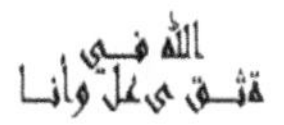

Un mes después. Marrakech

La primera misión del nuevo califa había sido organizar el entierro de su padre. El cadáver del difunto Yusuf, como héroe muerto en combate, no recibió el lavado ritual ni fue amortajado con algodón yemení. Sin perfumar, envuelto en sus ropajes sucios y cubierto de una costra de sangre, fue conducido a Sevilla. Tres jornadas permaneció allí, bajo el sol abrasador, mientras el ejército se reunía y se proclamaba oficialmente a

Yaqub. Cinco días más tarde, Yusuf apestaba en su féretro y el nuevo príncipe de los creyentes seguía recibiendo pleitesía. Y el difunto aún hedía tres semanas después, cuando partió de Sevilla. Yaqub nombró su primer visir a Abú Yahyá pero, con notorio pesar, le ordenó permanecer en al-Ándalus para defenderse de la más que probable reacción cristiana a la muerte de Yusuf. Sin embargo, mantuvo a su lado a Ibn Rushd, a quien mandó acompañarle en su viaje de vuelta. Después partió hacia la capital del imperio.

El difunto Yusuf fue trasladado a Tinmal para reposar junto a su padre, Abd al-Mumín, y junto al Mahdi y fundador de la fe almohade, Ibn Tumart. Yaqub, en un gesto que todos interpretaron como de bondad y compasión, permitió que Zayda y las demás viudas del muerto salieran del Dar al-Majzén para asistir al enterramiento. También la Loba, Zobeyda bint Hamusk, fue conminada a acompañar al féretro del difunto hasta las montañas. Al regresar a Marrakech, todas fueron de nuevo confinadas en el harén, esta vez para el resto de sus vidas.

Y mientras, la versión oficial de cómo había muerto Yusuf recorrió el imperio. Para todos, el difunto califa se había portado con la bizarría propia de un hijo de Abd al-Mumín. Fue la perfidia cristiana la que lo llevó a la perdición. Los comedores de cerdo, en lugar de luchar cara a cara contra él o contra el heredero Yaqub, buscaron el abrigo de la noche para caer sobre el campamento califal y atacar a traición. Nada se pudo hacer, salvo llorar la enorme pérdida para el islam. Los cristianos eran cobardes alimañas y no había más que hablar.

Una vez ultimadas las molestias de despedir al difunto califa, Yaqub convocó a los viejos visires de su padre y a los gobernadores de las ciudades más cercanas, y los reunió en la mezquita cercana al alcázar, junto a los principales funcionarios del Majzén. El nuevo príncipe de los creyentes había cambiado el color pardo de su *burnús* por una capa negra, larga hasta los pies. A partir de ese momento, él era el único con derecho a usar esa prenda, como antes lo habían hecho su abuelo Abd al-Mumín o su padre Yusuf. Ordenó a sus guardias que formaran un círculo de seguridad, pero dejó que la chusma se acercara para ver cómo el nuevo califa tomaba sus primeras decisiones. El príncipe de los creyentes dejó que el andalusí Ibn Rushd se quedara junto a él y observó sus reacciones a cada una de sus palabras.

—Mis fieles visires —empezó Yaqub, sin sentarse siquiera, y miró hacia la plebe congregada tras la barrera de Ábid al-Majzén—. ¡Mi fiel pueblo! —Dejó que la ovación creciera y se apagara—. Os he convocado aquí para haceros saber mis nuevos deseos. Mientras todos llorábamos la muerte de mi padre, que Dios tenga a su diestra, he mandado a mis leales *talaba* que recorrieran Marrakech, Fez, Mequínez, Rabat... Los he conminado a observar. A ver si, durante el gobierno del difunto Yusuf, las buenas costumbres han florecido como florecieron con mi abuelo Abd al-Mumín... —miró a Ibn Rushd—, o como florecieron cuando mi ilustre tío, Abú Hafs, era el visir omnipotente.

»Pero lo que me han dicho los *talaba* me ha entristecido, oh, fiel pueblo almohade.

Un murmullo tímido se extendió poco a poco. Los gobernadores intercambiaron miradas inquietas. Uno de ellos, el de Fez, se dirigió al nuevo califa.

—Príncipe de los creyentes, cumpliremos tus mandatos igual que cumplimos los de tu difunto padre, al que Dios premie con la gloria.

—Naturalmente. —Miró con fijeza al gobernador—. Tú tendrás el honor de ser el primero en obedecer. He oído que tú y tu familia habéis doblado vuestra fortuna desde que fuiste nombrado para el cargo. ¿Es así?

El hombre abrió mucho los ojos.

—Mi señor... ¿Yo? Eh... El pueblo es generoso y me ha hecho algunos regalos...

—¡Regalos! —tronó Yaqub, y habló a la chusma que los rodeaba—. ¿Qué os parece, pueblo mío? ¡Los villanos de Fez hacen regalos a su gobernador! —Volvió a dirigirse al funcionario—. Mis *talaba* me han informado de que esos regalos proceden de gente que, como tú, también se ha enriquecido últimamente. ¿Es verdad que encargas las obras públicas a quien te ofrece más oro para tu dispendio particular? Se dice que uno de esos regalos fue una recua de esclavas cristianas, y que el generoso plebeyo que te las dio recibió a cambio el encargo de alimentar a la guarnición de Fez durante un año. También se dice que esos alimentos los paga el Tesoro al doble de su valor. Tienes razón, pues: mucha generosidad es lo que veo.

—¡Corrupto!

El insulto había salido del gentío. Los Ábid al-Majzén se volvieron hacia el califa al momento, a la espera de recibir la orden de buscar y prender al desvergonzado.

—Te llaman corrupto —continuó Yaqub sin dejar de observar al gobernador de Fez—. Pero dime si mis *talaba* me han dicho la verdad. Y cuidado, pues odio más a los mentirosos que a los corruptos.

El funcionario se pasó la lengua por los labios y miró a ambos lados. Solo recibió silencio de sus colegas.

—Sí... Te han dicho la verdad, príncipe de los creyentes.

—Bien. —Yaqub sonrió satisfecho—. ¡Entonces eres un corrupto!

La chusma prorrumpió en gritos, y los insultos al gobernador se redoblaron. El califa levantó los brazos a los lados hasta que consiguió silencio.

—Perdón, mi señor —hipó el funcionario—. Devolveré todos los regalos.

—Oh, claro que los devolverás. Y para demostrarme lo arrepentido que estás, donarás tus posesiones al Tesoro. Te relevo de tu cargo y te despojo de cuanto tienes. Quedarás encerrado aquí, en Marrakech, hasta que mis *talaba* me informen de que tu familia mendiga a las puertas de las mezquitas. Y si no te hago decapitar ahora mismo es solo porque has reconocido ser un corrupto. —Se dirigió otra vez a la masa—. ¡Pueblo mío, se ha hecho justicia!

El griterío regresó, y los insultos y escupitajos volaron hacia el depuesto gobernador de Fez conforme dos Ábid al-Majzén lo sacaban del cónclave rumbo a las mazmorras. Los demás funcionarios temblaron mientras Yaqub recibía su baño de popularidad. Cuando la ovación cesó, el califa los miró divertido.

—Pero… ¿qué veo? ¿No es brocado de oro lo que asoma bajo tu *burnús*?

El interpelado, un cadí de Mequínez, se congeló.

—Mi señor… Ya tenía esta prenda antes de ser nombrado para…

—Eso da igual. ¿Oro? El oro corrompe. Debilita la fe. —Señaló a otro hombre, un secretario del Majzén—. ¿Y eso? ¿Acaso no es seda? Allí veo más. Y tú también vistes con lujo. Y tú. ¿Qué me dices tú? —Uno a uno, los funcionarios y visires retrocedían o bajaban la mirada. Pocos se libraron de ser avergonzados públicamente. La chusma babeaba de placer tras la línea de guardias negros. Un nuevo grito salió de la multitud.

—¡Reparte el oro y la seda entre el pueblo, príncipe de los creyentes!

—¡No haré tal cosa! —respondió el califa sin abandonar su sonrisa fiera—. ¡Soportaría que mis subalternos fueran unos tibios afeminados, pero no quiero que mi pueblo caiga en la molicie! No. Dictaré un decreto suntuario. ¿Dónde ha quedado la memoria del Mahdi? ¿No os han contado que vestía con lana remendada? A partir de ahora queda prohibida toda ostentación. Volvemos a las buenas costumbres. ¡Somos verdaderos creyentes! Venderemos todo el oro, toda la seda. Incluso la que tengamos acumulada en los almacenes. Que otros pueblos más ignorantes e infieles disfruten de esas nimiedades. Nosotros gozamos con la fe en el Único, con la oración y con la guerra santa.

Otra ovación y más gritos e insultos hacia los gobernadores, visires y funcionarios. La sonrisa de Yaqub se estiró, e Ibn Rushd se atrevió a acercar su cabeza a la oreja del califa.

—Príncipe de los creyentes, te ganas a tu pueblo, no cabe duda. Pero tal vez te ganas también el miedo o, Dios no lo quiera, el odio de quienes han de gobernar el imperio para ti.

Miró a Ibn Rushd con los ojos entornados, después observó a los visires. Ninguno se atrevía a levantar la vista del suelo. Había humillado públicamente a muchos de ellos, ahora no podía desdecirse. Tampoco quería ser un gobernante que complaciera a la chusma y la pusiera por encima de quienes, por sangre, tenían derecho a privilegios dictados por la fe.

—¡Durante años, mi padre se ocupó de sí mismo! —El griterío descendió en cuanto el califa siguió con su discurso—. Dios le avisó. Le mandó la peste y lo castigó con rebeliones en todos los rincones del imperio. Pero él no supo ver en qué se equivocaba. Mi intención es recobrar nuestra autoridad. Dios nos escogió para gobernar el mundo y extender su fe, no para disfrutar de la seda y del oro. No para gozar con el canto, la música, la danza y el vino.

»Mis *talaba* me informan de que se han relajado las prohibiciones. Me dicen que los zocos están plagados de baratijas, que se peca con juegos de azar y que muchos disimulan el licor de Iblís con arrope. Eso también se va a acabar. Desde este momento, mis Ábid al-Majzén patrullarán por las calles, y en las demás ciudades lo harán las tropas a órdenes de los gobernadores. Quiero que se encadene a los músicos y cantores. Quiero que se derrame todo el arrope y que se denuncie a los *talaba* a quienes se sorprenda en posesión de vino. La pena para el que contravenga la prohibición será la muerte. Yo mismo dirigiré los juicios aquí, en este sagrado lugar. Y habéis de saber que seré implacable con quien se atreva a desafiar a Dios.

De repente, el griterío de la plebe se había transformado en un silencio tenso. La voz de Ibn Rushd volvió a susurrar junto a su oído.

—Cuidado, mi señor. Moderación. Incluso en la severidad.

Yaqub asintió.

—No obstante, pueblo mío, estás ante un califa benévolo. Mi intención es devolver el imperio a la vía de la perfección. Daré órdenes a los almojarifes de que sean justos y afables con vosotros. Y los castigaré a ellos si incumplen. Porque habéis de saber que os recibiré aquí mismo, que oiré todas vuestras peticiones y que vengaré los agravios que sufráis. Sois los elegidos para conquistar el mundo. Os dirigiré con mano dura, sí, pero os premiaré con millares de esclavas infieles que calentarán vuestras camas. Os otorgaré la posibilidad de marchar contra nuestros enemigos y saquear sus ciudades. Dios os abrirá de par en par las puertas del paraíso cuando muráis, pero antes yo os ofrezco el mundo entero. ¡El mundo entero!

—¿Qué hay de los vicios, mi señor? —preguntó un alfaquí de larga barba situado en primera fila, apretado contra los guardias negros por el gentío—. ¿Qué hay de los invertidos? ¿Y las libertinas? ¿Y de los falsos fieles? Tu padre también relajó su persecución.

Yaqub miró a Ibn Rushd instintivamente. De pronto, el gesto fiero del califa se había esfumado. Varias voces secundaron la reivindicación del alfaquí. El andalusí se encogió de hombros.

—Los invertidos… —Yaqub apretó los labios. Sintió un extraño vacío en el estómago, pero se negó a pensar en ello—. Los invertidos… La pena para la sodomía es la lapidación. ¡Lapidación para los invertidos! Y nada de libertinaje en nuestras mujeres. Han de ocultarse, como dicta la fe. Y si por necesidad abandonan su hogar, deben caminar por calles poco transitadas. Ni a una quiero ver en el zoco o en una plaza. ¿Y los falsos fieles, dices? Si te refieres a esos judíos que dijeron abrazar nuestra fe, pero siguen practicando los ritos de su secta en privado, no apuntas un problema nuevo. Tienes razón en sospechar de ellos, pues desde siempre se ha sabido que su conversión no era sincera. Para vigilarlos de cerca y que todo buen musulmán sepa siempre si hay un judío islamizado en su presencia, ordeno que vistan de forma diferente. Que alarguen las mangas de sus ropajes hasta los pies. Y que estos sean siempre oscuros. Y que no lleven turbantes, como los almohades, sino esos bonetes que les gustan tanto a los andalusíes... Pero que añadan orejeras, y así los diferenciaremos también de ellos. —Se oyeron algunas risas—. Y todo buen musulmán, cuando vea a alguien así vestido, sabrá que es un judío islamizado, así que deberá poner cuidado en confirmar si ejecuta las oraciones en su momento. Si acude a la mezquita y reparte las limosnas. Lo denunciará si sospecha que celebra algún rito hebreo, porque mi abuelo lo dejó bien claro: Tawhid o muerte.

Aquello pareció satisfacer a los más exaltados, pues hubo varios asentimientos y gestos de aprobación entre la masa. El alfaquí de la barba larga no cabía en sí de gozo:

—Eres sabio, príncipe de los creyentes. Y sabias son tus medidas. ¿Podemos extender la nueva?

—¡Sí, pueblo mío! ¡Difundid todos estas noticias por Marrakech! ¡Que el imperio entero sepa que la palabra de Dios vuelve a estar por encima de todos! ¡Id!

Los Ábid al-Majzén animaron al gentío con su gesto fiero y, en muy poco tiempo, con las conteras de las lanzas. La chusma abandonó poco a poco la mezquita, entre comentarios en voz baja y miradas de desconfianza. Hubo un pequeño revuelo cuando un individuo entró en el templo y, contracorriente, se abrió paso entre la marea de fieles que buscaba la salida. El tipo se identificó ante los guardias negros como mensajero de Tremecén y aseguró traer noticias importantes. Dos Ábid al-Majzén lo escoltaron hasta el califa, en cuya presencia cayó de rodillas.

—Príncipe de los creyentes. —El mensajero tocó el suelo con la frente. Su *burnús* estaba polvoriento, y su turbante mal enrollado en torno a la cabeza—. Vengo de Tremecén con nuevas de urgencia.

—Tremecén —repitió Yaqub—. Llegas tarde. Si vienes a excusar la ausencia del gobernador, regresa y dile que se presente aquí y dé la cara.

—Mi señor, perdonarás enseguida esa ausencia. —El mensajero levantó la cara, sostuvo la mirada del califa—. Los mallorquines han desembarcado en Ifriqiyya y han tomado Bugía. En Tremecén nos estamos preparando para la lucha.

El rumor de sorpresa recorrió el grupo de visires. Yaqub frunció el entrecejo.

—¿Los mallorquines?

Ibn Rushd se adelantó.

—¿Te refieres a los Banú Ganiyya, mensajero?

El heraldo asintió. Seguía de rodillas, con las manos apoyadas en el suelo.

—Los mallorquines. Los Banú Ganiyya... —gruñó el califa—. Que alguien me explique esto. ¿Quiénes son esos tipos y por qué atacan mi imperio?

—Es un asunto que creíamos zanjado, príncipe de los creyentes —respondió tímidamente uno de los visires—. Los Banú Ganiyya son sanhayas de la rama masufa. Los últimos almorávides libres. Cuando el Tawhid se extendió por el Magreb e Ifriqiyya y los andalusíes se sacudieron el yugo de los hombres velados, los últimos de ellos se las arreglaron para huir y establecerse en Mallorca y en las demás islas que la rodean. Allí viven aislados y se dedican al comercio y a la piratería.

Yaqub apretó los puños. Miró a su alrededor, entre furioso y avergonzado.

—¿No sabías nada de eso, mi señor? —adivinó más que preguntó Ibn Rushd.

—Nadie me informó. Nadie me dijo que todavía quedaban almorávides en pie.

—No es eso exactamente, príncipe de los creyentes —continuó el visir—. Los Banú Ganiyya casi han abandonado su viejo credo, aunque tengo entendido que siguen velándose el rostro, como las mujeres. Tu padre, que Dios guarde en el paraíso, se encargó de que los mallorquines no fueran un problema. Mantuvo conversaciones secretas con ellos, y su emir, Ishaq, se abstenía de mandar sus barcos cerca de nuestras costas. Incluso enviaba regalos al difunto califa Yusuf. Las negociaciones iban tan bien que, a cambio de una... cuantiosa limosna, los Banú Ganiyya estaban a punto de someterse a nuestro imperio y reconocer a tu padre como califa único.

—Una cuantiosa limosna. —Yaqub sonrió, y si los leones pudieran sonreír antes de devorar a las gacelas, lo habrían hecho de ese modo—. Por supuesto. Mi padre era así. Me ocultaba sus negociaciones. Pagaba a nuestros enemigos. Los compraba. Desenmascaré varias de esas maniobras, pero consiguió ocultarme lo de esos mallorquines. Aunque, si habían recibido su dinero y estaban a punto de rendirnos pleitesía, ¿por qué nos han atacado?

El visir, confiado en que sus conocimientos eran valiosos, se atrevió a adelantarse dos pasos.

—Mientras tu difunto padre y tú estabais en al-Ándalus, el emir Ishaq ibn Ganiyya murió. Su primogénito, Muhammad, subió al trono mallorquín dispuesto a someterse al Tawhid, pero sus hermanos lo derrocaron y lo encerraron en una mazmorra. Las últimas noticias que llegaron decían que el nuevo emir es el siguiente hermano en la línea de sucesión, un tal Alí. No sabíamos qué posición adoptaría con respecto a nosotros.

—Ahora sí lo sabemos —continuó desde el suelo el mensajero de Tremecén—. Cuando el califa Yusuf murió en al-Ándalus, la noticia voló como un cuervo por todo el Mediterráneo. Alí ibn Ganiyya no tardó en reunir una flota y desembarcar en Bugía. Tomó la ciudad por sorpresa, y su gobernador, tu tío Abú-l-Rabí, solo pudo huir para no caer prisionero de los piratas. Al momento, todas las tribus almorávides sometidas de la región se levantaron para apoyar a los invasores. Y los árabes hicieron lo mismo. Los Banú Ganiyya están reclutando mercenarios, y han conseguido tomar Argel, Milyana y Ashir. Ha sido todo muy rápido...

Los nudillos de Yaqub se tornaban blancos por momentos, y los músculos de su mandíbula se marcaban bajo la barba. Cerró los ojos con fuerza mientras pensaba.

—Así que esos Banú Ganiyya creen que la muerte de mi padre nos ha debilitado. Creen que pueden desafiar al nuevo califa. A mí.

—Han aprovechado la tendencia a la sedición de esas tribus de Ifriqiyya —escupió el visir—. Tal vez piensan recuperar el viejo esplendor almorávide.

—No lo permitiré. —Yaqub tomó aire despacio—. Mi abuelo exterminó a los almorávides que no se sometieron y ahora yo tendré que hacer lo mismo con el resto. Mensajero, levántate y dime: ¿qué ha pasado con mi tío Abú-l-Rabí? ¿No ha intentado recobrar Bugía y las demás plazas?

El heraldo se incorporó.

—El *sayyid* Abú-l-Rabí tenía bajo sus órdenes a varios cientos de jinetes árabes, pero lo traicionaron y se pasaron al enemigo. Tu tío solo pudo huir a Argel, príncipe de los creyentes. Aunque los árabes y los almorávides sometidos de allí también se rebelaron, así que el *sayyid* tuvo que seguir con su huida hasta Tremecén. Sin embargo, el usurpador Alí ibn Ganiyya no se ha dirigido a Tremecén, mi señor. Ha ido a Constantina y ha cerrado un asedio. Ha hecho correr la noticia de que Ifriqiyya ya no pertenece al Tawhid. Pero debes saber que tu pueblo no te abandona, príncipe de los creyentes. En las ciudades ocupadas por los Banú Ganiyya se sigue rezando por ti y por la memoria de tu padre. El pirata usurpador ha maltratado a los villanos, y los ha cubierto de impuestos ilegales para aumentar su ejército rebelde.

Yaqub gruñó, se echó las manos tras la capa negra y anduvo a pasos largos hacia el mihrab. Los visires y funcionarios lo observaron en silencio, temerosos de su reacción. Solo Ibn Rushd tuvo valor para intervenir.

—Mi señor, debes actuar con rapidez. Antes de que el pirata usurpador conquiste más plazas.

—¿Crees que no lo sé? Esto es culpa de mi padre. Incluso después de su muerte he de padecer su negligencia. Si hubiera sometido antes a esos isleños...

—Sabia reflexión, mi señor, pero inútil ahora mismo —insistió Ibn Rushd.

Yaqub se volvió hacia el cordobés. Varios visires sonrieron, expectantes ante la probable reacción iracunda del califa. Ninguno de ellos, almohades de sangre pura, consideraban apropiado que un extranjero se mantuviera tan cerca del príncipe de los creyentes y se dirigiera a él con tamaña osadía.

—Ibn Rushd, eres tú, precisamente un andalusí, el único que se atreve a hablarme con sinceridad. Tienes razón: es inútil quejarse. Hay que actuar. Solucionar el problema. Pero acabo de regresar de una expedición militar cuyo coste solo es comparable a su fracaso. La herencia de mi padre es un ejército desmoralizado, una hacienda arruinada y unos visires corruptos o cobardes. —Los aludidos entornaron los ojos y bajaron las cabezas—. Lo de mis visires tiene la solución más fácil: los sustituiré a todos.

—Pero, mi señor —intentó protestar uno de ellos—, hemos servido con lealtad...

—Y con lealtad te retirarás, pues cumples mis órdenes —atajó el califa—. Nombraré nuevos visires. Mi fiel Abú Yahyá ya ostenta el visirato omnipotente, y reclamaré a sus hermanos y primos para que estén a mi lado. Me fío de los hintatas. Son guerreros, son duros y son creyentes. También me servirán los hijos de mi difunto tío Abú Hafs. En su sangre pervive la fe más sólida del islam. Con semejante gobierno, nuestro único fin será que la fe verdadera se extienda por todo el orbe. —Observó uno por uno a los viejos visires de su padre—. Retiraos. En unos días, mis *talaba* y mis almojarifes pasarán por vuestros hogares y les rendiréis cuentas de lo que habéis ganado en estos años. Y ay de aquel que se haya enriquecido con el erario público en lugar de con su trabajo.

Los hombres, cabizbajos y temblorosos, obedecieron. En el templo quedaron los funcionarios del Majzén, los gobernadores de las ciudades cercanas y los guardias negros.

—¿Qué pasa con el dinero, mi señor? —preguntó Ibn Rushd—. Lo necesitarás si quieres armar un nuevo ejército y marchar al este. Adivino que también pretenderás regresar a al-Ándalus para continuar lo que tu padre empezó.

Yaqub asintió.

—¿Qué aconsejas, andalusí?

—Paso a paso, príncipe de los creyentes. Si los piratas conquistan Constantina, la ciudad más fuerte de Ifriqiyya habrá caído. A continuación caerán Gafsa, Trípoli, Qairouán... Todas las riquezas que llegan desde el este dejarán de hacerlo. Tu principal objetivo es aplastar a los Banú Ganiyya. Manda ahora a tus avanzadas. A los hombres que puedas reclutar rápidamente de entre los que acabas de licenciar. No debes dejar que los mallorquines campen a sus anchas por Ifriqiyya, y menos ahora que, según afirma este mensajero, todavía tienes a la población de tu parte. Mientras tanto, tus medidas sanearán la hacienda y el Tesoro se recuperará. Podrás preparar a tu ejército para la marcha definitiva hacia el este. En cuanto pacifiques la región, la riqueza fluirá desde allí y, dado que has acabado con la corrupción y con el despilfarro, el imperio podrá afrontar la verdadera expedición que sé que pretendes.

—Los cristianos de tu península.

Ibn Rushd movió la cabeza afirmativamente.

—Los que mataron a tu padre.

La sonrisa de Yaqub se congeló. Los cristianos no habían matado a su padre. Solo lo habían preparado para la muerte. Se miró la mano derecha, con la que había oprimido la boca y la nariz del difunto califa. Cerró los ojos e intentó ver su cara, pero en la negrura de su imaginación solo apareció una mancha verde que se fue haciendo más y más grande. La sonrisa regresó. La mancha verde era una enorme bandera enarbolada por un jinete blanco. Abrió los ojos.

—Aplastaré a los Banú Ganiyya y a todos los rebeldes de Ifriqiyya. Lo juro. Y después reclutaré el ejército más grande que haya visto la historia y cruzaré el Estrecho. Derramaré tanta sangre cristiana que los ríos de al-Ándalus se verterán rojos en los mares durante semanas. Eso también lo juro.

—Y todos los presentes somos testigos de tu juramento, príncipe de los creyentes. —Ibn Rushd metió las manos en las mangas anchas de su túnica blanca—. Y ahora, con tu permiso, me gustaría visitar al anciano Ibn Tufayl. Sé que está muy enfermo, y todavía no he tenido tiempo de verle desde que llegamos de al-Ándalus.

—Ah, andalusí. Te he juzgado con severidad en ocasiones, lo reconozco. Pero lo que has hecho hoy demuestra tu lealtad. Esos visires que he despedido pertenecen a poderosas familias almohades. Son descendientes de los primeros seguidores del Mahdi. Y han visto que tu consejo era más valorado por mí que sus poltronas. Te has ganado su enemistad. ¿Eres consciente?

—Mejor la enemistad de esos hombres que la tuya, mi señor.

Yaqub rio, y algunos funcionarios aduladores se unieron a las risas.

—Tienes razón, Ibn Rushd. Y supongo que ahora, además de visitar a tu viejo amigo andalusí, pretenderás que te permita seguir con tus estudios y tus libros, aunque muchos alfaquíes los consideran poco menos que heréticos.

—Las opiniones de los alfaquíes me traen sin cuidado mientras cuente con la aprobación de mi califa.

Yaqub palmeó amistosamente el hombro del andalusí.

—Y cuentas con ella, Ibn Rushd. De momento al menos. Te reclamaré enseguida. Mi fiel Abú Yahyá no está aquí y necesito a alguien en quien confiar. Ahora puedes ir a visitar a tu amigo Ibn Tufayl. Tengo trabajo que hacer. Mucho trabajo.

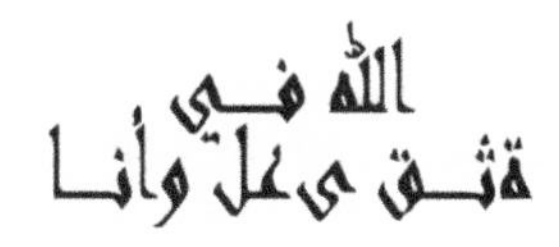

38
LOS OJOS DEL PRÍNCIPE DE LEÓN

Tres meses más tarde, principios de 1185. Málaga

El aposento olía a sangre y sudor a pesar del humo de los pebeteros, y las sábanas se punteaban de calostro rezumante sobre los pechos de Safiyya.

La princesa había soportado que la partera almohade, en cumplimiento de la ley, susurrara el nombre de Dios al oído del bebé para que esa fuera la primera palabra que escuchara nada más venir al mundo. Safiyya también aguantó con resignación que la mujer bereber limpiara a su recién nacido, pero después de eso la echó sin miramientos. Ni siquiera había permitido que las demás africanas entrasen a felicitarla y a compartir su cháchara vacía.

—No quiero verlas —dijo entre dientes—. No quiero que se acerquen a mi hijo.

Había sido un varón. Un crío que lloró en cuanto la comadrona lo friccionó, aún manchado de blanco y rojo. Su cabello era castaño. Mezcla, como su sangre, de la herencia rubia de los Banú Mardánish y la oscura del califa Yaqub.

—No deberías despreciarlas así —advirtió Marjanna mientras terminaba de vestir al pequeño—. Son las esposas de los nobles. Si no las dejas entrar, correrán a quejarse a sus maridos almohades y ellos te odiarán todavía más.

—Que me odien.

Safiyya tenía mechones de cabello pegados a la frente, y su tez todavía estaba enrojecida. No había sido un parto difícil, pero la tristeza la había debilitado. Comía poco y dormía menos. Incluso llegó a pensar que no sería capaz de dar a luz a su hijo.

—Deja pasar a la nodriza por lo menos. —Marjanna rebuscó en un cofre cercano y sacó una diminuta bolsa rojiza. La remetió entre las telas que rodeaban al recién nacido.

—Una nodriza bereber. —Safiyya se apoyó en los codos, pero desistió de incorporarse al primer intento—. No quiero que mi hijo se alimente de una almohade. Tráemelo. Yo misma lo amamantaré.

—Pero… ¿Tú? Eso no es lo establecido, mi señora. Eres la princesa de al-Ándalus. Una mujer noble. Tu madre jamás…

—Mi madre debía mantenerse bella y perfecta para mi señor padre. Yo no tengo miedo de que mis pechos se descuelguen. Ojalá pase, y así el califa no querrá verme más.

Marjanna se encogió de hombros y se acercó con el niño en brazos. Lo depositó sobre su madre mientras esta se destapaba. El crío gimió un par de veces antes de morder el pezón con fuerza. La mueca de Safiyya mezclaba el dolor con la alegría amarga.

—Le he puesto un *alherze*, como hizo tu madre contigo cuando naciste. —Marjanna acarició el pelo escaso del bebé mientras este succionaba con ganas—. El tuyo era de papel de Játiva y tinta de azafrán. Nuestro hombrecito se ha de conformar con una bolsita con dientes de zorro.

—No creo en esas supercherías, ya lo sabes.

—Yo tampoco he terminado de creer nunca, pero tu madre sí. Y ya sabes lo de la profecía de aquella vieja bruja en tierras de Segura.

Safiyya observó al pequeño que le exprimía el pecho. Según aquel augurio, la sangre de Zobeyda acabaría por unir ambos lados. Un vaticinio ambiguo que la reina Loba no supo interpretar en su momento.

—Escribe a mi madre, Marjanna. Cuéntale que tiene un nuevo nieto. Seguro que le gustaría conocerlo. Al fin y al cabo, mi hermana Zayda no llegó a dar hijos al difunto Yusuf.

Llamaron a la puerta con golpes insistentes. La persa corrió hacia allí, entreabrió apenas un palmo y dijo algo en voz baja. Recibió protestas airadas de las esposas almohades pero, por fin, las mujeres de la alcazaba se alejaron del aposento de Safiyya.

—Me he inventado que estás muy débil y prefieres descansar —dijo en cuanto cerró—, pero no les ha gustado nada. La mitad de ellas alardean de que las parieron en las montañas africanas, bajo los pinos o en grutas.

—Será por eso por lo que parecen cabras —escupió la princesa—. Escribe también al califa. Infórmale de que su segundo hijo ha nacido.

—Ahora que lo dices, mi señora… —Marjanna se sentó en el lecho y bajó la voz—, he oído que el primogénito, Muhammad, es un crío débil. ¿Imaginas qué pasaría si muriera? Tu hijo se convertiría en el sucesor. El próximo califa.

Safiyya asintió despacio. Su mirada se perdió mientras el bebé se quedaba dormido con el pezón entre las encías.

—Mi hijo, un califa almohade... No es para sentirse orgullosa.

—Tu hijo no sería como su padre, ni como su abuelo ni como su bisabuelo. Abd al-Mumín era un fanático cruel, y Yusuf fue un cobarde sin escrúpulos hasta que, gracias a sus consejeros andalusíes, se convirtió en un cobarde con escrúpulos.

—Y mi esposo es... ¿Cómo es mi esposo? Lo único que sé es que me trató como a una ramera, pero me perdonó la vida cuando descubrió que no era virgen.

—También se dicen cosas sobre el califa. —La voz baja de Marjanna se convirtió en un susurro—. Que es mucho más astuto que sus antepasados, por ejemplo. Por eso te perdonó. Sabe que eres la garantía por la que los andalusíes permanecerán fieles a su imperio. En Ifriqiyya y en los bordes del mar de arena, los súbditos descontentos se rebelan una y otra vez. Aquí no. Los andalusíes son ahora perros dóciles para el califa, y es gracias a vuestro matrimonio. Y a propósito de esas rebeliones africanas: dicen que Yaqub es muy valiente y encabeza a sus guerreros en la lucha, como hacía tu padre, el rey Lobo.

—Entonces es posible que muera pronto. ¿Se dice algo más sobre él?

—Algo más se dice, aunque solo pensarlo es arriesgado para la vida. —La persa acercó la boca al oído de la princesa—. Hay quien cree que el califa Yaqub está enamorado.

A Safiyya no le pareció gran cosa aquella confidencia.

—Supongo que de la madre de su primogénito. He oído que es una esclava portuguesa muy bella. Me dijeron su nombre, pero no lo recuerdo.

—Zahr, mi señora. Pero no estoy hablando de ella. Esa pobre desgraciada está confinada en el harén de Marrakech, según me contaron. Ya no le ha dado más hijos. ¿No te extraña eso? Yaqub tiene veinticinco años, pero solo ha sido padre dos veces. A su edad y entre los nobles almohades, cualquier otro hombre posee varias esposas y aún más concubinas, y todas han parido al menos un hijo.

—¿Adónde quieres ir a parar, Marjanna?

La persa pidió silencio con el índice ante los labios.

—El verdadero amor del califa no es una mujer, mi señora. No es tampoco Dios. Ni su espada.

—¿Otro hombre? —Safiyya enarcó las cejas—. Es un pecado terrible para el Tawhid. Pero ¿quién?

—Su lugarteniente. Abú Yahyá. Estuvo aquí con él hace nueve meses, cuando tu esposo aún era solo el heredero del imperio. En cuanto Yaqub ascendió al trono, lo nombró su visir omnipotente. Abú Yahyá fue quien le enseñó a luchar. Me contaron que cazaban leones con las manos desnudas, y que pasaban meses en las montañas del Atlas. Juntos. Solos.

A Safiyya se le erizó el vello al recordar cómo la había mirado aquel hombre el día que Yaqub depositó su semilla en ella. Hizo un gesto de desdén, el bebé se removió inquieto en su sueño.

—Habladurías que no me importan. Lo que me importa ahora es mi hijo. Lo llamaré Idrís, como el antiguo profeta. Cuando escribas a mi madre, díselo. Le gustará el detalle.

—No puedes ponerle nombre hasta el séptimo día, mi señora.

—Le pondré el nombre cuando me plazca. Y no quiero que esa nodriza bereber se acerque por aquí. Paga su estipendio y que se vaya a casa. Idrís se alimentará de leche andalusí, leerá poesía y amará a su verdadero pueblo, que es el mío. No sé si será califa algún día, pero si eso ocurre, puedes estar segura de que significará el final del Tawhid.

—Si tu esposo se entera de esto...

—No se enterará. Ahora mismo está muy ocupado con esa invasión de los piratas mallorquines.

Marjanna, con gesto preocupado, se acercó a la puerta y la abrió para asegurarse de que nadie escuchaba. Cerró y regresó junto a la princesa.

—Basta ya de esto, Safiyya. Te vi nacer, y vi morir a al-Ándalus. Si sigues aferrada a esa idea absurda, pronto serás también un cadáver. Tu esposo ha enviado un ejército contra los mallorquines, y también a parte de su flota. Pero antes ha encarcelado a los cantantes y a las danzarinas. Ha mandado derramar todo el arrope del imperio solo para que nadie pueda disimular el vino. Ha instaurado la pena de muerte inmediata a quien sea sorprendido bebiendo. Si se entera de tu tozudez, mandará que te castiguen.

—No mandará nada. Podría sorprenderme yaciendo con Ordoño y no me castigaría. Tú lo has dicho: es demasiado inteligente para poner a los andalusíes en su contra. Y aprovecharé eso, Marjanna. Con él. —Señaló al bebé dormido—. Conmigo. Con mi verdadero amor. Así que el califa decreta la muerte para quien beba vino, ¿eh? Pues bien, ve ahora mismo y busca. Recorre Málaga entera si es preciso. Encuentra todo el que puedas y tráemelo. Esta noche me emborracharé a la salud de mi esposo y brindaré por su nueva paternidad, y luego soñaré con mi amante cristiano. Y cuando suba, la leche de mis pechos sabrá a vino andalusí y a libertad, y con ella alimentaré a Idrís.

Cuatro meses después, primavera de 1185. Cercanías de Coria, Extremadura leonesa

Habían estado bañándose en el río. Y jugando, salpicándose la ropa, corriendo entre las encinas y los madroños. Fortún Carabella, sentado a la sombra de un alcornoque, hacía sonar la viola con su arco y tarareaba canciones sobre vírgenes remisas a entregar su amor. La reina Urraca despidió a sus doncellas en cuanto les sirvieron la comida, y se quedó a solas con el príncipe Alfonso mientras el bardo seguía con sus trovas, lo suficientemente apartado como para no oír su conversación.

—Me alegro de haber venido aquí —dijo la reina mientras escogía el penúltimo pedazo de pastel—. No soporto esas reuniones con obispos, señores y abades. Donaciones, diezmos, confirmaciones. —Urraca bostezó—. Son aburridísimas.

—Yo debería haberme quedado. —Alfonso masticó su parte antes de seguir—. Cuando sea rey, tendré que reunirme con los obispos y los magnates.

La reina vertió vino en un cuenco y se lo alargó al príncipe.

—Es verdad: te he obligado a acompañarme. Te he arrancado de tus obligaciones. Soy una egoísta.

Alfonso se incorporó sobre la hierba de la ribera. El sol le daba en la cara y le obligaba a entornar los ojos.

—No, mi reina. Prefiero estar contigo. Además, lo estamos pasando muy bien.

Urraca asintió risueña. El príncipe vació su cuenco y la reina lo volvió a llenar.

La corte llevaba unos días en Coria. El rey estaba muy ocupado con sus donaciones, sobre todo a las órdenes militares, para reforzar la frontera con el islam. Habían llegado un martes y, tras cumplimentar con el obispo don Arnaldo, se dedicaron a pasear a caballo por las cercanías. Urraca descubrió enseguida el lugar: una suave curva de la corriente, río Alagón arriba. Las encinas salpicaban la dehesa hasta la orilla, la hierba se agitaba con la brisa, el calor invitaba a meterse en el agua y disfrutar de su frescor. El miércoles llegó Fortún Carabella. Había estado varios meses fuera, en Castilla, y ahora regresaba a Coria en busca de la corte, con su viola de arco, sus canciones de flirteo y su hablar obsceno. El jueves, Urraca dejó a su pequeño Sancho en brazos de la nodriza y anunció que se iba a comer junto al río. El rey Fernando apenas le hizo caso. Debía arbitrar una controversia entre el cabildo y la encomienda templaria de la ciudad, y eso le llevaría gran parte del día. Pero Alfonso se mostró encantado de acompañar a su amada madrastra, de la que no era capaz de apartar la mirada, y a sus jóvenes doncellas, que no escatimaban en bromas dulces y arrumacos para con el príncipe. El juglar se unió a la excursión, por supuesto, con la oferta de amenizar la comida. Ahora estaban allí, medio desfallecidos después de juegos y embelecos durante toda la mañana. La reina había ordenado a su guardia y a sus doncellas que se alejaran, y el único observador impertinente era el bardo Carabella.

Alfonso bebió su cuarto o quinto cuenco y se dejó caer de espaldas sobre la hierba. Todavía tenía la camisa y las calzas mojadas, y manchas de verdín en las rodillas y en los codos. Urraca, tumbada de lado y con las piernas dobladas, lucía el cabello destocado como una doncella. Le caía húmedo y sinuoso, brillante a los rayos del sol primaveral. Vestía una saya de lino con mangas abiertas, tan verde como la dehesa, que se ajustaba contra la curva de su cadera. La ribera descendía en una suave pendiente hacia el río y los ocultaba de ojos indiscretos. Aparte del fluir del agua y de los cantos de petirrojos y zorzales, solo se oían la música y la voz de Carabella:

—*Nada anhelo tanto como lo que no puedo conseguir.*

Urraca sonrió, el príncipe le devolvió la sonrisa.

—Me ha leído el pensamiento —dijo ella en voz baja. Alfonso se ruborizó y miró a la corriente. Un par de ánades se dejaban llevar río abajo. El muchacho reunió valor antes de volver a mirar a la reina.

—En tu boca sonaría mejor, mi señora.

Urraca alargó la mano sobre las escudillas y los cuencos vacíos. El príncipe entrelazó sus dedos con los de la madrastra.

—Las trovas son cosa de hombres, querido Alfonso. Aunque hubo una vez una mujer... —Entornó los ojos negros mientras rebuscaba en su memoria—. Una condesa. Beatriz, creo que se llamaba. ¿Cómo eran sus versos? —Se mordió el labio mientras jugueteaba con los dedos de su hijastro—. Ah, sí: «A mi caballero quisiera tener una noche, desnudo, en mis brazos. Y que se diera por feliz con que yo le hiciese de almohada».

El príncipe creyó flotar junto a los ánades, arrastrado por la corriente suave y fresca. De pronto hizo un mohín.

—Eres mi reina. Eres la esposa de mi padre.

—En realidad, mi príncipe, no soy más que su barragana. —Se incorporó para sortear la vajilla y volvió a tumbarse junto a Alfonso—. No temas. Nadie nos ve. Estamos solos. A salvo. Ven. No quiero ser tu reina hoy. Es como dijiste en Coyanza. Seré tu princesa. O mejor aún: solo quiero ser tu almohada. Ven, te digo. Descansa.

Alfonso titubeó antes de obedecer. Dejó que su cabeza reposara sobre los pechos de Urraca, duros y acogedores a un tiempo. Tenso al principio, se dejó mecer después por la respiración lenta. El mundo subía y bajaba despacio, al ritmo del sopor que trepaba desde sus piernas y serpenteaba por su estómago. Estaba con ella y no quería estar en ningún otro sitio. La reina pasó los dedos por el pelo enmarañado y húmedo del príncipe y le dio un beso corto en la frente. Alfonso giró la cara. Percibió el calor, y el relieve del pezón a través del lino acariciando su mejilla. Los latidos de su corazón, de nuevo acelerado. El perfume dulce y turbador de Urraca. Cerró los ojos.

—Si pudiera ser así siempre...

—Al menos hasta que caiga el sol, mi príncipe. —Siguió acariciando su cabeza—. Puedes dormir si lo deseas. Yo me quedaré contigo.

El vino y el cansancio se unieron a la suave languidez que imponía la voz de Urraca. Alfonso sonrió y abrazó la cintura de su reina. De su princesa. De su amor imposible.

وأنا على ثقة في الله

Pedro de Castro cabalgaba junto al río, sobre la senda paralela a la corriente. Lo seguían media docena de hombres de armas, aunque ni el Renegado ni los demás llevaban aderezo de guerra aparte de sus dagas. Redujeron la marcha al avistar a los guardias reales. Pedro puso su montura al paso y se aproximó a uno de los hombres armados con lanza y escudo, plantado en el centro del camino. El Renegado refrenó al animal y apoyó la diestra en la cadera.

—Busco al príncipe Alfonso. En Coria me han dicho que está por aquí.

El soldado titubeó un instante. Miró a los hombres a caballo y, después, a sus compañeros distribuidos a intervalos regulares.

—Tú eres… Eres…

—Soy Pedro Fernández de Castro. En cuanto he tenido noticias de que la corte estaba en Coria, he venido a visitar a mi primo, el príncipe Alfonso. —Se inclinó sobre el arzón y endureció el gesto—. ¿Algún problema, soldado?

El guardia tragó saliva con dificultad. No tenía órdenes al respecto, y sabía que el joven Castro era un buen amigo del príncipe además de su pariente, así que se hizo a un lado. Señaló con la lanza río arriba.

—A cien pasos, en un prado junto a la ribera.

Pedro dejó de prestar atención al guardia y se volvió hacia sus hombres.

—Aguardad aquí.

Continuó solo y aprovechó para inspirar el aroma a lentisco y a acebuche. A su diestra, un par de ánades se dejaban llevar por la corriente mientras se atusaban las plumas. Era la primera vez en meses que disfrutaba de un momento de tranquilidad. Justo desde que su padre había vuelto del asedio fallido a Cáceres y la expedición leonesa a Santarem. El señor de Castro había caído enfermo nada más llegar y llevaba desde el otoño postrado, incapaz de hacer otra cosa que gemir y quejarse de sus dolores. De noche, atrapado por sus pesadillas, gritaba. Sus berridos atronaban los corredores de la fortaleza de Trujillo, capital de su imponente señorío. Fernando de Castro imploraba perdón en sueños. A su viuda, Estefanía. Pedro lo oía desgañitarse en la oscuridad y sonreía. Ojalá la culpa lo acribillara a puñaladas, como había hecho él con su madre.

Entre pesadilla y pesadilla, entre noche y noche, Pedro se ocupaba de gobernar el señorío y administrar los tributos de sus vasallos. Recorría a caballo las posesiones que muy pronto serían suyas, desde Trujillo a Monfragüe y desde Santa Cruz a Montánchez. Un territorio inmenso que se enclavaba en plena frontera, entre los dominios almohades y los reinos de León y Castilla. Lo peor era dirimir pleitos. Los campesinos le presentaban sus reclamaciones y se quejaban de los abusos de sus caballeros. Pedro sonrió con fiereza. Los hombres a órdenes de su padre estaban hechos a la guerra. Llevaban años peleando, normalmente contra Castilla. Y ahora, con su señor a punto de morir, se enfrentaban a un futuro incierto. Pedro de Castro seguía resentido con el rey de León y pensaba negarse a acompañarlo en aventura alguna, fuera contra los infieles, fuera contra Castilla. No quería. No podía olvidar que el rey Fernando había perdonado a su padre por el asesinato de su madre. Y, sobre todo, era incapaz de soportar que la reina fuera...

Urraca.

La vio al salir tras una espesa mata de labiérnago, justo donde el río Alagón describía una curva y la orilla se convertía en un prado que descendía suave hasta el agua. Estaba allí, en pie frente a un alcornoque. Hermosa como siempre, con una saya verde de largas mangas perdidas. Su pelo negro caía libre, indecente, lujurioso. Pedro frenó en seco y se mantuvo quieto. Sabía que la iba a encontrar allí. Se lo habían dicho en Coria. Y pese a todo, sintió cómo su voluntad vacilaba. Casi volvía a notar el sabor de sus labios, el olor de su pelo perfumado, la redondez de sus pechos llenándole las manos... La reina hablaba. ¿Con quién?

Era un hombre. Un tipo flaco, sentado contra el tronco del alcornoque. Llevaba algo alargado en su mano derecha y un bulto en la izquierda. Pedro de Castro desmontó despacio, sin perder detalle. Urraca y el desconocido conversaban desde muy cerca, sin nadie a su alrededor. El joven Castro retrocedió, tiró de las riendas de su caballo hasta ocultarlo tras la fronda y siguió observando.

«¿Dónde están los demás guardias? —se preguntó—. ¿Y las doncellas reales? ¿Y el príncipe?».

El hombre se levantó, Pedro reconoció los objetos que empuñaba. Una viola y un arco que en ese instante posaba con cuidado sobre la hierba.

«Un juglar», pensó. Un juglar que ahora miraba hacia el otro lado, justo adonde le señalaba la reina. El tipo rebuscó en una bolsa que colgaba de su ceñidor y sacó algo. Lo manejó con cuidado, casi con veneración. Urraca dio un paso atrás, con la vista fija en lo que quiera que fuese aquello. La reina de León acercó la cara, la separó de golpe. Miró al juglar e hizo un solo y firme asentimiento.

—¿Qué tramas, mi reina? —murmuró Pedro.

El bardo empezó a moverse. Lo hizo despacio, las manos envolviendo su misterioso contenido. Encorvaba la espalda y daba pasos largos. Urraca caminó tras él, pero dejó que se alargara la distancia entre ellos. Estiraba el cuello. Observaba. Vigilaba.

Pedro salió de la espesura y avanzó. Instintivamente, su puño derecho se cerró en torno a la empuñadura de la daga. Caminó cerca de la orilla, pisando la hierba húmeda. Ni Urraca ni el juglar se volvieron. Ambos estaban concentrados, ajenos a cuanto ocurría a su espalda. A pocos pasos del bardo se divisaba una mancha blanca sobre el lecho verde. El tipo se acuclilló frente a esa mancha y la reina se detuvo expectante, fija como un halcón sobre la tórtola antes de acabar con ella. El juglar movió sus manos. Sostenía aquello con las palmas abiertas. Se inclinó hacia delante y sopló.

Una nube parda se levantó desde las manos del bardo. Este se asustó y, al intentar levantarse, cayó hacia atrás. La mancha blanca se removió en el suelo. Se agitó a ambos lados y lanzó un grito de angustia. Pedro de Castro reconoció la voz.

—¡Alfonso!

Urraca se volvió, pálida como una bandera almohade. El juglar resbaló sobre la hierba húmeda al intentar levantarse, el príncipe Alfonso se incorporó mientras se restregaba los ojos con las manos. La nubecilla parda se deshacía en torno a su cara, los gritos crecían en intensidad. Una bandada de estorninos se levantó desde la espesura al norte, y Pedro de Castro corrió. Salvó en pocas zancadas la distancia que lo separaba del juglar y le rompió la nariz de un izquierdazo. El tipo ahogó un gemido antes de derrumbarse sobre varias escudillas. Quebró un cuenco de barro con la cabeza y empezó a sangrar.

—¡Mis ojos! —se desesperó el príncipe—. ¡¡Mis ojos!!

—¡Alfonso! —Pedro agarró las muñecas del muchacho. Lo impregnaba un olor a orines que picaba en la nariz y en la garganta. El príncipe tenía los ojos enrojecidos y lagrimeaba. Tosió varias veces, moqueó una sustancia gris que manchó su camisa. Pedro miró a ambos lados. Pensó en degollar al juglar, aunque no lo hizo. Se volvió hacia Urraca y la vio todavía allí, plantada y con la tez lívida. Se había llevado las manos a la cara y se tapaba la boca. Sin saber muy bien por qué, cogió al príncipe en brazos y lo llevó hasta la orilla mientras el muchacho se deshacía la garganta en gritos de dolor. Lo depositó sobre los carrizos. Ahuecó ambas manos, dejó que la corriente las llenara y derramó el agua sobre los ojos del príncipe Alfonso. Una y otra vez, mientras este rogaba a Dios y a la Virgen que lo librasen del dolor. Pedro se inclinó sobre el muchacho. Quiso forzarle a abrir los párpados, pero el príncipe lo evitó de un manotazo. Él mismo se había dado cuenta de lo que le ocurría.

—¡No veo! ¡Por Cristo, no puedo ver!

Los primeros guardias reales, alertados por el escándalo, aparecieron tras las encinas a lo lejos, sudorosos, fatigados por la carrera con los escudos y las lanzas a cuestas. Tras ellos llegaban los hombres de Castro. Como iban a caballo, adelantaron a los soldados leoneses y los dejaron atrás. Se dispersaron por la ribera dispuestos a todo. Urraca retrocedió, asustada por los relinchos de los animales y las miradas fieras de los guerreros. Pedro de Castro se levantó, con los pies metidos en el río y el príncipe a sus pies. Apuntó al juglar que sangraba sobre la hierba.

—Prendedlo. Ha cegado al príncipe.

وأنا على ثقة في الله

AL MISMO TIEMPO. MARRAKECH

A principios de año, el nuevo califa reaccionó como no lo hubiera hecho el anterior. Puso al frente de un ejército a uno de los hijos de su difunto tío Abú Hafs y lo envió a marchas forzadas hacia el este. Al mismo tiempo, la flota almohade navegó en paralelo a la costa y a las tropas de tierra. La marcha se vio retrasada por las lluvias, pero a las ciudades ocupadas por los Banú Ganiyya llegó la noticia de que se aproximaba una fuerza de socorro. Los pobladores de Milyana se rebelaron contra los mallorquines y los derrocaron, y Argel se rindió a la sola vista de los barcos almohades. Después, la columna de infantería se dirigió con gran fanfarria hacia la sitiada Constantina, y los Banú Ganiyya, temerosos de que todo un ejército califal fuera a por ellos, levantaron el asedio y huyeron.

El consejo de Ibn Rushd, pues, había resultado de lo más fecundo. El califa Yaqub acudió personalmente a felicitar al cordobés y se encontró con una nueva noticia: el viejo Ibn Tufayl, el filósofo de Guadix que fuera primer consejero de su padre, acababa de morir.

El mismo Ibn Rushd llevó a hombros las parihuelas con el cadáver. Los alfaquíes y ulemas de Marrakech, deseosos de congraciarse con el califa, aceptaron rebajarse y también se relevaron en el traslado del muerto. Yaqub encabezaba la comitiva, rodeado de una numerosa escolta de Ábid al-Majzén. Ibn Tufayl, lavado con malvavisco y amortajado con alcanfor, hacía su último viaje. Se rezó por él a la puerta de la mezquita aljama, y después el cortejo salió de la medina por la Bab al-Majzén. A la vista del califa, los villanos se unían a la comitiva murmurante. Recitaban versículo tras versículo en una salmodia continua, monótona y densa. Cuando Yaqub volvió la cabeza y vio la larguísima columna blanca, pensó que a su tío Abú Hafs no le habría gustado aquella situación. Ibn Tufayl era andalusí. Un inferior. Se conformó pensando que él no era igual que sus antepasados y familiares. Él había sido elegido por Dios para llevar a cabo una misión, y ahora era su espada en la Tierra. Alguna prerrogativa debía suponer eso, y si quería ensalzar a un inferior por encima de los propios bereberes...

«Una lección de humildad de vez en cuando vendrá bien a mis rendidos jeques y visires —pensó—. Ni siquiera a mí me vendrá mal».

Dio media vuelta, se acercó a los portadores del cadáver y apartó a uno de ellos para cargar con Ibn Tufayl sobre su hombro izquierdo. Los guardias negros se repartieron alrededor enseguida. El califa casi se mezclaba con la plebe. Aquello satisfizo a la gente. Una vez en el cementerio, depositaron las parihuelas en tierra y el propio Yaqub dirigió la oración del funeral con la mirada puesta en el este.

Ibn Tufayl yacía ya en su fosa, bajo una sencilla cubierta de adobes, cuando el califa se dirigió a Ibn Rushd mientras la chusma se disolvía en silencio.

—Vivió una vida piadosa a pesar de ser andalusí.

El cadí cordobés agradeció el cumplido como si fuera él el destinatario.

—Tuvo la oportunidad de quedarse en al-Ándalus. Cuando el rey Lobo conquistó Guadix, le ofreció un puesto de honor en su corte. Ibn Tufayl me lo contaba a menudo. Lo rechazó.

—Un buen musulmán —concedió el califa, y echó a andar—. Y ahora quiero felicitarte por tus consejos, Ibn Rushd. El peligro de los piratas mallorquines se aleja.

—Al menos por el momento.

Caminaban de vuelta a la medina, hacia sus murallas de piedra, cal y arena roja. Los Ábid al-Majzén, enormes e imperturbables, los escoltaban en un anillo de hierro. El sol proyectaba sus sombras hacia delante.

—¿Por el momento? —repitió Yaqub.

—He oído que nuestra flota apresó todos los barcos de los mallorquines, así que los Banú Ganiyya no tienen medios para regresar a su isla. —El andalusí se afiló el mostacho con dos dedos—. También he oído que el ejército rebelde huyó desde Constantina y, para evitar que tus fuerzas lo alcanzaran, se internó en el Yarid.

—Así es. Corrieron como perros apaleados, solo que no hizo falta apalearlos mucho.

—Príncipe de los creyentes, si estimas en algo mi consejo, prepara muchas varas para apalear a esos perros a conciencia. Las tribus árabes más levantiscas viven en el Yarid, y la ciudad más importante de la región es...

—Gafsa —completó el califa—. Otra vez Gafsa. Sí. Si los mallorquines consiguen la adhesión de esos árabes, se apoderarán de Gafsa.

Ibn Rushd asintió.

—Incluso podrían ir más allá e intentar arrebatarte las tierras de Trípoli. Cuanto más al este, cuanto más lejos de aquí, más posibilidades tienen esos piratas de ganar adeptos y más difícil será para ti reprimirlos. Esta vez no se trataría de la rebelión de un caudillo local ni de una tribu de pastores sanhayas. Adelántate a ellos. Empieza a preparar ya una gran expedición para que no transcurran meses y meses y tus enemigos tengan tiempo de hacerse más fuertes.

El califa anduvo en silencio mientras cavilaba, con Ibn Rushd a un par de pasos detrás. Justo antes de entrar por la Bab al-Majzén, se detuvo.

—Creo que tienes razón, pero para armar a ese ejército del que hablas necesito dinero. Lo meditaré y aguardaré a que Dios me muestre su voluntad. Tal vez haya que subir los impuestos.

—Tengo entendido, mi señor, que la última vez que se subieron los tributos hubo rebeliones en las montañas. ¿Apagarías una hoguera con brea caliente?

El califa gruñó bajo la barba.

—¿Qué propones entonces?

—Comercia, príncipe de los creyentes. Abre nuestro imperio al mundo. Las riquezas que cruzan el mar de arena salen de nuestros puertos en gabarras. Necesitamos más que eso. Negocia con los grandes mercaderes italianos. Pisa, Génova…

Los ojos del califa se abrieron como tortas de cebada.

—¿Traficar con cristianos? ¿Es eso lo que propones, Ibn Rushd? No hace mucho que ordené vender todo el oro… Los adoradores de la cruz recibirán filos de espada y puntas de lanza, pero no a bordo de naves mercantes, sino clavadas en sus corazones por los guerreros del islam.

El cordobés asentía a las palabras de Yaqub como si compartiera su ardor.

—Sin duda los infieles morirán para mayor gloria del islam. Así pues, ¿qué más da si antes nos aprovechamos de ellos, también para esa mayor gloria? Que su oro indigno llegue a nuestros puertos y se gaste en nuestras necesidades. Servirá para fabricar más armas y construir más galeras. Serán las riquezas de los cristianos las que nos permitan aplastar a los insurrectos y, después, acabarán con los mismísimos adoradores de la cruz. Un plan así tiene la firma de Dios, alabado sea.

Nuevo gruñido de Yaqub, aunque más débil esta vez.

—Tal vez pudiera hacerse.

—Puede hacerse, mi señor. Si los Banú Ganiyya se apoderan del este, las rutas hacia allí estarán cortadas. Si toman el Yarid, la sal y las riquezas de Ifriqiyya caerán en sus manos. Negocia con los cristianos. Deja que sus naves entren en nuestros puertos y que sus marineros vean nuestros almacenes repletos de esclavos negros, pieles moteadas, marfil y ébano. Te traerán tanto oro como el que llega desde el otro lado del desierto. Tu imperio se convertirá en el más rico de la historia.

—¿No es esto codicia, Ibn Rushd?
—Es necesidad, mi señor. Es necesidad.

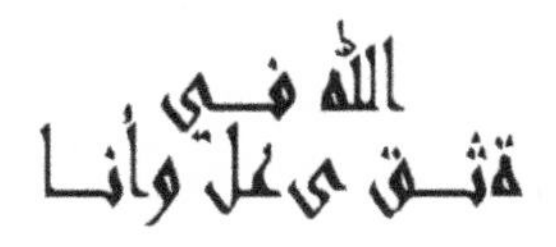

39
DE FE, DE AMOR Y DE LEALTAD

Dos semanas más tarde, primavera de 1185. Trujillo, señorío de la casa de Castro

El recato de la reina Urraca se salía de lo normal aquella tarde. Los faldones de la saya encordada le ocultaban las zabatas al montar a la amazona, y la toca ceñida le cubría la frente, las orejas y el cuello, de modo que solo la cara quedaba al aire. Todo el conjunto era oscuro, lo mismo que su palafrén. La imagen de la virtud.

Delante, el rey Fernando guiaba su caballo colina arriba. La larga capa forrada, sujeta al pecho con una fíbula de oro, resbalaba sobre la grupa del animal y caía hasta la punta del corvejón. A su lado, el obispo de Coria cabalgaba encorvado por el peso del manto pluvial, con el báculo cruzado sobre la silla y la mitra bamboleándose sobre su cabeza. Una docena de jinetes componían la escolta. Pocos para tan ilustre comitiva, pero el rey había insistido en dejar al resto de la expedición junto al pueblo: no quería acercarse al castillo más que como amigo y visitante.

La mole, de líneas rectas y pétreas, se recortaba contra el cielo color pizarra en lo alto del collado y dominaba la villa. Desde allí, el señor de la casa de Castro gobernaba su extenso dominio enclavado entre las tierras del califa Yaqub y las de los reyes Alfonso y Fernando. Un señorío que todos ambicionaban pero nadie se atrevía a atacar. Incluso los almohades, fuera por pactos, fuera por precaución, jamás habían traspasado sus lindes. Urraca observaba las torres, inmensas y cuadradas, y las lanzas que asomaban en las almenas. Se humedeció los labios con nerviosismo. Sabía que tras los muros se hallaba Pedro de Castro, y que ejercía como señor ahora que su padre, Fernando, yacía casi moribundo.

El joven Castro…

De no ser por las circunstancias, Urraca habría sonreído. El joven Castro era un hombre de veinticinco años a punto de convertirse en el señor más poderoso de la región después de las testas coronadas. Su abuelo había sido emperador. Uno de sus tíos, rey. Y contaba con otro rey y con un príncipe entre sus primos. Un auténtico señor, sí. Amargado por la cadena de desgracias que marcaban su vida. Desde el destierro de su familia hasta su desengaño amoroso, pasando por la muerte de su madre a manos de su propio padre. Un señor que casi se encontraba en franca enemistad con Fernando de León desde que este había abierto su corte a los castellanos. El mismísimo obispo de León era un Lara, y la casa de Haro ejercía su influencia, cada vez mayor, en casi todos los rincones del reino. Lo único que seguía uniendo a Pedro de Castro con León era la persona del príncipe heredero, Alfonso.

Y ahora Alfonso estaba ciego a causa de un atentado.

El príncipe solo vislumbraba sombras y luces, y eso cuando sus ojos enrojecidos quedaban libres de las vendas empapadas en lágrimas para cambiarlas por otras limpias. La ceguera provocada. Toda una maldición que parecía ligada a la dinastía desde sus orígenes en las montañas del norte. En cuanto el rey Fernando se enteró de lo ocurrido, montó en cólera y exigió que arrojaran a sus pies al culpable, cubierto de cadenas y dispuesto para el tormento y la muerte. Solo que ese culpable, un bardo malhablado que los había engañado a todos con su cara de niña, había sido apresado antes por Pedro de Castro y sacado a rastras de Coria.

Urraca detuvo el palafrén, al igual que el resto de jinetes. Sonaron voces en el adarve y otras contestaron tras los portones de madera tachonada con hierro negro. Habían tardado diez días en enterarse de que Fortún Carabella se encontraba preso en el castillo de Trujillo, y cinco más en hacer el viaje desde Coria con una nutrida columna armada, por territorio demasiado cercano a la frontera con los almohades y recorrido por bandas de algareadores. Había diluviado durante tres de esos días. Los caminos se embarraron hasta casi desaparecer, los arroyos se desbordaron y los ríos se trocaron en mares. Encontrar leña seca se convirtió en una aventura. El obispo Arnaldo no había dejado de lamentarse durante la marcha. Se quejaba en su lengua flamenca, pero también en latín. De la comida, de la lluvia, de las jornadas a caballo, de la incomodidad de las aldeas donde exigían acogida... Tanto protestaba, que Urraca había terminado desesperada. Bastante tenía con temer las consecuencias de lo ocurrido y hacerse la ingenua cuando Fernando le preguntaba una y otra vez por qué. Por qué, por san Froilán, aquel bardo barbilampiño había decidido atacar al heredero del reino de León. Tal vez el rey supiera pronto la respuesta. Eso temía Urraca. Conocía la brutalidad de los Castro, y que Pedro era capaz de cualquier cosa desde hacía mucho tiempo. Testigos de ello eran el filo de su hacha y los miembros mutilados de decenas de castellanos a lo largo de la frontera del Infantazgo. Así pues, estaba segura de que Fortún Carabella habría hablado con largueza. Entre grito y grito, eso sí, pero lo bastante claro para explicar por qué. Y cómo, y a orden de quién, y en beneficio de quién había cegado al príncipe Alfonso.

Los portones giraron sobre las gorroneras. Lentos, pesados, chirriantes. Tras ellos aparecieron los hombres de armas de los Castro, enlorigados y con sus hierros en la mano. El rey Fernando apretó los labios y espoleó a su montura.

في الله
وانا على ثقة

La fortaleza de Trujillo era digna capital de los Castro. No se trataba de un palacio fortificado ni disponía de comodidad alguna. Sus muros, salpicados por unas pocas torres recias, formaban un cuadrado casi perfecto. El patio de armas era un barrizal diáfano, con un aljibe en un rincón y un edificio de madera y barro cocido a lo largo de todo el lienzo sur. Hacia el norte, al otro lado de la muralla, una gran albacara daba resguardo al ganado y a las tropas acantonadas que no cupieran en la fortaleza.

El rey Fernando descabalgó, dejó las riendas en manos de un soldado y se adelantó tres pasos. Frente a él estaba Pedro de Castro, vestido, como sus hombres, con cota de malla.

—¿Así recibes a tu rey, sobrino?

El joven dedicó una larga e insolente mirada a Urraca antes de contestar a su tío.

—Eres el rey de mi padre, que fue quien te rindió vasallaje. Ahora no estamos en León. Esto es el señorío de la casa de Castro. Quiero que eso quede bien claro.

El obispo Arnaldo, que no entendía todavía el romance leonés, arrugó el entrecejo. Nadie se preocupó de traducir la hosca bienvenida.

—Bien. —El rey Fernando alzó la barbilla—. Entonces quiero hablar con tu padre.

—Mi padre no puede levantarse. Está postrado. —Señaló con el pulgar sobre el hombro al torreón de la esquina suroeste—. Cuidado por su amantísima esposa, poco más que una niña que llora porque no sabe cómo mitigar el dolor de su anciano marido y porque no entiende sus delirios. No recuerdo cuándo fue el último día que mi padre dijo algo con sentido. Se limita a gritar por las noches. Son pesadillas, ¿sabes, mi rey? Llama a mi madre. A tu hermana. ¿La recuerdas?

—Tu padre tiene sesenta años. Son muchos, sobre todo para alguien que ha llevado su vida. Si Dios es compasivo, pronto se reunirá con mi hermana Estefanía. Con tu piadosa madre. Pero no he venido aquí a hablar de los remordimientos de tu padre. Quiero a ese juglar. Entrégame a Fortún, el que llaman Carabella. Yo, Fernando, rey de León, te lo ordeno.

Los soldados de Castro y los leoneses aguardaron tensos la respuesta del joven Renegado. El obispo se removió sobre la silla de montar, Urraca entornó los ojos. Pedro se echó las manos a la espalda, dio media vuelta. Anduvo a pasos lentos sobre el lodo, hundiendo los pies y despegándolos con chasquidos húmedos. Paró junto a una trampilla de madera y la pisó. A nadie le cupo la menor duda de dónde se hallaba encerrado Carabella.

—El bardo es mi prisionero. Yo mandé prenderlo y mis hombres obedecieron. Y ahora está aquí, en el señorío de Castro. No tengo por qué obedecer esa orden, mi señor.

Fernando de León resopló. Él también caminó. Arrastró la capa hasta que el forro de piel quedó embadurnado de barro. Señaló a la trampilla.

—Ese hombre cometió un crimen de lesa majestad en mi reino. —Apuntó al obispo, en lo alto de su caballo—. En Coria, que es jurisdicción episcopal. Mi hijo, el príncipe heredero, fue su víctima. Tengo derecho a tomar a Carabella, a juzgarlo y a ejecutarlo. El señor obispo se inhibe en su facultad y me encomienda la decisión, así que no habrá discordia entre nosotros. Solo faltas tú, sobrino. Supongo que no insistirás en juzgar a ese hombre aquí.

—Yo también tengo derecho sobre el juglar. Alfonso es miembro de mi familia, y el daño que le hacen a él me afecta a mí. Yo vi al juglar cometer su crimen. Ya ves, mi señor. A lo mejor la reina también se cree con potestad. —Pedro miró por sobre el hombro del rey, hacia Urraca—. ¿Qué opinas tú, mi señora? ¿También quieres juzgar al bardo?

La reina enrojeció, pero siguió en silencio.

—Estás hablando conmigo —murmuró entre dientes el rey.

—Ah, pero... —Pedro seguía con la vista puesta en Urraca. Ahora también la señaló—, pensaba que ese juglar estaba al servicio de doña Urraca, no de ti, tío Fernando. Ella lo trajo desde las tierras de su familia, ¿no? El tal Carabella venía recomendado por la señora condesa de Haro. —Extendió las manos a los lados—. Algo tendrá que decir la reina.

Nuevo resoplido de Fernando de León. Se volvió hacia su barragana y ella se vio obligada a contestar.

—Si yo hubiera sabido lo que ese malnacido planeaba, ¿crees que le habría dejado acercarse al pobre Alfonso? Vamos, joven Castro, deja de discutir. El príncipe es tu primo y tienes derecho a resarcimiento, sí. Pero también es el hijo del rey. Su potestad es mayor, como también lo es su parentesco. Entrega a Carabella y acabemos con esto.

—Acabemos con esto. —La voz de Pedro se cargó de sorna—. Eso debió de pensar el juglar. Acabemos con esto. Acabemos con la vista del príncipe. Acabemos con su derecho al trono. Todos sabemos que un ciego no puede ser rey. Pero dime, mi señora: ¿crees que tu amadísimo hijastro recuperará la vista?

Urraca fingió indignarse.

—Rezo por él todos los días y vive en mis oraciones durante la noche. He suplicado novenas a las damas y doncellas nobles de Coria para que Alfonso recobre la vista. Y yo misma las rezaré puntualmente en cuanto regresemos a León. He jurado no quitarme esta toca hasta que el heredero de la corona vea perfectamente.

—¡Loas a Dios y a todos los santos! —Pedro de Castro juntó ambas manos ante el pecho—. La reina reza por el heredero. Yo también rezaré para que pronto puedas quitarte esa toca, mi señora. —Se tocó la sien con el índice derecho y exageró un respingo—. Pero… ¡Un momento! Ahora que lo pienso, el príncipe ciego dejará de ser el heredero. ¿Quién lo sustituirá? Dime, mi señora, ¿tiene tu hijo Sancho una vista perfecta?

—¡Basta! —tronó el rey de León. Un par de sus soldados echaron mano a las espadas, aunque desistieron de desenvainar en cuanto percibieron el movimiento simultáneo y amenazador de todos los hombres del patio.

—Ah, mis señores. —Castro puso los brazos en jarras—. Pero qué dados somos al enojo. Se supone que soy yo el iracundo. Dejemos estas porfías que no llevan a ningún sitio. La buena fe de la reina Urraca está fuera de toda duda. Sin embargo, aún ignoro las razones del juglar. ¿Por qué atacó al príncipe Alfonso? ¿Fue idea suya? Si no fue así, ¿quién podría odiar tanto a un muchacho de apenas catorce años?

—La pregunta es absurda. Alfonso será rey de León —respondió con impaciencia Fernando—. Si algo le sobra a un rey, son enemigos. Tal vez algún castellano resentido por las guerras de los últimos años. O un portugués receloso. Coria está muy cerca de tierra infiel. ¿No has pensado que el propio califa almohade pudo ordenar el atentado?

—No tengo necesidad de hacerme preguntas cuando puedo hacérselas a Fortún Carabella. No me fijé mucho en su calidad como cantor de trovas, aunque puedo jurar que aquí abajo —apuntó a la trampilla con un dedo— ha cantado mucho y muy alto. La trova de la confesión. Pero no dejéis que yo os lo cuente si tenemos la ocasión de oír de nuevo la voz de Carabella. ¡Sacad al juglar!

Del rojo vergüenza, la cara de Urraca tornó al blanco terror. Pedro de Castro se apartó para que dos de sus hombres tiraran de una argolla negra escamoteada en la trampilla. El pedazo de madera osciló, se abrió un hueco negro en la tierra embarrada y los guerreros desaparecieron en su interior. El rey Fernando se asomó con aprensión. Varios escalones, estrechos, altos y tallados en roca, se hundían hasta confundirse con la sombra. Un hedor húmedo y rancio escapaba del agujero. El monarca arrugó la nariz.

—Por la santa Virgen, qué peste.

—Nada más que humedad adobada de malicia, mi señor. —Pedro también miró con curiosidad el interior oscuro. Dentro se oían chasquidos y arrastrar de cadenas—. Hay cosas que huelen peor. —Volvió a clavar su vista en la reina—. Por ejemplo, el veneno que Fortún Carabella sopló sobre los ojos del príncipe. El muy perro no quería confesarlo, así que me vi obligado a animarle. ¿Sabéis cuánto estima un juglar sus dedos? Con ellos sostiene el arco y pulsa las cuerdas. Carabella no volverá a hacerlo.

»Con el primer dedo cercenado, el juglar gritó como cerdo en matanza. Con el segundo suplicó piedad. Hasta que tres de sus dedos no estaban repartidos por el suelo de este agujero, no fue consciente el muy idiota de que tenía que hablar en lugar de chillar y gimotear. Pezuña de cabra convertida en cenizas. Eso, y no sé qué más ensalmos hechos con yeso. Polvos que queman la piel y los ojos, fabricados por alguna hechicera al otro lado del reino de Castilla. El único rastro que queda después de usar la ponzoña es el olor a orines. Y hablando de orines…

Pedro se apartó cuando sus soldados sacaban a Fortún Carabella al exterior. El juglar tiritaba y se esforzaba en meter aire en sus pulmones a bocanadas. La nariz, rota e inútil para respirar, estaba hinchada aunque el moratón casi había desaparecido. Llevaba una venda manchada de sangre seca en torno a la cabeza, cubriéndole los ojos. Solo vestía una túnica amarillenta, empapada de agua pero también de orines, sobre todo desde la entrepierna a los faldones. También llevaba ambas manos vendadas, aunque se veía claramente que le faltaban los diez dedos. El rey Fernando retrocedió horrorizado.

—Has dicho que solo le cortaste tres dedos…

Carabella gimió cuando los guerreros de Castro lo arrojaron a los pies de su joven líder.

—Eso fue para conocer la composición del veneno. El resto de la mano izquierda le fue en decirme por qué cegó al príncipe en lugar de matarlo sin más. El muy cerdo pretendía salir con bien de esto, por eso utilizó los polvos. No dejan huella más allá de un olor que todos podemos atribuir al miedo y al dolor. ¿Cuántos desgraciados quedan ciegos por accidente o enfermedad? Matar a un chico, sin embargo, es más trabajoso y, sobre todo, más sucio. Fortún Carabella se habría librado de no ser porque yo lo vi cometer su delito. El traidor aprovechó que el príncipe yacía dormido, se acercó a él y sopló sobre sus ojos cerrados esa maldita ceniza venenosa. El truco es vil. El escozor repentino te despierta y te obliga a restregarte y, cuanto más lo haces, más extiendes la ponzoña.

El rey Fernando señaló al bardo.

—¿Y los dedos de la mano derecha?

—Con esos le saqué sus motivos. —Miró con desprecio a Carabella, arrodillado a sus pies. El juglar se limitaba a encogerse y a murmurar ruidos ininteligibles. Farfullaba como un niño que todavía no hubiera aprendido a hablar—. El muy perro pretendía apartar al príncipe de la sucesión, como es lógico. Un príncipe ciego jamás se convertirá en rey.

Su lugar lo ocupará el siguiente en la línea de sucesión: tu hijo Sancho, mi señor. Hijo también de tu amada reina.

Los labios de Urraca temblaban, así que se los cubrió con una mano. Todas las miradas convergieron en ella. Incluso el obispo Arnaldo, a pesar de no entender ni palabra de lo que se decía allí, observó con curiosidad a la reina barragana. El rey Fernando avanzó de nuevo y propinó una patada al costado de Fortún Carabella. Este se dobló, escupió otro de sus gemidos gangosos y torció la boca.

—Hijo de Satanás. —El monarca volvió a patear al juglar, esta vez en la cara. Carabella cayó de espaldas con un nuevo quejido nasal. Al apoyar los muñones de los dedos para levantarse, un gritó estentóreo brotó de su garganta. El rey se inclinó sobre él—. ¿Qué ganabas tú? ¿Por qué querías arrebatarle al príncipe su derecho? ¿Para quién trabajas?

La respuesta de Carabella fue un gorgoteo confuso. Giraba la cabeza en todas direcciones, incapaz de ver. Y tampoco podía usar las manos para alzarse. Se agitó como una lombriz hasta que los hombres de Castro lo ayudaron a ponerse en pie sin miramiento alguno.

—No va a contestarte, mi señor —aclaró Pedro—. No puede, porque lo siguiente que mandé arrancarle fue la lengua.

El rey entornó los párpados hasta reducir sus ojos a dos finas líneas oscuras. Detrás, la reina Urraca parecía encoger sobre su palafrén.

—Le arrancaste la lengua... —La voz de Fernando de León silbó como una serpiente—. ¿Y por qué hiciste tal cosa?

Pedro de Castro se acercó mucho a su tío, el rey. Pero no habló en voz baja, porque quería que todos le oyeran.

—Lo dejé mudo, mi señor, porque se atrevió a decir que pretendía joder con la reina. Por eso cegó al príncipe. De esa forma ganaba la corona para Sancho, y ganaba para su estaca el higo de doña Urraca. Estas fueron las palabras que usó.

El juglar balbuceó. Tal vez negaba la acusación o, simplemente, rogaba misericordia. El tocón de su lengua arrancada debía de dolerle como mil demonios, porque alternaba su farfulla con gemidos. El rey volvió a pegarle. Esta vez estrelló el puño contra la nariz de Carabella, que no podía ver cómo venía el golpe. Su chapurreo incomprensible se cortó y la cabeza se le fue atrás con violencia, pero no cayó porque permanecía sujeto por los hombres de Castro. Una vez más, todas las miradas confluyeron en la reina. Urraca tampoco era capaz de hablar. Simplemente esperaba. Contaba cada palabra de Pedro de Castro como un paso más hacia su perdición. Ya se sabía cómo había cegado Carabella al príncipe y qué pretendía con ello. Pero el higo de Urraca no era un simple premio para la estaca del juglar. Era un pago acordado. Nada podía decir ya Carabella, así que sería Pedro de Castro quien lo hiciera saber. La reina inspiró despacio.

—¿Tú sospechabas algo, Urraca? —La pregunta del rey Fernando sonó a ruego desesperado. Hasta el obispo de Coria, ajeno a la parla rápida y furibunda en lengua romance, apretó el báculo en espera de la respuesta. Urraca pensó que tal vez su confesión pudiera servir para ahorrarle sufrimiento. Se le humedecieron los ojos. Qué cerca había estado. Qué poquito había faltado para que su hijo Sancho lo consiguiera. Separó los labios que encandilaban corazones y aturdían a los hombres. Que los empujaban a cometer locuras y a soñar con lo imposible.

—La reina no sabía nada, mi señor —se adelantó por fin Pedro de Castro—. Fue lo último que confesó este hijo de perra antes de que le metiéramos las tenazas al rojo en la boca. Doña Urraca confiaba en él. Y así lo confirmo yo. Lo vi aquel día, mi señor. Fui testigo de cómo la reina también dormía mientras Carabella cegaba al príncipe.

Los labios de Urraca volvieron a pegarse. Sus ojos húmedos se quedaron fijos en los de Pedro, y el rey suspiró de alivio. El obispo Arnaldo pudo por fin aflojar el puño en torno a su báculo. Pedro sostuvo la mirada de la reina.

—Ahora ya lo sabemos todo. —Fernando de León se volvió despacio—. Considero con esto que me has servido bien, Pedro. No tomaré represalias por haberte apoderado de este puerco, pero debes entregármelo ya.

El joven asintió despacio, sin apartar los ojos de los de Urraca.

—Así se hará. Quitadle la venda.

Sus hombres obedecieron. Carabella, medio inconsciente por el puñetazo real, gangoseó mientras los trapos sucios se despegaban de su piel. Por fin aparecieron sus párpados, hundidos sobre los huecos vacíos de sus ojos. El rey gruñó al observar los cortes sobre las órbitas, las heridas abiertas que cruzaban las cejas y rajaban la piel alrededor de aquellos agujeros.

—También lo has cegado. No tenías derecho...

Pedro apartó por fin la vista de Urraca y la puso en Fernando de León.

—Ni tenía otra opción. Eres un rey que no sabe hacer justicia, me lo demostraste cuando mi señor padre acribilló a cuchilladas a mi madre. Así que ahora soy yo quien toma venganza. Es lo que hacían tus antepasados, mi señor. A los traidores y a los que atentan contra la corona se les saca los ojos. —Se dirigió a sus hombres—. Entregádselo al rey.

Fue el propio monarca quien sujetó a Fortún Carabella cuando los guerreros de Castro lo soltaron. Pedro y sus hombres se apartaron. Fernando de León acercó la boca a la oreja del cautivo.

—Estás ciego, perro. No tienes lengua ni dedos. Pero sé que aún puedes oír. Pues bien, oye esto: te arrastraré hasta Coria. Te llevaré al mismo lugar donde cometiste tu crimen. Te clavaré los muñones al suelo. Por Dios y por todos los santos que lo haré. —Carabella temblaba.

Su voz mutilada se había silenciado, pero dos lágrimas sanguinolentas se escurrían desde las órbitas vacías—. ¿Sabes eso que querías hacer con mi reina? ¿Cómo era? Ah, sí: tu estaca... Me reservo el gozo de castrarte yo mismo. Y afilaré mi daga con tu estaca. Pero eso no es todo. Has envenenado la vista de mi heredero, y la pena para los envenenadores es la desmembración por las bestias. Lo poco que queda de tu cuerpo acabará en las fauces de mis perros. ¿Me oyes, bardo? Los tendré una semana sin comer y mandaré que te rebocen en sangre de cerdo, solo para que mis animales te despedacen con gusto. Yo aguardaré allí, junto al río, solazándome con tus gritos mientras te arrancan las entrañas y te descuartizan. Colgaré tus pedazos de las puertas de la ciudad. Los clavaré en palos junto a los caminos. Fortún Carabella estará repartido por toda la frontera. ¿Qué te parece?

El juglar volvió a caer de rodillas. La siguiente orden del rey fue para sus propios hombres, que se hicieron cargo del preso y lo sacaron del castillo a golpes y empujones. Fernando de León dirigió una última mirada a Pedro de Castro antes de irse. Pero el joven no se la devolvió. Su vista estaba fija en la reina, y sus dientes se clavaban en la lengua para no echarse atrás y decir cuál había sido la confesión real de Fortún Carabella. Urraca tiró de las riendas y se alejó hacia la puerta.

وأنا على ثقة في الله

Un mes después. Tierras de Andújar, al-Ándalus

Hacia poniente, las columnas de humo se levantaban sinuosas hasta enturbiar las nubes. Allí, al otro lado del río Jándula, una barrera de incendios ardía desde el amanecer, de las estribaciones de la sierra al cruce con el Guadalquivir. En la ribera más cercana, el maestre de la Orden de Calatrava también había dado orden de quemarlo todo: molinos, cosechas, granjas, casas y huertos eran cadáveres calcinados que humeaban hasta los arrabales de Andújar. Y a lo largo del camino, la hueste de freires dejaba su rastro marcado por más incendios.

La columna recorría la senda de vuelta, no lejos del castillo de Bailén. Allí torcerían al noreste para buscar el paso de Sierra Morena y alcanzar tierras cristianas. A su izquierda, la barrera de montañas se levantaba azul y verde. Una muralla entre la cruz y el islam. El escalón que separaba las tierras de la Trasierra y el Alto Guadalquivir. De alguna manera, muchos percibían que aquel sería el último obstáculo para unos o para otros.

Pero no ahora. Ahora, con el nuevo califa en África, ocupado en consolidar su mandato, al-Ándalus parecía desamparado. Los freires calatravos podían oler ese desamparo y por eso se habían adentrado hasta las tierras de Andújar. La cabalgada era tan grande que la dirigía el gran maestre, y contaba con varios caballeros laicos afectos a la orden o necesitados de dineros. Aquellas algaradas eran una nada despreciable fuente de botín. No solo arrasaban las tierras de los infieles y les encogían el corazón. Además, al regreso, llegaban rebosantes de reses, bienes y, sobre todo, cautivos. El rey Alfonso había intuido el gran papel que los calatravos podían jugar de ese modo. No solo eran el baluarte de la frontera, los guardianes que se oponían los primeros a la amenaza almohade y protegían Castilla. Además eran los mejores en aquellas incursiones de desgaste. Por eso el rey Alfonso firmaba decreto tras decreto, y concedía a la orden privilegios, heredades y cuotas muy crecidas de los botines, aparte de los castillos que pudieran conquistar.

Esta algara había sido excelente. Habían talado, quemado, arrasado, masacrado y cautivado. Ya de regreso, un destacamento de caballería almohade había subido bordeando el Guadalquivir, seguramente desde Córdoba. Los calatravos les hicieron frente en un vado del río Jándula. Cerraron con ellos mientras los destreros se hundían en la corriente hasta los corvejones, y dejaron que los caballeros laicos flanquearan a los infieles para caerles por retaguardia. La matanza había sido muy cruda porque los musulmanes se batieron con coraje. El más valeroso había sido su arráez, un almohade al que hubo que derribar entre tres calatravos después de que él solo, armado con una rodela de madera y una lanza, hubiera dado cuenta de media docena de freires. El gran maestre, rabioso por las bajas, mandó que le cortaran la mano derecha, pero luego lo pensó y ordenó curar sus heridas. El preso se revolvió como un león, pero al final acabó maniatado y con la argolla al cuello, en medio de la cuerda de prisioneros que tendrían que subir a pie la Sierra Morena para ser vendidos como esclavos en Toledo. Solo él, el arráez vencido, quedaría confinado en las mazmorras del castillo de Calatrava, a la espera de que sus correligionarios ofrecieran rescate por él.

Aquel mismo verano, el rey Alfonso había dirigido una algara desde Alarcón, dirigida a penetrar hasta cerca de Requena para meter el terror en el cuerpo de los sarracenos y hacerles abandonar las tierras inmediatas a la nueva frontera oriental de Castilla. Pero Ordoño, por el momento, había perdido el interés por el avance hacia el este. Sabía que Safiyya ya no se encontraba en Valencia. Que había sido confinada al sur, en Málaga. Tal vez por eso, cuando se enteró de que los calatravos preparaban una gran cabalgada, se apresuró a unirse a ellos. Él mismo había estado a punto de postular por la orden, así que todavía tenía no pocos amigos que vestían el hábito blanco.

Sin embargo, la expedición no le reportaba paz alguna. Todo lo contrario. Hasta ese momento, su lucha contra el infiel había sido un deber más, inseparable de su condición de caballero cristiano. Pero ahora se sorprendía muy a menudo con su pequeña estrella de ocho puntas en la mano. Observaba a los cautivos musulmanes. Veía sus rostros desencajados por el cansancio y el pánico. Miraba a las mujeres, a las que habían obligado a desvelarse, a punto del desmayo y temerosas de ser violadas a cada alto del camino. Y a los hombres, que aguardaban el degüello en cualquier momento. Atrás habían quedado los débiles. Los tullidos, los viejos, los enfermos. La corona daba a la Orden de Calatrava la mitad del valor de cada prisionero, siempre que este sobrepasara los mil maravedíes. Los que no iban a reportar ganancia eran ejecutados.

Ordoño vomitó cuando los primeros cautivos de poco valor fueron pasados por el filo de la espada. El gran maestre, un asturiano de Avilés llamado Nuño de Quiñones, lo observó extrañado. Pero no dijo nada. En medio de la masacre, con el hollín manchando las lorigas y la sangre resbalando por los brazos, todo valía y todo se perdonaba.

¿Todo?

Ordoño veía a Safiyya en cada muchacha infiel. En unas semanas, todas ellas estarían sirviendo como esclavas en la casa de algún noble castellano, o trabajando en sus campos, o calentando su cama.

—Te vuelves blando, mi señor don Ordoño.

La acusación había venido del gran maestre calatravo. Llevaban sus caballos al paso, a un lado de la senda, mientras la cuerda de presos avanzaba penosamente tras la recua de mulas con las provisiones y las tiendas. Casi un tercio de la hueste los seguía a un buen trecho para proteger la retaguardia y evitar persecuciones.

—No, gran maestre. —Ordoño remetió su pequeña prenda de amor por el cuello del almófar—. Es solo un poco de melancolía. Pensaba en… mi esposa.

El asturiano sonrió. Como los demás freires calatravos, tenía la tez tostada por el sol de la campiña andalusí y los vientos de la sierra castellana. Su pelo escaso y tonsurado estaba apelmazado por la grasa, la ceniza y el polvo del camino. Los guerreros de Dios no se bañaban mucho. De hecho, se enorgullecían de sus lorigas herrumbrosas y de sus ropas raídas. Afirmaban que les daban un aspecto más temible. No había nadie más disciplinado y valiente que un freire, ya fuera calatravo, templario, de San Juan o de Santiago. Pero tampoco había nadie más brusco y con menos modales.

—Tu esposa, ¿eh? Las mujeres debilitan al hombre. Gracias a Dios, los votos nos libran a algunos de tal carga. La santísima Virgen María es la única mujer que me quita el sueño.

No hacía falta que lo jurara. Ordoño había visto al gran maestre descargar su espada contra más de una sarracena de poco valor durante aquella misma algara. No se detenía ante nada. Ni siquiera ante las más jóvenes.

—Pues no hablemos de mujeres, gran maestre. Hablemos de esta paradoja: hace unos años, cuando los andalusíes eran nuestros aliados, comerciábamos con ellos. Yo mismo los vi entrar con sus mercaderías en Calatrava. —Apuntó con la barbilla a la cuerda de presos—. Y ahora son ellos la mercadería. Lo seríamos nosotros de caer en sus manos. ¿No iría todo mejor si volviéramos a estar unidos? Juntos podríamos enfrentarnos a los almohades.

El calatravo se encogió de hombros.

—No me fío de los musulmanes. Ni siquiera de los moros de paz que habitan al norte de la sierra. Para mí son los mismos demonios que estos, solo que allí los tenemos bien vigilados. En ese tiempo del que hablas, cristianos y andalusíes llegaron a enfrentarse juntos a los almohades, sí. Tú serías un jovencito entonces. ¿Cuánto hará? ¿Veinte años? Quizá más. —Escupió a un lado del camino—. No me sentiría seguro si un infiel combatiera a mi lado. Estaría más preocupado de recibir una puñalada en la espalda que de enfrentarme al enemigo de delante.

Ordoño se mantuvo en silencio durante un rato, pensando en las palabras del gran maestre. El camino serpenteaba entre alquerías abandonadas y campos calcinados hasta empinarse en su trepada hacia las cumbres.

—Hace más tiempo aún, cuando yo no era más que niño, el emperador murió en esas montañas. Mi difunto cuñado, don Gonzalo de Marañón, estaba presente.

—El conde Gonzalo de Marañón, sí. —El gran maestre entornó los ojos para recordar los datos—. Era el alférez del emperador. Y luego lo fue del rey Alfonso. Bravo caballero.

—Cierto. Hasta que cayó en Castrodeza hace siete años, con el pecho abierto por un hacha. No lo mató ningún infiel, frey Nuño. Fue un cristiano. —Apuntó a las alturas de Sierra Morena—. Don Gonzalo me contaba que el emperador, antes de morir allá arriba, dijo que solo unidos lo conseguiríamos. Venía de luchar contra los almohades. Cargó contra esos africanos, codo con codo con su amigo sarraceno, el rey Lobo. Seguro que has oído hablar de él.

—Por supuesto. —El freire volvió a escupir a un lado—. Otro moro de paz que nos habría traicionado de haber tenido la oportunidad. Yo soy asturiano, don Ordoño. Si no fuera por el hábito que visto, rendiría vasallaje al rey de León. Pero aquí nos ves a todos, leoneses, navarros, aragoneses, castellanos… Unidos por la cruz de nuestro estandarte y por la fe en el Creador. A eso se refería el difunto emperador, no lo dudes. Nuestros enemigos también se unen entre ellos. ¿El rey Lobo, dices? También he oído hablar de que una hija de ese rey Lobo está casada con el califa de los almohades, el africano al que llaman miramamolín. ¿Lo ves, don Ordoño? Son traidores. Todos los infieles.

—No creerás, frey Nuño, que esa andalusí se ha casado de grado con el califa.

El gran maestre se volvió a encoger de hombros.

—Tanto me da. Como te he dicho, las mujeres no traen más que problemas. Y esa infiel será como las demás, una serpiente disfrazada de oveja. Una puta redomada dispuesta a todo para que triunfe su secta pestilente.

Ordoño apretó los puños en torno a las riendas y se desvió a la derecha para alejarse del freire. Su caballo avanzó hasta el camino, por donde discurrían los cautivos. Una de las musulmanas atadas encaró al cristiano con gesto ausente, el rostro enrojecido y los ojos vidriosos. Intentó ignorarla. Miró al frente de nuevo. Un poco más adelante empezarían a subir y arrastrarían la cuerda de presos, esquivando las pequeñas fortalezas musulmanas que controlaban el paso de Sierra Morena. Llegarían a La Fresneda, el lugar donde murió el viejo emperador. Ordoño había luchado contra otros cristianos. Había visto morir a sus amigos y parientes a sus manos, y él mismo había matado a muchos navarros y leoneses. Volvió a observar a la cautiva infiel. Se posó la mano sobre la cota de malla, a la altura a la que, oculta a la vista de los freires calatravos, colgaba la estrella de los Banú Mardánish. Pensó en Safiyya, enclaustrada en Málaga. Pensó en Ibn Sanadid, y en cómo su amigo se convirtió en su enemigo. Solo unidos, había dicho el emperador allá arriba. Unidos, pero ¿con quién?

DOS MESES Y MEDIO MÁS TARDE. LEÓN

Fernando de Castro murió. El Renegado. El poderoso señor que se enfrentó a los Lara y arrastró a los castellanos a una guerra civil por la tutela de un rey niño. El hombre que se apartó de la fidelidad de Castilla para poner su espada al servicio de León. El cristiano que luchó bajo estandartes sarracenos contra sus hermanos de fe. El esposo que se procuró la viudedad a puñaladas y se enemistó con su propia sangre.

Pero antes de morir, el señor de Castro tuvo miedo de las cuentas que sus muchos pecados habían de pasarle. Por encima de todo, la muerte de su esposa Estefanía le remordía el ánimo. Por eso gran parte de su fortuna la legó para responsos en San Isidoro, donde reposaba el cuerpo de la desdichada. El rey Fernando se ocupó personalmente de pregonar el primer rezo tras la muerte de su cuñado. También hizo público su perdón a la insolencia del nuevo señor de Castro, Pedro. Le perdonaba por haber hurtado a su jurisdicción al juglar Fortún Carabella y por haber tomado por su mano la justicia que pertenecía al rey. Le perdonaba por sus desplantes, por no valerle en batalla cuando se le necesitaba y por guerrear cuando no debía.

Pedro de Castro acudió a León sin importarle el perdón real. Oyó el responso por su madre en la iglesia de San Isidoro y, junto a su esposa y a la viuda de su padre, entró en el panteón. Allí, bajo las recientes y luminosas pinturas de las bóvedas, se detuvo frente al sepulcro de la desdichada Estefanía. Durante los breves instantes de paz que respiró, pensó que no había mejor lugar que ese en toda la cristiandad para que su dulce madre reposara. Fue entonces cuando observó la inscripción tallada sobre la losa a sus pies.

> *Aquí yace la infanta doña Estefanía, hija del emperador Alfonso, esposa del poderosísimo Fernando Rodríguez, madre de Pedro Fernández, castellano...*

—Yo mandé esculpir el epitafio.

Lo había dicho el rey Fernando. Se hallaba junto al arco que comunicaba el panteón con la iglesia, flanqueado por Urraca. La reina barragana vestía de negro y, en cumplimiento de su promesa, solo descubría el óvalo de la cara. La joven viuda del señor de Castro, María, se separó de Pedro como impulsada por un resorte y acudió junto a ella. Urraca la recibió con una sonrisa. El nuevo señor de Castro sostuvo la mirada del monarca. Tras él, aún bajo la nave del templo, los magnates leoneses asistían en silencio.

—Así que mandaste esculpir esa losa. Y ordenaste que escribieran el nombre de mi abuelo, y el de mi padre, y el mío. Pero no el tuyo, mi rey. Tú eras su hermano.

—Si es tu deseo, mandaré que inscriban también mi nombre. Somos familia...

—Dudo que mis deseos cuenten tanto —le interrumpió Pedro de Castro—. Pero si hubieras de hacerme caso, borrarías de esa losa a mi padre. Tu hermana no merece semejante mancha sobre su sepulcro. Y de ningún modo, mi rey, deseo que tu nombre figure junto al mío.

Los murmullos de sorpresa resonaron en la iglesia. La viuda María enrojeció y Fernando de León apretó los puños.

—Por Dios bendito... Soy tu tío. Y él era tu padre. Era mi amigo. Muestra respeto.

Pedro observó el movimiento entre el rey y Urraca. El príncipe Alfonso, con los ojos vendados, tanteaba las paredes y las columnas. Lo acompañaba uno de los clérigos, un hombre encorvado que seguía al muchacho como grajo en pos de un moribundo.

—He mostrado respeto, mi rey. Más del que mi padre merece. ¿Por quién se ha dicho el responso en verdad, sino por el difunto Fernando de Castro? Pues no es mi madre quien necesita largos rezos. ¿Recuerdas eso que ha dicho el obispo? Un salmo gracioso... —Posó sus ojos en los relucientes frescos del techo mientras fingía forzar su mente—. Ah, sí: «La memoria del justo será eterna y no temerá un renombre funesto». —Soltó una carcajada que rebotó contra las paredes del panteón.

—Cuida tu lengua, Pedro. Estás en lugar sagrado.

—Ah, mi rey. Pero si es un lugar sagrado, ¿qué hacemos hablando de mi padre?

Fernando de León se adelantó hasta colocarse entre las dos columnas exentas que sostenían el techo. Varios nobles aprovecharon para entrar y desperdigarse entre los sepulcros. La joven Jimena, asustada, agarró con fuerza el brazo de su esposo.

—Tu padre se arrepintió —el rey hablaba en voz baja. Pugnaba por no desatar su ira—, y no solo en el lecho de muerte. Durante sus últimos años penó por lo que había hecho. Todos merecemos el perdón si nuestro propósito es sincero. Yo también te he perdonado a ti, Pedro.

El señor de Castro se soltó sin gentileza de su mujer y dio dos pasos hasta enfrentar muy de cerca al monarca. Un par de magnates hicieron ademán de acercarse, pero la mirada de Pedro los mantuvo apartados, junto a los clérigos y las mujeres.

—Eres muy cortés al perdonarme, mi rey. Supongo que es el momento, ahora que soy la cabeza de mi casa y todas las huestes de los Castro me obedecen. Hace un año perdiste a Armengol de Urgel y ahora has perdido a tu cuñado Fernando. Cada vez eres más débil, ¿eh?

Urraca de Haro avanzó. Pasó junto al rey, seguida por la mirada de Pedro, y se interpuso entre este y su esposa.

—No seas necio, joven Castro. Siempre has odiado a Castilla y ahora odias a León. ¿Quieres quedarte solo? Olvida tu rencor y vuelve a vivir. Tienes una bonita mujer. Hazle un hijo. Y gozas de un poderoso señorío. Disfruta de él. Cuentas con la amistad de tu rey. Devuélvesela.

Pedro entornó los ojos. Incluso allí, entre los muertos, bajo el palio sagrado y cubierta como una monja, ella sería capaz de arrastrar a cualquiera al infierno.

—Mi reina... Mi dulce reina, siempre tan compasiva. ¿Asististe a la ejecución de tu juglar? ¿Gritó mucho cuando los perros lo descuartizaban?

—Eso no importa ahora —siseó el rey—. Escúchame, Pedro. Mi paciencia tiene límites y hace tiempo que tú los dejaste atrás. Dios sabe que he soportado de ti lo que no soportaría de nadie. Y sigues empecinado en desafiarme. Dime ya lo que pretendes. Dime qué deseas para olvidar tu resentimiento. Dímelo aquí, ante el Creador y toda mi corte, y piensa que no hallarás a muchos reyes dispuestos a humillarse así en el futuro.

Pedro de Castro sonrió. No había dejado de observar a Urraca mientras el rey hablaba. ¿Que qué deseaba? La deseaba a ella. Deseaba no haber sido tan necio. Y deseaba que su madre volviera a la vida. Deseaba que su padre ardiera en el infierno. Deseaba no haberse hundido en la sangre de sus enemigos. Deseaba...

Miró a su izquierda. El príncipe Alfonso había conseguido llegar hasta allí a tientas y se aferraba a una de las columnas exentas. El rostro del muchacho estaba tenso, compungido. Lloraba bajo las vendas, su barbilla temblaba. Pedro se volvió hacia el rey.

—Solo deseo una cosa —mintió—. Olvidaré todo lo demás —volvió a mentir—. Doblaré la rodilla ante ti y besaré tu mano. La casa de Castro, con toda su hueste, volverá a estar a tu servicio, mi rey.

La esperanza sustituyó a la irritación en los ojos de Fernando de León.

—¿Sí?

Señaló al príncipe.

—Dime que sigue siendo el heredero. Dime que podré servirle a él como mi rey cuando tú mueras. Dime que ese bardo no lo consiguió.

Pudo notar que Urraca se tensaba a su lado. El rey Fernando torció el gesto y bajó la mirada.

—No está en mi mano... —Su voz tembló—. Alfonso está... ciego. No podrá reinar. Sancho será el rey cuando yo muera.

Urraca se relajó. Casi pudo oírse su suspiro de alivio. Pedro de Castro asintió.

—Lo suponía. Bien. Entonces me marcho. Me voy a Castilla. Será otro el rey al que bese la mano. Pondré mis mesnadas bajo el dominio de quien es tu sobrino, como yo. Le cederé mi señorío. Y si él me rechaza, juro que me entregaré al servicio del miramamolín. —Miró de reojo a Urraca—. ¿Quién era el que estaba solo, mi reina?

No hubo murmullo esta vez, sino protestas airadas entre los magnates. La barragana giró con un revuelo de jamete negro y esquivó a los cortesanos. La viuda María hizo ademán de seguirla, pero se detuvo indecisa. Fernando de León mantenía la vista fija en el suelo del panteón.

—Dos veces renegado: una por tu padre y otra por ti. Así sea, Renegado. Mientras yo viva, no volverás a pisar mi reino.

Dio media vuelta y arrastró a sus cortesanos de regreso a la iglesia. Algunos, desde la distancia, lanzaron a Pedro miradas desafiantes para desaparecer después a toda prisa. Antes de que el eco de las pisadas se apagara, el panteón se vació a excepción de Pedro de Castro, su angustiada esposa, el príncipe ciego y su cuidador. La viuda María, apartada, permanecía bajo el dintel que separaba la nave del panteón, deseosa de alcanzar a la reina Urraca, pero incapaz de abandonar a quien ahora era su valedor en el mundo.

—Gracias —dijo el príncipe.

Pedro se le acercó y acarició su pelo.

—No debes preocuparte, primo. Reinarás. Te lo juro por nuestro abuelo el emperador, que en paz descanse.

El niño negó con la cabeza.

—No será así. Fue como en los tapices de los reyes antiguos, ¿eh? Por lo menos no me arrancaron los ojos. Aunque no hay diferencia.

—La hay.

Pedro de Castro se volvió y alargó la mano hacia su esposa. Esta superó su estupor antes de meterse la mano en la manga ancha de su brial. Sacó una pequeña bola hecha con un paño al que le habían atado las puntas. Pedro la cogió y miró severamente al clérigo.

—Me han dicho que eres el tesorero de esta sagrada casa y que te ocupas de lavar los ojos del príncipe. ¿Tu nombre?

El hombre consiguió doblar más aún su ya curvado espinazo.

—Martino, mi señor. Al servicio del cabildo de San Isidoro y del rey de León. —Se enderezó todo lo que pudo—. Lavo al príncipe dos veces al día con agua del santo. La que brota bajo el altar.

—Eso he oído. Mi madre decía que en verdad era milagrosa. Con ella limpiaba las heridas de mi padre al volver de la guerra. —Señaló la lápida de Estefanía—. Ella era muy piadosa.

—Todo el mundo lo sabe, mi señor.

—Pero ni Dios ni el santo Isidoro la libraron de la injusticia y de las puñaladas de mi padre. —Sostuvo el bulto ante la cara de Martino—. Esto es baladra disuelta en manteca. El agua del altar no hará daño al príncipe, pero será esto lo que le devuelva la vista. Friegas a diario.

El clérigo tomó el saquito y lo observó con curiosidad. Se lo acercó a la nariz.

—Hmmm. Remedio del diablo. ¿De dónde ha salido?

—Una vieja ensalmera de Trujillo me lo dio a cambio de un buen puñado de monedas. Conocía el truco que dejó ciego al príncipe y conoce el truco que hará de él un rey. —Desató una limosnera de su cinturón y la agitó. Ante el sonido metálico, Martino afiló la mirada—. Toma. ¿No eres tesorero? Pues administra este tesoro según tu buen juicio.

El clérigo obedeció. Observó alternativamente las bolsitas que ocupaban sus manos.

—¿Y si no funciona?

—La ensalmera de Trujillo probará mi hacha. Seguro que has oído hablar de mi hacha. Los tesoreros de los cabildos castellanos la adoran, porque gracias a ella reciben multitud de pagos por responsos como el de hoy. Ahora que lo pienso, nunca he partido por la mitad a una bruja. —Acercó la boca al oído del clérigo—. Claro que, a decir verdad, tampoco he matado jamás a ningún cura.

Martino palideció, pero el peso de la limosnera le devolvió el color enseguida.

—No sufras, mi señor. El príncipe verá. No será necesario que regreses con tu hacha.

Pedro de Castro asintió. Apretó el hombro del joven Alfonso, y este puso su diestra sobre la de su primo y amigo.

—Gracias otra vez. Nunca lo olvidaré.

—Te veré coronado. Y tú me verás de regreso. —Pedro se volvió y tomó del brazo a su esposa—. Nos vamos a Castilla.

Caminaron hacia la salida del panteón mientras el tesorero Martino abría la limosnera para contar su pago. El príncipe Alfonso dio un paso a ciegas, hacia el eco que dejaban atrás los pasos del señor de Castro y su mujer. Las monedas tintinearon a su espalda y el clérigo rio de contento. La viuda del difunto señor de Castro, María, miró suplicante a Pedro cuando este pasó junto a ella.

—No me obligues a seguirte a Castilla.

La observó sin ocultar su desprecio.

—Mi madrastra... Cinco años más joven que yo. ¿Qué haré contigo?

—Mi señor, no me desampares. —Posó una rodilla en tierra—. Tu padre no me dejó legado alguno.

La esposa de Pedro, Jimena, intercedió por ella con la mirada. Él habría escupido al suelo si no estuvieran en un lugar sagrado.

—Mi padre sabía que tus tetas no le acompañarían al infierno, así que ¿por qué iba a legarte nada, muchacha? En cuanto a mí, no pensaba obligarte a seguirnos. Conoces cuál es tu deber, ¿no? Seguramente te aceptarán en cualquier monasterio, puesto que eres la viuda del poderoso Fernando de Castro. Eso sí, no esperes que se te trate como cuando tu anciano marido vivía. Ah, quédate en León si gustas. Creo que te llevas muy bien con Urraca, ¿no es así? Pues que ella te ampare si quiere. Y ahora déjanos marchar.

Retomaron su camino entre las nubes de incienso que resbalaban hacia la salida del templo. María los siguió con la mirada, con la rodilla aún apoyada en las baldosas de la iglesia. En el panteón, todavía se oían las monedas que contaba el tesorero Martino.

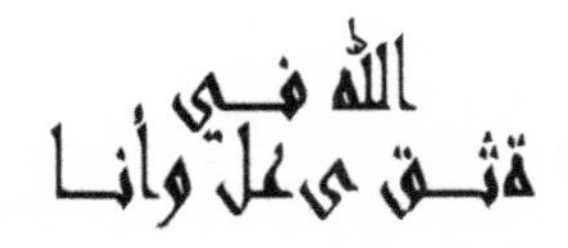

40
EL TRIGO Y LA CIZAÑA

CUATRO MESES MÁS TARDE, PRINCIPIOS DE 1186. MARRAKECH

Los comerciantes italianos habían recibido de muy buen grado la oferta de comercio almohade. Tanto fue así que se apresuraron a reclutar embajadas con destino a Marrakech y las enviaron pese al mal tiempo y a las inquietantes noticias sobre los piratas mallorquines.

Genoveses y venecianos habían firmado ya sus acuerdos con la promesa de que, no bien entrara la temporada de navegación, embarcaciones cargadas de mercancía arribarían a las costas africanas para iniciar la nueva etapa de entendimiento. La última embajada en presentarse fue la pisana. Yaqub los recibió envuelto en su sagrada capa, en una gran sala del Dar al-Majzén que, previamente, abarrotó de mercancías recién llegadas del sur. Varios guardias negros dispuestos en doble línea custodiaban las riquezas con las miradas perdidas al frente. El marfil, el ébano y las pieles moteadas se alternaban con cofres, algunos cerrados, otros abiertos. El oro refulgía ante las paredes de sobria ornamentación geométrica, y varias esclavas de piel negrísima aguardaban de rodillas, cubiertas solo con insolentes retazos de cuero.

La delegación pisana avanzó admirada, murmurando en voz muy baja. La mayor parte de los italianos observaba a los Ábid al-Majzén, y todos procuraban apretarse como rebaño rodeado por lobos. Al final del salón, tres escalones elevaban el estrado donde aguardaba la corte almohade. El califa, sentado sobre su montaña de cojines, sonrió al oler el miedo en los embajadores. Ibn Rushd también esperaba a la derecha de Yaqub, en pie y con la sonrisa afable bajo su bigote canoso. Los demás visires, ligeramente retrasados, mantenían su rostro impertérrito.

Un anciano de gesto venerable encabezaba la delegación italiana. El hombre se ayudaba de un bastón y, a diferencia de los demás, no parecía acongojado. Mandó detenerse a sus paisanos con un gesto y se adelantó para inclinarse con gran ceremonia.

—Que Dios esté contigo, príncipe de los creyentes —saludó en latín—. Soy Burgundio, embajador de Pisa para el entendimiento entre nuestros pueblos.

Ibn Rushd se apresuró a traducir. Yaqub contestó sin ocultar su satisfacción, debida más al gesto de miedo de los demás embajadores que a los nobles deseos del tal Burgundio. El cordobés se dirigió directamente al anciano.

—El califa os da la bienvenida y os ofrece su hospitalidad. Espera que el viaje desde Orán os haya sido grato.

—Mucho más que navegar por aguas infestadas de ladrones. —El embajador señaló a su espalda con un leve movimiento del brazo—. Mis paisanos han temido por sus vidas en varias ocasiones.

Ibn Rushd y el califa cambiaron un par de frases en árabe. Detrás, los visires almohades se removieron impacientes. El cordobés recuperó la sonrisa al seguir la conversación.

—El príncipe de los creyentes lamenta esa cuestión. Por desgracia tenemos un pequeño problema con los mallorquines, pero no tardaremos mucho en solucionarlo. Mientras tanto, os asegura que no debéis temer por vuestros viajes desde Pisa. Es intención del califa ofreceros protección si finalmente llegamos a un acuerdo. Tanto en el mar como en nuestros puertos.

El anciano Burgundio asentía lentamente.

—Eso es una novedad. Hasta ahora podíamos negociar en otros puertos, pero es la primera vez que se nos ofrece la posibilidad de pisar tierra almohade.

—El príncipe de los creyentes os sabe errados en la fe, pero piensa que podemos sacar provecho mutuo de nuestras respectivas riquezas.

Uno de los visires habló en árabe tras Ibn Rushd:

—Al menos hasta que Dios nos permita caer sobre vuestras ciudades y degollaros como a esos puercos que coméis. Entonces será cuando saquemos auténtico provecho.

Un par de cortesanos almohades rieron. Yaqub no se inmutó.

—¿Cómo? —preguntó Burgundio. Ibn Rushd quitó importancia a la apostilla con un gesto desdeñoso.

—Simples detalles. Los puertos que podréis usar para fondear vuestras naves son los de Ceuta, Orán, Bugía y Túnez. Ah, y Almería en al-Ándalus. Acceso sin límites para vuestras naves y tripulaciones. Podéis hacer escala, desembarcar, descargar, reparar los barcos y cargar mercancías. Se os facilitarán almacenes y fondas. Lamentablemente, no podréis practicar vuestra fe mientras os halléis en tierras del islam, y tampoco se os permite alardear de ella. Nada de cruces ni ídolos a la vista. Estoy seguro de que lo comprenderéis. También se os ofrece seguridad, tanto a la ida como a la vuelta.

Burgundio cambió una mirada satisfecha con sus paisanos.

—Estupendo. Nosotros os ofrecemos las riquezas que llegan a Pisa desde las frías tierras del norte: lana, miel, pieles, estaño, hierro, cobre. De esta forma podréis esquivar el obstáculo que os suponen Castilla o Aragón. Y si el califa me lo permite, también podríamos cederos nuestras cubiertas para que vuestro oro eluda a esas tribus rebeldes que os incordian al este. Pisa mantiene buenas relaciones comerciales con el Oriente.

El cordobés tradujo las palabras latinas del pisano. Yaqub se levantó y dijo un último par de frases en árabe.

—El califa está contento —aclaró Ibn Rushd—. Ahora se retirará para que podamos ultimar los detalles de nuestro acuerdo, pero antes os quiere obsequiar. Escoged lo que queráis de entre los tesoros de esta sala y llevadlo de regreso a Pisa. El príncipe de los creyentes desea que nuestra relación sea larga y fructífera.

—¿Podemos elegir a alguno de esos soldados? —preguntó uno de los comerciantes pisanos. Burgundio se volvió irritado.

—Esos son los guardias negros del califa. No creo que estén en venta, y mucho menos te regalaría uno.

Yaqub rio escandalosamente cuando Ibn Rushd tradujo del latín al árabe. Luego descendió los escalones ante las reverencias exageradas de los pisanos y anduvo entre ellos. Los Ábid al-Majzén se apresuraron a rodearlo y lo escoltaron hacia la salida. En cuanto el vuelo de su capa negra desapareció, los comerciantes sortearon los grandes colmillos de marfil y las tallas de ébano, ávidos por seleccionar sus presentes. Burgundio fue el único que permaneció en el sitio. Tras Ibn Rushd, los visires se preparaban para cerrar los acuerdos. El cordobés aprovechó el momento y bajó del estrado. Se dirigió al anciano embajador pero, en lugar de hablar en latín, lo hizo en griego:

—Tu fama te precede, Burgundio.

El pisano frunció el ceño. Respondió en la misma lengua.

—¿Aquí también?

—No aquí, pero en al-Ándalus, mi tierra, sí me han hablado de tus escritos. —Miró en derredor para asegurarse de que nadie se acercaba—. Sé que admiras a Aristóteles, como yo. Mi nombre es Ibn Rushd, gran cadí de Córdoba. Jurista, como tú. Y también médico y filósofo.

Al pisano se le iluminó la mirada.

—Así que no eres africano. Eres andalusí. Pues estarás familiarizado con las bibliotecas de Tarazona y Toledo. Tal vez podamos favorecernos mutuamente. Hay ciertos manuscritos que me gustaría copiar...

Ibn Rushd levantó una mano.

—Toledo está en manos del rey de Castilla y Tarazona pertenece al de Aragón. Desgraciadamente nos está prohibido todo trato con los cristianos. El Tawhid es implacable en ese punto.

—Ya veo. —Burgundio sonrió mientras abría las manos a los lados para señalar a sus paisanos, que ya acumulaban riquezas en sus regazos.

—Oh, bien. —Ibn Rushd se encogió de hombros—. Sabido es que el líder de vuestra fe también os ha prohibido comerciar con musulmanes.

—Así es. Estuve presente en Roma hace seis años, cuando el santo padre Alejandro dictó la orden. Pero Pisa lleva mucho tiempo comerciando con musulmanes y lo seguirá haciendo. Yo mismo cerré varios acuerdos con sarracenos de Tierra Santa mientras ejercía de embajador en Constantinopla. Y por cierto que de ellos aprendí el árabe. Te lo digo, amigo mío, porque he entendido perfectamente el gracioso comentario de ese visir.

Ibn Rushd asintió sin abandonar la sonrisa.

—Me ha costado mucho convencer al califa de que sería bueno este acuerdo. —Señaló a los visires con la barbilla—. A ellos no necesito convencerlos. Obedecerán toda orden del príncipe de los creyentes, y él os protegerá mientras las mercancías y el oro fluyan entre nuestros puertos. Pero, como te decía, me resulta casi imposible conseguir copias de las bibliotecas cristianas de la península. Por desgracia para esas bibliotecas, los cristianos tampoco pueden acceder a las obras que guardamos en al-Ándalus e incluso aquí, en el Magreb. Es por eso por lo que nuestra relación comercial puede ser más provechosa de lo que pensábamos.

Burgundio observó al cordobés con curiosidad.

—Vaya, me alegro de haberte conocido, Ibn Rushd. Necesito persuadir a mis conciudadanos de que este acuerdo valdrá la pena. De que el riesgo de cruzar aguas tan peligrosas estará compensado por nuestras ganancias. ¿Sabes algo? Hace unos años empezamos a construir un campanario de mármol para nuestra catedral. Cuando quisimos darnos cuenta, la torre se estaba inclinando tanto que caerá cualquier día.

—¿Sí? ¿Qué quieres decir?

—Que toda buena obra debe contar con buenos cimientos. Tú y yo seremos los cimientos de este acuerdo y así no se torcerá jamás. —Burgundio posó una mano sobre el hombro de Ibn Rushd—. Has dicho que admiras a Aristóteles. Y hablas griego…

—He comentado varias de sus obras. Y estoy interesado en tu trabajo. En lo que piensas del viejo filósofo. Y de Galeno también. Las noticias que llegan a Córdoba son pocas y confusas desde que nos sometimos a los almohades, pero sé que tradujiste al obispo Nemesio. Su obra sobre la naturaleza humana. Sería un honor poseer una copia de esa traducción.

—Te mandaré una si es eso lo que deseas. Y yo me llevaré tus comentarios de Aristóteles, espero. Aunque, bien pensado, tal vez lo consigas todo cuando arraséis nuestras ciudades y nos degolléis como a esos cerdos que comemos.

Ibn Rushd alargó la sonrisa.

—Antes de eso hemos de sofocar las rebeliones que acosan nuestras fronteras. Cuando no son los nómadas árabes, son los rescoldos almorávides o las tribus descontentas. Y aun después habrá que derrotar a los cristianos del norte, tomar Toledo, León, Oporto y Zaragoza. Para eso necesitamos dinero. Ah, y un larguísimo tiempo de espera. ¿Qué voy a hacer yo entre tanto? Si al menos tuviera algo que leer…

Burgundio sofocó una carcajada. Luego se puso serio.

—Ibn Rushd…, ¿qué hace un hombre como tú aquí?

El cordobés se volvió a encoger de hombros. Los visires se aproximaban para ultimar la negociación, así que bajó la voz para decir sus últimas palabras en griego.

—Sobrevivir es lo que hago, Burgundio. Sobrevivir.

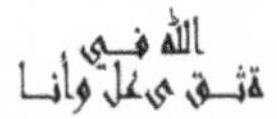

UNA SEMANA DESPUÉS. ÁGREDA, REINO DE CASTILLA

En la planta baja del torreón ardía un fuego bien alimentado, pero apenas servía para calentar el piso superior. El rey, los condes y los magnates se envolvían con sus capas forradas de nutria y de marta, y frotaban sus manos entre trago y trago de vino. Fuera, un mar de nieve se extendía hasta las faldas del Moncayo y las cercanas tierras aragonesas. Todo: campos, aldeas, árboles, montañas… Hasta el cielo estaba blanco.

—¿Nos hará esperar mucho más? —preguntó enrabietado Ordoño.

Nadie respondió. Se hallaban de pie, alrededor de una mesa de tablas montadas sobre caballetes. Las copas y las jarras ayudaban a mantener extendido un mapa dibujado sobre pellejo. Resaltado con tinta, entre las tierras de Castilla y Aragón, destacaba el señorío de Albarracín. La enorme extensión dominada por Pedro de Azagra, amigo de todos pero vasallo solo de la santísima Virgen María.

—Esto no me parece bien. Es más: me parece un auténtico deshonor —murmuró el conde Pedro Manrique de Lara.

El rey se hizo el sordo mientras varios nobles asentían. El conde Pedro era señor de Molina. Su señorío no se diferenciaba mucho del de Albarracín, salvo por el pequeño detalle de que él sí rendía pleitesía al rey de Castilla. Este miró al techo y todos interpretaron su gesto enseguida. En el último piso del torreón, habilitado como aposento real durante su estancia en Ágreda, se hallaba la reina Leonor. Alfonso de Castilla sufría cada vez que dejaba sola a su esposa. Temía que volviera a caer en la tristeza provocada por la muerte prematura de sus últimos dos hijos.

Los pasos resonaron sobre los escalones de madera. El portón se abrió y los copos de nieve revolotearon para posarse sobre el mapa, el vino y los nobles castellanos. Pedro Fernández de Castro entró con las mejillas arreboladas por el frío. Bajo el manto negro asomaba el puño de su espada, que agarraba con la zurda. Cerró de un portazo y anduvo entre las miradas de irritación de los demás, hasta ocupar su lugar en un extremo de la mesa, justo enfrente del rey. Hizo una inclinación tan breve que algunos dudaron de que hubiera movido la cabeza.

—A tu servicio, primo.

Alfonso de Castilla observó la reacción de los demás. El señor de Molina, como miembro de la casa de Lara, era quien más podía odiar al Castro, pero prefería fijar su vista en las motas blancas que se deshacían sobre el vino de su copa. Otro Lara, el conde Fernando Núñez, simplemente ignoraba la presencia del dos veces renegado. Ordoño sí miraba a Pedro. No había olvidado su duelo a espada en Medina de Rioseco, tres años antes, y tampoco que su hacha había acabado con la vida de su cuñado en Castrodeza. Fue el alférez real, Diego de Haro, el único que decidió hablar al recién llegado.

—En el tiempo que he pasado en León, no he visto que fuera el rey Fernando quien tuviera la obligación de esperar a sus vasallos. Sea como fuere, esto es Castilla, zagal.

Pedro de Castro agarró la jarra más cercana y se sirvió vino. Bebió antes de contestar.

—No hay gran diferencia entre León y Castilla desde que tu hermana reina allí, don Diego. Y eso, por cierto, es algo que todos deberíamos tener bien claro. No es Fernando de León quien gobierna en su reino. Hay otra cosa que tú deberías tener bien clara. —Señaló con la copa al alférez—. No soy un zagal.

—Bien. —Alfonso de Castilla posó las manos sobre la mesa—. Dejemos ahora las pullas si os parece. Pedro de Castro se ha declarado mi vasallo, me ha jurado obediencia y yo le he ofrecido mi protección. Mal podremos cumplir uno y otro si mis nobles se empeñan en comportarse como enemigos.

»Ahora, mis señores, atendamos al asunto que nos ha traído a Ágreda. —Tocó con el índice el punto marcado en el mapa como la villa de Albarracín—. El rey de Aragón se encuentra en Tarazona, a pocas leguas de aquí. Mañana nos reuniremos para tratar el asunto de Pedro de Azagra. Sé que muchos de vosotros no veis esta reunión con buenos ojos. El viejo Azagra ha sido amigo nuestro desde siempre y me ha valido con industria y lealtad. Pero lo cierto es que, durante los años que lleva enseñoreado de Albarracín, conserva su empeño en no prestar vasallaje a rey alguno.

»Alfonso de Aragón insiste en que el señorío de Azagra es suyo por derecho. Un derecho que le fue usurpado cuando el rey Lobo cedió Albarracín. Aunque sabemos que Pedro de Azagra ve con más simpatía a Castilla que a Aragón. Este es un asunto que hemos diferido durante años, pero llega el momento de poner solución.

—Pedro de Azagra. —Ordoño dejó la copa sobre la mesa, justo en el lugar que acababa de tocar el rey—. Pedro de Azagra fue el primero en atacar Cuenca, ¿lo recuerdas, mi señor? Y antes de eso, se batió durante años contra los almohades mientras nosotros ni siquiera sabíamos quiénes eran esos tipos. Unos y otros nos hemos beneficiado de su valor, de su inteligencia y de su hueste. Y ahora, cuando es un anciano a punto de abandonar el mundo, ¿se convierte en un problema que hay que solucionar?

Los dos Lara emitieron sendos gruñidos de conformidad.

—El problema no es él —aclaró el rey—. Es su herencia. Su esposa no ha parido varones, solo tienen una hija que todavía está soltera. Pedro de Azagra no tardará mucho en morir, y entonces ¿qué ocurrirá con Albarracín? Sancho de Navarra es el señor natural de los Azagra. Seguro que reclamará el señorío. Pero el viejo Pedro es tozudo y tal vez haya testado a favor de la niña. Si Azagra no admite rey que le mande, sino que obedece solo a la Virgen, ¿por qué no decidir que su hija sea la siguiente señora de Albarracín? ¿Queréis que dejemos esa plaza en manos de una cría? ¿O debemos esperar a que escoja esposo?

—Tal vez Albarracín pase a manos de Fernando, el hermano menor del viejo Azagra —apuntó Diego de Haro.

—Un gran amigo de Alfonso de Aragón —añadió el rey—. Podría decidirse y prestarle vasallaje. Perderíamos todo el señorío.

—¿Perderíamos? —repitió Ordoño—. No es nuestro. Nunca lo ha sido.

—Tampoco ha sido nunca aragonés —terció el alférez real—. ¿Por qué dejárselo a ellos?

—Es una injusticia y un deshonor —insistió Ordoño—. ¿Qué dice de esto el arzobispo Gonzalo? ¿Le parece bien que Castilla se vuelva contra un señorío cristiano y aliado?

—El arzobispo de Toledo tiene suficiente con calcular el gasto del cabildo en sus comilonas —escupió Fernando Núñez de Lara.

Se hizo el silencio mientras los nobles reflexionaban. El señor de Molina cogió la copa de Ordoño y la retiró de Albarracín para ponerla tras las fronteras de Castilla.

—Yo digo que Pedro de Azagra es fiel amigo y que su sucesor, sea quien sea, tendrá derecho a decidir. Volvamos a casa.

—Estoy de acuerdo —dijo el conde Pedro de Lara.

Alfonso de Castilla se quedó mirando la copa.

—¿Qué aconseja mi alférez?

—Mi señor, habla con Pedro de Azagra. Proponle un matrimonio entre su hija y un vasallo tuyo. Ofrezco mi familia. En mi casa hay varones solteros que podrían desposarla. Así, el próximo señor de Albarracín sería un Haro.

Pedro de Castro rio por lo bajo.

—Muy propio.

El alférez levantó la barbilla.

—¿Cómo dices, joven Castro?

—¿Qué os ocurre a vosotros, los Haro? —Pedro sacudió la capa a la izquierda para desembarazar el puño de la espada—. ¿Por qué os empeñáis en llamarme *joven Castro*?

—No sé de qué hablas, zagal.

El rey pegó un puñetazo en la mesa.

—¡Basta! Ordoño, habla: ¿qué hacemos con Azagra?

El de Aza estiró la mano por encima de la mesa, tomó su copa y la volvió a poner sobre la marca de Albarracín.

—Vayamos a hablar con el viejo don Pedro, pero no para proponerle un matrimonio o pedirle vasallaje a Castilla. Ofrezcámosle nuestra ayuda como fieles aliados, por la fe que nos debemos, por el honor que juramos defender y por las gestas del pasado. Que el rey de Aragón vea que no podrá tomar Albarracín por la fuerza. —Miró a los ojos a Alfonso de Castilla—. Pedro de Azagra se mantuvo fiel a su palabra incluso cuando luchaba junto a un musulmán. No se merece que lo traicionemos ahora.

—¡Qué estupidez! —se burló Pedro de Castro—. ¿Por las gestas del pasado? Padre mío, señor Jesucristo y santa Madre de Dios... ¿Te has escapado de una trova, necio?

Adelantándose a todos, el rey Alfonso rodeó la mesa, esquivó a su alférez y agarró a Ordoño por la capa cuando este se disponía a arremeter contra Pedro de Castro.

—¡He dicho que basta! —tronó el monarca. Ordoño se mordió el labio, detuvo su mano en el momento en el que se disponía a desenvainar. El rey Alfonso lo zarandeó—. ¡Si el rey de Aragón se entera de esto, en lugar de pretender Albarracín querrá conquistar todo mi reino! ¿No os dais cuenta?

Pedro de Castro anduvo despacio. Pasó tras los dos primos Lara, que lo observaron de reojo. Paró enfrente de Ordoño, aún retenido por el rey, y cogió la copa. Sobre Albarracín había quedado un cerco rojo y húmedo.

—Mi señor, te has rodeado de débiles consejeros. —Los Lara se removieron, pero sin atreverse a protestar—. Ahora yo estoy a tu lado. Yo, Pedro de Castro, señor de Trujillo, Montánchez, Santa Cruz y Monfragüe. Aquí, delante de tus barones, te hago entrega de mi completo señorío. Y a tu disposición pongo toda mi hueste. Ninguno de estos —dibujó una parábola con la copa para abarcarlos a todos— puede superar ni oponer nada a eso. Ahora dominas la tierra que va desde el Tajo al Guadiana. Has conquistado Cuenca y Alarcón. Has avanzado tu frontera oriental hasta el Júcar y este año, si lo deseas, comandaré a mis hombres y te acompañaré para adentrarnos en las tierras de Requena y más allá, hasta Valencia. Ganas palmo tras palmo al infiel mientras los demás reyes pierden fuerza. León me ha perdido a mí, y hace poco perdió a Armengol de Urgel. Tienes a una castellana, la hermana de tu alférez, dominando a tu tío Fernando. Y en cuanto a Alfonso de Aragón, ¿te importaría contarme cuáles han sido sus méritos de guerra al sur de ese villorrio que llaman Teruel? —Estiró la copa hacia el rey—. Eres el monarca más poderoso de la península, mi señor. Nadie puede oponerse a ti. Ni siquiera nuestro abuelo, el emperador, reunía bajo su corona tanta fuerza. La mansedad de estos pecheros tuyos es muy cortés, pero inútil. Castilla está llamada a ser la cabeza de nuestra fe y a expulsar al infiel al otro lado del mar. ¿Qué parte te toca a ti en esto?

El rey Alfonso había soltado a Ordoño. Observaba a su recién ganado vasallo, lo mismo que los demás nobles. El señor de Castro le acababa de regalar un señorío inmenso, tan valioso por su población y sus recursos como por su estupenda situación. No recordaba semejante donación por parte de ninguno de sus súbditos. Los ojos de Pedro de Castro brillaban de convicción, y todo él convertía en sombras a los magnates de la sala. El monarca recordó el duelo en Medina de Rioseco, cuando el Renegado lanzaba tajos brutales, uno detrás de otro, contra un Ordoño casi vencido. Ahora veía la misma determinación salvaje. La misma potencia incontrolable.

—¿Qué debo hacer?

Pedro de Castro bajó la copa y la volcó sobre la marca de Albarracín. El vino empapó el dibujo de la ciudad enriscada en la sierra.

—Reúnete mañana con el rey de Aragón y pacta lo que quieras. Reparte el señorío de Azagra o renuncia a él. Haz lo que te plazca. Y después vuelve y ordéname asaltar Albarracín, o avanzar hasta Valencia. Mándame traerte la cabeza del rey de Navarra o el trono de Fernando de León.

Alfonso de Castilla asentía, contagiado de la convicción de Pedro. De repente, su respiración se había acelerado y sus pupilas se dilataban.

—Haré lo que me plazca... —repitió con voz ronca.

El señor de Molina resopló.

—No cuentes conmigo para esto, mi rey. Solo espero que mañana, cuando tu nuevo amigo haya ganado Albarracín para ti, no caigas sobre mis tierras.

Rozó adrede a Pedro de Castro, que no hizo caso de la provocación. El conde Fernando de Lara acompañó a su primo hasta la entrada. Una nueva invasión de motas blancas revoloteó hasta el techo, flotó sobre la mesa y descendió lentamente cuando la puerta se cerró. El rey seguía con la vista fija en la de Castro. Ordoño esperó la reacción del alférez real, pero esta no llegaba. Encaró a Alfonso de Castilla.

—Recuerda lo que quería tu abuelo, mi rey. Esto es lo contrario: nos separa.

Pedro se volvió y miró a Ordoño con los ojos entornados.

—¿Qué unión es más fuerte que la de un solo reino bajo un solo rey?

Ordoño apretó los dientes.

—Estaré en mi hogar, mi señor. Llámame cuando vuelvas a ser tú.

Esta vez, la puerta quedó abierta y la nieve se coló hasta que los copos cuajaron sobre el manto del alférez real. Tanto el rey como Pedro de Castro lo observaban ¿Abandonaría también la reunión? Diego de Haro se volvió despacio, cerró el batiente de madera y cogió una de las jarras de vino.

—Bebamos.

Pedro de Castro sonrió y ofreció la copa que había vaciado sobre Albarracín.

الله في
ثقة على وأنا

La reina Leonor escribía sobre un atril tallado de acantos. Levantó la vista cuando Alfonso de Castilla irrumpió en la cámara.

—He oído gritos, mi rey.

Él se despojó del manto y lo dejó caer sobre un arcón. Allí arriba hacía más frío y el viento ululaba contra las almenas de forma que el propio torreón parecía chillar.

—Son hombres fogosos, por eso gritan. —Se acercó. La reina se sentaba en una silla de escribano, la que usaba el alcaide de Ágreda. Junto a ella, una consolita sostenía las plumas, los raspadores, varios tinteros y un par de códices.

—Tenía todas las trazas de ser pendencia, mi rey.

—Un poco, sí. Aunque tal vez convenga una pizca de pendencia.

Leonor dejó la pluma en el tablero.

—Un rey no debe ser pendenciero.

—Mi nuevo vasallo no opina lo mismo.

Ella amagó un mohín.

—¿El señor de Castro? Él siempre ha sido pendenciero, pero puede permitírselo. No carga con tu responsabilidad.

Alfonso de Castilla acarició las trenzas rubias de su reina. Ella todavía hablaba con ese acento normando que tanto le gustaba.

—Me acaba de entregar todo su señorío, Leonor. Trujillo, Montánchez, Santa Cruz… Todo. ¿Sabes lo que significa eso?

La reina entrecerró los ojos.

—Desde luego… ¿Y a cambio de qué?

La pregunta no agradó al rey, pero no había nada que pudiera turbar su euforia. Decidió cambiar de tema.

—¿A quién escribes, mi reina?

—A mi padre. En su última carta parecía preocupado. Seguro que piensa que me voy a venir abajo, así que intento mostrarme feliz. Le digo que las relaciones con León son inmejorables y que estamos a punto de firmar una fuerte alianza con Aragón. Y que tendremos muchos hijos sanos y fuertes. Eso le agradará.

Él no pareció escucharla. La tomó por los hombros y la obligó a levantarse.

—Debes ser feliz, mi reina. Pero no por nuestras alianzas y nuestros hijos, sino por nosotros mismos. Podemos hacer lo que nos plazca. ¿No es maravilloso?

—No comprendo, mi…

No la dejó acabar. La besó con ímpetu mientras la hacía retroceder hasta el lecho rodeado por tres paneles de madera y pegado a la pared de piedra. Leonor, sorprendida por el repentino empuje de su esposo, se dejó caer sobre el cobertor. Él la siguió. La rodeó con todo su cuerpo y repartió caricias por su garganta, su pecho y sus caderas. La respiración de la reina se agitó. De pronto, nada era como antes. El hombre al que conocía desde niño, con el que había compartido la vergüenza de su primera noche y todas sus torpezas juveniles, el caballero gentil que solo la buscaba tras agasajarla con trovas y regalos, era ahora alguien desconocido. Lo notaba en la forma decidida de apartar la capa forrada, de subir el brial de la reina y los faldones de la camisa hasta su cintura. Lo veía en sus ojos, que se deleitaban ahora en la desnudez de su esposa y se entornaban con lujuria. En las manos que la obligaban a separar las piernas y la levantaban sobre el lecho. En la humedad de su lengua cuando resbalaba desde el cuello y se introducía en su boca, y en el calor que le quemaba las entrañas, que le hacía olvidar el frío del páramo nevado. Leonor dejó que Alfonso mordiera sus labios mientras se aferraba a las columnas de madera que bordeaban el lecho. El mundo se desdibujaba. Las uñas de la reina arañaban los ropajes del rey. Se oían risas que rebotaban contra las piedras del torreón. ¿Sonaban allí mismo o las traía la nevada? Ya no había nada fuera ni en ningún otro lugar. La única senda se abría ahora entre las piernas de Leonor. Y no importaban la virtud ni el honor. Ni si era saliva, veneno o néctar lo que mojaba sus labios, su barbilla, su cuello. Las manos de Alfonso eran enredaderas que trepaban por su vientre y aferraban sus pechos. Y la nieve de fuera se había convertido en cenizas. Pavesas que atravesaban los muros, y flotaban antes de caer y resbalar sobre la piel desnuda de la reina. El fuego dejaba rasguños sobre sus hombros y alrededor de su cintura. Todo ardía, y Leonor se quemaba. Quería beber de su esposo, y ahora era ella quien mordía, lamía, besaba y moría de sed. Pidió a gritos el diluvio, y los embates del rey se convirtieron en tormenta. La reina gritaba de dolor y de placer cuando el torrente fluyó y calmó su calor.

Las risas continuaban. Venían de abajo, ahora lo sabía. Y también se oía entrechocar de copas. Leonor, repentinamente helada, tiró del cobertor para cubrir sus pechos desnudos. El rey jadeaba a su lado, con la cara enterrada en el lecho. Ella creyó que la respiración entrecortada de Alfonso se convertía en una carcajada. La reina buscó la cruz de plata que colgaba de su cuello y la besó. Su contacto era húmedo y frío.

—Lo que hemos hecho…

—Hacemos lo que nos place, mi reina. —Alfonso se incorporó despacio, recuperando el resuello. Se recolocó las vestiduras y fue en busca de su manto—. Todo lo que nos plazca.

Ella se sentó sobre las sábanas y encogió las piernas. Un tenue dolor palpitaba aún entre ellas.

—¿Quién ríe ahí abajo?

—Son mi alférez real y mi nuevo amigo, Pedro de Castro.

—Así que ahora es tu amigo además de tu primo. Cuidado. Ya sabes cómo lo llaman. Renegado.

Alfonso de Castilla tomó asiento sobre la silla de escribano. Sonrió.

—Dos veces renegado. Ese hombre no se atiene a las reglas. Es en verdad como un rey debería ser, tanto para dar como para arrebatar. A eso se reduce después de todo, ¿no? Soy el rey y hago lo que me place. ¿Por qué he de pedir permiso?

Fuera, el viento estrellaba los copos contra la piedra y gemía por entre los merlones que coronaban el torreón. ¿Dónde estaban las pavesas ardientes?

—No sabía que Diego de Haro y el señor de Castro se llevaran bien. Es más, pensaba que se odiaban. ¿También ríen los demás?

—Mi alférez es el único que se ha quedado. Los Lara vuelven a sus tierras, y hasta Ordoño ha preferido irse. Mañana me reuniré con el rey de Aragón y decidiremos el futuro de Albarracín. —Tocó distraídamente la pluma depositada junto a la misiva—. Castilla se desborda. Nuestras fronteras saltan ríos y sierras de un día para otro. Pero el único que ha sabido verlo es Pedro de Castro… ¿Por qué mis otros vasallos no se dan cuenta?

La reina se reclinó contra el bastidor de madera que separaba el lecho de la pared. Una de sus trenzas se había deshecho y el cabello caía en cascada sobre su hombro.

—Ordoño siempre te ha sido leal, y a mí también. Ha arriesgado su vida por nosotros muchas veces. Y los Lara igual. Después de la muerte del rey Lobo, el conde Pedro defendió Huete hasta que pudiste socorrerle. Plantó cara al mismo califa Yusuf, ¿es que ya no lo recuerdas? Y el padre del conde Fernando, Nuño… ¿Acaso no murió en tus brazos por defenderte en Cuenca? Hasta Pedro de Azagra te ha valido como el mejor vasallo, y eso que no te debe pleitesía. En cuanto a ese señor de Castro, ¿no es acaso el monstruo que desmembraba castellanos en el Infantazgo? Sucia cizaña que crece entre el trigo limpio de tus fieles. Mala hierba que podría contaminar toda la cosecha. ¿Y es a Pedro de Castro a quien escuchas? En verdad te ha trastocado el ánimo, mi señor. Apenas te conozco.

El rey dejó la pluma y se levantó, notoriamente violento. Sus ojos se perdieron en un tapiz desvaído que colgaba de dos clavos oxidados.

—El que te ha poseído hace un momento era alguien que no conocías, pues. Pero me pedías más, mi reina. —Se volvió. Leonor jamás había visto aquella expresión de enojo en el rostro de su esposo—. Me gritabas, me suplicabas más y más. Acaba de ocurrir. ¿No lo recuerdas?

Ella calló durante un largo instante. Intentó recordar, sí, pero solo veía brasas que la quemaban. Una hoguera que su rey había prendido en su interior y luego había apagado con su semilla. Ahora, los rescoldos de ese incendio se desvanecían en la mirada de Alfonso de Castilla.

—Soy tu reina. Como has dicho, haz lo que te plazca conmigo. Mi lecho y yo estaremos siempre a tu disposición, mi señor. Pero no trates a tus nobles como si fueran rameras. Ellos son quienes te han convertido en lo que eres. Sin ellos, arderás en tu propia hoguera. Ten cuidado, Alfonso.

الله في
ثقة على وانا

41
LOS ARQUEROS DE ORIENTE

Dos meses más tarde, primer día de primavera de 1186. León

El rey Fernando había ordenado que todos los sirvientes y cortesanos abandonaran el salón. Exhausto, se dejó caer sobre el trono y se frotó las sienes con el índice y el pulgar. Otra tediosa tarde. Un día más. Préstamos, mandatos, concordias, donaciones. Las voces de sus nobles, aduladoras, pedigüeñas, todavía rebotaban dentro de su cabeza. Muy cercano ya al medio siglo de vida, el rey se sentía cansado. El drama permanente con la ceguera de Alfonso y el enfrentamiento con Pedro de Castro lo habían sumido en la pena. Y había más de un chismoso que, agazapado tras las columnas del palacio, aseguraba que el ardor de Urraca en el lecho terminaba de consumir al monarca. Al final, los reales achaques de Fernando habían llevado a sus físicos a aconsejarle calma. Por eso se mantuvo en la corte durante el resto de la estación fría. Pero con la primavera, los deberes se acumulaban y tocaba aplicarse a viajar por el reino. Primero sería Astorga y más tarde Villafranca. Eso solamente antes de que llegara el verano. Entonces, ¿quién podía saberlo? Tal vez los almohades, sabedores de que la casa de Castro no apoyaba a León, se decidieran a profundizar con sus algaras por la Extremadura. O quizá fuera el mismo rey de Castilla quien se sintiera envalentonado por su imparable ascenso. Los tratados de paz entre gentes de guerra eran como ovejas perdidas en senda de lobos.

—Me preocupas, mi rey.

Solo Urraca había recibido permiso para permanecer en el salón del trono. Fernando de León la observó con los ojos entornados por la fatiga. Ella seguía lozana y resplandeciente. Veintiséis años de belleza morena y porte de reina. Ni siquiera las feas tocas oscuras podían apagar su brillo.

—¿Te preocupo? No es de extrañar. Me acerco a la edad en la que murió mi padre, el emperador. Pero ¿a qué afligirse? Mi hermano Sancho vivió solo veinticuatro años.

—La edad es lo de menos. El legado de tu padre significó la división entre Sancho y tú. Y el legado de Sancho, la división entre sus súbditos. ¿Cuál será tu legado, mi rey?

—Mi legado… Hago cuanto está en mi mano para engrandecer el

reino. Nadie podrá jamás reprocharme lo contrario. No me he detenido ante nada. Ni la Santa Madre Iglesia ni los lazos de sangre han sido jamás un obstáculo para mí.

Urraca se acercó despacio.

—¿Estás seguro de haber hecho cuanto estaba en tu mano, mi rey? Te rodean enemigos poderosos. Gente que calla en tu presencia pero conspira contra ti.

—¿Qué dices, mujer? Mis vasallos son leales. Y los que no lo eran se fueron.

—Ah, se fueron. ¿Como Pedro de Castro? Un muchacho voluble e iracundo, desde luego. Irrespetuoso como nadie. Pero sabes lo que puedes esperar de él. Sin embargo aquí, en tu corte, hay hombres de sonrisa fácil y trato amable que no comulgan contigo, mi rey. Sin ir más lejos, aún no he conocido a un gallego que me aprecie como reina suya. Creo que no me han perdonado que esquivara la reclusión en un convento cuando Nuño Meléndez murió. Y desde luego, no ven con buenos ojos que conviva en pecado contigo.

—Sandeces.

—Me gustaría pensar que lo son. Pero mis doncellas tienen oídos, a más de otros recursos que desatan la lengua de los hombres. Muchos siguen pensando que Alfonso debería reinar tras de ti.

—Es normal que lo aprecien. El crío es de naturaleza afable y siempre lo han visto por aquí. No te aflijas. Sancho solo tiene dos años, pero con él pasará igual.

—No lo creo. —Urraca posó su mano sobre la rodilla del rey—. Los gallegos no son los únicos entre tus súbditos que me miran con malos ojos. Aquí, en León, también los hay. Y estoy segura de que en Asturias, y en la Extremadura... Soy castellana, mi señor. Y para ellos, Sancho también lo es.

—Eres mi reina, y Sancho es tan hijo mío como Alfonso. Mis vasallos aceptarán mi palabra, como han hecho siempre. Debes quedar tranquila.

—Tranquila me sé ahora, contigo a mi lado. Pero cuando ya no estés, tu palabra también se habrá ido. Ni siquiera estamos casados, mi rey. Las malas lenguas no me llaman reina, sino barragana, y no soportan que mi familia y mis amigos se acerquen a León. Dicen que te robo la lucidez, ¿sabes? Que domino tu ánimo.

El monarca recostó la cabeza contra la madera del trono y cerró los ojos.

—Por san Froilán. ¿Y qué crees que harán cuando yo no esté? ¿Que le pondrán mi corona a un muchacho ciego? Bien mirado, Alfonso es tan hijo del pecado como Sancho. El papa anuló mi matrimonio con su madre, así que ¿cuál es la diferencia? Ah. No puedo creer que hablemos de esto...

—Pero es preciso que lo hagamos, mi rey. ¿Por qué aplazar más nuestro matrimonio? —La mano de Urraca trepó desde la rodilla—. ¿Acaso no me amas? ¿No crees que nuestra unión deba ser bendecida?

Fernando de León abrió los ojos. Iba a contestar cuando la algarabía se desbordó al otro lado de la puerta tachonada. La reina detuvo la diestra sobre el muslo del rey y se volvió. Sonaban voces y risas.

—Lo he ordenado. —El rey apoyó las manos en los reposabrazos del trono y se levantó. El crujido de sus huesos le arrancó una mueca—. He dicho varias veces que no quería oírlos. Se empeñan en no dejarme descansar.

El portón se abrió de golpe. Eran los mismos guardias reales quienes empujaban los batientes. La bulla se coló en el salón al mismo tiempo que el padre Martino. El tesorero de San Isidoro se agarraba los faldones mientras corría. Ni siquiera el gesto de enojo del rey borró la sonrisa de su cara huesuda. La reina Urraca se interpuso en su camino.

—¿Adónde vas? El consejo terminó y se ha dado orden de…

—¡Sus ojos, mi señor! —El tesorero apenas reparó en Urraca, la sorteó con un par de zancadas de sus piernas esqueléticas y se plantó ante el rey—. ¡Los ojos del príncipe Alfonso!

—¿Qué? ¿Qué pasa con sus ojos?

—¡Se han curado, mi señor! ¡El príncipe puede ver! —Se volvió hacia Urraca—. ¡¡Puede ver!!

Ella frunció los labios.

—¿Qué dices, necio? ¿A qué viene esto?

El clérigo volvió a encarar al rey.

—¡Ha sido el agua del santo! ¡La que brota bajo el altar! —Juntó las palmas y miró al artesonado del salón—. ¡Milagro! ¡¡Milagro de san Isidoro!!

Las puertas seguían abiertas. Varios sirvientes y doncellas se habían arremolinado allí sin atreverse aún a entrar. De pronto formaron pasillo y una figura decidida avanzó entre ellos. El príncipe Alfonso, risueño y sin venda, caminó por el centro de la estancia. El rey descendió del estrado.

—Alfonso… ¿Es cierto?

El príncipe asintió. Aparte de una ligera rojez alrededor de cada iris, sus ojos parecían los mismos que antes de la perfidia del juglar Carabella. El padre abrazó al hijo y este, feliz, se apretó contra él. El tesorero Martino los observaba embelesado. Se volvió hacia el público que se apiñaba en el acceso.

—¡Nuestro príncipe ve de nuevo! ¡Milagro de san Isidoro!

Rompieron en aplausos. Los guardias entrechocaron las astas de sus lanzas con los escudos. Las dueñas se santiguaron. Urraca, con los dientes apretados, se acercó al clérigo desde su espalda. Su voz siseó junto al oído de Martino.

—¿Cómo ha sido? ¿Qué patrañas son esas? ¿Milagro de san Isidoro?

El tesorero no se molestó en murmurar. Alzaba los brazos hacia el cielo y a continuación juntaba las manos.

—¡Mis plegarias se han cumplido, mi reina! ¡Las friegas con el agua milagrosa!

Urraca sintió asco por aquel hombre de pómulos salientes y nariz aquilina. Señaló al gentío agolpado en la entrada.

—Fuera de aquí. Y llévate a esa chusma contigo. Cierra las puertas.

El clérigo no percibió la ira que escupía la barragana. O si lo hizo, no quiso darle importancia. Entrelazó los dedos en gesto de triunfo y caminó hacia los fieles que se maravillaban ante el milagro. Para Urraca, cada uno de esos gritos era una espina que le horadaba la piel. Aguardó hasta que los batientes se unieron con un ruido sordo. Rey y príncipe seguían abrazados, uno con el rostro enterrado en el hombro del otro.

—Recé cada noche, hijo mío. —La voz del monarca brotaba ahogada por la emoción—. Prometí a Nuestro Señor que marcharía en peregrinación a Compostela si te devolvía la vista. Y me ha concedido la merced. Alabado sea Dios.

Alfonso levantó la cabeza y miró a Urraca. En los ojos inocentes del príncipe brillaba la luz. Casi tanto como la adoración que el príncipe sentía por su madrastra.

—Mi reina... ¿No estás feliz?

Ella se arrancó la toca y la dejó caer con desprecio.

—¿Qué has hecho, Alfonso? ¿Nos has mentido? Dinos, ¿mentías cuando decías que no podías ver o mientes ahora? ¿Seguro que puedes verme?

El muchacho arrugó el entrecejo.

—Claro que te veo, mi reina. Te veo. Estás tan hermosa como siempre...

—¿Y cómo sabemos que no recaerás? ¿Y si lo que ves es, en realidad, una ilusión creada por Satanás? —Urraca se persignó a toda prisa—. Los físicos decían que no volverías a ver jamás. ¿De verdad quieres que creamos que esto es un milagro de san Isidoro?

—Pues... Mi reina, yo no sé. Hace unos días empecé a mejorar y...

Urraca se volvió hacia el rey.

—Esposo mío, hay algo que te he ocultado y que deberías saber. Si he callado ha sido porque realmente no pensaba que el asunto fuera tan grave. Pero está claro que me equivocaba. No puedo consentir que se tomen los nombres de Dios y del santo Isidoro en vano. Ellos no son quienes han obrado milagro aquí. Esto es brujería.

El gesto de contento se trocó por el de extrañeza en la cara del rey.

—¿Brujería?

—La viuda de Fernando de Castro, María —empezó a explicar la reina—, es mi devota amiga. Tú bien lo sabes. Su alma es pura y acude a mí con frecuencia para descargar su conciencia, así que... sé cosas. Antes de venir a León para los responsos por el difunto señor de Castro, el joven Pedro buscó en Trujillo un remedio contra el mal del príncipe. Pero no acudió a altar alguno ni pidió remedios divinos... Oh, mi señor, no sabes cuánto me gustaría que esta historia fuera falsa, pero no lo es. María no ha partido aún para enclaustrarse, como es su deber, así que testificará no bien se lo pida. De ese modo verás cuán ciertas son mis palabras.

El rey observó de reojo al príncipe. Este parecía a punto de romper de nuevo a llorar. Miraba a Urraca como si no la conociera.

—¿Qué es lo que buscó Pedro de Castro?

—Un ensalmo de hechicera, mi rey. ¿Recuerdas vuestra discusión en el panteón de San Isidoro? Tú lo desterraste. Pero antes de irse, el joven Castro dio a Martino una bolsita. —La reina negó con aspecto de profunda tristeza—. No concedí importancia a esas cuitas. Me dije que mi temor al maligno era tan absurdo como mi esperanza en que san Isidoro realmente devolviera la vista a Alfonso. —Urraca observó fijamente al príncipe—. Tú estabas presente en el panteón, Alfonso. ¿Es cierto lo que digo? ¿Es cierto que Pedro de Castro entregó a Martino un hechizo de curandera cuando nadie os veía?

El rey aguardó la respuesta de su hijo. Alfonso asintió despacio.

—Él... le entregó algo, sí. Y le pagó. Lo oí. Es cierto, pero...

Urraca no le dejó continuar.

—¿Y no es también cierto que el joven Castro explicó de dónde había sacado ese remedio de Satanás?

Alfonso suspiró, acuciado por las miradas de su padre y su madrastra.

—De una ensalmera de Trujillo.

Hubo un instante de silencio en el salón. Desde fuera llegaban, amortiguados, los sonidos de la alegría por la recuperación del príncipe. Fernando de León subió al estrado y de nuevo se dejó caer sobre el trono.

—Pero, entonces, ¿por qué Martino insiste en que ha sido obra del santo?

Urraca ignoró la presencia de Alfonso y siguió a su esposo. Puso un pie en el primer escalón, pero cuidó de no colocarse a la altura del rey.

—Te lo he dicho antes, mi señor. Todos me quieren fuera de aquí. Yo soy la barragana, la que vive en pecado. Y nuestro hijo Sancho es el fruto de ese pecado. El bastardo de la extranjera. Pero él —señaló al príncipe sin mirarlo—, él es el heredero querido. El niño cuya vista curó el santo. ¿Qué mayor legitimidad para un rey leonés que la de Dios y la del santo Isidoro?

La voz quebrada del príncipe sonó tras la reina.

—Pero tú... dijiste que me querías. No puedes creer que el diablo esté de mi parte y Dios de la tuya.

—Esto es muy violento, mi rey. —Urraca seguía ignorando al muchacho—. Te aseguro que no deseo mal alguno a Alfonso, pero sería un desastre que lo ocurrido llegara a oídos del pueblo. El obispo pretendería tomar parte. Y el abad de San Isidoro también. Oh, no, por Cristo crucificado. La pobre María se vería obligada a prestar testimonio y habría que interrogar al tesorero Martino. Las reliquias y los prodigios son un lazo entre nosotros, míseros mortales, y la divinidad de Nuestro Señor. Difamar acerca del poder milagrero de un santo es cosa seria, mi rey. Y ejercer influjos demoníacos sobre un príncipe, más grave aún. Desde luego, a nadie le extrañará la actuación del joven Castro, dadas las circunstancias. Pero el honor de tu hijo quedaría en entredicho. Nada de esto es necesario.

El rey mantuvo la vista fija en su barragana hasta que el salón volvió a quedar en silencio. Alfonso, tras Urraca, se encogía como si le acabaran de arrancar el corazón con unas tenazas al rojo. Y el jolgorio que se filtraba bajo los portones contribuía a hacerlo todo más grotesco. Más infame. Por vez primera, Fernando de León se permitió dudar de la reina.

—Urraca, Sancho es tu hijo. Puedo comprender que tu amor de madre te lleve a desear lo mejor para él. Y es verdad que todo esto del… milagro… es demasiado oscuro, sin embargo…

—No, mi rey. —La reina levantó la mano y su rostro se contrajo en una mueca de profundo dolor—. No sigas. Ya veo lo que ocurre. No son tus súbditos gallegos, ni los asturianos. No es que odien a mi familia o desprecien a Castilla. Eres tú. Ahora comprendo por qué no quieres santificar nuestra unión. —Se dio la vuelta y pasó junto al príncipe sin dedicarle una mísera mirada. Anduvo a paso firme, con el cabello al aire y el gesto digno. Al abrir uno de los portones, los gritos del servicio invadieron el salón. Urraca desapareció en un borrón de seda negra, por entre los tapices de reyes antiguos que habían padecido y provocado cegueras, traiciones y muerte. Todo para ganar el trono de León.

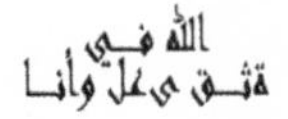

Tres meses después. Ceuta

Aquellos que reprochan a Dios no haber hecho al hombre incapaz de mal, sino haberlo hecho libre, no se dan cuenta de que lo acusan de haberlo hecho racional.

Ibn Rushd levantó la vista de las líneas escritas en latín. Cerró los ojos y repitió en su mente la frase. Asintió despacio.

Se hallaba entre fardos atados con cuerdas. Cientos de ellos, ordenados a lo largo del puerto. En su interior, las telas, sedas y armas importadas de Pisa se disponían a ser clasificadas, inspeccionadas y distribuidas entre las caravanas que recorrerían su camino destino a las ciudades de sur. Las gaviotas chillaban. Se lanzaban desde los mástiles para sumergirse en las aguas revueltas por decenas de estelas. O bien aprovechaban un descuido de los marineros para abalanzarse sobre las montañas de pescado que transportaban.

—¿Rezas, Ibn Rushd?

El cordobés cerró el libro y se volvió para besar la mano del califa. Yaqub había preguntado mientras observaba las maniobras de desembarco de una nave italiana. Los cristianos se gritaban en su jerga desconocida, una mezcla de todas las lenguas de aquel mar templado y lleno de piratas.

—No rezo, príncipe de los creyentes. No en esta ocasión. Estaba pensando en este libro…

Yaqub miró el volumen de reojo. Entornó los párpados antes de señalarlo.

—¿Y qué dice?

—Pues… —Ibn Rushd se interrumpió. Nadie sabía de sus peticiones personales al embajador Burgundio de Pisa. Si se descubría que traficaba con libros cristianos…—. Habla de medicina, por supuesto. Trastornos del pensamiento —mintió.

—Hmmm. Interesante. ¿Y a qué conclusión llegas?

—Ah, pues… Verás, mi señor. Hay locos que piensan que el hombre es capaz de decidir su destino. Incluso por encima de Dios.

Yaqub hizo girar el anillo califal alrededor de su anular. Por doquier, los Ábid al-Majzén vigilaban los movimientos de los marineros pisanos. Más allá, los pescadores de coral regresaban con su valiosa mercancía.

—Dios, ensalzado sea, decide siempre. No es necesario escribir un grueso volumen para darse cuenta de ello.

—Desde luego, príncipe de los creyentes. —Ibn Rushd agitó el libro—. Nadie escapa de la voluntad de Dios.

—Ni siquiera yo —completó el califa, y bajó la voz—. ¿Qué dirías si supieras que es Dios quien me dicta su voluntad?

—Que es natural. Acabamos de aceptar que así es con todo el mundo.

—Ah. —Yaqub hizo un gesto de desprecio—. ¿Acaso Dios se preocupa de dirigir a cualquiera? Mira a esos marineros infieles. ¿Dios les dice que descarguen su mercancía? ¿Les manda que la acumulen en el puerto? No. Soy yo quien lo ordena. Dios escoge sus instrumentos para llevar a cabo su obra.

—Interesante, mi señor. —Un esclavo pasó cerca. Acarreaba una gaveta repleta de atún recién troceado en la cercana almadraba—. Se me ocurre… ¿Qué pasaría, príncipe de los creyentes, si uno de esos instrumentos no quisiera cumplir las órdenes de Dios? Imagina que ese esclavo arrojara su carga y se rebelara contra su amo. Este puede azotarle, mandar que lo prendan. Incluso matarlo. Pero Dios, a pesar de su omnipotencia, permite que los infieles le desobedezcan. Hasta los reyes y los emperadores lo hacen.

Yaqub escuchó con atención y observó al esclavo que señalaba el cadí cordobés.

—Comparas a un esclavo con un rey, Ibn Rushd. Dios dictó el orden de las cosas. No quiso que los reyes acarrearan fardos ni que los esclavos dirigieran imperios. Dios elige sus instrumentos, te lo he dicho. A Él no le hace falta coaccionarme para que cumpla su voluntad. Yo lo hago de grado. Es mi naturaleza.

—Sabias palabras, príncipe de los creyentes. Verdaderamente, no se cumple por coacción lo que reside en nuestra naturaleza. Así pues, si tu devastas las tierras de tus enemigos, si reduces a polvo sus ciudades y diezmas a sus pobladores, es porque forma parte de tu ser. Dios encomienda sus misiones a aquel que está predispuesto para ello.

—Muy listo, Ibn Rushd.

El andalusí agradeció el cumplido con una breve inclinación. «Dios no escoge a nadie —pensó mientras miraba al suelo—. Es el hombre el que se dice escogido para justificar su predisposición. —Levantó la vista hacia el califa—. Predisposición para matar, esclavizar y destruir. Pero yo no moriré por explicártelo, desde luego».

—Y hablando de otros asuntos, aunque ninguno de ellos ajeno a Dios —Ibn Rushd se puso el libro bajo el brazo—, supongo, mi señor, que estarás contento. El oro fluye hacia las arcas. Pronto habrás recuperado las pérdidas de los últimos años.

Yaqub asintió satisfecho mientras miraba a su alrededor. El puerto de Ceuta bullía de riquezas, al igual que en esos mismos momentos ocurría en Orán, Almería y el resto de ciudades previstas en los tratados. Los almacenes amontonaban algodón, aceite, azúcar, sal, pieles, tapices, polvo de oro. Los esclavos negros recién llegados de las selvas del sur se distribuían en grupos encadenados que avanzaban a latigazos hacia los esquifes. Los buceadores ceutíes regateaban en los mismos fondeaderos con los italianos para venderles su mercancía, o bien acudían allí los artesanos con las piezas talladas, pulidas y ensartadas en joyas para obsequiar a las mujeres de Pisa, Génova y Venecia.

—Estoy contento, sí. He tenido que reforzar la vigilancia en los caminos hacia el sur para proteger las caravanas de harina, telas y armas, pero vale la pena. —Una sombra de enojo cruzó la cara del califa, pero desapareció enseguida—. Ayer mandé ejecutar a dos comerciantes por comprar vino. Debería haber prendido también a los cristianos que lo vendieron, pero están protegidos… —Apretó los puños—. Protegidos por mi propia palabra.

—Aquellos a quienes ejecutaste lo tenían merecido, mi señor. Eran pecadores. Para los adoradores de la cruz, la embriaguez no es pecado, sino una forma de olvidar su lamentable existencia.

Yaqub se sintió reconfortado por aquellas palabras.

—Bien dicho. Ya pagarán por ello. Si todo va bien, incluso antes de morir.

Un pequeño revuelo entre los Ábid al-Majzén distrajo a los dos hombres. Se volvieron para ver que un par de guardias negros interrogaban con malos modos a un hombre enjuto. Un tercer esclavo se acercó e informó al califa con su habla gutural:

—Príncipe de los creyentes. Ese hombre dice traer un mensaje de Ifriqiyya. Pero cuidado, mi señor. Ha llegado en una nave extranjera.

Yaqub ordenó que llevaran al mensajero a su presencia. Compareció aferrado por ambos brazos.

Los guardias negros lo levantaban un palmo del suelo, pero eso no parecía importarle. Como no podía inclinarse, encogió el cuello entre los hombros.

—Dios te guarde, mi señor. Todas las alabanzas para el Único. Larga vida para ti y para…

—Basta. ¿Qué deseas?

—Vengo de Túnez, mi señor. Me llamo Abú Ismail y soy escriba en el palacio del gobernador.

—¿Y por qué viajas con infieles? —Yaqub se acercó y le clavó una mirada fiera—. No habrás bebido su licor de Iblís, ¿verdad? ¿Has cumplido tus oraciones? ¿Has probado la carne del puerco?

—No, mi señor. No he cometido pecado alguno. Príncipe de los creyentes, los Banú Ganiyya. Los piratas de Mallorca han regresado.

El califa retrocedió un paso y volvió la cabeza hacia Ibn Rushd. Se cumplía lo que había pronosticado el cordobés.

—Dejadlo en el suelo —ordenó. Los Ábid al-Majzén obedecieron y el escriba lo agradeció con una larga reverencia al califa—. Cuéntanos cómo ha ocurrido.

Abú Ismail comenzó con su relato. Contó que los rebeldes mallorquines, espantados por la primera expedición almohade, habían huido hasta perderse en el Yarid. Capturada su flota, no les quedó más remedio que viajar hacia el este, y allí fueron auxiliados por los cristianos de Sicilia, que no vieron mal prestar su ayuda a los Banú Ganiyya para debilitar el imperio de Yaqub. Una vez devueltos a Mallorca en los barcos sicilianos, los piratas aprestaron una nueva flota y se lanzaron a un segundo asalto contra Ifriqiyya. Esta vez, Alí ibn Ganiyya saqueó los oasis del sur del Aurés, atrajo a su lado a los árabes Banú Yusham y Banú Riyah, conquistó Tawzar y, en cuanto se presentó a las puertas de Gafsa, la levantisca ciudad se le entregó sin dudarlo. Yaqub enrojeció al escuchar aquella parte de la historia, pero el escriba continuó. Alí ibn Ganiyya no avanzó en esta ocasión hacia el oeste, rumbo al corazón del poder almohade. En lugar de eso viajó rumbo a oriente, a los límites del imperio, y llegó hasta Trípoli. Allí se entrevistó con Qaraqush.

—Qaraqush… —repitió el califa—. Jamás he oído ese nombre.

—Es armenio —explicó Abú Ismail—. El cuervo. Eso significa Qaraqush. Es un aventurero que ha llegado desde Egipto. Sabemos que estaba a las órdenes de Salah ad-Din, pero ignoramos si se trata de un desertor o de una avanzada.

Yaqub consultó a Ibn Rushd con la mirada.

—Salah ad-Din. Los infieles le llaman Saladino.

—Sé quién es Salah ad-Din. Pero pensaba que estaba ocupado con los francos que lo combaten cerca de Jerusalén.

El cordobés se encogió de hombros. El califa animó al escriba a continuar.

—El tal Qaraqush tiene bajo su mando a un nutrido contingente de jinetes. Los llaman *agzaz*. Son arqueros montados de Oriente. Dicen que nadie en el mundo es tan diestro con el arco y las flechas. Hasta hace poco, Qaraqush se había mantenido en los límites del imperio. Pero ahora, tras entrevistarse con Alí ibn Ganiyya, ha reforzado a sus *agzaz* con las tribus almorávides rebeldes y con los clanes árabes que han querido unirse a ellos. Han cruzado las fronteras y han tomado Gabes.

—Y esto demuestra —remachó Ibn Rushd— que cualquier trabajo en Ifriqiyya deja de tener valor en cuanto tú, príncipe de los creyentes, retiras a tu ejército de allí.

Yaqub cerró los ojos. El escriba Abú Ismail, atemorizado, retrocedió dos pasos y mantuvo una respetuosa inclinación.

—Príncipe de los creyentes, el gobernador de Túnez y todos nosotros, tus súbditos, suplicamos tu ayuda. El ejército de Alí ibn Ganiyya y del cuervo Qaraqush se aproxima desde el sur y arrasa cuanto encuentra a su paso. Socórrenos en nombre de Dios, alabado por siempre sea.

Ibn Rushd dejó que el califa reflexionara. Sabía que estaba calculando la pérdida territorial que suponía el avance enemigo. Pronto caería Qairouán. Después, tal vez Mahdiyya y Túnez. Con cada ciudad arrebatada, muchas serían las tribus nómadas que se unirían a la ola compuesta por piratas mallorquines, almorávides resentidos, árabes rebeldes y aquellos malditos arqueros de Oriente, los *agzaz*. El cordobés aproximó la boca al oído de Yaqub.

—El aporte de riqueza está asegurado aquí. Sabías que esto llegaría y ahora debes hacerle frente, mi señor. Pacifica tu imperio.

El califa asintió. Cuando abrió los ojos, los fijó en Ibn Rushd. No había sombra de duda en ellos.

—Manda llamar a mi fiel Abú Yahyá. Que cruce el Estrecho y se reúna conmigo. Voy a convocar a las cabilas del Magreb y reuniré un ejército. Tú lo has dicho, andalusí: voy a pacificar mi imperio.

الله في
ثقة على وانا

42
EL CORAZÓN ROTO

CUATRO MESES MÁS TARDE, OTOÑO DE 1186. SANTA MARÍA DE ALBARRACÍN

En cuanto Pedro de Azagra dejó de toser, se incorporó del lecho. Lo hacía después de cada uno de esos ataques. Sentía cómo el aire se negaba a llenarle los pulmones y, atemorizado, pugnaba por asomarse.

—Vuelve a tumbarte. No es nada.

Lo había dicho su hermano pequeño, Fernando. El señor de Albarracín negó con la cabeza e insistió. Estiró el cuello enflaquecido y cruzado de arrugas.

—Quiero verla una vez más.

Fernando de Azagra suspiró y se hizo a un lado. La cara congestionada de Pedro se relajó cuando sus ojos encontraron el manto verde y ocre de la sierra. Las líneas de las montañas que se atisbaban por el ventanal. Las nubes oscuras que resbalaban sobre los picos más altos.

—Insisto en que deberíamos cerrar. Hace frío, y eso no te viene bien para...

—Calla, hombre —se quejó Pedro de Azagra—. ¿Viene el obispo o no viene?

—Viene. Viene. Pero ten paciencia. Son muchas escaleras.

El señor de Albarracín dejó caer la cabeza sobre la almohada. Su hermano, casi veinte años menor, le subió el cobertor hasta la barbilla y observó la tez cenicienta. Pedro de Azagra acababa de cumplir los sesenta y seis. Mucho más de lo que podía esperarse para un hombre que había entregado su vida a la guerra y a la caza, con tantas cicatrices sobre el cuerpo que la piel sana no bastaría para recubrir la estropeada. El pelo, blanco ya en su totalidad, destacaba contra la piel siempre tostada. Pero el señor de Azagra había perdido toda su fortaleza. Su vitalidad.

—Me miras como si ya fuera un cadáver... —Pedro de Azagra tomó aire con dificultad—, y todavía estoy vivo.

Fernando se dio la vuelta y, con un nudo en la garganta, se acercó al arco del ventanal, que se mantenía abierto por orden de su hermano. Abajo, las murallas seguían el contorno irregular del cerro. Y más abajo aún, el Guadalaviar fluía entre los árboles y las peñas y rodeaba la villa. Una ciudad inexpugnable. Un espolón obstinado que un rey andalusí había dejado como herencia a Pedro de Azagra, justo entre Aragón y Castilla. Fernando se asomó y llevó su vista al norte. Más allá de las murallas, las familias cristianas edificaban un nuevo barrio sobre el cerro adyacente. Pronto sería necesario murarlo también, aunque la fragosidad era de por sí una excelente defensa. Tantos eran ya los llegados, atraídos por la riqueza de la sierra, los pastos, los portazgos y las algaras, que los moros de paz y los judíos habían tenido que establecerse junto al castillo.

—No es de extrañar que ambos la ambicionen.

Se volvió. Junto al lecho de Pedro, una tosca estatuilla de la Virgen María se encargaba de proteger su débil salud. Sin éxito.

—Por eso te he mandado llamar, Fernando. —El señor de Azagra, tozudo, intentó incorporarse de nuevo—. Yo he logrado resistir la presión de los dos reyes, pero sé que ella no podrá.

Fernando de Azagra asintió y se acercó de nuevo a la cama. Ella. Se refería a la única hija de Pedro, Toda.

—No has de temer nada. Me quedaré con ella y la asistiré en lo que sea menester. No vivirá desamparada. Y le buscaré un buen casamiento que…

—No… —El señor de Albarracín tosió un par de veces. Su rostro se crispó durante un instante en el que dejó de respirar, pero logró recuperarse una vez más—. No es eso lo que harás. Ven. Acércate.

Fernando de Azagra tomó un pequeño escabel y se sentó muy próximo al cabezal del lecho. La respiración de su hermano mayor se había reducido a un silbido apenas audible.

—Dime.

—Él me lo hizo jurar. —Cerró los ojos y sus labios temblaron—. Mardánish. Y yo le presté el juramento. Le juré que tendría Albarracín por él y, cuando él ya no estuviera, la tendría por su recuerdo. He cumplido, ¿eh, Fernando? En este tiempo nadie ha podido llamarme vasallo, salvo nuestra santa Madre.

—De ahí vienen ahora tus males.

Pedro de Azagra negó con la cabeza. Sus ojos seguían cerrados.

—Mis males vienen del corazón, Fernando. Se me rompió cuando supe que Alfonso de Castilla quería arrebatarme lo que Mardánish me dio. Pero Albarracín es inexpugnable. Un águila que vuela demasiado alto para los cuervos que nos acechan. —En ese punto, sus labios se contrajeron en un rictus de dolor… ¿O era de pena? Sacó la diestra de debajo del cobertor y la agitó en un puño tan frágil como una figura de alabastro—. El mismísimo Alfonso de Castilla… Yo serví a su abuelo y fui amigo de su padre. Y a él lo conocí cuando no era más que un crío sacudido por la guerra civil. Luché junto a Mardánish durante años, solo para resguardar las puertas de Castilla. Ayudé a Alfonso a apresar Cuenca. ¿Y así me lo paga?

—Está mal aconsejado, eso es todo. —Fernando tomó la mano de su hermano mayor y la apretó con calidez—. Y se ha dejado llevar por sus triunfos. Ahora mismo Alfonso de Castilla es imparable. Acaba de fundar dos villas cerca de sus fronteras con los sarracenos. Una en el señorío de ese Pedro de Castro, Plasencia. Y otra cerca de Sierra Morena. Alarcos.

—Alarcos —repitió el señor de Albarracín.

—Castilla avanza en todas direcciones. Alfonso puebla sus nuevas ciudades y anima a sus vasallos a apretar más allá de sus límites. Supongo que es lo mismo que le gustaría hacer con Albarracín. Al sur de aquí, sus tropas han desbordado el Júcar y han llevado las fronteras hasta el río Cabriel. Más tierras. Más riquezas. Ahora todos lo temen, no solo los infieles. Tal vez por eso le puede la ambición.

—Pero él no es un mal hombre. Lo sé. Lo conozco. ¿Dices que está mal aconsejado?

—Eso se cuenta. El arzobispo de Toledo está más interesado en sus finanzas y en su estómago que en su deber cristiano, y los demás obispos castellanos no le van a la zaga. El rey Alfonso se deja llevar por Pedro Fernández de Castro, el Renegado. Hace poco se alejó de León y ahora sirve a Castilla. Pero los demás barones castellanos no le hacen el juego. Y es una suerte. Si apoyaran a su rey en eso, ahora mismo tendríamos un asedio cerrado sobre nosotros.

El señor de Albarracín abrió los ojos.

—Entonces el rey Alfonso volverá a cambiar de idea. Y Aragón no se atreverá a venir contra nosotros en solitario. Tiempo. Nos hace falta tiempo…

Un nuevo ataque de tos interrumpió a Pedro. Sus dedos se apretaron en torno a los de su hermano pequeño. No parecía que el tiempo les sobrara precisamente. Un par de golpes resonaron en la puerta, y un criado asomó la cabeza por la apertura.

—Mis señores, el obispo don Martín ha llegado.

Pedro de Azagra seguía tosiendo. Su hermano Fernando indicó al sirviente con un gesto que dejara pasar al clérigo.

—¿Qué tal está? —preguntó el obispo. Martín era un hombre de poca talla, rechoncho y con las mejillas coloradas. Venía congestionado tras la caminata por las empinadas callejas y la subida al torreón. Se acercó al lecho y observó con mirada experta al señor de Albarracín, todavía angustiado por la tos. Negó en silencio. Tras el clérigo pasaron un par de ayudantes que sostenían los santos óleos, una cruz y candelas. Fernando se puso en pie.

—No nos queda mucho tiempo.

—Tiempo, tiempo… —logró decir por fin Pedro—. No nos queda tiempo. Escucha, hermano…

—¿Sí? —Fernando cruzó una mirada con el obispo Martín. Este hizo un gesto a sus sirvientes, que se apresuraron a repartir cirios y a preparar el aspersorio—. Dime, Pedro.

—Mi hija Toda no recibirá el señorío. Tardaría muy poco en pasárselo por matrimonio a algún noble castellano, navarro o aragonés. Eso si nuestros nuevos enemigos no consideran que una mujer sea indigna de poseer Albarracín.

Tanto Fernando como el obispo y sus asistentes callaron. Pedro de Azagra volvió a cerrar los ojos.

—Entonces… —dijo en voz baja su hermano pequeño.

—Entonces serás tú, Fernando Ruiz de Azagra, quien me suceda en el señorío. Tú aún puedes tener hijos varones que continuarán nuestra dinastía. Pero debes jurar, igual que juré yo ante el rey Lobo.

El obispo Martín se persignó al oír el apodo de aquel monarca musulmán. Fernando apartó el escabel y clavó la rodilla en tierra. Puso la mano sobre la zurda de Pedro de Azagra. Este, con un último esfuerzo, giró el cuerpo para recibir el juramento.

—Juro, mi hermano y señor don Pedro de Azagra, por nuestro Padre que está en el cielo y por Cristo, su hijo; y por la santa Virgen María, patrona de Albarracín, que tendré la ciudad y el señorío cuando faltes, y que la defenderé contra todo mal, y lo mismo a sus pobladores, sean cristianos, hebreos o mahometanos.

—Jura… —Un estertor sacudió a Pedro de Azagra. Su voz se quebró y el cuerpo enflaquecido se envaró bajo las sábanas. El obispo, alarmado, tomó el aspersorio de manos de un asistente. Pero el guerrero, el cazador, se impuso para que el mundo conociera su última voluntad—. Jura… Jura que no rendirás vasallaje a soberano alguno… a no ser la propia Madre de Dios. Jura, Fernando… Jura que ni Castilla ni Aragón dominarán Albarracín.

—Lo juro.

Pedro de Azagra se relajó. El rictus de dolor abandonó su rostro y fue reemplazado por una sonrisa. Ahora sí, el obispo se precipitó sobre él con las fórmulas en latín. Pero el moribundo no hizo caso. Murmuraba algo entre dientes. Fernando, el que en apenas una oración ostentaría el señorío de Albarracín, se inclinó para escuchar. Su hermano ya ni siquiera respiraba. Distinguió las palabras entre la lluvia de agua bendita y el olor de la cera.

—Lo conseguí… Lo hice, viejo amigo… He cumplido mi promesa… El Sharq ha sobrevivido en Albarracín… conmigo…

وانا على ثقة في الله

Mes y medio después, finales de 1186. Málaga

Las familias de los altos funcionarios almohades recorrían la alcazaba con rapidez. Ultimaban los preparativos para celebrar la ruptura del ayuno, se apresuraban a cumplir con las últimas limosnas y acarreaban los regalos a intercambiar cuando el Ramadán, por fin, terminase.

Abú Yahyá aguardaba en el jardín. Estaba impaciente, y no precisamente por unirse a las celebraciones. Al día siguiente, según lo acordado, embarcaría con destino a Ceuta. Desde allí cabalgaría sin descanso hasta Fez, lugar de concentración del ejército almohade que se dirigía al este. Guerra. Por eso se impacientaba el hintata. Llevaba demasiado tiempo allí, en al-Ándalus, dedicado a inspeccionar fortificaciones y a recibir informes de frontera. Resopló con fuerza y remetió las manos en las mangas del *burnús*. ¿Por qué tardaban tanto aquellos malditos andalusíes? Ah, si no se tratara de esa ramera de Safiyya…

Ibn Sanadid apareció el primero. Llevaba puesto atuendo guerrero y sujetaba el yelmo bajo el brazo. Abú Yahyá lo esperó entre los setos, con la mirada férrea puesta en las dos mujeres que seguían al jienense. Ambas veladas con *miqná* y *niqab*, de modo que solo los ojos asomaban por entre las telas blancas. La de más baja estatura se adelantaba. Esa era la princesa. Sí, sus ojos azules refulgían entre las prendas. La otra, rezagada, llevaba en brazos al pequeño Idrís, que dormitaba con placidez.

—Gracias por tu deferencia, noble Abú Yahyá. —Ibn Sanadid se inclinó. Aún no había enderezado la espalda cuando se apartó para dejar paso a Safiyya. La voz del hintata salió ronca de su garganta.

—Espero, princesa, que me disculpes por no haber subido hasta tus aposentos. No lo considero digno de un buen almohade, y menos en Ramadán. Por suerte cuento con seres impuros que me hacen el trabajo sucio. —Señaló con la barbilla al andalusí—. Bien. Apenas tengo tiempo, de modo que te lo agradeceré si no me entretienes en demasía. Así pues, te escucho.

—Estás perdonado, Abú Yahyá. Sé de tu aversión hacia las mujeres, así que no puedo reprocharte nada.

El hintata se puso rígido. ¿Había notado un brillo burlón en los ojos de Safiyya?

—Eres esposa del califa, loba. Y madre de su hijo. Da gracias por eso.

—Lo hago cada día y cada noche, noble Abú Yahyá. Pero no tengo intención de ofenderte, sino de hacerte un ruego.

—¿Un ruego? ¿Tú?

Safiyya asintió. Se volvió hacia la otra mujer y le pidió al niño. Marjanna se lo alargó con cuidado para no despertarlo. La princesa lo apretó con suavidad contra su pecho. El hintata observó los rasgos del califa en el crío, aunque su cabello y su piel eran más claros. Estuvo a punto de sonreír.

—Te ruego que me permitas viajar a Valencia.

La sonrisa de Abú Yahyá estuvo a punto de trocarse en carcajada.

—Ni lo sueñes. Se acabó eso de andar a tu aire por esta tierra de rameras e infieles. Tu lugar está aquí, en la alcazaba. Alejada de las vistas…

—Mi tío Abú-l-Hachach ha muerto. Me enteré ayer.

El hintata calló. Interrogó a Ibn Sanadid con la mirada y este le confirmó la noticia con un gesto silencioso.

—Vaya. El gobernador de Valencia. ¿Por qué no se me ha informado antes? Soy el visir omnipotente. En ausencia del califa, yo hablo por él. También oigo por él.

—Humildemente ruego tu perdón, Abú Yahyá —intervino Ibn Sanadid—. Ha sido culpa mía. Me he dejado llevar por nuestras viejas costumbres andalusíes y he preferido informar antes a Safiyya, que es pariente del difunto. Qué tonto soy.

—Está bien. Abú-l-Hachach ha muerto… Así pues, habrá que nombrar a un nuevo gobernador para Valencia.

El jardín quedó en silencio unos instantes. Un par de funcionarios pasaron bajo las arcadas con sus mejores ropas para asistir al rezo en la mezquita.

—Valencia es una ciudad delicada, noble visir omnipotente —volvió a hablar Ibn Sanadid—. Últimamente, los avances castellanos parecen dirigirse a ella. Tal vez debieras pensar con calma qué gobernador sería el adecuado para sustituir a Abú-l-Hachach.

El hintata quitó importancia a la observación.

—Abú-l-Hachach ibn Mardánish era el único andalusí al que se permitió gobernar una gran ciudad de la península. Cualquiera nacido al sur del Estrecho sería más adecuado que él. Pero tienes razón. Valencia está demasiado alejada de aquí, de Córdoba o de Sevilla.

—Sé que las mujeres no pueden inmiscuirse en política —dijo Safiyya—. Pero déjame proponer que sea el califa quien nombre al próximo gobernador. Noble Abú Yahyá, ya que no quieres que acuda a Valencia, permite que te acompañe en tu viaje para ver a mi esposo, y yo misma le daré la noticia. Deseo visitarlo y mostrarle a su hijo Idrís.

La sola idea repugnó a Abú Yahyá. Imaginó a Yaqub en su tienda roja, rodeado de todo el ejército califal. ¿Y si se enternecía a la vista del niño? ¿Y si aquella embaucadora andalusí usaba al crío para…?

—No.

—¿Por qué no, noble visir omnipotente? —La voz de Safiyya sonó tan dulce como el *nabid*—. Eso convendría a todos. Ahora que el último gobernador andalusí ha muerto, el pueblo se preguntará dónde está su princesa. ¿Quieres que crean que el califa ya no aprecia a sus súbditos de al-Ándalus?

—He dicho que no.

Ibn Sanadid se hizo notar y sonrió.

—Noble visir omnipotente, permíteme de nuevo hablar. No deberías retrasar el nombramiento de un nuevo gobernador. Los cristianos no tardarán en saber que Abú-l-Hachach ha muerto, y podrían intentar algo. Aparte de que, en realidad, a la princesa no le falta razón. El pueblo ha dejado de saber de la hija del rey Lobo, y ahora acaba de morir el último varón de los Banú Mardánish que quedaba en la península. Ya nos conoces. Los andalusíes somos inconstantes. Volubles.

Abú Yahyá gruñó y sacó las manos de las mangas. Las unió tras el *burnús*.

—Valencia fue la última ciudad en entregarse al Tawhid a excepción de Murcia. No puedo mandar a cualquiera. Es una decisión que no debe tomarse sin reflexionar.

Ibn Sanadid chascó los dedos.

—Magnífico, noble visir omnipotente. Acabas de dar con la solución. El hermano del califa, Umar ar-Rashid, gobierna Murcia desde hace poco. ¿Por qué no le encomiendas también Valencia? Solo hasta que la campaña en Ifriqiyya termine y alguien pueda sustituir definitivamente al difunto Abú-l-Hachach.

—Hmmm. Murcia y Valencia. Ar-Rashid es muy joven... Dos ciudades tan grandes...

Safiyya, que acariciaba el pelo del dormido Idrís, habló como si aquello no fuera con ella.

—Mi padre reinó sobre Valencia y Murcia, entre otras, y durante más de veinte años las mantuvo a salvo de los almohades. —Levantó los ojos hacia el hintata—. Aunque él solo era un inútil andalusí.

Abú Yahyá expulsó el aire por la nariz.

—Sea pues.

—¿Y yo? —insistió Safiyya—. ¿Puedo ir entonces al funeral de mi tío? El pueblo será así testigo de la misericordia del califa, ya que habla por tu boca, nobilísimo visir omnipotente Abú Yahyá ibn Umar Intí.

—Aaaah. —El hintata se alejó dos pasos antes de volverse y apuntar a Ibn Sanadid con un dedo amenazador—. Tú, andalusí. Tú quedas a cargo de la princesa. La escoltarás hasta Murcia, donde entregarás mis órdenes por escrito a Umar ar-Rashid. Y los tres juntos viajaréis a Valencia para que él se haga cargo de la ciudad y desde allí gobierne también Murcia. Será conveniente que ambos, Safiyya y él, se muestren en el funeral de ese perro muerto. —Desanduvo los dos pasos y se encaró con la princesa—. Pero no quiero que disfrutes demasiado de tu pequeño triunfo, mujer. —Bajó la mirada hasta Idrís—. El hijo del califa se queda aquí, en Málaga, junto a tu doncella.

—¡No!

—¡Sí! —El berrido de Abú Yahyá asustó a Safiyya y la hizo retroceder. Por un instante pareció que el hintata iba a golpearla allí mismo. Marjanna soltó un gritito. Hasta Ibn Sanadid, confuso, creyó que el almohade abofetearía a la andalusí—. No sé qué tramas realmente, mujer, pero no has derramado ni una sola lágrima por tu tío. Te has limitado a pedir… ¡A exigir! Y no eres quién para eso. El pequeño se queda aquí. Tú puedes morirte por el camino si lo deseas, pero no permitiré que el hijo de Yaqub sufra daño alguno. —Se volvió hacia Ibn Sanadid—. Voy a redactar las instrucciones para ar-Rashid. Ven a recogerlas tras la oración del atardecer. Y ay de ti, andalusí, si le ocurre algo a esta zorr… A la esposa del califa. Respondes de ella con tu vida.

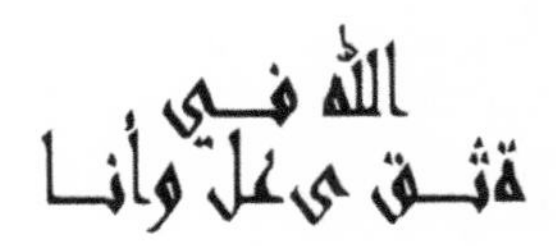

43
ACUERDOS DE CAMA

UN MES DESPUÉS, PRINCIPIOS DE 1187. TOLEDO

Leonor se sobresaltó al reconocer en los gritos la voz de su esposo, y acudió a toda prisa cuando vio la legión de criados y secretarios que se desbandaban por el corredor. Ordenó a sus doncellas que no la acompañaran, recibió las inclinaciones de los monteros reales y entró en el salón.

Alfonso de Castilla estaba sentado, con la vista fija en el montón de cartas. Una copa se había derramado y el papel se reblandecía en un charco de vino. La reina avanzó, sobrecogida por el silencio y por lo grande que parecía aquella estancia cuando, como ahora, estaba casi vacía. Ocupó un escabel frente al monarca, al otro lado de la mesa.

—¿Qué es ahora?

El rey la miró. Leonor, delicada como siempre. En ella se hacía cierto que la belleza honesta guardaba en su seno la virtud. La toca de la reina se había desprendido, y sus trenzas rubias caían sobre el ciclatón rojo adornado por el león dorado de la casa Plantagenet. Solo con la visión de Leonor, la furia de Alfonso se aplacó poco a poco. Señaló el caos de pergaminos, papeles, sellos rotos.

—Es esto. Me canso de tanta donación, y de confirmar, y de escribir cartas, y de contestarlas… No acabo de llegar de Plasencia, con todo el trabajo que me ha dado, y todavía sigo empantanado con fijar los límites de su alfoz. Y he de pensar en darle buen gobierno. Fundar una ciudad es casi peor que conquistarla al infiel. A ese lo derribas con la lanza y alzas tu estandarte. Pero así… He tenido que otorgar un tercio de mis rentas en Plasencia al obispo de Ávila, solo para que no se sulfure y deje de acosarme con sus reclamaciones de jurisdicción. Y aún me queda todo el correo de ida y venida desde Roma, a ver si el santo padre Clemente se decide de una vez a otorgar la bula para Las Huelgas. Reafirmar la Orden de Santiago me quita tiempo, y cuando ya parece que acabo la jornada y puedo desfallecer, están todas estas cartas particulares. Poca ayuda tengo, además. El arzobispo don Gonzalo es de piedra, o más bien debería decir de grasa de cerdo, vino y carne de cordero, porque no hace sino atiborrarse y descuida sus quehaceres como primado. Mírame, Leonor. Soy un rey esclavo de su reino. Cuanto más crece Castilla, menos puede crecer, porque he de dedicarme a leer y escribir, discutir, decidir, denegar, confirmar, volver a leer...

—Está bien, mi rey. Creo que lo he entendido. Hasta el que ciñe corona tiene derecho a desahogarse, pero no creo que despedir a voces a tus secretarios sea la solución.

El rey enterró la cabeza entre las manos.

—Tienes razón, Leonor. Y eso que ya he delegado en ellos lo más fastidioso del trabajo. Pero hay asuntos que no quiero cargar sobre las espaldas de mi canciller o del mayordomo real. Asuntos que no puedo ignorar. —La miró fijamente—. Eso por no hablar de las otras... cuitas con las que cargo.

—Albarracín.

Alfonso de Castilla pudo por fin sonreír.

—Dios me premió con una esposa comprensiva, vete tú a saber por qué. Es cierto. Me siento como si hubiera traicionado a Pedro de Azagra —se santiguó rápidamente—, al que el Creador guarde en la gloria. Y que Él me perdone por lo que voy a decir, pero casi prefiero que el pobre esté muerto para que no vea cómo intentamos apoderarnos de su señorío.

—¿Es que vamos a hacerlo finalmente?

El rey se dejó caer contra el respaldo. Se tomó su tiempo en contestar.

—No está decidido. El pacto con Aragón sigue en pie. Aunque la muerte de Pedro de Azagra y la llegada al señorío de su hermano Fernando lo han trastocado todo.

—No hay nada más trastocado, mi rey, que tu ánimo. Y ya sabes por quién.

—¿No hablamos de eso ya?

—Y podemos hacerlo de nuevo. Desde que murió tu abuelo, todo lo que tocan los Castro se convierte en moho y empieza a oler. Has trabajado por la unidad de los cristianos tanto tiempo que parece que hayas olvidado la causa. Tal vez sea cierto que todos estos papeles te retienen demasiado, y que deberías salir de nuevo en cabalgada, enfrentarte al verdadero enemigo y limpiar tu mente de impurezas.

—Gracias a Pedro de Castro he podido fundar Plasencia. Tengo más que perder si lo decepciono a él que si incumplo con Aragón. El señor de Castro supone algo así como... una garantía. Con él a mi lado, Castilla es más fuerte. Más respetada.

—Más temida, mi rey. El mismo tipo de temor que podría despertar el imperio de los infieles africanos. Eso no es lo que queremos, ¿verdad? ¿O crees que tu abuelo pensaba en este tipo de respeto cuando murió en la Sierra Morena?

—Pero, entonces..., ¿qué hago?

—Renunciar a Albarracín por de pronto. Pero no aquí, en una conversación a solas con tu reina. Cara a cara con el señor de Castro, en público. Encontraremos el momento y lo llevaremos a enfrentarse con tu decisión. Yo te respaldaré, y tú harás lo mismo conmigo. Así es como un rey se gana el respeto.

—Me propones representar una farsa.

—Una pequeñita, sí —la reina sonrió con dulzura—, pero es por una buena causa. No temas por tu honor. Te prometo que daré con la forma de ganarnos de nuevo la amistad de Albarracín, y también de conservar al resto de los aliados que necesitamos.

»En cuanto a esto —Leonor señaló el montón de cartas—, también te prometo que buscaré una solución. Hallaré al hombre ideal, que sea tus ojos, oídos y voz en la corte. Alguien de probada lealtad e inteligencia. Un hombre que sea temeroso de Dios y buen castellano.

—No puede ser cualquiera.

—Desde luego que no. Y por eso no lo encontraré hoy ni mañana. Pero llegará el momento en el que te descargues de este engorro y vuelvas a ser un rey que reina.

وأنا على ثقة في الله

Al mismo tiempo. Murcia

La última vez que Safiyya había estado en el alcázar mayor, lloró. Tanta había sido la pena al comprobar su ruina, que se resignó a dar la razón a la estrofa:

> *Solo los ignorantes pueden dar valor al mundo.*
> *¿Qué se disputan sobre la tierra sino una presa irrisoria?*

Por eso, para evitar las inevitables lágrimas, se había negado en redondo a entrar en Murcia durante el viaje que la había llevado de Valencia a Málaga.

Ahora lo hacía por obligación. En Murcia había un nuevo gobernador desde un par de años antes. Uno de los hermanos más pequeños de Yaqub. Por lo visto, nada más tomar posesión del cargo, había ordenado reconstruir el alcázar. Y no solo eso. Un aire extraño recibió a la comitiva cuando cruzaron el puente de barcas sobre el Segura. Safiyya, asomada entre los cortinajes del carro, observó con sorpresa el gentío que se arremolinaba en la puerta y más allá, en las calles que en poco trecho llegaban a la puerta principal del palacio fortificado. Ibn Sanadid, que conducía su caballo a paso de ambladura, se acercó discretamente.

—Vaya, esto valdrá la pena.

Safiyya lo observó de reojo. El andalusí parecía realmente sorprendido. Los velos colgaban flojos de los rostros de las murcianas. Ibn Sanadid llegó a ver los labios sonrientes de varias, contentas de que un paisano encabezara la delegación almohade. Los jinetes masmudas de la escolta hicieron patear a sus monturas para que la plebe se apartara. De pronto, una tímida lluvia de vítores cayó desde las celosías cercanas. Los soldados almohades miraron arriba, pero era imposible saber de dónde salían las voces.

—¡Bienvenida a casa, Safiyya!

—¡Larga vida al Sharq al-Ándalus!

Ibn Sanadid azuzó a su caballo y adelantó a la vanguardia de la comitiva. Los masmudas se vieron obligados a apretar el paso e ignorar a los murcianos. El carruaje también aceleró la marcha. Safiyya, sonriente bajo la *miqná*, cambiaba miradas felices con las mujeres que cargaban cántaros o cestas de pan. Justo antes de girar a la derecha para enfilar la entrada principal, le pareció ver a dos muchachas charlando con un hombre, cubiertos a medias por el toldo de un puesto callejero. Y el eco que se oía rebotar más allá… ¿era un canto femenino? ¿Qué ocurría en Murcia?

De pronto se encontró en el alcázar. Su curiosidad hacia el ambiente callejero le había impedido percibirlo y, cuando bajó del carruaje ayudada por dos esclavas, su mirada se perdía entre los angostillos cercanos a la mezquita aljama. Pero ahora veía el patio del palacio, los jardines de la entrada y las caballerizas. Allí estaban, tal como cuando era niña. Crecían los arrayanes, y la enredadera trepaba con timidez. Las puertas lucían enteras, bien encajadas, aunque ya no mostraban sus antiguos relieves con figuras humanas. Los motivos geométricos lo dominaban todo junto a los versículos en abigarrada caligrafía cúfica. Safiyya avanzó, flanqueada por Ibn Sanadid y las dos esclavas murcianas. Había luz en los corredores. Y entraba tamizada por las vidrieras que alguien había puesto en su lugar. Descubrió que había vuelto a sonreír. Casi creyó que, en cualquier momento, su padre aparecería tras una columna. O que el buen Abú Amir la sorprendería con un regalo en cuanto se abrieran las puertas del *maylís*.

Ninguno de ellos esperaba allí. Estaban muertos. Safiyya se obligó a endurecer el gesto tras la *miqná* cuando las dos esclavas le cedieron el paso al viejo salón de banquetes. Las estrellas de ocho puntas no estaban pero, al menos, las ruinas tampoco. Tampoco se hallaba allí la mesa alargada, ni el trono que el rey Lobo gustaba de ocupar durante sus ágapes. Sin embargo, no le desagradó lo que veía.

—Bienvenidos a Murcia, amigos míos.

Era un almohade, no cabía duda. Su piel oscura y su acento bereber así lo indicaban. Aunque no llevara *burnús* ni turbante, sino túnica de seda, tal vez de Susa, y la cabeza descubierta. Y en lugar de la barba larga y abundante de los unitarios, lucía una recortada y escasa que le afilaba los rasgos y le otorgaba un atractivo… andalusí. Era joven, casi un adolescente, y sonreía al mismo tiempo que dejaba atrás la montaña de cojines y recorría el salón con las manos extendidas. Ibn Sanadid posó la rodilla en tierra e inclinó la cabeza.

—Noble *sayyid* Umar ibn Yusuf ibn Abd al-Mumín, tu siervo Ibn Sanadid te saluda. Aquí traigo a tu cuñada, según órdenes del visir omnipotente Abú Yahyá.

El almohade asentía. Puso las manos en los hombros del andalusí y lo obligó a alzarse.

—Gracias, Ibn Sanadid. Pero puedes ahorrarte todo eso. Aquí soy ar-Rashid, sin más. —Miró a Safiyya y la saludó con una reverencia que a la andalusí se le antojó hasta gentil—. Noble señora, estás en tu casa. Y no es un cumplido. Es la verdad.

Aquello le gustó. De nuevo sonreía. ¿Cómo era posible? Carraspeó, y notó que su voz salía temblorosa de entre los labios.

—Me halaga tu acogida, *sayyid* ar-Rashid. Y me agrada que hayas adecentado el alcázar.

—Ah, sí. —El gobernador hizo un gesto a las esclavas, que cerraron las puertas y dejaron a los dos hombres y a la mujer en el *maylís*, a salvo de los oídos de fuera—. Por favor, tomad asiento conmigo.

Lo siguieron hasta el estrado, al mismo círculo de almohadones. En el centro, una bandeja contenía dátiles y almojábanas, y el aroma del jarabe de limón salía dulce de una jarra junto a los frutos. Safiyya, insegura, interrogó con la mirada al *sayyid*, pero el ademán de este fue inequívoco: la invitación para sentarse la incluía. Ella accedió.

—No podemos quedarnos mucho, ilustre *sayyid* —dijo Ibn Sanadid—. Como sabes, el tío de Safiyya falleció y precisamente viajamos para visitar su sepulcro. Para eso y… —sacó un pliego del cinturón y se lo alargó— para entregarte esta orden oficial.

El almohade frunció el ceño al reconocer el sello del visir omnipotente. Se encogió de hombros antes de romperlo. Mientras desenvolvía el pergamino, volvió a dirigirse a Safiyya.

—Noble señora, siento la muerte del gobernador Abú-l-Hachach ibn Mardánish. Sin duda lo amabas.

—Era… Era el hermano de mi padre… —Seguía tan sorprendida que le costó articular la respuesta. Observó el rostro de aquel extraño almohade mientras leía la orden oficial. Apenas si tendría dieciocho o diecinueve años y, de no ser por el color de su piel y su acento del Atlas, realmente habría pasado por andalusí.

—Discúlpame, ilustre *sayyid.* —Ibn Sanadid cogió un dátil con descuido—. ¿Cómo es que no están aquí tus visires?

El gobernador levantó una mano, pero no apartó la vista de la carta.

—Hmmm. Ya... Los visires se reúnen en la Dar as-Sugrá. Prefiero usar este alcázar como mi residencia privada, pero... —Calló un instante—. Vaya. Aquí dice... —Miró al andalusí—. ¿Esta carta ha sido redactada por el mismo Abú Yahyá?

—Así es, ilustre *sayyid.*

—Increíble. Ya me sorprendí cuando me nombraron gobernador de Murcia. Ahora también he de sustituir al difunto Abú-l-Hachach. —Su rostro juvenil se iluminó. De repente reparó en lo inapropiado de su alegría y la disimuló—. Pero perdóname, noble señora. Tu tío ha muerto y yo disfruto como un necio.

El *sayyid* regresó a la lectura. Ibn Sanadid y Safiyya intercambiaron una mirada. La mujer vio que el guerrero estaba tan pasmado como ella. El andalusí, con el dátil aún sin probar, volvió a hablar al almohade.

—Según las órdenes del visir omnipotente, debemos acompañarte a Valencia para tu toma de posesión y para que Safiyya pueda presentar sus respetos a la tumba de Abú-l-Hachach.

Ar-Rashid terminó la lectura. Contempló a sus visitantes. A ambos les pareció que examinaba sus ojos, que intentaba penetrar en ellos para conocer sus pensamientos. Lo hizo durante largo rato antes de hablar. Blandió el pergamino.

—A tenor de lo que hay en este escrito, ahora mismo soy el hombre más poderoso del Sharq al-Ándalus. Nadie antes que yo, desde el rey Lobo, había acumulado tanta autoridad.

A Ibn Sanadid le extrañó el comentario. Los almohades eran unitarios, y no solo por su credo. Toda rama de su gobierno dependía de otra rama mayor a la que debían subordinación, y esa rama mayor brotaba a su vez de un tronco. De una misma raíz. Los gobernadores no eran poderosos. Eran sirvientes de quien en verdad detentaba el poder. El califa.

—Es un gran honor, desde luego —convino el andalusí—. Pero también conlleva una enorme responsabilidad. Desde las campañas de Castilla por el Júcar y el Cabriel, Valencia es la ciudad más amenazada por los cristianos. A estas alturas ya deben de saber que el gobernador Abú-l-Hachach ha muerto. Podrían intentar algo.

—Los cristianos... Sí, claro. Lo primero que haré en cuanto llegue a Valencia será comprobar las defensas y la guarnición. Aquí, casi todos los soldados que tengo son sanhayas, pero no recuerdo qué cabilas se establecieron en Valencia. —Miró a Ibn Sanadid con gesto interrogante.

—En Valencia hay algunos árabes y también zanatas... —El andalusí dio vueltas al dátil entre los dedos—. Y tienes fuerzas haskuras en

Játiva, si las precisas. Pero en ambos sitios la mayor parte de la guarnición es andalusí.

—¡Estupendo!

Nueva mirada estupefacta entre el guerrero y la mujer. Por fin, Safiyya se atrevió a intervenir.

—Pensaba que los almohades preferíais a los vuestros.

—Sí, bueno... —Una vez más, el joven gobernador examinó las reacciones de sus visitantes. Incluso parecía que esperaba para que dijeran algo más. Como vio que no era así, se decidió a responder—. Desde luego, nada como un buen escuadrón de hargas, ¿verdad? Sí. O unos hintatas. ¿Qué opináis vosotros?

—¿Nosotros?

—Sí, claro. Sois andalusíes. ¿Quién guardará mejor una ciudad del Sharq? ¿Los bereberes o sus propios pobladores? ¿Y por qué iban a ser peores soldados los hombres velados? Los sanhayas son valientes. Lo dicen las crónicas.

Ibn Sanadid, que estaba a punto de llevarse el dátil a la boca, lo dejó allí, entre los dedos, suspendido cerca de los labios.

—Ilustre *sayyid*... No sé qué decir.

—¿Y tú, noble señora?

Safiyya estaba aún más congelada que Ibn Sanadid. Por eso ni siquiera pensó la respuesta.

—Yo prefiero a los andalusíes.

Aquello pareció satisfacer al gobernador.

—Bien. Está claro que hemos de partir de inmediato. Dejaré instrucciones a mis visires y me llevaré una buena escolta sanhaya... No, mejor soldados andalusíes. Eso te agradará más, ¿verdad, noble señora?

Ibn Sanadid devolvió el dátil a la bandeja.

—Si me permites, ilustre *sayyid*. El visir omnipotente Abú Yahyá dio órdenes claras de que yo os acompañara a Valencia. Hemos venido hasta aquí con un destacamento masmuda...

—No, no —atajó ar-Rashid—. No quiero que se mezclen con mis guardias andalusíes. Y tampoco podemos dejarlos aquí, entre los sanhayas. Hemos de ver más allá. El que ha muerto era el último resto del poder andalusí en la península, así que la llegada de la noble señora —sonrió a Safiyya— es providencial. A la gente le agradará saber que la hija del rey Lobo recorre el Sharq. Y que a su alrededor no se ve mucho del Tawhid. Lo mejor será que tú, buen Ibn Sanadid, regreses a Málaga con esos masmudas. Sí, eso harás.

—Imposible. —El andalusí buscó el apoyo de Safiyya con una mirada, pero no recibió nada de vuelta—. Ilustre *sayyid*, mis órdenes son claras. El visir omnipotente...

—Eres un buen súbdito, Ibn Sanadid —volvió a cortarle el almohade—. Pero te dispenso de cumplir esas órdenes. Ahora estás en el Sharq al-Ándalus y aquí detento yo el poder. De todos modos, no quisiera ser la fuente de tu oprobio. ¿Confía tanto en ti el visir omnipotente? Si lo deseas, escribiré una contraorden de mi puño y letra.

—En realidad, el visir omnipotente no me tiene en gran estima. Es el propio califa quien pone su confianza en mí. Le salvé la vida cuando era más joven, en lucha contra los leoneses.

—Salvaste la vida de mi hermano Yaqub —repitió ar-Rashid en tono reflexivo—. Sí, desde luego. Debe de confiar mucho en ti. Y tú le correspondes. Le eres fiel, ¿eh?

—Por supuesto.

El gobernador asentía despacio. Ahora no quitaba ojo de Safiyya. Atendía a cualquier parpadeo. Al mínimo movimiento brusco de la *miqná* o al modo de entrelazar los dedos sobre el regazo.

—¿Y no tienes acaso una mujer que te aguarde al sur, Ibn Sanadid?

—Así es. Mi esposa Rayhana me espera en Sevilla. Y también tengo una hija, ilustre *sayyid.*

—Eso me gusta. Un hombre de familia a pesar de todo. Bien, pues está decidido. Yo acompañaré a mi cuñada a Valencia y tú, Ibn Sanadid, regresarás a Málaga con esos masmudas. Con suerte, en pocas semanas estarás en tu hogar, gozando del amor de tu esposa sevillana y de los juegos de vuestra hija.

وأنا على ثقة في الله

TRES MESES DESPUÉS. UCLÉS, REINO DE CASTILLA

El rey Alfonso dio su visto bueno al escribano y le devolvió el documento para que consignara los nombres de los confirmantes. El hombre hizo una rápida inclinación. Retrocedió un par de pasos antes de dar la vuelta y abandonar a toda prisa el aposento. Justo en el momento de atravesar la puerta, lanzó una mirada aprensiva al caballero que, de pie y junto a un hachón encendido, se examinaba con desdén las uñas de la diestra. Pedro de Castro advirtió el gesto del amanuense y sonrió. Seguía aterrorizando a sus paisanos, fueran nobles o plebeyos. Lo sabía. Y casi siempre le gustaba.

Mientras el rey se recostaba sobre la silla de alto respaldo que hacía las veces de trono, Leonor dio un par de palmadas. Era la señal para que el resto de sirvientes abandonara la sala del torreón. El alférez real, Diego López de Haro, esperó a que saliera el último criado y cerró la puerta.

—Bien, don Pedro. —La reina hizo ademán de levantarse de su sitial, más humilde que el del rey—. Sé que quieres tratar asuntos de hombres con mi señor esposo, así que os dejaré solos. —Sin embargo, pareció pensárselo mejor—. Salvo que vayáis a hablar de la conquista de Albarracín, claro. En ese caso, me quedo para negarme con todas mis fuerzas.

El rey aguardó reacciones. Pedro ensanchó su sonrisa y Diego de Haro carraspeó desde la puerta.

—Entonces, mi reina —el señor de Castro dejó de prestar atención a sus uñas—, será mejor que te quedes.

—Odioso tema propones, mi señora. —La voz del rey sonó cansada—. De iniciar cualquier campaña, debería ser ahora.

—La campaña para tomar una ciudad cristiana. —El acento extranjero de Leonor resonó contra las piedras de la cámara—. La ciudad de un hombre noble que siempre estuvo a nuestro lado. ¿Acaso no ves que hasta tus barones deploran la decisión?

—No todos —apuntó Pedro de Castro.

—Es a todos a quien necesita el rey. —La reina se volvió hacia su esposo aunque, de reojo, vigilaba los gestos de Pedro de Castro—. No lo olvides, Alfonso: eres quien eres porque los barones te amparan y te sostienen. Cuando se dividen, tú te vuelves débil. ¿O acaso has olvidado tu propia historia? —Señaló con la barbilla hacia el señor de Castro—. ¿Has olvidado cómo la división entre nuestros nobles llevó a Castilla a la guerra civil? Todavía luchas por recuperarte de aquella época oscura, y ahora vuelves a caer, mi señor. Recapacita.

Pedro de Castro apretó los dientes y el rey se frotó las sienes. Diego de Haro se acercó lentamente al centro de la estancia. Sobre la mesa, varios documentos con donaciones y confirmaciones. Derechos de pasto, portazgos en Cañete, diezmos para la iglesia de Cuenca... Concesiones para los magnates laicos y eclesiásticos de Castilla. Todo cuanto fuera para mantenerlos afectos a la corona. ¿Acaso no tenía razón la reina?

—Lo cierto es que la muerte de Pedro de Azagra ha cambiado la situación. —El señor de Haro daba la espalda al de Castro—. El nuevo señor de Albarracín, Fernando, es mucho más joven y siempre se ha llevado bien con el rey de Aragón. Nadie nos garantiza que no vaya a oponer resistencia. Y no estamos hablando de una plaza mediocre. Se trata de la fortaleza mejor defendida que yo conozca. Necesitaríamos algo más que mis fuerzas y las de la casa de Castro para emprender el asedio.

—El rey de Aragón accedió al pacto. ¿Creéis que ahora se echaría atrás? —preguntó Alfonso de Castilla.

—¿Por qué no? —Leonor enarcó las cejas—. Mi señor, paso mucho tiempo entre crónicas, lo sabes. Me gusta leer. Y he leído sobre la fidelidad a los pactos. Como ese que firmaste cuando eras niño con quien en aquel momento también era un niño: Alfonso de Aragón. Un pacto para proteger al rey Lobo y no atacar su retaguardia mientras él se batía contra los almohades. La tinta seguía húmeda y el sello caliente cuando los aragoneses rompieron la frontera y alargaron su reino hasta Teruel. Y no tomaron Albarracín porque el pobre Mardánish se adelantó y se la cedió a Azagra. ¿No lo ves, mi rey? Toda una señal.

Pedro de Castro, en silencio, también se acercó a la mesa. Aguardó la respuesta de Alfonso de Castilla con los párpados entornados. El rey apoyó las manos en los brazos del sitial.

—No sé qué hacer. Albarracín podría caer del lado de Aragón. Fernando de Azagra no es tan amigo mío como el difunto Pedro.

Leonor puso su mano sobre la del rey.

—Pues actúa, pero no de forma que te ganes la enemistad de Albarracín para siempre. Recuerda Cuenca. Allí disponías de todo tu ejército y del apoyo de las órdenes militares. Y el mismo Alfonso de Aragón te prestó su ayuda. Aun así, tardaste nueve meses en rendirla y casi dejas la vida en el intento. ¿De verdad piensas que Albarracín es más fácil de tomar que Cuenca?

—Yo no estuve en Cuenca —gruñó Pedro de Castro—. De haber participado mis tropas, el cerco habría durado un par de meses.

Diego de Haro carraspeó.

—Yo sí estuve en Cuenca. Tengo que reconocer que la reina habla con mucho juicio. No podemos contar con las órdenes militares para atacar una ciudad católica, y los Lara no apoyan la empresa…

—Que los Lara se pudran en el infierno —volvió a gruñir Pedro.

—Basta, por favor, mis señores —intervino el rey. Giró la diestra para entrelazar los dedos con los de su esposa. Llegaba la culminación de la pequeña farsa—. La reina me sugiere que actúe, pero no aprueba la campaña militar. Así pues, Leonor, ¿qué mejor camino puede haber?

—El de la concordia, por supuesto. Y en primer lugar, a pesar de nuestro… amigo Pedro de Castro, debes recuperar la confianza de los Lara. Tampoco puedes descuidar a tu tío Fernando. Con tus ideas de guerra, has sacado de León al buen Diego de Haro para traerlo aquí. Allí cumplía una meritoria función.

—Es mi alférez —se excusó el rey—. Su misión es dirigir las tropas.

—Es preferible arreglar esto sin tropas… —La reina se humedeció los labios—. Mejor aún… Sí. Manda de nuevo a Diego a la corte leonesa. Que se quede con su hermana, nuestra queridísima Urraca. Con los dos allí, la amistad del rey de León está garantizada. El puesto de alférez real es tuyo, Diego, y te esperará a tu vuelta. —El aludido asintió—. Pero en tu ausencia, mi esposo le puede ofrecer el puesto al conde Fernando de Lara. Provisionalmente nada más. Una prueba de confianza. Con eso, los Lara volverán a nuestro lado.

—Bah. —Pedro de Castro habría escupido si no fuera toda una falta de decoro—. Nómbrame alférez a mí, mi rey. Yo guardaré el puesto hasta el regreso de Diego de Haro.

—Tú ya estás a nuestro lado, Pedro —repuso Leonor—. Se trata de atraer más gente a la causa de Castilla. Pero la cuestión principal era Albarracín, ¿no? Pues bien, hay métodos más baratos que la guerra para conquistar los corazones. La misma Urraca de Haro es un ejemplo. Lo que las tropas castellanas no pudieron ganar en los campos de batalla, lo ganó ella en la cama.

Los puños del señor de Castro se cerraron hasta que los nudillos tornaron al blanco. Leonor se dio cuenta, pero fingió lo contrario.

—Volveré a León si el rey me garantiza que el puesto de alférez sigue siendo mío —advirtió el de Haro.

—El rey lo garantizará —prometió Leonor ante el silencio de su esposo—. También se lo hará saber al conde Fernando de Lara. En cuanto a Albarracín, podemos seguir la misma estrategia. El nuevo señor de Azagra está soltero y seguro que pretende perpetuar su dinastía. ¿Qué mejor que hacerlo emparentando con una noble familia castellana?

—Yo ya ofrecí mi casa para ello —añadió Diego de Haro. Se dirigió al rey—. Te lo dije en Ágreda, mi señor.

Pedro de Castro dedicó una mirada de desprecio al señor de Vizcaya, pero no dijo nada.

—No es mala idea —aceptó la reina—. Fernando de Azagra podría desposar con alguna vizcaína. Es más... Tú sigues soltero, Diego. Y Toda de Azagra, la hija del difunto Pedro, también. Vamos, buen amigo. ¿Cuántos años tienes ya? ¿Treinta y cinco? ¿No te parece que es momento de dar un heredero a la casa de Haro?

—Pues...

—Sería un gran servicio para tu rey —se burló Pedro de Castro—. Propio de un buen vasallo.

Diego asintió. Fue suficiente para la reina, que continuó con el diseño de su plan.

—Hay todavía más por ganar en el lecho. Las bodas son método eficaz para atesorar prestigio y apoyos. Yo misma soy la garantía de amistad entre Castilla e Inglaterra, ¿no es así, mi amado rey? Y eso realza a ambas coronas. En una carta reciente, mi padre me indicó que también podríamos emparentar con el Sacro Imperio. El emperador Federico tiene un hijo soltero, Conrado... —apretó más la mano del rey—, ¿qué te parecería si desposara a Berenguela?

—El Sacro Imperio... —repitió Alfonso.

—Berenguela es una niña aún —siguió la reina—. Pero la promesa de matrimonio aseguraría que en el futuro, si no tenemos más hijos... —su voz se quebró.

—Por supuesto —se apresuró a acceder el rey. Se inclinó sobre el sitial para acariciar la mejilla de Leonor, y retiró con el dedo una lágrima—. Es muy buena idea. Felicita a tu señor padre por ella, mi reina. En realidad, me gusta todo lo que has dicho. Tenemos a Urraca en León, podemos tener a los Azagra con los Haro, y nosotros emparentaremos con el emperador Federico.

—Acuerdos de cama —dijo Pedro de Castro—. Estupendo. Después de tantas guerras de frontera, de tanto muerto y tanta viuda, me doy cuenta de que los auténticos servicios a mi señor los puedo cumplir en la cama. ¿Estoy en lo cierto, mi reina? Así pues, ¿de qué sirve que haya entregado mi señorío de Trujillo al rey Alfonso? ¿Para qué he venido hasta aquí con mis huestes? La verdad, tal como están las cosas, creo que diré a mis hombres que guarden sus armas y busquen un buen lupanar.

—No debes enojarte, buen Pedro —terció el rey—. Los infieles campan por miríadas, y con esos no hay cama que valga.

—Menos mal. Alguien a quien destrozar con mi hacha. —Exageró una ceremoniosa inclinación hacia la reina—. Pobre servicio te hago, mi señora. Más me gustaría desposar a alguna noble extranjera para fortalecer tu causa. ¿O guardas eso para tus súbditos más amados?

—Basta, Castro —dijo entre dientes Diego de Haro.

—No, no. De verdad, mi reina. —Se acercó a la silla de Leonor y ladeó la cabeza—. Soy el señor de Castro. En muchos lugares te dirían que mi linaje es el más grande de Castilla. Soy nieto, sobrino y primo de reyes. Pero aquí me tienes, casado con una muchachita que no aporta fuertes alianzas ni prestigio en el extranjero. ¿Soy menos que un Lara, mi reina? ¿Soy menos que un Haro o un Azagra?

Leonor se restregó con suavidad los ojos, aún húmedos.

—Estás casado, Pedro, tú lo has dicho. De no ser por eso, tu matrimonio también habría entrado en mis planes.

Pedro se dio la vuelta con los brazos abiertos.

—Ah, lástima. Qué fácil habría sido. —Se rascó la barbilla y fingió reflexionar—. Pero estoy pensando… Precisamente, en vista de nuestra ahora frustrada campaña contra Albarracín —lanzó una rápida y fría mirada de reproche al rey—, acabo de hacer testamento. Y como mi hermosísima esposa no me ha dado hijos, he legado mis bienes a la Orden de Santiago. —Se volvió de nuevo para encarar a Leonor—. Ya no lucharemos contra los Azagra, sino que nos casaremos con ellos, mi testamento no tiene mucho valor. Bien visto, debería buscar solución al asunto de mi descendencia. Me conviene tener hijos, ¿no estáis todos de acuerdo? Sigo pensando… Qué fácil sería anular mi matrimonio con Jimena. ¿A alguien le extrañaría que ni siquiera lo haya consumado? Ya sabéis, soy Pedro Fernández de Castro. El Renegado. Los musulmanes me llaman el Maldito. Muchos juran que estoy loco, y otros lo confirmarían. Dirían que soy un lunático sanguinario. Claro que esos muchos yacen enterrados, con los miembros repartidos por el Infantazgo gracias a mi hacha.

—Por favor, Pedro, basta… —rogó el rey.

—Enseguida, mi señor. Solo quiero que mi reina lo diga. Que me asegure que también consentiría en mi desposorio con alguna noble dama. Yo juraré que jamás hubo cópula con Jimena, y ella ingresará en un convento. Castilla está por encima de Jimena. Por encima de mí. Así que podrás buscarme un buen partido, ¿eh, mi reina? O yo te propondré a alguno. Una noble de buena raigambre. Tal vez una condesa, ¿por qué no algo más? Por favor, mi señora. Guardaré mi hacha y prepararé mi lecho. ¿Qué servicio de cama podré prestar a Castilla? Me siento obligado por linaje.

—¡Está bien! —estalló por fin Leonor—. ¡Te lo prometo, Castro! —Llenó el pecho de aire antes de continuar. Incluso apartó de su mente la imagen de la pobre Jimena—. Castilla es la primera de mis prioridades. Todo por Castilla. Jamás te pondría impedimento alguno a un matrimonio así. Y si mi señor esposo viera inconveniente, yo buscaría la forma de removerlo. ¿Estás contento?

Pedro miró a Diego y luego al rey. Con ese simple gesto, los convertía en testigos del extraño compromiso adquirido por Leonor Plantagenet. Volvió a inclinarse ante ella.

—Estoy contento, mi reina.

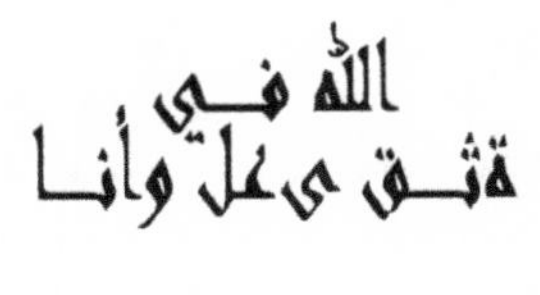

44
UMRA

DOS MESES MÁS TARDE, VERANO DE 1187. CERCA DE GAFSA

Al suroeste, la mancha verde rompía el pardo monótono entre los vapores de la escasísima humedad. Allí estaba otra vez aquella ciudad maldita, siempre inclinada a la rebelión. Yaqub, impávido sobre su silla de montar, sintió ganas de derribar los muros de Gafsa y quemar todo el palmeral. Cerró los ojos tras el antifaz del yelmo, respiró despacio. Ahora no se trataba de una simple sedición localizada. Era todo un ejército el que recorría Ifriqiyya y la arrebataba, palmo a palmo, al Imperio almohade.

Miró tras de sí. El campamento se extendía en medio del camino de Qairouán a Gafsa. Veinte mil hombres. Un ejército califal entero, con la tienda roja y el gran tambor en el corazón de los interminables círculos concéntricos. Era su última etapa prevista. Según sus conjeturas, ya deberían haber contactado con el enemigo y, sin embargo, no habían visto ni rastro del mallorquín Alí ibn Ganiyya. Y tampoco de aquel cuervo, Qaraqush, con sus remotos jinetes. ¿De verdad existían, o simplemente lo había soñado?

El viaje, desde luego, no había sido un sueño. Las arcas empezaban a recuperarse de los excesos del difunto Yusuf, pero todavía no contaban con dinero para derrochar. Los rebeldes, por el contrario, parecían capaces de cercenar poco a poco todos los recursos almohades en Ifriqiyya. Cuando Yaqub partió hacia el este, los Banú Ganiyya debieron de enterarse rápido, porque desistieron de su acoso a Túnez. Pero en su marcha hacia Gafsa saquearon todas las aldeas y las redujeron a la nada. Según supo después el califa, los atemorizados pobladores pedían el amán en cuanto veían aparecer a las hordas mallorquinas, las tribus almorávides rebeldes, los árabes sublevados y los nuevos jinetes arqueros de Oriente. Durante ese invierno, todos los que se rindieron fueron despojados de sus pertenencias y, desnudos, se les puso en marcha hacia Túnez. Fueron cientos los que murieron de frío, y dejaron el camino sembrado de cadáveres para recibir al ejército califal.

Esos mismos cadáveres, ya descarnados o devorados por fénecs y cuervos, los había visto Yaqub durante la marcha. Y aunque el ángel de Dios no había aparecido todavía en sus sueños, el califa sabía que su misión inexorable era exterminar a aquellos impíos.

Media docena de jinetes se acercaban ahora, dejando a su paso una nube de polvo rojizo. Yaqub, rodeado por una veintena de Ábid al-Majzén, reconoció enseguida a su querido Abú Yahyá, que comandaba la descubierta de exploración. El hintata saltó del caballo en cuanto lo refrenó frente al califa, se adelantó dos pasos y clavó la rodilla.

—Príncipe de los creyentes, hemos apresado a un par de pastores de cabras. Los dos dicen lo mismo: los árabes rebeldes y los hombres de los Banú Ganiyya se preparan para combatir. La mitad son de caballería, con jabalinas y mazas por lo visto. Creo que se trata de las tribus árabes. Los almorávides rebeldes luchan a pie, seguro.

Yaqub asintió.

Por fin daba con ellos. Por fin habría combate. Por fin.

—¿Cuántos?

Abú Yahyá se incorporó, anduvo por entre los esclavos negros y aferró el estribo del califa.

—Por lo que han dicho esos desgraciados, calculo ocho mil en total.

—Cuatro mil jinetes y cuatro mil infantes, entonces —dijo Yaqub—. Pero se suponía que esos arqueros de Oriente eran más aún. ¿No están?

—Uno de los pastores ha dicho que su líder, Qaraqush, discutió con Alí ibn Ganiyya. Fue cuando se supo que nos acercábamos. Al parecer se han enemistado, así que todos esos jinetes arqueros montaron en sus caballos y se fueron de Gafsa hace un par de días.

El califa sonrió. Lógico. Cuando el miedo hace acto de presencia, cualquier excusa es buena para huir.

—Una discusión, ¿eh? Supongo que no se ponían de acuerdo con la parte del botín que podía quedarse cada uno. Malditos piratas... Bien, sea como sea, nos beneficia. Atacaremos enseguida.

Abú Yahyá miró severamente a Yaqub. A su alrededor, los exploradores hintatas atendían a la conversación. Y lo mismo debían de hacer los esclavos negros a pesar de su tradicional imperturbabilidad.

—Príncipe de los creyentes, creo que tenemos que hablar. Solos.

Al califa le extrañó el repentino cambio de tono de su visir omnipotente. Desmontó y cogió el brazo del hintata para alejarse del círculo de guardias negros, a los que ordenó permanecer en el sitio con un simple gesto. Cuando estuvieron a salvo de los oídos ajenos, Yaqub encaró a Abú Yahyá.

—¿Hay algo más?

—Tiene que haberlo, Yaqub. Todo el mundo sabe que un ejército califal almohade cuenta con veinte mil soldados. Según las confidencias de los pastores, nuestros enemigos son ocho mil. Y aun así se disponen a combatir.

—Crees que es una trampa. Esos pastores mentían.

—No —Abú Yahyá lo dijo con gran seguridad—. Los sometimos a tormento. Un tormento a conciencia. Nos han dicho la verdad: los *agzaz* no están en Gafsa.

—Los *agzaz*, los *agzaz*. —Yaqub soltó el aire por la nariz—. No pueden ser tan temibles. Tanto si están como si no, superamos en número a esos rebeldes. De hecho, los doblamos. Tendrían una oportunidad si aguantaran dentro de Gafsa, pero si salen a combatir, los exterminaré. Acabaré con ese Ibn Ganiyya hoy o jamás me libraré de esta maldita rebelión.

Abú Yahyá resopló con resignación. Contempló la mancha verde en la lejanía. Gafsa era la puerta del Yarid para quien venía desde el norte. Un enorme palmeral situado entre dos líneas de colinas tan pardas como la estepa que precedía al desierto de sal. El visir omnipotente señaló a una de las alturas a la derecha de la ciudad.

—Allí arriba. Parece un buen punto de observación.

—Observar, ¿qué? Observaremos las cabezas de nuestros enemigos colgadas de la muralla.

—¿Has soñado, Yaqub? ¿Te ha hablado el mensajero de Dios? ¿Cuál es su mandato?

El califa calló. El sol pegaba fuerte y calentaba su piel cubierta por la cota de placas.

—No he soñado.

Abú Yahyá asintió.

—Soy tu visir omnipotente, así como tú lo fuiste de tu padre. Pero además me gustaría pensar que seguimos siendo amigos. Como en las montañas. ¿Recuerdas?

Yaqub hurtó la mirada.

—Nunca lo olvidaré. Somos amigos. Por encima de todo.

—Pues escúchame ahora como me escuchabas entonces. Escúchame a pesar de que eres el príncipe de los creyentes, espada del islam, califa de los almohades, y no el niñato inexperto que no sabía encender un fuego. Escúchame, Yaqub: no encabeces a las tropas en la lucha.

—Sabes que no puedo hacer eso, me confundes con mi padre. Yo no colecciono libros de astronomía y álgebra. Yo lucho. Si el ejército marcha, el califa debe marchar con él.

—No te pido que te ocultes. Solo quiero que observes. Recuerda, Yaqub. Recuerda hace diez años. Habíamos dejado atrás el Yábal Khal y nos adentrábamos en el océano de arena. Íbamos tú y yo, y tres mercenarios saktanas.

—No podría olvidarlo. Pretendíamos dar caza a los bandoleros haskuras que asaltaban las caravanas.

—Y los localizamos. Ellos eran tres. Nosotros, cinco. Y aun así aceptaron combatir.

Yaqub asintió. Aquella había sido una de las lecciones de astucia y táctica que había aprendido de Abú Yahyá. Ese día lejano, el hintata le obligó a detenerse y dejó que los tres mercenarios saktanas se adelantaran para combatir. Y uno a uno fueron derribados, incluso antes de contactar con el enemigo.

—Me lo dijiste allí, entre las arenas del desierto… —Yaqub se esforzó por recordar las palabras de su mentor—. «Examina el modo en que los haskuras pueden derrotarte, y así los vencerás mejor». Dejé que nuestros mercenarios se lanzaran al ataque para morir ante nosotros, y luego actuamos.

—Sacrificio. A veces es necesario. La diferencia entre un muchacho inexperto y un príncipe de los creyentes es que aquel solo sacrifica a unos pocos mercenarios saktanas.

Yaqub observó una vez más la mancha verde de Gafsa. Le pareció que algo cambiaba a los pies de las murallas, simples líneas rojizas en la distancia. Tal vez el ejército rebelde se aprestaba a combatir. Ocho mil hombres que aceptaban enfrentarse a veinte mil.

—Te escucho, Abú Yahyá. Di qué propones.

—No mandes todas tus fuerzas contra ellos. Solo una parte, aunque conserves la superioridad. Que combatan las huestes más prescindibles. Mantén a los nuestros en el campamento y envía a la batalla a las tribus sometidas y a los árabes. Tú observarás el choque desde aquella altura —volvió a señalar los cerros que dominaban Gafsa—, con una pequeña escolta que no llame la atención. Para no despertar sospechas, los Ábid al-Majzén se quedarán en el campamento, bien visibles.

Yaqub reflexionó.

—¿Quién ocupará mi lugar al frente de las tropas?

Abú Yahyá sacó pecho.

—Yo lo haré.

El califa volvió a reflexionar. Hizo un rápido cálculo. Contaba con seis mil jinetes árabes entre sus tropas, y un número similar de infantes sanhayas y zanatas. Tribus sometidas, no almohades. La mitad de ellos serían *rumat*. Arqueros que podrían cubrir con sus lanzamientos el avance de los demás. Sí, era fuerza de sobra para aplastar a los rebeldes, puesto que los superaban en cuatro mil hombres. Miró al campamento, con la tienda roja bien visible en su centro. Allí quedarían ocho mil guerreros, los mejores de la expedición. Suficientes para hacer frente a cualquier problema.

—De acuerdo en todo menos en una cosa: tú no liderarás esas tropas. Vendrás conmigo al cerro. Juntos observaremos el triunfo de los más miserables de nuestro ejército.

—Pero…

—Sin peros, Abú Yahyá. Eso no lo discutiremos. Si tú cayeras… —El califa sacudió la cabeza—. Hemos de pensar en alguien que pueda dirigir el ataque. Hmmm. Un jeque con prestigio. Ya está. Ibn Yumur.

—El hijo de Yumur el Carnicero.

Yaqub asintió. El Carnicero había servido a su abuelo Abd al-Mumín. El primer califa almohade lo había enviado a al-Ándalus cuarenta años atrás, como gobernador de Córdoba. Desde allí tuvo que ir a someter la rebelión de la ciudad de Niebla. Yumur entró al asalto en la villa y forzó la temprana rendición de los rebeldes. Pasó a todos a cuchillo. El mismísimo Abd al-Mumín se horrorizó cuando supo la noticia. Tanto que destituyó a Yumur. Eso sí, Niebla no volvió a rebelarse.

—Está bien, Abú Yahyá. Ibn Yumur acaudillará el ejército almohade en mi lugar. Y nosotros nos limitaremos a mirar.

Eran solo siete: Yaqub, Abú Yahyá y cinco jinetes hargas. Masmudas de plena confianza, dispuestos a dejarse matar como si fueran Ábid al-Majzén. Uno de ellos cuidaba de los caballos entre unas rocas, y los demás acompañaban al califa y a su visir omnipotente. Se cubrían las lorigas y las cotas de lamas con capas pardas, y los yelmos con turbantes del mismo color. Nadie podría verlos, confundidos con el monótono paisaje. Frente a ellos, abajo, Gafsa destacaba por su palmeral y el enorme cauce seco del Sidi Aysh. Pero Yaqub no observaba la ciudad. Miraba sorprendido hacia el sur.

Desde allí arriba la perspectiva era única. El camino que venía de Qairouán se internaba en una vasta llanura tras pasar por Gafsa. Una planicie tan parda como todo el resto de aquel mundo árido. Y más allá comenzaba el Yarid.

«Sería hermoso si no encerrara tanta desolación», pensó Yaqub.

Aunque también atesoraba riqueza, desde luego. Cantidades ingentes de sal que convertían a Gafsa en una plaza irrenunciable para el imperio.

Allí, en el horizonte, el desierto blanco se confundía con el cielo. Una enorme costra de sal que vibraba con el calor. Los perfiles se desdibujaban hasta desaparecer. Sobre el enorme páramo salado, Yaqub podía ver imágenes temblorosas. Montañas de arena que no existían. Se frotó los ojos, atónito por el efecto del que ya le habían hablado.

—No te dejes engañar por los trucos de Iblís, príncipe de los creyentes. El desierto de sal es engañoso.

El califa apartó la vista del gran espejismo blanco. Su visir omnipotente, nervioso, atisbaba las sendas de pastor que ascendían hasta el cerro. Pero nadie los había visto subir. Todos los rebaños estaban a buen recaudo en la ciudad. Abajo, el movimiento seguía.

Eran árabes a caballo. El ojo experto de Abú Yahyá confirmó el número que había calculado antes, mientras torturaban a los pastores cautivos.

—Cuatro mil.

Inconfundibles. Los árabes jamás mantenían la línea. Caracoleaban con sus caballos pequeños y ágiles, los hacían cabalgar un corto trecho y los frenaban bruscamente. Lanzaban insultos con tanta facilidad como se encomendaban al Profeta. Desde arriba eran poco más que puntos en movimiento. Insectos diminutos que revoloteaban en torno al resto del ejército. La infantería, por el contrario, parecía afanarse en mantener su formación. Líneas que se opondrían a la avalancha almohade, si es que se atrevían a permanecer allí. Antiguos almorávides, sometidos y sediciosos, de nuevo sojuzgados y vueltos a rebelar. O tal vez sus hijos. Hombres que se velaban la cara y jamás terminaban de aceptar el yugo almohade. Y con ellos, los piratas mallorquines. Tan almorávides como los otros aunque más orgullosos, porque no se habían sometido jamás. Yaqub se preguntó cómo serían aquellas islas en las que muy pocas veces reparaba.

—Bah, nidos de piratas —dijo para sí.

Abú Yahyá adivinó qué pasaba por la mente del califa.

—Y, sin embargo, algún día tendrás que navegar hasta allí para imponer tu gobierno, príncipe de los creyentes. Y si no lo haces tú, serán tus descendientes.

Por el camino de Qairouán, las fuerzas bajo su mando se aproximaban. Yaqub sonrió. El único almohade de ese contingente, en realidad, era el hijo del Carnicero. Y no lo estaba haciendo mal. Había colocado a la infantería en línea. Tres mil hombres armados con lanzas y grandes escudos de mimbre, y otros tres mil *rumat* que llenarían el cielo de flechas en cuanto llegaran a distancia a tiro. Los seis mil eran también antiguos almorávides. Ese pensamiento provocó un súbito escalofrío al califa. En los flancos de esa línea de a pie, Ibn Yumur había dispuesto dos alas de caballería árabe. Tribus sometidas e instaladas cerca de Marrakech para asegurar su fidelidad, puesto que ahora sus familias continuaban allí, junto al corazón del imperio. Tres mil jinetes a cada lado.

—Nuestra superioridad es evidente —se atrevió a apuntar uno de los hargas.

—Nada es evidente hasta que Dios lo dispone —sentenció Yaqub.

Un impacto seco viajó hasta el cerro e hizo temblar el aire. Según las órdenes del califa, el gran tambor almohade sonaba. Como si fuera el mismo príncipe de los creyentes quien dirigía el ataque.

—Tengo dudas —dijo Yaqub—. Tal vez no se lo crean.

Abú Yahyá, que no dejaba de inspeccionar los alrededores desde la altura, gesticuló para quitar importancia a los desvelos del califa.

—Supondrán que marchas en la zaga, como debe ser.

—Tendría que haber declarado la guerra santa. Tendría que haber convocado a los voluntarios de la fe...

—Hordas vociferantes que sirven para bien poco. —El visir omnipotente se acercó y posó la mano con suavidad sobre el hombro de Yaqub—. Es el momento de la serenidad. Pase lo que pase, observa y aprende.

Abajo, la caballería árabe rebelde comenzó su cabalgada. Abandonó las líneas de los Banú Ganiyya sin orden, entre chillidos ululantes. Puntos que se adelantaban unos a otros. En el lado almohade, la disciplina los mantenía a todos en un avance constante e imparable.

—Gran contraste entre un ejército de piratas y los soldados de Dios.

Abú Yahyá apretó el puño de la espada.

—Si el hijo del Carnicero sabe lo que hace, enviará a la caballería para contrarrestar la carga enemiga.

Como si el pensamiento del visir omnipotente hubiera volado desde las colinas hasta la mente de Ibn Yumur, las dos alas almohades se convirtieron en enjambres. Dos fuerzas que se lanzaron al galope mientras convergían hacia la masa rebelde. Árabes contra árabes. Yaqub aguantó la respiración.

—¿Pero qué hacen?

El califa se sobresaltó por la pregunta de Abú Yahyá. Se volvió y advirtió que no atendía a las dos caballerías enfrentadas. Su vista estaba puesta abajo, en Gafsa. Yaqub lo imitó. Las puertas de la ciudad estaban abiertas y la infantería rebelde se precipitaba dentro.

—Cobardes.

—No. —El visir omnipotente avanzó un paso—. No es eso. Fíjate bien. No es una desbandada. Más bien entran con orden. Por escuadrones, diría yo.

Era cierto. La línea de infantes se desmenuzaba poco a poco. Los hombres daban la vuelta y corrían sin atropellarse. Por delante, los árabes de uno y otro ejército acortaban distancias.

—Están desamparando a su caballería. No lo entiendo.

—Yo tampoco. Pero no olvides observar, Yaqub.

Y Yaqub observó. La caballería árabe al servicio de los Banú Ganiyya detuvo su carga antes de chocar. Los caballos frenaron y se dieron la vuelta. La táctica era la habitual en ellos, pero solo si tenían un lugar en el que refugiarse antes de lanzarse a una segunda carga. Ahora, con la infantería empeñada en refugiarse en Gafsa..., ¿qué harían los jinetes?

Las tribus árabes sometidas a los almohades persiguieron a los que huían. Los caballos levantaron una enorme nube de polvo rojo que los ocultó a todos. Desde el lejano campamento llegó el eco de un nuevo estampido.

—No van hacia las puertas —advirtió el califa.

Era cierto. Las ágiles monturas evitaron las murallas y pasaron de largo. Hubo muchos que llegaron a adentrarse en el palmeral y esquivaron los altos árboles para brotar al otro lado. Incluso por el lecho del Sidi Aysh se precipitaron algunos con gran soltura. Mientras tanto, la infantería rebelde terminaba de entrar en Gafsa.

—No importa. —Yaqub se volvió hacia su visir—. Los cercaremos y los someteremos a asedio. Mandaré construir ingenios, como hace siete años, y talaré todo ese palmeral si es preciso. Pero la oportunidad es única. Ibn Yumur ha de mandar que se continúe con la persecución de los jinetes enemigos. Si podemos exterminarlos, la victoria será nuestra.

La orden era innecesaria. Los árabes sumisos seguían los pasos de los rebeldes. Ninguno de ellos hizo ademán de abalanzarse sobre los últimos infantes de los Banú Ganiyya que esperaban su turno para entrar en Gafsa. En muy poco tiempo, los dos contingentes de caballería cabalgaban hacia el suroeste, uno en persecución del otro. Seis mil en pos de cuatro mil. Todos árabes.

—Van hacia el Yarid.

El sol descendía ya. Yaqub pensó que tal vez los jinetes enemigos quisieran aprovechar tal circunstancia. Supuso que, a ras de tierra, la luz reflejada en la interminable costra de sal enviaría su reflejo contra los perseguidores. ¿Sería eso?

—El hijo del Carnicero lo está haciendo bien —observó Abú Yahyá—. Ha ordenado a su infantería que se abra. Seguramente establecerá un primer cerco. —Se volvió hacia el califa—. Supongo que esperará tus órdenes para asediar la ciudad.

—Ibn Yumur será recompensado, tanto si nuestra caballería árabe alcanza a la enemiga como si no. —Yaqub echó un vistazo al perímetro amurallado de Gafsa. Desde allí veía la alcazaba y al enorme gentío que se agolpaba en las calles de la medina—. La ciudad está a rebosar. En menos de una semana pasarán tanta hambre que se comerán unos a otros.

Un nuevo estampido conmovió el aire. El tambor almohade marcaba cada hito de un combate que, en realidad, todavía no había empezado.

—Por la piel de Iblís… —Abú Yahyá subió la mano para proteger su vista mientras observaba la persecución de caballerías—. No veo nada. ¿Qué se mueve ahí delante?

Yaqub miró. La fuerza árabe rebelde se deslizaba sobre los reflejos blancos que escupía el Yarid. Más allá las sombras vagaban entre la luz como espectros.

—Espejismos. Tú mismo lo has dicho antes, amigo mío: el desierto de sal es engañoso.

El califa se volvió de nuevo hacia la ciudad. La infantería de Ibn Yumur, a distancia prudencial, resbalaba ya por ambos lados para rodear Gafsa. Los escuadrones de *rumat* se concentraban frente a cada puerta, atentos para acribillarlas en caso de que alguien se atreviera a salir. Llamó a uno de los hargas, que acudió presto y se arrodilló a su lado.

—Manda, príncipe de los creyentes.

—Vuelve a toda espuela al campamento. Que nuestra caballería masmuda avance ya para apoyar a los que cercan Gafsa. Que los demás levanten el campamento a toda prisa. Después se unirán al sitio. Diles que su califa los observa desde las alturas. Diles que hemos hecho que los rebeldes huyeran o se encerraran en…

—¡Espera!

El grito angustioso había brotado de la garganta de Abú Yahyá. El visir omnipotente seguía con la vista fija en el suroeste. Los ojos le lloraban de soportar el reflejo solar sobre el océano de sal. Los cinco hargas y el califa miraron hacia allí también. Se esforzaron en ignorar el impulso de cubrirse o cerrar los párpados.

—¿Qué ocurre?

—No era un espejismo. Observa, Yaqub.

—No veo nada. Ah, lo que daría por un puñado de nubes que ocultaran…

El sonido se congeló en sus labios. Ahora veía. Nubes, sí. Nubes informes a ras de tierra, que crecían por doquier y rodeaban a los puntos en movimiento. Forzó la vista, sus ojos se irritaron. Se resignó a llorar, como Abú Yahyá. Entrecerró los párpados y los distinguió. Sus árabes habían dado la vuelta y huían. Los que antes eran perseguidores, ahora eran perseguidos. Y las nubes que los rodeaban se cernían sobre ellos. Pero eran más puntos. El califa avanzó por lo alto del cerro y dio media docena de pasos ladera abajo.

—Los *agzaz* —sentenció el visir omnipotente.

Los *agzaz*. Los dichosos arqueros montados del cuervo Qaraqush. Así que no se habían marchado después de todo.

—Simplemente se adentraron en el Yarid —descubrió por fin Yaqub—. Todo ha sido una estratagema para atraer a nuestra caballería hacia allí. Una trampa, como tú temías. Habrías cabalgado hacia la muerte, Abú Yahyá.

El hintata callaba. Seguía las evoluciones de los jinetes que se acercaban. El sol lo convertía todo en un infierno de luz blanca, pero cada vez resultaba más fácil mirar.

—Mi señor —dijo un harga—. ¿Debo cumplir la orden que me has dado?

Yaqub se volvió. Abajo, la infantería de Ibn Yumur completaba poco a poco su cerco. Desde allí era imposible que vieran lo que sucedía hacia el Yarid. El califa dudó. Agarró la capa parda de su visir omnipotente.

—¿Saldrá nuestra caballería de la trampa? ¿Ordeno que los del cerco regresen al campamento?

Abú Yahyá se mordió el labio. Ya se oían los chillidos de los árabes que regresaban. Y detrás, a los lados... Allí estaban.

Los *agzaz*. Sus ropajes eran de colores, o eso parecía desde la altura. Sus caballos se parecían a los de los árabes. De poca alzada. Muy rápidos. Cabalgaban a gran velocidad. Y los jinetes se movían sobre las sillas sin arzón.

—Increíble.

El tono era de admiración. Yaqub lo compendió. Los *agzaz* empuñaban arcos pequeños. Los tensaban sin reducir la marcha, a pleno galope. Disparaban hacia un lado y recargaban tan rápido que la flecha anterior todavía no había alcanzado su objetivo. Y con cada tiro, un árabe caía. La senda del Yarid era ya un páramo de cuerpos que se arrastraban y de caballos sin jinete que se desbandaban. Algunos de aquellos exóticos jinetes rebasaron a los árabes sumisos. Y lanzaron volviéndose de espaldas. Unos pocos desesperados intentaron contraatacar, pero los *agzaz* rehuían el contacto. Rompían la trayectoria y se desviaban sin dejar de disparar. Y había muchos. Interminables.

—Deben de ser otros cuatro mil —señaló Abú Yahyá, y miró al califa con expresión demudada—. Aniquilarán a todos nuestros árabes. Sí, ordena que la infantería huya. Que regrese al campamento, o también será masacrada.

El harga no necesitó que el califa repitiera la orden. Saltó a su montura y se lanzó colina abajo. A lo lejos, como una burla, el tambor almohade estampó otro golpe seco contra el atardecer.

Por el momento, la caballería enemiga no parecía interesada en volver a Gafsa. Llenaban la llanura previa al Yarid en persecución de los desgraciados árabes bajo mando almohade. Los *agzaz* los acosaban en grupos de media docena. Los rodeaban como lobos tras un jabalí, y cada flechazo era una dentellada. Los jinetes árabes enemigos se habían unido al exterminio. Ahora todo el páramo era un matadero.

—Nosotros también hemos de regresar y ponernos a cubierto. Ya, antes de que esos jinetes del diablo lleguen a Gafsa.

Yaqub contemplaba embobado las evoluciones de los *agzaz*. La grácil elegancia con la que vaciaban sus aljabas y disparaban en todas direcciones.

—Si tuviera a esos jinetes a mis órdenes...

—Los has observado, príncipe de los creyentes. Ya conoces la forma de ser derrotado. Ahora es tu turno. —El hintata hizo un gesto para que uno de los hargas trajese por las bridas el caballo del califa.

—No seré capaz. Dios me ha abandonado. Nadie puede vencer a los *agzaz*. Y menos ahora, con el ejército diezmado.

—No decaigas, Yaqub. —Abú Yahyá tomó los correajes y se los tendió—. Volveremos a Túnez y nos recuperaremos. Estás llamado a ser el victorioso.

El califa montó con la mirada perdida. Abajo, los últimos gritos de los jinetes árabes se extinguían. Pronto, los enemigos cabalgarían hacia Gafsa y tratarían de masacrar también a la infantería.

—Hay que pedir socorro. Escribiré a mis visires. Y a Ibn Rushd. A los gobernadores de al-Ándalus. Sí, quiero que envíen barcos cargados de hombres.

—Los tendrás, Yaqub. Tu ejército avanzará de nuevo hacia Gafsa. Ni esos *agzaz* ni el Yarid podrán detenerte.

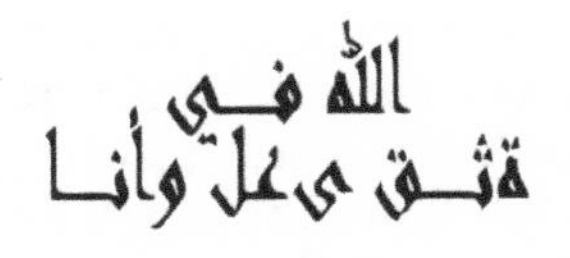

45
LAS NIEBLAS DEL YARID

Dos semanas después, verano de 1187. Valencia

Una esclava entrada en carnes punteaba el laúd mientras otras dos, jóvenes y hermosas, golpeaban los panderos contra sus caderas. Se oyeron risas al otro lado del muro cuando un andalusí, tal vez guerrero de la guardia, piropeó a una joven al pasar.

Safiyya retozaba bajo el mirto. Asomaba la mano tras un arbusto y esperaba a que un gato, pequeño y atigrado, intentara atraparla. Las esclavas reían cuando el felino se agarraba a la princesa y la mordisqueaba sin clavar los colmillos. Dentro del palacio se oyó la llamada de un niño, y el rostro de la andalusí se ensombreció. El gato pareció adivinarlo. Abandonó el juego para correr a esconderse entre el emparrado.

—Me gustaría que Idrís estuviera aquí.

—¿Sí, mi señora? —Una esclava de piel negra se acercó solícita—. ¿Has ordenado algo?

—No, no. Solo pensaba en voz alta.

La esclava se alejó tras una corta inclinación. Safiyya la observó, a ella y a cuanto la rodeaba. De pronto el tiempo había saltado veinte años hacia atrás. La *munya* de la Zaydía era toda música, danzas y alegría. Tuvo la misma sensación que la última vez que entró en el alcázar de Murcia. En cualquier momento, su padre asomaría montado en su caballo, con una piel de lobo negro decorando su capa y la estrella plateada de ocho puntas pintada en su escudo. O su madre aparecería por entre los arriates acompañada de sus doncellas. Abú Amir recitaría poemas de amor junto a los cipreses, y Zayda y ella competirían en la alameda para ver quién llegaba antes al río.

—Esto no es verdad. No está ocurriendo.

Había vuelto a hablar sola. Esta vez las esclavas no hicieron caso. Ellas también disfrutaban del nuevo estado de las cosas. El eunuco jefe se presentó, corrió hacia ella y se arrodilló. Después de que su frente tocara la hierba del jardín, habló con voz gutural.

—El ilustre *sayyid* ar-Rashid acaba de llegar del alcázar, mi señora. Ruega tu presencia si no tienes inconveniente.

«Si no tengo inconveniente —pensó—. El *sayyid* no me lo ordena. Me lo ruega».

Acompañó al eunuco hasta una de las salas nobles de la Zaydía. En aquel lugar, su padre solía escuchar poesía mientras bebía vino especiado. Safiyya iba destocada y sin velo, con las trenzas largas y rubias volando tras ella, y vestida con una sencilla *gilala* blanca. Sus pies descalzos se deslizaron hasta el lugar que le ofrecía el *sayyid* almohade, una montaña de cojines junto a la que él mismo ocupaba. Tomó la mano de la andalusí y la besó con delicadeza.

—Parecía imposible cuando salimos de Murcia, noble señora, pero juraría que tu belleza ha crecido desde entonces.

—Gentiles palabras que me hacen feliz aunque no sean ciertas, ilustre *sayyid.* Y si mi hijo estuviera conmigo, sería aún más feliz.

Ar-Rashid se encogió de hombros.

—Cuánto me gustaría complacerte. Tu felicidad es la felicidad de este mentiroso.

El *sayyid* sonreía. Safiyya confiaba en el almohade mucho más que el día en que lo conoció, pero no podía evitar la suspicacia cuando reparaba en el tono oscuro de su piel o escuchaba su acento masmuda. Lo observó con detenimiento.

—Tal vez tu hermano dejaría que Idrís viniera hasta aquí, pero el visir omnipotente, Abú Yahyá, no lo consentirá.

Ar-Rashid dio una palmada y, cuando una esclava se acercó, ordenó que trajera jarabe de granada y pastelillos de miel y pistacho. Antes de que la muchacha abandonara la sala, el almohade la detuvo.

—Espera. —Se volvió a Safiyya—. ¿Prefieres vino, noble señora?

Ella arqueó una ceja. Las prohibiciones se evaporaban en el Sharq al-Ándalus gobernado por Umar ar-Rashid. Primero desaparecieron los velos y luego llegaron la música, la cetrería con sacres y gerifaltes en la Albufera, las hogueras del Mihrayán y, ahora…

—Pensaba que el califa había ordenado que derramaran todo el vino. Y el arrope.

—Tus paisanos desobedecieron, por supuesto. Y yo me alegro. ¿Vino, pues?

—Sea. Que traiga vino.

El almohade confirmó la orden con un gesto. Cuando la esclava se alejó, él se reclinó sobre los cojines.

—Con ese vino brindaremos, noble señora. He venido a darte cuenta de las noticias que llegan por mar y las que a buen seguro traerán en poco tiempo las palomas mensajeras.

»Hace unos días, mi hermano Yaqub se enfrentó a los Banú Ganiyya cerca de Gafsa, en una llanura llamada Umra. Fue derrotado.

Ella no cambió su gesto. Ar-Rashid lo había dicho con tono neutro.

—Por cómo lo dices, supongo que él no ha sufrido daño.

—No en su carne, por lo visto. Pero sí en el corazón. Desde que tengo memoria, y a juzgar por las pocas veces que he coincidido con el califa, se trata de un hombre vanidoso, acostumbrado a vencer y a que todos se arrodillen ante él. Hasta nuestro padre empequeñecía en su presencia. No se sabe de ocasión en que haya rogado a nadie. Siempre se ha bastado solo para conseguir su voluntad. Bueno, si acaso, con la ayuda de su visir Abú Yahyá, quien por cierto está con él en Ifriqiyya. Juntos los dos, como de costumbre. Tú eres esposa del califa, te habrás dado cuenta de ese detalle.

—Tal vez.

—Entiendo. Aplaudo tu discreción, noble señora. Seguro que no son más que habladurías y yo, necio, les concedo pábulo. Pero no es ese el tema que nos ocupa. Lo importante es que Yaqub ha mandado mensajes desesperados a los cuatro vientos. Pide ayuda a sus visires, a sus jeques y a los gobernadores de los distritos, tanto a este como al otro lado del Estrecho. Sobre todo, requiere las tropas acantonadas en al-Ándalus, porque pueden ponerse en marcha enseguida y embarcar hacia el este.

—¿Te vas a la guerra entonces?

—Oh, Dios, ensalzado sea, no lo permita. Pero sí debería movilizar a las tropas andalusíes disponibles y embarcarlas. Tal vez desde Denia. La llamada de mi hermano está escrita con la tinta de la urgencia.

—Así pues, el califa corre peligro.

—Eso parece, noble señora. Los Banú Ganiyya se han hecho con la lealtad de numerosas tribus rebeldes que acrecientan su ejército. Toman medina tras medina y controlan las rutas de suministro. Las riquezas de las caravanas que recorren Ifriqiyya ya no se derraman en las arcas de Marrakech, sino en las de Trípoli y Gafsa. ¿Quién sabe? Quizá antes de que termine el verano, Qairouán y Túnez pertenezcan a los mallorquines. Mi hermano está aislado allí, con la mitad de su ejército masacrado mientras sus enemigos crecen día a día.

—Pues debes perdonarme, ilustre *sayyid*, pero no pareces muy afectado.

La esclava entró con una jarra grande y una escudilla con los pastelillos. Las dejó entre ar-Rashid y Safiyya, después se dirigió a una alhanía para sacar dos vasos. El almohade la despidió y se ocupó de servir el vino. Lo probó al mismo tiempo que la andalusí, y ambos cerraron los ojos mientras el líquido se escurría por sus gargantas.

—Delicioso —susurró ar-Rashid—. Dios no pudo prohibir esto jamás. Fue algún ulema chiflado.

Safiyya sonrió.

—Reconozco el sabor. Diría que es de Requena. Eso quiere decir que las rutas siguen abiertas, pero temo que un día no muy lejano se cierren. El rey de Castilla avanza su frontera oriental hacia aquí, según he sabido estos últimos días. —Safiyya posó la copa en el suelo y tomó una almojábana—. Y si mi amado esposo muriera…

—Su hijo mayor, Muhammad, tiene seis años. Y tu pequeño Idrís es aún menor. —El *sayyid* jugueteó con el vaso—. El imperio es demasiado joven para hacer frente a una situación así. ¿Quién ocuparía el trono? Mis hermanos tendrían algo que decir, desde luego. Pero son varios y están repartidos por el Magreb y al-Ándalus. Además, sin el apoyo de los grandes jeques no se puede acceder al califato.

—Repito, ilustre *sayyid*: no parece que te entristezca la posibilidad.

—Me preocupa más lo otro que has insinuado, noble señora. Que los cristianos aprovechen la oportunidad y se lancen a por la carroña, como hicieron con el reino de tu padre. Oh, perdona que te lo recuerde con tamaña crueldad, pero no te lo digo sin razón.

Safiyya masticó despacio y ayudó a pasar el dulce con más vino de Requena. No dejó de observar el gesto amable del *sayyid*. ¿Qué pretendía realmente aquel muchacho de hablar afectado? No podía ser una encerrona. Nadie la habría llevado tan lejos. Ni siquiera un almohade.

—Te confieso que no sé cuál es tu verdadera intención, Umar ar-Rashid. Siento simpatía hacia ti, pero eso mismo me da miedo.

El *sayyid* rio.

—Me halaga tu simpatía. Aun con todo, haces bien en tener miedo, noble señora. Pero no de mí. Debes temer al futuro que nos acecha. A la pérdida de todo esto que has recuperado en los últimos días.

El almohade señaló la jarra de vino y echó la cabeza hacia atrás. La música del laúd sonaba aún en el jardín de la Zaydía. Safiyya acabó el contenido de su vaso y lo posó con un golpe seco.

—Creo que podemos dejar atrás las medias palabras, ilustre *sayyid.* Somos familia.

Ar-Rashid volvió a reír.

—Qué más quisiera yo. Pero tienes razón, así que desnudaré mis intenciones ante ti, noble señora.

»En estos instantes soy el hombre más poderoso del Sharq al-Ándalus. En realidad, ningún musulmán de la península atesora tanto poder como yo. Mi único problema son las tropas. Poco a poco, todo lo que huele a masmuda acaba por irse de Valencia. Empezaron los lunáticos de mezquita y siguieron los *talaba* que querían socorrer a mi hermano, así que solo me quedan guerreros andalusíes y bereberes despreciados por el credo almohade. Son buenos soldados, pero no aguantarían la embestida de un ejército califal. Ni siquiera de medio ejército.

—Ignoro las circunstancias que podrían llevar a que medio ejército califal o uno entero embistieran a tus soldados, ilustre *sayyid.*

—Las conocerás enseguida, cuando sepas que pretendo escapar del gobierno de mi hermano.

Safiyya miró largamente a ar-Rashid. De pronto se moría de sed. Tomó la jarra y llenó su vaso. Lo vació y lo volvió a llenar. La cabeza le daba vueltas, pero no por el caldo de Requena.

—Es traición. —Se sorprendió al oír su propia voz, ronca por el temor.

—Lo es. Una muy ultrajante. Pero cuando mi hermano se entere, será demasiado tarde para pedir cuentas. Eso en el peor de los casos. En el mejor, los Banú Ganiyya colgarán su cabeza de las murallas de Túnez antes de lanzarse hacia el oeste, a la conquista del Magreb. Los miembros de la Yamaa se destrozarán entre ellos por acceder al trono, y los gobernadores tomarán partido. El imperio se derretirá como una vela arrojada a la hoguera.

—¿Desde cuándo lo planeabas?

Esta vez fue ar-Rashid quien observó a la andalusí antes de servirse una segunda ración de vino.

—Creo que siempre he soñado con ello. Al menos, desde que llegué al Sharq y, poco a poco, descubrí lo que pretendíais ocultar tras las celosías y en vuestras bodegas secretas. —Brindó hacia ella y bebió—. Cuando viniste a Murcia, lo confieso, mis sueños se multiplicaron. Una de las Banú Mardánish conmigo. Una mujer por cuyas venas corre la sangre del rey Lobo... En Murcia se sigue hablando de él a escondidas, y de tu madre también. De la época que quedó atrás. ¿Por qué no soñar con eso?

»Ayer, mientras despachaba en el alcázar con los viejos visires de tu difunto tío Abú-l-Hachach, llegó la noticia de Ifriqiyya. La petición de socorro del califa encendía en todos, de forma sincera o hipócrita, el deseo de ayudarle. En mí se encendió otra llama.

—La llama de la rebelión.

—Hemos de ser muy discretos, noble señora. Desde que ascendí al gobierno de Murcia, he procurado separarme de todo contacto directo con el Majzén. Como sabes, mis visires son andalusíes. Ya te lo he dicho: no hay masmudas en mi guardia ni en las guarniciones bajo mi jurisdicción. Incluso ordené a Ibn Sanadid que regresara a Málaga con tu escolta almohade, recuérdalo. Todos lo saben, pero nadie conoce la razón. La música vuelve a sonar por las calles y no hay *talaba* que delaten a quienes beben arrope. Pero oficialmente el Tawhid es el credo obligatorio; y es el nombre de Yaqub el que se proclama en cada *jutbá*.

»Otra cosa que todo el Sharq al-Ándalus sabe es que tú me acompañas, noble señora.

—Ya. Hay tres cuestiones que me inquietan, ilustre *sayyid*.

—Expón tus temores, mi noble cuñada.

—La primera cuestión soy yo. Supongo que, para que tus sueños de rebelión se cumplan por entero, pretenderás que me case contigo. A fin de cuentas, mi esposo morirá pronto bajo la espada de los Banú Ganiyya y tú, como buen hermano, tienes derecho a tomar a la viuda bajo tu amparo.

Ar-Rashid se encogió de hombros.

—No negaré que es tentador. No conozco a mujer más agraciada, y eres nada menos que la hija del Lobo... Pero la esposa que pretendo es el Sharq al-Ándalus entero. Te quiero a mi lado, pero por tu voluntad. Como consorte o como amiga, depende de ti.

Safiyya aceptó la respuesta con un gesto afirmativo.

—La segunda cuestión es la misma que tú has planteado. No dispones de tropas para hacer frente a tus enemigos, sean estos los almohades o los cristianos.

—Asunto mucho más espinoso y para el que esperaba tu consejo, noble señora. Tu padre contó siempre con la ayuda de mercenarios cristianos y de barones de los reinos del norte que ganaron aquí honor y fortuna. Incluso gozó de la protección de un emperador a cambio de su vasallaje. Si pretendo emular al rey Lobo en lo demás, ¿por qué no en eso?

Safiyya sintió que el corazón se le aceleraba. Tomó la jarra de vino y, en lugar de servirse en el vaso, bebió directamente. Un fino hilo rojizo se escurrió por su barbilla y manchó la *gilala*.

—Conozco a alguien. —Miró atrás para asegurarse de que la puerta estuviera cerrada—. Un castellano. Podría mandarle recado.

—Por el Profeta, al que Dios guarde a su costado. Si nuestros planes suenan en oídos equivocados, podemos darnos por muertos.

«*Nuestros* planes».

—Este amigo es tan discreto como yo misma. Él querrá asegurarse, desde luego. Pretenderá venir aquí y entrevistarse contigo. Es barón de muy alta alcurnia, cercano a Alfonso de Castilla. Si lo convences, podrías ganarte la protección del rey cristiano más poderoso de la península.

Safiyya se había inclinado poco a poco. Ar-Rashid también lo hizo. Ella conversaba ahora en voz muy baja y los ojos azules le brillaban. El almohade supo que la razón no era el vino, sino ese cristiano del que hablaba. Sonrió. No había cadena más fuerte que el amor para atar la fidelidad y para evitar la traición.

—Ahora veo que jamás te desposarás conmigo cuando quedes viuda, noble cuñada. Pero todavía no me has dicho cuál es la tercera cuestión que te embarga.

—Se trata de mi hijo, Idrís. Sigue en Málaga, en manos almohades. Si tus planes… Si nuestros planes se cumplen, ¿qué será de él?

—Idrís, claro. El hijo del califa. Tengo que confesar que escapa de mi control. Ni siquiera sé qué ocurrirá en Málaga si mi hermano cae bajo los Banú Ganiyya. Pero ya que es un problema para ti, también lo es para mí. ¿Confías en tu cuñado, señora?

«Claro. Solo me juego la vida —pensó—. Como tú la tuya».

—Confío en ti.

—Entonces hallaremos la solución para nuestro problema. Por de pronto, manda llamar a tu amigo. Dile que Umar ar-Rashid, señor del Sharq al-Ándalus, ofrece su vasallaje al rey de Castilla a cambio de su alianza y protección.

DOS MESES MÁS TARDE. LEÓN

Los criados recorrían el salón con bandejas humeantes. Jabalí, francolines, cabrito y cordero bañados en salsa, grandes hogazas y jarras bien provistas. A un lado, los nobles leoneses se mezclaban con los castellanos entre las carcajadas y obscenidades propias de un banquete de boda. Enfrente, a lo largo de la pared opuesta, los magnates gallegos y asturianos aguantaban el acto circunspectos. Los únicos ausentes eran los de la Extremadura, que permanecían en sus castillos alerta. No se podía descuidar la frontera con el Imperio almohade desde que León y Castilla eran fieles aliados.

Un par de saltimbanquis botaban de un extremo a otro. Se impulsaban hacia arriba, daban volteretas y caían sobre las alfombras manchadas de vino y cerveza. Se las arreglaban bastante bien para esquivar los muslos de faisán a medio comer que les arrojaban los invitados, pero cuando uno de los grasientos proyectiles acertaba en un volatinero, se extendía el regocijo.

Fernando, rey de León, presidía el banquete en lugar de honor. Y junto a él, hermosa como siempre, la recién desposada Urraca. Ya nunca más barragana. A la derecha del rey, sendos castellanos: el obispo de León, Manrique de Lara, y el señor de Vizcaya y hermano de la reina, Diego López de Haro. A la izquierda de Urraca, dos asientos vacíos: el que correspondía como símbolo a su hijo Sancho, demasiado pequeño para asistir al ágape, y el del príncipe heredero, Alfonso, que se había negado a acudir al acto. Gallegos, asturianos y leoneses no dejaban de lanzar miradas de reojo al pequeño tramo de mesa de honor, en el extremo de la sala. ¿Había forma más evidente de escenificar la influencia castellana en el reino?

A todos ellos había sorprendido la repentina decisión del monarca. Había sido apenas regresar de su viaje a Asturias. Llegó y, a toda prisa, organizó la ceremonia y el banquete de celebración. No había sido su único decreto acerca del futuro inminente.

—Mi rey, es loable tu amor al santo y la firmeza en cumplir tus promesas —le dijo el obispo, inclinado para hacerse oír entre el ruido de escudillas, risas y aplausos a los equilibristas—. Pero has de prestar oídos a tus físicos. Viajar a Compostela ahora, con el otoño tan cerca, puede ser malo para tu salud.

Fernando de León habló con la boca llena.

—Prometí peregrinar y lo haré. Ahora mi unión con la reina está santificada por la Iglesia, así que solo me queda cumplir este compromiso.

Manrique de Lara cruzó una mirada fugaz con su compañero de mesa, Diego de Haro. Esa prisa en dejarlo todo atado…

—Hablas como si no te quedara tiempo, mi rey. —Se hizo oír el señor de Vizcaya. El monarca tragó con ayuda de una generosa ración de vino y observó a Diego de Haro.

—El tiempo que me queda es un misterio, como el que te queda a ti. O a ti, mi señor obispo. Ni siquiera mi joven y bella reina está libre de la incertidumbre. ¿Cuánto duraremos? Ah, no lo sabemos. Dentro de cuatro días marcharé a visitar el sepulcro del santo. Venid conmigo, amigos míos, si así lo apetecéis. Acompañadme al menos hasta Rabanal. Tal vez no volváis a verme de vuelta —bromeó.

—No hables así, mi rey.

Lo había dicho ella mientras posaba una mano sobre su hombro. Él se volvió y la vio radiante. Casi sintió una pizca de amarga envidia.

—¿Tú tampoco quieres que peregrine, mi reina?

Urraca sonrió. Ahora sí, de verdad, era toda una reina.

—Claro que no. Quédate aquí y alargaremos nuestras bodas. Sobre todo por las noches.

El obispo Lara fingió que no oía y prestó atención a los malabaristas, que saludaban para retirarse de la sala.

—Tentador —reconoció Fernando de León—. Pero antes de pecar con mi esposa, debo pedir la remisión de lo que pequé con mi barragana. Y he de cumplir el voto por la cura de Alfonso. —Se inclinó hacia delante para observar las sillas vacías de la izquierda—. A pesar de su enojo.

—Aprovecha y reza por toda la cristiandad, mi rey. Se avecinan malos tiempos —metió baza Diego de Haro. Manrique de Lara asintió con pesar.

—Ah. —El rey arrancó un muslo de chorlito—. Aves de mal agüero.

—No anda desencaminado el señor de Vizcaya —dijo el obispo—. Las noticias de Tierra Santa son muy muy preocupantes.

Fernando de León se encogió de hombros y mordió el muslo. Tierra Santa. Él no podía cargar con aquello también.

—Demasiados problemas tenemos aquí como para penar por eso.

El obispo fingió escandalizarse.

—Pero, mi rey, los cristianos han sido derrotados por ese Saladino, infiel adorador de Pilatos y Belcebú. La misma Jerusalén sufre la amenaza de Satanás. ¿No te das cuenta de que la cruz retrocede en todos los frentes? Tú también tienes responsabilidad con eso, aunque Tierra Santa quede lejos. Fíjate en tus barones y verás que los de la Extremadura no han acudido. No visten jamete ahora mismo, sino cota de malla. Vigilan desde sus atalayas para rechazar las hordas infieles…

—Bobadas. —El rey se restregó los labios aceitosos con el dorso de la mano—. Mis barones de la Extremadura encuentran en su deber una excusa que no pueden alegar asturianos y gallegos. Ni muchos de mis leoneses. Míralos, señor obispo. Observa sus caras. ¿Te fiarías de ellos? ¿Les darías la espalda?

Ninguno de los castellanos que acompañaba al rey en el lugar de honor respondió. A los tres les interesaba que el monarca pensara así. Urraca, instintivamente, desvió la vista a las dos sillas vacías de su izquierda. Llenó su generoso pecho de aire. Ese día había dado un gran paso al legalizar su unión. Ahora podría alegar la causa de Sancho como justa. Solo quedaba un obstáculo… Acercó los labios al oído de su recién tomado esposo. Le rozó el lóbulo de la oreja y deslizó su voz serpentina.

—Lo que no entiendo es la ausencia de Alfonso.

Fernando de León no contestó. Esperaba hallar una respuesta, una solución a eso en Compostela. Tal vez el santo tuviera a bien iluminar su juicio. Porque él no quería prescindir de Urraca en el lecho ni de Alfonso en la sucesión. Dejó caer el muslo a medio comer y negó con una mueca de disgusto. Ante él, un juglar había sustituido a los malabaristas. Se trataba de un tipo de piel muy blanca y cabello clarísimo. Alto y espigado. Cantó con fuerte acento que el rey no supo identificar.

—*¿Qué puede ser eso que el mundo llama amor, y me causa tanto dolor en todo momento, y me arrebata de tal forma la razón?*

Fernando de León dejó de escuchar la trova. Estuvo a punto de levantarse y exigir que despidieran al bardo. No los soportaba desde lo de Fortún Carabella. Pero se fijó en los rostros de sus nobles. Ellos sí disfrutaban. Pues bien, que siguieran haciéndolo. Miró a su reina, que lo observaba con embeleso. ¿Fingía o realmente lo amaba tanto? Intentó escrutar su pensamiento a través de los ojos negros, pero no fue capaz. No creía que nadie pudiera. Urraca era tan hermética como bella, y todavía más peligrosa. El rey sonrió. Esa noche le haría el amor. Y la noche siguiente, y la siguiente. Tiempo habría para pedir perdón. Por eso y por todo el largo resto de faltas. Por su indiferencia hacia Tierra Santa, y hacia los sentimientos de sus súbditos, y hacia el príncipe Alfonso. Desmontaría al final de la peregrinación y caminaría descalzo desde el monte del Gozo, si era preciso. Se postraría ante el santo Jacobo, y que Dios o Satanás se encargaran de todo lo demás.

وأنا على ثقة في الله

Al mismo tiempo. Yarid

Yaqub observaba a Abú Yahyá. El visir omnipotente se hallaba junto a un diminuto rebaño de cabras y conversaba con el pastor. El hombre, encorvado, se estrujaba los dedos mientras sus animales se desperdigaban. Pero el hintata no parecía intimidante. Al contrario.

El califa resopló y desvió la vista. Estaba rodeado de un destacamento de Ábid al-Majzén, junto a la superficie blanca que se extendía interminable hacia el horizonte. El sol era una bola roja que se reflejaba en la superficie de sal, y todo lo demás era simplemente la nada. Yaqub se estremeció, y sus esclavos negros también. Todos, montados en sus caballos, contemplaban el disco luminoso y fantasmal con evidente y reverencial temor. Si existía un lugar en la tierra parecido al infierno, no cabía duda de que era ese.

Abú Yahyá, más allá, abrió un saquito tintineante y obsequió al acongojado pastor de cabras con algunos dírhames cuadrados. El hombre reunió a gritos a su rebaño y se alejó hacia las tímidas alturas cercanas a Gafsa. El visir omnipotente anduvo de vuelta. Su figura fibrosa y enfundada en hierro se reflejaba sobre la superficie salada.

—Es un error —advirtió Yaqub—. Hoy mismo correrá hacia los Banú Ganiyya y les contará que ha hablado con nosotros. Ellos también le pagarán y, con el dinero de ambos, se emborrachará. Además, ¿qué hace aquí ese pastor? Este maldito desierto de sal mata todas las plantas. No hay pasto para sus cabras. Seguro que ha venido a buscar los cadáveres de nuestros hombres. A ver si puede saquear a algún muerto.

Abú Yahyá arqueó las cejas.

—No me importa si ha venido a saquear o a lamer la sal. Ah, y los Banú Ganiyya no pagan a los pastores. Los torturan hasta que les sacan la información. Aunque a la mayoría, simplemente, los matan para robarles el ganado. Eso nos da una ventaja que he aprovechado. Tú también eres magnánimo a veces, príncipe de los creyentes. Con tus amigos andalusíes.

Sonó a reproche, pero el califa lo ignoró.

—¿Y bien? ¿Qué te ha dicho el pastor?

—Los piratas, sus amigos árabes y almorávides y esos malditos *agzaz* se han concentrado cerca de Gabes. —Señaló al este—. Han dejado una buena guarnición en Gafsa, pero el grueso del ejército enemigo ha abandonado el amparo de las murallas.

—¿Y por esa información has pagado? Es lo mismo que decían nuestros informes.

Abú Yahyá se acuclilló y pasó la mano por la superficie salada y endurecida. Miles de años de corrientes que se arrastraban desde las colinas y que, con el calor del verano, dejaban allí ese poso que se extendía millas y millas.

—No he pagado por eso. El pastor me ha contado más. Cosas que los Banú Ganiyya ignoran. —El hintata se incorporó y señaló al globo difuso que flotaba a oriente—. Se acerca el otoño. Dentro de unos días, unas semanas a lo sumo, el viento soplará desde Gabes y flotará sobre este océano de sal. Pasa todos los años, dice el pastor. Al amanecer. Y cuando ocurre, se levanta una niebla fría y roja.

—¿Y qué?

—Estoy pensando.

—Ya. —Yaqub resopló antes de coger su *qerba* y beber un largo trago. Lo peor del verano había pasado, pero no había nadie capaz de soportar durante mucho tiempo aquella temperatura ni la brisa salada que resquebrajaba los labios y escocía en los ojos. Observó a su visir y amigo, absorto en el terreno salado y en la neblina fantasmal que se formaba a su alrededor. De no ser por su apurada situación, habría sonreído. Como en el Yábal Darán. Como en el mar de arena. Abú Yahyá jamás se rendía. Ahora pedía consejo a los indígenas, intentaba aprender de su experiencia, adaptarse y aprovechar hasta el último y maldito grano de sal del Yarid.

Pero el califa casi había perdido la esperanza.

Dos meses y medio antes, había conseguido retirarse de Gafsa con el resto del ejército intacto, pero solo porque los Banú Ganiyya renunciaron a hostigarlos tras la victoria de Umra. O tal vez porque se concentraron en la escabechina posterior a la batalla. El pobre Ibn Yumur, el hijo del Carnicero, fue capturado, atormentado y colgado de la puerta de Gafsa. Algunos de los árabes sumisos consiguieron rendirse, y todos se pasaron al enemigo. Lo demás fueron ejecuciones salvajes durante días, mientras Yaqub, humillado y taciturno, regresaba al ritmo del gran tambor hacia Qairouán.

Diez mil hombres. Eso era lo que había quedado de su ejército califal. La mejor parte, era cierto. Pero sus valientes almohades estaban ya acostumbrados a luchar con el apoyo de la caballería árabe y los *rumat* sanhayas. De estos, solo dos mil habían conseguido escapar de la masacre ante los Banú Ganiyya. Por el contrario, el ejército de los piratas mallorquines se había acrecentado con los desertores y las nuevas adhesiones. Según los informes, los *agzaz* seguían recibiendo refuerzos desde Trípoli, y ahora ya eran ocho mil los arqueros montados que aguardaban en Gabes, dispuestos a acribillar de nuevo a los almohades. En total dieciséis mil hombres envalentonados, ricos a fuerza de saqueo y de las ganancias que los Banú Ganiyya conseguían del pirateo y derrochaban con un único objetivo: conseguir el dominio total de Ifriqiyya antes de lanzarse a la conquista del Magreb.

Y mientras, Yaqub, a pesar de sus insistentes ruegos a los gobernadores y visires, no había recibido más que un par de miles de andalusíes. Voluntarios *ghuzat* la mayor parte. Fanáticos mal armados que solo servían para estorbar. Apretó los labios. Cuando regresara a Marrakech, pediría cuentas. Y algunas cabezas iban a rodar antes de colgarlas en las almenas. Si es que regresaba, claro.

—Moriremos aquí.

Abú Yahyá y los Ábid al-Majzén miraron sorprendidos al califa. El visir omnipotente entornó los ojos.

—Tal vez. Todos hemos de morir, y este no parece un mal sitio.

—Bromeas. No se me ocurre lugar peor. Mi abuelo y mi padre reposan junto al Mahdi, en Tinmallal. Yo me pudriré aquí, entre la sal y esa niebla roja de la que hablas.

El visir omnipotente se acercó a su montura, que un guardia negro sujetaba por las bridas, y se encaramó a la silla. Él también bebió de su *qerba* y se limpió con la manga antes de señalar de nuevo hacia oriente.

—Mucho más allá de esos puercos *agzaz*, de los Banú Ganiyya y de Qaraqush, Salah ad-Din ha derrotado a las huestes de la cruz. Se dice que la misma Jerusalén caerá en sus manos dentro de poco. Si ese tibio consigue tales triunfos, ¿qué no alcanzarás tú, príncipe de los creyentes? Tú, que hablas con los ángeles.

—Yo lo veo al revés, Abú Yahyá. Salah ad-Din no es un buen musulmán, y aun así consigue victorias. Los Banú Ganiyya también. ¿Qué más señales necesitas? No hay ángeles que me hablen desde hace tiempo.

Abú Yahyá asintió.

—Puede que estés en lo cierto. Si es así, moriremos y en este desierto salado. Pero debes saber que has obrado bien hasta el momento. Yo te aconsejé que dividieras tu ejército y mandaras por delante a lo más despreciable de las huestes. Sí, miles de árabes y velados cayeron ante las hordas de los Banú Ganiyya, pero su sacrificio sirvió para que tú, príncipe de los creyentes, vieras cómo luchan nuestros enemigos. Te lo dije: como aquella vez hace tiempo, con los bandoleros haskuras. El sacrificio de nuestros mercenarios sirvió para estudiar al adversario y darle muerte.

Yaqub ordenó a sus escoltas que se alejaran. Él y su mentor quedaron a salvo de oídos indiscretos.

—Eres mi gran amigo, Abú Yahyá. Jamás te reprocharé nada, sean tres mercenarios o diez mil guerreros los que caigan. Pero ahora no nos enfrentamos a miserables ladrones de caravanas. He perdido casi la mitad de un ejército califal por nada, y estoy demasiado lejos de Marrakech para regresar indemne o para esperar los refuerzos que necesito.

Abú Yahyá sostuvo la mirada del califa. Ambos permanecieron así, en silencio, durante tanto tiempo que los Ábid al-Majzén, azorados a lo lejos, empezaron a desviar la vista.

—No se me ocurre nadie mejor al que ofrendar mi vida, príncipe de los creyentes. Sé que moriré cerca de ti, porque así es como quiero vivir. Pudo haber sucedido en las montañas, entre las garras de aquel león. O en el desierto, bajo las piedras de los haskuras. Contra los rebeldes sanhayas o en las minas de Zuyundar.

»Pero no sucedió. Y ahora estamos aquí. Juntos, de nuevo, lucharemos contra nuestros enemigos. Y no importa si nos superan en número, si se sienten tocados por Dios o si cuentan con esos *agzaz* del infierno.

Yaqub notó que su voluntad temblaba. Deseó ignorar a los Ábid al-Majzén y estrechar a Abú Yahyá en un abrazo. Tenía razón. ¿Quién mejor que él para compartir sus últimos momentos? Casi dejó de importarle que el fin estuviera tan cerca. Que la victoria fuera imposible. ¿Era así como Dios había escrito el destino? ¿Eso significaban en realidad las palabras de su mensajero? Pues bien. Nada eran su trono, sus ciudades, sus mezquitas, sus mujeres, sus hijos, su imperio todo. Se sorprendió pensando que quizá incluso Dios y su palabra carecieran de valor si él, Yaqub, respiraba sus últimas bocanadas de aire junto a Abú Yahyá.

—Dime entonces qué debo hacer, amigo. Dime dónde moriremos juntos, rodeados por miríadas de flechas.

El visir omnipotente sonrió.

—No de flechas, Yaqub. De niebla.

وأنا على ثقة في الله

Dos semanas después. Roa, reino de Castilla

El hijo de Ordoño, García, iba a cumplir cinco años. Su madre le enseñaba los detalles del protocolo. Cómo debía saludar a las damas, cómo tendría que inclinarse ante el rey, qué palabras eran las apropiadas.

Ordoño, sentado frente a un plato vacío, observaba con desinterés la escena. Su esposa había buscado temprana alianza para el pequeño García. El crío iba a prometerse con una pequeña de su edad que se llamaba igual que su madre, María. Sobrina de Diego y Urraca López de Haro, y nieta del difunto Armengol de Urgel. La leonesa cónyuge de Ordoño sabía muy bien cuál era su misión. Algo que a él, en verdad, le traía sin cuidado. Suspiró y fijó la vista en la escudilla. Llevaba meses allí, en su torreón de Roa, alejado de la corte desde que se enojó con el rey Alfonso. Al final la expedición a Albarracín no había tenido lugar, pero ahí había estado la intención. Jamás pensó que su rey fuera capaz de tal cosa. Ah, aunque no fue culpa suya. Había sido ese Renegado, Castro. Su presencia emponzoñaba la voluntad del monarca. Había recapacitado, cierto era, y los Lara habían vuelto a la amistad con el rey de Castilla. Pero a él no le había llamado nadie.

Maldijo su suerte en silencio. Primero había sido su hermano, Gome, quien se ganó la ira regia al batirse en duelo con Pedro de Castro. Eso le supuso la pérdida de la alferecía. Y ahora él también se apartaba de su rey, y por culpa del mismo sujeto. Golpeó la mesa con el puño y la escudilla tembló. Su esposa y su hijo detuvieron el adiestramiento cortesano, aunque continuaron tras un instante de duda.

Ordoño arrugó la nariz. Qué absurdo era todo. Como si esas cuitas fueran las que en realidad consumían su vida. Se levantó, dejó todo atrás y descendió los empinados escalones. Quería alejarse, como tantas otras veces. Recorrería la ribera del Duero hasta que cayera el sol, eso haría. Se dejaría perder entre los árboles y soñaría con otros lugares.

Sus sirvientes se inclinaron cuando salió de las cocinas y bajó por la escala hasta tierra. Anduvo despacio, perdido en sus amarguras, y rebasó a las lavanderas y a un par de leñadores. Todos se humillaban a su paso, pero él, absorto, no respondía a los saludos. Las hojas de los chopos lo saludaron con su siseo junto a la posada del río. Observó la pequeña comitiva que acababa de llegar. El hospedero discutía con un moro de paz mientras otros ataban las mulas a la cerca del corral. Una mujer se quejaba del viaje con las manos apoyadas en los riñones. Llevaba puesta una *miqná*, pero su extremo descansaba sobre los hombros y no tapaba su rostro. Ordoño entornó los ojos.

—¿Te conozco? ¿Quién…? ¡Kawhala!

—Cristiano. —Saludó con una sonrisa la tabernera del Charrán—. Sí. Soy yo.

Dio órdenes de aposentar a los sarracenos. Habría invitado a la musulmana a subir hasta su torreón, pero recordó cómo había recibido su esposa a Marjanna. A pesar de las protestas, Kawhala aceptó acompañarle hasta la cercana orilla.

—¿Traes algún mensaje? ¿Sabes algo de Safiyya?

Ella rogó tranquilidad con las manos levantadas.

—Soy casi una anciana, cristiano. O sin casi. No ha sido un viaje fácil, ¿sabes? Las noticias de Palestina han puesto a toda la cristiandad en nuestra contra y nos rechazan en las aldeas y en las posadas. Ni los establos nos ceden para trasnochar. En Madrid estuvieron a punto de apedrearnos. ¿Qué creéis? ¿Qué vengo a quemar iglesias o algo así? Yo no tengo la culpa de lo que pase en Jerusalén o en Damasco.

—Perdona. Mandaré que te compensen, y te procuraré alojamiento y buena comida. Te proporcionaré escolta hasta la frontera con el islam para la vuelta. Pero dime algo ya, por Dios.

Kawhala escogió una roca junto a la corriente y tomó asiento. Se frotó las piernas antes de liberarse de la *miqná*. Su pelo negro, salpicado de hebras blancas, cayó a los lados de un rostro que había levantado pasiones en una Valencia perdida. Observó a Ordoño y se inclinó para recoger agua y mojarse la cara.

—No pareces feliz, cristiano.

—¿Has venido para burlarte de mí?

—Júzgalo tú. Me envía tu princesa amada, Safiyya bint Mardánish.

El corazón de Ordoño galopó en su pecho. Se acuclilló junto a la musulmana.

—¿Cómo? Ella está en Málaga.

—Regresó a Valencia cuando su tío Abú-l-Hachach murió. El nuevo gobernador, Umar ar-Rashid, le ha permitido quedarse en la Zaydía.

—Es una gran noticia. Lo prepararé todo enseguida y partiré contigo.

Kawhala rio.

—Espero que sí. Tanto Safiyya como ar-Rashid te esperan.

Ordoño se incorporó y dio un paso atrás.

—Un momento. ¿Dices que el nuevo gobernador de Valencia me espera?

—Cuanto antes.

—No entiendo. ¿Es uno de los Banú Mardánish? No me suena su nombre ni…

—Es el hermano del califa. Uno muy joven. Lo nombraron para el gobierno de Murcia y ahora ostenta también el de Valencia.

Nuevo paso atrás. El hermano del califa.

—No puede ser. ¿Qué dices? ¿Un hermano del califa me espera? ¿Junto a Safiyya? —De pronto, un oscuro pensamiento cruzó su mente—. A ella no le ha pasado nada, ¿verdad? —Se acercó otra vez a Kawhala y la cogió por los hombros—. ¿Está bien Safiyya? ¿La tienen recluida?

—Ah, cristiano, no me zarandees. Ella está bien, sí. Ya te he dicho que se aloja en la Zaydía. No reconocerías Valencia ahora. Se parece más a la ciudad en la que viví de joven. —Su mirada se perdió en la ancha corriente del Duero, pero pronto regresó a Ordoño—. Y no quiero que vuelva a cambiar, así que regresarás allí conmigo.

—Mujer, cuéntame ya lo que ocurre.

—Sí, sí, enseguida. Los cristianos sois demasiado impacientes. Pero antes debes decirme algo. ¿Es cierto que Alfonso de Castilla confía en ti? ¿Eres caro a su corazón?

Él arrugó el entrecejo.

—Ha habido momentos mejores. ¿Por qué?

Kawhala sonrió enigmáticamente.

—Si nuestros planes resultan, esos buenos momentos volverán. Tu rey tendrá mucho que agradecerte, cristiano. Mucho. Y ahora escucha. Te contaré cómo el ejército del califa Yaqub fue derrotado en tierras muy lejanas y cómo su imperio se tambalea. Dios nos concede una nueva oportunidad.

Tres semanas más tarde. Otoño de 1187

El olor salobre del mar se unía al del propio desierto blanco del Yarid.

La superficie llana se perdía en la bruma rojiza, de modo que un guerrero era incapaz de ver más de diez compañeros a cada lado. Y, sin embargo, eran miles los que formaban allí esa mañana.

Lo hacían según el plan ideado por Abú Yahyá. Al viejo estilo bereber que había otorgado la supremacía almohade sobre los pueblos almorávides. Un enorme cuadro de infantería con grandes escudos y lanzas. Un erizo impenetrable de lados rectos y larguísimos, en cuyo interior aguardaba el resto de las tropas, hilera tras hilera de hargas, hintatas, tinmallalíes, yadmiwas y yanfisas. Los gigantescos Ábid al-Majzén, que actuarían como guardia califal y como reserva. Detrás de estos, los escasos arqueros *rumat* y, en el centro, protegida por todas aquellas filas de guerreros, la caballería almohade.

Solo los vociferantes *ghuzat*, aleccionados para la ocasión, formaban fuera del cuadro. Adelantados cien pasos, con sus precarias armas blandidas y la fe a punto de sudar por todos sus poros.

Había sucedido tal como vaticinó el pastor de cabras. La niebla roja y fría había llegado desde el mar. Primero a jirones, conforme el sol brotaba del horizonte. En nubes luego, mientras el globo ascendía. Ahora la bruma era espesa como la sangre. Los hombres, aprensivos, miraban a sus compañeros más cercanos, pero no se atrevían a hablar.

El visir omnipotente había estudiado el fenómeno. Había comprobado por sí mismo que, durante casi toda la mañana, la única referencia era el disco rojizo y difuso que pugnaba por luchar contra la niebla. Montado a caballo en el centro del cuadro almohade, señaló al sol.

—Hacia allí, en algún lugar al otro lado de esta bruma de Iblís, está Gabes. Frente a sus murallas nos aguarda el ejército de los Banú Ganiyya. Saben que estamos aquí y tienen intención de acabar lo que empezaron en Gafsa. —Se volvió hacia el califa, que, como él, observaba ensimismado la débil luz rojiza.

—¿Cómo sabes que atacarán?

—No lo sé, príncipe de los creyentes. Pero me he preocupado de que tengan bien presente que nos superan en número. Y que tú estás aquí, entre tus huestes.

Yaqub, atónito, devolvió la mirada al visir omnipotente.

—¿Qué dices que has hecho?

—Me he servido de uno de esos pastores de cabras. Un buen puñado de dírhames bastó para vencer su miedo. Los Banú Ganiyya saben que jamás tendrán una oportunidad como esta. Dime, príncipe de los creyentes, ¿qué harías tú si estuvieras en su lugar?

El califa no salía de su asombro.

—Mandaría atacar, sin duda.

La respuesta satisfizo a Abú Yahyá.

—Entonces, Yaqub, ordena que nuestros hombres avancen. Mándalos hacia ese sol fantasma. —Se inclinó sobre la silla y alargó la mano—. Hoy es el día en el que nos cubriremos de gloria o nos reuniremos en el paraíso. ¿Estás conmigo?

El califa cerró los ojos un instante. Héroe o mártir. Volvió a mirar a su mentor y amigo. ¿Qué importaba, si era a su lado? Tomó la mano que le tendía.

—Estoy contigo. —Se volvió hacia atrás, a los atabaleros del gran tambor—. ¡Avanzamos!

El golpe resonó en la niebla y se transmitió por la superficie salina. Como un solo hombre, diez mil almohades comenzaron una marcha lenta, acompasada y silenciosa. Delante de ellos, los voluntarios de la fe hicieron lo propio. Una enorme máquina erizada que se deslizaba sobre el mar de sal, oculta a los ojos de Dios por la niebla roja del Yarid.

—El día de hoy —susurró Yaqub— quedará marcado en los anales. Como la derrota definitiva de nuestro imperio, lo sé. Pero nadie en el futuro podrá decir que el califa Yaqub ibn Yusuf ibn Abd al-Mumín se quedó atrás. Se contará que murió entre sus súbditos, con la espada empuñada y el nombre de Dios en los labios. Sí. Las crónicas hablarán durante siglos de mi martirio.

Abú Yahyá se volvió. Los caballos, tan nerviosos como los jinetes, resoplaban en el centro del cuadro. El carruaje con el gran tambor chirriaba detrás. Sus ruedas se hundían en el lecho salado y dejaban atrás su rastro, sobre el que todavía pisarían cientos de pies.

—¿Yaqub el mártir? —Negó despacio—. A partir de hoy serás conocido como Yaqub el vencedor. Al-Mansur.

El califa sonrió. Se supo extrañamente sereno. Ya nada importaba. ¿Acaso no estaría soñando, como cuando le visitaba el ángel de Dios? Lo repitió en voz baja, hacia la masa difusa de hombres que se extendía a su alrededor hasta confundirse con la bruma.

—Al-Mansur.

وأنا على ثقة في الله

Nadie sabía cuánto habían avanzado. El disco rojo se desdibujaba arriba, bien alto. Bajo ellos, el suelo no había cambiado ni un ápice. Todavía era la misma superficie lisa y blanca. Hacía tiempo que habían agotado el agua de sus *qerbas*. Algunos pensaban que no serían capaces de continuar. Que el sabor a sal que se había agarrado a sus gargantas se quedaría allí para siempre, y que morirían de sed antes de que el maldito globo luminoso desapareciera a su espalda. Entonces fue cuando sonaron los atabales.

—Ahí están. —Abú Yahyá lo dijo con los dientes apretados.

Yaqub asintió. Levantó la diestra y dio la orden sin gritar.

—Alto.

La palabra se repitió de hombre a hombre, hacia delante, hacia atrás y a los lados. El gigantesco cuadro se detuvo y las filas se ajustaron con un murmullo metálico. Miles de escudos se aposentaron sobre el mar de sal. Sus dueños afirmaron sus pies y las conteras de sus lanzas en el suelo. El ejército almohade se convirtió en una muralla de cuero y hierro erizada de aguijones hacia los cuatro puntos cardinales. Tras los lanceros, otros guerreros aprestaron sus escudos para blindar la formación. Cada hombre se apretó contra el de su lado. El miedo estuvo a punto de sustituir a la fatiga.

Los atabales de los Banú Ganiyya continuaban con su toque frenético mientras que el gran tambor almohade enmudecía. Los encargados de aporrearlo se escondieron bajo el carruaje que lo sostenía, y los *rumat* cargaron sus arcos con las primeras flechas.

Enseguida llegaros los relinchos y, casi al instante, el suelo se conmovió con las pisadas de los caballos. Abú Yahyá los recordó. Los jinetes *agzaz*, vestidos con ropas de colores chillones, con aquellos arcos recurvados y pequeños. Tras lo ocurrido junto a Gafsa, la fama de esos extranjeros había recorrido el ejército almohade. Como ahora lo recorría el temor. El visir omnipotente cerró los ojos para calcular la distancia.

—Silencio ahora.

Yaqub asintió. Pasó la orden a los jeques más próximos y estos hicieron lo propio con los guerreros que formaban a su lado. La consigna se transmitió en voz baja por todo el cuadro, aunque no era necesario. Los cascos resonaban ahora cercanos. Por todas partes. El califa forzó la vista, pero nada podía atravesar la niebla roja. Se escucharon chasquidos y algo rasgó el aire. Un chillido aislado.

—Uno de los *ghuzat* —adivinó Abú Yahyá.

Un nuevo grito. Y otro más. Los chasquidos se multiplicaron. La niebla vibró como la cuerda de un laúd. Los escudos almohades se alzaron por puro instinto de supervivencia. Los atabales enemigos se habían convertido en un zumbido continuo, casi natural.

—Ahora —musitó el califa mientras apretaba la mano en torno al puño de su espada—. Ahora, mártires de Dios.

Los *ghuzat* lo sabían. El propio príncipe de los creyentes se lo había hecho entender antes del amanecer. «Depende de vosotros —les había dicho—. Vuestro sacrificio no solo os abrirá las puertas del paraíso. También librará a Dios de sus enemigos. La caída del primer mártir será la señal para la inmolación».

Los voluntarios de la fe, invisibles desde el cuadro almohade, corrieron a ciegas. Dos mil hombres sin lorigas ni petos de cuero. Con el único escudo de su fe. Las lágrimas se demoraron antes de brotar de los ojos del califa. ¿Cabía mayor entrega que la del que muere para matar por Dios? Los oía allí delante, mientras vociferaban versículos y reclamaban el martirio. Sus letanías se superponían al cabalgar de los *agzaz*, a los atabales rebeldes y al sonido chirriante de cientos de flechas que abandonaban sus cuerdas. Dardos que volaban sin destino cierto. Que cruzaban el Yarid. Algunas llegaron por azar hasta las líneas almohades y se clavaron inofensivas en los escudos masmudas. Las plegarias de los voluntarios se diluyeron en la niebla.

—No oigo nada —se quejó nervioso Yaqub.

—Lo oirás, príncipe de los creyentes.

De pronto sonó un impacto a la derecha. Todas las cabezas se volvieron hacia allí, pero fue inútil. Hubo traqueteo de hierros y un relincho que se apagó de inmediato.

—Uno de ellos ha chocado contra nosotros —advirtió un jeque harga. Abú Yahyá asintió.

—Serán más.

—Sigo sin oír nada —se impacientó el califa.

Nuevos golpes. Algunos quejidos aislados delante. El inconfundible sonido del hierro que se abre paso en la carne. Aquello no tenía nada que ver con las demás batallas. No había gritos de carga, ni astillas de madera que saltaban, ni caos de sangre. Solo el tamborileo incesante del enemigo, los cascos de los caballos, los vuelos de las flechas y los gritos cada vez más alejados de los *ghuzat*. Un silbido atravesó el centro y pasó de largo. Varias cabezas se encogieron entre los hombros. Abú Yahyá sonrió burlón.

—La muerte nos busca. Pero no puede encontrarnos.

Yaqub resopló. Sabía que miles de *agzaz* recorrían el Yarid a su alrededor, confusos por los lamentos de los *ghuzat* y por los ruidos de lucha aislados. Se los imaginó sumergidos en la niebla roja, ansiosos mientras volvían la cabeza a los lados y buscaban un blanco que no podían ver. Con las flechas caladas en sus arcos, apuntando delante antes de, repentinamente, hacerlo hacia atrás. Tendrían que clavar las rodillas en los costados de sus caballos para no chocar entre ellos. En dos o tres requiebros, no sabrían si se hallaban cerca de sus filas o de las enemigas. Aquello dio confianza al califa, aunque no borró en su corazón la certeza de que todos morirían allí. Un chasquido cercano anunció que una saeta acababa de llegar hasta el centro, pero se había clavado sin fuerza en un escudo masmuda. Su dueño soltó un bufido de alivio.

—Ya falta poco —susurró a su lado Abú Yahyá—. Debes avanzar deprisa. Has de seguir el rastro de *ghuzat* muertos. No puedes vacilar.

Aquello significaba que tenían que separarse. El plan del hintata así lo exigía. Yaqub lo miró y deseó que no se alejara. Pero era imposible evitarlo. Pensó en qué ocurriría cuando fueran derrotados. ¿Y si en lugar de morir inmediatamente, quedaban malheridos? Perdidos en aquel infierno, lejos de cualquier parte y rodeados de enemigos. Lo más probable era la muerte en medio de la sal. Tal vez algunos almohades consiguieran huir de la masacre, y los jinetes árabes o los *agzaz* les darían caza en algún lugar del desierto nublado. Había millas y millas de sol, sed y desesperación hasta el refugio más cercano. No. De allí solo se podía salir victorioso. Y eso era imposible. Así pues, se consoló el califa, no tardaría mucho en volver a reunirse con su amigo. En un lugar sereno, cruzado por ríos de leche y miel.

—Que Dios te acompañe.

—No —contestó Abú Yahyá—. Que se quede aquí. Contigo.

La señal llegó tal como había vaticinado el visir omnipotente. Los *ghuzat* supervivientes habían chocado contra las filas enemigas. Y del modo que les fue ordenado, aullaron todos a la vez. Un chillido agudo que cortó el aire rojo hasta el cuadro almohade. Cientos de almas eran acuchilladas y se separaban de sus cuerpos, algunas con varias flechas *agzaz* clavadas en su carne.

—¡¡Ahora!! —gritó el califa—. ¡¡Adelante!!

Los escudos se separaron del suelo, las lanzas se enristraron. Miles de pies avanzaron a paso rápido. A los lados, las filas se abrieron para que la caballería abandonara el cuadro. Abú Yahyá tiró de las riendas y esquivó a los infantes. La niebla se abría ante él. Veía caras desencajadas. Guerreros de las montañas, acostumbrados a luchar bajo el cielo azul y a mirar a la muerte a los ojos. No como en aquel infierno rojo y salado.

Las dos alas de caballería masmuda se separaron del grueso almohade por derecha e izquierda y, mientras la infantería cargaba de frente, ellos lo hacían a los lados. El visir omnipotente, como sus hombres, gritaba cada poco para mantener un remedo de formación. No podían aislarse. No debían. Sombras rojas, verdes y amarillas se cruzaron ante él. De pronto, durante un corto momento, vio a uno de aquellos malditos *agzaz*. Hasta pudo observar el gesto de sorpresa en su cara, su capacete de cuero rematado con plumas y la larga trenza encintada que volaba tras él. La bruma escupía flechas aisladas que enseguida desaparecían. Cabalgó, con el sol velado delante y arriba. Pronto, el aullido agónico de los *ghuzat* se volvió cercano. Tiró de las riendas a un lado para rodearlos. Tenía que evitar el choque.

—¡¡Aquí!! ¡¡Seguidme!!

Gritaba, como el resto de la caballería. «Dios es grande». Solo eso. Y en el otro flanco sucedería otro tanto. De repente se le vino encima un jinete vestido de rojo y amarillo. El tipo, de tez oscura y enorme mostacho, abrió la boca para avisar a sus compañeros, pero la lanza de Abú Yahyá golpeó en su pecho y lo derribó. Su caballo era más pequeño que el del almohade, se alzó de manos antes de darse a la fuga. El hintata sonrió. La lanza se había partido por la mitad. Sin dejar de gritar, la tiró y desenfundó la espada. Los lamentos de muerte sonaban muy cercanos ahora. Y las órdenes. «Resistid», decían. «Resistid». Eran los Banú Ganiyya. Ciegos, como todos ellos. La sonrisa de Abú Yahyá se convirtió en carcajadas. Lo iban a conseguir.

الله في
ةثق ى عل وأنا

No nos ocurrirá más que lo que Dios nos ha destinado.

Él es nuestro dueño, y en Dios es en quien ponen su confianza los creyentes.

Diles: ¿qué esperáis?

Que, de dos hermosos destinos, les ocurra uno: la victoria o el martirio.

Yaqub es el único jinete del cuadro almohade. Aunque ahora, más que cuadro, se trata de una masa erizada que avanza a la carrera.

El califa se aúpa sobre los estribos y mira desde los dos pozos negros que son sus ojos, excavados en el antifaz metálico de su yelmo. Espera que en cualquier momento aparezcan los *ghuzat* clavados contra la línea enemiga. Ha rebasado a varios durante su marcha, sí. Incluso les ha pasado por encima con su montura. Hombres con el gesto feliz pintado en el rostro y media docena de flechas enterradas en sus carnes.

En esos momentos, aquellos valientes disfrutan ya del paraíso y de las huríes de grandes ojos negros.

Se concentra en el sonido de la lucha. En el chillido cada vez más débil de los pocos voluntarios que aún se aferran al mundo en un heroico intento por marcar su posición al resto del ejército.

—*Rumat!!*

No necesita concretar la orden. Los arqueros detienen la marcha, calan flechas y apuntan a lo alto. Disparan y recargan. Y otra vez. Los proyectiles dibujan efímeras líneas negruzcas antes de ser tragados por la niebla. Los demás guerreros corren. A buena velocidad ya, con las armas por delante y los dientes apretados. Todos menos los Ábid al-Majzén. Ellos caminan aún. Firmes, sudorosos, las enormes lanzas empuñadas con ambas manos y dirigidas al frente. El rastro de *ghuzat* muertos crece allí. Algunos todavía se arrastran cuando miles de almohades los apisonan con su peso, el de sus lorigas, escudos y armas. Varios hombres tropiezan con los mártires y corren la misma suerte. Delante, la bruma roja se oscurece. Las nubes cobran nitidez. Sus perfiles se tornan negros. Blancos. Verdes. Un voluntario de la fe, rota su voluntad, surge de la niebla. Ha dado la espalda al enemigo y huye. Lleva la túnica blanca y la cara ensangrentadas, y una flecha sobresale de su hombro izquierdo. Es ensartado por la primera línea almohade.

—¡¡Están ahí!! ¡¡Ahí mismo!! ¡¡Dios es grande!! ¡¡A muerte!!

El griterío explota en la línea masmuda. Los jirones de niebla se abren y aparecen los mallorquines, mezclados en sus líneas con otros antiguos almorávides. Hombres que se velan la cara, se defienden con escudos de mimbre y se esfuerzan todavía en acabar con un puñado de *ghuzat* ofuscados. Sus ojos, entornados en la minuciosa tarea de masacrar voluntarios, se abren cuando advierten lo que se les viene encima. Yaqub, sobre su caballo, se carcajea. Ríe para liberar la tensión acumulada en la carga a ciegas. Sus lanceros, en perfecta línea, presionan contra el enemigo. Ellos mismos despachan por la espalda a los últimos voluntarios de la fe que se obstinan en permanecer en este mundo, y que ahora se han convertido en obstáculos. Ya han cumplido su misión. Han trazado el camino hacia el enemigo con sus cadáveres y han señalado el lugar del choque con sus gritos. Ahora llega el turno de los demás. Yaqub y el resto de sus hombres se disponen a pagar su tributo, sí. Atravesados por el hierro o quemados por el sol. Pero antes ofrecerán un bonito espectáculo a Dios.

—La gloria eterna es poco premio para vosotros —dice Yaqub entre el caos de gritos, insultos y chocar de hierro—. Morid ahora, mis fieles. Muramos todos.

El último voluntario de la fe desaparece bajo el empuje almohade. Una masa de hierro y cuero que prensa las primeras filas enemigas mientras las lanzas se clavan y las azagayas vuelan. Poco a poco, a pequeños pasos, los Banú Ganiyya ceden terreno. Es la táctica habitual antes de que sus alas se cierren y envuelvan al ejército califal. Yaqub tira de las riendas y recorre las líneas traseras. Grita a sus súbditos, aunque ellos no pueden oírle en plena orgía de sangre. Los anima a exterminar a los piratas mallorquines. Los engaña. Les dice que vencerán ese día. Les ofrece las riquezas de sus enemigos. Les promete sus mujeres. Les dice que repartirá entre ellos los tesoros de Ifriqiyya. Los ve precipitarse a la muerte. Los envidia. Tanto, que refrena su montura y descabalga.

Camina con firmeza hacia la refriega, aunque las filas traseras todavía no alcanzan al enemigo. Se limitan a empujar a sus compañeros de delante y contribuyen con insultos. Los jabalineros saltan por entre la masa. Tiran por encima de los demás antes de tomar una nueva azagaya. Imposible saber si aciertan, aunque también es imposible fallar. Y aún más atrás, los guardias negros aguardan como reserva. El califa ve un hueco. Un lugar de la línea en el que han caído varios masmudas y otros pocos se baten ciegamente. Valientes que se hallan ya en pleno tránsito hacia la vida eterna, junto a otros valientes que pronto viajarán al paraíso. ¿Estará Abú Yahyá recorriendo también ese camino? La línea almohade se debilita. La muerte clava sus garras en aquel lugar. Yaqub corre.

وأنا على ثقة في الله

Abú Yahyá atropella a una mujer que carga con un pequeño fardo. Advierte que se trata de su hijo cuando el fardo se desmadeja en el aire y se estrella más allá de la niebla. Pero el hintata sigue adelante. Esquiva los carruajes y pertrechos amontonados, y arremete contra una nueva figura. Otra mujer. Tras él, sus hombres también cargan. Ensartan, embisten y pisotean. Mujeres y niños. Saltan por encima de sacos y enseres.

El visir omnipotente tira de ambas riendas a la vez y su caballo se clava. Se vuelve sobre la silla.

—¡Es el campamento árabe! ¡Reagrupaos!

Aquello le ha pillado por sorpresa. Nunca lo ha visto entre las tribus árabes sometidas al imperio, aunque ha oído hablar de esa táctica. Ni los almorávides ni los almohades lo hacen jamás, pero aquellos tipos sí. Como nómadas que son desde años atrás, viajan siempre con sus familias y sus bártulos a cuestas y, cuando tienen que combatir, los acampan a retaguardia. Eso les confiere valor, porque saben que, si son derrotados, los suyos caerán o serán esclavizados. Lo perderán todo.

Las órdenes de Abú Yahyá vuelan ya de boca en boca. Las mujeres árabes que pueden corren despavoridas para alejarse de la batalla. Dejan atrás sus pertenencias y un rastro de muertos. Los jinetes masmudas, mientras tanto, se reúnen entre los carros llenos de mantas, ropa y cacharros.

Hace muy poco que han rebasado las líneas enemigas. Han sido escasos los *agzaz* que se cruzaron, y menos aún los que pudieron derribar. De repente, los hábiles arqueros extranjeros han desaparecido. Eso inquieta a Abú Yahyá porque sabe que los *agzaz* son miles y campan por algún lugar, pero debe seguir con el plan establecido. Levanta la espada y repara en que se ve mucho mejor. El sol brilla más fuerte en lo alto, casi atisba la masa informe de delante. Apunta hacia ella con su arma.

—¡¡Guerreros de Dios!! ¡¡Ahí tenemos la retaguardia enemiga!!

Se desplaza a un lado. Trota ante sus hombres y se deja ver. Observa que cada jinete almohade busca un sitio en la formación. Cómo se reagrupan en una línea previa a la carga. Muchos conservan sus lanzas. Otros esgrimen ya espadas. La bruma se deshace en jirones. Mira hacia el enemigo y ve con bastante claridad sus últimas filas. Algunos han reparado ya en que están rodeados, y se vuelven para dar frente al visir omnipotente y su contingente montado. En las alas del ejército mallorquín, varias figuras vestidas de blanco se remueven inquietas. Los árabes rebeldes. El visir omnipotente lanza una sonrisa rapaz. La misión de esos hombres es envolver al grueso del ejército almohade por los flancos, seguro. Y atrapar a Yaqub en un cepo imposible de abrir. Pero los árabes no llegarán a cerrarse sobre su califa porque ahora verán que sus familias han sido masacradas a sus espaldas. Abandonarán sus posiciones y dejarán desamparadas las líneas de los Banú Ganiyya. Abú Yahyá se levanta sobre los estribos y mira en torno para asegurarse de que los *agzaz* han desaparecido definitivamente. Después, su vista se dirige al cielo con un gesto de agradecimiento. Dios ha decidido. Se dirige a sus masmudas:

—¡Oídme! ¡¡Oídme todos y pasad mis órdenes!! ¡Ignorad a la infantería enemiga! ¡Nuestro objetivo son los árabes! ¡¡Que esos viudos se reúnan con sus mujeres muertas!!

Trota a lo largo de la formación y repite sus instrucciones. Los jinetes hargas aprestan sus jabalinas. Los hintatas aseguran las adargas y los tinmallalíes recolocan los barboquejos. Yadmiwas y yanfisas palmean los cuellos de sus animales antes de exigirles un último esfuerzo. El mismo visir omnipotente aúlla como un chacal del desierto, y pronto lo imitan sus hombres. Miles de gargantas emiten un bramido largo y agudo. Los árabes rebeldes miran atrás, ven a la caballería almohade a su retaguardia. Advierten la masacre en su campamento. Un gemido recorre las líneas árabes y se une por un instante al aullido de los jinetes masmudas, pero pronto sube para oírse por encima de todo lo demás, conforme el dolor se transforma en rabia desbocada, que hará que olviden sus órdenes y den al traste con los planes de los Banú Ganiyya. Vuelven riendas y sus espuelas se clavan en los ijares de sus monturas. Como olas, los guerreros vestidos de blanco cargan.

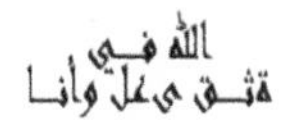

Yaqub, bajo la mirada atenta de varios guardias negros, se detiene a cuatro codos del combate. Un par de lanceros masmudas han ocupado el lugar de los caídos y unen sus escudos. Echan atrás el brazo derecho y lo impulsan con fuerza hacia delante. Las puntas de hierro atraviesan cotas y quiebran huesos. La sangre salpica al otro lado.

El califa, orgulloso de sus hombres, eleva la vista cuando nota que la luz sube de intensidad. La niebla roja se disipa. No falta mucho ya para que los árabes rebeldes de las costaneras enemigas los envuelvan y acaben con ellos. Pero no debe pensar en eso ahora. Es momento de matar y morir por Dios. Solo eso. Avanza un poco más. Pisa a un voluntario tan destrozado que no puede distinguir si todavía conserva los brazos. A los lados ve más guerreros masmudas. Muchos más que antes. Su formación se adelanta inexorablemente. A cada lanzada sigue un paso. Se apoya en la espalda de un infante harga. El tipo empuña una jabalina y la maneja a media altura, por debajo del escudo de otro harga que lucha delante. En cuanto descubre un hueco, pincha. Al otro lado, los hombres de los Banú Ganiyya gritan. Piden sitio para retroceder y se insultan entre sí. Bien.

—¡Adelante! ¡Sin piedad! —ordena Yaqub.

El harga de primera fila se viene abajo. Un tajo le ha cercenado la pierna a la altura del tobillo, el guerrero se vence hacia delante y cae entre los soldados enemigos. Antes de tocar el suelo, varias hojas cortan su cuello y se clavan en su espalda. El de la jabalina, sorprendido, se congela. Una lanza brota de la línea enemiga y le acierta en plena cara. Se desploma, y ante Yaqub aparecen los rostros velados de varios lanceros almorávides.

Se ha abierto un hueco en el ejército almohade.

Los Ábid al-Majzén actúan sin orden previa. Avanzan como una marea negra, rebasan al califa y se filtran por entre los guerreros masmudas. La fila almohade se condensa, el corazón de Yaqub se encoge. Es ahora, en el momento clave de la batalla, cuando las alas enemigas deben unirse y encerrarle en un abrazo mortal. Pero a los lados no ocurre nada. Y al frente, un murmullo crece, como si la langosta se dejara caer en plaga sobre el mundo entero. Los sonidos se ahogan, el desierto de sal aguanta la respiración. Entonces, el ejército rebelde se desmorona. Las reservas de los Banú Ganiyya vuelven filas. A los lados, entre los últimos hilachos de bruma roja, las alas de jinetes árabes, simplemente, han desaparecido. La corriente negra de los Ábid al-Majzén se desborda sobre los enemigos que huyen y también sobre los pocos incautos que intentan resistir. El propio Yaqub, enfervorecido, se une a la persecución. Casi no puede creerlo, pero ocurre. Está… ¿venciendo? Remata a heridos que se arrastran, alcanza a sanhayas que huyen y cambia dos espadazos con un mallorquín que se revuelve desesperado a media fuga. Cuando desclava la hoja ensangrentada de su barriga, siente que la sed le quema. El sol, ahora sin obstáculos, incide de lleno sobre la batalla.

Aunque ya no hay batalla. Más al frente, los poderosos guardias negros dan alcance a los enemigos y los ensartan. Y, por delante de ellos, la caballería masmuda se bate contra los jinetes árabes rebeldes.

«Así que ahí están. Es cierto —piensa Yaqub—, hemos logrado la victoria».

Pero un súbito temor se apodera de él.

—Abú Yahyá.

No todo ha acabado. Grita. Se desgañita aunque la garganta raspa. Ordena a todo su ejército que socorra a la caballería. Un último esfuerzo. Yaqub también corre, aunque el escudo pesa como el mismísimo tambor almohade, ahora rezagado. Teme que ocurra lo que no debe ocurrir jamás. Pide a Dios mientras mastica sal, sin importarle que miles de sus hombres hayan dejado la vida más atrás. Reza por que uno solo sobreviva. Su querido amigo y visir omnipotente.

Los árabes rebeldes no se dejan cazar entre la caballería y la infantería almohades. En cuanto ven que los Banú Ganiyya son pura desbandada, se tragan su rabia y espolean a sus monturas para alejarse y, tal vez, rescatar a alguna de sus mujeres del desierto de sal. Los almohades dejan de correr. Sus hombros se vencen. Algunos sueltan los escudos y otros, incapaces de continuar, caen a tierra. Se reúnen poco a poco en torno al califa. También los jinetes. Por todas partes, rebeldes mutilados piden compasión o se arrastran entre charcos de sangre que se filtra en tierra. Yaqub enfunda su arma, deja caer el escudo y se arranca el yelmo. Los Ábid al-Majzén, únicos que parecen aguantar el esfuerzo, lo rodean para darle protección. Siente que alguien agarra su muñeca y la levanta. Mira de reojo. Es él. Abú Yahyá. Con el alivio llega el temblor, pero el visir omnipotente mantiene su mano arriba. Grita en medio del desierto blanco, ahora teñido de rojo.

—¡El victorioso! ¡Al-Mansur!

—¡¡Al-Mansur!! —repiten miles de gargantas sedientas—. ¡¡Al-Mansur!!

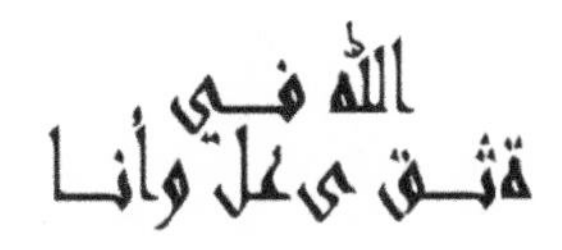

46
ABANDONADOS POR DIOS

DOS SEMANAS DESPUÉS, OTOÑO DE 1187. LEÓN

El príncipe Alfonso disfrutaba del frescor que se filtraba a través de la camisa. Era la hierba húmeda, a orillas del río. El agua fluía muy cerca, los petirrojos cantaban en la alameda. Un bardo rimaba en algún lugar con la compañía de una viola de cuerda. Sobre él, nubes orondas y perezosas se arrastraban sin ocultar el sol. Volvió la cabeza y allí estaba, tumbada a su lado. Los reflejos de la corriente creaban claros de luz sobre su rostro. No había ser más bello en el mundo. Ni los ángeles del cielo podían superarla, seguro. Ella parpadeó con un vaivén de pestañas negras y largas. La saya verde apretada en torno al pecho generoso, una mano en la mejilla del príncipe, el cabello mojado y extendido sobre la hierba. Abrió los labios carnosos y su voz fue como un arrullo:

—Te mataré.

Despertó sobresaltado. La amenaza flotaba en su mente. ¿Había sonado de verdad o solamente en su sueño? Tomó aire a bocanadas antes de incorporarse y miró a la fuente de luz, un poco a su diestra.

Urraca apretaba los puños bajo el dintel. No llevaba la saya verde, sino un brial encordado de carísimo ciclatón, rojo, con brocado de oro. Se cubría con un manto púrpura ribeteado de petigrís y una toca que ocultaba su pelo negro. Lo observaba fijamente.

—Mi reina.

Ella escondió la diestra a la espalda. ¿Algo había brillado en ella, o había sido solo su imaginación?

—Mi príncipe.

Se miraron un rato largo, mientras la vista de Alfonso se habituaba a la oscuridad de su aposento en el palacio leonés. A espaldas de Urraca, la puerta estaba abierta y no había rastro de los guardias.

—¿Tanto me odias, mi reina?

Tal vez ella quiso sonreír, pero no le salió más que una mueca. ¿Cómo podía alguien tan hermoso gesticular así? Un escalofrío recorrió la espalda de Alfonso. Volvió la cabeza a un lado y vio su espada de ceremonia sobre el arcón. Había sido la misma Urraca quien le regaló aquella arma. ¿Tendría que usarla algún día contra ella?

Cuando volvió a mirar a la puerta, la reina ya no estaba. Alfonso retiró el cobertor y posó los pies desnudos sobre el frío suelo. Se frotó los brazos mientras recorría la distancia hasta la entrada. En camisa y calzas se asomó fuera. Un guardia, con la lanza apoyada en el hombro, se inspeccionaba las uñas contra una columna. Pensó en recriminar su falta de celo pero, al fin y al cabo, ¿cómo prohibir a la reina que visitara al príncipe? Ningún hombre del mundo podía negarle nada a Urraca, menos aún un simple soldado. Unos pasos resonaron entre la piedra. El guardia dejó en paz sus uñas y aferró con fuerza la lanza. Al advertir que el príncipe le observaba desde la puerta, enrojeció.

—Mi señor Alfonso, qué bien que estés despierto. —Lo había dicho Martino, el tesorero de San Isidoro. Suyos eran los pasos cuyo eco aún recorría los pasillos del palacio real. El príncipe invitó al clérigo a entrar en la cámara.

—¿Te has cruzado con la reina?

—Pues sí, mi señor. Ahora mismo, aquí cerca…

—¿Has visto si llevaba algo en la mano? ¿Una daga quizá?

—¿Cómo? Eh… No. Yo…

—La habrá guardado. —El príncipe cerró la puerta y se dirigió al arcón. Apartó la espada, abrió para rebuscar una prenda de abrigo. Escogió un manto con el que envolvió su cuerpo aterido—. ¿Tienes algo importante que decirme?

—Importante, mi señor. Terrible. Espero que alguien haya informado al rey, pues bien que debería rezar por la cristiandad cuando llegue a Compostela. Nos va a hacer falta ayuda divina, y la de todos los santos. Yo ya estoy preparando cuentas para las preces en San Isidoro y…

El príncipe detuvo la cháchara del encorvado tesorero.

—Pero habla ya, Martino. ¿Qué desgracia es esa?

—Pues… Josías, el arzobispo de Tiro, ha llegado desde Tierra Santa. No aquí, claro. Debe de andar por tierras de Provenza. Recorre los reinos cristianos y suplica ayuda. Dicen que cruzó el mar en una nave con velas negras… Oh, por san Froilán. El mundo se acaba. Dios nos ha abandonado por nuestros pecados, era de esperar. El infierno se abrirá y los demonios camparán a sus anchas…

—¡Martino, por Dios! ¡Qué ha pasado?

—¡Jerusalén ha caído! ¡Tal como se profetizó! ¡Se dijo que le pondrían sitio, y sentarían trincheras y levantarían baluartes a su alrededor, y que sería humillada! —Juntó las manos y elevó la vista—. «Y la multitud de los que te aventarán será como polvo menudo, y como pavesas la muchedumbre de aquellos que prevalecieron contra ti».

El clérigo se persignó repetidamente mientras relataba los desmanes del infiel Saladino. Tal desgracia no podía deberse más que al abandono de Dios, dijo. Y al dominio de los diablos, que ahora campaban libres sobre la tierra y acechaban a los cristianos. Esa imagen trajo a la mente de Alfonso otra muy reciente: la de Urraca plantada a su puerta, con aquella mirada irresistible y aterradora. El príncipe se arrebujó en el manto.

—Desearía que mi padre se hallara aquí, conmigo. Es una grave noticia. —Dibujó una sonrisa amarga—. Pero mira cuánto se parece ahora León a Jerusalén. Estamos asediados por los castellanos. No por las armas, desde luego. Cuando guerreábamos, jamás llegaron tan cerca. Se han metido en nuestras iglesias, en nuestra corte. En nuestra cama.

Martino arrugó el ceño.

—Te noto raro, mi señor. No debes temer nada. Nadie volverá a atentar contra ti ni te cegarán jamás. El santo Isidoro no lo permitiría.

Alfonso estiró la sonrisa hasta convertirla en una mueca sardónica.

—¿El santo Isidoro? Los ensalmos de una bruja de Trujillo, querrás decir. Pedro de Castro no está aquí para ampararme, y ahora Urraca es la reina a los ojos de Dios y de la ley. El obispo de León es un Lara, mi madrastra es una Haro y su hermano se ha convertido en el confidente de mi padre. Tanto confía en él, que le ha otorgado las tenencias de Salamanca y de toda la Extremadura. Mi guardia relaja su cometido, los juglares se permiten cegar a los príncipes… y Jerusalén ha caído. ¿Cuál dices que es el destino de los desheredados? Vagar por el mundo sin patria. Eso tendría que hacer yo.

Se levantó y anduvo envuelto en el manto.

—La caída de la ciudad celestial te ha trastornado, mi príncipe. Es normal en un preclaro hijo de Dios. Pero no temas, los leoneses te aman.

—Los leoneses, sí. Algunos. Pero mi padre acaba siempre cayendo bajo las alas negras de… No puedo quedarme aquí. Mi vida corre peligro. Ahora lo veo claro. —Se llevó la mano a los ojos—. No fue ese bardo. Fue ella. Mi reina. Y allí estuvo, digna y en silencio, observando cómo los perros despedazaban a ese desgraciado… Es capaz de todo y no parará hasta que su hijo Sancho se siente en el trono que me corresponde por derecho. Ah, qué ciego he estado. Más aún que cuando no podía ver. Tal vez si me hubiera ido con el rey a Compostela… Pero no. El influjo de Urraca llega a todos los rincones del reino. Galicia y Asturias no están libres. He de buscar otro sitio… Sí. Tal vez… A casa de mi tío.

Martino, extrañado, observaba el caminar meditabundo del príncipe y sus palabras en voz baja.

—¿Tu tío? ¿El esposo de tu tía Sancha, el rey de Aragón?

—No. El hermano de mi madre. El rey de Portugal. Cerca de aquí, pero fuera del alcance de Urraca. —Se volvió hacia el tesorero—. Martino, me has servido bien y las arcas de San Isidoro se han beneficiado de ello. Se beneficiarán más todavía cuando sea rey. Pero ahora debes volver a valerme.

El clérigo afiló aún más su gesto. Se acercó al príncipe despacio.

—¿Qué mandas, mi señor?

—Actuarás con discreción. Escogeremos a unos pocos hombres, aquellos de cuya fidelidad no dudemos. Tú te adelantarás. Viajarás a Portugal y te entrevistarás con mi tío, el rey. Ruégale que me prepare un lugar no alejado de nuestras fronteras. Sobre todo, nadie puede enterarse de nuestros planes.

Mes y medio más tarde. Líneas de asedio en Gafsa

Yaqub observaba la ciudad rebelde desde lo más alto de su *daydabán*.

Disfrutaba. Cada vez que un almajaneque crujía para lanzar un bolaño. Y si el proyectil se estrellaba contra la muralla, gozaba aún más.

Pero lo mejor era de noche. El califa había ordenado iluminar las tinieblas. La brea ardiente impregnaba cada roca que volaba desde la albarrada almohade hasta Gafsa. Allí arriba, a siete pisos de altura, el príncipe de los creyentes veía cómo las piedras ardientes dejaban un rastro de fuego, pavesas, humo negro y alaridos de terror. Ya no faltaba mucho para que la ciudad claudicara. El último capítulo de un libro escrito por la mano del mismísimo Dios.

Tras la inesperada victoria en el desierto de sal, los acontecimientos se precipitaron de tal forma que era imposible no ver la mano divina en ello. A la matanza siguió la persecución del ejército derrotado hasta las puertas de Gabes. Pero dentro de la ciudad, los habitantes sometidos por los Banú Ganiyya se rebelaron al conocer el triunfo almohade. Alí ibn Ganiyya y Qaraqush no pudieron llegar a la alcazaba, así que se vieron obligados a huir. Evitaron a la vanguardia califal y consiguieron adentrarse en el Yarid. Aunque dejaron atrás a muchos de sus hombres, supervivientes del desastre, y a toda la familia y los enseres del armenio Qaraqush. Al anochecer de aquel día de portentos, los ciudadanos de Gabes salieron a postrarse ante Yaqub, le informaron de lo sucedido dentro de la ciudad y pidieron el amán.

El califa se lo concedió. Perdonó la vida de los pobladores. A continuación envió a sus guerreros hacia la alcazaba y, ante la imposible defensa, los restos del ejército rebelde se rindieron. Hubo matanza general entre los hombres que habían levantado sus armas contra el califa. Sus bienes fueron confiscados, y las familias de los árabes rebeldes, así como todo el harén y los hijos del cuervo Qaraqush, fueron reducidos a la esclavitud.

Desde Gabes, Yaqub recompuso lo que quedaba de su ejército, recibió algunos refuerzos de Túnez y marcho hacia el Yarid. Por el camino depuró y devolvió a su obediencia las aldeas en las que los Banú Ganiyya habían dejado su rastro tiránico: Al-Hamma, muy cerca del campo de batalla; Nafzawa, Taqyús, Nafta… En Tawzar le contaron a Yaqub que Alí ibn Ganiyya y Qaraqush, con muy pocos acompañantes, habían decidido internarse en el desierto de sal. El califa decidió que no valía la pena seguirlos. Todavía quedaba una ciudad por someter. Una importante y muy simbólica. Pero lo que más preocupaba a Yaqub era el paradero de los *agzaz*. Los fabulosos arqueros montados habían sufrido muy pocas bajas en la batalla definitiva, por lo que cerca de ocho mil peligrosos hombres con sus caballos se hallaban en algún lugar desconocido. El califa se inquietó hasta que otro pastor de cabras le dijo dónde se habían refugiado los *agzaz*.

Gafsa.

El primer día de Ramadán, Yaqub se plantó ante las murallas de Gafsa. Era la tercera vez en su vida que lo hacía, y las dos anteriores se habían saldado con suertes muy diferentes. Esta sería la definitiva. Cada bolaño que rasgaba el aire y se estrellaba contra los muros rojizos acercaba más ese momento decisivo.

—Ha llegado una carta de Trípoli.

El califa se volvió. Abú Yahyá acababa de hacer acto de presencia en el último piso del *daydabán*. Traía el mensaje medio arrugado en la diestra. Yaqub lo observó a él con fervor, y a la carta con curiosidad.

—¿El Cuervo?

—No. Qaraqush debe de estar todavía agazapado en lo más profundo del Yarid. Seguramente prefiere la sed y la sal antes que probar el sabor de tu venganza. Se habrá enterado ya de lo que hiciste con su harén y sus hijos.

—No he sido tan despiadado, ¿no? Madres e hijas pasarán a calentar las camas de nuestros hombres más destacados.

—¿Y tú? —Abú Yahyá le señaló con el mensaje arrugado—. ¿No vas a tomar a ninguna de esas mujeres?

Yaqub sonrió.

—Mujeres… ¿Quién las necesita? —Apartó la vista cuando un nuevo bolaño salió despedido de un almajaneque a los pies del *daydabán*. El proyectil silbó antes de estrellarse contra el muro arcilloso—. Pero no me has dicho aún lo que anuncia el mensaje de Trípoli.

—Lo manda un tal Abú Zayyán. Se ha hecho con el gobierno allí, en ausencia de Qaraqush, y tiene a sus órdenes a un par de miles de *agzaz*. Dice que no reconoce a los Banú Ganiyya. También informa de que Salah ad-Din se encuentra muy ocupado en Jerusalén desde que la tomó a los cristianos, y que ha dejado de mirar hacia Ifriqiyya. Abú Zayyán se te ofrece como súbdito.

—Estupendo. —El califa se volvió y apoyó ambas manos en la baranda de madera que rodeaba el remate del *daydabán*—. Jerusalén en manos musulmanas. ¿No es una señal más de la voluntad divina?

—Aún no has oído lo mejor. Abú Zayyán te aconseja que te pongas en contacto con los *agzaz* que comandaba Qaraqush, y que les ofrezcas formar parte de tus huestes. Te asegura que no dudarán en ponerse de tu parte.

—¿Esos arqueros llegados de tan lejos? No son bereberes. Hasta un andalusí me parece más de fiar.

Abú Yahyá se adelantó y posó la mano sobre el hombro de Yaqub. Lo hizo con suavidad.

—Eres mi señor y te obedeceré siempre, pero debo recordarte cómo luchan esos jinetes arqueros. Tengo que traer a tu memoria la forma en que masacraron a tus hombres aquí mismo, no hace tanto tiempo. La toma de Jerusalén no es la única señal de Dios. El resultado de la batalla en el Yarid lo es también. El Único te muestra su satisfacción con tus planes. Es Él quien sometió a nuestro gobierno a los sanhayas, a los zanatas o a los andalusíes. Él puso ante ti a los ballesteros que acabaron con tu padre. Y ahora, es Él también quien deja a los *agzaz* a tu alcance. Cada decisión tuya nos acerca más a nuestro destino. O nos aleja de él. Viejos almorávides, ballestas, tibios musulmanes… Herramientas a tu servicio.

Yaqub resopló.

—Ocho mil *agzaz* aguantan en Gafsa. Ocho mil hombres que se enfrentaron a mí y exterminaron a mis súbditos.

—Ocho mil hombres que, en nuestro ejército, barrerían a la caballería cristiana.

El califa bajó la mirada. Reflexionó mientras los almajaneques, a intervalos regulares, chirriaban para martillear Gafsa.

—Mañana te acercarás con bandera de parlamento, Abú Yahyá. Pedirás entrevistarte con uno de esos arqueros.

Una semana después

El *daydabán* había dejado de ser una torre de observación para convertirse en una torre de asalto. Desde sus siete pisos, los *rumat* habían disparado conforme una legión de esclavos acercaba el ingenio a las murallas de Gafsa.

Los almajaneques habían abierto varias brechas, y los almohades habían conseguido aproximarse bajo el ataque constante de las catapultas para rellenar a trechos el foso. Pero la rendición de los *agzaz* lo precipitó todo. Los arqueros montados eran prácticamente los únicos guerreros capaces en la ciudad, aunque su particular forma de combatir no sirviera de mucho en aquella situación.

Tras la entrevista de Abú Yahyá con uno de ellos, Yaqub se enteró de que los *agzaz* estaban dispuestos a traicionar a su actual jefe, un tipo leal a Qaraqush llamado Ibn Qaratiqín. Por eso aquel día, los arqueros montados subieron a sus caballos y abandonaron Gafsa por una de las brechas, con las manos levantadas y sus arcos recurvos bien visibles. Los sitiadores, previamente avisados, recibieron la deserción de los *agzaz* con vítores mientras que los escasísimos defensores de la ciudad decidían también entregarse.

Por fin el *daydabán* había recobrado su función de altísimo estrado. El príncipe de los creyentes, en lo alto del séptimo piso, se dirigía a sus nuevos súbditos y al resto de su ejército.

—¡Dios es grande!

A los pies de la torre de madera, junto al foso de la ciudad rendida, un murmullo creciente se transmitió como la marea. Miles de bocas repitieron la frase entre las filas de guerreros y los ciudadanos de Gafsa, arrastrados fuera de la ciudad para someterse a la decisión del califa. Abú

Yahyá, armado como si la lucha no hubiera cesado, se adelantó de entre las banderas victoriosas. Elevó su espada hacia Yaqub.

—¡Y tú eres victorioso! ¡Al-Mansur! ¡¡Al-Mansur!!

Nueva ola de adhesión. Los murmullos se convirtieron en gritos que la brisa se llevaba hacia el cercano desierto de sal. Al-Mansur. Al-Mansur. El califa pidió silencio con las manos.

—¡Con el regreso de Gafsa al seno del Tawhid, considero terminada mi misión en Ifriqiyya! ¡Mañana mismo prenderemos fuego a nuestras máquinas y a este *daydabán*, y después volveremos a Túnez! ¡Mucho es lo que los infames Banú Ganiyya han retrasado mi misión en este mundo, dictada por el Único! ¡Muchas son las vidas de verdaderos creyentes que abonan el Yarid y el resto de estas tierras!

»¡La última vez que pacificamos Ifriqiyya, en vida de mi amado padre, tuvimos que ver cómo el arduo trabajo quedaba deshecho en cuanto desaparecimos por el camino de Marrakech! ¡Esta levantisca ciudad quebrantó el amán que ella misma suplicó, y no supo valorar la confianza que le dispensamos! ¡Por eso, habitantes de Gafsa, dejaré aquí una guarnición nutrida con orden de ajusticiar a todo aquel que no demuestre sincera devoción a mi persona y al Tawhid!

Los pobladores de la ciudad, cabizbajos, aguantaban con la respiración contenida. Dudaban de que solo fuera esa la revancha del califa. Abú Yahyá, destacado ante el *daydabán*, fue quien de nuevo gritó:

—¡Piadoso califa al-Mansur! ¡Príncipe de los creyentes! ¿No vengaremos a los caídos?

Yaqub sonrió. Todo estaba perfectamente medido. Hasta dónde ser misericordioso. Hasta dónde despiadado.

—¡Deberíamos acabar con vuestras vidas, sí, habitantes de Gafsa! ¡Deberíamos cargar a vuestras mujeres de cadenas para arrojarlas sobre nuestros lechos en el Magreb! ¡Y deberíamos abrir las gargantas de vuestros hijos para regar con sangre ese inhóspito desierto de sal!

»¡Pero no lo haremos! ¡Al menos por ahora!

Un nuevo murmullo, esta vez de decepción, recorrió las filas de los guerreros. Incluso los *agzaz*, ansiosos por demostrar adhesión a su nuevo amo, protestaron tímidamente la compasiva sentencia.

—¿Y los que alzaron sus armas contra ti y resistieron tras las murallas? —preguntó de nuevo Abú Yahyá.

—¿Esos? —El califa tomó aire—. ¡Traedlos a mi presencia!

Las filas se abrieron. Los Ábid al-Majzén aparecieron con cuerdas a cuyos extremos venían, magullados y sedientos, los prisioneros. Un puñado de mallorquines, árabes y almorávides afectos a los Banú Ganiyya que habían conseguido acogerse a Gafsa durante la limpieza almohade del Yarid. También traían a Ibn Qaratiqín, el jeque arquero leal a Qaraqush. Arrastraron a los cautivos ante la inmensa torre de madera y los hicieron caer de rodillas. El último al que condujeron, entre insultos y escupitajos, fue entregado a Abú Yahyá. Era un almorávide más, joven, con la cara tumefacta y rastros de sangre seca en el pelo y en la túnica. Yaqub ensanchó su sonrisa. Dios, en su infinita misericordia, había querido que al frente de Gafsa se encontrara aquel tipo, un hijo del propio Alí ibn Ganiyya llamado Talha. El califa se relamió. Abajo, el visir omnipotente sostenía la cadena del preso y aguardaba las órdenes de su señor. Dejaron que los ciudadanos de Gafsa y los soldados contemplaran a los presos y los insultaran a placer. Incluso alguna piedra voló desde las filas masmudas para impactar contra los desgraciados. A una señal de Yaqub, Abú Yahyá ordenó que alineara a los cautivos junto al foso.

—¡Silencio! —ordenó el visir omnipotente—. ¡Sed testigos de la misericordia sin límites de nuestro califa!

Aquellas palabras alimentaron la esperanza de muchos entre los habitantes de Gafsa y los prisioneros. El propio Talha ibn Ganiyya levantó la vista y posó los ojos enrojecidos en el príncipe de los creyentes, inalcanzable en lo más alto de su *daydabán*.

—¡Habéis tenido suerte, traidores! ¡Mi intención era arrastraros hasta Túnez! ¡Haceros pasar por cada aldea, cada casa y cada ciudad que Alí ibn Ganiyya profanó y arrasó! ¡Dejar que los buenos súbditos de mi imperio se cobraran en vuestra carne el mal que les hicisteis! ¡Había pensado en descalzaros y llevaros a pie hasta Marrakech, donde vuestras cabezas serían separadas de vuestros cuerpos y colgadas de las murallas! ¡Hacer de vosotros un ejemplo para quienes pretendan alzarse contra el poder de Dios!

»¡Pero no os someteré a tal sufrimiento!

Hizo una señal a Abú Yahyá, y en la mano de este brilló su cuchillo *gazzula*. El tajo fue rápido y limpio. Cuando Talha ibn Ganiyya quiso implorar, un chorro de sangre brotó de su garganta y se derramó a sus pies. El visir omnipotente soltó la cadena y el joven mallorquín se desplomó en el foso. A ambos lados, los Ábid al-Majzén se unieron a la degollina. Ibn Qaratiqín recibió un corte tan brutal que su cabeza colgó a un lado antes de caer. Los cautivos casi no tuvieron tiempo de gritar, y sus pocos quejidos fueron apagados por el aullido de fiero triunfo de los almohades.

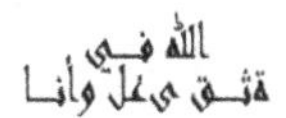

Al mismo tiempo, Navidad de 1187. Cercanías de León

A nadie le extrañó ver al tesorero Martino en el arrabal de la Rúa Nueva. Después de todo, aquellas casas se erigían sobre terrenos de San Isidoro, y por tanto concernía mucho al clérigo todo dinero que pudiera salir de allí.

Se asomó tras la última esquina, ante la mirada indiferente de las matronas que volvían del Bernesga con cántaros llenos. Mujeronas de mejillas arreboladas por el frío y aliento que se condensaba para mezclarse con la bruma. Martino sonrió y la nariz ganchuda se le movió como pico de grajo. Avanzó con los faldones arremangados para no mancharlos de barro.

—Aquí, buen Martino.

—Ya te veo, mi señor.

El príncipe Alfonso montaba a caballo. A su alrededor, media docena de muchachos de su edad observaban el entorno con atención. Estaban junto al convento de la Magdalena, y tras ellos se adivinaban las figuras de los freires de Santiago que montaban guardia en el puente. El tesorero de San Isidoro, al ver la comitiva de adolescentes, chascó la lengua.

—Joven escolta te has buscado, mi príncipe.

—Son mis amigos. Hijos de noble sangre leonesa. Sangre sin contaminar.

El tesorero asintió sonriente. No era tonto el futuro rey de León, desde luego. Aquellos muchachos de apenas dieciséis años estaban deseosos de partir para la aventura, y todavía no habían sido asaltados por más ansia que la de la gloria. Tiempo habría para que cayeran en la corrupción de la carne y del alma.

—La reina no sospecha nada —dijo el clérigo—. En estos momentos oye misa con su hijo Sancho. Celebra el nacimiento de Cristo.

—Yo también estoy de celebración. —El príncipe palmeó el cuello de su caballo—. No hay nacimiento pero, si todo sale bien, evitaré una muerte. La mía.

—Tu tío Sancho ha dado órdenes para que sus hombres de armas te esperen en la frontera con Portugal. Hasta allí deberás conducirte con mucha precaución, mi señor.

—Eso pienso hacer.

—De todos modos, dudo que la reina mande buscarte cuando descubra tu ausencia.

—Ni me preocupa tal cosa. —Alfonso prestó atención a un par de peregrinos que salían del hospital. Cuando volvió a hablar, lo hizo en voz baja—. Lo que temo es que mi madrastra descubra mi escondite y me envíe a uno de sus amigos bardos. Compréndelo, buen Martino. No veo la posibilidad con buenos ojos.

El tesorero rio. También acarició el cuello del caballo.

—Tu tío ha dispuesto el castillo de Braganza para ocultarte. Está solo a dos leguas de la frontera, con guarnición bien dispuesta. Pero eres el príncipe de León. No podrás mantener tu presencia en secreto mucho tiempo.

—Lo sé, lo sé. Esto es solo una medida de precaución. He de observar a mi padre. Ver cómo reacciona. Sobre todo, quiero saber qué pretende hacer con el hijo de Urraca y sus aspiraciones al trono. Si la cosa saliera mal... Bueno, tengo apoyos en Galicia. Y el papa ha convocado expedición contra los infieles de Tierra Santa. Clama por recuperar Jerusalén. Tal vez...

—¿Marcharías a la lucha contra Saladino?

Alfonso dudó en silencio. Uno de sus compañeros tuvo dificultades para controlar su montura, repentinamente nerviosa. Martino aguantó una mueca de desagrado. Qué débil se veía al grupo. Qué frágil parecía el propio príncipe. ¿Qué iba a ser de León?

—No sé lo que ocurrirá, buen Martino. —Observó al compañero que lograba por fin calmar a su caballo y adivinó los temores del tesorero—. Ninguno de nosotros lo sabe, ¿verdad? Pero eso cambiará. Mi padre estará pronto de vuelta desde Compostela. Seguramente querrá celebrar la Epifanía con su flamante y joven esposa. —Alargó la mano desde la silla y estrechó la del clérigo—. Me has servido bien, amigo mío. Hasta pronto.

—Por León. —El tesorero alzó la mano para despedir al príncipe. Este tiró de las riendas y arrancó hacia el puente sobre el Bernesga. Su juvenil séquito trotó tras él. Antes de cruzar, Alfonso levantó también la mano.

—¡Por León!

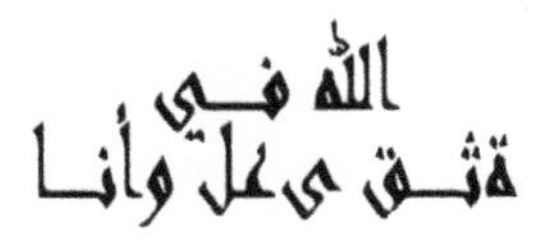

47
EL MAL MENOR

Un mes después, principios de 1188. Benavente, reino de León

Diego López de Haro subió los empinados escalones de dos en dos. Jadeante, llegó a la planta más alta del torreón y observó la escena. Arrugó la nariz. Aquello parecía tan grave como le habían contado.

El rey no dejaba de toser e, inclinado sobre él, un clérigo de baja cuna se esforzaba por hacerse oír. Fernando de León, con la cara congestionada, gesticulaba débilmente para quitarse al cura de encima. El señor de Haro se acercó al lecho.

—Es suficiente. —Miró al clérigo—. Da por cumplido tu servicio.

El hombre hizo una última señal de la cruz y abandonó la estancia. Un gesto más sirvió para que los dos criados imitaran al sacerdote. Diego de Haro tomó una jarra de agua. Estaba casi helada, pero a aquellas alturas no importaba mucho. Vertió el contenido en un cuenco y lo acercó despacio a los labios del monarca. Fernando de León salpicó el cobertor y al propio noble castellano, pero pudo retener un poco de líquido. La tos se calmó poco a poco.

—Debiste hacer caso a tus físicos, mi rey. Jamás tuviste que haber peregrinado a Compostela. Y menos en esta parte del año. Pero la peor decisión, sin duda, fue venir aquí.

Fernando respiró varias veces, muy deprisa, antes de responder. Tal vez para asegurarse de que podría hacerlo. Parecía medio dormido, pero habló:

—No podía... dejar que Alfonso...

—El príncipe está a salvo. Los portugueses no le harán daño. Y tú estás enfermo, mi rey.

—Ahora ya es tarde... para lamentos. —Se esforzó por incorporarse, pero tuvo que ser Diego de Haro quien le ayudara a hacerlo, acomodara su cabeza sobre un almohadón y le sirviera un segundo vaso de agua. La piel del rey estaba casi tan fría como el líquido.

—Sea como fuere, mi señor, ahora hay que volver a León. O mejor no. Nos quedaremos aquí hasta que te restablezcas. Mandaré llamar a tus físicos y, si quieres, a la reina. Y ordenaré que caldeen esta maldita estancia, hace un frío que...

—No —atajó el rey en un susurro—. Olvida esas tonterías, Diego. Somos... hombres de honor. No está bien andarnos con mentiras a estas alturas. —Se interrumpió para inspirar sin apenas fuerza. Sus ojos se cerraron y, por un instante, pareció que se adormecía. Un escalofrío sacudió a Fernando de León. Se llevó la mano al pecho—. Me muero.

—Tonterías.

—¡Me muero! —El grito fue el arranque de un nuevo golpe de tos. La tez del monarca enrojeció otra vez. Los ojos parecían a punto de saltar de las órbitas. Los labios azulados se llenaron de saliva—. ¿Hemos llegado ya a Compostela?

Diego de Haro suspiró.

—Llegaste a Compostela y regresaste a León, mi rey.

El monarca lo miró como si no lo conociera, con los párpados entrecerrados hasta que los abrió de golpe.

—Tú eres Diego de Haro. —Retiró la mano del pecho y lo señaló con el índice tembloroso—. ¿Qué...? ¿Qué hace un castellano aquí? Que llamen al... señor de Castro.

No había nada que hacer. Diego retrocedió y se sentó en un escabel. Frente a él, el rey de León alternó los jadeos entrecortados con los delirios. Habló con su voz débil. Dijo que la culpa era del emperador. Y que haría pagar a su sobrino todos los desaires. Se volvió y fijó los ojos febriles en el señor de Haro.

—Tu cara... Tu cara me suena. ¿Tienes una hermana?

—Tengo una hermana —contestó Diego con desgana—. Es tu esposa. La reina de León.

El siguiente ataque de tos fue tan violento que el rey Fernando dejó de respirar. Se agarró el pecho a través del cobertor y su espalda se encorvó. Diego se puso en pie a la espera del final. Negó en silencio. ¿Qué ocurriría ahora? El príncipe heredero había huido del reino y el siguiente en la línea era su sobrino. ¿Presentaba el destino una oportunidad única a la casa de Haro?

—Todo depende de Urraca —pensó en voz alta.

—Urraca...

El señor de Haro ni siquiera se había percatado de que la tos del rey se había detenido. Fernando de León volvió a mirarle. La tez lívida, los labios y las uñas amoratados. Temblaba como si se hallara desnudo en pleno monte.

—Urraca, sí. Ella se enorgullecerá de que la hayas nombrado con tu último aliento.

—Alfonso...

—Vaya. —Sonrió el señor de Haro—. Él también se sentirá orgulloso. Y después, a saber qué ocurrirá.

—Urraca y Alfonso... no deben... enfrentarse.

Así que había recuperado la lucidez. Diego de Haro se inclinó sobre el monarca tal como había hecho antes el cura. Apenas respiraba.

—Nadie podrá evitar que haya lucha, mi rey. Ambos desean lo mismo.

Pasó un largo rato. De nuevo el señor de Haro tuvo la impresión de que Fernando de León abandonaba. ¿Cuánto tardaba en morir un rey?

—Ve... —Con un último arranque de voluntad, tal vez salido desde el tránsito hacia el otro lado, el monarca estiró la mano y agarró las vestiduras de Diego. Los dedos se crisparon, tan frágiles que hasta un niño podría haberse liberado. Pero el señor de Haro aguardó el susurró casi inaudible de Fernando de León—. Ve y di a Urraca... Dile... que no divida el reino. El trono es... El trono es...

—¿Sí, mi rey?

—... para... Alfonso... El trono... es...

Los dedos se relajaron. Si el pecho del monarca hubiera tenido aire, habría escapado con ese último suspiro. Diego de Haro tomó la diestra mano fría y la llevó a reposar junto a la izquierda, sobre el pecho. Se santiguó.

—Padre celestial, acógele. Y ayúdame a cumplir su último mandato.

وأنا على ثقة في الله

Dos días más tarde. Valencia

La melodía de un laúd llegaba desde la estancia contigua, aunque apenas se escuchaba la voz de la cantora. Las sutiles cortinas de gasa se ahuecaban con el soplo del levante, que traía el olor del agua salada y permitía imaginar el rumor del oleaje. Solo las espirales de sándalo, celosas de los dos amantes, se elevaban desde los pebeteros y disipaban el aroma del mar.

Ordoño había llegado dos meses antes, en compañía de Kawhala y tan furtivo como siempre. Precavido, había mantenido oculta su espada bajo las telas de su *zihara* y apretado el puño cuando la vieja danzarina lo había guiado hasta la Zaydía. Nadie lo había detenido aquel día, ni le había preguntado sus intenciones. Los guardias andalusíes se habían retirado a su paso y él había encontrado abiertas las puertas, una tras otra, hasta llegar a Safiyya.

Eso había sido a mitad de otoño, y el cristiano aún no podía creer en su dicha. Dos meses, los más felices de su vida. De su mente se habían esfumado, como aquel humo de sándalo, su esposa María, su hijo García. Su rey, su reina, su patria, su misión. Solo existían Safiyya y él, bajo los velos que acariciaban sus pieles desnudas al anochecer, o entre las volutas de ámbar e incienso. La bienvenida de la princesa andalusí había sido silenciosa. Se habían desnudado el uno al otro sin hablar, solo para amarse con el ansia contenida de cientos de noches. ¿Cuánto había pasado desde la última vez? ¿Cinco años?

Se vengaron del tiempo. Ambos ignoraron el motivo que había llevado a Ordoño hasta Valencia. Como si hablar de ello pudiera disipar la nube de felicidad que ahora los envolvía. Y sin embargo, ambos sabían que su amor era tan frágil como siempre, salvo que un milagro ocurriera.

—Será mañana —dijo él, en pie junto al lecho—. Uno de los eunucos me ha traído hoy el mensaje. El gobernador ar-Rashid se ha decidido por fin a recibirme. Iré al alcázar tras la oración del amanecer.

Safiyya asintió. A su cuñado le había costado dar el paso, seguramente porque sabía que no había vuelta atrás. Al mismo tiempo que el rey de Castilla recibiera su propuesta, muchos otros se enterarían. ¿Cuánto tardaría Yaqub en saberlo? Suspiró, deseosa de apartar al califa de su mente y volver a abrirla solamente para su Ordoño. Lo miró fijamente. Safiyya estaba sentada en la cama, entre un mar de cojines. Cubierta con una *gilala* blanca y con el cabello recogido en dos larguísimas trenzas. Ambos se habían acostumbrado a recibir así a las sombras. Permitían que poco a poco se adueñaran del aposento mientras el incienso y las velas se consumían y el aire frío del mar se colaba por las celosías.

—Tal vez ar-Rashid te entregue por fin un mensaje para tu rey, y tendrás que irte.

—Tal vez.

«O tal vez no», pensó él. Tal vez se negara, porque ya casi no le importaba que fuera Castilla la que prevaleciera, o que lo hiciera el imperio africano. Y aquello no era bueno. Se estaba dejando llevar.

Ambos lo hacían. Y ¿no era acaso esa languidez insensata la que siempre, una vez tras otra, daba al traste con al-Ándalus?

«Pero ¿qué importa todo si estamos juntos?».

Nada, decían los ojos azules de Safiyya. No importaba nada. El tiempo era suyo, susurraban sus labios. La lobezna sonreía entre avergonzada y cómplice. Como la virgen que fue siete años atrás, en la cercana posada del Charrán. Ordoño, tan nervioso también como entonces, se acercó a la cama. Ah, ¿en qué les concernían a ellos los reyes y los califas? Los dos amantes parecían entregarse cada vez como la primera, y el mundo hallaba sus fronteras en los bordes del lecho, o contra los almohadones tejidos de oro. Sobre la hierba del jardín o en los rincones oscuros de la *munya*. Ahora, en la tregua breve que el viento daba a las hojas, la voz de la cantora se coló en el aposento:

> *Si de ti se hace cierto el amor, el resto será desdeñable,*
> *y todo lo que hay sobre la tierra no valdrá más que el polvo.*

Ordoño acarició las trenzas rubias. Su mirada resbaló hasta la abertura de la *gilala* y el comienzo redondeado de los pechos. Safiyya hizo ademán de cubrirse, pero él lo impidió. Deslizó los dedos hasta que su mano desapareció bajo la túnica y pudo pellizcarla con suavidad. Safiyya se dejó acariciar. Le ayudó a despojarla de la *gilala*. Y acudió dócil cuando Ordoño la atrajo hacia sí. Él aspiró el aroma antes de besarla. Los cabellos color de oro estaban impregnados del perfume cálido del pan recién horneado. Las notas del laúd siguieron fuera, y un nuevo soplo de brisa arrastró el humo hasta ellos. Cuando sus labios se separaron, ella habló en un susurro.

—Si has de marchar, no vengas a despedirte. No lo soportaría.

Ordoño trató de consolarla con una mirada. En aquel momento las sombras habían derrotado ya a los últimos rayos del sol en Valencia. Pero, alrededor de los amantes, las brasas de los pebeteros y la lumbre de las velas despedían una luz incierta. Él la contempló, ávido por retener cada detalle. El contorno de Safiyya cambiaba con el temblor de cada llama, y las sombras trazaban nuevas siluetas que él recorrió despacio con las yemas de sus dedos. Memorizó cada rincón. ¿Y si pasaban otros cinco años hasta la próxima vez? Solo pensarlo lo aterrorizó. Por eso se desvistió aprisa mientras ella, tan aterrada como él, se cimbreaba, apartaba los almohadones y le ofrecía el calor que latía entre sus muslos. Ordoño hundió su rostro en ella. La saboreó y se dejó embriagar. Safiyya rezó por que el tiempo se detuviera en la Zaydía. No quería que acabara. Deseaba a Ordoño así, bebiendo de ella para siempre. Y de repente ya no había aroma a incienso ni a sándalo. Agua y sal era lo que olía. Y ¿dónde estaba la música del laúd? El rumor de las hojas en el jardín ¿no era en realidad el rugido de la tempestad? Un mar que separaba la oscuridad de la luz, y que un día traería de vuelta a su verdadero y odiado esposo, a bordo de naves llenas de espadas y lanzas, empujadas por velas tejidas con versículos sagrados. Por eso Ordoño no podía quedarse allí, eternamente entre sus piernas. Y si él se iba..., ¿cómo sobrevivir a su ausencia? Las primeras lágrimas brotaron, y se dio la vuelta para que él no la viera llorar. Aguantó la respiración y estrujó las sábanas entre sus dedos cuando lo sintió dentro. La princesa andalusí se balanceó como las olas del cercano Mediterráneo aunque, a lo lejos, otras eran las mareas que recorrían el mar y traían noticias de guerra. Casi podía oírlas, al mismo tiempo que los jadeos de Ordoño y el fragor de la guerra. Sonaban los relinchos de los caballos y los gritos de los jinetes masmudas mientras su amante también la montaba y le arrancaba gemidos. Y al igual que él cabalgaba sobre ella y la llenaba de amor, otros guerreros cubiertos de hierro cabalgaban en ese momento para llenarlo todo de sangre.

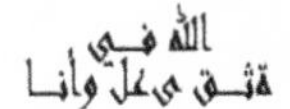

Al mismo tiempo. León

El cielo, plagado de nubarrones, amenazaba lluvia con tanta certeza como la del infortunio que se abatía sobre el reino de León. Diego López de Haro saltó a tierra y dio un grito a los sirvientes de las caballerizas. Dos muchachos se acercaron a la carrera. Uno de ellos, con un hachón en la mano, llegó primero y se inclinó ante el señor de Vizcaya.

—¿Dónde está la reina? —preguntó el castellano mientras se quitaba los guantes. El aliento se convertía en vaho y las primeras gotas golpeaban sobre su manto. Un chispazo furioso iluminó el cielo negro al oeste.

—En el palacio, mi señor. Con el infante Sancho.

El trueno retumbó sobre los muros y el caballo relinchó.

—¿Y el obispo Manrique? ¿Sabéis dónde se halla?

Los dos sirvientes se encogieron de hombros.

—Andad a buscarle. ¡Rápido! ¡Y decidle que venga a la cámara de la reina!

Mientras el caballerizo del hachón se hacía cargo del caballo, el otro corrió a toda prisa. Diego de Haro se dirigió al palacio a grandes zancadas, bajo el chaparrón creciente y los relámpagos. Hizo caso omiso de los hombres y mujeres que se inclinaban a su paso, tanto en la calle casi vacía como en la residencia real. Todos lo miraban extrañados. Incluso los guardias de servicio. Torció el gesto. Estaba claro que nadie sabía nada. ¿Era bueno eso? Observó de reojo los tapices que se deslizaban por la penumbra del corredor. Reyes muertos que ocupaban la memoria del reino, uno tras otro. Ahora habría que añadir uno nuevo.

Pero el problema no era ese. El problema vendría después. ¿A quién representaría el siguiente tapiz? ¿A Alfonso o a Sancho?

Cuando irrumpió en la gran cámara de la reina, las criadas y esclavas se alborotaron. Urraca, tumbada de medio lado sobre su lecho, escuchaba sonriente el canto de un juglar, un muchacho jovencísimo y bien parecido que detuvo el toque de su cítara y miró horrorizado al señor de Vizcaya. Este se dirigió a él, le arrebató el instrumento y lo estrelló contra la pared. El bardo corrió tanto que se adelantó a las mujeres en su ímpetu por abandonar la estancia. Un trueno resonó con fuerza y las vidrieras vibraron.

—¡Diego! ¿Qué significa esto?

Urraca lo había preguntado sin incorporarse siquiera.

—No lo sé, hermana. Dímelo tú. Me dijeron que estabas con tu hijo, pero te encuentro aquí, tirada en la cama y ante un juglar. ¿No te han dado suficientes problemas esos rufianes de verso fácil?

Urraca ignoró la última pulla.

—Sancho está ya dormido. Ha pasado el día jugando a luchar con la espada, como corresponde a un futuro rey. Y yo tengo derecho a solazarme con un poco de música y la belleza de algún muchacho. —Se incorporó despacio y se alisó el brial rojo—. ¿Por qué no? ¿Tengo que guardar la ausencia del rey? Fernando ha pasado meses en su estúpido peregrinaje y, nada más regresar, sale a espuela picada hacia Braganza. ¿Y para qué? ¿Para convencer a ese estúpido hijo suyo de que vuelva? Que se quede en Portugal. Aquí no hay sitio para él.

Diego de Haro suspiró. Su hermana, al observarlo, entornó los ojos.

—Urraca, traigo noticias. Tal vez deberías hacer que llamaran a Sancho.

—Por san Felices, hermano, Sancho solo tiene cuatro años. Deja esas tonterías y di lo que tengas que decir. —Se levantó y se acercó hasta quedar a dos pasos del señor de Vizcaya—. ¿Qué ocurre? Es Fernando, ¿verdad? Vuelve con Alfonso y dispuesto a repudiarme o algo peor. ¿Es eso?

—El rey Fernando jamás te habría repudiado. Te amaba demasiado…

Diego se dio cuenta de que acababa de hablar en pasado. Y Urraca también. La reina cerró los ojos.

—Ha muerto, ¿no?

El señor de Haro tomó con suavidad los hombros de su hermana.

—En Benavente. Ya venía enfermo de Compostela y…

Ella se sacudió las manos de Diego y volvió a la cama. Se sentó antes de pellizcarse el labio.

—Urraca…

—Shhh. —La reina levantó la mano. Reflexionaba con la vista puesta en el suelo. Su hermano obedeció. Se agarró las manos tras la espalda y paseó lentamente por la estancia. Se volvía a observarla cada cuatro pasos. Un pequeño tumulto fuera reveló que los criados de Urraca no se habían alejado mucho del aposento, como correspondía a la habitual curiosidad cortesana. Manrique de Lara, con los carrillos rojos por el frío y la capa chorreante, asomó a la estancia.

—Señor obispo —saludó Diego de Haro—. Pasa, por favor.

—¿Qué es tan urgente? —El clérigo, con el ceño fruncido, observó la actitud pensativa de la reina. Una mirada más le sirvió para entender—. Ah... Es el rey, ¿no? Su enfermedad...

—Ha muerto —cortó tajante Urraca.

—Claro. —El obispo se santiguó. Avanzó hasta muy cerca de la reina, y sus ropas gotearon para formar un pequeño charco a sus pies. Reparó en la cítara destripada, lo que le desconcertó un poco—. Recibe mis condolencias, mi señora. Que Dios misericordioso acoja al rey Fernando en su seno. Hemos de preparar las exequias y las rogativas...

—Eso no es asunto tuyo, me temo. —El señor de Vizcaya indicó a Manrique de Lara que se acercara y permaneciera junto a él—. El rey quería que lo enterraran en Compostela, junto al santo Jaboco.

—Nada de eso —rumió Urraca, que seguía con la vista fija en el suelo—. Mi esposo reposará aquí, en León. En San Isidoro. Rodeado por sus fieles y cerca de mí.

—Mi señora... —empezó a hablar el obispo.

—Silencio, Manrique. —La reina levantó por fin la vista y la dirigió a su hermano—. Si enterramos al rey en Compostela, los nobles de aquí tendrán que viajar a Galicia y se dejarán pervertir por esos traidores. Eso no puede ocurrir. Traeréis el cadáver de Fernando a San Isidoro y vosotros os preocuparéis de que los leoneses me vean junto al féretro. Y a Sancho también. Deben tener bien presente que mi hijo va a heredar el trono y que yo, como su madre y viuda de Fernando, estaré junto al nuevo rey para darle mi amor, mi consejo y mi auxilio.

—Eso no será posible. —Diego de Haro carraspeó antes de continuar—. En su lecho de muerte, el rey dejó bien claro que Sancho no heredará la corona.

—¡Silencio, he dicho! —Urraca se levantó de nuevo. Apretaba los puños bajo las anchísimas mangas del brial—. ¡Soy la reina! Y además, el traidor de Alfonso ha abandonado el reino. —De pronto suavizó el gesto y levantó los brazos a los lados. Se acercó como si quisiera abrazar a su hermano y al obispo, aunque se detuvo a medio camino—. Pero ¿por qué discutimos? Los tres somos castellanos. ¿No queréis que mi hijo Sancho reine en León? ¿Qué otra cosa podría satisfacer más los intereses de Castilla?

Manrique de Lara se volvió hacia el señor de Vizcaya.

—Sí. ¿Por qué hemos de oponernos a eso?

Diego de Haro los observó alternativamente. Un trueno largo restalló fuera y las vidrieras parecieron a punto de saltar. Ya tenían encima la tormenta.

—Si entronizamos a Sancho, habrá guerra. Tal vez los leoneses lo aceptaran, aunque no creo que de grado. Seguramente algunos se rebelarían. Y podéis estar seguros de que los señores asturianos y gallegos se alzarían en armas. Enseguida, los barones de la Extremadura se les unirían.

Urraca sonrió con suficiencia.

—Bien. Pues que se rebelen. Eres el alférez verdadero de Castilla, hermano. El señor de la casa de Haro. A tus órdenes tienes mesnadas bien capaces. Y tú —señaló al obispo—, eres un Lara, ¿qué decir de la multitud que vendría a valerte? Que se levanten los gallegos si les place y se atreven. Y los asturianos y los señores del sur. Los ejércitos castellanos los aplastarán, guardarán el trono para mi hijo y nuestra unión será un hecho. ¿No era eso lo que quería el viejo emperador? ¿No es esa la obsesión de Alfonso de Castilla? Pues bien, yo se la ofrezco en bandeja. Pero Sancho tiene que ser rey de León.

Diego de Haro movió la cabeza a los lados.

—La ambición te ciega, hermana. Y temo que tu ceguera no se cure con el agua del santo Isidoro ni con ensalmos de bruja. ¿Crees que Alfonso de Castilla es estúpido? ¿De qué le sirve su unión con un reino en guerra civil o con sus nobles en rebeldía? Lo que él necesita para enfrentarse al islam es a las huestes de los señores gallegos y asturianos. Los quiere junto a él por propia voluntad, como amigos. Como hermanos. Tu hijo Sancho jamás podría sentarse pacíficamente en el reino. Y lo que es peor, estaría solo.

El siguiente trueno los sobresaltó a todos. El obispo de León dio un paso atrás, los puños de Urraca se apretaron bajo las mangas del brial.

—Tienes envidia, hermano. Es eso. —Lo señaló con dedo acusador—. Tú jamás podrás sentarte en un trono, y tu descendencia tampoco. Por eso no quieres verme junto a Sancho en lo más alto.

—Ya. —Diego de Haro sonrió displicente—. Junto a Sancho. —La sonrisa se borró de su rostro. Recordó lo poco que había afectado a su hermana la muerte de García, su primer hijo. ¿Qué era para ella Sancho? Un medio nada más. Un medio para permanecer allí, con el cabello negro coronado y la mirada altiva—. Nuestros padres nos educaron para apoyarnos unos a otros, y no te desampararé. Pero no me pondré de tu lado si declaras que Sancho es el nuevo rey de León. Ese derecho pertenece a Alfonso.

Urraca apretó los dientes y consultó al obispo Manrique con la mirada. Este se encogió de hombros.

—La Santa Iglesia, como siempre, seguirá la voluntad de Dios.

La reina relajó el gesto. Con un paso retrocedió lo suficiente para sentarse de nuevo en el lecho. Se arregló descuidadamente los faldones del brial.

—Sea como fuere, el rey ha muerto. Y hasta que Alfonso venga a reclamar… Hasta que Alfonso venga, debo hacerme cargo de todo. Voy a ordenar que traigan aquí el cadáver. Lo sepultaremos en San Isidoro, como he dicho. Después, Dios dispondrá. Pero antes de nada, debo dar la noticia al pueblo. Todo el reino ha de saber lo ocurrido. Señor obispo —sonrió hacia Manrique de Lara—, hazme la gran merced de convocar a los barones de León. —Volvió la vista a su hermano—. ¿Estarás a mi lado cuando lo comunique?

Diego López de Haro asintió. Calculó cuánto tiempo haría falta para que el heredero Alfonso se enterara. A partir de ese momento, nadie sabía cuán fuerte sería la tormenta.

وأنا على ثقة في الله

CINCO DÍAS DESPUÉS. BRAGANZA, REINO DE PORTUGAL

Martino, tesorero de San Isidoro de León, se detuvo a mitad de escalera para tomar aire. Las aletas de su ganchuda nariz se dilataron y el aire húmedo le hizo estornudar. Los dos soldados portugueses que lo precedían, lanza en mano, se volvieron desde arriba y observaron impacientes. El clérigo retomó la marcha hacia a la última planta del torreón.

Alfonso de León aguardaba de pie, junto a la mesa. Ni siquiera había tocado el muslo de capón que humeaba sobre la escudilla. Los dos guardias se apartaron y tomaron posición a ambos lados de la entrada. El príncipe avanzó resuelto para aferrar los hombros del tesorero.

—Mi fiel Martino. ¿Vienes solo?

—Con un par de buenos sirvientes que han quedado abajo… —Echó la cabeza atrás y soltó un potente estornudo—. Perdón, mi señor. Traigo noticias. Malas noticias.

Alfonso apretó los labios. Miró a la mesa, lo que llamó la atención de Martino. Ahora se daba cuenta. La espada del príncipe, la que la reina Urraca le había regalado, estaba cruzada allí, junto a la comida y el jarrón de vino. Señaló el arma.

—¿La voy a necesitar?

El clérigo se restregó la nariz.

—Tal vez. Pero antes has de oír esto, mi señor Alfonso: tu padre, el rey…

—¿Sí?

—Enfermó mientras volvía de Galicia. Hay quien dice que ya en Compostela había perdido la salud. Cuando llegó a León y se enteró de tu marcha, montó en cólera. Yo no estaba presente, pero me dicen que soltó blasfemias tales que ha debido de echar a perder su peregrinación. No tardó en saber que te hallabas aquí, en Braganza. La reina Urraca intentó oponerse, pero tu padre tomó un pequeño séquito y se hizo acompañar de Diego de Haro. Cabalgaron contra el frío y, en Benavente…

El gesto de Martino fue suficiente. Alfonso cerró los ojos y se persignó despacio.

—Mi padre… ha muerto.

—Así es. El Creador lo ha llamado a su lado. Recibió los sacramentos y dijo sus últimas palabras. Ante el señor de Haro.

El príncipe abrió los ojos. Ante el señor de Haro. Así que el hermano de su peor enemiga era quien se había erigido en depositario de la voluntad real. Se secó las lágrimas e inspiró.

—Tú —se dirigió a uno de los soldados portugueses—, cumple este ruego. Cabalga y llégate hasta mi tío. Infórmale de que el rey de León ha muerto. Que es mi deseo reunirme con él y alejarme de la frontera, pues ahora más que nunca, mi vida corre peligro…

—Espera, mi señor —cortó Martino—. Creo que te precipitas. Manda si quieres a ese hombre para que avise al rey de Portugal, pero lo que hay que decirle es que abandonas este castillo. Has de partir de inmediato hacia León.

Alfonso enarcó las cejas.

—Martino, san Isidoro no nos ayudará esta vez. Mi madrastra tiene ahora el poder, y su hermano hará saber a todos cuál fue la última voluntad de mi padre. ¿Cuánto crees que tardará Urraca en mandar a alguien para que, en nombre de su hijo recién coronado, se encargue de mí?

—Tu hermanastro Sancho no será coronado —sentenció el clérigo—. Diego de Haro afirma que, según lo dictado por tu padre en el lecho de muerte, tú debes sucederle. Me dio esta noticia después de que la reina informara a la nobleza de la muerte del rey.

»Doña Urraca los citó hace cuatro días en la puerta de San Isidoro. Apareció vestida de negro, con la cabeza y la cara cubiertas y con su hijo Sancho de la mano. Ordenó que el cuerpo de tu padre fuera llevado desde Benavente para enterrarlo allí, en León, y se dirigió a Sancho en todo momento como “príncipe heredero”.

»El señor de Haro nada dijo en ese momento. Se limitó a escuchar, como todos. Fueron varios los señores que se acercaron a Urraca para besar su mano… y también la de Sancho. Otros no lo hicieron. No sabría decirte en qué proporción, pero la corte está dividida entre tus partidarios y los de la reina. Nadie quiso quedarse cuando Urraca regresó a palacio. Unos a otros se miraban con recelo. Ignoro si habrá delaciones, o si Urraca premiará la fidelidad de unos y el desapego de otros. Con las familias Haro y Lara de su parte, está claro que la balanza se inclina a su favor. Eso creía yo, pero entonces, cuando me disponía a partir a uña de caballo hacia aquí, Diego de Haro me mandó llamar. Me recibió en el panteón de San Isidoro, junto al obispo Manrique. Confieso que temblaba de miedo. Me dijo que lo sabía.

—¿Qué sabía?

—Que yo vendría a avisarte. Que yo era el único que podía conocer tu paradero. Me di por muerto.

»Pero, para mi sorpresa, me encomendó que te trajera un mensaje. Que tú sigues siendo el legítimo heredero, y que ni los Haro ni los Lara levantarán una mano para sentar a Sancho en el trono. Eso sí, queda por saber cómo reaccionará el rey de Castilla.

—¿Qué? ¿El hermano de Urraca me apoya?

—No exactamente. Tampoco te ayudará. Simplemente no es asunto suyo, y lo último que hará es ir contra la última voluntad de tu padre.

—Pero…

—Debes regresar, mi señor. Cada día que pasa, la posición de tus leales en la capital es más precaria. Sal de aquí, pero no para adentrarte en Portugal. Manda correos a Galicia y convoca a tus fieles. Los asturianos y los señores de la frontera se te unirán. Y tú marcha sobre León y reclama el cadáver de tu padre, pues jamás quiso que lo enterraran en San Isidoro. Su cuerpo ha de reposar junto al santo Jacobo, en Compostela. Hazlo ya, Alfonso, o perderás el trono.

El príncipe se mordió el labio.

—¿Y si el rey de Castilla decide defender a Sancho? Sabes lo codicioso que es. No hace sino empujar sus fronteras y acumular señoríos. Esta oportunidad es única para él.

El tesorero Martino se encogió de hombros.

—Tendrás que buscar la forma de apaciguarlo. Que vea que ha de ganar más con la paz que con la guerra.

—Paz… —El príncipe negó despacio—. Pedro de Castro me enseñó que la paz no es posible con Castilla a no ser que te humilles ante ella. Mi padre lo hizo al meter en su lecho a una castellana. Y luego acogió como sus privados a más castellanos. ¿Debo hacerlo yo también?

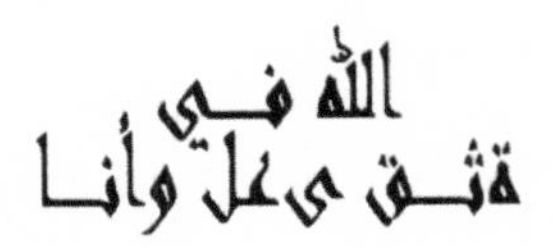

48
LA IRA DE AL-MANSUR

UNA SEMANA MÁS TARDE, INVIERNO DE 1188. LEÓN

Urraca López de Haro, dos veces viuda y reina de León, apretaba entre sus manos el relicario de la Vera Cruz. Sudaba, aunque fuera hacía mucho frío. Un frío leonés.

Estaba de pie, a la derecha del trono. Sobre este, medio adormilado, se hallaba su hijo de cuatro años, Sancho. Envuelto en una capa forrada de armiño y con la diadema dorada caída a sus pies. El propio crío se la había quitado tantas veces que la reina estaba harta de recogerla. De cualquier modo, pocas eran sus esperanzas.

El salón del trono bullía en silencio. Como Urraca, los nobles y altos clérigos de la capital esperaban, y no era casual la forma en la que se habían repartido. A la izquierda desde la posición de la reina se apelotonaban sus fieles. Casi todos eran leoneses favorecidos en los últimos años por ella misma, por su hermano o por el obispo Manrique. También había algunos de los que habían casado con castellanas según la política de alianzas matrimoniales masivas de Leonor Plantagenet. A la derecha estaban los contrarios a Sancho y a Urraca. Los que no habían medrado en los tiempos recientes o que, por pureza de corazón, deseaban a Alfonso como rey.

Y en el centro, sin tomar partido, Diego de Haro y el obispo de León.

La algarabía creció en el corredor de los tapices. Con los portones del salón abiertos, se veía pasar a la servidumbre y a la guardia. Urraca tomó aire, sus pechos pugnaron por escapar del brial negro. La seda de su velo se pegó a sus labios y, al espirar, se hinchó como la vela de un barco. Enrolló la cadenita del relicario en torno a los dedos y lo dejó colgar. Se volvió a su derecha. Pobre Sancho. Qué débil se le veía allí sentado, ajeno a toda la maldita política. Un pellizco de culpa sobresaltó a la reina. ¿Qué estaba haciendo? ¿Colocaba a su propio hijo allí, a la vista de todos? ¿Lo exponía al peligro de pretender el trono? Cerró los ojos. Había hecho de todo para llegar a ese momento, y no era poco el dolor con el que su senda estaba ya marcada. No podía echarse atrás. No ahora.

Alfonso apareció entre los batientes de madera tachonada. La corte en pleno aguantó la respiración. Hasta Urraca lo hizo. ¿Cuándo se había convertido en un hombre el frágil príncipe?

Caminó con paso seguro, la vista puesta al frente. No quiso mirar a diestra ni a siniestra. Tal vez sabía en qué lado estaban sus partidarios. Tal vez no. Diego de Haro y Manrique de Lara se doblaron en larga reverencia, pero el príncipe los ignoró igualmente. Anduvo entre ambos, directo hacia el trono. Diecisiete años de engaños, inocencia perdida, incertidumbre y hasta miedo. Los ojos oscuros, alejada ya la sombra de la ceguera, penetraron la gasa negra y se clavaron en los de su madrastra. Alfonso de León se detuvo al pie del estrado. Loriga ceñida, almófar atrás, espada al talabarte. El yelmo bajo el brazo y la zurda reposada sobre el pomo. Un guerrero dispuesto a matar. ¿Cabía alguna duda?

—Mi señora. Siento la muerte de tu esposo.

—Mi bello príncipe. Lloro por la pérdida de tu padre.

—Vengo a reclamar lo que es mío por nacimiento y por la voluntad del rey, que Dios tenga a su lado en el paraíso.

Urraca movió un ápice la cabeza. Lo suficiente para señalar con la barbilla a su retoño.

—Derechos de nacimiento tiene él también. El matrimonio del rey Fernando con tu madre fue anulado por el santo pontífice. Eres, perdóname, un bastardo.

Murmullos entre los partidarios de Alfonso. Este no se inmutó. Su mano se separó del pomo de la espada y apuntó al pequeño que ocupaba el trono.

—Sancho nació antes de tu matrimonio con mi padre. Es el hijo de una barragana, perdóname tú también. Pero yo no lo llamaré jamás bastardo. Es mi hermano pequeño y, como a tal, lo ampararé y amaré. A mi lado tiene un lugar de honor, si a ti te place.

Nuevos murmullos en la misma parte.

—Mi bello, bellísimo príncipe… Si tu derecho es, así pues, mejor, ¿por qué vienes a mí enlorigado y con espada al cinto? Bien parece que pretendas tomar por fuerza lo que, según tú, ya te pertenece. ¿Mientes tú o mienten tus actos? ¿Mentías cuando nos diste la espalda y huiste del reino? ¿O mientes ahora, cuando llegas con ínfulas de rey? Mira a tu alrededor, Alfonso. Entre los leoneses hay muchos para quienes no has regresado. Para quienes no regresarás nunca.

Por un momento, las palabras venenosas de Urraca quedaron ocultas por la música de su voz. A la mente de Alfonso volvió el tacto suave de sus dedos. El aroma de su cabello desnudo. La firmeza de sus pechos cuando dormía sobre ellos. El frescor de la hierba, el canto de los pájaros y la música de la viola. Se sacudió la distracción al aferrar de nuevo el arriaz.

—Has de saber, mi señora, que mis súbditos están sobre aviso. En Galicia, en Asturias y en la Extremadura, son muchos aquellos que sí me saben de regreso. O más aún: para ellos no me fui jamás. —Adelantó el pie izquierdo y lo plantó sobre el primer escalón—. ¡Y lo que te digo ahora va también para quienes me escuchan, fieles o no! ¡Hoy mismo sacaré el cuerpo de mi padre de ese sepulcro de San Isidoro y me lo llevaré a Compostela, tal como siempre fue su voluntad! ¡Allí, en tierras gallegas, me bañaré en el apoyo de los míos y seré coronado! ¡Y luego regresaré, al tiempo que los barones asturianos y los señores de la frontera confluyen en mi capital! ¡Quien se encuentre ese día aquí, doblará la rodilla y me llamará su señor!

Las palabras rebotaron contra los altos muros. Los partidarios de Alfonso, provocativos, observaron a sus paisanos del otro lado. Urraca, con dignidad insuperable, tomó el velo entre sus dedos y lo levantó para descubrir su rostro. Echó la gasa sobre la toca negra y los ojos irresistibles inundaron el salón del trono con su luz. Ella no habló para toda la corte, como su hijastro. Lo hizo en voz baja, como si no quisiera despertar a su pequeño Sancho.

—Alfonso, no son solo algunos de estos leoneses quienes vendrán a valerme con las armas. Has de saber que muchos villanos se pondrán de mi parte, pues la experiencia que tienen desde que soy su reina es la paz. Paz con Castilla. Nada de levas para destrozarse por ese estúpido Infantazgo ni algaras castellanas para arrasar sus cosechas y talar sus bosques. Nada de treguas falsas. Yo misma recorreré las villas y me encomendaré a la protección de cada labriego, si es preciso. Pero lo mejor es que dispongo de correos listos para salir hacia Castilla. Rogaré a mi hermana en Cristo, la reina Leonor, que convenza a su esposo. Y para cuando vuelvas de Compostela te encontrarás frente a frente con las mesnadas más poderosas de la península.

El príncipe subió el segundo escalón. Adaptó el volumen de su voz al que había usado ella.

—¿Es guerra lo que ofreces, mi señora? Pues bien. Sea. Pero toma conciencia de algo: yo también tengo correos listos para partir. Tal vez no me dedique a mostrar un rostro bello a la gente, como tú. Lo que yo les daré será la oportunidad de venir ante mí y hablar en cortes. No solo a nobles, obispos y abades. Hasta mis súbditos más humildes estarán representados y tendrán voz, y no daré la ley sino con su consentimiento. Y mis correos también cabalgarán hacia Castilla y ofrecerán a su rey la paz más duradera. Si es preciso, pediré a mi primo que se me dé la orden de la caballería en su reino. Allí, ante él y sus barones, ceñiré el cinto con esta misma espada que tú me regalaste.

—Sería poco menos que humillarte. ¿Lo harías?

—Si. Lo haré antes de someter a mi pueblo a la dominación castellana por las armas. Y entonces, con la plebe de mi parte y el rey de Castilla como mi protector, iré a por ti y tus leales, Urraca. Y no quedará de vosotros ni las huellas en el barro.

Lo último lo dijo con un paso más. El pie de Alfonso se posó sobre la diadema dorada de Sancho y, al rechinar contra el suelo, el niño despertó. Lo hizo sobresaltado, miró a ambos lados con ojos muy abiertos y se apoyó en los brazos del trono. Sonrió al ver a su hermanastro.

—Hola —dijo con inocencia infinita. El príncipe alargó la mano y acarició la mejilla del crío.

—Hola, Sancho.

Urraca se interpuso como un borrón negro.

—No le harás daño, Alfonso.

—Por supuesto que no. Ya te he dicho que no es lo que deseo. —Reunió todo el desprecio que pudo para escupírselo con la mirada—. Ni siquiera pretendo dañarte a ti. Pelearé si no queda más remedio, pero prefiero no hacerlo. Vete, mi señora. Vete de León y no vuelvas más. Hazlo por Sancho. Hazlo por todos nosotros.

Urraca sostuvo la mirada con los párpados a medio cerrar. Los abrió del todo cuando estuvo segura de que el príncipe no mentía. Dos sombras se aproximaron. Manrique de Lara y Diego de Haro. Tomaron posición a ambos lados de Urraca y Alfonso. El obispo de León fue el primero en dirigirse al príncipe.

—Prepararemos el juramento de tus fieles para cuando vuelvas coronado de Compostela, mi señor.

Y a continuación, intervino el señor de Haro.

—Llevaré a la reina a la frontera. Yo me iré con ella, por supuesto.

Urraca dejó caer los hombros. Se volvió despacio, inclinó el torso, tomó a Sancho. Lo apretó contra el pecho y, sin recoger la diadema dorada, bajó los tres escalones del estrado. Anduvo por entre la nobleza leonesa en silencio, con la cabeza alta y el gesto orgulloso. Todos admiraron por última vez su belleza, capaz de rendir a reyes y a príncipes. De ganar reinos y también de perderlos.

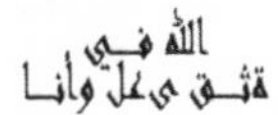

Dos semanas más tarde. Palencia

Cuanto tenía Leonor de fecunda, lo tenía de desgraciada. Los hijos muertos pesaban como maldiciones sobre ella. Tras seis partos, solo dos hijos habían conseguido salir adelante, y una esquirla de su corazón yacía ahora sepultada en cada pequeño sudario. Si la voluntad de Dios seguía por ese camino, pronto habría más pedazos de la reina de Castilla bajo las lápidas de Las Huelgas que en su propio pecho. Por eso, a los siete meses cumplidos de su nuevo embarazo, decidió encomendarse a algo más que los cuidados del Creador.

Leonor había oído hablar muy bien de la escuela catedralicia de Palencia. A su estudio acudían eminentes pensadores de toda la península y de más allá de los Pirineos, y regresaban a sus ciudades de origen con una brillante formación en teología, derecho y artes. El prestigio de Palencia crecía, pues, gracias al patrocinio del rey —en buena medida por consejo de la propia reina— y por el mimo de los obispos palentinos, desde el difunto Raimundo hasta el actual titular de la sede, Arderico. Por eso, cuando Leonor preguntó en qué rincón del reino podría encontrar a los mejores físicos para asegurarle un feliz parto, todos le señalaron el mismo sitio.

La providencia quiso que, no bien se hubo alojado la reina en Palencia, un agudo dolor del vientre la postrara. El rey se vio impedido de acompañarla: las gestiones para crear una nueva diócesis en Plasencia lo mantenían ocupado allí y, por más que amase a su reina y mucho que temiese por su salud, se imponía reforzar el flanco oeste de Castilla, asegurar su presencia en el antiguo señorío de la Casa de Castro y mantenerse alerta ante los nuevos derroteros de León.

Tan importante era la cita en Plasencia, que hasta el obispo palentino había acudido. De tal modo fue el arcediano el que lo sustituyó y se presentó ante la dolorida Leonor Plantagenet cuando supo que esta se hallaba en la ciudad. La reina lo recibió acostada, con bolsas cárdenas bajo los ojos y una legión de criadas atendiendo a sus solicitudes.

—Mi reina, aquí estoy.

Ella reposaba la cabeza sobre un montón de almohadas. Apartó la mano de una sirvienta que le secaba el sudor y estudió al arcediano. Leonor esperaba ver a un hombre de Dios bien alimentado, como correspondía a su cargo. Algo parecido al arzobispo de Toledo, Gonzalo Pérez, o al resto de obispos castellanos. El que se plantaba allí parecía más bien un caballero recién llegado de la lucha, alto y de espaldas anchas. En lugar del hábito blanco, mejor se le habría ajustado una cota de doble malla. Y tampoco le habría venido mal un yelmo para ocultar aquella tonsura, tan exagerada que apenas le dejaba un mechón rubio en la frente y sendas matas sobre las orejas.

—¿El arcediano de Palencia?

El hombre dobló la rodilla, con lo que la tonsura reflejó las llamas de los hachones.

—Ese soy yo, mi reina. Martín de Pisuerga es mi nombre, y tengo por padre al merino mayor de tu esposo. —Levantó la vista—. Por cierto, que no sabíamos de tu venida. Te hacíamos con el rey en Plasencia.

—Pues ya ves, don Martín… —Se encogió un ápice y un rictus de dolor desfiguró su rostro un instante—. Castilla pare una nueva ciudad en la Extremadura, y otro es el parto que me trae a mí aquí.

El arcediano se puso en pie.

—Entiendo. Has venido al lugar indicado, sin duda. En ausencia del señor obispo, me permitirás que me ocupe de todo. Creo que sé qué preocupaciones te embargan y, por de pronto, reuniré a los mejores físicos de la ciudad. Gracias al Creador sé donde encontrarlos a todos reunidos. Perdona mi ignorancia, mi reina… ¿Cuánto falta para que llegue el momento?

—Más de un mes. —Volvió a agarrarse el vientre—. Y esto no es normal. Aunque normal, de un tiempo a esta parte, es que mis hijos se marchiten como rosas en la escarcha. Más me habría valido estar seca y mustia, pues no hay mayor puñalada que la de ver cómo un hijo nace débil y deja este mundo en suspiros.

Martín de Pisuerga apretó los labios.

—Entonces hay que apresurarse. Mal castellano sería si permito que sufras tú, mi reina, o que des a luz a una criatura que no contribuya a tu alegría y a la mayor gloria de Dios. No solo te traeré a los mejores físicos. He de procurar que todos tus vasallos te tengan en sus oraciones hasta que se cumpla mi promesa.

El arcediano dio media vuelta y se dispuso a abandonar el aposento.

—Espera, don Martín —la reina extendió la mano—, ¿has dicho que tu padre es el merino mayor de Castilla, don Lope de Fitero?

—Soy su segundo hijo, mi reina.

—¿Y no habrás heredado, por fortuna, su buena disposición para las letras?

—Sería vanidad afirmarlo, pero mentir sería aún más degradante.

Leonor entornó los ojos, olvidada por un momento de sus pesares. Allí lo tenía. Un hombre temeroso de Dios, leal a Castilla, de buena familia, versado en letras y hacendoso. Un clérigo con trazas de caballero... ¿O era al revés? ¿Acaso no necesitaba a alguien así?

—Haz que mi hijo sobreviva, don Martín, y yo te daré la oportunidad de servir a Castilla y a Dios. Pero no aquí, sino en la corte del rey.

وأنا على ثقة في الله

AL MISMO TIEMPO

Ordoño recorría las calles de Valencia sin detenerse, a pesar del gentío que las abarrotaba. Esquivó a un pegajoso vendedor de buñuelos y escapó a pasos rápidos de la oferta de una prostituta de vientre tatuado. Los mercaderes de vino competían entre sí por las bondades de su mercancía y, a pesar de los altos precios, tenían que cerrar porque se quedaban sin género. Olía a *nabid*, a cominos y a trigo tostado. Olía a prosperidad, sí, pero también a descaro. Todos renegaban de la austera doctrina almohade, pero lo hacían tan a ojos vista que pronto se sabría en el resto de al-Ándalus. Y de ahí a África había una estrecha lengua de mar.

«Esto no puede ser bueno», pensó; y observó a las mujeres que abarrotaban las calles. Incluso las de mayor edad se decoraban en azafrán la mirada, caminaban destocadas y se reunían en corros con otras damas e incluso con varones. La música escapaba de las tabernas y grupos de danzarinas exhibían sus cuerpos a pesar del fresco.

Se identificó ante los sanhayas que guardaban la puerta del alcázar. Uno de ellos sostenía una jarra de sospechoso aroma. Ordoño se desesperó. Mientras iban a comunicar su llegada, observó a los valencianos que se atropellaban. Algunos se emborrachaban como si llevaran años sin hacerlo y fueran a pasar otros tantos hasta la próxima vez. Por fin sonrió. ¿Acaso no le ocurría lo mismo a él cuando estaba con Safiyya? Muy cerca de la aljama, una muchacha se apartó el *litam* de los labios y besó a un joven de barba recortada. Después corrió entre risas, sin miedo a que los *talaba* la detuvieran o la azotaran.

Un guardia sanhaya volvió del interior y le indicó que debía seguirle. El castellano obedeció. No era la primera vez que acudía a visitar a ar-Rashid, así que conocía de memoria el camino. Observó los corredores adornados con tapices y azulejos. De las estancias palaciegas también brotaban la música y el canto, y las concubinas vagaban libres por entre las salas de techo elevado. Ordoño se fijó en dos de ellas al pasar de una arquería al patio ajardinado. Muchachas negras de gran belleza que paseaban descalzas mientras reían en voz baja por algún chascarrillo de harén. Y más allá, un eunuco gordísimo roncaba apoyado en una columna. El cristiano negó con la cabeza. El sanhaya se hizo a un lado y señaló la puerta labrada.

—El ilustre *sayyid* te recibirá ahora.

Ordoño lo agradeció con una breve inclinación. En el salón principal del alcázar, un par de esclavas tocaban la cítara y el pandero. Ar-Rashid, en el extremo, despachaba con un visir entre sus almohadones. El gobernador hizo un gesto y el cristiano se acercó. Aún pudo oír las últimas palabras que el almohade dirigía a su subalterno andalusí.

—Procurarás que los dejen sanos y salvos en la frontera. Ah, y devolvedles sus caballos y sus armas.

El visir se levantó para despedirse con una profunda reverencia. Ar-Rashid señaló el lugar que acababa de abandonar el ministro. Ordoño lo ocupó.

—Un malentendido —explicó el joven africano—. Tus paisanos de Alarcón han algareado cerca de Requena y media docena fueron prendidos por mi gente. Es una contrariedad. —El gobernador se estiró a un lado y tomó un pequeño vaso, que vació de un trago—. Ah, pero debes perdonar mis modales. ¿Quieres vino? ¿*Nabid*? ¿Agua?

—Nada, ilustre *sayyid*. Gracias. Espero que no hubiera muertos en esa cabalgada.

El africano hizo un mohín de disgusto.

—Pues los hubo. Dos musulmanes y siete cristianos. A los heridos he dado orden de curarlos, pero poco arreglamos así.

—¿Y no sería mejor, ilustre *sayyid*, si los cristianos supieran que no eres su enemigo?

Ar-Rashid resopló. Dio dos palmadas para despedir a las esclavas. Las dos mujeres se levantaron y, con sus instrumentos en las manos, abandonaron el salón a rápidos pasitos.

—Ya suponía que venías a insistir, cristiano. Y he de reconocer que no te falta razón.

—No me falta razón, pero tres veces me has pedido que esperara. No soy quién, ilustre *sayyid*, para decirte qué debes hacer, pero si la decisión se demora más…

El almohade se levantó con agilidad juvenil.

—Lo sé, lo sé. —Caminó hacia el lugar, también repleto de cojines, que habían dejado libre las esclavas. Su aroma todavía persistía allí, así que ar-Rashid lo inspiró con fruición—. Es que no quiero precipitarme. Todo esto es tan… tan…

—Acabo de atravesar una muchedumbre inacabable para llegar hasta aquí, ilustre *sayyid*. Gente que viene a Valencia desde muchas villas, cercanas y lejanas. Y es de suponer que en Murcia ocurrirá otro tanto. La fama de tu gobierno crece. Y esos tratos de frontera tampoco han de pasar desapercibidos. ¿Crees que diferir la decisión oculta tus hechos? Nosotros recibimos las noticias de África, y el mismo camino hay de aquí hasta allí que de allí hasta aquí.

Ar-Rashid cerró los ojos y entrelazó los dedos con impaciencia.

—Claro. Sí. Ah. Debo tomar esa decisión ya, ¿verdad? Pero —miró a Ordoño con aire suplicante— es que las noticias de Ifriqiyya son confusas, y eso me da miedo. Si Yaqub hubiera muerto, todo el islam lo sabría. Y nadie dice nada. ¿Y si sigue vivo? ¿Y si, contra todo pronóstico, derrotó a los mallorquines y a los rebeldes? No tardará mucho en enterarse de mis maniobras de ser así. Y no habrá vuelta atrás.

—Es lo que quiero que comprendas, ilustre *sayyid*: ya no hay vuelta atrás, viva o no el califa. La música y el vino recorren Valencia. Vuestros *talaba* se morirían, empachados de escándalo, si presenciaran lo que yo acabo de ver en mi camino hacia aquí. Los barcos parten de los puertos del Sharq al-Ándalus y los viajantes recorren sus caminos hacia Málaga, Granada y Almería. Debes perdonar mi atrevimiento, ilustre *sayyid*, pero... ¡despierta! Tus temores son fundados, aunque te mantienen anclado a una esperanza vana. Debes ponerte en contacto con Alfonso de Castilla cuanto antes. Ya hemos perdido un tiempo precioso. Piensa que tendrá que consultar con sus barones, y tal vez esté empeñado en otra empresa. Pídele ayuda ya. Muéstrale tus intenciones ahora, cuando hay margen para reaccionar. De otro modo, cualquier mañana, al abrir los ojos, verás los ejércitos de tu hermano en las puertas de la ciudad.

El *sayyid* se rascó la cabeza, que como siempre lucía desprovista de turbante.

—Debí haberlo pensado mejor. Debí ser más...

—Eso es el pasado, mi señor. Ahora es el presente. Y lo que toca es ver si tendremos futuro.

Ar-Rashid enfatizó el gesto de pesar, pero acabo por asentir.

—Tienes razón, cristiano. Lo he sabido todo el tiempo, pero... En fin, supongo que soy demasiado joven. Inexperto. Mandaré aviso a tu rey. ¿Cómo he de hacerlo?

—Puedo llevarlo yo mismo y así no recelará. Le he valido muchas veces, y siempre bien. Me entrevistaré con él, le diré que has asumido el gobierno del Sharq abiertamente y que lo reclamas como aliado. Si lo deseas, ilustre *sayyid*, puedes escribir tus ofertas. Y también tus peticiones, claro. Haremos llamamientos en Castilla para que se me unan las mesnadas que lo deseen. Pero antes tenemos que dejarle bien claro al rey que las tropas bajo tu mando son leales, que te tienen por su líder y que se enfrentarán con tu hermano si es preciso. Alfonso de Castilla tiene que saber con cuántos hombres cuentas y dónde están acantonados, y así él podrá mandar a la gente necesaria.

—Espera, cristiano, espera. Me parece bien lo de poner sobre aviso al rey de Castilla, pero eso de que yo asuma el gobierno abiertamente... ¿No será como si el cordero balara cuando el lobo está cerca? ¿Qué necesidad hay de que me autoproclame a los cuatro vientos? Ahora mismo gobierno en el Sharq al-Ándalus sin necesidad de alharacas.

Ordoño chasqueó la lengua. Más reticencias.

—Ilustre *sayyid*, el lobo del que hablas se perdió en un desierto africano, ¿no? Por eso estoy yo aquí. Por eso Valencia y Murcia parecen un sueño. Además, mi rey exigirá seguridad. Si no te rebelas abiertamente contra tu hermano, Alfonso de Castilla puede pensar que también le ocultas algo a él.

Ar-Rashid volvió a su montón de almohadones. Reflexionó mientras pellizcaba con descuido los bordados de oro.

—Te comprendo, cristiano. Pero tú también tienes que comprenderme a mí. Conozco a Yaqub. En todos los rincones del imperio se sabe que jamás se da por vencido. Y también se sabe qué tamaño pueden alcanzar los ejércitos califales. No es que desconfíe de vuestro coraje y vuestra capacidad de combate..., pero preferiría evitar la ira de mi hermano mientras sea posible. Solo te pido tiempo. ¿No disponemos de eso?

—Tiempo. Ya. —Ordoño resopló—. ¿Qué debo decir entonces a mi rey?

—Le ofrecerás mi vasallaje, eso por delante. Estoy dispuesto a declararme súbdito suyo. Le pedirás que sus hombres dejen de hostigar las fronteras, y así tendré huestes libres para mandarlas al sur. También le rogarás en mi nombre que interceda ante el rey de Aragón. Eso nos permitirá aflojar la defensa del norte. Con la mayor discreción, por supuesto. Tratados de comercio. Cuantos quiera y con las mejores condiciones. Mis puertos están a disposición de Castilla para navegar hacia el este. Que piense en la posibilidad de pactar con los Banú Ganiyya en Mallorca. Juntos podemos presentar un frente formidable contra mi hermano. Así. Poco a poco. Si Yaqub sobrevive a Ifriqiyya, se encontrará que ha perdido la mitad de al-Ándalus, y reaccionar lo llevará a enfrentarse con las huestes unidas bajo mi mando, más las castellanas y mallorquinas.

Ordoño escuchó todas las condiciones. Asintió a cada una, aunque cada vez estaba más convencido de que no las llevaría en persona a Alfonso de Castilla. Los remilgos de ar-Rashid demostraban que le faltaba convicción. Y si algo se torcía demasiado pronto, podría volverse atrás. De ocurrir tal cosa, ¿qué sería de Safiyya?

—Te he escuchado, ilustre *sayyid*. Solo te pido que me respondas a una última cuestión. Si antes de que todo esté listo descubrimos que el califa está vivo y ha triunfado en ese desierto lejano... ¿Qué harás?

Ar-Rashid tardó en contestar. Solamente por eso, Ordoño se levantó, se despidió con gentileza y abandonó el salón principal del alcázar. Mientras atravesaba de nuevo las arcadas repletas de arriates, pensó que mandaría todos los mensajes que aquel almohade quisiera. Pero él no se iría de Valencia. No dejaría sola a Safiyya en esa maraña de incertidumbre.

الله في
ثقة على وانا

TRES MESES MÁS TARDE. ABADÍA DE SOTOHERMOSO, REINO DE LEÓN

Pedro de Castro, tan firme y digno como el resto de la comitiva castellana, observaba de reojo al nuevo fichaje de la reina. Martín López de Pisuerga se llamaba. Hijo del merino mayor y arcediano de Palencia. La reina de Castilla había dado luz allí, junto al estudio palentino, a su hija Blanca, que por gracia de Dios había sobrevivido y seguía sana. Por lo visto, la piadosa Leonor creía que todo se debía al buen hacer de los físicos del estudio y a las muchas oraciones elevadas al Altísimo. Actividad terrena y divina organizada por el tal Martín de Pisuerga, que más pinta tenía de guerrero que de clérigo del Císter.

El señor de Castro apartó la vista mecánicamente cuando Martín de Pisuerga se volvió hacia él. En cierto modo le recordaba a su padre. Mirada fija y fiera. Mandíbula cuadrada, amplio pecho, hombros vigorosos.

Todos aguardaban en línea. El conde Fernando de Lara, que aún ejercía de alférez real, el mayordomo Rodrigo Girón, Martín de Pisuerga, el rechoncho arzobispo Gonzalo Pérez y el propio Pedro de Castro. Ligeramente adelantado, el rey Alfonso de Castilla también esperaba.

Los pasos resonaron en las piedras de la abadía. Habían escogido el lugar por fronterizo. El rey castellano cedió en que la reunión se celebrara en tierras leonesas, pero exigió que tuviera lugar cerca de sus nuevas posesiones regaladas por la casa de Castro, en el señorío de Trujillo. El monarca carraspeó mientras se esforzaba en contener su impaciencia. Miró atrás, a cada uno de los señores y clérigos que formaban su séquito. Aquello pareció calmarle. Justo entonces, el nuevo rey de León entró en la estancia.

—Primo Alfonso, bienvenido.

—Primo Alfonso, bienhallado.

Hubo un conato de sonrisa por ambas partes. El joven monarca leonés se adelantó y abrazó a su pariente y tocayo. Las palmadas recíprocas en la espalda parecían sinceras. El resto de la comitiva leonesa ocupó su lugar frente a la castellana. La reina madre, que para la coronación de su hijo había abandonado su enclaustramiento en Santa María de Wamba, el alférez y el mayordomo leonés, y varios obispos y nobles. Una delegación mucho más nutrida que la de Castilla. Alfonso de León reparó en la presencia de Pedro de Castro, una sonrisa iluminó su rostro.

—Amigo mío.

Aquello rompió con las formas que se habían guardado hasta el momento. El rey leonés y el señor de Castro se fundieron en otro abrazo que Martín de Pisuerga observó con una mueca de desagrado.

—Lo primero que quiero hacer, primo —interrumpió el momento el rey de Castilla—, es rendir mis condolencias, a ti y a tu señora madre, por la muerte de mi tío Fernando.

—Gracias, primo. Te honra.

—También quiero darte las gracias por tu premura al fijar esta cita. Algunas malas lenguas decían que no seguirías la política de tu difunto padre.

Alfonso de León apretó los labios un instante antes de contestar:

—Malas lenguas, tú lo has dicho. Mi intención es que la paz reine entre nosotros, como en vida de mi padre.

Martín de Pisuerga carraspeó. Aquel sonido, aun sin palabras, hablaba de años de rivalidad y de multitud de muertos en los enfrentamientos entre ambos reinos. Bien que lo sabía el arcediano de Palencia, pues era natural de Herrera, tierra fronteriza, y desde joven había visto cómo las espadas sustituían a las guadañas en las cosechas de sus campos.

—Bien —continuó el monarca castellano—. Como sin duda sabrás, ante la incertidumbre, mandé a algunos de mis fieles que tomaran posición en el Infantazgo. ¿Puedo retirarlos?

—Puedes, primo. Ya te he dicho cuál es mi intención.

—Ya. —Alfonso de Castilla se volvió un momento y cambió una mirada cómplice con Martín de Pisuerga. Pedro de Castro frunció el ceño al tiempo que el rey tornaba a dar frente a su primo—. Sin embargo me llegan otras noticias. La que fuera mi fiel súbdita y después tu madrastra y reina, Urraca López de Haro, ha abandonado las tierras de León. Se dice que en grave peligro. Y con ella se ha apartado de ti otro de mis más leales, su hermano Diego. Temo que este pequeño asunto pueda entorpecer… tu intención.

El rey de León también dio una vuelta entera para consultar en silencio con sus nobles y prelados. Sus miradas indicaron que no les sorprendía el reproche. Habló con voz bien modulada a pesar de su juventud e inexperiencia:

—Más malas lenguas, primo. Mi madrastra se ha retirado de la capital para no soliviantar los ánimos, pues hay quien dice que pretendía para su hijo el trono de León. Pero me consta que se ha quedado cerca de la frontera, en Carrión. Y que ha nutrido sus castillos leoneses de dote con hombres de armas de su casa. Más castellanos dentro de mis tierras. ¿No podrías hablar tú con ella, primo? Convéncela para que libere esas fortalezas y retire a esa gente armada.

Pedro de Castro se adelantó un paso.

—Si mis dos señores me lo permiten, quisiera ir yo a entrevistarme con ella.

Alfonso de Castilla arrugó el ceño.

—¿Tú, Pedro? ¿Por qué?

Se oyó más de una risita maliciosa. El arcediano Martín de Pisuerga también se hizo notar.

—Tal vez porque el señor de Castro espera sacar algo.

Pedro se volvió airado.

—Espero servir a Castilla y a León. Todos sacamos algo de eso.

—¿Servir a Castilla y a León? —repitió el clérigo, y se dirigió al monarca leonés—. Por encima está el servicio a Dios. La reina Urraca recibió esos castillos como dote y tiene derecho a conservarlos. Es la ley bendecida por el Creador. Y por ley, si desea guarnecerlos, no solo está en su derecho. Es que es su obligación, pues no sería la primera vez que León se vuelve contra su hermana en Cristo, Castilla.

El arzobispo de Toledo mostró su conformidad con un gruñido, pero miró al arcediano de Palencia con un punto de reproche. Era obvio que no le gustaba que aquel clérigo de menor rango se hiciera oír y lo relegara a él a segunda fila. Se produjo un instante de silencio. El rey de León se mordió el labio antes de responder.

—Yo ofreceré garantías de que no se romperá la paz. Esa es la principal razón por la que estoy aquí. ¿Acaso no agrada eso a Dios y a la Santa Iglesia?

Alfonso de Castilla ladeó la cabeza.

—Los servicios a Nuestro Señor son loables, primo, y don Martín de Pisuerga hace bien en recordárnoslo. Pero yo no olvido las últimas palabras de nuestro abuelo. Las garantías no fueron suficientes en otro tiempo para mantener la paz, y demasiado llevamos ya divididos. Castilla y León han de actuar juntos. —Dio un paso adelante—. Juntos. No aceptaré otra cosa.

Un movimiento apenas perceptible recorrió la nave. Capas que desembarazaban empuñaduras y dedos que las rozaban. Alfonso de León asintió. Intentó leer en los ojos de su primo. Miró a Pedro de Castro, tal vez la única persona del otro lado de la frontera en la que podía confiar. Después observó el gesto receloso de Martín de Pisuerga.

—El señorío de Trujillo ha pasado a tu posesión, primo. Cuentas con las huestes de la casa de Castro. Has fundado esa ciudad, Plasencia, cerca de mi frontera y en tierras que por derecho ancestral pertenecen a la conquista leonesa, y tienes a Urraca de Haro empeñada en enfrentarse a mí. Ya me siento suficientemente amenazado. ¿Qué más he de hacer?

El rey de Castilla se permitió un atisbo de sonrisa. Ahora era cuando debía mantenerse firme. Aun a riesgo de parecer un auténtico tirano. Mejor eso que ver nuevas vidas segadas por otra guerra entre cristianos.

—Quiero algo más que garantías, primo. Quiero que no quepa duda alguna de que León secundará a Castilla. Te propongo que vengas a mi reino el mes que viene. A Carrión. Todavía no has sido nombrado caballero. Permite que yo, tu pariente, sea testigo de ello. Toma la espada de un altar castellano para que todos vean cuán grande es la amistad que nos une. Ante el arzobispo de Toledo, primado de todos los reinos de la península, y en presencia de la nobleza y los prelados de nuestros dos reinos.

El gemido de sorpresa fue unánime por ambas partes. Lo que el monarca castellano proponía era escenificar su superioridad sobre el rey de León. Este enrojeció. Había pensado en la posibilidad, sí. Y lo había reconocido ante su madrastra. Así que ella, claro, había aprovechado la imprudencia y se había ido de la lengua. Esa lengua larga, húmeda y venenosa, con la que lo había embaucado. Recordó el regalo de Urraca. Cuánto se reiría ella al saberlo. La misma espada que debía ceñirse el día que tomara la caballería iba a servir para humillarse ante Castilla. Se volvió con gesto suplicante, pero sus nobles estaban tan estupefactos como él. De pronto, la abadía de Sotohermoso se había convertido en un lugar asfixiante. Se tiró del cuello de la túnica.

—Tendría que… arrodillarme en tu presencia.

—Un pequeño detalle. Lo que importa es nuestra eterna amistad.

Los dientes de Alfonso de León rechinaron. ¿Amistad? ¿Ahora se llamaba así?

—¿Y si no…?

—Cuánto me entristecería —le interrumpió el rey de Castilla— que no aceptaras, primo. —Se volvió hacia Martín de Pisuerga—. Señor arcediano, ¿estás seguro de que la reina de León, doña Urraca de Haro, cuenta con suficiente hueste en Monteagudo y en Aguilar? No quiero que se vea desamparada. —Se dirigió de nuevo a su primo—. También hay gente en León que vela por su seguridad, según sé. ¿No te incomoda eso?

El joven monarca apretó los puños. Ya era evidente que Urraca y el rey de Castilla habían hablado antes de esa reunión. Maldijo una vez más su poca prudencia.

—Acabo de sentarme en el trono. —Su voz tembló ligeramente—. Sé que León es ahora un reino débil. Enfermo, diría yo. Mi padre se quejaba siempre de la decisión del emperador Alfonso. Decía que se equivocaba, que jamás debió dividir su imperio. Él se creía con mejor derecho, claro, pero lo cierto es que era el segundón. Tu padre, primo, era el hermano mayor. Y el hermano menor también fue un segundón en fuerza. Castilla fue siempre más peligrosa, ¿verdad? ¿Crees que es el sino de León? ¿Estar por los siglos de los siglos a la sombra de Castilla?

—No pretendo tal cosa —siseó el monarca castellano—. Solo deseo la unión sin fisuras para enfrentarnos a nuestros enemigos.

Alfonso de León asintió.

—Acudiré a una iglesia castellana y me arrodillaré en tu presencia, primo. Lo haré para conservar lo que es mío y para seguir con la tradición sentada por nuestro imperial abuelo. Seré uno más entre los segundones. Pero tengo una condición.

—¿Solo una? ¿Cuál? Dila y será complacida. Todo sea por la más sólida unión.

Todos aguardaron. El rey castellano y los nobles y prelados de ambos reinos.

—Me desposaré con tu hija Berenguela, la heredera de Castilla. ¿Existe mejor garantía? ¿Existe unión más sólida? —Se dirigió a Martín de Pisuerga—. Una unión bendecida por Dios.

Alfonso de Castilla retrocedió el paso de más que antes había avanzado.

—Tú y Berenguela. Si a mí me pasara algo…

—Castilla y León seguirían unidos. Yo cuidaría de todo, primo. —Y ahora Alfonso de León se permitió sonreír.

وأنا على ثقة في الله

Al mismo tiempo. Tremecén

Abú Yahyá entró en el salón ante las inclinaciones respetuosas de los guardias negros. Apretados en una sola mano traía varios rollos. Recibió la sonrisa de bienvenida del califa, ante quien hizo una reverencia. Después miró a su diestra, donde se agolpaban los jeques de los *agzaz*. Yaqub, que observaba con curiosidad uno de aquellos arcos recurvos depositado sobre una mesita, entendió al momento.

—Podéis marcharos, mis fieles. El visir omnipotente y yo tenemos que hablar.

Los jeques obedecieron. Yaqub agarró el arco y tiró de la cuerda. La madera y el cuerno se cimbrearon sin un solo crujido. No ocultó su admiración por el sencillo artefacto que aquellos jinetes manejaban como diablos.

—Príncipe de los creyentes, ya han llegado los correos de Marrakech.

El califa soltó la cuerda, y el arco recuperó su posición con un chasquido que hizo temblar su mano izquierda.

—Estupendo. Estupendo. Luego los leeré. Me encantan estos arcos… Con los *agzaz* en nuestras filas, esos cristianos son carne muerta. ¿No te parece?

Abú Yahyá mostró los rollos de pergamino arrugados.

—Me parece que ahora las noticias de tu imperio son más importantes. Cuando partimos de Túnez querías saber por qué tu petición de socorro no fue escuchada. ¿Lo has olvidado, luz del islam? Todos saben ya que regresamos, y esto es lo que escriben los gobernadores del Magreb.

Yaqub hizo un gesto de hastío.

—Me imagino sus respuestas. Me adularán por la victoria sobre los Banú Ganiyya y tratarán de desviar la atención, como siempre. Pero cuando llegue a Marrakech los mandaré postrarse ante mí y castigaré su indiferencia. Ahora, amigo mío, ven y disfrutemos de nuestra mutua compañía. Siéntate a mi lado, mandaré que traigan jarabe de dátiles con miel.

—Lo que dicen estos mensajes es más grave de lo que piensas.

El califa se fijó en el gesto serio de su primer visir. ¿Grave? Nada podía ser grave tras aplastar la rebeldía oriental y acrecer el ejército almohade con los mejores jinetes del islam. Lo peor que podía suceder era... Yaqub enarcó las cejas.

—¿Otra vez la peste?

—No, príncipe de los creyentes. O sí, en cierto modo. La peste de la traición.

Yaqub, alarmado, avanzó y tomó los pergaminos de mano de su visir. Un par de ellos cayeron al suelo, pero los ignoró.

—¿Traición? ¿Dónde?

—En varios lugares. —Abú Yahyá resopló y se acercó a uno de los ventanales, estrecho y rematado por un arco. Al otro lado de los muros del alcázar, el gentío se amontonaba para vender y comprar. Era nada menos que el ejército califal el que pasaba por allí de regreso a la capital del imperio. Y venía cargado de riquezas. Botín de guerra y esclavos sobre todo.

—Espero que no sea una nueva revuelta. —Desenrolló un pergamino, pero no se atrevió a leer. En lugar de eso, siguió preguntando a Abú Yahyá—. ¿Quién se ha alzado ahora? ¿Los árabes otra vez? ¿Más Banú Ganiyya?

No. No podía ser tal cosa. Antes de abandonar Ifriqiyya y para eliminar los focos de rebeldía, había ordenado deportar a las tribus árabes para establecerlas en el corazón del Magreb. Allí sería fácil controlarlas y, sobre todo, se hallarían lejos de líderes insurrectos que pudieran espolear sus ambiciones. Incluso pensaba acantonar a los *agzaz* en la capital. A esos los quería más cerca que a nadie.

—Los traidores son aquellos en quien más confiabas, príncipe de los creyentes.

—¿Ibn Rushd? No me lo creo.

—No. Y lo cierto es que me sorprende decir esto, pero ese andalusí ha sido el más leal de tus súbditos. Cuando recibió las noticias de nuestra derrota en Umra, comenzó las gestiones para reclutar refuerzos y enviarlos por mar y tierra. Pero tus visires le mandaron encerrarse en su casa y se negaron a escucharlo. Ahora se apresuran a pedir perdón, pues pensaban que tan altas decisiones no podían quedar en manos de quien no es bereber.

—Necios.

—Traidores, príncipe de los creyentes, no necios. Apartaron a Ibn Rushd pero no cortaron los tratos con los mercaderes infieles. Tus arcas rebosan de riqueza, y eso ha despertado el ansia de los codiciosos. Todos en Marrakech creyeron que Umra era tu final y la falta de noticias tras la batalla se lo confirmó. Algunos se transformaron en cuervos y alzaron el vuelo para buscar tu cadáver y lanzarse sobre él como los carroñeros que son. Tu tío Abú Ishaq Ibrahim es el firmante de una de estas cartas. Ahora te jura fidelidad eterna, pero hasta hace pocos días predicaba el fin de tu gobierno y se postulaba como sucesor, ya que es hijo de Abd al-Mumín.

—Mi tío Abú Ishaq... Debí haberlo previsto. ¿Quién más?

—Tu otro tío Abú-l-Rabí, el que antes era gobernador de Bugía y ahora tenías al mando de Tadla. Ha intentado sublevar a las cabilas para marchar sobre Marrakech y ocupar tu lugar.

Yaqub descolgó la mandíbula. Tuvo que volver a su tarima repleta de cojines y dejarse caer.

—Pero, entonces, estoy rodeado de alimañas.

—También te escribe. Te avisa de que no prestes oído a las habladurías que oirás a tu regreso. Pero son varios los testimonios que lo acusan, y vienen de fuentes diversas y alejadas.

—Envía una avanzada, Abú Yahyá. Que vayan algunos de mis guardias negros. Ordena que prendan a Abú Ishaq y a Abú-l-Rabí, y que los lleven cargados de cadenas a Rabat. Desde aquí quiero ir a Tinmal, a visitar las tumbas de mis antepasados. Después me reuniré con mis dos infames tíos y decidiré sobre su destino. Pero eso será antes de entrar en Marrakech. ¿Quién más me ha disputado el gobierno?

—Más que disputártelo, hay uno que ha pretendido separar a parte del imperio y coronarse. Se trata de tu hermano pequeño, ar-Rashid.

—Dios me valga... ¿Mi propio hermano?

—Cuando murió el gobernador de Valencia, Abú-l-Hachach ibn Mardánish, ordené que ar-Rashid se hiciera cargo de todo el Sharq al-Ándalus. Se ha librado de todos los *talaba* y de los masmudas de las guarniciones, ha permitido el paso de cristianos por tus tierras y hasta se dice que anda en tratos con el rey de Castilla.

Yaqub se frotó la cara.

—¿Estamos seguros de eso? ¿Hasta dónde?

—Imposible saberlo. Las comunicaciones con Murcia y Valencia no existen. Solo lo que dicen los mercaderes. De alguna forma, eso lo confirma. Verás: cuando di el control de Valencia a ar-Rashid, mandé el nombramiento con tu otro amigo andalusí, Ibn Sanadid. Él mismo es quien me escribe ahora y se adhiere a las sospechas.

—Ya. —El gesto del califa no podía endurecerse más. Lo peor era que en vida de su padre, con todo lo pusilánime que fue, jamás se rebeló nadie en al-Ándalus. Aunque era otro andalusí quien lo ponía sobre aviso—. Es curioso que quienes no son bereberes se estén mostrando más leales que nuestros propios familiares. Me preocupa mucho más lo de ar-Rashid que la traición de mis tíos. Hay que ir allí y asegurarse, pero no puedo encomendarle esto a cualquiera.

—Príncipe de los creyentes, mándame a mí. —Abú Yahyá se acercó a la montaña de almohadones y se arrodilló frente al califa. Aunque no se inclinó para suplicar. Fue para ponerse a su altura y mirarlo a los ojos con confianza—. Tu esposa andalusí, Safiyya, está con ar-Rashid.

Yaqub torció el labio pero, tras unos instantes, se encogió de hombros. Pareció recordar algo.

—¿Y mi hijo... Idrís?

—Está a salvo en Málaga. Escucha. Querías enviar a tu almirante Abú-l-Abbás para explorar las islas que rodean Mallorca y planear una campaña contra los Banú Ganiyya en su propio hogar, ¿no es así?

—Se trata de una idea simplemente y, además, no sé qué tiene que ver eso...

Abú Yahyá levantó la mano para interrumpir al califa. Solo él en todo el imperio podía permitírselo sin temor siquiera a un reproche.

—Envía a Abú-l-Abbás con una flotilla, pero ordénale que toque tierra en la península antes de seguir hacia las islas. Yo iré con él, aunque mandaré llamar antes a Ibn Sanadid. Lo recogeré y, con algunos fieles, desembarcaremos en el Sharq. Cuando vea con mis propios ojos hasta dónde ha llegado la sedición de ar-Rashid, actuaré en consecuencia.

Yaqub asintió.

—No te llevarás a cualquiera. Algunos de mis Ábid al-Majzén te acompañarán. Trae a ar-Rashid y a sus visires a mi presencia, y deshazte de cualquiera que haya apoyado su rebelión.

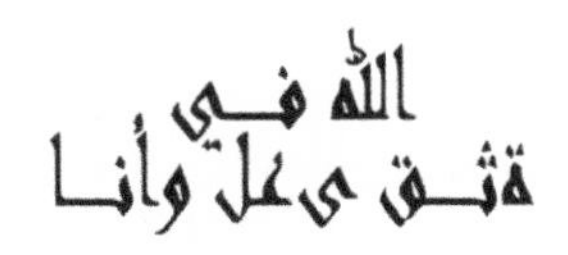

49
JURA EN CARRIÓN

Un mes más tarde, verano de 1188. Carrión, reino de Castilla

Alfonso y Leonor de Castilla caminaban despacio, dignos y tomados del brazo. Los extremos de sus capas acariciaban la hierba mientras la multitud se inclinaba a su paso. El rey sudaba, y no solo por el calor. Tampoco porque no recordara haber visto jamás tantos altos señores reunidos como aquel día. En la iglesia de San Zoilo se encontraba toda la nobleza y la prelatura de Castilla y de León. Y eso incluía a fronteros de ambos reinos. A gallegos, leoneses y asturianos. Gentes llegadas desde Rioja, Haro, Vizcaya, la Trasierra toledana, el señorío de Trujillo, el Infantazgo... Solo durante un cortísimo instante, apenas un relámpago que los nervios se encargaron de borrar, advirtió Alfonso de Castilla que su fiel Ordoño no se hallaba presente.

El aire pesaba. No tanto por el calor como por la tensión. Los nobles leoneses aguardaban bajo el sol en silencio, con sus mejores galas y sus peores caras, alineados para formar pasillo a un lado de la senda que llevaba al pórtico. Cambiaban miradas de odio contenido con sus contrapartes castellanos, situados enfrente. Aunque estos disimulaban, conscientes de lo difícil de la situación pero interesados en que la ceremonia se completara. Alfonso de Castilla se detuvo, y los guardias que escoltaban a la pareja también.

—Calma, mi rey.

Era la voz de Leonor. Tranquila. Serena, como siempre. Flanqueaba a Alfonso de Castilla con la sonrisa dulce pintada en su rostro pecoso. El manto de piel parecía no pesar sobre ella. Mantenía la vista puesta en el otro lado de la nave. Saludaba a las nobles leonesas con breves pestañeos.

—No puedo calmarme —susurró el monarca castellano—. Un detalle fuera de lugar y alguien se sentirá ofendido. Como salga a relucir una sola espada aparte de esa que hay sobre el altar...

—Todo irá bien, mi rey. Deja de preocuparte. Para eso contamos ahora con los servicios de Martín de Pisuerga, ¿no? Era lo que necesitabas. Alguien que se ocupara de leer tus cartas, escribir a tus súbditos, organizar esta clase de actos. Este saldrá a pedir de boca.

—¿Ah, sí? —Apuntó una sonrisa amarga que borró enseguida—. Sí, claro, mi reina. Hasta que mi joven primo vea que lo he engañado. Que falto a mi palabra. En cuanto lo nombre caballero, le prometeré la mano de nuestra hija..., para fijar esponsales a continuación con otro.

Leonor resopló. Sabía cuánto trastocaba aquel engaño la conciencia de su esposo.

—Es necesario, mi rey. Ya está hablado con el emperador Federico y no puedes desairarle. Está bien que prometas cuanto te pida Alfonso de León si ha de servir para la paz y la unión entre los cristianos. Tal mentira no puede castigarla Dios. Además —acercó la boca a la oreja del rey—, no es buen asunto maridar a Berenguela con el rey de León. Es como entregarle Castilla en bandeja. Eso no debe ocurrir nunca.

El monarca asintió. Demasiado bien lo sabía. Y entre su reina y el arcediano Martín de Pisuerga se habían ocupado de convencerle. Pero qué mal sabía engañar, por Cristo crucificado. Volvió la cabeza a ambos lados, incapaz de disimular su agitación.

—¿Dónde se habrá metido?

Mientras el rey de Castilla digería sus remordimientos, dentro de la iglesia se ultimaban los detalles. Varios monjes se aseguraban de que todas las candelas permanecieran encendidas. El propio abad retocaba sobre el altar el objeto que atraería la atención de todos. La espada del rey leonés brillaba. Reflejaba las decenas de pequeñas llamas repartidas por San Zoilo. El arma era magnífica. La hoja parecía pura plata, como el hilo de la empuñadura. Y el león rugiente destacaba en el arriaz, tan orgulloso allí como humillado sería en breves momentos. El abad se volvió y repartió algunas órdenes entre sus acólitos. En el extremo opuesto del templo, justo encima del pórtico, una tribuna se elevaba sobre columnas. Era el lugar de honor, desde el que asistirían a la ceremonia las más altas personalidades de Castilla y León salvo los verdaderos protagonistas: los dos reyes tocayos y Gonzalo Pérez, arzobispo de Toledo. Ahora en la tribuna solo se veían dos figuras. Una era la del arcediano de Palencia, Martín de Pisuerga. La otra, la de la reina viuda de León, Urraca López de Haro.

—Así que lo que se cuenta es cierto, don Martín.

El cisterciense se volvió. Urraca cubría su cara con un velo oscuro que, aunque transparente, apenas dejaba entrever sus rasgos.

—¿Qué quieres decir, mi señora?

La respuesta estaba revestida de timidez. Era la primera vez que Urraca le dirigía la palabra desde que ambos habían coincidido en la tribuna elevada, y ya llevaban largo rato allí.

—Quiero decir que te has convertido en pieza importante para los reyes de Castilla.

Martín de Pisuerga se esforzó por evitar el asalto de vanidad, pero las comisuras de sus labios se curvaron. Sí, pensó. Era cierto. Hasta el mayordomo y el alférez reales estaban fuera, al sol. Y él se hallaba allí, con toda una reina. Sin trono, pero reina. La observó de reojo. ¿Sería cierto lo que se rumoreaba de Urraca? Había oído hablar de su belleza. Algo demoníaco, aseguraban. El arcediano se santiguó con rapidez.

—Eres muy amable, mi señora... Solo soy un servidor de Castilla y, sobre todo, de Dios.

Ella volvió la cara y, con estudiada lentitud, retiró el velo negro. Sabía qué efecto causaba ese gesto, y comprobó con satisfacción que Martín de Pisuerga no era en ello diferente de los demás hombres. La sonrisa de vano orgullo del clérigo se transformó en una mueca de incredulidad al revelarse ante sí el rostro más agraciado de la cristiandad.

—Y tú eres muy modesto, don Martín. —Urraca acomodó el velo en la diadema que ceñía la toca. Ladeó la cabeza y apoyó una mano en la balaustrada—. Me gustan los hombres humildes. Una virtud más que añadirte. También he oído que el propio rey de León se acobardó ante ti en Sotohermoso. ¿Es verdad? Me han dicho que saliste en mi defensa cuando ese usurpador exigió que devolviera mis castillos. —Con aquella sonrisa en la cara de Urraca, las velas del templo se volvían inútiles. Ni siquiera era necesario que el sol se filtrara por los ventanales—. Estoy en deuda contigo.

Martín de Pisuerga, confuso, se encogió de hombros.

—Bueno... Sí, claro. Quiero decir: no, mi señora. No estás en deuda. Ese jovencito con corona ha pensado que puede hacer y deshacer. No me fío de él. Su padre solía aliarse con el infiel, cosa inmunda. Y temo que él haya heredado esa tendencia a la infamia... —El arcediano cayó en la cuenta de que acababa de injuriar al fallecido esposo de su interlocutora—. Pero te ruego que me perdones. No quería decir que tu difunto marido fuera una mala persona. Simplemente...

—No hay nada que perdonar, don Martín. —Urraca soltó la balaustrada y se acercó un paso. Notó cómo las pupilas del cisterciense se dilataban—. Mi esposo, Dios lo haya perdonado, cometió muchas faltas. A decir verdad, solo dejó de ofender la ley divina cuando me tomó como esposa, y lo mío me costó. Es algo de lo que me precio. —Un paso más, y el nerviosismo del clérigo se hizo evidente—. Siempre al servicio del Creador. Y de quienes hacen su voluntad, como tú. Dime, don Martín: ¿crees que Alfonso de Castilla cederá a mi ruego? Quiero pedirle que apoye la causa de mi hijo Sancho. Al fin y al cabo, ese que se hace llamar rey de León es un bastardo y no colaborará de grado con nosotros.

—Ah, mi señora... —el clérigo sintió un ligero mareo—, si precisamente estamos aquí para asegurar su colaboración.

Urraca arrugó la nariz en un mohín de disgusto y miró hacia el altar.

—Colaboración... No es suficiente. Alfonso de León debería saborear la humillación. —Volvió a aferrar la balaustrada y tomó aire. Sus pechos pugnaron por romper la seda negra—. Ah, lo que daría por verlo humillado. Cuánto agradecimiento. Cuánto amor guardo en mi corazón para quien ponga a ese usurpador en su sitio. —Se volvió de nuevo hacia el clérigo—. Pero no quedan caballeros, amigo mío. Nadie ampara ya a las damas desvalidas.

La respiración de Martín de Pisuerga se había desbocado. Sin darse cuenta, tiró del escapulario y se limpió el sudor de la frente. ¿Por qué no podía dejar de mirar las curvas de aquella mujer?

—Yo... Yo te escudaría, mi señora. Me educaron como a un caballero, aunque mi vocación... —carraspeó—. Quiero decir, tienes razón. Humillación es lo que necesita ese muchacho. —Apartó la vista. Se encomendó a Dios y a todos los santos. Sobre todo a san Bernardo, adalid de su orden. Con cuánto ardor había advertido él contra el demonio que se esconde en cada mujer. Martín miró abajo, a la nave central de San Zoilo. Uno de los nobles, sin duda harto de cocerse al sol mientras aguardaba, había roto el protocolo y se hallaba allí, junto a una de las columnas. Los observaba a ellos. No, solo a ella—. Ese de ahí abajo es Pedro de Castro, ¿no?

Urraca se inclinó sobre la balaustrada.

—Así es.

Martín de Pisuerga, fugazmente apartada su turbación, sonrió.

—El señor de Castro demostró en Sotohermoso mucho interés en hablar contigo, mi señora. Quiere mediar entre el rey de León y tú. Todos sabemos cuánta amistad lo une a… —se decidió a emplear el mismo término despectivo que ella— ese usurpador.

—Sí. Pero lo que pretende realmente el joven Castro es a mí. Siempre lo ha hecho. Fíjate, mi buen don Martín. Observa cómo me mira. Está obsesionado. En León intentó tomarme varias veces. —Se deslizó como una víbora. En un instante, sus manos agarraban el brazo del cisterciense y uno de sus pechos se aplastaba contra el hábito blanco. El clérigo respingó—. La verdad es que estoy rodeada de mala gente. Ah, ahora es cuando realmente necesito un valedor. Un escudo. Me siento sola, amigo mío. Tú eres persona de influencia en Castilla. ¿No me valdrás ante el rey? Convéncele para que mande sus huestes a Monteagudo y Aguilar.

Martín de Pisuerga no podía más. Jamás había catado hembra, y lo debía a su templanza. Recordó lo que se contaba de san Bernardo. Cómo en su juventud se vio tentado por la carne y, para luchar contra el asalto de Satanás, se sumergió en una charca de agua fría. Pero san Bernardo no conoció a Urraca de Haro. ¿Una charca de agua fría? Un mar entero y cubierto de hielo era lo que él necesitaba ahora.

—Mi señora… —balbuceó. Con cada inspiración, el pecho de ella se clavaba en su piel a través del hábito—, me temo que no sea posible. Han llegado noticias del este y, seguramente, el rey querrá marchar hacia allí. La oportunidad es única.

—¿De qué hablas, mi buen amigo?

Martín de Pisuerga metió la zurda bajo el escapulario y sacó un rollo de fino papel rosado. Apenas fue consciente de que abajo, en la nave, la mirada de Pedro de Castro bullía de rabia.

—Esta carta ha llegado de Valencia… —se interrumpió. ¿Por qué le contaba eso a ella? Pero vio su gesto de expectación. ¿Cómo decepcionarla?—. El rey aún no lo sabe. Pensaba informarle tras la ceremonia. Es de Ordoño Garcés de Aza.

—Ordoño Garcés de Aza —repitió Urraca, apretada contra el arcediano—. He oído hablar de él. ¿Y escribe desde tierra de sarracenos?

—Por lo visto, don Ordoño viajó a Valencia para ponerse en tratos con el gobernador infiel, un tal ar-Rashid. Resulta que es hermano del miramamolín.

Urraca no disimuló su extrañeza.

—Pensaba que solo la casa de Castro —señaló a la nave con la barbilla— trataba con los enemigos de Dios.

—Ah, bueno... Este caso es distinto, aunque a mí tampoco me guste. Algo me comentó la reina Leonor cuando me llamó a la corte para ser consejero real y me contó lo que sabía de los nobles castellanos. Ordoño de Aza suele saltar la frontera. Ha servido así a Castilla antes. Conoce muy bien la algarabía sarracena y tiene amigos entre los moros de paz, pero su fidelidad está fuera de toda duda... —Volvió a interrumpirse. Los ojos negros de Urraca estaban puestos sobre la carta. El cisterciense la desplegó nerviosamente y, en voz muy baja, desgranó el mensaje que enviaba Ordoño desde el Sharq al-Ándalus.

Mientras lo hacía, Pedro de Castro apretaba los puños en la nave central de San Zoilo. Sus dientes rechinaban. Ella estaba allí arriba, inalcanzable sobre la tribuna reservada a la realeza. Y precisamente con aquel odioso cisterciense. ¿Por qué acercaba su rostro al de él? ¿Y por qué cogía su brazo con aquella familiaridad? Si hasta podía ver el pecho aplastado contra el brazo de Martín de Pisuerga. Trató de ponerse en su lugar. En esos momentos, las venas del clérigo debían retumbar como tambores. Él hablaba al oído de Urraca. Vio cómo se movían sus labios, muy muy cerca del lóbulo. El calor era sofocante. Tiró del cuello de la saya. «Mírame, Urraca». Pero ¿por qué lo ignoraba?

El revuelo desvió la atención de Pedro de Castro. Dos siluetas destacaron bajo el pórtico de San Zoilo contra la claridad de fuera. Alfonso de Castilla y Leonor Plantagenet entraron cogidos del brazo. Entornaron los ojos para acostumbrarlos al cambio de luminosidad, y Pedro aprovechó para escabullirse hacia una nave lateral. Los guardias tomaron posiciones, en pos de la pareja real entraban los nobles y prelados. Diego de Haro llevaba de la mano a su sobrino Sancho, el hijo de Urraca. Tras ellos irrumpieron alféreces, mayordomos, merinos, obispos, condes, señores... Se repartieron por el templo en un aparente caos, pero pronto pudo distinguirse que los leoneses ocupaban la nave sur mientras los castellanos se apretaban contra el otro flanco de la iglesia. En un abrir y cerrar de ojos, San Zoilo estaba abarrotada de barones, prelados y abades. El arzobispo de Toledo, como primado de los reinos hispanos, se destacó entre el gentío y recorrió la nave central, dispuesto a llevar a cabo las bendiciones y armar al rey de León con la espada de caballero... Pero ¿dónde estaba el joven monarca? Pedro lo buscó entre las cabezas, las mitras y las tocas. Cada cual se dirigía al lugar asignado por el protocolo entre un creciente murmullo que resonaba contra las paredes de piedra. El arzobispo de Toledo llegaba ya al ábside central, tras el altar. El rey de Castilla se colocó a un lado, como testigo privilegiado. Leonor, precedida por un par de guardias, se retiró hacia la esquina suroeste para subir a la tribuna y acompañar a la reina viuda de León. Entonces, cuando ya todos habían entrado y el calor inundaba el templo, apareció en el pórtico Alfonso de León y el murmullo cesó. Llevaba el ceñidor puesto, pero sin talabarte ni espada. Su rostro parecía de cera. El arzobispo de Compostela se destacó entre los prelados leoneses y se inclinó ante el joven monarca. Después lo precedió por el pasillo hasta el lugar destinado para la ceremonia, justo frente al altar.

Alfonso de León caminó, tan digno como podía en aquella situación, con la vista puesta en el vacío. El rey de Castilla lo observó con el pesar atravesado en la garganta, y Pedro de Castro se dio cuenta. Y descubrió que a él también le dolía. Apreciaba a aquel monarca recién coronado que, con sus súbditos de más alta alcurnia como testigos, iba a recibir la caballería arrodillado ante su primo. Estuvo seguro de que Urraca disfrutaría con eso. Urraca. Miró de nuevo a la tribuna.

Arriba, la reina viuda de León apretó los labios. Separó su cabeza de la de Martín de Pisuerga y ahogó una mueca de asco al mirar a su hijastro. Vio que la reina de Castilla se dirigía al portal rematado con crismón que comunicaba la nave con la torre suroeste. En pocos instantes se reuniría con ella.

—Mi querido amigo —señaló la carta con la barbilla—, ¿qué opinas de tratar con sarracenos? ¿Es eso lo que agrada a Dios? ¿Es ese el servicio que nos exige?

El arcediano de Palencia torció la boca.

—No, desde luego. El único trato que debe unirnos a los infieles es el mejor afilado, para poder cortar su carne y derramar su sangre. Sin embargo, lo que este almohade propone…

—No me interesa el provecho de un almohade, sino el del pueblo de Cristo. —Una de las manos de Urraca resbaló por el antebrazo de Martín de Pisuerga. Lo hizo suavemente—. Hasta ahora he servido a ese pueblo, ¿sabes? Todo este tiempo en León, lejos de los míos… La propia reina Leonor me lo pidió. «Serás la bisagra entre los reinos», me dijo. Y yo acepté el servicio con resignación. No puedes hacerte una idea, amigo Martín. He sido la barragana de un hombre al que no amaba. Uno de espíritu y cuerpo débil. —Siguió acariciando el brazo y presionó un poco más con el pecho—. Nada que ver contigo. —Acercó la cara y entreabrió los labios, pero de pronto se separó—. Ah, Madre Santísima… Por Cristo, Nuestro Señor. ¿Por qué el destino se empeña en poner fuera de mi alcance lo que de verdad anhelo?

Martín de Pisuerga, confuso, notó que su virilidad despertaba tras un larguísimo letargo. No veía nada. Ni al gentío apelotonado abajo, en las naves laterales. Ni las bendiciones que el arzobispo de Toledo ya repartía entre los reyes y sobre la hermosa espada dispuesta en el altar. Ni la pose humillada del joven Alfonso de León. Solo la veía a ella. Sus ojos negros. Su gesto de desamparo. Su pecho retador remarcado bajo el brial. Sus labios prominentes y húmedos.

—¿Qué puedo hacer, mi señora? Pídeme lo que sea.

—¿Lo que sea?

La reina Leonor apareció en la pequeña puerta que comunicaba la escalera de caracol con la tribuna. Su rostro se iluminó y apretó el paso hacia Urraca. Llegaría enseguida.

—Lo que sea, mi señora.

Ella se llevó ambas manos al velo, lo desprendió de la diadema y dejó que ocultara su rostro antes de hablar en voz bajísima.

—Que esa carta no llegue jamás al rey de Castilla. Que no distraiga su atención. Que no se dirija al este. Nuestro negocio, Martín, está en el oeste.

Se volvió y abrió los brazos para recibir a Leonor Plantagenet. Se saludaron como hermanas que llevaran siglos sin verse. El arcediano de Palencia, sudoroso como un destrero tras una docena de cargas en el desierto, se apoyó en la balaustrada con una mano. La otra deslizó bajo el escapulario el papel xativí con la petición de ayuda de Ordoño. Fijó sus ojos en el rey de León. El corazón le botaba en el pecho. Desgraciado jovenzuelo con ínfulas... «Ah, lo que daría por verlo humillado —había dicho Urraca—. Cuánto agradecimiento. Cuánto amor guardo en mi corazón para quien ponga a ese usurpador en su sitio».

La miró. Ahora estaba de espaldas mientras departía animadamente con la reina de Castilla. Los ojos del clérigo resbalaron hacia la cintura. Y bajaron por la curva de las caderas.

«Cuánto amor». «Cuánto amor».

Se movió como un relámpago blanco y negro. El hábito voló tras él cuando se alejó de las dos reinas y bajó por la escalera de la torre sureste. Casi resbaló en la piedra desgastada por miles de pasos. Desembocó en la nave lateral ocupada por los nobles de León, Galicia, Asturias y la Extremadura. Apenas lo vieron. Todos seguían absortos la ceremonia. El joven monarca leonés, todavía arrodillado, recitaba las fórmulas que le permitirían acoger la orden de la caballería. Se comprometía a obedecer el dictado de Dios. A defender a las viudas y a los huérfanos. A honrar a los clérigos. El rey de Castilla asentía con forzada naturalidad. Martín de Pisuerga cruzó de un lado a otro ante la sorpresa y la protesta susurrante del arzobispo de Toledo. En ese momento, el primado de los reinos hispanos tomaba la espada desnuda y el talabarte de madera forrada de cuero. Pero el arcediano de Palencia hizo caso omiso, rodeó el altar y se dispuso frente al joven monarca.

—¡Un momento!

A ninguno de los asistentes pasó desapercibido el gesto altanero de Martín de Pisuerga. Se había colocado junto al rey de Castilla y le cogía el brazo izquierdo. El arzobispo Gonzalo, tan pasmado como los demás y enfurecido como ninguno, no pudo evitar la pregunta:

—¿Qué es esto? ¿Qué haces?

Martín de Pisuerga habría debido responder a su superior en la jerarquía de la Santa Madre Iglesia. En lugar de ello, se dirigió en voz alta a todos los asistentes.

—¿Quién mejor para dar la caballería al rey de León que su pariente? ¿Quién mejor que uno que sepa cuánto pesan la corona y el linaje del viejo emperador?

Alfonso de Castilla se vio impelido hacia delante. De pronto, Martín de Pisuerga arrebataba la espada y el talabarte al arzobispo de Toledo y se los entregaba a él. Aún de rodillas, el rey leonés enrojeció.

—Pero...

—Cíñele tú el talabarte, mi rey —musitó el arcediano entre dientes—. Ahora, delante de todos tus súbditos y los suyos. Demuéstrales quién dirigirá la empresa que nos llevará a todos al paraíso. Tu abuelo así lo quiso. Lo rogó con sus últimas palabras. Pues bien, esta es la única unión posible.

El orondo arzobispo de Toledo no se decidió a intervenir. Miró al otro arzobispo presente, el de Compostela, y se encogió de hombros. Alfonso de Castilla, incapaz de rebelarse y empapado en sudor, cogió el talabarte con ambas manos y se dirigió a su primo.

—Te hago entrega, con la espada, de la más alta orden que Dios ha creado: la de la caballería.

Vio cómo los ojos del leonés centelleaban. Por un momento pensó que se alzaría y saldría de allí seguido de sus vasallos. El miedo asaltó al monarca castellano. Quiso echarse atrás, pero ya casi estaba hecho. Levantó la correa de cuero para sortear la cabeza y la bajó a la espalda de su primo. Se agachó para estrecharla con un nudo. Sus caras quedaron a un par de pulgadas. Un Alfonso oyó la respiración furibunda del otro.

—Me ciño el cinturón de la milicia del Señor —siseó el rey de León, y todos pudieron oírlo—. Sépanlo los hombres presentes y futuros. Honraré y...

El rey de Castilla se enderezó, tan avergonzado como su primo.

—¿Honrarás y...? —exigió Martín de Pisuerga que el juramento continuara.

—... obedeceré a quien me da la caballería..., como establecieron los antiguos.

El arcediano de Palencia entregó la espada a Alfonso de Castilla. Cuando se vio libre de su peso, dirigió la mirada arriba y al otro extremo de la nave, a la tribuna. Allí estaba ella, con la cara velada de negro. Pero podía sentir su sonrisa de satisfacción infinita. «Cuánto amor. Cuánto amor...».

El rey de León recibió la espada con la cabeza alta. Notó el temblor en las manos de su primo. Buscó la embocadura de la vaina con la zurda y la hoja resbaló sobre la piel hasta el chasquido final.

—Y ahora —remató su escena Martín de Pisuerga—, besa la mano de tu señor.

El quejido de protesta fue unánime en la nave lateral izquierda. Hubo quien se adelantó, y más de uno tuvo que ser sujetado por sus parientes y amigos. Las dos manos de Alfonso de León rodearon la diestra de Alfonso de Castilla. Inclinó la cabeza lentamente, hasta que los labios, temblorosos de ira, encontraron la piel del odiado pariente. Cerró los ojos cuando, con un beso, rubricaba el vasallaje de un reino hacia el otro.

وأنا على ثقة في الله

Un mes después. Valencia

Ibn Sanadid empuñaba su espada con mano sudorosa. Caminaba a pasos largos tras media docena de Ábid al-Majzén, todos armados con sus enormes lanzas. Las sirvientas se apretaban contra las paredes mientras soltaban gritos de terror o se tapaban las bocas. Se oían más chillidos en las demás estancias de la *munya*, pero Ibn Sanadid se obligó a ignorarlas. La comitiva se detuvo ante el salón central de la Zaydía y uno de los guardias negros abrió el portalón.

Nadie. Tan solo una montaña de cojines y varios pebeteros apagados. Ibn Sanadid gruñó antes de dar la vuelta.

—De dos en dos. Registrad el palacio, apresad a todo el que os parezca algo más que un criado y buscad a la esposa del califa. Sobre todo, no le hagáis daño a ella.

Los Ábid al-Majzén obedecieron. Sus cuerpos musculosos y brillantes de sudor se desperdigaron, y el propio andalusí recorrió un pasillo mientras abría puertas y examinaba cada aposento. Más criadas. Esclavas. Despenseros. Se impacientó. Quería acabar cuanto antes, porque se sentía sucio. Él era andalusí, lo mismo que la mayor parte de la gente a la que ahora aterrorizaba. Pero lo cierto era que la fama de los Ábid al-Majzén facilitaba mucho la misión. Todos los guardias con los que se había topado rendían las armas en cuanto veían acercarse a los titanes negros. Al menos se estaba evitando el derramamiento de sangre.

Salió al jardín. Un grupo de muchachas, apenas vestidas con *gilalas*, se arremolinaba junto a un arriate. Se abrazaban temblorosas a pesar del intenso calor. Ibn Sanadid se dirigió a ellas.

—La noble Safiyya. ¿Dónde está?

Una de las mujeres rompió a llorar. Ibn Sanadid miró a su alrededor mientras aguardaba la respuesta. Vio la cítara tirada a un lado del camino de piedrecitas y una bandeja con varios cuencos. En uno de ellos, los restos de vino brillaban con luz rojiza. El andalusí suspiró.

Era lo mismo que había por toda la ciudad. Y aun antes de llegar a

Valencia, entre la gente que sorprendieron tras su desembarco furtivo. Habían cruzado las murallas bajo la luz del alba, mientras los muecines llamaban a la oración. Para su sorpresa, advirtieron que algunos madrugadores hacían oídos sordos al precepto. Abú Yahyá, enfurecido, ordenó a Ibn Sanadid que se dirigiera a la Zaydía mientras él entraba en el alcázar. En esos momentos, el gobernador ar-Rashid ya estaría desgranando excusas ante el visir omnipotente.

—No lo repetiré. —Elevó la espada, y las mujeres se apretujaron aún más. Parecían un rebaño de ovejas arrinconadas por un lobo hambriento—. ¿Dónde está Safiyya?

Una de ellas, de cabello rojo y muy rizado, señaló al edificio central.

—Con el cristiano, en sus…

El bofetón de otra muchacha interrumpió su delación. La agresora era una chica de no más de quince años, de piel tan negra como la de los Ábid al-Majzén. Al pegar a su compañera, su rostro se había contraído en una mueca feroz. Se arrodilló y dulcificó el gesto.

—Mi señor, la noble Safiyya está en sus aposentos. Tú eres andalusí, ¿verdad? —Ibn Sanadid no respondió—. Ten piedad de nosotras. Ten piedad de Safiyya.

Él se adelantó y dejó la punta de su espada a medio codo de la muchacha negra.

—¿Qué es eso del cristiano?

—Piedad —repitió ella—. Piedad, mi señor.

Ibn Sanadid cambió la estrategia. Acercó el hierro al cuello de la chica, pero se dirigió a la pelirroja que había recibido el cachete. Su mejilla izquierda se coloreaba poco a poco a juego con su cabello.

—¿Por qué has dicho que Safiyya estaba con un cristiano? Aclárame eso o vengaré tu bofetada. —Rubricó su intención al apoyar la punta en la piel negra.

—El cristiano… —balbuceó la de los rizos rojos—. El noble… Ordoño… Lo siento, mi…

No la dejó acabar. Retiró la espada sin causar daño y corrió. Ordoño. «Maldito insensato».

Sonaron gritos dentro, pero esta vez no eran esclavas asustadas. Enseguida le llegó el ruido que tan bien conocía. Hierros que chocaban. Apretó el paso y penetró bajo las arcadas. Al fondo, dos guardias negros corrían hacia él, también atraídos por el clamor de la lucha. Torció a la izquierda por un angosto pasillo que se abría a una antesala de paredes alicatadas, y vio al primer muerto.

Era uno de los Ábid al-Majzén, y le habían abierto el pecho desde el hombro derecho hasta el vientre. Su sangre se derramaba en un charco enorme mientras, a su lado, otro guardia negro se batía con Ordoño.

Ibn Sanadid frenó en seco, justo en medio del corredor. Su amigo de juergas adolescentes llevaba puestos unos simples zaragüelles. Se movía descalzo, evitando la pequeña laguna sanguinolenta, y procuraba dejar a su espalda la puerta claveteada al otro lado de la antesala. Él también sangraba por el costado izquierdo, y detenía con la espada los lanzazos bestiales que el africano le largaba a media distancia. Ordoño retrocedió, ligeramente inclinado sobre el lado de la herida. Los otros dos Ábid al-Majzén llegaron tras el andalusí y empezaron a gritar en su jerga selvática. Pronto se les unieron los dos restantes. Solo Ibn Sanadid, obstaculizando el corredor, impedía que los cuatro negros entraran para rodear al cristiano.

—¡Tente! —intentó hacerse oír, pero Ordoño luchaba por vida. Desvió un lanzazo asesino y su espalda chocó contra la puerta. El guardia negro soltó una risotada fiera y se preparó para arremeter con toda su fuerza. Descargó un golpe tan inhumano que la punta de la lanza atravesó la madera e hizo saltar astillas. El cristiano, que había esquivado la muerte por media pulgada, contraatacó con un tajo lateral que agotó sus fuerzas, pero rebanó media garganta del negro. El chasquido de la hoja contra el hueso acalló los gritos de los demás negros. La vida del guardia califal escapó por el corte en un surtidor y su corpachón gigante y fibroso se desplomó. Ordoño intentó desclavar su arma, pero no fue capaz. La caída del negro lo arrastró, resbaló sobre la sangre y acabó en el suelo con el muerto, en medio del charco negruzco. Los demás Ábid al-Majzén decidieron que habían aguardado suficiente. Apartaron sin miramientos a Ibn Sanadid y se desperdigaron por la antesala. Rodearon a Ordoño, dispuesto a machacarlo como a una alimaña. Solo entonces el cristiano vio que el guerrero andalusí estaba allí. Su rostro, crispado por el dolor de la herida, se tornó suplicante.

—Que no le hagan daño… a ella… Por Dios…

—¡Alto! —ordenó Ibn Sanadid—. ¡No lo matéis!

Uno de los guardias negros detuvo la lanzada definitiva. Observó al andalusí con gesto de asombro.

—A ella no… —rogó Ordoño a media voz. Sus ojos se cerraban poco a poco.

Ibn Sanadid se acercó. Repartió miradas entre los Ábid al-Majzén. Los guardias negros, sabedores de que la obediencia y la muerte formaban parte de su trabajo, retrocedieron. El andalusí envainó su arma y se acuclilló.

—Que Satán me lleve. —Se aseguró de hablar en romance, aunque sabía que los guardias negros eran tan discretos como letales—. ¿Qué haces aquí?

—Que no hagan daño… a Safiyya… Tú… Amigo…

Ibn Sanadid examinó la herida del costado. Su experiencia en el campo de batalla le hizo ver que debía detenerse la pérdida de sangre, aunque la lanzada no era mortal. Algo llamó su atención sobre el pecho desnudo de Ordoño. Lo cogió con dos dedos. Una estrella plateada y pequeña, con ocho puntas. El blasón de los Banú Mardánish. El símbolo de un Sharq al-Ándalus perdido. Arrancó el colgante antes de dirigirse a uno de los Ábid al-Majzén en jerga bereber:

—¿Habéis encontrado a alguien de interés? ¿Un visir? ¿Algún escriba? —El guerrero negó en silencio—. Bien, tapadle la herida. Si sufre algún daño, respondéis con vuestra vida.

Se levantó y caminó hacia la puerta claveteada. Ni siquiera intentó arrancar la lanza que traspasaba la madera. Abrió y la vio sentada sobre el lecho. La *gilala* blanca era tan ligera que tanto habría dado si estuviera desnuda, pero a ella no parecía importarle. Como no le importaban las lágrimas que habían dejado surcos en sus mejillas, o el pelo que caía libre como hebras de oro recién fundido sobre sus hombros. Un pebetero despedía sándalo en un rincón, junto a una túnica masculina. El talabarte con la funda vacía yacía sobre una alfombra a los pies del lecho. Ibn Sanadid imaginó la escena que tenía lugar en aquella cámara unos momentos antes de que él y los seis Ábid al-Majzén irrumpieran en la Zaydía. Cerró a sus espaldas.

—Safiyya.

Ella tardó poco en reconocerlo.

—Mi fiel guerrero andalusí. —Sus labios temblaban—. ¿Lo han matado? Dime que no ha sufrido, por Dios.

El jienense se acercó, tomó la mano de la princesa y depositó en ella la estrellita de ocho puntas, aún sujeta a su colgante roto.

—Aún vive, pero no por mucho tiempo.

La lobezna escondió la cara entre las manos y la correíta de cuero colgó junto a su pelo rubio. Fuera, los gritos de las esclavas se confundieron con órdenes recias en lengua africana. Ibn Sanadid dio un paso atrás.

—Él no tiene la culpa, Ibn Sanadid. Fui yo. Estaba harta de todo. Del califa y de sus hombres oscuros y exaltados. —Levantó la cabeza. Los ojos enrojecidos suplicaron a la par que las palabras—. Ayúdame, amigo mío, por lo que nos une. No dejes que nos prendan.

Ibn Sanadid retrocedió un segundo paso. Aquella súplica abría heridas. ¿O reabría viejas cicatrices? La voz de Abú Yahyá tronó en los corredores de la *munya*. No tardaría mucho en presentarse allí.

—No puedo ayudarte, mi señora. Ellos tienen el poder.

La mirada de Safiyya tornó del ruego al reproche.

—Eres andalusí.

—Soy musulmán, como tú. —Señaló con el pulgar hacia la puerta cerrada—. Ordoño es cristiano. Nuestro enemigo. Compréndelo. Tengo una familia que proteger.

La lobezna apretó los dientes.

—El califa ordenará que me maten. Y a Ordoño. Sé que sois… Sé que fuisteis amigos. ¿Es que has perdido el honor?

Ibn Sanadid entreabrió la puerta. La punta de la lanza asomaba por dentro.

—Vístete, mi señora. No diré a nadie lo que hay entre vosotros. No puedo hacer más.

Abrió. El visir omnipotente observaba con rabia contenida los dos cadáveres y el cuerpo herido en el enorme charco de sangre. La antesala se había llenado con más Ábid al-Majzén, y uno de ellos cubría el costado de Ordoño con un paño. Fue este quien se dirigió a Abú Yahyá.

—Nos ha hecho frente, pero el andalusí ha dado orden de respetar su vida.

El visir omnipotente fijó su vista en Ibn Sanadid. No necesitó preguntar.

—Lo he hecho para sacarle información —se justificó el andalusí—. Se ha batido con coraje.

El almohade escupió sobre el charco negruzco.

—El coraje de un traidor acorralado. —Observó el pelo rubio de Ordoño y la hoja encallada en el cuello de uno de los cadáveres—. Esa espada parece cristiana.

—Habló en la lengua de los cristianos —se apresuró a intervenir el guardia negro que detenía la hemorragia—. Pero es verdad que luchó con bravura.

Ibn Sanadid se encogió de hombros.

—Por lo visto, ar-Rashid se ha rodeado de mercenarios infieles. Antes de desmayarse, este me ha confesado que montaba guardia para proteger a la noble Safiyya.

Abú Yahyá arrugó la nariz. No se le ocurrió preguntar por qué el cristiano iba casi desnudo, o por qué se hallaba solo en la Zaydía. No tenía ningún interés en aquella zorra con ínfulas de loba, ni tampoco en las insolentes costumbres andalusíes.

—Ar-Rashid ha sido capturado, al igual que sus visires, para comparecer ante el príncipe de los creyentes y recibir el juicio de Dios, exaltado sea. Con eso cumplimos nuestra misión. Decapitaré al resto de funcionarios mañana, ante los valencianos. Después me marcharé a Málaga. Tú, Ibn Sanadid, haz que prendan a las mujeres de ahí fuera. Que las azoten por ir a medio vestir. Ellas también vendrán. —Señaló a Ordoño con desprecio—. Y ocúpate de que lo curen para interrogarlo hoy mismo, ya que hablas su lengua infiel. A ver si podemos sacar algo de la poca vida que le queda.

—¿Volveré a Málaga contigo, noble Abú Yahyá?

—No. Te quedarás en Valencia para organizar el gobierno hasta que te envíe a alguien de más… confianza. Un almohade de sangre pura, por supuesto. ¿Qué pasa con Safiyya?

—Está aquí. En la cámara.

Abú Yahyá asintió. Observó la lanza clavada en la puerta.

—Ojalá la hubiera atravesado a ella —rezongó—. La puta andalusí me acompañará de regreso a Málaga, por supuesto.

Ibn Sanadid, incrédulo, ladeó la cabeza.

—¿Encadenada, ilustre visir omnipotente?

—Si por mi fuera... Pero no. Pertenece al príncipe de los creyentes. Es la madre de su hijo. —Sorteó el charco de sangre y se colocó muy cerca del andalusí—. Hemos estado a punto de perder mucho por culpa de tus paisanos. El califa confía en ti, pero también confiaba en su hermano. Estoy seguro de que ar-Rashid no se habría atrevido a rebelarse si la lobezna no hubiera estado con él. En cuanto a ti, Ibn Sanadid, ¿guardarás Valencia para el príncipe de los creyentes? ¿O tendré que volver para prenderte y arrojarte a una mazmorra por traidor? ¿Puedo confiar en tu lealtad?

Ibn Sanadid tragó saliva. Pero no por la amenaza del almohade, sino por el reproche de Safiyya un momento antes. «Eres andalusí», le había dicho. Bajó la mirada. ¿Tenía razón Abú Yahyá al desconfiar? ¿Lo convertía eso en un traidor? ¿O lo era por seguir los dictados africanos? ¿Traidor a su tierra, traidor a su familia, traidor a su fe, traidor a la amistad, traidor a sus juramentos? Levantó la cabeza. «¿Es que he perdido el honor?».

Al final, todo resultaba mucho más sencillo.

—Me gusta vivir, noble Abú Yahyá. Puedes confiar en eso.

وأنا على ثقة في الله

AL MISMO TIEMPO. CARRIÓN, REINO DE CASTILLA

El trigo amarilleaba los campos al norte. Pero en la orilla cercana del río, la más próxima a la iglesia de San Zoilo, los chopos formaban una barrera verde. Hasta un poco antes, los sirvientes habían merodeado por allí con sus odres, pero ahora estaban todos en torno al templo, esperando a que la ceremonia concluyera y los señores y prelados castellanos salieran.

Urraca se había apoyado en un chopo, su toca descansaba sobre la hierba. Aquel ropaje negro daba un calor insufrible que no había podido aguantar allí dentro. Esa había sido la excusa para ausentarse, y la reina Leonor la admitió con naturalidad. Antes de salir, Urraca había lanzado una mirada cargada de dulce veneno hacia el arcediano de Palencia, que también asistía al acto. Ahora, mientras el río discurría por la curva muy cerca de la iglesia, la reina viuda de León se preguntaba cuánto tardaría Martín de Pisuerga en reunirse con ella.

Fue menos de lo que esperaba.

—Mi señora doña Urraca, ¿te encuentras bien? He visto que te alejabas y temía que el calor te acarreara un desmayo.

El cisterciense también sudaba bajo el hábito y el escapulario. Urraca sonrió con gracia.

—Mi buen don Martín, me aburro tanto que temo morir. ¿Cuántas semanas más estaremos aquí? Tú al menos vienes y vas, pero yo llevo aquí meses... Y ahora que lo pienso, ¿qué van a decir esas buenas gentes si te ven aquí, junto a una viuda desvalida?

Como si acabara de percatarse, el clérigo miró atrás. Apenas una docena de figuras, todos guardias armados que se movían en torno a San Zoilo, más preocupados en buscar la sombra que en vigilar el entorno.

—A nadie ha de extrañar, mi señora, que un servidor de Dios y una reina tan pía como tú charlen en las cercanías de la casa del Señor.

—Lo dudo, buen Martín. Vivimos tiempos de conspiración. Los reyes no guardan sus palabras y los cristianos tratan con infieles.

Martín de Pisuerga mostró las palmas de ambas manos.

—Es Dios quien dispone. Pero no debes quejarte, mi señora. Ahora mismo, el rey de Castilla rompe la palabra que dio al de León, es cierto. Pero eso te conviene, según creo.

Nueva sonrisa melosa de Urraca.

—Pues claro que sí. Lo último que deseo es ver a mi hijastro desposado con la heredera de Castilla. Supón que nuestro buen rey muriera, Dios no lo permita. Ese usurpador se encontraría con un poder que nos convertiría a todos en sus esclavos. Yo, desde luego, quedaría desamparada. —Miró la corriente con tristeza—. Alfonso de León me perseguiría para acabar conmigo. Y con mi pobre hijo Sancho. —Devolvió la vista a Martín de Pisuerga—. ¿Has pensado en lo que te supliqué, mi buen amigo? Sancho es hijo legítimo del difunto rey Fernando. Su derecho es mejor que el del usurpador.

El arcediano de Palencia amagó una mueca de disculpa.

—Lo cierto, mi señora... es que tu hijo Sancho nació cuando aún no eras la esposa de Fernando. No al menos a los ojos de Dios.

Urraca lo esperaba. Se apartó el pelo negro de la cara con falso descuido.

—A los ojos de Dios, dices. Porque Dios lo ve todo, claro.

—Dudarlo sería blasfemo, mi señora.

Ella asintió, y a continuación se desperezó sobre el tronco del chopo. Al arquear la espalda, los pechos apuntaron al arcediano como ballestas negras cargadas por Satanás.

—Tienes que perdonar mi falta de tacto, buen Martín. —Se alisó el brial con ambas manos—. Son muchos mis desvelos. Pierdo el sueño por mi hijo y también por Castilla. Por encima de todo, me debo a Dios, naturalmente. Como tú. Porque tienes razón en que Él lo ve todo. Sin duda vio que ocultaste la carta de Ordoño de Aza para que no llegara al rey de Castilla. Pero ¿no ha de perdonarte si sirves a la causa de Cristo?

—Ha de perdonarnos a ambos, mi señora. Si oculté esa carta al rey, fue para favorecerte a ti tanto como a la causa de la Iglesia.

—Oh. —La sonrisa dulce se acentuó y Urraca hizo ademán de tomar las manos del clérigo. Se detuvo a apenas unas pulgadas—. Tú, que has renunciado al mundo por Dios, ¿pones en pie de igualdad su servicio con el servicio a mis intereses? Sin duda he encontrado a un gran aliado en ti, buen Martín. ¿Cómo pagártelo? Seguramente habrá algo que pueda hacer…

—Ya te lo dije, mi señora. Aunque me debo a mis hábitos, fui educado como caballero.

—Entonces… —el índice de Urraca subió hasta el escapulario oscuro, y paseó la yema por la superficie de lana. Pudo sentir el estremecimiento de Martín de Pisuerga—, ya que te comportas conmigo como fiel caballero, ¿acaso no puede decirse que, de una forma muy muy inocente, yo soy tu dama?

—De ninguna… manera. Yo… Yo soy…

—Eres mi gran amigo. —El dedo dibujó círculos en la prenda y descendió lentamente—. Y un fiel servidor de Castilla. Castilla, ahora mismo, acaba de desairar a León. La pequeña Berenguela, a quien mi hijastro esperaba como esposa, se compromete en esa iglesia con un príncipe alemán. ¿Qué crees que hará el usurpador cuando se entere? Seguramente pretenderá descargar su rabia contra alguien débil. Una presa indefensa que quede a su alcance. Mis castillos de Monteagudo y Aguilar están en tierras leonesas, protegidos tan solo por huestes de la casa de Haro. ¿Qué hará el rey de Castilla si mi hijastro me ataca? Sin embargo, si mi pequeño Sancho ocupara el trono de León, ¿cuántos quebraderos de cabeza nos ahorraríamos?

Apartó el escapulario y tiró del hábito blanco. Martín de Pisuerga opuso una resistencia tan débil que Urraca ni siquiera detuvo su movimiento. Las manos desaparecieron bajo las capas de lana y la pericia hizo el resto. En el tiempo de un suspiro, la hombría del clérigo se hinchaba entre los dedos de la reina viuda. Todo su mundo de epístolas, sermones y penitencia se conmovió. Los versículos lo flagelaban como un látigo. La voz grave retumbaba en su mente:

Y el cuerpo no es para el fornicio,
sino que es para el Señor;
y el Señor para el cuerpo
y Dios resucitó al Señor,
y nos resucitará también a nosotros por su virtud.

«¿Qué estoy haciendo, Dios mío? ¿Renunciaré a mi resurrección por esto?».

—Espera… Mi señ… Aaaah. No…

Urraca apretó la diestra como si blandiera una daga. La agitó despacio.

—Shhh. Amigo mío, es lo menos que mereces —habló muy bajo y acercó sus labios al rostro de Martín de Pisuerga, cada vez más acalorado. El hábito se sacudió cuando ella aceleró el vaivén.

—No, no, no... Señor... Perdóname, Aaah. Señor...

Pero Urraca no perdonó, y el clérigo silenció su balbuciente plegaria. El arcediano de Palencia llevaba años, muchos, de rezos y abstinencia. Por eso se descargó enseguida, con un ronquido fiero entre los dientes y los dedos clavados en la cintura de la reina viuda. Se dobló sobre ella mientras la mano pecadora seguía deslizándose, exprimiendo con lascivia. Ella acercó la boca a la oreja de Martín y mordió el lóbulo con deleite.

—A fe que tienes alma de caballero. No andas falto de buena lanza, amigo mío. ¿Todo eso lo guardabas ahí para mí?

Martín de Pisuerga no tuvo fuerzas ni para escandalizarse. Resopló como un buey y trastabilló antes de reposar la espalda contra un chopo. El sudor le corría a goterones casi tan abundantes como los otros que aún se vertían bajo su hábito. En cuanto recuperó el resuello, el remordimiento llamó a la puerta sin piedad. Urraca se sacudía la mano sin dejar de sonreír.

—Mi... señora. No has debido...

—Claro que debía, amigo mío. Y esto no es más que una muestra. Si sigues valiéndome como caballero a su dama, da por seguro que te derramarás en más ocasiones. Y no precisamente en mi mano.

Restregó los dedos en la hierba. Recogió la toca negra y la colocó con cuidada elegancia sobre el cabello negro. Lanzó al arcediano un beso antes de alejarse hacia la iglesia de San Zoilo.

وأنا على ثقة في الله

La ceremonia, muy parecida a la de un mes antes, había terminado, y el príncipe Conrado departía muy alegre con el rey de Castilla a través de los intérpretes. El adolescente de piel blanquísima y cabello muy rubio aferraba con orgullo el puño de la espada recién ceñida. A su lado, la pequeña Berenguela sonreía. Para ella, con tan solo siete años, aquello era como una de las historias que le contaban sus ayas. El arzobispo de Toledo había oficiado los esponsales nada más acabar el rito de la caballería, y ahora conversaba con los nobles alemanes que habían acompañado al príncipe Conrado.

Leonor se volvió al observar que casi todos los varones presentes llevaban la vista al pórtico lateral, por donde acababa de entrar Urraca. La reina de Castilla se le acercó.

—Mi querida amiga, te has perdido la ceremonia.

—Te pido perdón, doña Leonor. —Elevó la voz—. Os pido perdón a todos. Tenía tanto calor que me he acercado al río para refrescarme. Es mucho lo que padezco, y mi salud se resiente.

Leonor enfatizó su gesto de preocupación antes de acercarse a la viuda. Estudió con detenimiento sus ojos.

—No pareces enferma, amiga mía. Cuánto te envidio. Incluso en el padecimiento, tu belleza nos supera a todos.

Los altos varones de Castilla confluían desde las naves de San Zoilo hacia el rey Alfonso y al nuevo caballero. Palmeaban con familiaridad la espalda del joven Conrado y le deseaban todo tipo de parabienes cuando la boda se cumpliese. No en vano se hallaban ante quien posiblemente ciñera en el futuro la corona castellana. Uno de los nobles brotó de la arcada y cruzó la nave central. Urraca endureció el gesto cuando reconoció a Pedro Fernández de Castro.

—No sabía que estaba aquí —susurró a Leonor. La reina se volvió.

—Ha entrado a media ceremonia. Creo que lo hace a propósito, para hacerse notar.

Ambas acallaron el cuchicheo. El señor de Castro se inclinó.

—Las dos reinas más hermosas de la cristiandad, juntas. Cuánto embellecéis el mundo, mis señoras.

Leonor agradeció el cumplido con un breve parpadeo, pero huyó hacia su hija y el joven prometido alemán. Urraca, al verse sola, buscó con la mirada a su hermano. Lo localizó al otro lado de la iglesia, en plena charla con los Lara. El tono parecía subido, así que tal vez discutían de nuevo sobre la alferecía. Suspiró y se vio obligada a sonreír a Pedro.

—Joven Castro, nos vemos de nuevo.

—La última vez fue aquí mismo. Y la penúltima, en otra iglesia y en otro reino.

—En San Isidoro, por el funeral por tu padre. Lo recuerdo.

—Tu hijastro, mi señora, también se encontraba allí. Aunque no veía nada porque estaba ciego. Tampoco ha visto lo que ha ocurrido aquí hoy.

Urraca apretó los labios tras el velo.

—Andas bien de memoria, según veo. Pero me han dicho, joven Castro, que de lo que no estás tan bien es de patrimonio. Regalaste tu señorío de Trujillo al rey de Castilla, ¿eh? Gentil dispendio. ¿Tan rico eres que te sobran las tierras?

—Las entregué a quien considero ahora mi señor y rey. Yo soy así: lo doy todo. Lo único que pido a cambio es la misma lealtad.

—¿Y la recibes de Alfonso de Castilla?

—Esperaba más, lo confieso.

Urraca suavizó el gesto. Por un momento pareció la joven dulce y cautivadora de años atrás, cuando era la esposa desconsolada del viejo Nuño Meléndez. Subió la mano con lentitud y levantó el velo hasta liberar los labios.

—Tú eres gran amigo de Alfonso de León. No me hace falta decirte que él es ahora mi peor enemigo. ¿En qué situación nos deja eso a ambos?

Pedro de Castro enfatizó su extrañeza.

—No hay situación entre ambos, si mal no recuerdo.

—Yo tampoco recuerdo mal. —Urraca bajó la voz hasta el susurro—. Y la memoria me trae un momento en el que mi vida estuvo en tus manos. Pudiste haberme arrojado a la desgracia y no lo hiciste... —la mano libre se desplazó lentamente hasta rozar la de Pedro de Castro, pero se apartó al momento—, aunque razones no te faltaban.

Él no se movió. Su simple tacto lo había conmocionado y disfrutaba ahora de la sensación perdida.

—Quise hacerlo, mi señora. Quise delatarte a tu difunto esposo. Decirle todo lo que me contó ese necio juglar mientras recortábamos su cuerpo. Estaba decidido a descubrirte..., pero no pude.

—¿Y por qué?

—Porque eso habría estropeado mis planes.

Aquella respuesta casi le dio miedo a Urraca. Lo que había entrevisto en Trujillo se confirmaba. El joven Pedro de Castro se había convertido en alguien cruel. En un ser violento y obsesionado. Advirtió que su hermano Diego, terminada su cuita con los Lara, se acercaba con cara de pocos amigos.

—La conversación acaba aquí, Pedro. Vete.

—Enseguida. La reina Leonor me hizo una promesa y le voy a exigir su cumplimiento. Solicitaré desposarme contigo. Ahora mismo.

Urraca pudo haber reído. O fingir que se extrañaba. Lo único que hizo fue dejar que el velo cayera de nuevo sobre su boca. Diego de Haro llegó y se dirigió al señor de Castro con voz áspera.

—No deberías hablar a solas con mi hermana. Es reina y es viuda. —Se volvió hacia ella—. Tu hijo, ¿dónde lo has dejado?

Ella endureció el gesto. Advirtió que la reina Leonor, desde las cercanías del altar, observaba la reunión de los dos hermanos en presencia del de Castro.

—Mi hijo está con su aya. Hace demasiado calor...

—Sancho es hijo de rey, Urraca. Lo repites constantemente pero luego lo abandonas en cuanto puedes. ¿Qué clase de madre eres?

Pedro de Castro, asombrado por la discusión entre hermanos, se decidió a intervenir.

—Don Diego, sé más cortés. Has dicho bien: tu hermana es reina. —Señaló con la barbilla al otro lado del templo, donde se hallaban los Lara—. ¿Y tú? ¿Qué eres tú? Ni siquiera puedes mantener el puesto de alférez ante ese desgraciado de Fernando de Lara.

El señor de Haro enrojeció y su mano se posó en el pomo de la espada. La mueca burlona de Pedro no hizo sino empeorar las cosas.

Cuando Diego adelantaba un paso hacia el de Castro, la reina Leonor levantó la voz.

—¡Don Pedro, hazme la merced! ¿Puedes venir un momento?

El señor de Castro dedicó un gesto desafiante a Diego antes de alejarse hacia la reina de Castilla, que se hallaba en el corro donde la más alta nobleza charlaba con los embajadores alemanes. Justo en ese instante, el arcediano de Palencia entró por el pórtico lateral, el que daba al río. Pedro de Castro apenas reparó en los coloretes que adornaban las mejillas del clérigo, o si lo hizo, lo achacó al calor. Leonor Plantagenet se apartó de su esposo y de los jóvenes prometidos y recibió a Pedro con una mirada de reproche. Le reprendió en voz baja.

—¿Por qué te empeñas en enfrentarte a todos? ¿Por qué te empeñas en dividirnos?

—¿Yo? Si no hace falta. Tus fieles señores se bastan solos para eso.

Leonor inspiró despacio y cerró los ojos. Cuando los abrió, la simpatía había retornado a ellos.

—Don Pedro, mi esposo te respeta y yo también. Tu familia es tan noble como la que más, pero tú te obstinas en ser un... renegado. La guerra civil acabó hace mucho tiempo y los roces con León también. Mi esposo perdonó a los Castro. ¿Por qué no haces las paces con los Lara? ¿Por qué no dejas de confundir al señor de Haro? —Señaló al arcediano de Palencia, que ahora rezaba apartado, en un rincón del templo—. Fíjate en él. Está convencido de que eres un aliado de Alfonso de León, y ahora es a Martín de Pisuerga a quien mi esposo presta oídos.

—Alfonso de León es amigo mío desde que levantaba una vara del suelo. Él no es su padre. Y tú misma acabas de decirlo: ¿acaso no hay paz y amistad ahora entre los dos reinos?

—La hay. Pero es una amistad forzada, y el vasallaje que ese joven rey prestó a mi esposo es tan débil que podría romperse enseguida. Tal vez cuando sepa lo que ha ocurrido hoy aquí.

Pedro de Castro se encogió de hombros.

—El engaño no es bien recibido jamás.

—Cierto. La cuestión es: cuando el rey de León se enfurezca al conocer que ha sido burlado, se verá tentado de enemistarse con Castilla. Y lo hará o no dependiendo de sus valedores. Hay alguien que desequilibra la balanza, y ese eres tú.

—Yo... Claro.

—Pedro —la reina se permitió apoyar una mano, blanca y de dedos largos, sobre el hombro del señor de Castro—, Alfonso de León estará con Castilla si no cuenta contigo. Dímelo, Pedro. Dime que León no contará contigo.

El de Castro miró a su alrededor. Nadie parecía atender a su conversación con la reina. En el centro de la iglesia, los nobles castellanos y alemanes reían y charlaban sobre batallas. Algo apartados, Diego y

Urraca de Haro continuaban su discusión en voz baja. En el rincón más oscuro de San Zoilo, Martín de Pisuerga rogaba a Dios como si hubiera cometido el más oscuro pecado. La vista de Pedro volvió a los ojos cambiantes de Leonor Plantagenet.

—Desde que llegué a Castilla, mi reina, lo único que he recibido son sonrisas y adulación por parte de unos, ofensas y desafío por parte de otros. Pero nadie se ha atrevido a darme nada, como nadie se ha atrevido a quitármelo.

Ella entornó los párpados.

—¿Y qué es lo que quieres en verdad, Pedro? ¿La alferecía? Puedo convencer al rey. Ni Fernando de Lara ni Diego de Haro llevarán su ira más allá de unas semanas si se te nombra alférez, porque yo misma los apaciguaré. ¿Quieres ser mayordomo real? También puedo conseguirlo. O si te place, pide un señorío a cambio de las tierras de Trujillo que regalaste a mi esposo. Él te entregará todo lo que tome al infiel, de la Sierra Morena hasta el mar. Serás el hombre más poderoso de Castilla, solo después del propio rey. Pide, Pedro. Pide a cambio de permanecer con nosotros.

El señor de Castro sintió que se le erizaba el vello. El hombre más poderoso de Castilla... Volvió a recorrer con la vista el templo. Los Lara rechinarían tanto los dientes que tendrían que alimentarse de sopa el resto de sus vidas. Y Diego de Haro dejaría de tratarlo como a un compañero de juergas con el que se emborrachaba un día y peleaba al siguiente. Hasta Martín de Pisuerga se abstendría en adelante de mirarlo como si fuera el mismo diablo. Su vista se posó en Urraca. En los reflejos de los velones que recorrían la seda negra y dibujaban sus curvas. Sonrió. Por una vez, quizá la primera en toda su vida, Dios parecía ponerse de su parte.

—Quiero...

—¿Sí, Pedro?

—... que cumplas lo que prometiste, mi reina.

Leonor arrugó el ceño.

—¿Lo que prometí? ¿Qué prometí, Pedro?

—Me prometiste un buen acuerdo de cama. Uno que sirviera a Castilla. ¿No recuerdas? Pues bien. Mi matrimonio con Jimena queda en nada, puesto que ni siquiera hemos consumado. Te pido... No, te exijo la bendición para desposarme con la mujer que siempre he amado.

La reina ladeó la cabeza. ¿Solo era eso? ¿Nada de cargos ni de tierras? ¿Un matrimonio? Le apenó pensar en la pobre Jimena, pero su curiosidad pudo más. La mujer que siempre había amado, acababa de decir el señor de Castro. No pudo evitar que una sonrisa de picardía adornara su pecoso rostro.

—¿Qué mujer es esa?

Pedro acercó la boca al oído de la reina y susurró su nombre.

الله في
ثقة على وانا

50
PENITENCIA

CINCO MESES DESPUÉS, PRINCIPIOS DE 1189. TOLEDO

Martín López de Pisuerga podía ufanarse de ser el súbdito más influyente del rey de Castilla. Este no le habría negado ninguna petición… en caso de que el clérigo pidiera algo.

Nada de pedir. Nada de lujos. El arcediano de Palencia y primer consejero real era uno de los nuevos soldados de Cristo. Como cisterciense, amaba los cánones de su regla. Luchaba contra sus vicios y sus malos pensamientos. Se apartaba de la tentación. O eso quería creer.

Nevaba sobre Toledo. Si la oscura celda de Martín de Pisuerga hubiera tenido algo más que aquel ventanuco diminuto, habría podido ver las columnas de humo que ascendían entre los copos gruesos. Su vaho se condensaba conforme abandonaba su boca al ritmo de las oraciones. Tenía frío. Mucho. Pero eso formaba parte de la penitencia.

Vivir en el alcázar de Toledo, la residencia de los reyes, no había sido un obstáculo para escoger un cuartucho apartado y convertirlo en su celda. En la morada de un auténtico servidor de Dios. Nada le interesaba a él el tipo de vida que llevaban otros clérigos como el mismo arzobispo de Toledo. Martín de Pisuerga, en realidad, despreciaba al primado Gonzalo Pérez. Su más que evidente gula, su dejadez en los asuntos de Dios y de los hombres, el lujo con el que vestía o decoraba el palacio arzobispal… Él no era así, desde luego. Ni siquiera tenía camastro en el que descansar su espalda dolorida. Dormía sobre el suelo, frío y duro como debería ser su determinación cisterciense. La blandura hacía olvidar la solidez de los clavos que atravesaron la carne del Señor, decía siempre Martín de Pisuerga. Y remataba su reproche con las palabras de san Bernardo: los espíritus afeminados y sumidos en la molicie mujeril no encuentran a Cristo crucificado.

Eso lo atormentaba más que los azotes.

Porque el santo que idolatraba no se había limitado a detectar en la mujer al mismísimo Satán. Además, había proporcionado la receta para librarse de su maligno influjo. Lo que convenía al espíritu tentado era el ayuno, la vigilia, el trabajo y, sobre todo, el cilicio.

Las cuerdas que apretaban sus muñecas y tobillos eran lo de menos. Los nudos se clavaban con cierta compasión y solo con el roce continuo despellejaban su piel. Pero la doble lazada de esparto alrededor de su miembro era otra cosa. Cada vez que recordaba a Urraca, el suplicio se volvía insufrible. Martín de Pisuerga se mordía los labios hasta hacerlos sangrar. Sudaba como si se hallara en pleno estío, por mucha que fuera la nieve que se acumulaba fuera. Se encomendaba a Dios entre gemidos de dolor. Se desplomaba con los dedos entrelazados. Pero allí estaba ella otra vez. Y el sonido del agua que fluía junto a la chopera. Su mano deslizándose bajo el escapulario y el hábito. Sus dedos rozando la piel. Las paredes de la celda eran suficientemente gruesas para ahogar los gritos, pero Martín de Pisuerga no podía ocultar su aspecto. Había adelgazado y bajo sus ojos colgaban bolsas oscuras.

Aquella mañana resultaba especialmente dolorosa. El consejero real se había despertado a la hora prima con una enorme erección bajo la camisa, así que arrojó el cobertor a un lado y corrió a atarse el cilicio. Mientras tiraba de los extremos, por su cara rodaban lagrimones mayores que los copos de nieve que sepultaban Toledo. Había soñado con ella, claro. Todavía lo recordaba, y eso era lo peor. Casi podía sentir la suavidad de sus manos. Su forma de moverlas, con delicadeza y pasión al mismo tiempo.

«No. No debes pensar en ello —se decía—. Concéntrate en el dolor. El dolor. El dolor».

Era inútil. Cayó de rodillas y tiró del camisón para desnudar su espalda. Tanteó a oscuras bajo la mesa, único mobiliario de la celda junto con un escabel bajo, una jofaina y el crucifijo que colgaba de la pared. Por fin halló lo que buscaba. Aferró el cordel salpicado de anillas y golpeó hacia atrás, por encima del hombro. El primer latigazo le arrancó un siseo largo. El segundo rebotó sobre una llaga reciente y la reabrió. Con el décimo, la sangre goteaba sobre la piedra. Había perdido la cuenta cuando su miembro se olvidó de Urraca y se reblandeció entre los nudos de esparto.

Suspiró. Esa mañana lo había logrado, pero otras veces no lo conseguía. En esas ocasiones, cuando casi no podía sostenerse tras el castigo brutal del flagelo, se rendía al diablo. Se arrancaba la cuerda y se masajeaba. Cerraba los ojos. Imaginaba que la mano que frotaba su hombría no era la suya propia, sino la de Urraca. Sabía que un acto tan impuro le acercaba a las llamas del infierno, pero evocar a aquella mujer era la única forma de abreviar. Tras vaciarse sobre el suelo llegaba el remordimiento. Solo después el descanso.

Pero cuando su mente se relajaba, tanto si lograba vencer al diablo como si cedía a la masturbación, ella seguía presente. No tenía más remedio que pensar en lo que Urraca le había pedido. La regla lo advertía: no por huir de la batalla se libraba uno del poder del enemigo.

Aquella mañana, mientras limpiaba el suelo con el mismo cobertor con el que había restregado sus heridas, lamentó que doña Urraca siguiera empecinada en evitar el convento. Su boca se arrugó en un rictus de amargura. ¿De veras lo lamentaba? Sí, claro. Era fácil convencerse de ello ahora que Satán le daba un respiro. Pero en sus sueños se alegraba de que Urraca no se hubiera encerrado todavía en un monasterio perdido.

Martín de Pisuerga se vistió con movimientos lentos, evitando que el hábito rozara en demasía las llagas. Recorrió el alcázar y salió a la nevada mientras las campanas de San Vicente repicaban. Se encontró con Diego López de Haro, el hermano de su perdición. El alférez real caminaba acompañado de un par de hombres de armas que le servían de escolta. Martín de Pisuerga ahogó un quejido al saludar al noble con una breve inclinación.

—Buen día, don Diego.

—A la iglesia de San Vicente, ¿no es cierto?

—Como todas las mañanas.

El señor de Haro asintió e invitó al clérigo a andar a su lado. Los copos se derretían sobre la tonsura del arcediano mientras que el alférez se cubría el pelo con la capucha de un pesado manto de nutria.

—Si no te importa, don Martín, me gustaría que habláramos mientras nos llegamos hasta misa.

—Por supuesto.

—¿Qué te pasa? ¿Estás enfermo?

Martín de Pisuerga negó con displicencia.

—Achaques de un cuerpo atormentado por la expiación. Nada que llegue a la mitad de lo que un pecador merece.

—Bien. —El alférez miró atrás y, con una orden silenciosa, su escolta se rezagó. El noble y el cura caminaron por los callejones, con la nieve crujiendo bajo sus pies y los toledanos madrugadores apartándose a su paso—. Don Martín, ambos sabemos que te has convertido en voz imprescindible para las decisiones de nuestro rey.

—Soy un simple consejero.

—Todos lo somos en la curia, pero las palabras de unos pesan más que las de otros. Ni siquiera yo influyo tanto en el rey como tú. Ni los Lara, ni el arzobispo Gonzalo…, ni la propia reina. Y ahora que hablamos de esto, aún no te he agradecido tu… trabajo para convencer a don Alfonso. Supongo que a Fernando de Lara le costó soltar el cargo que me pertenece. Quiero también agradecerte que el rey me haya concedido los señoríos de La Rioja y Castilla Vieja. Sé que ha sido cosa tuya.

—Al césar lo que es del césar. Tus méritos en León han sido muchos. Y tampoco fue tan difícil apartar al Lara. —Lo cierto era que el conde Fernando apenas protestó cuando, a finales de verano, el rey había decidido que el puesto de alférez regresara al señor de Vizcaya. Y Martín de Pisuerga había tenido la palabra definitiva en ello, como siempre en los últimos tiempos.

—Bien. Pues hay algo que un césar reclama y que... no le pertenece.

—Ah.

—Don Martín, estoy hablando de mi hermana.

Los cilicios se volvieron dolorosamente presentes. El arcediano silbó entre dientes y se apoyó en un murete. Diego de Haro se detuvo para esperarle.

—La reina doña Urraca. —Martín de Pisuerga lo dijo con lentitud. Como si cada sílaba fuera un paso al borde del abismo—. ¿Qué reclama ese césar?

—Lo sabes muy bien. Reclama para su hijo el trono de León. Intenté disuadirla incluso antes de que su hijastro fuera coronado. La convencí para abandonar el palacio de su difunto esposo y trasladarse a Carrión. He tenido que guarnecer los castillos de su dote porque temo que ocurra una desgracia, aunque cada mañana despierto tentado de ordenar a mis huestes que los desamparen.

—Esos castillos pertenecen a tu hermana, don Diego. Tiene derecho a retenerlos.

—Están en tierras leonesas. La presencia de mis hombres allí es una provocación. Pero no negaré que, en razón de ley, estás en lo cierto. No obstante, debes reconocer que es un juego peligroso. El rey de León ya está enfurecido por el engaño de sus esponsales con Berenguela y el vasallaje al que le obligaste en Carrión. Ahora son los estandartes del alférez real de Castilla los que ondean en Monteagudo y Aguilar. Si hubiera algún... accidente, podríamos entrar de nuevo en guerra.

Martín de Pisuerga pareció recuperarse de sus achaques y continuó la marcha, esta vez más despacio. La nieve cuajaba sobre la capa de lana y empapaba su cara.

—Bueno, no hay nada que yo pueda hacer. O tal vez no lo desee. El rey de León es, con toda seguridad, digno hijo de su padre. Lo vi en sus ojos cuando se humilló en San Zoilo. Preferiría servir al miramamolín si con eso pudiera vengarse de Castilla. ¿Alguien así no merece que le hagan la guerra? Combatir en la senda de Dios es siempre más provechoso que una paz inmerecida. Además, tu hermana ha dejado clara su intención de no recluirse en un convento.

—Si fuera el propio rey de Castilla quien se lo ordenase, ella vestiría los hábitos.

El arcediano volvió a detenerse.

—Tal vez no quiere renunciar a los placeres terrenales. —Se arrepintió en cuanto terminó de decirlo porque, en la imagen fugaz que acababa de atravesar su mente, él era quien proporcionaba a Urraca aquellos placeres terrenales. Sintió una punzada de esparto en el miembro viril.

—Eso no puede ser. Mi hermana ha estado casada dos veces, la última de ellas con un rey. Nadie se atreverá a pretenderla.

«Te equivocas, alférez —pensó Martín de Pisuerga—. Hay uno que la pretende. Y el pago que ha puesto sobre la mesa es tan suculento que tal vez la consiga. Falta por saber si ella accedería».

—¿Crees, don Diego, que tu hermana estaría dispuesta a contraer nuevo matrimonio?

El señor de Haro se pellizcó la barbilla. Ni él ni el clérigo se habían dado cuenta, pero la nevada arreciaba y ambos seguían detenidos, acumulando copos mientras los hombres de armas se aterían a diez varas.

—Mi hermana es capaz de todo, don Martín. De todo.

«De todo. —El clérigo cerró los puños, y ahora fueron los cilicios de las muñecas los que le recordaron su condición de pecador de la carne—. Por supuesto que es capaz de todo. Lo sé muy bien. Mi piel mortificada lo sabe muy bien. Y también sé quién la pretende como esposa».

Aunque no podía desvelarlo. La reina Leonor se lo había dicho en confesión, porque ella misma se veía tentada de casar a Urraca con el señor de Castro. Y se sentía por ello como si la vendiera al mejor postor, porque tal matrimonio alejaría del rey de León a la poderosa casa del Renegado. Todas las huestes de Pedro pasarían a servir sin fisuras a Castilla, y la balanza quedaría definitivamente desequilibrada a su favor. Pedro de Castro. Tan apuesto. Tan aguerrido. Al frente de sus tropas, con su loriga brillante, su legendaria hacha y los cascos de su caballo levantando polvo. Aquel insoportable representaba lo que Martín de Pisuerga no había podido alcanzar. Y lo peor era que, realmente, el matrimonio con el señor de Castro garantizaría a Urraca un inesperado poder para oponer a su hijastro. Tal vez ella accediera. Tal vez se casaran, y ambos se jurarían amor ante un altar. Imaginó sus vidas cambiadas. Imaginó que él era Pedro de Castro y que, espada al cinto, desposaba a Urraca. Imaginó que le arrancaba el brial y la arrojaba sobre el lecho. Imaginó los pezones endurecidos por sus pellizcos.

—¡Cristo crucificado! —Martín de Pisuerga se dobló hacia delante. Diego de Haro tuvo que sujetarlo.

—¿Tan mal estás? El rey cuenta con buenos galenos, deberías hacerte ver por uno.

El arcediano gruñó. Sintió los nudos de esparto. Cada pequeña rugosidad. Cada costra de sangre seca, endurecida y clavada en la piel suave de su miembro. ¿Qué era más áspero? ¿Los celos o el cilicio? Urraca. Maldita Urraca.

—Hablaré con el rey… —balbució—. Tu hermana no… tomará nuevo matrimonio. —«No dejaré que sus manos toquen a otro hombre».

—¡Bien! Gracias, don Martín. También has de hacer que se aparte del mundo. ¿Qué tal el monasterio de Cañas? Mi madre se retiró allí cuando…

—¡No! —El clérigo seguía inclinado. Se masajeaba los muslos a través del hábito, temeroso de frotar el verdadero foco de su dolor—.

Quiero decir… —Levantó la vista llorosa—. ¿Tanto miedo tienes de la guerra con León? —Se incorporó poco a poco. Sus labios temblaron al tomar aire, aunque al alférez no le pareció que fuera por frío—. Si lo pienso bien, cada vez veo más ventajas en arrojar a ese fantoche de su trono y sentar en su lugar a tu sobrino Sancho.

Diego de Haro cerró la boca con fuerza. Su mandíbula se afiló bajo la barba surcada de copos.

—Lo que insinúas sería un desastre. Piensa en la gente que moriría.

—Mártires castellanos que subirían al paraíso por luchar en el camino del Señor. Pecadores leoneses que alimentarían las llamas eternas de Lucifer. Justicia en ambos casos.

—Pero…

—El rey de León ha de demostrar a quién sirve. Al bien o al mal. Mientras Urraca esté en el mundo, ese usurpador temerá por su trono.

La cuerda se hundió de nuevo en su piel y volvió a encogerse con un gemido. Porque en realidad, Urraca debía permanecer en el mundo para que un día deslizara su mano bajo el hábito de lana cruda y la cerrara en torno a su miembro. El gemido se convirtió en grito cuando la imaginó arrodillada a sus pies. Penitente. Como él ahora. Pero sin sangre. Solo los labios húmedos de Urraca, como la nieve derretida que resbalaba por sus mejillas. Y su lengua larga y perezosa, mucho más suave que el esparto. Se acuclilló ante la mirada sorprendida de Diego de Haro.

—Los hombres de Dios sois extraños. —Gruñó una orden a sus hombres y se retiraron de vuelta hacia el alcázar. Al alférez de Castilla se le habían quitado las ganas de oír misa.

الله فــي
قثــق ىعل وانــا

Al mismo tiempo. Rabat

El paso del tiempo reforzaba en Yaqub la convicción de que todo lo que había hecho le llevaba a cumplir su destino. Todo, desde su aprendizaje con Abú Yahyá en las montañas y sus expediciones para aplastar rebeliones hasta la última campaña, la que le había granjeado el sobrenombre con el que se le empezaba a conocer por todo el imperio: al-Mansur.

Al mismo tiempo, las acciones oscuras se diluían en su mente. Para él, la muerte de su padre se debía cada vez más a los ballesteros portugueses, y no a su misericordiosa ayuda en la marcha de regreso a Sevilla. Lo que quedaba de Yusuf era la fama de un piadoso príncipe de los creyentes. Un constructor y un amante de la sabiduría.

Uno de los mayores aciertos de su padre, desde luego, había sido continuar el proyecto de Abd al-Mumín en Ribat al-Fath. A Yaqub, asomado a un ventanal en el palacio, le gustaba el aire fresco que traía el Atlántico. Le encantaban la limpieza y la rectitud de líneas. Cuánto se diferenciaba aquella nueva ciudad de la vieja Marrakech. Marrakech, heredada de los impíos almorávides, se apretujaba en sus murallas. La gente se hacinaba y la desbordaba. No era de extrañar que la peste de doce años atrás se hubiera cebado con la capital.

Pero ¿y si trasladaban esa capital? Rabat era puramente almohade. Lo era la silueta del minarete a medio construir, la altura de sus murallas y la solidez de sus torres, las calles largas que la cruzaban, y hasta las acequias que la regaban y apagaban su sed desde la fuente de Gabula. Estaba bien abastecida. Disponía de un gran embalse artificial, del cercano bosque de Mamura, repleto de madera, de inmensas reservas de trigo y cebada y de un hermoso río, el Bu-Raqraq.

Dios y guerra. Los escribas al servicio del Majzén decían que, con esas dos palabras, el difunto Yusuf se había referido a la ciudad. Un punto de reunión para los ejércitos almohades que se dirigían a la península de al-Ándalus. Y ahora, cuando el problema de los Banú Ganiyya había recibido solución, la prioridad de Yaqub al-Mansur volvía a estar al norte del Estrecho.

—Oigo pasos, príncipe de los creyentes. Ya llegan.

El califa suspiró. Se apartó de la ventana y se volvió hacia la figura solitaria que permanecía en pie tras él. Ibn Rushd, rescatado de su ostracismo para regresar a la corte almohade con honores. Yaqub asintió al andalusí y pasó a su lado para tomar asiento entre los cojines. Se acomodó, extendió la capa negra a su alrededor y enderezó la espalda. Sí, él también oía el retumbar de pisadas en los corredores del palacio. La comitiva que regresaba de al-Ándalus venía ligera. Habían tardado muy poco en cruzar el puente de barcas desde la orilla norte, donde se alzaba la vieja Salé, y en atravesar la medina hasta la alcazaba. Sus fieles tenían tantas ganas de verle como Yaqub de verlos a ellos. El primero en entrar sería él, desde luego.

Los Ábid al-Majzén abrieron los portones y las expectativas del califa se cumplieron como si el propio ángel de sus sueños las hubiera anunciado. Abú Yahyá pasó entre los dos guardias negros, anduvo hasta el centro del salón y se inclinó con ceremonia, aunque sin apartar la mirada de los ojos de Yaqub.

—Príncipe de los creyentes. Dios te alargue la vida y te premie con el paraíso. Tu primer visir, tu más fervoroso siervo, se presenta con tus órdenes cumplidas.

Abú Yahyá dedicó una corta mirada a Ibn Rushd y se hizo a un lado. Varios Ábid al-Majzén se repartieron por la estancia con las lanzas empuñadas mientras otros arrastraban con cadenas a los cautivos. Uno de ellos, el más joven, fue obligado a caer de rodillas ante el califa. Este cerró los ojos en un gesto de pesar y habló con gravedad.

—Umar ar-Rashid, mi propio hermano. ¿Vienes a la reunión de nuestra familia? Nuestros tíos Abú-l-Rabí y Abú Ishaq ya llegaron. Te esperan en una mazmorra.

El joven cautivo arrugó el entrecejo. Llevaba las manos atadas a la espalda, tras la túnica sucia y desgarrada, y los pies descalzos acumulaban una costra de polvo y sangre seca.

—Príncipe de los creyentes, todo es mentira.

—¿Todo? ¿Qué es todo?

—Aquello de lo que me acusan. No me he levantado contra ti. Tal vez haya tomado algunas decisiones… erróneas. Pero eso no me convierte en traidor.

Yaqub negó con gesto fatigado. Se volvió hacia Ibn Rushd.

—¿Qué es más difícil de soportar? ¿La mentira o la traición?

El cordobés se inclinó hacia el califa.

—Es tu hermano, mi señor. Lleva la sangre de Abd al-Mumín. Y es muy joven. ¿Puedo recomendarte clemencia?

Yaqub regresó la mirada a ar-Rashid.

—Mi consejero andalusí me recomienda clemencia, hermano, en honor a que llevamos la misma sangre. Puede que le preste oídos, pero antes he de obtener la verdad. ¿Me la darás?

Los labios del muchacho, cuarteados por el frío y la humedad durante el viaje, temblaron antes de contestar.

—Soy inocente.

El califa se dirigió a Abú Yahyá.

—Degüella a uno de esos.

El visir omnipotente no se hizo repetir la orden. Desenfundó el cuchillo *gazzula* y agarró por la túnica parda al preso más cercano, un orondo andalusí que ni siquiera tuvo tiempo de suplicar. Su sangre empapó el suelo del aposento y su corpachón cayó entre convulsiones. Los demás cautivos, todos visires del depuesto gobernador del Sharq al-Ándalus, se dividieron entre los que gimoteaban y los que suplicaban. Los Ábid al-Majzén silenciaron a todos a patadas. Ibn Rushd, aunque pálido, mantuvo el gesto neutro. El califa se inclinó hacia delante y bajó la voz hasta convertirla en un siseo.

—Bueno, hermano, he aquí el resultado de la mentira. Mi fiel Abú Yahyá seguirá rebanando cuellos hasta que el único traidor vivo en esta sala seas tú. Después, su cuchillo empezará a cortarte. ¿Cuánto podrás aguantar? No me gustaría que te reunieras con nuestros tíos sin manos ni pies.

Ar-Rashid empezó a sollozar. Las lágrimas abrieron surcos en el rostro manchado de tierra. Abú Yahyá miró interrogante a Yaqub mientras se acercaba al siguiente cautivo, que intentó apartarse. Dos guardias negros lo sujetaron, y el tipo empezó a gritar.

—¡Fue él, príncipe de los creyentes! ¡Él nos convenció para guardar silencio! ¡Yo soy un fiel siervo del Tawhid! ¡Clemencia, mi señor! ¡Clemencia!

—Degüéllalo, Abú Yahyá.

El visir preso chilló como los cerdos que mataban los infieles, hasta que solo pudo emitir un gorgoteo. Los Ábid al-Majzén lo soltaron para que se desangrara en el suelo. Ar-Rashid redobló su llanto.

—Por favor... Somos hermanos...

—Y esa es la razón de que sigas entero. Pero debes comprenderlo: necesito la verdad. Solo cuando la tenga podré descansar. Creo que mi ira se apaciguará.

—Está bien... —Ar-Rashid sorbió los mocos—. Sí, es cierto. Yo... tuve miedo, hermano. Dijeron que habías muerto. Que tu ejército había sido derrotado por los mallorquines y que tu cadáver se pudría en un desierto de sal. ¿Qué podía hacer? Estaba desamparado. Esos malditos comedores de cerdo no hacían más que algarear y acercar huestes a la frontera... Me decidí a tratar con ellos. Pero desistí cuando supe que estabas vivo, Dios sea ensalzado.

—Abú Yahyá, mata a ese de ahí. El que aparta la mirada.

El visir omnipotente tuvo que emplearse con el cuchillo *gazzula* porque el condenado apretó la barbilla contra el pecho. Los dos guardias negros que lo inmovilizaban acabaron salpicados de sangre.

—¡Noooo! —Ar-Rashid se dobló hasta que su frente tocó el suelo—. ¡Por favor, hermano! ¡Por favor!

—Me han dicho que el libertinaje se adueñó de Valencia y de Murcia. —Yaqub buscó la confirmación en Abú Yahyá, que asintió mientras limpiaba su arma en las ropas del tercer muerto—. Que las mujeres caminaban destocadas por la calle. Que se amancebaban en público. Que no se respetaban las prohibiciones. ¡Si hasta dicen que se bebía vino! ¿Es cierto todo eso, hermano?

—S-sí. Es cierto. —La voz de ar-Rashid salió apagada mientras sus lágrimas y su saliva regaban el suelo—. Es todo cierto. Es la verdad... Ya la tienes. Por favor, clemencia.

—¿Pensaste en aliarte con el rey de los castellanos?

El joven cautivo alzó la mirada. Dudó un instante.

—Abú Yahyá, ese. El de la nariz larga.

Los gritos de los presos regresaron, y las patadas de los Ábid al-Majzén también. Esta vez, para ahorrarse el engorro, el visir omnipotente apuñaló en el pecho al señalado, lo retuvo antes de caer y le rebanó el cuello de lado a lado.

—¡Sí! —reconoció ar-Rashid—. ¡Ofrecí una alianza a Alfonso de Castilla! ¡Pero no contestó! ¡Es toda la verdad! ¡Clemencia!

Yaqub, satisfecho, se incorporó. Su hermano pequeño volvía a pegar la cara contra el suelo y gimoteaba. Tras él, los visires supervivientes esperaban espantados, con las miradas puestas en los muertos y en los enormes charcos de sangre que inundaban la estancia. El califa habló con Ibn Rushd:

—Sé que no es de tu agrado, andalusí. Pero ya ves. El miedo resulta útil.

El cordobés, tan blanco como las canas de su mostacho, asintió.

—Ya tienes lo que querías, príncipe de los creyentes. Mándalos a prisión y demuestra que también puedes ser misericordioso.

—Ah. —El califa sonrió y posó la mano sobre el hombro de Ibn Rushd—. Menos mal que, además de contigo, cuento con mi querido Abú Yahyá. Me gusta que seas tan apacible. Tan... conciliador. Eres un buen siervo, andalusí. Me sirves bien muchas veces. Pero hay trabajos que jamás podré encargarte. Fíjate bien. —Se volvió hacia el visir omnipotente—. Que se lleven a mi hermano a las mazmorras. Ocúpate de que se reúna con los traidores de mis tíos. —Regresó la vista a Ibn Rushd—. ¿Así está bien?

—Gracias, mi señor. En cuanto a los demás cautivos, creo que han recibido suficiente escarmiento. Permite que vivan y te servirán con fidelidad redoblada. Aún pueden ser útiles.

Yaqub meditó la propuesta. El visir omnipotente ya daba órdenes para trasladar a ar-Rashid a las mazmorras de la alcazaba.

—Tienes razón, andalusí: aún pueden ser útiles. Por hoy, mi ira está saciada. —Levantó la voz para que todos la oyeran—. ¡Nos llevaremos a estos perros con nosotros, a Marrakech. Allí decidiré qué utilidad puedo darles!

El califa dio un par de palmadas y los guardias negros tiraron de los cautivos. Dejaron huellas sanguinolentas en el suelo y en el corredor. Las de ar-Rashid, que arrastraba los pies, fueron las más largas y pesarosas. Cuando en la estancia solo quedaban Yaqub, Ibn Rushd y Abú Yahyá, este sorteó la inundación de sangre y se acercó al estrado.

—Había más implicados, pero de bajo rango. A los hombres los dejé encerrados en Málaga, a la espera de tu decisión. Servirán para las obras del puente. A las mujeres las vendí para pagar nuestro viaje. Esta traición miserable no merece que el tesoro almohade gaste un solo dírham.

Yaqub asintió con entusiasmo.

—Bien hecho, amigo mío. ¿Ha quedado asegurado todo?

—Sí. Ibn Sanadid se hizo cargo de Valencia hasta que le envié a puros almohades y fuerzas masmudas para las guarniciones.

Fue Ibn Rushd quien preguntó por ella:

—¿Se encuentra bien la esposa del califa?

Yaqub y Abú Yahyá se sostuvieron una mirada que el andalusí no se atrevió a interpretar.

—La noble Safiyya está de regreso en la alcazaba de Málaga, donde cuida del pequeño Idrís, como es su deber. No sufrió ningún daño.

Para llegar hasta ella, en una repugnante *munya* valenciana, tuvimos que derrotar a un mercenario cristiano que la guardaba.

Aquello llamó la atención del califa.

—¿Un mercenario cristiano? Vaya. La traición de mi hermano llegó más lejos de lo que pensábamos. Bien, es momento de regresar a Marrakech por muchas ganas que tenga de quedarme aquí. Pero quiero que me vean. Que se postren ante mí. Los que guardaron la esperanza se alegrarán, y quienes confiaron en mi muerte se entristecerán.

»Además, ya hemos retrasado demasiado el momento. Ifriqiyya ha vuelto a mi obediencia y las arcas se reponen gracias a tus gestiones, Ibn Rushd. A partir de ahora, solo miraremos al norte. Lo ocurrido con mi traidor hermano es una muestra del peligro que acecha a al-Ándalus. La próxima vez que honre a esta ciudad con mi presencia, será para reunir a los ejércitos de Dios.

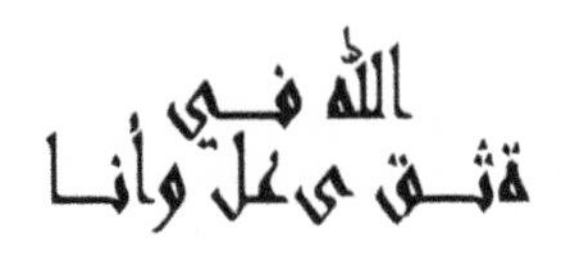

51
LA REINA OBSTINADA

Cinco meses más tarde, primavera de 1189. Burgos

La audiencia real había empezado de buena mañana en uno de los palacios que Alfonso de Castilla poseía en el barrio de La Llana. A pesar de la estación, el día había amanecido fresco, y la humedad saltaba las murallas y se filtraba hasta por las rendijas. El más aterido con ventaja parecía Martín de Pisuerga, que se erguía a la izquierda del trono. Aunque erguirse era un eufemismo para indicar la pose del arcediano de Palencia, que con frecuencia se curvaba sobre el bajo vientre y apretaba los labios en un rictus de dolor. Al ser preguntado por su salud, el clérigo mostraba los cilicios de esparto que mortificaban sus muñecas. «Penitencia —decía—. Todos deberíais probarla». Aunque nadie seguía su consejo.

Además del arcediano y del rey, allí estaba la reina, sobre un trono de menor tamaño que el de su esposo. El relente burgalés sentaba bien a Leonor, aunque la verdadera causa de su felicidad era la preñez de tres meses que todavía no abultaba en su vientre pero sí aumentaba sus pechos bajo el brial. Su piel blanca se arrebolaba en las mejillas y el pelo blanco del manto enmarcaba de gracia su rostro perspicaz. Junto a ella, de pie y en el flanco opuesto a Martín de Pisuerga, se alzaba majestuoso el alférez real, Diego López de Haro. Él había inaugurado la mañana de recepciones, pues la primera decisión, rubricada ya por los reyes y aceptada por los interesados, tenía como objeto los esponsales del propio alférez con Toda de Azagra, la hija del difunto señor de Albarracín. En cuanto al actual, Fernando de Azagra, se desposaría con una vizcaína afín a la familia Haro. De esta forma, con los acuerdos de cama planeados en su momento por la reina Leonor, se estrechaban los lazos con el señorío de Albarracín, asunto en el que el rey de Aragón también trabajaba por su parte. Todo había quedado bien descrito por el escribano real, que dejaba constancia en un atril a dos varas de don Diego.

La siguiente audiencia fue para el abad de Santa María de Valvanera, que aburrió a los presentes con su agradecimiento por la donación de una villa entera no lejos de San Millán de la Cogolla. El ama de cría de la infanta Berenguela pasó después del monje. Llegó con la pequeña princesa y, en su presencia, fue dotada con un yermo llamado Villalperal en gratitud por sus desvelos. El rey se distraía con los oblicuos rayos de luz que empezaban a calentar el salón, y Leonor llegó a esconder la cara entre las manos para bostezar. No era más que la hora tercia y sabían que los trámites durarían hasta la sexta, cuando Urraca López de Haro se presentaría para hacer una petición formal ante el rey. La jornada avanzó al ritmo de la concesión de rentas y donaciones, y cumplía las expectativas del aburrimiento supremo cuando un demandante no anunciado exigió que lo recibieran. Los guardias no se atrevieron a oponerse al hombre que irrumpió en el salón como si fuera suyo.

—No podía ser otro —rezongó Diego de Haro.

Martín de Pisuerga cambió su gesto dolorido por otro de disgusto. Pedro de Castro avanzó a pasos largos, dedicó un par de miradas desdeñosas al arcediano y al alférez, posó la rodilla en tierra y humilló la cabeza.

—Mi rey, pero sobre todo mi reina. Heme aquí para reclamar lo que pedí. No he recibido contestación aún —levantó la vista y la fijó en Leonor—, así que no me iré si no es con decisión tomada.

Alfonso de Castilla, más sorprendido que enojado, se inclinó hacia su esposa.

—¿De qué habla?

Ella enrojeció aún más.

—Mi rey, don Pedro habla de mi compromiso en Uclés, hará dos años.

El monarca arqueó las cejas.

—No recuerdo compromiso alguno.

—La reina se comprometió a consentir mi desposorio con la doncella que yo escogiera —le refrescó la memoria el señor de Castro—. Lo hizo ante ti, mi rey. Y ante ti, don Diego.

El señor de Haro y Vizcaya se encogió de hombros.

—Yo tampoco recuerdo.

La reina fue quien se inclinó esta vez a un lado y susurró al oído de su esposo. El gesto de Alfonso de Castilla cambió poco a poco. Cuando Leonor terminó de hablar, el rey se dirigió al escribiente que sentaba acta.

—Déjanos. Te haré llamar cuando vuelva a necesitarte.

El funcionario dejó el cálamo sobre el atril antes de escabullirse discretamente. Pedro de Castro esperó y, cuando los portones se cerraron, se alzó. Puso los brazos en jarras.

—Hace unos meses di a mi reina el nombre de la escogida. Estoy dispuesto a repudiar a Jimena.

—Eso no será del agrado de Dios —repuso Martín de Pisuerga con gesto agrio.

—Pero sí del mío. —El señor de Castro levantó la barbilla.

El arcediano, llevado de su ánimo belicoso, dio un paso que lo llevó al borde del estrado.

—Dios dispone, Pedro de Castro, no tú. Tú eres un simple mortal. Servidor del rey de Castilla para más señas, así que muestra humildad.

—Basta. —El monarca golpeó levemente el brazo de su trono—. La reina me ha dicho a quién pretendes, pero quiero oírlo de tu boca, don Pedro, señor de Castro... ¿Y bien?

—Se trata de doña Urraca López de Haro, reina viuda de León.

El alférez palideció. Para Martín de Pisuerga, sin embargo, fue un alivio. El secreto de confesión dejaba de ser un impedimento. Se inclinó hacia Alfonso de Castilla como si fuera a susurrarle al oído, pero habló para que todos le escucharan.

—Esto es muy improcedente, mi rey. Doña Urraca es la viuda de un rey. No puede maridar ahora a quien está por debajo en dignidad. —«Es más, no debería casarse con nadie», era lo siguiente, aunque se guardó mucho de decirlo. Y de añadir que el puesto de Urraca estaba ahora, según la tradición, en el convento.

—Esto no te incumbe, cura —escupió el señor de Castro—. De hecho..., ¿qué haces aquí? ¿Por qué no es el arzobispo de Toledo quien se erige en principal consejero real?

El rey levantó la mano.

—Don Pedro, por favor. Al arzobispo Gonzalo le distraen... sus propias preocupaciones. —«Bastante tiene con embutirse de tocino y cerveza»—. Martín de Pisuerga también es mi fiel consejero. Su auxilio tiene mucho valor. Si vienes a plantear este asunto en audiencia, es que me incumbe. Y si me incumbe a mí, le incumbe a él.

El señor de Castro buscó el auxilio de Leonor.

—Mi reina, diste tu palabra.

Se removió en el asiento. Instintivamente, sus manos se posaron sobre el vientre. El alférez real lo aprovechó.

—No importunes a la reina, Pedro. No conviene que se disguste. Además, algo tendré que decir yo. Soy el señor de Haro y mi hermana está ahora bajo mi protección. Sin mi permiso no ha de hacerse nada.

El de Castro no apartó la vista de Leonor.

—Tu palabra, mi señora.

—Es una locura —insistió Martín de Pisuerga, que todavía se dirigía al rey—. Este hombre es amigo de Alfonso de León, y todos sabemos de la enemistad que separa a ese reyezuelo de la buena doña Urraca. ¿Qué se pretende? Mucho me temo que Pedro de Castro trame algo en connivencia con el usurpador.

El rey de Castilla levantó una ceja al mirar de reojo a su consejero.

—¿Usurpador? Hablas igual que doña Urraca. Mi primo no es un usurpador. Ha heredado legítimamente el trono leonés. Tal vez no me guste mucho pero, como tú mismo has dicho, don Martín, es Dios quien dispone. —Se volvió hacia Pedro de Castro—. Aunque es cierto que un matrimonio así sería... inconveniente. Doña Urraca ha de ingresar en un convento, como dicta la costumbre.

El arcediano de Palencia apretó los labios. Diego de Haro asintió con énfasis.

—No creo que ella quiera vestir hábitos, mi rey. —Pedro de Castro, que bajaba cada vez más la voz, no apartaba la mirada de Leonor Plantagenet—. Doña Urraca no es mujer a la que se pueda dictar el destino. Piensa en la ventaja que supondría nuestra boda. Plantaría mis huestes en los castillos que ella tiene en León. Tu primo no me atacaría. No lo haría porque, es verdad, somos amigos. Y tampoco porque no se atrevería a enfrentarse a mí si me supiera respaldado por Castilla.

—Deja de mirar así a la reina —exigió Diego de Haro—. Y olvida esa necedad. Mi hermana no se volverá a casar.

La respiración de Leonor se agitaba. El señor de Castro cerró los puños.

—He sido traicionado tantas, tantas veces, que bien podría soportar una más. Pero ¿podrías soportarlo tú, mi reina? Traicionar tu palabra, digo.

El alférez llevó la mano a la espada.

—No la insultes, perro.

—¡Basta! —repitió Alfonso de Castilla, y esta vez golpeó con más fuerza sobre la madera—. Pedro, mírame a mí. ¡Mírame, te mando!

El de Castro obedeció.

Sus ojos brillaban con la misma furia animal que cuando desmembraba castellanos en el Infantazgo.

—Piensa lo que vas a decidir, mi rey. Piénsalo bien, porque tuya es la justicia. Y lo justo es que se me conceda lo que pido. Dame a Urraca. Eso, o regresaré a León. —Las aletas de la nariz le temblaron al soltar el aire—. Más te digo, soy capaz de viajar al sur, allende la frontera. No sería la primera vez. Quiero a Urraca. Si no se me concede, mis huestes me seguirán a Sevilla. Y pagaré con largueza a quien se me quiera unir. ¿Me prefieres a tu lado o bajo las banderas del miramamolín?

La espada de Diego de Haro asomó dos palmos de su vaina, aunque él no se movió del sitio.

—¡Por Dios misericordioso, Renegado! —bramó Martín de Pisuerga. Las gotitas de saliva casi alcanzaron al señor de Castro—. ¿Amenazas a tu rey? ¿Amenazas con luchar bajo estandartes infieles? ¿Amenazas...?

Pedro no lo dejó acabar. Desenfundó a tal velocidad que la reina dio un bote sobre el pequeño trono. La espada apuntó, sin temblar una pulgada, al arcediano.

—¡Y te amenazo a ti, cura! ¡Que bien sabe Dios que mis amenazas no son en balde! ¡Soy el señor de Castro y exijo los honores que corresponden a mi casa! ¡Quiero que se cumplan las promesas que se me hicieron! —Su rostro, congestionado por la ira, se tornó en suplicante mientras devolvía la vista a Leonor—. ¡Por favor, mi reina! ¡Te lo ruego! —Ante la sorpresa de todos, la espada cayó. Rebotó contra los escalones que elevaban el estrado mientras Pedro de Castro también caía. De rodillas y con los ojos húmedos. Movió los brazos como si fueran de piedra y, tras derrotar a su orgullo, entrelazó los dedos—. Te lo suplico. Mi reina... Por favor... La quiero. Quiero a Urraca.

Leonor pidió ayuda en silencio. Lo hizo mirando a su esposo, el rey. Y al alférez real. Ninguno de los dos fue capaz de articular palabra. Por último, dirigió la vista a Martín de Pisuerga. En este sí encontró un valedor.

—Desenfundas tu arma en presencia del rey, amenazas a un clérigo y te humillas por... una mujer. ¿Y reclamas honor? —Lo señaló, pero habló a Alfonso de Castilla—. ¿Qué honor hay en este hombre, mi señor? ¿Lo habría en ceder a sus amenazas? ¿Y hasta cuándo? ¿Qué será lo próximo que exija a cambio de su lealtad?

El rey de Castilla clavaba las uñas en los brazos del trono. Su vista se movía a toda prisa del implorante señor de Castro a Leonor, que se retrepaba en su asiento como si la acosara un jabalí herido. En esos momentos, que Pedro y Urraca se casaran era la menor de sus preocupaciones. Lo que allí se escenificaba era la tensión que llevaba su corte hasta el límite de la ruptura. Observó a Diego de Haro, con la espada a medio desnudar pero paralizado por la vergüenza y Dios sabía qué más. A su reina, tan frágil mientras soportaba el agresivo ruego de Pedro de Castro. La obstinación de su consejero, excesiva incluso para un soldado de Cristo, la sentía resoplar al lado. Pero lo que pesaba sobre el aire era el eco de las amenazas. El ruido metálico de la espada al chocar contra el suelo. El ultimátum del señor de Castro si no veía satisfecha su exigencia. En aquel momento, mientras la tormenta se desataba en la mente del monarca, la voz de Martín de Pisuerga le pareció un rayo de luz que se filtraba entre los nubarrones.

—Un rey no cede al chantaje. Un rey premia a sus súbditos.

Alfonso de Castilla entornó los ojos. Ignoraba las razones del arcediano para oponerse con tanta vehemencia al matrimonio entre Urraca y Pedro de Castro. Algo le decía que allí había algo más que la salvaguarda de la tradición. Pero era cierto: un rey no podía ceder al chantaje.

—Pide perdón, Pedro. Arrepiéntete de haber desenfundado tu espada y jura que me serás fiel pase lo que pase. Tengas o no tengas a Urraca. Don Martín tiene razón: un rey premia a sus súbditos. Y yo añado: un rey castiga a los renegados.

El señor de Castro se volvió hacia el monarca. A través de las lágrimas vio los rostros que se le enfrentaban. Sus perfiles se curvaban con la humedad salada, le recordaban al viejo Nuño Meléndez. Al difunto rey Fernando. A su padre. Se restregó los ojos antes de ponerse en pie. Recogió la espada lentamente, a lo que Diego de Haro respondió con un palmo más de hierro fuera de la vaina. Pedro, por el contrario, la enfundó con un siseo. Los observó una vez más a todos y, por último, fijó la vista en el monarca de Castilla.

—Un rey castiga a los renegados —repitió—. Entonces, Alfonso, te juro que querrás castigarme. Solo espero que vengas tú mismo a hacerlo cuando nos veamos frente a frente, con las armas en la mano.

Se volvió ante el silencio espeso y anduvo hacia los portones. No llevó la vista atrás, aunque notaba las miradas clavándose en su espalda como virotes. Al abrir se la encontró de frente, plantada, con el brial apretado sobre las curvas que derrotaban voluntades y perdían almas, con el velo negro ondeando a cada suspiro. A tres varas, el escribano real perdía la baba mientras contemplaba a la reina viuda, al igual que los monteros de la escolta. Un aya retenía al pequeño Sancho, que se empeñaba en soltarse para tocar las armas de los soldados. Todos se fijaron en la tez desencajada de Pedro de Castro. Urraca ladeó la cabeza.

—¿Tú aquí? ¿Por qué?

«¿Que por qué? —pensó él—. Por ti, claro. Por nada, como siempre».

—Les he pedido tu mano, Urraca. Y me la han negado.

Ella miró por los portones entreabiertos. Incluso a través de la gasa oscura, vio a la reina Leonor, aún aplastada contra su respaldo. A su hermano con la ferruza casi fuera de la vaina. Vio el deseo contenido que refulgía en los ojos de Martín de Pisuerga. Vio al rey compungido. Un reflejo de tristeza se esfumó nada más aparecer.

—Volverás con mi hijastro, ¿verdad?

El señor de Castro asintió antes de seguir su camino. Sus pasos no se habían perdido cuando Urraca de Haro, con su hijo Sancho de la mano, cerraba los portones tras de sí y sin permitir que el escribano regresara. Pensó con rapidez. En un momento, el rey de León acababa de recuperar la lealtad del guerrero más letal que conocía. Y de todas sus huestes. El fiel de la balanza bailaba de nuevo. Se retiró el velo de la cara. Ella, como reina, no debía arrodillarse. Pero su hijo era otra cosa.

—De rodillas, Sancho. Estás ante tu señor.

El niño, bien instruido, cumplió la orden de su madre. Cuando se puso en pie, Urraca recobró su mano. La viuda habló directamente al monarca:

—Parece que acabas de perder una baza importante, mi rey.

Leonor Plantagenet hizo ademán de levantarse. Diego de Haro, solícito, dejó que la espada se escurriera dentro de la funda y ayudó a la reina. Ella rechazó con suavidad el gesto del alférez y se disculpó en voz baja. Se fue con las manos en el vientre y la vista baja. Ni siquiera se despidió, todos guardaron silencio hasta que las puertas sonaron tras Urraca.

—Sé lo que vienes a reclamar, mi señora —dijo Alfonso de Castilla con gran desgana—. Te ruego que lo dejemos para otro día.

—Ya he esperado mucho, mi rey. Cada retraso debilita mis derechos. ¿Es que nadie va a amparar a una dama que ha servido con lealtad a Castilla?

El monarca resopló. ¿Más lealtad? ¿Más exigencias? ¿Por qué todos pedían? ¿Por qué cada petición suponía un problema?

—Está bien, mi señora. Habla.

—He venido a reclamar el trono de León para mi hijo.

Nuevo resoplido del rey. Su respuesta sonó a fatiga:

—No me corresponde a mí decidir sobre el trono de León.

—A todo caballero corresponde guardar a las damas —repuso ella—. Me han arrebatado lo que es mío y pido amparo al varón de más alto linaje que conozco.

Diego de Haro gruñó con impaciencia antes de intervenir:

—¿Por qué no lo dejas ya, hermana? Nadie te ha quitado nada. Llevarás el título de reina hasta la tumba. Renuncia a tus castillos en el reino de León y retírate a un convento.

El gesto de ella mezclaba el asco con la burla.

—Monteagudo y Aguilar son míos. Tal vez la única herencia que dejaré a mi pobre hijo, ya que no encuentro valedores para que ciña la corona que le corresponde por nacimiento.

—Doña Urraca dice verdad —graznó Martín de Pisuerga—. Nadie puede arrebatarle la dote. Y esos castillos prestan un ventajoso servicio a Castilla. El usurpador se lo pensará antes de…

El rey hizo ver que deseaba hablar. Martín de Pisuerga se interrumpió.

—Monteagudo y Aguilar son espinas clavadas en los pies de mi primo, y nadie puede pensar con claridad si a cada paso se retuerce de dolor. Ya me resulta difícil mantener la paz con León ahora. Cada día que los estandartes de Haro ondean sobre esos castillos, nos acercamos más a la guerra. No quiero ni imaginar qué ocurriría si intentara destronar a ese que vosotros dos llamáis usurpador.

Urraca se fijó de soslayo en la mirada lujuriosa de Martín de Pisuerga. Sabía que su influencia sobre el rey era grande, pero en ese momento perdía por dos a uno. Aunque, bien pensado..., ¿acaso el señor de Castro no jugaba a su favor? Tomó aire antes de hablar.

—Yo te diré lo que pasará si no derrocas a tu primo, mi rey. En estos momentos, Pedro de Castro cabalga para reunirse con sus hombres. Pronto cruzará la frontera y se presentará ante mi hijastro. Cuando eso ocurra, lo que tú hayas perdido en lanzas y coraje lo ganará el rey de León. Si además renuncio a mi dote y saco a las guarniciones de Monteagudo y Aguilar, perderás un tanto más. Eso por no hablar de todos los partidarios leoneses que aún me guardan la ausencia. El tiempo acabará por desalentarlos.

—Esto me cansa —rezongó Diego de Haro—. Hermana, casi nadie te apoya en León. Y los pocos chiflados que lo hacen tendrían que enfrentarse con sus opositores en la corte, por no hablar de toda la nobleza gallega y asturiana, y hasta los señores de la Extremadura. ¿Qué pretendes? ¿Que saltemos desde el Infantazgo con los estandartes desplegados para apoyar a tus partidarios? Una guerra civil transformada en otra sangría entre reinos hermanos. Justo lo que quería evitar tu difunto esposo en su lecho de muerte. Por eso sus últimas palabras fueron claras. Yo lo sé porque estaba allí. Alfonso ha de reinar, no Sancho.

—Se te ha aguado la sangre, hermano. Todo eso a lo que quieres renunciar ha costado años de esfuerzo. —Se volvió hacia el rey—. Yo también conozco la leyenda, mi señor. Sé lo que soñaba tu abuelo cuando miró a los ojos de la muerte en Sierra Morena.

Martín de Pisuerga advirtió lo que aquel recuerdo conmovía al rey de Castilla. Asintió casi imperceptiblemente a Urraca y se inclinó para acercar la cara.

—Ella tiene razón, mi señor. Con Pedro de Castro en León, nos vemos otra vez solos ante nuestros enemigos. ¿Habrá que temer de nuevo las algaras en el Infantazgo? ¿Desangraremos nuestras arcas con guarniciones fronterizas para vigilar a los vecinos? Sin embargo, qué gran negocio sería un reino de León unido a Castilla.

—No, mi fiel consejero. No me vale de nada la unión con un reino destrozado por la guerra. Yo necesito a los leoneses prestos a luchar a mi lado, no pudriéndose en sus tumbas.

El pequeño Sancho, aburrido de la discusión, se sentó en el suelo y empezó a juguetear con las patas de la trébede. Urraca dio un paso adelante.

—No tendrás una oportunidad como esta. León está al alcance de tu mano. Y con los dos reinos unidos, ningún cristiano en su sano juicio osará hacerte frente, mi rey. Podrás dirigir a los ejércitos de la cruz contra los almohades.

—Una vez más, doña Urraca dice verdad —susurró Martín de Pisuerga—. Sé que Pedro de Castro y tú sois parientes, pero razones más altas que la sangre me llevan a aconsejártelo: acaba ahora con él, antes de que se reúna con sus hombres. Deja que yo vaya a pedírselo a los Lara, mi rey. Y después marcharemos sobre León.

¿Acabar con Pedro de Castro? Urraca sintió la punzada de culpa. Por un momento, pugnó con ella misma y deseó que el rey rechazara aquel consejo. Después miró a su hijo, entretenido a sus pies. Lo imaginó coronado, y hasta vio el tapiz en el corredor del palacio real leonés. Vio a Sancho bordado en oro y púrpura, ocupando el trono, y a sí misma a su lado, en pie. Sonrió. Así resultaba más fácil.

—Escucha a tu consejero, mi rey. Acaba con Pedro de Castro.

Alfonso de Castilla sacudió la cabeza, como si así pudiera apartar sus voces. Se refugió mirando a su alférez. Vio en sus ojos que tal vez, solo tal vez, matar al señor de Castro no fuera tan mala idea. Algo que, si no hacía ahora, le llevaría a arrepentirse después. Claro que si mandaba prenderlo y lo eliminaba..., ¿no sería otro el remordimiento que lo atormentaría durante el resto de su vida? Fijó la vista en Urraca López de Haro.

—Haz como te plazca, mi señora. Regresa a tus castillos y evita el convento. Pero no clavaré un puñal en la espalda de Pedro de Castro. Y tampoco recibirás de mí ninguna ayuda para arrancar a mi primo de su trono.

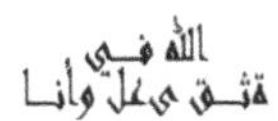

Un mes después. Málaga

Cuando anochecía, el agujero se convertía en un infierno negro.

Aunque de día ya era difícil distinguir algo. La mazmorra había sido en principio un espacio en forma de cono, a cinco varas bajo la única abertura, y en los momentos cercanos al mediodía, cuando el sol caía en vertical sobre el fondo, era posible vislumbrar los chorretones negros en la roca. Se habían excavado nuevas salas alrededor de la primera con el paso de los años y el aumento de los cautivos. Cuando Ordoño fue arrojado al agujero, había cuatro de aquellas estancias conectadas con la mazmorra original. Covachas tan bajas que muy pocos podían permanecer de pie. Los techos estaban precariamente reforzados por arcos de sillería ruda. Bloques sobrantes o defectuosos de las obras malagueñas, unidos por una argamasa que parecía hecha con miga de pan, y que envolvían un pequeño reino de oscuridad y desesperación. La cubierta de una de aquellas piezas se había venido abajo un par de meses antes, y nueve esclavos habían perecido aplastados por la roca. Nadie fue capaz de recuperar los cadáveres, así que no habían tenido más remedio que añadir tierra para que el hedor de la muerte no los hiciera enfermar a todos. Lo peor era que, durante los dos días que trabajaron en sellar el desastre, escucharon los gemidos de un superviviente atrapado por el derrumbe al que resultaba imposible rescatar. Ahora, medio centenar de cautivos se hacinaban en las tres estancias bajas y en la mazmorra central.

No era habitual quedarse en el agujero durante el día. Nada más salir el sol, los guardianes almohades los despertaban a gritos y descolgaban la escala desde la abertura. Los que no tenían fuerzas para subir no comían, a no ser que alguien se las apañara para esconder un mendrugo de pan duro en el calzón. Pero no había forma de llevarles agua. A veces habían intentado ayudar a los enfermos a llegar arriba, pero resultaba imposible. Todos estaban tan débiles que casi no podían con las herramientas. De modo que cuando alguien era incapaz de salir del agujero, sabía que iba a morir. Entonces sí que salían. Atados a una cuerda e izados por los guardias. De alguna manera, todos los cautivos sabían que aquella era la única forma de escapar a la esclavitud del agujero.

Cuando los sanos asomaban a la mañana, se cubrían los ojos con las manos, recibían sus argollas y pasaban junto al pozo excavado en la roca viva. Los sarracenos subían los pozales desde las casi cincuenta varas de profundidad y llenaban los odres. Dos por preso. Era responsabilidad suya que duraran hasta el anochecer, porque estaba prohibido darles de beber mientras trabajaban.

Desde su llegada, todos los cautivos de la alcazaba se dedicaban a transportar mármol de la orilla derecha a la izquierda del Wadi-l-Madina. Los carros traían los grandes bloques de Al-Hawwariyyín, y los esclavos tenían que descargarlos para que cruzaran el río en barcazas. Al otro lado, junto al arrabal de los mercaderes de la paja, otros cautivos se hacían cargo del mármol y lo acumulaban en los almacenes de extramuros. Los artesanos lo trabajarían allí para que acabara en las casas de los altos funcionarios almohades o en las obras de reparación de las mezquitas. Algunos decían que había planes para sustituir el débil puente de barcas por otro de piedra. Eso aliviaría el trabajo de los esclavos para que el mármol llegara a las puertas de Málaga, pero todos sabían quién se ocuparía de construir ese puente.

Descansaban para la única comida del día cuando el sol estaba más alto. Borraja y castañas calientes sobre todo. Tres veces por semana les daban carne, aunque estaba tan dura que había que roerla, y era tan escasa que chupaban hasta la médula. Los almohades no cometerían la estupidez de matarlos de hambre, pero tampoco querían que los esclavos estuvieran tan fuertes como para huir. Aun así, los encadenaban por parejas cada mañana y no los liberaban ni para aliviarse. Solo al regreso, antes de ser tragados por el agujero, les quitaban las argollas.

Aquella noche hacía mucho calor. Ordoño, con el cuerpo entumecido por la fatiga, se revolvía a duras penas en el escaso espacio que compartía con sus compañeros de infortunio. Sus ojos abiertos se perdían en la nada negra y cubierta de roca. El sudor rancio y la humedad acompañaban a las toses, a los ronquidos y a las palabras balbucientes de quienes hablaban en sueños. No había un sitio fijo para dormir, como tampoco era el mismo esclavo el compañero que encadenaban a su lado cada mañana. A veces, alguna partida traía una docena de nuevos cautivos y los arrojaban al agujero. Entonces venían las peleas. Cada pulgada de roca era un tesoro en el agujero, y todos evitaban las paredes. Las paredes eran las letrinas, salvo allí donde algún cautivo había aprovechado un hueco para fabricarse su particular hornacina. Cualquier guijarro moteado servía como excusa para plantarlo y ver en sus manchas a un Cristo de perfil o a una Virgen lacrimosa. Estaba prohibido rezar al dios cristiano, pero ningún guardián se aventuraría en el agujero para castigar a quienes todavía no habían perdido la fe.

Ordoño no rezaba. Conservaba parte de su fuerza, de modo que evitaba las paredes de roca llena de infiltraciones de humedad, de excrementos y orines. Algunos esclavos habían adivinado su origen noble por sus trazas, así que durante un tiempo pretendieron que se erigiera en su líder. Pero él lo rechazó. Líder… ¿de qué? Otros cautivos cristianos, resentidos de su época de hombres libres, le habían hecho saber que odiaban a los de su clase. Aunque ninguno se había atrevido a enfrentarse a él, claro. Sin embargo, Ordoño desconfiaba. Era fácil hallar alguna piedra puntiaguda o incluso un pedazo de hierro oxidado, esconderlo entre las ropas y llevarlo hasta el agujero. A los almohades les daba demasiado asco tocarlos, y seguramente no les importaba que de vez en cuando se desatara una reyerta en lo profundo de la mazmorra. Aquella noche había logrado hacerse un sitio justo bajo la apertura. En ocasiones, siempre que no lloviera, el lugar era de los más buscados y peleados. Cierto que los centinelas almohades se divertían a veces aliviándose en el agujero, pero casi valía la pena correr el riesgo a cambio de ver las estrellas, lentas y eternas, deslizarse poco a poco por el circulito irregular que coronaba el agujero.

«Safiyya».

Pensaba en ella continuamente. Todas las noches se esforzaba en ver su cara en la negrura, hasta que caía rendido y llegaban las pesadillas. Día tras día. Sabía que llevaba cerca de un año allí, pero podría haber jurado que eran cinco. ¿Qué sería de Safiyya? ¿Seguiría arriba o la habrían obligado a viajar a Sevilla o a Marrakech? Era imposible saberlo, y los guardianes almohades no respondían preguntas salvo con bofetadas y puntapiés. Pero él se empeñaba en creer que sí. Que ella seguía en Málaga. Quería notar su presencia, y oler la sal de sus lágrimas a través del aire viciado que emanaba el agujero. Aunque ¿no era acaso peor saberla cercana y no poder mirar sus ojos azules? Tal vez, pensaba a veces Ordoño, moriría en aquel lugar sin volver a verla. Porque morir parecía fácil y hasta lógico si vivías en el agujero. Varios de los que llegaron con él habían caído en invierno, y los miasmas y la podredumbre se habían llevado a otros pocos en primavera. Algunos incluso habían muerto antes de Málaga, por el camino. En el trayecto de Valencia a Murcia, Ordoño había tratado de escapar. Un par de funcionarios musulmanes, apresados por adherirse a la sedición de ar-Rashid, se unieron al cristiano en su tentativa. Ordoño había logrado sorprender y derribar a uno de los Ábid al-Majzén, aunque el esfuerzo le costó que el tajo del costado se abriera y empezara a sangrar, así que el mismo guardia negro lo alcanzó a la carrera. Ordoño oyó el grito de terror de Safiyya, que viajaba en una carroza cubierta de lona. Oyó también cómo suplicaba cuando los guardias negros lo reunieron con otro de los fugitivos capturados. El tercero, más veloz en la carrera pero no tanto como para dejar atrás a la guardia califal, fue atravesado por la lanza gruesa y larga de uno de aquellos titanes de piel oscura. Ordoño y el otro evadido superviviente recibieron una paliza. Los Ábid al-Majzén los acorralaron y les hicieron rodar a puñetazos y patadas. Como Ordoño sangraba a ríos, se aburrieron de levantarlo del suelo al sexto o séptimo golpe y lo encadenaron a un árbol. El otro fugado no tuvo tanta suerte, así que murió cuando uno de los guardias negros, por accidente, le golpeó demasiado fuerte y le hundió el esternón.

Abú Yahyá, el preboste almohade, presenció todo sin dar su aprobación ni reprender a los Ábid al-Majzén, mientras Safiyya rogaba piedad y los demás cautivos palidecían de horror. Incluso ar-Rashid, incluido en la cuerda de presos, se abstuvo de interceder ante el visir omnipotente del imperio. A la mañana siguiente, Ordoño se vio obligado a caminar a trompicones, atado a la silla de un caballo y con la túnica y las calzas empapadas de sangre. Creyó que moriría, pero llegaron a Murcia y los almohades obligaron a un médico a restañar la hemorragia. Safiyya y las esclavas trasnocharon en el alcázar pequeño de los Banú Mardánish. Los hombres durmieron en las caballerizas, entre estiércol y animales nerviosos. Esa noche, ar-Rashid pidió perdón a Ordoño entre sollozos. Pero Ordoño lo ignoró. La culpa de todo había sido de aquel almohade voluble. Suficientemente atrevido para rebelarse, pero demasiado medroso para hacerlo cuando convenía. Aunque había algo más que falló en todo el negocio. Ordoño se lo preguntó varias veces aquella noche, en Murcia, antes de caer rendido por el dolor, la debilidad y la fatiga. ¿Por qué Alfonso de Castilla no había acudido? ¿Por qué no había mandado a nadie? ¿Por qué no había contestado siquiera?

Cuando partieron de la antigua capital del rey Lobo, Abú Yahyá había estirado la cuerda de presos con más visires, funcionarios y esclavos rebeldes, y había reforzado a los Ábid al-Majzén con tropas beréberes a las que resultó sencillo devolver a la fidelidad. Eran casi medio centenar los cautivos que siguieron la senda por el valle de al-Fundún hasta Almería, en una caminata larga bajo el sol, entre palizas y tormentos para divertir a los soldados almohades, y sobrevivían algo más de la mitad cuando llegaron a Málaga. Las mujeres fueron mejor cuidadas, alimentadas e incluso respetadas, lo que indicaba qué destino se les iba a dar. Se las llevaron al zoco para ser vendidas. A todas menos a Safiyya, claro. A los hombres los condujeron a través de la medina, a pie tras la carroza de la lobezna, entre burlas e insultos de los pobladores. Ya en la alcazaba, separaron a ar-Rashid y sus visires del resto de hombres, y a estos los arrojaron al agujero. La última vez que Ordoño vio a Safiyya, cubierta de pies a cabeza por tela y tristeza, acababa de abandonar la carroza y la arrastraban hacia uno de los edificios rojizos de la ciudadela. No sabía ni le importaba qué había pasado con el hermano rebelde del califa y sus consejeros.

Qué lejos quedaba ahora eso. Ordoño arqueó la espalda entumecida y le pareció que una línea brillante rasgaba el estrecho espacio de cielo para desaparecer al momento.

Tu recuerdo me sirve de vino sabroso,
de jardines que verdean y de música de cantoras.

Tal vez ella también había visto la estrella fugaz desde su reclusión allí mismo, a tan solo unas varas de distancia. Tan cerca. Tan lejos.

«Safiyya».

Ordoño jamás había revelado a sus captores que era un noble castellano, miembro de una de las más altas casas del reino. Con toda seguridad, ello le habría valido la oportunidad de ser tratado con mayor benevolencia y se habría negociado su liberación a cambio de rescate. Pero eso significaba alejarse de Safiyya, que era casi tan esclava como él.

No. Sus planes eran otros. Muy difusos todavía, pero no incluían regresar a Castilla aún, aunque eso supusiera alargar su cautiverio y su sufrimiento.

الله في
ثقة على وأنا

SEMANA SIGUIENTE. TOLEDO

Las tropas convocadas para la expedición habían acampado fuera de la ciudad, sobre la orilla izquierda del Tajo. Casi todas las tiendas estaban ya desmontadas y los escuderos urgían a los sirvientes que todavía se demoraban.

La cabalgada sería mucho más modesta de lo que el rey Alfonso había pretendido en principio, pero las dificultades surgidas en León le obligaban a escuchar a Martín de Pisuerga. De todas formas, el arcediano de Palencia había cruzado con el rey el puente de Alcántara y observaba los últimos preparativos a su lado. Leonor Plantagenet, con el vientre cada vez más abultado, también había salido de Toledo sobre una yegua alazana para despedir a su regio esposo. Diego López de Haro, a pie, repartía órdenes entre los caballeros. Les imponía el orden de marcha y, sobre todo, los advertía de que esa noche la debían pasar en el hospital calatravo de Guadalerzas. El verano llegaba sofocante y era preciso acampar junto a agua potable, y no le servía la excusa de que la algara no fuera numerosa. El alférez, además, quería probar una idea que llevaba pergeñando un tiempo. Su intención era diseñar un plan para trasladar a un ejército numeroso desde Toledo hasta la frontera con el islam. Ver qué carencias tendrían que padecer miles de hombres y animales en marcha. Comprobar si podría cubrirse a tiempo la distancia entre las fuentes de agua. Si habría terrenos aptos para grandes campamentos, con leña disponible, terrenos de caza, capacidad de defensa…

Martín de Pisuerga, cariacontecido, observaba la exigua hueste. Apenas dos decenas de caballeros más el mismo número de escuderos. Lo demás, hasta completar la centena, eran ballesteros, mesnaderos de infantería y sirvientes.

—Ya es lástima, mi rey, que hayas tenido que distraer tropas para la frontera con León.

El monarca se encogió de hombros sobre el caballo.

—Como sueles decir, don Martín, Dios dispone. Más que prescindir de esos hombres, me apena que mi primo no colabore en la cabalgada.

Guardaron silencio. Tal como previeron, la marcha de Pedro de Castro había trastocado todos los planes. El enojado señor hacía honor al apodo de su dinastía en los últimos años. Renegaba de Castilla y se pasaba a León con toda su mesnada. De forma casi automática, Diego de Haro había enviado a sus hombres para reforzar los castillos de su hermana Urraca, y los señores del Infantazgo habían cancelado sus planes para acudir a la algarada del verano.

—Pedro de Castro no es inteligente —intervino Leonor—. Lo peor no es que al irse haya perdido lo que le diste. Es que cuando vino, regaló todo su señorío de Trujillo.

—Ya. —El rey sonrió a su esposa—. Pero no creo que sea por falta de seso. Estoy convencido de que acudió a Castilla con una decisión tomada. Él confiaba en mí. Jamás pensó que tendría que desnaturarse de nuevo.

Leonor bajó la cabeza. Ella se consideraba la principal responsable.

—Es decir, que en verdad Pedro de Castro se siente decepcionado. Tal vez podríamos haberle prestado oídos. Tal vez si Urraca…

—Deja ese asunto, mi reina —se apresuró a atajar Martín de Pisuerga—. La traición corre por las venas del señor de Castro como corría por las de su padre. Por eso no podemos desamparar la frontera ni el Infantazgo. Sé lo que piensas, mi señora. Que ha sido culpa tuya. Pero el interés del reino exigía que esa boda no se celebrara. Todo es según Dios dispone, y Pedro de Castro no ha perdido tanto. Según he oído, el rey de León le ha dado el castillo de Alba en cuanto lo ha tenido junto a sí, en su corte. Ya ves, mi reina. Ese usurpador debería estar aquí con sus hombres, presto a amparar a quien le dio la caballería y es su señor natural. Pero prefiere quedarse en León, sentado y maquinando Dios sabe qué felonías.

—No sé si hemos obrado bien —dijo el rey—. Esa ceremonia en Carrión… Y negarle el desposorio a Pedro de Castro… Tengo la impresión de que no hemos hecho sino sembrar odio.

El arcediano negó con vehemencia.

—Justicia, mi rey. Sembramos justicia. Pero deja de preocuparte, digo. Y tú también, mi reina. Yo mismo pienso abrir mis arcas para sufragar las mesnadas que van a reforzar la frontera con León. Y cambiaré mi hábito por la cota de malla para asegurarme de que doña Urraca está a salvo, lo mismo que sus posesiones. Ahora lo importante es cabalgar hacia el sur y hostigar al infiel. Esa es la labor que Dios encomienda al rey de Castilla.

Alfonso y Leonor asintieron de mala gana. Diego de Haro se acercó seguido de Gome Garcés de Aza. Los dos nobles se inclinaron ante el monarca.

—Mi rey, don Gome pide permiso para hablarte.

—Siempre lo ha tenido. —Se dirigió a él—. Amigo mío, hemos de olvidar ya lo que pasó. Nos hemos batido juntos, por Cristo.

El señor de Aza había alargado la reverencia. Al alzarse, apretaba los labios.

—Eres rey por voluntad de Dios y Él dirige tus pasos. Él fue también quien dispuso que yo perdiera la alferecía. Y la culpa fue mía por pendenciero.

Lo había dicho con el mismo tono con el que los críos recitaban las oraciones. Como si no comprendiera sus propias palabras. Alfonso de Castilla suspiró. Ejercer su labor era más agrio que dulce.

—¿Y bien, don Gome? ¿Qué deseas?

—Mi rey, he acudido a unirme a la algara, como siempre, porque es mi deber y porque sabía que tú la comandas. Es privilegio de mi casa, y en poco me tendría si mi señor fuera herido o muerto y yo no cayera con él. Mi hermano Ordoño siempre ha pensado igual.

—Cierto —admitió Leonor—. Pocos hay tan nobles y abnegados como Ordoño. Pero… ¿dónde está?

—No ha venido —reconoció Gome con un punto de vergüenza—. La que ha venido es su esposa.

Se volvió y miró entre los últimos pabellones a medio desmontar. Allí, en pie y con un chiquillo de seis o siete años de la mano, estaba

María de Villamayor, con la toca en torno al cabello color miel, la delgadez acentuada por lo desamparado de su estampa.

—¡Acércate, amiga mía! —pidió la reina. María obedeció.

—Cuidado —siseó Martín de Pisuerga—. ¿No es leonesa esa mujer?

Gome Garcés de Aza reprochó el comentario con una mirada adusta. Después se dirigió a su cuñada:

—María, cuéntales tus temores.

La mujer saludó con una reverencia. Todos advirtieron el insomnio que coloreaba las ojeras y demacraba el rostro.

—Mi rey. Mi reina... Este es García, el único hijo que Ordoño y yo tenemos. Lleva dos años sin ver a su padre.

Alfonso de Castilla frunció el ceño, pero fue Leonor quien habló:

—¿Dos años? —Se volvió hacia el rey—. ¿Tanto hace que no lo llamas a tu lado?

—No ha sido necesario —se excusó él—. Ordoño es hombre de guerra, y últimamente hemos estado muy ocupados con la paz en el oeste. Siempre me ha servido bien..., hasta que llegó el desafortunado duelo en Medina de Rioseco. —Miró fugazmente a Gome—. Desde ese día no es aconsejable que los Aza se acerquen a León. Y además, hace tres años, en Ágreda, Ordoño se enojó conmigo.

Leonor asintió. Recordaba el día. Recordaba cómo el ánimo de su esposo se había incendiado. Recordaba cómo la tomó en lo más alto del torreón, con una furia animal e inusitada. Recordaba cómo Pedro de Castro trastocó el alma del monarca, y lo llevó a planear incluso la guerra con el buen y difunto Pedro de Azagra. La reina suspiró. Bien pensado, la marcha del señor de Castro era todo un alivio. Observó a María de Villamayor.

—Tu esposo se alejó de la corte, pero fue por culpa de otros. Y si guardaba resentimiento, en todo caso era justo y apuntaba a la corona, no a su familia. ¿Por qué habría Ordoño de abandonaros a ti y al crío?

La leonesa vaciló. Con un gesto, suplicó a su cuñado que se llevara al pequeño García. Cuando ambos estuvieron suficientemente lejos, a la leonesa se le humedecieron los ojos.

—Amo a Ordoño. Sé que estas cuitas no son de importancia cuando están en juego asuntos de gran importancia, pero me educaron para cumplir con mi deber. Me casé con él para servir a León, y él lo hizo para servir a Castilla. Aun así, he aprendido a quererlo. ¿Tú me entiendes, mi reina?

Leonor se llevó una mano al pecho.

—Claro que sí.

—Le he dado un hijo —siguió María—. Me sentí dichosa por ello, pero para él no fue más que cumplir con su deber. Hay... otra mujer.

—Oh... —La reina Leonor habría deseado desmontar para abrazarla, pero no lo consideró apropiado en medio de un campamento militar. Esbozó una sonrisa comprensiva—. Bueno, los hombres, a veces, son… En fin, no creo que debas preocuparte. Yo misma hablaré con Ordoño. Siempre me ha atendido muy gentilmente. Y seguro que el arcediano don Martín le mostrará los muchos recargos divinos que aguardan al esposo infiel, ¿verdad, don Martín?

Todos se volvieron al ver que se demoraba en contestar. Lo descubrieron pálido. Había soltado las riendas y se frotaba la muñeca por encima del hábito.

—Sí…, mi reina. La infidelidad es una lacra… Pero no hay de qué alarmarse. Es corriente en los hombres de guerra. Ya te hemos escuchado, mujer. Puedes irte.

El rey observó sorprendido al arcediano.

—Doy por buenos tus consejos, don Martín, porque están inspirados por Dios, porque mi señora esposa confía en ellos y porque reconozco que tu seso es ágil. Pero yo decidiré cuándo ha de irse doña María.

Martín de Pisuerga se disculpó con una inclinación. Para la esposa de Ordoño fue como una invitación a continuar:

—Siempre me he resignado a sus ausencias porque mi marido se debe a Castilla y los intereses del reino hay que buscarlos lejos, lo sé. Ordoño jamás me ocultó cuándo salía de cabalgada con las tropas del rey. Siempre estuve enterada de sus viajes con la corte. Pero otras veces venían a buscarlo personas extrañas. Moras de paz, según decía. Una de ellas le trajo hace años un colgante del que jamás se separó a partir de ese momento. Uno en forma de estrella. Se van a cumplir dos veranos desde que la última infiel apareció en Roa. Me dijeron que Ordoño y ella se reunieron junto al río y hablaron apartados de los demás. Se marcharon juntos hacia el este.

—Hacia el este —repitió el rey. Se dirigió a su alférez—. ¿Sabemos si está en Alarcón? Tal vez se ha unido a las algaras en tierras de Requena.

Diego de Haro se encogió de hombros. La sombra del infortunio los sobrevoló. Cuántas veces una cabalgada había terminado funestamente. Una emboscada en la espesura de un bosque o en un paso de montaña, y docenas de hombres podían desaparecer. María de Villamayor siguió:

—Cuando Ordoño salía de cabalgada se llevaba a su gente. Hombres de armas y mesnaderos de Roa. O de Ayllón, o de Aza. Conozco a sus esposas. Sus hijos juegan con mi García y sus hijas sirven en mi casa. Nadie lo acompañó cuando se fue.

—Tal vez se trate de uno de sus viajes al servicio del reino —aventuró Leonor—. Como cuando cruzó la frontera para valorar si podríamos conquistar Cuenca.

Alfonso de Castilla negó despacio.

—Yo no lo he enviado a ningún sitio. Ordoño ya no es el muchacho que mandamos a Cuenca. Ahora tiene... ¿cuarenta años? —María asintió—. No. Su puesto está con su rey o con su esposa.

Nuevo silencio, solo roto por los ruidos de hierro y madera de los sirvientes que por fin terminaban de empaquetar telas y puntales. Martín de Pisuerga seguía lívido, frotándose las costras del cilicio en la muñeca derecha. Con esa mano había ocultado una carta bajo el escapulario. Nada había vuelto a saberse. El arcediano controlaba el correo que llegaba a la corte, y las noticias del levante procedían solo de las plazas cristianas. Escaramuzas de frontera, envíos de quintos, peticiones de fondos para reparar defensas y nombramientos de cargos concejiles. Asuntos con los que un consejero no solía molestar a su rey. Pero la carta de Ordoño era otra cosa, claro. Apartó la vista para no ver las lágrimas que María de Villamayor retenía, y la reina lo notó.

—Don Martín, no penes. Enviarás misivas a los señores y maestres de frontera. Tanto a los que lindan con León como con el islam. Y con Navarra y Aragón también. Que informen de cuándo fue la última vez que tuvieron noticia de Ordoño de Aza. Y tú, María, te quedarás en Toledo conmigo. García y tú seréis mis huéspedes hasta que el rey regrese de su cabalgada. Ordoño aparecerá, ya verás.

La culpa punzó a Martín de Pisuerga, aunque no tanto como lo harían el esparto y el hierro cuando su piel sufriera la penitencia. «Urraca —pensó—, ¿qué me estás haciendo?». Se maldijo. Se avergonzó de su hábito. Enrojeció aunque nadie podía ver que su miembro despertaba al recordar qué precio había cobrado por su silencio. Pero lo peor no era la lujuria que lo había arrastrado a traicionar su deber. Lo peor era que, mientras se masturbaba y se mortificaba a partes iguales en la oscuridad de su celda toledana, se había olvidado completamente de Ordoño de Aza.

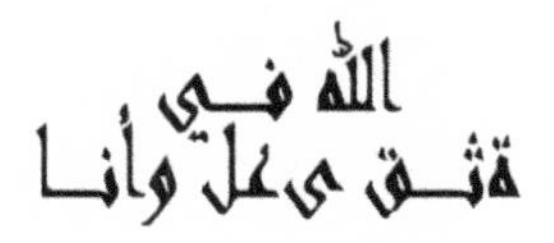

52
EL HEREDERO DE CASTILLA

Tres meses más tarde, principios de otoño de 1189.
Marrakech

El minarete, casi gemelo del que estaba a punto de terminarse en Sevilla, proyectaba su sombra sobre el patio de la mezquita Kutubiyya. Ibn Rushd, no obstante, buscaba el frescor de las columnas que sostenían la arcada exterior. Hojeaba el grueso volumen mientras se humedecía los labios, en busca del pasaje que había leído y releído la noche anterior.

El califa no prestaba atención a su consejero cordobés. En el otro extremo del patio, flanqueado por Abú Yahyá, escuchaba el relato de las nuevas noticias llegadas de al-Ándalus. Temeroso por la reacción de Yaqub, las desgranaba uno de los nuevos visires que habían sustituido a los depuestos tras la expedición a Ifriqiyya.

—El asedio que plantaron los perros portugueses no habría atemorizado a nuestros fieles, príncipe de los creyentes, de no ser porque a los comedores de cerdo se les unieron miles de bárbaros francos de paso hacia Palestina. Tenían intención de viajar a Jerusalén y arrebatársela a los musulmanes, que Dios proteja…

—Cuidado, visir —musitó Abú Yahyá—. Los que tienen Jerusalén por el islam no son auténticos musulmanes. —Señaló al califa con la barbilla—. No lo serán hasta que no reconozcan el liderazgo único de al-Mansur. Ese Salah ad-Din no es sino otro visionario con ínfulas de emir.

—Aunque hay que reconocer que ha puesto de rodillas a los cristianos de Oriente —añadió Yaqub.

El visir había encogido medio palmo tras la reconvención de Abú Yahyá.

—Ruego perdón al príncipe de los creyentes y al gran visir. Pero, como decía, los portugueses han recibido ayuda de esos francos que pretenden recuperar Jerusalén. Llegaron por mar en incontables naves y alcanzaron acuerdos con el perro Sancho, que se hace llamar rey de Portugal, para prestarle su ayuda antes de seguir camino hacia Palestina. Tanta era su muchedumbre que tomaron Alvor al asalto y pasaron a cuchillo a todos los fieles, incluso a mujeres, niños y viejos. Después asediaron Silves por tierra y por mar, devastaron los arrabales, la acosaron con máquinas y cavaron minas bajo las murallas. Como Dios protegió a los nuestros, los perros infieles se hicieron con la coracha que mitigaba la sed de la ciudad. Según los emisarios, los creyentes se vieron obligados a firmar la paz. El perro Sancho de Portugal accedió a respetar sus vidas contra la opinión de los francos, que reclamaban degüello para todos los musulmanes, pero les arrebató sus posesiones. No hará ni tres semanas que Silves cayó, y los supervivientes, vestidos con despojos y enfermos, se han repartido por las ciudades libres bajo tu gobierno.

—Dios confunda a los portugueses. —Abú Yahyá apretó los puños. Silves era una de las ciudades más importantes del Garb al-Ándalus, base fundamental para las incursiones marítimas contra Portugal, y ahora se convertiría en todo lo contrario: un obstáculo para las flotas almohades.

—Dios confunda también a los castellanos —se permitió añadir el visir—. Su mismísimo rey Alfonso ha dirigido una algara. Se puso en camino de Sierra Morena, pero debió de enterarse enseguida de que los portugueses hostigaban a los fieles, así que torció su rumbo antes de llegar al Congosto, el paso que marca la frontera al otro lado de las montañas. Se desvió hacia el Garb y fustigó con su maldad Magacela. Ha talado los campos y quemado las cosechas. Ha tomado castillos y almenaras y se ha atrevido a plantarse en las puertas de Sevilla. Me avergüenza tener que traerte este mensaje, príncipe de los creyentes, pero las tropas andalusíes no han respondido a los ataques cristianos.

Yaqub atravesaba con la mirada al visir. Se volvió hacia Abú Yahyá.

—¿Qué pasa con Ibn Sanadid? Él es belicoso. ¿No ha intentado perseguir a los infieles?

—Ni siquiera Ibn Sanadid podría hacer frente a dos ofensivas simultáneas de Portugal y Castilla. No tengo noticias de él en los últimos meses. Tal vez permaneció en el Sharq al-Ándalus, que estaba muy debilitado tras la rebelión de tu hermano.

El califa asintió. Demasiados frentes. Los cristianos se dividían en reinos independientes y con frecuencia enfrentados, y eso era una ventaja. Pero también mordían cada uno por su lado, como una jauría de perros asilvestrados. Y eso, si nadie lo remediaba, perjudicaba a los almohades.

—Los preparativos para cruzar el Estrecho avanzan, aunque todavía faltan meses para reunir el ejército que quiero llevar contra esos adoradores de la cruz. Abú Yahyá, envía correos a los rincones del imperio. Convoca la yihad voluntaria para que los más fieles se nos unan. ¿Debería atacar a Alfonso de Castilla? Es el más atrevido.

Abú Yahyá mandó retirarse al visir con un gesto autoritario. Mientras abandonaba el patio, habló en voz baja al califa:

—Portugal se ha ganado tu ira con mayor ansia, Yaqub. Los andalusíes aún recuerdan que tu padre cayó allí, en Santarem. Y las bravatas de los castellanos no sirven más que para robar ganado y quemar cosechas. Pero los portugueses nos han arrebatado Silves. ¡Silves!

»Debes terminar lo que tu padre apenas empezó. Haz doblar la rodilla a Portugal en primer lugar.

—Tienes razón, sí. Usaré a los portugueses como blancos para mis nuevos jinetes de Oriente. Portugal será el campo en el que los probaremos. Manda que las cabilas y las tribus sometidas acampen en Rabat dentro de tres meses. Quiero allí a los árabes que puedas reunir, a todo voluntario dispuesto al martirio y al ejército regular completo, salvo las guarniciones mínimas. Y a mis *agzaz*, por supuesto. Antes de partir aprovecharé para tomar una decisión acerca de mis tíos y mi hermano presos. Un gesto que me congracie con el pueblo y, sobre todo, con Dios.

»También me gustaría probar otra cosa. Antes de Santarem, Ibn

Sanadid me advirtió contra los ballesteros portugueses y no le presté oídos. Tal vez fui un necio al negar la valía de las ballestas. ¿Qué opinas?

—Fue un ballestero quien llevó a la muerte a tu padre, príncipe de los creyentes.

«Claro —pensó Yaqub—. Si nos lo repetimos mucho, tal vez lleguemos a creerlo».

—Manda también correos a Sevilla, y que de allí repartan órdenes a todo al-Ándalus. La ballesta es un arma innoble para un almohade de pura raza, y nuestros *rumat* son arqueros desde que nacen. Que los andalusíes se armen con esos artilugios de Iblís.

—¡Aquí está!

Yaqub y Abú Yahyá se volvieron hacia el rincón opuesto del patio. Ibn Rushd se acercaba con el libro abierto y una sonrisa triunfal bajo el mostacho. El cordobés se movió con la parsimonia impuesta por sus más de sesenta años hasta que se plantó frente al califa. Le mostró los caracteres griegos que llenaban las hojas amarillentas.

—¿De dónde has sacado eso, andalusí? —gruñó el visir omnipotente—. ¿Acaso nuestros libreros venden libros infieles? —Cerró el puño sobre el mango de su puñal *gazzula*—. Saldré ahora mismo y cortaré los dedos de quien insulte así a Dios. Nunca me ha parecido bien que abarroten las puertas y los muros de la Kutubiyya. Estamos en una mezquita, y aquí la única palabra que cuenta es la del Único.

Ibn Rushd enrojeció.

—Eh… No será necesario, visir omnipotente. Paz para los libreros de la Kutubiyya. Sagrados coranes es prácticamente lo único que venden. Esta traducción la conseguí en Ceuta. En un barco pisano. Y solamente porque sabía que podría ayudar a la empresa de nuestro amado califa. En casos como este tenemos el deber de valernos de lo que otros han dicho antes, pertenezcan o no a nuestra religión.

Yaqub posó la mano sobre el hombro de Abú Yahyá.

—No atemorices a nuestro amigo andalusí. Ha demostrado su fidelidad mientras puros almohades me traicionaban. Dime, Ibn Rushd, ¿en qué puede ayudarnos el escrito de un infiel?

—Este infiel se llamaba Plutarco, príncipe de los creyentes. Vivió hace siglos, y contó cómo un poderoso ejército cubierto de hierro cayó ante el ataque de los jinetes arqueros de Oriente.

Yaqub arqueó las cejas. Abú Yahyá señaló al volumen.

—¿Habla de los *agzaz*?

—Algo así. —Ibn Rushd entornó los ojos—. Un romano llamado Craso comandaba a sus soldados contra el pueblo parto. Pero los partos contaban con sus jinetes arqueros. Usaban arcos recurvos que despedían las flechas con fuerza suficiente para traspasar las cotas y hasta los escudos. El poder de los romanos residía en su disciplina. En lo cerrado de su formación.

—Como las cargas de caballería cristiana —apuntó el califa—. Yo los vi cuando era niño, cerca de Ciudad Rodrigo. Daban miedo. Estribo con estribo, con el hierro reluciendo al sol...

—Estos romanos también formaban en líneas muy compactas. Era la mejor forma de avanzar con esperanza de llegar hasta el choque —siguió Ibn Rushd—. Pero eso aprovechó a los jinetes partos, aquí lo dice Plutarco: «... porque la unión y apiñamiento de los romanos no les dejaban errar, aun cuando quisiesen, y les causaban heridas graves y profundas». —Separó la vista del libro—. Si los romanos permanecían en formación, caían por decenas. Si intentaban avanzar, los jinetes partos volvían grupas, pero seguían disparando desde sus sillas.

—Como los *agzaz*.

Ibn Rushd asintió y volvió al texto.

—«Los partos se retiraban delante de ellos, tirando siempre». —Movió el dedo sobre las líneas escritas—. «Y en esto obran con la mayor sabiduría, pues que con defender su vida huyendo, quitan a la fuga lo que tiene de vergonzosa». —El cordobés cerró el libro y una fina nube de polvo se elevó ante su rostro—. Los hombres de Craso eran cuatro veces más que sus enemigos, pero los jinetes arqueros los masacraron. Cada vez que los romanos intentaban algún movimiento, los partos mantenían la distancia, tanto si tenían que retroceder como si perseguían a los escuadrones que se retiraban. Lo único que necesitaron fue campo abierto y un enemigo ignorante.

—Un enemigo ignorante —repitió Yaqub. Gesticuló hacia el libro cerrado—. ¿Y si los cristianos también lo han leído?

Ibn Rushd curvó la boca en una sonrisa de burla.

—Los únicos cristianos que leen son sus frailes, y no son capaces de sacar provecho de la sabiduría antigua. Son unos estúpidos. Piensan que solo hay un libro que posee la verdad: el que, según su herética convicción, les dictó Dios. Ignorantes... —Interrumpió su cháchara al darse cuenta de lo que estaba diciendo. El califa y Abú Yahyá se miraron un instante, y luego ambos fijaron la vista en Ibn Rushd. Fue Yaqub quien habló:

—Estamos en una mezquita y se aproxima el rezo del atardecer. Llévate de aquí ese libro, Ibn Rushd. Aprende bien cómo los partos vencieron a los romanos y cuéntaselo a mi visir omnipotente. Quiero que mis *agzaz* sean capaces de derrotar a ejércitos que nos cuadrupliquen.

El cordobés mantuvo la inclinación hasta que el califa y su inseparable gran visir abandonaron el patio. Cuando se alzó, la espalda le reclamaba a gritos un diván. Acomodó el libro bajo el brazo y se dirigió al corredor porticado. Mientras lo hacía, negó en silencio. «Algún día se me acabará la suerte —pensó—. Algún día, Yaqub dejará de necesitarme».

وأنا على ثقة في الله

DOS MESES DESPUÉS. CUENCA

Las dos matronas entraron en el salón principal del alcázar, donde años atrás el gobernador almohade languidecía lejos de Sevilla. El rey Alfonso las observó esperanzado y supo por sus sonrisas que todo había ido bien. Cerró los ojos. Había temido por su esposa más que por nadie. El padre de Leonor, Enrique de Inglaterra, había muerto unos meses antes, y la noticia había sumido a la reina de Castilla en la pena. Justo en el momento más delicado de su preñez. La partera que venía en segundo lugar, una mujerona de carnes abundantes, elevó el pequeño bulto envuelto en trapos, y la otra lo descubrió para mostrar su desnudez.

—Un varón, mi rey.

Martín de Pisuerga acogió la noticia con una carcajada de contento mientras el monarca se acercaba al recién nacido. Lo observó con ojos brillantes y acarició su naricilla con el dorso de los dedos.

—¿Qué tal está mi esposa?

—La reina descansa, mi señor. No ha sufrido más que otras veces. Es muy valiente y esforzada. Y ahora, si nos disculpas, hemos de llevarlo a su nodriza. Cuanto antes se enganche a la teta, mejor.

El rey asintió y las vio alejarse por el corredor. Al fondo, los ciudadanos más principales de la ciudad aguardaban para ser recibidos en audiencia y celebrar el nacimiento del nuevo infante de Castilla. Alfonso decidió que aún podían esperar un poco más.

—Lo llamaré Fernando. Dios quiera que sobreviva.

—Dios lo quiere —aseguró Martín de Pisuerga—. La reina y tú os lo habéis ganado, mi señor.

Alfonso se obligó a creerlo. Sus cuentas con Dios estaban bien cubiertas, según creía, merced al embajador directo que tenía en el arcediano de Palencia. Incluso había regalado recientemente a Martín de Pisuerga todo un castillo con su villa cerca de Sigüenza. Y actuaba de acuerdo con la ley divina. No podía hacer más por buscar la paz con los reinos cristianos, y había centrado su poder militar en el enemigo musulmán. El pequeño Fernando no tendría que pagar los pecados del padre.

—Con su nacimiento, los derechos de Conrado quedan en nada. No creo que los alemanes quieran seguir adelante con el matrimonio. —El rey torció el gesto—. No habría sido mala esa alianza con el Sacro Imperio. Aunque lo cierto es que con esto me ahorraré la dote de Berenguela. El trato era que Conrado se convertía en heredero de Castilla por casamiento.

—El heredero de Castilla ha de ser castellano —sentenció Martín de Pisuerga—, pero reconozco que tienes razón, mi rey. Esa alianza con el Sacro Imperio era tan necesaria como la que gozamos con Inglaterra. Durante el tiempo que he estado en la frontera con León, me han llegado rumores. Y otros he escuchado por estas tierras tan cercanas a Aragón.

La alegría por el nacimiento de un hijo varón se esfumó. De pronto, el viento otoñal se colaba por los arquillos del alcázar conquense y enfriaba la estancia.

—¿Y qué dicen esos rumores?

—Tu primo y tocayo, el rey de León, no vio con buenos ojos que torcieras el rumbo de tu última algara. Cree que las tierras musulmanas que atacaste desde el señorío de Trujillo le pertenecen por derecho de conquista. Supongo que la presencia de Pedro de Castro en su corte tiene algo que ver.

—Seguro, sí. Como la obstinación de Urraca López de Haro.

Martín de Pisuerga se aclaró la garganta.

—Un pequeño detalle, mi rey. Lo otro es peor. Te recuerdo que invitaste a tu primo a que se uniera a esa cabalgada, y él declinó.

—Creo que la verdadera razón, don Martín, es su vergüenza por la humillación en la iglesia de San Zoilo. Salvo en eso, creo que me he comportado como buen cristiano en todo.

—Insistes en ello, mi rey. Y yo insisto en que Castilla es la heredera del viejo emperador Alfonso. Igual que todos le rendían pleitesía, así los demás reinos cristianos te la deben a ti.

Esta vez fue el rey quien carraspeó.

—¿Y qué otros rumores corren?

—Tu otro tocayo, el rey de Aragón, está receloso con esas algaras que parten desde Cañete o desde Alarcón. Al igual que ocurre con León y su Extremadura, Alfonso de Aragón considera que las tierras que rodean Valencia le pertenecen por futura conquista.

—Valiente excusa. Mis dos quejicosos tocayos no hacen nada por convertir en presente ese futuro de conquista. ¿No ven lo que pretendo? No es mi intención quedarme con lo que ellos consideran suyo. Lo que quiero es ayudarles y que ellos me ayuden a mí. Unidos, don Martín. Así solo lograremos avanzar sobre el territorio infiel.

—No parece que la unión contigo esté entre los planes inmediatos de Alfonso de Aragón. No ha visto con buenos ojos esos matrimonios entre la estirpe de los Azagra y los Haro. Para él es demasiado evidente que pretendes imponer tu influencia sin contar con él, sobre todo después de que vuestros pactos para conquistar Albarracín quedaran en nada.

—Me eché atrás porque Leonor y mis barones tenían razón: no era propio de un buen hijo de Dios atacar a quien tan fielmente me sirvió. Ahora me doy cuenta de que la presencia del señor de Castro me nubló las mientes…

—Hay algo más, mi rey. La hermana del rey de Aragón, Dulce, es también la esposa de Sancho de Portugal. Y todos sabemos que el actual rey de León y el de Portugal son amigos. Ahora suma a lo anterior el odio que desde siempre te ha guardado tu tío, Sancho de Navarra.

Alfonso de Castilla arrugó el ceño.

—¿Estás hablando de una confabulación total contra Castilla, don Martín?

—No lo afirmo. Tampoco lo niego, mi rey. Ya sabes que solo Dios dispone. El tiempo nos descubrirá si todo esto no son más que rumores.

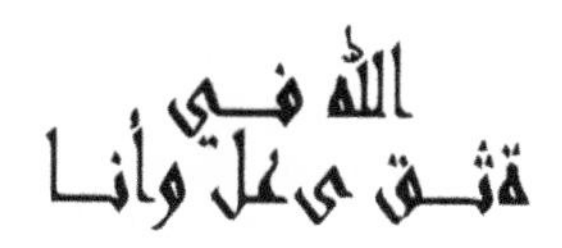

53
LA VERGÜENZA DEL CALIFA

DOS MESES MÁS TARDE, INVIERNO DE 1190. RABAT

Las tiendas del ejército se alineaban junto al Bu-Raqraq por cabilas y por tribus. Aunque faltaban casi la mitad de los convocados, el campamento era alargado y ruidoso. Los propios Ábid al-Majzén lo patrullaban y castigaban con dureza las pendencias, aunque tenían orden de moderar la severidad cuando los culpables fueran los jinetes *agzaz* o los árabes recién deportados. Hubo quejas de varios jeques, pero no se les prestó oídos: Yaqub quería que las nuevas incorporaciones se sintieran a gusto, porque pensaba exigirles el máximo en la batalla.

—Abú Yahyá calcula que podremos partir dentro de unos cuarenta días —dijo Ibn Rushd. El califa y él caminaban por los corredores del palacio rumbo a las mazmorras, con escolta de diez guardias negros. El cordobés jadeaba, demasiado viejo para la marcha impaciente de al-Mansur. Este refunfuñó:

—Cuarenta días es mucho tiempo. El aire tiene oídos y ojos, así que los cristianos sabrán pronto que estamos concentrando nuestro ejército.

—Y eso tal vez te favorezca, príncipe de los creyentes.

Yaqub se detuvo. Como uno solo, los diez Ábid al-Majzén lo imitaron.

—¿Cómo me favorece que mis enemigos conozcan mis movimientos?

—El aire también tiene ojos y oídos sobre ellos. Cuando me enviaste aquí para preparar tu venida, aproveché para escribir a Córdoba y reclamar noticias. Resulta que Alfonso de Castilla se ha quedado solo.

»Su poder ha crecido en los últimos años casi tanto como su soberbia, así que los demás reyes cristianos lo observan recelosos. Alfonso de Castilla empuja sus fronteras no solo en detrimento de al-Ándalus, sino también de sus vecinos. O al menos perciben la amenaza, así que han decidido unirse contra él.

Yaqub sonrió con fiereza.

—Los comedores de cerdo se enfrentan entre sí. Bien.

—Todavía no han luchado, pero León y Portugal han firmado pactos de ayuda contra Castilla, y Navarra y Aragón han hecho lo mismo. Y unos y otros están unidos por lazos de sangre o de interés.

Yaqub reanudó la marcha.

—Es una buena noticia, pero no veo por qué me favorece que cualquiera de los reyezuelos infieles conozca nuestros preparativos.

—Porque unos y otros estarán más inclinados a mirar a otro lado si el perjudicado es el vecino, príncipe de los creyentes.

»Seamos claros: en el pasado hemos usado sus rivalidades en nuestro provecho. Sabemos que León nos prestará oídos si hablamos con voz suave, y Castilla está tan rodeada de amenazas que cualquier ataque a sus vecinos le dará un respiro. En cuanto a Navarra y Aragón, sus fronteras son las más alejadas y sus hombres los menos belicosos para con nosotros.

Llegaron a los accesos de las mazmorras. Varios Ábid al-Majzén se equiparon con antorchas y descendieron los escalones. Sus pasos se volvieron resonantes mientras se obligaban a caminar en fila india. La voz del califa sonó gutural entre las piedras.

—No has nombrado a Portugal, Ibn Rushd.

—Portugal, como siempre, se ha mostrado correosa. Sus algaras de este año han sido catastróficas para los fieles de al-Ándalus. He de decir que estoy de acuerdo con Abú Yahyá: deberías dirigirte contra los portugueses. No te será difícil firmar treguas con León, como otras veces. Sé que Pedro de Castro, el hijo de Fernando el Maldito, al que llaman Renegado, está de nuevo junto al reyezuelo leonés. En cuanto a Castilla, no será necesario acordar nada con ellos. Como te he dicho, un ataque a Portugal aliviará la presión sobre los castellanos.

Yaqub gruñó un asentimiento. Dejaron de bajar escalones para caminar por un corredor ancho y repleto de puertas gruesas y bajas. El olor a humedad se acentuó, y un carcelero se apresuró a arrodillarse ante el califa.

—Ibn Rushd, que mi amado visir omnipotente y tú coincidáis llena de gozo mi corazón. Mi pueblo aún espera que me tome venganza por la muerte de mi padre a manos de los portugueses… —Yaqub apenas vaciló al mentir—, y además yo necesito probar mis nuevas tropas en combate. Portugal es siempre un enemigo más fácil que Castilla. Pero si no firmamos también treguas con el rey castellano, puede pensar que esta concentración está dirigida contra él. Tú mismo has dicho que su poder y su soberbia han crecido en los últimos tiempos, y se atreve a llevar sus cabalgadas hasta casi las puertas de Sevilla. ¿Cómo sé que Alfonso de Castilla no buscará enfrentarse conmigo? Entiéndeme: nada me agradaría más. Pero no me gustaría avanzar contra Portugal y descubrir que un ejército cristiano se dirige hacia mi flanco. Algo aprendí de la lección de Santarem.

El andalusí sonrió.

—Escribe a Alfonso de Castilla. O díctame la carta y yo la pasaré a su lengua latina. No para proponerle un pacto, sino para informarle de tus planes. Amenázale para que sepa que tus palabras son sinceras, pero déjale claro que Castilla no sufrirá aún la devastación y la muerte. Escríbele ya, desde aquí. Cuando estemos en al-Ándalus, el aire nos informará de si ha visto u oído preparativos militares en Castilla.

El califa asintió satisfecho.

Observó durante un instante al carcelero, que continuaba postrado ante él.

—Trae a mis dos tíos y a mi hermano.

Seis Ábid al-Majzén acompañaron al guardián en su recorrido por los portones. Uno a uno, Abú-l-Rabí, Abú Ishaq y ar-Rashid fueron arrojados al suelo de piedra basta. Los tres mostraban en sus rostros las marcas del hambre y la desesperanza. Sus párpados se entrecerraban sobre los pómulos marcados y las barbas crecidas y descuidadas. Las túnicas que cubrían su desnudez apestaban. El califa se dirigió primero a Abú Ishaq.

—Tío, tengo prisa, así que mi paciencia toca a su fin. Cuando todo el mundo supo que había sobrevivido a los Banú Ganiyya, me escribiste para vomitar tus adulaciones y tu falsa alegría, pero los auténticos fieles afirman que intentaste sustituirme en el gobierno del imperio. Eres hijo de Abd al-Mumín, así que te exijo sinceridad. —Imitó al difunto Abú Hafs al apuntar al techo rocoso con el índice—. Dios es testigo. ¿Reconoces tu crimen?

El preso intentó humedecerse los labios con una lengua tan reseca como el Yarid. Su voz sonó débil y temblorosa:

—Jamás, príncipe de los creyentes... Jamás conspiré. Somos de la misma sangre.

—Entonces no la derramaremos en balde. —Yaqub se volvió hacia uno de los Ábid al-Majzén—. Llevadlo fuera, junto a las murallas, y decapitadlo. Procurad que no sangre mucho y colgad su cabeza para que todo el mundo pueda verla.

Abú Ishaq intentó gritar, pero solo pudo emitir un quejido. Dos guardias negros lo arrastraron escaleras arriba mientras Abú-l-Rabí palidecía. Era su turno.

—Tío, ya ves cómo castigo la mentira. Tu hermano intentó convencer a mis visires y a la chusma de que yo estaba muerto, pero tú sublevaste a las cabilas para marchar sobre Marrakech, así que tu pecado es mayor. Piensa bien lo que vas a decir.

Abú-l-Rabí lloró en silencio. Miró a su alrededor, pero solo encontró la rigidez en los Ábid al-Majzén, el gesto huidizo de Ibn Rushd y la resignación de ar-Rashid. Sus manos hicieron sonar las cadenas que las unían al entrelazar los dedos en signo de súplica.

—Príncipe de los creyentes, por la sangre que compartimos te lo ruego: ten clemencia. Sí, lo reconozco: quise tomar el trono por la fuerza... Pero yo... también pensaba que habías muerto y... Ah. Solo quería mantener el orden... Siempre estuve convencido de que obraba bien...

Yaqub detuvo su charla balbuciente con un gesto.

—Pero igual que Abú Ishaq, me escribiste cuando me supiste vivo para negar tu culpa. Si obrabas bien, ¿a qué mentir?

Sus lágrimas se redoblaron.

—¡Sí, sí, sí! ¡Soy un traidor, lo reconozco! ¡Pero me arrepiento, príncipe de los creyentes...! Piedad. ¡Clemencia!

El califa escogió otros dos guardias negros.

—Piedad y clemencia. Se las daremos, puesto que ha reconocido su culpa. No lo someteremos al trance de caminar hasta la muralla para encontrarse con la muerte. Cortadle la cabeza ahora mismo. Aquí.

Los chillidos de Abú-l-Rabí brotaron con mucha más fuerza que los de Abú Ishaq. Incluso se revolvió como una anguila antes de que un guardia negro lo derribara boca abajo de una patada y se sentara sobre su espalda. El otro guardia le pisó la sien mientras desenfundaba su sable indio. Ibn Rushd apartó la vista.

Solo fueron necesarios dos tajos para que la cabeza rodara. El charco negruzco se extendía a toda prisa por el piso de piedra cuando el califa se dirigió al último de sus parientes traidores:

—Lo tuyo es diferente, hermano. De ti obtuve ya toda la verdad, por eso he estado pensando este tiempo. Dios, alabado sea, sabe que intenté apartar mi intención de ordenar tu muerte. Para aplacar mi justa ira, crucifiqué a tus visires, los que me llevé a Marrakech.

El rostro indiferente de ar-Rashid se conmovió un instante pero se recuperó al siguiente. Alzó la mirada hacia el califa:

—No sabes toda la verdad.

Hasta los guardias negros observaron la reacción de Yaqub. Este vaciló, así que Ibn Rushd lo aprovechó.

—Prométele clemencia, príncipe de los creyentes. Aún es tu hermano. Con dos muertos de tu sangre es suficiente por hoy.

El califa reflexionó un instante.

—Bien, hermano. Mi consejero andalusí me ha convencido, como casi siempre. Con dos muertos de mi sangre es suficiente por hoy. Habla.

Al contrario que sus tíos, ar-Rashid demostró cierto aplomo:

—Solo te lo diré a ti. Que se vayan los demás.

Instintivamente, el califa rozó el puño de su cuchillo *gazzula*. Aquello le dio la seguridad que necesitaba.

—Fuera todos. Carcelero, tú también. Y tú, Ibn Rushd. Llevaos la cabeza de mi tío a las murallas para que haga compañía a la de su hermano Abú Ishaq.

Los pasos se perdieron escaleras arriba, lo mismo que el reguero de sangre que dejaba el bulto redondo y repleto de pelo que transportaba uno de los Ábid al-Majzén. El arrodillado *sayyid* suspiró antes de recitar con voz monótona:

—Para tratar con Alfonso de Castilla, tu noble esposa, Safiyya bint Mardánish, reclamó a su lado a un cristiano. Lo conocía de antes, y en el peor sentido que puedas imaginar.

Yaqub contrajo los labios. El recuerdo que le asaltó era el de su propia mano herida para simular la desfloración de la lobezna.

—Así que fue un cristiano...

—Ordoño Garcés de Aza es su nombre. Vasallo de Alfonso de Castilla. Durante meses fornicaron en la *munya* Zaydía. Fue el hombre al que tus guardias negros capturaron en la puerta de Safiyya. Lo llevaron a Málaga como esclavo.

Ahora también se apretaron los puños del califa. Nadie le había dicho que aquel tipo, al que no había dado mayor importancia hasta ese momento, siguiera vivo.

—Ordoño Garcés de Aza —paladeó cada sílaba de aquel nombre extraño para no olvidarlo—. ¿Quién más lo sabe?

—Las esclavas de la Zaydía. Los sirvientes. Tal vez lo sospechara alguno de mis visires... Todo el que puede saberlo está entre la gente que tu esbirro Abú Yahyá capturó.

Eso no gustó a Yaqub. Demasiadas lenguas podían desatarse. Aunque la mayoría de los cautivos, según le había dicho su visir omnipotente, habían muerto ya. ¿Prestaría alguien oídos a un esclavo traidor? No. Imposible. Pero su hermano era otra cosa.

—Eres mi hermano, ar-Rashid. Permitiste que mi esposa andalusí se burlara de mí. Con un comedor de cerdo, nada menos. Si se supiera, sería el hazmerreír del imperio. El hazmerreír de la historia.

Ar-Rashid se encogió de hombros.

—Guardaré el secreto. Lo juro. Si cumples con tu promesa de clemencia, no tienes nada que temer de mí.

La sonrisa fiera regresó a la boca del califa.

—Puedo confiar en ti, ¿eh?

—Así es.

«Como cuando tuviste en tus manos el gobierno del Sharq al-Ándalus —pensó Yaqub—, y lo vendiste al mejor postor».

Dio media vuelta y dejó a ar-Rashid de rodillas, solo en medio del corredor. Subió los escalones de dos en dos y halló a Ibn Rushd arriba, en compañía de los seis Ábid al-Majzén y el carcelero. El reguero de sangre marcaba la ruta de la cabeza de su tío hacia fuera.

—¿Qué te ha contado? —se atrevió a preguntar el cordobés. El califa lo ignoró y agarró al carcelero por la pechera del *burnús*.

—Vuelve abajo con mi guardia. He prometido que hoy no moriría nadie más de mi sangre, así que quiero que conserves a ar-Rashid con vida hasta mañana. Ahora le cortarás la lengua y los dedos de la mano diestra…

—¡Pero…, mi señor! —se quejó Ibn Rushd.

—Espera —continuó el califa—. No recuerdo si ar-Rashid es zurdo. Dada su impureza de corazón, podría ser. Y aunque no lo fuera, siempre puede intentar escribir con la mano izquierda. No corramos riesgos: le cortarás los diez dedos.

—¡Príncipe de los creyentes! —insistió el cordobés—. ¿Por qué?

Pero el califa siguió sin escucharle. Completó sus instrucciones al carcelero:

—Cúralo bien. Que sobreviva hasta mañana al amanecer. Entonces lo decapitarás. Quiero que conservéis su cabeza con sal y mirra. —Se volvió a Ibn Rushd—. Tú te encargarás de mandarla a al-Ándalus.

El cordobés solo pudo asentir a toda prisa.

—¿Y a quién se la mandaremos, mi señor?

—A Málaga. A mi esposa Safiyya.

الله في
ثقة على وأنا

Tres meses después. Burgos

El infante Fernando, nuevo heredero de la corona castellana, mantenía en vilo a toda la corte. El pequeño estaba sano, apuraba hasta la última gota de las tetas de sus nodrizas y hacía reír a la reina con sus pucheros. Pero los reyes habían pasado demasiadas veces por el trance de perder a un príncipe como para no temer que hubiera que ocupar otro sepulcro en Las Huelgas. Por de pronto, el vientre de Leonor crecía de nuevo y un físico vigilaba constantemente el menor gimoteo del sucesor.

Esa tarde, el rey Alfonso descansaba de otra larga mañana de audiencias, dádivas y confirmaciones. Había ordenado que lo dejaran solo tras la comida, y luchaba contra el sopor para hacer frente a los correos que le entregarían de un momento a otro. Martín de Pisuerga había vuelto a hacer uno de sus viajes a Carrión para vigilar de cerca los movimientos leoneses y tratar de doblegar las ansias de Urraca López de Haro. O eso había dicho el arcediano antes de obtener licencia para ausentarse. Por tal motivo era el mismo rey quien recibía las misivas y escogía las más importantes. Se sabía que el miramamolín concentraba uno de sus ejércitos califales al otro lado del Estrecho, y las peticiones de nuevas y los avisos para aprestar huestes cruzaban el reino. Sobre todo, el rey Alfonso esperaba información sobre la marcha de las obras en Alarcos. Los trabajos en las defensas resultaban lentos porque la misma villa se hallaba en construcción, y a eso se unían el optimismo por años sin ver estandartes infieles en la Trasierra y la sensación de que el reino era más fuerte a cada día que pasaba. Pero el rey Alfonso no se dejaba llevar por la misma confianza. En ocasiones, el monarca se arrepentía de haber fundado Alarcos en un lugar tan cercano a la frontera, con los pasos de Sierra Morena a tiro de piedra. Y no le gustaba nada la presión a la que Portugal, León, Aragón y Navarra sometían a Castilla. Aquella maldita alianza de todos contra él… El escribano de cancillería entró y, tras una reverencia, dejó caer un buen fajo de cartas sobre la mesa, entre las escudillas con huesos de perdiz y hogazas de pan untadas de grasa. Fue una misiva en especial la que llamó la atención del rey. Escrita en pergamino, en una petulante obcecación por renunciar al papel, y sellada con cera verde. Alfonso no dominaba el árabe, pero supo leer el lema anunciado en el material endurecido que preservaba la misiva. Lo reprodujo en voz alta:

—*En Dios confío.*

Los pedazos verdes cayeron tras el crujido. A diferencia del sello, la carta estaba escrita en latín, con grafías cuidadas y con una perfección que para sí desearían muchos copistas cristianos:

De Yaqub ibn Yusuf ibn Abd al-Mumín al-Mansur, príncipe de los creyentes, a Alfonso, hijo de Sancho, hijo de Alfonso, rey de los castellanos.

Alabanzas al Dios único.

No es mi hábito escribir a los infieles, acostumbrado como estoy a pasarlos por la espada, clavarlos en cruces o reducirlos a la esclavitud. Pero has de saber, adorador de Satán, que he convocado a las cabilas del Magreb, del Sus y de Ifriqiyya, así como a los creyentes andalusíes y a los voluntarios de la fe. Tengo intención de llevar la guerra santa a la península de al-Ándalus para purificarla de infieles desde la playa de Tarifa hasta los montes Pirineos. Y no he de detenerme allí, pues recuperar para el islam los territorios usurpados por la cruz es solo el paso previo a extender la doctrina del Único por todo el orbe.

Sabemos que la única forma de rehabilitaros de vuestra falsa fe es daros muerte en número tan grande como los granos de arena del desierto, y llevar el terror a vuestros corazones para que temáis por la vida de vuestros hijos y vuestras mujeres. Solo así vuestra conversión será verdadera y humilde, y os someteréis al orden de Dios, ensalzado sea.

Te hago conocedor de todo esto para que sepas cuál es mi destino y el de todos los almohades. Sabe también que debes perder la esperanza, pues somos decenas de miles y estamos dispuestos a aceptar el martirio para alcanzar la meta. Nuestra causa es la única que agrada a Dios, la única revestida por el orden y la justicia. Y no hay fuerza sino a través de Dios, luego necesariamente hemos de vencer.

Cuando recibas esta carta, mis huestes habrán cruzado el Estrecho y me hallaré en al-Ándalus. Me dirigiré a la tierra usurpada por los portugueses y mostraré a su rey Sancho cómo se despeja el camino a la justicia. Sé que Portugal, así como los demás reinos que te son vecinos, te amenaza. Está en vuestra naturaleza cristiana traicionaros y desgarrar vuestro cuello a dentelladas. Aragón y Navarra conspiran contra ti, y tu pariente leonés te odia tanto que podría reclutarlo para mi causa. Estás solo, infiel. Por eso respirarás aliviado cuando sepas que los ejércitos de Dios no devastarán las tierras de Castilla ni derramarán vuestra sangre. ¿Me creerás? Tú te has convertido en aliado del demonio y tu ley te permite mentir, pero la supremacía es de la ley divina, y yo no miento.

No descanses, rey de los castellanos. Dios sigue al acecho y un día no muy lejano pondrá su mirada en ti. Ese día nos veremos las caras en el campo de batalla.

Alfonso de Castilla levantó la vista de la carta. Se le había erizado el vello y su respiración se aceleraba.

Supo que la carta era tan auténtica como las intenciones del miramamolín. En ese mismo momento acababa de olvidar sus cuitas con las defensas de Alarcos. Se preguntaba qué debía hacer. ¿Tenía que informar a Sancho de Portugal? Claro que, vista la soberbia del califa, tal vez el rey portugués habría recibido ya su propia misiva. ¿Acaso no tendría que hacer un llamamiento urgente para que sus fieles se movilizaran? ¿Debía marchar en ayuda de Portugal, que acababa de firmar un pacto en su contra? ¿Qué pensaría de eso su primo Alfonso de León? Tal vez esta sería una buena oportunidad para comprobar en qué quedaban las promesas de alianza militar entre los demás reinos de la península. Notó que el aire le faltaba, sus ojos volvieron a la carta. «Tengo miedo —pensó—. Realmente lo ha conseguido. Me ha aterrorizado».

Dejó la misiva en la mesa y se sirvió una medida entera de vino, que bebió a pequeños sorbos. «El caso es que tiene razón. Estoy solo». Imaginó que el contenido de la carta fuera otro. Que el miramamolín le hubiera jurado que se disponía a atravesar los pasos de Sierra Morena y a cargar contra Castilla. Y que los demás reyes cristianos lo supieran. ¿Qué harían ellos? ¿Acudirían a auxiliarle?

—No. —Tragó a duras penas el último sorbo—. No lo harían.

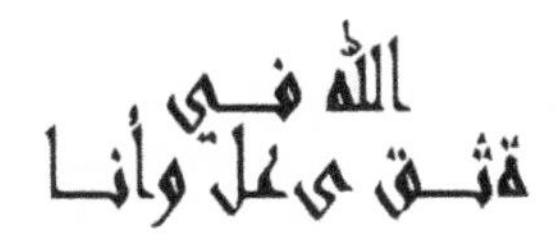

54
LA VIRGEN ROTA

Al mismo tiempo, primavera de 1190. Inmediaciones de Córdoba

Ibn Rushd se enjugó las lágrimas a toda prisa.

Eran muchas las veces que había visitado la antigua ciudad arruinada, y en todas las ocasiones acababa llorando. Ahora no se trataba solo de nostalgia andalusí. Era pena por lo que se disponía a hacer el califa Yaqub, y por lo que habían hecho los demás bereberes, fueran almohades o almorávides.

A su alrededor, el esplendor se había disuelto hasta casi desaparecer. Tan solo hileras de piedras a medio enterrar marcaban las líneas ciclópeas de la muralla, las torres desmanteladas, las paredes de los palacios, los basamentos agrietados, los tambores de columnas derribadas. A trechos aparecía casi entera la pilastra de una fuente o un dintel desnudo de jambas. Las albercas contenían agua verdosa en la que flotaba la inmundicia, y la mala hierba lo invadía todo y crecía entre las fisuras. El único edificio en pie era uno desprovisto de techo y repleto de arcos. Los sillares, el mármol y el azabache que otrora brillaban allí, adornaban ahora mezquitas y alcázares en Sevilla, Córdoba, Granada, Fez, Rabat o Marrakech.

—Madinat az-Zahra.

Los Ábid al-Majzén, alejados y dispuestos en un amplio círculo, no prestaron atención al cordobés. Ibn Sanadid sí lo hizo.

—Un sueño que se evaporó y jamás volverá.

Ibn Rushd asintió y terminó de limpiarse la cara. Recordó los versos —¿cómo no hacerlo?— que tantas veces había oído de niño en casa de su padre:

¡Oh, Zahra!, he dicho, ¡vuelve!,
y ella me ha contestado: ¿es que puede volver lo que está muerto?

No he cesado de llorar, llorar y llorar.
Pero, por desgracia, ¿de qué sirven las lágrimas?

Habían salido para el complejo palatino en ruinas de buena mañana, tras la oración del alba. Abú Yahyá había señalado una revista general de las tropas ahora que los sanhayas y los haskuras, los más rezagados, se habían presentado por fin en Córdoba. Parecía que el califa pretendía aprovechar el momento y trasladarse hasta Madinat az-Zahra sin su visir omnipotente. Ordenó al arráez de las tropas andalusíes, Ibn Sanadid, que lo acompañara la parasanga y media que separaba Córdoba de aquel lugar devastado.

—No quiero verlo. —Ibn Rushd dio la espalda a la estatua femenina. El mármol había perdido las capas de color, y ahora ella parecía desnuda. Desamparada.

—Yaqub dice que representa a la madre del Mesías.

—Shhh. Ahí viene.

El califa se acercaba con una maza en la mano. Evitaba mirar a la estatua. En aquel lugar, hacía ya tanto tiempo que la memoria se había perdido, la mujer de mármol debió de dar la bienvenida a los que llegaban a la ciudad de az-Zahra para pedir audiencia al soberano andalusí, o a los antiguos califas cada vez que regresaban de sus incursiones en unos reinos cristianos pequeños y atemorizados.

Yaqub golpeó sin miramientos. El mármol crujió una y otra vez, y sus pedazos fueron machacados en el suelo hasta que no quedó parte humana reconocible en la mujer. Cuando terminó su trabajo, el califa jadeaba.

—Por eso perdisteis lo que teníais —reprochó a los dos andalusíes—. Porque fuisteis débiles. Dios no consiente esto. ¡No lo consiente!

Ibn Rushd casi no reconocía al califa. Aquel arrebato destructor le cambiaba las facciones hasta hacer que se pareciera a su difunto tío Abú Hafs. El cordobés aguantó el escalofrío y se obligó a distraer a Yaqub de su ímpetu demoledor.

—Así que el rey de León acepta las treguas.

—Por supuesto. —Al-Mansur alargó la maza hacia un guardia negro, que se acercó para cogerla y volvió a su puesto—. Es digno hijo de su padre. Podemos estar seguros de que Portugal se hallará desamparado.

Ibn Sanadid escuchó en silencio.

—No sabemos nada de Alfonso de Castilla —dijo Ibn Rushd—. Pero sí sabemos que no ha convocado a sus nobles ni a sus mesnadas. Ni siquiera hemos detectado movilización entre las milicias de sus ciudades más agresivas.

Yaqub, satisfecho, se enjugó el sudor.

—Tenías razón, como de costumbre. Pero ahora, Ibn Rushd, deseo hablar a solas con tu paisano.

El cordobés hizo una inclinación y se alejó gustoso. Ibn Sanadid observó que no miraba atrás y lo compadeció. Aunque se alegró de no compartir su apego por el arte, fuera fiel o infiel.

—Manda, príncipe de los creyentes.

Yaqub se llevó el índice a los labios y habló en voz muy baja.

—Mando que me hables de Ordoño Garcés de Aza.

Ibn Sanadid disimuló bien. Apartó la vista para fingir que se concentraba en rebuscar aquel nombre cristiano en su mente.

—Ordoño... de Aza. Pues no recuerdo...

—Yo te refrescaré la memoria. Es el mercenario castellano que capturasteis en Valencia. El que guardaba la puerta de mi castísima esposa andalusí. Según parece, fue arrojado a las mazmorras de Málaga. ¿Ya recuerdas algo más de él?

«¿Hasta dónde sabe? —se preguntó Ibn Sanadid—. ¿Hasta dónde puedo hablar y hasta dónde puedo callar?».

—Ah, ese. Se batió bien. Jamás había visto a nadie enfrentarse con tal temple a uno de tus guardias negros. Él se midió con dos y los mató antes de caer. Cuando llegué a la *munya* Zaydía, ya había cerrado con ellos. Tal vez le pagaban para guardar la puerta de tu esposa, o simplemente era uno de los mercenarios de tu hermano.

El califa entornó los ojos.

—Mi prioridad está ahora al oeste y debes acompañarme, pero la campaña acabará y regresaremos. Solo tú puedes reconocer a ese Ordoño, así que viajarás a Málaga y lo encontrarás, si es que aún vive.

Algo no cuadraba.

—¿Solo yo, príncipe de los creyentes? ¿Qué hay de Abú Yahyá?

La vergüenza sustituyó a la ira en la mirada de Yaqub.

—Mi visir omnipotente no debe saber nada de esto. Ni él ni nadie más. ¿Entendido?

—Por supuesto. ¿Y qué he de hacer con ese... Ordoño?

—Traerlo a mi presencia.

Ibn Sanadid se mordió la lengua, pero no lo suficiente para evitar la siguiente pregunta:

—¿Y qué harás con él, mi señor?

El califa miró tras de sí, a los pedazos pulverizados de mármol. Habló entre dientes, en voz baja. Y heló la sangre en las venas del andalusí.

—No quieres saberlo. —Y se alejó hacia donde aguardaba Ibn Rushd.

Ibn Sanadid tragó saliva y un súbito temblor sacudió su pierna derecha. Intentó pensar con rapidez, pero el miedo lo bloqueaba. La culpa era suya, desde luego. Una culpa vieja, de cuando se le ocurrió hablar a su amigo cristiano de una princesa andalusí con ojos de mar, trenzas de oro y sangre de lobo. Él había metido a Ordoño en la cama prohibida. Él lo había sepultado en las mazmorras malagueñas. Él lo iba a colocar en el cadalso del califa. «Queda una campaña entera —pensó—. Todo es posible en la guerra». Respiró despacio. Solo él era capaz de reconocer al mercenario castellano, había dicho el califa. Abú Yahyá no contaba. Y así, la única pieza de aquel juego prohibido que nadie se atrevía a tocar era…

… Safiyya.

وأنا على ثقة في الله

Al mismo tiempo. Málaga

—Los hargas son los mejores de entre todos los almohades. Los de sangre más pura y los más cercanos a Dios. Los compañeros sinceros del Mahdi.

Safiyya apretó los labios mientras escuchaba la vocecita de Idrís. El pequeño, de pie y muy digno frente a Marjanna, recitaba lo aprendido esa mañana junto a los hijos de los demás prebostes malagueños. La persa, encorvada ya a sus casi sesenta años, sonreía con dulzura. Lo habría hecho dijera lo que dijera Idrís.

—Qué niño más listo.

—¿Nosotros somos hargas?

Marjanna no tuvo tiempo para contestar, porque Safiyya se volvió con rapidez.

—No lo somos. Nosotros no somos bereberes. Somos andalusíes.

Idrís se rascó el cuero cabelludo.

—Mi maestro dice que los andalusíes son poco… —Se mordió el labio mientras recordaba la palabra—. Poco dignos, eso. ¿Somos poco dignos?

Safiyya se separó de la celosía por la que descendían oblicuas franjas de luz. Las motas de polvo se desbandaron al paso de la lobezna. Se sentó junto a Marjanna en el lecho y acarició la mejilla de su hijo.

—Somos los más dignos, Idrís. Repite si quieres lo que te enseña ese maestro almohade, pero recuerda siempre que ellos no son más que extraños que han venido a robarnos. Esta es nuestra tierra, al-Ándalus. Los hargas serán muy dignos en sus montañas y entre sus cabras. Aquí solo son extranjeros y ladrones.

Marjanna se inclinó para golpear suavemente el hombro de Safiyya con el suyo.

—Lo estás confundiendo. Mira que si se le escapa algo de eso delante de los demás…

—No pasará nada. Es el hijo del califa, ¿recuerdas?

Safiyya se levantó, alisó la *gilala* blanca y avanzó de nuevo hacia la celosía. A través del entramado veía siempre lo mismo: un patio rectangular con un pequeño jardín. Pero ella soñaba con atravesar las paredes del palacio y alcanzar la entrada del agujero. No dejaba de preguntárselo día tras día.

—¿Seguirá vivo?

Marjanna, a la que ya empezaba a fallarle el oído, supo no obstante cuál era la cuita de la lobezna.

—Deja de atormentarte. ¿De qué te sirve?

—No es algo que dependa de mi voluntad. No puedo evitarlo. Es culpa mía que lo apresaran.

Eso sí lo oyó Marjanna.

—Fue decisión suya ir a Valencia.

Safiyya la observó de reojo. La vio encogida, con los rizos llenos de canas y la piel arrugada alrededor de la sonrisa. Sus pechos, que fueron leyenda en el Sharq de sus padres, se habían descolgado y hasta parecían menguados. De alguna forma, así era cómo al-Ándalus había dejado atrás su belleza efímera y su imaginaria prosperidad. Algún día Marjanna cerraría los ojos para siempre. ¿Pasaría eso también con su patria? Se restregó una lágrima.

—Siempre lo has odiado.

La persa recolocó el pequeño *burnús* listado de Idrís sobre sus hombros.

—Y tú deberías haberlo hecho también, y así te habrías evitado este dolor absurdo.

Los rayos de sol casi habían llegado hasta el lecho. En muy poco rato atardecería y los esclavos regresarían de su trabajo junto al río. Safiyya se lo preguntó de nuevo:

—¿Seguro que no lo has visto?

—No hay nada seguro. He visto a algunos cautivos, pero no puedo saber si alguno de ellos era Ordoño. Todos parecen cadáveres andantes.

Safiyya se llevó la mano al pecho. No existía amiga más fiel que Marjanna, que decidió pasar por esclava después de alcanzar la libertad; pero siempre le había faltado tacto. Por eso contaba con detalle cómo de vez en cuando, al ir a por agua al pozo, los guardianes almohades la retenían hasta que los esclavos tomaban su ración antes de salir de la alcazaba. Desde lejos, la persa observaba con desprecio a los cautivos cristianos. Safiyya afiló la mirada. ¿Y si Marjanna, en realidad, pretendía ahorrarle el mal trago? ¿Y si prefería que Ordoño pasara por muerto en lugar de por un cadáver andante? Trató de imaginar el tormento de vivir en la mazmorra, enterrado en vida bajo una masa de roca húmeda, compartiendo miseria con otros esclavos y destinado a sufrir hasta el final.

—¿Y si lo confieso? Ordoño es noble. Sé que los freires de la frontera redimen cautivos. Y hasta que llegaran a un acuerdo, le permitirían vivir en algún lugar menos… insano.

—Déjalo ya, Safiyya. Tendrías que explicar demasiadas cosas, y la necedad de estos pastores de cabras tiene un límite. Si el cristiano está muerto no ganarás nada, y si está vivo, os condenaréis ambos.

—O tal vez no. Yaqub me perdonó cuando supo que no era virgen.

—Eso hizo. ¿Lo hará otra vez? Piensa en tu hijo. Y piensa también en ese cristiano. Tal vez el califa pueda perdonar a su esposa, una princesa de los Banú Mardánish, pero ¿qué haría con Ordoño? Recuerda el regalo que te envió desde Rabat. Si fue capaz de acabar así con su propio hermano… ¿Quieres recibir la cabeza del cristiano rellena de mirra y sal?

Safiyya asintió y se volvió otra vez hacia la celosía. Metió los dedos por los huecos del entramado y apretó mientras el llanto se desbordaba. Ojalá pudiera apretar así el cuello de su esposo y el de todos los almohades.

—Somos andalusíes, Idrís —repitió con rabia—. Somos andalusíes. Andalusíes. Y somos mejores que ellos.

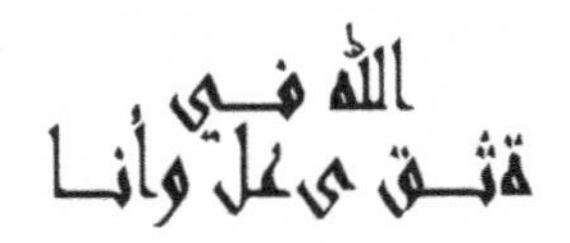

55
MILITES CHRISTI

Tres meses después, verano de 1190. Tomar, reino de Portugal

Yaqub se ajustaba el barboquejo mientras Abú Yahyá le sujetaba la adarga. El visir omnipotente observaba preocupado al califa.

—No es necesario. Es más: resulta insensato.

Pero al-Mansur no había recibido su sobrenombre por quedarse atrás.

—Solo quiero verlos de cerca. Saber cómo son. Tú mismo me lo enseñaste: hay que conocer al enemigo antes de enfrentarse a él.

Abú Yahyá suspiró y dedicó un par de gestos silenciosos a los Ábid al-Majzén que se agrupaban a su espalda. «Mantenedlo con vida», les ordenaba sin palabras.

El califa sacudió la cabeza para comprobar que el yelmo no se movía y el antifaz metálico no le estorbaba la vista. Cuesta arriba, bajo las encinas, los *ghuzat* aguardaban entre oraciones para encabezar el asalto, mientras que los ballesteros andalusíes y los infantes masmudas se agazapaban más atrás, protegidos por los troncos. El visir omnipotente vislumbró movimiento al este, al otro lado del río, y se aupó.

—Viene alguien a uña de caballo. Un correo.

Yaqub, con la respiración agitada por la acción inminente, apenas lo escuchó.

—No te separes de mí.

Abú Yahyá volvió a suspirar. Sabía que nada retendría al califa en retaguardia.

Nadie había podido retenerlo tampoco dos meses antes, cuando las últimas tropas convocadas llegaron al campamento de Sevilla y él mismo se les unió desde Córdoba. Yaqub escuchó los consejos de Abú Yahyá e Ibn Sanadid, y después se oyó a sí mismo para dividir en dos el ejército. Una parte la puso bajo mando de su primo Abú Zakkariyyah, hijo del difunto Abú Hafs, y la mandó hacia Silves, la importante plaza que los portugueses les habían arrebatado en la costa sur del Garb al-Ándalus. Abú Zakkariyyah no recibió orden de asaltar la plaza. Ni siquiera tenía que construir ingenios ni apretar el asedio. Su misión era tantear a la guarnición portuguesa, estudiar las defensas de la fortaleza y arrasar las cosechas y los bosques hasta convertirlo todo en un erial. Mientras tanto, Yaqub se llevó la otra mitad del ejército califal, junto con Abú Yahyá e Ibn Sanadid, tras una solemne ceremonia de atado de banderas y reparto de *baraka*. Se movió a toda prisa hacia el noroeste, cruzó el Tajo y sorprendió a los portugueses en el castillo de Torres-Novas. La guarnición, aislada y sin provisiones, ofreció la capitulación a cambio de salvar la vida. El califa solo aceptó porque tenía prisa y su objetivo era continuar la marcha, pero arrasó la plaza hasta los cimientos y se presentó ante la fortaleza de Tomar. Ahora el rey de Portugal tenía fuerzas enemigas al sur y al norte de Lisboa, y se encontraba solo y sin esperanza de recibir auxilio de los otros reyes cristianos.

Yaqub no había escogido su objetivo al azar. Sabía que Tomar era una plaza fuerte del Temple, la orden de frailes guerreros contra la que le había advertido Ibn Sanadid tiempo atrás. Ahora quería comprobar si en verdad eran tan fieros aquellos templarios.

—Lo único que siento es que mis *agzaz* no han podido entrar en acción.

Abú Yahyá asintió con un gruñido. Lo que sí iba a poder probar el califa era a sus nuevos ballesteros andalusíes. Ese mismo día.

El visir omnipotente dio un grito para iniciar el asalto. La tarde anterior, medio centenar de *ghuzat* había conseguido trepar por la ladera y apretarse contra un portón en la muralla sur de Tomar. Antes de ser exterminados desde las almenas, lograron derribar el batiente de gruesa madera. Durante esa noche los templarios no habían podido sustituir la puerta, así que se habían limitado a apiñar enseres a modo de barricada para taponar el hueco. Si ahora Yaqub conseguía forzar la entrada, todavía quedaría progresar hasta el recinto defensivo interior, protegido por murallas aún más sólidas, enormes puertas, rastrillos y odiosos freires.

La empresa era casi imposible, así que el califa no soñaba con alcanzarla. Uno de los secretos de mantener su sobrenombre victorioso era no empeñarse en buscar derrotas.

Los voluntarios de la fe ya se esforzaban cuesta arriba al grito de Dios es grande. Como el ejército almohade se había presentado casi por sorpresa, los templarios no habían tenido tiempo de talar el espacio inmediato a los muros, así que solo pudieron disparar cuando los *ghuzat* abandonaron el abrigo de las encinas, demasiado cerca del portón derribado. Los primeros virotes sisearon desde el adarve sur de Tomar antes de impactar con golpes secos en los pechos almohades. Abú Yahyá consultó al califa con la mirada y recibió un solo movimiento de cabeza, afirmativo y seguro. El visir omnipotente inició la trepada con su escudo al frente. Como uno solo, una docena de Ábid al-Majzén rodearon al califa antes de lanzarse cuesta arriba. Por delante, los ballesteros andalusíes adelantaban sus posiciones hasta el límite boscoso, prestos para barrer el adarve de Tomar, y los lanceros masmudas se intercalaban con ellos.

Los voluntarios de la fe consiguieron vencer la resistencia en el portón derribado justo cuando, más abajo, Yaqub se metía entre sus hombres. El lugar de la lucha era un amasijo de sacos, tablas y arcones vacíos, y por supuesto cadáveres y hombres heridos, algunos de los cuales rodaban monte abajo y frenaban en posiciones ridículas. Abú Yahyá señaló a las almenas. Los ballesteros del Temple fijaban sus armas entre los merlones y las apuntaban hacia la espesura. El visir omnipotente se volvió hacia Yaqub y le habló por delante del pecho musculoso de un guardia negro.

—No te arriesgues. No te separes.

Yaqub le devolvió la mirada. Luego la bajó hasta su anillo y leyó la inscripción. *En Dios confío*. Dio él mismo la orden:

—¡Ahora!

Los andalusíes, con los cuadrillos calados, dieron un par de pasos antes de fijar la rodilla en tierra. Los lanceros se colaron a la carrera, encogidos mientras salvaban los últimos codos de distancia. Los virotes rasgaron el aire húmedo desde uno y otro lado, y el sonido del metal contra la piedra se mezcló con el de las cotas perforadas y la carne abierta.

—¡Vamos! —urgió el califa. Sus Ábid al-Majzén brotaron de la línea arbolada. Arriba, los ballesteros avisaban a los templarios de dentro. Yaqub lo advirtió antes de llegar al portón, pisó un par de cuerpos ensangrentados y se volvió. Abú Yahyá vio espantado cómo el príncipe de los creyentes se detenía justo bajo la muralla, a merced de quien quisiera arrojarle algo. Pero el califa ignoró el peligro. Buscó a Ibn Sanadid con la mirada y, cuando lo localizó, le señaló las almenas.

—¡Trae a tus andalusíes para eliminarlos desde dentro!

El arráez jienense asintió antes de repartir las órdenes entre los suyos. Con las aljabas sujetas a la diestra del cinto, los nuevos ballesteros del ejército califal corrieron en pos de la infantería. Yaqub encaró el portón y vio el semblante aterrorizado de su visir omnipotente.

—¡No te arriesgues! —le suplicó este.

—¡Te vuelves blando, Abú Yahyá! —El príncipe de los creyentes se lanzó al interior rodeado de su guardia. Se detuvo dentro, entre una riada de cadáveres de voluntarios. Los hachazos habían desgajado sus miembros y las mazas habían aplastado sus huesos. Los Ábid al-Majzén formaron una línea negra y erizada ante el califa. Mientras, los lanceros masmudas aguardaron a que los voluntarios de la fe cayeran ante la muralla humana que habían formado los defensores.

El último de los *ghuzat* murió con la sonrisa beatífica pintada en el rostro. Yaqub se humedeció los labios. Se le había secado la boca y la mano de la adarga temblaba. Casi podía comprender la advertencia de Ibn Sanadid. Ante él, unos cuarenta freires formaban una línea perfecta. Sobre sus lorigas vestían toscas prendas blancas y, cuando uno de ellos movió el escudo para afianzarlo, pudo ver que se había cosido una cruz roja a la altura del corazón. Bajo las sombras de sus yelmos con nasal, los rostros barbudos parecían iguales. Uno de los freires, en segunda fila, enarbolaba un estandarte con dos franjas horizontales, negra la inferior, blanca la superior. El mismo esquema que en los escudos. Varios templarios sangraban desde el rostro, los brazos y el torso, pero ninguno abandonaba la formación. Cerraban el paso a mitad de patio, y tras ellos se alzaba la muralla interior que rodeaba el corazón del castillo. ¿Habría más templarios allí? Solo existía una forma de comprobarlo.

—¡Listos! —mandó Yaqub. Miró a su espalda para comprobar que los andalusíes de Ibn Sanadid entraban en ese momento, y arriba para ver que los ballesteros cristianos terminaban de recargar y asomaban muralla adentro para apuntar hacia los almohades. Solo había una forma de evitar que aquellos virotes volaran hacia ellos, y era mezclarse con los freires. Apuntó su espada hacia la línea templaria—. ¡¡Cargad!!

Atrás quedó el intercambio de virotes. Los almohades embistieron a los soldados de Cristo. Milites Christi, como se hacían llamar pomposamente. El choque fue un estallido de hierro y madera. Los templarios aguantaron sin conmoverse, entre escudos que se hacían trizas y lanzas que se partían. Vencer a los *ghuzat* había sido fácil aunque estos los superaban en número, pero los masmudas del ejército regular vestían cotas, se cubrían con escudos y sabían pelear. Varios Ábid al-Majzén se pegaron a la espalda de Yaqub para protegerle de los cuadrillos, pero los ballesteros del adarve se habían concentrado en sus contrapartes andalusíes. Por eso el califa pudo enfocar su atención en la pelea de delante. Los almohades doblaban en número a los cristianos, y podían atacar con sus lanzas por encima de los hombres de las filas delanteras. En muy poco tiempo, un tercio de los templarios había caído, aunque el resto se negaba a retroceder. Entonces la puerta del anillo interior se abrió y brotaron más freires.

Yaqub intercambió una mirada fiera con Abú Yahyá. Empujó con la adarga al guardia negro que tenía justo delante.

—¡¡A ellos!! ¡¡Al combate!!

Los Ábid al-Majzén rugieron como los leones de las selvas donde los capturaron de pequeños. Se abrieron paso por entre los masmudas y empalaron a los templarios tras atravesar y destrozar sus escudos bicolores. El visir omnipotente ayudó a romper la línea cristiana, que se dobló como el acero sobre el fuego de la forja. El freire que sostenía el estandarte corrió hacia donde se acababa de quebrar la formación, y los refuerzos confluyeron con invocaciones a Cristo y a la Virgen María.

De repente el califa victorioso, Yaqub al-Mansur, se vio cara a cara con un freire que empuñaba un hacha. Con la lucidez que relampagueaba entre cada tañido de su corazón exaltado, se dio cuenta de que aquellos guerreros eran mucho más temibles que los lanceros almorávides a los que se había enfrentado en el Yarid, los asaltantes de caravanas del mar de arena o los rebeldes sanhayas del Draa. Cuando miró al guerrero de Cristo que se le enfrentaba, vio en sus ojos la disposición al martirio. Solo que aquel tipo de barba negra y polvorienta que asomaba por el ventalle a medio arrancar no era un voluntario de la fe musulmana, mal armado y peor adiestrado, tan ahíto de martirio que se clavaba él solo en las picas enemigas. Ese templario era una bestia de dientes afilados y garras venenosas. Lo vio claro cuando el freire levantó la enorme hacha por encima de su cabeza. Casi pudo oír cómo, a su espalda, el arcángel Gabriel le incitaba a acabar con aquel enemigo de la verdadera fe.

Yaqub esquivó el hachazo con soltura. No opuso la adarga, sino que dejó pasar la hoja a unas pulgadas. Supo que no habría otra oportunidad. Giró el cuerpo y dibujó un arco con su espada, que fue a clavarse entre los anillos de hierro de la cota templaria. Atravesó el velmez de lana y la camisa y tajó la piel. Oyó cómo el hueso del hombro crujía y el filo cortó un palmo antes de detenerse. El freire dejó caer el hacha y se venció de rodillas. El siguiente golpe se lo propinó Abú Yahyá con su propia arma, que hundió en el yelmo.

—¡Ya basta! ¡Llegan más enemigos!

Era cierto. El califa comprobó que el muro interior escupía otra oleada de templarios, esta vez auxiliados por otros guerreros que cubrían sus cotas con túnicas oscuras. Miró atrás. Los ballesteros propios y los contrarios mantenían un duelo desigual, y varios andalusíes yacían en el suelo.

—Bien. Ya he probado la sangre templaria. Abú Yahyá, ordena retirada.

Los masmudas se reagruparon mientras los andalusíes mantenían a los ballesteros cristianos con la cabeza gacha. Descender la cuesta hasta la arboleda fue tarea mucho más sencilla que subir, y solo algunos virotes importunaron a Yaqub y sus hombres. Una vez llegados a la falda, los almohades se palparon en busca de heridas. Habían dejado una veintena de muertos arriba, sin contar a la totalidad de los voluntarios que abrieron el asalto. Pero para Yaqub había valido la pena.

—Es absurdo que juegues así con tu vida —le recriminó el visir omnipotente mientras se arrancaba el yelmo. Tras él, Ibn Sanadid atendía a uno de sus andalusíes, que tenía un cuadrillo de ballesta clavado en un hombro.

—No juego. —El califa también se liberó del casco y restregó el sudor de la frente. En la cima, los templarios celebraban a gritos y loas a Dios lo que creían un triunfo—. El Único no ha señalado mi hora para hoy, y necesitaba conocer a mis enemigos. —Fijó su vista en Abú Yahyá—. Esa lección me la enseñaste tú, amigo mío. ¿O ya no la recuerdas? Será que te haces viejo.

Los sirvientes se acercaban para dar agua y auxilio a los guerreros. Desde el campamento de asedio se acercó un andalusí vestido con ropa ligera y manchada de polvo. Bajó la mirada e hincó la rodilla en tierra.

—Príncipe de los creyentes, correo de Sevilla.

Yaqub aceptó un odre, bebió un largo trago y se mojó la cara y el pelo. Mientras la barba chorreaba, tomó el pliego que le tendía el mensajero. Su gesto de curiosidad se convirtió en una sonrisa de suficiencia mientras leía. Abú Yahyá se acercó despacio.

—¿Qué es?

—No lo vas a creer. Así que ese Salah ad-Din era tan poderoso, ¿eh? Un adalid del islam, capaz nada menos que de arrebatar Jerusalén a los comedores de cerdo. —Tendió la carta al hintata—. Pues bien, ha enviado a un embajador a Fez. Un tal Ibn al-Munqid que se ha cansado de esperarme en el Magreb y ha cruzado el Estrecho. Está en Sevilla.

Ibn Sanadid, que había escuchado la noticia, también se acercó.

—¿Y qué quiere, mi señor?

El califa infló el pecho.

—Reclama la ayuda de la flota almohade. Pretende que se la mande para su lucha contra la cruz en Oriente, en nombre de Dios y del califa de Bagdad. Por lo visto, a Salah ad-Din le sobran hombres pero le faltan barcos. Ahí dice que Ibn al-Munqid viene cargado de presentes para mí y mis allegados. Es el momento, asegura, de que el islam se una para derrotar a los enemigos de la fe.

Ibn Sanadid se sacudió el polvo acumulado durante el descenso a la carrera. Por un momento se temió que el califa los mandaría a todos a Palestina, a defender una tierra de la que solo habían oído hablar a los peregrinos y a los maestros.

—¿Qué haremos, príncipe de los creyentes?

Yaqub se volvió y observó la fortaleza que coronaba la colina. Sonrió.

—Regresamos a Sevilla, sí. Abú Yahyá, manda mensajeros a mi primo para que levante el sitio de Silves y vuelva con el botín que haya conseguido. Dejaremos que los portugueses recobren la esperanza. Incluso permitiré que crean que huyo. Tal vez podría inventarme algo, ¿eh? Que he caído enfermo. Eso les gustaría.

El visir omnipotente se adelantó.

—Pero ¿para qué? ¿Ahora nos interesa más Palestina?

—Nada de eso. Salah ad-Din se dirige a mí como a un igual. Ni siquiera sabe quién es el único califa al que debería rendir sumisión. Además, la flota almohade es necesaria aquí, y nosotros también. Pasaremos la estación fría en Sevilla, repondremos las bajas, hablaremos sobre lo que hemos visto. Quiero saber con cuántos de estos freires cuentan los adoradores de la cruz. Y cuántos son templarios, como esos de ahí arriba; cuántos hay de los otros que llaman hospitalarios y de los demás... Necesito saber dónde guarnecen sus castillos. El año próximo volveremos y Silves caerá. Dios me la ofrecerá en bandeja, y el rey de Portugal se arrastrará pidiendo tregua. Y si me equivoco, renunciaré a ese título victorioso que me habéis dado.

وانا على ثقة في الله

Cuatro meses más tarde. Carrión, reino de Castilla

Urraca vivía en una enorme casona junto a la iglesia de Santiago, con una guardia permanente en el exterior a cargo de vasallos de los Haro y una legión de sirvientes dispuestos a garantizar la vida muelle de la reina viuda. Nadie en Carrión disfrutaba de tanto lujo, pero ella renegaba varias veces al día de su poco espacio y añoraba el palacio leonés. Aquella tarde Urraca tenía visita, así que había hecho salir a las sirvientas de la casa, y las ayas del pequeño Sancho se lo habían llevado a la ribera, a pasear frente a San Zoilo. Ella se sentaba junto al hogar encendido para olvidarse del frío de fuera. A su espalda, Martín de Pisuerga observaba el reflejo de las llamas en la superficie de la caldera que colgaba sobre el fuego, pero su vista resbalaba hacia la silueta femenina. Sabía que ella notaba sus ojos clavados en la nuca.

—Siempre es una alegría tenerte aquí, don Martín. Pero cuéntame de la corte, por favor. Esto es tan aburrido... Así que tenemos una nueva infantita, ¿eh?

El arcediano, incapaz de disimular la impaciencia, asintió.

—La han llamado Mafalda y parece sana. Tal vez Dios ha decidido que la reina deje de penar por hijos muertos.

Los ojos de Urraca, como el caldero, también fulguraban con las llamas.

—Penar por los hijos es ley de vida. ¿Has explicado ya al rey Alfonso cómo peno yo por Sancho?

—Él lo sabe, mi señora. Lo sabe muy bien.

—Lo dudo. Los estandartes de Haro flamean sobre Aguilar y Monteagudo, y estoy segura de que eso detiene a mi hijastro. No, no manda a sus hombres que me ataquen abiertamente, pero hostigan a la gente que mando con provisiones. Los apalean, y eso si tienen suerte. Y les roban el alimento. Es vergonzoso. Por fortuna Sancho no es más que un niño porque, de lo contrario, no me atrevería a mirarlo a la cara.

—¿Hay pruebas de que son hombres de tu hijastro los que asaltan tus caravanas?

Urraca volvió la cabeza y observó al arcediano con un punto de burla.

—Ese usurpador no es idiota. Si se lo preguntamos, jurará que se trata de bandidos. Eso si se digna contestar, claro. —Devolvió la mirada negra al fuego—. Pero no es necesaria confesión alguna. Más vergonzosa que la rapiña de mi hijastro es la holganza del rey de Castilla. Fíjate si se sentirá culpable por no ampararme, que me ha donado dos villas. ¿A qué espera para dejarse de donaciones y esgrimir la espada? Todo el orbe sabe que León se ha aliado con los demás reinos contra él.

Martín de Pisuerga se encogió de hombros, aunque ella no lo veía.

—Una cosa es hostigar las líneas de suministro bajo subterfugio e incluso pactar alianzas contra reyes cristianos. Otra muy distinta es que León ataque abiertamente a Castilla.

—¿Y qué más hace falta para que mi señor rey se decida a intervenir? ¿Necesita que los leoneses crucen la frontera y me maten? No te quepa duda, mi buen amigo, de que el usurpador que ocupa el trono de León me quiere ver muerta. Tal vez así, ante mi cuerpo ensangrentado, el rey Alfonso se apiade de mi hijo.

—¡No! Eso no ocurrirá. Yo no lo permitiría.

Urraca se levantó y acercó las manos al fuego. Para hacerlo, se inclinó levemente. Martín de Pisuerga clavó los ojos en las formas de la viuda, remarcadas bajo su sempiterno y ajustado brial oscuro.

—Todavía quiero creer, mi buen don Martín, que hay un caballero que me ampara. Tú. Pienso que te demostré mi aprecio aquí cerca, junto a San Zoilo. Pero la verdad… —lo miró de reojo un corto instante—, no veo resultados.

El arcediano se acercó despacio, sin apartar la vista de la redondez lasciva que lo llamaba a gritos, y frenó a muy pocas pulgadas de ella. Su virilidad libre de cilicio empujaba bajo el hábito, como si quisiera traspasarlo y abrirse paso hasta Urraca. Sus manos también se aproximaron a su cintura, pero no se atrevió a tocarla. Los goterones resbalaron desde su cráneo tonsurado, y no fue por la proximidad del fuego. Ella lo notó detrás, muy cerca.

—El rey me escucha en todo. —La voz del clérigo tembló—. En todo menos en esto. Y a mí me resulta muy difícil darle razones convincentes sin descubrir que…, que…

Urraca se enderezó y retrocedió lo suficiente para rozar a Martín de Pisuerga. A través de las varias capas de lino, seda y lana, notó el deseo que palpitaba contra sus nalgas. El gruñido apagado llegó al mismo tiempo que el aliento que le calentaba la nuca.

—¿Qué, don Martín? ¿Qué temes descubrirle al rey?

—Esto. —Ya no podía resistirse. Agarró la cintura de la reina viuda con ambas manos y se apretó contra ella. Urraca se deslizó hacia un lado y se separó antes de volverse. Se tapó la boca con una mano.

—Por san Felices, don Martín. Tente. Eres un hombre de Dios.

El arcediano se retorció los dedos.

—No puedo más, doña Urraca. Tienes que entenderlo. Me someto a penitencia de continuo y no consigo apartarte de mi mente. La tentación es tan fuerte…

—¿La tentación? —El escándalo de ella era tan evidente que no podía ser falso—. No seré yo quien te tienta. Pensaba que el diablo se ocupaba de esas cosas. —Se santiguó con rapidez—. Lo único que hice en San Zoilo fue demostrarte mi cariño. Pero es un cariño casi fraternal, mi buen amigo. La verdad es que me confundes.

Martín de Pisuerga se frotó la cara. Caminó hacia un rincón de la cámara, pero se detuvo a medio camino y torció el rumbo. Apoyó una mano en la mesa de caballetes llena de harina. Evitó mirar a Urraca.

—No sé… De verdad, mi señora. No sé qué hacer. Dime qué deseas, pero no juegues conmigo. Debes comprenderlo. No soy como los demás hombres.

El gesto escandalizado de Urraca se volvió comprensivo.

—Ay, ay, ay. Hombres. Porque eres un hombre, don Martín. Tan hombre como el que más, y eso no puedes negarlo porque he tenido tu hombría entre mis dedos. Y la verdad es que, ahora que lo pienso, tal vez vienes a verme con frecuencia porque esperas que vuelva a demostrar esta adoración que te profeso, ¿eh?

»Te observo cuando te despides y te vas, ¿sabes? Te vi en tu última visita, en primavera. Te volviste cuatro veces antes de torcer la esquina de la calle con tu escolta. No creas que soy tan cruel. Imagino qué venías a buscar, y tuviste que irte de vacío. O debería decir todo lo contrario, puesto que no te vaciaste. —Soltó una risita pícara—. Ay, perdóname, mi buen don Martín.

»Pero compréndeme tú a mí. Vienes una y otra vez, una y otra vez… y me pones a prueba. Soy una mujer, don Martín. Piadosa como la que más, Dios es testigo. Pero aún era una niña cuando me casaron con un hombre que me triplicaba la edad. A los veintiún años quedé viuda, que era lo que natura dictaba por la edad de mi señor marido, y entonces recibí como compañero de lecho a un rey de cuarenta y cuatro. Tengo treinta años, mi fiel amigo, y siento como si me hubiera arrastrado toda la vida por un desierto sin llegar jamás al estanque de agua fresca. Ahora que podría apreciar la virilidad... Ahora que podría saborearla, me encuentro con que el hombre al que deseo viste hábito y luce tonsura. Cuánto me placería verte llegar a casa tras la batalla, ayudarte a sacar la loriga de tu cuerpo sudoroso y gozar toda la noche de ti. ¿No te gustaría a ti lo mismo?

La voz de Martín de Pisuerga salió ronca de su boca.

—Nada me agradaría más.

—No cuento con otro amparo que el tuyo. Mi propio hermano me ignora y mi rey se niega a darme lo que suplico. Como consejero en la curia castellana no has podido hacer nada, pero tu posición en el clero te abre otros caminos. Recórrelos por mí. Cuando te arrastre a mi lecho y te despoje del escapulario y del hábito, en nada te diferenciarás de un conde o un gran señor. Que qué deseo, me has preguntado. Deseo que te dirijas al santo padre y le expliques que mi hijastro, el que ha usurpado el trono de León, se ha confabulado para atacar a otro rey cristiano en beneficio de los sarracenos. Explícale que lleva la traición en la sangre, pues ya su padre trabajó para el infiel, y que los que lo rodean, como Pedro de Castro, han luchado bajo bandera almohade. Tal vez yo no pueda desalojar a ese puerco del trono. Tal vez Alfonso de Castilla se niegue a hacerlo. Pero el papa puede excomulgarlo por desertar de la fe de Cristo. Poner su reino en interdicto. La corona caerá de su cabeza, y verás qué bien se ajusta a la de Sancho.

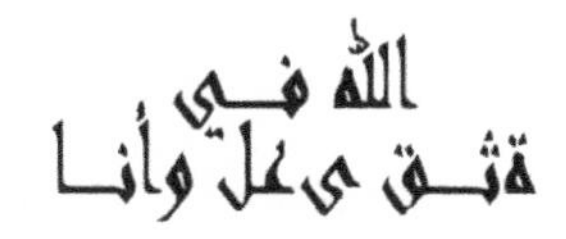

56
QUERELLAS FAMILIARES

Dos semanas después, principios de 1191. Málaga

Ibn Sanadid se detuvo a diez codos del agujero. Al frente, el sol asomaba tras los montes del este y los ecos de la oración se diluían. Un guardia masmuda armado de látigo acababa de lanzar una escala de cuerdas y esperaba con los brazos en jarras. Otro guardia, un tipo cuya barba le llegaba casi al ombligo, se acercó al andalusí y lo observó de arriba abajo.

—¿Quién te ha dejado pasar? Las limosnas se piden en la puerta de la mezquita, andalusí. Y quítate ese *burnús*. Te falta hombría para llevarlo.

Ibn Sanadid soportó la ofensa con gesto neutro. El masmuda que aguardaba la subida de los cautivos llamó la atención de su compañero.

—Déjalo. Lo reconozco.

El de la barba larga lanzó una mirada de desprecio y desvió su atención al agujero. El masmuda del látigo se acercó al andalusí.

—Eres Ibn Sanadid, ¿no?

—Lo soy. Vengo en misión encomendada por el príncipe de los creyentes. ¿Vas a mandarme a pedir limosna, como tu compañero?

El masmuda vigiló a su alrededor.

—No veo aquí al califa, y tampoco al visir omnipotente. Ya sé que tus paisanos te consideran de noble condición, pero ahora estás ante un bereber. ¿Tienes algún documento que confirme tu misión?

Ibn Sanadid resopló. Un cautivo asomó por el agujero, y el andalusí se fijó en él. Era lo que quedaba de un hombre del norte, a juzgar por la palidez de su piel. El pelo y la barba rojizos le crecían desordenados y sucios, y tosió cuando se incorporó junto al hoyo negro de la mazmorra.

—La misión que llevo es secreta, pero no te implica en nada —le dijo al almohade—, salvo que tenga que regresar a Sevilla y contarle al califa que me has puesto trabas. Te prometo que hablaré en tu favor. He visto cómo castiga a quienes lo desobedecen y mi estómago está delicado últimamente.

El masmuda entornó los ojos. Tras él, el segundo preso brotaba a la superficie.

—¿Qué has de hacer exactamente?

—Busco a un esclavo. Un cristiano.

—Todos los del agujero lo son.

—El que interesa al califa es uno rubio, alto y fuerte... O era fuerte antes de ser apresado.

El guardia se encogió de hombros y señaló al agujero.

—¿Puede ser ese?

Ibn Sanadid examinó al tipo que abandonaba la escala. El corazón se le aceleró.

—No estoy seguro. Tendría que hablar con él. Lo haré ahí mismo si te parece bien.

El masmuda se tomó su tiempo en fingir que reflexionaba. Cuando lo consideró suficiente para dejar claro quién controlaba la situación, asintió.

—En cuanto terminen de salir iremos a por agua al pozo. Tienes hasta que volvamos.

Ibn Sanadid se apresuró. Pasó junto al hoyo e ignoró el vahído de podredumbre que exhalaba. Tomó a Ordoño por un brazo y notó que, bajo la túnica parda y sucia, su amigo había perdido la fortaleza de antaño. El cristiano, que no había levantado la vista del suelo, se dejó llevar.

—Silencio —susurró el musulmán—. Espera.

Tiró de él sin miramientos. No era cuestión de despertar más sospechas en los guardias. Lo empujó contra el muro del palacete que ocupaba el centro de la alcazaba. Ordoño acusó el golpe contra la piedra con un gemido ahogado.

—¿Qué...? Tú... Ibn...

La bofetada restalló en la mañana y llamó la atención de los dos guardias masmudas, que sonrieron antes de alejarse con la cuerda de esclavos rumbo al pozo.

—Lo siento, amigo. No sabes cuánto. Espera. —Ibn Sanadid se volvió un instante—. Bien. He venido a avisarte, aunque no creo que sirva de nada.

Ordoño se restregó la mejilla barbuda allí donde los dedos del andalusí habían dejado su marca rojiza.

—Avisarme... ¿de qué?

—El califa sabe lo tuyo con la lobezna. Su hermano ar-Rashid se lo contó todo.

A Ordoño le costó un poco regresar de la ofuscación. Se pasó la lengua por los labios agrietados.

—Ar-Rashid... Sabía que no aguantaría el tipo. ¿Qué ha sido de él?

Ibn Sanadid dio un par de manotazos a la mole principal de la alcazaba.

—Yaqub mandó aquí su cabeza. Como regalo para Safiyya, según me contó un buen amigo. El resto de su cuerpo estará criado de gusanos en algún pudridero cerca del Bu-Raqraq.

—¿Tu califa decapitó a su propio hermano?

—Sí. Aunque antes le cortó los dedos y la lengua. No sabes a quién has desafiado, Ordoño. Ahora te busca a ti.

Aquello no pareció afectar mucho al cristiano.

—¿Dónde está Safiyya?

Ibn Sanadid se desesperó.

—¿No comprendes lo que te digo? El califa quiere que te lleve ante él, y contigo será mucho menos clemente que con ar-Rashid. Y todo por culpa de...

El andalusí calló. La culpa, bien mirado, era tan suya como de cualquiera. Ordoño adivinó sus pensamientos y sonrió con amargura.

—¿Sigue aquí o se la han llevado a África?

—Sigue aquí. Por el Profeta, estás loco. Ella no sabe nada de ti. He pensado en mandarle un mensaje a través de su doncella persa. Le diré que estás muerto, y por lo menos ella dejará de penar.

—No hagas eso, amigo. Dile que sigo aquí, muy cerca de ella. Dile que saldré y la llevaré conmigo.

El andalusí lo miró como si no lo conociera. «Verdaderamente —pensó— el cautiverio vuelve locos a los hombres».

—Escúchame bien, Ordoño: ¿Has dicho a alguien quién eres? ¿Alguno de los esclavos te conoce?

—No. Ninguno de los que llegaron conmigo vive, y los que han venido después no hacen preguntas. Tampoco se nos permite hablar con los guardias pero, aunque pudiera, no les habría dicho nada. Intentarían pedir rescate a mi familia si supieran quién soy. Necesito quedarme aquí, ahora con más razón.

Ibn Sanadid se exasperó. Sintió deseos de abofetearlo de nuevo, aunque esta vez de verdad.

—Aaah. Basta, amigo. Olvídala. Pero has hecho bien. Guarda esto en tu cabezota: nadie debe saber quién eres. Nadie, ¿me oyes? Si preguntan, invéntate un nombre. Di que te capturaron en alguna algara, o que eres pastor y te cazaron en el monte.

Ordoño asintió y volvió a humedecerse los labios.

—Tengo que salir, Ibn Sanadid. Tengo que llegar hasta ella.

—Claro. O puedes despeñarte desde las murallas. Con gusto te ayudaría a escapar, pero es imposible. Y desde luego, lo último que haría sería llevarte junto a Safiyya… —Miró a su alrededor. De un momento a otro, los guardianes regresarían con los esclavos, ya provistos de agua, para dirigirse a su lugar de trabajo—. Estáis construyendo el puente nuevo, ¿no es cierto?

—Sí. Desde hace unas semanas.

Ibn Sanadid se acarició la barba bien recortada a lo largo de la mandíbula.

—Tal vez podría intentar algo… Llevarte conmigo. En realidad, el encargo del califa consiste en hallarte y arrojarte de rodillas en su presencia para que se ensañe. Podríamos fingir una huida por el camino.

—No. No saldré de aquí si no es con ella.

—Eres un necio.

—Y tú no te quedas atrás, Ibn Sanadid. Si tu califa es tan cruel como dices, ¿aceptaría de grado un fracaso tuyo?

—Le salvé la vida una vez. Me lo debe.

—Da igual. Ya te he dicho que no me iré sin Safiyya.

Ibn Sanadid lo agarró por la pechera. Notó la túnica pegajosa de sudor y Dios sabía qué más. Ambos se miraron a los ojos. El andalusí vio que el ánimo de su amigo había huido. Aquel hombre enterrado en vida ya no se sentía consagrado a su rey, a su casa o a su honor. Lo único que mantenía su juicio unido por un fino hilo a su mente era ella. Por esa mujer vivía.

—Por esa mujer vas a morir, Ordoño. Y lo que es peor, me arrastrarás a mí contigo. Escúchame bien, porque mi paciencia tiene un límite. Ahora he de regresar a Sevilla, donde el califa me espera para comandar las fuerzas andalusíes en nuestra campaña contra los portugueses. Le diré que ya no existes. Que tus huesos se pudren en alguna fosa, o que caíste al Wadi-l-Madina y te ahogaste. No sé, me inventaré algo. Pero nuestros problemas no acabarán así. ¿Recuerdas a Abú Yahyá? Es el tipo que mandaba sobre los guardias negros que te arrastraron hasta aquí. El visir omnipotente de Yaqub, correoso como una serpiente y listo como un zorro. Nadie en el imperio es más poderoso que él, aparte del propio califa. Bien, Ordoño, Abú Yahyá te conoce. Si se le ocurre pasar por aquí y meter la nariz en ese agujero, te reconocerá. Entonces Yaqub te arrancará el pellejo para fabricar una cortina y regalársela a Safiyya. Y a mí me mantendrán con vida una semana mientras cuelgo de una cruz en alguna puerta de Marrakech o Rabat. Solo tenemos dos opciones, amigo: que mueras o que desaparezcas. Te conozco y sé de lo que eres capaz, así que no me hagas esto. Olvida a la lobezna. Sálvate. Sálvanos a los dos.

Ordoño gesticuló, e Ibn Sanadid siguió la dirección de su mirada. El guardia masmuda del látigo caminaba hacia ellos mientras el otro guiaba a los cautivos rumbo a la salida de la alcazaba. El andalusí se alisó el *burnús* y carraspeó.

—He acabado el interrogatorio. No es el hombre que buscaba.

الله في
ثقة على وأنا

CUATRO MESES MÁS TARDE. CARRIÓN, REINO DE CASTILLA

Las escudillas se amontonaban a un lado de la mesa, con los restos fríos y mantecosos de ternera guisada y verduras. La última ración desaparecía mojada en pan de trigo por el arzobispo de Toledo, don Gonzalo Pérez.

—¿Un poco más, mi señor arzobispo?

El primado negó con la boca llena y se palmeó la panza. Masticó a dos carrillos antes de tomar la jarra de cerveza, que vació de un trago. Finos hilos de ámbar mojaron los pelos de la barba incipiente y gotearon desde la triple papada.

—Estoy hinchado como puerco en día de matanza. La comida es buenísima, mi señora.

Urraca de Haro rio. Se levantó del escabel que ocupaba frente al arzobispo, al otro lado de la mesa, y tomó el cántaro para rellenar la jarra. Al inclinarse, los pechos de la reina viuda presionaron el escote. Ella observó la inexistente reacción del prelado.

«La barriga le ha aplastado la virilidad —se dijo Urraca—. No se fijaría en mí ni aunque subiera a la mesa y me abriera de piernas».

Gonzalo Pérez agradeció la nueva ración de cerveza, se restregó la grasa de los labios y levantó la jarra. Urraca se dejó caer sobre el escabel para observar a conciencia al arzobispo.

Lo había invitado como última opción antes de rendirse y aceptar que su hijo Sancho no ceñiría la corona. Tras la súplica a Martín de Pisuerga para impulsar la excomunión del rey leonés y la rotunda negativa del arzobispo de Toledo, Urraca se quedaba sin opciones. La corte llevaba unos días en Carrión, pues el rey había convocado a reunión al cabildo y al concejo de la ciudad para repartir gastos en el cuidado del foso y la muralla. El aire olía a guerra y, aunque todos deseaban que el viento se llevara ese olor, valía más prevenir. Como Alfonso de Castilla había decidido que los clérigos participaran del gasto, pensó que la presencia del arzobispo de Toledo allanaría las voluntades más obstinadas. Urraca sabía que Gonzalo Pérez era hombre de muy buen comer, así que vació su despensa y mandó matar una ternera. Las criadas de la reina viuda se vieron obligadas a correr de las marmitas a la mesa, pues el prelado devoraba como una manada entera de lobos. Cuando las mejillas de don Gonzalo tomaron el color de las cerezas, Urraca despidió a la servidumbre con dos palmadas y ordenó a las ayas de Sancho que se llevaran al crío a visitar a su tío Diego.

—Mi señor arzobispo, espero que las negociaciones con el cabildo hayan sido fructíferas. En verdad es necesario protegerse contra el usurpador leonés.

El prelado ignoró el título despectivo que Urraca de Haro otorgaba a su hijastro.

—El rey de León es tornadizo y nunca está de más guardarse, pero no creo que la sangre llegue al río.

—¿Ah, no? Tal vez la sangre no llegue al río Carrión, pero tengo entendido que ya se ha vertido sobre el Esla. ¿Sabes que ese ladrón de tronos ha puesto sitio a mis castillos de Aguilar y Monteagudo?

—Sí, bueno... —El arzobispo se retrepó sobre la silla, que crujía bajo su peso—. Una cabezonería más. Y en cuanto a esa sangre, seguro que exageras, mi señora.

Urraca volvió a reír. Habría saltado por encima de la mesa cuchillo en mano para desinflar a tajos la papada del prelado, pero prefirió seguir con la charla.

—¿Exagero? A lo mejor exageran también esos informes que hablan del pacto contra Castilla. Se dice que hasta se ha fijado ya fecha para la reunión en Huesca.

El rostro arrebolado del arzobispo se puso blanco.

—¿Cómo sabes...? Quiero decir, mi señora... ¿Quién te ha dicho tamaña sandez?

—Ah, tengo mis fuentes.

—Sí, claro. —Gonzalo Pérez trasegó un largo trago de cerveza y se le escapó un eructo corto y profundo—. Pero no me subestimes, mi señora. Sé lo muy cercano que te es el arcediano de Palencia. Mi buen Martín de Pisuerga se deja llevar de cierta querencia hacia reyes y reinas, bien sienten sus posaderas sobre trono de palacio o bien sobre escabel de marmitona.

Nueva risa cantarina de Urraca. Destrozar la garganta de aquel tipo se quedaba ya en poco alivio.

—Tienes razón, mi señor arzobispo: no he de subestimarte. Por algo eres el primado de todo el clero desde Oporto a Tarragona, ¿eh? Por eso es a ti a quien escribe el santo padre para reprochar que los reinos cristianos se dediquen a solventar sus diferencias por las armas en lugar de llevar la masacre al infiel.

—¿También sabes eso, mi señora? En verdad, Martín de Pisuerga parece más una dueña de los chismes que un consejero real.

—Sé muchas cosas, mi señor arzobispo. Sé, como te he dicho, que los embajadores de Portugal y León se reunirán con Alfonso de Aragón en Huesca, y que los aragoneses y los navarros arman tropas en la frontera con Castilla. Casualmente, ya ves, todo este movimiento coincide con el asedio de mis dos castillos en tierras leonesas. ¿Sabes quién dirige esos asedios? Pedro de Castro, que ahora es el mayordomo real de mi hijastro.

»Otra cosa que sé es que León ha firmado treguas con los almohades. Y eso justo cuando los infieles atacan Portugal. Considera tamaña felonía, pues el usurpador acaba de casarse con Teresa de Portugal. Que es su prima carnal, por cierto.

El arzobispo se hurgó con la uña del meñique entre los dientes. Escupió un pegotito de carne sobre la escudilla más cercana.

—Pues sí que sabes, mi señora. Lo reconozco.

—Gracias. Aunque ignoro algo, y por eso he vaciado mi despensa para ti. Porque tengo la esperanza de que me saques de la ignorancia.

El primado observó detenidamente a Urraca. Esta se sintió incómoda, aunque fue capaz de conservar la sonrisa. Si la mirada del arzobispo se hubiera dirigido adonde iban siempre las de los demás hombres, todo habría sido más fácil. Pero Gonzalo Pérez no parecía tener intención de penetrarla sino con los ojos. Tal vez sí lo había subestimado después de todo.

—¿Y bien, mi señora? ¿Qué ignoras?

—Ignoro por qué has hecho caso omiso de mi buen amigo Martín de Pisuerga. Ignoro por qué el arzobispo de Toledo permite que mi hijastro ocupe un trono que no le pertenece. Por qué consientes que ese perro firme treguas con los almohades mientras amenaza a un rey cristiano y a su propia madrastra, se niega a ayudar a quien rindió pleitesía a muy pocas varas de aquí y mira a otro lado cuando los infieles invaden Portugal. Ignoro por qué el usurpador incestuoso de León no está aún excomulgado.

El arzobispo aún la miraba igual. Se tomaba su tiempo mientras los dedos gordezuelos de su diestra rozaban el oro de su crucifijo.

—Martín de Pisuerga. Sí, tu buen amigo vino a mí y exigió que elevara al santo padre ese ruego. Excomunión para un rey cristiano. ¿Sabéis los dos lo que representa eso? Excomulgar a un rey es como dejar que el cielo caiga y la tierra se eleve. Es romper el orden que Dios estableció para el orbe. —Levantó la mano para detener la inminente protesta de Urraca—. Ya, ya sé que se hace a veces, pero solo cuando se han agotado las posibilidades. Cuando no queda más remedio.

»El santo padre Celestino es un anciano que no lleva ni medio año en su solio, y se ha encontrado con una Jerusalén perdida y con una desbandada total de los cristianos en Tierra Santa, con un sacro emperador que intenta treparle por las barbas, con la rivalidad enfermiza entre los defensores de la cruz y con la plaga de los mazmutes africanos. No lo importunaré con el ruego de una excomunión para arreglar querellas familiares.

Querellas familiares. Urraca apretó el asiento del escabel hasta que clavó las uñas en la madera. Pero su sonrisa no se borró del rostro.

—Querellas familiares, ¿eh?

—Martín de Pisuerga no me cae bien. Me da igual que sea amigo tuyo, mi señora. Un simple arcediano, poco más que un monje vulgar aunque su padre sea el merino del rey, y se mete en la curia como si fuera el mismísimo san Pedro en la última cena. Jamás había visto a un hombre de la iglesia con tanto amor a la guerra. Si no vistiera del Císter, bien podría decirse que es un caballero de fortuna o un algareador.

»Me esfuerzo por ignorar la razón que lleva a Martín de Pisuerga a convertirse en tu valedor, mi señora. No quiero saberlo, de verdad, aunque sospecho que tiene mucho que ver con eso que ocultas..., o más bien muestras bajo tu escote. Oh, no me malinterpretes. Sé que muchos clérigos se dejan llevar por la carne, y aunque deploro esas faltas al celibato, soy indulgente porque vivimos tiempos duros. Los pecados de tu arcediano que me enfurecen no son los que tienen que ver con la lujuria, sino con la codicia. Ambición de trepar más y más alto. ¿A qué si no se debe esa familiaridad con la reina Leonor? O esa forma de hablar al oído a nuestro rey. ¿O acaso crees que no sé lo que realmente pretende?

Urraca prescindió de su sonrisa por fin. Entornó la mirada poco a poco.

—Naturalmente, mi señor arzobispo... Pretende tu puesto.

—Y lo tendrá, desde luego. Cuando yo muera. Hasta ese momento, repito, no molestaré al santo padre con querellas familiares.

Urraca se levantó de repente. Con tanta brusquedad que el arzobispo respingó en su silla. La reina viuda dio la espalda al primado, al que imaginaba con dos palmos de barriga abiertos y las entrañas enredadas en su crucifijo. «Martín. Mi buen Martín de Pisuerga —pensó— será el próximo arzobispo de Toledo. Pues claro».

Se volvió. La sonrisa más dulce había regresado a su rostro. Se compuso la toca negra, tiró del *amigaut* para abreviar el escote y alisó cándidamente las mangas del brial.

—Tengo que rendirme a tu superior intelecto, mi señor don Gonzalo. No lo había visto así, desde luego. ¿Qué son mis... querellas familiares al lado de toda esa peste que azota a la cristiandad?

El arzobispo subió los brazos a los lados.

—Nada.

Urraca entrelazó los dedos y enarcó las cejas como una niña pillada en plena travesura.

—¿Podrás perdonar mi encerrona?

—*Ego te absolvo.* —Rio el primado mientras hacía una amplia señal de la cruz en el aire.

—Uf. Menos mal. —La reina viuda, recuperada su alegría, pasó junto a la mesa y al arzobispo—. Para sellar nuestra amistad y como expiación de mis pecados absueltos, no me queda más remedio que ofrecerte mi mejor vino. Uno de mi tierra. Apostaría mis castillos sitiados a que no has probado nada igual.

El prelado se frotó las manos.

—¿Vino riojano? Eso sí que es propósito de enmienda, mi señora. Perdonaría los pecados del miramamolín por un vaso.

Urraca exageró su risotada, pero la diluyó justo antes de que perdiera la apariencia sincera. Tomó dos cuencos con los dedos de la diestra y una lamparita de aceite con la zurda. Salió del salón para dirigirse a la bodega, medio excavada bajo la casona. Su busto descocado se estremeció por el frío remanente conforme descendía por los escalones altos y tallados en piedra.

—Querellas familiares.

Se detuvo ante una hilera de barricas dispuestas en soportes de madera. La llama tembló cuando Urraca posó la lamparita sobre un barril y abrió la tapa de otro. Usó una venencia pequeña para sacar el líquido, que repartió entre los dos cuencos. Después, con la mayor naturalidad, anduvo hasta el rincón más oscuro de la cámara. Tomó una alcuza de las muchas que se alineaban sobre una repisa. Regalos todos, como el propio vino, enviados por su anciana madre desde tierras riojanas.

—Querellas familiares —repitió.

Después de lo sucedido con su hijastro en Coria y tras el delicado trance en Trujillo con Fortún Carabella, cuando todo estuvo a punto de salir a la luz, se había jurado no volver a usar las ponzoñas de su madre. Pero había hecho tantos juramentos... Y ¿cuántos de ellos había cumplido? Golpeó con un dedo la boca de la alcuza y el oropimente se hundió en el vino de un solo cuenco. Cada impacto lanzó su eco contra las paredes de la bodega. Urraca habría jurado que la llamita de la lámpara vibraba. Una, dos, tres veces. Ploc. Ploc. Ploc.

—Querellas familiares.

Tapó la alcuza y dejó atrás la lamparita. Sus pasos en la piedra de los escalones despertaron el ansia del arzobispo de León, que soltó otro sonoro eructo antes de preguntar:

—¿Ya viene ese vino riojano? Cristo sabe que me muero por probar un poco.

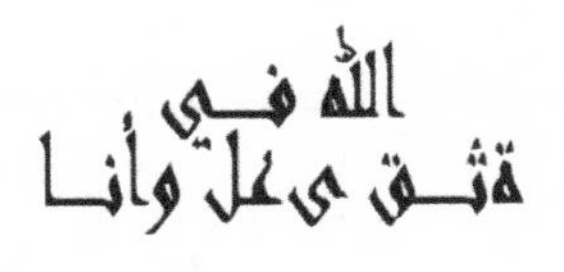

57
SILVES

TRES MESES DESPUÉS, VERANO DE 1191. SILVES

El olifante hizo vibrar la noche. Su sonido agudo se alargó hasta ser contestado por otro, y después por un tercero. Yaqub se incorporó de su lecho de campaña, dentro del enorme pabellón rojo del califa. Durante un instante indefinido se hizo el silencio, y luego llegó la algarabía. Voces de alarma, ruidos metálicos, órdenes y pasos precipitados.

El califa no necesitó dar orden alguna. Sus sirvientes personales, bien adiestrados y convenientemente atemorizados, entraron en el aposento de tela con el equipo de combate. Uno de ellos le deslizó por la cabeza la túnica de algodón grueso, larga y acolchada con piel de conejo. Otro aguardaba con la cota de escamas metálicas, pero entonces se oyó tintineo de anillas. Abú Yahyá apartó las solapas de la entrada al dormitorio. Iba totalmente armado y con el yelmo bajo el brazo.

—Un grupo de andalusíes ha forzado la muralla por una de las brechas. Necesitan ayuda ya.

El visir omnipotente se dio la vuelta y empezó a ajustarse el casco. Yaqub apartó de un empujón al sirviente que pretendía ceñirle la cota.

—¡Mi espada! ¡Mi adarga!

—Pero, mi señor…

El puñetazo lanzó al criado al otro lado de la cámara. Los demás corrieron a cumplir las órdenes del califa. El gran tambor horadó el aire con su primer toque cuando Yaqub salía de la tienda sin casco ni cota, con la adarga en una mano y el tahalí en la otra. Corrió en dirección a la línea de asedio, hacia donde se dirigía una oleada de hombres.

Habían establecido su primer cerco dos semanas antes en Alcácer do Sal. Esta vez el califa no dividió el ejército, así que los portugueses se vieron rodeados por más de veinte mil musulmanes que se apresuraron a cegar el foso. Tres días después, varias naves de la flota almohade remontaban el río Sado, que discurría al sur del castillo. Yaqub montó nada menos que catorce almajaneques y sometió las murallas a ataque continuo, día y noche. Los sitiados, aturdidos, casi no se defendieron cuando los almohades se lanzaron al asalto colina arriba. Se rindieron con la única condición de que se respetara sus vidas.

Yaqub tenía prisa. Permitió que los vencidos se acogieran a la no lejana Lisboa, donde las noticias de la súbita invasión aterrorizarían al rey Sancho. Dejó Alcácer do Sal bien guarnecida y, por si la corte portuguesa no se daba por aludida, movió su ejército hacia el norte. A su camino solo encontró plazas abandonadas, así que siguió el rastro de desesperación de los portugueses y arrasó Palmela, Coina y Almada. En esta última, al sur de la desembocadura del Tajo y a la vista de Lisboa, izó su enorme bandera para burlarse de los cristianos. En una semana, Yaqub había logrado poner de rodillas a Portugal y atesoraba un botín tan grande que tuvo que abandonar parte por el camino para no retrasar la marcha. Entonces se dio la vuelta y se dirigió a su auténtico objetivo. El que había acechado y apretado el año anterior: Silves.

Ahora, el califa que ya todos conocían como al-Mansur atravesó la albarrada y vio la brecha. Era un derrumbe parcial del lienzo norte entre dos torres. Un bolaño había conseguido impactar desde el almajaneque, y la muralla había caído hasta dejar una pequeña barrera de piedra de codo y medio. Un resplandor rojizo iluminó la medina al otro lado del muro forzado. Vio que guerreros de varias cabilas se colaban por allí, así que apretó la marcha. Adelantó a muchos, que en la oscuridad ignoraban que era el propio príncipe de los creyentes quien, sin cota ni casco, se precipitaba a la batalla en lo más cerrado de la noche. Mientras corría, sintió la presencia tras él. Sonrió. No le hizo falta volverse para comprobarlo. El halo blanquecino iluminaba el último trecho salpicado de arbustos y de unos pocos cuerpos.

—Protégeme —le pidió.

«No necesitas protección, sino fe —sonó la voz en su cabeza—. Es Dios quien te creó desde el barro y fijó un término a tu vida. El momento señalado está en su poder y, sin embargo, ¿aún temes?».

Yaqub apoya la adarga en el borde fracturado de la muralla y se impulsa. El tahalí desaparece en el reguero de cuerpos, algunos sin vida, algunos aún convulsos, que marcan dónde ha tenido lugar la defensa desesperada de la muralla. Delante, varios edificios de la medina arden. Las llamas se elevan furiosas y silbantes, un humo negro enturbia la luna. Ve luchas individuales en las puertas. Algunos almohades sacan a rastras a mujeres medio desnudas de las casas en llamas. El califa avanza.

—¡Olvidad el saqueo! —ordena—. ¡Acudid al combate!

Nadie obedece. Es una sombra más entre la devastación.

«Déjalos —le manda Gabriel—. No los necesitas. Dios basta a los creyentes en la pelea, pues Dios es fuerte y poderoso».

Yaqub obedece. ¿Qué puede hacer si no? Aunque... ¿es duda lo que le asalta? Tal vez se ha precipitado. Acude a la lucha casi desnudo, ignorando lo que hallará delante, sin la escolta de sus guardias negros...

«¿Desconfías de Dios?».

—¡No! ¡Nunca! —Pero sabe que es cierto. Ha desconfiado.

Se encuentra con el combate. Es en la puerta de la alcazaba, donde una línea de portugueses armados con lanzas mantiene a raya a las tropas que se acumulan. Allí la ingente superioridad numérica almohade no sirve de nada. Ve a Ibn Sanadid, que dirige el asalto a la derecha. Entre el griterío no puede oír lo que dice, pero observa que señala arriba. El califa mira al adarve.

Ballesteros. Ballesteros portugueses.

Mete la adarga de lado y se cuela en lo más duro de la refriega. Un lanzazo golpea en la superficie de cuero endurecido y lo hace girar, pero Yaqub responde con un tajo que corta el asta. Voltea la espada y lanza un golpe de través que hace saltar anillas de hierro. Alguien maldice en romance mientras el gorgoteo salpica. A su lado, un yadmiwa cae de rodillas. Su casco, envuelto en el turbante, está ahora coronado por el astil emplumado de un virote que ha atravesado el hierro y se ha clavado en el cráneo.

—¡Cuidado con los ballesteros! —Ahora sí alcanza a oír el aviso de Ibn Sanadid.

Los ballesteros portugueses. Los mismos que derribaron a su padre en Santarem y lo pusieron a las puertas de la muerte. Una puerta que terminó de abrir él. Instintivamente se vuelve para buscar a Gabriel, pero no lo ve. Su luminiscencia vaga no está. ¿Acaso ha fallado? Siente miedo. Más incluso que aquel día entre la niebla del Yarid, cuando la derrota y el martirio eran tan seguros como el aire salado que respiraba.

—¿Voy a morir?

No hay respuesta. Todos están ocupados mientras luchan por sus propias vidas. Nadie, en la línea en la que se mezclan masmudas y andalusíes, sabe que el califa Yaqub al-Mansur se bate junto a ellos. Siente una garra que se cierra sobre el brazo del escudo y tira hacia atrás.

—¡Cuidado!

Vuelve la vista y ve a su fiel Abú Yahyá. Muchas veces, desde que juntos acabaron con aquel león del Atlas, ha soñado que la cara de su amigo sería lo último que vería antes de caer. Trastabilla y se vence de espaldas. Durante un momento fugaz vislumbra la figura de un ballestero sobre el adarve. La punta de su cuadrillo refleja la luz rojiza de los incendios antes de desaparecer.

El sonido rasga el último retazo de valor del califa. Chilla mientras su carne se abre desde el pecho hasta la cadera. El virote impacta contra el suelo y se clava. Las llamas parecen apagarse y la imagen de Gabriel reaparece ante él. Monta su corcel blanco y enarbola la bandera infinita del islam. Niega despacio con la cabeza. Ve en su rostro bellísimo que se siente decepcionado. El mundo se oscurece.

وأنا على ثقة في الله

Una semana más tarde. Toledo

Martín de Pisuerga insistía en vestir los hábitos cistercienses, aunque había aceptado la recomendación real de trasladar su vivienda al palacio del Alcaná, que era la que ocupaba su difunto antecesor, Gonzalo Pérez; y también dejaba que el anillo arzobispal reluciera en la mano que empuñaba el báculo. El nuevo primado de la península avanzaba nervioso por el corredor, flanqueado por los miembros del cabildo, arcedianos y racioneros, y seguido de cerca por el tesorero, que no dejaba de recitar en voz baja cifras y más cifras. El arzobispo se detuvo ante una puerta y mandó callar a todos con un gesto.

—La reina viuda de León ha venido a visitarme. Es una mujer casta, fidelísima católica, pero no gusta del gentío. Os ruego a todos que me dejéis ahora.

Se alejaron tras una inclinación unánime, entre murmullos y miradas de reojo. Martín de Pisuerga los observó mientras disfrutaba del momento.

Todo había ocurrido con cierta precipitación. El anterior primado, Gonzalo Pérez, gozaba de buena salud aunque de todos eran conocidos sus desmesurados atracones. Hacía tres meses, mientras el arzobispo se encontraba en Carrión junto a la corte, sufrió una indisposición tras cierta comilona. Lo mandaron de vuelta a Toledo cuando empezaron a temer por su vida, pero tomó el camino de toda carne a la altura de Valladolid.

La sede no permaneció vacante mucho tiempo. El mismo Martín de Pisuerga urgió a Alfonso de Castilla para que alguien con espíritu de sacrificio sustituyera al difunto arzobispo. El rey favoreció la candidatura de su arcediano favorito a expensas propias y de Leonor Plantagenet, y por toda Castilla corrió la voz de que no había mejor sustituto para el difunto Gonzalo Pérez que el buen don Martín, hombre culto y virtuoso, capa de menesterosos, escudo de mansos, custodio de la fe, perseguidor de blasfemias. El cabildo lo eligió sin grandes discusiones.

Cuando el nuevo primado abrió la puerta y pasó al salón decorado con enormes tapices, Leonor lo recibió con una sonrisa reluciente.

—Mi buen, buenísimo amigo. —Se acercó para besar el anillo, pero los labios resbalaron por accidente y se posaron sobre la piel de los dedos—. Mi señor arzobispo. Te felicito.

—Gracias, mi señora. Pero no quiero acostumbrarme al título. Aún tengo que viajar a Roma para que el santo padre me conceda el palio. Hasta entonces soy tu servidor.

Urraca aún retenía la diestra del electo.

—¿Hasta entonces solo? ¿Y después?

—Ah… Después también, claro.

La reina viuda soltó por fin la mano y caminó con indolencia.

—Me aburro muchísimo, mi señor arzobispo. El único que no se avergüenza de hablarme es mi hermano Diego, pero el rey le ha dado la tenencia de Alarcos y lo ha enviado allí para asegurar sus defensas. Un capricho, supongo. Mejor estaría el alférez en la frontera con León, dispuesto para la guerra, ¿no crees?

—Hmmm. Así que estás sola en Toledo, ¿eh?

Urraca fingió admirar los tapices descoloridos mientras se exhibía. El brial negro se ajustaba como la propia piel al cuerpo de Urraca.

—En el palacio real de León también hay muchos tapices. Hileras interminables de reyes. Supongo que mi hijastro ya habrá hecho bordar uno para él.

Martín de Pisuerga carraspeó. Se acercó a la otra puerta de la cámara, la entreabrió y se aseguró de que no había nadie al otro lado. Se decía que el palacio arzobispal era demasiado pequeño para guardar secretos, pero él se había empeñado en acabar con eso. Con eso y con muchas otras cosas.

—Espero que Dios tenga en su gloria al difunto don Gonzalo, pero su muerte resulta providencial. No destacaba por su empeño en combatir en la senda del Señor. Yo, por el contrario, pienso dedicar todos mis esfuerzos a ello. Por de pronto acabo de solicitar al papa que nos envíe a un legado. En cuanto llegue, yo mismo le mostraré la insoportable situación que vivimos.

—Y le pedirás la excomunión de mi hijastro.

—Tu hijastro, mi señora, ha cavado su propia tumba al maridar a su prima carnal. Nadie en su sano juicio esperaría dispensa para semejante matrimonio. Esa sola causa bastará para dar cuerpo a la excomunión, pero el legado que nos mande el santo padre también ha de tener en cuenta los otros méritos. Le sugeriré que proclame el interdicto en el reino de León. Animaremos a su pueblo a que se rebele y retire la obediencia a ese malnacido.

Urraca se deleitaba con cada palabra. Inspiró con fuerza para que el pecho pugnara con la seda negra.

—Por fin. ¿Cuándo podremos celebrarlo? Espero que pronto. Mis castillos resisten, pero no sé por cuánto más.

Martín de Pisuerga apretó los labios. Se apoyó en el báculo para caminar hacia ella.

—Por desgracia, el legado tendrá trabajo cuando llegue. Las diferencias entre reyes cristianos se acentúan, y esa causa también la he esgrimido para reclamar la intervención de Roma. Los aragoneses y los navarros se han atrevido por fin a traspasar la frontera por tierras de Soria, ¿lo sabías?

—Ah, qué contrariedad.

Martín de Pisuerga siguió acercándose. De pronto se sentía mucho más seguro. Se detuvo a muy poca distancia de la reina viuda y la miró a los ojos.

—El tenente de Cuenca respondió por su cuenta y atacó Teruel, pero el rey de Aragón se revolvió y lo tiene preso. Ya he mandado cartas a los clérigos de la Extremadura aragonesa. Ahora tendrán que escucharme. Soy el arzobispo de Toledo.

Urraca no había dejado de sonreír. Acarició con un dedo el báculo.

—Me gusta cómo hablas, amigo Martín. Resulta... apasionante.

—Sí, mucho. Ya no soy un simple consejero con buenos informadores. Ahora poseo huestes armadas y la autoridad de la fe. El anterior papa Clemente no encontró respuesta en mi antecesor. Aunque el santo padre le pidió que persuadiera a los reyes de la península para olvidar sus rencillas y unirse contra el enemigo común, el difunto arzobispo don Gonzalo prefirió seguir con sus banquetes. —Rodeó la espalda de Urraca con el báculo y la obligó a acercarse. Ella no disimuló su sorpresa, ni evitó que sus pechos se aplastaran contra la cruz dorada que adornaba el torso arzobispal—. Ahora alcanzaré todo lo que la providencia me negó. Todo lo que se me ha resistido durante este tiempo. ¿Sabes qué decía el clarividente san Bernardo, mi señora? Decía que no hay cosa tan dura que no ceda a otra todavía más fuerte.

Urraca no daba crédito a lo que ocurría. Martín de Pisuerga había deslizado su mano bajo el hábito mientras la retenía contra sí a fuerza de báculo.

—Mi señor arzobispo...

—Hace un tiempo, en Carrión, me explicaste cómo te sentías, mi señora. Como si te hubieras arrastrado por un desierto toda la vida, dijiste, sin llegar jamás al estanque de agua fresca.

Urraca intentó escapar del cepo, pero el báculo arzobispal se cerraba sobre su espalda como un gran grillete. Aquello era muy, muy extraño. Ya no recordaba cuándo había sido la última vez que el control de una situación así se le había escapado.

—¿Qué pretendes, don Martín?

—Yo ya no pretendo. Simplemente tomo lo que Dios pone a mi alcance. Es Él quien dispone, ¿te lo he dicho alguna vez? Y Él ha sido testigo de mis dudas, de mi penitencia y de mi espera. —El arzobispo dejó de desatar lazos y apartar capas de ropa bajo el hábito, y posó la mano sobre el hombro de Urraca—. Ahora los cilicios y el flagelo se han acabado. La decisión de Dios está tomada.

—Aguarda...

No la dejó seguir. Su mano, más pesada que el pisotón de un destrero, la obligó a bajar. Se ayudó con el báculo, y Urraca se encontró de rodillas antes de creer lo que ocurría. El hábito se agitó, el escapulario con él. El miembro del arzobispo, grande, palpitante y cruzado de heridas a medio cicatrizar, apuntó a la reina viuda como un ariete dispuesto a derribar el portón.

—Ya no pasarás más sed, mi señora. He aquí tu estanque. Decide tú cuánto vale un trono y sáciate.

Urraca gimió cuando sintió el contacto húmedo contra los labios. «¿Cuánto vale un trono?», se preguntó.

Decidió que no era un precio alto, y tampoco desconocido para ella, así que se zambulló en el estanque. Notó que las cicatrices le raspaban la lengua y el paladar y se hundían en su garganta. A su propio pesar intentó echar atrás la cabeza, pero la mano del arzobispo la retuvo por la nuca. Fue peor cuando empezaron las embestidas. La reina viuda se sintió ahogar mientras sus uñas se clavaban en los muslos de él, pero el arzobispo se movía cada vez más rápido y más profundo. Martín de Pisuerga la atraía sin compasión, y solo aflojaba para volver a jalar de ella. La toca se descompuso y cayó a un lado junto con la melena negra y abundante. El báculo rebotó contra el suelo de piedra, y entonces él la cogió por el pelo con la diestra. Solo había una forma de abreviar el trago, así que Urraca se decidió a cooperar. Por fortuna, el clérigo llevaba tanto tiempo esperando el momento que, tres envites después, su cuerpo empezó a temblar, sus ojos se pusieron en blanco y se descargó con un gruñido ronco.

Urraca se venció de espaldas en cuanto el arzobispo la liberó. Tosió con violencia, se llevó la mano a la garganta y se inclinó sobre el suelo mientras recuperaba el resuello. Martín de Pisuerga, jadeante, la observó. A sus pies estaba la mujer con la que se había obsesionado, humillada y escupiendo. La punzada de arrepentimiento le asaltó mientras se guardaba el miembro bajo el hábito cisterciense y se subía las calzas, pero recuperó su seguridad cuando recogió el báculo.

—Soy el arzobispo de Toledo —se dijo a sí mismo más que a ella. La mujer que lo había subyugado y atormentado a partes iguales lo miró con expresión indefinible. Un hilo claro y viscoso se estiraba desde sus labios y se enredaba en su cabello enmarañado. ¿Qué era lo que sentía Urraca? ¿Acaso no parecía tan excitada como él? ¿O sería odio lo que destilaban sus ojos?—. No temas, mi señora. No te desampararé. Y tú tampoco me desampararás a mí.

DOS MESES DESPUÉS. SEVILLA

Ibn Rushd murmuró bajo el mostacho y se limpió las manos con un paño. A su alrededor, los médicos almohades tomaban nota de la operación de drenaje. Yaqub resopló sobre el lecho.

—La infección continúa, aunque creo que remite —informó el andalusí—. Sigue mi consejo, príncipe de los creyentes: convalece de esta herida aquí o en Marrakech, pero olvida las campañas hasta que estés restablecido.

Mientras Ibn Rushd recogía su instrumental, el califa dejó caer la cabeza sobre la almohada. Así que Dios no lo había abandonado después de todo. Había dudado, sí. Y eso casi lo había llevado a la muerte. Pero solo el Único o su arcángel podían haber desviado aquel virote portugués. La punta había rajado su túnica acolchada y había resbalado en vertical por su piel, dejando un largo y profundo corte desde el pecho hasta casi la cadera. Un par de pulgadas más y... Fue Abú Yahyá quien lo sacó de la refriega inconsciente y mientras se desangraba. El trabajo de los médicos de campaña fue bueno. Cauterizaron la herida y dejaron hueco en la sutura para que la más que probable infección saliera de su cuerpo. Pero, aun así, el visir omnipotente decidió mandar al califa de regreso a Sevilla con orden de que Ibn Rushd se hiciera cargo de la cura.

Abú Yahyá permaneció en el cerco. Los de Silves se habían encerrado en la alcazaba, pero todas las provisiones y un buen número de muertos habían quedado en la medina, ahora en poder de los atacantes. Un heraldo salió para parlamentar y propuso un plazo de diez días. Si en ese tiempo aparecía por allí el rey Sancho, el ejército africano se retiraría. Si no había auxilio, la alcazaba sería desalojada y cedida a los almohades. El visir omnipotente, acuciado y temeroso de lo que pudiera suceder a Yaqub, aceptó. Diez días después, una enorme bandera blanca con versículos sagrados ondeaba sobre la torre más alta de Silves; y transcurrido un mes, otro embajador portugués se presentó en Sevilla para rogar una tregua. Yaqub se la concedió por cinco años y la acompañó de amenazas sin fin para disuadirle de más algaras contra al-Ándalus.

—Está bien —decidió por fin el califa—. Me voy a Marrakech. La última vez que ocurrió algo parecido estuvieron a punto de arrebatarme el trono. Pero no quiero que se sepa nada de mi herida. Lo hemos mantenido en secreto hasta ahora y así debe seguir. Desobedecer esta orden os acarreará un serio disgusto y cierta pérdida de peso. Aquí. —Se señaló la cabeza.

Los médicos asintieron, Ibn Rushd entre ellos.

—¿He de acompañarte de vuelta, príncipe de los creyentes?

Yaqub miró a los demás médicos y les señaló la puerta. Esperó a quedarse solo con el cordobés antes de responderle:

—No, no será necesario que vengas. No pienso quedarme en Marrakech mucho tiempo. Lo justo para que este contratiempo no se convierta en un problema. Y como no quiero que vuelva a suceder, lo primero que haré será nombrar heredero a mi primogénito. Eso sí, en cuanto la herida haya curado, convocaré más tropas y cruzaré de nuevo el Estrecho.

»Las costas del Garb son nuestras otra vez, y ahora tenemos a nuestros pies a León y a Portugal. El momento que he esperado tanto tiempo se acerca.

Ibn Rushd asintió y observó con preocupación la expresión enfebrecida del califa. Si aquel hombre moría, el primero en padecer las consecuencias sería él.

—Es una lástima que no hayas podido poner en juego a tus arqueros *agzaz*.

—Eso es lo de menos... —Se removió en la cama con un gesto de dolor—. Hay una enseñanza mucho mejor. Un auténtico mensaje de Dios. Fíjate, Ibn Rushd. En la campaña de Santarem, los portugueses y los leoneses actuaron unidos y frustraron los planes de mi padre. Él mismo pagó las consecuencias. Ahora, con los cristianos divididos, no solo hemos alcanzado todos nuestros objetivos a un bajísimo coste. Es que incluso mi vida está a salvo por merced del Único.

Era mucho decir a juicio de Ibn Rushd. Pero no podía negarse que Yaqub había demostrado siempre una fortaleza sobrehumana. Como si hubiera una voluntad superior que lo alzara y lo protegiera en todo momento, ante cualquier adversidad.

—Así pues, príncipe de los creyentes, tu próximo objetivo es Castilla.

Los ojos del califa se entornaron. En su retina había quedado grabada la imagen de Gabriel. Su gesto de profunda decepción bajo la bandera verde que él debía extender para gloria de Dios. ¿Qué era cierto? ¿Era el califa victorioso o un fracasado más?

—Castilla, claro que sí. El perro Alfonso se verá solo y caerá bajo las armas de los fieles. U ocurrirá al revés, y se habrá hecho la voluntad de Dios. —Algo llamó la atención en la puerta. Vio a Ibn Sanadid en actitud de espera—. Ibn Rushd, déjame ahora y di a tu paisano que entre.

El cordobés se despidió con una inclinación, se irguió con dificultad y obedeció al califa. Ibn Sanadid fue mucho más allá al caer de rodillas ante Yaqub.

—Príncipe de los creyentes, Dios te guarde. Vengo a suplicar tu perdón por el asalto que decidí a riesgo mío. Vi la oportunidad y la aproveché.

—Levanta, Ibn Sanadid. Tu gesto te honra y te coloca casi a la altura de un almohade. Silves es nuestra gracias a tu iniciativa.

El andalusí suspiró aliviado. No quiso pensar qué habría ocurrido de fallar el asalto nocturno.

—Rezo día y noche por tu curación, mi señor. Considero culpa mía que te hirieran.

—La voluntad del Único, Ibn Sanadid. No busques culpas ni méritos en que un creyente derrame su sangre por la fe. Más loable es lo tuyo, pues nadie espera ese sacrificio de un andalusí. Serás recompensado como mereces. He pensado en una plaza avanzada que, si Dios lo permite, pasará a nuestras manos a no mucho tardar. ¿Conoces Calatrava?

El andalusí arqueó una ceja.

—Sí. Pero está en poder de los cristianos.

—No para siempre, Ibn Sanadid. Calatrava caerá, como caerán Toledo o Burgos. Pero no adelantemos tu premio, pues aún no sé qué fue del hombre que te ordené buscar. ¿Qué es de Ordoño de Aza?

Había pensado mucho la respuesta, y mucho era también lo que temía si se le sorprendía en una mentira. Pero solo él y Abú Yahyá podían arrojar a Ordoño a los pies del califa, y las palabras de este habían sido claras: «Mi visir omnipotente no debe saber nada de esto». Así que Ibn Sanadid tomó el camino más seguro para Ordoño e intentó parecer sincero.

—El cristiano murió poco después de llegar a Málaga. Por la herida que recibió en Valencia, mientras luchaba con dos de tus guardias negros.

—Muerto.

La decepción era evidente. Hasta pareció que la noticia lo martirizaba más que la infección. Se llevó la mano al torso vendado, pero no se atrevió a tocar. Ibn Sanadid decidió hacer más llevadero el trance.

—Te satisfará saber, mi señor, que sufrió lo indecible. Su herida se infectó y tardó varios días en morir.

Los labios del califa se separaron desde sus dientes apretados en lo que tanto podía ser una sonrisa como un gesto de rabia contenida.

—Dios, en su sabiduría, me arrebata la venganza. Pero me la tomaré en los hermanos de fe de ese maldito Ordoño. Te lo juro, Ibn Sanadid. Esta maldita península será musulmana. Aunque tenga que vaciar África de hombres. Aunque tenga que clavar yo mismo a todos estos comedores de cerdo en sus cruces.

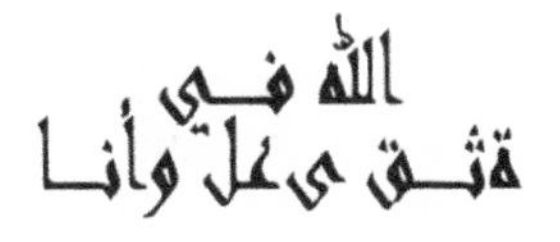

58
LA DISCORDIA EN LA SANGRE

Seis meses más tarde, principios de primavera de 1192.
Toledo

Gregorio de Santángelo se dispuso a bajar del carruaje con la ayuda de dos sirvientes, aunque fue el propio arzobispo de Toledo quien se adelantó para sostener su peso con gran facilidad. Frente al alcázar regio se hallaba detenida la comitiva que acompañaba al legado en su viaje desde Roma y a través del condado de Barcelona, el reino de Aragón y tierras castellanas. Una marabunta de guardias armados, escribas y asesores canónicos. El cardenal, con los setenta bien cumplidos, no era sino huesos y tendones recubiertos de piel. Se apoyó en el báculo, que sobrepasaba su altura, y contempló detenidamente la mole del alcázar.

—Así que este es. —Hablaba en latín con una voz lenta y débil—. Hace poco más de cien años, este palacio era musulmán. —Volvió la cabeza hacia Martín de Pisuerga—. ¿Cuánto tardará en volver a serlo?

El arzobispo se estremeció. Los ojillos del cardenal, hundidos bajo las cejas de pelo cano y abundante, eran de un gris casi blanco. Supo enseguida que aquel cuerpo frágil y arrugado encerraba una gran voluntad. Señaló el portón, donde los monteros reales apartaban las lanzas e inclinaban la cabeza en señal de respeto. El hombrecillo paseó su figura cubierta de rojo, sin perder detalle de cada reminiscencia sarracena en los arcos, columnas y alta techumbre del palacio real.

—Los reyes de Castilla te esperan, mi señor cardenal. Sé que estarás agotado del viaje, pero cuando acabes con ellos me gustaría, si te place, presentarte a otra reina...

—Paso a paso, arzobispo.

La lentitud del legado impacientó a Martín de Pisuerga, aunque se abstuvo muy bien de hacérselo notar. Cuando por fin llegaron al salón del trono, alguien había colocado una silla de madera labrada sobre el estrado para que el cardenal se sentara a la misma altura que los reyes. En el nivel inferior, varios escabeles alineados sostenían las figuras de los obispos del reino, que se alzaron para recibir al anciano visitante. Alfonso también se levantó, y ofreció su mano a una Leonor cuyo vientre crecía con un nuevo embarazo.

—Mis señores —anunció el arzobispo de Toledo—, el cardenal Gregorio de Santángelo, legado del santo padre Celestino.

En lugar de seguir la dirección que le indicaba Martín de Pisuerga, el anciano hizo un ademán al obispo de Osma y ocupó su escabel. Los presentes se miraron indecisos, pero nadie se atrevió a discutir el súbito cambio en el protocolo. El rey rompió el momento con su bienvenida:

—Mi señor cardenal, el corazón de Castilla se alboroza con tu presencia. Te deseamos una larga estancia, y sabe que tienes el reino a tu disposición. También me gustaría que transmitieras al papa mi enhorabuena y la alegría de todos los castellanos por su elección, y que le desees un largo pontificado de mi parte.

El cardenal resopló y apoyó sobre las rodillas el báculo, que tenía aspecto de pesarle como la cruz a Cristo.

—Mi tío tiene ochenta y seis años y nombrarlo papa le ha acortado la vida más de veinte. No creo que su pontificado vaya a ser tan largo como deseas, Alfonso.

El rey dibujó una sonrisa perpleja y volvió a ocupar el trono. La reina y los obispos lo imitaron, a excepción del de Osma, que flanqueó al arzobispo de Toledo a un lado del salón.

—Bien… ¿Ha sido venturoso tu viaje? ¿Deseas comer algo? ¡Que alguien traiga bebida para el cardenal!

—Luego, Alfonso. Luego. San Pablo nos enseña que no podemos comer de balde el pan de nadie si antes no trabajamos día y noche. Yo acabo de llegar y ni siquiera he empezado a hablar del recado del santo padre.

El rey y la reina se observaron de reojo, sus coronas de oro guarnecidas de rubíes relucieron a la luz de los candelabros. Fue ella quien intervino esta vez:

—Entonces conviene abreviar tu fatiga, mi señor cardenal.

—Así es. —Tomó el báculo y apuntó con él a Alfonso de Castilla—. Por eso me gustaría saber la causa de que no hayas cumplido los exhortos que te hizo el difunto antecesor de mi tío, el papa Clemente.

»Desde que se me encomendó esta misión, he dedicado el tiempo a estudiaros. Me refiero a todos vosotros, castellanos, y al resto de hispanos. He leído los apuntes de Clemente, que Dios tenga en su gloria, y la mucha tinta que vertió sobre papel a cuenta vuestra. Era de tribulación la que le tocó vivir, desde luego. Para él fue un golpe durísimo la caída de Jerusalén, como para todos nosotros, pero siempre tuvo muy claro que la discordia, solo la discordia, era la causante. ¿Saladino? Un simple instrumento del diablo. Mientras los cristianos discutían entre sí en Tierra Santa, ese infiel supo unir Egipto y Siria y lanzar un gran ejército contra la ciudad que vio morir a Nuestro Señor. Clemente reconocía una gran similitud entre aquella frontera de la cruz con el islam y esta frontera de aquí.

»Soy un anciano, Alfonso, así que tal vez tengas que refrescar mi memoria. Juraría que el difunto Clemente os conminó a que tomarais nota del ejemplo de Jerusalén. Conminó a todos los reyes, príncipes y señores de esta península a que acordarais entre vosotros paz perpetua, o al menos treguas suficientes para unir vuestras fuerzas al servicio de la lucha contra la gente pérfida. ¿Me equivoco pues?

—No —reconoció el rey—. Creo que el santo padre Clemente incluso usó esas mismas palabras. El anterior arzobispo Gonzalo las leyó aquí mismo ante mí.

—No debió de leerlas con mucha convicción, o tal vez el arzobispo Gonzalo, que en gloria esté, omitió parte del mensaje. Porque el papa advertía con gran claridad de que el poder que ostentáis, reyes hispanos, viene de Dios y os ha sido otorgado por una causa. Al igual que yo hago en este momento, tú, Alfonso, debieras abstenerte de comer o beber hasta que no hayas cumplido tu primera obligación: combatir al infiel hasta su total exterminio.

—Mi señor cardenal —intervino el arzobispo Martín de Pisuerga—, con todo respeto a tu cargo y a la memoria del difunto pontífice Clemente…, creo que eso es injusto. El rey Alfonso…

—El rey Alfonso es como todos vosotros —le atajó con su vocecilla y su mirada grisácea—: un digno hijo de esta tierra. Lleváis la discordia en la sangre. Todos: portugueses, aragoneses, castellanos, navarros… Sois capaces de destrozaros entre hermanos mientras el enemigo común os acecha para alimentarse de vuestra carne maltrecha. Pero sigamos con el exhorto de Clemente. —Devolvió la vista al rey—. Porque él se asombró como nadie de las grandes discordias de los hispanos y de que no os revolvierais contra el islam como uno solo. Pues eso sois a vista de todos: un solo pueblo. Desde Barcelona a Compostela y desde Pamplona hasta Tarifa, en las costas que os usurpan los mahometanos. A tanto llegó la sorpresa del santo padre que se decidió a amenazar con interdictos en vuestros reinos. Por lo visto, ni la inminencia de las llamas infernales basta para acallar esa enfermedad del alma que os aqueja y que os incita a luchar entre vosotros.

El rey alzó la mano con timidez. Gregorio de Santángelo dejó que el báculo reposara otra vez sobre sus rodillas e hizo un ademán para que Alfonso de Castilla se defendiera.

—Mi señor cardenal, qué justo es tu reproche. Yo mismo he comprendido que esa enfermedad, como tú dices, nos corroe las entrañas. ¿Que llevamos la discordia en la sangre? No te lo negaré. Te diré más: nunca como cuando el peligro se abate cierto sobre nosotros, somos capaces los hispanos de dar la espalda al enemigo para matarnos entre hermanos. Yo, por mi parte, siempre he tenido en la mente y en el corazón las últimas palabras de mi abuelo el emperador. «Solo unidos», dijo con su último aliento. Créeme que me he esforzado por cumplirlo. Por unir a todos para dirigir las lanzas hacia el infiel. —Abrió los brazos y miró a todos los presentes—. ¿Quién puede acusarme de lo contrario? No es culpa mía si los demás reyes se dejan llevar por la codicia o por la ira.

Gregorio de Santángelo asintió despacio.

—¿Ya te he dicho que he pasado meses estudiando vuestro caso? ¿Te he informado ya de que es por gracia de Dios por lo que ciñes corona?

»Sé que lo que dices es cierto. Sé que los demás reyes se han coaligado en tu contra. Cada uno carga con su porción de culpa. ¿Y cuál es tu culpa, Alfonso de Castilla? Veamos cómo repartes firmeza y condescendencia, y si lo haces entre las personas adecuadas.

»Tengo entendido que, recientemente, ha surgido una nueva discordia entre tu primo, el rey de León, y tú. Por lo visto no has sido capaz de retirar a su madrastra de la frontera y meterla en un convento, como corresponde a una viuda cristiana de noble cuna, más si ha sido reina.

Aprobación, esta tuya, que aviva la llama de la enemistad entre Castilla y León. ¿Es esa la autoridad que ejerces sobre tus súbditos? —Martín de Pisuerga enrojeció e, instintivamente, llevó la vista a una de las puertas laterales del salón. Tras ella aguardaba Urraca de Haro, dispuesta a conocer al legado del papa. Pero este continuó con sus reproches—. Por otro lado, es de todos sabido que Portugal padece el acoso de los mazmutes desde hace dos años, y que ha perdido en meses las plazas que tardó décadas en conquistar, algunas de ellas defendidas por freires del apóstol Santiago. Mientras tanto, ¿qué has hecho tú? Espero que tus ociosos barones, las mesnadas y las milicias de Castilla hayan disfrutado de ese espectáculo. ¿Es así como cumples el noble deseo de unidad de tu abuelo emperador?

El rey apretó los puños sobre los brazos del sillón. En ese momento se dio cuenta de que la carta que le había enviado el miramamolín era en realidad una tentación diabólica hecha pergamino. Bajó la mirada y buscó palabras de desagravio que no pudo encontrar. El cardenal Santángelo recogió el báculo y se puso en pie con un crujido de vértebras. Dio una vuelta completa para señalar a los obispos castellanos, y acabó con la vista fija en el arzobispo de Toledo.

—Vuestra culpa es, si cabe, mayor. Dios tutela al rey a través de los obispos, lo sabéis todos. Tenéis el deber de excitar en los nobles y en la plebe la piedad de Dios y el ánimo de defender a la Santa Iglesia. Pero miraos, gordos como lechones y pagados de vosotros mismos. Seguro que cobráis vuestras rentas y exigís los diezmos con más afán bélico del que dedicaríais a un infiel. ¿Sabéis lo que hacen los líderes de la falsa fe de Mahoma? Provocan el corazón de sus fieles en esos antros que llaman mezquitas, y luego se ponen al frente de las tropas para dar su vida en martirio por el anticristo que dictó su libro.

»El difunto papa Clemente fue capaz de unir al Sacro Imperio con los reinos de Francia e Inglaterra para que juntos tomaran la cruz y se dirigieran a Tierra Santa con la férrea voluntad de reconquistar Jerusalén. Los arzobispos, los obispos, los abades y hasta el último campesino bautizado en la fe de Cristo se aplicó a la tarea de convencer a sus hermanos. Si el santo padre no exigió ese sacrificio en Castilla, en Aragón o en Portugal, fue porque vosotros libráis aquí vuestra propia guerra contra el mal. Mi tío así lo comprendió cuando sucedió al buen Clemente en la silla de san Pedro, y por eso os suplicó que dejarais de luchar entre vosotros, y os recriminó a todos vuestra falta de vigor, y que firmarais treguas con el infiel mientras el resto del mundo se une para vengar las ofensas recibidas en Jerusalén. Recogeremos los frutos dentro de poco. Ricardo de Inglaterra, el hermano de la aquí presente Leonor, se halla en estos momentos en Tierra Santa, ha derrotado a los infieles en campo abierto y se dispone a reconquistar Jerusalén al infiel Saladino. Pero eso es allí, muy lejos. Aquí… ¿Qué ha ocurrido aquí?

»Aquí, Clemente falló. Celestino ha fallado. Yo no fallaré. Recorreré los reinos de esta tierra hispana y os amenazaré sin el menor empacho. —Levantó la zurda y señaló el techo—. Aguarda el interdicto para quien no tome las armas contra el islam. —Desplegó el dedo medio para ponerlo junto al índice—. A partir de ahora actuaréis unidos, como hermanos que sois, portugueses, leoneses, castellanos, navarros y aragoneses. —Alzó el anular—. Y resolveréis vuestras diferencias.

»Obedecedme, y la gloria y el paraíso os aguardan en vida y en muerte. Desobedecedme, y yo os digo que antes de cinco años veréis a los infieles asediando esta ciudad.

»Y ahora —se volvió hacia Martín de Pisuerga—, el arzobispo de Toledo tenía intención de presentarme a alguien. ¿Me disculparéis todos?

Alfonso, Leonor y los obispos se levantaron. Permanecieron en ominoso silencio mientras el primado y el cardenal se alejaban hacia un lado del salón. El anciano apoyaba el báculo y arrastraba los pies como si fueran de hierro macizo. Martín de Pisuerga lo observó con una mezcla de miedo y reverencia. Antes de llegar a la puerta de madera claveteada se había arrepentido de ceder a la súplica de Urraca de Haro.

La reina viuda aguardaba en pie, con un brial negro tan recatado que la cubría hasta el cuello. El velo oscuro caía desde la toca y solo el relicario plateado rompía el monótono luto. La estancia era pequeña y sin ventanas, con una nube de incienso pegada al techo y un par de velas encendidas en un rincón. Mientras Martín de Pisuerga cerraba tras de sí, Urraca se apresuró a besar el anillo del legado papal.

—Mi señor cardenal, he rezado para que tu viaje llegara a buen fin.

Gregorio de Santángelo miró interrogante al arzobispo de Toledo. Este carraspeó.

—Urraca López de Haro, reina viuda de León.

—Y hermana del alférez real de Castilla —completó ella—. Sobre todo, madre del príncipe Sancho, que es fiel siervo de la iglesia de Roma y heredero legítimo del trono leonés.

Los ojillos grises del cardenal relucieron. Tras su examen rápido de Urraca, dirigió un gesto de burlón reproche al arzobispo de Toledo.

—Ya veo. —Se volvió de nuevo hacia ella—. He oído del asedio al que someten a tus castillos en el reino de León. Te suponía allí, encerrada tras las murallas. O tal vez en la frontera, procurando la salvación de los tuyos.

La sonrisa de Urraca despedía beatitud tras el velo.

—Monteagudo y Aguilar se han liberado ya del cerco, mi señor cardenal. El señor de Castro, que era quien intentaba someterlos en nombre de Alfonso de León, retiró sus tropas en cuanto supo que habías desembarcado en Barcelona y te dirigías a Toledo.

—Ah, eso está muy bien. —La risa franca del cardenal le hizo parecer un viejecito adorable—. No hago más que llegar y la gente recobra el juicio. Mi primera intención es regresar al este y reunirme con el rey de Navarra, y luego hablaré con el de Aragón. Pero antes había pensado en escribir a Alfonso de León... Tengo entendido que es tu hijastro.

—Mi difunto esposo, el rey Fernando, lo concibió en pecado, mi señor cardenal. El papa, en su sabiduría, anuló el matrimonio fraudulento que lo trajo al mundo. Precisamente por eso insistí a mi buen amigo y confesor, el arzobispo de Toledo, para poder postrarme ante ti y suplicarte por los derechos de mi hijo, Sancho. Él es el auténtico heredero de León.

El legado encogió sus hombros demacrados.

—He venido desde Roma en un viaje demasiado largo para mis castigados huesos, y mi objetivo es unir a los cristianos. No gozo de potestad para deponer reyes y coronar a otros en su lugar.

Urraca lanzó una mirada rápida a Martín de Pisuerga que no pasó desapercibida a Santángelo.

—Pero sin duda tienes poderes para castigar la traición a Dios, mi señor cardenal. El usurpador de León rompió su obligación de vasallo y se negó a atacar a los almohades cuando se lo pidió el rey de Castilla. No solo eso: ha firmado treguas con los infieles. Y a continuación ha desamparado a Portugal, con quien mantenía una alianza militar, ha atacado plazas cristianas que detento legítimamente y ha contraído matrimonio con su prima carnal. Ni el propio miramamolín es tan hostil a Cristo.

Gregorio de Santángelo escuchaba con aparente interés. Apoyó su peso en el báculo y volvió el cuerpo con parsimonia.

—Arzobispo, ¿es la excomunión del rey leonés lo que propone esta casta dama?

—Eeeh... Bien, mi señor cardenal... Creo que... así es.

—Claro, claro. Así es. —Volvió a girar trabajosamente—. Todo lo que me cuentas de Alfonso de León es grave, Urraca. Y entre esas razones veo varias que podrían motivar una excomunión. Es más: sin duda amenazaré a ese hombre con excomulgarle. A él y a su tío, el rey de Portugal. Y no te extrañe si uso la misma arma contra Sancho de Navarra y Alfonso de Aragón. Hasta el rey de Castilla corre el riesgo de contraer la ira divina y ser expulsado del seno de la Iglesia. —Se ayudó del báculo para dar un paso y acercarse a Urraca. El cardenal, encogido por la vejez, apenas llegaba al pecho de la reina viuda—. De hecho voy a escribir de inmediato al arzobispo de Compostela y al de Braga para que convoquen concilio. Amenazarán de excomunión a Alfonso de León si no se separa enseguida de su prima.

—Magnífico, mi señor cardenal.

Santángelo gesticuló para que Urraca se inclinara. Bajó la voz.

—Pero no será excomulgado, puedes estar segura. Una cosa es amenazar y otra cumplir la amenaza. No condenaré a un reino entero al interdicto para que se hunda en el caos, ni derrocaré a su rey para que desangre en una guerra civil. No sé cómo has podido alimentar esperanzas en eso. —Señaló con el báculo tras de sí a Martín de Pisuerga—. Aunque se me ocurre alguna explicación.

Urraca palideció tras la gasa oscura. Buscó la ayuda del arzobispo con la mirada.

—Mi señor cardenal —la voz de Martín de Pisuerga sonó humilde—, doña Urraca ha servido desde siempre a Castilla y a la unión de los reinos cristianos. Lo que pide no es sino por el bien de todos y constituye una merecida compensación. Yo te pido... Te suplico que la escuches y consideres su justo ruego.

Gregorio de Santángelo se apartó de la reina viuda y renqueó hasta la puerta que lo devolvía al salón del trono. Antes de abrirla, se volvió.

—San Pablo nos indica que la mujer se salvará si permanece en la santidad y en la modestia. No he leído nada de hembras que reclamen reinos ni merezcan compensaciones, salvo que el reino que ganen sea el de los cielos, y su compensación, la vida eterna. Urraca ha de entrar en religión, como corresponde a su alcurnia y a la voluntad de Dios. Y tú, primado de toda la iglesia hispana, bien harás en auxiliarme en mi difícil tarea y dejar de lado otras... distracciones.

»También es san Pablo quien nos cuenta que no fue Adán el engañado, sino la mujer, y por eso incurrió en prevaricación. Y que corresponde a la mujer callar y jamás poner su autoridad sobre la del varón. Lo que veo aquí, pues, va contra natura. ¿Quién ha seducido, quién ha engañado, quién ha ordenado y quién ha prevaricado? —Extendió el báculo amenazante hacia Martín de Pisuerga—. Viajarás a Roma para recibir la bendición y la confirmación de mi tío, el santo padre Celestino, salvo que tu comportamiento me aconseje que no eres el arzobispo de Toledo que la Iglesia necesita. —A continuación apuntó a Urraca—. Aparta de mi camino, mujer. Guarda tu veneno y arrepiéntete.

Abrió la puerta apenas media vara. Lo suficiente para deslizar su menudo y encorvado cuerpo. Tras cerrar, el arzobispo de Toledo sintió los ojos de Urraca clavados en él. Era la primera vez que no sentía una fuerte erección en su presencia. Al contrario. Martín de Pisuerga se supo arrugado como una pasa.

—Que no me desampararías, dijiste. —La reina viuda caminó hacia el arzobispo—. Que bebiera de tu estanque.

—Mi señora, lo he intentado... No he podido hacer más...

El brial no estorbó el movimiento brusco de Urraca. Su rodilla impactó en el escroto del arzobispo con la fuerza de un bolaño, y él se encogió antes de caer con un mugido. Urraca lo observó desde arriba y, con gran delicadeza, levantó el velo oscuro para dejar al descubierto la boca. El salivazo acertó en la mejilla contraída de Martín de Pisuerga y resbaló hasta sus labios.

—Ahora sáciate tú.

وأنا على ثقة في الله

Cuatro meses más tarde. Rabat

Yaqub señaló un punto sobre el mapa dibujado en pergamino. Muhammad lo miró detenidamente antes de morderse el labio y hablar:

—B-Barcelona.

—Sí. No subestimes su flota. ¿Cuál es esta?

El crío, de apenas diez años, observó la nueva ciudad que le marcaba su padre. Se retiró el pelo castaño y entornó los ojos azules, heredados de su madre portuguesa.

—C-Com-Compostela.

Yaqub tensó la boca en lo que quería ser una sonrisa.

—Compostela. Hasta aquí peregrinan infieles de todas partes para adorar a uno de sus falsos ídolos. —Paseó el dedo por el mapa—. ¿Y esta de aquí?

La piel clara de Muhammad se puso roja. Contempló temeroso al califa.

—N-no sé.

Abú Yahyá se acercó a la mesa.

—Pamplona. Se llama Pamplona. —Se dirigió a Yaqub—. ¿Por qué aprender tan pronto esas ciudades del norte? Más le vale tener claro dónde están Toledo o Lisboa.

—Toledo y Lisboa serán musulmanas cuando Muhammad me suceda. A él le quedará el trabajo fácil.

El visir omnipotente enarcó las cejas. Le costaba ver en aquel crío a un califa almohade. Ni siquiera Yusuf tuvo jamás un aspecto tan endeble. Muhammad no solo no parecía bereber. Era delgado y de baja talla incluso para un crío de nueve años. Lo miraba todo con ojos atentos y progresaba, a decir de sus maestros, pero siempre cabía la posibilidad de que esos maestros quisieran simplemente satisfacer los deseos del califa. Además, estaba la tartamudez…

—Hay noticias de Ifriqiyya. Y también de al-Ándalus.

Yaqub asintió y enrolló el mapa.

—Vete, Muhammad.

—S-sí, p-príncipe de los c…

—Vete, vete ya.

El niño corrió hasta la puerta, donde fue flanqueado por cuatro Ábid al-Majzén. Yaqub resopló y se recostó en una silla. Durante su convalecencia las prefería a los cojines. Le evitaban dolores.

—Has dicho que hay noticias de al-Ándalus.

—Sí, príncipe de los creyentes, pero las de Ifriqiyya son más importantes.

—¿Los Banú Ganiyya otra vez?

—Tal vez. Los gobernadores dicen que han asaltado alguna caravana. Gente que se oculta en el Yarid, según parece. La chusma es crédula, así que los rumores pueden ser exagerados, pero hay quien dice que las partidas son cada vez mayores.

Yaqub negó con firmeza.

—Ni hablar. No me empantanaré otra vez allí. Dios, ensalzado sea, sabe cuánto tiempo pasará hasta que esté completamente restablecido. Y no me apetece emplear dos o tres años más en pacificar a unos simples bandoleros de rostro velado que se ocultan en ese maldito desierto de sal. No pienso perseguir sombras desde Trípoli hasta Túnez.

Abú Yahyá asintió. Sabía que el mayor anhelo de su califa era volver a cruzar el Estrecho y rematar su jugada. Con los portugueses neutralizados, la única molestia era Castilla. Además, Yaqub la consideraba el corazón de los reinos cristianos de la península. Si lograba poner de rodillas a su rey, serían León, Navarra o Aragón los que acudirían a saquear sus despojos. Lo siguiente sería fácil. Antes de que Muhammad tuviera que hacerse cargo del imperio, las fronteras estarían, como mínimo, en el río Duero.

—¿Has vuelto a... soñar?

El califa negó de nuevo.

—Y eso me preocupa. Dudé, Abú Yahyá. Dudé cuando la certeza tenía que ser total. Por eso fui castigado. —Se rozó el *burnús* a lo largo de la cicatriz que cruzaba su torso y su abdomen—. A veces pienso que Dios me ha abandonado. Que la deuda que he contraído es demasiado grande. Por eso necesito volver a al-Ándalus y demostrarme a mí mismo que sigo siendo el elegido.

—Dios no te ha abandonado. Solo te da una lección de humildad.

El califa miró a un lado con el gesto crispado. Llevaba casi un año de impaciente convalecencia durante el que había nombrado a Muhammad como su sucesor, y había obligado a presentarse a todos los gobernadores para reconocerlo y jurar obediencia. Y, de paso, para eliminar cualquier tentación parecida a la de sus difuntos tíos Abú-l-Rabí y Abú Ishaq, o a la de su hermano ar-Rashid. En vista de que su curación transcurría con lentitud, los médicos le recomendaron trasladarse de Marrakech a Rabat para disfrutar de su mayor salubridad. Allí, durante un paseo por el jardín de la alcazaba, la herida se había abierto. El resultado fue una nueva y dolorosa cura, a la que siguió la noticia de que debería reposar al menos otro año. Para mitigar su impaciencia había ordenado construir una fortaleza militar junto a Sevilla. Allí podrían acumular pertrechos y reunir tropas de forma previa a una marcha hacia el norte, y algo se ahorraría de la exasperante lentitud de un ejército califal.

—Tengo que regresar. Tengo que terminar lo que empecé.

—Paciencia, príncipe de los creyentes. Tal vez es eso lo que Dios espera de ti. Él es el dueño del momento, allánate a su voluntad.

—Eso hago sin más remedio. ¿Qué hay de esas noticias de al-Ándalus? ¿Ha habido algaras? ¿Se sabe si los cristianos siguen enfrentados?

—Llevan la discordia en la sangre. Las alianzas que sellan solo duran hasta que se dan la espalda. No hay algaras. Los castellanos han luchado contra los aragoneses en sus fronteras, y los leoneses también los acosan.

»Las noticias son otras. Algunos *talaba* de Córdoba escriben para quejarse de Ibn Rushd. Dicen que no se humilla ante ellos como es deber de todo andalusí. Que se siente muy ufano por la amistad que le has demostrado, y que se permite escribir y hablar sobre materias que no agradan a la comunidad de los creyentes. Uno de ellos se ha hecho con una copia de la última obra que ha escrito, unos comentarios a uno de esos médicos paganos que admira. Dice que encabeza cada capítulo en el nombre de Dios, el clemente y misericordioso, y después desea la bendición para el Profeta. No nombra al Mahdi. Y se atreve a afirmar que solo por la filosofía se puede llegar a conocer la verdad, al contrario de lo que dicen muchos doctores de la fe.

»Eso es herejía, príncipe de los creyentes.

Yaqub se removió despacio para no despertar al dolor.

—Detalles sin importancia. Ibn Rushd ha demostrado su lealtad sobradamente. ¿Sabes lo que creo? Que los *talaba* lo envidian.

—Los *talaba* son tus pilares, príncipe de los creyentes. Si socavas su fortaleza, podrían dejarse caer. Y a continuación caerías tú. A veces olvidas que Ibn Rushd es andalusí, y te pasa lo mismo con Ibn Sanadid. ¿Crees que los verdaderos creyentes no se dan cuenta? Recuerda que esa fue una de las debilidades de tu padre.

—Ah, está bien. Escribe a Ibn Rushd. Ordénale que modere su lenguaje y que cuide sus escritos. Escribe también a los *talaba* y diles que sus quejas han sido escuchadas. ¿Será suficiente con eso?

Abú Yahyá asintió.

—Tal vez de momento. Pero atiende a mi consejo. Del mismo modo que tú aprovechas las diferencias de los cristianos, ellos podrían aprovechar las nuestras. Dios quiera que un día no te veas obligado a escoger entre Ibn Rushd y tus *talaba*.

وأنا على ثقة في الله

Siete meses después, invierno de 1193. Compostela

La catedral se había vaciado tras la misa, y hasta se había obligado a los fieles a alejarse de su pórtico. Dentro solo permanecían el arzobispo de Compostela, el cardenal Gregorio de Santángelo, el rey Alfonso y Pedro de Castro.

El legado papal acababa de llegar a Compostela desde Navarra, en una particular ruta de peregrinaje cuyo final no tenía como objeto la remisión de los pecados propios, sino el perdón de los ajenos. En Tudela, Santángelo había logrado imponer la paz con Castilla, e incluso el rey Sancho se había comprometido a auxiliar a su sobrino si se decidía a atacar abiertamente a los sarracenos. Hecha esta gestión, el cardenal podía estar seguro de que los aragoneses no moverían ficha en solitario, así que decidió diferir la entrevista con Alfonso de Aragón y viajar al reino leonés. Cuando llegó a Salamanca y recibió la noticia de que el joven monarca se hallaba junto a las reliquias del santo Jacobo, el legado de la sacrosanta iglesia romana, incansable y porfiado, le siguió los pasos y exigió una asamblea en el templo al que acudían los peregrinos de media Europa.

—Y creedme todos —decía el legado Santángelo—, que no solo por contar con la presencia del señor arzobispo es por lo que he decidido que nuestra reunión sea aquí. Es porque quiero valerme del santo apóstol como testigo. Tal vez sea la única forma de que quien ha pecado —movió el báculo hacia el rey— se avergüence.

—Con toda la veneración y el respeto que merece el santo Jacobo, tengo que decirte, mi señor cardenal, que no me avergüenzo de nada.

El arzobispo se aclaró la garganta y tocó descuidadamente su estola. Él había sido de los que se negó al matrimonio del rey con su prima portuguesa en el concilio de los dos reinos, al contrario de algunos de los obispos leoneses. Pedro de Castro observaba con ojos entornados al viejo cardenal.

—Malo es pecar —se lamentó este mientras movía la cabeza a los lados—, y peor aún es negar que se ha pecado. No puede haber propósito de enmienda. ¿Cómo librarnos así de los enormes castigos que padeceremos como pecadores?

—Bien está lo que dices, pero no me afecta —insistió el rey—. Se celebró concilio y los obispos me dieron su bendición. Peco si obedezco a la Santa Iglesia. Si no lo hago, también.

El cardenal suspiró antes de echar a andar lentamente de un lado a otro de la capilla mayor.

Los pasos resonaban en el templo vacío.

—¿Dónde tiene el seso el joven rey de León? —preguntó al altar y al cáliz cubierto con el corporal de lino, como si se dirigiera al apóstol Santiago—. ¿Acaso el matrimonio de sus padres no se anuló porque eran primos segundos? ¿Y si ahora él ha maridado a su prima carnal, no habrá mayor razón para la anulación?

El rey cambió una mirada con Pedro de Castro antes de seguir defendiendo una causa que sabía perdida.

—Ningún cardenal legado del santo pontífice vino para convencer a mi padre. ¿Tan importante es contrariarme? ¿Qué le he hecho al papa?

Las arrugas se acentuaron en torno a la boca de labios delgados: Gregorio de Santángelo sonreía.

—Ahora que lo dices, Alfonso, algo sí que has hecho. ¿Por dónde quieres que empiece? ¿Por firmar treguas de paz con los enemigos de Dios? ¿Por desamparar a tu aliado, suegro y hermano de fe, el rey de Portugal? ¿Por desairar a tu primo, señor y también hermano en Cristo, el rey de Castilla?

—El rey de Castilla no es mi señor.

El anciano apoyó ambas manos en el báculo y puso cara de extrañeza.

—Me dijeron que besaste su mano en Carrión, cuando te ciñó el cíngulo de caballero.

—Una burda farsa que arreglaré en su momento. Alfonso de Castilla no es mi señor.

—No se abandona al señor natural, como no se abandona al Señor de todos.

—Te digo que no es mi señor.

Santángelo sonrió de nuevo.

—Sí que lo dices, sí. Lo dices mucho. Y me extraña que insistas tanto en ello y no niegues las otras acusaciones.

El rey de León se miró los pies y bufó.

—Ese al que llamas mi señor no vendrá a auxiliarme si el miramamolín decide invadir mi Extremadura. Tampoco ha ayudado a Portugal, que yo sepa. Y se permitió amenazarme para que yo doblara la rodilla ante él. Eso por no hablar de los manejos de su leal súbdita, mi bella y venenosa madrastra. Y en cuanto a mi matrimonio, Dios lo ha bendecido con dos hijos por el momento.

—Los sarracenos y los judíos también tienen hijos, Alfonso. ¿Dios los bendice?

Pedro de Castro se decidió a intervenir.

—Te quejas, mi señor cardenal, de que el rey habla mucho de lo mismo. Así haces también tú. Si tan importante es todo ese peligro de guerra con los almohades o entre los reinos cristianos, ¿por qué insistes tanto en la anulación del matrimonio?

El cardenal Santángelo avanzó para ponerse frente al señor de Castro. A su lado, la figura del legado empequeñecía aún más, pero eso no arredró al anciano.

—Porque me costará convencer al papa para que excomulgue a tu rey si motivo mi súplica con las mismas faltas que cometen el de Castilla, el de Portugal, el de Navarra o el de Aragón. Pero en cuanto le diga que Alfonso de León es un incestuoso que se niega a obedecer a un legado de Roma y que se regodea en su lujuria antinatural, firmará la bula tan rápido como tú has regresado de tu asedio a las plazas de Urraca López de Haro.

El arzobispo de Compostela, también llamado Pedro, se interpuso entre el señor de Castro y Gregorio Santángelo.

—Mi señor cardenal, no puedes hablar en serio. La excomunión sería un desastre que abriría las puertas del reino a los infieles.

—No suelo hablar en broma cuando ejerzo de legado, arzobispo. Conozco bien las consecuencias de una excomunión y de un interdicto, pero no dudaré en empuñar tal arma si tu rey no me deja más remedio. Y puedes estar seguro de que no será el miramamolín el que se abatirá sobre León cuando quedéis desamparados por la fe. En Castilla me he encontrado un afán por la desposesión del trono leonés que haría palidecer de envidia al propio demonio Saladino. —Se volvió y dio un suave toque en el pecho del rey con el báculo—. Tu madrastra sueña con ello, por cierto, y hay una gran alianza entre ella y el arzobispo de Toledo. La sombra que se cierne sobre León es demasiado negra como para no escuchar mis advertencias.

Pedro de Castro volvió a mirar al rey.

—Debí haberme quedado en Monteagudo. Es más, voy a volver enseguida. Y no cejaré hasta que ese castillo y Aguilar caigan.

Esta vez el gesto de Santángelo no fue el de un anciano conciliador.

—Cuidado, Castro. He oído hablar de ti y no conozco a nadie más indicado para arrastrar a la ruina a quien te valga. Eres el mayordomo del rey. Lo que tú haces lo hace León.

—Lo que yo hago es cosa mía. —Se dirigió a Alfonso de León—. Mi rey, renuncio al cargo de mayordomo. Búscate a otro. Quien quiera algo de mí, que me busque en la albarrada de cerco a Aguilar.

Dedicó una ojeada de desprecio al cardenal antes de atravesar el templo rumbo al pórtico. Santángelo apretó los dedos en torno al báculo y golpeó el suelo de la capilla.

—Alfonso, no tengo que rendir cuentas ante mi tío hasta que regrese a Roma, pero es fácil tomar recado de escritura y mandar un correo. Ahora necesito saber cuál es tu disposición: ese hombre que acaba de provocar mi ira ante el sepulcro de un apóstol del Señor ¿es tu mayordomo?

El rey de León consultó con la mirada al arzobispo de Toledo. Este negó con la cabeza.

—No. —Alfonso sopló entre dientes—. Pedro de Castro ya no es mi mayordomo.

—Bien. Y ahora la razón principal de que haya cruzado media Europa… ¿Te avendrás con quien afirmas que no es tu señor? Te lo advierto: tanto me da si te separas de tu prima hoy o mañana, pero quiero a Castilla y León como aliados contra el islam antes de un año, en pacto firmado por ambos y arbitrado por hombres de Dios de los dos reinos.

Esta vez no hubo consulta al arzobispo. Alfonso de León era incapaz de apartar la mirada del pequeño hombre vestido de escarlata.

—Tú ganas, cardenal.

—No, rey. Yo no gano nada. Es el miramamolín el que pierde.

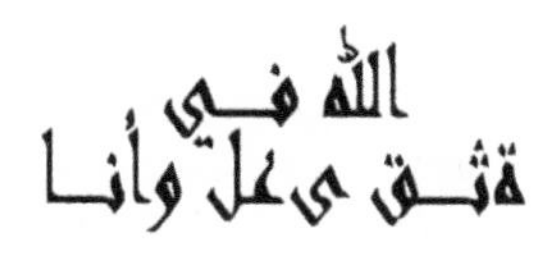

59
TORDEHUMOS

CATORCE MESES MÁS TARDE, PRIMAVERA DE 1194. TORDEHUMOS, REINO DE CASTILLA

Los reyes habían erigido sus campamentos al pie de la loma cuadrada sobre la que se alzaba el castillo, uno a cada lado, de forma que castellanos y leoneses no se tenían a la vista. La experiencia de Medina de Rioseco, cuando la proximidad de las tropas había desembocado en duelo judicial, aconsejaba el menor contacto posible hasta que la paz fuera un hecho.

Alfonso de León lucía al talabarte la espada regalada por Urraca. La misma que había recibido de su primo en san Zoilo el día de su humillación. Sus privados le habían aconsejado fundirla, pero él necesitaba cerca ese recuerdo. La presencia constante de cada obstáculo y cada burla que la vida había puesto en su camino. Se compuso la capa ribeteada alrededor del cuello, tomó aire y se dispuso a subir a pie al castillo en compañía de sus prelados, su mayordomo y su alférez.

—Espera, mi rey.

Alfonso se volvió. Pedro de Castro no vestía ropa cortesana, sino loriga. Y el arma que blandía no tenía nada de ceremonial. Era su famosa hacha descuartizadora de castellanos. El monarca de León suspiró. Ordenó a su comitiva que iniciaran el ascenso por el camino estrecho y polvoriento.

—Os alcanzaré enseguida —les dijo, y se dirigió al señor de Castro—. Ya oíste a ese cardenal romano en Compostela. No es de los que se deja achantar aunque lo parezca, así que no deberías presentarte de esa guisa.

—No conozco guisa más propia de alguien que viene de un asedio y enseguida volverá a él. Solo he pasado para que me escuches. Una última oportunidad, mi rey. Después regresaré a los cercos de Monteagudo y Aguilar.

El rey no disimuló su hastío.

—Pedro, por san Froilán, libera ya esos castillos. Santángelo exigirá treguas con Urraca como parte del laudo. Lo sé, he leído el borrador.

El señor de Castro apoyó el hacha en el suelo y puso la diestra sobre el hombro del rey.

—Alfonso, despierta. Este laudo es una farsa. Te obligarán a humillarte de nuevo, como en Carrión. Ordena a tus hombres levantar el campamento y volvamos a León. ¿Que nos excomulgan? ¡Pues bien excomulgados! ¿De verdad crees que tus súbditos te retirarán la obediencia y admitirán a un castellano en el trono?

El rey retrocedió un paso para librarse de Pedro.

—Es el odio el que habla por ti. Tú, que también eres castellano, odias más que a nadie a tus paisanos. Sé que no te faltan razones, pero a veces hay que parar, tomar aire y mirar a tu alrededor. Santángelo ha repartido amenazas de excomunión por doquier, aunque su único objetivo es formar un frente común contra el islam. Cuando lo consiga, volverá a Roma y Dios sabe qué pasará. Déjame subir ahí, reunirme con mi primo y firmar la paz. Quítate esa cota y libera los castillos de mi madrastra. No te lo ordeno como rey. Te lo pido como amigo.

—No. No sabes lo que dices. Creo que el ungüento de aquella vieja de Trujillo no te curó la ceguera, Alfonso. Yo no estoy ciego. He visto la facilidad con la que esa gente promete y el descaro con el que incumplen sus promesas. —Volvió a aferrar el hacha con ambas manos—. No cuentes conmigo. Y no intentes obligarme a liberar los castillos de Urraca. Te lo advierto.

El rey de León sostuvo la mirada furibunda del señor de Castro.

—Todavía estás enamorado de ella. Es eso.

—¿Enamorado? —Su rostro enrojeció, pero los nudillos se pusieron blancos en torno al mango del hacha—. ¿Crees que provocaría una guerra por amor?

—Amor, odio… ¿Qué más da la causa? No hay tanta diferencia.

—Claro que la hay. Amor era lo que me daba mi madre. Con ella todo era dulce y suave. Pero tuvieron que llegar ellos a romperlo todo, a acuchillarlo y llenarlo de sangre. Los odio, Alfonso. Odio a mi padre, que arda en el infierno. Odio a esa zorra de Urraca. Odio al rey de Castilla y a la víbora mentirosa que tiene por esposa. Odio a los Lara. A muerte. Odio a Diego de Haro. Los odio a todos.

Alfonso de León retrocedió otro paso, pero esta vez fue por miedo a la expresión de aquel rostro.

—No enviaré a mis vasallos a una guerra por ese odio. Tendrás que luchar solo.

—Eso haré. Si es preciso, lucharé solo. O mejor, buscaré compañeros de batalla y de odio. Si es preciso, al otro lado de la frontera, entre los infieles. Sabes que soy capaz, Alfonso.

El rey asintió con gesto triste. Su capa revoloteó al dar la vuelta e iniciar la subida al castillo de Tordehumos.

وأنا على ثقة في الله

El laudo arbitral era puntilloso. Determinaba el destino de cada castillo ocupado, dado en homenaje, en arras o en prenda, incluidas las plazas en litigio en vida de los anteriores reyes, Sancho y Fernando. Preveía qué mecanismos se pondrían en funcionamiento si una de las partes incumplía alguna cláusula, y contenía la posibilidad de tratar con Portugal para extender el ambiente de paz y unidad. Incluso ordenaba que los castillos de Urraca quedaran en treguas con el rey de León por diez años. Puesto que las propiedades de la reina viuda entraban en juego, ella permaneció presente junto a Leonor Plantagenet, en silencio y evitando la mirada de su hijastro. Los maestres de Calatrava y del Temple fueron nombrados fiadores y recibieron en garantía cinco castillos de cada reino.

Una vez leído y aceptado el pacto, el cardenal Santángelo abrazó a ambos reyes y se los llevó a un extremo de la sala, donde habían dispuesto vino y copas. Allí les dijo que el laudo no tenía sentido si no iba seguido de una unión sincera y destinada a llevar la guerra a los enemigos de Dios. Cuando los dos primos se comprometieron a ayudarse mutuamente en una inminente expedición contra los almohades, Gregorio de Santángelo se fue, seguido de los prelados de Castilla y León, para dar gracias a Dios en suelo sagrado. El cardenal llevaba meses eufórico, justo el tiempo que había pasado desde que la gran noticia había llegado de Tierra Santa: el infiel Saladino había muerto. Aquello fue recibido como un buen augurio, capaz incluso de disfrazar el hecho de que Jerusalén seguía en manos musulmanas. Y ahora la concordia se instalaba también en la península de la discordia cristiana. Así pues, los hombres de Dios rezaron y los nobles se aplicaron a la tarea de poner en práctica el laudo. Había que enviar mensajeros a las fortalezas que cambiaban de manos. Entretanto, Alfonso de Castilla sirvió el vino a su primo, e invitó a acompañarlos a su esposa Leonor y a Urraca de Haro.

—Hay un pormenor que no he querido comentar delante del legado —dijo el rey de León tras el brindis, mientras dejaba su copa sobre la mesa de caballetes.

—¿Uno solo? Pensaba que serían varios —contestó el de Castilla con ánimo jocoso.

—Esto te atañe, doña Urraca.

La reina viuda se sorprendió de que su hijastro se dirigiera a ella. Miró en torno al grupo regio. Los alféreces y mayordomos discutían junto a los escribanos para determinar el orden en el que enviarían las cartas a los tenentes y señores.

—¿Es algo que no quieres que los demás escuchen?

—Así es. —Y para confirmarlo, el rey de León bajó la voz—. Pedro de Castro no piensa abandonar el cerco de tus castillos.

Leonor intervino:

—Pero eso deja en nada este tratado. ¿Cómo lo consientes?

—No lo consiento, mi señora. El señor de Castro me niega su obediencia. Ya lo conocéis todos.

Leonor asintió. Claro que lo conocía. Jamás olvidaría el trago que le hizo pasar en aquella audiencia de Burgos.

—Esto es muy peligroso. —El rey de Castilla también hablaba en voz baja—. Muchos barones ven con malos ojos el laudo y ahora tendrán la excusa que necesitan para ignorarlo. Pedro de Castro ha de abandonar esos asedios.

Urraca suspiró.

—Nadie da órdenes a Pedro de Castro. Perderé mis castillos como he perdido todo lo demás.

Alfonso de León comprendió enseguida. No supo si tomarlo como la aceptación de la derrota por parte de la reina viuda o como otra de sus mentiras. Fuera como fuese, ella no debía quedar fuera del juego.

—Tú puedes convencerlo, doña Urraca.

La risotada de la reina viuda llamó la atención de los magnates leoneses y castellanos, pero lo que vieron al volverse fue una reunión de testas coronadas entre copas de vino. Hicieron caso omiso.

—Hay algo de verdad en lo que dice el rey de León —reconoció Leonor—. Pedro de Castro siempre me ha dado miedo. Juraría que es cierto: no recibe órdenes de nadie. Se comporta con altivez con todos: reyes, condes, obispos... Acecha a los que lo rodean como un lobo haría con sus presas. Pero una vez lo vi humillarse y suplicar. —Miró a Urraca—. Por ti.

—Es absurdo —susurró la reina viuda—. ¿Por qué creéis que ha escogido mis castillos como objetivo? Eso de que acecha a todos como si fuera a devorarlos... ¿Sabes por qué es, mi señora? ¿Lo sabéis vosotros, mis señores? Porque se ahoga en odio. Nos odia a todos. Y a quien más odia es a mí.

—No lo negaré: te odia como a nadie en el mundo —aceptó Alfonso de León—. Pero lo cierto es que también te ama.

El rey de Castilla hizo un ademán de desprecio.

—No entiendo eso de que ame y odie a Urraca. Dejemos la palabrería y busquemos una solución. Antes de que alguien actúe por su cuenta, tenemos que unir fuerzas y ponernos al frente de nuestros hombres. Atacaremos juntos al señor de Castro. Eso acabará con el peligro y servirá para fortalecer este tratado. ¿Qué me dices, primo?

Leonor tiró del brazo de Urraca y la apartó de los hombres. Ambas se pegaron a un rincón.

—Mi esposo convencerá a tu hijastro y el Renegado morirá. ¿Es lo que deseas?

Urraca torció los labios.

—Eso habrá que verlo. El rey de León es muy amigo de Pedro de Castro. Y además, ¿qué me importa a mí si muere? Así mis castillos quedarán liberados.

—Vamos, amiga mía. Esto no puede salir bien. No se comienza un periodo de paz con una batalla o un desacuerdo entre reyes.

La reina viuda enarcó las cejas.

—No puedo creer que me pidas esto, mi señora. Tu esposo pretende que ingrese en un convento, lo mismo que todo el clero de Castilla. El clero de León es peor: quiere verme muerta. Ese es el pago por mis desvelos. ¿Recuerdas lo que me escribiste una vez? *Has de ser la bisagra sobre la que giren ambos reinos*. Eso decías. Y ahora se firma este pacto que me deja desamparada y aparta a mi hijo Sancho de su derecho a reinar. ¿Qué me queda?

—Nada, Urraca. No te queda nada. Por nada me rendirías este último servicio.

Leonor Plantagenet se alejó hacia los dos reyes con el propósito de buscar una solución alternativa a la lucha. Urraca permaneció en el rincón, rumiando las últimas palabras de la reina de Castilla. ¿Por nada? ¿Por nada iba a presentarse y rogar al hombre que la destrozaría a hachazos? ¿Para ayudar a la misma gente que la abandonaba y la condenaba al olvido? No. Ella no hacía nada por nada. Jamás lo había hecho. Bueno, tal vez en una ocasión…

«Ojalá fuera siempre así».

Era su propia voz. Resonaba en su mente, en algún cobijo perdido de la memoria. Quizá fuera lo único que había sentido de verdad. La única vez que no había mentido. La única ocasión en la que se sintió verdaderamente feliz. Se lo había dicho a él, mientras hacían el amor en el aposento de la madre recién acuchillada. Desde aquella tarde e incluso antes, deseó que cada hombre que compartía su lecho fuera él. Pero no volvió a ocurrir y nunca fue como esa vez. Siempre hubo algún motivo. Un precio o una ganancia. Fue por algo por lo que se convirtió en esposa, adúltera, barragana, madre, reina, manipuladora, embustera, puta o asesina.

Fue por nada la única vez que se sintió verdaderamente feliz.

Al mismo tiempo, primavera de 1194. Marrakech

Yaqub se adiestraba en los jardines de as-Saliha. Luchaba con armas romas contra sus propios Ábid al-Majzén, a quienes ordenaba emplearse a fondo. Y los Ábid al-Majzén siempre obedecían.

Abú Yahyá lo observó desde las arquerías, orgulloso. Ojalá pudiera quedarse todo el día allí, ante la estampa de su amado califa y amigo en pleno ejercicio. Sudoroso, viril, soberbio incluso así, magullado por los golpes y arañazos del combate. Admiración. Sí, tenía que ser eso. Yaqub era el escogido, y de ahí el halo que lo subyugaba. El mismo libro sagrado lo decía:

> *Mi Señor derrama a manos llenas sus dones sobre quien quiere, o los mide; pero la mayor parte de los hombres no lo saben.*

Abú Yahyá sí lo sabía. Rodeó el círculo de guardias que protegían la lucha y se hizo ver. Llamó la atención de Yaqub.

—¿Qué ocurre?

Los titanes de piel negra se abrieron para dejar que el hintata se aproximara. El califa, empapado y jadeante, entregó la espada sin filo a uno de los esclavos.

—Ha ocurrido —sentenció Abú Yahyá—. Los Banú Ganiyya han salido del Yarid.

Yaqub habría soltado una maldición. Se limitó a arrojar la adarga al suelo.

—Ahora no. ¡Ahora no!

Los Ábid al-Majzén se apartaron cuando se alejó cuatro pasos. Se liberó del yelmo y se frotó con fuerza las sienes. Casi tres años de espera. Una larga convalecencia para poner a prueba su fe y su paciencia; una fortaleza, Hisn al-Farach, edificada junto a Sevilla para alojar a los campeones de la yihad; un plan de invasión para clavarse en el corazón de Castilla y amenazar su propia capital del sur, Toledo… y ahora asomaban los malditos piratas mallorquines.

Se volvió con la cólera atravesada en el rostro.

—Dime que es una partida de bandidos que ha incendiado alguna aldea. O que han asaltado una caravana y se han quedado con el oro. Dime que no tengo que ir a Ifriqiyya otra vez.

—No sabes cuánto lo siento, príncipe de los creyentes. Tu primo dice que los Banú Ganiyya y Qaraqush dominan ya todo el Yarid, han reclutado a más árabes rebeldes y se han apoderado de Trípoli.

—Trípoli. ¡Dios los confunda a todos! Trípoli…

Trípoli, en el extremo oriental del imperio. Una marcha larguísima para un ejército califal, seguida de una persecución sin fin hasta poner en fuga o enfrentarse a los rebeldes. ¿Cuánto tiempo? ¿Un año entero? No. Dos como mínimo, y eso si había suerte. Después tendrían que volver y licenciar al ejército. Preparar una nueva campaña para cruzar el Estrecho le llevaría un año más. Yaqub respiró despacio. Anduvo hacia su visir, que alargó la mano para cogerle el yelmo. Sus dedos se rozaron en ese momento y, como sacudidos por una corriente, ambos las apartaron. El casco rebotó contra la hierba y los dos se quedaron mirándolo un rato.

—Perdona mi torpeza, príncipe de los creyentes.

—Oh, no. Solo ha sido... En fin, ¿qué sabemos del rey de Castilla? ¿Sigue enfrentado con sus vecinos?

El visir omnipotente se encogió de hombros.

—No hay noticias. Pero no ha habido algaras últimamente, y eso solo puede ser porque Alfonso necesita sus tropas en otro lugar.

—Dos, tal vez tres años, Abú Yahyá. Si la campaña no sale bien, podríamos tardar más. Para cuando vuelva, todo habrá cambiado. Incluso los portugueses se habrán repuesto y lanzarán cabalgadas hacia el Guadiana. Ahora sí, amigo mío. Ahora estoy seguro de que Dios me castiga.

—Te castigue o te premie, es su voluntad la que cuenta. Recuerda cómo te enojabas cuando tu padre rehusaba viajar para aplastar las rebeliones en Ifriqiyya. Es de ley que un gran imperio tiene grandes problemas, y solo los grandes hombres pueden solucionarlos. La península de al-Ándalus tendrá que esperar. Tu deber, príncipe de los creyentes, es someter a los rebeldes.

Yaqub se dejó caer. Sentado sobre la hierba, rascó la cicatriz por encima de la cota de placas, como si pudiera sentir la piel contraída en el largo corte oblicuo que casi había acabado con su vida. ¿Y para qué?

—Tienes razón, claro. Escribe a Bugía, a Túnez... Bueno, ya sabes. Que recluten jinetes. Sobre todo necesito exploradores. Y que sepan que recorreremos de nuevo el imperio hacia levante. Que recojan toda la información posible. Esta vez exterminaré a todo aquel que no haya presentado resistencia a los Banú Ganiyya. ¿Cómo iba la movilización para cruzar el Estrecho?

—Sin contratiempos. Para finales de verano, nuestras cabilas y las tribus sanhayas se unirán en Rabat al ejército regular, los árabes y los *agzaz*. Es de esperar que, al ser la ruta hacia Ifriqiyya más larga, aumente el contingente de voluntarios. Pero tenemos un problema si nuestro destino no es al-Ándalus: todas las tropas andalusíes tenían que acudir a Hisn al-Farach. ¿Les ordeno que crucen y se unan a nosotros para la campaña en el este?

Yaqub palmeó el suelo. Los inconvenientes se atropellaban para amontonarse sobre él.

—No. Que se queden en su tierra. Serán necesarios si los cristianos deciden hacer algo más que algarear. Y lo harán en cuanto sepan que estoy lejos. —Dirigió su vista al cielo—. ¿Por qué me haces esto?

Abú Yahyá se mordió el labio inferior, pero no pudo evitar el reproche:

—Príncipe de los creyentes, por mucho que comprenda tu frustración, no sé por qué la llevas tan lejos. Tan odiosos enemigos son los Banú Ganiyya como los cristianos.

La mano del califa se cerró para arrancar una brizna de hierba. Así le gustaría apretar el cuello de su esposa andalusí. Y así le habría gustado acabar con ese tal Ordoño. Esa era una muerte que no podía anotar en su cuenta y que solo se compensaría con un mar de sangre cristiana derramada a sus pies. Miró a su fiel amigo hintata. Estuvo a punto de contárselo y pasar de una vez el trago de la vergüenza. Pero no fue capaz. Ya descansaría cuando Dios lo decidiera. Cuando pudiera cruzar el Estrecho y exterminar a cuanto cristiano cayera en su poder.

وأنا على ثقة في الله

UNA SEMANA DESPUÉS. SITIO DE MONTEAGUDO, REINO DE LEÓN

Las montañas despuntaban desde la floresta, pero solo una, a la que llevaba la senda serpenteante desde el Esla, tenía su cumbre fortificada. Los lugareños la llamaban Monteagudo porque la cima se clavaba en el cielo como la punta de una lanza. El viento azotaba ahora el castillo, y en lo alto de sus muros tremolaba el lobo negro de la casa de Haro, bien visible sobre el blanco de cada estandarte.

Urraca se sorprendió de lo pobre del cerco cuando su yegua torda abandonó la espesura de robles y hayas. Apenas unos pabellones agarrados a las rocas, algunas estacas de madera aquí y allá a modo de albarrada y pequeños grupos de peones que paseaban desenfilados. El único sirviente que había acompañado a Urraca camino arriba bajó de su mula y la ayudó a desmontar. Atrás había quedado la escolta armada, con lo que la reina viuda se jugaba el todo por el todo. Se arremangó los faldones del brial carmesí, ajustadísimo a la cintura y con los lazos sueltos a un lado. Sorteó los cantos de bordes afilados hasta que un mesnadero la vio llegar. Los sitiadores, sorprendidos, fueron pasándose el aviso. ¿Qué hacía allí arriba una dama sola?

—¿Dónde está el señor de Castro?

Uno de los peones, demasiado sorprendido para hablar, señaló un pabellón pardo coronado por el blasón azul y blanco. Nadie se interpuso mientras Urraca caminaba en esa dirección, pero un sirviente apostado en la puerta de la tienda metió la cabeza para anunciar la visita.

Cuando asomó Pedro de Castro, su mandíbula se descolgó.

—No puedo creerlo. —La estudió despacio—. ¿Qué haces aquí? ¿Vienes a rendir el castillo?

—Todo lo contrario. Vengo a liberarlo del sitio.

El Renegado rio por lo bajo y se inclinó a su diestra. Urraca no había advertido que allí mismo, junto a la entrada del pabellón, descansaba el objeto que identificaba al señor de Castro más que su propio blasón. La enorme hacha de guerra. Pedro la blandió al tiempo que se acercaba.

—¿Por qué te has quitado el luto, Urraca? Espera. Ese brial... es el mismo que llevabas en la Magdalena.

—Hace mucho, pero veo que te acuerdas. No suelo guardar ropa vieja, aunque a esta prenda le tengo cariño. Tuve que mandar que me la ajustaran, claro. Qué jóvenes éramos entonces, ¿eh? ¿Diecisiete años? ¿Dieciséis?

—¿Te pones al alcance de mi hacha para hablar de ropa, Urraca?

Ella fingió no oírlo. Si tenía miedo, lo supo ocultar.

—Aquella mañana, en la Magdalena, dijiste que serías capaz de despedazar a mi esposo y llamaste traidor al rey Fernando. Aseguraste que harías cualquier cosa por mí. ¿Te acuerdas?

—Me acuerdo de cada palabra, Urraca. No solo de ese día. De todos los que vinieron después. Me acuerdo de cada burla tuya. De cada mentira. De cada traición.

La reina viuda miró a su alrededor. Los hombres de armas y peones del señor de Castro se arremolinaban poco a poco y escuchaban su charla. Una mezcla de veteranos guerreros, de pelo y barba encanecidos, y de jóvenes lampiños con mirada atenta y armas sin mellar.

—¿Quiénes son estos, Pedro? ¿Dónde están las huestes que causaban terror en el Infantazgo?

—Es lo que me queda. Algunos murieron. Otros se cansaron de seguirme cuando me desnaturaba de un rey para servir a otro. Unos pocos ganaron tierras y formaron familias, y ahora son súbditos de Alfonso de Castilla en Plasencia o Montánchez. Es gracioso. ¿Sabes que ha entregado Trujillo a los freires del Pereiro? Lo que fue de la casa de Castro no es ahora más que despojos, y eso no atrae a los soldados de fortuna. No. No es grata la vida del renegado.

—Ya veo. ¿Y con semejante hueste piensas rendir mis plazas? Esto no tiene sentido, Pedro. Esto es pura rabia. —Se dirigió al guerrero que le pareció más curtido—. Soy Urraca López de Haro, reina viuda de León y señora de Monteagudo y Aguilar. Ese castillo que asediáis es mío. Aquí estoy. ¿Qué haréis? ¿Me tomaréis cautiva?

Los hombres consultaron a Pedro de Castro con la mirada. Este sujetó el hacha con una mano y apoyó el extremo del mango en el suelo.

—Prendedla.

Cayeron sobre ella como lobos. Urraca no se resistió. En dos latidos de corazón la llevaban en volandas hacia su señor, que señaló un tronco de aliso sujeto sobre dos peñas. Ella vio con horror las manchas de sangre seca sobre la corteza. Su mejilla derecha se raspó cuando una mano callosa la apretó contra la madera. Un olor dulzón y nauseabundo la invadió. Intentó liberarse, pero alguien sujetaba sus manos a la espalda. Oyó risitas de burla entre los mesnaderos.

Vio los pies de Pedro acercándose. Un paso, otro, otro más. El hacha se volvió a posar en tierra. Su hoja mellada quedaba ahora ante el rostro de Urraca. Aquello no estaba ocurriendo. Era una pesadilla. ¿Cómo iba a acabar así la reina de León, sobre un leño en el que se destripaba a los conejos, con la cabeza cortada y una horda de rufianes mofándose de ella? De pronto cada detalle se volvió más evidente. El tacto áspero de la corteza. La hierba pisoteada. El soplo de viento que azotaba su pelo. Ahora todo era simple y directo. Lo demás, simplemente, un sueño. Ella todavía tenía catorce años y jugaba a ser mujer en el monasterio de Cañas. El futuro era un misterio excitante, lleno de oportunidades. De los muchos caminos que ofrecía la vida, ¿cuál tomaría ella? La mano que presionaba su nuca la liberó. Miró a Pedro de Castro con ojos desorbitados. Él aseguró las manos sobre el mango y levantó el hacha.

—Urraca López de Haro, cuando aún ceñías corona te lo dije. Estás muerta, muerta, muerta.

Ella vio las lágrimas que se contenían en la mirada decidida de su verdugo. Cerró los ojos, apretó los dientes. En cualquier momento, el filo penetraría en su cuello, cortaría hueso y tendones. Deseó que Pedro fuera rápido y fuerte. Lo sería, estaba segura. Él no la haría sufrir. Él no. Se lo pidió:

—Hazlo deprisa, Pedro. Por Dios y todos los santos…

—Sujetadla bien.

Le dolieron los dedos de uñas rotas clavándose en sus muñecas. Alguien apoyó un pie pesado y grande sobre su espalda. Aguantó la respiración. Pero el tiempo pasaba y el hacha no separaba su cabeza del cuerpo. Urraca abrió los labios temblorosos para volver a rogar:

—Hazlo ya, por favor. Hazlo ya.

Nada. Solo el ruido de la brisa sobre los sauces.

—¡Dejadnos solos!

Los peones fueron los primeros en obedecer. Los hombres de armas los siguieron enseguida. Urraca abrió los ojos y vio que Pedro se había alejado dos pasos. El hacha reposaba en tierra. Ella se incorporó hasta quedar de rodillas. Se frotó la mejilla arañada contra la corteza del aliso. No se atrevió a ponerse en pie. Notaba el temblor en las piernas, y no le importó sentarse sobre el charco de sangre vieja y apoyar su espalda sobre el tronco que había estado a punto de convertirse en patíbulo. Respiró a grandes bocanadas. Pedro la observaba como si la viera por primera vez.

—¿A qué has venido, Urraca?

Ella se tomó su tiempo. Aguardó hasta que su respiración agitada se calmó. Entrelazó los dedos para ocultar la convulsión desbocada de sus manos.

—Necesitaba verte, Pedro. Vengo sin descansar de Tordehumos. Ya sabes lo que ha pasado allí.

—Lo sé.

—Pero tal vez no sepas que los dos Alfonsos se han confederado para levantar este sitio y el de Aguilar. El pacto reconoce que son míos y obliga al rey de León a no estorbar mi posesión.

Pedro de Castro negó despacio y se recreó en la vista de Urraca. Tan hermosa y tan serpentina como siempre. Tal vez Alfonso de León no se atreviera a levantar armas contra él en honor a su amistad, pero lo demás era cierto. Él lo sabía.

—No me has contestado. ¿Qué es eso que merece arriesgar el cuello? ¿Por qué estás aquí?

«Por nada —pensó ella—. No recordaba cómo sentaba eso».

—Vengo a rogarte que liberes mis castillos y dejes reposar a tu alma, Pedro. ¿Es que no lo ves? No. Tu odio no te deja verlo. —«¿O es el amor?»—. Cuánto nos parecemos después de todo. Sí, así es: nos parecemos. Por más que me he esforzado, no he conocido jamás a nadie cuyos motivos comprendiera. Todos, hombres y mujeres, me parecían ridículos. Como esos titiriteros grotescos que exageran sus saltos y fingen caerse para provocar las risas ajenas. Da igual si son reyes, condes, caballeros, curas... Todos son iguales. Menos tú y yo, Pedro. Nosotros somos distintos. Fuertes como leones, pero atrapados en una jaula cuyos barrotes han construido los mediocres. Nos encierran en ella, y no se dan cuenta de que en realidad se encierran a sí mismos lejos de nosotros. Así no los avergonzamos ni los deslumbramos con nuestro brillo. Así evitan las ovejas que los leones las devoren, único fin sincero que merecen. Así esos bufones pueden regodearse en su debilidad. ¿Preguntas por qué vengo? Porque no queda sitio para nosotros. Por eso lo hago. Somos molestias, Pedro, y tenemos que quitarnos de en medio. Los leones, ya lo sabes, no pueden vivir entre las ovejas. Hemos perdido, reconócelo ya.

Él asintió despacio.

—¿Qué habría sido de nosotros, Urraca? ¿Qué habría pasado si aquel día, en San Isidoro, hubiéramos decidido huir? ¿Recuerdas? Tú y yo. Hasta el confín del mundo.

Ella recordaba. Había llovido esa tarde, y el incienso de la iglesia se mezclaba con el olor a hierba mojada. Casi le pareció sentirlo. Su primer esposo acababa de morir y ella era libre. ¿De verdad lo era?

—Nunca pudimos decidir nuestro destino. Estaba escrito que perderíamos, Pedro.

A eso no pudo asentir.

—¿Y qué es lo que viene ahora? ¿Puedes leerlo?

—Sí. Lo leo por fin. —Se puso en pie y se le acercó. No se preguntó si en algún momento él había tenido intención real de matarla. Lo único que veía claro era el amor que se había tragado. Lo había disfrazado de desprecio durante años para negárselo no a los demás, sino a sí misma. Nada de eso tenía sentido ya. O tal vez sí lo tuviera, y mucho. Y por eso no podía haber otro final—. Esto es lo que ocurrirá: yo me encerraré tras los muros de un convento, junto a mi madre, y así mi hijastro y el rey de Castilla respirarán tranquilos. Tú te irás, Pedro. Te encerrarás tras otros muros. No de piedra, sino de odio. Y nadie respirará tranquilo mientras vivas.

Así que esa era la forma en que todo acababa. El señor de Castro sintió el nudo en la garganta, creciendo y creciendo mientras su ira le daba un respiro.

—¿Volveremos a vernos?

Los ojos oscuros de Urraca brillaron. Tal vez fue un rayo de sol que se filtraba entre las nubes grises. O quizá se tratara de la imaginación de Pedro.

—Nunca.

Se le acercó. Esta vez no importó que el brial carmesí se arrastrara y se enganchara con los brezos. Él pudo confirmarlo: Urraca lloraba. Quiso recordar si alguna vez en su vida había visto sus lágrimas, como ahora, pero entonces ella lo besó, y la memoria se disolvió en un pozo tan negro como sus ojos, junto con la derrota y el odio.

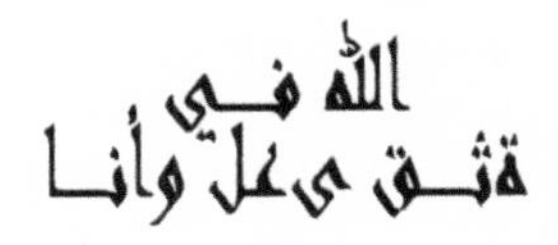

60
EL DESAFÍO

CUATRO MESES MÁS TARDE, VERANO DE 1194. RIBERA DEL GUADALQUIVIR ENTRE CÓRDOBA Y SEVILLA

Martín de Pisuerga acechaba tras el límite del olivar, con el cuerpo encogido sobre el arzón delantero y mirando a través de las ramas. La mitra que llevaba era un modelo de propio diseño, claveteado al yelmo con nasal, y el palio arzobispal también estaba sujeto a la loriga para no estorbar durante el galope.

Tras el primado, atentos a sus órdenes, aguardaban más hombres a caballo. Todos enlorigados y con vestes blancas sobre cuyo corazón se habían cosido cruces negras. Retenían a los destreros por las riendas y calculaban el trecho para cargar. Repartidos entre los olivos, con los escudos prestos y las lanzas apoyadas en los estribos. El más ansioso por derramar sangre sarracena era el gran maestre calatravo, Nuño de Quiñones.

La cabalgada era un resultado más de la visita cardenalicia. No había reino en la península que no se hubiera visto agitado por la figura enjuta y arrugada de Gregorio Santángelo, que escarneció a los reyes hispanos y les puso como elevado ejemplo al monarca inglés. Pero cuánto habían cambiado las tornas en ese tiempo. La tan admirada expedición del rey Ricardo de Inglaterra había quedado en nada. El hermano de Leonor había acabado por pactar con Saladino antes de que este muriera, con lo que el anhelado paladín cristiano renunciaba a la reconquista de Jerusalén. Y ahí se había apagado la flamante esperanza de la cruz. Dios, como castigo, había dispuesto que el inglés sufriera un tormentoso regreso a su isla, adobado incluso con el cautiverio. Así, parecía que el único rescoldo de auténtica hostilidad contra el islam regresaba de nuevo a la península ibérica. Todo se había precipitado con la muerte de Sancho de Navarra. El rey más anciano de los estados cristianos había fallecido de repente, nada más entrar el verano, y su heredero era un joven enorme e impetuoso que se llamaba como él. Nada más ceñirse la corona, el nuevo Sancho de Navarra había gritado a los cuatro vientos su intención de batirse en busca de gloria y de hazañas, anuncio que había encantado al cardenal. Santángelo, además, reunió a los vasallos del rey de Aragón en Lérida, y ganó el compromiso de luchar contra las varias herejías que medraban en sus tierras, lo que incluía volver la vista hacia el sur y recordar que el principal peligro para la fe de Roma no eran los valdenses y los cátaros, sino los musulmanes del miramamolín. El cardenal legado tuvo celo en amenazar sutilmente a Alfonso de Aragón para el caso de que volviera a atacar Castilla o aliarse siquiera contra ella.

Así, con los cinco reinos avenidos por fin, el rey de Castilla escribió una carta para el miramamolín. Martín de Pisuerga se extrañó mucho por semejante comunicación, pero el monarca insistió. Dijo que se lo debía al califa de los almohades. Una vez firmada y sellada la misiva, la entregó al arzobispo. «Te voy a dar la oportunidad que anhelas —le había dicho—. Llevarás el mensaje de Cristo, que es tu oficio, con la cruz de la espada, que es tu sueño. Viajarás a Calatrava, y desde allí comandarás a los freires en una cabalgada que llevarás lo más lejos posible. Serás como el arca de la alianza, que se abría para derramar la destrucción sobre los enemigos de Dios. Has de lograr que el terror llegue a cada esquina de las tierras dominadas por los mazmutes, de modo que el miramamolín se remueva en su trono africano. Y harás todo lo posible para que le llegue esta carta».

El arzobispo de Toledo se entusiasmó con la misión. Era la mejor forma, además, de olvidar lo sucedido con Urraca de Haro. Aún no sabía si el dolor que a veces regresaba era el del rodillazo en la entrepierna o del escupitajo en el orgullo. Pero ahora ¿qué más daba? Necesitaba hacer penitencia. Una nueva y sincera. ¿Y qué mejor forma de reconciliarse con Cristo que eliminando a un montón de sus adversarios?

Así que partió. Cuando se despidió del rey, este le dijo que pensaba acudir en otoño a Alarcos, muy cerca de Calatrava, a revisar la construcción de la muralla, y que quería oír allí que Martín de Pisuerga se había convertido en el ángel exterminador del islam. Con el afán de cumplirle ese deseo a Alfonso de Castilla, el arzobispo invitó a la matanza a Nuño de Quiñones, y juntos cruzaron el Congosto y la Sierra Morena al frente de una nutrida hueste de calatravos para arrasar los campos y las aldeas de la margen derecha del Guadalquivir. Antes de llegar a Córdoba, los últimos sirvientes de mesnada dieron media vuelta con la enésima cuerda de cautivos y una nada despreciable caravana de botín y ganado. A partir de ese momento, la algara río abajo fue pura matanza. El paso de los calatravos se medía por infieles muertos.

—Es una comitiva, mi señor arzobispo. Fíjate en ese carruaje.

Martín de Pisuerga asintió al apunte del gran maestre. La columna se componía de una decena de jinetes armados a la ligera. Dos de ellos llevaban turbante, al modo almohade, y encabezaban la caravana. Los otros ocho eran andalusíes y trotaban a retaguardia. Entre ambos grupos, una carroza tirada por mulas traqueteaba por la orilla. Junto al carretero, un tipo de piel casi negra se tostaba bajo el *burnús* de listas blancas y azules. Su turbante blanco abultaba casi tanto como la cubierta de tela. El resto del cortejo montaba más mulas, a excepción de las figuras totalmente cubiertas de varias mujeres, que avanzaban a pie y algo rezagadas, justo por delante de los escoltas andalusíes.

—Quiero que respetéis la vida del preboste, el infiel del turbante que va en el carro. Matad a todos los demás.

Nuño de Quiñones asintió, lanzó un escupitajo y tiró del barboquejo para comprobarlo.

—Como ordenes, mi señor arzobispo.

—¡Por Cristo! ¡Por su santa Madre! ¡Cargaaad!

El olivar escupió la marea blanca y plateada. Los caballos levantaron una pequeña polvareda al saltar un murete de contención y resbalaron por el terraplén. Cobraron velocidad poco a poco hacia la cinta azulada que era el Guadalquivir. Junto al río, los jinetes almohades de vanguardia se detuvieron y observaron lo que se les venía encima desde su izquierda. Uno de ellos se volvió y gritó órdenes confusas mientras el otro tiraba de las riendas para encarar a los atacantes. Por detrás, los musulmanes se desbandaron hacia el agua. Los andalusíes esquivaron a las mujeres, que gritaban aterradas y se levantaban las *gilalas* para correr más rápido. Un par de ellos echaron pie a tierra con sendos arcos, y hasta llegaron a disparar una pobre andanada.

El choque llegó pronto. La línea calatrava, de más de cincuenta lanzas, barrió a los infieles. El propio arzobispo atropelló con su destrero a uno de los musulmanes y casi arrancó la cabeza a otro con un tajo de su espada. En menos de lo que se tardaba en recitar un credo, los freires remataban a los heridos. Media docena de cristianos se permitieron una segunda carga río abajo para rodear a las mujeres. En lugar de desmontar para matarlas, hicieron que sus caballos de batalla las pisotearan. Una de ellas logró escapar de la carnicería, solo para arrojarse al agua y ser arrastrada Guadalquivir abajo. Un freire la siguió por la orilla hasta que dejó de asomar a la superficie. La corriente se llevó la *miqná* hacia Sevilla.

Martín de Pisuerga desmontó. Se echó el escudo a la espalda y avanzó con su ferruza ensangrentada hasta media hoja. El hombre del *burnús*, de rodillas entre dos calatravos y sobre un charco de sus propios orines, observó aterrorizado la figura alta y fibrosa del arzobispo rematada por la mitra. El maestre Nuño de Quiñones se acercó, tiró del turbante y lo desenrolló con brusquedad.

—Descúbrete ante el mensajero de Dios, hijo de una cerda infiel —le escupió en tosco árabe.

—¡Piedad, cristianos! ¡Escuchad! ¡Soy de sangre noble! ¡Si respetáis mi vida obtendréis rescate!

Martín de Pisuerga, que también dominaba la lengua del Profeta, apoyó la hoja chorreante sobre el hombro del almohade.

—¿Quién eres y adónde ibas?

—Soy Abú Musa ibn Abí Yalid. No me vais a matar, ¿verdad? Mi padre es un jeque tinmallalí. El gobernador de Sevilla me ha nombrado caíd del Hisn Lawra. Pedid rescate, cristianos. Mi vida vale mucho.

El arzobispo contempló al prisionero. Su barba larga pero bien recortada, el *burnús* sin un solo hilo fuera de lugar, las uñas arregladas…

—¿Qué ha pasado con el anterior caíd? ¿Y qué llevas en el carro?

—El anterior caíd murió, cristiano. Llevo mis cosas ahí. Mis ropas, las de mis mujeres… —Miró atrás, a la escabechina de muchachas veladas junto al río—. Bueno, ahora a ellas no les harán falta… También llevo mi Corán y mi almozala.

—Bien. Tal vez sea verdad que eres un tipo importante, Abú Musa no-sé-qué-más. Ahora mismo apestas, pero creo que antes de vernos debías de oler mejor. Me has convencido y te dejaré con vida.

El africano sofocó un suspiro cuando los calatravos lo soltaron. Se venció para pegar la frente al suelo.

—Gracias. Gracias de corazón, cristianos. Lo que habéis hecho es…

—Caaalla, Abú Musa no-sé-qué-más. Toma. ¿Ves esto? Es una carta muy importante. Tan importante que tu propio califa, ese puerco que se llama Yaqub, tiene que leerla. ¿Entiendes?

El almohade levantó la frente y observó el rollo sellado.

—Como digas, cristiano. Gracias. Gracias, de verdad. No sabéis cuánto…

La patada en la boca arrancó un par de dientes de cuajo a Abú Musa y una carcajada estridente al maestre calatravo. El almohade cayó hacia atrás antes de escupir un cuajarón de sangre. Se cubrió la cabeza a la espera de más golpes, pero el arzobispo lo rodeó y lo miró desde arriba.

—Hablas demasiado, Abú Musa no-sé-qué-más. Me encantaría meterte media vara de hierro entre las costillas para que te reunieras con tu amigo Satán, así que no quiero oír agradecimientos. Te limitarás a llevar esta carta y te asegurarás de que el miramamolín la reciba. ¿De acuerdo?

—S-sí... El príncipe de los creyentes la leerá. Tienes mi palabra.

—Eso no es gran cosa, pero me conformaré. Arriba.

Nuño de Quiñones y los otros freires ayudaron al almohade. Una vez en pie, se tambaleó un poco. Sonreía forzadamente mientras goteaba sangre desde la comisura de los labios. Cogió la carta y la metió en la manga izquierda del *burnús*.

—¿P-puedo... hablar?

—Que no sea mucho.

—Me gustaría... Por favor, me gustaría llevarme mi Corán. Y mi almo...

El segundo golpe se lo dio el arzobispo con el puño de la espada y le rompió la nariz. Abú Musa volvió a caer, esta vez sobre su propio charco de orina, y el gran maestre se dobló de risa. Pero Martín de Pisuerga no reía.

—Tu libro satánico va a arder con tu ropa y la de esas putas muertas de ahí. Así arderán todos vuestros libros, infiel. Y vuestras ciudades. Y puede que vosotros también ardáis. Va a ser la única forma de que no os revolquéis en vuestras inmundicias. Di eso a tu miramamolín si quieres. Y ahora corre, Abú Musa no-sé-qué-más. Corre y no pares hasta Sevilla.

وانا على ثقة في الله

Cuatro meses después, finales de 1194. Mequínez

El campamento califal se había montado como de costumbre. Un anillo dentro de otro anillo, cabila tras cabila, tribu tras tribu, hasta las más interiores tiendas del zoco ambulante y de la parte noble de la ciudad móvil. En el centro, separada del resto por la habitual muralla de tela y junto a los pabellones del harén, la mezquita y la tienda de recepciones, destacaba la mole roja coronada por la bandera blanca del califa almohade.

Yaqub, como siempre, declinaba alojarse en la ciudad. Prefería compartir penalidades con sus hombres, y eso le enseñaba también a su primogénito. Para el pequeño Muhammad, aquel viaje era una novedad y, por lo tanto, una fuente de emoción. Disfrutaba con cada toque retumbante del gran tambor, con las interminables filas de jinetes, *rumat*, infantería masmuda, voluntarios de la fe, *agzaz*... Sus tropas favoritas, cómo no, eran los Ábid al-Majzén. Observaba encandilado a aquellos gigantes negros, sus pavorosos sables indios y sus lanzas de gruesa asta.

Esa tarde, como todas las anteriores, el niño había asistido a las recepciones junto a su padre. Cada caíd, gobernador, *tálib* y hafiz se veía obligado a salir de la ciudad de turno y a acercarse hasta el campamento califal para postrarse ante el príncipe de los creyentes. Algunos sometían a su juicio alguna duda respecto a la fe, o informaban a Yaqub de si se había detectado presencia de judíos falsamente islamizados, de cuántas ejecuciones se habían decretado aquel año por consumir vino, de si se habían descubierto corruptelas entre los cuadros funcionariales... El resto de asuntos, los de menos calado, se dejaba para los visires. Cuando el último hafiz abandonó el pabellón rojo, Abú Yahyá apareció con un rollo lacrado en rojo. El califa no disimuló su gesto de fatiga.

—Estoy cansado. Mañana.

—No esperarás hasta mañana cuando sepas de dónde viene esta carta.

Yaqub se dejó caer de nuevo sobre los cojines. Dio tres palmadas.

—¡Que alguien se lleve a mi hijo! ¡Fuera todos!

Una vez vacía la enorme tienda roja, Abú Yahyá aceptó el ofrecimiento de sentarse junto al califa. El mismo Yaqub le preparó los almohadones antes de despojarse de la capa negra y dejarla a un lado.

—Últimamente solo te veo cuando tienes que darme noticias.

El visir omnipotente carraspeó.

—Ambos tenemos ocupaciones, ¿no es cierto?

Yaqub observó a su mentor detenidamente. Viril todavía, aunque su medio siglo de edad había aposentado sus carnes. Como siempre, le asaltó la sensación de calma. Saber a Abú Yahyá cerca le proporcionaba alivio. Seguridad. Estiró la mano.

—Todavía no sé de dónde viene esa carta tan misteriosa.

—De al-Ándalus. —El visir omnipotente se la entregó—. Los frailes guerreros han algareado como demonios por todo el Guadalquivir. Esta vez se han ensañado, príncipe de los creyentes. Las nuevas de la devastación llegan desde Baeza hasta casi las puertas de Sevilla.

Yaqub dejó el sello a medio romper.

—¿Ahora precisamente? ¿Qué pasa? ¿Se han enterado de que viajo hacia el este?

—No lo sé. No he leído la carta.

El califa estiró el pergamino, marcado al final con una cruz. La letra era cuidada, el árabe muy culto y el contenido breve:

En nombre de Dios, clemente y misericordioso. Del rey cristiano al califa de los musulmanes.

Ya que no eres capaz de venir contra mí ni enviar a tus gentes, mándame galeras y saetías para que yo pueda cruzar en ellas con mis fieles. Iré allí adonde estés y pelearé contigo en tu misma tierra. Pero te impongo esta condición: que si tú vences,

seré yo tu cautivo y habrás ganado gran botín, y tú serás quien dé la ley; y si soy yo quien sale vencedor, todo estará en mi mano y yo daré la ley al islam.
Alfonso, rey de Castilla y Toledo por la gracia de Dios

Repitió la lectura en voz alta para que Abú Yahyá supiera de cuánta insolencia era capaz el rey castellano. El pergamino crujió al arrugarse entre las manos de Yaqub. Sus labios temblaron antes de que una sonrisa crispada asomara a ellos. Su voz sonó ronca:

—Escribe a Bugía y a Túnez. Diles que aseguren sus defensas y se encierren en sus ciudades. Todos, desde Constantina hasta Gabes. Diles que tendrán que aguantar los envites de los Banú Ganiyya. Que su califa los premiará con tanta largueza según su lealtad que jamás les faltará de nada, ni a ellos ni a sus familias. Diles que el príncipe de los creyentes no puede ir a socorrerlos.

—Entonces…

—Torcemos nuestro rumbo. Mañana no salimos para Fez. Viajaremos al norte, a Qasr Masmuda. Prepáralo todo, Abú Yahyá. Reúnete con los jeques y con mis visires. Diles que proclamo la yihad contra Castilla y manda que se envíen correos por toda nuestra ruta. Luego te adelantarás y embarcarás lo antes posible. Moviliza a los *sayyides*. Quiero que Sevilla esté lista. Y Córdoba, Málaga, Almería, Jaén… Convoca a todas las tropas que puedas y también a quien quiera ganar el martirio. Ah, y hazte con Ibn Sanadid a cualquier precio. Yo me reuniré contigo en Sevilla. Dios decidirá el próximo verano si esa península es cristiana o musulmana.

El visir omnipotente abandonó la montaña de almohadones. Se sorprendió ante la cólera que endurecía las facciones de Yaqub. El temblor del puño que aún estrujaba la carta del rey cristiano.

—Jamás discutiré tus órdenes, príncipe de los creyentes. Pero me preocupas. Te lo pregunté en Marrakech hace algún tiempo y te lo vuelvo a preguntar ahora: ¿por qué esa fijación? La carta de ese comedor de cerdo es una bravata. Nunca, que yo sepa, un califa almohade ha desviado un ejército califal a medio camino de una campaña. ¿Tan importantes son en tu corazón los cristianos? ¿Tan grande es el afán por destruirlos?

Yaqub observó a su visir omnipotente, pero lo que vio fue al buen amigo que había luchado a su lado, que había cuidado de su vida y le había enseñado a ser un hombre. Su mentor, su sombra, su conciencia, y siempre algo más.

—No tiene sentido que te lo oculte más. No a ti. Pero lo cierto es que me avergonzaba que lo supieras, Abú Yahyá. ¿Recuerdas cuando me llamabas niñato porque no sabía encender un fuego?

—Te dije que dejaría de hacerlo cuando me demostraras que eras un hombre. No tardaste mucho.

—No, Abú Yahyá. Me he dejado engañar como un estúpido. Como ese niñato que era. Sí, fui capaz de imponerme a mi padre y de enderezar lo que él no supo gobernar. Aplasté a quien se atrevió a alzar la cabeza por encima de mí. Acabé con la rebelión en Ifriqiyya y recuperé lo que los piratas nos habían usurpado. Incluso he puesto de rodillas a los portugueses. Me he ganado ese apodo, ¿eh? Al-Mansur.

—En verdad eres victorioso, Yaqub. Nadie se atrevería a engañarte.

—Hay uno que lo ha hecho y sobre quien no puedo tomar venganza. Un hombre simple. Uno de tantos, en el que jamás me habría fijado. Un cristiano.

»Ordoño de Aza. Castellano. Ese comedor de cerdo se metió en el lecho de mi esposa andalusí y fornicó con ella a placer mientras ambos soñaban con usurpar lo mío.

El visir omnipotente levantó ambas manos.

—¿Ordoño qué? ¿De qué hablas?

—Fue el tipo que apresaste en Valencia. El que guardaba la cámara de Safiyya. Mi hermano lo confesó antes de que le cortara la lengua y los dedos. Esa zorra lo reclamó a su lado. Una mujer, Abú Yahyá. Una mujer se ha permitido humillarme. Los cristianos no se conforman con desafiarme y enfrentarse a mí. Además intentan burlarse de mí. Y lo consiguen.

—Pero… esa no es razón… —El visir omnipotente puso una rodilla en tierra e inclinó la cabeza—. El heredero del Mahdi no puede regir el mundo según las provocaciones de la chusma adoradora de la cruz. Deja que yo vaya a Málaga. Te traeré a ese Ordoño cargado de cadenas y te ayudaré a atormentarlo hasta que desee no haber nacido. No tardaré mucho, príncipe de los creyentes. Continúa tú la campaña hacia Ifriqiyya y arregla ese problema, y yo viajaré a Ceuta, cruzaré al otro lado y me reuniré contigo en Orán o en Argel. Tú decides el destino, Yaqub. No te dejas llevar por él.

—No lo entiendes, amigo mío. Ordoño de Aza murió a poco de llegar a Málaga. No puedo tomar venganza en él, y eso me pudre el corazón.

—Espera… ¿El cristiano murió?

—De las heridas que recibió cuando defendía la puerta de mi esposa. Te preguntarás cómo lo sé. No tengo excusa. Me comporté como ese niñato que crees que dejé atrás en las montañas y no me atreví a confesarte que se habían reído de mí. Envié a Ibn Sanadid a buscar a ese cristiano. Él me dijo cómo acabó sus días Ordoño de Aza. Cómo huyó de mi justicia al caer en brazos de la muerte.

»Pero esto es algo más que un ajuste de cuentas, Abú Yahyá. Lo que ha ocurrido entre la lobezna y ese Ordoño es también una señal de Dios. Una muestra de cómo al-Ándalus se empeña en ser infiel al islam y se entrega a esos devoradores de cerdo. No debemos consentirlo, fiel amigo. Como creyentes, estamos obligados a devolver esa tierra a la fe verdadera y a castigar a los cristianos por sus ofensas.

»Por eso no descansaré hasta pagar deshonra por deshonra. Hasta que hunda mi cuchillo en el corazón de ese Alfonso de Castilla y vea a todos los suyos colgar de cruces o regar el suelo con su sangre. —Levantó las dos manos y miró arriba, como si pudiera hablar con Dios a través del techo rojo—. El Único es testigo. Esa tierra temblará con las miríadas de los fieles. Jamás se habrá visto tal multitud ni se habrá escuchado tal lamento.

»Y cuando Castilla esté vacía, cuando los andalusíes no se atrevan a cuestionarme y los reyes cristianos observen con horror cómo dominamos de nuevo lo que nos arrebataron, volveré como el auténtico califa victorioso y permitiré que mis fieles entierren en piedras a la adúltera que me ha traído el deshonor. Safiyya bint Mardánish morirá como la puta que es, según la ley que ha ensuciado, y me deleitaré en el crujido de sus huesos. Y podré descansar.

Abú Yahyá supo que no convencería al califa. No con palabras.

—Se hará tu voluntad, príncipe de los creyentes.

Salió del pabellón rojo tras una reverencia. Anduvo con paso firme mientras calculaba su próximo movimiento. Cruzaría a la península de al-Ándalus, desde luego. Y seguiría todas las órdenes del califa. Si Yaqub quería reunir el mayor ejército desde que el primer almohade abandonó las montañas, así sería. Y si quería jugarse el destino a una sola baza, se cumpliría. Pero antes él se aseguraría de que nadie pudiera reírse del príncipe de los creyentes..., de su amigo, de quien era más caro en su corazón que nadie en el mundo... No. Él encontraría a ese Ordoño de Aza. Porque estaba seguro de que no había muerto. Él mismo había arrojado a ese cristiano a las mazmorras de Málaga, y no se trataba de un hombre moribundo, ni mucho menos. Si hasta había intentado fugarse por el camino...

«Ibn Sanadid —pensó—, ¿qué ocultas?».

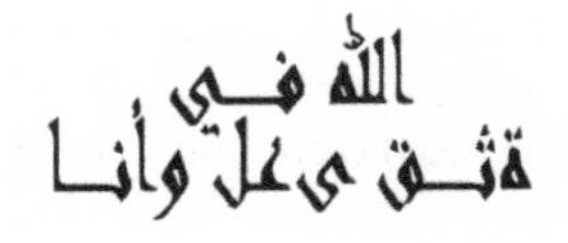

61
LA PEÑA DE LOS ENAMORADOS

Un mes después, principios de 1195. Palenzuela, reino de Castilla

Leonor Plantagenet irrumpió como un vendaval en la cámara. El alférez real, Diego de Haro, se volvió con un gesto de enojo que hizo desaparecer enseguida. Se inclinó con gentileza.

—Mi reina.

Los demás presentes, nobles de la corte y representantes del concejo sobre todo, imitaron al señor de Vizcaya. Alfonso de Castilla, sentado a una mesa pequeña mientras estampaba firmas en un documento de donación, levantó la cabeza.

—Leonor... ¿Te ocurre algo?

La reina, visiblemente acalorada, se apartó de la puerta abierta.

—Mis señores, por favor, dejadme sola con el rey.

Nadie se atrevió a discutir o a preguntar la razón. No era habitual ver a Leonor Plantagenet, toda moderación y elegancia, con aquel rostro crispado. Se deslizaron a su lado. Cuando el último hubo salido, la reina cerró. Se recogió el brial para avanzar hasta un escabel y se sentó frente al rey, al otro lado de los papeles con signos rodados y firmas.

—¿Y bien, mi reina? ¿Te encuentras mal?

—Muy mal. Confieso que esto me ha removido el estómago.

Arrojó un pergamino sobre la montaña de papeles. Se habría confundido con ellos de no ser porque estaba escrito en árabe, y su contenido era mucho más breve que los largos y morosos documentos de donación real. El rey observó el rectángulo de piel con restos de lacra verde y se venció contra el respaldo.

—Lo has encontrado.

—¿Cómo no? Lo dejaste sobre el lecho. Me lo ha entregado una de tus camareras. Al principio no le he dado importancia, pero me ha llamado la atención el sello. No hay moros de paz aquí, así que he acudido a uno de tus escribas judíos para que me lo tradujera. Un mensaje corto pero contundente. Déjame recordar... ¿Cómo era? *Dijo Dios omnipotente: en verdad iremos a ellos con ejércitos contra los que no tendrán poder alguno, y serán expulsados, envilecidos y humillados.*

»Eso es una amenaza, mi rey. ¿Es algo más?

Alfonso de Castilla recogió el pergamino y lo arrugó entre las manos. Lanzó la bola a un rincón.

—¿Por qué crees que voy a recorrer el reino de punta a punta? ¿Por qué crees que me ha entrado tanta prisa por pedir préstamos y reclamar deudas de concejo en concejo y de monasterio en monasterio? Ya no puedo sacar más de los hebreos de Toledo, mis obispos han vaciado sus arcas, me quedo sin derechos que vender... y sigo sin tener suficiente.

—¿Suficiente para qué?

—Para la batalla, Leonor. Ese pergamino es la contestación del miramamolín a mi desafío. Tenía que habértelo contado, pero ¿qué necesidad había de preocuparte? Ya llegará el tiempo de las esperas y el sufrimiento.

La reina golpeó la mesa ante la sorpresa de su esposo. Varias cartas resbalaron desde el montón y se desparramaron.

—No hablas claro, mi rey. ¿Qué dices de batallas y desafíos? Llevamos en guerra contra los infieles desde hace más tiempo del que recuerdo.

—Eso es cierto. —Alfonso de Castilla se inclinó desde su silla para recoger los documentos esparcidos por el suelo—. Y la verdad es que me cansa. Me cansa mandar hombres a rapiñar despojos. Me cansa aguantar algaras, y temer por las plazas avanzadas, y consumirme en asedios interminables. Avanzar un paso este año para retroceder otro paso el siguiente. De San Juan a San Miguel, esta guerra se ha convertido en algo tan común como segar la mies. ¿Para eso sirven todos nuestros valerosos y fuertes vasallos, con sus lorigas relucientes y sus espadas afiladas, con esos estandartes, señoríos y mesnadas? ¿Para aguardar al verano, entrar en cabalgada en los campos enemigos, quemar las cosechas y degollar a los labriegos? La unión entre cristianos no sirve solo para que todos seamos felices y caros a Dios. Sirve para dar al infiel la batalla definitiva. Sirve para que Dios nos muestre de una vez por todas su voluntad.

»He conseguido lo que llevamos años buscando, mi reina. Los reinos cristianos están por fin unidos bajo un mismo objetivo: derrotar al enemigo real. ¿Cuándo volveremos a contar con esta oportunidad? ¿Dentro de veinte años? ¿De cuarenta? ¿Viviremos para verlo o serán nuestros nietos los que descansarán de la amenaza infiel?

Leonor asintió. Observó la bola de pergamino arrugada en el rincón. La señaló con la barbilla.

—Así que has desafiado al miramamolín a una batalla. Definitiva.

—Eso es. Voy a liderar los ejércitos de la cruz. Miles de hombres dispuestos a someterse al juicio divino. Como dijo mi abuelo en el paso de Sierra Morena: «Solo unidos». Solo unidos podemos, Leonor. Unidos arrasaremos al enemigo, o él nos arrasará a nosotros.

La reina se encogió por el escalofrío. Conforme su esposo hablaba, sus ojos adquirían un brillo que solo había visto una vez antes. Un día de frío, como aquel, en una torre de Ágreda. No le pareció un buen signo.

—Confías demasiado en la lealtad de los demás, mi rey. ¿Qué pasará si el día de ese juicio divino te encuentras solo? ¿Qué pasará si tus primos deciden no comparecer a esa batalla?

—Comparecerán. Ya he escrito a Alfonso de León y a Sancho de Portugal para advertirlos de mis intenciones. Les he pedido que me avisen cuando hayan reunido a sus huestes. Mañana salimos hacia el este y dentro de unas semanas, cuando lleguemos al otro extremo del reino, escribiré a los reyes de Navarra y Aragón. Nos reuniremos todos en Toledo y cruzaremos la frontera para desgarrar el corazón del enemigo.

Leonor asintió otra vez, se levantó y anduvo hacia la salida. Se frotó los brazos a través del jamete. De pronto hacía mucho mucho frío en Palenzuela. Se volvió antes de abrir la puerta.

—Ha sido todo un detalle avisar a los demás reyes. Aunque supongo que no han contestado. Y supongo que tampoco saben una palabra de ese desafío tuyo.

—No les he dicho nada, pero ¿qué más da? Y contestarán. Y vendrán. Se deben a...

Ella levantó la mano.

—Se deben a tratados impuestos y a amenazas de excomunión. Puede que tu abuelo tuviera razón cuando dijo aquello en Sierra Morena. Pero tú confundes el significado de la unión y puede que hasta ignores la forma de lograrla. La vida no es una trova ni un cantar. Que Dios sea indulgente contigo, mi rey, si te llegas a ver solo en el momento de la verdad.

وأنا على ثقة في الله

CINCO MESES MÁS TARDE. CÓRDOBA

Ibn Sanadid respondía con la indiferencia a las miradas de desprecio de los *talaba*. Caminaba con seguridad, la mano izquierda apoyada en el puño de la espada y las anillas de su cota tintineando. El silencio que lo precedía en el corredor se convertía en murmullos y risitas cuando rebasaba a los guardianes de la fe.

Se había presentado en Córdoba dos días antes con un numeroso destacamento de jinetes andalusíes. Su intención era reforzarlo con ballestería y recorrer el valle del Guadalquivir hasta Andújar, e incluso más allá, por tierras de Úbeda y Baeza. La gran algara cristiana del verano anterior había logrado llegar sin oposición hasta Sevilla y eso no podía repetirse. La misma tarde de su llegada, Ibn Sanadid se había encontrado con uno de los hijos de Ibn Rushd. El joven se lo llevó aparte, a un callejón de la medina, para avisarlo. «Cuidado», le dijo. La cabalgada del verano pasado había sido terrorífica. Los freires calatravos, acompañados de uno de los líderes de su religión, se habían dedicado a sembrar al-Ándalus de cadáveres. Mujeres, niños y viejos sobre todo. El miedo y el deseo de revancha se habían sembrado en el campo que los *talaba* necesitaban. Y llegado el tiempo de la cosecha, exaltaban los ánimos y se dedicaban a buscar traidores y tibios. Si no los encontraban, ya los inventarían. Ibn Rushd había sido el primero en recibir acusaciones. Nada serio de momento salvo por una mano anónima que le arrojó una piedra a la salida de la aljama. El incidente había acabado con una pequeña contusión, pero Ibn Rushd decidió enclaustrarse en casa hasta que regresara la calma.

Ibn Sanadid dedicó un gesto orgulloso a un *tálib* enfundado en *burnús* pardo que miró a otro lado. Aquellos tipos de largas barbas eran quienes más despreciaban a los andalusíes, así que no debía de sentarles muy bien que el califa hubiera honrado a Ibn Rushd con un puesto de consejero a su lado. Que en muchas ocasiones le hubiera prestado más atención que a los creyentes de pura sangre bereber. Mal asunto. Se alegró de tener bajo su mando a gente armada, aunque no estaba seguro de que eso fuera garantía suficiente si los ánimos se incendiaban.

Un funcionario lo vio venir y anunció su presencia. Mientras aguardaba el permiso para pasar a la sala, el andalusí miró atrás. Los *talaba* seguían allí, a lo largo del corredor del alcázar cordobés, mirándole con odio mal disimulado o, simplemente, sin disimulo alguno.

—El visir omnipotente te recibirá ahora. Adelante.

Ibn Sanadid pasó junto al funcionario. Sujetó la espada mientras se inclinaba en acusada reverencia.

—Noble Abú Yahyá, mi corazón se alboroza al verte de nuevo.

—¡Acércate, andalusí!

Ibn Sanadid obedeció. El funcionario cerró tras él, con lo que los dos hombres quedaron solos en el aposento. Abú Yahyá observaba un mapa extendido sobre la mesa. Trazos negros en forma de triángulo se encadenaban para formar la línea que separaba las tierras cristianas de las musulmanas. Sierra Morena. El andalusí observó los pequeños castillos dibujados en la ruta que llevaba desde los pasos montañeses hasta Toledo.

—Manda, visir omnipotente.

Abú Yahyá no separó la vista del mapa.

—Así que has venido con una buena hueste con el fin de evitar nuevas algaras, ¿eh?

—Así es. Llega el verano, época de rapiña para los cristianos. El del año pasado me sorprendió en el Sharq, mientras reclutaba más ballesteros para el califa, y no pude hacer nada.

—Claro. Siempre tienes una buena excusa, ¿eh, andalusí?

Aquello no gustó nada a Ibn Sanadid.

—Es la verdad, visir omnipotente. Mi mujer y mi hija viven en Sevilla y haré todo lo que esté en mi mano por mantener a los cristianos alejados de allí.

—Bien. Ahora ya no importa. Lo que importa es esto. —Golpeó con el índice sobre la red de castillos al norte de Sierra Morena—. Tal vez hayas oído los rumores. El príncipe de los creyentes quiere que diseñe una ruta para entrar en el corazón de Castilla. Una que nos lleve directamente hasta Toledo.

La sorpresa hizo que Ibn Sanadid compusiera una expresión burlona que borró de inmediato.

—Alfonso de Castilla no consentirá que nos acerquemos a Toledo. Los calatravos guardan el camino. Y si los superamos a ellos, el propio rey saldrá a luchar con todo lo que tenga.

—Exacto. Sería hermoso, ¿verdad? El ejército de Dios enfrentado a las hordas infieles en un duelo total. Nada de cabalgadas ni subterfugios. Hierro contra hierro. La verdad contra la mentira.

Ibn Sanadid examinó el gesto de Abú Yahyá. Aquel no era un fanático más, él lo sabía. Era duro, sí. Peligroso como una jauría de perros salvajes. Y orgulloso. Pero no un idiota capaz de lanzarse al martirio por nada.

—Visir omnipotente, tengo entendido que el califa se dirige a Ifriqiyya con un ejército califal. ¿Con qué fuerzas vamos a traspasar nosotros las fronteras y plantarnos en las puertas de Toledo?

—Los planes cambiaron hace meses, andalusí. El príncipe de los creyentes suspendió esa expedición al este y ha preparado una nueva y mucho mayor. En cuanto los últimos hombres estén listos y la flota se reúna en Qasr Masmuda, cruzará el Estrecho. Esta vez va en serio.

Ibn Sanadid terminó de encajar la noticia y siguió la línea que el visir omnipotente trazaba con el dedo sobre el mapa. Tarifa, Sevilla, Córdoba, Sierra Morena...

—Entonces hay que moverse. Reclutaré a más gente. Ballesteros y caballería. Y hay que preparar las etapas. Si te parece bien, volveré al Sharq y...

—Nada de eso, andalusí. El califa tardará dos o tres semanas en presentarse aquí. No supondrás que una empresa como esta puede llegar a buen fin sobre la precipitación, ¿verdad? Todos esos *talaba* que has visto en el corredor tenían la misión de dirigirse hasta al último rincón de al-Ándalus para anunciar la yihad y animar a los voluntarios de la fe. Han vuelto con su misión cumplida. Se han entrevistado con los gobernadores y han reclamado tropas que pronto se reunirán aquí con el ejército califal más grande que hayamos visto. Solo dejaremos atrás las guarniciones mínimas. Ya te lo he dicho: esta vez va en serio. En cuanto a ti, me acompañarás a un pequeño viaje antes de que llegue el califa.

—Un viaje. ¿Adónde?

—A Málaga.

A Ibn Sanadid le dio un vuelco el corazón, pero ya estaba acostumbrado a fingir ante sus amos almohades. Inspiró con fuerza.

—A Málaga. Bien, como desees. ¿Y puedo saber por qué allí precisamente? Seguro que su gobernador obedecerá el mandato de movilización aunque sea un *tálib* el que vaya.

—El gobernador de Málaga es un hombre fiel, andalusí, y ya me he ocupado de escribirle para anunciar nuestra visita. Pero no vamos para reclutar tropas. El califa me ha ordenado que recoja a su esposa Safiyya, y yo quiero sorprenderle con un regalo. Junto con la lobezna le entregaré a uno de los cautivos de la alcazaba. Un cristiano llamado Ordoño.

Esta vez, Ibn Sanadid no pudo evitar que le subieran los colores.

—¿Ordoño?

—Seguro que te acuerdas de él. El mercenario que liquidó a dos guardias negros en Valencia. Me lo llevé a Málaga y lo arrojamos en las mazmorras. Sí, ya sé: es un sitio horrible y los cautivos no aguantan mucho allí. Pero no hay que perder la esperanza. Tú y yo nos asomaremos a ese agujero y lo comprobaremos. Por eso te necesito, Ibn Sanadid. Creo que podré reconocer a ese tipo, pero no sabría qué hacer en caso de duda. Por muy extraño que parezca, hemos de rezar para que ese cristiano siga vivo.

El andalusí tragó saliva. Abú Yahyá lo miraba como si fuera a carcajearse en cualquier momento. ¿Lo sabía? ¿Sabía algo de cómo había engañado al califa? Tenía que saberlo. Pero, si era así, ¿por qué no lo había cargado ya de cadenas?

—¿Y si el cristiano está... vivo?

—Entonces deseará morir, andalusí. Te lo aseguro. Creo que dará igual que lo metan en el pozo más profundo o se lo lleven al estercolero más alejado. Sus gritos se oirán en todo al-Ándalus.

—Ah... Bien. Alguna razón de peso habrá, supongo. ¿Cuándo partimos?

—Mañana. No es necesario que se lo digas a tu gente. Viajaremos con escolta masmuda. Al amanecer aquí, andalusí. Puedes irte... salvo que tengas algo más que decir. ¿Lo tienes?

«Ahora está claro —pensó Ibn Sanadid—. Lo sabe. Lo sabe y pretende reírse de mí».

—Nada que decir, visir omnipotente.

¿Cómo acabaría aquella farsa? El andalusí hizo una nueva reverencia y se volvió. No podía acabar bien, desde luego. Sobre todo para Ordoño.

Cinco días más tarde. Málaga

Ibn Sanadid contemplaba la cortina blanca del carruaje, que se mecía con cada golpe de viento. A veces, si la tela se abría lo suficiente, atisbaba un pedazo de *gilala* también blanca.

«Ella siempre viste de blanco —recordó—. Siempre».

Miró con impaciencia hacia la puerta de la alcazaba. Junto con una veintena de jinetes masmudas, el andalusí formaba parte de la escolta para la noble Safiyya. La lobezna había subido al carruaje con dignidad. Atrás dejaba a su inseparable doncella persa, ahora una anciana que apenas podría cuidar al pequeño Idrís. Ambos se quedaban en Málaga. No hubo lágrimas allí. Tal vez se habían derramado arriba, en las estancias privadas de la andalusí. Pero ante los almohades, la lobezna se mostraba fuerte, como lo habían sido sus padres. Irreductible... hasta que no quedaba más remedio que humillarse.

Ibn Sanadid oyó arrastrar de cadenas. Los caballos se ponían nerviosos. Uno de ellos solo dejó de piafar cuando su jinete almohade lo calmó. Aún faltaban dos personas para completar la comitiva y salir de Málaga.

Ordoño apareció trastabillando, con las muñecas rodeadas por grilletes de hierro y unidas por una cadena de un codo. También le habían encadenado los tobillos a la misma distancia. Demasiado poca para dar pasos normales pero suficiente para moverse por sí mismo.

«Le harán caminar hasta Córdoba —pensó el andalusí—. Él lo soportará. Aunque tenga que seguir nuestro ritmo. A pesar de lo demacrado que está, de la distancia y del calor. Lo logrará. Logrará llegar de una pieza allí, solo para que el califa lo despiece a su gusto».

Ordoño levantó la cabeza y sus miradas se cruzaron un instante. La sangre manaba de la boca del cristiano y una de las cejas enrojecía. Abú Yahyá salió acompañado del primo de Yaqub, el gobernador Abd Allah.

—Es una pena que te lo lleves. Necesitamos a todos los esclavos posibles para acabar el puente.

—No te preocupes, *sayyid.* Si todo sale según los planes del califa, dentro de poco contarás con muchos, muchos esclavos cristianos. —Se volvió a Ibn Sanadid—. ¿Qué te parece, andalusí? Al final no me ha hecho falta tu ayuda. He reconocido a este perro enseguida.

Se adelantó y pateó la espalda de Ordoño, que cayó de rodillas entre tintinear de cadenas. Ibn Sanadid forzó una sonrisa.

—¿Sí? Vaya… La verdad es que no lo recordaba. ¿Seguro que es este?

—Seguro. La lanza de nuestro guardia negro le dejó una bonita marca, ¿sabes? —Se despidió del gobernador con un gesto y se acercó a su caballo. Tomó una cuerda que ató al arzón y, a continuación, la pasó por uno de los eslabones centrales de la cadena que unía las manos de Ordoño. Tiró de los cabos para apretar el nudo—. Y hablando de marcas y símbolos… —Sacó del ceñidor una cinta envejecida y la extendió. La estrellita de ocho puntas despidió reflejos al girar—. Tu princesa andalusí llevaba esto bien apretado en el puño. ¿Sabes qué es?

Ibn Sanadid apretó los labios antes de contestar. Vio que los ojos de Ordoño brillaban al contemplar la estrella de los Banú Mardánish, pero el castellano permaneció en silencio.

—Es el emblema de su casa. Un recuerdo de su padre tal vez.

El visir omnipotente sonrió con desdén y arrojó la joyita entre los cascos de los caballos masmudas. Después se dirigió a Ordoño.

—Ya te puedes levantar, cristiano. ¡Nos vamos!

En cuanto Abú Yahyá se encaramó a su montura, la comitiva se alejó de la alcazaba. Cruzaron media ciudad mientras almohades y andalusíes, animados por unos pocos *talaba*, escupían e insultaban a Ordoño. Lo exhibieron hasta sacarlo de Málaga y lo pasearon por el arrabal de la Fontanalla, donde recibió una pedrada que le hizo caer. Un par de masmudas lo acosaron con los caballos hasta que se levantó y, con la cabeza chorreando sangre, se tambaleó camino de Córdoba. En cuanto las humaredas de los alfares quedaron atrás, Ibn Sanadid adelantó al carruaje de Safiyya y a la columna masmuda para alcanzar al visir omnipotente. Ni siquiera miró a Ordoño, que seguía a pasos cortos el caballo de Abú Yahyá.

—Mi señor, todavía no sé por qué hemos de llevar a este cristiano ante el califa.

—Bueno, como dijiste en Córdoba, alguna razón de peso hay. La verdad es que me extrañó tu falta de curiosidad. En vísperas de una expedición fuera de lo común, con tanto trabajo por hacer, toda esa ruta que planear…, y yo te traigo de paseo a Málaga. —La sonrisa de Abú Yahyá fue fiera. Sus puños se cerraban con fuerza innecesaria en torno a las riendas—. Dime, andalusí, ¿alguna vez te ha preguntado el príncipe de los creyentes por este cristiano?

«¿Tiene objeto seguir con la farsa? —Ibn Sanadid se volvió sobre la silla. Su amigo sudaba copiosamente sobre la sangre seca—. ¿Qué importa que me decapite aquí o en Córdoba?».

—Sabes que sí, visir omnipotente. Sabes que conozco a este hombre. Sabes que mentí al califa.

A Abú Yahyá pareció sorprenderle la respuesta.

—Tengo que reconocer que no te falta valor a pesar de tu raza. Esperaba que mantuvieras tu mentira, pero veo que me equivocaba. —Miró hacia delante, a la ruta todavía transitada por campesinos y mercaderes malagueños que se apartaban para dejar paso a la comitiva. El almohade reflexionó unos instantes—. Ni siquiera tu paisano Ibn Rushd tiene tu aplomo. Ni ningún otro andalusí que conozca. Bueno, tal vez la zorra de ahí detrás.

Ibn Sanadid, sin apenas darse cuenta, mantenía el puño de la espada aferrado.

—¿Qué pasará con ella?

El visir omnipotente bajó la voz.

—Recibirá su castigo, como dicta la ley. Pero solo después de la gran prueba a la que Dios nos va a someter a todos. —Se volvió hacia él—. Tal vez a ti te pase lo mismo.

—¿Solo tal vez?

—Eres necesario. Has demostrado ser fiel guerrero y un buen líder para los tuyos, aunque como creyente dejas mucho que desear. —Ladeó la cabeza—. He decidido darte una oportunidad.

—Ah. —Ibn Sanadid tiró de la rienda lo justo para alejarse un poco del almohade. No tendría oportunidad alguna si desenfundaba su arma, así que lo mejor sería salir al galope. Tal vez entonces hubiera esperanza.

—Si estás pensando en huir, olvídalo, andalusí. Sabes que no tienes adónde ir, y menos con una familia a cuestas. Los comedores de cerdo no os tratarían mejor que nosotros. ¿Has olvidado lo que hicieron con tu amada tierra? Sí. Te falla la memoria y por eso has intentado proteger a este cristiano. Ha sido una estupidez. Dime, ¿lo conoces bien?

—Tal vez.

—Lo conoces bien, sí. Tal vez incluso lo aprecias, y ese es el motivo de tu insistencia en que no lo matáramos en la Zaydía. Solo por eso mereces la cruz. Pero has servido a un propósito, andalusí. Tu mentira ha permitido que el príncipe de los creyentes descubra la maldad que se esconde en el corazón de la lobezna. Que vea que no se puede confiar en los andalusíes. Tarde o temprano caéis en la traición, incluso a aquellos que os han salvado.

—¿Vosotros nos habéis salvado?

Abú Yahyá apuntó hacia el norte.

—¿Lo han hecho ellos?

El andalusí gruñó.

—Has dicho que me darías una oportunidad.

—Desde luego, andalusí. Te daré la oportunidad de ser leal una vez más en la batalla que se avecina. Trabajarás en pos del triunfo, y puede que así te redimas a los ojos de Dios.

—Solo a los ojos de Dios.

El visir omnipotente soltó una carcajada seca.

—Blasfemo hasta cuando la muerte acecha. O quizá más por esa razón. —Lo miró de arriba abajo—. A mis ojos te redimirás cuando todo acabe y los cristianos no sean más que alimento de buitres. Entonces tú y yo, solos y con la espada en la mano, ajustaremos cuentas. Verás en cuánto es superior un almohade a un andalusí.

—El califa no lo consentirá.

—El califa no sabe nada. Cree en ti, como cree en Ibn Rushd. Yo me ocuparé de vosotros para que el príncipe de los creyentes no sufra más decepciones.

—Ibn Rushd no es un guerrero. Tú sí, y jamás te rebajarías a pelear con un anciano como él. Lo dejarás en paz.

Abú Yahyá lo miró de reojo. Era evidente que habría acabado con el andalusí allí mismo.

—En algo tienes razón: no me rebajaré. Es tu amigo Ibn Rushd quien ha cavado su propia tumba. Con sus libros, sus debates y sus blasfemias. Solo con esto —chascó los dedos—, puedo hacer que los *talaba*, los ulemas y los alfaquíes se arrojen sobre él como hienas. Y nada más me quedará convencer al príncipe de los creyentes para que deje de proteger a ese pecador. Pero basta de charla. Ahora vuelve atrás, a retaguardia de la columna. Al último lugar, como te corresponde por raza.

Ibn Sanadid se apartó de la senda y detuvo al caballo al borde, junto al lecho del Wadi-l-Madina. Observó al visir omnipotente, orgulloso sobre su montura, y se mordió el labio. Ibn Rushd se había hundido por sí mismo en el corazón del poder almohade, y él no podía llegar hasta allí, así que no había salvación para el cordobés. Pero tal vez hubiera otros a los que sí era capaz de ayudar. Observó a su amigo Ordoño, que tropezaba con los guijarros y jadeaba monte arriba. Después dirigió la vista a la carroza cubierta de blanco. Sabía que Abú Yahyá no mentía. En verdad se creía superior, y por eso confiaba en ese castigo ejemplar que le daría. Eso le daba tiempo. Y no solo a él.

Dos días después

Antequera tenía una hermosa alcazaba en lo alto de un cerro. Sin duda habrían recibido con honores al visir omnipotente, lo habrían lisonjeado y sometido a peticiones, le habrían rogado que hablara de ellos al califa, lo habrían alojado en las mejores dependencias.

Por eso precisamente, Abú Yahyá no tenía intención de entrar en ciudad alguna hasta su llegada a Córdoba. Él era un montañés, enemigo de los aduladores y de las comodidades. Y se había impuesto una misión, de modo que solo descansaría una vez la cumpliera.

La primera noche la habían pasado junto a una curva del Wadi-l-Madina, en un campamento improvisado entre las ruinas de una aldea de casas rojizas y ruinosas. Ordoño, exhausto, pudo beber medio cuenco de agua antes de dormir atado a las ruedas del carro. El segundo día de viaje los llevó hasta Antequera, pero dejaron a un lado la ciudad y cruzaron el ancho Wadi-l-Jurs. Allí los alcanzó la puesta del sol. Abú Yahyá ordenó atar a Ordoño al tronco de un chopo. Luego, ante las risas de los masmudas, mandó a Ibn Sanadid que cortara leña para hervir su harina de cebada, sus habas y sus cebollas. El andalusí tomó el hacha que le dio el mismo hintata y se aplicó a la labor. El carruaje de cortinas blancas quedó junto a la corriente, cerrado y con la solitaria y silenciosa figura de Safiyya en su interior. La lobezna solo lo abandonaba para lo justo, sin hablar con nadie y oculta a las miradas por el *niqab*. No probaba la correosa comida de viaje de los almohades y, a pesar del calor, casi no había bebido. Mientras los caballos abrevaban, el cautivo se frotó los pies, entumecidos por la marcha impuesta desde Málaga. Ibn Sanadid lo observó de reojo mientras descargaba el hacha sin convicción sobre una rama. Tal vez había calculado mal, se dijo. Tal vez su amigo estaba demasiado débil para soportarlo. Aunque no creía que Abú Yahyá lo dejara morir. Apartó la vista del cuerpo enflaquecido del cristiano. A levante, con el azul oscuro del atardecer de fondo, se elevaba un macizo de extrañas formas. Una altura abrupta en medio de la llanura, cuyas líneas rocosas semejaban el perfil de un rostro humano tendido en tierra.

«Es como un presagio —pensó—. Parece la cara de un hombre muerto».

Dejó de mirar. Un hombre muerto. Quizá él mismo. Aunque el destino fijado con más certeza entre todos ellos era el de Ordoño. Lo observó de nuevo: el gesto dolorido, la costra de sangre en la frente y la espalda recostada contra el tronco. Tras la caminata, el sudor le empapaba la túnica parda y raída. Se frotó débilmente, los eslabones chocaron entre sí.

—¡Silencio, perro! —exigió un masmuda. La mitad de ellos sacaban impedimenta de sus alforjas mientras los demás exploraban el lugar. Ibn Sanadid hizo astillas algunas ramas y las llevó al lugar escogido por Abú Yahyá. Al pasar junto a su amigo, vio que la misma cuerda con la que el visir omnipotente lo arrastraba era la que servía para atarlo a un grueso tronco, a diez varas de los almohades. El nudo quedaba al otro lado, así que Ordoño no podía alcanzarlo.

—Tomad. Con esto podéis encender un fuego. Ahora corto más.

Los almohades no contestaron al andalusí. Amontonaron las astillas y uno de ellos se acuclilló con la yesca y el pedernal.

La noche se cernió sobre al-Ándalus, los grillos entonaron su canto y una luna casi llena se unió a las lejanas luces de Antequera para crear una atmósfera gris y nebulosa. El Wadi-l-Jurs discurría plateado y lento, los masmudas tomaron su cena espartana entre algunos comentarios en voz baja. Luego, cuando el fuego bajó, se dirigieron a Ibn Sanadid.

—Andalusí, esta hoguera tuya es un asco. Más leña, o pronto no distinguiremos nuestras caras.

No se hizo esperar. Con la sonrisa oculta por la oscuridad, se levantó, tomó el hacha y pasó sobre los pies extendidos de Ordoño. Empezó a soltar tajos contra el tronco al que estaba atado su amigo. Chac, chac, chac.

—¿Cómo estás? —susurró.

—Mmm.

—¿Puedes andar?

El cristiano se removió. A la luz de la luna, Ibn Sanadid vio el blanco enrojecido de sus ojos.

—Sí.

Ibn Sanadid se asomó. El grupo masmuda seguía alrededor del pobre fuego. Más allá, las siluetas oscuras de los caballos se interponían entre el grupo y el carruaje blanco. Descargó de nuevo el hacha. Chac, chac, chac.

—Voy a cortar la cuerda.

—Pero… te matarán.

—Puede. Puede que me maten de todos modos.

Uno de los almohades se levantó.

—¡Andalusí, esa leña!

—¡Voy! ¡Es que está muy oscuro!

Lo llamaron inútil y algunas lindezas más.

—No puedo huir con las cadenas… —dijo Ordoño—. No vale la pena que te arriesgues. Además, si descubren la cuerda cortada, sabrán que me has ayudado.

—Eso es cierto.

El andalusí vio el reflejo metálico entre los pies del cristiano. No se lo pensó. Un hachazo se clavó en el tronco, chac, y el siguiente chocó contra un eslabón. ¡Cling!

—¡Como melles el hacha, la afilaré con tu lengua! —bramó Abú Yahyá. Los masmudas se echaron a reír.

—¡Lo siento, mi señor! ¡Hay algunas rocas…!

—Lo has conseguido, necio —le avisó Ordoño en voz baja—. La cadena está rota y tú te has condenado. Corta la cuerda e intentaremos luchar.

—Espera. Extiende las manos.

—No…

—Por el Profeta, Ordoño, extiende las manos.

Chac, chac, cling.

—¿Otra vez?

—¡No volverá a ocurrir!

Chac, chac, chac. El hacha se clavó en el suelo. Las manos de Ibn Sanadid se deslizaron por el tronco y localizaron el nudo.

—Listo. Ahora creerán que has escapado.

Recogió el hacha y siguió, chac, chac, chac, esta vez de verdad, hasta que consiguió un hato de leña. Mientras la abarcaba contra el pecho para alimentar la hoguera casi apagada, se dirigió por última vez a Ordoño.

—Espera a que se duerman. Arrástrate y déjate caer en el río. Es ancho, y tal vez profundo. Pero el agua no está fría. Aun así, esas cadenas te arrastrarán al fondo, con lo que estos africanos no te encontrarán jamás. Pero si Dios se apiada de ti y sales un poco más abajo, huye hacia el norte. Puede que sobrevivas un par de días.

—¿La vigilan?

—¿Qué?

—A Safiyya. ¿La vigilan?

—Ni hablar, Ordoño. Si huyes solo aún tienes una opción. Si te la llevas a ella, moriréis los dos.

—No puedo dejarla, amigo. No puedo abandonarla a esas bestias.

—No le harán daño —mintió—. Ella es la llave de esta tierra. La garantía de nuestra lealtad. Es la hija del lobo. Vete. No tiene sentido.

—Sabes por qué me quedé, Ibn Sanadid. Sabes que fue por ella.

El andalusí desistió. Se alzó con el hato en brazos y se acercó a la hoguera entre una nueva retahíla de insultos bereberes. Cuando el fuego creció, Ordoño pudo ver que el hacha se había quedado con él.

وأنا على ثقة في الله

Safiyya bint Mardánish se sobresaltó. Se había quedado dormida por fin, tras derramar lágrimas y lágrimas hasta empapar el *niqab*. Lloraba por el cautivo encadenado de fuera, lloraba por el hijo que dejaba atrás. Lloraba por su tierra azotada por la guerra, por la libertad perdida, por la época que le había tocado vivir. Por los desvelos inútiles de su madre, por las advertencias desoídas de Marjanna, por las batallas que perdió su padre... Fuera, un par de caballos resoplaron. La corriente salpicaba contra las piedras de la orilla y, en ocasiones, la brisa despejaba el calor y hacía sisear las hojas de los chopos.

Pero lo que la había despertado era algo distinto. Se incorporó. A través de la tela blanca, el círculo casi perfecto de la luna brillaba alto. Alargó la mano y retiró la cortina medio palmo. Se asomó.

Lo que vio la dejó atónita. Un masmuda yacía de medio lado, con la lanza bajo su cuerpo y una mano extendida, como si hubiera querido aferrar el vacío.

«¿Está muerto? —pensó—. Sí. Está muerto».

Lo siguiente fue una oleada de terror, pero antes de que la razón le indicara qué había sucedido, algo irrumpió en el carruaje, entre las cortinas, y presionó su boca. Algo que olía a sangre, hierba y sudor.

—Soy yo, mi amor —musitó una voz rasgada—. No grites. Soy yo.

No la dejó ni decir su nombre. La sacó en volandas del carruaje, con una fuerza que debería haber desaparecido de sus miembros ahora enjutos. Tomó la lanza masmuda y tiró de Safiyya para alejarse de la orilla. A la luz de la luna, la andalusí parecía un fantasma que arrastrara su blancura por entre los chopos y el carrizo. Torcieron a la derecha, sobre el talud, y dejaron atrás las brasas de la hoguera.

—Nos cogerán...

—No, Safiyya. —Él la guiaba en la oscuridad, pero a ella le parecía que podría resistirse si quisiera. Siguió su sombra hasta que se distanciaron del campamento. Un contorno macizo ocultaba las estrellas ante ellos—. Iremos a ese monte. No nos cogerán, te lo juro.

—No... No jures.

Cruzaron el mismo camino que había de llevarlos a Córdoba, y que alternaba las losas sueltas con las huellas de carruajes y caballerías. Al otro lado, los juncos y las piedras se mezclaban para entorpecer su huida. Resbalaban, tropezaban, se golpeaban los pies. Ordoño se ayudaba de la lanza a modo de cayado, pero se dejó caer cuando apenas se habían alejado. Enterró la cara en el suelo para no toser. Ante ellos, el monte con perfil de rostro parecía tan lejos como al principio. Safiyya, agachada, miró atrás.

—No nos siguen. Por el camino iríamos más rápido…

—No, no. Nos alcanzarían. Hemos de alejarnos todo lo posible. Vamos allí. —Señaló al macizo rocoso—. Desde arriba los veremos si vienen… Pero no temas. No vendrán. Seguro que hay cuevas. ¿Aguantarás?

Ella empezó a llorar otra vez. Se tapó la boca con la mano, y solo entonces, cuando la urgencia de la fuga pasaba, reparó en que estaba allí, con él. Con su amor. Tras años de una horrible separación a corta distancia. Quedó sentada mientras los hombros se le sacudían, incapaz de controlar el llanto.

—Ordoño… Tú… —Estiró las manos hacia él. Se abrazaron, y Safiyya notó la carne flácida bajo la túnica. La dureza de las costillas y los omoplatos. Las huellas del cautiverio—. Pero ¿qué te han hecho?

—Nada. No podían hacerme nada.

Se incorporó, recogió la lanza masmuda y tiró de Safiyya de nuevo.

—Apenas tienes fuerzas… Necesitas descansar…

—No. Aún no. Vamos a esa peña, Safiyya. Por Dios y por la Virgen. Vamos a esa peña. Allí descansaremos, te lo juro.

وأنا على ثقة في الله

Años de experiencia en las alturas del Atlas. Eso era lo que atesoraba Abú Yahyá. Nadie, desde Marrakech al Sus, era tan capaz para seguir el rastro de una pieza o sus huellas en la nieve. Nadie como el hintata para apostarse en la senda de una presa o para lanzarse entre la espesura y batirse a cuchilladas contra un depredador.

Ahora, con el alba despuntando tras aquella peña con forma de cara, podía oler al cristiano. Y a Safiyya también, porque el hedor del miedo era lo que ambos despedían.

—Buscad otros caminos para subir y que nadie pase.

Los masmudas asintieron. Abú Yahyá ordenó a Ibn Sanadid que lo acompañara peña arriba, y al andalusí no le quedó más remedio que obedecer.

Habían descubierto la fuga en un cambio de guardia. Cuando el visir omnipotente se enteró, corrió iracundo hasta Ibn Sanadid y lo despertó a patadas. Apoyó la hoja de su cuchillo *gazzula* en su cuello. Le amenazó con crucificar a su familia sevillana y dejarlo a él para el final. Le prometió que degollaría a todo su pueblo, y estuvo a punto de coserlo a puñaladas allí mismo. Al final, obligó a toda la expedición a buscar al fugitivo y a la esposa del califa. Les ordenó buscar en la orilla y mandó a dos hacia el norte a caballo, por el camino de losas. No concebía que Ordoño y Safiyya hubieran vuelto sobre sus pasos, y tampoco que se hubieran dirigido a Antequera. Mientras la furia se aposentaba, Abú Yahyá había mirado al este, a la montaña con perfil humano. Sonrió con media boca y enfundó su arma *gazzula.*

No había tardado en localizar las huellas de los huidos y ver que sus sospechas se confirmaban, pero prefirió esperar al amanecer antes de aventurarse peña arriba. Aquel comedor de cerdo llevaba años pudriéndose en la humedad de la mazmorra, pero era el mismo que había acabado con dos Ábid al-Majzén, y esa misma noche había podido librarse en silencio del centinela almohade. Mejor no correr riesgos. Lo dejaron atrás todo menos sus dagas y los odres de agua.

La ascensión fue difícil desde el principio. Ibn Sanadid resoplaba tras el almohade, que no dejaba de reírse. El andalusí tuvo la espalda del hintata a su alcance media docena de veces. Solo tenía que desenfundar su daga y clavar. Pero no lo hizo. No lo haría. Y sospechaba que Abú Yahyá se reía por eso. Porque lo sabía.

—Los alcanzaremos —dijo el africano—. Han pasado por aquí. Ella no puede más. En cuanto suba el sol y apriete la sed, serán míos.

Lo repitió un poco más arriba. Y otra vez cuando Ibn Sanadid rogó que se detuviesen a descansar. La sonrisa burlona del visir omnipotente se reducía con cada codo de ascenso. No era posible, se decía. Un preso derrengado que cargaba con cadenas y con una mujer acostumbrada a la buena vida... ¿Cómo era posible que les llevaran tanta delantera? Se lo preguntó al andalusí.

—La desesperación —contestó—. O el miedo.

No le dijo que más bien era el amor, aunque este no era incompatible con ninguna de las otras dos posibilidades.

Se agarraron a los acebuches para seguir trepando. Resbalaron con los guijarros mientras el sol calentaba la peña con forma de rostro. Las sendas de cabras desaparecieron, y con ellas las huellas de los fugitivos. Ahora se ayudaban con las manos roca arriba. El andalusí estuvo a punto de rodar cuando resbaló sobre una arista tan afilada como su daga. Tosió mientras, a sus pies, la vega del río y los campos sembrados se extendían hasta rebasar Antequera. Los guerreros masmudas eran pintas negras allá abajo.

—Es... imposible —balbuceó—. No pueden haber llegado tan arriba.

Pero Abú Yahyá no lo escuchó. Era un cazador en pos de sus presas y las olía cada vez más cerca. Subía como si fuera un zagal, apoyando los pies con seguridad antes de impulsarse. El andalusí empezó a quedarse atrás. Aprovechó para atisbar la peña, pero todo lo que podía ver era una sucesión de crestas grises que se empinaban una sobre otra, con pequeños arbustos agarrados a sus grietas. Un buitre alzó el vuelo desde el sur y describió círculos cada vez más altos mientras Ibn Sanadid apuraba las últimas gotas de su odre.

—¡Por el Profeta!

Aquello había sonado a desconcierto. Y el andalusí jamás había visto a Abú Yahyá desconcertado, así que arrojó el odre peña abajo. Observó cómo rebotaba contra las paredes calizas y trepó para reunirse con el cazador implacable. El viento soplaba fuerte allí. Tanto, que Ibn Sanadid se apoyó sobre la pared rocosa con aprensión.

—¿Qué pasa?

El almohade señaló ante sí. Se hallaban muy cerca de la cúspide abrupta que, desde abajo, parecía la nariz del hombre muerto. Un picacho afilado.

—Creo que han ido por ahí. Si es así, no tienen escapatoria. —Apuntó al otro lado—. Por allí tampoco. Pero no quiero que se escapen. Nos dividimos, andalusí. Ay de ti si me fallas ahora.

Ibn Sanadid solo pudo asentir. El visir omnipotente, con el turbante medio desmadejado y ondeando como si fuera una bandera, desapareció tras un recodo calcáreo.

—Por eso dudas —dijo el andalusí, aunque el almohade ya no podía oírle—. Porque no te fías de mí. —Desenfundó su cuchillo. El ascenso terminaba. Miró arriba mientras tomaba aire y vio al buitre. Planeaba lento, cercano, con la vista puesta en lo alto de la peña—. Bien, Ordoño. Esto se acaba.

وأنا على ثقة في الله

Los dedos de Safiyya, agarrotados, temblaban tanto como el resto de su cuerpo. Sangraba desde las uñas rotas y las rodillas despellejadas, y la *gilala* hecha jirones se agitaba con los golpes de viento.

Lloraba en silencio, la vista puesta en el horizonte lejano y la imaginación lanzada más allá. Líneas de montañas que se extendían por parasangas en todas las direcciones. Una tierra inmensa y bella desde la nieve del Yábal Shulayr hasta las playas del Garb, sometida al fanatismo y hundida por la codicia y la indiferencia. A sus pies, la peña caía cortada a cuchillo en un precipicio largo y salpicado de aristas grises. Estaban arrinconados contra el vacío, rotos y exhaustos. Sedientos y casi derrotados. A dos codos de Safiyya, Ordoño se tambaleaba con la lanza masmuda empuñada. De sus muñecas y sus tobillos colgaban las cadenas cortadas, y los eslabones chocaban entre sí, como habían hecho durante toda la subida. Hierro contra hierro, en una cantinela interminable que se clavaba en los oídos y perforaba la esperanza.

—No nos cogerán —repetía el cristiano con voz trémula—. No nos cogerán.

Safiyya hundió la cabeza entre las manos y sus dedos ensangrentados se enredaron en el cabello. Claro que los iban a coger.

Los había visto subir. Desde allí mismo, en lo alto de la peña azotada por el vendaval. Con los brazos y las piernas entumecidos por el esfuerzo, la garganta seca y las lágrimas casi agotadas. De nada servían su fuga, la noche de terror mientras miraban tras de sí y la trepada casi suicida, con el vacío bajo sus pies y la nada sobre su cabeza. Era incapaz de explicarse cómo había conseguido llegar hasta arriba.

Ordoño se volvió con la desesperación en los ojos. Casi no se tenía en pie.

—No te enfrentes a ellos —rogó ella—. Nos entregaremos. Pediré clemencia a mi esposo…

—No. No lo entiendes. Ahora estamos juntos.

Sus dedos volvieron a desordenar las hebras doradas. Una sombra grande y lenta cubrió el sol por un instante. Ambos levantaron la vista hacia el buitre que aguardaba. Aguardaba. Aguardaba. Safiyya cerró los ojos y pensó en su madre. Tenía que ser como ella: una loba. Aunque su manada quedaba ahora tan lejos…

—¿Qué será de Idrís?

Ordoño no prestó atención. Frente a él, la cresta picuda coronaba la peña, y por cualquiera de sus flancos podía aparecer alguno de sus perseguidores. Él también los había visto subir poco a poco, creciendo sus figuras diminutas conforme ganaban altura, como perros que acosaban al cervatillo herido.

—No nos cogerán.

El dolor sacudió a Safiyya cuando apoyó las palmas en la roca. Sus piernas temblaron mientras trataba de incorporarse. Tenía que ser una loba, no un cordero. El viento hizo ondear los jirones de la *gilala* y el pelo enmarañado. Con dos pasos vacilantes se plantó tras Ordoño. Lo abrazó. Sus manos arañadas se cruzaron ante el pecho del cristiano.

—Yo escogí esto. Los dos lo hicimos aquel día, en la Zaydía. ¿Recuerdas?

Quedaba muy lejos ahora. Casi veinte años habían pasado.

—Sí… —balbuceó él, exhausto—. O no… No sé.

—Juraste que volverías, Ordoño. Yo quería que volvieras. Aprovecha el momento, me decían los versos antiguos. Vive la vida.

El castellano no entendía nada. Le pareció oír pasos tras las rocas, pero tal vez era solo el viento. Intentó quitarse de encima a Safiyya, aunque ni para eso tenía fuerzas.

—Déjame, tengo que luchar. No nos cogerán.

—No. —Ella apretó la mejilla contra su espalda—. No nos cogerán. Eso es cierto.

Él sí la oyó ahora. Bajó la lanza con tintinear de eslabones. La dejó caer. Se volvió para abrazarla. Sentir la piel de Safiyya contra la suya era parar el tiempo. Sí, él también recordaba ahora. Recordaba cómo, poco después de conocerla, temió morir en Castrodeza. Recordaba que solo pensó en ella en ese momento. «Espérame, Safiyya», se dijo aquel día.

«Y que se pudran las mil huríes del paraíso». En un río de sangre, con la muerte soltando tajos a media vara, quiso escapar de la masacre para caer en los brazos de su amada. El lugar exacto en el que estaba ahora. Era lo que siempre había querido.

—Nosotros lo quisimos así. Contra todos.

Safiyya notó el roce áspero de los eslabones. Así lo quisieron ellos. Aceptaron lo que vaticinaban los versos prohibidos. Sabían que tras la alegría y la libertad llegarían las argollas y las cadenas. Sabían que se hundirían en el torbellino de mareas.

—¿Recuerdas, Ordoño, cuando querías que escapáramos?

—Nunca quisiste. Decías que no había lugar al que huir. Que a cualquier sitio que fuéramos, seguiríamos siendo enemigos.

Safiyya había pensado que sus ojos estaban secos, pero descubrió que aún podía llorar más. Sintió que los labios agrietados de su amante secaban sus lágrimas.

—Me equivocaba, Ordoño. Tú tenías razón. Lo que importa es que estemos juntos.

Ahora el ruido resultó inconfundible. Eran pasos inseguros, y los daba alguien que rodeaba la mole rocosa de la cumbre. Muy pronto llegaría hasta ellos. Él intentó separarse de Safiyya, pero a la andalusí no le costó mucho impedirlo.

—Ya vienen.

—Lo sé. Los dos sabíamos que vendrían, ¿verdad? Pero esta vez no nos cogerán. Esta vez huiremos juntos. A un lugar en el que no somos enemigos.

Volvió la cabeza hacia donde el viento flameaba. Ambos miraron abajo, al abismo que se abría desde lo alto de la peña. A los vértices grises y afilados que esperaban como picas. A la muerte.

Safiyya lo soltó, solo para coger su mano izquierda con la diestra. Esta vez no le importó el dolor. Detrás, los pasos se acercaban. Delante, las cadenas de Ordoño tañían al son del vendaval. Se miraron. Ella adelantó un pie, él la imitó. El cielo se volvía más azul. Y la cinta del río, muy lejos y muy abajo, parecía pura plata. Ese era su paraíso. Avanzaron un segundo paso, al mismo tiempo esta vez. Las puntas de sus dedos se balancearon sobre el vacío. No podían dejar de mirarse.

—Te quiero, Safiyya.

—Te quiero, Ordoño.

Y dieron su último paso.

وأنا على ثقة في الله

Ibn Sanadid tenía a su izquierda el precipicio, y a la derecha la pared de roca en la que clavaba las uñas. Había enfundado la daga para tener las manos libres. Avanzaba despacio, asegurando cada paso mientras pequeños cantos se desprendían y caían en vertical hasta pulverizarse contra las rocas de abajo. El viento soplaba de lado y el maldito buitre seguía arriba, describiendo más y más círculos en torno a la cima. La cornisa, estrecha como la hoja de una espada, serpenteaba por la pared de la peña y se abría un poco más adelante.

Le pareció oír voces. Débiles y rasgadas. Una de ellas era femenina.

«Safiyya».

Se apresuró a pesar del peligro. Tenía que llegar hasta ellos antes que Abú Yahyá. Ordoño estaría derrengado, desde luego, pero tal vez juntos podrían enfrentarse al almohade. Lo malo vendría después...

Se obligó a no pensar en el futuro. En su esposa y en su hija. Salvó el último saliente con ayuda de las ramas atrofiadas que crecían desde las grietas, y se plantó en un balcón gris que dominaba la vega del Wadi-l-Jurs. «Ya casi está —se dijo—. Solo un momento para recuperar el aliento». Se sentó y estuvo a punto de besar el suelo pétreo. Sentirlo bajo las palmas aliviaba la sensación de vértigo. El viento cambió un instante y le trajo la voz de Safiyya. «Lo que importa es que estemos juntos», decía. Pobre ilusa. Su vano deseo los había llevado hasta allí, y eso era todo lo juntos que podían estar. Ibn Sanadid se levantó. La cornisa se había convertido en un saliente rocoso por el que pudo avanzar despacio hasta salvar el recodo. Se detuvo ante un escalón de dos palmos y entonces los vio. Estaban abrazados. Ella con la *gilala* hecha jirones, el cabello flameando como un estandarte rubio. Él flaco, sucio, con medio codo de eslabones colgando de cada mano y de cada tobillo. El andalusí miró a la diestra. Ni rastro de Abú Yahyá, pero resultaba imposible saber cuánto le faltaba al hintata para plantarse allí. Tal vez ya había rodeado la peña y estaba al igual que él, observando a los dos enamorados como a presas a punto de ser destrozadas. Examinó el lugar. Un zócalo de piedra casi plano y no muy grande que se abría al vacío. Un lugar para vencer o morir en caso de lucha. Safiyya y Ordoño seguían hablando muy bajo. No lo habían visto aún, seguro. Pero tal vez lo habían oído. O lo oirían ahora. Saltó el escalón.

—Ya vienen —dijo el cristiano.

—Lo sé —respondió la lobezna—. Los dos sabíamos que vendrían, ¿verdad? Pero esta vez no nos cogerán. Esta vez huiremos juntos. A un lugar en el que no somos enemigos.

Ibn Sanadid frunció el ceño. ¿Se había vuelto loca Safiyya o simplemente pretendía ahogar la desesperación de su amante? Vio que ambos volvían la cabeza hacia el precipicio. Algo sonó detrás. El andalusí apretó el puño de su daga. ¿Abú Yahyá?

Safiyya deshizo su abrazo con Ordoño y cogió su mano izquierda. Un golpe de viento más fuerte que los anteriores hizo que las cadenas se balancearan. El tañido de los eslabones se le antojó siniestro a Ibn Sanadid. Sonaron más pasos detrás. Piedras que se desprendían y rebotaban contra las rocas de la ladera. Delante, el cristiano y la andalusí se miraron y, ante su estupor, se acercaron al borde.

—Te quiero, Safiyya.

—Te quiero, Ordoño.

Ibn Sanadid lo comprendió todo. Arrancó hacia delante. Ella, en un arrojo de valor propio de su linaje, fue la primera en saltar. Ordoño la siguió al mismo tiempo que su amigo andalusí se lanzaba como un gato a su espalda. El cristiano, con un nudo en la garganta, sintió que su pie se trababa y su mano soltó la de su amada. Alguien le agarraba desde atrás. Tiraba de la cadena. Sus rodillas golpearon contra el borde de piedra y vio a Safiyya caer. La lobezna abrió los brazos para entregarse a su tierra, sin gritos, sin aspavientos. Se alejó hacia el vacío verde y gris.

—Nooo... —Ordoño no tenía fuerza para gritar. Se arrastró en un intento desesperado por seguirla, pero la cadena no se lo permitía.

—No lo hagas. Vuelve. Vuelve —suplicó la voz tras él. Lo reconoció enseguida. Justo en el momento en el que Safiyya se quebraba contra una cresta allá abajo.

—Nooo. —Sus dedos agarraron el borde de roca, pero Ibn Sanadid seguía arrastrándolo. Apartándolo de la muerte. De ella—. Déjame... Tengo que ir...

El andalusí soltó la cadena y lo trabó por la cintura. Ordoño no pudo resistirse. Se rindió mientras gimoteaba. En sus retinas se había grabado el cuerpo desmadejado de Safiyya, rebotando entre los colmillos de roca.

—Aguanta, amigo —susurró Ibn Sanadid. Los brazos le temblaban por el esfuerzo de la trepada, pero retenía a Ordoño sin esfuerzo. Notaba sus huesos bajo él—. Habrá tiempo para morir. Vive ahora. Por Dios, vive.

—Nooo...

Lo liberó. Mientras se incorporaba, vio que el cristiano arañaba la losa de roca. Ibn Sanadid se inclinó sobre el borde y la vio. Poco más que una figura rota al fondo del abismo.

—Safiyya...

El último rescoldo de al-Ándalus se acababa de apagar. Solo ahora, con su amigo a salvo, se dio cuenta de la magnitud de aquella muerte. Se tapó los ojos. ¿Acaso no era irónico? El cristiano que la había llevado a estrellarse seguía vivo, allí mismo. Gimoteante, salvado por las mismas cadenas que deberían asegurar su cautividad. Ibn Sanadid pensó que tal vez Ordoño mereciera volar también. Quizá había salvado al amante equivocado. Se retiró del precipicio y sostuvo la mirada enrojecida del castellano, que ahora levantaba la cabeza para suplicar.

—Déjame seguirla, amigo. No quiero vivir... No puedo...

—Claro que puedes.

Ordoño rodó con entrechocar de cadenas. Miró al cielo. El buitre descendía en un planeo lento y majestuoso.

—No saldré de aquí, Ibn Sanadid. ¿No ves que ni siquiera puedo sostener la lanza? Ellos me matarán. O me llevarán ante su califa y moriré igualmente. Déjame, por la santa Virgen. Déjame seguir a Safiyya. Ella me aguarda, amigo…

El andalusí se acuclilló y aferró la túnica sucia y rota por la pechera.

—Esperará un poco más. ¿Oyes? No morirás hoy ni te llevarán ante ese pastor de cabras. Vivirás. Lo harás por ella, por mí y por todo lo que acaba de despeñarse. Regresa con los tuyos y véngala, Ordoño. Me lo debes. Se lo debes a al-Ándalus.

Los pasos sobre el camino de la izquierda sonaron cercanos. El cristiano siguió la mirada del andalusí.

—Ya están ahí… Verán que me has salvado y te condenarás. Arrójame al precipicio.

Ibn Sanadid torció la boca en una mueca amarga.

—Estoy tan condenado como tú, pero mi espada vale unos días más de vida. Haz igual, Ordoño. Vete y lucha en la batalla que se acerca junto a tus hermanos de fe. Cumple con el deber al que habéis renunciado durante años. Si quieres reunirte con Safiyya, hazlo tras bañar tu acero en la sangre de esos puercos.

El cristiano se restregó los ojos.

—Está muerta, amigo.

—Ya. Y tú también, solo que la harás esperar un poco. Y cuando te reúnas con ella en el infierno, le llevarás el regalo de la venganza. Necesito que te agarres a esta agonía un poco más. Ahora te esconderás allí, tras ese escalón de piedra. Creerán que te estrellaste junto a Safiyya. —Lo arrastró hasta el recodo de roca—. Esta vez no mirarás a otro lado ni aguardarás tiempos mejores. Esta vez lucharás.

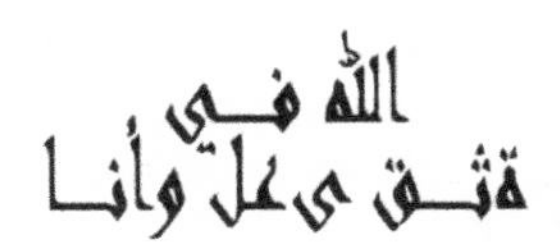

62
LA BATALLA O LA GUERRA

UN MES DESPUÉS, PRINCIPIOS DE VERANO DE 1195. TOLEDO

—Su objetivo es Toledo —dijo el rey Alfonso—. No puede ser otro.

Diego López de Haro movió la cabeza negativamente. Se acarició la barba mientras, como el resto de los magnates, estudiaba el mapa trazado en pergamino y abierto sobre la mesa de caballetes.

—Tal vez. Pero antes de llegar a Toledo tiene que quebrar toda la línea de defensas.

Martín de Pisuerga golpeó con el báculo sobre varios puntos marcados en el mapa: Piedrabuena, Miraflores, Caracuel, Calatrava, Malagón, Guadalerzas...

—Si el ejército que trae es tan grande como dicen los informes, el miramamolín posee capacidad para conquistar las fortalezas en la ruta y plantarse aquí. Es la misma estrategia que usó en Portugal la última vez que pasó el Estrecho. Se tomó dos años, pero cuando volvió a África había devuelto esa frontera al Tajo. La pregunta es: ¿estamos dispuestos a retroceder nosotros también?

—Por supuesto que no. —El alférez tomó con dos dedos la rosca del báculo arzobispal y lo apartó del mapa—. Castilla no es Portugal. Además, nuestra frontera la defiende la Orden de Calatrava. Y las otras órdenes ya han confirmado su intención de venir a reforzarnos. En cuanto al miramamolín, yo también he leído los informes y sé que hace cinco años tuvo que retirarse de la fortaleza de Tomar. ¿Sabéis quién la defendía? Templarios, amigos míos.

El rey observó de reojo a Diego de Haro.

—¿Qué quieres decir?

—Pues que esos africanos se desangrarán venciendo cada obstáculo. Sí, puede que su ejército sea grande, pero si un castillo ha de rendirse por hambre, da lo mismo que sean mil o diez mil los hombres que lo asedian: se requiere el mismo tiempo, que en todo caso es mayor del que puede permitirse el miramamolín. Y si decide conquistar cada plaza por las bravas, le espera una serie de sangrías importantes. Ya conocéis a los freires.

Martín de Pisuerga, obstinado, volvió a colocar el báculo sobre el mapa.

—Hay algo en lo que tienes razón, don Diego: da igual que sean mil o diez mil los hombres que cierren un sitio. Ignoramos el número total de hombres a los que arrastra ese demonio africano, pero bien podrían dividirse y poner cerco a cada fortaleza. Luego él solo tendría que mandar el grueso de su ejército contra Toledo. Consentirlo sería hasta pecaminoso.

Alfonso de Castilla consultó con la mirada a los demás asistentes. Ni los Lara, ni el mayordomo real ni los obispos dijeron nada. El resto de barones castellanos no estaban allí. Se encontraban lejos, recorriendo sus señoríos para convocar mesnadas y arreglar sus asuntos antes de volver a reunirse con el monarca.

—Mis fieles, habéis hablado bien, como os corresponde. Pero sabed que no consentiré que el miramamolín dé un solo paso con libertad en mi reino. No descargaré en los calatravos ni en ninguna otra orden el peso de contener el avance infiel, ni desampararé sus plazas mientras yo me escondo aquí, a la espera de que el ejército sarraceno mengüe.

»Mi decisión es firme. No he convocado a las órdenes, a las mesnadas y a las villas por nada. No he pedido a los demás reyes que se reúnan conmigo para quedarnos en Toledo. Arriesgaré la suerte en un solo día. Una lucha directa, sin muros de piedra ni añagazas. Aquí no pasará como en Tierra Santa, donde mi cuñado inglés no fue capaz de recuperar Jerusalén y los infieles se enseñorean de lo que antes estaba regido por la cruz del Redentor. Me someto a la voluntad de Dios y os comunico mi seguro propósito: pelearé con el miramamolín en una batalla para acabar con la guerra. Lo haré en cuanto cruce nuestra frontera. Lejos de aquí. No quiero que una sola toledana vea un estandarte africano. ¿Está claro?

Algunos asintieron y otros otorgaron con la callada. Martín de Pisuerga estiró una sonrisa de satisfacción. Solo Diego de Haro suspiró y apoyó ambas manos sobre el mapa. Una batalla. Una tirada de dados. La voluntad del rey estaba clara, desde luego. Si lograba vencer al miramamolín, el ejército africano sería destruido lejos de su capital. Las consecuencias serían ruinosas y las tierras de al-Ándalus quedarían tan desprotegidas que todos los reinos cristianos podrían lanzarse sobre ellas. La Sierra Morena dejaría de ser frontera para convertirse en retaguardia. Tal vez lograran plantar un asedio en toda regla en Córdoba. Desde luego, el levante sería el más desamparado. Castellanos y aragoneses lo cerrarían en una tenaza insoportable. Portugal recuperaría todas las plazas caídas en los años anteriores e incluso León podría avanzar hacia Sevilla.

Pero si el califa los derrotaba…

—Es mucho lo que nos jugamos, mi rey. Demasiado. Y tengo dudas acerca de nuestra capacidad. Algunas de las villas alejadas de la frontera están exentas por fuero, y otras pagarán fonsadera en lugar de enviar tropas. ¿Estás seguro de que los demás reyes comparecerán?

—Lo estoy. Seremos suficientes a pesar de fueros y fonsaderas, de tus dudas y las de mi señora esposa. León y Navarra se comprometieron y llegarán. Les he mandado más mensajes para urgir a sus reyes y traer nutridas huestes. Los esperaré aquí. Juntos marcharemos hacia el lugar que escoja el miramamolín para invadir tierra cristiana.

—Ese es otro problema —repuso el alférez—. ¿Por dónde cruzará? No podemos movernos hacia Calatrava y descubrir que los infieles dan un rodeo para evitar la sierra.

El báculo del arzobispo golpeó repetidas veces sobre el mapa.

—Atravesará la Sierra Morena. Por La Fresneda o por El Muradal, da lo mismo. El difunto emperador lo supo ver en sus últimos momentos, mientras recibía la extremaunción. Esta vez, unidos, decidiremos el destino glorioso de la cruz.

El alférez se volvió hacia el rey.

—¿Vamos a basar nuestra estrategia en el augurio de tu abuelo? Con todo mi respeto y veneración, mi rey..., eso no sería sabio.

—No lo comprendéis, mis señores. El miramamolín quiere lo mismo que yo. Él también se somete a la voluntad de su falso dios y su profeta diabólico. Si sabe que avanzo hacia él con todas mis huestes, no buscará otro camino. Pero, para mi desgracia, ese adorador de Pilatos me lleva ventaja. Hace casi un mes que cruzó desde África y en este momento todo su ejército estará ya completo. Yo, por el contrario, todavía tengo que esperar. Es la única razón por la que aguardaremos en Toledo. —Ahora fue él quien se apoyó en el mapa. Al hacerlo, el alférez se retiró media vara y el arzobispo recuperó su báculo—. Pero tenéis que saberlo: en cuanto vea que ese infiel marcha Sierra Morena arriba, iré a su encuentro en el lugar donde Dios juzgará. Con León y Navarra o sin ellos. Con las mesnadas que aún no han llegado o sin ellas.

—Bravo. —La mano de Martín de Pisuerga se cerró con fuerza sobre el báculo—. Todos los obispos de Castilla han anunciado que comparecerán con sus tropas, aunque volveré a escribirles ahora mismo. No han de demorarse, mi señor.

Fernando de Lara se acercó a la mesa.

—Entonces, mi rey, mi hermano y yo tenemos que salir ya de aquí. No sé cuánto tardaremos en reunir a los nuestros, pero volveremos lo más pronto posible. Mi temor es llegar a Toledo y ver que, como adviertes, ya has marchado hacia el sur. ¿Adónde hemos de dirigirnos en ese caso?

Alfonso de Castilla se inclinó sobre el pergamino lleno de marcas, caminos y ciudades. Su índice se posó sobre Toledo y resbaló hacia el sur. A la altura de Calatrava, se desplazó a un lado.

—Alarcos. A pesar de mis desvelos y los de mi alférez, las murallas de la ciudad no están acabadas. Pero ya se han instalado allí muchos buenos cristianos. Este será el lugar del que el miramamolín no debe pasar. Aquí se decidirá el destino.

Cinco días más tarde. Afueras de Córdoba

Ibn Sanadid había sacado brillo a las anillas de loriga y almófar y había untado con grasa el cuero de su ceñidor y del tahalí. Se plantó ante la entrada del gran pabellón rojo, con el yelmo bajo el brazo y la izquierda en el puño de la espada. Uno de los dos Ábid al-Majzén de guardia lo observó con una mezcla de curiosidad y desprecio. El otro apartó la solapa de lona y se inclinó hacia el interior.

—¡El arráez de los andalusíes ha llegado!

La respuesta a la voz gutural del guerrero negro llegó ahogada por la montaña de tela.

—¡Que entre!

Los dos enormes guardias se apartaron para que Ibn Sanadid penetrara en el corazón del campamento militar almohade. La larguísima columna había llegado esa misma mañana, tras la última de ocho etapas en marcha desde Sevilla. Al conocer la lentitud del ejército en viaje, Ibn Sanadid se había sobrecogido. El ritmo de avance casi no pasaba de las tres parasangas diarias, y eso por una ruta conocida, segura y abastecida. Semejante lentitud implicaba que la bestia armada reunida por el califa era gigante.

Y no le extrañaba. Yaqub había tardado más de lo previsto en cruzar el Estrecho porque esperó en Qasr Masmuda a que voluntarios de los rincones más apartados del Magreb acudieran a la yihad. Y cuando desembarcó en Tarifa, otra enorme hueste de futuros mártires lo aguardaba con los brazos abiertos y la oración en los labios. El príncipe de los creyentes, asombrado por la oleada fanática, consiguió mantener el fervor durante el viaje a Sevilla. Ahora, en Córdoba, miles de vociferantes soldados de Dios se escurrían por las calles y los arrabales como agua desbordada. Solo el centro del campamento califal parecía a salvo de las hordas *ghuzat*. Ibn Sanadid lo comprobó al ver el gesto moderado en los jeques y visires que rodeaban a Yaqub. El más significado de ellos, el de mayor envergadura y más cercano al califa, recibió al andalusí con una sonrisa enigmática. Ibn Sanadid intentó ignorar a Abú Yahyá y cayó de rodillas para besar la mano del príncipe de los creyentes.

—Aquí estoy, obediente a tu llamada.

—Bienvenido, Ibn Sanadid. Levanta y observa.

Hizo lo que le mandaba. No le pasaron inadvertidos los gestos de desprecio que le flanquearon cuando se inclinaba sobre la mesa noble y bien lijada. Alguien se había tomado la molestia de construir una pequeña Sierra Morena con montañitas de barro cocido. Las fortalezas eran figuras no mayores que las piezas del infame ajedrez, cada una con una banderita y su nombre escrito en finas cursivas. Ibn Sanadid reconoció el cuchillo *gazzula* de Abú Yahyá clavado al norte de la cordillera de juguete. Fue el visir omnipotente quien habló al andalusí.

—El príncipe de los creyentes ya sabe por mi boca lo que ocurrió con su esposa andalusí, pero quiero que tú se lo confirmes. Dile que la viste volar.

Ibn Sanadid recorrió las caras de los almohades a su alrededor, y terminó en el califa. Este lo miraba fijamente.

—Mi señor, acompañé a tu fiel visir omnipotente para trasladar a la noble Safiyya bint Mardánish desde Málaga hasta aquí, pero huyó en un descuido y subió a una peña cercana a Antequera. Se lanzó al vacío delante de mí. No llegué a tiempo de evitarlo, así que me considero responsable y suplico tu clemencia.

El andalusí aguardó mientras la mentira cuajaba en la mente del califa. Esa era la versión oficial, la que también había contado el visir omnipotente. Todos los miembros de la escolta masmuda la respaldarían si se les preguntaba. Ninguno nombraría al esclavo cristiano que había acompañado a la princesa andalusí en su corta fuga hasta la peña con forma de rostro humano. Las amenazantes palabras de Abú Yahyá todavía resonaban en la mente de Ibn Sanadid. «Ordoño no existe —le había dicho—. Tal como contaste a Yaqub, ese cristiano murió en las mazmorras de Málaga. Una pequeña mentira para ocultar una verdad abominable: ahora, tu amigo castellano y su amante andalusí han encontrado la muerte en la forma que menos agrada a Dios: con el suicidio. Bien está. Como adúlteros vivieron, como apóstatas murieron. Pero esto es algo que únicamente tú y yo sabemos, al menos hasta que la batalla pase y ajustemos cuentas. Entonces, solo uno de nosotros conocerá la verdad».

La verdad... Abú Yahyá se había tragado sin problemas la mentira a la que él llamaba «la verdad». Cuando aquel infausto día llegó al balcón de piedra, se asomó para ver el cadáver roto de Safiyya en lo más profundo del abismo. No le costó mucho creer que el cristiano había rebotado contra las crestas y desaparecido de la vista. Así pues, era cierto: Ordoño no existía.

—Mi visir omnipotente opina que Safiyya se mató porque estaba loca, como su padre —dijo al fin Yaqub—. ¿Qué opinas tú?

—Ignoro qué pasó por su mente, príncipe de los creyentes. Tal vez no soportó la idea de dejar atrás a su... a vuestro hijo Idrís.

—Idrís... —El califa bajó un momento la mirada. La paseó descuidadamente por los diminutos castillos—. Lleva la sangre de los lobos. No es de fiar. —Levantó la vista de nuevo—. He traído conmigo a mi sucesor, Muhammad. Quiero que vea cómo se trata con los cristianos. Con Idrís no haré nunca tal cosa. Incluso he pensado apartarlo de la línea de sucesión. Si mi primogénito muere, no deseo que el imperio quede en manos de alguien que es más andalusí que almohade. Ya sabes lo volubles que son los habitantes de esta tierra.

Los visires y jeques rieron la gracia y miraron con gesto burlón a Ibn Sanadid.

—En la batalla que se avecina te demostraremos nuestra lealtad, príncipe de los creyentes.

—Eso espero. Vamos a quedarnos muy poco tiempo en Córdoba. Dos días. Tres a lo sumo. ¿Están listos tus jinetes y ballesteros?

—Listos, mi señor. Instalados en la parte más alejada del campamento, como corresponde a nuestra raza inferior. Y hablando de eso, príncipe de los creyentes, disculpa mi atrevimiento si te pregunto por mi paisano Ibn Rushd. ¿No se cuenta ya entre tus consejeros?

Abú Yahyá se adelantó al califa.

—Ibn Rushd ha sido denunciado por varios creyentes de probada fe. Habla demasiado de la filosofía y la ciencia de los antiguos paganos. Su lengua se ha desatado tanto que hemos decidido confinarle en su casa. Ya es hora de que aprenda a callar, ¿no crees?

—¿A callar? —Ibn Sanadid no se dirigió a Abú Yahyá, sino a Yaqub—. Siempre te ha dado buenos consejos, mi señor. Tú así los valorabas, si mi memoria no me engaña.

—Ah, le he hecho un favor. Córdoba está llena de *ghuzat* ansiosos por matar antes de sufrir el martirio. Y mis *talaba* son muy insistentes, andalusí. Lo que necesito ahora es el fervor de la religión, no la vana palabrería filosófica de Ibn Rushd.

»Pero dejemos eso. Me has pedido clemencia, y te la daré a cambio de tu opinión acerca de la marcha que he previsto. Saldremos Guadalquivir arriba hasta el Jándula, torceremos hacia la sierra y cruzaremos por el puerto que llaman Muradal. —Yaqub indicaba la ruta con el dedo, acercándose cada vez más al cuchillo clavado en la madera—. Nos plantaremos a las puertas de Castilla aquí, en estas tierras controladas por los demonios calatravos. Esos perros se hartaron de sangre musulmana el año pasado con sus algaras, mataron a hombres, mujeres y niños. Se atrevieron a atentar incluso contra almohades de pura sangre bereber. Quiero que lo paguen. Mutilaré, azotaré y esclavizaré a todos salvo a los calatravos. A esos frailes los mataré conforme caigan en mis manos.

»Aunque no me lanzaré sobre ellos. Mi intención es dejarnos ver aquí —tocó el cuchillo—, al otro lado de la sierra. En este lugar esperaremos cuanto sea necesario. Dime, Ibn Sanadid, ¿qué hará entonces Alfonso de Castilla?

—Alfonso de Castilla. ¿Es su reacción lo que te preocupa?

Todos se volvieron hacia la puerta del pabellón, de donde había surgido la voz romance que se adelantaba a la respuesta del andalusí. Los dos Ábid al-Majzén retenían por los brazos a un cristiano vestido con ropajes lujosos pero desarmado. El califa sonrió.

—Ah, ya estás aquí. Solo faltabas tú. ¡Soltadlo!

Pedro de Castro se sacudió de los guardias negros y avanzó. Sostuvo las miradas desafiantes de los almohades mientras se acercaba a la mesa, pero clavó una rodilla en tierra, en el lugar en el que lo había hecho poco antes Ibn Sanadid.

—Me has mandado llamar, mi señor. Si, como creo entender, habláis del rey de Castilla, has de saber que presentará batalla. ¿Es eso lo que querías saber?

Todos aguardaron mientras el califa ordenaba a Ibn Sanadid que actuara como intérprete. Este obedeció y pasó las palabras romances del Renegado al árabe. Yaqub sonrió:

—Así es, Castro el Maldito. Quiero oír lo que opináis todos. Almohades, andalusíes y cristianos. Y hasta ahora, solo tú afirmas que el perro Alfonso se atreverá a luchar, tal como amenazaba. Todos los demás me dicen que retrocederá y se encastillará en Toledo. Que tendremos que tomar una por una las fortalezas calatravas y que pasará mucho tiempo hasta que podamos cruzar nuestras espadas con el infiel.

Pedro de Castro se entretuvo en admirar el conjunto de juguetes de barro y madera sobre la mesa. Señaló el cuchillo *gazzula* y preguntó por él. El califa concedió permiso a Ibn Sanadid para que explicara al Renegado que aquél sería el punto de espera del ejército almohade. El señor de Castro asintió:

—Cuando salí de León con mi hueste, era de conocimiento público que el rey de Castilla quiere someterse al juicio de Dios en batalla campal. Así se lo ha dicho a los demás reyes cristianos, a los que además ha pedido ayuda para el trance. El de León se dispone en estos momentos a reunirse con su primo en Toledo, junto a un ejército llegado de todos los rincones del reino y recrecido con freires de las órdenes militares.

Aquello no gustó a Yaqub.

—¿Voy a enfrentarme a dos reyes cristianos a la vez?

—A tres si te demoras, mi señor. El de Navarra, según se dice, también se ha comprometido a comparecer. Hace un tiempo, un legado del papa de Roma se paseó por toda la península y amenazó con excomulgar a quien no auxilie a Alfonso de Castilla. Ah, y si vas a seguir moviéndote al ritmo que has llevado hasta ahora, no te extrañe que no sean tres los reyes que tengas enfrente, sino cinco. Sancho de Portugal y Alfonso de Aragón podrían verse tentados a unirse también.

El califa miró a Abú Yahyá.

—No es esto lo que nos conviene. La experiencia nos aconseja atacarlos cuando están divididos.

Pedro de Castro estiró una sonrisa de suficiencia. Ibn Sanadid no había traducido eso último, pero el gesto preocupado de Yaqub era más que suficiente para entenderlo.

—Harás bien en escuchar mi consejo, mi señor. No te detengas a esperar cuando hayas cruzado la sierra. Es un error, porque el tiempo está de tu parte ahora. Apresúrate mientras tu enemigo está solo. Averigua dónde se halla y dirígete contra él. Conozco a Alfonso de Castilla y sé que no rehusará el choque.

وأنا على ثقة في الله

Doce días más tarde. Alarcos, reino de Castilla

Al cerro, estrecho y alargado, lo llamaban los lugareños el Despeñadero. Dibujaba una curva desde la cuenca del Guadiana. Un pliegue pedregoso en forma de guadaña más de cien varas por encima del terreno circundante, con las laderas plagadas de cantueso, tomillo y carrasca. En el extremo occidental de la elevación se erguía el castillo de Alarcos. Bien protegido, pero demasiado pequeño para acoger a todos los pobladores que, tras su fundación, habían acudido a buscar fortuna a aquella villa de frontera. Las casas se apiñaban contra el muro de la fortaleza y se desparramaban por las pendientes hasta su propia muralla a medio construir, con vigas, piedras para la mampostería y montones de tierra repartidos por las calles. Las fosas de cimentación estaban abiertas como tumbas, aunque nadie por allí se habría atrevido a hacer la comparación.

El Despeñadero y Alarcos cerraban y dominaban la llanura sur como un graderío haría con la escena. En el centro de ese escenario, a poco menos de una milla de la fortaleza, una colina arbolada rompía la llanura. No muy alta, pero suficientemente frondosa como para usarla contra los almohades si se atrevían a acercarse. Porque si el miramamolín venía, sería por allí.

Hacía mucho calor. Tanto, que las idas y venidas de los aguadores al Guadiana se ordenaban con más diligencia que los turnos de vigilancia.

Los yelmos y las lorigas reflejaban los rayos de sol y un vapor sofocante se elevaba desde la estepa y difuminaba las formas.

El rey Alfonso había recibido la noticia en Toledo: los almohades se movían. Una interminable columna marchaba al ritmo del tambor gigante Guadalquivir arriba, con avanzadas en descubierta que exploraban las estribaciones de la Sierra Morena de forma más que sospechosa. Quienes vigilaban la frontera, jinetes calatravos la mayor parte, regresaron a galope tendido y libraron palomas mensajeras hacia el alcázar toledano.

Alfonso de Castilla se desesperó. Se decía que su primo, el rey de León, había salido ya de su capital. Ni rastro de movimiento por parte de Sancho, el nuevo monarca navarro. Los Lara tampoco habían vuelto, y había concejos lejanos que racaneaban la hueste o la retrasaban con la excusa de la cosecha. Eso sin contar con los eximidos por sus fueros o por el pago de la fonsadera. Aun así, el rey consideró que su ejército era más que capaz y se decidió a abandonar Toledo. Bandadas de palomas cubrieron el cielo de Castilla con destino a cada ciudad, castillo y encomienda. Por el camino, la columna cristiana recogió a los guerreros de la Orden de Santiago en Guadalerzas y a los calatravos en Malagón. Ahora, el campamento colgaba de las laderas de Alarcos y el Despeñadero. Una amalgama de huestes episcopales, mesnadas señoriales, milicias concejiles y freires de grandes y pequeñas órdenes. Diego de Haro se hallaba en el pabellón real junto al gran maestre calatravo, Nuño de Quiñones, rindiendo cuenta de gentes, monturas y pertrechos. Los criados deambulaban junto a los magnates mientras disponían la mesa para la cena.

—Mi rey, hoy ha llegado el obispo de Ávila con los suyos —decía el alférez—. El señor arzobispo está dándole la bienvenida ahora mismo, así que me ha pedido que le excuse ante ti. También se han presentado una veintena más de judíos con los cofres llenos de oro. Alguien les ha metido en la cabeza que el botín y los esclavos sarracenos serán cuantiosos, y traen intención de comprar sobre el terreno y hacer buen negocio en Toledo.

—No es mala idea —reconoció el rey—. Deberíamos tomar ejemplo de su convicción.

Diego de Haro gruñó algo por lo bajo y siguió con su informe:

—A los Lara se los espera en una semana. Se han entretenido de más para hacer acopio de soldadesca. Eso es bueno porque suma hombres, y buena falta nos hacen.

—Eso es malo —repuso el monarca— porque resta tiempo, que aún nos hace más falta.

—Ah, no te daré la razón en eso, mi rey. Mejor victoria tardía que derrota precipitada.

El maestre calatravo se volvió hacia el alférez con una sonrisa burlona. Sus dientes amarillentos destacaron contra la tez tostada.

—Por Cristo, mi señor don Diego: se diría que tienes miedo.

—Jamás me he avergonzado del miedo, señor maestre. Otra cosa será sucumbir a él. No me salen las cuentas, eso es todo. Según los informes de tus propios calatravos, el ejército califal que viene hacia nosotros supera lo conocido respecto a esos africanos. Más de veinte mil hombres.

—Bah, mi gente no sabe mucho de números, así que no te fíes de sus cálculos. —Nuño de Quiñones, tan brusco como de costumbre, solo se abstuvo de escupir porque se hallaba en la tienda del rey—. Mírame a mí, don Diego: al tercer padrenuestro pierdo la cuenta. Además, ¿importan tanto las cifras? Veinte mil, cuarenta mil... Cien mil. ¡Cuantos más, mejor! Un millón de hijos de puta sarracenos mandaría al infierno para mayor gloria del Creador.

El rey de Castilla asintió.

—Cada uno de nosotros vale por cuatro de ellos. Pero sea como sea, ¿con cuánta gente puedo contar al fin?

Diego de Haro resopló.

—Es difícil decirlo. No todos los que llegan son combatientes ni sé cuántos faltan por unirse. Si el rey de León compareciera a tiempo, supongo que llegaríamos a los trece o catorce mil. Si esperamos al de Navarra, y a falta de saber qué trae, podemos pasar de los quince mil. Y aún faltan los Lara, claro.

—Más que suficiente. Incluso demasiado para esa llanura de ahí.

Vamos a tener que pelear por turnos. —El maestre calatravo rio su chiste y las anillas oxidadas se marcaron bajo la túnica raída.

Diego de Haro no imitó al freire. Se limitó a observar sus carcajadas hasta que cesaron.

—El arzobispo Martín de Pisuerga también ha recibido una carta del papa. El santo padre ha emitido una nueva bula para excomulgar a todo cristiano que nos perturbe mientras peleamos con el infiel. Ya lo ves, mi rey. Ni siquiera Roma confía en que combatamos unidos. El legado Santángelo no debió de llevarse grata impresión.

Esta vez fue Alfonso de Castilla quien gruñó.

—Basta de números y de noticias del norte. Ahora me interesa más el sur. Maestre Nuño, tus freires son los amos de estas tierras y conocen los pasos. ¿Qué dicen ellos de la ruta del miramamolín?

El calatravo se secó el sudor grasiento con el dorso de la mano.

—La Fresneda o El Muradal. Por allí pasará. La verdad es que nos resulta indiferente, salvo que a ese infiel le dé por esquivarnos y seguir viaje hacia Toledo, o bien torcer a poniente y dirigirse a Talavera. Pero un ejército tan grande no puede pasar inadvertido. Esta tierra está plagada de dos cosas: encinares y guarniciones de mi orden. Así que conoceremos cada movimiento enemigo. Pero descuidad: ese perro viene directo hacia aquí, así que la batalla está servida. Solo hace falta saber cuándo.

Tanto el rey como Diego de Haro disimularon el escalofrío. Dicho así, con ese impudor, resultaba más evidente que se acercaba un encuentro brutal. Una matanza mayor de la que ninguno de ellos había visto jamás.

—Tus palabras son certeras, señor maestre. —Alfonso de Castilla tragó saliva—. Hace falta saber cuándo.

—Comprendo, pero di orden a mis jinetes de regresar. No quiero que esa columna gigante se nos cuele por La Fresneda y los míos queden aislados en El Muradal. ¿Deseas que mande una avanzada hacia al sur? Pueden llegar hasta el Congosto. Es lugar de paso obligado, a medio camino desde la Sierra.

El rey consultó al alférez con la mirada. Este dio su aprobación.

—Sea. Manda un destacamento al Congosto.

El maestre calatravo hizo una breve inclinación, se volvió y salió del pabellón. El escupitajo que lanzó fuera pudo oírse claramente antes de que Diego de Haro se acercara al rey.

—Mi señor, debo insistir. Vuelve atrás y espera a los otros reyes. Soy el tenente de Alarcos, así que yo me quedaré aquí y defenderé la plaza, pero no podemos enfrentarnos a los almohades en estas condiciones.

Alfonso de Castilla cerró los ojos y echó atrás la cabeza.

—Volver atrás… No puedo hacer eso. ¿Lo haría el miramamolín?

—No lo sé, mi rey. Tampoco me importa. Me importa todo lo que puede salirnos mal. Ya has visto que ni siquiera contamos con información fiable. Tal vez hemos calculado a la baja el número de enemigos, y lo más posible es que nuestros refuerzos no lleguen a tiempo. Los hombres lo saben, y eso no ayuda a mantener su moral alta. Además, el castillo de Alarcos es demasiado pequeño, incluso para refugiar solo a los pobladores de la villa. Ya has visto cómo están las defensas... Si las cosas salen mal, nos darán caza como a conejos y el camino hasta Toledo quedará sembrado de muertos. ¿Has pensado en lo que eso significa, mi rey? ¿Qué será de Castilla si caen los señores, los condes, los hombres de armas, los obispos...? ¿Qué será de Castilla si caes tú?

El monarca abrió los ojos, solo para ver que los sirvientes habían abandonado la faena en espera de su respuesta. Con un grito les ordenó que salieran. Cuando se quedó a solas con su alférez, lo miró fijamente.

—Hablas como mi esposa, Diego. Y lo más seguro es que no os falte razón a ninguno de los dos. Puede que me haya precipitado, o puede que esté tomando decisiones erróneas..., pero soy el rey. Los ojos de mis súbditos y los de los demás cristianos están puestos en mí, del mismo modo que los ojos de los musulmanes observan ahora al miramamolín. Si retrocedo y desamparo Alarcos... Si ese africano llega y arrasa todo esto, ¿qué pensarán de mí en Toledo, en León, en Zaragoza...? ¿Qué pensará el papa? ¿Y el califa de los infieles?

El alférez real dejó caer los hombros.

—Estoy a tu servicio, así que lucharé contigo, ya lo sabes. Es más, te suplico que me pongas a la cabeza de tu vanguardia cuando llegue el momento... Pero también te suplico otra cosa, mi rey. Te suplico una promesa.

—Ah, amigo mío... Está bien. Si consigo que dejes de plañir... ¿Qué promesa suplicas?

—Si Dios juzga en nuestra contra... Si todo sale mal y somos derrotados, salvarás tu vida. Por muy enardecido que esté tu corazón. Por muy alto que te llame la muerte honrosa. Te marcharás a Toledo para seguir reinando y defendiendo nuestras casas, nuestras haciendas y nuestras familias.

—Me pides que me comporte como un cobarde.

—Te pido que te comportes como un rey. ¿No era esa tu causa? Yo no puedo permitirme la cobardía porque soy prescindible. Y lo mismo con cada uno de los hombres que se batirán por ti. Promete que vivirás, mi señor. Promete que podrás regresar otro día, más fuerte, más dispuesto, más decidido. Promete que, aunque pierdas, al final vencerás.

El rey asintió despacio. Desenfundó media espada y la tomó por la raíz de la hoja, como si empuñara una cruz.

—Lo prometo.

الله فـي
ثقـة ى عل وأنـا

Día siguiente. Inmediaciones del Congosto, frontera de al-Ándalus con el reino de Castilla

El jinete era árabe, y montaba sobre un precioso caballo canela que hizo saltar los guijarros al frenar ante los Ábid al-Majzén. Venía a galope tendido desde la vanguardia, así que el califa ordenó que lo dejaran llegar hasta él.

—Caballería cristiana, príncipe de los creyentes. Creemos que son frailes guerreros, tal vez calatravos.

—¿Cuántos hombres?

—Medio centenar. Es un destacamento de exploradores, seguro. Nuestra propia avanzada ocupó las alturas y los ha localizado a lo lejos.

Yaqub, que marchaba junto a Abú Yahyá, se volvió hacia este. El hintata habló con tono neutro:

—Vigilan la frontera. Avisarán de que llegamos.

—Tanto me da —dijo el califa—. Aunque yo también quiero información. —Se dirigió al árabe—. ¿Les queda mucho para el desfiladero?

—Si salgo ahora de vuelta, estaré allí antes que ellos. Pero permite mi humilde opinión, príncipe de los creyentes: no creo que esos comedores de cerdo sean tan estúpidos como para meterse entre montañas.

—Ni yo. Volverás, aunque no solo. Abú Yahyá, que cien *agzaz* lo acompañen. Y que Ibn Sanadid vaya con ellos. Quiero que mueran todos los calatravos, pero antes les haréis hablar.

Las órdenes recorrieron la larguísima columna. Un emisario cabalgó hacia los arqueros orientales, que marchaban tras la horda de voluntarios, y otro lo hizo hasta la retaguardia, donde estaban los andalusíes. Yaqub sonrió satisfecho al ver a los *agzaz*, con sus ropajes coloridos, pasar como exhalaciones.

Ibn Sanadid arrancó y espoleó a su caballo por el borde de la senda, repleta de inmundicias, huellas y rodadas. Como los miembros menos apreciados del ejército, él y sus andalusíes marchaban obligados a tragar el polvo que levantaban los demás, solo por delante del gran tambor. Rebasó a los soldados regulares del ejército almohade, con sus lanzas y escudos largos, al grueso de los *agzaz*, que avanzaban en desorden y con algarabía. A los *ghuzat*, todavía más caóticos, y a las cabilas masmudas. A las acémilas y camellos que transportaban el zoco, el hospital de campaña y el resto de impedimenta. Las tribus bereberes sometidas y los árabes abrían la marcha de la chusma, por detrás de las banderas, el centenar de atabaleros y la comitiva califal. Ibn Sanadid no se detuvo ante Yaqub, sino que lo miró de reojo y advirtió su gesto burlón. Siguió la cabalgada hacia el norte, a los montes del macizo que se recortaba contra el cielo de un azul clarísimo y sin nubes.

No le gustaba la misión que le habían encomendado. Conocía a los freires de las órdenes y sabía que ninguno de ellos hablaría salvo que lo sometieran a tormento. ¿En eso se había convertido él? ¿En un torturador?

Se obligó a no pensar en lo que le esperaba. Dejó atrás la columna y se internó por entre las peñas, siguiendo la corriente del río Jabalón. Aquel paraje le era familiar, desde luego. Lo había usado en tiempos de paz, pero también había algareado por allí hacía tiempo, cuando era él quien decidía sus movimientos y no una corte de africanos. El Congosto. Tras adentrarse por el pasillo natural, el desfiladero se convertía en un pequeño valle, ancho para un hombre pero estrecho para un ejército. Un lugar que tanto cristianos como musulmanes consideraban frontera. Por delante, miles de huellas viejas y recientes marcaban la senda de aquella tierra de nadie, deshabitada a fuerza de incursiones desde uno y otro lado. Las pisadas que mejor se veían eran las que acababan de dejar los caballos ágiles y rápidos de los jinetes arqueros. Así que por fin los iba a ver en acción.

Mientras avanzaba por el Congosto, su mente volvió a Ordoño. A las crestas mucho más agudas contra las que su amigo se habría estrellado si él no lo hubiera evitado. Pero lo había hecho, y ahora no sabía nada de él. Tenido por muerto, nadie saldría en su búsqueda, aunque podía esperar cualquier cosa de su decepción. Eso le llevó a recordar a Safiyya. Yaqub había sido lo suficientemente astuto como para no difundir la muerte de su esposa andalusí. Así, los musulmanes de la península no tenían que replantearse su fidelidad. Y poco a poco, el recuerdo de la lobezna y el de la casa de los Banú Mardánish se diluían. Ibn Sanadid sabía qué ocurriría a continuación. En unos años, los viejos serían demasiado viejos y los jóvenes demasiado jóvenes. Unos hastiados y los otros ignorantes. Una generación más y parecería que los almohades habían estado allí desde siempre. Aunque ahora todo podía precipitarse, claro. En muy poco tiempo, tal vez unos días, Dios dictaría sentencia.

Oyó las voces cuando rebasaba una ligera ondulación, todavía en el Congosto. Miró a los lados y localizó a los exploradores árabes, espectadores privilegiados, en lo alto de las últimas laderas. Agitaban los brazos para jalear a los *agzaz*.

Por fin los vio. Manchas rojas, azules, verdes y blancas. Se deslizaban por la campiña, a la izquierda del Jabalón. El río se pegaba a las lomas de la derecha tras describir una curva, una milla antes de salir del paso y fluir por tierras de Castilla. Hasta allí se habían adentrado los calatravos. Formaban en el centro del paso, en dos haces ordenados para alternarse en las cargas. Ibn Sanadid refrenó su montura. Una de las líneas cristianas iniciaba su cabalgada hacia la masa informe de arqueros, repartidos por la ladera occidental. Los *agzaz* disparaban a tanta velocidad que una flecha se posaba en la cuerda cuando la anterior aún no había llegado a su destino. Ahora tiraban desde el sitio, sin arrancar. Sacaban las flechas de la aljaba de cinco en cinco y las sujetaban con la zurda, junto al arco. Ibn Sanadid vio a varios freires caer, pero los demás continuaron con las lanzas enristradas. Tras las cinco primeras andanadas, los *agzaz* espolearon a sus caballos. Se dispersaron, con lo que la carga calatrava se disolvió, pero los jinetes arqueros no dejaron de disparar. Lo hacían de lado e incluso girando todo el cuerpo sobre la silla. El andalusí lanzó un silbido de admiración. Aquellos extranjeros de colorido ropaje guiaban a sus monturas a golpe de rodilla, pero bien parecía que cada caballo sabía exactamente cómo alejarse del enemigo. Los freires se desesperaron. Desde su posición, Ibn Sanadid pudo ver que varios llevaban varias astas clavadas. Los animales también estaban heridos, y algunos arrastraron a tierra a sus jinetes. Hubo un intento patético de reagruparse para una nueva carga, pero antes de conseguirlo, el primer haz calatravo había desaparecido.

Los *agzaz* no esperaron al segundo. Lo rodearon sin orden, subiendo la ladera, cabalgando junto al Jabalón, atravesándolo para acceder a la cuesta del otro lado... Disparaban, disparaban, disparaban. Los freires se animaban entre sí, pero tenían que mantener los escudos altos y fueron incapaces de coordinarse. Un par de caballos heridos arrojaron a sus jinetes y se desbocaron. Un tercero lo hizo con un calatravo en su lomo. El cristiano intentó tirar de las riendas para volver al combate, aunque el animal estaba fuera de sí. Una lluvia de flechas voló hacia él, aunque se alejó del haz calatravo superviviente.

—Conseguirá huir —se dijo Ibn Sanadid. Aunque no creía que pudiera durar mucho más allá del Congosto. Había visto su túnica blanca acribillada, lo mismo que la grupa del pobre caballo.

El resto fue trámite. Los *agzaz* continuaron moviéndose a lo ancho del Congosto. Esquivaron los pobres intentos de carga que grupos de cuatro o cinco calatravos lograron organizar. Ibn Sanadid podía oler la frustración de los cristianos, con armas más pesadas, buenos escudos y caballos mayores, pero demasiado lentos para alcanzar a aquellas fieras multicolores que los pinchaban como insectos. Los aguijones se acumulaban. Atravesaban lorigas, punteaban la madera, hacían saltar las anillas. Algunos arqueros se acercaron al paso y dispararon desde sus sillas a los calatravos atrapados bajo sus monturas heridas. Era el momento de cumplir su misión.

Ibn Sanadid se acercó al galope. Localizó a un freire que se debatía, espada en mano, con una pierna atrapada por su caballo erizado de flechas. A su alrededor, otros animales relinchaban de dolor mientras los *agzaz* remataban a los pocos supervivientes. La carnicería había sido limpia, sin una sola baja por parte de los musulmanes.

El andalusí saltó, desenfundó su acero y desarmó al calatravo con un golpe seco en el brazo. El freire, con el yelmo de medio lado, no podía ver nada. Intentó sacar su daga, pero un nuevo toque con la punta de la espada lo despojó de su última arma. Sollozaba bajo el almófar. La ira, la frustración y la pena se mezclaban en los insultos balbuceantes. Media docena de *agzaz* con frondosos mostachos se arremolinaron junto al caído. Lo observaron sonrientes, y un par de ellos reclamaron las flechas clavadas en la montura. Cada uno de los jinetes orientales usaba su propia combinación de colores y marcas en el emplumado, así podían alardear de su puntería y recuperar sus proyectiles. Las mismas combinaciones las llevaban en sus jubones y en las cintas con las que ataban sus largas trenzas negras.

—¿Están muertos todos los demás? —preguntó Ibn Sanadid.

—Todos salvo el que ha logrado huir —dijo uno de los *agzaz* en un árabe que mezclaba términos persas.

—No llegará muy lejos —añadió otro—. Lleva más peso en puntas de flecha que en anillas de hierro.

El andalusí echó un vistazo para confirmar que, efectivamente, el Congosto se había convertido en un erial de muerte. Cuando Yaqub pasara por allí y viera la carnicería de calatravos, no podría sino regocijarse.

Devolvió la vista al freire caído a sus pies y sintió lástima. Sus cofrades muertos habían tenido mucha más suerte.

—Liberadlo del animal y atadlo. Hay que llevárselo al califa.

El calatravo tardó media tarde en derrotarse. Al final, el propio Abú Yahyá tuvo que dedicarle sus atenciones, que solo cesaron cuando el freire suplicó a gritos que lo matasen. La promesa de su ejecución fue lo único que le soltó la lengua.

—El rey de Castilla está solo —anunció el visir omnipotente en el pabellón rojo del califa.

Habían establecido el campamento justo a la salida del Congosto, en tierras ya castellanas y a una sola jornada de Alarcos. Tras la oración de la noche, se había convocado a los jeques a consejo de guerra. Allí dentro estaban los líderes almohades, los de las tribus bereberes sometidas, los de los árabes y los *agzaz*. Ibn Sanadid y Pedro de Castro eran quienes se hallaban más alejados de la mesa repleta de juguetes. El andalusí y el cristiano se estudiaban de reojo, sin cruzar palabra. Junto al califa, su hijo Muhammad parecía más interesado en las pequeñas fortalezas de madera que en el plan de batalla.

—¿Podemos estar seguros de las palabras de un freire devorador de cerdo? —preguntó Yaqub.

—Nunca se puede estar seguro de una confesión arrancada bajo tortura —avisó Ibn Sanadid.

—Es lo mismo que habría dicho Ibn Rushd —se burló Abú Yahyá—. Aunque ¿qué sabéis los andalusíes? Dejad que quienes hemos nacido para la guerra hablemos. —Se volvió hacia el califa, pero señaló al señor de Castro—. El Maldito estaba presente durante el interrogatorio y ha confirmado los detalles. El calatravo decía la verdad.

Yaqub asintió. Así que ni el rey de León ni el de Navarra habían comparecido aún. Incluso faltaban por presentarse varias huestes castellanas.

—La oportunidad es única. Casi los triplicamos en número, aunque parece que Alfonso de Castilla confía mucho en sí mismo. —Miró al señor de Castro—. ¿Por qué, Maldito?

Pedro carraspeó cuando Ibn Sanadid tradujo la pregunta. Le irritaba aquel apodo, Maldito, y más aún la desvergüenza con la que se lo escupían a la cara. Hasta lo de Renegado sonaba mucho mejor. En fin: era poco precio a cambio de ver a Castilla humillada.

—El rey Alfonso no se ha enfrentado jamás con un ejército musulmán. Más allá de algaras, lo único que ha hecho es combatir contra otros cristianos, y no recuerdo una ocasión en la que no venciera. Lo que sí recuerdo es que, cuando yo no era más que un zagal y servía con mi padre al califa Yusuf, el rey de León te puso en fuga cerca de Ciudad Rodrigo. ¿Lo recuerdas tú, príncipe de los creyentes?

Yaqub enrojeció conforme Ibn Sanadid traducía. Abú Yahyá rozó el puño de su cuchillo *gazzula*, y todos los musulmanes del pabellón miraron airados al cristiano. Todos menos el propio Ibn Sanadid, que no pudo evitar una sonrisa. Fue él mismo quien contestó la pregunta del Renegado.

—Yo estaba allí aquel día. La caballería leonesa cargó como una marea de acero y nos barrió.

—Otra época —escupió entre dientes el califa—. Yo tampoco me había enfrentado jamás a los cristianos. Pero ahora sé lo que entonces ignoraba. Díselo, Ibn Sanadid.

—Cierto —aceptó Pedro de Castro tras la traducción—. Y el que ignora hoy es Alfonso de Castilla. Él sabe que el rey de León derrotó a los almohades aquel día, y el rey de León siempre tuvo pánico de luchar contra Castilla. Así pues, ¿cómo no va a confiar mi primo en sí mismo?

»Castilla no es Portugal, príncipe de los creyentes, ni León. Es el reino cristiano más poderoso de la península, y en los últimos años ha alimentado su vanidad con conquistas y pactos ventajosos. Además, cuenta con el apoyo de Roma, y eso es como contar con el apoyo de Dios. Fíjate en que los otros cuatro reinos cristianos, unidos, no han sido capaces de doblegar a Castilla.

Abú Yahyá entornó los ojos.

—Exceso de confianza. Una ventaja para nosotros. Pero hoy los *agzaz* han exterminado a un escuadrón de las mejores huestes cristianas: las de sus monjes soldados. Eso puede ponerlos sobre aviso. Incluso me han informado de que un calatravo logró escapar de la muerte.

—Nosotros no nos precipitaremos —dijo el califa—. Si las informaciones del cautivo y del Maldito son ciertas, aún tenemos unos días de ventaja. Nos acercaremos a Alarcos y observaremos la reacción del rey de Castilla. Ahora quiero oír vuestros consejos. ¿A quién colocaré en vanguardia para ser mi acantilado y romper la ola de hierro infiel? ¿Quién ocupará las costaneras? ¿Y la zaga?

Los jeques iniciaron una discusión para ganar el privilegio de encabezar el ataque. Todos reclamaban el derecho al martirio y su firme intención de matar y morir por Yaqub. Cuando el pabellón era una confusión de bravatas y promesas, Abú Yahyá levantó las manos.

—Vuestra entrega está fuera de toda duda, súbditos del Único. Pero no hemos oído a quienes mejor conocen a los cristianos. Maldito, ¿qué dices tú?

Pedro de Castro se adelantó con la barbilla erguida.

—No sé nada de tácticas ni de engañifas. Soy un Castro. Os diré lo que haría yo y lo que hará Alfonso de Castilla. Pondrá en vanguardia a los freires de todas las órdenes, que tienen a gala entrar los primeros y abandonar los últimos el campo de batalla. Los mandará contra nosotros a caballo, como una ola de hierro, y aplastará a quien se ponga por delante.

Ibn Sanadid tradujo, y a continuación aportó su opinión:

—El cristiano tiene razón. Los freires cargarán una y otra vez hasta que consigan penetrar las filas delanteras y ponernos en fuga. Si es posible, intentarán alcanzarte, príncipe de los creyentes. Saben que los demás nos vendremos abajo si acaban contigo. Y tanto si tienen éxito como si no, el resto del ejército enemigo acudirá a rematar el ataque. El rey Alfonso se reservará la última carga.

»Mi opinión, mi señor, es la siguiente: coloca a tus voluntarios en vanguardia, por delante de los ballesteros y las tribus bereberes. Eso frenará la acometida de los freires. Usa también a los *agzaz* para batirlos desde los flancos. Si quieres atraparlos, atráelos. Presta tu estandarte a otro y colócalo por detrás de la delantera. En la línea central, donde todos puedan verlo, con un contingente fuerte y presto a resistir, pero no tan grande como para disuadir a los cristianos de atacarlo. Allí será donde se libre la batalla.

»Déjanos a los jinetes andalusíes y a los árabes en las costaneras. Cuando los freires estén atrapados, nosotros nos dirigiremos a la segunda línea cristiana y procuraremos entretenerlos para que no se acerquen a ayudar a la primera.

»En cuanto a ti, toma a tu guardia negra y al resto de tus mejores fuerzas y aguarda en la zaga. Acudirás, si así te place, a reforzar a quien desfallezca.

El califa se pellizcó la barbilla.

—No me parece mal. Nada mal. Pero prestar mi estandarte a otro no entraba en mis planes. ¿Lo verá Dios con buenos ojos?

—Eres el príncipe de los creyentes —insistió Ibn Sanadid—. No puedes batirte con la vanguardia cristiana mientras el rey Alfonso espera en su reserva. Resérvate tú también para enfrentarte a él. Dios estará satisfecho. Todos estos buenos musulmanes se han ofrecido para morir los primeros. Pues bien, presta tu bandera a cualquiera de ellos. O préstala al mejor. Al más capaz y devoto, solo superado por ti. Él mismo lo ha dicho antes: ha nacido para la guerra. Así pues, pon a tu visir omnipotente en lo más crudo del combate.

Abú Yahyá fulminó al andalusí con los ojos, pero pronto se dio cuenta de que se había convertido en el centro de atención. Se volvió hacia Yaqub. Ambos se sostuvieron las miradas largo rato. El califa había palidecido. Fue mucho lo que pasó por su mente, pero muy poco lo que podía permitirse decir en presencia de la cúpula almohade. Al final, fue el visir omnipotente el que rompió el incómodo silencio:

—Sea. Yo enarbolaré tu bandera con orgullo, príncipe de los creyentes. Aguantaré con lo mejor de tus hombres, mis fieles hintatas. Verás cómo aceptan el martirio por ti.

—Y por ti, Abú Yahyá. No debe ocurrirte nada. ¿Has entendido?

—He entendido. Y si te sientes más seguro así, te pido que Ibn Sanadid luche a mi lado. —Clavó sus ojos en el andalusí—. Codo con codo, ¿eh? Hasta el final.

Ibn Sanadid no esquivó la mirada desafiante.

—Hasta el final pues.

الله في
ثقة على وأنا

AL MISMO TIEMPO. ALARCOS

El centinela agitó la antorcha desde una de las torres del castillo. Abajo, el servicio de guardia había tocado en turno a las milicias vizcaínas. Cambiaron impresiones a gritos, y varios hombres salieron a la carrera hacia el sur.

Diego de Haro, como señor de Vizcaya, se disponía a trasnochar junto a las brasas de una hoguera de campamento. Recibió la noticia cuando apuraba los restos de un capón frío y duro. Arrojó los huesos a las cenizas y se colgó el talabarte del hombro, contento por alejarse del fuego. La brisa que lo recibió era engañosa. Pronto, la humedad que subía del Guadiana se mezcló con el calor sofocante. Pasó junto a las fosas de cimentación donde un día, si Dios quería, se alzarían las murallas de la ciudad. Bajo la media luz que proporcionaba la luna, pudo ver que sus hombres habían desmontado. Se acercaban con un bulto.

—¿Qué es?

—¡Un calatravo, mi señor!

Corrió. Los vizcaínos, iluminados por hachones, llevaban en volandas al freire. Este se había despojado del almófar, pero no había podido quitarse la cota de malla porque la traía cosida al cuerpo. Siete astas, cinco de ellas rotas, asomaban de su espalda.

—¡Dejadlo en tierra!

Los peones obedecieron. El freire ni siquiera se quejó cuando lo tumbaron boca abajo. Diego de Haro se acuclilló para examinar las heridas. Las anillas de hierro habían frenado un poco las saetas, pero no habían podido evitar que atravesaran el velmez de badana y penetraran en la carne. La túnica desgarrada ya no era blanca, sino del color de la sangre seca. Y las dos flechas que aún permanecían enteras estaban emplumadas con colores vivos. Verdes, rojos, amarillos...

—¿Puedes hablar?

—A... Agua...

—Dadle de beber.

El calatravo escupió sangre tras el primer trago, en un ataque de tos que lo hizo convulsionarse. Era evidente que no le quedaba mucho tiempo.

—El... Congosto.

—Os han atacado en el Congosto. Entendido. ¿Una emboscada?

—No... Salieron a campo... abierto. Demonios arqueros... a caballo.

El alférez frunció el ceño. ¿Jinetes arqueros? ¿Unos simples arqueros habían derrotado a un escuadrón calatravo en un ataque frontal?

—¿Solo pudiste huir tú?

—S... S... Sí. Mi caballo... muerto.

Diego de Haro se incorporó. La pérdida de sangre hacía delirar al freire. Pero allí estaban todas aquellas flechas. Había visto virotes de ballesta que desmallaban lorigas y mataban a caballeros, pero no era normal que eso ocurriese con una flecha. ¿Y ahora eran siete? Además, el desgraciado no había recibido ni una herida por delante. Todas por la espalda. ¿Desde cuándo un hermano de la Orden de Calatrava volvía la cara al enemigo musulmán?

—¿Tan buenos eran esos arqueros? ¿No viste nada más? Lanceros, caballería... ¿Qué hay de esos negros gigantes del miramamolín?

El herido movió la cabeza agónicamente.

—Solo los... arqueros... Cuidaos de los... arqueros.

Tosió por última vez. Un hilillo de sangre se estiró desde sus labios. Al mirar a los ojos a sus vizcaínos, Diego de Haro descubrió en ellos la indecisión y tal vez algo más que no quería ver.

—Llevadlo junto a sus hermanos de orden.

Él se dirigió a su puesto de guardia. Aunque el pabellón real estaba montado en el campamento, Alfonso de Castilla dormía dentro, en el castillo. Pensó en ir a despertarlo y anunciarle la mala noticia, pero decidió esperar a la mañana siguiente. Hacía días que se había dado cuenta de que nada podría ya cambiar los planes del rey, y menos con Martín de Pisuerga a su lado, clamando por la guerra, tan eufórico que más que un arzobispo parecía un algareador de frontera. Se volvió a medio camino, antes de iniciar la subida por la ladera abrupta. A la luz difusa del plenilunio, la llanura era un remanso de paz. Un océano oscuro que se perdía a lo lejos hasta confundirse con la noche estrellada. A su izquierda y a su derecha, el cerro del Despeñadero y el Guadiana cerraban el campo que, muy pronto, mudaría su color del negro nocturno al rojo sangriento.

Continuó la marcha, pero algo había cambiado. Hasta ese momento, la precaución y la experiencia dictaban cada paso, cada consejo al rey y cada orden a sus hombres. Sujetó el talabarte para que no resbalara por el hombro mientras trepaba por el desnivel, y entonces descubrió que, a pesar del calor húmedo y asfixiante, temblaba. El acero de la espada se agitaba dentro de la vaina. Recordó lo que había contestado al maestre calatravo: «Jamás me he avergonzado del miedo. Otra cosa será sucumbir a él».

Tal vez ahora pudiera comprobarlo.

وأنا على ثقة في الله

Madrugada siguiente. Inmediaciones del Congosto

No quedaba mucho para la oración del alba cuando Yaqub se durmió.

Había pasado la noche sobre su almozala, alternando los rezos al Único con los recuerdos y las reflexiones. Repitiendo en su cabeza las frases que él mismo había dicho ese día y los anteriores. Los consejos de sus visires, las opiniones de sus jeques. Repasaba una y otra vez el orden de combate propuesto por Ibn Sanadid. Jamás lo reconocería ni se echaría atrás, pero sufría por el tremendo riesgo que iba a correr su queridísimo Abú Yahyá.

«Todos hemos de morir —se decía—. Incluso yo».

Pero eso no lo consolaba. Cuando echaba la vista atrás, a todos los momentos en los que había escupido a la muerte a la cara, descubría que Abú Yahyá había estado con él. Desde que, siendo apenas un crío, se había batido a cuchilladas contra aquel león del Atlas; o después, cuando se había enfrentado a los bandidos haskuras en el desierto; y más tarde, cuando aplastaron las rebeliones en el Draa o en el Hisn Zuyundar. En la gran batalla de al-Hamma o en la escaramuza portuguesa contra los freires templarios. La figura de su mejor amigo y visir omnipotente proyectaba su sombra protectora. Tanto que no sabría luchar si no sentía su aliento en la espalda. Si Abú Yahyá no estaba, Yaqub huía, como le había ocurrido con catorce años en Ciudad Rodrigo. O su vida se deslizaba por el filo de la espada, como pasara en Silves.

Apretó los labios. ¿Por qué se distraía?

—Gabriel, ¿dónde estás?

Tenía que presentarse en la batalla decisiva con el alma limpia. Necesitaba redimirse del pecado. De las dudas que decepcionaron al mensajero de Dios en Silves. ¿Tan mal lo había hecho? Tal vez se excedió al ejecutar a sus parientes en Rabat. ¿Era eso? O quizá su misericordia al ayudar a morir a su padre lo había indispuesto con Dios. Pero ¿es que él mismo no era su herramienta? ¿Acaso no estaba dudando de nuevo?

Se dejó caer de lado. Enseguida amanecería el viernes, y los musulmanes dedicarían el día sagrado a renovar sus intenciones y fortalecer su fe. A una jornada de camino se hallaba su peor enemigo, muy pronto conocería la voluntad del Único. Sabría si sus pecados merecían la clemencia o el perdón cuando sintiera el frío del acero cortando sus entrañas o cuando, por el contrario, miles de cadáveres infieles sembraran la llanura castellana. Cerró los párpados y lo primero que vio fue a su difunto tío Abú Hafs. Sus ojos enrojecidos por la excitación de la fe. Su índice, como siempre, señalando a lo alto. Su determinación. Abú Hafs jamás dudó, y por eso triunfaba siempre. Nunca atribuyó sus éxitos sino a Dios, por lo que se vio libre de la soberbia. Aunque su tío Abú Hafs jamás se vio enfrentado a un ejército de cristianos dispuestos a dirimir la partida en un solo duelo. Una batalla absoluta. La verdadera fe contra la caballería pesada cristiana.

—Gabriel —repitió, ya casi en duermevela—, ¿me dejarás a merced de la ola de hierro?

El letargo lo acarició como la brisa. Un mirlo cantó cerca. ¿O tal vez era el agua del Jabalón, que saltaba entre los guijarros? Pronto sonaría la voz del muecín. Pero ahora otro eco lejano se metía en sus oídos. El suelo del pabellón rojo vibraba bajo la almozala, y hasta oyó el temblor metálico del pebetero cercano. ¿O era un resonar de herraduras contra la tierra? ¿El entrechocar de las anillas en las lorigas? ¿Se desmoronaba el mundo? Yaqub se estremeció. Veía miles de escudos pintados. Blasones cristianos. Lanzas. Yelmos que encerraban los rostros de los demonios adoradores de la cruz. Las maldiciones de sus obispos. Mazas. El aliento de sus bestias adiestradas para arrollar, alimentadas con carne humana. Hachas. Dolor. Sangre. Muerte. Derrota.

Abrió los ojos. Sudaba copiosamente, sus manos se agarrotaban sobre el borde de la almozala. Vio la pezuña de un caballo blanco, que subía y bajaba. Pateaba el suelo. Levantó la cabeza a lo alto, esperando que sobre el destrero montara su enemigo, Alfonso de Castilla, dispuesto a aplastar su cabeza con una maza o a clavarlo a tierra con una lanza. Se cubrió los ojos para no mirar su cabeza coronada y su estandarte rojo, con el castillo dorado enseñoreado del pabellón califal.

—¿Qué temes, Yaqub?

Apartó la mano despacio. El techo y las paredes de su enorme tienda habían desaparecido. En su lugar, un brillo cegador lo inundaba todo. Una puerta enorme, dorada, bordada con versículos coránicos y abierta de par en par.

—¿Eres tú, Gabriel?

El jinete blanco asintió. En su diestra empuñaba la bandera verde, que ondeaba inmensa sobre el cielo y la tierra enteros. Y crecía de modo que, muy pronto, hasta la puerta dorada y ellos mismos formarían parte de ella.

—Soy yo, Yaqub.

El califa se incorporó, aunque quedó de rodillas. Humilló la cabeza.

—Vienes a castigarme por mis dudas. Por mi flaqueza. Por mis pecados.

—Está en la naturaleza del hombre dudar, Yaqub. Flaquear y pecar. El Único lo sabe, y Él es clemente y misericordioso. Pero yo no soy su espada, sino su mensajero. Y castigar no es mi misión. Es la tuya, Yaqub. Álzate.

Obedeció. Todo a su alrededor era verde salvo Gabriel. Cuando lo miró a los ojos, se dejó inundar por su insuperable hermosura y por la paz que desprendía.

—Manda, Gabriel.

—Te mando que escuches, Yaqub. He venido del séptimo cielo de parte del Señor de los mundos para anunciarte la victoria a ti, a los tuyos y a los que siguen tus banderas en la guerra santa, deseosos de alcanzar los divinos galardones.

»Estas son las nuevas que te traigo para que sepas que Dios auxilia a los que confían en Él. Regocíjate con su ayuda y con el triunfo, que está cercano. Cumple su mandato.

»Mátalos, Yaqub. Extermina al ejército cristiano con la espada y la lanza. Devasta su tierra para que jamás vuelva a ser habitada.

En cuanto la voz celestial de Gabriel calló, el caballo se encabritó. El brillo blanquecino y cegador creció, aunque era imposible que creciera. La gloria anegó el alma de Yaqub. Desaparecieron las dudas y el miedo. El arcángel tiró de riendas invisibles y se alejó, con el verde ilimitado del islam flameando tras él. El pabellón rojo del califa volvió, pero Yaqub sabía que las puertas del séptimo cielo habían quedado abiertas. Abiertas para recibir a los miles de mártires que se disponían a caer.

الله في
ثقة على وأنا

Dos días después. Alarcos

El rey había oído misa en la iglesia del castillo, junto a sus nobles más cercanos y los prelados del reino. No había sitio para mucho más, así que el resto del ejército tuvo que asistir a ceremonias en la villa sin amurallar o en las capillas de campaña. Pero antes de entrar a los santos oficios, todos los cristianos escucharon los tres truenos casi seguidos que retumbaron desde el sur. Enseguida levantaron sus cabezas, pero se sorprendieron al comprobar que el cielo del amanecer estaba tan limpio de nubes como los días anteriores. ¿Por dónde llegaba la tormenta?

«¡El gran tambor almohade!», gritó alguien. Una mole gigantesca que marcaba cada jornada de marcha. En esos momentos, un ejército interminable emprendía su avance desde el Congosto. Hasta los clérigos dijeron misa pálidos como la nieve.

Después de los rezos llegaron para el rey las audiencias. El ejército había empezado a sufrir carencias al tercer día de establecer el campamento, y los pleitos se habían suscitado al cuarto. Aunque eran muchos los vivanderos que habían acampado en los alrededores y sobrada la buena voluntad de los pobladores de Alarcos, faltaban suministros. Sobre todo carne. Cada vez había que alejarse más para cazar y forrajear y, salvo el agua, todos los abastecimientos se habían convertido en problema. Y eso que aún faltaban por comparecer muchas huestes.

Un poco antes del mediodía, Alfonso de Castilla subió a la muralla del castillo, acompañado de su alférez y del arzobispo de Toledo. Llevaba un rato desalentado, observando las obras detenidas al pie del cerro. Una cerca que ya no valía la pena continuar, porque era imposible terminarla antes de que Dios dictara su sentencia. Pero ¿cuándo iba a tener lugar el juicio?

—Ahí están. —La voz del alférez brotó de su boca como el graznido de un cuervo, y aquello sí que parecía una condena.

El monarca y el arzobispo miraron hacia donde señalaba Diego de Haro. Más allá del cerro central de la llanura, en dirección al Congosto. Una nube de polvo que poco a poco invadía el horizonte a lo largo de leguas. Enseguida llegaron los centinelas avanzados de la Orden de Calatrava. Sus caballos recorrieron el llano de sureste a noroeste y frenaron en los límites del campamento, pues era imposible seguir por el caos de tiendas, sillares, fosas de cimentación y, sobre todo, aglomeración humana. Descabalgaron y corrieron por entre la gente, que los urgía a desgranar sus noticias allá abajo. Los vieron desaparecer al pie de la muralla y se presentaron al poco en el adarve, jadeantes y con las túnicas polvorientas. Los almófares caídos y las tonsuras enrojecidas por el sol.

—Las avanzadas sarracenas llegaron a Poblete hace nada. Hemos visto cómo estudiaban el lugar a gusto y se han asegurado de que los chamizos estaban vacíos. Creemos que acamparán allí.

El rey agradeció a los calatravos el informe y ordenó que les dieran de comer y beber. Poblete era un conjunto de chozas que no llegaban a aldea, a media legua de Alarcos y en el camino hacia el Congosto.

—Ese cerrito de ahí quedará justo a medio camino entre los dos ejércitos —observó el alférez real—. Tal vez deberíamos ocuparlo para tener el campamento enemigo a la vista.

—Me parece bien. —El rey se protegió del sol con la mano—. Pero no quiero heroicidades. Si los almohades pretenden desalojarlo, los nuestros se retirarán hasta aquí. Vamos a necesitar hasta el último hombre.

—Y hablando de eso… —Martín de Pisuerga también oteaba en el horizonte, por donde ya parecía distinguirse algo más que polvo—, esta mañana han llegado palomas de Toledo. El rey de León se encuentra en Talavera.

Alfonso de Castilla mugió como una res herida.

—¡Talavera! ¡¡Talavera!! ¡Eso está a medio mundo, por Cristo! ¡Puedo ver con mis propios ojos el ejército del miramamolín!

—¿Por qué será que a mí no me ha extrañado? —preguntó con media sonrisa el arzobispo de Toledo.

Diego de Haro, con la mandíbula tensa bajo la barba, intervino:

—¿Se sabe algo de Sancho de Navarra?

—No. Ni se sabrá.

—¿Y de los de Lara?

—De esos sí, mis señores —respondió el arzobispo—. Traen buena hueste, pero lamento decir que no se hallan mucho más cerca que Alfonso de León. Calculo que hoy entrarán en Toledo. Los supongo apresurados, así que podrían llegar en cuatro días. Tal vez tres.

—Esperemos —urgió el alférez.

El rey soltó una carcajada seca, corta y amarga.

—¿Esperar? —Señaló al sur—. Mira eso, don Diego. Ve y diles a ellos que esperen.

—Pues repleguémonos. Retrocedamos hasta Malagón. Los almohades son lentos, no nos alcanzarán. Y daremos tiempo no solo a los Lara, sino al rey de León. En dos o tres días podemos estar todos juntos. ¿Quién sabe? Tal vez incluso Sancho de Navarra consiga incorporarse.

—¡He dicho que no desampararé Alarcos! —bramó el monarca—. ¡Demasiado oprobio es que ese miramamolín se permita acampar en mis narices! ¡¡Sus pezuñas hollan tierra castellana, por la santa Virgen, reina del cielo y de los ángeles!!

Esta vez el arzobispo no apoyó la decisión del rey, aunque tampoco la contradijo. Se limitó a mirar al sudeste, a la nube que crecía por momentos y a las motas negras que se desplazaban sobre el verde y el amarillo de la campiña. Hasta creía oír los timbales y las chirimías. Diego de Haro suspiró.

—Como ordenes, mi rey. He ahí, pues, a nuestro enemigo. A partir de ahora, el combate podrá entablarse en cualquier momento. Voy a mandar jinetes a ese cerro como puesto avanzado, pero necesito saber ya qué disposición tomas en lo demás.

Alfonso de Castilla hundió la cabeza entre los hombros. Ya estaba. El largo camino de un deseo o de un temor acababa en Alarcos.

—Según los informes, los almohades siempre marchan por la mañana hasta mediodía y acampan durante la tarde. Nosotros también descansaremos hoy, aunque redoblarás la vigilancia y la gente se mantendrá alerta. Mañana, con la salida del sol, formaremos en la llanura.

»Ahora convoca a mis barones presentes, a los maestres de las órdenes y a los prelados. Celebraremos consejo de guerra en mi pabellón después de comer.

Martín de Pisuerga se dispuso a bajar del adarve.

—Yo iré a avisar a los obispos y calmaré los ánimos de la chusma. Ya sabes, mi rey, lo impresionable que es.

Mientras el arzobispo descendía con presteza, Diego de Haro se acercó al monarca. Este interpuso ambas manos.

—Déjalo, por Dios, amigo mío. La decisión está tomada y la batalla es un hecho. Solo falta saber cuándo nos batiremos.

—Mi señor, solo quería pedirte una vez más que me otorgues el mando de la vanguardia. Te conozco y sé de lo que eres capaz. Quédate en la zaga, hazme esa merced.

—Las órdenes reclamarán ese honor, don Diego. Ya conoces a los freires.

—Freires tenemos aquí de Calatrava, de Santiago, del Temple, de San Juan, de Avis, del Pereiro, de Montegaudio... Esta tarde, en el consejo, los maestres competirán por ostentar el mando de la vanguardia.

—Pensaba dárselo a frey Nuño de Quiñones. Es de justicia que los calatravos gocen del privilegio.

—Lo suponía, mi rey. Pero eso incomodará a los demás. Si yo encabezo la carga con tu estandarte, nadie podrá quejarse ni indignarse.

Alfonso de Castilla asintió. Parecía juicioso.

—Sea como quieres.

—Otra cosa más, mi señor. Bien está que luchemos, ya no te lo discutiré. Pero no hay por qué precipitar los acontecimientos. Esta tarde, en el consejo, los freires exigirán lanzarnos de inmediato contra el enemigo, y el arzobispo los apoyará. No te dejes llevar, te lo ruego. Mañana, los dos ejércitos más grandes que han visto estas tierras se mirarán cara a cara. El miramamolín es humano, como tú y como todos nosotros, y conoces muy bien que no hay nada que aterre más a un musulmán que una carga de caballería cristiana. Aún cabe la posibilidad de que, a la vista de nuestras líneas, el temor mantenga a ese califa infiel quieto, sin cerrar en el combate. Mi súplica es que hagas tú lo mismo. Da tiempo a los nuestros que aún están en camino. Difiere la lucha. Espera un día, dos... Ruego a Cristo que pasen tres o cuatro días sin derramarse sangre.

—Esperar... ¿Crees que el miramamolín ha reunido el mayor ejército musulmán que ha pisado la península para esperar? Yo no. Pero te concederé eso, don Diego. Aunque tendrás presente esta condición: si un sarraceno, uno solo, se acerca y sobrepasa ese cerro de ahí en medio, levantarás bien alto mi estandarte y darás orden de cargar por Dios, por Castilla y por mí. Sin más dilaciones. Prométetelo ahora del mismo modo que yo te prometí preservar mi vida. Por la cruz.

El monarca desenvainó media espada. Diego de Haro posó la mano sobre el arriaz.

—Como quieras, mi rey. Lo prometo.

وأنا على ثقة في الله

DÍA SIGUIENTE

Habían salido a la llanura mientras amanecía, tras recibir el perdón de sus pecados. Descendieron del campamento en el Despeñadero y de la fortaleza de Alarcos. Recorrieron en silencio la distancia que los separaba del modesto cerro central, lo rebasaron y formaron líneas. En vanguardia las órdenes militares y las huestes de Diego de Haro. El alférez ocupó el lugar central con el estandarte rojo de Castilla. Detrás, los ballesteros se apostaron en la arboleda que coronaba la colina, en una posición elevada y protegida por los peones de mesnada y las milicias concejiles que habían comparecido. A ambos lados, el resto del ejército tomó posición como reserva, con el rey, la mesnada regia y las huestes episcopales, incluida la de Martín de Pisuerga. Aguardaron con el alma en vilo mientras el sol subía a su izquierda. Esperaban que el trueno del gran tambor almohade retumbara para ordenar el avance del enemigo y traer la tormenta de hierro y sangre.

Pero no hubo trueno. El cielo se iluminó, limpio de nubes como en los días anteriores. Los pájaros trinaron y el aire se calentó. Las nubes de mosquitos volaron desde el Guadiana y el vapor se elevó sobre el terreno cuajado de guijarros y arbustos espinosos. Los aguadores empezaron a recorrer las filas, al igual que los murmullos de duda. Delante, a una milla corta de distancia, las casuchas de Poblete se erizaban de estacas tras un terraplén. Las defensas del campamento almohade. Detrás, un océano de tiendas coronadas por estandartes rojos, negros, verdes y blancos, estrellados, ajedrezados, bordados en hilo de oro con la sinuosa e incomprensible escritura de los infieles.

A media mañana, varios jinetes musulmanes armados a la ligera salieron de Poblete y cabalgaron hasta una distancia de dos tiros de flecha. Recorrieron el campo a lo ancho, sin alardes. Observando la disposición cristiana. Demasiado lejos para padecer otra cosa que los gritos vociferantes de algunos freires que, hartos de la espera y del calor sofocante, los desafiaban a acercarse y reñir en combate singular o a regresar y decir a su miramamolín a la cara que era un cobarde, que no aceptaba la lucha y que prefería descansar. Que volviera a sus montañas a cuidar rebaños de cabras, ya que no era capaz de pelear como un hombre.

Cuando el sol llegó al cénit, eran muchos los caballeros, hombres de armas y peones que se habían desmayado. Algunos se recuperaron en el sitio, pero a otros hubo que llevarlos de vuelta al Despeñadero. Las cotas de malla se convirtieron en sartenes, los velmeces en hornos y los yelmos en cazuelas. Los sirvientes no daban abasto para apagar la sed de los miles de hombres. Los caballos piafaban. Pateaban el suelo con nerviosismo. Y el ejército almohade no salía.

Pese a todo, una ola de optimismo se transmitió por una parte del ejército cristiano. Alguien dejó caer la posibilidad de que el califa, al ver el impresionante despliegue en medio de la llanura, se lo estaba pensando mejor. Los rumores recorrieron las filas, sobre todo entre los mesnaderos y villanos de los concejos. Tal vez no hubiera batalla, se decía en voz baja. El propio obispo de Segovia, Gutierre, recordó en alto lo ocurrido hacía veintitrés años, cuando un ejército califal comandado por el anterior miramamolín, Yusuf, intentó conquistar Huete. Alfonso de Castilla, por entonces un niño, acudió con sus huestes y con su inseparable conde Nuño de Lara. Las dos tropas se mantuvieron durante dos días frente a frente, con el río Júcar como única separación, y al final se retiraron en orden para regresar cada cual a su hogar.

Cuando los soldados terminaron con la comida fría que los sirvientes repartieron entre las filas, ya era opinión común que no habría batalla. Aquello sería como una de esas riñas de gatos en las que hay mucho bufido y pelo erizado, nada más. En cuanto el rumor llegó hasta el rey, este preguntó a los más cercanos si sabían lo que significaba el apodo que, según decían, ostentaba el actual califa almohade. Al-Mansur.

—El victorioso —aclaró Martín de Pisuerga, que no se separaba de Alfonso de Castilla.

—¿Y por qué a su padre no lo llamaron así jamás? —fue la siguiente pregunta del rey.

No obtuvo contestación.

Cuando el globo ardiente descendió hasta casi tocar las lomas occidentales, Alfonso de Castilla dio orden de regresar al campamento. Los hombres y las bestias arrastraron los pies y las pezuñas mientras sus articulaciones crujían, empapados en sudor, con los labios agrietados y las cabezas doloridas. Hasta los freires, que por tradición eran los últimos en abandonar el campo, se retiraron sin mirar atrás, ansiosos por despojarse de sus vestiduras apelmazadas y dejarse caer en el lecho del Guadiana. El rey se dio cuenta del desastre que aquello significaba. De pronto, todo su ejército estaba exhausto. Si se producía un ataque en ese momento, las mujeres de Alarcos serían más capaces de sostener las lanzas que los freires calatravos. Ordenó que las guardias se redujeran al mínimo y que los hombres destacados en el cerro volvieran. Ya sabía cuál era la actitud del miramamolín, así que esa noche descansarían. Recuperarían fuerzas y rezarían para que, al día siguiente, Dios pastoreara hasta el cielo de Alarcos un buen rebaño de nubes.

Repartía sus órdenes en el pabellón real, ante los magnates, prelados y maestres, cuando uno de los escuderos de los Aza se deslizó con discreción y habló al oído de Gome Garcés. Este abrió la boca y palideció, por lo que el rey se dirigió a él.

—¿Algún problema, don Gome?

—Mi hermano… Este hombre dice que Ordoño acaba de presentarse en el campamento.

El arzobispo de Toledo respingó.

—¿Ordoño de Aza ha vuelto?

Alfonso de Castilla, Diego de Haro y Gome de Aza ya corrían hacia una de las fraguas de campaña, donde el sirviente decía que se hallaba el recién llegado. Martín de Pisuerga se apresuró tras ellos. Los martillazos resonaban en una noche especialmente silenciosa, pues todos se habían retirado pronto a sus jergones. Encontraron un fantasma. Un cadáver viviente que recordaba a quien había sido Ordoño de Aza, con el brazo extendido sobre un yunque mientras el herrero intentaba abrirle el grillete que le atenazaba la muñeca. Los miró con expresión vacía, que mantuvo mientras su hermano lo abrazaba.

—¡Ordoño! ¿Qué…? ¿Dónde…?

—Ha sufrido cautividad. —Diego de Haro señaló las argollas rotas que yacían en el suelo, tan herrumbrosas como la que ahora se empeñaba en quebrar el herrero.

—Te capturaron los infieles, ¿eh? —preguntó Gome.

—Es una larga historia. —La voz de Ordoño, ronca y débil, parecía surgir de lo más hondo de un pozo—. Ahora ya ha pasado. Vengo desde Calatrava, donde me dijeron que todos estaríais aquí. Hermano, necesito ropas, una cota. Y una…

—Calma, Ordoño. Lo tendrás todo. Pero ahora tienes que comer…

¿Te has visto? Y has de descansar. Volverás a casa, con María. No sabes cuánto ha sufrido esa mujer. Y tu hijo. Por los cuatro evangelios, hermanito... ¿Dónde te han tenido encerrado?

Ordoño no contestó esta vez a su hermano, sino que se dirigió al rey:

—No iré a ningún sitio. He venido para luchar.

—Ni hablar. No me pidas eso. Casi no te tienes en pie y no creo que puedas siquiera montar a caballo.

—No te lo pido, mi rey. Lucharé con tu licencia o sin ella. —Con un gesto, Ordoño ordenó al herrero que siguiera martilleando el grillete. El hombre dudó por respeto al monarca, pero una mirada furibunda del recién llegado le persuadió a aplicarse a la tarea. Gome se inclinó hacia su hermano para hacerse oír entre los tañidos metálicos.

—Muestra respeto ante tu rey.

A Ordoño pareció hacerle gracia aquello.

—Ya. Se lo debo, ¿no? Aunque me abandonara a mi suerte en Valencia.

Alfonso de Castilla, que entre los martillazos y el tono bajo de Ordoño no lo había oído, arrugó el ceño.

—¿Qué dice?

Gome de Aza se irguió.

—Delira, mi señor. No lo tomes a mal. —Se volvió hacia su hermano—. Es la primera noticia que tengo de que estuvieras en Valencia. ¿Has pasado allí todo este tiempo?

—¿Valencia? —El rey dio un paso adelante—. ¿Qué hacías entre sarracenos?

—¿No lo sabes, mi señor? ¿No lees las cartas que te envían tus súbditos?

Alfonso de Castilla, a medio enfurecer, subió la voz.

—¡Por la sangre de Judas, herrero! ¡Para ya con el martillo! Y tú, ¿de qué cartas hablas? —Se encaró con el arzobispo—. Don Martín, ¿sabes tú algo de esto?

El de Pisuerga carraspeó antes de hablar.

—Este pobre muchacho delira, es cierto. Fijaos, mis señores, en lo flaco que está. —Dedicó a Ordoño un tono paternal—. Dime, hijo: ¿te han sometido a tormento? —No esperó respuesta. Volvió a dirigirse al rey—. No es infrecuente perder el juicio en estos casos.

Ordoño curvó la boca en algo que, en tiempos mejores, habría sido un gesto burlón. Observó el aspecto ambiguo de Martín de Pisuerga. Sus trazas de guerrero bajo el hábito cisterciense, el límite entre la piel pálida y la tostada a la altura de las cejas: la marca del almófar. Lo miró a los ojos.

—Tú debes de ser el arzobispo de Toledo. Me han hablado de ti en Calatrava. Dicen que comandas algaras y manejas tan bien el báculo como la espada. Y que el rey te ha tomado como principal consejero. —La vista de Ordoño abandonó al primado y se posó en el monarca—. Buscas curiosos acompañantes, mi rey. Ahora es un cura que divide su fidelidad entre el amor a Cristo y la miseria de la guerra. En otro tiempo fue Pedro de Castro. Sujeto de voluble lealtad, ¿no te parece?

Alfonso de Castilla apretó los labios.

—Después de tantos años, Ordoño... ¿Todavía resentido por eso?

—Tantos años, sí. ¿Cuántos han sido? ¿Diez? ¿Veinte? ¿Cien? ¿Cuántas personas han muerto desde entonces? ¿Sabes lo que tarda en pasar una noche en una mazmorra almohade, mi rey? ¿Sabes cuántos hombres mueren cuando estampas tu sello en una orden? ¿Cuántos van a morir aquí, al pie de este cerro?

Martín de Pisuerga acercó la boca al oído del rey.

—Definitivamente se ha vuelto loco.

—Ya está bien, Ordoño. —Gome de Aza posó la mano en el hombro de su hermano, pero la retiró al sentir el hueso bajo la piel y la túnica pringosa. Apenas pudo reprimir la mueca de asco—. Deja de insultar al rey.

—Tienes razón. La culpa no es suya. —Se frotó la muñeca izquierda, llena de costras y mugre, allí donde el hierro la había oprimido durante semanas—. La culpa es de gente como él. —Señaló a Martín de Pisuerga con la barbilla—. O como Pedro de Castro. Ah, Pedro de Castro... Estos días, mientras corría como una liebre herida bajo la luz de la luna y me escondía igual que una lombriz durante el día, pasé por varias aldeas. Se oyen cosas. Las buenas gentes, fieles e infieles, las dicen cuando creen que nadie los oye. En Baeza me enteré de que el Renegado había doblado la rodilla ante el califa Yaqub. ¿Sabías eso, mi rey? ¿Sabías que tu amado Pedro Fernández de Castro está ahí, muy cerca, junto a tu peor enemigo? ¿Qué crees que le dirá? ¿Le habrá contado ya la mejor forma de vencerte? ¿Se habrá ofrecido a escupirte si consigue tu captura?

Alfonso de Castilla enrojecía por momentos. Se volvió hacia su alférez.

—¿Es eso cierto? ¿Está con ellos?

Diego de Haro se encogió de hombros.

—No lo sé, pero tampoco me extrañaría. Su padre ya lo hizo y él prometió imitarle. ¿No lo recuerdas, mi rey?

—Traición —masculló Gome.

—Traición es palabra curiosa —intervino de nuevo Ordoño—. Su significado cambia según quién sea el traidor y quién el traicionado. Puede sonar como la peor infamia o disfrazarse de necesidad o de justicia. Y es que, nobles o rufianes, siempre traicionamos algo, ¿no os parece, mis señores? Si no traicionamos a nuestro rey, lo hacemos con nuestra casa. Con nuestros amigos, con nuestro credo, con nuestra tierra, con nuestro amor… ¿Traicionamos nosotros a los andalusíes cuando los dejamos a merced de esos africanos? —El castellano alzó ambas manos con las palmas hacia arriba—. ¿Nos traicionan ellos si nos pagan con la misma moneda? ¿Y cuando sacrificamos una vida para ganar otra? ¿Seré menos traicionero si abandono a un amigo para salvar a cinco o a diez? ¿Y si lo hago para matar a cien enemigos? O por honores, por tenencias, por títulos, por poder, por dinero, por lujuria…

—Basta, hijo mío. —Martín de Pisuerga endureció el gesto—. No me gusta lo que insinúas. La traición fue el pecado de Judas.

—Claro, mi señor arzobispo. Y de san Pedro, que negó tres veces a Cristo. Al menos, el desgraciado de Judas solo lo vendió una vez. Ya ves: cuestión de detalle. En ocasiones miras para otro lado, en otras te tapas los oídos y en otras, al fin, cobras treinta monedas. ¿Y qué? La traición es la traición. Pero descuida, mi señor arzobispo: solo es peligrosa cuando los demás la descubren. Pedro de Castro es un traidor, desde luego. Aunque estoy seguro de que, si le preguntáis, él dirá sentirse también traicionado. Vaya. Al final, todos somos tanto una cosa como la otra. Poderosa la traición, que nos iguala a todos. Sin diferencias entre el rey, el clérigo, el caballero, el herrero y el esclavo. —Extendió una mano hacia Martín de Pisuerga y soltó una carcajada quebradiza—. ¿Cómo era eso, mi señor arzobispo? El que esté libre de pecado, tire la primera piedra.

Un manto silencioso cayó sobre la fragua de campaña. Por unos instantes, solo se oyeron los ronquidos y las toses en las tiendas cercanas y el canto de los grillos desde las rocas del Despeñadero. El rey de Castilla avanzó un paso.

—Puede que tengas razón, sí. Tal vez traicioné a Pedro de Castro. Puede que incluso traicionara a otros. Soy un traidor, pues, como lo somos todos, fieles e infieles. Pero entonces, Ordoño, ¿por qué has vuelto a mi lado? ¿Por qué quieres luchar junto a un traidor?

—Porque ambos tenemos una cita, mi rey. Todos nosotros. Y llegamos tarde.

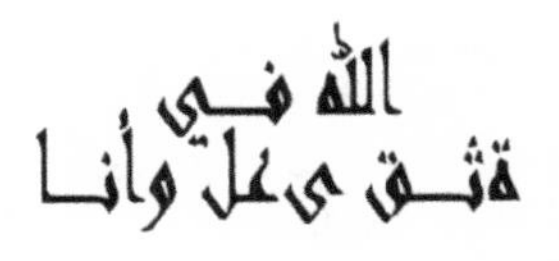

63
ALARCOS

En cuanto a aquellos que mueren en el sendero de Dios,
¡Él no dejará que sus almas se pierdan!
Él los guiará y volverá recto su espíritu.

Él los hará entrar en el paraíso que ya les mostró.

¡Oh, creyentes! Si asistís a Dios en la guerra contra los malvados, Él también os asistirá y hará firmes vuestros pasos.

En cuanto a los incrédulos, ¡perezcan todos y sean anuladas sus obras!

Campamento almohade

Yaqub cerró el libro y tocó la tapa con la frente. Cerró también los ojos mientras aguardaba a que se le deshiciese el nudo que le atenazaba la garganta.

Cuando retiró el Corán, vio los rostros expectantes de sus jeques. Sus lorigas, sus cotas de placas, sus turbantes alrededor de los yelmos. Fuera, un zumbido sordo lo llenaba todo. El sonido de miles de pasos en la noche, camino del martirio o del triunfo.

—Es momento de que sepáis, mis fieles, por qué rehusé el combate ayer.

»No fue por miedo, pues lo desterré hace tiempo de mi corazón. Ni por indecisión, que no cabe en quien ejecuta los planes de Dios. No lo hice por clemencia hacia el enemigo, al que deseo el exterminio.

»Ayer, el perro Alfonso de Castilla ocupó el cerro que hay frente a Alarcos y avanzó sus escuadrones hacia nosotros. Todos pudisteis ver cómo llenó la vanguardia de esos fanáticos de cabeza tonsurada que han jurado escupir sobre nuestro libro sagrado y profanar nuestras mezquitas con sus cruces. Durante todo el día, mientras el sol recorría el camino trazado por Dios, los cristianos se agotaron y esperaron en vano. Sin duda, pretenden repetir hoy su jugada.

»Pero el Único ha dictado otra cosa. Por eso ahora, mientras los infieles duermen, llevaréis a los vuestros frente a Alarcos y los formaréis en líneas según el plan que acordamos en el Congosto. Yo comandaré la zaga y aguardaré tras el cerro, oculto a los ojos del perro Alfonso como oculto está nuestro número a la inteligencia infiel. Cuando los enemigos despierten y os vean, es posible que la esperanza anide en su corazón negro. Pensarán que pueden venceros y, con ayuda de Dios, alejarán el terror de sus almas y desearán vuestra muerte.

»Pero no temáis. En cuanto los adoradores de la cruz se arrojen a la batalla, su suerte quedará sellada, pues yo brotaré como el león rugiente que abandona la guarida para desgarrar el cuello del cordero. Os auxiliaré, ya que vuestra vida es mi bien más preciado. Pero si caéis en la batalla, sabed que encontraréis las puertas del cielo abiertas. El Profeta nos enseñó que "el paraíso está a la sombra de las espadas".

»Y ahora, según la tradición de nuestros ancestros, os invito a todos a pedir perdón y a purificar vuestras intenciones. Pero antes, es el príncipe de los creyentes quien os pide perdón en primer lugar, porque este es el lugar en el que nos perdonamos unos a otros. Apaciguad vuestras almas, creyentes.

Abú Yahyá se destacó de entre los líderes del ejército. Anduvo hasta colocarse frente al califa y posó una rodilla en tierra. Humilló la vista.

—Del califa de Dios pedimos el perdón y la indulgencia. Y de su rectitud y su sinceridad esperamos el bien del misericordioso.

Los jeques de los distintos cuerpos repitieron la letanía. Yaqub tomó al visir omnipotente por los hombros y lo obligó a incorporarse. Los ojos del califa, próximos al llanto, se clavaron en los del hombre que era su mentor y mejor amigo.

—Mantenlos firmes durante la batalla, Abú Yahyá. Que no flaqueen.

El hintata asintió y dio media vuelta. Mientras salía del gran pabellón rojo, el califa se dirigió al caudillo de los *ghuzat.*

—Desde tiempos remotos, vosotros habéis tenido el privilegio de derramar la primera sangre en el combate. Los ángeles de Dios abrían la puerta del cielo cuando oían vuestros gritos de triunfo y vuestras oraciones previas al martirio. Hoy, la voluntad del Único reclama un cambio.

»Avanzarás para tomar la posición que os corresponde, en la vanguardia del ejército, pero harás que tus voluntarios guarden silencio. De ningún modo podemos alertar a los cristianos de que los ejércitos de Dios cierran sus filas ante Alarcos. Guardaréis vuestras llamadas al Único para cuando el sol haya salido. No permitirás que ninguno de tus hombres se abalance contra Alarcos poseído por el fervor. Y cuando la lucha empiece, resistiréis hasta que la caballería cristiana llegue hasta vosotros, sin estorbar a mis *agzaz.*

—Se hará según tu deseo, príncipe de los creyentes.

Dejó de hablar al líder de los *ghuzat* y señaló al jeque de los jinetes arqueros.

—Sobre vosotros recae el honor de abrir la lucha. Quiero que regreséis al campamento con vuestras aljabas vacías. Acosaréis a los frailes guerreros desde Alarcos hasta que choquen con nuestras líneas, y solo dejaréis de disparar cuando no quede ni uno solo de ellos.

—Así se hará, príncipe de los creyentes.

Yaqub miró, uno por uno, a los jeques masmudas y árabes del ejército regular.

—Vuestra misión está en la reserva cristiana. Cerraréis sobre ella para separarla de los frailes guerreros. Sed pacientes. No podéis arrancar a cabalgar hasta que la pelea esté muy cerca de aquí. Vigilad a los andalusíes, que no suelen mantener el coraje.

Asintieron en silencio. El califa dio dos pasos atrás y sonrió, aunque sus ojos aún estaban enrojecidos.

—Id ahora. Nos veremos después, entre botín y despojos, o bien en el cielo, rodeados de huríes de ojos negros.

Castillo de Alarcos

Diego de Haro soñaba con su niñez.

Se hallaba en algún lugar fresco y lleno de viñedos, en el señorío de su padre. Su madre, doña Aldonza, tejía a la sombra de una parra mientras Urraca, que apenas sabía gatear, lloraba agarrada a los faldones de su aya. Él era feliz con una espada de madera en la mano, dirigiendo la mesnada de sus hermanos contra las ramas de un olivo. Para eso había nacido, le solía decir su padre. Para buscar la gloria en el filo del acero. Para honrar a Dios, a su rey y a su casa. Sintió el pecho lleno de orgullo cuando sus hermanos pequeños lo vitoreaban tras el triunfo contra el árbol. Risas infantiles, el cielo azul, el olor del hogar…

—¡Despierta, mi señor! ¡Despierta!

Se incorporó con la sonrisa aún dibujada en el rostro. Vio el perfil confuso de uno de sus escuderos en la media luz del amanecer, que se colaba por el ventanuco.

—¿Qué… pasa?

—Los infieles, mi señor… Tienes que venir.

Se levantó en camisa y calzas, siguió al muchacho fuera de su aposento en el castillo y subió al adarve con paso vacilante. A su alrededor, otros sirvientes se apresuraban con antorchas en la mano. A levante, una claridad anaranjada anunciaba la llegada del día de santa Marina.

Al principio no vio más que sombras. El escudero señalaba la llanura de Alarcos entre dos merlones, y su índice temblaba demasiado incluso para el relente del amanecer.

—Por san Felices…

Poco a poco se materializaban desde las sombras. Miles de jinetes se movían de un lado a otro como moscas sobre un cadáver, desde la orilla del Guadiana a la falda del Despeñadero. Y tras ellos se adivinaban hombres a pie en un mar interminable hasta el cerro central.

—Nadie los ha visto llegar —murmuró el escudero—. De repente estaban ahí y…

Diego de Haro se dio la vuelta y puso ambas manos a los lados de la boca.

—¡Despertad al rey! ¡Despertad a todos! ¡A las armas! ¡¡A las armas!!

Regresó a su cámara y, entre gritos y maldiciones, se hizo vestir. No había tiempo ni para un bocado. Debía formar las líneas abajo. Recordó las instrucciones del rey. Si un solo infiel rebasaba el cerro, habría lucha. Y ahora eran miles los sarracenos que ocupaban el lugar. ¿Cómo habían sido tan ingenuos? Pegó un manotazo al sirviente que trataba de ceñirle el talabarte y se lo ajustó él mismo.

—Ve y asegúrate de que los maestres reúnen a sus freires. Sal del castillo, recorre el campamento. Formaremos en la ladera. Solo caballería. ¿Qué haces aquí aún? ¡¡Obedece!!

Los pasos del alférez resonaron cuando bajó al patio del castillo. Sus escuderos lo seguían con las ropas a medio poner. Uno lo adelantó para preparar el destrero, y otro lo flanqueaba con la lanza empuñada. Enrollado en la punta, el estandarte de Castilla reposaba, escarlata y dorado.

Había jinetes en la cuesta cuando montó. Los freires se apresuraban ladera abajo desde el Despeñadero, mezclados con nobles y caballeros villanos. Ahora el cielo se aclaraba, así que volvió a contemplar el panorama al sur.

Llevaban túnicas coloridas. O eso parecía. Cascos emplumados y caballos engalanados. Parecían más prestos al alarde que a la lucha. Se inclinó para tomar el escudo y pasó el tiracol sobre la cabeza. Era muy difícil calcular el número de aquellos jinetes que no dejaban de moverse. Recordó el emplumado de colores en las flechas que habían acabado con el explorador calatravo. ¿Serían esos los jinetes arqueros que lo habían aterrorizado?

—Mi señor, el maestre del Temple te reclama.

Hizo caso omiso. Aún faltaba mucha gente por bajar, y él todavía no estaba seguro de a qué se enfrentaban. Maldijo su suerte. Los Lara no debían de estar a más de un día de camino, y el rey de León no podía hallarse muy lejos de Toledo. De soslayo, vio una sombra metálica a caballo que se acercaba a él. Se volvió.

—Don Ordoño.

La loriga le quedaba grande y parecía pesarle una vida entera. Las anillas disimulaban su debilidad, pero él sabía que bajo todo ese hierro se ocultaba un cuerpo castigado por el cautiverio y por algo más. Algo que brillaba en sus ojos mientras observaba el sinfín de enemigos que se adueñaban de la llanura.

—Hoy es el día —dijo.

El alférez asintió. Estiró la mano para recibir la lanza y golpeó la contera contra el suelo. El estandarte se desplegó y el castillo dorado tembló al recibir la brisa.

—He intentado evitarlo, pero el rey no me escucha.

Ordoño apretaba los labios agrietados. Su hermano Gome apareció junto a él. Inclinó la cabeza a modo de saludo hacia el señor de Haro y Vizcaya.

—Nos la han jugado muy bien.

Abajo, al pie de la cuesta, los freires se alineaban sin respetar orden, y sus senescales recorrían las filas para revisar los atalajes sin importar si el santiaguista se dirigía al hospitalario o el montegaudio al calatravo. El temor inicial descendió cuando el alférez contempló el imponente aspecto de la fila cristiana. Por delante, el enemigo no parecía dispuesto a acercarse.

—Esperarán nuestra carga —dedujo—. Y nosotros esperaremos hasta que salga el sol. Quiero que nuestras lorigas los deslumbren cuando cabalguemos hacia ellos.

Gome de Aza hizo un movimiento afirmativo y espoleó a su caballo levemente. Pero antes de irse a repartir órdenes entre sus huestes, el que fuera alférez real se volvió hacia el que desempeñaba el honor en ese momento.

—¿Cabalgaremos juntos?

Diego de Haro asintió. Una algarabía sonó a su izquierda. Miró hacia la muralla del castillo y vio al rey asomar con la mitad de su mesnada. Martín de Pisuerga, con el escapulario oscuro sobre la cota de malla, destacaba a su lado. La mirada del alférez se cruzó con la de Alfonso de Castilla. Enarboló bien alto su enseña.

—No es hora para reproches —advirtió Ordoño a su lado—. Es hora de morir.

Cuerpo central almohade

Abú Yahyá sonrió cuando los primeros rayos del sol alcanzaron el hilo dorado.

La bandera blanca del califa ondeaba sobre su cabeza, grande como un tapiz, con las letras exquisitamente bordadas en oro: *No hay más dios que Dios. Mahoma es el enviado de Dios. No hay más vencedor que Dios*. Luego observó a los hombres de su cabila, alineados a ambos lados. Solo hintatas, todos a pie y con los escudos apoyados en tierra. Los jinetes, desmontados y protegidos por adargas más pequeñas, ocupaban las filas traseras, pero todos estaban unidos por lazos tribales. Nada motivaba más a cada guerrero que luchar junto a su hermano, padre o amigo. Los predicadores recorrían la masa masmuda. «Martirio y paraíso —decían—, o mérito y botín». El visir omnipotente se volvió a la izquierda. Solo uno de entre los mil quinientos hombres que formaban el cuerpo central no era hintata.

—¿Lo hueles, andalusí?

Ibn Sanadid lo miró de reojo.

—¿Qué tengo que oler?

—El miedo, por supuesto. El viento lo trae desde levante, donde están los tuyos.

Giró el rostro para no escupirle su odio. Efectivamente, a la derecha del centro se hallaba un contingente de mil jinetes andalusíes y dos mil masmudas. Al otro lado, cinco mil caballeros árabes formaban el ala izquierda.

—Creo que te equivocas, visir omnipotente. Fíjate en tu bandera y verás que ondea hacia delante. Ese olor del miedo... ¿no vendrá desde tu califa?

Los ojos de Abú Yahyá se abrieron tanto que pareció que iban a saltar de sus órbitas. Levantó el asta de la bandera y la clavó con un potente golpe. Desenfundó la espada despacio, recreándose en el chirrido del hierro contra el cuero.

—Morirás hoy aquí, andalusí.

—Poco lo dudo. Muchos moriremos hoy aquí, almohade. —Ibn Sanadid apretó la mano en torno a la lanza—. A tu alrededor sobre todo. ¿Sabes qué ocurrirá cuando los cristianos vean esa bandera blanca bordada de oro? Se lanzarán como posesos para arrancártela. Se pelearán entre ellos para llegar aquí y hacerte pedazos.

Abú Yahyá lanzó una sonrisa fiera.

—Entonces lo vamos a pasar muy bien, andalusí. Los que me rodean son mis hermanos de sangre y llevan toda su vida preparados para este momento. ¿Y tú? ¿Dispuesto a morir?

—No, desde luego. Soy andalusí. Lo mío es vivir.

La sonrisa del visir omnipotente se borró. Por delante, mil *rumat* y mil ballesteros preparaban sus flechas y virotes. Un murmullo creció y se transmitió por el suelo mientras el disco amarillo iluminaba los rostros de los guerreros. El sonido del desconcierto. Por encima del cuerpo de arqueros, Abú Yahyá no alcanzaba a ver más que la silueta del Despeñadero y el castillo de Alarcos.

—¿Qué pasa?

—El hierro, visir omnipotente. —Ahora fue Ibn Sanadid el que sonrió—. Miles y miles de anillas de hierro reflejan la luz del sol. Los yelmos bruñidos, las puntas de las lanzas y las hojas de las espadas. En estos momentos, tus valientes voluntarios *ghuzat* se replantean su fe, y puede que sufran algo más que dudas cuando las pezuñas de los destreros enemigos los aplasten. Es fácil burlarse y derrotar a todos los ejércitos cristianos en la seguridad de una tienda o de un alcázar. Ahora, cuando la caballería infiel se abra camino hasta aquí, veremos si te muestras tan firme y tan mordaz.

Vanguardia cristiana

El murmullo llegó desde el sur. El zumbido de un millón de moscas que, de repente, hubieran alzado el vuelo asustadas. Ordoño habría sonreído si su alma no estuviera anegada de pena. Sabía que los enemigos dudaban ahora. Cinco mil jinetes recubiertos de hierro se alineaban ante ellos, sobre poderosos caballos de batalla y aferrando sus lanzas. Los escudos formaban una marea de colores, el sol arrancaba destellos que parecían incendiar la masa de la caballería cristiana.

Diego de Haro, muy cerca de Ordoño, también se dio cuenta. Había que aprovechar el estado de estupor. Se volvió hacia atrás y vio que los infantes de mesnada y las milicias concejiles se apelotonaban contra la ladera. Faltaba casi la mitad de ellos, pero todavía quedaba mucho para que pudieran entrar en combate. El rey, montado sobre su caballo negro, descendía ahora junto a su mayordomo y el arzobispo de Toledo. Pronto se alinearían detrás de la vanguardia, junto a las mesnadas de los obispos y los demás jinetes rezagados, para formar el segundo cuerpo en reserva. No más de quinientos jinetes, calculó el alférez.

—¡Hay que cargar ya!

Lo había dicho Nuño de Quiñones, el gran maestre calatravo. Se aupaba sobre los estribos seis caballos a la diestra de Diego de Haro. Este consultó a Gome de Aza y recibió un gesto de asentimiento. Hizo que su montura se adelantara unos pasos y diera el frente a la línea cristiana.

—¡Amigos, hermanos en Cristo! ¡Ante nosotros tenemos a quienes pretenden adueñarse de la tierra de nuestros padres! ¡A los enemigos de la cruz! ¡No es contrario a la fe que empuñéis vuestras armas ahora! ¡Es más, Dios os lo reclama! ¡No temáis que nos superen en número, porque la voluntad divina está por encima de los números!

Elevó la enseña roja, que ondeó hacia Alarcos. El castillo dorado crujió al recibir el soplo del viento. Los caballeros, como uno solo, agitaron sus propias astas para desplegar los pendones de sus órdenes, de sus casas y de sus ciudades. No había tiempo para grandes discursos ni para excitar el ánimo de los combatientes. Lo había dicho Ordoño, y era cierto: llegaba la hora de morir. El alférez real tiró de las riendas y su destrero se alzó de manos. Pataleó en el aire mientras los colores del estandarte se elevaban.

—¡¡Por Castilla y por Alfonso!!

El grito surgió de cinco mil gargantas a un tiempo, y fue contestado por el resto del ejército y por los asustados pobladores de Alarcos. Los caballos dieron un paso, y otro y otro. Las puntas de las lanzas hacia el cielo, los escudos por delante. Al moverse, los destellos saltaban entre las anillas. Miles de chispas azuladas que recorrían la línea. Las espuelas se clavaron en los ijares, los cascos chocaron contra el suelo. El viento no podía pasar entre jinete y jinete. El temblor se extendió por la llanura. Un mar embravecido con brillos metálicos en lugar de espuma. Gome miró de reojo a su hermano y advirtió su vista fija al frente, más allá de los primeros enemigos que ya empezaban a moverse a su encuentro en la llanura. Sus ojos, cercados por el borde del yelmo y los aros del ventalle, estaban teñidos con el gris de la muerte.

—¡¡Cuidado!!

El aviso llegó tarde para algunos. Las flechas cayeron tras describir una trayectoria parabólica y chocaron contra las cotas de malla, los escudos y los cuerpos de los caballos. El destrero de un templario se venció de manos y su jinete salió despedido hacia delante. Tras rodar, nadie pudo evitar que la ola de hierro le pasara por encima. Diego de Haro miró a los lados y vio a varios caballeros heridos, con las astas de las flechas hincadas entre las anillas de hierro. Subió el escudo justo a tiempo de desviar un proyectil.

La lluvia de flechas no fue capaz de frenar el avance, pero los cristianos buscaban con angustia el origen del ataque. Muchos tardaron en advertir que eran aquellos jinetes de ropa multicolor los que les disparaban. Lo hacían desde el frente y pronto lo harían desde los flancos, pues cabalgaban por la derecha, junto al Guadiana, y por la izquierda, rumbo al extremo del Despeñadero. El alférez comprendió que se estaban metiendo en una trampa de arqueros.

«Así que estos son los tipos a los que debíamos temer», pensó.

Decidió que lo mejor sería cargar contra los de delante. Lanzó un aullido y bajó la lanza hasta ponerla horizontal. Los demás lo imitaron y arrearon a sus destreros. El retumbar de cascos se convirtió en un terremoto.

Retaguardia almohade

Yaqub, a pie y con la cabeza descubierta, se acuclilló y posó la palma de la mano en tierra. Notó el estremecimiento sordo que subía por su muñeca y su brazo. En ausencia de Ibn Sanadid, el califa se había procurado un intérprete andalusí que dominara la lengua romance. Le ordenó traducir sus palabras.

—¡Tus hermanos de fe cargan, Maldito!

Pedro de Castro, a diez varas del califa, montado en su destrero y con el yelmo bajo el brazo, ladeó la cabeza.

—Cargan, sí. ¿Eso te preocupa, mi señor?

—Dime tú si debería preocuparme.

El cristiano soltó una carcajada corta. Aseguró el yelmo en el arzón y desmontó. En una funda a la derecha de la silla, su hacha aguardaba el momento de ser blandida. Anduvo hacia Yaqub hasta que el cinturón de Ábid al-Majzén se interpuso. El califa les ordenó abrir pasillo para el aliado católico de los musulmanes.

—Has levantado un muro triple, si no me equivoco —dijo el señor de Castro. El andalusí traducía en voz baja y a toda prisa—. Tus voluntarios, tus arqueros y tus… ¿Cómo se llaman? ¿Hintatas?

—Así es.

Pedro de Castro perdió la mirada mientras pedía silencio con un gesto. El temblor de la tierra subía por las piernas de todos. De los guardias negros cercanos, de la exigua mesnada de la casa de Castro, del resto de Ábid al-Majzén, hasta mil de ellos, que formaban en el ejército califal. Y más atrás, por los cuerpos de los ocho mil bereberes que integraban la reserva. Por las patas de los mulos que sostenían a los atabaleros. Por las bestias de carga. Hacían resonar los utensilios de impedimenta amontonados en carros y estremecían las banderas.

—Es una ola incontenible, mi señor. Romperá a tus voluntarios y aplastará a tus arqueros. Chocará contra tus hintatas y, si consigue rebasarlos, los tendrás aquí antes de que puedas pensarlo.

Yaqub sonrió cuando el andalusí terminó su traducción. Pero no hacia el cristiano, sino para sí. Nadie sabía que su triunfo estaba escrito por el mismo Dios, por muy terrible que fuera esa ola de hierro y por mucho que temblara el suelo. Se incorporó.

—Ahora que todos vamos a morir aplastados por tus amigos, Maldito, siento curiosidad. ¿Por qué ese odio hacia los tuyos?

Pedro de Castro observó la indiferencia con la que el califa se sacudía el polvo de las manos.

—No queda nadie de los míos. Odio a todos los demás.

Yaqub enarcó las cejas.

—A todos. Vaya. Aunque casi te comprendo. Es difícil amar cuando tu destino es regir a los hombres. Todos te adulan y fingen servirte, pero en realidad se sirven a sí mismos. Es tan raro encontrar a alguien sincero... Alguien que en verdad te ame y al que puedas amar.

—Cierto, mi señor. Pero el amor no te da fuerzas para elevarte sobre los demás. Al revés: te ciega. Te vuelve débil. Es mucho mejor el odio.

El califa estudió la mirada fría de Pedro de Castro.

—Te envidio, cristiano.

—¿Cómo es eso posible?

—Tienes razón. El odio es mejor alimento que el amor. Quisiera ser como tú y tener un corazón lleno de odio.

Miró al cerro, donde una cadena de sirvientes lo mantendría informado del transcurso de la batalla. Todavía sin novedades. Bajó la vista a tierra. Amar era un obstáculo, desde luego. Lo era en ese momento, mientras se arrepentía de haber colocado a su fiel Abú Yahyá en el lugar más peligroso del combate, con su bandera como cebo.

Vanguardia cristiana

Ordoño sube el escudo, que le ha caído poco a poco por el peso. Las flechas que vienen desde su izquierda golpean de lado y rebotan, pero un par de ellas han alcanzado de lleno la madera cubierta de cuero y sus puntas aparecen ahora por el reverso, afiladas contra su cara. Muy cerca de las correas y de su propio brazo.

Ya no es necesario agazaparse tras la cabeza del caballo. Los jinetes arqueros enemigos se han retirado del frente sin dejar de disparar. Se han abierto a los lados para evitar la carga y han dejado al descubierto una masa de infantes. Ahora, esos malditos tiradores de saetas vestidos de colores hostigan a la caballería cristiana desde ambos flancos.

Por la derecha es más duro. Es el lado de la lanza, y lo único que cubre al caballero son sus propios compañeros. Allí, por la parte del Guadiana, es donde los cristianos sufren más bajas. La prueba es el rastro de animales y hombres caídos a modo de estela, desde la ladera de Alarcos hasta la ola de hierro que ahora truena hacia el sur.

Ordoño mira a su lado. Su hermano Gome tiene una flecha clavada en el hombro izquierdo, lo que le obliga a llevar el escudo bajo. Otro proyectil se le ha hincado entre las anillas de la cota, en el pecho, pero, por suerte, apenas ha profundizado. De todos modos se ve la sangre manchar las anillas a su alrededor.

Diego de Haro sigue en cabeza. Dios lo guarda, o al menos eso parece. El alférez real todavía cabalga indemne, con las saetas volando a su alrededor y la enseña de Castilla al frente. Justo tras él carga Nuño de Quiñones, el maestre calatravo. Su escudo blanco está erizado de flechas, como el de todos los demás.

Los jinetes enemigos son como demonios. Guían sus corceles a golpe de rodilla y los hacen correr en paralelo, sin dejar de disparar. Sujetan ese arco pequeño y recurvado con la izquierda, y con la diestra manejan sus flechas de llamativo emplumado. Cargan, tensan y sueltan. Muy rápido. Muy certero. A lo largo de todo el camino, varios grupos de cristianos se han desviado para cargar hacia ellos. Ordoño ha descubierto que es la peor decisión posible. Los jinetes arqueros se dan a la fuga y, ante el asombro general, se vuelven sobre la silla para disparar hacia atrás. Alejan a los incautos y los rodean para acribillarlos a placer. Es imposible alcanzarlos. Sus caballos son más pequeños, ágiles y veloces. Soportan menos peso y responden tan solícitos como una amante rendida.

Ahora Ordoño lleva la vista delante. Ya llegan.

Ante ellos, una turba de musulmanes a pie aguarda el choque. Ninguno lleva cota, y solo unos pocos casco. Visten túnicas blancas con lo que parecen versículos escritos. Empuñan palos rematados en hojas. Hachas, espadas cortas, cuchillos, horcas. Son sin duda la chusma del ejército almohade, una masa de fanáticos vociferantes incluso ahora, con los rostros lívidos por la certeza de la muerte inminente.

—¡¡No os detengáis!! —se oye al alférez real entre el estampido de la cabalgada, mientras las flechas silban por encima de su yelmo.

Se acercan. Ya se ven sus ojos desencajados y sus bocas abiertas en un alarido que mezcla el terror y la locura. Muchos se dan la vuelta en un intento de huir, aunque demasiado tarde. Ordoño se inclina para encajarse entre los arzones y baja un poco más la lanza. Daría su alma por matarlos a todos él solo.

La ola de la caballería impacta contra los *ghuzat*. De repente, la vorágine de túnicas blancas desaparece bajo los cascos y el trueno de la cabalgada se diluye. Cientos de caballos aplastan a los hombres, o sus pechos los envían diez o veinte varas por delante. Los cuerpos se agitan en el aire y caen para ser pisoteados. Ordoño nota el golpe contra su lanza, que se quiebra al clavarse en la cara de un musulmán. Su caballo arrolla a otro y después machaca a un tercero que se ha arrojado bajo las patas. La sangre salpica. Las cabezas revientan como fruta y los chillidos de angustia se truncan de repente. Algunos destreros resbalan.

Ordoño arroja el asta partida y desenfunda la espada. Casi ha olvidado el peligro real, así que sube el escudo. Justo a tiempo, porque una saeta de plumas azules atraviesa el tercio superior del escudo y golpea inofensiva su yelmo. Cling.

El galope desatado se ha venido abajo, pero solo es un momento. Delante, el señor de Haro vuelve a poner su lanza en vertical y la enseña castellana flamea. Es un acicate. Un aguijón más puntiagudo que las flechas que los acosan. Los caballeros gritan vivas al rey y espolean de nuevo a los destreros.

—¡¡Cargaaad!! ¡¡Por Castilla y por Alfonsooo!!

Retaguardia cristiana

Alfonso de Castilla está desolado

Desde Alarcos hasta medio camino hacia el cerro puede ver un río de caballos y hombres en tierra. Algunos se agitan. Varios se levantan solo para ser abatidos de nuevo por los jinetes arqueros. Otros corren hacia el Despeñadero. Cojean o se arrastran. Ve que llevan astas clavadas en las cotas. Un freire del Hospital que renquea muy despacio, a la vista de todos, parece un erizo. Al menos doce flechas le sobresalen en la loriga. Cae de rodillas mientras lo animan desde Alarcos. Vamos, le dicen. Sigue. Ya falta poco. Un jinete musulmán vestido de rojo y verde cruza raudo el campo, pasa junto a él y gira el cuerpo sobre la silla de montar. El flechazo atraviesa la cara del hospitalario de lado a lado. Cae.

—¿Cuántos quedarán?

El arzobispo de Toledo entorna los ojos. La polvareda que deja tras de sí la caballería dificulta las cosas.

—No sé, mi rey. Algo más de cuatro mil.

—Sangre de Satanás. ¿Hemos perdido a mil guerreros solo con media carga?

—Son esos arqueros a caballo, mi rey. Engendros del infierno.

Alfonso de Castilla se muerde el labio inferior. Ya han formado junto a él las mesnadas de sus obispos. Quinientos hombres. ¿Quinientos hombres? Casi el doble han caído en el arranque. Mira atrás, a la infantería que se apiña en la ladera. Ve sus rostros demudados. Si los jinetes son presas fáciles para los arqueros montados, ¿qué no pasará con ellos?

—¿Y si cargamos ya?

A Martín de Pisuerga no parece atraerle mucho la idea.

—Esperemos, mi rey. Los enemigos se ensañan con la vanguardia y se mueven tras ella. Cuando estén alejados...

—Cuando estén alejados, señor arzobispo, quedarán muy pocos. Si avanzamos ahora, tal vez podamos atraer a parte de esos arqueros sobre nosotros.

El mayordomo real, Pedro de Guzmán, se decide a intervenir en la discusión:

—Mi rey, somos la reserva. Nuestra misión es explotar el triunfo de la primera línea, no sacrificarnos por ella. El rey no puede morir al principio de la batalla.

Alfonso de Castilla vuelve a gruñir. Eso le ha recordado la promesa que hizo a su alférez. Una promesa que cada vez parece más difícil cumplir.

Retaguardia almohade

Un sirviente llega sofocado al borde de la arboleda, en la cuesta del cerro que domina la llanura.

—¡La caballería cristiana ha aniquilado a los *ghuzat*, príncipe de los creyentes!

Yaqub tuerce la boca. Es lo que se esperaba, desde luego.

—Aniquilar es mucho decir. ¿Cuántas bajas?

—¡Diría que todos los voluntarios! ¡No puede verse a los muertos cristianos porque hay mucho polvo, pero los *agzaz* deambulan por toda la llanura y no dejan de disparar! ¡Perdón, mi señor!

El califa le da licencia con un gesto y el sirviente desaparece entre la maleza. Se vuelve hacia Pedro de Castro.

—Tus hermanos de fe han superado el primer obstáculo. Ahora se enfrentan a mis arqueros y ballesteros.

El cristiano niega con la cabeza.

—Chusma que pelea de lejos. Nunca me han gustado los arqueros.

—Siempre es mejor que la chusma que no pelea, ¿no?

Yaqub lo dice mientras lo señala. El señor de Castro levanta la barbilla.

—Déjame ir a la lucha. Mándame contra el rey de Castilla.

—A su tiempo, Maldito. Antes quiero saber qué pedirás a cambio.

—Me has pagado bien, mi señor.

—Pero el odio no se sofoca con oro. Vamos, dímelo. ¿Qué harás con el perro Alfonso?

Pedro de Castro se toma su tiempo.

—A ese lo cargaré de cadenas y lo arrojaré a tus pies para que le des el destino que te plazca.

—¿Algún adversario más?

—Los Lara, claro. Quiero sus cabezas.

—Bravo. ¿Y?

El señor de Castro se muerde la lengua.

«Urraca de Haro —piensa—. Pero a ella no me la puedes entregar. Ni la tendría aunque viviera atada a mi lecho».

—Y ya está. De momento, lo que deseo es empuñar mi hacha y meterme en lo más recio de la pelea.

Yaqub niega despacio.

—No es ese tu cometido, Maldito. ¿Cuánto crees que sobrevivirían tus hombres si se mezclaran con los míos? Los buenos musulmanes tienen sed de sangre cristiana, y en el fervor del martirio no es fácil distinguir a amigos de enemigos.

—Pues dejaré a mi hueste aquí. Pero yo correré el riesgo. No me niegues eso, príncipe de los creyentes.

A Yaqub parece hacerle gracia, aunque en el fondo admira el valor del señor de Castro.

—Bien. Entonces prepárate, Maldito. Pronto serás complacido. —Se vuelve hacia uno de sus guardias negros—. Dame mi yelmo y ordena a todos que se apresten.

Vanguardia cristiana

Un mar de muerte los envuelve.

Las flechas llegan ahora por delante, junto con los virotes que se clavan en los animales y los hacen caer. Desde los flancos, estrechando cada vez más la línea de caballería. Y por la espalda, donde más bajas causan. Están rodeados de enemigos cuyas caras no ven. Ordoño, encogido tras el escudo, se limita a avanzar a ciegas, como sus miles de compañeros. Todo está lleno de gritos. Silbidos. Impactos.

—¡¡Cargaaad!! —se oye de nuevo al alférez real. Parece milagroso que siga en pie.

Ordoño levanta la cabeza y ve caer a su lado a un calatravo. El pecho abierto por dos virotes y una flecha en el costado. El cielo es un huracán de madera y puntas de hierro.

«Hay que reponerse —se dice Ordoño—. Hay que volver a cargar».

Separa los pies y hunde las espuelas. El destrero se encabrita y un virote se hunde en su barriga. La bestia resopla cuando los cascos golpean el suelo.

—¡¡Cargaaad!!

—¡¡Por Cristo!! ¡¡Por la santa Virgen!!

Una mancha blanca se destaca. La caballería calatrava, erizada de astiles, ha reunido el valor para adelantarse. Ordoño se encorajina. Un proyectil roza su mejilla izquierda con las plumas, pero le da igual. Al fin y al cabo, ¿para qué ha ido allí? Sacude las riendas y vuelve a espolear al caballo. Son más los que imitan a los freires ahora. Nuño de Quiñones blande una maza enorme justo cuando un virote atraviesa su escudo y su mano izquierda. El gran maestre suelta un chillido que se confunde con los demás bramidos de dolor.

—¡¡Cargaaad!!

No avanzan en línea, no serían capaces. Pero al menos avanzan. Junto a los voluntarios musulmanes, los cuerpos de un buen número de cristianos quedan ahora atrás. Marcan el lugar donde se ha concentrado la matanza.

Ordoño se obliga a mirar hacia delante. Hay que llegar hasta esa línea de arqueros para que dejen de disparar. Cada hombre lo sabe y lo intenta a pesar de todo el hierro que vuela por la llanura y que busca su carne. El caballo de Ordoño se conmueve con un nuevo impacto, pero es un noble animal y sigue. Tal vez caiga dos pasos más allá. O quizá aguante. Ya falta poco, aunque es como luchar contra la tempestad. Un freire de Avis se derrumba ante él con un flechazo en un ojo. No hay tiempo para esquivarlo ahora. Tal vez en la otra vida. El castellano levanta la espada por encima del yelmo y hace saltar a su montura. Ve a un ballestero enemigo que, aterrorizado, le dispara a muy corta distancia. Nota el golpe, pero no sabe si se ha clavado en su cuerpo o en el del destrero. Los cascos del animal destrozan la cara del musulmán. En un instante de extraña lucidez, Ordoño ha visto que se trataba de un andalusí. Tras él hay un arquero de rostro velado. El brazo del cristiano baja y descarga el peso de la espada. El enemigo opone su arco, que se rompe en dos mitades antes de que su cabeza se quiebre bajo el casco.

—¡¡Cargaaad!!

Mira a Diego de Haro. El alférez parece haber perdido la razón. Su destrero pisotea y muerde a enemigos a su alrededor. Ballesteros andalusíes y arqueros de piel oscura y rostro cubierto caen. Junto a él, el maestre de Calatrava grita como un poseso. Su escudo cuelga inerte y su mano izquierda chorrea sangre, pero desde lo alto del caballo blande una maza con la que hunde cráneo tras cráneo. Más freires y nobles se unen a la masacre. A su lado, destreros heridos relinchan. Sacuden la cabeza y sus crines despiden espuma. La sangre de los animales se mezcla con la de cristianos y musulmanes. El polvo forma una cortina que solo atraviesan las flechas. Flechas que vienen de todas direcciones. Los hombres matan un instante y al siguiente mueren. En medio de la locura, un soplo de vida parece volver a iluminar los ojos de Ordoño. Siente que hace lo que debe. Lo que debió hacer tiempo atrás. Estira el brazo y la estocada se hunde en el cuello de un arquero. Avanza medio paso. Un nuevo tajo que rebana un brazo. La sangre le rocía la cara y nota su sabor al resbalar bajo el ventalle. El caballo de Nuño de Quiñones cae. Patalea, se agita y resopla mientras el maestre calatravo se las arregla para ponerse en pie, pero recibe un nuevo virotazo en el escudo que, al igual que el primero, atraviesa su mano. Muge de dolor antes de arrojar la maza. Lo último que ve Ordoño es que corre hacia la derecha, en dirección al Guadiana. Pero pronto se diluye en la cortina de polvo.

El castellano oye un grito familiar tras de sí. Abate a un enemigo con un tajo de través y tira de las riendas. Ve a Gome. Su hermano intenta hablar, pero las palabras no le salen de la boca. Ha soltado la lanza y tiene la diestra en la garganta. Una flecha le ha atravesado el almófar y su punta asoma por el otro lado del cuello.

—¡Hermano!

Gome de Aza aprieta los dientes y se lleva la mano al puño de la espada. Puede continuar, parece. Por extraño que parezca.

—¡¡Cargaaad!! —repite Diego de Haro.

Ordoño se vuelve. Los pocos arqueros supervivientes huyen ahora hacia el tercer cuerpo almohade. Mira hacia allí y, a través de la polvareda, ve algo que le hace sonreír por primera vez en varios meses.

Una bandera blanca y enorme, en el centro de la línea. Protegida por una muralla de escudos y lanzas. La enseña del califa Yaqub.

Cuerpo central almohade

Abú Yahyá, tras envainar su acero y con la bandera blanca en la mano, recorre la línea hintata. Llama a los guerreros por sus nombres, posa la mano sobre sus hombros, les sonríe.

—¡Es el momento, amigos y parientes! ¡El Único reclama nuestro sacrificio en su nombre! ¡Recordad que no se logra el auxilio divino sin esfuerzo!

—¡Estamos contigo, ilustre Abú Yahyá!

—¡Guíanos hasta el paraíso, visir omnipotente!

Las voces llegan desde las filas posteriores. En las delanteras, los hombres han sido testigos de la masacre y ahora ven cómo se reagrupa la caballería cristiana. Abú Yahyá se vuelve hacia el frente. Una pasta informe, hecha de lodo, sangre, orines y sudor, enmarca el lugar donde casi dos mil musulmanes han muerto con sus arcos y ballestas aferrados. Una barrera de carne cortada y huesos triturados por las mazas, hachas y cascos de los caballos. Algunos supervivientes han huido hacia los hintatas y se han colado entre ellos para refugiarse en el cerro arbolado de detrás. Otros, sabedores de que volver la espalda al enemigo es un pecado terrible, prefieren huir hacia los flancos. Pero lo que reclama la atención de todos ahora no es castigar a los desertores y a los cobardes. Es la marea de hierro que cobra velocidad de nuevo para cargar contra la tercera línea almohade. Abú Yahyá levanta aún más la voz.

—¡¡Somos el pueblo elegido!! ¡¡Y esos son los enemigos de Dios!! ¡¡Él os observa ahora y vuestros méritos se cargarán en la balanza!! ¡¡Matadlos, amigos míos!! ¡¡Matad a los adoradores de la cruz!!

Los hintatas responden con un rugido. Las conteras de las lanzas se apoyan en tierra entre cada escudo de piel de antílope y los hombres afirman sus pies. No esperan la acometida enemiga rodilla en tierra, al modo almorávide, porque un almohade jamás se arrodilla ante el enemigo. En las filas traseras, más lanzas y azagayas apuntan al frente. El temblor se transmite de nuevo por tierra como una maldición de Iblís. Abú Yahyá regresa a su sitio en el centro de la línea. Vuelve a clavar la bandera blanca en tierra y desenfunda la espada. El hormigueo en los pies trepa por las pantorrillas y los muslos y encoge su estómago. Oye la voz de Ibn Sanadid a su lado.

—Míralos, almohade. ¿Cómo es eso? Renueva tus intenciones y presenta tu corazón… para que esos cristianos te lo revienten de un lanzazo.

El visir omnipotente lo observa mientras el fragor crece hasta convertirse en tormenta. Su espada tiembla en la mano.

—No te alejes mucho, andalusí. Cuando acabe con esos comedores de cerdo, llegará tu turno. Te aseguro que hoy, aquí, se hará justicia.

Vanguardia cristiana

—¡¡Cargaaad!!

A Ordoño le sobra la orden. Solo ruega para que su caballo malherido consiga aguantar hasta el último choque. Lo guía con dificultad porque hay cristianos que, pie a tierra, corren hacia el enemigo. Ahora las flechas vuelan desde retaguardia, mucho más agrupadas. No se atreve a mirar atrás, donde las últimas filas estarán recibiendo una tempestad de hierro y madera. Solo desea llegar a esa bandera blanca.

Hace rato que no ve a Gome. Tampoco quiere pensar en eso, aunque lo supone muerto. Espera que no haya sufrido. Detrás se oyen alaridos y gritos que piden clemencia. Otros urgen a los guerreros de vanguardia para avanzar. Ordoño comprende. Los jinetes arqueros son como pastores que empujan el rebaño de ovejas hacia el matarife. Abaten guerrero tras guerrero en las filas posteriores para azuzar a los delanteros. Si las flechas no acribillan tu espalda, las lanzas se hundirán en tu pecho. Eso piensa.

¿Y qué más da? ¿Acaso ella se planteó cómo sería estrellarse contra las rocas de abajo? ¿Pidió compasión mientras volaba con los brazos abiertos y la melena rubia al viento?

El recuerdo de Safiyya redobla su convicción. Las espuelas arrancan un relincho al destrero, que se precipita contra el muro de picas. Durante un corto momento, a su izquierda, vislumbra una tropa ingente de caballería enemiga. Los ve allí, a la espera. Filas y filas que se pierden hacia el este. ¿Es que no tiene fin el ejército almohade?

También eso da lo mismo ahora. Dos lanzas se clavan en el pecho de su caballo y una jabalina vuela desde las filas posteriores para atravesar su quijada. Los ollares se le dilatan y el destrero resopla. Aún tiene fuerzas para levantarse y patear a un almohade, al que destroza la nariz y salta varios dientes.

Se derrumba como una torre, y hasta para morir le sobra oficio al animal. Aplasta a un enemigo mientras Ordoño rueda de lado. Se levanta entre musulmanes, tan apretado con ellos que no pueden matarle. Se agarra del cuello de uno y le clava la rodilla en la entrepierna. Más cristianos chocan ahora. Todo es gritar, sangrar y morir. Dos almohades desmadejados se le vienen encima tras ser barridos por el destrero de un montegaudio. Vuelve a caer. Se da cuenta de que ha perdido la espada, así que aferra una jabalina, gatea hasta el sarraceno postrado más cercano y le clava el cuello a tierra. Ahora se lucha a dentelladas, con las uñas, a golpe de cuchillo. Ordoño se levanta tres veces antes de lograr quedarse en pie. La loriga pesa como un almajaneque y el brazo del escudo le duele como si se lo hubieran cortado.

—¡¡Por Alfonso!! ¡¡Por Castilla!!

Es la voz del alférez real. Se bate aún desde el caballo, repartiendo tajos a diestra y siniestra mientras las filas posteriores de cristianos caen abatidas por cortinas de flechas. Ordoño pierde la jabalina, atascada entre las costillas de un africano. Se arranca el tiracol, coge el escudo con ambas manos y hunde la punta en el pecho de un enemigo herido. Lo hace tres o cuatro veces, y la quinta le aplasta la cara. Gira sobre sí mismo en busca de la bandera blanca y ve el cuerpo de caballería enemiga del flanco. Arrancan en una línea impoluta. Empuñan lanzas y escudos, y se alejan rumbo a Alarcos. Se queda allí, plantado mientras la gente se mata a su alrededor. Jadea. Nota el sabor de la sangre en el paladar. Tiene sed, los ojos le lloran y parece que le estén arrancando el brazo izquierdo. A su alrededor, los cuerpos se arrastran mutilados, entre gemidos y ruegos, mentando a la madre, a la esposa o a Dios. En bereber y en romance. Su mirada se cruza con la de un enemigo. Es andalusí, viste casi como él, lo observa con la espada en la mano y el escudo embrazado. Justo detrás está la bandera blanca, ondeando orgullosos los arabescos dorados sobre un asta clavada en tierra. A sus pies se bate un guerrero formidable que mueve la espada sobre la cabeza y mata un hombre con cada golpe. ¿Ese es el califa? Ordoño gime de frustración. No hay tiempo de buscar un arma para apartar al andalusí. ¿Es que ha llegado hasta allí para fracasar? Lo ve mover la boca. Grita algo, aunque no logra oírlo. Todo zumba en el mundo, y de fondo se escuchan relinchos y alaridos.

—¡Ordoño!

No puede ser. El andalusí lo llama por su nombre. El cristiano se tambalea. Entonces lo reconoce.

—Ibn… Sanadid.

Su antiguo amigo se revuelve cuando advierte que un santiaguista carga contra él a pie, sin escudo y con un hacha de batalla. Ibn Sanadid hurta el cuerpo por pulgadas y deja pasar el ataque. A continuación voltea la espada y corta ambas manos del freire. Un segundo movimiento rápido y seco acaba con su sufrimiento.

Ordoño no puede más. Señala la bandera blanca. Ibn Sanadid comprende.

Retaguardia cristiana

—La enseña ha desaparecido.

El arzobispo de Toledo no responde. Observa al rey, aupado sobre los estribos. Intenta atisbar algo a través de la cortina de polvo. Una humareda tan grande que solo puede verse a algunos de esos engendros del demonio que cabalgan y lanzan flechas. El mayordomo real traga saliva.

—¿Qué hacemos, mi señor?

—Habla a los hombres de a pie. Diles que avanzamos contra el enemigo.

Martín de Pisuerga no se toma mucho tiempo en lamentarse. Tira de las riendas a la izquierda y se dirige a cada uno de sus obispos. Les pide que bendigan al ejército a la vista de todos. Mientras lo hace, el rey se ha separado del cuerpo de quinientos jinetes y da la espalda a la batalla. Desde ella llegan miles de relinchos y gritos ahogados por la distancia y por el trote de los caballos. Señala hacia allí con su lanza.

—¡¡Mis fieles!! ¡Nuestros hermanos luchan y mueren por nosotros! ¡Se baten como leones contra los invasores que quieren devastar nuestra tierra como devastaron la de Nuestro Señor Jesucristo! ¡Luchan para evitar que Toledo caiga, como cayó Jerusalén! ¡Para que Castilla no se ahogue en su sangre, como se ahoga Tierra Santa! ¿Es que acaba aquí nuestro coraje? ¿Tan poco valor damos a nuestra libertad, a nuestra vida y a la de nuestras esposas? ¿No os importa que nuestras iglesias se conviertan en mezquitas y nuestros hijos en esclavos? ¿Qué diremos al Creador cuando nos llame a sus pies para rendir cuentas? ¿Le diréis que volvisteis el rostro ante la muchedumbre sarracena y que abandonasteis las armas?

Suben algunas lanzas entre los infantes de mesnada y unas pocas más entre los villanos de las milicias. Los demás se santiguan ante la bendición de los prelados. El rey aprieta los labios. Ve el temor que se abate como la tempestad sobre la hueste castellana. Él también tiene miedo, desde luego. No hay diferencia ahora entre el rey y un campesino. Piensa en Leonor y en los pequeños que ha dejado atrás. En todo lo que ha construido en este tiempo y en lo que construyeron sus antepasados. Él es Alfonso, rey de Castilla. Caudillo de los ejércitos de la cruz, protector del pueblo, de las viudas y de los huérfanos, defensor de la Iglesia. Se vuelve hacia la batalla. Levanta su lanza.

—¡¡Por Castilla!!

—¡¡Por Alfonso!! —grita el mayordomo real.

El haz de caballería arranca. Los obispos, con sus báculos apuntando al cielo, encabezan a sus huestes. Martín de Pisuerga, un guerrero más, cabalga junto al rey. La línea se adelanta con disciplina, quinientos pares de ojos clavados en la niebla de la guerra que se extiende ante ellos. Sienten una pizca de alivio al verse envueltos por los amigos, los parientes y los paisanos. Todos notan cómo la tierra tiembla a su paso y oyen el rugido de las anillas de hierro que entrechocan. Aunque a su valor se le corta la respiración cuando alcanzan a los primeros caídos de la vanguardia. El rastro de muerte que la primera carga dejó tras de sí. Intentan apartar la mirada. Fijarla al frente. Pero las malditas flechas están por todas partes. Clavadas en tierra como tallos prestos a la cosecha. Erizando los cuerpos de caballos y de hombres. Con sus emplumados de colores. El avance se ve frenado cuando el mar de muerte se vuelve denso. Hay que esquivar a los animales caídos. Algunos, aún vivos, patalean y relinchan de dolor. Sortear a los guerreros heridos se vuelve tan difícil que a veces es imposible. El rey nota que la moral se viene abajo y vuelve a estirar el brazo armado hacia el cielo.

—¡¡Por Castilla!! ¡¡No os detengáis!!

Es más fácil decirlo que avanzar por la llanura de Alarcos, sembrada de freires, caballeros y hombres de armas acribillados. Pero resulta mucho más difícil cuando, de repente, la polvareda escupe dos masas compactas de caballería enemiga. Una enorme por la izquierda y otra aún mayor por la derecha. El humo pardo vomita jinetes sin fin. Brotan a decenas, y luego a centenares. Pronto superan a los quinientos caballeros cristianos, y enseguida los doblan. Antes de ver que los triplican, son cinco veces más. Diez veces más. Es imposible. Un nudo se forma en la garganta del rey. El mayordomo se muerde el labio bajo el ventalle. Los obispos ya no alzan sus báculos para excitar a sus hombres. Dos olas de muerte se abaten sobre los castellanos.

Retaguardia almohade

El sirviente jadea cuando aparece entre los pinos del cerro.

—¡Príncipe de los creyentes! ¡La caballería infiel se bate contra los hintatas!

Yaqub palidece todo lo que puede palidecer alguien de sangre masmuda.

—¿Y mi bandera? ¿Se mantiene en pie?

Es evidente que no han dado esa información al mensajero. El muchacho sale del trance como puede.

—¡La línea aguanta, mi señor! ¡Las costaneras han arrancado y cabalgan hacia el castillo!

El califa asiente. Ahora debería templar su ánimo. Quizá extender su almozala y buscar en Dios la fortaleza para aguantar un poco más. Los cristianos han tenido que recibir un castigo tremendo. Rebasar a los dos mil arqueros y ballesteros no ha podido salirles gratis. Y siempre bajo el ataque continuo de sus *agzaz*. Yaqub intenta convencerse de que ellos solos son capaces de exterminar al enemigo poco a poco, a distancia y sin correr mucho riesgo, pero ahora ese enemigo amenaza a su fiel Abú Yahyá. Demasiada presión.

—¡¡Todo el mundo a pie!! ¡¡Seguidme!!

Se lanza el primero cerro arriba. Sin escudo ni lanza. Con una espada tan recta como su voluntad de vencer y el cuchillo *gazzula* que le regaló su gran amigo al cinto. Se apresura tanto que pronto deja atrás a los siete mil hombres que vocean tras él. Junto al tren de suministros, los atabaleros creen que ha llegado su momento y, aunque no han recibido orden alguna, empiezan a tamborilear sobre sus mulas.

Pedro de Castro y los Ábid al-Majzén son los primeros en alcanzar a Yaqub. Corren entre pinos y encinas, esquivando las ramas bajas y rebasando a los mensajeros que forman cadena a lo largo del cerro. Frente a ellos, a través de las copas de los árboles, se vislumbra la polvareda y llegan más nítidos los sonidos de la batalla. Uno de los sirvientes que hace de correo se da de bruces con el califa. Abre mucho los ojos y, medio aturdido, desgrana su informe.

—¡El estandarte del rey de Castilla se aleja, príncipe de los creyentes!

Yaqub no tiene tiempo de alegrarse. Continúa su avance. Quiere llegar junto a Abú Yahyá. Por delante se oyen gritos de muerte, no de rendición. Algunos guardias negros, adiestrados durante toda su vida para ese momento, lo adelantan y se preparan para tomar posiciones. Cuando la arboleda se vuelve menos densa, el califa siente que se le encoge el corazón.

Apenas queda una cuarta parte de sus mil quinientos hintatas. Aún hay menos cristianos, pero han penetrado entre las filas almohades y pelean con desesperación. La mayor parte de ellos son freires, inconfundibles por las cruces que adornan sus vestes y sus escudos. Parecen diablos recién vomitados por el infierno, y las flechas que erizan sus cotas los hacen aún más terribles. Destrozan miembros y aplastan cráneos con sus mazas, mutilan con sus hachas como si talaran el monte y atraviesan a los almohades con sus espadas. Todo es confusión. Una alfombra de cuerpos muertos sobre los que resbalan los vivos y se arrastran los heridos. Yaqub se abalanza ladera abajo mientras desenvaina sus dos armas. Aferra la espada con la diestra y el cuchillo con la izquierda. Los guardias negros tercian sus gruesas lanzas para escoltarle y embisten contra el combate, dispuestos a llevarse por delante tanto a cristianos como a musulmanes.

Pedro de Castro baja a saltos desde el cerro. Se dirige al centro de la lucha, como el califa. Adonde ondea la enorme bandera blanca. Allí se amontonan más muertos y más carne mutilada. Se chapotea en sangre mientras el hierro choca contra la madera, hiende las cotas y corta la vida.

Vanguardia cristiana

Ordoño observa la espada clavada en tierra. Un arma sarracena, con pomo en forma de manzana, el arriaz grabado de arabescos y la hoja teñida de sangre cristiana.

Ibn Sanadid la acaba de dejar allí antes de retroceder dos pasos y tomar una lanza que desclava de un cuerpo sin vida. Da un cuarto de vuelta y se enfrenta a un freire del Temple que le tira media estocada. Tras el cerro, los atabales han empezado un tamborileo monótono y rápido, aunque los gritos se oyen con más fuerza. Ordoño toma aire. Cada anilla de la loriga pesa como un día en las mazmorras de Málaga. El yelmo y el almófar le oprimen la cabeza y el ventalle no le deja respirar. Se da cuenta de que un asta asoma de su costado. Se la arranca y casi no siente cómo la punta le desgarra la piel. Su punta se atasca con las anillas antes de caer al suelo, sobre el rostro desencajado de un almohade muerto. Más que dolor, Ordoño nota el cuerpo agarrotado, como si se hubiera convertido en la piedra que acarreó durante su esclavitud. Moverse le cuesta la vida entera. Nada que ver con la ligereza de Safiyya al volar hacia las crestas dentadas del abismo.

Mira atrás, al lugar donde los freires de varias órdenes y algunos caballeros han logrado formar una última fila. No son ni cincuenta guerreros a pie, escudo contra escudo, hombro contra hombro. Blanden espadas rotas, hachas melladas y mazas impregnadas de sesos y pedazos de hueso. Más allá, los pocos hombres que se mantienen a caballo han desistido de cargar, retroceder para recuperar distancia y volver al ataque. Cada maniobra de esas cuesta vidas porque los jinetes arqueros las aprovechan para lanzar nuevas andanadas. Ve que la enseña de Castilla se aleja hacia Alarcos y se confunde con la cortina de polvo en suspensión. El alférez real se retira, y con él varios guerreros. Ordoño tiene muy claro qué significa eso, aunque a él no le importa.

La arboleda sobre el cerro escupe entonces una oleada de musulmanes. Algunos de ellos son negros y gigantescos, como aquellos contra los que luchó en Valencia mientras su amante gemía de terror en su aposento. Ella ya no teme ahora. Ya no llora. Ordoño podría volver atrás y ocupar un lugar en la última línea de resistencia cristiana. Batirse junto a sus hermanos de fe para hacerse acompañar al otro mundo de una buena recua de infieles. Pero su objetivo no está detrás, sino delante. Al pie de esa bandera blanca que flamea orgullosa contra el norte. Sus dedos se cierran despacio en torno al puño de la espada andalusí. La desclava y observa ensimismado la hoja recta. El canal que la divide y la sangre que chorrea hasta la punta. Levanta la cabeza y lo ve, junto al astil de la enseña califal.

Abú Yahyá.

Llanura de Alarcos, entre la vanguardia y la retaguardia cristianas

Diego de Haro no mira atrás. No podría ver gran cosa porque, aparte de tener los ojos anegados de lágrimas, la polvareda es inmensa.

Cabalga encogido contra el arzón delantero, con el escudo sujeto por el tiracol a la espalda y la enseña enarbolada. El último atisbo de orgullo que le queda mientras abandona el combate. Reza, y sus talones se separan y golpean los ijares de su destrero para clavarle las espuelas. Al pobre animal, con una docena de flechas clavadas por todo el cuerpo, no pueden molestarle mucho un par de punzadas más.

Sus ojos llorosos se vuelven a la derecha. Algunos jinetes lo acompañan. Ninguno de ellos es freire. Esos se quedan, por supuesto. Han de cumplir con una regla, una costumbre y una determinación. Todos se sentarán hoy a la diestra de Dios Padre. Por la izquierda también vienen varios nobles a caballo. Ve caer a uno, y al instante se oyen los silbidos. Esos malditos jinetes arqueros de nuevo. Deja de mirar a los lados y dirige su vista al frente, hacia Alarcos. Ahí están, cruzando el campo mientras apoyan flechas en las cuerdas de sus arcos. Diego de Haro aguanta la respiración y vuelve a espolear a su caballo. Alguien grita a su lado. Un animal resopla. Se oyen golpes sordos que enseguida quedan atrás. Su montura rezuma espuma y el aire huele a sangre. El alférez real da tirones cortos a izquierda y derecha. «Por Dios, mi Creador —piensa—, por su hijo y por la santa Virgen María. Por los cuatro evangelistas y por los ángeles del cielo».

De pronto los silbidos quedan atrás. Se yergue y descubre que ha logrado pasar. Lo ha logrado.

—He pasado.

No es el único. Ve jinetes que se han desviado a la izquierda y recorren la orilla del Guadiana. Otros han girado hacia el Despeñadero. Tal vez eso ha dificultado la labor de los arqueros montados. Ahora quedan atrás, empeñados de nuevo en hostigar la retaguardia de los cristianos que han tenido valor para quedarse en el combate. De pronto vislumbra un brillo plateado a su diestra. Es un hombre a pie, enlorigado, que renquea con la mano en la garganta. Uno de tantos heridos que intenta llegar al castillo. Camina despacio, con dos flechas sobresaliendo de su hombro y de su pecho y un virote encajado en el borde del cuello.

—¡Don Gome!

El que fuera alférez real de Castilla y perdiera su cargo por provocar un duelo se vuelve. Su faz está pálida y la sangre le anega la cota de malla. Ha perdido sus armas y también el escudo. El señor de Haro tira de las riendas y el destrero, fiel a pesar de la fatiga y el pánico, se clava entre cadáveres.

—Don... Diego.

Alarga la mano y le ayuda a subir. El de Aza se encarama tras el arzón, sobre la grupa. Para acomodarse tiene que romper el astil de una flecha y el animal responde con un relincho.

—Hay que acogerse a Alarcos.

Pero llega hasta él un sonido que creía haber dejado atrás. Lleva su vista camino del castillo, cerca de la ladera y del cerro del Despeñadero. No se explica cómo no se le ha ocurrido mirar antes. Creía haber recuperado la esperanza mientras sacrificaba su honor en la fuga, pero ahora todo se viene abajo de nuevo.

Una multitud de jinetes musulmanes se abate allí delante contra la segunda línea cristiana. No es como la lluvia de flechas de antes, no. Es el clásico ataque sarraceno, con lanzamientos de jabalinas, retiradas y nuevas cargas. También hay caballeros andalusíes que cargan en haces al modo católico. Miles de hombres. Más allá, entre una segunda polvareda inmensa que oculta Alarcos, se ve correr a los infantes. No hay batalla en la llanura, sino cacería.

—El rey. Por san Felices, el rey estaba ahí...

La punzada de angustia casi supera a la culpa. ¿Qué dirán de él cuando se sepa que abandonó la lucha? ¿Qué dirá Alfonso de Castilla? Nada si no sobrevive, claro. Pero todos echarán la culpa a quien llevaba su enseña. Al alférez real. La sombra de la ignominia cubre el cielo de Alarcos como las nubes negras que preceden a la tronada.

—Mi... hermano —balbucea Gome de Aza—. ¿Lo has visto?

Diego de Haro niega con un gruñido. Observa el estandarte que aún empuña. La tela roja que el viento mece hacia el norte y el castillo dorado que campea en su centro. El llanto vuelve. Arroja el símbolo a tierra, entre un freire calatravo acribillado y un caballo muerto cuyas tripas se enredaron en sus patas.

Clava sus espuelas una vez más y galopa hacia un lado, rumbo al cerro del Despeñadero. Tratará de evitar la lucha de retaguardia e intentará dar un rodeo para alcanzar Alarcos. Alarcos. Sabe que ese nombre quedará grabado como la marca de un esclavo, al rojo vivo, en su corazón.

Retaguardia cristiana

El sol pega fuerte sobre la llanura. Con cada golpe, cada salto del caballo, cada brusco movimiento, el nasal le transmite su contacto metálico y caliente. Opone su escudo escarlata adornado con el emblema de su linaje y responde a todos los ataques con tajos desesperados. Hace rato que perdió la lanza, incrustada en el pecho de un jinete con turbante y piel oscura.

También ha pasado tiempo desde que olvidó su objetivo. Ahora ya no lucha por Castilla, ni por Dios, ni por su reina, ni por sus vasallos, ni por Alarcos, ni por gloria... Ahora lo hace por su vida. Sin pensar. Sin envanecerse por cada enemigo que envía al orco. Es consciente de que su brazo derecho se debilita por el trabajo de tajar, pinchar, volver a tajar... Sabe que el izquierdo gritaría por su cuenta y que soltaría el escudo. Pero lo que sabe no importa ahora. Importa la mano que rebana de un espadazo a un andalusí, y los gritos de dolor que lanza el desgraciado antes de caer al suelo, entre las patas de las bestias aterrorizadas. El rey de Castilla voltea su acero sobre la cabeza y encadena un nuevo tajo. Un almohade pierde parte de la mandíbula y salpica con sangre y dientes a su alrededor. De fondo se oyen estampidos sordos y veloces. Un tamborileo irritante que se cuela por entre los jirones de la polvareda.

A su lado, el obispo de Segovia es ensartado por tres azagayas al mismo tiempo. El hombre se debate por no caer. Se agarra a las crines de su montura. Pero un jinete árabe pasa como una exhalación a su lado y suelta un mazazo que le revienta la cabeza dentro del casco.

El mayordomo real, Pedro de Guzmán, también ha caído. Ha sido en los primeros momentos de la lucha, embestido por la caballería andalusí.

El rey vio su cuerpo desaparecer bajo las pezuñas, con el asta de una lanza rota y atravesada de pecho a espalda.

Alfonso de Castilla levanta el escudo a tiempo de detener uno de esos mazazos árabes. El condenado adorador de Pilatos se revuelve y huye del rey antes de que este pueda reaccionar. Cómo le encoleriza eso. Tanto, que el siguiente giro de la espada acaba con dos masmudas de piel oscura. De pronto su destrero se encabrita. Frente a él pasa otro caballo que arrastra a su jinete enganchado por el estribo. El monarca lo reconoce mientras el cuerpo rebota contra las piedras que sobresalen de la tierra y los cadáveres de caballos y hombres. Es Juan, el obispo de Ávila. Eso arranca al rey de la ferocidad de la batalla. Lo devuelve a la realidad.

«Dios santo y bienamado —piensa—, ¿por qué dejas que tus ministros caigan bajo el infiel? ¿Por qué diezmas a mi ejército? ¿Qué va a ser de Castilla ahora?».

Resulta tan inexplicable y a la vez tan lógico... A su alrededor, los cristianos mueren por centenares. Los monteros, las mesnadas episcopales y los pocos nobles que se rezagaron tratan de proteger al rey, pero caen bajo las cargas interminables de los jinetes enemigos. Los rodean por el sur, por el este y por el oeste. Y algunos de esos árabes de caballos pequeños y ágiles se apartan del combate para perseguir a los infantes. Estos han arrojado sus armas y los pendones de sus villas, y se apelotonan contra las laderas de Alarcos y el Despeñadero.

—¡Es inútil, mi rey!

La voz resuena en el yelmo, entre los gritos, los relinchos y los impactos férreos.

—¿Arzobispo?

—¡Hay que retirarse!

Lo ve a su izquierda. Lo que suplica puede ser una cobardía, pero se bate como el más valiente de sus caballeros. Usa el escudo para defenderse, y también para atacar. Ha debido de perder la lanza y la espada, y solo le queda eso. Pero lo emplea bien. Derriba a un almohade y lanza a su destrero contra el caballo de un árabe, que se lleva la peor parte en el choque. Tira de las riendas e insiste.

—¡Manda retirada, mi rey! ¡No puedes caer!

Alfonso de Castilla aprieta las riendas. Eso le ha recordado la promesa que hizo a su alférez. Diego de Haro. ¿Seguirá vivo? Seguramente no. Habrá muerto, como toda la nobleza del reino. Mira al arzobispo, que insiste con la faz desencajada y el escudo manchado de sangre.

—¡A Alarcos! —Señala al castillo cercano con la mano libre—. ¡¡Antes de que nos encierren!! ¡¡A Alarcos!!

Los Ábid al-Majzén se desparraman por la ladera y cargan contra la última línea de resistencia cristiana. Los freires y los nobles, exhaustos y taladrados por un sinfín de astas emplumadas, son barridos como hojarasca al ritmo de los atabales. Bum, bum, bum, bum... Donde antes estuvo el cuerpo central almohade, ahora hay más de un millar de hintatas muertos o heridos que se mezclan con un número igual de cristianos. Un muro humano de una vara del que brotan voces débiles y suplicantes, manos ensangrentadas que se cierran en el aire, miradas de miedo que ya ven las llamas de la condenación eterna, el rostro afable de san Pedro o una legión de huríes de ojos negros.

La lucha en torno a la bandera blanca del califa dura un poco más. La llegada de la reserva almohade no consigue amilanar a los pocos freires que aún pretenden derribar la enseña, pero miles de masmudas y bereberes sometidos vienen tras los guardias negros. Empiezan a reagruparse a media bajada, obedientes a las órdenes de sus jeques. Enseguida se lanzarán sobre los últimos comedores de cerdo como una ola sobre la playa en un día de tormenta. Todo terminará. Los supervivientes cristianos, casi todos calatravos y separados entre sí por cientos de cadáveres, se dan cuenta de que el cielo se abre. Sus oídos vibran y se persignan mientras la muerte tamborilea para ellos. Bum, bum, bum, bum...

Ordoño toma aire durante los pocos instantes que faltan para llegar hasta Abú Yahyá. Entre el cristiano y el hintata hay ahora dos hombres, un freire del Temple con el brazo desgarrado desde el hombro y un mesnadero armado con una maza. Ambos, pese al miedo, se disponen a vender sus vidas a buen precio. Pero no se enfrentan a cualquiera ese día.

Abú Yahyá se lanza adelante y patea al templario. El freire cae en el amasijo de carne y sangre para ser rematado con una estocada en la garganta. Después, el visir omnipotente esquiva el mazazo salvaje del hombre de armas y lo despacha con un movimiento rápido y limpio: dos espadazos diagonales cortan el brazo y la garganta del cristiano, que se derrumba entre estertores y un surtidor sanguinolento.

Ordoño se pone de lado. Afirma los pies en el lecho de lodo y sangre. Levanta el escudo y aguanta la respiración. Su corazón late fuerte, impaciente por reunirse con ella, acompasado con los timbales almohades. Bum, bum, bum, bum...

—¡¡Abú Yahyá, espera!!

La voz llega desde la ladera. Con autoridad y con miedo a la vez. De alguna forma, ha conseguido acallar los gritos de los jeques. Pero ahora no importa eso. No importa nada. La vista de Ordoño se cruza con la de Ibn Sanadid, que le sonríe desde la falda del cerro. Y luego mira al visir hintata, que sube su espada y mantiene la adarga a media altura, por debajo de su sonrisa socarrona.

—Así pues vives. Entonces muere ahora, cristiano, como murió la lobezna.

El primer revés impacta contra el cuero y hace saltar astillas de la madera. Ordoño siente como si le arrancaran el hombro, aunque hace un credo habría jurado que era incapaz de padecer algo en ese brazo. El escudo cae a tierra. Detrás, la reserva almohade lanza un grito y se abalanza en una última carga para exterminar a los supervivientes cristianos.

Abú Yahyá ataca de nuevo. La espada de Ordoño de Aza sube al encuentro de la almohade. Ambas dejan tras de sí una estela plateada para quienes los contemplan. El hierro besa el hierro. Apenas Ordoño para el primer tajo, Abú Yahyá lanza otro que pasa a pulgadas del castellano. La fuerza del espadazo hace que el hintata se desplace de lado, pisa el cadáver de un hospitalario y resbala. Se repone a tiempo de enfrentar de nuevo al cristiano, que ahora toma la iniciativa. Ordoño describe círculos de arriba abajo, machaca una y otra vez la adarga del visir omnipotente. El cuero retumba como los atabales que todavía llenan el aire de truenos. Bum, bum, bum, bum… Más tajos duros, rápidos, también de lado. Abú Yahyá, mucho más fuerte y entero, se incorpora mientras mueve su defensa para detener cada ataque. Ahora también encaja estocadas, pero es capaz de contraatacar. Las espadas chocan de nuevo, se separan, vuelven a chocar. Ordoño casi puede ver el rostro de Safiyya. No hay agua tan transparente ni más bruñido espejo. El azul de sus ojos brilla desde el azul del cielo, y el oro de sus trenzas reluce desde el oro de los trigales. Siente el golpe en el hombro y oye cómo se parten las anillas. Sabe que su piel se abre y su carne se desgarra. El frío del acero se hunde junto a su cuello, y oye el rugido de triunfo de Abú Yahyá. Safiyya estira su mano hacia él.

Vanguardia almohade

Yaqub observa el duelo en medio de la batalla. A su alrededor es como si nadie más hubiera luchado. Como si esa alfombra de cadáveres y de heridos aterrorizados no existiera. Cada vez que el cristiano mueve su espada, el corazón del califa se detiene. Pero se reactiva cuando Abú Yahyá esquiva una vez más, u opone su adarga para contraatacar con algún tajo seco y certero.

«No permitas que le ocurra nada, Gabriel —suplica, incapaz de dar un paso, ignorante de cuál es el desenlace de la lid. Ahora solo importa una cosa—. Mantenlo con vida. Por favor, Gabriel. Por favor».

Pero no oye los cascos del caballo blanco ahora. No recibe la contestación del ser divino que lo ha empujado hasta ese lugar y hasta ese momento. El califa gime de alivio porque ve a su fiel visir imponiéndose. El cristiano apenas puede detener los golpes rápidos del hintata. Sus espadas chocan, se separan de nuevo, vuelven a chocar. Entonces, ante el estupor de Yaqub, ese enemigo correoso mira al cielo. Como si de repente hubiera olvidado que su vida está en juego. Sus ojos parecen iluminarse en la distancia.

«¿Qué ve?».

¿Acaso él también tiene a su lado algún demonio que se le ha presentado en sueños?

Da igual. Nada importa si ese loco adorador del Mesías ve o no ve algo, porque Abú Yahyá ruge con un esfuerzo final y voltea su acero por encima de su cabeza para bajarlo en vertical. La hoja pinta una parábola hermosa en el aire y rompe las anillas de la loriga castellana. Penetra entre el hombro y el cuello y entierra todo el filo. El cristiano se estremece. Su cabeza se tambalea. La sangre fluye.

Yaqub no puede ser más feliz. Reanuda su carrera, empuja a los esclavos de su guardia. Quiere llegar hasta su visir omnipotente. Abrazarlo. Decirle que la victoria es plena y que juntos han alcanzado la palma de triunfo por Dios.

Pero entonces, como si todo ocurriera muy muy despacio, el codo del cristiano sube arriba y atrás. Impulsado por un último aliento que nadie sabe de dónde sale. Tal vez alguna maldición antigua que corre por sus venas y se derrama desde su herida. Su mano aprieta fuerte una espada que no es cristiana, sino andalusí. Las nubes dejan de moverse. Los hombres ya no gritan. Todo el universo se detiene ante los ojos de Yaqub. Abú Yahyá también congela el gesto triunfal mientras intenta desclavar su propio acero de la carne ajena. El enemigo pincha de lleno. En la cara del almohade. La espada se hunde en su boca, le hace tragarse su alegría y su soberbia. Rompe sus dientes, corta su lengua, atraviesa el cuello y brota por la nuca.

—¡¡Nooooooooooooo!!

El grito desesperado suena en la ladera del cerro. Yaqub se niega a creerlo. Su garganta se cierra y su mente inventa a toda prisa una retahíla de fantasías. Ese no es Abú Yahyá. Ese no es su rostro ni eso que se desborda es su sangre. Todo es mentira. Un engaño de Iblís.

El castellano suelta la espada andalusí. Se vuelve hacia el califa, que ahora no es capaz de moverse del sitio. Pedro de Castro pasa como un relámpago junto a él mientras voltea su hacha. Entre las sombras de la pena infinita, Yaqub ve al resto del ejército almohade, que resbala desde el cerro para llenar la llanura de Alarcos. El mundo regresa. Se oyen lejanos los gritos de agonía de los últimos cristianos. Mira a los ojos del hombre que ha matado a su amigo.

El hacha de Pedro de Castro impacta en el pecho del cristiano y rompe su alma como una jarra de barro cocido. Yaqub lo ve morir con el gesto extasiado. Corre.

—¡Abú Yahyá! ¡Noooo! ¡Abú Yahyáááááá!

Cae de rodillas. No es consciente de cuánta carne muerta ha pisado, ni de que su casco se empapa de sangre cuando lo deja reposar sobre la horrorosa herida que abre la cara de su mentor. Llora, indiferente a cuantos lo miran. Nada importa si ven al príncipe de los creyentes deshecho de dolor, frágil como un diente de león sometido a la tempestad. Todo da igual, porque el mundo de Yaqub se tambalea. Se resquebraja poco a poco.

—No soy nada... Nada sin ti —le dice. Ahora lo ve claro. Ahora se da cuenta de que todo lo que sentía no era simple devoción. Ese en cuya sangre se baña es algo más que el hombre que le enseñó todo. El que lo protegió con su propia vida y le dio ánimos cuando la muerte dictaba su ley. En ese momento, las palabras de Gabriel pierden su significado. Hasta Dios pasa a un segundo plano. No importa la vida. No importa lo pretérito ni lo que los siglos deparan al mundo. Su imperio vale menos que la menor brizna de hierba. Todo se resume en él. En Abú Yahyá. Su amigo. Su hermano. Su padre.

Su amor.

Castillo de Alarcos

El portazo cerró algo más que el castillo de Alarcos. Alfonso de Castilla no quería mirar atrás, pero oía los gritos de súplica al otro lado de la muralla. Soltó el escudo y se tapó los oídos. Sus lágrimas limpiaban el polvo de su cara y dejaban chorretones claros en la pátina gris. Martín de Pisuerga descabalgó y cayó de hinojos. Rezó en voz baja. Aunque lo hubiera hecho en alto, no habría podido oírse cómo daba gracias a Dios por seguir con vida.

El rey miró arriba, al adarve. Diego de Haro, a quien daba por muerto, lo contemplaba desde allí, con los mismos rastros de llanto en la cara. El alférez adivinó qué atormentaba el ánimo de su monarca.

—No caben en el castillo, mi señor. Todos no pueden entrar.

Alfonso asintió. Demasiado bien sabía lo que vendría a continuación. A unos pasos vio a Gome de Aza, atendido en el suelo por los físicos. Había más heridos por todo el patio de la fortaleza. Nobles, infanzones y algún que otro villano con flechas, tajos y estocadas. Varias mujeres espantadas corrían entre ellos con baldes de agua y paños limpios. Los huesos del rey crujieron cuando pasó la pierna sobre el arzón y desmontó. Una nube de humo blanquecino se elevó de sus ropas. No había pulgada en su cuerpo que no doliera a rabiar.

Diego de Haro ya bajaba por la escala de madera, cabizbajo y lento.

Tan quebrantado como el monarca, aunque el alférez no mostraba herida alguna.

—Dios... —El rey se desenlazó el barboquejo y el yelmo rojo rebotó contra el suelo—. ¿Por qué nos has castigado así?

Martín de Pisuerga habría debido responder en nombre del Creador, pero estaba demasiado ocupado asombrándose de vivir. Su escapulario disimulaba bien las manchas de sangre, no así su rostro y su cota de malla. Hasta la mitra estaba teñida de escarlata.

—Tienes que irte ahora, mi rey.

Alfonso de Castilla negó despacio.

—No puedo, don Diego. ¿Cómo voy a...?

—Me lo prometiste sobre la cruz. Has de salir del castillo ya, antes de que los infieles nos cerquen. Si caes en sus manos, toda esperanza morirá.

El rey habría arqueado las cejas si eso no doliera también.

—Toda esperanza morirá... ¿Acaso sigue viva? Ha caído ahí fuera, junto a los miles de hombres que vinieron a luchar por mí.

El alférez no llevaba casco ni cofia, y su almófar reposaba sobre la espalda. Tenía el pelo pegado a la frente por el sudor y los ojos tan enrojecidos como la enseña de Castilla. Eso recordó algo al monarca.

—¿Y mi estandarte, don Diego?

—Perdido, como todo lo demás.

El rey venció los hombros. Su vista se posó en el suelo manchado de rastros sanguinolentos. Fuera, el griterío continuaba.

—Los he visto caer por centenares. Se quebraban como figuritas de alabastro. Qué fácil es morir, ¿te has dado cuenta? Señores, alcaides, hidalgos... ¿Quién protegerá ahora los campos y las villas? ¿Quién hará frente al miramamolín? Los freires... ¿Qué ha sido de los hermanos calatravos? ¿Y de los santiaguistas?

—Sabes que no se retiran jamás, mi rey. Siguen allí, con las armas empuñadas. —Señaló al arzobispo de Toledo—. Ya se han reunido con el Señor.

Alfonso se tapó los ojos. Poco a poco, la magnitud del desastre cobraba vida. Con las órdenes militares casi exterminadas, la frontera se derretiría como la cera de una vela. Ahora las pequeñas guarniciones caerían ante el todavía inmenso ejército almohade, y el camino a Toledo quedaría expedito. Toledo.

—Toledo. —Decir su nombre fue suplicar al Altísimo.

—Allí debes marchar enseguida, mi rey. Sal por la poterna norte y cabalga sin descanso. Que sepan en Toledo lo ocurrido y que se apresten a la defensa.

«Pero ¿para qué?», se preguntaba Alfonso de Castilla. La sociedad castellana estaba herida de muerte. Ya nadie protegería los caminos ni evitaría las algaradas. De repente, el reino más poderoso de la penínsulala se había convertido en carroña. Los reyes de León, Navarra y Aragón se transformaban en cuervos hambrientos en la imaginación del monarca.

—Ha sido culpa mía. —Se echó atrás el almófar y liberó el pelo de la cofia acolchada. Había olvidado hasta la sed que le martirizaba—. Lo he hecho todo tan mal...

El alférez se adelantó. Agarró la veste real por la pechera.

—No es momento para lamentarse, sino para salvar lo que se pueda. Alarcos va a caer, como los demás castillos de frontera, toda la Trasierra y Dios sabe cuánto más desde aquí a Burgos. Pero el rey no puede ser preso. Vete, mi señor. ¡Vete!

El grito sacó a Alfonso de su estupor e interrumpió la oración que el arzobispo repetía por cuarta vez. Los pocos hombres útiles empezaban a tomar posición entre los merlones y los ruegos de ayuda continuaban fuera, cada vez más desesperados.

—Toda esta gente morirá, don Diego...

—No. Yo me quedo aquí. Soy el tenente de esta plaza. He fallado en la batalla, pero no lo haré en la rendición. Convenceré al califa de que no le interesa perder semanas o meses de asedio en Alarcos. Cambiaré la villa por las vidas de cuantos pueda salvar.

El rey apuntó a Gome de Aza.

—¿Y él? ¿Vivirá?

—No lo sé, mi señor. Tal vez. Desde luego, lo merece mucho más que yo.

—Y todos los demás... ¿Qué haremos, don Diego?

—Vivir, mi rey. Y resistir la tribulación que cae sobre nosotros. Y tomar venganza, desde luego. Tal vez no mañana, pero un día regresaremos. Es lo único que podemos hacer.

El arzobispo de Toledo, que parecía haber perdido la facultad de hablar, tocó el hombro del monarca. Dio la razón al alférez con un solo asentimiento firme.

—Sea. Viviré. Pero no para otra cosa que vengarme. Para recuperar cuanto me arrebate hoy Satanás y para borrar este deshonor. —Volvió a señalar al señor de Aza—. Cuida de él, amigo mío. Cuídate tú también.

Los asustados escuderos supervivientes cumplieron las órdenes que el alférez real dio a continuación. La comitiva que se preparó fue pequeña. Apenas media docena de jinetes junto al rey de Castilla y el arzobispo de Toledo. Diego de Haro observó cómo su señor, empujado hasta el borde del abismo, miraba atrás un momento antes de abandonar Alarcos. Agitó la mano a modo de despedida y vio al hombre frágil que le devolvía el gesto.

Un monarca cuya corona se agrietaba y que ahora espoleaba su caballo hacia el futuro más incierto.

Llanura de Alarcos

Los atabales habían cesado su retumbar. La nube de polvo se desvanecía. La cara de Yaqub, libre del yelmo otra vez, reposaba sobre el pecho de Abú Yahyá. Sus lágrimas bañaban las placas de hierro y limpiaban la sangre. A su alrededor, siete mil hombres permanecían en silencio, respetuosos con el dolor de su líder.

Pedro de Castro se pasó el dorso de la mano por la boca. A sus pies, Ordoño Garcés de Aza yacía muerto, aunque su gesto se adornaba con una sonrisa de alivio.

—Un gran guerrero.

El señor de Castro miró al hombre que lo había dicho en romance, el arráez andalusí llamado Ibn Sanadid al que sus hombres seguían ciegamente. Se encogió de hombros.

—Un guerrero derrotado. Derrotado como todos estos. —Movió el brazo en semicírculo y solo lo detuvo para señalar a un freire calatravo. Después apuntó al castillo de Alarcos, visible ahora que la polvareda se disipaba. A los pies de su cerro y a los del Despeñadero, los jinetes masmudas, árabes y andalusíes acosaban a los supervivientes cristianos, trepaban por las laderas y saqueaban la villa a medio amurallar y el campamento abandonado—. Derrotado, como toda Castilla.

Castilla derrotada. Ibn Sanadid detectó el tono amargo en la voz del guerrero del hacha enorme al que unos llamaban Renegado y otros Maldito. No sintió odio hacia él por haber matado a Ordoño. Ordoño ya estaba muerto, se dijo. Murió aquel día en lo alto de la peña, a la vez que Safiyya bint Mardánish. Con la diferencia de que la lobezna voló a su sepulcro y Ordoño se arrastró hacia él. A ese lugar que ahora dominaban la sangre, el dolor y la muerte. A Alarcos.

Yaqub sorbió los mocos, separó la cara del cadáver de su visir omnipotente y se restregó los ojos. Los Ábid al-Majzén lo contemplaron con veneración, al igual que los almohades de todas las cabilas. Incluso los poquísimos supervivientes de la tribu hintata. Al-Mansur, se repetían todos. Victorioso. Los guardias negros más cercanos posaron la rodilla en tierra o sobre el muerto que había a sus pies. Uno a uno, los demás guerreros los imitaron. El murmullo de cuero, tela y hierro se arrastró por la llanura.

El califa se puso en pie para observar el campo. Tomó aire hasta llenar los pulmones.

—Abú Yahyá ha ganado la corona del martirio. No había nadie que la mereciera tanto. Ya goza del paraíso entre ríos de leche y miel, las huríes de ojos negros restañan sus heridas.

No dijo que era él quien habría querido limpiarlas con suavidad, con un paño humedecido por sus lágrimas. Junto al cadáver, la bandera blanca seguía en pie. Alta, orgullosa, ondeante. El versículo bordado en hilo de oro flameaba hacia el castillo derrotado. Hacia el ejército exterminado. Hacia Toledo y la victoria completa. *No hay más vencedor que Dios*. Algo que generaciones de musulmanes llevaban soñando desde que los adoradores de la cruz abandonaran siglos atrás sus cuevas y sus ermitas.

El califa apretó ambas manos en torno al asta de la bandera, la arrancó de un tirón y la inclinó sobre Abú Yahyá. La tela blanca acarició el rostro destrozado y se humedeció con pequeñas motas rojas. La depositó despacio, cuidando de cubrir el cuerpo. Cuando alzó la vista, fue otra bandera la que vio. Una que tomaba forma poco a poco desde el azul del cielo para volverse verde, como el islam más puro. Sus límites se extendían. Cubrían las tierras de Alarcos hasta el horizonte, se alejaban hacia el Tajo y proyectaban su sombra sobre Toledo. Sobre Burgos, León, Zaragoza, Pamplona, Barcelona… Yaqub sonrió y Gabriel, montado sobre su corcel blanco, le devolvió la sonrisa.

«Lo has hecho bien, Yaqub —dijo, y aunque su voz era más poderosa que el trueno, solo él la oyó—. Tu deber era guiar al ejército de Dios hasta la victoria, y no has fallado».

Se sintió como cuando niño, recién despertado del sueño. Solo que no era un sueño después de todo. La tremenda tristeza se apaciguó. La paz lo inundó y su corazón se serenó. Era al-Mansur. El victorioso. Y pronto sometería a todos los cristianos y sus reinos. Los reyes se arrodillarían ante él y los obispos escupirían sobre sus cruces. El destino de aquella península estaba sellado.

NOTA HISTÓRICA

Lo que fue y lo que no fue

Se lanzaron desde su posición, como la noche oscura o como el mar encrespado, en grupos a los que se sucedían otros grupos y en olas seguidas de otras olas. No había más que relincho y griterío y el hierro estaba sobre el tumulto del vocerío. Atacaron hasta llegar a las banderas, que se mantuvieron como montañas inmóviles.

Así relata el Bayán al-Mugrib el momento en el que la caballería cristiana cargó en Alarcos. La *Crónica latina de los reyes de Castilla* dice también que el primer noble en caer fue Ordoño Garcés, al que indistintamente se nombra como Ordoño García de Aza, de Roa o de Roda. Los restos de Ordoño fueron enterrados en el desaparecido monasterio de Benevívere, donde también reposarían después los de su esposa, María de Villamayor.

La derrota de Alarcos se consideró en su tiempo como una ignominia que no podía perderse en el olvido. Los cronistas llegaron a inventarse imperdonables pecados que, cometidos por el rey Alfonso VIII, habrían llevado a Dios a escoger este desastre como castigo. Alarcos, pues, se convirtió en la marca de la vergüenza, y su memoria tendría que lavarse con la venganza mediante otra gran prueba, una penitencia que pudiera restituir el buen nombre de Alfonso VIII de Castilla y el honor de los cristianos. Pero antes tocaba vivir en el tiempo de la tribulación. Con el ejército castellano destrozado, Alfonso VIII humillado y el reino a merced del infiel, ya no serán solo la derrota de Hattin y la pérdida de Jerusalén los hitos que marquen el devenir de la larga lucha entre las dos religiones. Los triunfos de Yaqub en Ifriqiyya y su devastadora victoria en Alarcos hacen que los cristianos se sientan como una fortaleza asediada por el islam. Nunca antes como ahora se ha colocado a eso que llamamos reconquista en equilibrio tan precario. De lo que suceda a continuación, del desenlace de este drama, depende que España caiga de uno u otro lado, tal vez por los siglos de los siglos…

El ejército de Dios es una novela que narra hechos históricos pero también contiene elementos ficticios. La mayor parte de los personajes son reales, como lo son los sucesos que protagonizan o en los que se ven envueltos. Sin embargo, en aras de conseguir una fácil comprensión y de mantener la tensión dramática, me he permitido una serie de licencias, las más importantes de las cuales paso a desgranar. Espero que me perdonen aquellos lectores que no las consideren adecuadas y, sobre todo, los académicos en cuyas manos caiga esta obra.

En ocasiones he decidido prescindir de personajes históricos, y a otros les he otorgado una importancia menor de la que la historia les depara. O, como en *La loba de al-Ándalus*, a veces he hecho confluir en un solo personaje las acciones históricas de varios. Entre los andalusíes he dejado fuera al cordobés Ibn Maymún, más conocido como Maimónides, y al murciano Ibn al-Arabí, comúnmente llamado Abenarabi. Ibn Tufayl —Abentofail— merece también sin duda un papel mayor del que representa su personaje en esta novela. Por parte cristiana ocurre algo parecido con Pedro Garcés de Lerma, Gonzalo y Rodrigo, los tres probables hermanos de Ordoño y Gome de Aza. También ha desaparecido de la nómina de personajes Rodrigo López de Haro, hermano de Diego y Urraca, que llegó a ser mayordomo real en León. Igualmente prescindo de otros Haro, de otros Castro y de otros Lara. La cuarta hija de Alfonso VIII y Leonor Plantagenet nació en 1186, sobrevivió al incierto periodo de su infancia y se llamó Urraca. Prescindo de mencionarla para no abusar de este nombre y crear más confusión. A propósito, y siguiendo una de las opciones propuestas por Gonzalo Martínez, incluyo entre los hijos prematuramente muertos de Leonor y Alfonso antes de 1188 a los dos anónimos bebés sepultados junto a la infanta Sancha. Algunos otros personajes que me tomo la licencia de obviar para menor embrollo son el malogrado hijo de Fernando de León y Teresa de Traba; o Sancha, la hermana de Pedro de Castro; o su hermanastro Martín, nacido de María Íñiguez. Ante la inseguridad del dato, he optado por no considerar cierto el matrimonio de Diego de Haro con María Manrique, por lo que hago de Toda Pérez de Azagra su única esposa. En el lado almohade he dejado de hablar también de personajes que habrían complicado el catálogo pero que gozan de importancia histórica, como es el caso de los dos hermanos de Abú Yahyá, Abú Zakariyyah y Abú Muhammad Abd al-Wahid, o de los hijos de Abú Hafs, como Abú Zayd y Abú-l-Hassán. Y lo mismo ocurre con otros *sayyides* y prebostes bereberes o con cristianos islamizados como el famoso Ibn Reverter. En general, las escenas de corte cuentan con menos personajes de los que en realidad debería haber. Un ejemplo son las ausencias de mayordomos, alféreces y demás oficiales reales en algunas partes de la novela, sobre todo cuando los reyes se reúnen con otros nobles.

En marcadas ocasiones he trastocado alguna fecha para un buen encaje dramático, o tomado decisiones puntuales acerca de ambigüedades o lagunas históricas. Por ejemplo, existe cierta confusión entre las casas de Aza y Roa. Aparecen a veces como la misma casa, a veces como distintas aunque emparentadas. Yo he tratado ambos linajes como uno solo. Otro ejemplo es la edad de Ordoño. Es un personaje que he «creado» como más joven de lo que debía de ser en cada momento histórico retratado aquí. De igual modo es una licencia describir en 1174 la torre albarrana de Cáceres. Hay controversia acerca de la fecha de su construcción, quizá sea más adecuado datarla tras 1196. Hay una licencia que considero importante en la separación de Fernando de León y su primera mujer. Aunque las fechas no coinciden en las diversas fuentes, parece probable que Fernando II de León se separó de ella en 1175, cuando llegó la bula papal que anulaba el matrimonio por consanguinidad. He optado por adelantar el momento de la separación efectiva, de modo que ella apenas aparece en la novela. Lo he hecho porque lo contrario significaba añadir un personaje más que muy pronto iba a perder importancia en este contexto histórico, y porque su nombre, Urraca, podía causar confusión. También habría resultado excesivo reseñar todos los parentescos. Por ejemplo, Alfonso II de Aragón era primo segundo de Leonor Plantagenet, quien a su vez emparentó con Sancho VI de Navarra cuando este casó a su hija Berenguela con Ricardo Corazón de León, hermano de la reina de Castilla. Porque las casas reales y nobiliarias solían estar relacionadas. La de Aza, por ejemplo, estaba muy emparentada con la de Lara, así como la casa de Haro se enlazó por distintas líneas con la de Urgel y la de Lara. Incluso existía parentesco entre Pedro de Castro y Urraca de Haro.

En época de Abd al-Mumín y de su hijo Yusuf, los almohades ya mantenían tratos comerciales con Pisa y Génova. Es una licencia de esta novela que dichos tratos comenzaran durante el califato de Yaqub al-Mansur, aunque sí parece cierto que fue en ese momento cuando se permitió a los comerciantes italianos establecer factorías, almacenes y resguardo en ciertos puertos almohades.

En cuanto al título de «al-Mansur billah» —el victorioso por la voluntad de Dios—, parece ser que el califa Yaqub lo ganó por el triunfo de Alarcos. Así pues, es una licencia adelantar ese momento hasta su victoria en la batalla de al-Hamma.

La ballesta era arma usada por los ejércitos bereberes, tanto por los almorávides como por los almohades, así que es una licencia el hecho de que en la novela se la tenga por arma ajena. No obstante, es cierto que el arco tenía entre estos pueblos mucho más prestigio que la ballesta, mientras que los combatientes cristianos muy raramente eran arqueros.

También he silenciado datos o hechos que, por razones de su contexto temporal o por los personajes que los protagonizaron, podían llevar a confusión sin aportar nada a la acción dramática. Es el caso de la batalla —o más seguramente escaramuza, si es que se dio realmente— entre portugueses y leoneses en Arganal o Argañal, cerca de Ciudad Rodrigo, en la primavera de 1179, o la ocupación de plazas leonesas que llevó a cabo Alfonso VIII como medida preventiva a la muerte de su tío Fernando II.

No he podido averiguar la fecha del óbito de Pedro de Arazuri, personaje que ya asomó en las páginas de *La loba de al-Ándalus*, por lo que diluyo su personalidad a poco de avanzada la trama y aprovechando que su protagonismo es mínimo. En cualquier caso, en los años setenta del siglo XII ya debía de ser bastante anciano. Los datos sobre las muertes de Pedro de Azagra y Armengol de Urgel sí están tratados con adecuación a lo que dice la historiografía. En general he huido de otorgar peso a otros personajes aparecidos en *La loba de al-Ándalus*, como pudiera ser el caso del mismo Pedro de Azagra, o he limitado su aparición e incluso prescindido de ellos, casos de Zobeyda, Hamusk, Hafsa o Utmán. Todo esto se debe a mi deseo de contar una historia diferente, y no porque la importancia o la responsabilidad de estos personajes decayera tras la rendición del Sharq al-Ándalus en 1172.

Existe constancia del lugar conocido como Shajrat al-Ushaq o «Peña de los enamorados», muy cerca de Antequera, desde finales del siglo XII. Me he permitido la licencia de novelar un hecho que podría haber dado origen al nombre, aunque hay una mención a ese lugar en un documento de 1175, es decir, veinte años antes del episodio narrado en esta novela. Sí es cierto que, según la leyenda, el lugar se llama en honor a dos enamorados, cristiano él y musulmana ella, que se lanzaron al vacío desde allí para unirse en muerte, desesperados y perseguidos porque sus distintos credos impedían su amor.

Otro episodio de oscuro origen, aunque documentado y dramatizado por Lope de Vega, es el de la desdichada Estefanía. En esta ocasión me he ceñido con bastante exactitud al relato tradicional de los hechos protagonizados por Fernando de Castro, su esposa Estefanía y la criada que usaba furtivamente las ropas de esta en sus encuentros amorosos.

La leyenda que cuenta la ceguera temporal del príncipe Alfonso existe, aunque es poco digna de crédito. Efectivamente, se supone que sanó gracias al agua milagrosa de San Isidoro. Por cierto que Fortún Carabella es personaje totalmente inventado.

Hay por último algunas licencias relativas a la trama que me parece importante desmentir: el romance entre Ordoño y Safiyya es ficticio y, aunque la conspiración de ar-Rashid está documentada, la implicación de la princesa andalusí es adición mía. Fruto de mi imaginación es también la amistad entre Ibn Sanadid —personaje real y de importancia— y Ordoño. También es inventada la tormentosa relación entre Pedro de Castro y Urraca de Haro, o la de esta con Martín de Pisuerga. Sí parece cierto que Urraca fue una mujer de gran carácter y fuerte atractivo, y desde luego no hay duda de su enfrentamiento por el trono con el rey Alfonso IX de León. Tampoco hay razón para pensar que entre Yaqub y Abú Yahyá hubiera nada más que una relación de confianza y lealtad, y desde luego, es ficticio todo lo relacionado con el envenenamiento de Abú Hafs. En cuanto a la muerte de Yusuf, sabemos por la oscuridad y la contradicción entre fuentes que algo extraño ocurrió en Santarem. La versión contada en esta obra, aunque apoyada en los relatos cronísticos, es inventada. Obviamente, la personalidad de la condesa Aldonza ha sido a conveniencia aderezada. La madre de Diego de Haro continuó en el monasterio de Cañas y llevó a cabo una generosa campaña de donaciones; según constancia documental, seguía viva en 1195. La figura de Urraca López de Haro se diluye un tanto tras el tratado de Tordehumos, pero reaparece en los años posteriores muy relacionada con el monasterio cisterciense de Vileña.

Otras licencias puntuales son las siguientes:

Durante la peste en Marrakech, en 1176, Ibn Rushd afirma estar trabajando en un comentario a la *Ética a Nicómaco*, de Aristóteles. En realidad había comentado esa obra el año anterior. Por cierto que las reflexiones tendentes al ateísmo que pongo en boca y mente de Ibn Rushd son licencia mía.

En 1177, cuando Yaqub somete a los rebeldes sanhayas, fue en realidad auxiliado por el jeque hintata Ibn Wanudin, no por Abú Yahyá.

En 1178 se produce la ejecución pública del almojarife al-Maalim en Marrakech. Según otra versión, este funcionario corrupto fue ajusticiado en Sevilla poco tiempo antes, concretamente arrojado al Guadalquivir; el río devolvió su cadáver, lo que fue considerado muestra de la suciedad de su alma.

En la rebelión de Ifriqiyya de 1179 he unificado personajes rebeldes en at-Tawil, y he prescindido, por ejemplo, del auténtico amotinado en Gafsa, Ibn Zirí. At-Tawil murió en Salé, no en Marrakech. Y Yaqub no fue nombrado primer visir inmediatamente. El cargo se otorgó en primera instancia a Ibn Yami. Solo cuando este cayó en desgracia, el visirato omnipotente fue confiado a Yaqub.

En 1182, los cristianos de Setefilla capturados lo fueron no por Ibn Sanadid, sino por el *sayyid* de Sevilla Abú Ishaq, hijo de Yusuf.

Las negociaciones de Fresno-Lavandera en 1183 no corrieron peligro en Medina de Rioseco a causa de ningún duelo judicial previo como el que, licencia mía, relato en la novela entre Ordoño de Aza y Pedro de Castro.

En 1185, Bugía volvió a la sumisión almohade hacia julio, y no en mayo, como yo me permito relatar.

La rendición de Gafsa en 1187 habría que retrasarla, para cumplir en rigor con las crónicas, hasta principios de 1188.

La expedición de reconocimiento a las islas Baleares de 1188 por parte del almirante Abú-l-Abbás es licencia mía. Ese mismo año, Ordoño de Aza viajó a Seligenstadt como magnate castellano confirmante del pacto matrimonial entre Conrado y Berenguela; mi licencia consiste en situarlo en esa época en Valencia, con Safiyya, y en Málaga, padeciendo cautiverio. En 1190 y 1192 continúo con mi licencia de Ordoño cautivo en Málaga. En esa época aparece como confirmante de documentos junto a Alfonso VIII. No está demostrado que las confirmaciones impliquen presencia física del noble que confirma, pero quede claro que todo el episodio del cautiverio es ficticio.

La carta que Yaqub envía a Alfonso VIII en 1190 es inventada. En realidad, castellanos y almohades no combatieron merced a una tregua de dos años de la que no hablo. Durante ese tiempo es probable que naciera al-Adil, hijo de Yaqub y de una esclava portuguesa llamada Sirr al-Husn. No está claro que al-Adil fuera mayor que Idrís. Yo he optado por lo contrario.

La herida recibida por Yaqub en 1191, durante la toma de Silves, es una licencia. Según las crónicas, el califa suspendió las hostilidades porque cayó enfermo.

El tratado de Tordehumos, en 1194, comprendió muchos más aspectos de los que yo relato. Prescindo de ellos por no enmarañar la trama y porque no son necesarios para desenvolver hilo argumental alguno. Hay otra licencia en el relato de ese año: dar por cierta la famosa carta de desafío de Alfonso VIII a Yaqub, de la que habla alguna que otra crónica poco fiable.

APÉNDICE

Referencias a las citas, versos y fragmentos

Capítulo 1

Haced la guerra a los que no creen en Dios... Corán, sura de la Inmunidad, 29.

Capítulo 2

No os deis tregua en la persecución de vuestros enemigos... Corán, sura IV, 105.

Capítulo 4

Dios pagará a todos el precio de sus obras... Corán, sura XI, 113.

Capítulo 5

Os pondremos a prueba por el terror y por el hambre... Corán, sura II, 150.

Capítulo 6

No extiendas tu mano sobre el muchacho... Jeremías 22, 12.

Capítulo 8

Cercanos al linaje de Caín, el primer traidor... Verso del trovador Marcabrú.

Capítulo 9

Aprovecha la ocasión. Ten claro que la oportunidad... Verso de Ibn Hazm.

Capítulo 11

Bebe; goza de la vida en un jardín... Verso de Ibn Jiyara as-Sabbag, poeta de cámara del rey sevillano al-Mutamid.

Hay cosas que han de temerse... Aristóteles. *Ética a Nicómaco*, III, 16.

Capítulo 12
¡Perezcan, malditos sean, los dueños del foso! Corán, sura LXXXV, 4.

Capítulo 14
Dios ha pronunciado su sentencia... Corán, sura XXVIII, 80-81.

Capítulo 15
Dicen que existe un cielo lleno de huríes... Versos del persa Omar Jayyam.

Capítulo 16
Ya me sé cómo el amor empieza... Poema de Ibn Hazm.
Porque sé que ninguna joya preciosa (...) *Este amor me trae cuitado...* Versos del provenzal Jofré Rudel.

Capítulo 18
No hay en mí más voluntad que amarte... Versos del cordobés Ibn Hazm.

Capítulo 20
Por mí reinan los reyes... Proverbios 8, 15 y 16.

Capítulo 21
Y puesto que no me vale criticar... Trova del lemosín Giraut de Bornelh.
No siento envidia del rey ni de ningún conde... Verso de Bernat Martí.

Capítulo 22
Si el Corán es realmente la verdad... Corán, sura VIII, 32.

Capítulo 24
Señor, el poder está en tus manos... Corán, sura III, 25.

Capítulo 26
Un alma que te adorará incluso si la torturas... Verso de Ibn Ammar, de Silves.

Capítulo 27
¿No ves que todo lo que hay en los cielos...? Corán, sura XXII, 18 y ss.

Capítulo 29
Al soberbio le sigue la humillación... Proverbios 29, 23.

CAPÍTULO 30

Nada se puede hacer contra el destino... Verso del poeta de Denia Ibn al-Labbana.

CAPÍTULO 33

¡Señor, no dejes en la Tierra a ningún vivo...! Corán, sura LXXI, 27.

CAPÍTULO 34

Ya que tu honor es grande, señora... Trova de Rigaut de Berbezilh.

CAPÍTULO 35

El arco es el poder de Dios... Proverbio musulmán de origen incierto.

CAPÍTULO 36

Si no marcháis al combate, Dios os castigará... Corán, sura de la Inmunidad, 39.

CAPÍTULO 37

¡Ay de mí! Creía saber mucho del amor (...) *Me ha robado el corazón* (...) *Y cuando se fue, nada me dejó* (...) *Ay, siento tanta envidia...* Fragmentos diversos de Bernat de Ventadorn.

CAPÍTULO 38

Nada anhelo tanto como lo que no puedo conseguir... Verso de Cercamón.

A mi caballero quisiera tener una noche... Trova de la condesa de Día.

CAPÍTULO 39

La memoria del justo será eterna... Salmos 61, 7.

CAPÍTULO 41

Aquellos que reprochan a Dios... Nemesio de Emesa, *De natura hominis*, XL, 776b.

CAPÍTULO 43

Solo los ignorantes pueden dar valor al mundo... Poema de Ibn Sara as-Santariní.

CAPÍTULO 45

¿Qué puede ser eso que el mundo llama amor...? Verso de Friedrich von Hausen.

No nos ocurrirá más que lo que Dios nos ha destinado... Corán, sura de la Inmunidad, 51 y 52.

Capítulo 46
Y la multitud de los que te aventarán será como polvo... Isaías 29, 5.

Capítulo 47
Si de ti se hace cierto el amor... Poema del árabe Abú Firás al-Hamdaní.

Capítulo 49
Y el cuerpo no es para el fornicio... Pablo a los corintios I 6, 13 y 14.

Capítulo 51
Tu recuerdo me sirve de vino sabroso... Versos de Abd al-Malik ibn Sirach.

Capítulo 54
¡Oh, Zahra!, he dicho, ¡vuelve!... Poema del almeriense al-Sumaysir.

Capítulo 57
Es Dios quien te creó desde el barro... Corán, sura VI, 3.
Dios basta a los creyentes en la pelea... Corán, sura XXXIII, 25.

Capítulo 59
Mi señor derrama a manos llenas... Corán, sura XXXIV, 35.

Capítulo 61
Dijo Dios omnipotente... Corán, sura XXVII, 38.

Capítulo 63
En cuanto a aquellos que mueren en la senda de Dios... Corán, sura XLVII, 5 y ss.
El paraíso está a la sombra de las espadas... Sahih de al-Bujari. Sobre la yihad.

GLOSARIO

Ábid al-Majzén. Esclavos del Gobierno almohade. Los hay de varias procedencias, pero en la novela el término alude a los negros «sudaneses» (en realidad senegaleses, guineanos y mauritanos), la élite militar del ejército, destinada preferentemente como guardia personal del califa.
Adarga. Escudo que usan algunos guerreros musulmanes. En la época de la novela tiene forma redonda y es de menor tamaño que los escudos cristianos.
Adarve. Conjunto de construcciones superiores de una muralla (parapeto o antepecho, camino de ronda, etcétera) desde el que se lleva a cabo la defensa y que sirve para desplazarse.
Adhán. Llamada a la oración musulmana.
Al-Ándalus. Nombre árabe con el que se conoce a la península ibérica. En esta novela se refiere a la parte de la península bajo dominio musulmán.
Albacara. Recinto murado en el exterior de una fortaleza, usado normalmente para encerrar ganado.
Albarrada. Conjunto de las defensas de campaña que levanta un ejército sitiador frente a la ciudad asediada.
Alcazaba. Recinto fortificado dentro de una población amurallada. Reúne el centro de control militar y administrativo en varios edificios, y normalmente ocupa un lugar prominente.
Alcázar. Palacio fortificado dentro de una población amurallada.
Alfaquí. Musulmán docto en la ley.
Alférez. Cargo de gran importancia en los reinos cristianos, con competencias militares y el deber de portar el estandarte real.
Alfoz. Territorio que circunda a una ciudad o castillo y sobre el que ostenta jurisdicción.
Al-Fundún. Valle del Guadalentín, formado una vez que este río sobrepasa Lorca.
Alhanía. Pequeño aposento adosado a una sala mayor. En los palacios mardanisíes se ha comprobado la abundancia de salones rectangulares con alhanías de pequeño tamaño en sus extremos, a modo de alacenas.

Al-Hawwariyyín. Población cercana a Málaga y famosa por sus canteras de mármol. Con el tiempo se llamará Alhaurín de la Torre.
Alherze. Pedazo de papel escrito que actúa como talismán.
Aljaba. Carcaj. Recipiente para las flechas. Se lleva colgada de la silla de montar o, si el arquero va a pie, del cinturón, normalmente al lado derecho.
Aljama. Así se llama a la mezquita mayor de cada ciudad. Suele estar situada en lugar preferente, junto al alcázar si lo hay.
Almajaneque. Máquina de guerra que sirve para arrojar proyectiles, normalmente contra las defensas de una construcción enemiga.
Almena. Espacio entre dos merlones en el parapeto de un adarve o de una torre.
Almenara. Fuego de alarma que se hace en una torre en lugar elevado. La señal se encadena entre atalayas para abarcar grandes distancias.
Almocadén. El que dirige un pequeño grupo de peones en la guerra.
Almocrí. El que lee el Corán en la mezquita.
Almófar. Capuchón de cota de malla que cubre cuello y cabeza en el combate. Puede estar unido a la loriga o bien ser pieza independiente.
Almohade. Seguidor de la doctrina unitaria de Ibn Tumart, líder musulmán que en el siglo xii fanatiza a las tribus occidentales de África y da ocasión a que se funde un nuevo imperio con ruina del de los almorávides.
Almorávide. Individuo de una tribu guerrera del Atlas que funda un vasto imperio en el occidente de África y llega a dominar al-Ándalus desde 1093 hasta mediados del siglo xii. Uno de los rasgos distintivos de los guerreros almorávides es que se velan el rostro, por lo que son conocidos como «velados».
Almotacén. Funcionario encargado de la inspección comercial; también se le asigna la vigilancia de los cementerios.
Almozala. También almuzala o almuzalla. Alfombrilla para la oración.
Amán. Paz musulmana a la que se pueden acoger los vencidos en batalla o los amenazados por ella. El vencedor decide si otorga el amán, aunque es dueño del destino de los derrotados y rendidos.
Amigaut. En el cuello de algunas prendas, diseño redondeado con un corte vertical al frente que permite el paso de la cabeza.
Andalusí. Persona originaria de al-Ándalus. Por extensión, hispanomusulmán.
Arráez. Comandante militar.
Arriaz. Cruz. Conjunto formado por la empuñadura y los brazos de la espada.
Arzón. Cada una de las piezas de madera integradas en la estructura de la silla de montar. Ayudan a encajar al jinete y a asegurarlo en el momento del choque, por lo que son elevados, tanto por delante de aquel como por detrás. El arzón delantero puede lucir un pomo.
As-Saliha. Complejo palatino construido por Yaqub al-Mansur como

ampliación de Marrakech. Cuenta con jardines, mezquita aljama, zoco, residencia real…
Bab al-Hanash. Puerta de la Culebra. Puerta occidental de Valencia. Cerca de ella, a extramuros, se halla el cementerio de la Culebra.
Bab as-Sharía. Puerta de la Ley o de la Justicia. Nombre relativamente habitual de alguna de las puertas de las ciudades musulmanas. Suele dar paso a una *musalla* o explanada idónea para celebraciones religiosas al aire libre. En Marrakech, la Bab as-Sharía se abre al sur de la muralla, aunque con el tiempo será eliminada.
Bab Maqarana. Una de las puertas septentrionales de Sevilla. Con el tiempo será conocida como Puerta de la Macarena.
Bahr az-Zaqqaq. Estrecho de Gibraltar. También llamado Puerta Estrecha o Bab az-Zaqqaq.
Banú Gadí. Tribu árabe hilalí establecida en Ifriqiyya.
Banú Riyah. Poderosa tribu árabe hilalí. Emigrada a Ifriqiyya a mediados del siglo XI.
Banú Sulaym. Grupo tribal árabe asentado en Tripolitania.
Banú Yusham. Otra tribu árabe hilalí establecida en Ifriqiyya.
Baraka. Bendición o don divino. Entre los almohades, un donativo que el califa reparte a sus guerreros antes de marchar al combate.
Barboquejo. Correa que sujeta una prenda de cabeza, como el yelmo, por debajo de la barbilla.
Bereber. Persona originaria de la región del norte de África que llega hasta el Sahara por el sur, el Atlántico por el oeste y Egipto por el este. En esta novela, también los individuos de algún linaje bereber nacidos en al-Ándalus.
Bolaño. Cada una de las piedras, normalmente trabajadas para darles forma, que se usan como proyectiles de las máquinas de guerra.
Brial. Prenda larga y lujosa con mangas amplias, en principio para hombres y mujeres. Con el tiempo servirá solo para vestir a las damas.
Burnús. Prenda larga, a modo de capa con capucha, de uso extendido entre los bereberes. Con el tiempo dará lugar al albornoz.
Cabila. Cada una de las tribus bereberes.
Cadí. Juez musulmán.
Caíd. Gobernador de una ciudad musulmana.
Cendal. Tejido que mezcla la seda y el lino.
Ciclatón. Seda tejida con hilo de oro, plata o de ambos materiales.
Codo. Medida de longitud. El usado en al-Ándalus equivale más o menos a medio metro.
Costanera. Flanco. Ala de una formación militar.
Coyanza. Localidad leonesa cercana a la frontera con Castilla. Con el tiempo se la conocerá como Valencia de Don Juan.
Crespina. Pieza de tela que cubre la parte superior de la cabeza, normalmente atada mediante cintas bajo la barbilla.

Cofia. Versión militar de la crespina. Está acolchada y sirve para aislar el cuero cabelludo del roce del almófar o del yelmo.
Cúfica. Antigua forma de caligrafía árabe más elaborada que la cursiva, de tendencia vertical y líneas rectas.
Curia regia (*curia regis*). O simplemente conocida como curia. Consejo de Gobierno de los reyes cristianos, con miembros permanentes en caso ordinario y compuesto por los más principales de cada reino en caso extraordinario.
Cursiva. Antigua modalidad de caligrafía árabe, más sencilla y suave que la cúfica.
Dar al-Majzén. Textualmente, casa del gobierno. Palacio califal, en particular el de Marrakech.
Dar as-Sugrá. Casa menor. Palacio de extramuros al norte de Murcia, aunque protegido por el murete de la Arrixaca. Con el tiempo, sobre ella se construirá el alcázar menor.
Desnaturar. Por parte de un vasallo, romper los vínculos que le ligan a su señor o rey.
Destrero. Del francés *destrier*, caballo de batalla, de gran alzada y potencia.
Embrazadura. Correas que sostienen el escudo y rodean el brazo del guerrero.
Extremaduras. Comarcas de los reinos cristianos fronterizas con el islam. En Castilla, las comprendidas entre el Duero y el Sistema Central, es decir, entre el reino de Castilla propiamente dicho y el conocido como reino de Toledo. En el caso de Aragón, las tierras llamadas «de frontera», entre el antiguo reino de Zaragoza y los territorios musulmanes. En León, la zona de influencia de Salamanca hacia el sur. Y en Portugal, el entorno de la sierra de la Estrella.
Fonsadera. Tributo que se satisface al rey para evitar la obligación de comparecer en servicio de armas.
Gambesón. Camisa acolchada que protege al guerrero. Puede vestirse bajo la loriga.
Garb. Oeste. Se conoce como Garb al-Ándalus a la parte musulmana que linda con los reinos cristianos de Portugal y León. Como derivación de esa palabra, se llamará Algarve a una parte del Garb al-Ándalus.
Gazzula. Cuchillo que usan los miembros de la tribu del mismo nombre, del grupo de los sanhayas.
Ghuzat (en singular, *ghazi*). Defensores de la fe. Voluntarios que se alistan en los ejércitos musulmanes con el afán de caer como mártires. Por lo general mal armados e indisciplinados, son especialmente numerosos en caso de guerra santa.
Gilala. Túnica o camisa femenina sobre la que usualmente se viste otra prenda.
Gonela. Saya. De uso en el ámbito aragonés.

Gorronera. Quicio donde encaja y dentro del cual gira el eje de una puerta.
Gualdrapa. Prenda que cubre las ancas del caballo. Puede lucir los colores del caballero.
Gumara. Tribu bereber que habita las montañas del Rif a lo largo del Atlántico hasta Ceuta.
Hafiz. El que conoce el Corán. Los hafices almohades están especialmente educados en la doctrina del Tawhid y adiestrados física e intelectualmente para el liderazgo militar.
Hammam. Baño árabe, de estructura parecida al romano. Cada ciudad cuenta con varios baños públicos y los palacios suelen tener su propio *hammam*.
Harén. Grupo de mujeres de un musulmán. También la dependencia del hogar donde viven dichas mujeres.
Harga. Una de las tribus masmudas. A ella pertenecía el Mahdi, Ibn Tumart.
Haskura. Tribu del Atlas del grupo de los masmudas. No acogió el Tawhid desde el primer momento, por lo que los haskuras son despreciados por los demás masmudas.
Haz. Unidad táctica de caballería, normalmente dispuesta en línea.
Henna. También alheña o jena, tinte vegetal para el pelo y la piel, de amplio uso entre las andalusíes. Alcanza tonalidades desde el amarillo rojizo hasta el marrón oscuro. Es habitual el tatuaje temporal hecho con henna en cualquier parte del cuerpo.
Hintata. Una de las tribus masmudas. La más fuerte y de mayor fe.
Hisn al-Farach. Castillo de la Buena Vista. Edificado en las inmediaciones de Sevilla, con el tiempo dará lugar a San Juan de Aznalfarache.
Hisn Lawra. Castillo situado entre Sevilla y Córdoba, a orillas del Guadalquivir. Con el tiempo dará lugar a Lora del Río.
Hurí. Cada una de las bellísimas vírgenes que acompañan a los buenos musulmanes en el paraíso.
Iblís. Nombre con el que los musulmanes denominan a Satanás.
Idúbeda. Nombre antiguo de una cadena montañosa que probablemente corresponde al Sistema Ibérico.
Ifriqiyya. Territorio del norte de África que con el tiempo coincidirá, más o menos, con Túnez y el este de Argelia.
Infanzón. Hidalgo. Miembro de la baja nobleza.
Ira regia. Facultad del rey para sancionar a quien incumpla su voluntad o caiga en desgracia. Suele llevar aparejada la ruptura del vasallaje y la pérdida de honores. En ocasiones puede causar hasta el destierro.
Jeque. Líder. Normalmente de una facción tribal.
Jubón. Camisa ceñida.
Jutbá. Sermón del viernes.
Qerba. Odre hecho de piel de oveja o de cabra.

Legua. En Castilla, medida de longitud de unos 5,57 kilómetros.
Litam. Velo que cubre la parte inferior del rostro, es decir, boca y nariz
Loriga. Equipamiento militar defensivo, normalmente hecho con pequeñas anillas metálicas entrelazadas. También llamada cota de malla. Cubre el torso y los brazos y puede bajar hasta medio muslo.
Madrasa. Madraza. Escuela islámica.
Mahdi. Mesías. Según las profecías apocalípticas musulmanas, el que habrá de venir para frustrar los planes del anticristo. Ibn Tumart, fundador del credo almohade, fue llamado así: al-Mahdi.
Masmuda. Uno de los grupos tribales bereberes, procedente del Atlas; la base de la que surge el núcleo de los almohades.
Masufa. Una de las tribus pertenecientes al grupo sanhaya.
Maylís. Salón.
Mayordomo. En las cortes cristianas, noble que tiene a su cargo la dirección de la casa real. Es uno de los más cercanos colaboradores del monarca. En el condado de Barcelona, las funciones del mayordomo las cumple, con salvedades, el senescal o *dapifer*.
Mazmute. También mazamute. En las crónicas cristianas, almohade.
Medina. Ciudad. Para ser más concreto, la parte de ella que queda fuera de la alcazaba (si la hay).
Merlón. Tramo macizo entre dos almenas. Protege al defensor cuando está en el adarve.
Mesnada. Grupo de guerreros a las órdenes de un señor. El mesnadero recibe, a cambio de su servicio, soldada y armas. Además participa de las ganancias por el combate.
Mihrayán. Fiesta musulmana del solsticio de verano. Coincide con el San Juan cristiano. Es costumbre intercambiar regalos y encender hogueras.
Miqná. Velo para la cabeza de la mujer. Sus extremos pueden usarse para envolver y cubrir el rostro.
Mizar. Manto. Tela que envuelve la parte inferior del cuerpo a modo de falda o la cabeza y hombros a modo de velo.
Montegaudio. Miembro de la Orden de Santa María de Montegaudio. Se los conoce coloquialmente como montegaudios, al igual que a los de la Orden del Temple se los llama templarios; a los de San Juan del Hospital se los conoce como hospitalarios o sanjuanistas; a los de Calatrava, calatravos; y a los de Uclés o Santiago, santiaguistas.
Munya. Almunia. Palacete o finca de recreo.
Nabid. Aguardiente de dátiles al que en al-Ándalus se añaden uvas pasas o frescas y miel.
Nasal. Pieza del yelmo que baja desde su borde delantero y cubre la nariz.
Niqab. Velo femenino que cubre todo el rostro, aunque deja ver a través de su transparencia, de la urdimbre de hilo o de una pequeña abertura.

Olifante. Cuerno. Por su potente sonido, se usa entre otras cosas para transmitir órdenes en el campo de batalla.
Parasanga. Medida de longitud empleada por los musulmanes. De las diversas posibilidades históricas, en la novela se aplica la que considera una parasanga más o menos equivalente a una legua castellana, es decir, unos 5,57 kilómetros.
Pellizón. Prenda de abrigo larga, holgada y forrada de piel.
Pendón. Banderola triangular que adorna la lanza del caballero y luce sus colores o blasón. Cumple una función primordial de identificación en combate.
Petigrís. Piel de ardilla moteada.
Príncipe de los creyentes. Título que se da al califa almohade y que le acredita como cabeza del islam. La cristianización de la expresión árabe *amir al-muminín* dará como resultado la palabra «miramamolín».
Qalat Yábir. Fortaleza cercana a Sevilla. Con el tiempo será conocida como Alcalá de Guadaíra.
Qasr Masmuda. Nombre que los almohades dan a Alcazarseguir, en la costa norte de África. Principal puerto almohade para cruzar el Estrecho.
Ribat. Rábida. Fortaleza militar y religiosa, normalmente situada en la frontera con los infieles como base para la yihad.
Ribat al-Fath. Asentamiento creado por los almohades sobre un *ribat* de la costa atlántica de África para servir de base militar. Con el tiempo será conocido como Rabat.
Ricohombre. Miembro de la alta nobleza cristiana.
Rodela. Escudo redondo.
Roel. Figura redonda que forma parte de algunos blasones.
Rumat (en singular, *rami*). Exploradores arqueros del ejército almohade. De origen mayoritariamente almorávide.
Saktana. Tribu del Sus del grupo de los masmudas, de baja consideración en el sistema almohade.
Sanhaya. En castellano, cenhegí. Grupo tribal del desierto africano cuyos miembros formaron el núcleo del imperio almorávide.
Saya. Túnica corta de mangas ajustadas que se ciñe con cinturón.
Sayyid. Señor o jefe de una tribu. En el contexto almohade, especialmente los familiares del califa, a los que este nombra para posiciones de poder político y militar.
Sharq. Oriente. El Sharq al-Ándalus comprende las tierras costeras mediterráneas.
Sura. Capítulo del Corán.
Sus. Territorio del norte de África situado entre la región de Marrakech y el Sahara.
Tahalí. Correa que se cruza en bandolera desde el hombro a la cintura, y que sostiene la vaina de la espada.
Talaba. Estudiantes. Tiene el mismo origen etimológico que la palabra

«talibán». Entre los almohades, los *talaba* forman parte de la élite dirigente, con un gran poder político, propagandístico y jurídico.
Talabarte. Cinturón del que penden las vainas para la espada, dagas u otras armas.
Tálib. Singular de *talaba.*
Tawhid. Concepto islámico esencial alrededor del cual gira la doctrina que siguen los almohades, y que está referido a la unicidad de Dios. Por su naturaleza se contrapone a la doctrina malikí, imperante entre los musulmanes andalusíes y los almorávides.
Tenencia. Concesión de un territorio, ciudad o castillo por parte del rey a un señor junto a ciertos poderes sobre ella.
Tinmallal. Una de las tribus masmudas. La huida de Ibn Tumart hacia sus tierras se compara con la hégira. Allí, en la villa de Tinmal, está su tumba, lugar de peregrinación.
Tiracol. Correa del escudo con la que se cuelga del cuello.
Trasierra. Tierras al sur del Sistema Central por las que se extendía el llamado reino de Toledo.
Ulema. Conocedor de la doctrina islámica. En árabe es el plural de *alim* (sabio).
Umm walad. Concubina que da un hijo a su amo. Su estatus legal está por encima del de una vulgar esclava, aunque por debajo de la esposa libre.
Vara. Medida de longitud antigua. La castellana no alcanza por poco el metro.
Ventalle. Pieza del almófar, y de su mismo material, que se cierra ante boca y nariz; sirve para proteger la parte inferior de la cara.
Velmez. Prenda que se lleva sobre la camisa para proteger el cuerpo del roce de la cota.
Veste. Sobreveste o sobregonel. Prenda que se viste por encima de la loriga y que puede adornarse con señales identificativas. Poco habitual —probablemente— en la época de la novela.
Visir. Ministro.
Wadi-l-Jurs. Guadalhorce. Río que pasa cerca de Antequera.
Wadi-l-Madina. Guadalmedina. Río que pasa a poniente de la medina de Málaga.
Yábal Darán. Cordillera del Alto Atlas.
Yábal Khal. Montañas Negras. Conocidas como Pequeño Atlas o **Anti Atlas.** Rama meridional de la cordillera del Atlas.
Yábal Shulayr. Sierra Nevada.
Yábal Toubqal. Montaña más alta del norte de África, en la cordillera del Alto Atlas.
Yadmiwa. Una de las tribus masmudas.
Yamaa. Junta o consejo. Para los almohades, círculo del máximo poder compuesto por los más sobresalientes entre los masmudas.

Yamur. Elemento metálico que remata el minarete. Comprende varias esferas atravesadas por un vástago vertical y colocadas en orden decreciente de abajo arriba.
Yanfisa. Una de las tribus masmudas.
Yilbab. Vestido femenino, usualmente largo y holgado, que se conjuga con un pañuelo para el cabello.
Yunnún. Espíritus que despiertan temor a los árabes, normalmente asociados a lugares desérticos y ruinosos.
Zabatas. Calzado abotinado usado por hombres y mujeres.
Zanata. Grupo tribal de las llanuras del Magreb, sometido en su día por los almorávides.
Zaragüelles. Calzones.
Zihara. Túnica ligera que se ponen los hombres.

BIBLIOGRAFÍA

ALEDRIS, X.: *Descripción de España* (trad. Josef Antonio Conde) [en línea], 1799.

ALESÓN, F. de: *Annales del Reyno de Navarra, tomo II*, recurso digital, 1766.

ALEXANDER, D.: «Swords and sabers during the early islamic period», en *Gladius* [en línea], XXI, 2001.

—, «Jihād and islamic arms and armour», en *Gladius* [en línea], XXII, 2002.

AL-HIMYARI, M.: *Kitab ar-Rawd al-Mitar* (trad. Pilar Maestro González), Valencia, 1963.

ALMAGRO BASCH, M.: *Historia de Albarracín y su sierra, tomo III: El señorío soberano de Albarracín bajo los Azagra*, Teruel, 1959.

ALMAGRO GORBEA, A.: «El análisis arqueológico como base de dos propuestas: El Cuarto Real de Santo Domingo (Granada) y el Patio del Crucero (Alcázar de Sevilla)», en *Arqueología de la arquitectura* [en línea], n.º 1, 2002.

—, «El patio del Crucero de los Reales Alcázares de Sevilla», en *Al-qantara: Revista de estudios árabes,* n.º 20 [en línea], 1999.

—, «Los Reales Alcázares de Sevilla», en *Artigrama: Revista del Departamento de Historia del Arte de la Universidad de Zaragoza,* Zaragoza, 2007.

—, «Planimetría de las ciudades hispanomusulmanas» en *Al-qantara: Revista de estudios árabes,* n.º 8 [en línea], 1987.

ALMONACID CLAVERÍA, J. A.: «De Huete a Cuenca con los almohades en 1172. Antecedentes para la conquista de Cuenca», en *Cuenca*, n.º 28, Cuenca, 1986.

ÁLVAREZ BORGE, I.: *Cambios y Alianzas: La política regia en la frontera del Ebro en el reinado de Alfonso VIII de Castilla (1158-1214)*, Madrid, 2008.

ALVIRA CABRER, M.: *Guerra e ideología en la España medieval. Cultura y actitudes históricas ante el giro de principios del siglo XIII: batallas de las Navas de Tolosa (1212) y Muret (1213)* [en línea], 2000.

ANGUITA JAÉN, J. M.: «Aplicación práctica del principio de localización toponímica medieval de contigüidad (El tratado de Fresno-Lavandera de 1183)», en *Cuadernos de filología clásica: Estudios latinos,* [en línea], 1996.

ÁNIZ IRIARTE, C; DÍAZ MARTÍN, L. V.: *Santo Domingo de Caleruela: Contexto Eclesial Religioso,* Salamanca, 1995.

ANÓNIMO: *Al-Hulal al-Mawsiyya* (trad. Ambrosio Huici Miranda), Tetuán, 1951.

ANÓNIMO: *Libro de Tebas,* Madrid, 1997.

ARAGONÉS ESTELLA, E.: «La moda medieval Navarra: siglos XII, XIII y XIV», en *Cuadernos de etnología y etnografía de Navarra* [en línea], n.º 74, 1999.

AYALA MARTÍNEZ, C. de: «Frontera y órdenes militares en la Edad Media castellano-leonesa (siglos XII-XIII)», EN *Studia historica. Historia medieval,* n.º 24 [en línea], 2006.

—, «Las fortalezas castellanas de la Orden de Calatrava en el siglo XII», en *En la España medieval,* n.º 16 [en línea], 1993.

— *Las órdenes militares hispánicas en la Edad Media (siglos XII-XIV),* Madrid, 2007.

—, «Los obispos de Alfonso VIII», en *Carreiras eclesiásticas no Ocidente cristião (séc. XII-XIV),* Lisboa, 2007.

AZUAR RUIZ, R.: «Técnicas constructivas y fortificación almohade en al-Ándalus», en *Los almohades: su patrimonio arquitectónico y arqueológico en el sur de al-Ándalus,* Sevilla, 2004.

BARQUERO GOÑI, C.: «Los hospitalarios y la nobleza castellano-leonesa (s. XII-XIII)», en *Historia, instituciones, documentos* [en línea], 1994.

BARRIOS GARCÍA, A.: *Documentación medieval de la catedral de Ávila,* Salamanca, 1981.

BASHIR HASAN RADHI, M.: «Un manuscrito de origen andalusí sobre tema bélico», en *Anaquel de estudios árabes,* n.º 2, Madrid, 1991.

BENAVIDES-BARAJAS, L.: *Al-Ándalus. La cocina y su historia (reinos de taifas, norte de África, judíos, mudéjares y moriscos),* Motril, 1996.

BRUHN DE HOFFMEYER, A.: «Las armas en la historia de la Reconquista», en *Gladius* [en línea], vol. especial, 1988.

CALERO SECALL, M. I.; MARTÍNEZ ENAMORADO, V.: «La arquitectura residencial de la Málaga almohade», en *Casas y Palacios de al-Ándalus, siglos XII y XIII* [en línea], 1995.

CARNICERO CÁCERES, A.: *Guía de indumentaria medieval femenina en los reinos hispanos (1170-1230)* [en línea], 2010.

CARNICERO CÁCERES, A.; ALVIRA CABRER, M.: *Guía de indumentaria medieval masculina. Reyes y nobles en los reinos hispanos (1170-1230)* [en línea], 2010.

CASAS CASTELLS, E.: *Tipología de las iglesias y estancias claustrales en los monasterios femeninos cistercienses de Castilla y León. Estado de la cuestión* [en línea], 2010.

CASTÁN ESTEBAN, J. L.: «Historia del señorío de Albarracín», en *Rehalda* [en línea], n.º 1, 2005.

CASTÁN LANASPA, G.: *Documentos del monasterio de Villaverde de Sandoval (siglos XII-XIV)*, Salamanca, 1981.

CASTÁN LANASPA, G.; CASTÁN LANASPA, J.: *Documentos medievales del Monasterio de Santa María de Trianos (siglos XII-XIII)*, Salamanca, 1992.

CASTILLO ARMENTEROS, J. C.; ALCÁZAR HERNÁNDEZ, E. M.: «La campiña del alto Guadalquivir en la Baja Edad Media», en *Studia histórica. Historia medieval*, Salamanca, 2006.

CAVERO DOMÍNGUEZ, G.: «Alfonso IX de León y el iter de su corte (1188-1230)», en *E-Spania: Revue électronique d'études hispaniques medievales*, n.º 8 [en línea], 2009.

CERVERA FRAS, M. J.: «El nombre árabe medieval. Sus elementos, forma y significado», en *Aragón en la Edad Media* [en línea], n.º 9, 1991.

CIRIA SANTOS, C.: «Chrétien de Troyes y la literatura caballeresca. Códigos estéticos y elementos estructurales del *roman courtois*», en *Anuario de las actividades celebradas en el curso 2000/2001*, Asociación Andaluza de Profesores de Español Elio Antonio de Nebrija, Sevilla, 2008.

CLEMENTE RAMOS, J.; MONTAÑA CONCHIÑA, J. L. de la: «La Extremadura cristiana (1142-1230). Ocupación del espacio y transformaciones socioeconómicas», en *Historia, instituciones, documentos*, n.º 21 [en línea], 1994.

COLMEIRO, M.: *Cortes de los antiguos reinos de León y Castilla* [en línea], 1884.

CONDE, J. A.: *Historia de la dominación de los árabes en España* [en línea], tomo III, 1844.

COSCOLLÁ SANZ, V.: *La Valencia musulmana*, Valencia, 2003.

DIAGO, F.: *Anales del Reyno de Valencia: que corre desde su población después del diluuio hasta la muerte del Rey don Iayme el Conquistador* [en línea], 1613.

DILLARD, H.: *La mujer en la Reconquista*, Madrid, 1993.

DOMÍNGUEZ BERENJENO, E. L.: «La remodelación urbana de Ishbilia a través de la historiografía almohade», en *Anales de Arqueología Cordobesa*, n.º 12 [en línea], 2001.

ESCALONA, R.: *Historia del Real Monasterio de Sahagún, sacada de la que dexo escrita el P. Joseph Perez, corregida y aumentada con observaciones históricas, cronológicas*, [en línea], 1782.

ESLAVA GALÁN, J.: *Califas, guerreros, esclavas y eunucos. Los moros en España*, Madrid, 2008.

ESTEPA DÍEZ, C.: «Frontera, nobleza y señoríos en Castilla. El señorío de Molina (siglos XII-XIII)», en *Studia historica. Historia medieval,* Salamanca, 2006.

ESTEPA DÍEZ, C.; ÁLVAREZ BORGE, I; SANTAMARTA LUENGOS, J.M.: *Poder real y sociedad: estudios sobre el reinado de Alfonso VIII (1158-1214)*, León, 2011.

FLÓREZ, E.: *Memorias de las reynas catholicas* [en línea], 1770.

FIERRO BELLO, M. I.: «Revolución y tradición: algunos aspectos del mundo del saber en época almohade», en *Estudios onomástico-biográficos de al-Ándalus*, X, Madrid, 2000.

—, «Sobre monedas de época almohade: I. El dinar del cadí 'Iyād que nunca existió. II. Cuándo se acuñaron las primeras monedas almohades y la cuestión de la licitud de acuñar moneda», en *Al-Qantara*, XXVII, Madrid, 2006.

— «El castigo de los herejes y su relación con las formas del poder político y religioso en al-Ándalus (ss. II/VIII-VII/XIII)», en *El cuerpo derrotado: cómo trataban musulmanes y cristianos a los enemigos vencidos: Península Ibérica, siglos VIII-XIII,* Estudios Árabes e Islámicos, monografías, n.º 15, Madrid, 2008.

— «Algunas reflexiones sobre el poder itinerante almohade», en *e-Spania* [en línea], 8, 2009.

FONTENLA BALLESTA, S.: «Numismática y propaganda almohade», en *Al-Qantara*, XVIII, Madrid, 1997.

GALMÉS DE FUENTES, A.: *El amor cortés en la lírica árabe y en la lírica provenzal*, Madrid, 1996.

GARCÍA CUADRADO, A.: *Las Cantigas: El Códice de Florencia*, Murcia, 1993

GARCÍA FITZ, F.: *Castilla y León frente al islam*, Sevilla, 1998.

—, *Las Navas de Tolosa, edición VIII centenario*, Barcelona, 2012.

—, *Relaciones políticas y guerra. La experiencia castellano-leonesa frente al islam, siglos XI-XIII*, Sevilla, 2002.

GARCÍA GÓMEZ, E.: *Poemas arabigoandaluces*, Madrid, 1940.

GARCÍA SAINZ DE BARANDA, J.: «Los monteros de Espinosa», en *Boletín de la Institución Fernán González,* n.º 141 [en línea], 1957.

GARULO, T.; HAGERTY, M. J.; AL-RAMLI, M.: *Poesía andalusí*, Madrid, 2007.

GILCHRIST, R.: «Cuidando a los muertos. Las mujeres medievales en las pompas fúnebres familiares», en *Treballs d'Arqueologia*, n.º 11 [en línea], 2005.

GOMEZ DE ARTECHE, J.: *Descripción y mapas de Marruecos*, Madrid, 1859.

GONZÁLEZ, J.: *Índice de documentos reales*, Madrid, 1944.

— *Regesta de Fernando II*, Madrid, 1943.

GONZÁLEZ GONZÁLEZ, J.: «Fijación de la frontera castellano-leonesa en el siglo XII», en *En la España medieval,* n.º 2 [en línea], 1982.

GOZALBES BUSTO, G.; GOZALBES CRAVIOTO, E.: «Al-Magrib al-Aqsà en los primeros geógrafos árabes orientales», en *Al-Ándalus Magreb* [en línea], 4, 1996.

GOZALBES CRAVIOTO, C.: «Las corachas hispano-musulmanas de Málaga», en *Jábega,* n.º 34 [en línea], 1981.

GRANDA GALLEGO, C.: «Otra imagen del guerrero cristiano (su valoración positiva en testimonios del islam)», en *En la España Medieval,* tomo V, Madrid, 1986.

GRAVETT, C.: *Medieval siege warfare,* Osprey P., Elite, 28, Oxford, 1990.

HUARTE CAMBRA, R.: «Fragmentos de yeserías relacionadas con la Aljama almohade de Sevilla», en *Laboratorio de Arte,* n.º 14, Sevilla, 2001.

HUICI MIRANDA, A.: *Historia musulmana de Valencia y su región, novedades y rectificaciones,* vol. 3, Valencia, 1969.

—, *Historia política del Imperio almohade,* Granada, 2000.

IBÁÑEZ DE SEGOVIA MONDÉJAR (PERALTA Y MENDOZA), G; VILLANUEVA, C; CERDÁ Y RICO, F.: Memorias históricas de la vida y acciones del rey D. Alonso el Noble, octavo del nombre [en línea], 1783.

IBN ABI ZAR AL-FASI, A.: *Rawd al-Qirtas,* volumen 2 (trad. Ambrosio Huici Miranda), Valencia, 1964.

IBN IDARI AL-MARRAKUSI, M.: *Al-Bayan al-Mugrib* (trad. Ambrosio Huici Miranda), Tetuán, 1953.

—, *Al-Bayan al-Mugrib, nuevos fragmentos almorávides y almohades* (trad. Ambrosio Huici Miranda), Valencia, 1963.

IBN MOHAMMED AL-MAKKARI, A.: *The history of the mohammedan dynasties in Spain* (trad. Pascual de Gayangos), Nueva York, 2002.

IBN SAHIB AL-SALA, A.: *Al-Mann bil-Imama* (trad. Ambrosio Huici Miranda), Valencia, 1969.

IZQUIERDO BENITO, R.; RUIZ GÓMEZ, F.: *Alarcos 1195 = Arak 592: Actas del Congreso Internacional Conmemorativo del VIII Centenario de la Batalla de Alarcos,* Ciudad Real, 1996.

JIMÉNEZ MAQUEDA, D.: «Algunas precisiones cronológicas acerca de las murallas de Sevilla», en *Laboratorio de Arte,* n.º 9, Sevilla, 1996.

JIMÉNEZ DE RADA, R.: *Crónica de España por el Arzobispo de Toledo Don Rodrigo Jiménez de Rada, traducida al castellano y continuada por Don Gonzalo de la Hinojosa, Obispo de Burgos, y después por un anónimo hasta 1430* [en línea].

JONES, L. G.: «"The christian companion": a rhetorical trope in the narration of intra-muslim conflict during the almohad epoch», en *Anuario de Estudios Medievales* [en línea], 38/2, 2008.

LADERO QUESADA, M. A.: «Toledo en época de la frontera», en *Anales de la Universidad de Alicante. Historia medieval,* n.º 3 [en línea], 1984.

MACEDA CORTÉS, M. L.: «El concejo de Benavente de los siglos XII al XIV», en *En la España Medieval,* n.º 5 [en línea], 1984.

MAGALLANES LATAS, F.; BALBUENA TOREZANO, M. del C.: *El amor cortés en la lírica medieval alemana: (Minnesang)*, Sevilla, 2001.

MAILLO SALGADO, F.: «El arabismo "algoz" (al-guzz)», en *Historia, instituciones, documentos*, n.º 26 [en línea], 1999.

MAIZA OZCOIDI, I.: *La concordia entre la filosofía y religión en el Fasl al-Maqâl de Averroes*, [en línea], 1998.

MALALANA UREÑA, A.: «La evolución de los recintos amurallados castellano-leoneses a lo largo del siglo XII», en *Arqueología y territorio medieval*, Jaén, 2009.

MARÍN, M.: «Signos visuales de la identidad andalusí», en *Tejer y vestir: de la antigüedad al islam*, Estudios árabes e islámicos: monografías, n.º 1 [en línea], 2001.

MARTÍN DUQUE, A. J.: «Sancho VI y el Fuero de Vitoria», en *Vitoria en la Edad Media*, Vitoria, 1982.

MARTÍN FUERTES, J. A.: «El "Signum regis" en el Reino de León (1157-1230)», en *Argutorio: revista de la Asociación Cultural "Monte Irago"*, n.º 9 1 [en línea], 2002.

MARTÍNEZ, L. P.: «Historia militar del reino medieval de Valencia», en *Militaria: revista de cultura militar*, n.º 11 [en línea], 1998.

MARTÍNEZ ENAMORADO, V.: «Algunos topónimos andalusíes de la Tierra de Antequera», en *Estudios sobre patrimonio, cultura y ciencia medievales* [en línea], 2006.

MARTÍNEZ DÍEZ, G.: *Alfonso VIII, rey de Castilla y Toledo*, Gijón, 1995.

—, «Palencia, la primera universidad de España», en *El Estudio General de Palencia: Historia de ocho siglos de la Universidad Española,* Valladolid, 2012.

MARTÍNEZ LORCA, A.: «Ibn Rushd: El filósofo andalusí que revolucionó Europa», en *Jábega,* n.º 97 [en línea], 2008.

—, «La reforma almohade: del impulso religioso a la política ilustrada», en *Espacio, Tiempo y Forma*, serie III, H.ª Medieval, t. 17, Madrid, 2004.

MARTÍNEZ PEÑÍN, R.: «La producción suntuaria en el León Medieval. Los azabacheros», en *Estudios humanísticos. Historia,* n.º 7 [en línea], 2008.

MARTÍNEZ VAL, J. M.: *La batalla de Alarcos*, Ciudad Real, 1962.

MATEU IBARS, J.: «La confirmatio del "signifer, armiger y alférez" según documentación astur-leonesa y castellana», en *En la España medieval,* n.º 1 [en línea], 1980.

MENÉNDEZ PIDAL, G.: *La España del siglo XIII: leída en imágenes,* Madrid, 1987.

MILA Y FONTANALS, M.: De los trovadores en España: Estudio de lengua y poseía provenzal [en línea], 1861.

MOLINA MOLINA, A. L.: «Viajeros y caminos medievales», en *Cuadernos de Turismo,* n.º 4 [en línea], 1999.

MONSALVO ANTÓN, J. M.: «Espacios y poderes en la ciudad medieval. Impresiones a partir de cuatro casos: León, Burgos, Ávila y Salamanca», en *Los espacios de poder en la España medieval* [en línea], 2002.

MORA FIGUEROA, L. de: *Glosario de arquitectura defensiva medieval,* Cádiz, 1994.

MOTIS DOLADER, M. A.: «El señorío cristiano de Albarracín. De los Azagra hasta su incorporación a la Corona de Aragón», en *Comarca de la sierra de Albarracín,* Zaragoza, 2008.

MOYA VALGAÑÓN, J. G.: «Santa María de Cañas y su Museo», en *Berceo,* n.º 85, La Rioja, 1973.

MUÑOZ GARRIDO, V.: *Teruel, de sus orígenes medievales a la pérdida del fuero en 1598*, Zaragoza, 2007.

MUÑOZ RUANO, J.: *Construcciones histórico-militares en la línea estratégica del Tajo* [en línea], 2004.

NAVAREÑO MATEOS, A.: «El castillo bajomedieval: arquitectura y táctica militar», en *Gladius* [en línea], vol. especial, 1988.

NICHOLSON, H.; NICOLLE, D.: *God's warriors. Crusaders, Saracens and the battle for Jerusalem*, Oxford, 2005.

NICOLLE, D.: «The Monreale Capitals and the Military Equipment of Later Norman Sicily», en *Gladius* [en línea], XV, 1980.

—, *The Moors: The Islamic West 7th-15th Centuries AD*, Osprey P., Men-at-arms, 348, Oxford, 2001.

—, *Medieval Siege Weapons (1): Western Europe AD 585-1385*, Osprey P., New Vanguard, 58, Oxford, 2002.

—, *Medieval siege weapons (2): Byzantium, the islamic world & India AD 476-1526*, Osprey P., New Vanguard, 69, Oxford, 2003.

—, *Saracen Faris AD 1050-1250*, Osprey P., Warrior, 10, Oxford, 1994.

OSTOS SALCEDO, P.: «La cancillería de Alfonso VIII, rey de Castilla (1158-1214)», en *Boletín Millares Carlo,* n.º 13 [en línea], 1994.

PALACIOS MARTÍN, B.: «Investidura de armas de los reyes españoles en los siglos XII y XIII», en *Gladius* [en línea], vol. especial, 1988.

PALACIOS MARTÍN, B.; AYALA MARTÍNEZ, C. de: *Colección diplomática medieval de la Orden de Alcántara, (1157-1494),* Madrid, 2003.

PARTEARROYO LACABA, C.: «Tejidos andalusíes», en *Revista del Departamento de Historia del Arte de la Universidad de Zaragoza,* Zaragoza, 2007.

PASCUAL ECHEGARAY, E.: «De reyes, señores y tratados en la Península Ibérica del siglo XII», en *Studia historica. Historia medieval,* n.º 20-21, Salamanca, 2002-2003.

PAVÓN MALDONADO, B.: *Ciudades hispanomusulmanas*, Madrid, 1992.

—, *Encrucijada y acoso. Lecturas del plano árabe-mudéjar del Alcázar de Sevilla* [en línea], 2009.

PÉRÈS, H.: *Esplendor de al-Ándalus* (trad. Mercedes García-Arenal), Madrid, 1983.

PÉREZ DE CIRIZA, J. F.: *La quiebra de la soberanía Navarra en Álava, Guipúzcoa y el Duranguesado (1199-1200)*, [en línea], 1993.

PÉREZ LLAMAZARES, J.: «Príncipe leonés, héroe de leyenda oriental: el Castellano», en *Hidalguía: la revista de genealogía, nobleza y armas,* n.º 6 [en línea], 1954.

PÉREZ MONZÓN, O.: «Iconografía y poder real en Castilla. Las imágenes de Alfonso VIII», en *Anuario del Departamento de Historia y Teoría del Arte*, n.º 14, Madrid, 2002

PILES IBARS, R.: *Valencia árabe*, edición electrónica de la Biblioteca Valenciana Digital, Valencia, 1901.

PIPES, D.: *Slave soldiers and islam. The genesis of a military system*, Londres, 1981.

POLITE CAVERO, C. M.: *Guía de indumentaria medieval masculina. Peones ricos o acomodados (1168-1220)* [en línea], 2010.

PONCE GARCÍA, J.: «Los cementerios islámicos de Lorca. Aproximación al ritual funerario», en *Alberca: Revista de la Asociación de Amigos del Museo Arqueológico de Lorca*, n.º 1 [en línea], 2002.

PORRAS ARBOLEDAS, P. A.: «El derecho de la guerra y de la paz en la España medieval», en *Boletín del Instituto de Estudios Giennenses*, n.º 153, 1, Jaén, 1994.

PORRAS ARBOLEDAS, P. A.; RAMÍREZ VAQUERO, E; SABATÉ, F.: *Historia de España 8. La época medieval: administración y gobierno*, Madrid, 2003.

PRENSA VILLEGAS, L.: «La música en iglesias y monasterios medievales», en *Arte y vida cotidiana en época medieval* [en línea], 2007.

PUENTE, C. de la: «Límites legales del concubinato: normas y tabúes en la esclavitud sexual según la Bidāya de Ibn Rušd», en *Al-Qantara*, XXVIII, Madrid, 2007.

QUIRÓS RODRÍGUEZ, C.: *Averroes. Compendio de metafísica*, Madrid, 1919.

RIQUER, M. de: *Los trovadores: Historia literaria y textos*, Barcelona, 2011.

RIVERA GARRETAS, M. M.: *El castillo-fortaleza de Uclés: datos histórico-arqueológicos*, Cuenca, 1980.

RODRÍGUEZ MOLINA, J.: «Úbeda y Baeza. Cimientos medievales de su monumentalidad», en *Boletín del Instituto de Estudios Giennenses*, n.º 186, Jaén, 2003.

RODRÍGUEZ-PICAVEA MATILLA, E.: «Aproximación a la geografía de la frontera meridional del reino de Castilla (1157-1212)», en *Cuadernos de Historia Medieval. Secc. Miscelánea* [en línea], 1999.

—, «Documentos para el estudio de la orden de Calatrava en la meseta meridional castellana (1102-1302)», en *Cuadernos de Historia Medieval*, n.º 2 [en línea], 1999.

—, «Orígenes de la Orden del Hospital en el reino de Toledo (1144-1215)», en *Espacio, tiempo y forma. Serie III, Historia medieval* [en línea], 2002.

RUBIERA MATA, M. J.: *Literatura hispanoárabe*, Alicante, 2004.

RUIZ GÓMEZ, F.: «La Mancha en el siglo XII. Sociedades, espacios, culturas», en *Studia historica. Historia medieval*, n.º 24 [en línea], 2006.

—, «Los hijos de Marta, las Órdenes Militares y las tierras de La Mancha en el siglo XII», en *Hispania*, n.º 62 [en línea], 2002.

SÁNCHEZ DE MORA, A.: *La nobleza castellana en la Plena Edad Media. El linaje de los Lara (ss. XI-XIII)* [en línea], 2003.

SEDRA, M. I.: «La ville de Rabat au VI/XII siècles: le project d'une nouvelle capitale de l'empire almohade?», en *Al-Andalus Magreb* [en línea], 15, 2008.

SERRANO-PIEDECASAS FERNÁNDEZ, L.: «Elementos para una historia de la manufactura textil andalusí (siglos IX-XII)», en *Studia historica. Historia medieval*, n.º 4, Salamanca, 1986.

SORIA, V.: «Fortalezas, castillos y torres de la Extremadura Medieval», en *Gladius* [en línea], VIII, 1969.

TRIKI, H.: *Itinerario cultural de almorávides y almohades: Magreb y Península Ibérica*, Granada, 1999.

TROYES, C. de: *El caballero de la carreta*, Madrid, 1986.

—, *El caballero del león*, Madrid, 1988.

—, *El libro de Perceval*, Madrid, 2000.

VACA LORENZO, A.: *El puente romano de Salamanca. Desde su construcción hasta la riada de San Policarpo de 1626*, Salamanca, 2011.

VALOR GISBERT, D.: *Los Azagra de Tudela*, Pamplona, 1963.

VALOR PIECHOTTA, M.: «El mercado en la Sevilla islámica», en *Miscelánea Medieval Murciana*, XVIII, Murcia, 1993-1994.

VANACKER, C.: «Géographie économique de l'Afrique du Nord selon les auteurs arabes du IXe siècle au milieu du XIIe siècle», en *Annales. Économies, Sociétés, Civilisations*, n.º 3 [en línea], 1973.
VÁZQUEZ DE BENITO, M. C.: *La medicina de Averroes: comentarios a Galeno*, Salamanca, 1987.
VEGLISON ELÍAS DE MOLINS, J.: *La poesía árabe clásica*, Madrid, 1997.
VIGUERA MOLINS, M. J.: «Las reacciones de los andalusíes ante los almohades», en *Los almohades: problemas y perspectivas* [en línea], 2005.
VON SCHACK, A. F.: *Poesía y arte de los árabes en España y Sicilia* [en línea], 2003.
VV. AA.: «Actas de las I Jornadas sobre historia de las Órdenes Militares», en *Revista de Historia Militar*, n.º extraordinario, Madrid, 2000.
VV. AA.: «Conquistar y defender: los recursos militares en la Edad Media hispánica», en *Revista de historia militar*, vol. especial [en línea], 2001.
VV. AA.: «Ciudades de al-Ándalus», en *Atlas de Historia del territorio de Andalucía*, Sevilla, 2009.
VV. AA.: *Enciclopedia del románico en León*, Palencia, 2002.
VV. AA.: *La ciudad medieval: de la casa al tejido urbano*, Cuenca, 2001.
VV. AA.: *Malaqa, entre Malaca y Málaga*, Málaga, 2009.
ZURITA, J.: *Anales de la Corona de Aragón* [en línea], 2003.

www.ingramcontent.com/pod-product-compliance
Lightning Source LLC
Jackson TN
JSHW080954250225
79570JS00001B/1

* 9 7 8 8 4 1 8 6 2 3 7 6 9 *